人民日报
任仲平100篇

人民日报社评论部 ／ 编

人民日报出版社

图书在版编目（CIP）数据

人民日报任仲平100篇/人民日报社评论部编.
-- 北京：人民日报出版社，2018.6
ISBN 978-7-5115-5458-1

Ⅰ.①人… Ⅱ.①人… Ⅲ.①评论性新闻－作品集－中国－当代 Ⅳ.①I253

中国版本图书馆CIP数据核字（2018）第095233号

书　　名：	人民日报任仲平100篇
编　　者：	人民日报社评论部
出 版 人：	刘华新
责任编辑：	蒋菊平　曹　腾　高　亮　钱慧春
封面设计：	主语设计

出版发行：人民日报出版社
社　　址：北京金台西路2号
邮政编码：100733
发行热线：(010) 65369527　65369509　65369512　65369846
邮购热线：(010) 65369530　65363527
编辑热线：(010) 65369528　65369523
网　　址：www.peopledailypress.com
经　　销：新华书店
印　　刷：北京中科印刷有限公司

开　　本：710mm×1000mm　1/16
字　　数：816千字
印　　张：48.5
版　　次：2018年6月第1版　2025年1月第13次印刷

书　　号：ISBN 978-7-5115-5458-1
定　　价：128.00元

总　序

人民日报社社长　李宝善

"人民日报70年作品精选"和读者见面了。

今天的新闻就是明天的历史。人民日报70年来的作品，记录的是我们国家和民族从站起来、富起来到强起来的辉煌历程。诞生于战争烽烟中的人民日报，始终以积极宣传党的主张、呈现社会的变化、报道中国正在发生的变革为己任。这套作品精选集，就是从《人民日报》创刊以来的无数优秀作品中遴选出来的代表作。

铁肩担道义，妙手著文章。70年来，无论是顺境还是逆境，一代代人民日报人担当使命、秉笔直书，为党的新闻工作奉献了青春和热血；一篇篇脍炙人口的精品力作，见证了我们党初心不改、矢志不渝，团结带领人民实现中华民族伟大复兴的历史担当。捧读这套精选集，就是在回顾我们党和国家走过的复兴之路。在这条艰辛而光荣的道路上，每一个重大节点，都能听到人民日报的声音。这其中，有要论、理论、评论文章的黄钟大吕，有消息、通讯等作品的时代足音，有散文、报告文学等文章的清雅之声。这些作品汇集起来，共同组成了70年国史报史的恢宏交响。

党的十八大以来的人民日报，站在了新的历史起点。2016年2月19日，习近平总书记到人民日报社考察，并在党的新闻舆论工作座谈会上发表重要讲话，强调要高举旗帜、引领导向，围绕中心、服务大局，团结人民、鼓舞士气、成风化人、凝心聚力、澄清谬误、明辨是非、联接中外、沟通世界。这一要求，正是党的十八大以来人民日报各类作品的创作方向。

近年来，人民日报进一步优化整体布局、集中优势资源，更好履行政治家办报的时代使命。面对新时代的要求，人民日报努力提升观点生产能力、议题设置能力、集成报道能力、话语创新能力，力争做到报道流程平台化、报道内容定制化、报道方式故事化、报道数据可视化；着力在思想内涵上做加法、在文章篇幅上做减法、在传播效果上做乘法、在思维定式上做除法，使新闻报道快起来、活起来、亮起来，让评论理论新起来、精起来、实起来。

翻开今天的《人民日报》，从评论到理论，从通讯到消息，从散文到报告文学，编辑记者们努力转作风改文风，采写编辑了大量有思想、有温度、有品质的作品，"沾泥土""带露珠""冒热气"的文章。大家于微末中寻真章、在朴素处见真情，贴近广阔的社会生活，让改变悄然发生，使温暖自然传递。而现实生活所发生的积极变化，正是对这个职业最崇高的奖赏。

70年风雷激荡一纸书，人民日报走过了不平凡的历程。70年来的每一寸光阴，都被记录在每天出版的报纸中，体现在每一篇新闻作品里。从河北平山县里庄村简陋的印刷排字架，到现代化的电子阅报栏，再到移动终端上收放自如的最新应用软件，时代在变，技术在变，传播形态也在不断改变，不变的是在党言党、为党立言的历史使命，是围绕大局、服务人民的党报精神。这一精神和追求，已经并将继续通过题材各异的优秀作品呈现给广大读者。

前 言

构建我们的"主流叙述"

人民日报社副总编辑 卢新宁

2008年8月27日,互联网上有一个帖子——《任仲平是谁?》

"经常在人民日报上读到他的文章,感觉风格和行文都比较特殊,而且在文段的标题上也是别出心裁。往往在重要时刻都有他的文章出现。他是谁?有知道的吗?"

十年后的今天,对于"任仲平"这三个字,已经不需要太多介绍。"任仲平"署名文章,早已成为中国新闻界的著名品牌,可谓"天下谁人不识君"了。

一

任仲平("人民日报重要评论"的谐音)创建于1993年底。当年12月22日,《人民日报》在一版刊发了这一署名的文章《从十一届三中全会到十四届三中全会》,全文4400多字。此后20多年,任仲平文章发表超过一百篇,17次获得"中国新闻奖"。在持续不断的接力和跋涉中,读者、同行、专家、领导给予这个品牌极大的关注和肯定。中央领导赞扬"神情并茂、文采飞扬,思想性强,可读性也强",在每个关键节点的出手往往是主题宣传的"领衔之作、点睛之作";读者评价"大笔写信仰,巨椽颂成就；毫端常含感情，纸上留存思索"。这些肯定和赞扬，表达了人们对党报评论的关注和期许。

换言之，任仲平文章代表了党中央机关报"评论阵营"中的一种独创形态，人们肯定任仲平，是在肯定党报评论自我超越与发展的勇气。17次获得中国新闻奖的殊荣，也可以理解为以此鼓励党报对评论传统的承续与创新，以此推动主流媒体对政论表达形态的革新和探索。正如习近平总书记指出的，文风改进永远在路上。改变话语体系，引入国际视角，增强问题意识，完善说服艺术……25年来，任仲平所改变的不只是刻板的语态和固定的表达，更是党报评论工作者认识的递进、思想的升华。

"廿载风云一纸书"，任仲平不是易碎品，走过25年回头再看，每一篇任仲平都留下了我们国家前行的脚印。从弘扬抗击"非典"精神的《筑起我们新的长城》，到汶川大地震之际刊发的《灾难中挺立伟大的中国》；从论我国改革发展关键时期的《再干一个二十年》，到谈党的群众路线的《标注共产党人的精神坐标》；从建党95周年之际的《以信仰之光照亮奋斗之路》，到贯彻落实十九大精神的《领航，思想的力量开辟新时代》，相比历史本身，几千字的长文也不过是万一，但从这样的断面中，我们却能感受时代的呼吸，把握中国各方面发展变化最重要的潮涌脉动。从这个角度看，任仲平文章见证着历史，更成为了历史的一部分。

任仲平的写作，有着深厚的基础与深沉的积淀。人民日报编委会历来重视这一品牌，如原社长邵华泽、王晨、张研农、杨振武，现任社长李宝善、总编辑庹震，都亲身参与任仲平文章的选题与写作。对于任仲平的生产方式，曾有"七八条枪，七上八下，七嘴八舌"的描述。尽管近10年来，任仲平的"七八条枪"，已经更多来自报社评论部，除了总编辑、分管副总编辑外，大多是年龄不一的评论员们，最小的参与者已经是1992、1993年出生的了，但"七上八上"几易其稿的反复推敲，"七嘴八舌"议论风生的民主气氛,在写作中依然延续。作为任仲平接力的"这一棒",我们一直在继承中探索创新,希望能在与时代的对话中,保持这一品牌的活力,让它能日日新、又日新。

"想不到现在会有这么一批人,下了这么大功夫来写评论。人民日报的这种投入,具体解释了什么叫沉下心来、什么叫集中精力办报。"记得在一次新闻界座谈会上,有媒体同行这样感叹。任仲平写作确实下的是苦功夫。比如,我们在写作中提出了"结构—解构—再结构"的要求,每次文章结构好写出初稿后,不是在初稿基础上继续打磨修改,而是要跳出来"自我摧毁",问自己三个问题。第一,这样结构文章有哪些问题?第二,还有什么要素没有考虑进去?第三,有什么办法比现在更有表现力?

这种"跟自己过不去"的过程,实际上就是一次次自我否定和自我超越。这个过程越长,越能体会王国维"三境界"之精妙。第一遍初稿从无到有"独上高楼,望尽天涯路"的志得意满,解构之后从头开始"为伊消得人憔悴"的寻寻觅觅,重新结构从有到好"蓦然回首,那人却在灯火阑珊处"的浑然天成。从初稿至定稿,每一次都有一种"劫后余生"的庆幸,都有一种"凤凰涅槃"的欢欣。这种感觉,局外人也许很难理解,初写者往往备受"折磨",但多次经历后定然大有所获,因为"所有没有击败你的,都会让你更强大"。

习近平总书记在文艺工作座谈会上说,凡是传世之作、千古名篇,必然是笃定恒心、倾注心血的作品。福楼拜说,写《包法利夫人》"有一页就写了5天","客店这一节也许得写3个月"。曹雪芹写《红楼梦》"披阅十载,增删五次"。作为人民日报大型政论品牌,时间、能力所限,任仲平虽难成经典,却始终以"虽不能至心向往之"的期许向经典看齐,始终以"文章千古事,得失寸心知"的敬畏倾注心力。把评论视为作品,苦下功夫、精心打磨,才能出精品、出名作。这不仅是一种新闻规律,也是一种创作规律,更是一种责任使命。

二

政论，是人民日报的核心竞争力。作为人民日报政论的重要品牌，何为任仲平的责任使命？

评论的目的，是实现主体或与主体的对话，在作者与读者的意见交换中寻求共识。意义不会在一厢情愿的单向呈现和另一方的被动接受中产生。意义的产生依赖于主体之间的认同，这个时候，"政治修辞的涵义必须与大众的常识相符"，否则你费尽心血阐释得再周全，也往往效果不佳。

外交家吴建民曾到人民日报做过一次讲座，谈及文风，他说："我们现在的文风可能已经走进了死胡同，共产党起家的时候多善于宣传啊，写的东西你看了要掉脑袋，掉脑袋也要看，代表了对血性青年的感召力。我们党很善于把我们的思想和老百姓进行沟通，这是我们党很好的传统。"

在主持任仲平文章写作过程中，我多次向评论部同志提起这段话。的确，宣传一直是我们党的看家本领。中国共产党人是靠笔杆子"唤起工农千百万"的。在宣传手段的丰富性、所用语言的生动性上，没有哪个政治团体能出其右。可为什么，现在我们的许多文章语言乏味，"说了上句就知道下句"？

回望历史，我们的前辈为打动群众可谓倾注了心血。邓中夏专门嘱咐宣传员不要用"共产革命"这样的抽象口号，而只能用"推翻贪官劣绅""打倒军阀""抵制洋货"这样群众能懂的语言。刘少奇在《论口号的转变》中说，口号如果"不切合群众的要求和心理，叫得太久而至于厌烦，引不起注意，都不适合作为群众行动口号"。恽代英在《怎样做一个宣传家？》中总结，"若不用眼前的语句与例证来解释，却不能使他声入心通，不能使他听了全身爽快，丝毫不怀疑的相信你"。他强调，说话要"打中农民心坎",使农民"声入心通"。

"打中心坎""声入心通",这对我们是多么大的启发,尤其是在时代发生巨变之后。互联网在中国普及的20多年,我们进入了一个"人人都有麦克风"的时代,这让中国的舆论生成机制和传播机制发生了重大变化,标志着一个新的语言环境正在形成。当新媒体"将平民和莎士比亚拉到了同一水平线上",人民日报政论如果满足于重复过往的经验,重复文件的内容,重复陈旧的表达,哪怕立场再正确,内容再无懈可击,也很容易显得僵化空洞,因此也很难达到舆论引导的效果。

2006年,长征胜利70周年,任仲平要出一篇纪念文章。原稿的开头是这样的:

> 70年前的10月,工农红军第一、第二、第四方面军,经过艰苦卓绝的万里长征,在甘肃会宁和将台堡胜利会师,宣告中国共产党和工农红军成功实现了北上抗日的战略转移。这就是举世闻名的万里长征。

这个很像名词解释的开头,缺立意也少感情,很难引发今天的读者看下去。提出修改意见后,第二稿的开头改成了这样:

> 红军长征胜利整整70年了。长征的奇迹发生在二十世纪,但长征精神不仅仅属于二十世纪;长征精神是中国共产党人的伟大创造,但决不仅仅属于中国共产党人,也不仅仅属于中华民族。长征精神属于昨天、今天、明天,长征精神是中华民族精神长空的北斗星,是人类精神星空中一颗耀眼的恒星。

立意倒是上去了,但气贯长虹的排比句,一下把全文都堵住了。我们所说的"立意"高,不能用强加于人的方式表现,而要靠令人信服的论述娓娓道来,否则读者怎么会买账?我们做了这样的修改——

> 长征胜利70年了。
>
> 1934年10月的赣南,一支濒临绝境的队伍从于都河边出发,迈

开双脚,历经艰险,在重兵追堵中一走两万五千里,走到陕北,走向民族救亡前线,走出中国革命新局面。

无论当时还是今天,这个历程都被许多人当作一个"谜"。

是什么让这支队伍一次次从近乎毁灭的打击中转危为安?是什么照耀两万五千里的漫漫征程,将一段千难万险的艰辛路途,化为地球上最绚烂的红飘带?

……

长征是什么?它究竟蕴藏着什么样的伟力与真谛?作为后人,我们又该如何与70年前的那次伟大征程对话?

这样的开头静水流深,给出客观信息,也制造阅读悬念,一是把长征放在一个世界和时代的大视野上看,让老话题有了新鲜感;二是将作者换位到与读者一起思考,让"追寻"长征意义有了共鸣点。这篇任仲平文章发表后,在各方读者中引起广泛好评,读者称之为"以饱满的激情、充沛的才情,汇聚为电光石火的笔端文字,向70年前那场伟大的远征致敬,向共产党人热血铸就的精神致敬",是"进行长征精神教育的一份难得的权威性教材"。

有研究者评价,任仲平文章一改"千篇一面"的传统评论模式,没有僵化的面孔,更没有呆板的味道,而是力求"一篇千面",时而豪爽外向,时而文静内向,时而激情澎湃,时而流水潺潺,时而花团锦簇,时而清新简洁,时而快马加鞭、急流如水,时而娓娓道来、细雨袅袅,时而像一个历经世事的长者,作出善意的引导和提醒,时而又像一个热血沸腾的青年男儿,发出响亮的号召和呼吁,读起来洋洋洒洒,恢宏大气,掩卷回味,则意蕴丰厚,透着灵气,于不知不觉中将读者引入一个崭新的境界。

大型政论任仲平的不断推陈出新,不仅为党报赢得了众多热心读者,也为各级党媒的评论创新探索了一条路径。一些地方党报纷纷打造自己的评论品牌，一时间主流评论千帆竞发，主动进行"话语体系"和"修辞模式"的重建，一大批神情并茂、文采飞扬的好评论相继涌现，让开风气之先的任仲平与有荣焉。这也是身为主流媒体排头兵的人民日报，与时俱进弘扬党报评论优势的小小贡献。

三

时间是忠诚的见证者。任仲平一路走来的25年历程，其实就是一个勉力构建"主流叙述"的过程。

面对变化的舆论环境，传统政论刻板的语态形态亟须突破，僵化的表达体系亟待更新，单一的知识体系有待丰富，封闭的思想体系呼唤创新。与评论员文章比相对自由的任仲平文章，这些年来，担负起党报评论阵营"改革尖兵"的职责。

以理念常新，让文章常青。近10年来，我们提出要完善三个体系——话语体系、知识体系和思想体系；培养三种意识——以全球意识打开世界视野，以历史意识体现中国特色，以问题意识对接现实国情；善用三重资源——赓续红色政党文化传统、接纳现代文明价值、考量当代民众诉求。虽然每一篇文章的具体写法有不同，但这些基本的要求是相通的，体现了我们构建"主流叙述"的思考。

什么是我们向往的"主流叙述"？2017年，习近平总书记点赞建党95周年的任仲平文章《以信仰之光照亮奋斗之路》《以真理之光引领复兴征程》，"写得很好，可读性强，很有说服力"。以此标准，可以归纳出以任仲平为代表的主流叙述的两个重要标准。

第一是受众意识，要"可读性强"，不仅让别人"听得到"，而且让别人"听得进"。第二是说服意识，要"有说服力"，既要在理性上说服受众，还要在情绪上感染受众，在理性与情感的激荡中形成更大共识。

可以说，正是因为有受众意识也有说服意识，赋予了任仲平难能可贵的党性与人民性相统一、政治表达与文采飞扬相融合，因此才能收获"理论有高度，视野有广度，思维有深度，说理有力度，文笔有温度"的赞许，才能赢得"凡有大事，必看任仲平；把握大势，必看任仲平"的期待。

今天的中国，主流媒体的话语优势，正面临越来越激烈的挑战。任仲平所获得的社会认可和读者支持，让我们有信心得出这样的结论：党报政论不仅应当获得宣传管理部门的肯定，也应当在全媒体舆论场中得到广泛认同和传播。只有这样，打牢全党全国各族人民团结奋斗的共同思想基础的初衷，才能够实现；营造健康向上、丰富生动的主流舆论，才不是虚言。

自2002年第一次参与任仲平写作，到2006年主持任仲平文章至今，作为这一政论品牌的直接参与者和见证者，我有幸感受每一次启动写作模式时冷暖自知的艰辛和快乐，体会每一次文章杀青后如释重负而又茫然若失的轻松和沉重，记得每一次文章刊登后诚惶诚恐观察读者反应的忐忑和不安，以及因自己才具不足、视野不够、学识不丰未能尽善尽美的自责和遗憾。好在"任仲平永远在路上"，唯愿这朵在我们手上绽开的政论之花，能为70岁生日之后的人民日报奉上一份特别的美丽。

目 录

Contents

总序 ······ 李宝善 001
前言：构建我们的"主流叙述" ······ 卢新宁 003

从十一届三中全会到十四届三中全会 ······ 001
建立统一开放竞争有序的大市场 ······ 006
上下一心打好今年改革攻坚战 ······ 010
处理好新形势下的人民内部矛盾 ······ 018
论宣传先进典型 ······ 023
论孔繁森的时代意义 ······ 028
论张家港经验 ······ 035
为经济建设和社会发展提供强有力的政治保证
　　——学习江泽民同志"领导干部一定要讲政治"的讲话 ······ 039
论讲礼貌 ······ 047
建设一支高素质的干部队伍
　　——学习江泽民同志关于干部队伍建设的论述 ······ 052
论九八抗洪精神 ······ 058
评改革开放二十年 ······ 063
加强政治意识大局意识责任意识 ······ 070

五十年探索　五十年辉煌	076
伟大事业需要伟大精神	
——论信仰、信念、信心和信任	087
大力弘扬时代和民族精神的主旋律	
——论爱国主义、集体主义和社会主义	097
努力培育适应社会主义现代化要求的"四有"公民	
——论世界观、人生观、价值观	106
大力提高全民族的科学文化素质	
——论科学知识、科学思想、科学方法和科学精神	114
新世纪伟大进军的根本思想武器	
——论坚持解放思想实事求是	123
巩固和加强马克思主义的指导地位	130
沧海横流　人间正道	
——纪念中国共产党建党八十周年	137
中国共产党人新世纪的宣言和纲领	
——学习江泽民同志在庆祝中国共产党成立八十周年大会上的讲话	144
用马克思主义的态度对待马克思主义	150
先进性：加强和改进党的建设的主题	157
中华民族的伟大觉醒	
——纪念辛亥革命九十周年	164
论服务	
——写在《公民道德建设实施纲要》印发一周年之际	171
论奉献	178
筑起我们新的长城	
——论抗击非典的伟大精神	185
夺取双胜利　关键在落实	193
发展是贯穿"三个代表"重要思想的主题	198
论诚信	
——写在《公民道德建设实施纲要》印发两周年、第一个"公民道德宣传日"到来之际	206

全面建设小康社会实践的升华
　　——论发展观、政绩观、人才观、群众观 213

创造更加灿烂的先进文化 221

再干一个二十年
　　——论我国改革发展的关键时期 229

论三贴近
　　——贴近实际、贴近生活、贴近群众 237

在全面建设小康社会中充分发挥先锋模范作用
　　——论保持共产党员先进性 243

重大的战略任务　壮阔的历史征程
　　——论构建社会主义和谐社会 250

论责任
　　——写在《公民道德建设实施纲要》印发四周年、第三个"公民道德宣传日"
　　到来之际 258

民族振兴的强大支撑
　　——论自主创新 265

没有那么一股子气，不行
　　——论发展创新文化与建设创新型国家 273

我们准备好了吗？
　　——迎奥运、讲文明、树新风 280

长征，迎着民族复兴的曙光 287

走好全国一盘棋
　　——论促进区域协调发展 296

越是文明进步，越要崇尚节约
　　——论加快建设节约型社会 305

民族区域自治，中国特色社会主义的重要保证
　　——写在内蒙古自治区成立六十周年之际 313

凝聚在伟大旗帜下
　　——论用中国特色社会主义理论体系武装全党、教育人民 321

灾难中挺立伟大的中国
　　——写在中国人民抗击四川汶川大地震之际·········· 328
凝聚起民族复兴的力量
　　——论伟大的抗震救灾精神·········· 336
北京拥抱世界
　　——写在北京奥运会倒计时一个月·········· 342
奏响"和平、友谊、进步"的北京乐章
　　——写在北京奥运会倒计时20天·········· 348
绿色、科技、人文：奥林匹克之梦的北京版本
　　——写在北京奥运会倒计时10天·········· 354
穿越灾难　迎接光荣
　　——写在四川汶川大地震抗震救灾百日之际·········· 360
北京，新征程的又一个起点
　　——写在第二十九届夏季奥林匹克运动会闭幕之际·········· 366
30年不变的时代呼声
　　——写在改革开放30周年之际（上）·········· 372
历史的契机等待我们把握
　　——写在改革开放30周年之际（下）·········· 380
世界人权史上的光辉篇章
　　——写在"西藏百万农奴解放纪念日"之际·········· 386
"一切始于世博会"
　　——写在上海世博会倒计时一周年之际·········· 394
那些不屈的力量让我们前行
　　——写在四川汶川特大地震一周年·········· 401
改变历史的"北京时间"
　　——写在新中国成立60年之际（上）·········· 410
走向复兴的"中国道路"
　　——写在新中国成立60年之际（下）·········· 418
中华民族的生命所在、力量所在、希望所在
　　——论全国各族人民大团结·········· 425

迎战国际金融危机的"中国答卷" 431

决定现代化命运的重大抉择
　　——论加快经济发展方式转变 439

人类文明发展的新驿站
　　——写在上海世博会倒计时一个月之际 446

中国现代化建设的"新支点"
　　——写在西部大开发十周年 454

续写"成功、精彩、难忘"的新篇章
　　——写在中国上海世博会闭幕之后 461

让变革为我们赢得历史的机遇
　　——写在两个五年规划交替之际 467

历史期待下一个"中国故事"
　　——写在"十二五"规划开局之际 474

在这里我们写下"中国信心"
　　——汶川特大地震三周年志 482

选择，凝聚在信仰的旗帜下
　　——写在中国共产党成立90周年（上）......490

选择，奋斗在复兴的征程上
　　——写在中国共产党成立90周年（下）......499

开启民族复兴的百年征程
　　——写在辛亥革命一百周年 508

文化强国的"中国道路"
　　——论推动社会主义文化大发展大繁荣 517

向我们时代的行动者致敬
　　——写在"深入开展学雷锋活动"之际 526

文化"为人民"的历史跨越
　　——从延安文艺座谈会到十七届六中全会 534

改变中国命运的历史抉择
　　——写在社会主义市场经济体制确立20周年之际 542

转变，中国道路的历史性跨越
　　——从十六大到十八大（上） 551
转变，现代化历程的关键性突破
　　——从十六大到十八大（下） 560
筑就民族复兴的"中国梦" 568
生态文明的中国觉醒 575
守护人民政党的生命线
　　——论深入开展党的群众路线教育实践活动 583
标注现代化的新高度
　　——论准确把握全面深化改革总目标 592
让和平永驻人间
　　——写在第一次世界大战爆发百年之际 600
让历史照亮人类的明天
　　——写在中国人民抗日战争暨世界反法西斯战争胜利纪念日 608
标注共产党人的精神坐标
　　——论党的群众路线教育实践活动 616
让法治为现代中国护航
　　——论全面推进依法治国 626
凝聚当代中国的价值公约数
　　——论培育和践行社会主义核心价值观 636
让我们挽紧和平的臂膀
　　——纪念世界反法西斯战争胜利70周年 645
守望历史　为了和平
　　——写在中国人民抗日战争暨世界反法西斯战争胜利70周年之际 653
向着第一个百年目标迈进
　　——写在党的十八届五中全会召开之际 661
关系发展全局的深刻变革
　　——论贯彻和落实五大发展理念 669
站在中国与世界的命运交汇点
　　——写在中国特色大国外交全面推进之年 678

以信仰之光照亮奋斗之路
　　——写在中国共产党成立 95 周年之际（上） 687
以真理之光引领复兴征程
　　——写在中国共产党成立 95 周年之际（下） 695
铸就我们民族的精神航道
　　——写在长征胜利 80 周年之际 703
筑牢从严治党的政治根基
　　——写在党的十八届六中全会召开之际 712
同书写不朽香江名句
　　——写在香港回归 20 周年之际 720
引领复兴的胜利之光
　　——写在中国人民解放军建军 90 周年之际 727
领航，思想的力量开辟新时代
　　——学习党的十九大精神的思考（上） 735
使命，复兴的道路开启新征程
　　——学习党的十九大精神的思考（下） 745

后记 754

从十一届三中全会到十四届三中全会

今天，是党的十一届三中全会闭幕15周年。不久前，我们党刚刚召开十四届三中全会，就建立社会主义市场经济体制问题作出了重大决定。从前一个三中全会到后一个三中全会，弹指一挥间，960万平方公里的神州大地发生了巨大的历史变化，抚今追昔，令人浮想联翩，心潮澎湃！

回想15年前，党的十一届三中全会大幕甫落，多年的禁锢被冲破，压抑的活力重新奋发，人们的思想获得大解放。举国上下顿感我们的祖国大有希望，我们的民族大有希望！那欢悦之情、激动之心，至今仍历历在目。尽管当时我们对未来的发展充满憧憬，但是仍然没有料到前进的脚步会如此之快，取得的成就会如此之大。国家财富巨额增长，国民收入大幅增加，城乡居民储蓄猛增50多倍；城市现代化高楼林立，农村农民住宅连连翻新；彩电、冰箱、洗衣机等高档消费品进入普通居民家庭。"翻身不忘毛泽东，致富感谢邓小平。"这副对联最恰切地反映了亿万人民群众的心声。可以说，这15年是新中国成立以来国家经济实力增长最快、人民得到实惠最多、社会主义制度显示的吸引力和凝聚力最强的15年，是我们的党和人民在建设有中国特色社会主义的道路上进行艰难而成功的探索，逐步认识和掌握现代化建设规律的15年，是在不断的实践中积累基本经验、创造基本理论、形成基本路线的15年，是在国际形势风云变幻中经受了一次又一次严峻考验，胜利前进的15年，是值得在中华民族的振兴史上大书特书的15年！

（一）

十一届三中全会确立了党的解放思想、实事求是的思想路线，实现了三个重大的转变：从以阶级斗争为纲转变到以发展生产力为中心，从封闭转变到开放，从固守陈规转变到各方面的改革。这三个转变的重大决策，掀开了人民共和国历史崭新的篇章。以此为伟大的开端，5年拨乱反正，10年全面改革，中国进入了以改革、开放、发展和思想解放为鲜明特色的新的历史时期。

改革首先从农村突破，家庭联产承包责任制的推行和乡镇企业的异军突起，大大解放了农村生产力，加快了农村经济市场化的进程。城市企业改革经过扩权让利、利润包干、利改税、经营承包责任制等一系列的探索，开始进入了产权制度改革和与其相适应的以实行公司制为主要形式的建立现代企业制度的全新阶段。单一的公有制结构已经变成以公有制为主体、多种经济成分共同发展的新格局。价格改革的推进，多渠道流通网络的建立，商品市场和生产要素市场开始发育，使经济运行机制发生重大变化，市场对经济活动的调节作用大大增强。传统的计划经济体制，正向社会主义市场经济体制过渡。经济体制改革又带动了科技体制、教育体制和政治体制的改革。

对外开放由沿海向沿边、沿江和内陆纵深地区大步推进，从第一、第二产业向第三产业拓展，形成全方位开放的新格局。特区建设取得举世瞩目的成功。对外开放所引进的资金、技术、人才和先进的经营方式、管理经验，以及及时掌握发展信息，加强对外经济交流和合作，加快国内市场和国际市场的衔接，有力地促进了我国的现代化建设。

据国家统计局最近预计，今年全年我国国内生产总值将突破3万亿元，按可比价格计算，比1978年的3588亿元增长近3倍，平均每年增长9%。粮食、棉花、煤炭、水泥总产量居世界第一，钢产量居世界第四，电视机按人口计算的占有量超过世界平均水平。中国经济的繁荣，与国际经济停滞萧条的局面形成了鲜明的对照。全世界都惊呼东亚睡狮已经醒来，中国成了带动国际经济增长的新的世界热点。

在经济持续、高速增长的同时，"第二次革命"使中国发生的又一巨大变化，是新的思想解放的兴起和不断深化，广大干部群众的精神面貌焕然一新。5年拨乱反正使全党和全国人民从"两个凡是"的精神束缚中解放出来。10年全面改革又促使我们重新思考什么是社会主义、怎样建设社会主义，使全党和全国人民的思想进一步从传统观念中那些不合乎中国实际、不合乎时代进步需要、不合乎经济社会发展客观规律的框框中解放出来。如今，邓小平同志建设有中国特色社会主义的理论和党的"一个中心、两个基本点"的基本路线得到亿万人民群众的衷心拥护，为越来越多的干部和群众所掌握。解放思想、实事求是、奋发向上、开拓创新、民主团结、求真务实等精神成了全民族思想的主流。

（二）

15年来我国的社会主义现代化建设突飞猛进的基本经验，集中到一点就是：改革开放是解放生产力、发展生产力的必由之路，是决定中国命运的一招，不坚持社会主义，不改革开放，不发展经济，不改善人民生活，只能是死路一条。具体地说，15年来的改革开放，有下面几条经验值得我们进一步总结。

1. 在改革开放中要始终坚持解放思想、实事求是的原则。解放思想、实事求是，是邓小平同志建设有中国特色社会主义理论的精髓。改革开放是社会主义的崭新事业，我们是在解放思想、实事求是的原则指导下，坚决打破旧观念的束缚，坚持从我国的国情出发，从时代发展和世界科技、经济的进步出发，不断探索新路的。解放思想没有止境，改革道路要不断开拓，要使改革的每一个步骤，都给大多数老百姓带来切实的利益。对不同的看法，不搞争论，允许试，允许看，让实践来作结论。朝着共同富裕的目标努力，大胆鼓励一部分地区、一部分人通过诚实劳动和合法经营先富起来，然后引导他们帮助后富。在对外开放中始终保持清醒头脑，分清利弊，兴利除弊，积极扩大全方位对外开放的格局。总之，按照实践是检验真理的唯一标准，按照三个"有利于"的检验是非标准，不断解放思想，转变观念，总结经验，把改革开放步步推进。

2. 在改革开放中坚持唯物辩证法，正确认识和处理改革进程中的各种关系和矛盾。其中比较突出的有：改革与发展的关系，我们既要认识发展必须依靠改革，在一定时期自觉地让国民经济发展为改革创造较为宽松的经济环境和良好条件；又要认识发展是硬道理，自觉地使改革有利于发展、促进发展，争取一个比较满意的经济发展速度，形成改革与发展互促、互动的良性循环。

又如：改革与稳定的关系，我们既要认识坚持四项基本原则，发展安定团结的政治局面是改革的重要保证，又要认识搞好改革和发展才能从根本上有利于稳定，不能把稳定变成停滞不前。要警惕右，但主要是防止"左"，以稳定保证改革，以改革促进稳定。再如：大胆闯与稳步走的关系，改革一定要大胆地试、大胆地闯，要有一股劲、一股气，同时又要谨慎，步子要稳妥，注意随时总结经验，对的就坚持，不对的赶快改，新问题出来抓紧解决。

3. 越是改革开放，越要坚持两个文明建设一起抓，做到两手抓，两手硬。我们根本的立足点是要把我们自己的事情办好，主要是把国民经济搞上去，把社会主义精神文明建设搞上去，使人民的物质和文化生活不断得到改善。搞好经济建设，是做好一切工作的基础，所以在任何时候都必须牢牢坚持以经济建设为中心。精神文明建设对物质文明建设有巨大的促进作用，丝毫不能放松。精神文明建设这一手要硬起来，必须适应新形势、新情况、新特点，以改革的精神去探索新思路、新办法，这样才能切合实际，抓出实效。

4. 搞好改革的关键在于领导改革的各级司令部的建设，要有一个好的班子。各级党政组织的领导成员特别是主要成员，要牢牢掌握建设有中国特色的社会主义理论和党的基本路线，有真知、有勇气、有魄力，能把握全局、预见未来，时时掌握改革的主动权。要勤于学习、善于学习，理论联系实际，不断加深对社会主义市场经济规律的认识，正确协调和处理改革和发展进程中各种利益关系的变动。要廉洁奉公，勤政为民，时时刻刻同人民群众保持密切联系，尊重群众的创造精神和创造能力，团结带领群众前进。要模范地执行民主集中制的原则，善于集思广益，团结一班人形成坚强有力的领导集体。总之，司令部认识统一，团结协调，决策有方，组织有方，指挥有方，那么，队伍的战斗力就强了，改革开放就会无往而不胜。

（三）

我们党的第二代领导核心邓小平同志以马克思主义的革命胆略、求实态度和创新精神，提出计划和市场都是发展生产力的手段，不是区分社会主义和资本主义的标志。社会主义和市场经济不存在根本矛盾。这就打破了长期以来束缚人们思想的理论禁区，开辟了社会主义发展的新天地。以江泽民同志为核心的党中央，在党的十四大报告中把建立社会主义市场经济体制确定为我国经济体制改革的目标模式，而且在党的十四届三中全会上高举邓小平同志建设有中国特色社会主义理论的伟大旗帜，发扬了十一届三中全会解放思想、实事求是、锐意改革的精神，作出了《中共中央关于建立社会主义市场经济体制若干问题的决定》，勾画了我们90年代改革和发展的基本框架。这表明党的第三代领导集体把老一辈无产阶级革命家开创的改革开放和社会主义现代化建设大业进行到底的坚强决心和意志。

邓小平同志指出："恐怕再有三十年的时间，我们才会在各方面形成一整套更加成熟、更加定型的制度。在这个制度下的方针、政策，也将更加定型化。"党的十四届三中全会通过的《决定》，就是承前启后、继往开来的行动纲领，是朝着新经济体制以及这个体制下的方针政策定型化的方向又迈出了关键性的一步。

以党的十四届三中全会《决定》为标志，我国的改革开放开始向一个新的高度攀升。在这历史的新起点上，我们要保持和发扬过去15年来勇于探索、勇于开拓、勇于创新的精神，朝着本世纪末的第二步战略目标和下世纪中叶第三步战略目标，坚定不移把改革开放推向前进。

我们即将迎来的新的一年，是贯彻十四届三中全会《决定》的第一年，改革的力度比较大，改革的难度也比较大。明年改革的成效如何，十分关键。各级党组织和政府要结合本地区、本部门实际情况，精心组织，精心实施，保证首战必胜。

我们面临的改革，既有整体推进，又要实施重点突破。要培育市场体系，要加强和改善宏观调控，要推进现代企业制度的建立，又要促进社会保障制度的改革及分配制度的改革。金融、财税、外贸、投资等一系列配套改革将陆续出台。在这样复杂艰巨的全面改革当中，务必要高度关心群众利益，做好改革的宣传、解释、教育工作，协调好利益格局的变动，使群众不断增强对改革的承受力，不断激发对改革的积极性。

社会主义市场经济也是法制经济。在改革过程中，必须大力加强法制建设，加快经济立法进程。要借鉴和吸取国外有关市场经济的法律中有益的成分，并注意与国际惯例相衔接。要加强法制教育，从严执法。要把我们以社会主义市场经济体制为目标的改革规范化、法制化，把改革的经验用法律形式固定下来，为坚持党的基本路线一百年不动摇提供坚实的法律保证。

过去的15年，我国的改革开放和现代化建设所取得的成就是伟大的，值得引以自豪的。但是今后的任务更伟大、更艰巨，前景更辉煌。邓小平同志语重心长地说："从现在起到下世纪中叶，将是很要紧的时期，我们要埋头苦干。我们肩膀上的担子重，责任大啊！"全党同志和全国人民要更紧密地团结在以江泽民同志为核心的党中央周围，沿着邓小平同志指明的建设有中国特色的社会主义道路埋头苦干，加快改革，加快发展。再过30年，我们的社会主义市场经济新体制将形成一整套更加成熟、更加定型的制度、方针、政策；然后再过30年，我们将达到第三步战略目标，基本实现社会主义现代化。到那时，中华民族将以更加繁荣、更加富强、更加文明的雄姿屹立于世界的东方！

（1993年12月22日）

建立统一开放竞争有序的大市场

党的十四届三中全会提出了在本世纪末初步建成社会主义市场经济体制的宏伟目标。按照全会通过的决定，下大力气建设统一、开放、竞争、有序的大市场，是摆在我们面前一项重要而紧迫的基本任务。

市场体系是市场经济体制的核心，是市场机制发挥作用的基础。没有完备的商品和要素市场，市场配置资源的基础性作用就无从谈起。我们要建设的是怎样的市场呢？简要概括，它必须具备以下特征：统一的，而不是分割的；开放的，而不是封闭的；竞争的，而不是垄断的；有序的，而不是混乱的。

统一、开放、竞争、有序，是市场经济的本质要求。开放是经济活力的前提，竞争是经济效率的源泉，规则是经济秩序的保证。市场统一、开放、竞争、有序，才能使市场机制充分发挥作用，才能使资源得到最有效配置，才能使经济保持活力和效率。

改革开放以来，我国商品市场发展较快，要素市场开始发育，市场机制开始在一些领域发挥作用。但是应当承认，我国市场体系建设仍处于起步阶段，远不适应经济快速发展的要求，对国民经济形成了总体的瓶颈制约作用。因此，市场建设应当加快步伐。当前需解决三个突出问题，一是市场分割，二是市场垄断，三是市场秩序混乱。

（一）

市场分割，主要是地区分割。一些地方从局部利益出发，画地为牢，实行地方保护主义，限制商品、资源自由流通。某类商品、资源紧缺，就限制流出，某类当地产品销售疲软，就限制外地优质货流入。人为筑障设卡，阻碍商品自由流通，阻碍全国统一市场形成。

这种对市场的"块块"分割，从短期来看，可以保护本地区和本地企业的利益，但是从长远看，则是损害本地区和本地企业利益的。因为这种保护违背市场规律，排斥竞争，只能起保护落后的负作用。怀抱的孩子难长大，不经风雨的企业没有竞争力。建立统一开放市场是大势所趋，早开放，早受益；迟开放，必吃亏。这已被许多地方的实践所证明。建立统一开放的市场，不仅要拆除国内地区之间的藩篱，而且要准备与国际市场接轨。恢复我国在关税及贸易总协定缔约国地位后，我国将进一步对外开放市场。企业只有尽早在没有分割的市场中参与竞争，才能适应国内国际市场的风浪。

打破地区分割，不是不要发展区域市场。发展区域市场与分割市场不是一回事。区域市场是由商品本身自然技术特性和地区生产、消费习惯等因素形成的，不是那种按行政区划人为分割而成的。这样的区域市场应当发展，也可以成为全国统一市场的组成部分。在市场建设中，按行政区划形成一些区域市场属正常现象，只要不人为地把这种市场凝固化，它就可以顺应经济规律，与全国统一市场衔接起来。

打破地区分割，建设统一开放市场，关键在深化改革。一方面，加快财税体制改革，实行分税制，改变财政包干体制，可以削弱地方保护主义的利益基础，有利于打破市场分割。另一方面，加快企业改革，建立企业破产和社会保障制度，增强企业市场竞争力，也可以减轻政府承担"保护"责任的压力。当然，国家也要采取立法的方式，保证市场开放，制止市场分割行为。

（二）

市场垄断，主要是部门行业垄断，单一的国有经济垄断和一些过时的政策性垄断。改革以来，我国部门垄断和公有经济一统天下的格局被打破，许多领域允许其他部门进入，允许非公有经济发展，参与竞争，大大增强了这些领域的活力。但是，目前仍有一些属于竞争性的领域仍被一些部门独揽着。一些可以放开的领域仍限制非国有企业经营。在某些允许非国有企业进入的领域，也存在着事实上的不平等，难以保证公平竞争。此外，在改革初期，为了鼓励一些企业探索改革经验，国家给予了某些特殊优惠政策，这是完全必要的，事实上对推进改革，推动经济发展起了很大作用。但是，当改革措施普遍推开以后，继续长时间对某些企业保留"特殊优惠"，就造成了对其余广大企业的不平等。这种"政策性垄断"，与形成公平竞争的市场也是不相符合的，在深化改革中需要加以打破。

市场垄断最大危害是排斥竞争。排斥竞争，不仅阻碍市场发育，降低经济效率，也易滋生无序和腐败。可以说，在从高度集中计划经济转向市场经济的过程中，打破垄断的任务是最重要也是最艰巨的。当然，少数属于国民经济命脉和生产某些特殊产品的行业，必须由国家垄断，但除此而外，都应尽可能放开，允许其他部门和多种经济成分进入，参与竞争，促进发展。即使那些必须实行国家垄断的行业，也应引入竞争机制，展开行业内部企业之间的竞争，以提高效率。为了更好地贯彻以公有制为主体、多种经济成分并存的方针，鼓励非国有制经济健康发展，要从以所有制为依据制定政策转向以产业发展需要为依据制定政策，对各种所有制企业一视同仁，取消歧视性、限制性政策；也要逐步取消对某些企业在特定时期采取的种种特殊优惠政策，消除政策性垄断，保证公平竞争。为了削弱乃至最终取消某些政府部门分配资源的权力，需要加大政府改革力度，转变政府职能，使政府从大量干预微观活动转向管理宏观，把属于市场和企业的权力交还市场和企业。国家也应制定反垄断法，保护充分竞争。有些同志担心放开市场，打破公有经济的垄断，会动摇社会主义公有制的地位。其实，这种担心是不必要的。社会主义公有制的主体地位，应当体现在对国民经济的主导作用上，体现在对国民经济命脉的控制上，而不是体现在国有制企业数量的绝对优势上，不是体现在国有制企业对各行各业的大包大揽上。打破垄断，多种经济成分共同发展，才能调动多方面的积极性，解决我国建设资金短缺的困难，促进经济繁荣。近些年来，个体、私营经济虽然有了较大发展，但并不是多了，而是还很不够。1992年全国个体、私营企业产值只占全国工业总产值的4.1%。个体、私营经济发展余地还大得很。

竞争需要有一定的规模，即在每个行业里都要有相当数量的企业存在。形成竞争规模，才能实现充分竞争，发挥竞争的作用。特别是中国这样一个幅员辽阔、人口众多、市场巨大的国家，没有竞争规模，难以尽快满足市场需要。竞争也有利于形成经济规模。通过竞争，优胜劣汰，可以实现企业的兼并、资产的集中，形成经济规模。这种经济规模是平等竞争的结果，而不是排斥竞争、强行捏合的"大拼盘"，因而它必然产生真实的规模效益。

（三）

当前，市场秩序混乱现象引人注目。假冒伪劣，缺斤短两，虚假广告，非法集资，偷税漏税，走私贩私等无序现象，扰乱正常市场秩序，滋生腐败，损害企业和群众利益。无序行为的特征是不讲信誉，不守规则，无视法纪。有人认为这是搞市场经济造成的,其实这完全是对市场经济的误解。市场经济不是无序经济。市场经济是规则经济、法制经济。在市场经济中,市场主体多元化,经济决策分散化,经济联系复杂化。为了保持经济的有效运转,竞争的公平、充分,必须建立严格的市场规则,有效地维护市场秩序。许多发达国家的实践已证明了这一点。他们正是以成熟的市场经济克服了许多商品经济初期的弊端。建立社会主义市场经济体制,是一项前无古人的事业。新旧体制转换时期出现无序现象,难以完全避免。新旧体制交替,摩擦,难免出现管理漏洞,规则真空,约束松弛,行为失控。无序现象的发生不是市场经济搞过了头,而恰恰是因市场发育不够。因此,只有加快改革,加快市场发育,才能根本解决无序问题。遵循公平、诚实、信用原则的充分竞争,是市场秩序最有效的维护者。打破市场垄断、分割,反对各种不正当的竞争手段,形成充分竞争,就会对企业形成强大的市场压力。加快企业制度改革,真正形成自负盈亏机制,企业就有了内在约束力。建立市场规则,加强市场管理,提倡信誉、契约、法律等市场观念,就会堵住管理漏洞,进一步约束企业行为、规范市场秩序。

对无序现象还要作具体分析。许多无序现象,确实是违背市场经济的基本规则的,必须坚决制止。有些现象,用传统计划经济观点看是"乱",用市场经济观点看,则是经济活力的体现,是新体制的萌芽,需要大力扶植,而不是扼制。还有些现象虽属"无序",但是是市场发育滞后造成的,反映了加快市场发育的要求,需要加以规范和引导,而不能简单地一概否定。如金融领域曾一度发生的违章拆借等无序现象,就是资金市场发育滞后的反映,唯有积极推进资金市场建设,才能有效解决。总之,我们要学会用发展市场经济的办法治理无序,不再"一乱就收",而是"一乱就改"。以治理无序为契机,加快改革步伐,打破"一放就乱,一乱就收,一收就死"的怪圈,进入有序发展的新境界。市场取向的改革带来了经济发展、人民生活水平提高。中国经济从来没有像今天这样富于活力,市场从来没有像今天这样繁荣兴旺。现在活中有乱,活是主流。可以说无序也是一种改革和发展的代价。没有代价也就没有成功。当然,我们要以对人民高度负责的精神,兢兢业业,既要大胆,又要谨慎,以尽可能小的代价换取尽可能大的成功。

今年是贯彻实施十四届三中全会决定的第一年。我们应当下大决心,花大气力,扎扎实实地推进改革,认真解决市场分割、市场垄断和市场无序问题,扫清市场建设中的障碍,推动市场向统一、开放、竞争、有序的方向大步迈进。

(1994年1月7日)

上下一心打好今年改革攻坚战

内容提要：今年是我国加快建立社会主义市场经济体制，全面深化改革的关键年。要在培育市场主体、完善市场体系、健全调控体系三个方面"整体推进"，并在市场经济新体制的微观基础和宏观体制两个层面"重点突破"。今年出台的改革措施，广泛触及许多深层次的思想观念、制度创新、利益调整和具体操作上的难点，因此是一场攻坚战。

当前是我们展开改革攻坚战的最有利时机。我们有勇气、有决心去攻克体制改革中的重重难关。否则，会丧失难得的历史机遇，不能保持国民经济持续、快速、健康的发展，难以实现国民经济和社会发展第二步战略目标，甚至有可能在今后相当长的时间里，陷入高额通胀和经济低速徘徊并存的窘境。

要深刻认识和自觉把握今年改革攻坚战的新特点。就改革的对象看，由双轨并存制改为市场经济单轨制，会深刻触动双轨制下所形成的既定利益格局，需要积极投身改革的同志勇于自我革命。就改革方式看，由自下而上的自发推进，自上而下的放权让利，转为自上而下统一协调和组织实施，这是一个大的转变，必须有新的适应能力。就改革的进程看，由"单项推进"、分批操作到"整体推进"，"重点突破"，更加需要服从中央的指导，维护中央的权威，树立全局的观念。就改革的指导看，从主要靠政策推动到主要靠法制规范和保障，要求我们不断提高法制观念，学会运用法律手段指导改革，管理经济。

打好今年改革攻坚战，决定性的取胜之道在于上下一心，同舟共济。一要在认清大局上真正做到上下一心。千万不能认为"改革是中央的事，发展是自己的事"，不热心于改革。二要在为改革创造一个比较宽松和更为有利的经济环境方面真正做到上下一心。下决心坚决控制固定资产投资规模，保持经济总量基本平衡,切实抑制通货膨胀。三要在坚持两手抓,维护社会政治稳定、加强社会主义精神文明建设方面真正做到上下一心。各级领导要善于体察民情,注重理顺情绪,及时化解矛盾,确保一方平安,确保良好的社会风气和舆论环境。要抓好"菜篮子""米袋子"等一切与群众生活密切相关的实事,不能一味追求增长速度而置群众生活于不顾。

今夕是何年?党中央国务院领导同志一再强调,今年是贯彻党的十四届三中全会《决定》,向着建立社会主义市场经济新体制的目标,全面深化改革的关键年、攻坚年。元月1日,江泽民同志在全国政协新年茶话会的讲话中指出,"1994年,对于我国改革开放和现代化建设是非常关键的一年","在新的一年,我们深化改革的核心内容,就是精心组织好建立社会主义市场经济体制的一系列重大改革措施的出台和实施工作"。1月28日朱镕基同志在全国宣传思想工作会议上的讲话中强调,"1994年的改革和发展任务都很重,人民关心,世界瞩目。能否打好这场改革攻坚战,是对我们的一场严峻考验"。随后,李鹏同志又在春节团拜会的讲话中,把今年改革攻坚战的内容集中概括为三条:"一是组织好财税、金融、投资等重大改革措施的实施,建立和完善宏观调控体系;二是继续转换国有企业经营机制,探索建立适应社会主义市场经济要求的现代企业制度的有效途径;三是在充分考虑各方面承受能力的前提下适当推进价格改革,发展和完善市场体系。"

这些引人注目的讲话向我们传递了两条重要信息:第一,我国的经济体制改革已进入全面深化、综合配套的新阶段。今年将是十一届三中全会以后十多年来,改革措施出台最多、最集中的一年,而且改革的规模、范围、难度、深度都是前所未有的。第二,今年的深化改革将要在培育市场主体、完善市场体系、健全调控体系这三个方面"整体推进",同时又要在市场经济新体制的微观基础和宏观体制这两个层面"重点突破"。这些改革措施可以在今年基本成型,明年将为广大人民所熟悉,后年中国将开始进入社会主义市场经济的轨道。新年伊始,这场意义深远的改革攻坚战已拉开了序幕,中央关于宏观体制和其他方面的一系列重要的改革方案已经出台,建立现代企业制度的微观体制改革将要在国务院选定的全国100家左右的企业先行试点。我们要充分认识今年改革攻坚战的必要性、艰巨性和复杂性,按照党的十四届三中全会《决定》,上下一心,同舟共济,全面落实中央已经出台的一系列重大改革措施,精心组织,分类指导,保证这些改革的顺利实施,坚决打胜改革攻坚战,进一步发展当前的好形势。

（一）

　　为什么要把今年出台的深化改革的各项重大措施称之为改革的攻坚战呢？这主要是就改革的深度和难度而言的。从总体上看，今年出台的一些重大改革方案，广泛地触及了我们经常谈论的许多深层次的思想观念、利益调整和具体操作上的难点问题。比如说，建立现代企业制度的改革方案，就深刻地触及了公有制经济的产权界定和实现形式问题，同80年代的企业改革主要是放权让利的政策调整不同，现在的深化改革要进一步解决企业的制度创新问题。比如说，在建立要素市场的改革方案中提出的"劳动力市场"，涉及对社会主义条件下劳动者在企业中的地位界定这样深层次的问题，这同"资本市场"的概念一样，都是对传统观念的重大突破，是社会主义经济理论的新发展。又比如说，各项宏观调控体制的改革方案特别是分税制的改革方案，涉及对宏观调控范畴的重新界定和对中央政府与地方政府经济管理权限的科学划分，深刻地触及了中央与地方的利益关系这样深层次的问题。在经济管理上必须加强中央的权威，各项宏观调控权必须集中在中央，同时又要继续发挥中央和地方两个积极性。这是新中国成立以来一直没有解决好、改革以来试图解决也没有完全解决的问题，所以也是一个属于攻坚碰硬的难题。至于要建立统一、开放、竞争、有序的社会主义大市场，更是涉及打破部门垄断、地区垄断的利益格局调整问题，也是有相当难度的。正是从思想解放、观念更新、制度创新和利益调整的深层次、高难度两者兼而有之的意义上，才把今年的深化改革方案称之为攻坚战的。攻坚者，硬仗也。

　　既然改革的攻坚战如此艰巨，而且又存在一定的风险，为什么要把这么多攻坚碰硬的任务放在今年集中出台呢？这里有一个对已经酝酿多年想干而没有条件干的改革攻坚任务能否再往后拖延的时机判断和选择问题。就时机判断而言，尽管目前我国宏观经济中还存在这样那样的问题，但是解决经济生活中深层次矛盾的改革难关一定要过。而且，当前正是我们展开改革攻坚战的最有利的时机。首先，党的十四大根据邓小平同志南方谈话精神，确定了社会主义市场经济的改革目标，这就使我们得以一举摆脱市场经济姓"社"还是姓"资"的观念缠绕，可以在没有任何思想顾虑和障碍的情况下，义无反顾而又矢向一致地大胆推进各项深层次的市场取向的改革。其次，在过去十多年的改革进程中，我们已先后经历了不少难关，积累了宝贵的经验，增加了对付复杂情况的能力。而且这次推出的各项改革攻坚战的方案都是在以江泽民同志为核心的党中央领导下，经过长时间精心周密的调查研究，集中了全国人民的智慧，并借鉴发达国家的成功经验制定的，既符合市场经济一般规律，又坚持从中国具体国情出发，尽可能照顾到各方面的利益，因而可以形成攻坚碰硬的改革共识，而减少来自各方面的阻力。此外，更为重要的是，自从1992年邓小平同志视察南方重要谈话发表以来，我国各方面的工作都打开了新的局面，国民经济蓬勃发展，市场供应十分丰富，人民生活水平进一步提高，而前进中出现的一些问题已经或正在获得有效的解决，这就为全面推进改革攻坚创造了良好的政治条件和社会环境。

如果我们错失这一难得的历史机遇，没有勇气和决心去攻克体制改革中的重重难关，不能很好地解决发展中遇到的种种问题，就不可能保持国民经济持续、快速、健康的发展，也难以实现国民经济和社会发展第二步战略目标，甚至还有可能在今后相当长的时间里，陷入高额通胀和经济低速徘徊并存的窘境。

再就改革的时机选择而言，今年出台的各项改革措施能不能像有些同志所议论的那样可以再推迟一些出台时间呢？这些同志也许没有想到，财税改革和外汇改革从技术上讲都需要在一个严整划一的日历年度和会计年度起始，否则哪怕是推迟十天半月实际上就意味着再推迟一年。其次还要看到，现在中央财税流失十分严重，中央财政收入在国家财政收入中所占比重日益下降，赤字越来越多，再不改革财税体制，日子就过不下去了；而进口上升，出口下降，逆差扩大，国家收汇减少，资本外流日增，再不改革外汇体制，也已经难以为继；再加上传统计划经济体制的"投资饥渴症"久治不愈，竞相攀比速度，规模扩张愈演愈烈，金融扩张已经成为宏观失控的根源，再不改革投资体制和金融体制，剧烈的通货膨胀将会导致严重的政治问题。因此，十四届三中全会以后，如果我们不当机立断，迅速利用当前有利时机，在深化改革方面迈出较大的步子，在政治上损失将会很大。

（二）

那么，今年出台的改革攻坚战，同十一届三中全会以来已经进行的各项改革相比，具有哪些新的特点呢？我们认为，深刻认识和自觉把握这些新特点，对打好这场攻坚战是至关重要的。

第一，就改革的对象来看，在由社会主义计划经济向社会主义市场经济转变过程中，有一个"双轨并存"的过渡阶段，这在我国改革进程中是不可避免的，而且实践已经表明这有利于减少震荡，避免激进改革一下子使各种问题成堆而使改革本身陷入困境的通病。然而双轨并存的体制也有许多不容忽视的负面效应。它诱使行政权力与商品经济活动联姻，导致各种利益主体职能紊乱，角色错位，约束松弛，行为失控，以及比比皆是的管理上的漏洞和规则真空。在改革攻坚战中，要逐步把双轨制改为市场经济单轨制，这就必然会触动双轨并存体制下所形成的既定利益格局，而这种利益格局又同80年代的某些改革措施联结在一起，要触动它，不仅会有利益上的摩擦，而且还会有观念上的缠绕、思想上的阻力。因此，即使在前一阶段积极改革的同志，自身也有一个进一步提高深化改革的自觉性，敢于进行自我革命的问题，主动积极地推进经济体制和本部门职能的重塑，否则很有可能成为"半截子改革者"，成为时代的落伍者。

第二，就改革的方式来看，80年代的改革主要是自下而上的自发推进，自上而下的放权让利。在那个阶段上冲击旧体制的主要动力来自地方、来自基层。各个地区、各个部门、各个单位都可以按照自己的意愿，采取改革的"自选动作"，各显神通地"摸着石头过河"。而领导部门主要是放权让利，因而凡搞改革积极的地方、单位往往得利在先，而领导部门显得"步步为营、节节败退"。在改革的攻坚阶段，情况就不同了。由于建立新体制需要做的工作方面众多，它们之间又需要紧密协调，这就必须由一定的权威机关制定基本的规则进行协调；同时，由于改革攻坚战不可避免地会触及既有的利益格局，因而改革并不一定会给每个单位、每个人都带来眼前的利益，做到"皆大欢喜"。这必然会遇到种种困难和阻力，改革措施都需要进行有组织的努力，克服障碍，才可望得到贯彻。而且，攻坚战所触及的有关产权界定，国有资产管理方式的确定，新的财税体制、金融体制、外贸体制、投资体制的确立，也都绝不是可以用自下而上、自发推进的方式实现的，而必须由坚强有力的国家高层权威机构对整个改革进程自上而下地进行统一协调和组织实施。如果不是这样做，而是放任自流，各行其是往前"拱"，就会产生严重的失调，势必加大改革成本，延缓国内统一市场的形成，妨碍整个国民经济的腾飞。

第三，就改革的进程来看，在80年代，大多是单项推进，分批操作。由于观念转变有先有后，对旧体制的感受程度有深有浅，有的地方改革积极性很高，"不用扬鞭自奋蹄"，甚至"自费改革"，"拎着乌纱搞改革"；也有一些地方则行动迟缓，并不踊跃。比如农村改革初期搞家庭联产承包责任制，废除人民公社制度，开始的时候只有1/3的省干起来，第二年超过2/3，第三年才差不多全部跟上。当时中央的方针是"允许看"，"不搞强迫，不搞运动"，"愿意干就干，干多少是多少"，一时想不通的、跟不上来的，可以等待。而在改革的攻坚阶段，必须整体推进，重点突破，共同动作。许多涉及宏观经济全局的改革措施需要统一出台时间、统一行动步骤，比如税制改革、汇率并轨，都是如同运动员要听从裁判员的发令枪响以后立刻奔跑一样，决不能你改我不改，也不能愿意干就干，不愿干就不干，更没有任何观望和等待的余地。因此，在攻坚阶段，建立新体制，必须服从中央的指导，维护中央的权威，树立全局的观念，统一认识，统一行动。

第四，就改革的指导来看，80年代的改革，主要的指导方式是政策推动，比如农村改革，中央一年发一个一号文件，农民有"富民政策"和"政策当家"之说，并且老是关注"政策变不变"，而基层干部则始终相当关心"政策的含金量"，希望不断得到来自决策层的"政策优惠""政策倾斜"。到了改革的攻坚阶段，指导改革的方式已经并且还将越来越多地由政策推动走向法律推动。这是因为，社会主义市场经济实质上是一种法制经济，社会主义市场经济体制的建立和完善，必须有完备的法制来规范和保障，而这在改革指导上就相应地要求改革决策要与立法决策紧密结合，用法律引导、推进和保障改革的顺利进行。比如今年1月1日推出税制改革方案时，便同时推出了经全国人大重新修改的《中华人民共和国个人所得税法》，以及国务院颁布的中华人民共和国增值税、消费税、营业税、企业所得税等暂行条例（即"一法六条例"）。在建立现代企业制度的企业机制方面的改革全面展开以前，国家也已预先颁布了《公司法》《股票法》等。为了适应攻坚阶段由法律推动的改革指导方式，一方面要求立法机关抓紧制定关于规范市场主体、维护市场秩序、加强宏观调控、完善社会保障、促进对外开放等方面的法律，并且适时修改和废止与建立新体制不相适应的法律和法规；另一方面又要求不断提高全社会的法律意识和法制观念，要求各级干部学会运用法律手段指导改革、管理经济。

（三）

认清了今年改革攻坚战的艰巨性、必要性和特点，大家一定会取得一个共识，打好今年改革攻坚战，决定性的取胜之道在于齐心协力、同舟共济。"人心齐，泰山移，攻坚易"。党中央、国务院一再强调，在改革的攻坚战中，要"上下一心、务求必胜"。就当前的实际状况看，所谓"上下一心"应当主要体现在以下三个方面。

一是要在认清大局、服从和服务于大局方面，真正做到上下一心。党中央反复强调，抓住机遇，深化改革，扩大开放，促进发展，保持稳定，是今年全党工作的大局。这个大局的实质就是坚持"以改革促发展"，就是要"高奏改革主旋律"。各级领导干部都要树立抓住机遇深化改革的紧迫感、责任感、危机感和忧患意识，自觉地把更多的领导精力集中到改革上来，要围绕中央既定的大方向、大思路全神贯注，心无旁骛，千万不能认为"改革是中央的事，发展是自己的事"，只热衷于发展而不热心于改革。在改革中，要丢掉"小算盘"，不搞"小动作"，反对弄虚作假。这类行为同上下一心是背道而驰的，必须举一反三，防微杜渐。对深化改革中的消极现象要严肃批评，予以纠正。

二是要在为改革创造一个比较宽松和更为有利的经济环境方面真正做到上下一心。由于1994年改革力度大、攻坚任务重，经济环境无论如何不能绷得太紧，经济增长速度的计划安排，一定要适当留些余地。这就要下决心坚决控制固定资产投资规模，坚持建设规模与国力相适应，防止增长速度指标、固定资产投资计划指标、价格涨幅指标"三突破"而再度引发经济过热、加剧通货膨胀。邓小平同志明确地说过："我们的一条经验是，发展顺利时要看到出现的问题，发展要适度，经济过热就容易出毛病。"这是经验之谈，也是警策之言。各级领导同志一定要保持清醒头脑，无条件地服从中央宏观调控的决策，坚决不搞逆向思维，花大力气保持经济总量基本平衡，切实抑制通货膨胀，防止经济大起大落。各地在发展速度上必须从实际出发，坚决不搞横向攀比。

三是要在坚持两手抓的方针、维护社会政治稳定、加强社会主义精神文明建设方面真正做到上下一心。坚持两手抓的方针，维护社会政治稳定，这是我们顺利进行改革开放和现代化建设，集中力量把经济搞上去的政治保证，也是建设有中国特色社会主义的一个重要组成部分。没有稳定的社会政治环境，改革和建设都搞不成，同时只有坚持改革和发展，才能从根本上保持稳定。我们现在是在国民经济高速运行中推进经济体制改革的，又要在加快体制转换的过程中保持国民经济又快又好地增长。这就更加需要注意保持稳定的社会政治环境。各级领导都要以维护社会稳定为己任，善于体察民情，注重理顺情绪，及时化解矛盾，确保一方平安，确保良好的社会风气和舆论环境。要发扬我们党处处关心群众、事事依靠群众、一切为群众利益着想的优良传统，从政治的高度重视抓好"菜篮子""米袋子"等一切与群众生活密切相关的实事，决不能一味追求增长速度而置群众生活于不顾。

  改革攻坚战的各项重大措施出台两个多月来，总的情况良好，没有出现大的问题，当前市场稳定、社会稳定、人心稳定，这就坚定了我们把攻坚战进行到底的决心。"犯其至难，图其至远。"我们相信，打胜今年这一场层次深、难度大的改革攻坚战，一定会迎来我国政治局面的长治久安和经济建设的长足发展。让我们真正上下一心，共同奋斗，乘胜前进！

（1994年3月10日）

处理好新形势下的人民内部矛盾

在我们的社会生活中，人民内部矛盾是长期、普遍存在的。现在提出这个问题的现实意义在于：我们的改革事业正向纵深发展，尤其是今年出台的改革措施，在相当广泛的方面，将触及社会各方利益的深层结构，其影响或多或少，或深或浅，或迟或早地要波及各个地区、单位和个人。正如大家所看到的那样，我们的社会生活既有充满活力、异常活跃的一面，也有各种矛盾扭结、碰撞、摩擦等错综复杂的一面。虽然这些矛盾是在人民群众根本利益一致前提下的矛盾，但处理得不好，也会产生消极的后果，甚至诱发足以影响全局的问题。这就要求我们的领导机关和领导干部，审时度势，头脑清醒，善于把握好改革、发展和稳定的关系，牢牢掌握工作的主动权，化消极因素为积极因素，最大限度地调动人民群众的改革热情和建设积极性。

（一）

在新形势下，人民内部矛盾的表现形式和特点与过去有很大不同。弄清这些矛盾所产生的时代背景和历史条件，对于我们采取正确的政策和策略，有针对性地开展工作，是非常必要的。这可以概括为三个方面。

第一，我们现在推出的各项改革措施，主要是按照建立社会主义市场经济体制的改革目标，不断地调整各方面的利益格局和利益关系，从而适应生产力的发展要求。旧的平衡被打破，也就难免带来一系列的矛盾。比如中央和地方的利益关系，地方政府和企业的利益关系，企业与职工之间的利益关系等，都会有新的变化。这些变化总的来说，是使各方面的利益关系更加趋于合理，但由于各方面都有各自的具体利益，也都希望在利益格局调整中不受损或者获得更多的利益，所以围绕利益问题，各个层面各式各样的矛盾也就显著增加。同时存在着培育社会主义统一市场和部门分割、地区分割的矛盾，合法经营和非法经营的矛盾，正当竞争和不正当竞争的矛盾等。这种情况在高度集中的计划经济体制下并不明显，而在向市场经济转型的过程中就变得日益突出。

第二，我们是在国民经济高速运行中推进经济体制改革，又要在加快体制转换过程中保持经济快速增长。因此整个经济环境相对来说是比较紧张的。存在着加快发展速度和改善经济结构、提高经济效益之间的矛盾；东部沿海和中西部在区域经济发展上不平衡的矛盾；人民群众要求尽快提高生活水平的期望和有限的物力财力，也构成矛盾；生产规模的扩大和消费基金的膨胀又造成资金短缺和物价上扬。再加上不同地区、不同经济形式从业人员在分配、收益上的差异，苦乐不均，贫富差距拉大等问题，都暴露了出来。

第三，我们的国家日益对外开放，上层建筑和观念形态也经历着深刻的变革。旧的体制向新的体制过渡时期，在实际工作和思想观念方面都呈现出异常复杂、活跃的情况。比如如何处理把市场机制引入分配制度与按劳分配、共同富裕的矛盾，如何处理价格体系与现行工资政策和消费政策的矛盾，还有拜金主义、利己主义和集体主义的矛盾，享乐思想、腐败现象和艰苦奋斗传统的矛盾等。这些矛盾的解决在短时期内都不可能一蹴而就，所以往往产生一些难题和工作上的漏洞。因为很多单位和部门都面临这样的问题，而且最终要从每个人的切身利益中反映出来，所以在思想上、心理上、情绪上也容易造成某种程度的波动和失衡。

不必讳言，目前的各种人民内部矛盾大量存在。而每一对矛盾中又包含着多种复杂因素制约，相互影响，相互作用；国家的改革政策，群众的实际利益，人们的思想观念和社会风气的影响，往往交织在一起。所以解决也就有一定的难度。我们的态度是：一、要认识到，这是社会前进和社会发展过程中难以避免的现象，有些是老问题，也有新矛盾，我们的改革正是要逐步解决或缓解这些矛盾，理顺这些关系；二、也必须勇于面对改革事业的艰巨性和复杂性，采取正确的政策和策略，在保持改革活力的同时，对各种矛盾加以妥善处理，以此为契机，把改革引向深入。

(二)

抓住机遇，深化改革，扩大开放，促进发展，保持稳定，是今年全党全国工作的大局。处理新形势下的人民内部矛盾也要从这个大局出发，服从和服务于这个大局。基于这个认识，我们处理新形势下人民内部矛盾要把握好以下三点。

其一，我们的立足点，是要化解矛盾，理顺情绪，增进理解，调动积极因素。目前存在的种种人民内部矛盾，多属于利益关系问题或者是思想认识和思想观念问题，一般不具有对抗性。我们的方针是多做调解、协调、疏通工作。领导机关和领导干部要善于在矛盾和纠纷中，消除隔阂，排除障碍，寻求解决问题的渠道，搭设相互沟通的桥梁，平衡好各方面的关系。实践证明，理解和沟通很重要，这是解决矛盾的一个有效途径。如果各方面都能够求同存异，互谅互让，顾全大局，很多矛盾包括一些很棘手的矛盾就完全可以比较平和妥善地得到解决。关键是要拿出诚意，采取建设性态度和切实的措施。

其二，我们的基本思路是，改革中出现的问题，要靠深化改革去解决；发展中出现的问题，要在发展过程中去解决。比如就业问题，就不是个单纯的安置问题。如果不开辟更多的就业渠道，不采取各种形式的就业方式，而是仍然靠政府包下来，就很难解决。又如，一些企业由于经营不善，产品积压，质次价高，发生亏损，采取单纯的保护措施不能从根本上解决，只有把企业推向市场，参与竞争，才是解决问题的办法。从长远来看，发展是硬道理，把国民经济搞上去，解决各种矛盾和问题的回旋余地就宽裕多了。社会的物质财富和精神财富增加了，国家富强了，人民富裕了，很多矛盾就可以迎刃而解。经济搞不上去，一切都无从谈起。

其三，通过民主和法制化解矛盾，是我们必须遵循的一条重要原则。人民群众是改革的主体，没有绝大多数群众的支持、配合，我们的工作将一事无成。因此，举凡重大举措，都要发扬民主，和群众商量。重大政策出台之前，要多方听取意见，择善而从；政策出台之后，要组织广大干部和群众认真贯彻落实，同时注意收集反映，不断修改、补充和完善。我们围绕建立社会主义市场经济体制的要求，制定了一系列法律、法规和制度。这是解决各种矛盾和问题的基本依据。任何单位和个人都不能凌驾于法律、法规和制度之上，自行其是。"大闹大解决，小闹小解决"，这种风气不可助长。不管有什么样的理由，矛盾和问题只能在国家法律、法规和制度的框架里加以解决。实践证明，依法办事，照章办事，是摆脱无理纠缠，排除种种人为干扰的有效途径。

（三）

处理好新形势下的人民内部矛盾，各级领导机关特别是领导干部负有重要责任。在大力推进改革的形势下，新矛盾、新问题会大量出现，我们更要兢兢业业，严肃认真地做好各方面的工作，尤其要注意以下几点。

要大力加强思想政治工作。新旧体制转换时期，由于社会结构和利益格局的变动，群众的思想会异常活跃。各种看法和想法比较多，这是正常的。如果忽视思想教育，缺乏正确的引导，往往容易因为一些小事酿起事端。所以改革越深化，思想工作也要越深入越细致。思想教育工作要联系实际，不回避矛盾，不能只讲官话、套话，而要"一把钥匙开一把锁"，有针对性。要提倡把政策把困难交给群众，有问题、有矛盾，不要捂着盖着。这是消除误解，增加共识的一个办法。比如在交粮、纳税、提留、宅基地、土地征收、资源开发等方面，要说清楚为什么有这样或者那样的政策，哪些是群众应该承担的义务，哪些是群众应该享有的权利。

比如收益分配方面，要讲清楚收入差异和分配不公有什么区别，哪些致富是合理的，哪些致富是不合理的，尤其是获取暴利是我们所反对的。要特别注意用改革的思想对群众进行教育，使大家明白，个人、局部和眼前利益为什么要服从国家、全局和长远利益。如果把事实摆清，把道理讲透，绝大多数老百姓是会识大体、顾大局的。

反腐倡廉，克服官僚主义，是缓解各种矛盾的一个重要方面。在一些地方，群众意见最大的，一个是少数干部为政不廉，一个是官僚主义作风严重。干部不廉主要表现在有些干部利用自己的特殊地位介入经济活动，趁机捞一把。这虽属少数人的行为，但在群众中影响很坏。很多地方的利益纠纷也正是因为这个因素而变得复杂化，甚至产生对抗情绪。官僚主义作风也是引发或激化矛盾的一个重要原因。有些矛盾和纠纷本来不是什么大事，但积以时日没人理睬，就会导致群众的过激反应。要提倡认真负责的精神，反对上推下卸，文过饰非。群众的意见和要求是合理的，又有条件能够办到的一定要及时办。对于那些意见和要求虽然合理，但由于条件制约一时还难办或难以全办的，要说明情况，多做说服解释工作，创造条件促其解决。对于那些不尽合理的要求，只要不是无理取闹，也要讲明情况，介绍政策，晓以大义，给群众一个明确的答复。总之，要深入群众，深入实际，哪里有矛盾、有问题，领导干部就要深入到哪里去做工作。

要关心群众生活，为群众排忧解难。由于种种原因，一部分亏损企业职工的收入下降，生活发生困难；一部分农民务农的比较利益下降，面对着不少生产和生活难题。这关乎大局稳定。现在有些地方建设热度很高，资金非常紧张，往往忽视了一部分群众的基本生活保证。这要引起重视，宁可少上几个项目，宁可压缩其他开支，也要腾出些钱来保住群众的"米袋子""菜篮子"。对那些亏损企业的特困职工，尤其要关心爱护，雪中送炭，安排好他们的生活。对于社会治安、供电用水、入托就学等所有关乎群众生活的问题，都要时刻挂在心上，想群众所想，急群众所急。这样，我们的社会生活就能有一种安定、祥和的气氛，少一些矛盾和摩擦，即使有也比较容易解决。

新形势下人民内部矛盾相当复杂。凡属人民内部矛盾都要采取说服教育的方法、调解协商的办法加以解决，切忌生硬粗暴。但也要注意矛盾性质的变化。在复杂的矛盾现象中，对矛盾的性质要判断准确，采取的措施要及时有力。我们各项工作要争取主动，尽可能把问题解决在萌芽状态。

处理人民内部矛盾涉及方面很广，所以要动员各方力量，大家一起来做工作。各级党委和政府要做好组织协调工作，各民主党派、群众团体也要积极配合，每个地方、每个部门、每个单位都要做。总之，处理好新形势下的人民内部矛盾，必须有正确的指导思想和工作方法，而这一切又必须有坚强有力的组织保证。

（1994年5月23日）

论宣传先进典型

（一）

今年以来，新闻传媒比较集中地报道了一批在"两个文明"建设中作出突出成绩、突出贡献的先进典型，例如徐洪刚、赵雪芳、白雪洁、包起帆、叶乔波等。这些先进典型中，有的人见义勇为，伸张正义，保护群众的安全；有的人舍身为公，用自己的血肉之躯保护国家财产；有的人助人为乐，扶危济困，为别人送去温暖和爱心；有的人放弃国外优厚的待遇，毅然回到祖国，把知识和才华献给祖国的建设事业；有的人奋斗拼搏，为祖国赢得巨大荣誉。他们具有崇高的理想信念、高尚的道德情操，代表着时代进步的方向，反映了90年代中国人民奋发进取的精神风貌。他们的事迹，构成了一幅新时期的"群英谱"，为我们国家恢宏壮丽的改革开放和社会主义现代化事业增添了光彩。

尤为令人欣慰的是，先进典型人物的事迹和思想在工厂、农村、机关、学校、军营，在社会各个方面广为传播，引起了热烈反响。一个学先进、赶先进、做先进的滚滚热潮正在神州大地兴起，一批又一批先进典型不断涌现。以大力弘扬先进典型为契机，一股强大的浩然正气吹拂着大地，人们的精神为之一振，社会风气开始改观。

时代呼唤先进典型。人们如此热爱先进典型、学习先进典型，不是偶然现象，它有着深刻的社会原因。不仅包含人民群众对现实生活的思考，更反映人民群众对未来美好生活的渴望。

改革开放十多年来，我们的国家发生了巨大而深刻的变化。人民生活有了显著改善，综合国力迅速增强，物质文明建设和精神文明建设取得了举世瞩目的成就。但是正像经济建设由旧体制转向新体制过程中遇到许多新情况、新问题一样，精神文明建设也遇到一些新矛盾、新问题。在改革开放和建立社会主义市场经济体制的大环境下，人们在接受外来文化中进步一面的同时，也受到某些腐朽思想的影响；在接受市场文化的同时，也受到一些消极的、不健康意识的冲击。拜金主义、极端个人主义、享乐主义等思想就是其中最突出的表现。

我们国家的改革和建设正面临着十分繁重的任务。深化改革需要人们处理好国家、集体和个人的利益关系；现代化建设则需要更多的人奋斗、奉献，用诚实的劳动构筑现代化的大厦。而要做到这一点，就必须用爱国主义、集体主义和社会主义的精神把大家凝聚起来。如果只讲利益，不尽义务，只讲改善生活，不讲贡献奋斗，那么我们靠什么去担负起改革和建设的历史重任？

实践证明，一个没有远大理想、坚定信念、高尚品德、优秀品质等健全精神生活的民族，不能赢得世人的尊敬，也难以自立于世界民族之林。我们的国家正走向21世纪。在新的世纪里中国人民将向世人展示怎样的精神风貌，是十分重要的课题。要把这个课题解决好，就需要提高全民族的文化、教育、道德等方面的水平。

先进典型的表率作用，自古以来就是引导人的精神生活的一个重要方面。比如，天下为公、疾恶如仇、自强不息、戒奢节俭、助人为乐、"先天下之忧而忧，后天下之乐而乐""国家兴亡，匹夫有责""富贵不能淫，贫贱不能移，威武不能屈"等优秀思想和品格，都是通过先进典型的示范作用体现出来的。它作为民族文化的瑰宝，代代相传，不断升华，是引导我们社会走向文明进步的最有感召力的路标。可以说，先进典型的表率作用，一旦变成亿万人民的自觉行动，其改造社会的力量是巨大的。一批先进典型人物的涌现，适乎时代之潮流，合乎人民群众之需要，为社会主义精神文明建设注入了新的活力。

（二）

在社会主义现代化建设中，我们党一贯重视运用榜样的力量教育和鼓舞人民。我们要总结历史上成功的经验和当前的新鲜经验，根据新时期的特点，继续做好这方面的工作。我们认为，从指导思想上说，宣传先进典型应该遵循这样几条原则。

首先，要理直气壮、旗帜鲜明。一个时期以来，社会上有一种错误的观点，认为，提倡公而忘私、舍己为人、无私奉献、艰苦奋斗等精神是唱高调，因而对现实生活中涌现出的先进典型，不是支持而是贬责，不是爱护而是嘲讽。以致不少先进典型的处境比较窘迫甚至孤立。在这样的氛围下，正气怎么能高扬起来？我们的社会正处在变革时期，人们的思想也比较复杂，这并不奇怪。但也正因为如此，才更需要对干部群众的思想加以正确引导。如果我们对美丑善恶的态度是含糊不清的，怎么能创造一种进步向上的社会环境？实际上，在广大群众中，进步和向上的愿望是十分强烈的。只要深入下去，听一听群众是怎么想的、怎么说的，就会感受到先进典型的思想和精神具有广泛的群众基础。

第二，宣传先进典型要实事求是，经得起历史和群众的检验。真实可信，是构成先进典型的魅力所在。雷锋、焦裕禄、王进喜等先进人物为什么能征服那么多人的心，就是因为他们的事迹是过硬的，不能不使人钦佩。当然过去在树立和宣传先进典型中也有教训可以吸取。有些同志热衷于迎合风头，在宣传典型时不顾事情的本来面目，添枝加叶、任意拔高，搞实用主义。这不但不能达到好的效果，而且还会造成逆反心理，甚至给先进典型带来麻烦和苦恼。成功的经验是，要把主观愿望和客观实际、把热烈的感情同严谨的科学态度结合起来。调查要细致，分析要准确，评价要适当，既不能求全责备，也不能以偏概全，是怎么回事就是怎么回事，不凭主观愿望办事，不强加于人。

第三，选择的先进典型要有鲜明的时代特征，要充分反映历史前进和社会发展的价值取向。在中国革命和建设的各个历史时期，我们都有一批具有鲜明时代特征的、深受人们爱戴的先进典型。刘胡兰、董存瑞，体现了人民为新中国诞生所进行的前赴后继的奋斗；邱少云、黄继光，他们的名字和"抗美援朝、保家卫国"的神圣使命联系在一起；"孟泰精神""铁人精神"反映在建设时期人们对建设美好家园的憧憬和克服困难、自立自强的英雄气概；彭加木、罗健夫、蒋筑英的出现，使得尊重知识、尊重人才的思想深入人心，勤奋学习、勇攀科学高峰蔚然成风；而乒乓小将和女排姑娘顽强拼搏、为国争光的精神，则使"实现四化、振兴中华"的口号响彻神州大地，成为时代的最强音。各个时期先进典型就其精神本质来说，都是一致的，他们之所以能够在群众中具有广泛的影响，还在于其表率和示范作用与不同时期党和国家的历史任务相吻合。时势造英雄，而英雄总是和时代的脉搏息息相通。我们现在正处在改革和发展的历史新时期，这一鲜明的时代特征赋予先进典型以新的思想内涵。最近一些部门和单位表彰的一批先进典型，就是时代的典范。我们要利用这些活生生的材料，对群众进行生动而具体的思想教育，动员和鼓舞全体人民为完成党提出的现阶段的奋斗目标而英勇奋斗。

第四，宣传先进典型要有群众性，把典型的先进性同亿万人民群众在各个岗位的改革和实践结合起来。先进典型来自群众，他们也是群众的一员。雷锋就是一名普通战士。他的伟大并不表现为惊天动地的壮举，而是由无数细小平凡的事例汇集而成。伟大和平凡没有不可逾越的鸿沟，伟大往往出自平凡。从这个意义上说，先进性和群众性是统一的。我们要注意发现和培养各行各业的先进典型，提倡在平凡的工作中、在平凡的岗位上学习先进典型，这样才符合每个人的实际情况，才能使先进典型更好地发挥表率作用。

（三）

宣传先进典型，提高全体人民的思想道德水平，形成健康向上的精神状态和优良和谐的社会环境，全面推进社会进步，是一项长期、艰巨的战略任务，有大量的工作要做。为此，需要着重解决好一些关键性问题。

党员干部特别是领导干部要以身作则带头学先进。领导干部所处地位，决定了必须在各方面都要起带头作用。特别是在学习先进典型这个问题上，他们的言行，正面效应和负面效应都很大。如果只是号召别人学，自己却不学，那么不仅会涣散群众的热情，也助长了言行不一的坏风气。实践证明，哪里的领导干部身体力行，不仅带头学先进，而且自身就是令人信服的先进人物，哪里的群众就会自觉、自愿、主动地学先进。

用先进典型教育青少年，培养一代新人，是一项必须紧抓不放的重要任务。我们高兴地看到，这一代青年正在茁壮成长。他们朝气蓬勃，积极进取，在社会主义物质文明和精神文明建设中是一支可贵的生力军。他们中间涌现了一批又一批无愧于时代的先进模范人物。奋发向上始终是青少年的主流。同时也应该看到，这一代青少年成长在和平建设时期，生活和学习环境总的说是比较优越的。特别是他们生逢改革开放年代，处在市场经济的大潮之中，外来文化和转型时期复杂的思想、意识，构成了他们精神生活的大背景。对50年代、60年代的先进典型的事迹和思想，上了点岁数的人是熟悉的、理解的。而对这一代青少年来说，则比较隔膜。他们对新的思想新的文化有很敏锐的吸收能力，但也容易被一些不健康的东西所侵蚀。如不注意思想教育，在一定条件下，物质生活的提高可以诱发享乐主义思想，种种优越条件有时会销蚀奋斗进取的精神。我们要看到国家走向繁荣富强过程中可能出现的消极影响。要从青少年抓起，大力进行爱国主义、集体主义、社会主义的教育。通过树立这方面的典型，感染、激励、教育青少年，使先进典型的高尚品格成为青少年健康成长的导向。

学习先进典型要提倡务实精神，反对形式主义，做扎扎实实的工作，收实实在在的效果。宣传、表彰先进典型，当然要有规模、有声势，这是毫无疑问的。但规模、声势只能建立在坚实的基础之上才能富有成效。如果仅仅满足于大轰大嗡地造声势，忽视了做深入细致的工作，不善于抓落实，那么就会像群众说的那样，"雷锋叔叔三月来四月走"。我们历来主张，学先进典型主要是学习他们的思想和精神。先进典型之所以先进，根本的原因，还是他们具有正确的人生观、世界观和价值观。学习的过程，是个实践的过程，只有通过做具体的事情、处理具体的问题，才能深刻地体会先进典型的思想品德和精神境界。所以我们一再强调，学习先进典型，贵在从我做起，从现在做起。

要更多地理解、关心、爱护、体贴先进典型。先进典型一般都具有忘我无私的品德。这是值得人们钦佩和学习的地方。但也正因为这个特点，他们的生活、工作、学习方面，负担更重，困难更多。不能因为他们是先进典型，就忽视他们的这些负担和困难。恰恰相反，对于那些不求索取的人，应当送去更多的温暖和关怀。我们要更主动细心一些，在工作、学习以及家庭生活等方面，为先进典型创造好的条件。先进典型是国家建设的栋梁，理应给予一定的优待。还要注意解除他们的精神压力，理解他们自己的想法和要求，让他们像其他同志一样过平平静静的普通人的生活，不要提出不近情理的苛求。

精神文明重在建设。宣传先进典型是精神文明建设的一个重要组成部分，需要动员社会各方面的力量，认真规划、精心实施。新闻、出版、文化和教育等部门各有特点和优势，要密切配合、通力协作，坚持不懈地宣传先进典型，把它作为落实"用高尚的精神塑造人"的重要途径，形成合力，增强整体效应，把全社会的精神文明建设不断提高到新的水平。

（1994年8月2日）

论孔繁森的时代意义

响应以江泽民同志为核心的党中央号召,一个向孔繁森同志学习的热潮正在全党和全国兴起。

在学习中,许多同志思考着这样一些问题:孔繁森同志的先进事迹和崇高精神有什么普遍意义,在我们党内出现孔繁森同志这样的优秀党员、优秀领导干部说明了什么,孔繁森的时代意义是什么,等等。认真思考和探讨这些问题,对于深入持久地开展向孔繁森同志学习的活动是非常必要的、有益的。

考察一个先进典型的时代意义,离不开这个典型出现的时代背景。

从国际上来看,冷战已经结束,世界正向多极化的方向演进,和平与发展成为当代世界的主流。但是,和平并不是风平浪静的和平,发展也不是互不相干的发展,国与国之间以经济实力和科技实力为基础的竞争、较量和角逐将是长期的、激烈的。要使我们中华民族在世界经济与科技的马拉松比赛中急起直追,跻身前列,一要有正确的路线、方针、政策,二要有大批忠诚地为党为国为民奋斗和奉献的领导骨干。孔繁森同志正是这种符合时代需要的我们党的领导骨干的优秀代表。

从国内来说,我们所处的时代可以用三句话来表述:第一,处在建立了人民民主专政的社会主义新中国的历史新纪元;第二,处在实行改革开放的历史新时期;第三,处在发展社会主义市场经济的历史新阶段。

新纪元、新时期、新阶段,三个"新"字,意味着三个转折。新纪元,标志着我们党从非执政党变成了执政党;新时期,标志着我们党从"以阶级斗争为纲",转移到以经济建设为中心,实行改革开放;新阶段,标志着我们从计划经济体制向社会主义市场经济体制过渡。这三个转折的性质不同、层次不同,但是都是十分伟大的社会变革,是历史的巨大进步,对于生产力的解放与发展,对于综合国力的增强,对于人民生活水平的提高,都发挥了重大的作用。

同时，每一次转折也带来许多新情况、新问题、新矛盾，对我们党是严峻的考验，概括起来说，就是执政的考验、改革开放的考验、发展社会主义市场经济的考验。令人鼓舞的是，我们党不但胜利地实现了或正在实现着每一次转折后所面临的任务，而且经得起每一个转折的考验，不愧为马列主义、毛泽东思想和邓小平建设有中国特色社会主义理论武装起来的工人阶级先锋队。

雷锋、焦裕禄，是实现第一个转折以后出现的先进典型，他们的模范事迹教育、激励和鼓舞了整整一代共产党员、领导干部以至广大人民群众，至今仍然是人们学习的光辉榜样。而孔繁森同志则是实现第二个、第三个转折以后，我们党内出现的又一个具有时代意义的先进典型。

他高扬了一面旗子

在实现第二个、第三个转折以后，我们的党和国家进入新的历史时期、新的历史阶段。新的历史时期最鲜明的特点，是改革开放。新的历史阶段的重要标志，是确定了建立社会主义市场经济体制的目标。从解放生产力、扫除发展生产力的障碍这个意义来说，从政策的重新选择、体制的重新构建这个转变的深刻性和广泛性来说，从由此而引起的社会生活和人们观念变化的深刻性和广泛性来说，改革开放和建立社会主义市场经济体制无疑是一场新的革命。在这场革命中，对我们党广大领导干部的一个重大考验，就是能不能坚定不移地站在改革开放的前列，站在建立社会主义市场经济体制的前列，积极发挥历史的主动性和创造性，为发展社会主义社会的生产力，增强社会主义国家的综合国力，提高人民群众的生活水平作出自己的最大贡献。

在新的历史时期，新的历史阶段，的确出现了许多新的情况、新的问题。例如，经济利益、经济效益变得突出了，个人的物质利益受到重视和尊重，人们的物质生活和精神生活的内容和形式大大丰富，金钱在整个社会生活中的地位和作用日益突出，同外部世界的交往愈益频繁，等等。无疑，这些巨大的变化，符合社会发展的规律，有利于国家的昌盛，符合人民的利益。但是，历史的发展难免利弊交织，尤其在体制转型期，新矛盾不断出现，正效应与负效应往往伴随而来。于是，一些消极腐败现象，拜金主义、享乐主义、极端个人主义等剥削阶级的腐朽思想也开始滋长、蔓延起来。在80年代、90年代,雷锋、焦裕禄那个时候未曾出现的问题出现了,不突出的问题变得突出了。这种情况反映到人们的思想上,种种困惑和迷误出现了。这样,对共产党员和党的干部来说,又一个重大的历史考验摆到了面前:在新的形势下,还要不要坚持我们共产党人的理想、信念,要不要坚持党的指导思想、奋斗目标,要不要坚持党的根本宗旨和优良作风?

我们党的回答一直是坚定的、明确的。邓小平同志反复教导我们,在新的形势下,必须坚持两手抓、两手硬,在抓好物质文明建设的同时,抓好社会主义精神文明建设,要培养有理想、有道德、有文化、有纪律的社会主义新人。共产党员必须坚持远大的理想和坚定的信念,"没有这样的信念,就没有凝聚力。没有这样的信念,就没有一切。"近几年,江泽民同志也一再强调,共产党员要坚持党的全心全意为人民服务的宗旨,树立正确的人生观、世界观,自觉抵御剥削阶级腐朽思想的侵蚀。应当说,党内多数同志是听党的话的,是清醒的、坚定的,但是也有少数人经不起考验,思想滑坡,甚至堕入犯罪的深渊。

孔繁森同志牢记党的教导,坚持党的理想、信念、宗旨、作风不动摇,一方面,励精图治,艰苦奋斗,团结和带领广大群众为改革开放和现代化建设建功立业;另一方面,保持共产党员和人民公仆廉洁奉公的本色,拒腐蚀,永不沾。他以自己的模范行动表明,在新的历史时期、新的历史阶段,千变万变,中国共产党的奋斗目标和根本宗旨没有变也不能变,共产党员的理想、信念没有变也不能变,中国共产党同人民群众的关系没有变也不能变。无论过去、现在还是将来,闪耀在我们党的旗帜上的永远是九个金光闪闪的大字:"全心全意为人民服务。"

他熔铸了一面镜子

孔繁森同志牢固地树立并始终不渝地实践了共产党员的世界观、人生观和价值观,以忠于党、忠于人民、毫不利己、专门利人、立党为公、无私奉献的精神对待人生之路上所遇到的一切问题。

对待组织:他无限忠诚,把自己的一切都献给党,党指向哪里他就奔向哪里,党需要他做什么他就做什么,不讲任何价钱,不提任何条件。

对待人民:他无限热爱,他认为爱的最高境界就是爱人民,他把为人民多作奉献看成是最大的幸福、最大的光荣。

对待事业：他有强烈的使命感、责任感，专心致志，全力以赴，总是坚持工作第一，在工作中又总是坚持高标准严要求，力求干出第一流的成绩。

对待艰苦：他决不退缩，总是精神焕发、迎难而上，以接受最艰苦的任务为荣，以到最艰苦的地方工作为乐。

对待家庭：他爱母亲、爱妻子、爱子女，但是一旦党和人民的事业需要，他可以毫不犹豫地以小家服从大家。

对待自己：他一贯严格要求，克己奉公，以个人的利益服从党的利益、人民的利益、国家的利益，不求索取、只知奉献，甘当"铺路的泥土"。

对待金钱和名利地位：他看得很轻、很淡，从不计较，从不向党和人民伸手，从不以权谋私；看到别人有困难，总是慷慨解囊。

……

这就是孔繁森精神！人们从中分明可以看到雷锋同志"对待同志像春天般的温暖，对待工作像夏天一样火热""把有限的生命投入到无限的为人民服务之中去"的精神；分明可以看到焦裕禄同志"心里总是装着群众，唯独没有他自己""总是在群众最困难的时候出现在群众面前"的精神。孔繁森精神就是新时期的雷锋精神、焦裕禄精神。孔繁森同志的事迹和精神为全党同志树立起一面晶莹闪亮的人生之镜。正像江泽民同志指出的，全体党员特别是各级领导干部，都应把孔繁森的事迹与精神作为一面镜子、一把尺子，经常照一照、量一量，扬长补短，不断进步，使自己真正经得起各种严峻考验，真正无愧于我们的时代，无愧于党和人民。

孔繁森精神，实质上就是共产主义精神。这种精神是不是"超越时代"呢？不是的。毛泽东同志早在新民主主义革命时期就说过：新民主主义革命应该以共产主义思想为指导，必须扩大共产主义思想的宣传；同时，应该把对于共产主义思想体系和社会制度的宣传，同对于新民主主义的行动纲领的实践区别开来；而对于共产党员来说，则应该以共产主义作为观察问题、研究学问、处理工作的理论和方法，在新民主主义革命中作到最有远见，最富于牺牲精神，发挥先锋作用和模范作用。实践证明，毛泽东同志提出的这个原则十分精辟，完全正确，只有坚持这个原则，才能胜利完成新民主主义革命的任务。

同样，我们今天从事建设有中国特色社会主义的伟大事业，也必须贯彻这个指导原则。正如邓小平同志特别强调的："我们干的是社会主义事业，最终目的是实现共产主义。这一点，我希望宣传方面任何时候都不要忽略。""党和政府愈是实行各项经济改革和对外开放的政策，党员尤其是党的高级负责干部，就愈要高度重视、身体力行共产主义思想和共产主义道德。"这样做，不但不会妨碍改革开放和现代化建设各项政策的推行，相反会为之创造有利的条件，提供强大的动力。孔繁森同志以及许多同志的模范事迹已经无可辩驳地证明了这一点。

他奏响了一支曲子

我们国家地域辽阔，民族众多，自古以来，由于自然条件的差异，由于政治历史的原因，各地经济、文化发展的水平很不平衡。

在旧中国，帝国主义、封建主义、官僚资本主义的统治，不但使我们整个国家大大落后了，而且国内发展的不平衡性也大大加剧。在社会主义的新中国，情况发生了根本的变化，政治不平衡的局面已经一去不复返。但是从经济和文化的发展来说，地区与地区之间的不平衡性、差别性还是相当大的。而地区之间的差别又往往与民族之间的差别相联系。

改革开放以来，我国西部地区的经济有了很大发展，但是东部地区发展得更快，东西部之间的差距在某种程度上还有扩大的趋势。如果听任这种状况发展下去，对于民族的团结、国家的稳定，对于国民经济持续、快速、健康的发展都会产生不良影响。

邓小平同志在1992年南方谈话中高瞻远瞩地指出，一部分地区发展得快、一部分地区发展得慢的问题，是要解决的，"什么时候突出地提出和解决这个问题，在什么基础上提出和解决这个问题，要研究"。可见，这是一个十分重大的具有全局意义的战略问题。

考虑到我国的少数民族大多生活在西部地区，所以发展西部经济，缩小地区差距，不但有重大的经济意义，而且具有重大的政治意义。

西部地区的发展，要靠国家宏观政策的指导和支持，靠西部地区干部群众的团结奋斗，也需要东部地区的大力支援，包括资金、技术、物资、人才、干部等多方面的支援。

孔繁森同志事迹的突出特点就在于，他一生最辉煌的篇章正是他为西藏的建设与发展、为西部的建设与发展作出的突出贡献，他为人民服务最感人肺腑的地方正是他为藏族人民幸福的无私奉献。他在阿里工作，不辞劳苦跑了8万公里，几乎跑遍了所有乡村。在他带领和推动下，梳绒厂、水泥厂、鱼骨粉加工厂、地热电站拔地而起，给藏族人民开拓致富之路。在他生命的最后十天，还在新疆为阿里经济发展和人民生活改善办成十件大事。而在他逝世后的遗物中，赫然发现利用考察间隙写下的发展阿里经济 12 条建议。

"汉族和藏族拥有同一个母亲，她的名字叫中国。"这是孔繁森同志生前爱唱的一支歌。他两次援藏，历时十载，以自己的生命奏响了"支援西部，建设边疆"的雄壮乐章。他是民族团结进步的模范，是支援西部地区建设的模范，是维护祖国统一的模范。在孔繁森同志光辉事迹和伟大精神的感召下，必将有数以千计、万计的党员、干部、青年踏上西去的征程，把缩小东西部差距的时代乐章奏得越来越响。

他昭示了一条路子

孔繁森同志之所以能够从一个普通的青年成长为一名共产党员，从一个普通的干部成长为一名优秀的领导干部，走出一条永放光华的人生之路，不是偶然的。几十年来，他在党的培养教育下，坚持以马克思主义的科学理论武装自己的头脑，坚持理论与实际相结合，在艰苦的环境中，在同人民群众的共同奋斗中，长期自觉地树立和实践正确的人生观、世界观，因而使自己的党性得到锤炼，人格得到升华。

他青年时代，在人民解放军这所大学校里，以雷锋同志为榜样，认真学习马列主义、毛泽东思想，确立了坚定的信念，树立了远大的理想，明确了人生的追求，初步打下了正确的人生观、世界观的基础，并且学以致用，身体力行。

党的十一届三中全会后，他认真学习和掌握邓小平同志建设有中国特色社会主义理论和党的基本路线，在实践中不断加深理解，人生观、世界观更加坚定、更加扎实，上升到一个新的境界。

值得注意的是，孔繁森同志出生和成长在齐鲁大地，自幼受到中国传统文化的熏陶，古往今来的许多英雄人物和我们民族的传统美德对他产生了极其深刻的影响。"是七尺男儿生能舍己，做千秋雄鬼死不还乡""青山处处埋忠骨，何必马革裹尸还""先天下之忧而忧，后天下之乐而乐"，古人这些高亢激越、豪迈悲壮的诗句、名言深深地印在他的脑海中。在第二次赴藏前，他跪倒在母亲面前说："自古忠孝不能两全，娘，您要多保重！"说完，流着眼泪给母亲深深磕了一个头。这一幕，给人留下很深的印象，不由得使人想起岳母刺字的情景。这一幕，是极具典型性的一幕，是感人至深的一幕，也是发人深思的一幕。"忠"与"孝"本是封建社会的两个道德范畴，在今日中国，应当如何正确对待它们以及其他许多曾经在我国历史上起过重要作用、对我们民族性格的形成产生过重要影响的道德规范呢？这的确是值得认真探讨并正确回答的问题。

江泽民同志曾经说过："我们民族历经沧桑，创造了人类发展史上灿烂的中华文明，形成了具有强大生命力的传统文化。我们要取其精华，去其糟粕，很好地继承这一珍贵的文化遗产。"他提出，要通过继承和借鉴，使民族传统文化、外来文化的精华，同我们党领导人民在长期革命和建设中形成的优良传统和革命精神有机地结合在一起，并在新的实践基础上不断创新，建设和发展有中国特色的社会主义文化。孔繁森同志以自己的实际行动为此作出了富有启示性的贡献。

过去常说："共产党员是特殊材料制成的。"至于是什么样的"特殊材料"，回答往往比较简单。现在分析一下构成孔繁森同志精神世界的"特殊材料"，我们可以看到，其中的主体是马列主义、毛泽东思想和邓小平建设有中国特色社会主义理论，是雷锋、焦裕禄等英雄模范的高大形象，同时也有中国传统文化中的精华，有岳飞、范仲淹等古代先贤的壮举豪言。

孔繁森同志成长的历程，为共产党员和领导干部昭示了一条正确的人生之路。

党的十四届四中全会通过的《中共中央关于加强党的建设几个重大问题的决定》，提出了全面加强党的建设，实现新的伟大工程的宏大任务。在全党广泛、深入、持久地开展向孔繁森同志学习的活动，对于提高全党同志的思想政治素质，特别是培养和锻炼数以万计的中高级领导干部，使我们党更好地担负起时代赋予的重任，无疑具有极为深远的意义。

(1995年6月2日)

论张家港经验

最近,各地新闻媒介集中地报道了张家港市两个文明建设互相促进、协调发展的成就和经验,引起强烈反响。张家港经济和社会发展的出色业绩令人惊叹、令人钦佩,更令人鼓舞。中宣部和国务院办公厅在张家港联合召开全国精神文明建设经验交流会,来自全国各地的与会者,现场观摩,实地考察,互相切磋,总结交流,使张家港的成功经验得到深层开掘、广泛传播。可以相信,推广张家港的经验,开展向张家港学习的活动,必将对全国各地两个文明建设起到积极的推动作用。

张家港过去是一座不知名的小城,经济基础薄弱,经济结构单一,曾被称作"苏南的西伯利亚"。它为什么能够在改革开放新时期特别是邓小平同志视察南方重要谈话以来,经济建设突飞猛进,各项事业全面进步,一跃而成为苏南乃至全国的一颗大放异彩的明珠?这理所当然引起人们的兴趣,成为人们议论的一个焦点。张家港的经验是丰富的,随着人们的思考和探讨,会进一步发掘其更深刻的内涵。

我们认为,张家港的主要经验可以概括为以下几个方面。

一、善于抓住机遇,坚持"发展才是硬道理",坚持高起点高标准。"没有经济实力就没有地位",这是张家港人对邓小平同志"发展才是硬道理"这一论断的深刻体会,也是他们用以统一全市干部群众思想的一句名言。怎样发展?张家港人讲得最多的一句话就是抢抓机遇。他们充分地意识到了新时代步伐:"过去是三十年河东、三十年河西,现在是三年河东、三年河西,甚至是三个月河东、三个月河西。"正是这种发展的紧迫感和只争朝夕的精神,使得张家港近几年的经济建设始终保持一种锐不可当的势头。他们充分利用沿江地区开放开发的机会,加快港口和保税区建设;他们充分利用苏南的区位优势,吸引国内外的资金,引进一批规模大、水平高的建设项目;他们充分利用经济发展的好形势,适时推进城市的改造和建设。总之,张家港人不是空喊抓机遇,悠闲自在等机遇,更不是抱怨别人有机遇自己没有机遇,而是结合本地实际,找准发展突破口,创造条件,扬长补短,咬住目标不放松,抓住机会不放过。张家港的发展实践证明,机遇是一种客观存在,但能不能抓住机遇关键要靠主观努力。客观条件比较差的地方有机遇,抓住了,用好了,照样可以求得大发展;相反,客观条件再好,缺乏清醒的头脑和拼抢的意识,好机遇也会被白白放掉。张家港人善于利用机遇,牢牢抓住发展这个硬道理。他们把中央精神与本地实际结合起来,把发展热情和科学态度结合起来,大胆提出工业、外贸、城市建设超先进、样样工作争一流的"三超一争"奋斗目标。由于坚持高起点、高标准,自加压力,奋勇拼搏,他们的各项事业才能以一日千里之势向前发展。

二、求是务实,真抓实干。张家港今天所取得的一切成就都是他们自己硬碰硬地干出来的。他们真正的优势和法宝,就是坚持邓小平同志一贯倡导的解放思想、实事求是。看准的事就大胆地试、大胆地闯。他们干工作分秒必争,决不依赖、决不坐等,4月份确定建立保税区,5月份就拿出方案,一个半月拆迁1300户农民住房,20个昼夜完成8公里的铁丝网隔离带,90天建成8000平方米的港务局大楼,160天建成长江流域最大的万吨级码头。他们搞建设不辞千辛万苦:为了抢修张扬公路,干部群众战酷暑、斗严寒,一年修成33公里的高等级公路。为了尽快改变城市破旧面貌,各行各业齐上阵,出大力,流大汗,三年时间就把张家港整治得像一座花园。可以说,张家港的一砖一石、一草一木都凝结着广大干部群众的智慧和辛劳。江泽民总书记在视察张家港时说,张家港的成绩是"干出来的",确实一语中的。正是靠着"团结拼搏、负重奋进、自加压力、敢于争先"的张家港精神,他们获得了一个又一个振奋人心的成就。如果全社会都有张家港人那么一股干劲,那么一种志气,我们的各项事业一定会发展得更快更好。

三、把社会主义、集体主义的优越性与个人的积极性、创造性有机地结合起来。张家港经济和社会发展的一大特色,是他们把社会主义制度的优越性和市场经济体制运行机制的优势有机地结合起来,处理好各方面的利益关系,从而最大限度地调动社会各方面的积极性。张家港发挥国有经济、集体经济实力雄厚能够兼顾公平的优势,同时又运用市场经济的激励机制,保证效率优先。他们注意弘扬社会主义、集体主义的思想,提倡奉献精神,又保护个人诚实劳动取得的合法利益,给人们发挥才干提供充分的空间。他们坚决摒弃"平均主义""大锅饭",引入竞争机制,鼓励一部分人勤劳致富,同时又运用政策导向，支持先富带后富，走共同富裕的道路。他们注意解决好群众生活中最迫切的问题，同时又着眼于长远目标和整体目标，把当前发展和长远发展统一起来。他们注意建设繁荣发达、丰富多彩的优美环境，同时又坚决抵制不健康思想、风尚的影响，追求健康的繁荣。因而张家港走出了一条以公有制为主体、面向市场、经济高速高效发展、社会全面进步、人民共同富裕的路子。张家港的实践有力地证明，社会主义制度完全可以借鉴、吸收和容纳其他国家和制度的一切有益于经济和社会发展的优秀成果，显示出社会主义市场经济这一崭新的经济体制的优越性和生命力。

四、严字当头，把加强思想道德教育与严格管理结合起来。近几年来，张家港在城市卫生、城市绿化、计划生育、文化教育等方面取得多项全国优胜。这些成绩的取得，除了他们有一套严格的管理制度外，更重要的是他们注重发挥思想政治工作的优势，全面提高干部群众的思想道德修养和素质。他们以弘扬张家港精神为重点，常年不断地开展以"我为港城添光彩"为主要内容的主题教育活动，增强人们的自豪感和荣誉感。他们培养和树立了一大批各个方面、各个层次的先进集体和先进人物，用以对群众进行生动活泼的教育，使正气始终主导社会舆论环境。他们通过知识竞赛、文艺演唱等教育形式，提高市民的文明意识，逐步形成了在家庭讲伦理道德，争当新风户；在单位讲职业道德，争当文明职工；在社会上讲社会公德，争当文明市民的良好氛围。张家港的实践使我们更加清醒地看到，越是在市场经济条件下，就越要加强思想道德教育；越是强调严格管理，就越要重视思想道德教育。思想道德教育是百年树人的基础性工作，人的素质提高是社会文明程度提高的重要前提条件，同时也是促进经济和社会发展的不可或缺的精神动力。

五、坚持两手抓，两手都要硬，把物质文明和精神文明结合起来。张家港的一条广为人知的经验，就是一把手坚持抓两手。在张家港，精神文明建设具有突出的地位，他们认为就经济抓经济，是不懂经济的表现，也抓不好经济；一手硬，一手软，其结果必然是两手都硬不起来。张家港抓精神文明建设的一个重要特点，就是强调各级一把手亲自抓精神文明建设；强调不要把精神文明建设看成包袱，而是看成促进经济建设的强大动力；强调重在建设，舍得投入；强调要把精神文明建设同群众创造美好生活结合起来；强调制度化、规范化；强调常抓不懈，持之以恒。他们的经验和做法是富有远见的、卓有成效的。人们不难发现，张家港的经济腾飞，一个重要原因，就是可以获得源源不断的智力支持和精神动力；而经济的发展又为精神文明建设提供了有力的物质保障。

六、领导班子过硬，干部队伍以身作则。领导班子如何，干部队伍怎样，是一个单位、一个地区能否快速、健康发展的关键所在。张家港之所以发展得快，发展得好，也正是因为有一个思想作风过硬的领导班子，有一支具有强烈事业心、使命感的干部队伍。张家港在用人的问题上明确提出："弘扬创业者，支持改革者，鞭挞空谈者，惩治腐败者，大胆起用开拓者"的原则，坚决做到能者上，平者让，庸者下，劣者汰。张家港的各级干部在群众中有很高的威信，党组织有很强的号召力，一呼百应，一个声音喊到底。之所以能够这样，就是因为他们不打折扣地实行上述用人原则，党和政府的各级干部得到广大群众的信任和支持。张家港的实践还说明，主要领导干部特别是第一把手的带头表率作用至关重要。市委书记秦振华为政清廉，执纪如山，身先士卒，埋头苦干，为广大干部和群众交口称赞。榜样的力量是无声的召唤，第一把手的表率作用是最有说服力的思想工作。张家港正是因为有了这样一位好班长，带出了一支思想作风过硬的干部队伍；也正是这支干部队伍，把广大群众的力量凝聚起来。

张家港经验给予我们诸多启示，最根本的一条就是以它的实践证明了邓小平同志关于建设有中国特色社会主义理论的正确，证明了这一理论可以转化为巨大的物质力量。我们相信，随着时间的推移，随着改革开放和现代化建设事业的进一步发展，邓小平同志关于建设有中国特色的社会主义理论，一定会显示出更加强大的威力。只要我们坚持这个理论不动摇，坚持党的基本路线和基本方针不动摇，努力实践，大胆探索，在我们伟大祖国的大地上一定会出现更多的张家港，社会主义现代化的宏伟目标就会更快地实现。

(1995年11月4日)

为经济建设和社会发展提供强有力的政治保证
——学习江泽民同志"领导干部一定要讲政治"的讲话

经八届全国人大四次会议审议批准,《中华人民共和国关于国民经济和社会发展"九五"计划和2010年远景目标纲要》已开始组织实施。这是一个举世瞩目的跨世纪宏伟工程。组织实施这一宏伟工程,将会全面带动和促进各项事业的变革和发展,同时也需要全党和全国人民,万众一心,励精图治,为实现这一工程提供各方面的保证。其中,最重要的保证,是政治的保证,是各级领导干部特别是高级领导干部政治素质的保证。在讨论关于制定"九五"计划和2010年远景目标建议的党的十四届五中全会上,江泽民同志郑重提出领导干部要讲政治的问题。在这之后的一段时间里,江泽民同志又几次强调,领导干部特别是高级干部一定要讲政治,要讲政治方向、政治立场、政治纪律、政治责任、政治敏感、政治鉴别力。这是因为我们所面临的伟大艰巨的经济建设和社会发展的任务,需要强有力的政治保证;在新的形势下,我们各级领导干部的领导水平需要有一个大的提高。全面深刻地学习领会江泽民同志高屋建瓴、语重心长的讲话,对于我们在纷繁复杂的国际国内环境中,判断形势,总揽全局,促进改革开放,推动经济建设和社会发展,具有重要意义。

(一)

坚持以经济建设为中心,是我们党在深刻总结历史经验基础上作出的战略决策,实践已经证明,这个决策是完全正确的。对于这一点,任何情况下都不能动摇,任何时候都不能放松。经济建设需要政治保证,是由政治和经济的关系决定的。经济是基础,政治是经济的集中表现,又反作用于经济。在社会主义的经济建设中,凡属重大的经济问题,涉及全局,涉及长远利益、根本利益的经济问题,都具有政治意义。同时,又要看到,经济的发展需要强有力的政治保证,需要从政治的高度和角度,从政权、政令、政策的角度处理好各种利益关系，包括阶级关系、阶级内部关系、地区关系、民族关系和国际关系等。政治和经济的这种辩证关系，给我们两个方面的启示：一方面，经济是基础，解决中国的所有问题，归根到底要靠经济的发展。经济建设上不去，综合国力得不到提高，也就难以维护和巩固国家政权，难以维护和发展社会主义制度的优势，难以维护和发展人民群众的根本利益。另一方面，如果只是就经济抓经济，而不从政治的高度和角度处理经济问题，就可能使经济工作走上邪路，最终有害于经济的发展，社会主义现代化建设的目标就难以实现。正因为如此，我们把经济建设确定为党在新时期的中心任务、政治任务；把一心一意搞四化，视作当前"最大的政治"。同时，我们党的基本路线又把坚持四项基本原则作为保证经济建设和改革开放最根本的政治条件。早在1983年，邓小平同志就提醒全党："在工作重心转移到经济建设以后，全党要研究如何适应新的条件，加强党的思想工作，防止埋头经济工作、忽视思想工作的倾向。"江泽民同志也强调指出："我们搞现代化建设，中心任务是发展经济，但是必须有政治保证。"

发展经济需要政治保证，不独我们为然，古今中外，概莫能外。西方一著名经济学家在对当代41个发展中国家百余年发展史料进行研究分析后发现，"经济发展的一个最重要的解释性变量是政治组织和政府施政能力"。任何国家，如果没有一个强有力的居于领导地位的政治集团，善于决策、规划和处理经济问题，就很难发展自己的经济，很难在国际竞争中处于有利地位。

在我们国家，有中国共产党坚强有力的领导，有优越的社会主义制度，有强大的人民民主专政，有全国各族人民亲如兄弟的团结，有党的十一届三中全会以来所形成的我们党的基本理论、基本路线和基本方针，这是我们的政治优势。近十多年来，正是因为我们把这种种政治优势很好地凝聚起来，发挥出来了，所以使社会主义的生产力得到迅速发展，综合国力显著增强，人民生活水平有了很大提高。这是值得牢牢记取并需要长期坚持的极其重要、极其宝贵的经验。

在我们社会主义建设中，政治对于经济的保证作用，主要是通过各级党政领导干部，特别是高级干部的工作实现的。领导干部特别是高级干部的政治素质、政治品格、政治能力，不只是个人的形象问题，而是紧密关联着我们党执政的质量、水平和效率。

面临新的形势新的任务，我们党的执政素质，领导干部特别是高级干部的政治素质在经受严峻的考验：宏伟艰巨的跨世纪工程开始启动；经济体制改革进一步深化；利益格局调整和变动，利益主体多元化；国际间矛盾错综复杂和综合国力的竞争日趋激烈。这一切都需要进一步提高我们党的执政水平，需要一支政治素质很强的领导干部队伍。

当前，全面提高干部政治素质，进一步为经济建设和社会发展提供政治保证，要特别注意四个方面的问题：坚持社会主义的政治方向；坚持相信群众、依靠群众、服务群众的政治立场和政治观点；坚持理论学习，提高理论坚定性，政治坚定性；增强大局意识，提高执政党的基本路线、基本方针的水平，自觉维护以江泽民同志为核心的党中央的权威，在政治上同党中央保持一致。

（二）

为经济建设和社会发展提供政治保证，首先是方向的保证。领导干部讲政治，最重要最根本的是坚持社会主义方向。邓小平同志多次强调：中国搞现代化，只能靠社会主义，不能靠资本主义。没有社会主义，什么建设改革，振兴中华，都是一句空话。坚持社会主义方向，必须批判全盘西化的主张，同时又必须抛弃对社会主义的不科学认识。我们坚持的社会主义，必须是切合中国实际的有中国特色的社会主义；我们坚持的政治方向，就是有中国特色的社会主义的方向，就是要把社会主义的理论和实践不断推向前进。

建设有中国特色社会主义的理论和实践，是我们党的重大贡献。我们党经过千辛万苦，历经艰难曲折，总结国内外社会主义实践的经验教训，不仅在自己的土地上建成了社会主义，并从理论上确认，现阶段的社会主义是初级阶段的社会主义，是符合中国实际，具有中国特色的社会主义，在历史的纵向和现实的横向的交叉点上确定了它的"坐标"。邓小平同志建设有中国特色社会主义理论，是马克思主义同中国实际相结合的最新成果，是当代中国的马克思主义，是我们党的基本理论。这个理论的核心内容，就是对于社会主义本质的新概括："社会主义原则，第一是发展生产，第二是共同致富。""社会主义的本质，是解放生产力，发展生产力，消灭剥削，消除两极分化，最终达到共同富裕。""发展生产"，是社会主义物质财富和精神财富的生长点，是亿万人民群众创建社会主义新生活，实现共同富裕的最基本的实践活动；"共同致富"，是社会主义的价值目标，是人民群众的根本利益所在。两者是一个有机的整体，互相制约，互相促进。并以此为核心，形成与之相适应的，以发展生产为中心，以社会主义公有制为主体，多种经济共同发展，以社会主义按劳分配为主要分配方式，允许一部分人、一部分地区先富起来，消除两极分化最终达到共同富裕的一整套方针政策。有中国特色的社会主义是一个宏伟的奋斗目标，同时也是一个新鲜的完备的思想理论纲领，一场轰轰烈烈的社会主义实践活动。有中国特色的社会主义理论，重新使社会主义制度焕发了生机，赢得了声誉，给我们的国家和人民带来了最大的实惠。

我们国家的制度是社会主义制度，我们的现代化是社会主义现代化，我们正在建立和发展的市场经济是社会主义市场经济。社会主义是我们事业的方向和生命。邓小平同志说："有些人脑子里的四化同我们脑子里的四化不同。我们脑子里的四化是社会主义的四化。他们只讲四化，不讲社会主义。这就忘记了事物的本质，也就离开了中国的发展道路。这样，关系就大了。在这个问题上我们不能让步。"我们必须牢记在改革中坚持社会主义方向，要防止一些同志，特别是一些新上来的中青年同志在日益复杂的斗争中迷失方向。

应该说，在坚持社会主义方向问题上，我们的绝大多数干部没有"让步"，而是越来越坚定了，这正是我们的事业取得重大成就的主要原因。但也应该看到，国内外敌对势力不愿意看到一个强大的社会主义中国出现。西方国家的一些敌对势力，在苏联解体、东欧剧变之后，强化了"西化""分化"的政治图谋和思想文化渗透。而我们有些同志，对于以经济建设为中心还要讲政治，讲方向，缺乏足够的认识；对于在新情况下出现的"五光十色"，缺少必要的辨别能力，忽视政治，疏于学习，面对不健康的生活方式和社会风气的浸染，头脑不够清醒，立场不够坚定，在一些大的是非问题上分不清界限。方向问题不是抽象的口号，而是指导人们行动、贯穿人们活动的一些基本原则。在方向问题，大是大非问题上一时分不清界限，对于一般群众来说，是加强学习和引导的问题；对于身负重任，在现代化建设中发挥重要作用的领导干部特别是高级干部来说，则是原则问题，稍有含糊，就会造成政治方向的迷失，给党和人民的事业造成严重危害。方向问题关系经济发展和社会进步的成败，是我们事业的生命所系，亿万人民群众的根本利益所系，在任何情况下都不容有丝毫动摇。

（三）

社会主义的政治是人民群众的政治，不是少数政治家的政治。群众观点是我们党的基本政治观点，群众路线是我们党的根本工作路线。领导干部讲政治，就要坚持群众观点，贯彻群众路线，发扬人民群众的历史首创精神，推动经济发展和社会进步。

历史唯物主义认为，人民群众是社会财富的创造者，是全部国家生活的基础；历史活动是人民群众的事业，人民群众是决定历史结局，决定国家命运的根本力量。但是，只有在代表人民群众根本利益的工人阶级政党执掌政权之后，只有确保党和国家的领导权掌握在忠于马克思主义的人手里，人民群众的根本利益才可能得到保护和实现，人民群众的智慧、力量才可能高度集中起来，凝聚起来，得到更充分的发挥。在这个意义上，政治不只是集中了的经济，也是集中了的人民群众的根本利益，集中了的人民群众的力量和智慧。我们的责任是，帮助人民群众认识其根本利益所在，团结和带领人民群众为其根本利益而奋斗。江泽民同志最近强调："什么叫政治？从根本上说，政治问题主要是对人民群众的态度问题，同人民群众的关系问题。"也就是说，忘记群众利益、群众路线，就会丢掉政治的根基，从根本上葬送我们的政治，窒息我们的经济发展和社会进步。

人民群众是历史的开拓者，也是改革开放的主力军。改革开放中许多新事物，都是人民群众的创造。农村联产承包责任制的全面推行，乡镇企业的异军突起，国有企业体制改革的展开和深化，都是集中人民群众的智慧，依靠人民群众的创造和力量的结果。坚持群众观点，贯彻群众路线，就要尊重群众的首创精神，紧紧依靠群众，密切联系群众，随时听取群众的呼声，了解群众的情绪，代表群众的利益，集中群众的智慧，更有成效地发展社会生产力，创造更多的物质财富和精神财富。坚持群众观点，贯彻群众路线，就要想群众之所想，急群众之所急，为群众尽实心、办实事、谋实利。我们要关心群众长远的、根本的利益，要舍得花力气，不达目的，誓不罢休；也要关心群众眼前的、切身的利益，抓细抓实，"细雨润物"，不因江河而舍滴水。这样，我们的干部队伍就会和人民群众鱼水相依，苦乐与共，永远生气蓬勃；我们的制度和政权就会因为得到人民群众的支持和拥护而立于不败之地。

我们的绝大多数领导干部，在关心群众、尊重群众、率领群众开拓前进方面，是清醒坚定的，为我国改革开放事业作出了重要贡献。但也有少数领导干部，忘记了手中的权力是谁给的，淡薄了群众观点，淡化了与群众的感情，一事当先，只为个人打算，贪图安逸，追求享乐，严重脱离了群众，有的甚至贪污受贿、违法乱纪，给事业造成危害，为人民群众所唾弃。我们的领导干部一定要认识到，政治的根本在人民，政治的血脉在人民，一切要看群众拥护不拥护，群众赞成不赞成，群众高兴不高兴，群众答应不答应。把是否得民心，作为检验我们政治的根本标准。得民心者兴，失民心者衰，我们要永远记住这一点。

人民群众用生命和鲜血，捍卫了我们的党，捍卫了我们的人民政权。我们党的宗旨是全心全意为人民服务，人民政权的神圣职责是为了实现和保护人民利益。我们的领导干部，不管职位多高，资格多老，功劳多大，都是普通党员、普通公民，都不能高踞于党和人民之上，都要自觉实践全心全意为人民服务的宗旨，自觉接受党和人民群众的监督。一个领导干部政治上强不强，要在实践中检验，要看同人民群众的关系是否密切。

（四）

提高政治素质，增强政治自觉，必须重视理论学习，主要是要学好马列主义、毛泽东思想，特别是邓小平建设有中国特色社会主义理论。

理论是对客观世界客观事物的理性概括，揭示事物的本质和发展规律，是认识世界和改造世界的工具和武器。马克思主义把科学理论看作是历史发展的杠杆，最高意义上的革命力量。一个民族想要站在时代的高峰，就不能没有理论思维；一个领导干部想要避免"拙劣领导者"的危险，就不能不借重理论上的帮助。

政治不只是"集中了的经济""集中了的利益"，也是对于各种现实的矛盾冲突的协调和驾驭。要做政治上的强者，就要善于抓本质、抓规律；就要善分层次，善分轻重缓急，善找关节点、着力点；就要识大体，知大局，懂大势。这就需要理论。掌握了科学理论，才可能把握全局，才可能更深刻地意识自己所肩负的政治责任和社会责任；掌握了科学理论，才可能目光犀利，识别各种思潮，判明是非界限，才可能有坚定的政治信念和高尚的精神境界，摆脱低级趣味，抵御各种物欲的诱惑。有了理论上的清醒坚定，才可能有政治上的清醒和坚定，成为更加强有力的领导者。平庸琐碎不得要领，鼠目寸光不识大体；胸无远谋，手无良策，以其昏昏，使人昭昭，一个重要原因是不懂理论。

我们的时代是需要科学理论的时代，也是产生和发展科学理论的时代。马克思主义的诞生，被称作人类发展史上一次壮丽的日出。在这之后，列宁、毛泽东、邓小平等对于马克思主义的每一次发展和贡献,都给人们打开一片新天地,有力地推进了人类历史的进程。改革开放以来,邓小平同志多次提出,全党必须重视学习,"根本的是要学习马列主义、毛泽东思想,要努力把马克思主义的普遍原则同我国实现四个现代化的具体实践结合起来"。近几年来,党的领导干部认真学习小平同志的理论,对于统一思想、推动各项工作,发挥了重大作用。在新的形势下,推动经济发展和社会进步,我们面对的矛盾更复杂了;认识和把握全局,认识和把握自己的难度更大了,这就更加需要理论的指导。各级领导干部特别是高级干部,不应该满足于理论上的一知半解,而应该系统地学习理论,并将其创造性地用于实践。近几年来,江泽民同志多次要求领导干部特别是高级干部要多读书,要认真学习理论,要求宣传思想工作把"以科学的理论武装人"作为第一项重要任务,就是希望我们的干部队伍进一步在提高理论素质、政治素质上,上一个大的台阶。一个领导干部平时不读书,不看报,不学理论,轻则成为庸庸碌碌的事务主义者,重则成为政治上的盲人。这方面的教训实在是太多、太深刻了。

(五)

提高政治素质,更加主动地推动经济发展和社会进步,就必须增强大局意识。要有纵观大局的眼界、把握大局的能力、服从大局的觉悟。有不同意义不同层次上的大局:国际大势,世界格局;国家大局,及其在世界格局中的位置;地区、单位的大局及其在国家格局中的位置,等等。任何一个地区、部门和单位,都有在全局中属于自己的那个"坐标"和"支点"。只有校准了自己的"坐标"和"支点",才可能正确有力地从政治上处理各种矛盾,协调各种利益。局部服从全局,部分服从整体,眼前服从长远,地方服从中央,这是我们的基本原则。

我们的党对于国家的领导是总揽全局的领导。党的基本理论是总揽全局的理论。从历史的纵向和现实的横向上,确定了有中国特色社会主义的"坐标"。党的基本路线是总揽全局的路线。在党的基本理论所揭示的区位中,四项基本原则和改革开放两个基本点形成一个焦点,就是经济建设为中心。党的基本方针是总揽全局的方针。机遇,稍纵即逝,必须抓紧,抓住机遇是大局;改革开放是为获得新的生机,否则是死路一条,改革开放是大局;发展是硬道理，一切为了发展，围绕发展，只有发展才能解决问题，发展是大局；稳定是改革开放和发展的前提，没有稳定的环境什么事情也办不成，稳定当然是大局。正确处理几者的关系，把握几个方面的结合度，更是大局。以江泽民同志为核心的党中央，通过党的基本理论、基本路线和基本方针，总揽全局，形成了巨大的政治合力。

当前我们面临的国际国内形势很好。国内政治稳定，经济发展，民族团结，社会进步。在和平与发展为主流的国际形势下，我国的国际地位不断提高，在国际事务中发挥的作用越来越大。这一切成就，都是以江泽民同志为核心的党中央领导各族人民团结奋斗得来的。实践证明，以江泽民同志为核心的党中央，是一个成熟的具有很高威望的领导集体。领导干部讲政治，从总体说，最重要的就是要维护以江泽民同志为核心的党中央的权威，在政治上与党中央保持高度的一致，做到令行禁止，政令畅通，并把讲政治的要求贯穿和体现到观察、分析、处理问题的全过程，在事关方向、事关原则的问题上保持清醒的头脑和坚定的立场。

强调讲政治，强调经济建设要有政治保证，绝不是像海外某些舆论所歪曲的那样，要回到"空头政治"，回到"政治冲击一切"的老路上去，而是要使政治同经济、政治同业务、政治同各项事业结合得更加紧密，使政治成为一种更加强有力的整合力量，推动力量，保证经济工作和其他各项事业沿着正确的方向，更有章法，更加生机蓬勃地向前发展。因为，只有讲政治，才能保证把党的基本理论、基本路线、基本方针和各项政策贯穿到经济建设和各项工作中去，保持正确的发展方向；只有讲政治，才能动员、鼓舞和团结全国各族人民，为实现党和国家确定的跨世纪宏伟工程而奋发进取；只有讲政治，才能正确认识和处理两类不同性质的社会矛盾，有力地打击国内外敌对势力的破坏活动和各种形式的犯罪活动，为经济的发展创造良好的社会政治环境；只有讲政治，才能妥善处理各种利益关系，最大限度地调动各方面的积极性，并把各方面的积极性引导好、保护好、发挥好；只有讲政治，才能提高广大干部特别是高级领导干部的思想政治素质，增强总揽和驾驭全局的能力，提高领导经济建设和现代化建设的水平；只有讲政治，才能坚持党的全心全意为人民服务的宗旨，保证党的坚强团结，保持党同人民群众的血肉联系。只有这样，我们才能够为推动经济发展和社会全面进步作出更大贡献！

(1996 年 4 月 1 日)

论讲礼貌

江泽民同志在十五大报告中提出:"要深入持久地开展群众性精神文明创建活动,大力倡导社会公德、职业道德和家庭美德。"在十五大精神指引下,"讲文明,树新风"的活动正在全国更加广泛深入地开展。

讲礼貌,是"讲文明,树新风"活动的一项重要内容。把讲礼貌放在更加突出的地位加以强调和推动,对于进一步加强社会主义精神文明建设将产生积极的影响。

礼貌——文明的标志

礼貌,是人际交往中,相互之间表示尊重和友好的言行方式和规范的总称。对于不同的对象,有不同的礼貌;在不同的场合,也有不同的礼貌——一个人只要同别人交往,就不能不讲礼貌。

礼貌是人类文明的一个标志。正如《晏子春秋》所说:"凡人之所以贵于禽兽者,以有礼也。"礼貌是保持良好的人际关系,维护正常的社会秩序,保证和促进社会经济政治文化顺利发展所必需的"润滑剂""凝聚剂""调节器"。

礼貌虽然是人际交往中外在的表现,但它与人的文化修养、道德水平、文明程度密切相关。礼貌是文化和道德修养之表,文化和道德修养是礼貌之里。表里相依,密不可分,相辅相成。讲文化,讲道德,有助于讲礼貌;而讲礼貌,又有助于提高文化、道德修养。孔子主张"道之以德,齐之以礼",就是说道德教育和礼貌教育对于提高人的文明程度都是不可缺少的。一个人、一个单位、一个国家的礼貌水平如何,往往反映了这个人、这个单位、这个国家的文化水平、道德水平、文明水平。

礼貌是一个历史范畴,随着人类社会的产生而产生,随着人类社会的发展而发展。从原始社会、奴隶社会、封建社会、资本主义社会到社会主义社会，礼貌既有继承，又有变化。尽管每一个时代的礼貌，因阶级不同、民族不同、国家不同、地域不同而呈现很大差别性和多样性，但同时又有其一致性，因而，礼貌才有可能继承、借鉴和发展。

重礼治——中国传统文化的特点

我国素有"礼仪之邦"的美誉，讲究文明礼貌是我们民族的优良传统。

在我国思想文化史上长期居于主导地位的儒家学派，极其重视礼教。孔子强调："不学礼，无以立。"《荀子》上说："人无礼则不生，事无礼则不成，国家无礼则不宁。"孔子教给弟子的"六经"中，礼占有重要的位置。当然，古人所说的"礼"，在很多时候是指当时的典章、制度、仪式等，但是也往往包括礼貌的内容。

儒家这样重视礼教，归根结底是为了维护贵族等级制度的社会秩序和道德规范，巩固封建地主阶级的统治。他们的礼治主张对于封建政权的建立和巩固，对于形成中华民族在世界民族之林中独树一帜的文化传统，曾经起过很大的作用。但是到了封建社会后期，随着封建统治阶级由进步走向没落、走向反动，为维护其政治统治的封建礼教就完全走向反面，什么"三纲五常""三从四德"等，成为严重束缚人们的思想，阻碍社会进步的精神桎梏。

政治与礼治紧密结合，是我国古代政治史和文化史的一个突出特点。对于我国传统文化的这一特点，对于儒家学派关于礼的学说，我们应当以马克思主义为指导，进行历史的、全面的、科学的分析，取其精华，弃其糟粕，为构建有中国特色社会主义的政治和文化服务。

成绩可喜　任重道远

我们党在领导人民长期进行反帝反封建的斗争中，在思想文化战线上对剥削阶级陈腐的旧道德、旧礼教进行了无情的批判和扫除，同时积极倡导并推行无产阶级的新道德、新礼貌。革命战争年代著名的"三大纪律八项注意"，就生动地体现了讲文明、讲礼貌的要求。新中国成立后，在党的领导下，全国人民讲文明、讲礼貌，社会风气之好令人难忘。但是在十年浩劫中，在林彪、"四人帮"鼓吹的"打倒一切"的极"左"思潮影响下，讲文明、讲礼貌、讲法制统统成了"封资修"的坏东西，而不讲文明、不讲礼貌、不讲法制，打人骂人，则成了"革命行动"！特别是经过"批林批孔""评法批儒"，社会主义文明礼貌受到的"内伤"极为深重。在这方面拨乱反正的任务同样十分艰巨。

在新的历史时期，我国社会主义改革开放和现代化建设的总设计师邓小平同志提出，讲礼貌应当是"四有"新人必备的品格，他说："要努力使我们的青少年成为有理想、有道德、有知识、有体力的人，使他们立志为人民作贡献，为祖国作贡献，为人类作贡献，从小养成守纪律、讲礼貌、维护公共利益的良好习惯。"

在邓小平同志的号召和倡导下，80年代我国曾经掀起过新时期精神文明建设的第一个高潮，开展了"五讲四美三热爱"活动和全国"文明礼貌月"活动，党中央还作出了《关于社会主义精神文明建设指导方针的决议》。在所有这些活动和文件中，讲礼貌都是一项重要内容。

以江泽民同志为核心的党中央第三代领导集体，坚定地、全面地贯彻邓小平理论和党的基本路线，坚持"两手抓、两手硬"，对社会主义精神文明建设抓得更紧、更有部署、更有章法、更有成效。党的十四届六中全会作出《关于加强社会主义精神建设若干重要问题的决议》，会后成立了中央精神文明建设指导委员会，进一步加强了对精神文明建设的领导，在全国城乡开展了大规模的群众性精神文明创建活动。党的十五大以来，社会主义精神文明建设包括文明礼貌建设又取得可喜的新进展，对促进改革、发展、稳定发挥了重要作用。

我们在充分肯定所取得的成绩的同时，也要看到，文明礼貌建设所取得的成绩还是初步的，而且有待巩固、提高，文明礼貌建设依然任重道远。在对外开放和发展社会主义市场经济的新形势下，如何建设社会主义精神文明，包括文明礼貌，成为重要的历史课题。

"两治"相济 "三源"交汇

我国现在还处在社会主义初级阶段，这不仅表现在物质文明建设的发展水平上，而且表现在精神文明建设的若干方面，其中文明礼貌水平总体上来说还不高，就是比较突出的一个方面。从社会主义初级阶段的实际出发，我们提出了建设社会主义法治国家的目标，与此相配合，我们还应大力推进社会主义礼治建设，使礼治与法治密切结合，成为建设富强、民主、文明的社会主义现代化国家的有力手段。

江泽民同志在为《中国传统道德》一书的题词中提出："弘扬中国古代优良道德传统和革命道德传统，吸取人类一切优秀道德成就，努力创建人类先进的精神文明。"明确指出了我们所要创建的社会主义精神文明的三个重要来源，就是：1. 我国古代的优良道德传统；2. 我们党在领导人民进行革命、建设和改革中形成的革命传统；3. 世界各国即人类的一切道德成就。这是建设有中国特色社会主义精神文明的正确道路。作为社会主义精神文明建设一部分的社会主义礼治建设，当然也应循着这条道路前进。

在过去一个长时间里，我们对讲文明、讲礼貌的革命传统，更多的是感情上的亲近，而缺乏理性的总结和继承。对于古代的优良道德传统和其他国家文明礼貌建设的优秀成果，由于长期"左"的思想的影响，常常盲目地全盘否定。这是使我们的社会主义礼治建设进展不尽如人意的重要原因。今后应认真总结经验教训，弘扬我国历来讲礼貌的传统，吸取世界各国讲礼貌的优秀成果，并结合我们今后精神文明建设的实际，创造性地加以运用。

消除误识　积极推进

加强社会主义礼貌建设，有些认识问题有待进一步解决。

"礼貌不过是形式，过分强调礼貌是不是舍本逐末呢？"礼貌是一种形式，但又不仅仅是形式，而是社会主义精神文明建设中不可缺少的重要组成部分。为了提高人们的思想道德水平，形成良好的人际关系，维护社会的安定团结，只是进行礼貌教育当然是不够的，还必须加强理想教育、道德教育、文化教育、纪律教育、法制教育，并且把这几个方面紧密地有机地结合起来。在进行礼貌教育的时候，要重视由表及里，深入进行爱国主义、集体主义、社会主义教育，使人们特别是广大青少年树立正确的世界观、人生观、价值观，这样才能做到本固枝荣。现在的问题并不是我们只抓了礼貌，更不是礼貌抓得太多了，而是礼貌抓得还很不够，社会上确有那么一些人的礼貌意识、礼貌知识、礼貌修养还很差，人民群众很不满意，亟盼早日改变。在这种情况下，突出地强调讲礼貌的重要性是十分必要的。这不是"舍本逐末"，而是标本兼治。

"一般老百姓没那么多礼貌，太讲礼貌会脱离群众。"这种看法是不对的。

在我们这个文明古国，绝大多数老百姓也是很讲礼貌的。当然群众中也有一些不文明不礼貌的语言和行为，这主要是因为过去长期经济贫困、文化教育落后造成的。对于那些不文明不礼貌的言行，我们的领导干部应当予以教育和引导，而不是去迁就和迎合，更不应欣赏和鼓励。有少数领导干部言行粗鲁，张口闭口都要带上"国骂"，应当尽快改变才是，为了在全社会形成人人讲礼貌的良好风尚，领导干部应当以身作则，率先垂范。

"现在提倡的许多文明礼貌用语，都是幼儿园和小学校的小孩学的，大人也要求学这些，是不是层次太低了呢？"不错，现在社会上很多行业，特别是"窗口行业"提倡和推行的文明礼貌用语，例如："您好""请""谢谢""对不起""没关系""再见"等，确实是起码得不能再起码、简单得不能再简单、初级得不能再初级了，但这是在我国礼貌长期被忽视甚至遭到严重破坏而至今仍然未能彻底改变的实际情况所决定的。人们看到，社会上有那么一些五尺汉子、入时靓女连这些起码、简单、初级的话都不会说，请他们补补课，从文明礼貌的"ABC"学起，不是很有必要吗？如果连起码、简单、初级的礼貌语言都不会，哪里还谈得上什么更高的礼貌要求呢？

只要我们在邓小平理论和党的十五大精神指引下，坚持从实际出发，扎扎实实，努力工作，坚持不懈地做下去，假以时日，我们就一定能够把社会主义文明礼貌建设搞得更好，使我国以高度文明的精神风貌屹立于世界民族之林。

（1998年1月25日）

建设一支高素质的干部队伍

——学习江泽民同志关于干部队伍建设的论述

最近几年,江泽民同志在不同时间,不同场合,反复强调和论述提高干部队伍素质特别是领导干部素质的重要性。在十五大政治报告中,进一步将提高党的领导水平和执政水平,培养和选拔跨世纪的优秀干部,作为一项战略任务提请全党重视,成为政治报告中一个十分重要的组成部分。

活跃在不同领域,不同层次,不同岗位上的各级领导干部,是带领人民群众组织社会生产,建设家园,振兴中华的领导力量,是将国家组织成国家,将人民群众联成一个整体的纽带和筋骨。从某种意义上说,社会主义制度的优越性,共产党人的先进性,国家和民族的前途命运,皆系于此。提高领导干部的素质,事关大局,是摆在全党面前的一项刻不容缓的重大任务。

这项任务"刻不容缓",取决于以下两个方面的情况:世界政治多极化和全球经济一体化的发展趋势,以及世界科技迅猛发展,新一轮国际竞争日趋激烈,既给我们带来难得的发展机遇,又向我们提出严峻挑战,对于领导干部的素质提出了更高的要求;另外一个方面,我们的一些干部并不适应新的形势和发展要求,主要是理论素质和知识水平不适应,工作作风和工作方法不适应,思想境界和精神状态不适应。我们一定要看到这个差距,重视这个差距,尽快缩短这个差距。否则,我们就很难坚定有力地带领12亿人民在激烈的国际竞争中赢得中华民族在下个世纪的全面振兴。

(一)

关于提高精神境界,保持一个良好的精神状态。

从目前的基本状况看,干部队伍的精神状态是好的,是推动改革开放并在改革开放中不断发展壮大着的一支生机蓬勃的队伍。伟大的改革开放事业,有力地推动了历史进程,使人们涉足于一个更加广阔,更加充满生机的世界。

问题的另一个方面是,也有一些领导干部,由于素质不高,经不住和平时期执政的考验,贪图安逸,以权谋私;经不住改革开放的考验,受到一些不健康的外来生活方式和思想意识的浸染;经不住市场经济的考验,受到金钱物欲的诱惑和腐蚀。一些领导干部精神指标在下降,工作标准在降低,革命热情在衰退。在跨世纪的重任和群众疾苦面前,缺乏使命感责任感;在激烈的竞争面前,缺乏危机感紧迫感;在大是大非面前,头脑不清醒,立场不坚定,对于违背党和人民利益的现象,不抵制、不纠正,甚至推波助澜。有的作风飘浮,官僚主义形式主义严重;有的追名逐利,热衷于拉关系走门子;有的自由主义严重,讲义气不讲真理,讲私情不讲党性;有些领导干部,形式上忙忙碌碌,实际上碌碌无为。攻关不下力气,调查研究不动脑子,解决问题避重就轻,批评自我批评不触及实质。问题的严重性在于,这种气氛一经形成,就像腐蚀剂,腐蚀和毒害我们的思想政治生态,腐蚀和毒害其他干部。

造成这种状况的主观原因是世界观问题,不能正确对待手中的权力;客观原因是领导干部手中的权力招来的诱惑和腐蚀。愈是改革开放,愈是发展市场经济,这种诱惑和腐蚀愈是突出和严重,愈是需要领导干部提高素质,提高执政水平和抵御腐蚀的能力。权力和素质是一个"矛盾的统一"。有权无能,平庸甚至误国;有权无德,害人害己,甚至祸国殃民;有权有德又有能,则会造福于民,使权力生威生辉。关键是个世界观问题,精神境界精神状态问题。

良好的精神状态是崇高思想境界的外在表现。动员和鼓舞全党全国人民,振奋精神,励精图治,百折不挠地去克服困难,对于实现跨世纪的宏伟目标,是一个巨大的不可战胜的精神力量。在国家这叫国魂,在军队这叫军魂,在党内这叫党魂。面对我们的成就和困难,面对少有的历史机遇和强手如林的激烈竞争,如果我们缺少抓住机遇、开拓进取的旺盛斗志,缺少长期艰苦奋斗、勤俭办一切事业的思想,不能保持一种坚韧不拔、奋发有为的精神状态,不能坚持说老实话、办老实事、做老实人的作风,不能全心全意为人民谋利益,我们就很难在全党形成凝聚力,战斗力,就会坐失良机,贻误大事,就会愧对党和人民对于我们的信任和重托。

我们的根基在人民,血脉在人民。坚持全心全意为人民服务的宗旨,是提高领导干部精神境界精神状态的关键,由此而生成各种高尚的精神品格。领导干部的精神境界和精神状态,不只是个人素质个人形象问题,而是紧紧关系着党和政府的品格、形象和威望。选拔什么人做领导干部，领导干部是否具有高尚的精神境界良好的精神状态，从一定意义上说，也是一面旗帜。领导干部精神振作，境界高尚，就能长正气，压邪气，给人以信心和力量。人民群众在变革现实，推动历史前进中所酝酿的热情，所迸发的智慧和力量，就会向这里涌动和集中，形成现代化建设的巨大能量。

（二）

关于加强学习，丰富知识，赶上时代的步伐。

时代在前进，知识在更新，世界科技在迅猛发展，我们的生存环境正在发生深刻变化。共产党人是先进生产力的代表，马克思主义是人类最先进的思想理论成果，我们的干部如果在思想理论上，在掌握知识特别是现代知识的深度和广度上，落在时代的后面，落在别人的后面，就无法带领群众前进，也就会失去共产党人的先进性。

事实上，我们的一些领导干部并没有强烈地意识到我们的时代和生存环境所发生的深刻变化，没有意识到自己在知识和理论上的贫乏，缺少理论却又轻视理论；缺少知识却又盲目满足于一般的、陈旧的知识，甚至对自己所分管的工作涉及的理论和知识也不甚了了；有些干部忙于应酬，不肯拿出时间学习；有的干部心浮气躁，学习不动脑子；有的干部以为，缺乏知识和理论，也能过得去。这同样像腐蚀剂，会产生连锁反应。

提高领导干部的政治责任感，激发其求知欲望和进取精神，把知识和理论素质作为干部考核的重要内容，对于改变上述状况具有重要意义。

领导干部是领导别人的，需要科学判断形势，了解发展规律，正确把握大局，这就需要理论。加强学习，首先就要学习理论，学习马列主义、毛泽东思想和邓小平理论。只有具备较高的理论素养和水平，才可能清醒坚定，成为一个强有力的领导者。就讲为人民服务，这个看似容易，似乎不要多少理论多少文化水平就能做到的事情，对于领导干部来说，真正做到，就不那么简单，就必须懂理论懂政治懂政策。因为，人民群众的利益不简单是每个个人利益的总和，为人民服务不简单地等同于为每一个个体人服务，这里有对于人民群众根本利益的认识、集中和概括；对于各种矛盾冲突的协调和驾驭；对于全局和局部，眼前和长远，个人和集体利益的辩证认识和把握。只有通过理论，通过党的路线纲领方针政策，才可能把人民群众的根本利益集中起来，组织人民群众为自己的根本利益去奋斗。

理论来自实践，是从历史的沉重积淀中提炼出来的规律。我们党领导人民进行革命、建设和改革的历史，特别是改革开放20年的伟大实践和经验，是理论的宝库，是理论和实践相结合的生动课堂。我们要珍惜这一宝贵财富，充分利用这一伟大实践和丰富经验教育全党同志，不断增强各级领导干部的理论水平和驾驭全局、处理复杂事务的本领。

世界科技的迅猛发展和知识经济的迅即到来，正在深刻影响人类的前途命运和历史进程，马克思主义面临着新的发展。我们必须尽快调整知识结构，及时了解新思潮，熟悉新学科，学习有关经济、政治、科技、法律、哲学、历史等最新知识，把学习理论同学习其他新鲜知识结合起来。如果不是这样，我们的知识就会陈旧，理论就会枯萎，我们的干部就会因为缺少必要的现代知识和生动活泼的理论，而停滞不前，减弱甚至失去领导能力。

（三）

关于投身实践，增长才干。

学习的目的全在应用，在实践。甚至提高精神境界，培养优良品格，也不是目的，也是为了改造主客观世界的实践活动。列宁认为，脱离开实践，孤立地讲优良品质，"这在政治上是很不严肃的。"对于共产党人和领导干部来说，提高精神境界，提倡艰苦朴素，提倡学理论学知识，都是为了更有成效地投身于人民群众变革现实的实践活动，在改善人民群众的生存条件，追求美好前途的历史变革中，发挥更大的作用。

投身实践，就不能泡在会议里，停在文件上，挂在嘴巴上，领导干部的主战场就要从会议室里撤出来，投身到实践中去，扑下身子，对实际情况进行调查研究。轻车简从，而不是前呼后应；扎扎实实，而不是蜻蜓点水；要找到问题，抓出成果，而不是敷衍塞责。要了解本地区本部门本单位发生的变化，正在发生什么变化；也要了解全国全世界发生的变化，正在发生什么变化，以找到我们现在所处的方位和坐标，找到把握全局把握发展趋势的关节点。

实践出才干，也不是所有的实践都一样出才干。"艰难困苦，玉汝于成"，只有投身到最困难，最艰苦，矛盾最集中，党和人民最需要的地方去，才可能经受最大的锻炼，锻炼出最大的开拓能力，领导和创造能力。国企改革，金融改革，农村扶贫，下岗职工再就业，都是关系全局，关系人民群众根本利益的大问题，谁能在这些问题上，攻克难关，开拓局面，作出贡献，谁就会受到锻炼，受到尊重，谁就是强有力的领导者。

事实上，也只有在变革现实的实践活动中，人们所拥有的各种先天条件和后天的知识积累，才可能形成品格和能力。这是因为，实践能够形成需要，感染和召唤人们为之献身和创造；实践是一座熔炉，能够锤炼人们的意志、品格和能力；实践是一片沃土，能够广育良才。人民群众在变革历史的实践活动中所产生的感情，所形成的品格，所达到的精神境界，对于感染、熔炼和提高领导干部的素质是重要的精神源泉和推动力量。共产党人的心胸、远见和智慧，共产党人的理想抱负和艰苦奋斗，共产党人的威武不屈、贫贱不移、富贵不淫，无不与人民群众的创造力连在一起，与人民群众的苦难、奋斗、胜利连在一起，与人民群众是决定国家命运和历史结局的根本力量连在一起。投身于人民群众改善生存条件争取美好前途的实践活动中，与他们忧患与共、奋斗与共、欢乐与共，全心全意为他们服务，我们的能力和品格就能不断得到提高和升华。

（四）

关于营造环境，促使优秀人才脱颖而出。

我们需要千千万万源源不断的优秀人才，以保证我们的事业长盛不衰。在这方面，我们是有成绩有进步的。一批又一批德才兼备的中青年干部走上领导岗位，大大增强了干部队伍的活力。但在选拔使用干部上，也存在不少问题，主要是"入口"太小，"出口"不活。

"入口"太小，是指选拔干部视野不宽，有些是由个人或少数人说了算；表现在选人标准上，就是以偏概全，求全责备。有的凭个人好恶、个人利益选拔干部，有的任人唯亲，搞小摊摊小圈圈，这就容易将大量优秀人才排除在视野之外。"出口"不活，是指干部能上能下、能进能出的问题，还没有从思想上制度上根本解决。

解决"入口"小的问题，要坚持党管干部的原则，重要干部任免要由党委集体讨论决定，不能由个人或少数人说了算；要拓宽选拔干部的视野、渠道和途径，切实改变一些地方和单位"由少数人选人，在少数人中选人"的不正常情况。坚持"五湖四海"，坚持民主推荐，民主监督；坚持公平、竞争、择优的原则，真正将那些作风正派，勤政廉洁，办事公道，确有真才实学的优秀人才提拔到各级领导岗位上来。解决"出口"不活的问题，主要是健全干部考核制度，要进行全面考核，特别重视实绩考核；重视个人素质，更要重视所分管的工作所取得的成效；要看是否干得了，更要看是否干得好，以利形成竞争机制，真正实现"优者上，相形见绌者下"。

"吏制的腐败是最大的腐败"，对于跑官，买官，卖官者，要进行严厉惩治，以弘扬正气，打击歪风邪气，营造优秀人才健康成长的社会环境。

营造环境，包括营造舆论环境，要大力宣扬领导干部的优秀品质、优秀事迹，使之蔚成风气。要敢于揭露批评干部队伍中存在的消极腐败现象，加强舆论监督，以引起社会的关注和救治。舆论宣传要注意抓本质抓主流，愈是有突出才干的干部，往往某些方面缺点也愈明显，既不要求全责备，以偏概全，也不要不讲原则，一味护短。要通过宣传与选人用人制度的改革，真正形成爱惜人才，发现人才，培养人才，推荐人才，保护人才的良好气氛。

即将到来的21世纪，是世界各国在新的时代制高点上斗智斗勇的世纪，这是一场全面刷新纪录的历史变革，关键是领导集团、领导力量、领导素质的较量。这场深刻的变革，将在诸多领域造就成千上万的第一流人物，而后起国家通过努力赶超先起国家则是这场变革中色彩斑斓的重头戏。只要我们高举邓小平理论旗帜，坚定不移地坚持党的基本路线、基本纲领，紧密团结在以江泽民为核心的党中央周围，励精图治，艰苦奋斗，我们就会进一步赢得下个世纪的发展空间，赢得有中国特色社会主义事业的新胜利。

（1998年4月13日）

论九八抗洪精神

抗洪抢险斗争已经取得决定性胜利，发生在中国土地上的这场威武雄壮气壮山河的斗争所产生的影响和深远意义，将随着时间推移充分显示出来。但是，围绕着这场斗争所焕发的伟大抗洪精神，全国上下所呈现的精神风貌，已经成为现代文明史上的奇观，引起全中国和全世界人民的关注。

（一）

江泽民同志高度评价"九八抗洪精神"，他强调指出，在这场伟大的抗洪抢险斗争中，我们形成了万众一心、众志成城，不怕困难、顽强拼搏，坚韧不拔、敢于胜利的伟大抗洪精神，这是无比珍贵的精神财富。

"万众一心、众志成城"这一雄伟壮阔的局面出现在中国——这个世界上人口最多、为创建和巩固社会主义制度艰苦奋斗了近半个世纪并且取得重大成就的国家，这不是偶然的。为了战胜这场特大自然灾害，解放军和武警部队共投入兵力36万多人，地方党委和政府组织调动了800多万干部群众参加抗洪抢险；加上为抗洪抢险提供直接服务的各部门、各地区、各系统的力量，总数达上亿人口；以不同的方式关心支持抗洪抢险的人们就更多。这场抗洪抢险斗争，规模之大，气势之壮，斗争之严酷激烈，历史罕见，世界罕见。重要的是，上下一心、干群一心、党群一心、军民一心、前方后方一心。真正是撼天动地，势不可挡。

"不怕困难、顽强拼搏"，这是由人水相搏，两相对峙的严酷格局所决定的。一方面是水大势猛、南北为害，对改革开放、经济发展和千百万人民群众生命财产造成的严重威胁；一方面是，抗洪军民为了国家和人民的利益，为了保卫改革开放成果，不怕困难，不畏艰险的英勇抗击。不是短时间的水来土掩、兵来将挡，而是长时间的反复较量；不是个别人的身先士卒、出生入死，而是整个抗洪军民的团结合作，顽强拼搏。抗洪军民是一个英雄群体。他们中的先进分子，有的累倒，有的累死，有的舍生忘死、舍己救人，有的哥哥倒下弟弟上去、丈夫倒下妻子上去、儿子倒下父亲上去。一个民族有了这种精神，还有什么困难不能克服，什么艰险不能战胜。

"坚韧不拔、敢于胜利"，显示了抗洪军民的"韧"性和"刚"性。这次特大自然灾害是对人的体力极限、精神极限的最大挑战。也正是在迎击这种挑战中，形成了抗洪精神的最强音。这次特大洪水，为害范围广，持续时间长，人被累乏，堤被泡软，抗洪抢险物资一次又一次被用完，没有坚强的意志和耐力，没有敢于胜利的信心和把握，没有强大的综合国力为后盾，就很难面对凶猛的接踵而来的八次冲击波，始终坚持严防死守，沉着应战，夺得一个又一个重大胜利。这里的关键是，党中央的敢于胜利，善于胜利；党中央的崇高威望和巨大凝聚力、向心力；党中央的果断决策、科学部署、指挥若定、决战决胜，将大家的信心和力量高度凝聚起来，集中成一个战无不胜的铁拳。如果说，抗洪精神是一支气势恢宏撼天动地的大合唱，以江泽民同志为核心的党中央就是这场大合唱的总指挥。

（二）

"九八抗洪精神"之所以能够引起大冲击大震动，是因其具有鲜明的时代精神，是我们民族最美好最高贵思想品格的集大成。这是一个由多种精神品格重新构筑的精神共同体，具有不同寻常的高度、广度和力度，大大强化和提升了我们民族的精神品格。

"九八抗洪精神"的实质是，以公而忘私，舍生忘死的共产主义精神为灵魂；以人民利益国家利益全局利益至上的大局意识为核心；以团结一致，齐心协力，"一方有难，八方支援"的社会主义大协作精神为纽带；以不怕困难，不畏艰险，敢于胜利的革命英雄主义精神为旗帜；以自强不息、贵公重义、艰苦奋斗、同舟共济、坚韧不拔、自尊自励等传统美德为血脉为营养。是这一切高贵美好的品格在共同抗击自然灾害的殊死搏斗中所形成的交汇点——时代精神和民族精神的交汇点，社会主义和爱国主义、集体主义的交汇点，革命英雄主义和社会主义人道主义的交汇点。它使我们看到，美好的品格和行为一旦集中起来会是多么壮美。亿万人民的力量一旦集中起来会是多么强大。毫不利己专门利人的中国共产党人的思想情操一旦和中华民族的传统美德结合起来，会把我们的民族品格带向一个多么光辉灿烂的境界。

它使人们进一步看到了中国的希望和前途，看到了人类的美好未来。

（三）

"九八抗洪精神"是怎样形成的，我们的党，我们的军队，我们的人民和国家，为什么能够在抗洪抢险斗争中凝聚起这一伟大的精神力量？

历史唯物主义的一个基本观点是，认识一个事物、一种精神现象的本质，不能从事物本身去寻找解释，而必须到产生这一事物和精神现象的历史事件和实践活动中去寻找。

毫不夸张地说，这场特大自然灾害所造成的威胁以及为了战胜这场特大灾害所进行的殊死搏斗，是当今世界所发生的重大事件之一。事件就是历史，就是舞台。重大事件，特别是发生在一个伟大国家的重大事件，是成就英雄、伟人和时代精神的重要契机。

正是抗洪抢险这一伟大的斗争，空前地把我们的力量集中起来，把我们的精神和精锐集中起来，把我们的思想觉悟和精神品格集中起来，涌现了一大批顶天立地的英雄，形成了拔山贯日、气壮山河的精神奇观。这是一个物质力量和精神力量同时集中同时增长同时发挥威力的过程，也是一个相互激发相互转化的过程。

这种空前集中、高度集中，是建筑在社会主义制度适合集中力量集中优势办大事的优越性上；建筑在党和人民利益高度统一和有中国特色社会主义事业蒸蒸日上的发展前途上；建筑在长期以来我们坚持两个文明一起抓，并且抓出了成效，抓出了巨大的精神储备、队伍储备、综合国力的储备上。还因为，这场抗洪抢险斗争发生在一个伟大的具有12亿人口的社会主义中国，中华民族具有悠久的历史和文明，我们的人民饱经忧患，历尽沧桑，拥有抗击一切灾难，战胜一切邪恶力量的韧性、伟力和根基。

这种空前的"集中"和事态发展，加上新闻媒体的广为传播，使抗洪抢险斗争成为一个极富感染力的"情绪场"，就像"磁场""电场""生物场"能够发生巨大的"场"效应一样，抗洪抢险斗争让人感奋，让人激动，让人投入，让人勇敢和高尚。在这场气壮山河的伟大斗争面前，人们最美好最强健的思想、感情和品格得以发扬和升华，分散的被集中起来，弱小的被强化起来，潜在的被激发、培育出来，形成了遍及全国的为各族人民所自豪的浩然正气。

这场抗洪抢险斗争对于我们的党群关系、干群关系、军民关系进行了一次新的检阅，使人们看到了中国共产党人的整体形象，干部队伍的整体形象，中国人民解放军的整体形象，中国人民的整体形象。进一步看到，共产党好，社会主义好，人民解放军好，人民群众好，中国人民是不可战胜的。

（四）

怎样发扬"九八抗洪精神"？

万众一心、众志成城，不怕困难、顽强拼搏，坚韧不拔、敢于胜利的"九八抗洪精神"，是我们在改革开放的条件下，战胜困难，扫除障碍，大步跨向新世纪的时代精神。是社会主义初级阶段的中国人民最可宝贵的精神财富。

"九八抗洪精神"，不只产生于这一次抗洪抢险斗争，而且根植于我们改造自然和社会的伟大实践中，根植于我们社会制度的优越性、我们事业的正义性；根植于我们党、政府和军队的全心全意为人民服务的宗旨。在这个意义上，"抗洪精神"也就成为推动我们整个事业的精神动力，成为我们的党魂、军魂和国魂的一种生动体现。这样一种精神力量，是和我们的国情、和奋斗目标相一致的。我们的国家大、人口多、底子薄。有了这种万众一心、顽强拼搏、敢于胜利的精神，我们就能"堆土成山"，办成大事。缺少这种精神，我们就会"一盘散沙"，什么事情都办不成；有了这种精神，我们的人民受益、民族受益、国家受益，缺少这种精神，我们的社会主义现代化建设事业就不能大踏步前进，我们的国家就不能在日趋激烈的国际竞争中立于不败之地。

发扬抗洪精神，必须增强忧患意识、责任意识、使命意识，时时刻刻想到，有困难要克服，有大山要攀登，有对手要竞争，有宏图大略要实现。特别是在我们战胜困难取得成就的时候，在风和日丽，充满生机的时候，尤其要有这种意识。只有这样，才可能激发我们的意志，振奋我们的精神，提高我们的工作效率，为党为人民多作贡献。

抗洪抢险斗争取得了决定性胜利，工作重点已经转移，灾后重建的任务还很艰巨，我们要在遭受严重自然灾害的情况下，在错综复杂的国际环境中实现全年的经济增长目标，需要作出艰苦的努力。我们的改革开放事业取得了巨大成就，但是，我们还是一个发展中国家，还有几千万人的温饱问题尚未解决，要参与激烈的国际竞争，要在不太长的历史时期建成一个现代化的社会主义强国，可谓任重道远，关山重重。我们民族的苦难史，我们党和国家的奋斗史胜利史，我们刚刚取得的抗洪抢险的伟大胜利都一再说明，中国人民是不可战胜的。但是，我们只有在党的领导下，始终保持一种高昂的精神状态，不断增长我们的民族凝聚力，我们才能是真正强大的。

让我们更加珍惜来之不易的抗洪精神，让我们在伟大的抗洪精神鼓舞下，高举邓小平理论伟大旗帜，紧密团结在江泽民同志为核心的党中央周围，积极落实党的十五大提出的各项任务，艰苦奋斗，全力做好救灾工作，为全面推进改革开放和社会主义现代化事业而奋斗。

（1998年9月17日）

评改革开放二十年

（一）

从 1978 年 12 月党的十一届三中全会召开至今，邓小平同志开创的改革开放事业整整经历了二十个年头。改革开放二十年，作为一个特殊的"历史单元"，正在成为当今世界备受关注、争相评说的焦点。当人们集结知识，用新的智力和眼界破解这一不同寻常的二十年时，人类思想正在进入一个新的活跃期。

改革开放二十年的吸引力主要基于以下几个方面。一、在这二十年中，中国人民的命运发生了深刻变化。而中国人口占整个人类的 1/5，占发展中国家的近 1/3；二、改革开放二十年的成败关系着一个新型社会形态社会制度的兴衰，而即将过去的这个世纪，恰恰是社会主义从无到有，从弱到强，从轰轰烈烈到遭受严重挫折，又于改革开放中焕发生机的世纪；三、改革开放刚刚进入攻坚阶段，整个进程如何向前发展，受到人们的关注。

历史的长河有时是停滞的混浊的，有时又急转直下，一泻千里，这都是有规律可循的。这里有历史的契机和积累，也有人的主观能动性的发挥，人的对于客观规律的认知和把握。认真研究和正确评价这不同寻常的二十年，对于我们总结经验，把握规律，更有成效地建设有中国特色社会主义，具有重要意义。

（二）

改革开放二十年，波澜壮阔。我们只能选择重要关节，选择几个角度、几个方面进行评说。也只有这样，才可能抓住要领，也才可能是立体的，而不是平面的；全面的，而不是片面的；发展的，而不是静止的。

事实和数据也许是枯燥的,但它最简单,也最雄辩,在评说改革开放二十年的成就时,最容易找到共识。

一个人所共知的事实是,1976年以前的"文化大革命",使我国经济濒临崩溃边缘;1978年之后的二十年,我们的国家发生了举世瞩目的变化。

截至1997年,我国国内生产总产值为9020亿美元,经济总量居世界第七位。在这期间,我国经济年均增长率为9.8%,是新中国历史上发展最快的时期,比同期发展中国家高4.8个百分点,比发达国家高7.3个百分点,比世界经济年均增长率高6.5个百分点。

1997年,我国主要工农业产品产量跃居世界第一位。在世界贸易中的地位由第三十二位上升到第十位。外汇储备1399亿美元,居世界第二位。国际旅游业收入由2.6亿到121亿美元,跃居世界第八位。实际利用外资2500亿美元,年利用外资额连续五年居发展中国家首位,跃居世界第二位,仅次于美国。

二十年中,我国城乡居民收入水平成倍增长。农村居民纯收入由1978年的133.6元人民币提高到1997年的2090元;城镇居民由343.5元增加到5160元,扣除价格上涨因素,年均增长8.1%和6.2%。

我国居民消费水平从1978年的184元增加到2677元,按可比价格计算,每年增长7.7%。1997年底,城乡居民储蓄存款46280亿元人民币,比1978年的211亿元增长218倍,年均递增32.8%。

我们还可以从国家巨变和人民生活巨变中分解出更多的数据来翔实论证我们的成就。上述几个数据的典型意义在于:它们是基本数据,收入、消费和积累,包括国家的和个人的,足可反映全貌;有可比性,与历史比,与其他国家比,有立体感;引用外资、外贸和旅游方面的数据,是为体现开放程度。

更加重要的是,我们的国家正处在转型期,从传统的计划经济向社会主义市场经济转型。转型时期往往是最脆弱的,因为这一时期的首要任务是转轨,进入新的轨道之后,就会长驱直入。而我们是在转型时期取得了重大成就的。根据世界经济论坛和瑞士洛桑国际管理和发展学院共同公布的1995年世界竞争力评价报告,在参评的转型国家排行榜中,中国排名第一。转型期的成就,不只在其已经达到的高度,更在其发展势头。在世界多极化经济全球化的发展趋势中,一个12亿人口的发展中大国,起动从落后到先进、从贫弱到富强转变的过程并取得了不起的成就,对于世界所产生的影响,是巨大的。

我们国家从传统的计划经济向社会主义市场经济转化，即我们通常所说的体制变革的基本状况是：经过二十年的努力，我们初步形成了社会主义市场经济体制的基本框架，市场调节功能在大大增强。高度集中的，以行政手段管理为主的统购统销、统收统支的计划经济体制已经发生很大变化。以公有制为主体，多种所有制经济共同发展的基本格局，和按劳分配为主体，多种分配形式并存的分配体制，已基本形成。国有企业改革确定了明确的改革目标和方针，正在进入攻坚阶段。宏观调控体制取得突破性进展，投资体制进行了较大改革；农村经济体制改革取得巨大成功。

我们是一个发展中国家，还面临着很多困难甚至风险，我们的人均国内生产总值还很低（1997年仅为733美元），但是，我们在变革，在发展，二十年中发生了天翻地覆的变化。一位世界银行专家评价说，"中国只用了一代人的时间，取得了其他国家用了几个世纪才能取得的成就"。

（三）

三场大风大浪考验了我们的力量和成就，考验了我们党的威望和成熟。

这三场风浪是，80年代末90年代初的国内国际政治风波，近年来的亚洲金融风波，1998年的特大洪涝灾害。这次金融风波，在亚洲乃至世界范围内造成了严重动荡和影响，展示了一种深刻的危机。在这场来势很猛的动荡中，我们的国家在继续发展，改革开放事业在继续大步前进。战胜洪涝灾害的意义不仅在于战胜灾害本身，更加在其所形成的"万众一心、众志成城，不怕困难、顽强拼搏，坚韧不拔、敢于胜利"的伟大抗洪精神，向全世界显示了中华民族不可欺侮，不可战胜的强大凝聚力。这是一种精神状态，是整个国家和民族的精神状态。由此可以看到我们国家的内在力量、驾驭和整合力量、把一切力量凝聚成综合国力的力量。事情发生在中国，影响遍及全球。在这个意义上，发生在中国土地上的这场抗洪抢险斗争，是当今世界的重大事件。

三场风波，比较集中地发生在最近十年，其中两场发生在年前和年内。就像历史在有意检测改革开放二十年的成败，有意遴选走向新世纪的强者。来自政治、经济、自然的这三个方面的严重考验证明，我们的国家站起来了，在大风大浪中站起来了，在改革开放中站起来了，在世界多极化经济全球化的格局中站起来了。

我们的国家社会政治稳定，综合国力增强，精神面貌一新。不管异己的敌对的力量来自何方，是来自政治领域、经济领域，还是来自大自然，都不能阻挡我们前进的脚步。

与此相联系，二十年中，我们国家在国际事务中的作用大大提高。在大国关系中，在各种力量的结构中，具有举足轻重的地位。由于我国综合国力的增强，由于我们紧紧把握已经发展了的时代格局和世界局势，以中国的发展和人类的命运为出发点，开展广泛而积极的外交活动，理智务实、通情达理、仗义执言、反对强权、排解纠纷、沉着自信，被国际舆论称作是"负责任的大国""世界和平的重要支柱"。

（四）

改革开放二十年的最大成就是，我们形成了党在社会主义初级阶段的基本理论、基本路线，比较成功地走出了一条建设有中国特色的社会主义道路。这比二十年来我们在其他方面所取得的成就和进展，更内在，更本质，更加具有长远意义。关键是邓小平理论的形成及其对于历史进程的重大影响。核心是对于社会主义本质的认知和把握。使我们在新的时代条件下，如何认识社会主义，怎样建设社会主义，有了一个比较清醒的全新的认识。

邓小平理论第一次深刻揭示了社会主义的历史方位——从纵向看，我们正在建设的社会主义是初级阶段的社会主义，有别于发达和成熟阶段的社会主义；从横向看，我们国家的社会主义建设，必须切合我们国家的实际，符合我们国家的国情，不能照搬任何国家的模式。不管是纵向还是横向，都有一个集中力量发展生产力的问题，有一个处理好与资本主义的关系问题——既要充分吸收、利用和借鉴资本主义所创造的先进成果，发展生产力，又要坚持社会主义方向，坚持最终实现共同富裕，坚持人民利益高于一切。

根据马克思主义的基本原理和国内外的历史经验，以及我们国家需要集中力量发展生产力的现实，邓小平理论第一次鲜明深刻地指出，"社会主义的本质，是解放生产力，发展生产力，消灭剥削，消除两极分化，最终达到共同富裕"。

发展生产力，最终达到共同富裕，必须解决两个方面的问题。一方面，生产关系必须适合生产力的发展，"纯而又纯"的社会主义所有制的观念必须更新，"一大二公"的经济体制必须变革，关起门来建设社会主义的状况必须改变，生产关系和上层建筑中不适应生产力发展的方面和环节必须改革；另一方面，发展生产力，最终达到共同富裕，必须有社会制度、发展方向、指导思想、依靠力量、领导力量和专政力量的保证，必须有一个和平安定的国内国际环境，必须有一个强有力的智力支持和精神动力。

邓小平理论第一次比较系统地初步回答了中国社会主义的发展道路、发展阶段、根本任务、发展动力、外部条件、政治保证、战略步骤、党的领导和依靠力量，以及祖国统一等一系列基本问题，指导我们制定了党在社会主义初级阶段以经济建设为中心的基本路线。这条路线是一个中心——以经济建设为中心——不是两个中心；是两个基本点——坚持改革开放，坚持四项基本原则——不是一个基本点。

从"以阶级斗争为纲"转向"以经济建设为中心"，这是一场伟大的历史变革。这场变革几乎凝聚了我们对于时代、对于国内外历史经验、对于社会主义和当代资本主义的最新认识，包容了几代共产党人对于社会主义的理想和追求。可以说，这是一条用人类最先进的思想政治成果，根据中国国情和国际环境而选择的强国之路。社会主义初级阶段有多长，这条道路就有多长。我们就要坚持一条道路走到底，坚持党的基本路线不动摇。

为了找到这条道路，我们几乎又回到历史的起点，一切从头开始。重新认识我们的国情，重新认识我们的时代和形势，重新检点我们的制度和机制，重新学习马克思主义的 ABC，重新找到起点和基点。理论和实践的关系，实践是起点和基点；经济基础和上层建筑的关系，经济基础是起点和基点；生产力和生产关系的关系，生产力是起点和基点。我们的党和人民，经过深刻的思考、郑重的探讨、交流、切磋，甚至论辩，逐步地在一些重大理论和实践问题上取得一致。一些暂时不清楚的问题，先干起来，在实践中解决，摸着石头过河。就是这样，一点一点地成熟，一个问题一个问题地解决，一步一步地走向胜利。

以江泽民同志为核心的党中央，清醒、坚定、成熟，忠诚地卓有成效地实践着邓小平理论，丰富和发展着邓小平理论。党的十四大确定了发展社会主义市场经济的伟大决策；党的十五大在所有制关系、分配方式、公有制实现形式等方面，在坚持改革开放，发展社会主义市场经济，坚持四项基本原则等方面，大大丰富和发展了邓小平理论，使我们在建设有中国特色的社会主义道路上，越来越坚定，越来越成熟。

追溯历史，总结经验，我们还可以从另外的角度认定三场风波对于我们的改革开放所提供的警示，从而印证党的基本路线的正确："文化大革命"所造成的灾难提示我们，社会主义国家必须进行改革；1989年的政治风波以及在国际范围内发生的有关危机提示我们，社会主义国家的改革必须坚持社会主义方向；近年来的亚洲金融风波提示我们，对外开放必须注重经济安全。来自三个不同方面的警示，再一次印证我们党的"一个中心、两个基本点"的基本路线是确定我们前进的轨迹，指引我们从胜利到胜利的重要政治保证。同时也进一步印证了中央对于形势的分析是正确的，应对措施是有效的，我们的改革处险不惊，是稳定成熟的。

（五）

历史的前进不是一条直线，而是由无数个互相交错的力量，无数个力的平行四边形，产生出一个总的结果——历史变革。即使我们建立了代表人民利益的政权和先进的社会制度，即使有了比较好的体制和机制，有了对于社会发展规律的认识和把握，强化了对于社会矛盾的驾驭和整合，社会发展仍然不是一条直线。

如果我们将二十年的改革开放作为一个整体、一个结果、一个历史事变来看，我们就能够比较容易比较集中地看到成就，看到我们在多大程度上推动了历史进程。如果我们将二十年的改革开放作为一个过程，我们就能比较充分地看到其间所遭遇的坎坷和曲折，看到我们还存在很多困难和问题，还面临着很多风险和挑战。改革开放，前无古人，没有现成的道路可走。也没有十全十美、只有利没有弊、只有得没有失的方案供我们选择。我们的任务是，权衡利弊得失，取其"利"多"得"大者为之。总结过去，回顾历史，展望未来，迎接挑战，我们也只能遵循大处着眼的原则，取其大者而评之，取其大者而为之。

改革开放二十年，成就瞩目，也存在不少困难和问题。二十年的基本情况是，我们的生产总量增长较大，人均产值仍然较低；发展速度较快，整体效益相对偏低；沿海地区发展较快，中西部地区发展相对迟缓；先富地区先富群众生活变化很大，后进地区和后富群众生活变化相对迟缓；观念更新变化较大，国民整体素质的提高相对缓慢。市场经济给我们带来了生机和活力，但是，市场经济要有健全的法制、有效的机制，真正建立起社会主义市场经济是一个很长的过程，在这个过程中，难以避免发展市场经济所带来的某些负面影响；对外开放，使我们开阔了眼界，有利于我们引进技术、资金和管理经验，有利于我们在世界范围内审视和设计自己，发挥我们的优势。但是，如果我们不设防，也会带来不利影响，包括经济的和精神的。在这一伟大的历史转折中，我们必须保持清醒的头脑，坚持不懈地进行反腐败斗争，以保证我们干部队伍的廉正和生机，这是关系我们事业成败，关系我们党和国家生死存亡的大问题。

充满希望和生机的21世纪，即将向我们敞开大门。席卷亚洲的金融风暴预示我们，新的世纪并不平静。作为一个后起的发展中国家，一个新型的建立了社会主义制度的国家，如何走向新世纪，参与新一轮的世界性角逐，并在这场角逐中不断取得主动，必须作出加倍的努力。改革开放二十年是一场演练，也是一种积累，我们走出了一条道路，锻造了一支队伍，酿就了一股豪情，积累了丰富经验。最重要的是，以江泽民同志为核心的党中央，清醒、坚定、成熟，具有在复杂形势下驾驭全局的能力，在亿万人民群众中具有崇高的威望。我们必须珍惜我们所得到的这一切。我们的力量只能集中，不能分散；只能团结，不能分裂；只能稳定发展，不能动荡不安；只能励精图治，不能松懈麻痹；只能艰苦奋斗，不能贪图享受。只要我们高举邓小平理论伟大旗帜，紧紧地团结在以江泽民同志为核心的党中央周围，坚持以经济建设为中心不动摇，坚持改革开放不动摇，坚持四项基本原则不动摇，循序渐进，稳扎稳打，我们就会应付各种局面，战胜各种困难，夺取更大胜利。

20世纪就要过去了。由此上溯一个世纪，即19世纪的最后二十年，正是我们的国家任凭列强宰割，进一步沦为殖民地半殖民地的年代。1900年八国联军占领北京，中华民族蒙受巨大屈辱，国家濒临崩溃边缘。而一百年后的这个二十年，我们洗雪了百年耻辱，在世界崛起。我们的成就，受到国际社会的普遍赞扬，可以鼓舞今人，告慰先人；我们历史的耻辱、我们当前的问题、我们面临的困难和风险，也一样不得忘却，不容轻慢。只有这样，我们才能愈战愈强——站起来了，就再也不会倒下去。

（1998年12月17日）

加强政治意识大局意识责任意识

一

（一）江泽民同志多次强调领导干部要讲政治，讲大局，要用政治眼光看经济，用马克思主义的眼光看世界，兢兢业业为人民谋利益。最近又强调，领导干部要增强政治意识、大局意识、责任意识。这是根据新的形势和任务以及领导干部队伍的现状提出的一个重要要求。

（二）我们的改革开放事业已经进入全面攻坚阶段，难度剧增。世界多极化、经济全球化的发展趋势，以及亚洲金融风波所引发的后果将继续给我们的改革开放带来重大影响。

在当前的国际国内形势下，领导12亿人民致力于波澜壮阔的改革开放事业，没有坚定强大的驾驭力量，没有千千万万在各自的岗位上讲政治顾大局卓有成效工作的领导干部，很难把亿万人民的力量凝聚起来，把错综复杂的矛盾加以协调，加以解决，有力地把我们的事业推向前进。

（三）我们的干部队伍整体状况是好的，这是改革开放事业取得重大成就的重要原因。但也应该看到，比起宏伟的奋斗目标和正在发展着的形势，我们的干部队伍也存在着比较严重的不适应。不知大局，不识大体，不知形势为何物、政治为何物者并非个别。在一些地方，领导班子形不成核心，难以驾驭全局，不能带领干部群众前进的情况，正在影响我们事业的进展。

（四）在新的形势下，认真领会江泽民同志关于加强政治意识、大局意识、责任意识的要求，结合正在深入开展的"三讲"活动，进一步加强干部队伍的建设，对于迎接新的挑战，把建设有中国特色社会主义事业全面推向21世纪，具有重要的意义。

二

关于增强政治意识。

（五）政治意识主要是指政治思想、政治观点，以及对于政治现象的态度和评价。要求领导干部增强政治意识，就是要求领导干部在瞬息万变、错综复杂的形势下，保持清醒的政治头脑，具有正确的政治思想、坚定的政治立场、敏锐的政治观察力、鉴别力。

（六）增强政治意识，首先是增强"政治路线意识"。

"政治路线确定之后，干部就是决定的因素"。这包括两个方面的内容：政治路线是前提，是生命线；领导干部是决定因素。但是，领导干部只有以党的正确的政治路线为生命，忠实地、创造性地贯彻落实党的政治路线，才可能成为"决定的因素"，对事业的成功起决定作用。

（七）政治是经济的集中表现，产生于一定的经济基础，又为经济基础服务，给经济的发展以极大影响。政治与经济的这种辩证关系，在不同的历史发展阶段具有不同的表现形式。在今天，以经济建设为中心，是党在社会主义初级阶段基本路线的中心内容，也就是当前最大的政治。

（八）我们的政治和经济是社会主义的政治和经济，决定政治和经济的性质、贯穿于政治和经济辩证关系中的一条主线，就是彻底地全心全意地为人民服务。

孙中山先生说，政治就是治理众人之事。江泽民同志说，政治就是处理好与人民群众的关系，更好地为人民服务。这都是讲用"政权"治理国家，用政权为人民服务。这也就是我们对于"政治"的理解，对于"为人民服务"的理解。

（九）政治，包括社会制度、领导力量、指导思想、政权保障等，是一个发展过程，需要根据不断发展着的实际和社会发展规律，根据生产力和生产关系、经济基础和上层建筑的矛盾运动，不断地健全、发展和完善。

社会制度、领导力量、指导思想、政权性质等，一旦确立，就会从根本上影响人民群众的利益，决定国家和民族的兴衰。

这就决定了以经济建设为中心，必须坚持四项基本原则，必须坚持改革开放。"一个中心、两个基本点",这就构成了党在社会主义初级阶段的基本路线。

(十)正是在这个意义上,政治意识不仅是"政治路线意识",也是国家意识、制度意识、政权意识、政党意识、理论意识、人民意识。核心是政权,前提是路线,根本在人民。

凡是涉及人民群众的根本利益、长远利益、全局利益的事,凡是涉及国家、制度、政权、路线的事,都是政治,都具有政治意义。

(十一)对于各级领导干部特别是高级干部来说,政治是灵魂,政治意识是必备品格。

(十二)我们的干部队伍,总体上说,政治上是坚定的、清醒的。但也存在着淡化政治、政治上糊涂,甚至无视政治的现象。有的领导干部,认为以经济建设为中心了,就不必再讲政治了;建立和发展市场经济了,就不需要思想政治工作了。政治在少数领导云亦云,丧失原则。这种情况,必须引起我们的高度重视。

三

关于增强大局意识。

(十三)大局就是全局,就是发展趋势。增强大局意识就要认识大局、把握大局、服从和服务大局。

(十四)凡是涉及全局的事,涉及人民群众的根本利益,涉及国家命运前途的事,就是大局。每一个领导干部所从事的工作,都是整个事业的组成部分,只有胸中有大局,将自己所负担的责任与大局联系起来,认清自己的方位,才能工作得有方向、有意义、有章法、有轻重缓急。

(十五)大局不是静止的,固定不变的,而是不断发展变化的。大局就是大势,就是发展趋势,就是国际国内总体形势发展变化的路向。善弈者谋势,不善弈者谋子。谋势,就是谋大局,就是要跳出一时一地的局限,以宽广的眼界审时度势,以政治家的眼光权衡利弊得失,把握现在,透视未来。

（十六）大局不是一个平面，而是一个动态的结构。大局往往表现在"牵一发而动全身"的一些关键时机、关键事件、关键问题上。把握大局，需要处理好各方面的关系，掌握好推进各项工作的节奏和力度，更加需要不失时机地紧紧抓住整个链条上的主要环节，以便抓住整个链条，并且稳稳地过渡到下一个环节。

（十七）小事情未必不是关键。愈是现代化，社会各方面的联系愈是密切，全局对局部，局部对全局的相互影响愈是强烈。一些看似不起眼实则关乎全局的事，如能见微知著，处置得当，就会有力地推动全局的工作，甚至会引发重大突破。如果对一些看似不起眼，实则关乎全局的事处置不当，也会造成重大的负面影响。

（十八）大局是一个系统，大局意识是一个系统意识。要求增强大局意识，就是要求更加准确地把握大系统与子系统之间的互动关系，因势利导，更加主动自觉地推动大局的发展。

（十九）世界有世界的大局，国家有国家的大局，本地区本部门有本地区本部门的大局，互相区别又互相联系。在一个地区一个部门看来是全局的事，在国家的棋盘上，就未必是全局。大局意识，就是要善于看到这种区别和联系，以便决定自己的行动。

（二十）认识大局是为了服从大局服务大局，这是一种觉悟。在我们国家，整体利益与局部利益，长远利益与眼前利益，是不可分的，相辅相成的。但在某些情况下，为了整体利益需要牺牲某些局部利益；为了长远利益需要牺牲某些眼前利益。"一方有难八方支援"，这包含两层含义，一是局部对全局的依赖性，需要从全局得到支持；二是局部对全局的责任，要努力为全局作贡献，有时甚至要作出牺牲，这是社会主义制度优势的重要体现。无论哪个地方和部门，都不能搞本位主义、地方保护主义，而应当牢固地树立国家利益、全局利益、长远利益、根本利益第一的思想。

（二十一）强调大局意识，是因为在干部队伍中存在不识大体，不顾大局的现象。有些干部，信息闭塞，目光短浅，急功近利，只顾眼前，不顾长远；有的心胸狭窄，不顾大局，以邻为壑，只谋一地一己之利。这是需要我们经常注意和认真解决的一个重要问题。

四

关于增强责任意识。

（二十二）责任意识，就是角色意识，就是要知道自己这个岗位、这道工序、这个环节在国家政治生活中，在全局中，在整个链条中所处的位置和作用，自觉做好职权范围内的事。

（二十三）责任意识是一种精神状态，有了责任意识，就能集中精力，全身心投入，形成意志和品格，就能凝聚人心、凝聚力量，创造出第一流的成绩。

如果每一个领导干部都有责任意识，都在努力提高工作质量，那么，我们的整体力量就会强大得多，我们的事业发展就会顺利得多。

（二十四）责任和权力是相联系的。党和人民给予权力，就给了名誉、地位，更是给了一种责任，一种为国效力、为人民服务的条件，决不能把人民给的权力作为谋取私利的资本。

（二十五）责任是一个舞台，一种机遇，在党和人民的事业中，在前后左右的方阵中，只要找到自己的位置，重视自己的位置，充分相信群众，依靠群众；充分利用各种力量、资源和条件，特别是充分用好党和人民给予的权力，就能演出有声有色威武雄壮的活剧。

（二十六）人民群众是推动历史前进的动力，但是，只有先进的政党才能将亿万人民群众的利益和智慧集中起来，形成推动历史前进的力量。

成千上万的在不同层次不同岗位上工作着的各级领导干部，就是把"人民"组织成人民，把"国家"组织成国家的筋骨。

（二十七）半个世纪特别是近20年来，我们的国家发生了天翻地覆的变化，这是一代又一代的成千上万的各级领导干部恪尽职守，率领人民群众前进的结果。同样的，我们工作中存在的问题，也往往与一些领导干部责任意识不强、不负责任大有关系。今天，在一些领导干部中，有的只想做官，不想做事；有的当一天和尚撞一天钟，甚至当了和尚也不撞钟；有的热衷于形式主义，虚报浮夸，猎取功名；有的对不正之风，不敢碰，不敢顶，对不称职的干部，不敢管，不敢换；有的意志衰退；有的以权谋私，等等。这种人心目中只有一己的私利，如何谈得上共产党人对于子孙后代的责任，对于人类进步和时代发展的责任？

五

（二十八）政治意识、大局意识和责任意识一起构成领导干部的基本素质。

在处理政治与经济、政治与技术、政治与思想等关系的时候，要增强政治意识，要注意把握两者之间的关系，不要简单地以政治取代其他，不要把不是政治性质的问题硬说成政治问题，也不要忽视其确实具有的政治意义，更不要忘记用政治眼光观察问题，分析问题。

在处理全局与局部、眼前与长远的关系时，要增强大局意识，要注意把握两者的关系。既要立足全局，又要兼顾局部，既要着眼长远，又要立足当前。当两者发生矛盾时，以大局利益为重，以长远利益为重。

政治意识、大局意识最终都要通过责任意识得以体现，得以落实。

（二十九）增强政治意识、大局意识和责任意识，是对所有领导干部的要求，不管是从事政治工作，还是其他工作；不管是一般干部，还是高级干部，都应作出表率。

（三十）增强政治意识、大局意识、责任意识，靠教育，靠学习，还要靠实践，要在工作实践中不断加强和提高这种意识。

（三十一）我们的事业和时代，需要大批新人，特别需要强有力的领导力量。具备了政治意识、大局意识、责任意识，当然不能解决所有问题，但是，我们的领导干部，具备了这种觉悟、眼界和品格，就能经过努力和锤炼成为全新的强有力的领导者，就能在发展有中国特色社会主义伟大事业中作出应有的贡献。

（1999年3月19日）

五十年探索　五十年辉煌

一

（一）1949年中华人民共和国的成立是20世纪的重大事件。在这之前的一个多世纪里中华民族所遭受的苦难和屈辱，在这之后的半个世纪中所发生的翻天覆地的变化，深刻有力地展现着这一重大事件的里程碑意义。

（二）50年的成就举世瞩目。如果算总账，如果把50年巨变与前50年相比，放在整个历史进程和国际背景中进行考察，一切公正的人们都不能无视一个铁的事实：中国人民真正站起来了，新生的人民共和国在封锁围剿中站住了，在改革开放中站住了，在抵御风险、灾难和侵略战争中显示了一个社会主义泱泱大国的气派和力量。

港澳回归，壮我国威，洗我百年国耻。"一国两制"，开历史之先河，显示我海纳百川，巍巍中国之气概！

50年的沧桑巨变，谱写了中华民族文明史上最为光辉灿烂的篇章。

（三）由于我们为之献身并使之翻天覆地的地方，不是一个规模很小的国家，也不是条件优越的一个岛屿、一片沿江沿海区域，而是一个贫穷落后的大国，有条件比较优越的地区，也有很落后的地区，甚至有刀耕火种地区，尚未完全脱离农奴社会的地区，这本身就是一个世界。在这片国土上发生的变化，其意义非同一般。

由于50年巨变，是与一个新型的社会制度连在一起，与中国共产党的领导和最先进的思想理论连在一起，与一个源远流长的民族文化传统和12亿人民的创造力量连在一起，其影响非同一般。

（四）50年巨变来之不易。新生的人民共和国，轰轰烈烈地诞生、发展、壮大，遭受过挫折和失误，走过弯路，又于改革开放中焕发生机和活力，取得长足发展。

50年的成就，以及为了取得这些成就所付出的代价，所进行的探索，所经受的曲折，都将作为人类进步事业的共同财富而永载史册。

事实上，我们党领导亿万人民，历经坎坷，取得成就的过程，也就是我们的社会制度和领导力量不断成熟和壮大的过程，是我们的国家和人民不断成熟和强大的过程。

（五）新中国的诞生和强大，有力地改变了世界格局，影响了历史进程，令人振奋，也使一些人警觉和恐慌。

振奋和恐慌所构成的力量，形成了我们的生存环境。这是一个光明和黑暗相交替、正义和邪恶相角逐的时代。我们的朋友遍天下。但是，霸权主义和强权政治是不欢迎一个强大统一的中国出现的。这个矛盾将贯穿很长的历史时期。我们必须正视这个环境，适应这个环境，在这一环境中生存、奋斗和发展。

二

（六）具体论证50年巨变，一个科学有力的角度和支点，是生产力的发展状况，包括新中国成立时的状况和50年以后的状况。

（七）关于1949年的生产力发展状况。

粗线条的匡算是，从1911年辛亥革命推翻封建王朝到1949年建立新中国的几十年中，战乱灾荒不止，生产力的发展微乎其微。在这期间，西方列强为了争夺世界市场，发动了两次血腥的世界大战，中国都是受害国。也就是说，新中国成立时的生产力状况大体等同于封建王朝解体时的状况。

如果这个匡算能够成立，我们就很容易由此得出两个最基本的结论。一个是，50年成就辉煌；一个是，忘记或忽视这个起点，忘记或忽视国情，以为建立了新中国，找到了最先进的指导思想和社会制度，全国人民的建国热情空前高涨，就可以跨越生产力的发展阶段，在很短的几年中提前建成社会主义甚至共产主义，那就不可避免地要遭受挫折。50年的坎坷曲折，原因很多，这是一个非常重要的原因。

新中国成立时的生产力具体情况是：在全国工农业总产值中，农业总产值占70%，工业总产值只占30%。而当时的全国粮食平均亩产只有68.5公斤。其落后状况可见一斑。工业状况就更加可想而知。重要的不只在其产值，更加在其落后的生产方式。

西方预言家宣称，中国无法靠自己的力量养活自己。宣称，中国的能源难以支持一个星期的保卫自己国家的战争。这里有偏见和歧视，也有一定的依据。中国太贫穷太落后了，按照一般逻辑，一般国家的制度和做法，很难支撑住自己的国家。

（八）但是，新生的中华人民共和国没有按一般逻辑一般做法建设自己的国家。经过50年的奋斗，发生了巨大的变化。

1998年的钢产量是1949年的731倍，原油产量是1341倍，原煤产量是39倍，发电量是271倍，水泥812倍，粮食产量4倍，棉花产量10倍，油料9倍，水产品87倍。

1998年，我国国内生产总值为79552.8亿元，是1952年679亿元的117倍。人均国内生产总值为6404元，是1952年119元的54倍。

这是纵向比较，由此可以看到历史的跨度。

（九）同其他国家相比，截止到1998年，我国经济总量居世界第七位，我国主要工农业产品产量居世界第一位，对外贸易总额居世界第十位，外汇储备居世界第二位，国际旅游业居世界第八位，吸收外资居世界第二位。

这是横向比较，由此可以看到我们在国际社会中的状况和方位。

（十）经过50年的发展，我们将一个贫穷落后满目疮痍的旧中国建设成了一个蒸蒸日上，大步走向繁荣富强的新中国。特别是改革开放20年来，我们在建设有中国特色社会主义的政治、经济、文化等方面，取得举世瞩目的成就。国民经济迅速发展，综合国力大为增强，许多重要工农业产品产量跃居世界前列。科教文事业取得巨大成就，各项社会事业全面进步。

一位世界银行专家评价说，"中国只用一代人的时间，取得了其他国家用了几个世纪才能取得的成就"。

三

（十一）50年的成就，不是一蹴而就，而是一步一步地奋斗，一点一滴地积累起来的。这里有一个如何历史地对待20年和30年的问题。

新中国成立初期的情况前面已经说过。

经过3年努力，即到1952年，国民经济迅速恢复。全国社会总产值按可比价格计算，与1949年相比提高到1.9倍，工农业总产值增长77.5%，国民收入提高到1.7倍。城乡人民生活发生了明显改善。

再经过5年努力，即到1957年，我们超额完成第一个五年计划。全国工农业总产值比1952年增长128.6%，平均每年增长18%。全国居民消费水平比1952年提高33%，农民收入增加30%。

1957年到1966年，是我们全面建设社会主义的10年。这期间，围绕党中央提出的建设四个现代化的宏伟目标，在各方面取得重大成就。工农业总产值1965年比1957年增长59.9%，其中农业增长9.9%，工业增长98.1%。后来，中央在评价这10年的成就时说，"我们现在赖以进行建设的物资技术基础，很大一部分是这个期间建设起来的；全国经济文化建设等方面的骨干力量和骨干人才，大部分也是这个期间培养和积累起来的。这是这个期间党的工作的主导方面"。

1967到1976年发生的"文化大革命"，严重影响了我国国民经济的发展。社会总产值的年增长率前14年为8.2%，"文革"时期降为6.8%；国民收入的年增长率，前14年为6.2%，"文革"时期降为4.9%。"文革"期间的个别年份，受到的影响更大。而这段时间正是亚太地区经济腾飞时期，我们却错过机遇，把精力消耗在"以阶级斗争为纲"上。

改革开放20年，在前30年取得巨大成就的基础上，我们认真总结前30年的经验教训，取得了更加辉煌的成就。国内生产总值由1979年的3624亿元猛增到1998年的79552.8亿元，按可比价格计算，平均每年增长9.8%。于1995年提前5年实现比1980年翻两番的计划。人均国民生产总值由379元提高到6404元，剔除价格因素，平均每年实际增长8.4%。

更加重要的是，随着计划经济向社会主义市场经济的转变，20年中，我国经济结构发生了一系列意义深远的巨大变化。在产业结构方面，摆脱了改革开放以前"农业基础薄弱，农轻重比例严重失调"的局面，使我国一、二、三产业结构和各部类产业内部结构逐渐趋于协调，开始进入产业结构升级与高级化的阶段。在所有制结构方面，初步形成"以公有制为主体，多种经济成分共同发展"的良好格局。这些成果的重要性在于，为国民经济的持续快速健康发展提供了体制上的前提。

（十二）毋庸讳言，这是我们在减去失误，减去耽误了的时间之后所取得的成就。如果我们的失误少一点，小一点，失误的时间短一点，我们的成就还会更大。

四

（十三）50年中，人才辈出，新人辈出，英雄辈出，这是50年巨变的重要内容。事实上，我们取得经济建设辉煌成就的过程，也是整个民族素质不断提高，社会主义精神文明建设取得重大成就的过程，这是我们综合国力的重要组成部分。

（十四）50年的历史是一部可歌可泣的创业史、奋斗史，是整个民族的英雄史诗。不管是在抗击灾难、反对侵略的英勇斗争中，还是在艰苦卓绝的社会主义建设中，涌现了千千万万个英雄模范。他们中有工人、农民、战士、教师、学生、医生，有领导干部、科学家、作家、艺术家、思想理论家、叱咤风云的革命家，不管是在精神品格上，还是在业务能力上，实际贡献上，都堪称典范，在不同的岗位上，为新中国的50年巨变作出了贡献。

他们的代表是黄继光、邱少云、向秀丽、孟泰、时传祥、张秉贵、雷锋、龙梅和玉荣、赵梦桃、焦裕禄、王进喜、林巧稚、钱三强、茅以升、钱学森、李四光、华罗庚、邓稼先、袁隆平、史来贺、张海迪、蒋筑英、张华、苏宁、李双良、徐洪刚、包起帆、赵雪芳、韩素云、吴仁宝、孔繁森、马恩华、李国安、徐虎、吴天祥、谭彦、王廷江、李素丽、吴金印、邱娥国、王启民、邹延龄、侯殿禄、刘让贤、王涛、柏耀平、王选、李向群、秦文贵、范玉恕、吴登云、方红霄等。

他们只是英雄群体的代表，在他们的前面还有我们的几代革命领袖和他们的战友，在他们的身旁和身后还有成千上万的知名和不知名的英雄模范，这是一个庞大的人类历史上从来没有过的英雄的队伍。他们勤劳、智慧、坚毅、果敢、团结友爱、正气凛然、眼界开阔、朝气蓬勃、善于学习、勇于开拓、公而忘私、舍生忘死、敬业献身、自强不息。他们的精神面貌集中地反映了新中国50年中华民族的风采，反映了崭新的人与人之间的关系。正是有了这样一个队伍，有了这个队伍精神品格的影响，才使我们的国家发生了如此巨大的变化。使我们永远不怕压，不信邪，坚持真理，主持正义，赢得全世界的尊重。没有这个队伍，我们就不可能面对西方列强的封锁围剿，自力更生，艰苦奋斗，顽强发展；没有这个队伍，我们就不可能正确对待成就和失误，正确总结经验和教训，在顺境或逆境中坚定地大踏步地前进。没有这个队伍，我们就不可能抵御各种风暴，抵御一切邪恶势力。

（十五）我们的民族特别看重风骨气节和精神境界。中华民族艰苦卓绝的历史和源远流长的文化，铸就了各种各样的优秀人物和精神品格，这是中华民族自强不息、不断发展壮大的精神动力。这一宝贵的精神财富和优秀传统，一旦和振兴中华的伟大实践结合在一起，和中国共产党的领导结合起来，获得彻底的全心全意为人民服务的意识，就会形成一种新的品格，进入一个新的境界，在伟大的历史变革中产生排山倒海的力量。

（十六）人民群众是创造历史推动历史前进的动力。制度的优越，路线的正确，领导的有力，都要通过人民群众的智慧和力量来实现。我们民族整体素质的不断提高，精神面貌的不断改变，社会主义新人的不断涌现，是我们事业兴旺发达，永远立于不败之地的根基。

五

（十七）50年巨变，最根本的是因为有中国共产党的正确领导。

中国共产党是中华人民共和国的缔造者，中国特色社会主义的开创者，50年巨变的卓越领导者。50年来，我们党在缔造国家，创建制度，制定路线方针政策，动员和组织亿万人民群众，团结奋斗，励精图治，建设新中国的宏伟事业中作出了重大贡献。

（十八）中国共产党的力量主要在其能够集中实现人民群众的利益，这不仅表现在推翻三座大山、争得民族解放和国家独立的历史变革中，也表现在新中国的建设事业中，能够把各个地区，各个民族，各个不同经济发展阶段的绝大多数人民群众团结起来，形成一个强大的有共同利益的整体。在中国，除了中国共产党，没有一种政治力量能够做到这一点，能够彻底改变旧中国那种分崩离析、一盘散沙的状况，使中国步入强国之林。

（十九）中国共产党人不仅品格坚贞，政治坚定，始终忠实于国家和人民的利益，而且善于学习，勇于开拓，坚持理论创新、制度创新、知识创新，在历史变革中走在前面。

为了新中国的繁荣昌盛，50年来，我们党不断总结经验教训，不断探索建设有中国特色社会主义的发展道路，形成了党在社会主义初级阶段的基本理论、基本路线，领导亿万人民进行了气壮山河的改革开放，在神州大地上创造出一个又一个奇迹。

（二十）50年中，我们也有过困惑、挫折和失误。但是，我们党以国家和人民利益为最高利益，勇于坚持真理，坚持实事求是，坚持批评和自我批评，善于总结经验，郑重对待失误，不断开创社会主义现代化建设的新局面。

（二十一）中国共产党的正确不在其不走弯路不犯错误，而是在其对待失误的态度，纠正失误的力度和成效。中国共产党的先进性不只在其已经达到的高度，而是在其能够在实践中不断创新，走在时代前面。中国共产党的强大不只在其自身的力量，而是在其能够在多大程度上动员和组织人民群众为自己的根本利益而奋斗。

（二十二）中国共产党是一个拥有6000多万党员，领导着12亿人民，经历了近80年战争与和平考验的党。在中国，从来没有任何一个政治组织像我们党这样集中了那么多先进分子，组织得那么严密和广泛，为中华民族作出那么多牺牲，同人民保持着那么密切的关系。

人民群众从国家巨变和亲身经历中深深地体会到，中国共产党是一个毫无私利、充满生机和活力、始终保持先进性的党，是一个勇于开拓、不断创新、锐意进取的党，是一个不畏艰险、久经锤炼、坚定成熟的党。

（二十三）新中国成立时，美联社一位记者在香港发出电讯说，"这个国家太大了，又穷又乱，不会被一个集团统治太久，不管他是天使、猴子，还是共产党人"。

50年后，《纽约时报》头版发表了题为"中国五十年：安定与改革"的长篇报道。以"中国半个世纪——壮丽、骄傲与渴望"为总标题，刊登了中国有关部门举办50年庆典的情况，发表了题为"中国的盛大庆典"的社论，介绍和评价了在中国共产党领导下新中国的成就和前景。

中国共产党的正确领导及其丰功伟绩，有如日月经天，江河行地，是无可争辩的。

（二十四）在纪念新中国 50 华诞的时候，我们不能忘记以毛泽东同志为核心的第一代党中央领导集体为新中国的建立和发展作出的重大贡献，以邓小平同志为核心的第二代领导集体为开创改革开放和社会主义现代化建设新局面所建立的丰功伟绩。近 10 年来，以江泽民同志为核心的第三代中央领导集体，高瞻远瞩，统揽全局，不仅领导我们取得改革开放的一系列重大成就，并且先后战胜来自政治、经济和大自然的多次大风大浪，赢得了全国人民的拥戴，具有崇高的威望。

执政党的素质和品格对一个国家的强弱和兴衰影响极大。党中央领导集体的正确、坚定、成熟，是一种更加影响全局的成就。是国家之大幸，人民之大幸，事业之大幸！

六

（二十五）50 年巨变，是社会主义在中国的胜利。

新中国 50 年，是按照社会主义的面貌改造中国并且取得重大成就的 50 年，给中国人民带来巨大利益的 50 年。是新生的社会主义从蓬勃发展到历经坎坷焕发生机的一个缩影。

（二十六）中国走上社会主义道路是历史的选择。这是由时代条件决定的，也是由国家和人民的根本利益决定的。

中国近代历史的进程格外迟缓，当孙中山先生领导的辛亥革命推翻封建王朝，打开国门看到世界的时候，人类历史已经向前跨出两大步，一步是资产阶级革命，一步是无产阶级革命，社会主义运动风靡全球，人类历史上第一个社会主义国家很快在地球上诞生。

像中国这样一个贫穷落后的半封建半殖民地的国家，受尽西方资本主义列强的欺侮，几代爱国志士想走西方之路都告失败，要想实现民族振兴，彻底改变中华民族的命运，只能选择比资本主义更先进更公正更加符合人民利益的社会制度，通过新民主主义革命走向社会主义社会。

像中国这样一个多民族、多人口、地域广阔、一盘散沙、危机四伏的国家，必须有一个理想信仰将人们凝聚起来坚定起来，将人民的利益和力量集中起来。这个理想和信仰只能是社会主义，而不可能是别的什么主义。

（二十七）社会主义是针对资本主义的弊端产生的崭新社会制度。社会主义的最大优越性是，彻底改变了人民群众受剥削受压迫的社会地位，使其成为国家的主人，成为社会主义新生活的参与者创造者，从而最大限度地解放人民群众的创造力，开辟人民群众自觉创造历史的新时代。

新中国成立后，中国人民以前所未有的爱国热情投入建国热潮，各项事业欣欣向荣，50年间天翻地覆。事实充分证明，在中国，除了社会主义道路，没有任何其他道路能够给几亿中国人民带来利益，改变中华民族的前途和命运。

（二十八）集中力量办大事，集中力量发展生产力，集中力量推进社会各项事业全面发展，是社会主义的巨大优越性之一。

50年来，我们通过社会主义政权和制度的威力，最大限度地集中人民群众的力量和智慧，集中财力、物力等一切条件，攻克难关，发展生产，建设伟大祖国，取得辉煌成就。这包括集中力量积累资金，集中力量进行大型建设，集中力量发展两弹一星，集中力量增强国防实力，集中力量反对侵略、保家卫国等。

一个生动例证是，第一个五年计划期间，我们发挥集中力量办大事的优势，只用5年时间就建立起我们民族工业的基础框架。这是"洋务运动"以来上百年时间想做而未能做成的事。

以积累资金为例。发展生产力，实现工业化现代化，需要巨额资金。西方列强用了几百年时间进行血腥的原始积累。我们怎么办？我们是社会主义国家。新中国起步时，我们一贫如洗，没有资金积累。我们只能靠集中力量办大事的优势，只能靠亿万人民克勤克俭，堆土成山，积累资金，以实现我们的工业化现代化。50年中，我们在这方面所取得的成就，举世瞩目。

实际上，集中力量办大事，是社会主义制度的综合效应。因为这种集中与人民群众的共同利益相一致，与中国共产党的执政地位和为人民服务的宗旨相一致，与社会主义国家政治经济制度的结构相一致，与振兴中华的迫切任务相一致。

（二十九）在建设社会主义的实践中，在轰轰烈烈的进军中，我们也有过失误，遭受过严重挫折。这不是社会主义本身的问题，恰恰是因为对于什么是社会主义、怎样建设社会主义认识不清，违背了社会主义的发展规律。但是，只要我们找到规律，拨乱反正，走入正轨，我们的事业就又蓬勃发展。

社会主义事业是一个前无古人的事业，我们是在一块空地上创建社会主义的经济和政治形式，而且是在一个生产力很不发达的空地上进行探索和创造。在这个过程中，如何正确认识和把握生产力与生产关系、经济基础与上层建筑的矛盾运动，如何将政权、制度、体制、机制协调统一起来，更为有效地促进生产力的发展，促进各项事业全面进步？在新的时代条件下，怎样认识社会主义、建设社会主义，认识和建设初级阶段的社会主义？这都需要时间和代价。

（三十）关键在于如何认识社会主义，怎样建设社会主义。

按照马克思主义经典作家的预言，社会主义是解决生产力高度发达、生产资料私人占有的矛盾而产生的一种更高形态的新型社会。为了适应生产力的高度发展，这一新型社会将在所有制关系、分配制度和社会生产的计划性等方面，发生革命性的变革，具有一系列新的特征。

我们是在生产力很不发达的情况下建立社会主义制度的。我们正在建设的社会主义，应不应该在所有制关系、分配制度和计划生产等方面与发达阶段、成熟阶段的社会主义有所同有所不同？应不应该与其他国家的社会主义有所同有所不同？这是一个长期困惑我们的问题。

针对我们的困扰和失误，根据马克思主义的基本原理和国内外的经验教训，邓小平理论第一次深刻揭示了我们正在建设的社会主义，是初级阶段的社会主义；是必须切合中国国情的社会主义；"社会主义的本质是，解放生产力，发展生产力，消灭剥削，消除两极分化，最终达到共同富裕"。

强调社会主义的阶段性和中国特色，把社会主义的本质概括为发展生产力，最终达到共同富裕，言简意赅，是科学社会主义理论的一个重大突破。核心是发展生产力，核心是要在社会主义条件下完成发达国家在资本主义条件下实现的工业化和经济的社会化、市场化、现代化的任务，为社会主义的最终胜利奠定坚实的物质基础。

（三十一）发展生产力，最终达到共同富裕，是社会主义建设的全部任务，必须有制度、路线、政权、指导思想、领导力量和依靠力量的保证，必须有一个和平的国际环境和安定的国内环境，一个强有力的智力支持和精神动力。围绕发展生产力，最终达到共同富裕，邓小平理论比较系统地回答了中国社会主义的发展道路、发展阶段、根本任务、发展动力、外部条件、政治保证、战略步骤、党的领导和依靠力量等一系列基本问题。指导我们制定了党在社会主义初级阶段以经济建设为中心的基本路线，有力地推动了从

"以阶级斗争为纲"向"以经济建设为中心"的历史性转变,推动了从计划经济到社会主义市场经济的一系列变革,取得了改革开放的辉煌成就。

这是一个例证,社会主义一旦走出误区,有了正确理论的指导,就会坚定人们的信念,调动人们的积极性,焕发出新的生机和活力。

(三十二)50年巨变再次证明,只有社会主义才能救中国,才能发展中国。只有邓小平理论才能把社会主义推向新境界,才能解决社会主义的前途命运问题。

50年来,社会主义的信念越来越深入人心,这本身就是一种伟大的力量,一种影响深远的成就。这比其他方面的成就更深刻,更内在,更有长远意义。

七

(三十三)50年过去了。50年巨变归结到一点,是彻底改变了中国人民的命运。而这是在中国共产党领导下,依靠人民群众自身力量所发生的翻天覆地的变化。也正是这一点,正是人民力量的强大、人民命运的改变,使全世界受到震动,影响了人类历史的进程。

当今世界,不同社会制度,不同性质的政党、政权,都不能忽视人民群众的力量,不管出于何种考虑,都在通过各种方式调整同人民群众的关系,这是形势使然,也是人类文明的发展趋势。但是,人民群众的力量只有找到先进理论的指导,先进政党的领导,通过先进的社会制度,才能凝聚成改造世界的强大力量。在这个问题上,我们对自己的前途充满信心。世界上没有一种理论像马克思主义这样,围绕人民群众是创造历史的主体,围绕全人类的彻底解放建立自己的思想理论体系;没有一个制度像社会主义制度这样,一切为了人民,一切依靠人民,一切以人民的利益为判断是非的标准;没有一个政党像中国共产党这样,以全心全意为人民服务为唯一宗旨。在这个意义上,新中国50年的成就还只能算是一个开头,50年的历史还只能算是一个序曲,更加宏伟更加值得骄傲的成就还在后面。

让我们举起双手迎接新世纪,迎接新的1000年吧,新的世纪新的千年必将是更加属于人民的世纪,更加属于人民的千年!

(1999年10月8日)

伟大事业需要伟大精神
——论信仰、信念、信心和信任

一、一个重要的时代话题

（一）现在正是讨论信仰、信念、信心和信任问题的一个重要时机。

一方面，人类社会进入新的千年，贯穿着社会主义风起云涌的20世纪还剩下不到一年，社会主义新中国刚刚庆祝过自己的50岁生日，都是大数，适于算大账。历史的积累，人类知识总量的积累，社会主义实践经验的积累，使我们站到了一个从未达到过的高度，比较容易看清历史的走向。

另一方面，由于历史变革、社会转型，不同社会制度在相互对峙和交流中错综复杂的演进，致使我们所恪守的信仰、信念等受到严峻的考验和冲击，甚至在部分人中出现了不同程度不同方向上的思想迷惘，需要在新的实践、新的时代条件下进行反思、变革、发展和巩固。

信仰、信念等问题，涉及我们的指导思想、社会制度、干部队伍建设等诸多重大问题，事关人之思想灵魂，党之兴衰成败，在我们面对新千年的严峻挑战，将我们的事业全面推向新世纪的时候，就更加需要强大的精神力量。这是在新的形势下做好思想政治工作的一个重大课题。

这一课题的重要性，可以从社会主义新中国所取得的辉煌成就和马克思主义在世界范围内取得的重大胜利得到证明，也可以从一些错误观点、错误倾向、错误思潮对我们的影响和干扰得到反证。"法轮功"邪教组织蛊惑人心，祸国殃民，造成严重的社会危害，是一个典型例证。

（二）价值观念正在经历一场前所未有的全球性动荡。

美国忧虑其"物质上富有，精神上贫穷"（尼克松）；非洲感叹其"不再拥有本国本土能调节各种冲突的机制，不再有精英人物来考虑教化对立的各方"（哈桑·巴）。从最发达最富裕的国家到最贫穷最落后的国家，无不为此焦虑。这场由经济科技全球化、信息传播全球化进程的加速发展所引起的动荡，还要延续多少时间，一时尚难估计，但有一点是清楚的，这就是全球化进程带来的不管是进步还是问题，是财富的聚集还是灾难的积累，都从不同的方向强化着一个历史指向——整体性。全球利益，全人类利益越来越联成一体，"只有解放全人类才能解放自己"，越来越成为一个逼近我们的现实问题。人们不能不重新认识整体利益、长远利益、人民利益的价值和分量。

（三）在这一价值观念的重新评估中，人民群众的意向最值得关注。

1999年，当新的千年就要到来的时候，英国广播公司通过互联网进行民意测验，推举过去一千年中最有影响力的人物，马克思位居榜首。

这场民意测验之所以值得重视，是因其发生在"不同社会制度""不同意识形态"的国家，是资本主义经过充分发展并取得辉煌成就的英国，因为这是一场"民意测验"。它所透露的信息，比我们现在意识到的恐怕还要深刻得多。

二、关于信仰——马克思主义，
是迄今为止关于人类历史发展规律
最科学最严整最有生命力的思想理论体系

（四）我们的信仰是马克思主义，这是迄今为止关于人类历史发展规律最科学最严整最有生命力的思想理论体系。其他理论和学说，只是部分地丰富着人们对于世界的认识，丰富和推动着辩证唯物主义和历史唯物主义的发展。

几千年来，为了追求自由和幸福，反抗压迫和奴役，人民群众进行着前仆后继的斗争，有力地推动着历史的前进。但是，在马克思主义诞生之前，所有这些斗争，包括反抗自然压迫、政治压迫、阶级压迫、宗教压迫、种族压迫、性别压迫、分工压迫的斗争等，基本上都是在黑暗中摸索。只有马克思主义第一次发现人类社会的发展规律——存在决定意识，物质生产决定精神生产，经济基础决定上层建筑，生产力和生产关系、经济基础和上层建筑的矛盾运动推动社会前进。特别是马克思主义关于资本主义生产剩余价值的发现，彻底弄清了劳动和资本的关系，揭示了资本主义必然灭亡、社会主义必然胜利的规律，给人们以"明亮的阳光照耀"。马克思主义对于社会发展和人类终极命运的思考和追索，确是集人类文明成果之大成。

（五）马克思主义是将科学的世界观方法论、彻底的唯物主义、无产阶级的党性原则、全心全意为人民服务的精神融为一体的崇高信仰。有真理，有正义，有科学，有人格；符合客观规律和人类良知。马克思主义能够给人以睿智和坚毅，高尚和文明，使之成为脱离了低级趣味的人，顶天立地的人。

我们不想把我们的信仰、我们对于世界的认知和把握强加于人，但是，我们相信真理和正义的力量，相信真理和正义终将战胜谬误和邪恶。

（六）我们信仰马克思主义。不是固守和照搬其个别结论，而是信仰其整个理论学说。

马克思主义包括马克思主义哲学、马克思主义政治经济学和科学社会主义三个组成部分。三者相辅相成，揭示人类社会由原始社会向奴隶社会、封建社会、资本主义社会、社会主义社会递进的发展规律。

马克思主义哲学亦即辩证唯物主义和历史唯物主义，是共产党人的世界观；马克思主义关于通过社会主义走向共产主义的科学预见，是共产党人为之奋斗的最高社会理想。

（七）信仰马克思主义，不只是为了解释世界，而是为了改造世界；不只是为了解除个人苦痛和自我完善，而是为了阶级的解放，人类的解放；不是拯救人类，而是对于人类自身力量的肯定，坚信人民群众是创造历史、改造世界的主体；不是脱离实际，把理论当教条，将理想作现实，而是与国情和实际相结合，切实改变国家和民族的命运；不只是个别人的信仰和觉悟，而是通过先进的政党，帮助人民群众认识自身利益和自身解放的条件，组织起来为自己的根本利益而奋斗。

（八）信仰马克思主义，因为马克思主义是我们的立国之本。

马克思主义是缔造我们的党，建立社会主义制度，制定党的路线方针政策，推进改革开放的根本指导思想。坚持马克思主义为指导，就能顺应潮流，顺应人民利益和国家意志，一顺百顺，凝聚起全党全国人民的智慧和力量。

马克思主义的诞生是人类意识的大觉醒。马克思主义世界观一旦和国家政权结合在一起，和人民群众结合在一起，就会变成强大的改造世界的物质力量。本世纪以来，马克思主义和中国实际相结合产生的两大理论成果——毛泽东思想和邓小平理论，作为党和国家的根本指导思想，有力地改变了中华民族的命运，使我们的民族自立于世界民族之林。

三、关于信念——通过社会主义实现共产主义是我们的最高社会理想，建设初级阶段的社会主义，是我们的近期目标

（九）人类社会由低级阶段向高级阶段发展，是一种"自然历史过程"，从社会主义走向共产主义，是现代社会生产力发展的最终目标和必然结果，也是共产党人的最高社会理想。建设初级阶段的社会主义，是我们的近期目标，是中国共产党人坚定不移的信念。

信念和信仰的联系与不同在于：信仰是对于世界和人生的总看法总方针，称之为真理或主义；信念是有关社会和人生的基本信条或奋斗目标，称之为理想或信念。信仰是信念的最高表现形式，统率和影响着不同层次的理想信念，形成一个完整的精神导向。信念受信仰的影响和协调，支撑着信仰，归总于信仰，丰富和发展着信仰。

由于科学社会主义是马克思主义的核心，相信社会主义，是信仰，也是信念。

（十）社会主义是针对资本主义的弊端产生的一种崭新的社会制度。社会主义的产生，彻底改变了人民群众受剥削受压迫的社会地位，使其成为国家的主人。社会主义有利于集中力量办大事，集中力量发展生产力，实现社会主义现代化。社会主义现代化与资本主义现代化的最大不同在于，它不是依赖对外掠夺对内剥削，而是依靠内部积累和对外开放来解决发展资金；它不是建立在私有制的基础上，而主要是建筑在公有制的基础上发展生产力；它提倡按劳分配为主体的分配方式，不断扩大社会福利，实现社会平等，避免两极分化。

（十一）衡量一种社会制度的优越，最根本的是看在多大程度上推动了社会生产力的发展和人民生活水平的提高。最简便有力的，是从我们的国家、我们的制度说起。

本世纪以来，世界上有100多个殖民地半殖民地国家获得了民族独立，各自选择了不同的社会制度发展自己。应该说各有成就和坎坷，但从总体上说，社会主义新中国所取得的成就更大，尽管我们曾经遭受严重挫折。这可以从几个角度进行比较，同历史状况比，同世界状况比，同情况类似的国家比，这有世界公论。美国经济学教授拉迪·多恩布什在《伟大的繁荣》中评

价说，自50年代以来，中国的生活水平增长7倍，提高速度居世界第二名。"在本世纪最后30年，中国的生活水平提高了6倍，在那里，人们在50年以前与公元1700年的生活水平几乎没有什么差别。"这位美国学者，将新中国的变化放在300年的历史进程和整个世界背景下进行考察和比较，是有见地有说服力的。沿着这条思路，我们还可以列举一些更为详实的数据，更加全面地看到我们国家几十年来特别是改革开放以来所发生的变化。

同新中国成立初期比，1999年我国国内生产总值为82054亿元，是1952年679亿元的120倍。钢产量是1949年的786倍，原油1333倍，原煤33倍，发电量288倍，粮食4.48倍，棉花8.6倍等。

同其他国家比，1999年我国经济总量居世界第七，我国主要工农产品产量居世界第一，对外贸易总额居世界第十，外汇储备居世界第二，国际旅游居世界第八，吸收外资居世界第二。

人们更加看重的是，改革开放以来我们为实现"三步走"的奋斗目标所取得的重大成就。关键是第二步，"翻两番"。实现国民生产总值1万亿美元。这1万亿美元，反映到人民生活上，就叫小康；反映到国力上，就是较强的国家，从总量说，就居世界前列了。第一个目标，解决温饱问题，我们提前几年实现。第二个奋斗目标，我们即将提前实现（1999年，我们完成的国内生产总值是82054亿元，基本提前一年完成国民生产总值1万亿美元的目标）。这是中华民族发展进程中一次伟大的历史性跨越。我们可以告慰邓小平同志，告慰近百年来所有关心中华民族前途命运并为此作出贡献的先辈、同志和朋友，有中国特色社会主义正在大步前进。

苏联已经解体，但在它的建立和兴起过程中所显示的社会主义优越性，包括在反法西斯战争中所作出的辉煌贡献，却将永远载入史册。贫穷落后的俄国、中国，由于建立了社会主义制度，很快成为世界大国，苏联成为超级大国，极大地影响了人类历程。离开社会主义制度的优越性，是很难说清楚的。在此以后的遭遇，包括我们的国家所遭受的坎坷和挫折，都不是社会主义制度本身的问题，这里有一个如何看待社会主义的失误和挫折的问题。

（十二）正确对待社会主义的优越性。

社会主义的优越性不会自动实现。它的发挥，要靠各种条件，要作不懈努力。

社会主义的优越性的发挥，要靠社会主义的实践活动，靠各级领导干部廉洁奉公、卓有成效地组织和带领人民群众为实现自己的根本利益而艰苦奋斗。

社会主义优越性的发挥，要靠生产力和科学技术的发展。因为我们国家生产水平低，人均产值少，就以为社会主义不如资本主义，这是误解。这里有个基础和起点问题，有个可比性问题，当然也有一个及时转移工作重点，集中力量发展生产力、发展科学技术、进行经济建设的问题。

社会主义优越性的发挥，要靠社会主义制度、体制、机制的建立和完善。社会主义是一个发展过程，不同的发展阶段，应该有不同的适合生产力发展的具体制度、体制和机制。

（十三）正确对待社会主义的挫折和失误。

要确认一个基本观念，亦即我们正在建设的社会主义是初级阶段的社会主义；与此相联系，要处理好一个基本关系，就是要正确处理社会主义与当代资本主义的关系。

对于这一点，我们认识太迟，有着太多的不解和误解。诸如，把马克思主义所预见的关于未来理想社会特征简单地比照今天；把马克思主义对于西欧一些典型资本主义国家的分析论断简单地类比所有的国家；注意到了资本主义与社会主义相互对立的一方面，忽视了它们之间相互联系和前后承继的关系；坚信资本主义必然灭亡，疏忽了在其全部生产力释放出来之前是不会灭亡的；看到了资本主义的弊端，忽视了对其所创造的文明成果和管理经验进行必要的借鉴；看到了资本主义对于社会主义的敌视和对立，忽视其为了巩固其统治地位，协调其与人民群众的关系，对于社会主义的参照、借鉴和交流；重视阶级斗争和政治斗争的作用，不同程度地忽视了发展社会生产力和进行经济建设的重要性等。

社会主义制度的建立和完善是一个历史过程，在其初级阶段尤其不可能一帆风顺。

（十四）邓小平理论是马克思主义的新发展。

鉴于以上的经验教训和中国国情，邓小平理论第一次揭示了我们正在建设的社会主义是初级阶段的社会主义，是有中国特色的社会主义；社会主义的本质是解放生产力，发展生产力，消灭剥削，消除两极分化，最终达到共同富裕。邓小平理论的形成，使马克思主义发展到一个新阶段，使社会主义焕发了生机，为马克思主义赢得了声誉。

四、关于信心——中国大有希望，社会主义大有希望，人类大有希望

（十五）我们的世界很不安宁，我们的国家在前进的道路上也面临着许多困难，潜伏着很多隐患，但总的形势是，中国大有希望，社会主义大有希望，人类大有希望。

我们讨论了马克思主义和社会主义的生机和活力，我们也为人类文明的巨大进步深受鼓舞。即将过去的20世纪，是人类历史上最为光辉灿烂又最剧烈震荡的世纪。这个世纪所取得的成就，比以往任何一个世纪都大。拉迪·多恩布什教授说，站到今天水平上进行比较，"1900年简直就是石器时代"。

这里讲的是经济成就。政治上的进步，同样是今非昔比。100多个国家摆脱了殖民地半殖民地的统治，获得独立，这是20世纪的巨大进步，前面已经说过。近一个世纪以来，社会主义运动对于不同政党、政权和社会力量的影响就更为深刻，尽管其表现形式比较复杂，仍然能够从中看出马克思主义的巨大力量。1900年，八国联军对我国所进行的灭绝人性的烧杀掠夺，法国伟大作家雨果斥之为强盗行为；本世纪中，为了争夺世界市场，西方列强发动的两次血腥的世界大战，人们至今记忆犹新。而现在，霸权主义和强权政治的表现，应该说比起它们的前辈"斯文"得多了。

这当然不是说其本性变了，它们的"斯文"丝毫不能掩盖其对外扩张侵略对内压迫奴役人民的本质，而是说，因为力量对比发生了重大变化，因为世界上知道马克思主义的人越来越多，知道资本主义生产奥秘的人越来越多，因为有了真正代表人民利益的政权存在，它们必须改变过去的方式，不能也不需要再像原始积累时期那样赤裸裸地去烧杀掳掠，明目张胆地去欺压人民。也可以换一个角度评述这一历史现象：马克思主义的广泛传播和社会主义国家的产生、发展和壮大，给各国工人运动一个启迪，给资产阶级一个警告，给那里的当权者们一个教训。

社会主义国家的诞生，给资本主义世界很大压力，使其感到"社会改革"的迫切性。特别是第二次世界大战以后，几乎所有发达国家的政府为了维护自身利益，纷纷调整与人民群众的关系，运用新科技发展带来的财富，运用

从世界市场获取的巨额利润，尽可能地向劳动者提供社会福利。资产阶级的理论家们也不能不承认，"共产主义精髓的间接传播"，对于西方世界用以"对付经济和社会弊端的倾向日益流行"（布热津斯基）。为了缓和与人民群众的矛盾，维护和巩固其自身的统治，资本主义从社会主义得到什么样的参照和借鉴，不同社会制度的对峙和交流在多大程度上推动着社会前进，越来越成为人们关注和研究的课题。应该说，这本身就是马克思主义的胜利。

五、关于信任——"关键在党，关键在人"，从某种意义上说，关键在领导干部

（十六）信任，主要是人民群众对于领导干部的信任，这实际上，也是对于党对于国家政权的信任。更深刻的是对马克思主义和社会主义制度的信任。领导干部应该通过称职有效的工作，取得这种信任。

在信仰——信任——信心这个互动结构中，信任是一个重要环节，而领导干部是这个环节上的承重点。"关键在党，关键在人"，从某种意义上说，关键在领导，在领导干部的境界、素质和能力。

（十七）由于我们的绝大多数领导干部具有崇高的信仰，坚定的信念，由于我们的成就和力量，我们党取得了人民的信任和拥戴。这是我们的事业立于不败之地的重要保证。

但也有些领导干部，在历史变革中，经不起改革开放和发展社会主义市场经济条件下执掌政权的考验，背离了马克思主义要求，精神境界不高，思想界限模糊，责任意识不强，不甘于做人民公仆，热衷于追名逐利，甚至贪污腐败，为非作歹，失去了人民的信任。大浪淘沙，鱼龙混杂，这种状况正在败坏着党的声誉，败坏着马克思主义、社会主义的声誉，不能不引起高度警惕。

（十八）这是一个特殊时期：从计划经济到社会主义市场经济，从关起门来搞建设到打开国门搞改革，要转轨又不可能一下子转轨、全部转轨，一些部门和环节甚至还是"双轨"，这就大大增加了"权"与"钱"打交道的频率。意志坚定者受到了锻炼和考验，意志薄弱者借此进行"权钱交易"。一批人站起来，也有一批人倒下去，这是转折关头的常有现象，也是需要付出的代价。重视起来，就不算问题。掉以轻心，就会酿成大患。

取得人民群众的信任,一是坚决清除害群之马,将反腐败斗争进行到底,以纯洁党的组织和干部队伍。更重要的是提高在职干部的素质,解决其在信仰、信念、信心和信任方面存在的问题。

(十九)关键在于对马克思主义的态度。在这个问题上,情况比较复杂,一种情况是,从来就没弄懂马克思主义,不懂得人类社会发展史,看不清历史走向,一种潮流来了,就被冲得头昏脑涨,不知所以;一种情况是,学习了马克思主义,记住了马克思主义的一些基本原理,却是教条主义地对待马克思主义,对于根据国情和实际发展了的马克思主义不很理解;一种情况是,由于信仰不坚定,头脑不清醒,对于一些错误思潮和当代资本主义错综复杂的变化,不识其害,不得其解,甚至怀疑社会主义,被"全盘西化"论者牵住了鼻子。要针对不同情况,采取措施,解决问题,不能坐而论道。

(二十)我们是在这样一个环境下讨论信任问题的:为了发展经济,振兴中华,建设有中国特色社会主义,不和资本主义打交道不行,不搞市场经济不行,丧失清醒和坚定,丧失人民信任更不行。我们的国家很大,起点很低,任务艰巨,没有强大的精神力量,没有很大一批深受群众信任和支持的"金刚石"般的领导干部,我们就很难面对错综复杂的矛盾,组织和率领亿万人民参与新世纪的激烈竞争,我们的宏伟目标就很难实现,我们的民族就很难站住脚跟。

六、我们的力量在人民

(二十一)信仰、信念、信任,归结为一点,就是人民必胜,人民的事业必胜。对于马克思主义和社会主义的信仰、信念和信心,归根到底建立在人民群众的利益、人民群众的力量上。

人民群众是历史的主人,是推动历史前进的主体。"水可载舟,亦可覆舟",连封建统治者也深谙此理。"不保护穷人利益,就无法保护富人利益",更是资产阶级政治家的眼界和策略(肯尼迪)。但是,真正代表人民的利益,并将人民群众的力量和生产力与生产关系、经济基础与上层建筑矛盾运动的规律联系起来,与建立代表人民利益的新型社会制度和新型政权联系起来,始终代表先进社会生产力的发展要求,代表先进文化的前进方向,卓有成效地凝聚和发挥人民群众的智慧和力量,只有新型的社会主义国家才可能做到。

在这个意义上，认清以下基本事实，对于增强我们的信仰、信念、信心和信任具有重要意义——在这个世界上，没有任何其他理论学说像马克思主义这样，围绕人民是创造历史的主体，围绕全人类的彻底解放建立自己的思想体系；没有一种社会制度像社会主义制度这样，一切为了人民，一切依靠人民，一切以人民利益为判断是非的标准。没有一个政党像中国共产党这样，以全心全意为人民服务为根本宗旨。我们的事业是世界上最为正义、最有前途和力量的事业。只要我们坚定不移，脚踏实地，一切为了人民，一切依靠人民，就无往而不胜，这就是我们的精神力量之所在。

（2000年6月21日）

大力弘扬时代和民族精神的主旋律

——论爱国主义、集体主义和社会主义

（一）历史正在走向新的世纪。世界各个国家、各个民族都在思考一个重要问题，这就是在世界大舞台上，怎样参与日益激烈的国际竞争，为自己的国家和民族赢得有利的地位。

一个国家，一个民族，没有精神力量不行。一个前进的时代，总有一种奋发向上的精神；一个发展的民族，总有一种积极进取的意志。我们所说的时代和民族精神的主旋律，就是这些思想、意志、情感的集中体现。改革开放20多年特别是10年来的实践充分证明，爱国主义、集体主义、社会主义是我们时代和民族精神的主旋律。这种主旋律越鲜明，越有力，我们的思想就越统一，力量就越凝聚，人民就越团结，社会就越稳定，改革就越顺利，经济建设的持续快速健康发展就越有保证。

面对新世纪宏伟壮阔的舞台，我们要演出更加威武雄壮的建设有中国特色社会主义的活剧，将我们第三步战略目标的壮丽前景变为美好现实，就必须继续高奏我们的主旋律，使爱国主义、集体主义、社会主义精神进一步发扬光大，真正成为凝聚我们56个民族、12亿人民开拓进取、团结奋进、昂首阔步奔向光明未来的强大精神力量。

爱国主义——一面最具凝聚力和生命力的伟大旗帜

（二）爱国主义是我们民族几千年来凝结起来、积淀起来的对祖国最纯洁、最高尚、最神圣的感情。纯洁就在于，爱国是一种奉献。这里，没有等价交换，没有讨价还价，祖国利益高于一切，只要祖国需要，就把自己的一切无条件、无保留地奉献出来。高尚就在于，爱国是一种尊严。这里，没有懦弱，没有退缩。在对祖国的热爱中，产生的是勇敢、智慧、忠诚。神圣就在于，爱国是一种信念。这里，没有选择，没有抱怨，我们生于斯，长于斯，不论祖国是贫弱还是富强，是遭受欺凌还是扬眉吐气，我们都深深地爱她。贫弱，靠我们去改变；富强，靠我们去创造。祖国的兴衰荣辱永远和我们的命运连在一起。

（三）中华民族是富有爱国主义光荣传统的伟大民族。爱国主义是我们的民魂，也是我们的国魂。中华文明源远流长，绵延不绝。爱国主义生生不息，根深叶茂。爱国主义传统已经深深地融入了中华民族的民族意识、民族性格和民族气概之中，成为我国各族人民弥足珍贵的精神财富。

中华民族五千年，爱国主义代代传。爱国主义的伟大精神塑造了中华民族的崇高品格和道德风范，培育了无数的爱国志士、民族英雄、革命先烈和杰出人物。从屈原的"虽九死其犹未悔"到文天祥的"人生自古谁无死，留取丹心照汗青"；从林则徐的"苟利国家生死以，岂因祸福避趋之"到孙中山的救国图存，振兴中华。他们的爱国主义精神光彩照人，彪炳千秋。

（四）中国共产党人是最坚定、最彻底的爱国主义者。中国共产党的爱国主义，是中华民族、中国人民爱国主义的升华和风范。同时，也是将爱国主义和无产阶级国际主义有机统一起来的典范。

中国共产党以民族独立和国家统一、人民解放和祖国富强为己任，经过长期探索，创造性地将马克思列宁主义和中国的具体实际相结合，找到了民族独立、国家强盛和人民幸福的正确道路。中国共产党团结和带领全国各族人民，进行了前仆后继、不屈不挠、艰苦卓绝的斗争，献出了无数优秀儿女，终于击败了帝国主义的侵略，推翻了压在中国人民头上的"三座大山"，开创了中国人民独立自主、当家作主建设社会主义的历史新时代。党领导人民进行的从古未有的人民革命，是中国历史上最恢宏、最壮丽的爱国主义篇章。中国共产党的老一辈无产阶级革命家，是伟大的马克思主义者，也是伟大的民族英雄和伟大的爱国主义者。李大钊立志"以青春之我"，"创建青春之国家，青春之民族"；毛泽东"问苍茫大地，谁主沉浮"，自觉肩负起救国救民的重任；周恩来"面壁十年图破壁"，为中国人民鞠躬尽瘁，死而后已；邓小平说："我是中国人民的儿子，我深情地爱着我的祖国和人民。"他们的伟大思想和光辉实践，集中体现的中国共产党人的爱国主义精神，与山河同在，与日月同辉。

中国共产党人的爱国主义不是狭隘的民族主义。中国共产党人是爱国主义者，也是无产阶级国际主义者。既继承和发扬中华民族的优秀文化传统，也学习和吸收世界各国包括发达资本主义国家所创造的一切文明成果；既肩负振兴祖国的重任,也履行国际主义的义务。在维护国家主权、打破国际敌对势力对我国的封锁和制裁的斗争中,不信邪、不怕压,同时在国际事务中主持正义,支持被压迫国家和民族争取解放、争取独立的斗争,支持发展中国家和我们一道共同迈向美好未来。

(五)爱国主义是一个历史范畴,在社会发展的不同阶段、不同时期有不同的内涵。当代中国,爱国主义和社会主义本质上是一致的,建设有中国特色社会主义是新时期爱国主义的鲜明主题。邓小平同志指出:"中国人民有自己的民族自尊心和自豪感,以热爱祖国、贡献全部力量建设社会主义祖国为最大光荣,以损害社会主义祖国利益、尊严和荣誉为最大耻辱。"这是对新时期爱国主义精神最精辟、最科学的概括。

(六)党的基本理论、基本路线、基本纲领,改革开放和社会主义现代化建设的辉煌成就,丰富了爱国主义的内容,升华了我们民族的爱国主义情感,激发了全国人民的爱国主义热情。在这20多年中,我们国家政治稳定,经济发展,民族团结,社会生产力、综合国力和人民生活都上了一个又一个台阶,各条战线捷报频传,国际地位显著提高。近几年来,我们隆重庆祝中华人民共和国成立50周年,唱响祖国颂,社会主义颂,改革开放颂;隆重庆祝香港和澳门回归祖国,百年国耻,一朝雪洗;全国军民万众一心、众志成城,不怕困难、顽强拼搏,坚韧不拔、敢于胜利,战胜了前所未有的特大洪涝灾害,铸就了震古烁今的抗洪精神;强烈抗议以美国为首的北约袭击我驻南联盟使馆的野蛮行径,取得重大胜利。这一切充分说明,爱国主义的光荣传统在新的历史条件下不断发扬光大,结出了更加丰硕更加辉煌的成果。

(七)弘扬爱国主义精神,是我们倡导一切进步思想和先进文化的永恒主题。坚持不懈地在全体党员、全体人民特别是广大青少年中进行爱国主义教育,是思想政治工作的重要内容。我们爱我们的祖国,就要了解祖国的悠久历史和灿烂文化,了解我国的基本国情,了解中华民族的光荣传统,了解我们党的光辉业绩和优良传统。

集体主义——一条社会主义思想道德的基本原则

(八)集体主义是人类文明发展的必然。同任何事物的辩证发展一样,集体主义的发生、形成和发展，也经历了一个曲折复杂的历史过程。原始人为了生存，不得不结成群体，在同猛兽的斗争中猎取食物，在同自然灾害的斗争中生存繁衍。很难设想，没有原始人的群体组织、群体意识和群体所形成的力量，能有人类种族的延续，能有现在的文明人类和人类文明。原始人的这种群体组织、群体意识，可以看作集体组织、集体主义的萌芽。

人类进入阶级社会后，随着生产力和科学技术的发展，社会分工日益细密，人们之间的联系和交往日益广泛和密切。在剥削阶级的压迫下，劳动人民和无产阶级在同剥削阶级的斗争中，孕育、锤炼着更高层次的集体主义。然而，私有制特别是资本主义制度，推崇"人不为己，天诛地灭"，唯利是图，尔虞我诈。因此，生产资料私有制下的生产社会化，虽然可以促进劳动的合作与协作，却不能在社会中产生真正意义上的集体主义。正如马克思、恩格斯所说，生产资料的资本主义所有制，使"各个个人所结成的那种虚构的集体，总是作为某种独立的东西而使自己与各个个人对立起来；由于这种集体是一个阶级反对另一个阶级的联合，因此对于被支配的阶级来说，它不仅是完全虚幻的集体，而且是新的桎梏"。在这样的集体中，个人服从的只是强制性的社会分工，个人利益和集体利益从根本上说是对立的。

社会主义制度的建立，社会化生产的发展，消除了集体利益和个人利益根本对立的根源，为集体主义的产生提供了坚实的物质基础和根本的制度保障。集体主义原则成为人们的行为准则和整个社会的道德规范，成为社会主义精神文明的一个重要内容。在发展社会主义市场经济中，社会生活出现了利益群体、就业方式、分配方式、生活方式的多样化。这种多样化，对发扬集体主义精神提出了新的课题，关键在于引导。我们完全可以通过正确的政策措施，加强对新经济组织和社会群体的工作，促进集体主义向着新的阶段发展。

（九）社会主义集体主义的实践说明，只有集体才能为个性的充分发展提供舞台，个性也只有在集体中才能得到丰富发展。正像马克思和恩格斯说的那样，"只有在集体中，个人才能获得全面发展其才能的手段，也就是说，只有在集体中才可能有个人自由"。有这样一个故事，很能说明问题。18世纪初，苏格兰水手塞尔柯克在航行中由于和船长发生冲突，仅带着船队留下的一磅火药和枪支，被遗弃在一座荒无人烟的小岛上。4年后，当另外的船队发现他时，火药早已用光的塞尔柯克赤着脚，用野蛮人的办法在猎取食物，其外貌神态甚至比"野生的山羊还要狂野"。这印证了马克思和恩格斯的一句名言,"一个人的发展,取决于和他直接或间接进行交往的其他一切人的发展"。离开了集体,单个人的发展不仅是不可能的,而且还可能由文明人退化为"野蛮人"。

前国家女排,是一个具有高度的集体主义意识,又能使每个队员的个性得到充分发展的集体。教练袁伟民说:"一个队12个队员,都应该有自己的个性,打起球来才有声有色。如果把她们性格的棱角磨平了,这个队也就没有希望了。"集体是土壤,它含有个人发展所需要的营养,而个人的发展则是这土壤上的花朵和果实。

(十)在社会主义条件下,集体利益与个人利益是协调一致的。以为人民服务为核心、以集体主义为原则的社会主义道德,是对个人主义的批判,具有丰富的内涵。它是一种思想境界,也是正确处理国家、集体和个人三者关系的基本原则。它和扼杀个性、否认个人利益的"封建整体主义"有本质不同,也和资产阶级宣扬的极端个人主义根本对立。它在处理国家、集体和个人的利益关系时强调:三者利益从根本上说是一致的,倡导将国家和集体利益放在首位而又充分尊重个人的合法利益;国家、集体利益高于个人利益,当三者利益发生矛盾时,倡导个人利益服从国家和集体利益;承认个人对利益的追求,国家依法保护个人的正当利益;坚持个人致富与奉献社会的统一,鼓励一部分人通过合法经营和诚实劳动先富起来,同时强调个人对集体、对国家的责任和义务,提倡顾全大局,诚实守信,团结互助,热心公益,为人民为社会多做好事。

处理三者利益关系的原则,从根本上说,是为了保护和发展全体人民的"个人利益"。我们国家是人民的国家,除了人民的利益,国家没有自己的特殊利益。离开了国家和集体的利益,个人的长远利益和根本利益就没有保证。坚持单个人利益服从集体利益和国家利益,个人利益从长远上和根本上说才能不受损害。

(十一)社会主义制度的一个优越性,就是集中力量办大事。在某种意义上说,这也是集体主义的力量。我们在一穷二白的基础上,建立起一个独立的比较完整的国民经济体系;在经济科技比较落后的情况下,成功地发射"两弹一星";在重大的自然灾害面前,一方有难,八方支援,恢复生产,重建家园。这都是我们的制度、我们的集体主义显示的威力。面对发达国家高科技迅速发展形成的压力，面对经济全球化的趋势，我们要想在日益激烈的国际竞争中站稳脚跟，争得一席之地，更需要发扬集体主义精神，依靠社会主义制度的优势，依靠集体的力量去拼搏，去奋斗。

（十二）集体主义原则的确立、坚持和贯彻，是一项长期的历史任务，也是一项宏大的社会系统工程。社会主义实践的长期性决定了集体主义原则的充分实现，需要我们的长期努力。在发展社会主义市场经济和对外开放条件下，理直气壮地倡导集体主义精神，坚决反对和抵制拜金主义和个人主义，反对和抵制小团体主义、本位主义，在全社会形成团结互助、平等友爱、共同前进的人际关系。这应当成为我们大家的共同认识和自觉行动。

社会主义——一个不可动摇的根本信念

（十三）马克思主义的诞生，使社会主义从空想变成科学。科学社会主义经历了从理论到实践、从一国实践到多国实践的胜利发展。社会主义取代资本主义是人类历史发展不可逆转的总趋势。但是，前进的道路是曲折的。面对社会主义在国际上遇到的挫折，西方有人预言，20世纪兴起的社会主义，将在20世纪内灭亡。但是，事情的发展偏偏不是这样。中国共产党领导的占世界人口1/5的中国，社会主义的旗帜高高飘扬，整个国家生机勃勃。尽管我们面前还有不少问题和困难，我们的工作也有过某些失误，但是我们所取得的举世瞩目的成就，是中国人民普遍地真切地感受到了的，也是大多数世人所公认的。社会主义中国巍然屹立在世界东方。在迈向新世纪的时候，我们对社会主义一定要有一个坚定的清醒的认识。离开社会主义，就没有根基，没有方向；动摇了社会主义，就动摇了整个改革开放和现代化建设，国家和民族的前途就会被葬送。

（十四）世界社会主义的挫折，决不表明社会主义没有优越性，绝不意味着社会主义的失败。

社会主义的历史还不长。资本主义已经有了三四百年的历史，在发展中几经曲折，复辟与反复辟的斗争十分激烈，至今不少资本主义国家还留着封建主义的尾巴。资本主义在发展过程中，不也充满着失败、危机和挫折吗？同任何新生事物一样，社会主义也有一个在实践中逐步发展、完善的过程。作为一种崭新的社会制度，社会主义在其发展的历史长河中也会发生曲折。

社会主义符合人类历史发展规律，前景是光明的，社会主义遇到的挫折，终究只是暂时现象。

（十五）一提资本主义就是富，一提社会主义就是穷，这种说法不符合事实。全世界100多个实行资本主义制度的国家中，进入发达国家行列的不过20多个。就是同发达资本主义国家比较，论发展速度，我们也并不慢。我国从1981年到1995年，仅用了15年时间，实现了国民生产总值翻两番。这在世界大国的经济发展中是一个奇迹。从历史长河看，社会主义完全可以比资本主义更快地发展。

（十六）还应当看到，在发展起点上，我们同资本主义不是站在同一个起跑线上。我国建设社会主义所承受的是旧社会的烂摊子，这同资本主义数百年掠夺积累的"资本巨富"之间的差异悬殊。两种社会制度条件下，发展经济的手段又截然不同。资产阶级用低廉商品摧毁落后民族的闭关锁国，用坚船利炮把弱小民族变为自己的附庸。资本主义的发展，靠对内剥削、对外掠夺，以工人阶级和其他劳动人民的巨大苦难和牺牲为代价，是一部充满血腥的肮脏的发迹史。他们对第三世界的不等价交换，至今犹在。而我们，主要靠社会主义制度的优越性，靠自力更生，艰苦创业。

（十七）战后资本主义国家经济相对稳定和发展，并不能消除其生产社会化同生产资料私人占有之间的固有矛盾。社会主义制度优越于资本主义制度，是就根本政治经济制度而言的，公有制比私有制优越。但在社会主义初级阶段，由于种种因素，这种优越性还没有也不可能全部发挥出来。社会主义具体制度、具体做法上的某些弊端，不能同社会主义根本制度混为一谈。我们实行改革开放，就是为了在坚持社会主义根本制度的前提下，改革那些不适应生产力发展需要和人民利益的经济体制和某些具体制度，兴利除弊，充分发挥社会主义制度的优越性。

（十八）社会主义的产生和发展已经初步地显示了进步性和优越性。俄国1917年建立第一个社会主义国家时，面临极大困难，在列宁的领导下，他们顶着帝国主义的压力，把苏联的国力搞上去了。后来苏联在世界反法西斯战争中所发挥的重大作用，充分证明了这一点。中国是在占世界7%的耕地上养活占世界22%的人口，这是件很不容易的事情。1999年我国的钢产量是新中国成立初期的786倍，粮食产量是新中国成立初期的4.48倍，靠什么？靠党的领导，靠社会主义制度。封建军阀和国民党统治了38年，我们共产党领导了50多年，两者相比，天渊之别。

（十九）马克思恩格斯在说明他们所理解的社会主义和共产主义时说："共产主义对我们来说不是应当确立的状况，不是现实应当与之相适应的理想。我们所称为共产主义的是那种消灭现存状况的现实的运动。"社会主义不是天衣无缝、冰清玉洁的圣物，而是从旧社会脱胎来的，是扎根在土地上生长在现实社会中的新生事物。不能设想，社会主义的理想目标、社会主义优越性和社会主义本质，都是不需要经过长期、复杂、曲折的过程分步骤分阶段实现的。急于求成曾使我们走了弯路、吃了大亏。也不能设想，社会主义构想和制度在建立之初或在一定阶段上，就都完完全全、不折不扣地展现出来，否则就不是社会主义，或者就怀疑社会主义。只要我们从我国最近50年的历史观察，就可以清晰地看出社会主义制度的优越性，看出我们国家发展由弱到强、由贫到富的总进步和欣欣向荣、蒸蒸日上的总趋势。

（二十）为什么我们要毫不动摇地坚持社会主义？这是因为社会主义不是主观臆造的一个蓝图，也不是刻意固守的一个"概念"。坚持社会主义，是顺应历史规律，坚信真理力量，追求人民利益。当代中国，国家强盛，民族振兴，人民幸福，同社会主义紧紧联系在一起。

历史是一部最好的教科书。沿着时间的坐标，选取4个数字，勾画基本事实，也许能帮助我们进一步认识这个问题。

5000年。当人类文明日出晨曦，中华文明就领风骚。在世界范围内，中国经济、社会、文化的发展几度领先。但由于长期的封建统治，造成中国长期的发展迟缓。特别是从明朝中叶开始，闭关锁国，妄自尊大，囿于传统，反对变革，无视世界大势，坐失发展良机，搞得贫穷落后，愚昧无知。

本世纪100年。中国从屈辱走向富强。从1900年八国联军占领北京，中华民族蒙受巨大屈辱，国家濒临灭亡边缘，到2000年中国进入小康，大步走向繁荣富强，实现了中华民族发展进程中一次伟大的历史性跨越。

新中国成立以来50年。中国赢得了民族独立和人民解放，中国人民从此站起来了，并且取得巨大成就。毋庸讳言，这其中，有成功，有失误，有胜利，有曲折。但更不容否定，中国各族人民真正掌握了自己的命运，中国这个古老的国度发生了翻天覆地的变化，中华大地的面貌焕然一新。

改革开放20年。中国成功地走出了一条新的道路。中国人民富起来了。

今天，我们以站起来的中国人民的自尊和自豪，以改革开放带来的中华民族的自信和自强，昂首阔步奔向21世纪。

从历史发展和现实成就中，我们完全可以说，社会主义，这是历史的选择；只有社会主义才能救中国，只有社会主义才能发展中国，建设有中国特色社会主义是实现中国经济繁荣、社会进步、人民富裕的康庄大道，这是实践的结论。

（二十一）爱国主义、集体主义、社会主义，是邓小平理论的重要内容，构成我们时代和民族精神的主旋律，统一于建设有中国特色社会主义的伟大实践。爱国主义、集体主义、社会主义的凝聚力、感召力是实实在在的。它不是写在纸上的美好纲领，也不是讲在嘴上的漂亮口号，而是为国家、为民族、为人民，为实现我们崇高理想而表现出来的精神风貌和实际行动。在以江泽民同志为核心的党中央领导下，在全党全社会加强和改进思想政治工作的良好氛围中，我们更加有责任、有义务把爱国主义、集体主义、社会主义的精神弘扬起来，使之成为我们抓住机遇，迎接挑战，战胜困难，夺取胜利的力量源泉，成为我们振奋精神，激励斗志，团结一心，艰苦创业的强大动力。

（2000年6月28日）

努力培育适应社会主义现代化要求的"四有"公民

——论世界观、人生观、价值观

（一）江泽民同志近年来反复指出，努力培养和造就有理想、有道德、有文化、有纪律的社会主义公民，是思想政治工作的基本任务，是精神文明建设的根本目标。在中央思想政治工作会议上，江泽民同志进一步从国际国内两个大局的高度，阐明这个极其重要的思想。培育"四有"新人创造着辉煌，积蓄着力量，展示着希望，决定着未来。

我们国家正经历着令人鼓舞的历史变革。这种变革的深度、广度和速度，给整个社会生活和人们的精神生活带来巨大变化。决定这种变革方向、推动这种变革进程的，是我们伟大的党和伟大的人民。现代化建设、大变革时代，需要并锤炼着"四有"新人。老一辈砥柱中流，松柏常青；新一代朝气蓬勃，奋发向上。我们的时代人才辈出，我们的事业大有希望。这是我们亲身经历和感受的一个事实。这个事实说明，只有培育一代又一代"四有"新人，才能把一代又一代革命先辈和志士仁人实现民族振兴与国家强盛的伟大志向变为现实，才能成就巩固和发展社会主义这一需要经过几代、十几代甚至几十代人为之奋斗的崇高事业。

（二）培育"四有"公民和树立正确的世界观、人生观、价值观密切相关。"三观"是"四有"的基础，"四有"是"三观"的体现。在改革开放和社会主义现代化建设的历史新时期，我们的党和人民坚持用正确的世界观、人生观、价值观，观察世界，分析事物，充实人生，创造幸福。我们的"三观"建设内涵在丰富，品质在提高，越来越联系群众，深入实际，贴近生活，达到了一个新的高度。但也应当看到，社会生活的巨大变革必然反映到人们的头脑里来，引起思想意识的相应变化。正确思想与错误思想相互交织，进步观念与落后观念相互影响。有的人对马克思主义科学真理产生某种疑惑，对社会主义经过长期发展最终战胜资本主义产生动摇，思想空虚，精神萎靡；有的人沉湎于花天酒地或到封建迷信中寻找精神寄托；有的人在各种诱惑面前随波逐流，极少数党员干部见利忘义、唯利是图，堕落为腐败分子。这些现象说明，在新的形势下，树立正确的世界观、人生观、价值观，是加强和改进思想政治工作的一个紧迫任务和重大课题。

世界观——并非虚无缥缈，而是具体实在的思想指南

（三）什么是世界观？通俗地说，就是人们对生活在其中的世界以及人与世界的关系的总体看法和根本观点。一般地说，任何一个思想健全的人都在其生活实践中形成一定的世界观。世界观对每个人来说，不存在有和无的问题，只有系统还是零散，自觉还是盲目，清晰还是模糊，坚定还是摇摆，正确还是错误，先进还是落后的区别。

（四）马克思主义世界观是迄今为止人类历史上最科学最先进的世界观。构成这一世界观大厦的是辩证唯物主义和历史唯物主义。马克思主义世界观的科学性、先进性在于它吸收了人类创造的一切优秀成果，揭示了自然、社会和人们思维发展的一般规律。马克思主义是严密而完整的思想体系，也是一个开放的思想体系，具有与时俱进的理论品格。这个科学的世界观和方法论，为我们认识真理开辟了道路，随着时代前进又引导时代前进。这个科学的世界观一旦同人民群众认识世界、改造世界的实践活动相结合，就会化为强大物质力量。中国革命的实践证明了这一点，改革开放和社会主义现代化建设的实践也证明了这一点。

（五）我们的根本政治信念是社会主义和共产主义。我们正在建设有中国特色社会主义的道路上阔步前进。这一信念和道路有没有远大的前程？只要坚持马克思主义世界观，就会得到毋庸置疑的结论。按照马克思主义的世界观，社会主义经过一个长过程发展后必然代替资本主义，这是社会历史发展不可逆转的总趋势。尽管它的发展不会是一帆风顺，也不会是一朝一夕之功，但是，这个总趋势，不会以人们的主观意志为转移，也不会因一时的曲折而改变。看不到社会主义事业的长期性和艰巨性，是片面的、有害的；看不到历史发展的总趋势，动摇信念，丧失信心，更是错误的、有害的。

（六）具体情况具体分析，具体问题具体解决，这是马克思主义活的灵魂，是唯物辩证法的基本要求。邓小平理论充分体现了这个活的灵魂。这一理论贯穿着解放思想、实事求是的思想路线，立足中国又面向世界，总结历史又正视现实、放眼未来，把马克思主义的基本原理同中国国情和时代特征结合起来，对"什么是社会主义，怎样建设社会主义"作出了正确的回答。这一理论指引我们把建设有中国特色社会主义事业不断推向新的境界，取得一个又一个胜利。今天我们确立正确的世界观，核心就是要牢固确立马列主义、毛泽东思想和邓小平理论的指导地位，坚持用邓小平理论武装全党，教育人民。

（七）世界观不是玄妙不可捉摸的问题。在现实生活中，人们对同一事物有不同的看法，这里就有世界观和与之密切联系的方法论。

比如看形势，全面还是片面，静止还是发展，孤立还是联系？以正确的世界观和方法论看形势，就会实事求是，从实际出发，不囿于成见，不先入为主；就会全面看，看全面，不陷入"一叶蔽目，不见泰山，两豆塞耳，不闻雷霆"；就会抓住本质，不畏浮云遮望眼，不被假象所迷惑；就会分清主次，区分主要矛盾和次要矛盾，区分矛盾的主要方面和次要方面；就会坚持两点论，避免绝对化，在看到主要倾向时也看到另外的倾向；在肯定主流时也正视支流，在看到成绩和光明时，也注意到缺点和不足。

再比如看问题，也有一个世界观。用正确的世界观和方法论看问题，就会认识到问题是客观存在的，什么时候都有。旧的问题解决了，新的问题还会产生；就会看到我们现在的问题主要是前进中的问题，发展中的问题；就会懂得解决问题主要靠工作，发展中的问题靠发展解决，前进中的问题在前进中克服；就会做到具体问题具体分析，有什么问题就解决什么问题，是什么问题就解决什么问题，把问题消除在萌芽状态。问题解决了工作就前进，事业就发展；就会明白发生问题固然不好，但只要善于总结，举一反三，认识规律，就可以变坏事为好事，把工作做得更好。

（八）无神论是唯物论的思想基础，树立正确的世界观首先要确立无神论的观点。在科技发达，科学昌明的今天，"法轮功"的荒诞邪说居然还有一些市场，说明坚持无神论教育，仍然是树立正确世界观的重要内容，不可小看；说明普及无神论教育、唯物主义思想，使我们从愚昧迷信中彻底解放出来，是一项长期艰巨的工作，不可懈怠；说明即使是受马克思主义教育多年，具备一定科学文化知识的人，也不是就一劳永逸地确立了正确世界观，对坚持在改造客观世界的同时改造主观世界，不可忽视。无神论思想不确立，世界观问题不解决，就不可能对我们生活的世界有一个正确的看法，甚至会坠入到一个"颠倒"的世界中去。

人生观——并非空洞乏味，而是无法回避的选择

（九）人活着为什么？人生的意义是什么？人应该怎样度过自己的一生？对这些问题的不同认识和态度，形成了不同的人生观。江泽民同志在对领导干部的要求中郑重提出三个想一想：参加革命是为什么，在领导岗位上应该做什么，将来身后应该留点什么？这是尖锐的、不容回避的人生现实问题。在发展社会主义市场经济和对外开放的条件下，一方面，我国社会生活中，先进集体和先进个人层出不穷，群星灿烂，英雄辈出。另一方面，一些人经不起改革和开放的考验，垮了下去。这种强烈的反差，使我们今天讨论人生观问题具有特殊的意义。

（十）人生是可以选择的。不同的人生选择，决定着不同的人生。人的一生会遇到多种多次选择，这种选择表现出不同的人生态度，体现了不同的人生观，决定着选择者是勇敢还是懦弱，是伟大还是渺小，是高尚还是卑劣。面对敌人的严刑拷打、威胁利诱，江姐"脸不变色，心不跳"，含笑赴刑场，为创建新中国慷慨就义；甫志高"从狗洞里爬出"，叛变革命，出卖同志，沦为可耻的叛徒。今天，成千上万的共产党人开拓进取，敬业奉献，为人民的利益忘我奋斗；也有胡长清那样的败类，不择手段，聚敛财富，腐化堕落，身败名裂。人生选择的结局，往往就是这样严酷，或重于泰山，或轻于鸿毛。

（十一）人生有限，事业无涯。积极的高尚的人生观，使壮丽青春得以延续，宝贵生命得到永生。李大钊说："人生的目的，在发展自己的生命，可是也有为发展生命而必须牺牲生命的时候。因为平凡的发展，有时不如壮烈的牺牲足以延长生命的音响和光华。"瞿秋白说："本来，生命只有一次，对于谁都是宝贵的。但是，假使他的生命溶化在大众的里面，假使他天天在为这世界干些什么，那么，他总在生长，虽然衰老病死仍旧是逃避不了，然而他的事业——大众的事业是不死的，他会领略到'永久的青年'。"人民的事业是常青的、伟大的，为人民利益活着，无上光荣；为人民利益而死，死而永生。

（十二）始终一贯地坚持正确的人生观，这是一件看似容易实则艰难的事情。人们在批评和指责一些人时，常使用"没有人格""不是好人"的话语。而要够人格，做好人，就要坚持自我修养，长期磨炼，一点一滴养成。人不同于动物之处就在于，人要成其为人，必须去"做"才能真正成为人。人是要去"做"的。猫要成为猫，不需要去"做猫"，人要成为人却必须去"做人"。做人需讲求"做人之道"。这里，没"机"可投，无"巧"可取。唯有辨清方向，锲而不舍，千锤百炼，奋力攀登，方能不断提高人生的境界。

（十三）中华民族历来有积极进取、乐观向上、厚德载物、自强不息的人生态度，留下了许多脍炙人口的人生格言，"先天下之忧而忧，后天下之乐而乐""老骥伏枥，志在千里""老当益壮，宁移白首之心？穷且益坚，不坠青云之志"。这是中华民族宝贵的精神财富。中国共产党人继承了这笔财富，创立了纯洁、高尚、崭新的人生观。这种人生观就是全心全意为人民服务。为人民服务，作为党的根本宗旨，写进党的章程；作为党员的人生宗旨，深得群众拥护。这是我们党的凝聚力、战斗力所在。改革开放、发展社会主义市场经济，为共产党人这种为人民服务的人生宗旨注入了新的时代内容，同时也面临严峻的考验。我们党处在执政地位，许多党员干部手里都握有大大小小的权力。权力是用来为广大人民谋利益，还是用来为个人谋私利？面对各种腐朽思想文化的影响和渗透，是自觉抵制、一尘不染，还是随波逐流、同流合污？面对在党的政策指引下一部分人先富裕起来，是为党的政策取得的成就由衷高兴，还是心理失衡，与民争利，甚至利用权力捞取好处？面对那些居心不良者的糖衣炮弹，是一身正气，巍然屹立，还是被收买被利用，打了败仗？这些考验比枪林弹雨的考验也许还要严峻。每个共产党员都应该在人生的征途上，作出合格的答卷。经受住了考验，我们党就会永远立于不败之地。

（十四）生活在现实社会中的人，必然会碰到许多现实问题。每个人的一生中，难免会碰到一些不公正、不公道、不合理的问题。坚持原则，埋头苦干的人，可能会遭到非议；有才华，有创见的人，可能会受到埋没；见义勇为，有时可能会得不到理解和尊重，以致"英雄流血又流泪"。面对一些官僚主义严重、专横跋扈的国家公务人员，有的人的合理合法的要求，也可能遭遇"秀才遇到兵，有理说不清"。尽管这些现象不是我们生活中的主流，但确实不可能完全消除。对这些问题，我们应该以积极进取的人生态度去对待它，唤起社会责任感和正义感，以公正、公道、合理的行为去改变它，切不可遇到坎坷不平就消沉、悲观和失望，更不应怨天尤人而坠入玩世不恭、游戏人生。要相信正义的力量，群众的力量，相信历史的公正，实践的公正。事实终究会表明，吃亏在于不老实，而不是老实人吃亏。

价值观——并非可有可无，而是时刻发挥作用的准则

（十五）价值观对我们来说，也是一个几乎每时每刻都会碰到的问题。我们做事说话经常要考虑"有没有用""有没有利""值不值得"，"用""利""值"是一种价值判断；我们赞美杰出人物的高贵品质时，常说"比金子还珍贵"，我们指责某些人的不道德时，常说真"不值钱"，"金子""钱"是一种价值判断。毛泽东同志赞扬张思德"是为人民利益而死的，他的死是比泰山还要重的"，赞扬续范亭烈士"有云水襟怀，有松柏气节"，这些也是价值判断。

（十六）从价值观的由来、实质和运用来说，我们可以得出这样的认识：它是对人的社会实践行为和活动的评价与判断。在一定历史条件下，多次反复的实践和评价过程，使人们逐渐形成了相对稳定的判断人的行为与活动的好坏、美丑、利害、善恶、荣辱、得失等观念。价值观是由世界观和人生观决定的。有什么样的世界观和人生观，就有什么样的价值观。

价值观具有多样性。不同的阶级、不同的阶层、不同的群体、不同的利益主体所处的经济地位、社会地位和文化背景的不同，形成不同的价值观。价值观具有群体性。某种价值观一旦形成，往往不是少数人所具有，而是为某一阶级、阶层、群体所共有。价值观具有社会性和历史性。不同社会、不同时代，人们的需求和利益不同，价值观也就有差异和变化。价值观还具有相对的稳定性，某种价值观一旦形成，只要形成它的客观条件没有改变，它也不会轻易改变。价值观决定着人们对价值目标的追求。人们对目标是有取舍和选择的，选择的是能够满足他们的需要、被认为最有价值的目标；舍弃的是被认为没有价值和价值不大的目标。

（十七）马克思主义的价值观以辩证唯物主义和历史唯物主义为指导，以全心全意为人民服务的人生观为取向，由此产生了自己的价值评判标准：凡是推动社会生产力向前发展的物质创造和精神创造，都是有价值的。凡是符合最广大人民的根本利益、得到人民群众真心拥护的，都是有价值的。邓

小平同志提出的"三个有利于",是判断改革开放和一切工作是非得失的根本标准,是对马克思主义价值观的丰富和发展。这一标准的确立,促进了生产力的发展和综合国力的提高,给人民群众带来了巨大利益。江泽民同志提出的"三个代表"重要思想,闪烁着马克思主义价值观的光芒,同样是对马克思主义价值观的丰富和发展。这一重要思想蕴含的科学又富有鲜明时代感的价值观,不仅为我们提供了判断党的理论、路线、方针、政策的价值标准,提供了判断各项工作的价值标准,而且为我们提供了共产党员的人生价值标准。这一标准,已经并将进一步在我们改造客观世界和主观世界中发挥极为重要的指导作用和深远的影响。

(十八)价值观念的形成和变革,往往要经历一个曲折复杂的过程。改革开放以来,在建设与社会主义市场经济相适应的价值观过程中,也出现了各种价值观的冲撞,引起了价值坐标的震荡。耻言理想,蔑视道德,躲避崇高,告别革命,拒斥传统,不要纪律的言论时有出现。在我们这样一个大国,又处在一个大变革的时代,出现这样一些错误的扭曲的价值观点,并不奇怪。但由此可以看出,树立正确的价值观,对于我们的改革和建设,对于我们培育"四有"新人是极为重要的。还可以看出,教育和引导人们将个体与群体、个人与社会密切结合,将个人价值的实现融入改革开放和社会主义现代化建设的伟大洪流,在社会需要的交叉点上找到个体生存的意义,是思想政治工作的一个重要任务。

(十九)价值观和义利观紧密相连。树立正确的价值观,理所当然地需要树立正确的义利观。马克思主义从来不主张将"义"和"利"分裂开来、对立起来,从来不一般地反对功利主义。封建社会中的"存天理,灭人欲""正其谊不谋其利,明其道不计其功"完全是虚伪的、反人性的。毛泽东说,这不过是一些唯心的骗人的腐话。人是生活在现实和理想、物质和精神的世界之中的。现实世界、物质世界是人得以生存和发展的基础;理想世界、精神世界,则是人生活的动力和价值取向。失去任何一个世界,都不能算是真正人的生活。我们主张每个人都应该有他一定的物质利益,反对的是将个人利益置于社会利益之上,唯利是图,损人利己。我们提倡的是将理想和现实、精神与物质统一起来,将个人利益和集体利益、国家利益结合起来,把个人理想融入全体人民的共同理想当中,把个人的奋斗融入为祖国社会主义现代化建设事业的奋斗当中。

（二十）社会主义市场经济体制充分体现了"义"和"利"的统一。这种体制为形成把国家和人民利益放在首位而又充分尊重公民个人合法利益的社会主义义利观，创造了良好的客观环境，提供了有力的制度保证。在这一体制下，通过健康有序的经济和社会生活规范，"义"和"利"能够有机地统一起来。以企业来说，在市场经济条件下，企业必须赢利，不赢利就无法生存。但企业赢利不能靠偷税漏税损害国家利益，不能靠假冒伪劣损害顾客利益。相反，企业存在的前提就是能满足消费者的需要，能为社会作贡献。否则，社会不需要这个企业，企业就不可能存在，更谈不上赢利。只有将"义"和"利"结合起来，统一起来，在为国家贡献、为人民造福的同时，自己也获得利益的企业，才能站稳脚跟，兴旺发达。

（二十一）世界观、人生观、价值观是一个有机的整体。世界观是我们对世界的总体看法，具有决定性作用。世界观的转变是一个根本的转变。有什么样的世界观就有什么样的人生观和价值观。"世界观的重要表现是为谁服务"。人生观、价值观是世界观的重要组成部分。人生观与价值观紧紧相连，人生观决定价值取向，价值观引导人生走向，人生观和价值观又丰富着世界观。树立正确的世界观、人生观、价值观，不会一蹴而就，也不能一劳永逸。周恩来同志说，活到老，学到老，改造到老，可谓至理名言，可谓人生真谛。

树立正确的世界观、人生观、价值观，最终要落实到为人民服务上。为人民服务既伟大又平凡，既崇高又普通。这是共产党人的崇高品质，也是当代中国应有的时代风尚。让我们互相激励，携手共进，超越自我，大写人生，从我做起，从现在做起，朝着有理想有道德有文化有纪律的目标，努力做"一个高尚的人，一个纯粹的人，一个有道德的人，一个脱离了低级趣味的人，一个有益于人民的人"。

（2000年7月10日）

大力提高全民族的科学文化素质
——论科学知识、科学思想、科学方法和科学精神

（一）江泽民同志在中央思想政治工作会议上强调，加强和改进党的思想政治工作，必须全面贯彻落实"三个代表"的要求，必须从国际和国内、历史和现实的角度，深刻分析新形势下影响广大干部群众思想活动的客观环境和重大理论与实践问题，为我们进行新时期的思想政治工作，提供一个重要的符合实际的基础。

"三个代表"中，有一个是代表"中国先进文化的前进方向"；影响人们思想活动的客观环境和重大理论与实践问题中，有一个是人类知识总量迅猛翻番、现代科技突飞猛进、世界范围的"知识经济"已见端倪的现实背景。这都涉及科学文化知识问题。由此可见，坚定不移地始终代表先进文化的前进方向，在全党全社会大力加强科学知识、科学思想、科学方法、科学精神的宣传教育，努力提高全民族科学文化素质，这对于不断运用发展着的科学文化力量去解决科学文化迅猛发展带来的问题，促进党的思想政治工作和党的建设，推进社会主义物质文明和精神文明建设，具有极其重要的意义。

一、科学文化力量，越来越是改造世界推动历史前进的重要力量

（二）科学文化的力量，越来越深刻地影响着人类生活，全方位地提高着人的素质和能力，成为改造世界、推动历史前进的重要力量。国与国之间的竞争，越来越多地表现在是否拥有科学文化力量，以及多大程度上拥有科学文化力量。

早在1986年，邓小平同志就指出，中国的发展离不开科学，实现人类希望离不开科学，第三世界摆脱贫困离不开科学，维护世界和平离不开科学。江泽民同志在为美国《科学》杂志撰写的社论中说，中国正处在发展的

关键时期，面临着优化经济结构、合理利用资源、保护生态环境、促进地区协调发展、提高人口素质、彻底消灭贫困等一系列重大任务。完成这些任务，都离不开科学的发展和进步。

两位领导人对于科学文化的期待，几乎涵盖了我们要解决的所有重大问题。

（三）这个道理并不难理解：人类历史是科学不断进步的历史，人类智力所达到的高度，从来都是那个时代科学文化所达到的高度。人类历史的难题从来都是那个时代的人民在前人的基础上通过科学创造解决的。

当前我们所面临的形势是，现代科技的迅猛发展，空前地加大了科学知识转化为生产力的力度和速度。高科技领域的一个突破就可以带动一批产业的发展。高科技及其产业已经成为推动经济和社会发展的主导力量，成为综合国力的核心和国际竞争的焦点。谁占有高科技，谁就占有经济社会发展的主动权。而我们现在的状况是，农业就业劳动力仍占全部就业劳动力的近50%，比发达国家高出10~20倍；就业人员中受过大专以上教育的只占2.8%；文化程度在初中以下的人口比例高达86%。如果我们不能赶上潮流，拥有现代科学文化力量，尽快地"从一匹马跳到另一匹马上"；即从农民的庄稼汉的、穷苦的马上，跳到大机器工业、电力化的马上（列宁语）；从工业化的马上跳到高科技的马上，在未来的竞争中，我们就会在很多方面受制于人。

（四）科学的发展和运用也存在两重性。现代科技的迅速发展，正以其神奇的力量影响着我们生活的这个世界，创造着前所未有的生产能力，同时也带来了能源危机、环境污染、网络混乱、世界范围的两极分化等一系列严重问题，甚至为人类准备了可以将自己毁灭多次的"核威胁"。

人类的前途在于，更有成效地综合运用科学的整体力量，维持科技、经济发展与生态环境、社会发展的和谐，确保科学造福人类。

我们的基点在于，努力提高全民族的科学文化素质，科教兴国，科教富民，使我们的国家更加强盛，使我们的人民更加富裕，为人类和世界的进步作出更大贡献。

二、普及科学知识，是百年大计，也是当务之急

（五）在我国，普及科学知识，是百年大计，也是当务之急，原因有三：

科学知识是人类进步的阶梯，国家发展的重要资源；人类知识总量迅速翻番，我们民族科学文化比较落后，亟需科学知识；国际竞争给我们提出了尖锐的挑战。

（六）科学知识是人类对于客观规律的认识和总结，是人类心智征服物质世界发现客观真理的记录。科学知识不仅能够帮助人们形成智力、能力、生产力，同时也形成新的思想道德和精神品格，促进人的全面发展。正是不断积累的科学文化知识，帮助人类从大自然中站立起来与动物分开，走向文明，走向未来。自从地球上第一次出现生命物质以来，亿万物种活跃其间，只有人类有能力摆脱环境的绝对支配，相对自主地决定自身的命运。所有这些，靠的就是人有知识的思维，有在知识的积累上形成的高超智慧和认识世界改造世界的卓越能力。培根说，知识就是力量。这是一幅生动写照。

人类知识总量在迅速翻番。据统计，人类科学知识总量在19世纪，50年增加1倍；20世纪初期，30年增加1倍；50年代，10年；70年代，5年；80年代，3年；90年代更快。与此相联系，知识更新不断加快，18世纪为80~90年；19世纪末20世纪初为30年；近半个多世纪以来为5~10年。

重要的是，科学技术转化为生产力的速度越来越快，本世纪初，需要20~30年，六七十年代激光与半导体从发现到应用只不过用了两三年，而现在信息产品的更新换代只有十几个月。

科学知识越来越成为国家发展的重要资源。就像农业时代追求土地，工业时代追求资本一样，"知识经济时代"追求知识，追求拥有创新能力的人才。应当看到，我们国家科学文化比较落后，知识创新和技术创新能力不足，科学知识和科技力量储备不够。由于缺少必要的科学文化知识，封建愚昧思想还在困扰我们的一些干部群众，甚至出现"法轮功"邪教组织一度在部分地区泛滥肆虐的情况。我们必须有危机感，尽快改变这种知识贫乏和后劲不足的状况。

这种现象深刻表明，实现现代化，不仅要脱贫，而且要脱愚。在愚昧的基础上无法摆脱贫困，只有整个民族摆脱愚昧，才能真正脱贫。而脱愚、脱贫，都必须大力普及科学文化知识，在全社会形成崇尚科学的良好氛围。

（七）因为知识具有层次性、连贯性、时代性，普及科学知识，既要有所侧重，又不能有所偏废。

知识是一座高山，是分层次的。任何层次和环节留下空白，都会使知识断裂，甚至会从空白处走向歧途。要重视现代知识的学习和知识更新，也要重视基础知识的学习和启蒙教育。

知识是一条河流，是不同历史时期、不同阶级阶层的人民，长期积累，世代相传的共同财富。要善于吸收人类文明的成果，师人之长，补己不足。

知识是一片汪洋，是分部类的。具体分类，多达几千学科，波澜壮阔。人的精力有限，不可能学得所有知识。但要取得高深造诣，就应知识广博。培养队伍，建设国家，更需要多种知识，多种人才。这不仅因为，不同学科之间相互影响和渗透，还因为，只有各部类科学文化知识综合运用，立体作战，才能形成强势，攻克难关。

三、科学思想是人类智力的集结、智慧的结晶，是认识和改造世界的锐利武器

（八）知识，只有集结为思想，才可能形成力量。没有条理化、系统化、理性化的知识，还不能进入"科学"，成为科学思想。

科学思想一旦形成理论体系，并同社会需要、技术发展结合起来，同亿万人民改造世界的实践活动结合起来，就会变成巨大的物质力量。社会科学理论指导社会革命，自然科学理论引导科技革命的情况屡见不鲜。前者如，马克思主义理论对于社会主义革命的作用、邓小平理论对于我国改革开放和社会主义现代化建设的指引。后者如，牛顿力学对于蒸汽机器革命，量子力学和相对论对于原子能技术、航天技术的影响等。

人类认识世界改造世界的重要成果都凝聚在科学思想中。人类社会所取得的所有历史进步，所创造的一切人间奇迹，包括天翻地覆的变革，气壮山河的斗争，无不是在科学思想指导下进行的。也正因如此，思想被称为人的"灵魂"，人因为有思想被称为"万物之灵"，伟大的思想家被称为"伟人"和"巨人"。

（九）思想并不都是科学的，只有经过实践验证，正确地反映了客观事物及其发展规律的思想，才是正确的科学的思想，才可能在实践中获得成功。错误思想、反动思想、愚昧迷信思想，只能导致行动的失败，甚至会堕入泥坑。

宣传和发展科学思想的一个重要任务是，不仅要揭示其产生的客观实际

和发展规律，而且要帮助和引导人们划清唯物论和唯心论、无神论和有神论、科学与迷信、文明与愚昧的界限，增强识别和抵制各种唯心主义、封建迷信及伪科学的能力。

科学思想的确立，为科学的世界观的确立奠定了基础。一个具有正确世界观的人，才是更加自觉、自在的人。帮助人们树立正确的世界观，是倡导科学思想的核心问题。

（十）科学思想，也可以理解为科学地思想——科学地思维。

科学思想来自现实和有关知识，但是，现实和知识并不就是思想，只有经过人脑的思维，即经过抽象和概括，才能将现实和知识提升为理性认识，形成科学思想。

这样，思维方式科学化的形成，亦即科学方法的确立，对于形成科学思想，更好地发挥科学思想的作用，具有特别重要的意义。在这个意义上，科学思想也被理解为科学的思维，唯物的、发展的、辩证的思维，不仅符合形式逻辑规律，而且符合辩证逻辑规律。

四、科学方法的确立，思维方式科学化的形成，比具体的知识学习更重要

（十一）普及科学知识，形成科学思想，运用所学得的知识去认识和改造世界，都有一个方法论问题、思维方式科学化的问题。

科学方法一旦形成，就能指导人们更有成效地进行思维，更有成效地学习科学知识，运用科学知识，解决实际问题。如果只是单纯地进行知识和技术灌输，没有正确的思维方式帮助其归纳整理和指导应用，不可能造就具有开拓创新能力之才。因此，科学方法的确立，思维方式科学化的形成，比具体知识的学习更为重要。

（十二）科学方法是一个多层次的体系，最重要的是唯物辩证法。

科学方法，包括科学研究的一般方法，诸如归纳、演绎、分析、综合等，也包括一些具体方法。可以说，有多少学科门类，就有多少具体方法。因为客观世界是多层次的统一，科学知识是多层次的系统，认识和改造客观世界的科学方法也是一个多层次的体系。不懂得这些方法，就只能永远被关在科学的门外。但也应该清楚，最重要的科学方法，是马克思主义的唯物辩证法。

科学方法建立在对于客观世界及其发展规律正确认识的基础上，也就是说，科学方法的前提是科学理论，是对于客观规律的了解。比如庖丁解牛，运刀技巧的娴熟，完全建立在对于牛体结构肌肉纹理的"了如指掌"上。正是在这个意义上，列宁指出，辩证唯物主义世界观首先具有方法论的意义。马克思最伟大的功绩之一就是制定了科学的方法论。

（十三）马克思主义的唯物辩证法，是科学的世界观，又是科学的方法论。

唯物辩证法的基本要点是：世界是发展着的物质世界，既不是心造的、神造的，也不是静止的、孤立的。与主观唯心论、客观唯心论、机械唯物论都划清了界限，是人类认识史上的"空前大革命"。将辩证唯物主义的原理应用于社会历史领域，便有历史唯物主义的产生，构成完整的马克思主义世界观。

辩证唯物主义和历史唯物主义的基本要点是：世界是物质的，统一的，相互联系的，发展变化的，从低到高，从简到繁的过程；存在决定意识，意识又反作用于存在。物质世界，由其内在矛盾和对立面之间的斗争推动其发展；人类社会，发展动力是生产力和生产关系、经济基础和上层建筑的矛盾运动。社会发展的历史是人民群众实践活动的历史，人民群众是历史的创造者。

勾画马克思主义世界观、方法论的轮廓和脉络，主要是为提供一个指向，科学思维的指向，观察世界的指向。马克思主义世界观、方法论，科学严整、博大精深、又海纳百川、与时俱进。其精髓在于具体问题具体分析。马克思主义的方法论不替代其他具体的科学方法，但是所有科学方法的运用和发展无不与其有着内在联系，受其影响和制约，不断地丰富其内涵，磨砺其锋芒。我们的事业在改革开放中前进，在解决矛盾中前进，在世界政治多极化、经济全球化的激烈动荡中前进，错综复杂，我们必须拥有站在这一切之上的观察和思考问题的武器，以保持我们的清醒和主动。

五、科学精神是推动科学创新的动力，弘扬科学精神就要求真务实、开拓创新

（十四）弘扬科学精神，对于提高全民族科学文化素质具有根本性基础性意义。"基础性"是指，科学精神是推动科学创新的精神动力和基本素质；

"根本性"是指,科学精神一旦形成,就会成为一个人、一个国家和民族的灵魂,激发人们热爱生活,追求真理,聪慧敏锐,公正无私,自信而不狂傲,严格而不教条,刚正不阿而又从容不迫,充满创新精神和创造活力。

(十五)科学家们对于什么是科学精神进行了探索和概括,基本内容包括探索求真的理性精神、实验取证的求实精神、开拓创新的进取精神、竞争协作的包容精神、执着敬业的献身精神等。几个方面,形成一个共同的贯穿于科学之中的内在驱动力量——求真务实,开拓创新。

江泽民同志指出,弘扬科学精神的基本要求,就是求真务实,开拓创新。"科学的本质是创新,科学精神的本质是创新精神","创新是一个民族的灵魂,是一个国家兴旺发达的不竭动力。"把科学创新与国家兴衰连在一起,也就把科学创新提高到一个前所未有的高度。

(十六)弘扬科学创新精神,基本的要求是,坚持解放思想,实事求是,勇于面对新情况新问题,反复研究,反复实践,不断前进;热爱科学,崇尚真理,重视科学决策,一切按规律办事;勤于学习,勤于思考,努力用科学理论、科学知识以及人类所创造的一切优秀文明成果武装头脑;勇攀高峰,甘于奉献,为祖国和人民贡献一切智慧和力量。

弘扬科学创新精神,关键是结合实际。科技工作者要重视"岗位创新""一线创新"。瞄准现代化建设的难点、国际竞争和现代科技的前沿,集中攻关,务求实效。

弘扬科学创新精神,需要在全社会形成爱科学、讲科学、学科学、用科学的社会风气,激发人们探索求新、创造发明的精神,树立实事求是、坚持真理、自觉抵制各种非科学、伪科学的正确态度。

弘扬科学创新精神,需要政府的支持,包括建立国家创新体系——各个层次各个方面的科学创新体系,也包括进一步贯彻落实"百花齐放、百家争鸣"的方针,促进科学文化的更大繁荣。

六、关键是领导干部要提高科学文化素质

(十七)领导干部是社会的先进分子,肩负着动员、组织人民群众提高素质建设家园的重任,必须在科学文化方面走在前面。

半个多世纪以来,特别是新时期党中央提出干部"四化"要求后,我们

的干部队伍，科学文化素质大有提高。但是，同事业发展的要求相比，仍有较大差距。一些领导干部不重视科学文化知识的情况还很严重。有的没有知识，还鄙薄知识；有的知识甚少，还装腔作势；有的安于现状，不思进取；有的口头上重视科教兴国，行动上却不见落实；更有甚者，愚昧迷信，求签问卜，成为唯心主义的俘虏，在群众中造成极为恶劣的影响。这些，必须引起全党的高度警惕和高度重视。

我们的中心任务是经济建设，集中力量发展生产力，领导干部学习科学技术知识的任务显得越来越迫切。知识经济时代的到来，是以发达国家为先导的，我们国家仍在工业化的进程中。必须加倍努力，迎接挑战。

（十八）提高领导干部科学文化素质，要有目标，有日程，有具体方案，要同干部的考核、提拔和使用结合起来；提高人民群众的科学文化素质，也要有目标，有日程，有具体方案，将个人前途与事业发展结合起来，与国家命运结合起来。提高全民族科学文化素质，是一个庞大的系统工程，必须精心设计，精心组织，不可掉以轻心，更不可停留在一般的感慨上。

（十九）科学是严肃的，来不得半点虚假。竞争是严酷的，容不得半点侥幸。没有足够的科学文化力量，我们就无法在这个世界上站立起来。秦汉宋元时期，我国发明了印刷、造纸、罗盘和火药，当时的欧洲还处在黑暗的中世纪，在科学文化方面我们走在前面。后来，我们被远远抛在后面，鸦片战争爆发，西方列强用中国发明的罗盘从海上打来，用中国人发明的火药装备的洋枪洋炮任意屠杀中国人。我们的差距在哪里，我们的力量和前途在哪里？每一个党员，每一个领导干部应该由此意识到我们肩头的责任。

（二十）科学知识、科学思想、科学方法、科学精神，是一个互相联系、互相作用的整体。知识是基础，思想是灵魂，方法是能力，精神是动力，精神、思想和方法又都贯穿在知识中，贯穿在学习运用知识、改造世界的实践活动中。我们要以更博大的胸怀和更宽广、深刻的眼光认识科学的本质和作用，不仅要在发展生产力的意义上讲科学，而且要在推动社会进步、人类文明的意义上讲科学；不仅要依靠科学技术的力量提高物质文明的发展水平，而且要依靠科学技术的力量提高社会主义精神文明的水平，展现与社会主义现代化进程相适应的社会精神风貌。

（二十一）当我们即将跨越新世纪的门槛的时候，我们不能不为我们民族曾经创造过灿烂的文明而骄傲,为半个多世纪以来中华民族的伟大复兴而自豪,也不能不为近代以来我们在科学文化上的落后而深深感到责任重大。"中国必须在世界高科技领域占有一席之地"。面对高科技发展的新世纪,面对在新世纪中叶建成社会主义现代化强国的宏伟目标,我们只有一条路,这就是坚决按照"三个代表"的要求,大力提高我们民族的科学文化素质,大力发展我们国家的科学技术,缩短差距,迎头赶上,把我们的国家建设得更加繁荣强盛。历史将证明,我们有这个信心,也有这个能力。

(2000 年 7 月 26 日)

新世纪伟大进军的根本思想武器

——论坚持解放思想实事求是

（一）党的十五届五中全会审议并通过《中共中央关于制定国民经济和社会发展第十个五年计划的建议》，吹响了新世纪伟大进军的号角。为了顺利推进这场伟大的进军，全会郑重地把按照"三个代表"的要求全面加强党的建设，努力改进思想作风、学风和工作作风问题提到全党面前，强调必须继续坚持解放思想，实事求是。

解放思想，实事求是，是马克思主义活的灵魂，是我们认识新事物，适应新形势，完成新任务的根本思想武器。解放思想和实事求是是统一的。邓小平同志深刻指出："解放思想，是指在马克思主义指导下打破习惯势力和主观偏见的束缚，研究新情况，解决新问题。""解放思想，就是使思想和实际相符合，使主观和客观相符合，就是实事求是。"只有解放思想，才能达到实事求是；只有坚持实事求是，才是真正的解放思想。解放思想的目的就是实事求是。

（二）建设有中国特色社会主义的实践在继续前进，我们对建设有中国特色社会主义的探索和认识也要不断继续前进。当前，我们正实事求是规划着祖国的"十五"，憧憬着风光无限的未来，党的五中全会通过的《建议》，站在历史的新高度，把握时代特征，放眼世界局势，规划中国发展，科学描绘了我国在新世纪第一个五年经济和社会发展的宏伟蓝图，提出了"十五"的主要奋斗目标和任务。《建议》从把发展作为主题，把经济结构调整作为主线，把改革开放和科技进步作为动力，把提高人民生活水平作为根本出发点的重要方针的确定，到经济发展、改革开放、科技教育、精神文明与民主法制建设和人民生活等方面一系列重大的战略性、宏观性、政策性问题的提出，无不贯穿着解放思想，实事求是，无不是我们党坚持解放思想、实事求是的产物。同样的，要把五中全会确定的各项任务落到实处，也必须继续坚持解放思想、实事求是。

在贯彻落实五中全会精神中,进一步深刻认识、自觉坚持解放思想,实事求是,我们可以从中得到新的启迪,汲取新的营养,增强新的智慧,产生新的力量,夺取新的胜利。

实事求是——永葆蓬勃生机的法宝

(三)实事求是是马克思主义的精髓、毛泽东思想的精髓、邓小平理论的精髓。马克思主义就是实事求是的产物,是马克思主义的创始人对以往人类社会的全部"实事"、对他们所处时代的全部"实事",进行科学研究而求出的"是"。毛泽东思想是党的第一代领导集体用马克思主义的普遍真理研究中国的"实事"所求得的"是"。邓小平理论是党的第二代领导集体用马克思主义、毛泽东思想研究中国当代的"实事"求出的"是"。以江泽民同志为核心的党的第三代领导集体,以我国改革开放和现代化建设的实际问题,以我们正在做的事情为中心,着眼于马克思主义的实际运用,着眼于对实际问题的理论思考,着眼于新的实践和新的发展,制定了我国跨世纪发展的宏伟蓝图及一系列正确的战略思想和方针政策,丰富和创造性地发展了邓小平理论,这是解放思想、实事求是的又一次生动体现。事实说明,马克思主义从根本上说,是认识世界、改造世界的方法论,这方法论的核心是实事求是。马克思主义具有强大生命力,这生命力的奥妙在于实事求是。

(四)实事求是是我们立于不败之地的法宝。一部中国革命、建设、改革的历史,可以说是一部党和人民在"解放思想,实事求是"的旗帜下艰苦奋斗、励精图治的历史。在我们党的全部理论创造中,实事求是占有崇高的位置;在我们党的全部实践活动中,实事求是放射着灿烂的光芒。我们的成功、我们的胜利,无不得益于实事求是。没有实事求是,就没有农村包围城市,最后夺取城市的道路,没有中国革命的胜利。没有实事求是,就没有新时期的拨乱反正和全面改革。二十多年来,我们在改革开放的道路上,每一个重大的理论突破,每一项重大政策的调整,每一项改革措施的出台,都是解放思想、实事求是的结果。同样,我们的挫折,我们的失误,也源于背离了实事求是。解放思想,实事求是,是我们党一贯高举的旗帜,是我们最应珍视的经验。

（五）实事求是是科学创新精神的核心。创新是对旧事物、旧观念的突破。创新，就是要调整、完善和改革同客观实际不符合的体制、机制及其思想、观念，使之同客观实际一致起来，创新的过程就是寻求和把握事物发展变化的客观规律的过程，就是依据"实事"去求"是"的过程。坚持实事求是，就必须创新。坚持创新，就必须实事求是。创新同实事求是在本质上是一致的。任何有价值的创新，都只能建立在实事求是的基础上。

（六）实事求是是艰苦奋斗精神的基石。艰苦奋斗的目的是为了创造财富，创造幸福。只有坚持实事求是，按照事物发展的客观规律办事，艰苦奋斗才有效率，才有效益，才能不断使人民群众得到并日益增加看得见的利益。离开实事求是的"艰苦奋斗"，只有革命热情，没有科学态度，只能是南辕北辙，劳民伤财。坚持实事求是，一切从实际出发，因地制宜，因时制宜，才能避免主观臆断，盲动蛮干；坚持实事求是，艰苦奋斗的内容才能不断更新，艰苦奋斗的精神才能代代相传，艰苦奋斗的旗帜才能吸引人、凝聚人、鼓舞人。

（七）实事求是是无产阶级政党的本质。无产阶级政党顺应历史发展的需要而产生，它的历史责任，就是寻找和按照社会发展必然的、固有的内在规律，动员和组织人民群众推动历史的进步。人民群众最讲实事求是，也最需要实事求是。因为实事求是符合人民群众的利益。我们党所以能赢得人民群众的真诚拥护，所以能将亿万人民群众的意志凝聚起来，转化为改造世界、推动历史前进的巨大力量，就在于我们党始终倡导和坚持实事求是，就在于我们党能够为人民的利益而寻求真理、坚持真理，为人民的利益而认识错误、纠正错误，光明磊落，堂堂正正，没有任何遮掩和作假。

（八）实事求是是靠得住、打不倒的。一个崇尚实事求是的人，是相信真理、追求真理的人，同时也是目光远大、胸怀开阔的人，能从实际出发，看到事物发展变化的必然，在困境中不屈不挠，愈挫愈奋；在顺境时，居安思危，头脑清醒。背离实事求是，可能得意于一时，得益于一事，但最终在客观规律面前注定要碰钉子。唯有实事求是，才靠得住，站得住。

实事求是——坚定鲜明的政治品格

（九）实现跨世纪发展的任务和现代化建设的宏伟目标，关键在党。党的建设中，一个十分重要的方面是作风建设。党的作风，也是党的形象。一个开拓进取、联系群众、蓬勃向上、充满生机的党，必须以解放思想、实事求是为鲜明的政治品格，体现在自己的全部活动中。贯彻落实五中全会精神，努力改进党的作风，当前要着力解决好实际工作中存在的教条主义、官僚主义、形式主义问题。因为它们是实事求是的大敌，是我们事业的大敌。

（十）教条主义，又名本本主义。其特点是唯书唯上不唯实，不从发展变化的实际出发，不对具体情况作具体分析。

我们党在历史上不止一次吃过教条主义的亏。毛泽东同志说，什么都搞教条，结果是大失败。今天，我们搞社会主义现代化，建设社会主义市场经济，没有现成的经验，只能坚持理论与实际相结合，在实践中探索和创造。改革开放以来，我们在邓小平理论指导下，坚持从我国处在并将长期处在社会主义初级阶段这个最基本的国情出发，不唯本本，不守教条，不抄模式，不循陈规，从而不断推进了建设有中国特色社会主义的伟大事业。历史经验证明，我国社会主义实践的每一次具有标志性、根本性的飞跃，都是马克思主义基本原理与中国具体实际相结合的结果，都是摆脱教条主义束缚、思想大解放的成果，都是坚持马克思主义基本原理基础上的理论创新。不能拿本本去框实践，而是要用实践去发展本本，这是中国共产党人经过近 80 年奋斗愈加深刻认识的真理。

马克思主义的经典作家公开申明，他们的学说不是教条，而是行动的指南。我们要认真学习和运用马克思主义经典作家的著作，但不能搞照抄照搬的教条主义、本本主义；我们要虚心学习和借鉴国外包括西方国家的东西，但也不能搞照抄照搬的教条主义、本本主义。一切都要从我国国情出发，从建设有中国特色社会主义的实际出发，这才是历史唯物主义的真谛，是中国共产党人应有的马克思主义学风。

（十一）官僚主义。这是旧社会官场遗留下来的一种极坏的腐朽的作风。官僚主义在很大程度上源于我国封建社会形成的"官本位"意识——"以官为本"，一切为了做官。有了官位，就什么东西都有了。这种意识，在我国流传了几千年，至今仍然有很深的影响。问题的严重性在于，一些共产党员和党的领导干部，也自觉不自觉地做了这种意识的俘虏，一些地方和部门，官僚主义甚至出现了隔代返祖的怪现象。跑官、买官、卖官的现象出来了；弄虚作假、虚报浮夸，骗取荣誉和职位的现象出来了；明哲保身、不思进取，但求无过，一切为了保官的现象出来了；以权谋私的现象出来了。官僚主义者没有丝毫的实事求是精神，他们脱离群众、脱离实际、做官当老爷，有的高高在上，乱发号令；有的主观武断，唯我独尊；有的互相扯皮，效率低下；有的胡乱拍板，浪费严重，更有甚者作威作福，欺压群众。官僚主义的要害，就是对党和国家的事业不负责，对民族和人民的利益不负责，而只对自己负责。

列宁曾痛斥官僚主义，说如果有什么东西可以把我们毁掉的话，那就是官僚主义。沾染了官僚主义习气的人，很难做到实事求是；官僚主义严重的人，不可能也不愿意做到实事求是。对官僚主义，必须狠狠批判和坚决破除。

（十二）形式主义。其本质是颠倒了内容和形式的关系，主要特征是重口号轻行动，重场面轻效果，重数量轻质量，重规模轻效益，重开头轻结尾，重眼前轻长远。形式主义的要害是只图虚名，不求实效。有的做工作，不去认真领会中央精神，也不去了解下情，习惯于做表面文章，空喊口号；有的沉湎于文山会海、应酬接待，不能深入基层；有的搞各种名目的所谓"达标"活动，形式上热热闹闹，实则劳民伤财；有的只说空话套话，不干实事；有的报喜不报忧，掩盖矛盾和问题，以致酿成恶果；有的将规章制度写在纸上，贴在墙上，挂在嘴上，但就是不落实，不扎实，不切实；有的热衷于路边工程、献礼工程、德政工程、形象工程，就是不搞扎扎实实的民心工程、效益工程；有的急功近利，寅吃卯粮，搞短期行为。形式主义，有哗众取宠、沽名钓誉之意，无忠于职守、服务群众之心，与实事求是水火不容。形式主义也是官僚主义，形式主义做工作比不做工作更有害。对形式主义，同样必须狠狠批判和坚决破除。

实事求是——与时俱进的思想境界

（十三）从新世纪开始，我们将进入全面建设小康社会并加快推进现代化建设的新的发展阶段。新的机遇、新的挑战，又一次把我们推到了实现中华民族伟大复兴的历史关头，又一次赋予解放思想、实事求是以新的内容，新的要求。承担起民族复兴的历史责任，需要更加坚定自觉地坚持解放思想，实事求是。

（十四）坚持实事求是，一定要刻苦学习，理论联系实际。现在，新事物层出不穷，新问题不断出现，领导干部只有解放思想，实事求是，迅速适应客观实际和现实环境的变化，才能掌握工作的主动权。领导干部，不论是干哪一行的，都应该努力学习马克思主义，努力掌握唯物辩证法。学习的目的全在于应用。在学习中，应该很好地联系自己的思想和作风实际，使我们的思想和作风适应不断发展的形势；应该很好地联系自己的工作实际，善于把党的方针政策落实到实践中；应该很好地联系历史实际，不断总结经验，从而使我们更加聪明，不走老路，少走弯路，坚持正路，开拓新路，只有这样，才能真正把马克思主义学到手，才能在思想上行动上真正坚持实事求是。

（十五）坚持实事求是，一定要提高勇气，富有牺牲精神。坚持实事求是符合大多数人的根本利益和长远利益，而个人的眼前利益往往同大多数人的利益并不总是一致的。作为一名共产党员，特别是领导干部，当个人利益与集体利益、人民利益发生矛盾的时候，应当毫不犹豫地放弃个人利益，维护实事求是，而不能为了个人利益，放弃实事求是。

人们对客观事物的认识有一个过程，在这个过程中，片面性、局限性是难免的，说错话，办错事也是难免的。当意识到自己错了的时候，应当实事求是地纠正，而不能顾及面子和威信，"一条道走到黑"。这是对一个人党性的严峻考验。

新生事物的成长也有一个过程。在新生事物刚刚出现的时候，有可能不被多数人所认识。扶持、支持新的思想、新的观点、新的事物往往也难以被人理解，甚至可能为此付出代价。这里，同样需要无私无畏的勇气和牺牲精神。

彻底的唯物主义者是无所畏惧的。勇于为人民的利益牺牲个人的利益，敢于为人民的利益同教条主义、官僚主义、形式主义作斗争，乐于公开承认、坚决改正自己认识上、工作上的失误。这是我们的忠诚所在、高尚所在、光荣所在、力量所在。人民因此信任我们，拥护我们；党的事业因此无往不胜，蓬勃发展。

（十六）坚持实事求是，一定要深入实际，密切联系群众。事无大小，深入就实。眼睛向下看，脚步朝下走，向群众学习，向群众问计，我们才能了解到"实事"，求得"是"，才能把握"实事"的发展方向、发展趋势、发展潜力，求得"是"的丰富性和深刻性。任何华而不实、不求实效的行为，任何刻意树立个人形象、制造轰动效应的行为，任何为眼前利益、部门或单位利益而损害长远利益、全局利益的行为，都会一害组织，二害自己。

（十七）坚持实事求是，一定要发扬民主，保证决策科学。实事求是是实现决策科学化、民主化的前提；决策的科学化、民主化是实事求是的结果。脱离实际、违背客观规律的错误决策，无一不是主观主义、长官意志的产物。减少决策失误，需要发扬民主，集思广益，多听群众的意见，多听专家的意见。重大决策，不仅要集体讨论，而且要事先经过专家的严格论证。特别是要通过规范决策程序，确保人们敢讲真话，确保不同意见得到重视，确保人民群众和专家学者有充分发表意见的机会。

（十八）实事求是是思想路线，是工作作风，也是认识目标，是努力方向。事物的发展变化是无限的，每个人、每代人的认识能力是有限的。虽然我们不可能穷尽对客观事物的认识，但我们的认识却可以不断地、无限地接近客观事物。一个人一个时期做到了实事求是，不等于始终会实事求是；在一件事上做到了实事求是，不等于在所有事情上会实事求是。认识到这一点，我们就应当把实事求是牢记在心，扭住不放，锲而不舍，终生实践。从而使我们的眼界宽广，脚步坚实，主观和客观相一致，认识和实践相统一，一步比一步接近客观真理，一次比一次更准确地把握客观规律，在新世纪的伟大进军中锐意进取，阔步前进。

（2000年10月30日）

巩固和加强马克思主义的指导地位

我们已经跨入迎接中华民族伟大复兴的新世纪。回首 20 世纪，马克思主义在中国犹如壮丽的日出，照耀着中国革命与建设的进程。瞻望新世纪，面对世界多极化、经济全球化、科技迅速进步的发展趋势，面对各种思想文化的相互激荡，面对我们党和人民的三大历史任务，要不要坚持和发展马克思主义，如何更好地坚持和发展马克思主义，巩固和加强马克思主义的指导地位，是一个关系有中国特色社会主义前途和命运的具有全局性战略性意义的重大问题，必须正确认识、认真对待。

一面久经考验的旗帜：
马克思主义在我国的指导地位不可动摇

我们党从诞生之日起，就把马克思主义确立为自己的指导思想，80 年来，党领导人民取得的革命、建设、改革的每一个胜利，都离不开马克思主义的指导。马克思主义是我们立党立国的根本指导思想，是我们一切工作的行动指南，是激励全国各族人民为振兴中华团结奋斗的思想基础和精神动力，也是我们认识世界、改造客观世界和主观世界的强大思想武器。只有坚持和巩固马克思主义的指导地位，全党和全国人民才能始终沿着正确的方向前进。这是我们党 80 年奋斗取得的一条基本经验，也是我们党和党的事业历经艰难曲折不断发展壮大的一个根本保证。

确立马克思主义的指导地位，不是个别人的也不是一个党的主观意志的产物，而是历史的必然，实践的选择。这首先取决于马克思主义自身的理论价值。马克思主义是迄今为止最科学、最严整、最有生命力的理论体系。它把严格的科学性与高度的革命性有机地结合起来，以通俗易懂的语言阐述了深刻的哲理，以无可辩驳的事实和不容置辩的逻辑揭示了人类社会的发展规律，为人类进步、社会发展指明了正确方向，成为人类文明史上不朽的思想丰碑。

马克思主义的指导地位，最重要的是取决于它的实践价值。俄国革命、中国革命和其他许多国家社会主义运动的发展都证明了这一点。尽管社会主义运动在取得震撼世界的伟大胜利之后，20世纪80年代末遭遇了严重挫折，苏东剧变后，一些反马克思主义的政治家和理论家滥言马克思主义"死亡"了。但是，客观地公正地分析这一社会现象，人们得出的是相反的结论。苏东剧变恰恰是因为没有遵循马克思主义的科学真理。它从反面说明，违背了马克思主义，社会主义就要遭受挫折。

上世纪下半叶，一些发达资本主义国家经济稳定发展，国内社会矛盾趋于缓和，管理行为得到认可。这种变化的一个重要原因，是资本主义国家吸取历史的教训，借鉴社会主义的一些做法，积极对资本主义进行修补的结果。正如西方资产阶级学者所坦白的：《资本论》把资本主义描绘得千疮百孔，我们正是按照《资本论》的描绘来修补资本主义这条船，才使它没有沉没，照样在航行。但不论航行多久，最终是要沉没的。因为这是马克思主义揭示的历史发展的客观规律。

纵观历史，横看世界，不管各种学说、理论、主义多么纷纭繁杂，但没有一种理论能与马克思主义相抗衡，没有一种理论能像马克思主义那样对人类历史进程产生如此巨大的影响，对改变世界面貌发挥如此巨大的作用。尽管马克思主义诞生以来，不断遭受各种诽谤、攻击、歪曲、谩骂，但马克思主义真理如燧石一样，越敲击越放出耀眼的光芒。就连西方一些有识之士也认为马克思主义是"一座不可逾越的思想高峰"。

中国人民从近百年来的沧桑巨变中认识到，马克思主义是我们摆脱苦难、建设强国之根本，是中华民族实现伟大复兴的唯一正确的指导思想。为了寻求强国富民之道，从19世纪开始，我们也曾多次多方面向西方学习，但得到的结果是"先生"侵略学生，我国一步步沦为半殖民地半封建社会。只有马克思主义传入中国、与中国的实践结合之后，中国的面貌才为之一新。中国社会的历史性变化证明，没有毛泽东同志，没有作为马克思主义与中国实践相结合的产物的毛泽东思想，我们党和我国人民将在黑暗中摸索更长的时间；没有邓小平同志，没有作为毛泽东思想的继承和发展的邓小平理论，中国就不可能有今天的新生活和社会主义现代化的光明前景。我们党80年艰苦卓绝奋斗的历史揭示了一个真理：什么时候马克思主义和中国的实际结合好了,我们的事业就发展,就胜利;什么时候理论脱离了实际,我们的事业就要走弯路。

一个重大的课题:
坚定在新形势下对马克思主义的信仰

新的历史条件下,我国社会生活发生了巨大变化。改革的深化,开放的扩大,社会主义市场经济体制的初步建立,使我们国家出现了所有制结构的多样性,出现了经济成分、利益主体、社会组织、生活方式、就业方式、活动方式的多样性,出现了思想观念和价值取向的多样性。这使一些人对巩固和加强马克思主义的指导地位提出了疑问。正确认识和解决这些问题,才能坚定对马克思主义的信仰。

疑问之一:在多种所有制和丰富多彩的社会生活的情况下,还应不应该坚持指导思想的一元化?

自从人类进入阶级社会之后,没有一个社会是单一所有制的社会,但这并没有妨碍任何社会都有一种思想处于统治地位。而一个社会处于统治地位的思想,取决于社会形态的性质和处于统治地位的所有制关系。正如马克思说的那样,"占统治地位的思想不过是占统治地位的物质关系在观念上的表现,不过是以思想的形式表现出来的占统治地位的物质关系"。我国当前虽然存在多种所有制,但社会形态属于社会主义。公有制的主体地位,人民民主政权的性质,共产党的执政地位,决定了作为这种经济关系和政治关系在意识形态上的反映,只能是以马克思主义为党和国家的指导思想。所有制和社会生活的多样化,既是我们在马克思主义指导下,开创的有中国特色社会主义富有生机和活力的表现,同时也赋予我们在实践中坚持和丰富马克思主义,引领时代的新任务。社会变化越是丰富深刻多样,人们的思想越是活跃,马克思主义的指导地位越要巩固和加强。否则,社会生活中出现的多样性,就有可能走向混乱和无序的状态,导致思想混乱,社会动荡,给国家和人民带来灾难。

疑问之二:巩固和加强马克思主义的指导地位,会不会束缚发展市场经济所要求的人的个性自由?

马克思主义从来尊重人的个性的自由发展。强调共产主义是"个人独创和自由的发展不再是一句空话的唯一的社会",在那里"每个人的自由发展是一切人的自由发展的条件",并把"一切人的自由发展"作为共产主义的一个价值目标。尤其是,马克思主义强调的自由,是与纪律相统一的自由,不是不受任何约束的自由;它所强调的个性,是与集体性相和谐的个性,不是极端个人主义宣扬的那种自私的个性;它所崇尚的爱国主义、集体主义和社会主义,不但不会压抑个人的创造性,而且会激励和鼓舞每个人在为国家的利益,为美好的理想锐意进取中丰富和完美个性。因此,坚持马克思主义的指导,不但不会束缚人的个性,反而有利于造就适应社会主义市场经济要求的、个性丰富完美的社会主义新人。实践已经证明,社会主义市场经济体制的初步建立,从社会制度和经济活动方式上为个性的自由发展提供了更好的保障。正是在马克思主义指导下,我国人民在社会主义市场经济实践中,自主意识、民主法制意识、竞争意识、效率意识、开拓创新意识普遍增强,一代个性丰富完美的社会主义新人正在成长。

疑问之三:巩固和加强马克思主义的指导地位,会不会妨碍发展民主?

马克思主义是民主的积极倡导者。坚持以马克思主义为指导的中国共产党,始终把追求人民民主作为革命和建设的一个重要的政治目标。马克思主义所讲的民主,从来都是具体的、相对的,而不是抽象的、绝对的,总是与一定阶级的思想、一定国家的制度相联系;它强调的是多数人的民主,而不是少数人的民主。我国的社会主义民主建设所以坚持以马克思主义为指导,就是因为马克思主义关于民主的理论科学揭示了民主建设的规律,代表了广大人民的民主愿望,为我们的民主建设指明了方向。它要求在民主基础上的集中和集中指导下的民主相结合:既要有自由,又要有纪律;既要有个人心情舒畅,又要有统一意志;既要有利于最大多数人的利益表达和政治参与,又要有利于造成统一思想、凝聚力量、安定团结的政治局面。这是一种生动活泼、健康向上、科学有序的民主观,是有利于党和国家长治久安的民主观。相反,不要马克思主义指导的民主,不要党的领导的民主,绝不是广大人民群众真正需要的民主,因为那样的民主,只能使我们的社会陷入无政府状态,使广大人民群众的民主权利化为乌有。

疑问之四:巩固和加强马克思主义的指导地位,会不会影响"双百"方针的贯彻?

"双百"方针本身就是马克思主义的一个重要内容,目的是促进和繁荣我国科学、文化、艺术事业。在马克思主义指导下实行"百花齐放、百家争鸣",不仅有利于坚持正确导向,也为各种文化艺术、学说思想提供研究、表达和创造的广阔空间。因为这种指导所要求的,不是万家墨面,而是百花齐放;不是万马齐喑,而是百家争鸣。担心妨碍贯彻"双百"方针的人,混淆了"指导地位"和"百家""百花"的层次。我们所说的"指导地位"是指占统治地位的国家意识形态,我们所说的"百家""百花"是指在马克思主义指导下的各种具体的科学文化艺术的学说、流派。这些学说、流派相互切磋,相互批评,争奇斗艳,互比高低,可以促进科学、文化、艺术的繁荣,但是,"百家""百花"无论怎样"鸣"和"放",都不应该与国家意识形态相抵触。相反,"鸣""放"的目的是为了发展马克思主义、繁荣社会主义文化。

疑问之五:巩固和加强马克思主义的指导地位,会不会阻碍对其他优秀思想文化成果的吸收借鉴?

马克思主义是一个开放的思想体系,发展的科学理论,它不是真理的终结,而只是为我们开辟了认识真理的正确道路。它具有扎根实践,博采众家,与时俱进的理论品格。它批判地吸取了英、法空想社会主义关于人类社会公平正义的理论、德国古典哲学辩证法和唯物论的合理内核、英国古典政治经济学解剖资本主义经济的方法,并从自然科学的最新成果中吸取了思想精髓。一个半世纪以来,它总是在实践中不断前进,在实践中不断发展,研究新情况,回答新问题,不断地吸收、借鉴和融合各种优秀的思想文化成果,从而使马克思主义永葆勃勃生机,不断开辟新境界。马克思主义这一品格,使它既能广纳百川,又能坚持和发扬自己鲜明的特色。因此,坚持马克思主义的指导地位不仅不会阻断对其他优秀思想文化成果的吸收和借鉴,反而会使我们以更加科学的态度辨真伪、识正谬,吸取精华,剔除糟粕,眼界更加开阔,气魄更加宏大,更有利于创造和丰富有中国特色社会主义的新文化。

一项光荣神圣的使命:全党都要把巩固和加强马克思主义的指导地位,作为义不容辞的历史责任

巩固和加强马克思主义的指导地位,从根本上说,必须始终做到两条:一是必须坚定不移地巩固和加强马克思主义的指导地位,绝不允许搞指导思想的多元化;二是必须紧密结合形势的变化和实践的发展,发扬实事求是、勇于创新的科学精神,不断丰富和发展马克思主义。

对我们这样一个马克思主义政党来说,马克思主义、毛泽东思想、邓小

平理论一定不能丢，永远不能丢，丢了就失去党魂，就丧失根本。但这绝不是要我们死抱着马克思主义的片言只语或个别结论不放。坚持马克思主义，关键是坚持马克思主义的基本原理，并坚持用它来分析和研究今天的实践。死抱的结果，只能是窒息马克思主义的生机。马克思主义的辩证观认为，世上没有不死之物。只有那些能够在死亡中不断新生的东西才是不朽的；只有那种勇于变革自身、不断创新的事物，才有长久的生命。创新的基础是继承，继承是创新的前提；继承有赖于创新，创新是最好的继承。坚持不等于照搬固守，照搬固守的结果只能是丢光弃尽。只有创新，只有发展，才有真正的继承，真正的坚持，也才能继承过来，坚持下去。

创新是马克思主义的生命。马克思主义所以能永葆青春、蓬勃发展，就在于创新是这一理论本质内在的要求。马克思主义对进步人类的贡献，不仅在于它深刻地正确地反映和表现了时代，更重要的在于它推动着人们的思想不断解放，引导着时代不断变革和发展。马克思主义的价值主要不在于它对某个具体问题作出的结论和答案，而是为我们提供了一种推动思想解放和开拓未来世界的创新精神。《共产党宣言》发表25年之后，恩格斯在德文版序言中就指出："由于最近25年来大工业有了巨大发展而工人阶级的政党组织也跟着发展起来，由于首先有了二月革命的实际经验而后来尤其是有了无产阶级第一次掌握政权达两月之久的巴黎公社的实际经验，所以这个纲领现在有些地方已经过时了。"现在，《共产党宣言》发表离我们已有6个25年还多，我国工人阶级掌握政权有了51年多的历史，世界正在由工业化向信息化迈进，如果马克思、恩格斯健在，他们又会创造出多少新的理论啊！

理论创新必须尊重人民群众的首创精神，坚持实践是检验真理的唯一标准。不能拿本本去框实践，而要用实践去发展本本。马克思主义诞生以来，它在理论上的每一次重大突破，社会主义实践的每一次历史性飞跃，都是马克思主义基本原理与具体实践相结合进行理论创新的结果。在中国，毛泽东同志、邓小平同志都善于紧密结合现实斗争的需要，回答实践提出的重大理论问题，从而不断丰富和发展了马克思主义理论。他们是理论创新的典范。没有这种创新，就没有社会主义新中国，就没有中国特色的社会主义。

以江泽民同志为核心的党中央以马克思主义的理论勇气，以我国改革开放和现代化建设的实际问题、以我们正在做的事情为中心，在新的伟大实践中发展了马克思主义，巩固和加强了马克思主义在全党全国的指导地位，开创了建设有中国特色社会主义伟大事业的新局面。"三个代表"重要思想，就是着眼于我们党和人民面对的三大历史任务，着眼于新的历史时期党的建设的实践，继承历史，立足现实，前瞻未来，对马克思主义建党理论的创新。它科学地回答了我们要建设一个什么样的党和怎样建设党的问题，是全面加强党的建设的伟大纲领，是解决党的建设的两大历史性课题，永远保持党的先进性、战斗性和创造力的行动指南，是我们党对马克思主义理论的一个新贡献。

马克思主义是我们必须高举的旗帜。这面旗帜，指引我们走过了艰辛而辉煌的20世纪，正指引我们走在充满机遇和挑战的21世纪——中华民族全面复兴的新世纪。在建设有中国特色社会主义的伟大征程中，始终不渝地巩固和加强马克思主义的指导地位，是历史的昭示，是实践的呼唤，是人民的选择，是我们共同的、永远不可动摇的坚定信念。

（2001年6月7日）

沧海横流　人间正道
——纪念中国共产党建党八十周年

一

今年是中国共产党建党80周年，执掌全国政权第52年。中国有了共产党，这是开天辟地的大事。中国共产党的诞生、发展、壮大及其在占世界人口1/6的大国执政，深刻地改变了中华民族的历史命运和世界格局。

在80年的征程中，中国共产党以其崭新的世界观，为着民族解放，国家独立，社会进步和人民幸福，团结带领人民群众英勇奋斗，历经战争与和平、革命与执政、建设与改革、挫折与胜利，取得民主革命和社会主义革命与建设的辉煌成就，成为推动历史前进的强大的政治力量。

中国共产党的辉煌成就及其坎坷曲折，都与她特殊的历史使命紧密相关。她要以坚定的无产阶级党性，领导人民完成民主革命和社会主义革命的任务；要在贫穷落后的大国实现社会主义现代化，完成祖国统一大业；要在极为错综复杂的国际环境和激烈的国际竞争中，维护和推进世界的和平和发展。面对这一系列艰巨而重大的历史课题，中国共产党以自己的智慧、胆略、意志和驾驭能力，领导全国人民告别了苦难的过去，谱写了壮美的新章，迎来了光明的未来。

中国共产党的力量和生命在于她的先进性，在于她能够把握时代发展、形势变化和世界进步潮流的趋势，站在时代前面领导人民开拓创新。以毛泽东为核心的第一代党中央领导集体，顺应无产阶级革命潮流，在无先例可循的情况下，领导人民取得了新民主主义革命的胜利，确立了社会主义基本制度，开辟了人民群众当家作主的新纪元；以邓小平为核心的第二代党中央领导集体，实行改革开放的伟大决策，坚持从中国国情和社会主义初级阶段的实际出发，领导人民成功地走出了一条建设有中国特色社会主义的新道路；以江泽民为核心的第三代党中央领导集体，面对世界多极化、经济全球化的发展趋势,以"三个代表"为指导,深化改革,扩大开放,抓住机遇,加快发展,迎接挑战,战胜风险,不断开拓着社会主义现代化建设的新局面。

二

中国共产党一成立,就面临着推倒"三座大山",反对帝国主义、封建主义和官僚资本主义的历史重任。这是对造成中华民族悲剧命运的全部压迫和罪恶的总清算、总批判,是一场悲壮的史无前例的大抗争、大决战。

民族解放和民主革命任务的复杂性和艰巨性在于,中国是一个被封建专制统治了两千多年的国家,一个小生产的汪洋大海。"一盘散沙"的小生产,不可能自发地产生民主主义和社会主义思想。孙中山先生是一位伟大的爱国主义者和民主主义者。他所领导的辛亥革命,推翻了中国两千年来的封建专制制度,为中华民族的复兴建立了不朽的功勋。但是辛亥革命没有彻底解决反帝和反封建的问题,革命的果实很快被封建军阀篡夺。真正解决中国的问题,救亿万人民于水火,必须有先进阶级的出现及其先进政党的领导。

19世纪末20世纪初,两个新兴阶级先后登上历史舞台。一个是资产阶级,一个是工人阶级。中国民族资产阶级在民主革命过程中发挥过非常积极的作用,但因其软弱无力,与帝国主义和封建主义有着千丝万缕的联系,没有能力领导人民取得民主革命的完全胜利。中国的工人阶级深受帝国主义、封建主义和官僚资本主义多重压迫,因着外国资本的扩张入侵而集结壮大,更加具有革命性。又因其多数出身于破产农民,和农民这个中国革命的主要依靠力量有着天然的联系,便于和农民结盟。而当中国人民推翻封建王朝看到世界文明的时候,也同时看到了西方资本主义的弊端及其在中国的罪恶。辛亥革命失败,俄国十月革命爆发,孙中山清醒地意识到,社会的黑暗腐败"比前清更甚";"欧美强矣,民实困也";"今后之革命,非以俄为师,断无成就"。领导中国民主革命的任务历史地落到工人阶级及其先进政党身上。

作为中国工人阶级先锋队的中国共产党是在革命的实践中逐步成熟,逐步发展壮大的。对于中国革命的性质、对象、任务、道路、指导思想、领导力量和依靠力量的认识,也是逐渐深化的。这包括,如何区分新旧民主革命的界限;新民主主义革命应该由哪个阶级领导,分几个阶段进行;是首先占领大城市,还是走农村包围城市,然后夺取全国政权的道路;如何组织革命的统一战线和坚持统一战线中工人阶级的领导权;充分发动和依靠农民、又要防止小生产意识对党的影响等等。在任何一个问题上发生偏误，都有可能使革命受到挫折，付出沉重代价。例如，1927年的右倾投降主义错误，导致第一次大革命失败；1934年的"左"倾教条主义错误，导致第五次反"围剿"失败。然而，也正是在这些挫折中，我们党逐步走向成熟，在把马克思主义同中国革命实际结合中创立了毛泽东思想，将自己建成了一个理论联系实际、密切联系群众、采取批评和自我批评的党。一个这样的党，一个由这样的党领导的军队，一个由这样的党领导的广泛的统一战线，成为我们战胜敌人夺取胜利的三大法宝。

中华民族是一个酷爱自由，具有革命传统的民族。近代以来，帝国主义和封建势力把中国变成半殖民地半封建社会的过程，同时是中国人民英勇反抗帝国主义及其走狗的过程。但在1840年鸦片战争到1919年"五四"运动近80年的时间里，由于没有先进理论的指引和先进政党的领导，中国人民所进行的斗争都失败了。只有中国共产党，为中国人民找到了科学理论和正确道路，经过28年的艰苦斗争，终于取得民主革命的胜利。近百年来西方列强欺侮中华民族的历史从此宣告结束，几千年来劳动人民遭受压迫和奴役的历史从此宣告结束，中国人民从此在世界上站立起来，赢得了民主和自由，当家作了主人。

中国共产党领导的新民主主义革命，是一部以光明战胜黑暗，以进步战胜反动的英雄史诗。这场斗争的胜利告诉人们，人民群众一旦被一个先进的政党组织起来，这个政党一旦将当代最伟大的真理与本国实际相结合，形成适合本国国情的路线、方针、政策，并成为广大人民群众的自觉行动，会产生多么巨大的力量，会创造出什么样的人间奇迹！"没有共产党，就没有新中国"，是这部英雄史诗的主题。

三

以新中国的成立为标志，中国共产党开始在全国范围内执掌政权，开始了劳动人民当家作主的新时代。这也是我们的国家从农业国到工业国，从新民主主义到社会主义，从打碎旧世界到建设新世界的伟大起点。在这一历史变革中，我们所取得的最大成就是，建立了一个劳动人民当家作主的新型国家，创建了一种新型的符合中国国情的社会制度，以成功的实践展示了社会主义的强大生命力。

这仍然是一个艰苦曲折的探索过程。从革命到执政，对于一个郑重的工人阶级政党来说，并不是坐享江山的盛大节日，而是面临着一系列新的问题和难题。这比革命更艰巨，更复杂。如何管理国家，如何组织社会生产、创造财富，更好地为人民谋利益，这是中国共产党领导中国人民夺取政权后一个更繁重更伟大的历史使命，也是事关国家兴衰和人民前途的伟大社会实验。

新中国成立之初，党领导人民仅仅用三年多的时间即完成了恢复国民经济的任务，取得了抗美援朝的伟大胜利，完成了土地改革和其他民主改革，从根本上破除了封建制度的经济基础。这是反帝反封建任务的继续和深入。1956年，在党的过渡时期总路线的指引下，我们实现了对于农业、手工业、资本主义工商业的社会主义改造，确立了社会主义的基本制度，社会主义工业化获得重大进展。

但是，在面对巨大成就的同时，由于我们对"什么是社会主义、怎样建设社会主义"没有完全搞清楚，我们在前进的道路上也出现过失误和偏差，甚至发生了像"文化大革命"那样严重的曲折。

以1978年党的十一届三中全会为标志，我们党深刻总结了社会主义建设中的历史经验和教训，实现了党的工作重心转移和新的历史转折，进入改革开放的新时期。

改革就其引起社会变革的广度和深度来说，是开始了一场新的革命。在这场波澜壮阔的改革开放中，邓小平领导全党根据马列主义、毛泽东思想的基本原理，全面总结了社会主义建设的基本经验，正确制定了以"一个中心、两个基本点"为主要内容的党的基本路线，形成了建设有中国特色社会主义的科学理论，即邓小平理论。

邓小平理论，使全党对社会主义的认识达到了新的高度，进入全新境界。社会主义没有一成不变的模式，而是通过发展生产力，最终达到共同富裕的一个历史过程；社会主义的根本任务是发展生产力；社会主义的本质是解放生产力，发展生产力，消灭剥削，消除两极分化，最终达到共同富裕；我国社会主义初级阶段的一个重要任务是逐步摆脱不发达状态，基本实现社会主义现代化的历史阶段，这是一个不可逾越的发展阶段。社会主义初级阶段的基本经济制度是，以公有制为主体，多种所有制经济共同发展。分配制度是，以按劳分配为主体，多种分配方式同时存在。要坚持和完善社会主义市场经济体制，市场在国家宏观调控下对资源配置起基础作用。想问题，做事情，一切以是否有利于发展社会主义社会的生产力、是否有利于增强社会主义国家的综合国力、是否有利于提高人民生活水平为根本判断标准。要正确处理社会主义与资本主义的关系，既充分利用其创造的一切文明成果，又要防止其腐朽没落思想的侵蚀。坚持对外开放，引进外资，引进科学技术，学习借鉴发达资本主义国家先进的经营方式、管理方法，以及一切有益的知识和文化。科学技术是第一生产力，充分重视科技进步对于增强综合国力、提高人民生活水平、增强社会主义竞争力的巨大作用，等等。

这是一次伟大的思想解放运动，也是一场从经济基础到上层建筑的伟大变革。各方面的潜在力量开始释放出来，活跃起来，整个国家焕发了勃勃生机。同时，也因为改革开放、利益调整、观念更新，生活方式、组织形式和社会活动方式的改变，出现了一系列新的矛盾，新的社会问题。如何既保持社会稳定，保证党和国家整体利益的协调发展，又保护社会和经济发展的生机和活力，将改革的力度、发展的速度和人民群众的承受程度结合起来，是党在新的历史条件下的重要任务。

事实有力地表明，作为毛泽东思想的继承和发展的邓小平理论，是指导中国人民在改革开放中胜利实现社会主义现代化的正确理论；党的基本路线，是我们事业胜利前进的最可靠保证。在邓小平理论和党的基本路线指引下，我们党领导和团结全国各族人民，取得了举世瞩目的成就。这些成就，不只表现在国民经济产值所实现的各种指数上，经济结构所发生的深刻变化上，国际竞争力的排名以及我们在国际事务中的影响上，更加体现在党和国家的生机、活力上，体现在亿万人民群众坚定的信仰、信念、信心、信任上，体现在中华民族大为增强的凝聚力上。我们成功应对亚洲金融危机，战胜1998年的特大洪涝灾害，顺利实现香港、澳门回归祖国，胜利完成"三步走"战略目标的前两步，人民生活从总体上达到小康水平，这是多么了不起的成绩。值得重视的是，我们取得辉煌成就的最近十年，是世界社会主义遭受严重挫折，西方敌对势力加紧对我"西化"、分化，我国经济结构、经济利益进行重大调整的时期，也是我国改革和发展的关键时期。这些成绩的取得，充分反映了邓小平理论和党的基本路线的巨大威力，充分反映了以江泽民同志为核心的党的第三代领导集体的成熟和在复杂形势下驾驭全局，领导大规模社会主义现代化建设的卓越能力。

这一切，在历史上，是一座丰碑；在世界上，是一面旗帜。没有中国共产党的领导，就没有中国的社会主义现代化，这是历史的结论。

四

中国共产党的 80 年，由夺取政权、执掌政权两大宏伟历史篇章构成。这是把马克思主义与中国实际相结合、探索救国图强真理、开辟民族振兴道路的 80 年，是带领人民不屈不挠奋斗、不怕流血牺牲、创造辉煌业绩的 80 年，是不畏艰难困苦、历经千锤百炼、深受人民拥护的 80 年。80 年的探索和创造，引起了全世界人民的关注。人们关心和探究的是，中国共产党用什么力量将亿万人民团结起来，使其永远立于不败之地？

历史的回答是：凭她的先进性。凭她与人民群众的血肉联系。凭她有一支忠实贯彻党的正确路线，敢于和善于为着人民利益前赴后继，顽强奋斗的队伍。归根结底，是由于她代表了先进生产力的发展要求，代表了先进文化的前进方向，代表了最广大人民群众的根本利益。

先进生产力是人民力量的结晶，先进文化是人民智慧的花朵。先进生产力、先进文化从来是反映人民利益和要求的。中国共产党不同于其他政党之处在于，她是用人类最先进的思想文化成果马克思主义武装起来的党，不仅能够在客观上代表人民利益和要求，同时在主观上能够把握历史进程，从而可以顺应历史发展，站在时代进步的前头，忠实地代表最广大人民群众的根本利益。

中国共产党的先进性，是通过党员及其干部队伍的模范带头作用实现的。这个有着严格纪律、坚强意志、高尚品格、庄严使命，以全心全意为人民服务为根本宗旨的政党，80 年来，不断发展壮大，吸引、集中和造就着一批又一批工人阶级的先进分子。革命战争年代，中国共产党人带领人民群众前赴后继，英勇无畏，为人民解放事业创造了不朽业绩。和平建设时期，他们处处走在前面，被群众称作是"平时能看出来，关键时刻能站出来，生死关头能豁出来"的民族脊梁。80 年奋斗的成果，不只是赢得了一个国家的独立，一个民族的新生，同时也锻造了一大批出生入死建功立业的传奇式英雄。他们不只是在军事、政治领域，同时在经济、文化、科技各个领域；不只是在思想、品格、意志，同时在知识、能力和综合素质等方面，都堪称一流。他们的形象，他们的精神，就是我们的党魂、军魂、民魂。这是一个民族只能通过自己创造而不可能通过任何渠道获取的弥足珍贵的精神财富，是压倒一切敌人，战胜任何艰难险阻的强大力量。在我们取得举世瞩目的成就，庆祝党的 80 周年的时候，我们特别怀念和感戴成千上万为着民族解放和国家富强，在不同历史时期、不同的工作岗位上作出贡献的共产党员；特别怀念和感戴在各个历史时期与我们党肝胆相照、荣辱与共，为中国人民事业作出贡献的各界人士和党外朋友。

回顾历史，不是为了炫耀过去的辉煌，而是为了吸取力量，把握规律，更好地面对现在，创造未来。从现在起到本世纪中叶的50年内，我们要在纷繁复杂的国际形势和激烈竞争中建设一个富强、民主、文明的社会主义现代化强国。这是一个更艰巨、更繁重的历史重任。比起这个宏伟事业，过去的50年，也是一个序曲。我们必须充分估计可能遇到的风险和困难，为之作出更大努力，付出更大辛劳。关键在党，关键在把我们党建设得更加坚强。

在庆祝党的80周年的时刻，我们更加深切地感到江泽民同志提出的"三个代表"的重要思想，具有极其重要的意义。中国共产党的80年，是贯彻实践"三个代表"的80年。我们的党必须始终代表先进生产力的发展要求，代表先进文化的前进方向，代表最广大人民群众的根本利益。这是对党的历史作用和神圣使命的根本总结，这是我们的立党之本、执政之基、力量之源，是在新的历史条件下全面加强党的建设的根本指针，是不断夺取建设有中国特色社会主义新事业的根本要求。

任凭沧海横流，试看人间正道。不管我们面对的形势多么错综复杂，只要我们按照"三个代表"的要求，把我们党建设得更加坚强，更加团结，更加富有战斗力，就一定能够将中国人民的全部智慧和力量凝聚起来，实现中华民族伟大复兴的崇高目标。让我们紧密地团结在以江泽民同志为核心的党中央周围，朝着这一目标而奋勇前进！

(2001年6月25日)

中国共产党人新世纪的宣言和纲领

——学习江泽民同志在庆祝中国共产党
成立八十周年大会上的讲话

（一）江泽民同志"七一"重要讲话，在党内外产生了重大而深远的影响，全党全国出现了一个新的学习热潮。

这种局面的出现，是因为《讲话》全面、精辟地总结了我们党80年的光辉业绩和基本经验，系统、深刻地阐述了"三个代表"重要思想，从根本上回答了新的历史条件下"建设一个什么样的党和怎样建设党"的问题；是因为《讲话》提出了许多重要的新思想、新观点、新论断，使人们的思想认识得到新的升华；是因为《讲话》进一步指明了党在新世纪的历史任务和奋斗目标，鼓舞人心，催人奋进。《讲话》把全党的认识统一起来，意志凝聚起来，正在化为认识真理、改造世界的强大力量。

（二）今天，当我们以兴奋的心情、认真的态度学习《讲话》的时候，我们不禁想起党的十五大报告所论述的两个宣言书：一个是标志着我们党开辟新时期新道路、开创有中国特色社会主义新理论的宣言书——《解放思想，实事求是，团结一致向前看》；一个是把改革开放和社会主义现代化建设推进到新阶段的宣言书——1992年邓小平同志南方谈话。

江泽民同志《在庆祝中国共产党成立八十周年大会上的讲话》是我们党进入新世纪的新的政治宣言和行动纲领。

这一庄严宣言，闪耀着马克思主义基本原理的光辉，体现着解放思想、实事求是、与时俱进、开拓创新的马克思主义本质，是对马列主义、毛泽东思想、邓小平理论坚持与发展、继承与创新辩证统一的典范。

这一庄严宣言，充分表现了以江泽民同志为核心的党中央开创马克思主义新境界、全面加强和改进党的建设、不断夺取建设有中国特色社会主义新胜利的政治勇气，充分表现了中国共产党蓬勃的创造精神和强大的生命力。

（三）《讲话》用"三个代表"重要思想总结历史，分析现实，前瞻未来，揭示了代表先进生产力的发展要求、先进文化的前进方向和最广大人民的根本利益的科学内涵以及内在关系，并以"三个代表"为指针，提出了加强和改进党的建设的基本任务。"三个代表"重要思想是"七一"讲话的核心和灵魂。

（四）如同任何正确的思想理论一样，"三个代表"重要思想不是人们头脑中固有的，也不是从天上掉下来的。它是历史的经验，集体的智慧，实践的结晶，时代的精华。

（五）"三个代表"重要思想是在深刻总结党的历史经验的基础上得出的科学结论。《讲话》以深邃的历史眼光，观察中国共产党建立前后两个80年中国大地上天翻地覆、沧海桑田的变化，特别是我们党领导人民奋斗80年的峥嵘岁月和光辉业绩，得出三条基本经验：必须始终坚持马克思主义基本原理同中国实际相结合，坚持科学理论的指导，坚定不移走自己的路；必须始终紧紧依靠人民群众，诚心诚意为人民谋利益，从人民群众中汲取前进的不竭力量；必须始终自觉地加强和改进党的建设，不断增强党的创造力、凝聚力和战斗力，永葆党的生机和活力。

这三条基本经验归结起来，就是必须始终代表中国先进生产力的发展要求，代表中国先进文化的前进方向，代表中国最广大人民的根本利益。这是我们党的立党之本、执政之基、力量之源。

（六）"三个代表"重要思想是根据国际国内形势的新变化、根据我国改革开放和现代化建设面临的新问题和新任务，根据我们党肩负的历史使命和党的自身建设实际，作出的精辟论断。

和平与发展是当今世界的主题。世界多极化、经济全球化、信息网络化的发展趋势日趋明显，科技进步日新月异，综合国力竞争日益激烈，世界力量的组合和利益分配正在发生新的深刻变化。我们面对着前所未有的、全球范围的大竞争。任何国家、任何民族都回避不了。

东欧剧变、苏联解体，世界社会主义陷入低潮，一些执政多年的共产党失去了执政地位。事出总有因，难题终有解。其中的教训很值得总结。总结好了，马克思主义就发展。

我国已进入了全面建设小康社会，加快推进社会主义现代化建设的新阶段。发展经济，调整结构，深化改革，扩大开放，振兴科教，推动社会全面进步和不断提高人民生活水平，都是我们面临的艰巨繁重的任务。我们正在进行完善和发展社会主义制度的自我变革。改革开放的深入和社会主义市场经济的发展，也使我国社会经济成分、组织形式、就业方式、利益关系和分配方式日益多样化。各种思想观念相互交错、相互激荡。人民内部矛盾的内容和形式也出现了许多新的情况、新的问题。而我们的工作还存在着许多困难和差距，我们发展的基础还不雄厚，不能适应新形势新任务对我们的要求。形势喜人更逼人。搞不上去，民族难以自立，人民不会答应。

经过80年的发展，我们党已经从一个领导人民为夺取全国政权而奋斗的党，成为一个领导人民掌握着全国政权并长期执政的党；已经从一个在受到外部封锁的状态下领导国家建设的党，成为在全面改革开放条件下领导国家建设的党。党员总数已达到6451万，成为世界上最大的执政党，新党员的数量大幅度增加，干部队伍新老交替不断进行，一大批年轻干部走上领导岗位。我们党面对着进一步解决提高党的执政能力和领导水平、提高拒腐防变和抵御风险能力两大课题。

国际环境、国内环境和党的队伍状况发生的重大变化，以及由此带来的机遇和挑战，都尖锐地摆到了中国共产党的面前。

（七）办好中国的事情关键在党。"七一"重要讲话的历史地位和伟大意义就在于对"建设一个什么样的党和怎样建设党"作出了正确回答。这个回答用一句话概括，就是：建设始终坚持"三个代表"的党，始终坚持以"三个代表"为根本要求建设党。

"三个代表"重要思想是一个完整的理论体系，是一个相互联系的统一整体。先进生产力是人民力量的结晶；先进文化是人民智慧的花朵；只有代表最广大人民的根本利益，才能把人民的力量和智慧凝聚起来，成为推动历史前进的强大动力。"三个代表"重要思想的提出，标志着我们党的建设进入了一个新的阶段，标志着我们党对共产党执政规律、社会主义建设规律和人类社会发展规律的认识达到了一个新的高度。

（八）"三个代表"把实践标准、生产力标准、文明进步标准和人民利益高于一切的标准有机地统一起来，为我们提供了新形势下贯彻党的基本理论、基本路线、基本纲领，全面推进党的建设和有中国特色社会主义伟大事业的根本要求、思想武器和行动指南。

"三个代表"是对全党的总体要求，也是对党员个人的具体要求，是对党的建设的根本要求，也是对建设有中国特色社会主义的根本要求，同时又是我们衡量和检验一切工作成败得失的根本标准。它要求党的理论、路线、纲领、方针、政策和各项工作，都必须贯彻"三个代表"思想，并以"三个代表"审视各项工作，看看是不是符合"三个代表"的要求，符合的就毫不动摇地坚持，不符合的就勇于实事求是地纠正。

"三个代表"是新形势下推进党的建设和有中国特色社会主义伟大事业的思想武器。它给了我们新的认识工具，擦亮了我们的眼睛，帮助我们在千头万绪、纷繁复杂、变幻莫测的现象中，认清形势，分清是非，坚定信念，增强信心，开拓前进，经受考验。

"三个代表"是我们做好各项工作的行动指南和制定各项政策的依据。它要求我们必须遵循"三个代表"的思路来想问题、定政策、办事情，不断解放和发展生产力，不断繁荣先进文化，不断实现好、维护好、发展好最广大人民的根本利益。

（九）按照"三个代表"要求加强和改进党的建设，归结到一点，就是保持党的先进性。这是党的建设的永恒主题。

先进政党是时代精神的代表，也是推动时代前进的领导力量。只有保持着先进性，才能保持和巩固自己的执政地位，带领人民建设美好生活。保持党的先进性，不是局部的，而是全面的，体现在党的建设的各个领域；不是一劳永逸的，而是不断发展的，贯穿于党的生命的全过程。只有站在时代前列，站在实践前沿，才能永葆党的先进性，永葆党的生机与活力。

（十）怎样才能保持党的先进性，"七一"讲话以"三个代表"为根本要求，从党的思想建设、组织建设和作风建设等方面提出了五条要求：必须坚持党的解放思想、实事求是的思想路线，大力发扬求真务实、勇于创新的精神，创造性地推进党和国家的各项工作，在实践中不断丰富和发展马克思主义；必须坚持党的工人阶级先锋队的性质，同时要根据经济发展和社会进步的实际，不断增强党的阶级基础和扩大党的群众基础，不断提高党的社会影响力；必须坚持民主集中制，建立健全科学的领导体制和工作机制，充分发扬党内民主，坚决维护党的集中统一，保持并不断增强党的活力；必须全面贯彻干部队伍革命化、年轻化、知识化、专业化的方针和德才兼备的原则，深化干部人事制度改革，努力建设一支高素质的、能够担当重任、经得起风浪考验的干部队伍；必须坚持党要管党的原则和从严治党的方针，各级党组织必须对党员干部严格要求、严格教育、严格管理、严格监督，坚决克服党内存在的消极腐败现象。

这五条构成了新世纪我们党加强和改进自身建设的基本思路、重大举措和行动纲领。它向全国人民展现了我们党从新的实际出发、以改革的精神解决党内存在的突出问题的信心和勇气，展现了我们党自觉肩负对国家、对民族、对人民的历史责任和庄严承诺。按照这五条要求不懈努力，我们党就能在世界形势深刻变化的历史进程中始终走在时代的前列，在应对国内外各种风险考验的历史进程中始终成为全国人民的主心骨，在建设有中国特色社会主义的历史进程中始终成为坚强的领导核心。

（十一）共产党人是最大的理想主义者，也是最大的现实主义者，是最高纲领与最低纲领的统一论者。《讲话》关于党的最低纲领和最高纲领辩证关系的论述，教育和鼓舞着全党同志既要胸怀远大理想，又要脚踏实地；既要目光长远，又要求真务实。"非常漫长"的征程，需要我们一步一步地前行；崇高理想的实现，需要一点一滴地奋斗。对马克思主义的信仰、对社会主义和共产主义的信念，是我们的精神支柱。我们扎扎实实地为实现党在现阶段的基本纲领不懈努力，同时也就是实践着社会主义、共产主义的理想信念。

（十二）对最高纲领与最低纲领的辩证关系的认识，是建立在对社会发展客观规律的正确认识上的。我们曾经把共产主义看近了，把社会主义看快了，这是应当吸取的教训。

马克思、恩格斯曾经设想，共产主义分为社会主义、共产主义两个阶段。社会主义的实践，使我们认识到，我们正在建设的社会主义是社会主义的初级阶段，是初始阶段的社会主义。与此相联系，我们必须处理好社会主义与资本主义的关系，处理好不同文明和社会制度之间的关系。《讲话》鲜明地指出：我们坚信马克思主义关于人类社会必然走向共产主义这一基本原理。共产主义的实现是非常漫长的历史过程。世界是丰富多彩的。各国文明的多样性，是人类社会的基本特征，也是人类文明进步的动力。"各种文明和社会制度，应长期共存，在竞争比较中取长补短，在求同存异中共同发展"。这是我们党对世界社会主义、我国社会主义建设的经验教训作出深刻思考之后得出的结论，是对世界资本主义的发展演变和国际形势的现状及走向进行科学分析之后得出的结论。

（十三）"七一"讲话不仅展现了我们党理论创造的最新成果，而且具有重要的世界观和方法论的意义。《讲话》所运用的思考问题、研究问题和解决问题的方法，所表现出来的共产党人的创新勇气和开拓精神，为我们解放思想、实事求是，突破教条主义的桎梏，不断推动理论和实践的发展，提供了科学的世界观和方法论。

（十四）认真学习、深入领会、坚决贯彻《讲话》精神，是全党一项重要而长期的任务。这个学习，事关党的团结统一和兴旺发达，事关国家的长治久安和发展进步，事关人民的富裕幸福和民族的伟大复兴。

全面、正确、深入地领会《讲话》精神，必须紧密联系讲话的通篇内容和全面论述，紧密联系我们党带领人民进行改革开放和现代化建设的伟大实践，紧密联系党的基本理论、基本路线、基本纲领。党的各级干部，都要按照中央的要求，认真学习、深入领会《讲话》精神，带领全党和全国上下真正统一思想、统一行动。

（十五）这里，关键在于与时俱进，在于一切从实际出发，自觉地把思想认识从那些不合时宜的观念、做法和体制中解放出来，从对马克思主义的错误的和教条的理解中解放出来，从主观主义和形而上学的桎梏中解放出来。

（十六）我们党经过八十年的发展，既有一大批经验丰富的老同志，又有一大批年富力强的中年干部，也有一大批朝气蓬勃的年轻干部。老中青各有优势、贡献和特点。老同志经过战争的考验和五六十年代社会主义建设的考验，有丰富的经验，对党有深厚感情，关心党和国家的命运。年轻同志思想敏锐，信息灵通，接受新事物快，有开拓创新精神。不论是老同志还是年轻同志，都有一个不断学习，开阔眼界，丰富知识，与时俱进的问题，有一个经受新的考验的问题。每一位共产党员不论党龄长短，资历深浅，都应当与时代同行，与人民同心，尊重实践，尊重群众。这样才能把思想和行动更好地统一到《讲话》精神上来，并沿着《讲话》指引的方向，把改革开放和社会主义现代化建设的伟大事业不断推向前进。

（2001年8月24日）

用马克思主义的态度对待马克思主义

（一）江泽民同志"七一"重要讲话，集中体现了我们党理论创新的成果，充分反映了我们党对待马克思主义的科学态度。

纵观历史，横看世界，不论有多少纷纭繁杂的学说理论，马克思主义无疑是迄今为止最科学、最严整、最有生命力的理论体系。马克思主义使人类真正从蒙昧中睁开眼睛，推动人类意识实现了大觉醒，引导人类社会发生了大变革。马克思的名字始终和工人阶级的事业紧紧相连，马克思主义始终是共产党人的伟大旗帜。

马克思主义的晨曦照在古老的东方，给黑暗的中国带来光明，使中国工人阶级由自在走向自为，中国人民的精神从被动转为主动。它一经与中国工人运动相结合，便诞生了中国共产党。日出东方，开天辟地，中国革命的面貌从此焕然一新。

（二）马克思主义的耀眼光辉和巨大威力，使越来越多的人崇敬马克思主义，信仰马克思主义。由此也就产生了以什么样的态度对待马克思主义的问题，主要有两种态度：一种是马克思主义的，一种是教条主义的。态度不同，结果大不同。

（三）马克思是怎样对待自己创立的理论的呢？他在自己理论活动的初期就申明："我们不想教条式地预料未来，而只是希望在批判旧世界中发现新世界。"

他十分厌恶对他的理论的"奴隶式的盲目崇拜"和"简单模仿"。他终生站在工人阶级争取解放的最前线，但从不对自己不熟悉的斗争指手画脚。在巴黎公社存在的日子里，尽管他对公社的事业十分关注，倾注了最大的热情，但他始终认为，身居伦敦，对巴黎事件的直接参加者发号施令是根本不行的。他终生注视着世界历史发展的新情况，根据科学和实践的发展不断补充和完善自己的理论。

在马克思主义发展史上，马克思最先树起了反对教条主义的旗帜。

（四）马克思主义的另一位创立者恩格斯，同样是用马克思主义的态度对待马克思主义的典范。他指出："马克思的整个世界观不是教义，而是方法。它提供的不是现成的教条，而是进一步研究的出发点和供这种研究使用的方法。"

《共产党宣言》发表24年后，马克思、恩格斯在为《宣言》德文版作序时说：由于时代的变迁和实践的发展，《宣言》中的一些观点、一些论述"是不完全的"，有的"已经过时了"；如果可以重写，"许多方面都会有不同写法"。

在由恩格斯撰写的《反杜林论》这部被马克思誉为他和恩格斯理论的"百科全书"发表八年后，恩格斯在新版序言中说，本书有许多地方是应该修改的，例如"关于理论自然科学的那部分，这里叙述得极其笨拙，有些地方现在本来可以表达得更清楚些，更明确些……我理应在这里作自我批评"。

恩格斯满怀信心寄希望于未来的马克思主义者："因为很可能我们还差不多处在人类历史的开端，而将来会纠正我们的错误的后代，大概比我们有可能经常以十分轻蔑的态度纠正其认识错误的前代要多得多。"

（五）列宁对待马克思主义的态度，也许可以用列宁的两句话作出概括，"我们决不把马克思的理论看作某种一成不变的和神圣不可侵犯的东西"，"马克思主义者必须考虑生动的实际生活，必须考虑现实的确切事实，而不应当抱住昨天的理论不放"。

从这种态度出发，列宁揭示了资本主义经济政治发展不平衡的规律，发现了马克思和恩格斯关于社会主义革命只能同时在几个发达资本主义国家取得胜利的理论已经不适合"帝国主义战争和无产阶级革命"时代新的历史条件，从而得出社会主义革命在单独一个国家内可能首先取得胜利的结论；并成功领导俄国十月革命，建立了世界上第一个社会主义国家。

从这种态度出发，列宁领导布尔什维克党和苏维埃政府实现了从"战时共产主义政策"向"新经济政策"的关键性转变，实现了科学社会主义的理论创新。

（六）毛泽东同志是中国共产党人科学对待马克思主义的杰出代表。

毛泽东的理论和实践活动，表明了我们党对待马克思主义的态度，一是必须坚持马克思主义基本原理，二是必须把基本原理和中国的实际相结合。

正是毛泽东同志领导全党同曾在党内占统治地位的把马克思主义教条化、把共产国际决议和苏联经验神圣化的错误倾向进行了坚决斗争，在危难中挽救了革命挽救了党。

正是以毛泽东同志为代表的中国共产党，把马克思主义的基本原理同中国具体实际相结合，成功地开辟了一条农村包围城市、武装夺取政权的新民主主义革命道路，并在我们这个经济文化十分落后的国家，成功地完成了社会主义改造，建立了社会主义制度。

在这种坚持和结合中形成的中国化的马克思主义——毛泽东思想中，蕴含着极其生动、极其丰富的科学对待马克思主义，反对本本主义、教条主义的宝贵精神财富。

（七）始终坚持解放思想、实事求是，开创建设有中国特色社会主义新时期、新道路的邓小平同志，为全党树立了科学对待马克思主义的光辉榜样。

邓小平同志反复强调，离开自己国家的实际空谈马克思主义没有意义。真正的马克思列宁主义者必须根据现在的情况，认识、继承和发展马克思列宁主义。如果不以新的思想、观点去继承、发展马克思主义，不是真正的马克思主义者。

他以马克思主义的非凡勇气和政治胆略，领导和支持了实践是检验真理的唯一标准的大讨论，冲破了个人崇拜和"两个凡是"的束缚，拨乱反正，全面改革，使我们党和国家实现了伟大的历史转折。

他抓住"什么是社会主义，怎样建设社会主义"这个根本问题，根据马克思主义基本原理和社会主义的实践经验，不懈探索，深入思考，科学回答，将全党对社会主义的认识提高到新水平，开拓了马克思主义的新境界。

（八）马克思主义引导时代前进又随着时代发展。马克思主义的发展史，在一定意义上说，就是以马克思主义的态度对待马克思主义的历史。从这部历史中，我们可以获得这样的认识：马克思主义是科学，它始终严格地以客观事实为依据。而社会生活总是在不断的变动中，这种变动的剧烈和深刻，近一百多年来达到了前人难以想象的程度。因此，马克思主义必定随着时代、实践和科学的发展而不断发展，不可能一成不变。孤立地、静止地研究马克思主义，把马克思主义同生动发展的现实生活割裂开来、对立起来，没有出路。

马克思主义是真理，但不是终极真理。它为认识和发展真理开辟了正确的道路，提供了科学的方法。它不是教条，而是行动的指南。它是一座思想高峰，同时又是我们向新的高峰攀登的阶梯。

马克思主义具有鲜明的实践性。马克思主义产生的源泉是实践，发展的根据是实践，检验的标准也是实践。正因为深深植根于人民群众创造历史的实践，马克思主义才枝繁叶茂、大树参天。

马克思主义的基本原理"放之四海而皆准"，但必须与各国的具体实际相结合。只有结合，马克思主义真理的巨大威力才能得以发挥；只有结合，马克思主义的指导地位才能真正坚持和巩固。

马克思主义的基本原理与具体结论，既有联系又有区别。我们着重学习的是基本原理，不是具体结论；掌握的是完整体系，不是只言片语；运用的是立场、观点、方法，不是个别论断。

马克思主义是发展着的理论，是一个开放的体系。它总是把握客观情况的变化，总结人民群众的新鲜经验，吸取当代科学文化的最新成果，不断丰富自己，发展自己。在坚持中发展，在发展中坚持，这是高举马克思主义旗帜的真正内涵。

一句话，与时俱进是马克思主义的理论品质。

（九）与马克思主义的科学态度形成对比的，是教条主义的态度。

事物是丰富多彩的，世上万物各有特点，各有千秋，我不同于你，你不同于他；时代是发展变化的，昨天不同于今天，今天不同于明天；世界是广阔无垠的，这个地方不同于那个地方，那个地方不同于别的地方。

教条主义往往看不到这种不同，他们的一个基本特征是主观与客观相分裂，认识与实践相脱离。他们常常不分此时彼时，此地彼地，此事彼事，不是从变化着的实际出发而是从本本出发，以不变应万变，以马克思主义关于特定历史时代特定事件的论述，来解决当前发生的独特而复杂的问题，以停滞不前的思想观念和经典作家的某些词句来判断和评价不断发展、无限丰富的现实生活，以马克思主义著作中针对特定对象开出的药方作为包医百病的药方，无论治什么病，都按一个方子抓药。

教条主义经常把马克思主义当成只能顶礼膜拜的神圣教义,把发展马克思主义当作是离经叛道。看事物、想问题、作决定,一事当前,先查本本,唯书唯上不唯实,丢掉了具体问题具体分析这个马克思主义的活的灵魂。

(十)在党的历史上,教条主义曾使我们吃过大亏。我国革命、建设和改革的各个时期,我们的事业每向前发展一步,都要突破教条主义的羁绊。我们曾经犯过错误,甚至遭到严重挫折,主要同用教条主义的态度对待马克思主义有关。

"一个党,一个国家,一个民族,如果一切从本本出发,思想僵化,迷信盛行,那它就不能前进,它的生机就停止了,就要亡党亡国。"这是邓小平同志对历史的总结,也是对今天和未来的警示。

(十一)人类已经进入新的世纪。我国已进入全面建设小康社会,加快推进社会主义现代化建设的新时期。我们今天所处的时代、面临的环境和肩负的任务,已不同于马克思、恩格斯、列宁的那个时候,也不同于毛泽东那个时候,就是和邓小平同志在世时相比,情况也发生了很大的变化。

我们所取得的一切成就已经载入史册。在我们的前面还有更长的路要走。认识真理是不断前进的过程,改造世界也是不断前进的过程。当代共产党人有责任运用马克思主义的宽广眼界观察世界,运用当代最新知识丰富自己,站在时代前列,站在实践前沿,在把我国改革开放和社会主义现代化建设事业不断推向前进的过程中,赋予马克思主义以新的时代内涵,不断丰富和发展马克思主义,使马克思主义的旗帜永不褪色,高高飘扬。

(十二)用马克思主义的态度对待马克思主义,核心是解放思想、实事求是。解放思想、实事求是,是引导社会前进的强大动力,是马克思主义的精髓。

解放思想、实事求是,是一种思想方法,是一条认识路线,是一个历史过程,在不同的时期有不同的内涵。只要实践在发展,只要社会在进步,只要人类的历史还没有结束,解放思想,实事求是就永无止境。当前,解放思想、实事求是,就是要在党的基本理论的指导下,一切从实际出发,自觉地把思想认识从那些不合时宜的观念、做法和体制中解放出来,从对马克思主义的错误的和教条式的理解中解放出来,从主观主义和形而上学的桎梏中解放出来。

（十三）用马克思主义的态度对待马克思主义，根本的是坚持实践第一的观点。不能用本本去框实践，而要用实践去发展本本。

"我的朋友，理论是灰色的，而生活之树是常青的。"沸腾的生活，火热的实践，是社会历史发展的基础和动力，也是我们认识真理、发展真理的源泉。真正的马克思主义者，必须坚持从生活本身出发，从实践出发，从我们正在做的事情出发，从四季常青的生活之树上采摘翠绿的新叶，撷取鲜艳的花朵，来酿造新的理论，指导新的实践，创造新的生活。

（十四）用马克思主义的态度对待马克思主义，就必须尊重人民群众的历史主体地位和首创精神。

人民群众是历史的创造者。面向和服务于人民群众的实践活动是成就科学理论的根本道路。坚持和发展马克思主义，就一定要尊重人民群众的首创精神，着眼于实现人民群众的根本利益。

科学的理论，归根到底总是和人民群众的实践要求紧密联系在一起的。先进的思想理论一经为群众掌握，就会化为改造世界、创造美好生活的巨大物质力量。这应当成为我们用马克思主义的科学态度对待马克思主义的出发点和归宿。

（十五）"马克思主义是最讲科学精神、创新精神的，坚持马克思主义，最重要的就是坚持马克思主义的科学原理和科学精神、创新精神。"江泽民同志这一论述，指明了当代中国共产党人对待马克思主义的正确方向和根本态度。

"生命在于运动。"马克思主义的生命力，就在于在实践中的不断创新。马克思主义理论的每一次重大突破，社会主义实践的每一次历史性飞跃，都是马克思主义基本原理与具体实践相结合进行理论创新的结果。

江泽民同志"七一"重要讲话，对马克思主义既坚持又发展，既继承又创新，将全党对马克思主义的认识提高到一个新的水平，在马克思主义中国化的历程中竖起一座丰碑。

（十六）学习贯彻《讲话》，最重要的是从世界观和方法论上解决问题，真正把贯穿于《讲话》中的马克思主义科学精神、创新精神学到手。这种科学的创新的精神，就是"七一"重要讲话所集中体现的两个"不能含糊"：坚定地坚持马克思主义的立场、观点和方法，坚持马克思主义的基本原理，这一点不能含糊。同时，一定要贯彻解放思想、实事求是的思想路线，坚持勇于追求真理、探索真理的革命精神，根据历史条件的变化对我们在前进中遇到的一些重大问题给予符合实际的科学回答。对于马克思主义基本原理和基本原则的运用，也应适应历史条件的变化和实践的发展。这一点，也不能含糊。

"潮平两岸阔，风正一帆悬。""七一"重要讲话所闪耀的马克思主义理论光辉，所展现的马克思主义理论勇气和政治智慧，必将在中国大地上，在亿万人民中发挥巨大作用，产生深远影响，必将有力地推动我国生产力发展、社会进步和思想解放的历史进程，使我们的党更加朝气蓬勃，使我们的事业更加兴旺发达。

（2001年8月31日）

先进性：加强和改进党的建设的主题

（一）先进性是工人阶级政党的本质体现。

"看一个政党是否先进，是不是工人阶级先锋队，主要应看它的理论和纲领是不是马克思主义的，是不是代表社会发展的正确方向，是不是代表最广大人民的根本利益。"江泽民同志"七一"讲话中的这一重要论断，为我们提供了判断政党先进性的标准，也为我们始终保持党的先进性指明了方向。

（二）先进性是我们党的生命所系，力量所在；是党的建设的主题，是一个严峻的时代课题。

我们党走过了八十年历程，执政也有五十二年了。党一成立，就以工人阶级先锋队和中国最先进政党的姿态活跃在中国的政治舞台上。党领导中国人民前赴后继，英勇奋斗，使中华民族摆脱百年屈辱，获得独立尊严；使中国走出悲惨境遇，迈向繁荣富强；使中国人民告别愚昧贫穷，进入文明小康。

中国共产党是先进的党，这是历史证明了的。

新的世纪，世界多极化继续发展，经济全球化快速前进，现代科学技术日新月异，综合国力竞争日趋激烈，影响和改变着世界面貌。我们党正置身一个剧烈变化的时代，面临巨大的历史性考验：世界形势已经和正在发生深刻变化，面临国际大局变动的考验；国内社会生活发生广泛而深刻的变化，面临国内大局发展的考验；要带领全国人民把建设有中国特色社会主义事业全面推向前进，实现中华民族的伟大复兴，面临执政能力和领导水平的考验。联系世界上一些长期执政的共产党丧失政权的教训，联系我们党的现状，怎样始终保持党的先进性问题，突出地摆在全党面前。

（三）按照"三个代表"的要求，加强和改进党的建设，这就是我们党作出的回答。

"三个代表"是我们党的先进性的集中概括，是党保持先进性、始终成为建设有中国特色社会主义坚强领导核心的基本要求。它抓住了执政党保持先进性最核心、最根本的问题,从社会发展和共产党执政的规律上提出了建设先进政党的要求,是马克思主义建党理论的重大创新,是全面加强和改进党的建设的伟大纲领;是理论的概括,又是行动的指南;是我们党保持先进性的指导原则,又是我们党保持先进性的根本途径。

历史最终是由生产力决定的,由先进文化引导的,由人民群众创造的。"三个代表"的每一个代表都体现了先进性的要求。"三个代表"互相联系,互相促进,是一个统一整体,是社会发展的核心内容,也是历史进步的本质要求。

坚持"三个代表",我们党就能始终保持先进性,永葆生机与活力;否则,就会丧失先进性,失去领导资格。

(四)党的先进性,来源于工人阶级的先进性。

我们党诞生之时,尽管工人阶级的人数在社会总人口中的比例很小,力量薄弱,但它是社会化大生产发展的产物,与最先进的生产方式相联系,代表着先进生产力,具有严格的组织性纪律性和革命的坚定性彻底性等品格。工人阶级的历史使命,是赢得全人类的解放。工人阶级的利益与最广大人民的根本利益是完全一致的。深深地植根于工人阶级,始终坚持工人阶级先锋队的性质,我们党就为保持自身的先进性奠定了坚实的阶级基础。

(五)党的先进性,来源于马克思主义的先进性。

一个党要站在时代前列,一刻也离不开先进理论的指导。马克思主义揭示了人类社会发展的基本规律,是迄今为止最科学、最先进、最严整的思想体系。我们党的诞生,是马克思主义和中国工人运动相结合的产物;党的发展,也是在马克思主义指导下实现的。马克思主义始终是指导我们思想的理论基础。

马克思主义的生命力,就在于它是和各国的具体实际相联系的。始终把马克思主义基本原理同中国具体实际相结合,坚持科学理论的指导,坚定不移地走自己的路,这是我们党八十年历史最基本的经验。

一个阶级基础,一个理论基础。工人阶级以马克思主义为强大思想武器,马克思主义以工人阶级为强大物质力量。两者的有机结合决定了我们党的先进性。

（六）党的先进性，来源于党同人民群众的血肉联系。

人民是创造历史的主体。人民总是在社会矛盾的运动中不断开辟前进的道路。人民也总是从历史活动的实践和比较中，不断寻找、揭示和发展指导自己前进的真理。党的事业，是人民群众的事业；党的队伍，由人民群众中的优秀分子所组成；党的活动，以实现人民群众的根本利益为目的。除了最大多数人民的最大利益，党没有自己的特殊利益。人民哺育了党，党肩负人民的希望；党从人民群众中吸取智慧和力量，党用先进理论武装群众，提高群众，带领群众前进。

我们党来自人民，植根人民，服务人民。党与人民群众的联系越紧密、越广泛，党的群众基础就越坚实，党的生命力就越旺盛。

（七）党的先进性总是同时代紧密相连。时代的坐标提供着先进性的方位；先进性的要求反映着时代进步的方向。

时代性蕴含着历史发展的新趋势，体现着社会经济、政治、文化变化的新格局，凝聚着人类文明进步的新信息，展示着社会前进的新情况。党要始终保持先进性，就必须紧跟时代步伐，立于时代潮头，站在时代前列，把握时代进程，提出符合时代要求的奋斗目标和路线方针政策。

（八）怎样看待先进性，怎样把握先进性，学习领会"三个代表"重要思想，联系党的历史经验，我们可以获得这样一些认识：

先进性是相对的，不是绝对的。先进性的要求永远不能变，先进性的内容却要不断发展。在社会发展的不同时期、不同阶段，先进性总是和党在那个时期或阶段的中心任务联系在一起，总是随历史任务和时代要求的变化而变化，总是在不断地丰富和更新。滞后当然不是先进，冒进也不是先进，唯有实事求是才是先进。

先进性是具体的，不是抽象的。先进性应当与国情党情、社会条件、群众状况等具体实际相结合，能够为最广大的人民群众所理解、所赞成，能够团结和带领人民群众一道前进。那种脱离群众、脱离实际、孤芳自赏的所谓先进性，没有意义。

先进性是在实践中生成的，不是天赋的、自封的。先进性要在奋斗中赢得，在奋斗中保持。

先进性需要不断培育，不可能一劳永逸。赢得先进性固然不易，保持先进性更为艰难。一定要以高度的自觉、辛勤的耕耘，年复一年、日复一日地不断培育和维护，否则先进性就难以持久，甚至可能得而复失。先进性的实现也不会一帆风顺，在探索中也难免发生失误，关键在于始终坚持真理，随时修正错误。

先进性要化为具体行动，不能当作口号、标签。先进性的要求，要落实到党的全部活动中，落实到每一个党组织、每一个党员的具体工作和具体行动中。要开拓进取，不能因循守旧；要争创一流，不能得过且过；要身体力行，不能坐而论道。

归结起来，先进性是一个历史的过程，也是一个现实的活动。工人阶级政党的先进性，是在正确认识和把握生产力与生产关系、经济基础与上层建筑的矛盾运动中实现的，是在改造客观世界和改造主观世界的实践中实现的，是在顺应历史发展规律、反映时代进步要求的进程中实现的，是在坚持党的最高纲领和脚踏实地地为实现党在现阶段的基本纲领的不懈努力中实现的。

（九）保持党的先进性，必须坚持理论创新。

科学理论是时代精神的升华，引导时代前进又随着时代发展。马克思主义的发展史，是反映时代精神的历史，是不断创新的历史。理论创新的步伐一旦停止，认识就会落后，思想就会僵化，党的生机就会停止，党也就丧失了先进性。

党的历史证明，理论创新的根本途径就是坚持马克思主义基本原理同本国具体实际相结合。结合得好，就会形成新的理论创造。毛泽东思想、邓小平理论就是这种结合、创新的理论成果。

理论创新是认识和实践、坚持和发展的统一，必须做到两条：一是坚持马克思主义的基本原理和科学体系，坚持马克思主义的立场、观点和方法。这一点，要坚定不移，毫不含糊。二是坚持解放思想，实事求是，勇于创新，不墨守成规，不固守教条，不能用本本去框实践，而只能用实践去发展本本。这一点，也要坚定不移，毫不含糊。

（十）保持党的先进性，必须把不断增强党的阶级基础和扩大党的群众基础结合起来，提高党的社会影响力。

全心全意依靠工人阶级，是党的一贯方针。随着改革开放和现代化建设的发展，我国工人阶级队伍不断壮大，工人阶级的思想道德素质和科学文化素质日益提高，工人阶级的先进性也在发展，党的阶级基础不断增强。知识分子作为工人阶级的一部分，大大增强了工人阶级的科技文化素质。

伟大而艰巨的建设有中国特色社会主义事业，需要全社会各个方面忠诚于祖国和社会主义的优秀分子，以自己的实际行动带领群众共同推进。来自工人、农民、知识分子、军人、干部的党员是党的队伍最基本的组成部分和骨干力量。同时必须看到，目前我国社会阶层的构成已经发生了深刻变化。我们党必须主动考虑如何扩大党的覆盖面和影响力的问题。这是新形势向我们提出的新课题。在党的路线方针政策指引下，新的社会阶层中的广大人员，也是有中国特色社会主义事业的建设者。应该把承认党的纲领和章程、自觉为党的路线和纲领而奋斗、经过长期考验、符合党员条件的社会其他方面的优秀分子吸收到党内来，并通过党这个大熔炉不断提高广大党员的思想政治觉悟，从而不断增强我们党在全社会的影响力和凝聚力。在新的历史条件下，我们党更应当成为中国工人阶级先锋队，同时成为中国人民和中华民族的先锋队。我们应当解开一个"紧箍咒"，再也不能搞过去那种越穷越光荣、越穷越革命的东西了。我们党领导人民进行改革开放和现代化建设，就是要使广大人民群众的生活都好起来，个人的财产多起来。关键在于诚实劳动，敬业守法，致富思源，富而思进。

我们还应当认清一个道理，吸收社会各个方面的优秀分子入党，不是要在党内搞统一战线。统一战线是党领导的各阶级、各阶层、各政党、各社会集团的广泛联盟。我们党则是思想一致、组织严密、纪律严明的统一整体。党内不存在也不允许存在任何阶层、派别和集团。

（十一）保持党的先进性，必须坚持和完善民主集中制。

制度建设带有根本性、全局性、稳定性和长期性。要始终保持党的先进性，就不能不重视制度建设。党的力量不是党员数量的简单相加，而是通过理想和纪律凝聚起来的。这种凝聚起来的力量比单纯的数量之和要强十倍、大百倍。

民主集中制是我们党的根本组织制度和领导制度，也是确保党的先进性的重要条件。一方面，要反对独断专行、家长作风；另一方面，也要反对各行其是、软弱涣散。有了民主和集中的统一，自由和纪律的统一，我们党就有了凝聚力和战斗力。

（十二）党的作风是党的先进性的重要标志，党的先进性通过党的作风展现出来。保持党的先进性，必须认真加强党的作风建设，这在当前具有特别重要的意义。

"共产党人开一代新风。"这个新风主要是党的三大作风：理论联系实际、密切联系群众、批评与自我批评。美国作家斯诺正是从延安毛泽东住的窑洞、周恩来睡的土炕、官兵上下一致的细微之处，洞察到共产党人的优良作风所蕴含的巨大力量，动情地称之为"东方魔力，兴国之光"。抗战期间，华侨领袖陈嘉庚归国慰问抗日将士。在重庆，蒋介石请他吃山珍海味，席间言不由衷；在延安，毛泽东请他吃自己种的菜和房东养的鸡，言辞真诚朴实。由此陈嘉庚预言："共产党一定会取得胜利。"

我们要结合新的实际，努力发扬党的三大作风，同时要按照"三个代表"要求，总结新的实践经验，努力培育新的作风。一切不符合党的事业发展要求、不符合人民利益的不良风气，都应坚决克服。

官僚主义和形式主义，是败坏党的事业和党的形象的两大祸害。官僚主义高高在上，脱离群众，指手画脚，做官当老爷；形式主义欺上瞒下，弄虚作假，只图虚名，不求实效。官僚主义引发形式主义，形式主义助长官僚主义。上级的官僚主义催生下级的形式主义，下级的形式主义糊弄上级的官僚主义。全党同志必须痛下决心，坚决铲除这两股歪风。

（十三）先进性是对全党的总体要求，也是对每一个共产党员的具体要求。

党的先进性既有一个认识问题，更是一个实践问题。每一位党员特别是领导干部，一举一动都具有重要的示范和表率作用。要坚持讲学习、讲政治、讲正气，也要坚持讲修养、讲道德、讲廉耻，大力弘扬为实现社会主义现代化而不懈奋斗的精神，把共产党人的先进性在社会主义物质文明和精神文明的建设中充分发挥出来。

（十四）党要管党，从严治党，是保持党的先进性的重要保证。

我们党已经从一个领导人民为夺取全国政权而奋斗的党，成为一个领导人民掌握着全国政权并长期执政的党；已经从一个在受到外部封锁的状态下领导国家建设的党，成为在全面改革开放条件下领导国家建设的党。党执政的时间越长，越要抓紧自身建设，越要从严要求党员和干部。各级党组织对党员干部要严格要求、严格教育、严格管理、严格监督；各级党员领导干部要自重、自省、自警、自励。

党内的腐败现象同党的先进性、纯洁性格格不入，水火不容。对腐败现象，重视起来，就能逐步解决；掉以轻心，则会酿成大患。我们一定要站在党和国家生死存亡的高度，充分认识反腐败斗争的重大意义。要筑牢拒腐防变的思想长城，同时通过体制创新努力铲除腐败现象滋生的土壤和条件，加大从源头预防和解决腐败问题的力度；要通过加强党内监督、法律监督、群众监督、民主党派监督，建立健全依法行使权力的制约机制和监督机制；要旗帜鲜明地反对腐败，对任何腐败行为和腐败分子都要一查到底，决不姑息，决不迁就，决不手软。

（十五）做到这些，一个至关重要的问题在于立党为公，执政为民。这是我们党与一切剥削阶级政党的根本区别。

立党为公，执政为民，是"三个代表"重要思想的内在要求；又是实践"三个代表"的根本保证。

我们讲的"公"，就是党的执政的全局，国家经济、政治、文化发展的全局，全国各族人民的团结和社会安定的全局，就是全国人民的根本利益。人民利益高于一切，国家利益高于一切。坚持立党为公，执政为民，在党内绝不允许形成既得利益集团，所有党员领导干部必须真正代表人民掌好权、用好权，绝不允许以权谋私。

（十六）先进性是加强和改进党的建设的主题，这是一个永恒的主题。

在我们的前面，还有更长的道路要走，还有更多的风险和考验。我们要始终不渝地追求真理，为真理而奋斗，始终不渝地保持先进，为先进而努力，绝不能固步自封，绝不能畏惧艰险。有以江泽民同志为核心的党中央的坚强领导，有"三个代表"重要思想的指引，有全党同志在"三个代表"指引下的奋发向上，与时俱进，我们的党一定能够更加富有创造力、凝聚力、战斗力，永葆生机与活力。

这是历史，也是未来。

（2001年9月20日）

中华民族的伟大觉醒
——纪念辛亥革命九十周年

（一）辛亥革命已经有了九十年的历史。辛亥革命的先辈们为之奋斗、为之献身的理想，今天已成为光辉现实。辛亥革命的先辈们开创的伟大事业，正由中国共产党带领全国人民继续推向前进。

1911年10月10日，辛亥革命的枪声在武昌响起，全国各省纷纷响应，一个多月内，先后15个省市宣布独立。1912年元旦，清朝统治在革命烈火中土崩瓦解，中华民国宣告成立，这是当时世界上少数几个推翻封建统治、不设君主立宪、直接建立民主共和制的国家之一。

（二）辛亥革命开创了完全意义上的近代民族民主革命，但未取得完全意义上的胜利。先是袁世凯称帝、张勋复辟，后是封建军阀割据，帝国主义和封建主义进一步相互勾结，半殖民地半封建的状况并未根本上得到改变。从这个意义上说，辛亥革命最后失败了。真正完成其历史使命的是它的后继者中国共产党领导的气壮山河的人民革命战争，经过28年的浴血奋战，终于推翻了三座大山，建立了中华人民共和国，为实现中华民族振兴开辟了道路，扫清了障碍。

（三）但是，辛亥革命的历史功绩不可磨灭。它的胜利、挫折和失败都具有历史意义。

辛亥革命的最大功绩是，推翻了清朝政府，在中国大地上结束了几千年的封建统治。这是一个天翻地覆的变化，对于中国人民是一个空前解放，对于帝国主义是一次沉重打击。

辛亥革命是中华民族的一次伟大觉醒，是民族危机意识、救亡图存意识、推翻封建帝制建立民主共和意识的积聚和爆发，促进了爱国主义精神的空前高涨。由于中华民族曾经以灿烂的古代文明影响过整个人类，后又沦入半殖民地半封建的深渊，遭受闻所未闻的灾难和屈辱，致使近代中国的爱国主义显得格外强烈悲壮。犹如江河跌入于深谷，睡狮惊醒于恶敌，咆哮奔腾、气势恢宏。这样一种与五千年的文明史、七十年的屈辱史、几万万中国人民源远流长的民族感情连在一起的爱国主义，是一种强大的震撼世界的精神力量。黄花岗 72 烈士高尚的革命气节和爱国赤子之心，是中华民族近代历史上爱国主义的奇葩。

（四）辛亥革命是 1840 年鸦片战争以来，我们国家沦为半殖民地半封建的过程中，先进的中国人遍寻各种救亡图存办法失败之后最清醒最正确的历史抉择，为中华民族的进步打开了闸门。辛亥革命是中华民族从封建主义的漫漫长夜走向现代文明的伟大开端。在这一历史转折中，孙中山是站在时代潮流前面，领导人民结束旧时代开拓新时代的民族英雄。

（五）辛亥革命是一次重要的思想解放运动。其主要成果是，从忠君爱国走向革命救国，这是中华民族近代觉醒中的一个重要界碑。在这个过程中，维新与保守、革命与保皇经过激烈较量，使民主共和思想深入人心，封建皇权思想受到冲击和唾弃。

（六）这是一个艰难的历程，先进的中国人为此付出了血的代价。太平天国、戊戌变法、辛亥革命的代表人物，都是伟大的爱国主义者。但他们的主张和道路并不相同，而是各自沿着历史阶梯，前仆后继，在当时的时代条件下，走到自己的顶点。

太平天国革命，采取农民起义的旧有形式，反对封建统治和列强入侵。先后控制或征战 18 个省份，坚持革命政权 14 年，斗争激烈，场景壮阔，沉重打击了清朝统治者和外国入侵者，是世界上最大规模的农民起义之一。但是，洪秀全还是做了"天王"，仍然是皇帝，最终失败了。

维新变法的志士们，痛心于国家被动挨打，创办报刊，翻译西学，鼓吹进化学说，提倡天赋人权，批判君权神授，主张变法图强。但其前提是保皇，是忠君爱国，处处不忘"列祖列宗及我皇上深仁厚泽"。戊戌六君子以自己的鲜血告诉人们：君主立宪，此路不通。

辛亥革命的领袖们，则认识到要救国必须革命，明确提出了推翻皇权，平均地权，建立民国，振兴中华的民族民主革命纲领。当封建君主专制几成历史陈迹，清朝政府已经腐败，成为西方列强侵略中国工具的时候，要想救亡图存，只有革命，只能是推翻封建皇权。

（七）在长达几千年的中国封建社会，封建皇帝是上天的代表，人民群众只是皇帝的奴仆和子民，封建皇权思想是一个庞大的思想体系和残酷的思想牢笼。任何怀疑、动摇封建君主专制制度及其精神支柱的行为，被视为"非法无圣""乱臣贼子""人人得而诛之"。辛亥革命坚决地打倒皇帝，并从舆论上对君权神授观念和皇权思想进行鞭打和批判，极大地鼓舞了人民群众的革命精神和民主运动的高涨。皇帝都能打倒，还有什么东西能够禁锢人们的思想？还有什么力量能够阻挡历史前进的步伐？这是中国近代历史进程空前加快，迅速走向五四运动、走向中国共产党诞生和新中国成立的一个重要背景。

（八）历史只有经过多次反复，才能将腐朽的东西埋进坟墓。从封建社会转向资本主义社会，是一个大转折，大进步，大的时代跨越，不可能一次完成。人类历史进程中，几种社会形态的更替，都不是一次完成的，光明与黑暗、进步与反动，往往要经过多次较量。

但这不应当妨碍我们对于历史事变所遭受的挫败进行分析和探讨，并从中引出教训和启示。

（九）辛亥革命最终失败了，资本主义的建国方案完全破灭。直接原因是封建势力过于强大，革命果实被封建军阀篡夺。外部原因是帝国主义对中国政治的控制，对于军阀走狗袁世凯的支持。根本原因是领导革命的中国民族资产阶级过于软弱，始终不能成为一支左右中国政局的力量。在政治上，不能彻底的反帝反封建，反而对其有所依赖和妥协；在军事上，没有建立一支完全由自己掌握的革命军队；在和人民的关系上，脱离群众，害怕群众，不能满足农民对于土地的要求，缺乏一个必要的农村大变动，没有得到人民群众的真正支持。关键是没有一个坚定成熟的政党。

这里涉及列强入侵后果的两重性，资本主义本身的两重性，中国民族资产阶级的两重性以及辛亥革命的领导者们对于这些两重性及其综合作用的认识和把握，对于半殖民地半封建国家革命任务和形势的认识和把握。

（十）西方列强对于中国的资本扩张，给中华民族带来了灾难和屈辱，也带来了西方文化，从不同的方面促进了中华民族的觉醒。在当时的条件下，救治自己的国家，中国人民还找不到比西方文化更先进的思想武器。一时间，向西方学习，并且从自然科学奔向社会学说，成为一种强大的潮流。

学习西方的结果，一是成效显著，促进了中华民族的近代觉醒；一是没有也不可能从根本上改变中华民族的命运。近代以来的中国革命，反而被西方列强一一绞杀，无数革命先烈，为此抱恨终天。在马克思主义传入中国之前，这是一个难解之谜——为什么先生总是侵略学生？先进的西方文化为什么在中国总是失灵？

（十一）问题的实质在于资本主义的两重性。在其上升时期，资产阶级以其摧枯拉朽之势打碎旧的生产关系和国家机器，涤荡封建主义的污泥浊水，为先进生产力的发展开辟道路。在其走下坡路之后，其先进作用日渐衰微，反动作用日渐显明。在侵略其他国家、打击新生社会力量、进行殖民统治或殖民掠夺时，则是其反动本质的集中暴露。不管在什么情况下，资本主义都不会容忍殖民地半殖民地国家真正独立和强大起来。

（十二）问题的关键在于，领导中国革命的中国民族资产阶级，先天不足，不可能提出彻底的反帝反封建的政治纲领，没有能力领导中国人民将反帝反封建的民族民主革命进行到底。这是因为，中国民族资本主义没有经过原始积累、产业革命到大机器生产的发展道路，而是封建阶级中的一些地主、官僚和商人在外国资本主义的刺激下，投身近代工业，逐步发展起来。中国民族资产阶级既与封建主义有着割不断的脐带，又与外国资本主义保持着千丝万缕的联系，这就从根本上决定了，中国民族资产阶级对于封建势力和外来资本主义既有相矛盾相斗争又有相依赖相妥协的两重性。

这需要认识和把握半殖民地半封建中国的性质及其革命任务。独立的中国变成了半殖民地的中国，是因为任何外来侵略者都不能独吞和征服中国，将其变成完全的殖民地。结果是被列强分割，变成半是独立半是殖民地的国家。封建的中国变成了半封建的中国，是因为外国资本的入侵，使中国封建社会解体，促使中国产生了资本主义生产关系，但又因为生产力的发展非常落后，地主阶级依然控制着政权，只能是半是封建半是资本主义的国家。维持这两个"半"的力量，在国内，是清朝政权；在国外，是西方列强联盟。由此决定，半殖民地半封建中国的主要革命任务，亦即辛亥革命的主要任务，就是推翻封建主义和帝国主义的联合统治。而这是中国民族资产阶级难以做到的。

（十三）更加重要的是，资产阶级革命的时代已经过去，无产阶级革命的时代已经到来。辛亥革命的失败，宣告了旧民主主义革命时代的结束，中国革命需要一种新的领导力量、新的指导思想和革命道路。这个任务历史地落在中国工人阶级及其先锋队中国共产党肩上。

资本主义的发展，极大地推进了人类的历史进程。马克思在《共产党宣言》中说，资产阶级在它的不到100年的阶级统治中所创造的生产力，比过去一切世代创造的全部生产力还要多，还要大。但是，资本主义对于剩余价值和人民血汗的血腥榨取，日益激化着社会矛盾。到了20世纪初期，资本主义又经历了半个多世纪的发展，社会弊病进一步在西方社会暴露，资本主义无法克服的自身矛盾以世界大战的极端形式爆发出来，迫使中国人民不得不另寻救亡图存的道路。如果说，在马克思主义传入中国之前，只有资本主义和封建主义两种方案供中国人民选择，十月革命之后，马克思主义的传播则给中华民族的解放带来新的希望。

辛亥革命的领导者们，曾经过高估计西方政治制度的作用，以为只要推翻封建统治，建立民主共和，"十年二十年之后，不难举西方人之文明而尽有之，即或胜之焉"。经过一次又一次失败，孙中山晚年清醒意识到资本主义的流弊和帝国主义对中国革命的绞杀。对于资本垄断的流弊，孙中山提出，"此防弊之策，无外社会主义"，"至于民生主义，非以社会主义行之，不能完全"。对于不要对帝国主义太激烈的劝说，孙中山断然回答，"假如不打倒帝国主义，我就不革命了"。孙中山晚年提出联俄、联共、扶助农工的三大政策。这表明，只有社会主义能够救中国，越来越成为先进的中国人共同意识到的时代主题，中国革命即将进入一个新的发展阶段。

（十四）一个时代有一个时代要解决的历史任务。判断历史功绩，不是要求历史活动家提供现代所要求的东西，而是看他比他的前辈提供了多少新的东西。

辛亥革命是一座高山，从历史的源头看过来，它高耸云天。从今天的高度看过去，又好像是我们脚下一个刚刚过去的山头，人们往往因此忽视其伟大的历史意义，这是一种错觉，因为我们是在辛亥革命以来所创造的高原上俯瞰过去。我们今天所献身的振兴中华的伟业，是从那里开始，从那里发展壮大起来的。中国共产党人从来以孙中山的后继者自励，从来尊崇孙中山为中国革命的伟大先行者。

（十五）我们不应该忘记过去，有三段历史我们应该特别记住。

一个是我们的民族曾经创造过灿烂的古代文明，即使在科学技术和生产力的发展方面也在当时世界上遥遥领先,并将这种领先地位一直保持到15世纪。直至18世纪乾隆末年,中国经济总量仍居世界第一,对外贸易长期出超。中国以天朝自傲。然而,当我们的祖先们沉醉于"盛世"之时,世界历史正发生着深刻变化,开始步入资本主义时代。中国落伍了。落后就要挨打。记住这段历史,不只是为了警惕我们不可妄自尊大或妄自菲薄,更是为了记住一个教训:不管国家如何强大,如何不可一世,只要固步自封,不能与时俱进,难免要跌入深谷,遭人凌辱和践踏。

一个是鸦片战争之后,我们所遭受的灾难和屈辱。为了瓜分和占领中国市场,西方列强连续发动侵略战争,烧杀掳掠,无恶不作。中华大地上,生灵涂炭,尸横遍野,社会财富横遭洗劫,国格人格尽遭蹂躏。辛亥革命前,500多个不平等条约中,仅从《南京条约》到《辛丑条约》的八次主要赔款,就被勒索19亿多银元,相当于1901年清政府全年财政收入的16倍。记住这个时代,记住在中国土地上曾经出现过"华人与狗不得入内"的外国招牌,不只是为了记住耻辱,更是为了将屈辱变成力量,集中力量发展生产力,增强综合国力,把我们的国家建设得更加强大。只有国家富强,才可能有我们的国格和人格,有人民群众的权益和福祉。

一个是辛亥革命以来,特别是新中国成立之后,改革开放二十多年来振兴中华的历史。这是一条用中国人民的鲜血、汗水和智慧铺展的道路。在中国共产党的领导下,中国人民前仆后继,终于在这条道路上,站起来,富起来,并正在强起来。香港、澳门回归祖国,稳定繁荣。海峡两岸同胞渴求早日统一,共创美好未来。中华民族遭受屈辱的时代一去不再复返。中华民族的崛起,震撼着世界,鼓舞着全人类的正义事业。记住这段历史,是为了记住,中华民族不甘屈辱,"有同自己的敌人血战到底的气概,有在自力更生的基础上光复旧物的决心,有自立于世界民族之林的能力"。即使曾经被宰割,被凌辱,被西方列强所瓜分,只要有这样一股气,不甘屈服,不甘落后,仍然能够站立起来。这里的前提是要选准道路,选好制度。辛亥革命以来的历史揭示了一个真理:坚定不移地坚持中国共产党的领导,坚定不移地代表中国先进生产力的发展要求,代表中国先进文化的前进方向,代表中国最广大人民群众的根本利益,我们的国家就有前途和希望,就会越来越强大。

(十六)九十年过去了。这是波澜壮阔,可歌可泣的九十年,是中华民族从黑暗走向光明,从屈辱走向富强的九十年。再有五十年时间,我们就能将亲爱的祖国初步建成社会主义现代化强国,实现中华民族的伟大复兴。我们的民族大有前途,有中国特色社会主义大有前途。让我们紧密团结在江泽民同志为核心的党中央周围,高举邓小平理论伟大旗帜,认真实践"三个代表"重要思想,发愤图强,开拓创新,创造更大成就,铸造新的辉煌。

(2001年10月9日)

论服务

——写在《公民道德建设实施纲要》印发一周年之际

（一）清晨，太阳从东方升起，新的一天开始了。洗漱、用餐、乘车……人们无时无刻不在享受他人提供的服务；而每个人的工作，也在为他人提供服务。服务，就这样和人们的生活密切相关，每个人都生活在各种服务之中。

（二）人是社会的人，社会是人的社会。"人"字的结构是相互支撑。人的社会性要求人与人之间相互依赖、互帮互助。服务，就是满足社会或他人需求的活动。

服务与社会分工紧密相连。最初的服务是简单的。随着社会分工越来越细，人们之间的交流与合作日益频繁，服务的重要性越来越突出，服务的内容越来越丰富，服务的领域也越来越广泛。

（三）在我们的社会中，服务多种多样，有直接的、间接的，有简单的、复杂的，有自觉的、不自觉的，有无偿的、有偿的。就一般意义而言，服务具有这样一些基本特征：服务是平等的。各行各业的服务者，只是社会分工不同，没有高低贵贱之分。

服务是相互的。每个人既是服务者，又是被服务者。此时的服务者，彼时可能是被服务者；此地的被服务者，彼地可能是服务者。

服务包含着市场行为，也包含着道德追求。作为市场行为，服务者通过为社会、为他人提供服务获得合理报酬；作为道德追求，服务者通过无偿服务，感受助人之乐，提升精神境界。

服务既是一种实践活动，又反映着人们的精神风貌。良好的服务是社会发展的推进器，是社会凝聚的黏合剂，是社会文明进步的重要标志。

（四）纵观我们的社会生活，人们欣喜地看到，新中国成立以来，特别是改革开放20多年来，随着生产力的解放和发展，随着社会主义市场经济体制的建立和完善，随着社会进步和公民思想道德素质的提高，服务观念在增强，服务领域在拓宽，服务设施在改进，服务行业在壮大，服务质量在提高，人们享受着越来越广泛便捷、丰富多样的服务。

当然，也应当看到，我们社会的服务还存在一些问题。这里有产业结构的制约，第三产业在国民经济中的比重还相当低；有体制上的缺陷，不少管理部门的职能转变没有到位，"门难进、脸难看、事难办"；有观念上的障碍，一些人仍然把服务看成低人一等；也有素质上的差距，职业技能还远不能适应人民群众日益增长的多方面的服务需求，同时道德素养也有待进一步提高。在一些场合，人们常常感到不舒心、不周到、不实在，缺乏尊重、缺乏关爱、缺乏公正。

（五）人们关注服务，不仅因为服务同人们息息相关，不仅因为现实生活中还存在某些不尽如人意之处，更重要的是，改善服务，是社会主义市场经济的强烈呼唤，是经济全球化的发展和我国加入世贸组织新形势的迫切需要，是促进人的全面发展、建设社会主义精神文明的内在要求。

市场经济连接着广泛的服务，需要服务体系的支撑；市场经济的发展创造着巨大的服务需求，提供着大量的服务岗位和服务产品；市场经济推动着服务质量不断提高，只有优质的服务才能赢得市场。我们建设的是社会主义市场经济，这种市场经济与社会主义基本制度，与社会主义精神文明紧密结合在一起。只有实现服务社会与发展个人、完善社会与完善自身相统一，只有把个人价值的实现融入社会价值的实现之中，只有更加自觉地、充分地做好服务，社会才能形成良好的风尚，社会主义市场经济才能健康有序地发展。

经济全球化的加速发展和我国加入世贸组织的新形势，使我们面对着更加激烈的竞争，要求我们进行更大范围的合作。谁赢得了市场，谁就在竞争与合作中掌握了主动。市场的赢得和服务的质量有着越来越密切的关系。我们不能局限于自己跟自己比，而应当以更广阔的视野，与世界的先进水平比，看到现实的差距，找到努力的方向。

建立社会主义社会新型的人际关系，既要着眼于人民物质文化生活的需要，又要着眼于人民整体素质的提高，也就是要努力促进人的全面发展。人民物质生活水平的提高，需要高质量的服务；服务质量提高的本身，就蕴含着人的整体素质的提高。在发展社会主义物质文明和精神文明的基础上，促进人的全面发展，要求人们具有高尚的道德情操，能够正确处理个人与社会、与他人的关系，树立正确的服务观。

（六）鲜明提出"为人民服务"，这是中国共产党的一个伟大创造。

把全心全意为人民服务确立为党的根本宗旨，集中体现了马克思主义的历史观、价值观。在共产党人看来，人民是天，没有比人民更高的；人民是地，没有比人民更深厚的。人民，只有人民，才是创造历史的动力，才是社会的主人。党把自己的根深深植于人民群众这片沃土，把服务人民作为自己的责任和使命，为人民利益敢于坚持真理，为人民利益勇于纠正错误。除了最广大人民的利益，党没有自己的特殊利益。人民的利益、人民的幸福，是党一切行动的出发点和归宿。

一部中国共产党奋斗的历史，就是一部为中国人民服务的历史。我们党为人民服务，有理论、路线、方针和政策为指导，在执政以后又有国家政权、社会制度和相关体制作保证。一代又一代共产党人前仆后继，英勇奋斗，与时俱进，开拓创新，谱写了为人民服务的壮丽篇章。

在当代中国，我们党实践全心全意为人民服务的宗旨，就要全面贯彻"三个代表"重要思想。贯彻"三个代表"要求，关键在坚持与时俱进，核心在保持党的先进性，本质在坚持执政为民。发展先进生产力和建设先进文化，都是为了满足人民群众日益增长的物质文化生活需求，都是为了实现最广大人民的根本利益，归根到底都是为人民服务。

（七）把为人民服务确定为我国公民道德建设的核心，这是中国共产党的又一个伟大创造。

党的十四届六中全会《决议》明确提出把"为人民服务"作为社会主义道德建设的核心。新世纪的第一年，中共中央印发的《公民道德建设实施纲要》规定："社会主义道德建设要坚持以为人民服务为核心。"这标志着我国公民道德建设进入了一个新境界。中国共产党人的为人民服务，辐射、影响、推动着全民族道德素质的普遍提高，成为我国公民道德建设的灵魂和引导力量。

（八）有一种观点认为，把为人民服务作为党的宗旨，作为对全体党员的要求是毫无疑义的，但作为我国公民道德建设的核心，向广大公民提出这样的要求，是不是太高了，有些脱离实际了？

应当看到，为人民服务不是空洞抽象的，而是具体实在的，体现了主人翁与劳动者的统一。在社会主义社会中，人与人之间的关系是多方面的，从公民道德建设的角度看，主要的、普遍的就是相互服务的关系。每一位公民既是国家和社会的主人，又是劳动者和服务者；既享受他人的服务和劳动成果，又为他人提供服务和劳动成果。全体人民通过分工和相互服务来实现共同幸福。主人翁地位并非只意味着拥有享受的权利，同时也意味着必须承担服务他人与社会的义务和责任。

还应当看到，为人民服务不是高不可攀的，而是人人可为的，既伟大又平凡，既高尚又普通。以为人民服务为核心的社会主义道德建设是一个过程，不同的历史阶段实现的程度不同。作为公民道德建设核心的为人民服务，也蕴含着不同境界、不同层次和不同要求的丰富内容。我们正在进行的建设有中国特色社会主义事业，就是为人民服务的事业。每位公民不论社会分工如何、能力大小，都能够在本职岗位通过不同形式为人民服务，他们所从事的工作都是这个伟大事业的一部分。共产党员和先进分子毫不利己、专门利人、无私奉献，是为人民服务；人与人之间互相关心、互相爱护、互相帮助，是为人民服务；爱岗敬业、做好本职工作，是为人民服务；诚实劳动、合法经营，也是为人民服务。

社会主义道德建设以为人民服务为核心，体现了先进性要求与广泛性要求的有机结合，符合我国公民道德建设的实际，指明了我国公民道德建设的方向，为全体公民提供了奋斗目标，规范着人们的道德行为，提升着人们的道德素质。

（九）把为人民服务作为社会主义道德建设的核心，我们还可以做多方面的认识和理解。

为什么人服务的问题，是一个根本问题。它是世界观、人生观、价值观的根本问题，也是思想道德建设的根本问题。我们党的宗旨是为人民服务，我们的社会是人民当家作主的社会，我们的国家政权是人民的政权，这就决定了我国公民道德建设必须也只能以为人民服务为核心。这是思想的逻辑，也是生活的逻辑。

从道德建设的内在规律来看，我国公民道德建设必须也只能以为人民服务为核心。

作为公民道德建设的核心，为人民服务统摄着"爱国守法、明礼诚信、团结友善、勤俭自强、敬业奉献"的公民基本道德规范，贯穿于公民道德建设的全过程。在社会公德的建设中，体现为文明礼貌、助人为乐、爱护公物、保护环境、遵纪守法；在职业道德的建设中，体现为爱岗敬业、诚实守信、办事公道、服务群众、奉献社会；在家庭美德的建设中，体现为尊老爱幼、男女平等、夫妻和睦、勤俭持家、邻里团结。

作为公民道德建设的核心，为人民服务决定了以最广大人民的根本利益为道德评判的标准。是善还是恶，是高尚还是低俗，是伟大还是渺小，评判的标准只有一条，就是看是不是符合最广大人民的根本利益。从人民的利益出发，社会主义道德要求人们正确处理个人与社会、竞争与协作、先富与共富、经济效益与社会效益等关系，提倡尊重人、理解人、关心人，发扬社会主义人道主义精神，为人民为社会多做好事，反对拜金主义、享乐主义和极端个人主义。

作为公民道德建设的核心，为人民服务规定了社会主义道德建设的方向，反映了社会主义制度下团结互助、平等友爱、共同前进的社会主义人际关系的实质，是社会主义道德区别和优越于其他社会形态道德的显著标志。以为人民服务为核心的社会主义道德，继承中华民族几千年形成的传统美德，发扬我们党领导人民在长期革命斗争与建设实践中形成的优良道德，积极借鉴世界各国道德建设的成功经验和先进文明成果，使公民道德建设既体现优良传统，又反映时代特点，既着眼多数，又鼓励先进，始终充满生机和活力。

（十）道德建设重在实践。领导机关和领导干部的表率作用，具有决定性的意义。

"领导就是服务"，这句话深刻地揭示了社会主义国家权力的本质，集中体现了正确的权力观、地位观、利益观的根本要求。党员干部想问题、办事情、做工作，都应当自觉地把掌握权力看成为人民服务的机会，把行使权力当作为人民服务的方式。在任何时候任何情况下，与人民群众同呼吸共命运的立场不能变，全心全意为人民服务的宗旨不能忘，坚信人民群众是真正英雄的历史观不能丢。那种高高在上，对人民群众的冷暖疾苦漠不关心的官僚主义，那种脱离实际、好大喜功、摆花架子、劳民伤财的形式主义，同我们党为人民服务的宗旨格格不入，必须坚决反对。至于少数国家工作人员以"我是为人民服务而不是为你个人服务"为借口来为自己霸气十足、粗暴生硬的行为作辩解，是根本站不住脚的。

为人民服务，不能只挂在嘴边，也不能光贴在墙上，而应该化为每一位党和政府的工作人员具体而实在的行动。特别是行政和执法部门，直接体现我们党和政府的形象，热情服务，公正执法，尤为重要，一定要深怀爱民之心，恪守为民之责，善谋富民之策，多办利民之事，诚心诚意为人民谋利益。

（十一）服务行业特别是窗口行业的服务水平如何，展示着国家、民族和地区的形象。在全社会倡导为人民服务，窗口行业要发挥示范作用。从一句热情的话语、一个友善的举动入手，从应该做、能够做的一件件小事做起，营造一个个热情服务的窗口行业的小气候，坚持下去，推广开来，就可以形成整个社会良好道德风貌的大环境。

（十二）在全社会倡导为人民服务，要求每一位公民做好本职工作。社会分工不同，社会角色各异，干一行、爱一行、钻一行，就是在为人民服务。生活和工作并不总是轰轰烈烈的，平凡不是平庸，踏实不是无能。那种在本职工作中心浮气躁、浅尝辄止、得过且过、敷衍塞责的态度和做法，实质上都是缺乏为人民服务精神的表现。只要我们爱岗敬业，在平凡的岗位上照样可以做出有益于人民的业绩。

（十三）道德教育、道德实践和道德监督"三位一体"，相互促进，缺一不可。在全社会倡导为人民服务，需要综合运用教育、法律、行政、舆论等方式，更有效地引导人们的思想，规范人们的行为。

道德品质是教育和养成的结果，也是监督和管理的结果。要广泛普及道德知识和道德规范，帮助人们提高道德修养，把为人民服务的观念化为广大公民的自觉行动。要建立健全有关法律法规和制度，加强道德监督，把公民道德建设融于科学有效的社会管理之中，逐步完善道德教育与社会管理、自律与他律相互补充、相互促进的运行机制。要大力宣传为人民服务的先进典型，营造健康向上的道德氛围，引导广大公民见贤思齐，在遵守基本行为准则的基础上追求更高的思想道德目标。

（十四）为人民服务是一种高尚的道德追求，也是一种实实在在的能力，一种实实在在的本领。紧跟时代，努力学习，丰富知识，提高本领，这是个人的进取，更是事业的需要。既有高尚道德情操又有真才实学的人越多，人民的事业就越蓬勃、越兴旺。

（十五）为人民服务，是有理想者的理想，是有道德者的道德，是有为者的作为。人生的价值在为人民服务中实现，生命的意义在为人民服务中升华。个人因为人民服务而高尚，社会因为人民服务而温暖。

让我们共同努力，把有限的生命投入到无限的为人民服务之中。

(2002年9月23日)

论奉献

（一）当前，一个深入学习新时期领导干部优秀代表郑培民同志的活动在全党展开。郑培民同志身居领导岗位，心系人民群众，始终把"做官先做人，万事民为先"作为自己的行为准则，廉洁从政，艰苦奋斗，尽职尽责，鞠躬尽瘁，真心诚意地为人民谋利益，以自己的模范行为和崇高品德，赢得了广大群众的衷心赞誉，集中体现了当代共产党人的精神风貌。

在我们党80多年来的奋斗历程中，涌现出像焦裕禄、孔繁森、郑培民这样的一批又一批优秀领导干部和数不胜数的先进模范人物。虽然他们生活的时代不同，具体的先进事迹不同，但有一点是共同的，这就是他们都具有一种为党和人民的事业无私奉献的伟大情怀和崇高精神。

（二）奉献，是一种真诚自愿的付出行为，是一种纯洁高尚的精神境界。无论时代发生怎样的变化，奉献精神永远熠熠生辉，光耀人间，永远是鼓舞和激励人们奋发向上的巨大力量。

今天，在全国各族人民贯彻落实十六大精神，朝着全面建设小康社会阔步前进的重要时刻，我们更深切地感到，提倡奉献和奉献精神，绝不是陈年老调，绝不是空洞高调；奉献和奉献精神，不能"封存"，不能"告别"。奉献和奉献精神不仅应当是党员干部特别是领导干部的自觉追求，同时应当是在全社会大力弘扬的时代精神。

（三）社会发展史表明：人类从洪荒时代走入信息社会，归根结底靠的是生产力的发展。生产力的发展离不开奉献。如果只有索取，没有奉献，就没有人类社会的今天。

奉献的表现方式是丰富多彩的，但不论表现方式有多么不同，奉献精神是永恒的，也永远为人们所景仰。人类历史上，那些杰出的思想家、科学家、政治家、文学艺术家，以他们自己的创造，作出了巨大奉献，极大地推动了人类文明和社会进步。他们理所当然受到世世代代人们的崇敬。现实生活中，那些在平凡岗位上诚实劳动、合法经营、敬业爱岗、默默奉献的人，同样受到人们的尊敬。而不论在历史上还是在现实中，那些损害国家、民族的利益，不讲奉献，只求索取，挖空心思为自己攫取私利的人，都为人们所鄙视。至于那些口头上大讲奉献，在行动中却争名于朝、争利于市的人；那些为富不仁，不愿拔一毛而利天下的人；那些见死不救，见义不为，只顾自己，不顾他人的人，同样为人们所鄙视。

（四）中华民族是一个具有伟大奉献精神的民族。"春蚕到死丝方尽，蜡炬成灰泪始干。"这一千古流传的名句，是奉献精神的生动写照。绵延五千多年，为中华民族发展和繁荣作出巨大奉献的人物层出不穷，史不绝书。鲁迅说得好："我们从古以来，就有埋头苦干的人，有拼命硬干的人，有为民请命的人，有舍身求法的人，……虽是等于为帝王将相作家谱的所谓'正史'，也往往掩不住他们的光耀，这就是中国的脊梁。"

（五）"为有牺牲多壮志，敢教日月换新天。"中国共产党人把中华民族的奉献精神发扬光大，推向新的高度。中国共产党的历史，就是为民族解放、国家富强、人民幸福而英勇牺牲、无私奉献的历史。在革命、建设和改革的不同时期，无数奉献者以他们的奋斗实践铸就了反映着时代特色、闪耀着奉献光华的井冈山精神、长征精神、延安精神、红岩精神、大庆精神、"两弹一星"精神、98抗洪精神……在我国，从来没有一个政治组织，像中国共产党这样集中了那么多的优秀儿女和先进分子，为中国人民作出了那么大的奉献和牺牲。

在党的领导下，在党员先锋模范作用的影响带动下，中华儿女不屈不挠，前赴后继，艰苦奋斗，默默奉献。党与人民同呼吸，共命运，心连心，谱写了一篇篇气势磅礴、可歌可泣的英雄史诗。没有党和人民的牺牲奉献，就没有今天的辉煌成就和美好生活。我们党和各族人民的伟大奉献精神，必将载入中华民族伟大复兴的光辉史册。

（六）奉献精神是伟大而崇高的。但在有些人的心目中，奉献是英雄和模范们的事，不是普通人所能做到的，奉献就是只讲牺牲，高不可攀，可敬不可为，可羡不可行。这是对奉献的一种误解。

奉献既是一种高尚的情操，也是一种平凡的精神；既包含着崇高的境界，也蕴含着不同的层次。奉献既表现在国家和人民需要的关键时刻挺身而出，慷慨赴义，也融会和渗透在人们日常的工作和生活中。李大钊为追求真理而捐躯，白求恩为人类正义而殉职，董存瑞为人民解放而牺牲，邓稼先为科学事业而献身，是一种奉献；雷锋将有限的生命投入无限的为人民服务之中，徐虎走街串户解市民之难，吴天祥将万家忧乐挂在心头，是一种奉献；在本职岗位上恪尽职守、爱岗敬业、持之以恒、埋头苦干，也是一种奉献。最近，在防治非典型肺炎的第一线，广大医务工作者以对人民群众身体健康和生命安全高度负责的精神，兢兢业业地工作，夜以继日地奋斗，表现出无私奉献的革命精神和救死扶伤的人道主义精神。他们的高尚品德赢得了全社会的尊敬。在我们的社会生活中，千千万万的人向失学儿童献一份爱心，向灾区群众捐几件衣物，为保护环境尽一份微力，乃至为孕妇和老人让一次座位，也都体现了奉献精神。

可以说，奉献无所不在，无时不有。每个人不论职位高低，不论在什么岗位，都能够尽自己的所能作出奉献。奉献不是痛苦，不是丧失，不是剥夺，而是爱心的流露，善意的升华，美德的弘扬。奉献使人充实，使人快乐，使人高尚。我国一位科学家在荣获国家最高科学技术奖时说："为了心中的梦想，18年我没有休息过节假日。对我来说，科研本身带来的愉快是最大的报酬，科学奉献祖国是最大的幸福。"奉献就在人间，就在身边。我们在奉献中生活，在生活中奉献。

（七）还有一种认识，认为市场经济就是一切向钱看，现在讲奉献不合时宜。这也是一种误解。

我国建立社会主义市场经济体制，目的就是要大力解放和发展生产力，不断提高人民生活水平。我们不能也不应否认市场经济是要讲利益的，但同时要看到，中国社会主义市场经济的发展，正是为了满足最广大人民根本利益的需要。因此，我们要在发展社会主义市场经济中特别强调奉献。在社会主义条件下发展市场经济，是前无古人的伟大创举，是中国共产党人对马克思主义发展作出的历史性贡献，是一项宏伟艰巨的社会系统工程，需要人们作出新的奉献。市场经济拓展了人们的活动领域，为人们潜在能力的充分发挥提供了可能。千千万万的工人、农民、知识分子、经营管理者，走向市场的舞台，焕发出巨大的创造活力，在为个人和家庭创造幸福生活的同时，也为社会作出了奉献。实践证明，发展市场经济与提倡奉献不是对立的，而是互相促进的。

当然，社会生活纷纭复杂，有主流，有支流。伴随我国社会主义市场经济体制的建立，绝大多数人选择了在奉献中实现自我价值，在实现自我价值中作出奉献。但也有一些人，在兜里有了钱之后一味追求"活得舒适，活得潇洒，活得滋润，活得实惠"。对待人生，他们只贪图酒绿灯红，纸醉金迷，玩世不恭，"过把瘾就死"。这是人格的倒退，意志的消弭，精神的畸变。这种消极现象，在历史的进程中出现，也必将在历史的发展中衰亡。

（八）倡导奉献精神，绝不是漠视个人利益。这里关键是处理好人与社会、个人与集体的关系。

马克思主义认为："人们奋斗所争取的一切，都同他们的利益有关。"我们不能一说奉献就不要个人利益，一提个人利益就不讲奉献。正如邓小平同志指出的那样："不讲多劳多得，不重视物质利益，对少数先进分子可以，对广大群众不行，一段时间可以，长期不行。""革命是在物质利益的基础上产生的，如果只讲牺牲精神，不讲物质利益，那就是唯心论。"

讲奉献不是对个人利益的否定，而是强调个人利益与集体利益的有机统一。在建设中国特色社会主义的进程中，全国人民的根本利益是一致的，由此决定了国家利益、集体利益和个人利益在根本上是一致的。我们要正确处理国家、集体和个人三者利益的关系。当个人利益同国家、集体利益发生矛盾时，个人利益要服从国家和集体利益。同时，国家和集体也要重视和依法保障个人的正当利益。提倡奉献精神，不是无视个人利益，而是在实现最广大人民根本利益的前提下充分重视个人利益；不是用集体主义否定和取代个人的正当利益，而是引导人们在实现个人利益的同时，维护和保证国家与集体利益，在保证和发展个人正当利益的基础上，推动国家和集体利益的实现。

（九）进一步来看，弘扬奉献精神与树立正确的义利观是紧密联系在一起的。

义利问题，是我国传统道德中的一个重要问题；义利关系，是道德伦理范畴里的一对基本关系。有的主张重利轻义，有的主张义利兼顾，有的主张义利双弃，有的主张先义后利。义利之辨为历代思想家所重视。

坚持把义与利结合起来，树立把国家和人民利益放在首位而又充分尊重公民个人合法利益，这是我国社会主义义利观的基本内涵。它要求坚持尊重个人合法权益与承担社会责任相统一，鼓励人们通过诚实劳动和合法经营获取正当的物质利益,引导每个公民自觉履行宪法和法律规定的各项义务,积极承担自己应尽的社会责任。

马克思主义从来不主张将"义"和"利"割裂开来、对立起来,从来不一般地反对功利主义。封建社会中的"存天理,灭人欲","正其谊不谋其利,明其道不计其功",是虚伪的、反人性的。毛泽东同志说,这不过是一些唯心的骗人的腐话。我们要形成与社会主义初级阶段基本经济制度相适应的思想观念和创业机制,营造鼓励人们干事业、支持人们干成事业的社会氛围,放手让一切劳动、知识、技术、管理和资本的活力竞相迸发,让一切创造社会财富的源泉充分涌流,以造福于人民。我们主张每个人都应该有他一定的物质利益,反对的是将个人利益置于社会利益之上。那种惟利是图、见利忘义、不尽义务、不讲责任的行为,与社会主义义利观格格不入,与我们提倡的奉献精神背道而驰。

(十)还应该看到,倡导奉献精神与鼓励个性的发展完善也是协调一致的。

奉献,既是作为一个合格人的基本品质,是人的全面发展的内在要求,是完善个性的重要内容,也是实现人的全面发展的重要途径。完善的个性内含奉献,奉献实践完善着个性。奉献给他人和社会的越多,自己的精神越充实,个性也就越完善。

社会主义物质文明、政治文明和精神文明建设,有助于人的个性发展。改革开放20多年来,人们越来越认识到,充分实现个人的社会价值,积极鼓励个人的创新精神,对改革开放和现代化建设有着极为重要的意义。人们在寻求个性发展、实现自我价值的同时,也在展现自己的社会价值,在为社会多作奉献。

实践说明,个体在社会活动中的积极性、主动性发挥的程度,与经济发展、社会进步的程度是成正比的。个性丰富完美的人越多,就越具有创造力,越具有活力,经济和社会发展的速度就越快。我国社会主义市场经济体制的建立,一个巨大的历史作用和历史功绩,就在于为人的全面发展,造就具有丰富完美个性的社会主义新人,提供了适宜的社会环境和广阔的历史舞台;就在于将个人价值与奉献社会统一起来,以制度的方式培育了新的奉献精神。

(十一)奉献,大量的、经常的是岗位奉献。每个人,不论分工如何、能力大小,都能够在本职岗位,通过不同的形式为国家和人民作奉献。敬业是奉献的基础，乐业是奉献的前提，勤业是奉献的根本。

对绝大多数人来说，奉献是日复一日、年复一年的岗位敬业奉献。在本职岗位上，有没有奉献精神，工作成效大不一样。人们在本职岗位上，都要具有高度的责任心和事业心，忠于职守，尽职尽责，干一行，爱一行，争一流，创一流。要大力倡导爱岗敬业、诚实守信、办事公道、服务群众、奉献社会的职业道德，鼓励人们在实际工作中、在平凡的岗位上做出不平凡的业绩。

"如果你是一滴水，你是否滋润了一寸土地？如果你是一线阳光，你是否照亮了一分黑暗？如果你是一粒粮食，你是否哺育了有用的生命？如果你是一颗最小的螺丝钉，你是否永远地坚守着你生活的岗位？"点点滴滴、丝丝缕缕、粒粒颗颗，汇聚起来，灌溉的是良田万顷，照亮的是锦绣中华，哺育的是新的生命。我们不要轻看了自己这一点、一丝、一粒，我们应该从一点、一丝、一粒的奉献做起。

（十二）"人生在世，奉献二字。"在全社会弘扬奉献精神，需要党员干部身体力行、率先垂范。党的性质、宗旨和使命，决定了党员干部无论什么时候都要把无私奉献作为行为准则。党员干部必须牢记"两个务必"，发扬优良作风，坚持做到权为民所用，情为民所系，利为民所谋；必须坚持党和人民的利益高于一切，个人利益服从党和人民的利益，吃苦在前，享受在后，克己奉公，多作贡献。

江泽民同志根据时代的发展，倡导新时期64字创业精神，其中一条是"无私奉献"；进入新世纪，又把"淡泊名利、无私奉献"确立为一种为社会主义现代化而不懈奋斗的精神。贯彻"三个代表"重要思想，加强和改进党的作风建设，核心问题是保持党同人民群众的血肉联系。这里的关键一条就是，各级领导干部必须廉洁奉公，艰苦奋斗，无私奉献，诚心诚意为群众谋利益。

（十三）弘扬奉献精神，必须摒弃形式主义。奉献需要一定的形式，也需要开展一些活动。奉献通过一定的形式体现出来，奉献精神的弘扬也在创造着具有时代特色的新形式。但如果只重形式，不重内容；只图热闹，不看实效；只求虚名，不做实事，那就是形式主义，就是"作秀"。自家大院脏乱差，跑到外面扫大街；群众找上门的事情不给办，却把桌子搬到街头去"办公"……这些形式主义做法是对奉献精神的扭曲和亵渎。

（十四）弘扬奉献精神，形成一个良好的社会环境，需要人人参与，需要经过长期的多方面的努力。"只要人人都献出一点爱，世界就会变成美好的人间。"对个人而言，我们大家都应经常想一想，自己能为他人和社会做些什么，而不是从他人和社会得到什么。对社会而言，一定要给奉献者更多的尊重、爱护、荣誉和报偿，绝不能让英雄流汗流血再流泪。对那些损人利己、自私自利的丑恶行为，要给予充分的揭露和谴责。扶正祛邪，扬清激浊，奖善惩恶，奉献精神就能在这种鲜明的导向中得到更好的弘扬。

（十五）在中国特色社会主义道路上全面建设小康社会，实现中华民族的伟大复兴，这是一项宏伟的事业，也是一个艰巨的历史进程。这一宏伟事业，呼唤着千千万万奉献者；这一历史进程，造就着一代又一代奉献者。时代的车轮在奉献者推动下前进，事业的蓝图在奉献者奋斗中实现，民族的未来因奉献者的努力而充满希望。

让我们唱响奉献者之歌，共同创造我们的幸福生活和美好未来。

（2003 年 4 月 15 日）

筑起我们新的长城

——论抗击非典的伟大精神

（一）"把我们的血肉筑成我们新的长城……"这是以民族魂魄谱就的雄壮旋律。越是遇到艰难险阻，这旋律就越发激扬高亢。

面对非典型肺炎这场突如其来的重大灾害，这旋律又一次在人们心中涌动，在祖国大地回荡。

在抗击非典的关键时刻，中共中央总书记、国家主席胡锦涛向全党和全国人民发出号召："我们要大力弘扬万众一心、众志成城，团结互助、和衷共济，迎难而上、敢于胜利的精神。"胡锦涛同志提出的抗击非典的二十四字精神，是对人民群众抗击非典伟大精神的精辟概括，是对民族精神的新的丰富，是鼓舞全党和全国人民夺取抗击非典斗争胜利的强大动力。

一场没有硝烟的特殊战斗，进入攻坚阶段；一座抗击非典的伟大长城，巍然矗立起来。

（二）以"三个代表"重要思想为指导思想的中国共产党与人民心连心；以人民的名义命名的政府，将人民群众的身体健康和生命安全放在至高无上的地位。

"要从全面贯彻'三个代表'重要思想的高度，始终把人民群众的安危冷暖放在心上。""我们为一些群众的身体健康和生命安全受到严重威胁而感到揪心。""一个负责任的政府，必须时刻把人民的利益放在第一位。""我惦记着你们，惦记着全国的孩子们。"

面对这场灾难，党中央、国务院总揽全局，沉着应对，迅速作出一系列重大决策，果断采取一系列重大措施。中央财政拨出巨额专款设立非典防治基金，国家安排巨额资金建设全国疾病预防控制机构，及时成立全国防治非典型肺炎指挥部，将非典列入法定传染病依法进行管理，公布实施《突发公共卫生事件应急条例》，迅速建立完善公开透明的疫情报告制度和信息发布制度……

（三）每一场特殊战斗，都需要一批特殊战士；每一次生死搏斗，都会涌现一批英雄。

在抗击非典的斗争中，广大医护人员、科研人员挺身而出，不辱使命。"这里危险，让我来。"第一批"扫雷者"、中山大学附属第三医院的优秀共产党员邓练贤以自己宝贵的生命，为广大医护人员树起了旗帜。"选择了从医，就选择了奉献。"北京大学人民医院主任医师丁秀兰以身殉职，用生命实践了自己的誓言。"医院就是战场，作为战士，我们不冲上去谁上去？"中国工程院院士、广州呼吸病研究所所长钟南山昼夜坚守在最前沿。"只要还有一名患者没有脱离危险，我就不能离开前线。"中日友好医院非典医疗组组长林江涛亲自诊治每一个疑似患者。解放军302医院74岁的老专家姜素椿抢救非典患者被感染，执意要求注入非典患者康复期的血清，"为防治非典闯条路。"在抗击非典第一线英勇牺牲的广东省中医院护士长叶欣，以无私的奉献赢得了国际护理界的殊荣。中国科学院、军事医学科学院的科研人员刻苦攻关，短短数周发现非典病原体，36小时完成新型冠状病毒的基因测序。广东省中医院二十余名医护人员不幸被感染，一批后继者又义无反顾顶上去。倒下一个，跃起一群，前仆后继，舍生忘死。

（四）心相连，情相拥，爱相通。不论是首都北京，还是偏远乡村，哪里有疫情，哪里困难多，哪里就有四面援助、八方支持。

北京抗击非典斗争进入攻坚阶段，中央军委主席江泽民一声令下，全军1200名医护人员驰援北京；兄弟省区市紧急调配大批防治非典物资，源源运往首都；周边地区纷纷打通绿色通道，保障北京物资供应；有的地方全力以赴，相关企业悉数转产防非典物品；有的地方支援首都抗击非典，"要物有物，要人派人"；全国各地迅速调集血浆，保证首都抗击非典斗争的急需。与此同时，党和政府将关注的目光放在广大农村特别是经济困难的人民群众身上，采取各种切实可行的措施，千方百计阻止非典向农村扩散。社会各界和港澳同胞、海外侨胞、海外华人纷纷慷慨解囊，捐款捐物捐药。

（五）非典威胁着每个人的健康。全国各地，人不分男女老幼，地不分东南西北，从人口稠密的都市到人烟稀少的山寨，都在构筑抗击非典的堤坝；从广大医护人员到普通工人、农民、干部、军人、学生，都在各自的岗位上为抗击非典守望相助、默默奉献。

城市社区广泛动员，群防群控。社会成员捧出爱心，彼此扶助。写在志愿者旗帜上的"奉献、互助、友爱、进步",成为千千万万普通人的自觉实践。首都数千名小学生把亲手绘成的图画装进"爱心包",送给抗击非典一线的医护人员。北京海淀区第二实验小学为父母双双上前线的小弘帅开辟了一个人的课堂。接受治疗的患者,被隔离的疑似病人,也在特殊的岗位上为抗击非典尽力。那些不幸被感染的医护人员,在生命的最后一刻,仍以顽强的毅力将自己的患病体验告诉同伴,为人类最终战胜非典留下财富。

(六)哪里有艰险,哪里就有共产党员的身影,哪里就有共产党人的奉献。

"战斗已经打响,我怎能离开?"山西省人民医院急诊科副主任梁世奎牺牲时还挂着听诊器;年仅39岁的广州胸科医院重症监护室主任陈洪光以身殉职,还献出遗体继续他的未竟事业;中日友好医院抗非典一线的同志们把"共产党员"的徽章佩在胸前,将责任、形象和使命展现在人民面前。

在抗击非典的前线,年青一代感受着新时期共产党人的魅力,选择了共产党人的理想:"我志愿加入中国共产党!我深深感到了党的温暖,党的力量!"广州第一人民医院年轻的医护人员在非典救治火线递交入党申请书。

(七)你的心,我的心,万众一心;你的力,我的力,千钧之力。2003年的春天,中国人民携手铸就了抗击非典的英雄雕塑,同心谱写了民族精神的恢宏乐章。

从中,我们深切感受着以胡锦涛同志为总书记的党中央心系人民、坚定成熟,驾驭复杂局面,应对严峻挑战的能力和魄力。一个面向世界,开明开放,务实高效,坦诚负责的中央领导集体,展示了坚强的领导力量和良好形象。人们对党和政府更加信赖,更加拥护。

从中,我们深切感受着中国特色社会主义制度的优越。全国上下步调一致,集中力量办好大事,政令畅通紧密合作,社会各界同心协力,发挥着巨大的社会组织能力和动员能力。仅仅用了七天,拥有1000个床位、达到一级标准的北京小汤山非典定点医院建成启用,就是一个有力证明。即便是最偏远的山区,也能及时知晓疫情的变化;即便是最贫穷的乡亲,也能及时得到救治。旧中国那种疫病造成的"千村薜荔人遗矢,万户萧疏鬼唱歌"的悲惨状况,只能成为历史。

从中,我们深切感受着中国共产党人崇高的精神境界。"三个代表"重要思想深入党心民心,在危难关头,在生与死的考验面前,代表人民利益的是中国共产党,冲在最前面的是党所教育和培养的优秀儿女。他们的肩膀,扛着亿万群众的安危;他们的双手,托起民族精神的魂魄。

从中,我们深切感受着中华民族伟大的凝聚力。社会成员彼此关爱,更加团结。疫病让人们在空间上保持距离,心灵上却贴得更近。每个社会成员都是抗击疫病链条上的一环,个人的命运同国家、民族的命运联系在一起,爱国主义、集体主义和社会主义精神在人们身边生动展现,在人们心中不断升华。

从中,我们深切感受着国民素质的迅速提高。从最初的谈"非"色变到奋起抗击,从瞬间的惊慌失措到从容应对,社会公众的心理承受能力、卫生意识、环保意识、法律意识、科学意识、公德意识、文明意识显著进步。迎难而上的顽强意志,依靠科学的必胜信念,成为这场灾难给予国民素质的可贵馈赠。

从中,我们深切感受着伟大祖国综合国力的大大增强。突发的灾害,既检验着我们的民族精神,也检验着我们的经济实力、科技实力。应该冲上去的队伍冲上去了,需要拿出的资金拿出来了,亟待攻克的医疗科技难关得到了足够的人力、物力、资金支持。人们为综合国力日益增强的祖国自豪,更加坚定了全面建设小康社会、走中国特色社会主义道路的信念和决心。

(八)抗击非典的精神是我们民族精神的展现,将我们民族精神提升到一个新的境界。

民族精神是一个民族赖以生存和发展的精神支撑。她是凝聚力,聚沙成塔,集孤弱为伟大;她是生命力,自强不息,使绝地发新芽;她是战斗力,砥柱中流,挽狂澜于既倒。

在五千多年的发展中,中华民族形成了以爱国主义为核心的团结统一、爱好和平、勤劳勇敢、自强不息的伟大民族精神。这是我们民族历经磨难而信念愈坚,饱尝艰辛而斗志更强的力量源泉。这种民族精神,博大精深,源远流长,是中华民族生命机体中不可分割的重要成分。这种民族精神,在抗击非典的斗争中放射着新的光华。

(九)民族精神是继承和创新的统一,弘扬和培育的统一。中国共产党是中国工人阶级的先锋队,同时是中国人民和中华民族的先锋队。共产党员是中华民族的优秀分子,也是民族精神的实践者和弘扬者。党领导人民在长期的革命、建设和改革实践中,不断结合时代和社会发展的要求,丰富着民族精神的内存。

井冈山时期，形成了"坚定信念、艰苦奋斗，实事求是、敢闯新路，依靠群众、勇于胜利"的井冈山精神，为中国革命播撒了燎原火种。

长征途中，形成了"坚韧不拔，自强不息，勇往直前"的长征精神，书写了人类历史上无与伦比的史诗。

延安时期，形成了以"坚定正确的政治方向，实事求是的思想路线，全心全意为人民服务的根本宗旨，自力更生艰苦奋斗的创业精神"为主要内容的延安精神，支撑我们夺得抗日战争的胜利，继而取得全国政权。

白色恐怖中，形成了以"救亡图存的爱国精神，不畏艰险的奋斗精神，和衷共济的团结精神，勇于牺牲的奉献精神"为主要内容的红岩精神，充分体现了共产党人的崇高思想境界、坚定理想信念、巨大人格力量和浩然革命正气。

社会主义建设时期，形成了"爱国、创业、求实、献身"的大庆精神；形成了"热爱祖国、无私奉献、自力更生、艰苦奋斗、大力协同、勇于登攀"的"两弹一星"精神，成为共和国昂起头颅、挺直脊梁的强劲支柱。

改革开放时期，形成了"万众一心、众志成城，不怕困难、顽强拼搏，坚韧不拔、敢于胜利"的"九八抗洪"精神，展现了中华民族不可战胜的雄姿，成为新时期弘扬民族精神的旗帜。

今天，抗击非典的伟大精神，又为民族精神增添了一笔新的宝贵财富。

这些精神，是中华民族五千年伟大精神的历史延续，是中国共产党人解放思想、实事求是、与时俱进的时代创造。

（十）严峻的考验，可以激发斗志，凝聚人心；巨大的压力，能够磨炼意志，砥砺精神。抗击非典的实践，锤炼着民族精神的品格；抗击非典的战场，成为弘扬和培育民族精神的课堂。

万众一心、众志成城，就是全党全国要把思想和行动统一到中央的部署上来，同心同德、齐心协力，心往一处想，劲往一处使，拧成一股绳，形成抗击疫病的强大合力。

团结互助、和衷共济，就是全社会要广泛动员起来，团结一致、共同行动，互相帮助、互相关心，一方有难、八方支援，给患病群众以无微不至的关爱，给医护人员以满腔热情的支持，给发病地区以切实有力的帮助，做到同呼吸、共命运、心连心，共同应对疫病的挑战。

迎难而上、敢于胜利，就是要坚定战胜困难的昂扬斗志和必胜信念，实事求是地分析形势，沉着冷静地面对挑战，坚韧不拔地克服困难，在困难和挑战面前不惊慌、不退缩、不悲观，坚定信念，顽强拼搏，坚决同病魔斗争到底。

（十一）前一段采取的措施已开始见效，这将有利于增强人们战胜非典的信心。但是，我们不能有丝毫的松懈和麻痹。形势依然严峻，斗争还在继续。抗击非典的伟大精神，支撑我们顽强奋战，直至全胜；抗击非典的伟大精神，正汇入中华民族精神的历史长河，推动我们万众一心创造幸福生活，拥抱美好明天。

（十二）弘扬抗击非典的伟大精神，广大共产党员特别是各级领导干部负有崇高责任，应当身体力行，作出表率。

这场特殊的战斗，是各级领导干部贯彻"三个代表"重要思想的具体实践，是对领导才能、精神境界、人格力量的一次全面检验。各级领导干部要坚决贯彻党中央的指示，以辩证的观点看待非典，以科学的态度抗击非典，临危不乱，沉着应对，果断决策，迎难而上。要千方百计减少发病率、提高治愈率、降低病死率。用群防群控的实际成果让群众充分相信在党和政府的领导下，完全能够控制并最终消除疫情；用自己抗击非典的实际行动，在人民群众中弘扬抗击非典的伟大精神。

（十三）弘扬抗击非典的伟大精神，需要相信群众，依靠群众。

人民群众是抗击非典的主体。抗击非典是一场没有旁观者的全民战争。在这场特殊战斗中，个人与家庭、个人与集体、个人与社会，休戚与共、息息相关。息息相关便人人有责。为了亲人的健康、同事的幸福、社区的安宁，需要每个人自觉投入战斗。

责任是那样崇高，又是那样平凡。投入全部力量、无私无畏奋战在抗击非典一线的白衣战士在履行责任，保持平常心态、坦然从容生活着的普通市民也在履行责任；坚守岗位、敬业尽职是履行责任，暂时休养、配合防治也是履行责任；捧出爱心、慷慨援手是履行责任，洁身自好、保重自我也是履行责任。人人尽一份责，人人献一份爱，弘扬抗击非典伟大精神的大合唱必将更加雄壮有力。

（十四）弘扬抗击非典的伟大精神，需要贯注到当前的各项实际工作中。抗击非典的伟大精神，是我们党多年来加强精神文明建设的丰硕成果，在各项工作中大力弘扬这一精神，对于沿着党的十六大指引的方向阔步前进，全面建设小康社会，开创中国特色社会主义事业新局面具有十分重大的现实意义。

弘扬抗击非典的伟大精神，要坚定不移贯彻落实党中央提出的一手抓抗击非典这件大事不放松，一手抓经济建设这个中心不动摇。抗击非典的斗争，是我们实现现代化目标中的一场遭遇战，打不好，现代化的步伐要受影响；打好了，可以加快现代化的步伐。我们一定要站在全局的高度，处理好抗击非典和经济发展的辩证关系。用抗击非典的伟大精神来推动经济发展，用经济发展来支持抗击非典的斗争。

弘扬抗击非典的伟大精神，要善于将疫病的挑战变为发展的机遇。各条战线、各个部门特别是医疗卫生和科技战线，要通过这场斗争，找到工作中的薄弱环节，找到发展的突破口，振奋精神，更新观念，艰苦拼搏，使各项工作上一个新的台阶。特别要使爱国卫生、环境保护、全民健身运动提高到一个新水平，使预防疫病和依法管理疫病的观念深入人心；使我国省、市、县三级疾病预防控制网络尽快建立起来；使我们民族以更加健康的体魄，更加昂扬的斗志，建设更加幸福美好的家园。

（十五）抗击非典的伟大精神必将转化为巨大的物质力量。

物质生产在社会发展中具有决定作用，精神活动在人们改造客观世界中具有能动作用。在一定条件下精神可以变物质，精神的力量可以转化为物质的力量。强大的精神力量不仅可以促进物质技术力量的发展，而且可以使一定的物质技术力量发挥出更大更好的作用。这是唯物辩证法揭示的一条基本原理。

把抗击非典的伟大精神转化为全面建设小康社会、实现社会主义现代化的强大物质力量，最重要、最根本的一条，就是更加紧密地团结在以胡锦涛同志为总书记的党中央周围，坚决响应党中央的号召，认真贯彻党中央的决策，全面落实党中央的部署。讲政治，讲大局，讲稳定，讲科学，以坚持不懈、扎实有力、艰苦细致的工作，变坏事为好事，化灾难为机遇，万众一心抗非典，迎难而上促发展，夺取抗击非典和经济建设的双胜利。

（十六）历史总是在经历了一次又一次磨难中曲折发展的，人类总是在破解了一个又一个难题中昂首前行的。马克思主义认为，每次灾难，总是以社会的巨大进步为补偿的。病魔肆虐，不以人的意志为转移。但它给予伟大民族的不是屈服而是抗争,不是毁灭而是生机。我们坚信,依靠党中央的坚强领导,依靠改革开放积累起来的雄厚物质基础,依靠日益进步的医疗条件和科学技术,依靠伟大的民族精神,我们一定能够战胜疫病,夺取全胜。

一座坚不可摧的雄伟长城,永远屹立世界东方!

(2003年5月15日)

夺取双胜利　关键在落实

（一）一手抓防治非典型肺炎这件大事不放松，一手抓经济建设这个中心不动摇，夺取防治非典和经济建设的双胜利。这是以胡锦涛同志为总书记的党中央审时度势、总揽全局、前瞻未来，根据我国当前经济和社会发展的客观实际作出的重大战略决策。

这一决策，深刻揭示了抗击非典和经济建设相互联系、相互促进的辩证关系，当前工作和长远发展的辩证关系。

这一决策，有力地把人民群众在抗击非典伟大实践中凝聚起来的力量，迸发出来的智慧，引导到全面建设小康社会，开创社会主义现代化建设新局面的轨道上。

归根结底，这一决策是为了维护和实现最广大人民的根本利益，是贯彻"三个代表"重要思想的必然要求，是实践"三个代表"重要思想的具体体现。

（二）党中央的决策，凝聚人心，激励斗志。万众一心抗非典，迎难而上促发展，亿万人民在祖国大地上展开了又一幅团结奋进的宏伟画卷。坚持"两手抓"，夺取双胜利的大政方针、重要部署、贯彻措施都已明确，一个带根本性的问题就在于抓落实。

（三）抓落实是一个老话题，抗非典是一个新课题，新课题赋予老话题以新的内容。

"抓紧落实""逐条落实""马上落实"——在抗非典的斗争中，各级领导干部强调多、抓得紧的是落实。

"落到了实处""真的落实了""落实得真快"——在抗非典的斗争中，人民群众感受深、赞扬多的也是落实。

"沉着应对、措施果断、依靠科学、有效防治、加强合作、完善机制。"克难攻坚的抗非典过程，是全面落实党中央总体要求的过程；群防群控的抗非典实践，是充分展现全党和全国人民狠抓落实的崭新风貌的实践。

（四）"多少年了，很少见到中央的决策像这次这样不打折，不拐弯，一杆子扎到底。"一位乡村老教师这样评价抗击非典斗争中的"落实"。什么叫"政令如山"，什么叫"政令畅通"，什么叫"军中无戏言"？抗击非典的实践作了生动的诠释。全国上下有令必行，有禁必止，迅速筑起一道抗击非典的铜墙铁壁。几十万个社区、上百万个乡村，处处设立疫情检查站，人人参与，群防群控。落实，不论其深度、广度还是积极性、主动性都是罕见的。

（五）"像老八路的作风，像共产党的干部。"老区的乡亲这样赞叹。在抗击非典的战场上，广大共产党员特别是各级领导干部，深入一线，靠前指挥。哪里有疫情，哪里就有他们的身影；哪里有困难，哪里就有他们的足迹。一双双布满血丝的眼睛，映照着对人民的赤诚和深情；一个个不知疲倦的身躯，赢得了人民的信任和拥护。落实，就在这种心忧万家、情系人民的公仆本色和躬身实践中谱写了新的篇章。

（六）危难当前，大局至上。在抗击非典的斗争中，人们欣喜地看到，地区之间、部门之间、单位之间互相配合、互相支持，一方有难、八方支援，那种推诿扯皮、互拆墙脚、斤斤计较、各行其是的现象难觅踪影。在首都抗击非典的危难时刻，全国各地心向北京，倾情出力。在全国一些地方防治疫情的紧要关头，北京也以同样的热忱，慷慨援手，无私相助。落实，就在这种心往一处想、劲往一处使，全国一盘棋、上下一股劲的合力中打开了新的天地。

（七）城市打攻坚战，农村打防御战，城乡协同打总体战，显示了科学防治、依法防治、属地防治的巨大威力，显示了我们党面对突发事件的强大动员能力和组织能力，显示了各级党组织的坚强战斗力，显示了中华民族巨大的凝聚力和创造力。实践充分证明了党中央、国务院各项决策部署果断、正确，各级党委和政府贯彻落实中央精神坚决、有力。落实，就在这种大力弘扬"万众一心、众志成城、团结互助、和衷共济、迎难而上、敢于胜利"的抗击非典伟大精神的过程中，展现着党的作风建设的新成果，创造着党的优良传统的新财富。

（八）"别的工作也像这样抓落实就好了。"这是人民群众对我们抗击非典工作的肯定，更饱含着对我们今后工作的期望。

什么是落实？落实，是实践，是把嘴上说的、纸上写的变为具体干的行动，是把贴在墙上的蓝图变为改造世界的实践；落实，是人们认识世界、改造世界的一个环节，是联结认识与实践、理想与现实的一座桥梁；落实，是一个过程，是一个环环紧扣的链条。落实，凝聚着心血和责任，体现着作风和意志，反映着能力和水平。

（九）以全心全意为人民服务为宗旨、以推动中国社会进步为己任的中国共产党人，是最讲落实的。

我们昨天的成就来自落实，今天的任务需要落实，明天的希望在于落实。回顾党的奋斗历程和光辉业绩，可以深切地感受到：落实，使我们劈开荆棘，踏平坎坷；落实，使规划变为果实，希望变为现实。一件一件地落实，构筑起我们事业的宏伟大厦；一步一步地落实，引领我们登上巍峨的峰峦。

我们还可以深刻地认识到：落实是一个充满艰辛的奋斗过程，是一门富有智慧的领导艺术，是一所培养干部的生动课堂。抓落实必须以科学的理论指导实践，坚持解放思想、实事求是、与时俱进；必须以奋发有为的精神状态开展工作，永葆共产党人的蓬勃朝气、昂扬锐气、浩然正气；必须以保持党同人民群众的血肉联系为核心建设党的作风，牢记"两个务必"，做到"八个坚持、八个反对"；必须以造就高素质干部队伍为目标，着力增强解决问题的能力，提高抓落实的本领；必须以制度建设为保证，建立和完善推动落实的制度和机制。

毋庸讳言，在我们的干部队伍和日常工作中，不重视抓落实、不善于抓落实、不致力于抓落实的现象还大量存在。"以会议落实会议，以文件落实文件"，"上有政策，下有对策"，"收发室""传声筒""留声机"，"隔着车窗看，绕开矛盾转"，"形象工程""政绩工程"，"等一等、看一看，打官腔、慢半拍，喊得凶、抓得松"……对于这些形式主义、官僚主义的歪风陋习，人民群众很有意见，也深感忧虑。如果不坚决反对，让这些现象成为顽疾和流弊，就会毁掉我们的事业，毁掉我们的党。

（十）坚持"两手抓"，夺取双胜利，是一项十分艰巨的任务。防治非典工作已经取得明显成效，但是疫病并没有彻底消除，巩固成果，防止反复，还需艰苦努力。如同森林扑火，尚有火星，掉以轻心，就有可能死灰复燃。突如其来的非典，不仅给人民群众身体健康和生命安全带来严重威胁，也给经济发展造成冲击，带来意想不到的困难。防治非典要强调毫不松懈，促进发展要强调迎难而上，这对于抓落实提出了新的更高的要求。

（十一）抓落实最重要的是坚持权为民所用，情为民所系，利为民所谋。坚持防治非典和促进发展"两手抓"，说到底是为了维护好、实现好和发展好最广大人民的根本利益。落实的结果是为了人民，落实的根本是依靠人民。抗击非典的实践充分说明，只要我们从实践"三个代表"重要思想的高度，始终把人民群众的身体健康和生命安全放在第一位，心中装着人民，情感贴近人民，工作依靠人民，抓落实就有无穷的力量和不竭的动力。

在落实"两手抓"、夺取双胜利的过程中，我们要坚定地相信群众、依靠群众。各项方针政策、各项工作部署都要从人民的利益出发，着眼于调动群众的积极性，保护群众的创造性。

（十二）落实反映作风，作风决定落实。在抗击非典伟大斗争中展现出来的新的精神风貌，集中体现了党的建设特别是作风建设的新成果，并由此带动了干部工作作风和工作方式的新转变。这些成果来之不易，值得倍加珍惜，需要把它巩固下来，发扬下去，贯注到全面推进社会主义物质文明、政治文明、精神文明建设的伟大事业中。当前，党的建设的各项工作，都要落实到坚持"两手抓"的生动实践中去，体现到夺取双胜利的实际效果上来。

（十三）任何事物都是共性与个性、普遍性与特殊性的对立统一。具体问题具体分析是马克思主义活的灵魂，具体矛盾具体解决是抓落实的方法论原则。坚持"两手抓"、夺取双胜利，必须将中央精神与各地实际结合起来，创造性地开展工作。

结合不是简单相加。要在"上情"与"下情"之间寻找对接点，在理论和实际之间发现一致性，在共性和个性之间寻找统一性。"照猫画虎"、照搬照套、"依葫芦画瓢"、上下一般粗，只能落空，不会落实。

结合不是简单拼凑。同样的条件，同一个地方，结合的方式不同，效果也不同，甚至有质的区别。只懂机械的物理结合，不知有机的化学结合，同样也只能落空，不会落实。

结合还有一层含义，就是要善于协调各种力量，形成抓落实的合力。中国特色社会主义制度，决定了我国各族人民、社会各个阶层的根本利益是一致的。但社会经济成分、组织形式、就业方式、利益关系和分配方式的日趋多样化，也必然带来各种各样的矛盾。这些矛盾处理不好，也会影响稳定、影响发展。结合，就要以积极的态度、主动的工作去化解矛盾，最广泛最充分地调动一切积极因素。这样，夺取双胜利的步伐就会大大加快。

（十四）"樱桃好吃树难栽，不下苦功花不开"，反映了劳动和收获之间的内在联系。抓落实离不开实干、苦干。面对坚持"两手抓"、夺取双胜利的艰巨任务，侥幸取胜，懒汉懦夫，无所作为，都是有害的。

但是，实干、苦干不等于瞎干、蛮干。落实更需要弘扬科学精神、讲求科学态度。有了科学精神，我们才能在纷繁矛盾中拨云见日；有了科学态度，我们才能在重重困难时柳暗花明。夺取防治非典的胜利，必须全面贯彻党中央、国务院关于防治非典工作的决策和部署，坚持分类指导、科学防治、依法防治，思想不麻痹，领导不削弱，工作不松懈，由应急向常态转变，始终牢牢把握工作主动权。夺取经济建设的胜利，必须全面贯彻党中央、国务院关于保持经济稳定发展的决策和部署，认真研究新情况，解决新问题，努力做到发展有新思路，改革有新突破，开放有新局面，各项工作有新举措。

（十五）"没有制度工作搞不起来。"没有制度和机制作保证，落实也无从谈起。

在这个问题上，"木桶理论"给我们以启示：决定一只木桶能装多少水，不在于最高的木板有多长，而在于最矮的木板有多长。这说明，抓落实需要各个方面、各个环节、各个岗位、各道工序之间的协调配合、尽职尽责，"挂着空档轰油门，关键时刻掉链子"是断然不行的。而要使各个方面、各个环节、各个岗位、各道工序之间做到步调一致，需要建立一套科学的制度和机制。抗击非典的实践，提供了制度建设的新鲜经验，也使我们对制度建设重要性的认识达到了新的高度。情况报告、信息发布、应急反应、决策程序、督查检查、责任追究等，这些制度和机制对于抓落实发挥着重要作用。坚持依机制运转，按制度办理，由机制推动，以制度评判，就可以落实有序，落实到位。

（十六）奋斗就会有艰辛，艰辛孕育新的发展。这是一条普遍规律。万众一心、众志成城抗非典的斗争已经证明了这一点；坚持"两手抓"、夺取双胜利的实践正在证明着这一点。

在以胡锦涛同志为总书记的党中央坚强领导下，全党同志和全国各族人民全面贯彻"三个代表"重要思想，沿着十六大指引的方向，以更加旺盛的斗志，更加顽强的作风，更加扎实的工作，投身万众一心抗非典、迎难而上促发展的伟大实践，防治非典和经济建设的双胜利，就一定属于伟大的中国人民。

（2003年6月18日）

发展是贯穿"三个代表"重要思想的主题

（一）中国需要发展，中国正在发展，中国努力实现协调、全面和可持续发展。

发展，在百姓眼里是红红火火的生活，是"天天都是好日子""一年更比一年强"。

"不敢想""想不到""梦都梦不到"——我们的人民这样诉说着身边的变化；"不得了""了不得""东方新神话"——国外的朋友这样评价着我们的发展。

（二）改革开放以来，特别是党的十三届四中全会以来，中国的发展一路高歌。在一块块富有生机的热土上，创造着发展的奇迹；在一片片充满希望的田野上，收获着发展的硕果；在一个个重点建设的工地上，书写着发展的辉煌。三峡大坝岿然屹立，青藏铁路蛟龙腾跃，西气东输千里逶迤，南水北调气势磅礴。今天的中国，国内生产总值突破10万亿元，人均国内生产总值接近1000美元，人民生活总体上达到小康水平，科教文化、民主法制、精神文明建设等各项社会事业蓬勃发展。这是中华民族发展史上一个新的里程碑。

（三）发展是历史的必然。马克思主义认为，人类社会的历史就是生产力不断发展的历史。"劳动手段不仅是人类劳动力发展的分度尺，而且也是劳动所在的社会关系的指示器。"钻木取火照亮从猿到人的历程，铁犁向前开启农耕文明的道路，蒸汽机呼啸奏响大工业时代的号角，计算机键盘敲出信息时代的强音。生产力的发展最终决定着社会面貌的变化，社会结构的更新，社会文明的进步。

（四）发展是时代的主题。当今世界，发展是全局性、战略性的问题，尽管局部战争硝烟时起，但和平与发展仍是时代的主旋律。维护和平，促进发展，追求进步，是世界人民的共同愿望。在现代化进程中，一些国家走在前面，一些国家落在后头，这是发展过程中的客观现象；而落后的国家奋起直追，加快发展，则有可能实现跨越，后来居上。世界潮流，浩浩荡荡。面对世界多极化和经济全球化的趋势，不加快发展，就会加剧落后；不加快发展，就有可能被淘汰出局。

（五）发展是人民的意志。历史的每一步发展，都靠人民力量来推动；人民的富裕、文明和福祉，最终靠社会发展来实现。任何倒退或停滞不前，给人民造成的只能是痛苦和不幸。人民用是否能推动历史进步、社会发展来衡量各个集团、政党的先进与落后，检验各种理论路线方针政策的正确与错误。代表最广大人民的根本利益，归根到底靠发展来体现。

（六）发展是社会主义的根基。科学社会主义不是个别人物内心激动的结果，也不是工人阶级政党主观意志的产物，它是生产力发展的必然。贫穷不是社会主义，发展慢了也不是社会主义，社会主义现代化必须建立在发达生产力的基础上。社会主义不论其理论还是实践，都因为生产力的发展而产生，因为生产力的发展而丰富，因为生产力的发展而过渡到更高阶段。

我国正处于并将长期处于社会主义初级阶段，人民日益增长的物质文化需要同落后的社会生产之间的矛盾是社会的主要矛盾。发展是解开这个矛盾的总钥匙。坚持以经济建设为中心，用发展的办法解决前进中的问题，是改革开放以来的一条基本经验。无论国际国内形势如何变化，无论遇到什么样的困难，只要正确坚持和贯彻发展的思想，我们就能从容应对挑战，克服困难，不断前进。大发展，小困难；小发展，大困难；不发展，最困难。这道理那道理，发展才是硬道理；这变化那变化，发展才能有变化。

（七）总结历史的发展经验，推动了如今发展的历史；顺应时代的发展要求，催生了今日发展的时代。在改革开放和现代化建设的伟大进程中，实践的发展拓展着发展的实践，理论的发展系为发展的理论。

发展是贯穿"三个代表"重要思想的主题。"三个代表"重要思想是有机的统一，统一的基础在发展。代表中国先进生产力的发展要求，是个发展问题；代表中国先进文化的前进方向，是个发展问题；代表中国最广大人民的根本利益，更是个发展问题。"三个代表"重要思想系统总结我国社会主义现代化建设、特别是改革开放以来的实践经验，深刻揭示发展的本质，科学预测发展的趋势,正确指引发展的方向。在"三个代表"重要思想的指导下,当代中国共产党人进一步开创了适合中国国情和时代特点的发展道路,形成了新的发展观。

第一,发展的地位更加突出。发展是党执政兴国的第一要务。执政的目的着眼于发展,执政的任务致力于发展,执政的措施围绕着发展,执政的成效用发展检验。发展与民族的前途命运息息相关,与人民的根本利益紧紧相连。能不能解决好发展问题,关系人心向背、事业兴衰、党的存亡。

第二,发展的中心更加明确。发展的任务千头万绪,但经济的发展是第一位的发展。经济发展了,人民富裕了,科技教育文化等事业才有发展的前提和基础,人民才有更加紧密的团结。综合国力的竞争是以经济实力为基础的竞争,是经济发展速度的竞争。

第三,发展的内容更加丰富。全面建设小康社会的奋斗目标,赋予发展更加充实的内容——经济更加发展、民主更加健全、科教更加进步、文化更加繁荣、社会更加和谐、人民生活更加殷实。发展不只是经济增长,而是坚持以经济建设为中心,在经济发展的基础上实现社会全面发展。

第四,发展的主体更加壮大。人民群众是发展的主力军。包括知识分子在内的工人阶级、广大农民是推动我国先进生产力发展和社会全面进步的根本力量,在社会变革中出现的民营科技企业的创业人员和技术人员、受聘于外资企业的管理技术人员、个体户、私营企业主、中介组织的从业人员、自由职业人员等社会阶层,都是中国特色社会主义事业的建设者。动员千千万万的民众,组织浩浩荡荡的大军,形成全体人民各尽其能、各得其所而又和谐相处的局面,积聚起来的发展力量空前雄壮。

第五,发展的动力更加强劲。改革就是解放和发展生产力。把市场经济写在社会主义的旗帜上,是中国共产党人的伟大创造。我们初步建立起的社会主义市场经济体制,是一个处于初创阶段的体制,是一个需要继续探索、不断完善的体制。必须进一步解放思想,注重制度建设和体制创新,以改革的新突破,为发展注入新动力。

第六,发展的战略更加具体。实现我国现代化建设的第三步战略目标有了一张更加完整而清晰的"进度表",形成了一个新的"三步走"战略:第一步到2010年,全面完成"十五"计划和2010年奋斗目标;第二步到2020年,建党100周年时,实现全面建设小康社会的奋斗目标;第三步到本世纪中叶,建国100周年时,基本实现现代化,在中国特色社会主义道路上实现中华民族的伟大复兴。

第七，发展的道路更加宽广。坚持走生产发展、生活富裕、生态良好的文明发展之路，促进人与自然和谐的可持续发展。在经济发展上，坚持速度和结构、质量、效益相统一。既保持较快的速度，又不再走单纯扩展规模、盲目增加产量、忽视增长质量和结构平衡、片面追求速度的老路。竭林而耕、竭泽而渔、竭草而牧不再继续。既要金山银山，又要绿水青山，成为全国人民的意志和实际行动。

第八，发展的条件更加稳固。始终不渝地坚持"一个中心、两个基本点"的基本路线不动摇，正确处理改革、发展、稳定关系。发展是目的，改革是动力，稳定是基础。没有稳定的环境，发展无从谈起；没有改革的深化，发展难以持续；没有发展的支撑，改革和稳定也无法实现。改革、发展、稳定，好比是我国现代化建设棋盘上的三着紧密关联的战略性棋子，每一着棋都下好了，相互促进，就会全局皆活；如果有一着下不好，其他两着也会陷入困境，就可能全局受挫。

第九，发展的目的更加自觉。人民群众既是先进生产力和先进文化的创造者，又是其成果的享有者。发展，既要着眼于满足人民现实的物质文化生活需要，又要为每个人发挥自身的聪明才智、实现自由而全面的发展开拓日益广阔的空间，不断促进人民素质的提高，也就是促进人的全面发展。

（八）站在"三个代表"重要思想的高度，站在新的历史起点，回首历史，环顾世界，我们对发展的认识更加深刻，对发展的信心更加坚定，也更加感受到加快发展的艰巨和紧迫。

我们已经实现的小康，是一个低水平、不全面、发展很不平衡的小康：生产力和科技、教育还比较落后，实现工业化和现代化还有很长的路要走；城乡二元经济结构还没有改变，地区差距扩大的趋势尚未扭转，贫困人口还为数不少；人口总量继续增加，老龄人口比重上升，就业和社会保障压力增大；生态环境、自然资源和经济社会发展的矛盾日益突出；我们仍然面临发达国家在经济科技等方面占优势的压力；经济体制和其他方面的管理体制还不完善；民主法制建设和思想道德建设等方面还存在一些不容忽视的问题。巩固和提高目前达到的小康水平，还需要进行长时期的艰苦奋斗。

（九）全面建设小康社会的宏伟目标，是一个鼓舞人心、催人奋进的目标，是一个深刻体现我们党立党为公、执政为民的性质、宗旨和执政规律的目标。这个目标吹响了现代化建设新的进军号角。自觉而坚定地为全面建设小康社会而奋斗,就是以实际行动为实践"三个代表"而奋斗,就是为开创中国特色社会主义新局面而奋斗。

奔向全面小康的20年,是实现第三步目标必经的承上启下的20年,是关系中国现代化建设前途和命运的20年,是我们必须紧紧抓住并且可以大有作为的重要战略机遇期。历史上我们有过丧失机遇延误发展的沉痛教训,也有过抓住机遇加快发展的宝贵经验。在新的战略机遇期面前,责任重如泰山,道路艰难曲折,前景无限美好。

(十)抓住机遇,加快发展,全面建设小康社会,最重要的就是高举"三个代表"重要思想的旗帜。"三个代表"重要思想反映了我国最广大人民的共同意愿,体现了当今世界和中国发展的时代精神,是全党全国人民在新世纪新阶段继续团结奋斗的共同思想基础。在继续推进社会主义现代化建设的伟大进程中,我们要以"三个代表"重要思想为根本指针,以"三个代表"重要思想来统领我们的发展,更新发展观念,打开发展思路,破解发展难题,指导发展实践。

(十一)从一定意义上说,发展的本质就在于创新,发展的过程就是创新的过程,发展的速度取决于创新的力度。加快发展,就要解放思想、实事求是,与时俱进、开拓创新。

创新,包括理论创新、制度创新、科技创新、文化创新以及其他各方面的创新。

以理论创新指明发展的方向。实践基础上的理论创新是社会发展和变革的先导,要以理论创新的成果指导发展的实践,以理论创新推动各方面的创新。要不断更新发展观念。发展不仅要关注经济指标,而且要关注人文指标、资源指标和环境指标;不仅要增加促进经济增长的投入,而且要增加促进社会发展的投入,增加保护资源和环境的投入。发展决不能"一条腿长,一条腿短",决不能"满了口袋,空了脑袋",决不能"吃祖宗饭,断子孙路"。

以制度创新清除发展的障碍。拿出一往无前的勇气,拿出坚韧不拔的毅力,从根本上消除束缚经济社会发展的体制性障碍,解决体制转变中的深层次矛盾和问题。

以科技创新加速发展的进程。科学技术是第一生产力。要大力发展高新技术产业,不断用先进科技来改造和提升传统产业,实现生产力的跨越式发展。

以文化创新积聚发展的后劲。文化的力量，已深深熔铸在民族的生命力、创造力和凝聚力之中。要以文化创新特别是教育创新来造就数以亿计的高素质劳动者、数以千万计的专门人才和一大批拔尖创新人才，呈现出"鹰隼试翼、乳虎啸谷"的良好局面，使我们的发展有更深厚的文化底蕴，有更雄厚的人才根基。

创新就要敢想敢干，但绝不是胡想蛮干。在全面建设小康社会的发展道路上，要特别注意防止"速成论""攀比风"的不良倾向，不能急于求成，提出一些不切实际的发展目标；不能盲目发展，搞低水平重复建设；不能寅吃卯粮，大手大脚，铺张浪费。"一代人的政绩，几代人的包袱"的现象再也不能重演了。

（十二）改革是发展的强大动力。深化改革，创造良好的体制环境，是加快发展的紧迫课题。

发展是硬道理，也是硬杠杠。一切妨碍发展的思想观念都要坚决冲破，一切束缚发展的做法和规定都要坚决改变，一切影响发展的体制弊端都要坚决革除。这就决定了今天的改革是一场攻坚的改革，是一场全面的改革，既包括经济基础又包括上层建筑，既包括经济体制又包括政治、文化等方面的体制，既包括体制层面又包括思想观念层面。

在经济体制改革方面，要按照完善社会主义市场经济体制的要求，坚持和完善基本经济制度，进一步探索公有制特别是国有制的多种有效实现形式；健全统一、开放、竞争、有序的现代市场体系；加强和完善宏观调控，完善政府的经济调节、市场监管、社会管理和公共服务的职能；深化分配制度改革，建立健全同经济发展水平相适应的社会保障体系。

（十三）我们正面对着世界经济和科技前所未有的大发展，也面对着全球范围内前所未有的大竞争。要以更加积极的开放姿态走向世界，以更高水平的对外开放促进发展。

如果说我们以前的对外开放是在国际市场的"浅水区"游泳，那么今天的对外开放则到了"深水区"。在经济全球化进程加快和加入世贸组织的新形势下，我们在更大范围、更广领域和更高层次上参与国际经济技术合作和竞争，要奋力去游，力争上游，不断提高搏风击浪的本领。"弄潮儿向涛头立，手把红旗旗不湿"，我们就是要有这样的自信和气度。

要增强世界意识、世界眼光,提高在对外开放条件下做好工作的能力。在观察形势时善于通盘把握国内形势和国际形势,在进行重大决策时善于综合考虑国内因素和国际因素,在开展工作时善于充分利用国内有利条件和国际有利条件,在处理问题特别是突发事件时善于综合考虑国内影响和国际影响,努力为我们的发展争取更多更有利的国际环境。

(十四)充分发挥全体人民的积极性创造性,最广泛最充分地调动一切积极因素,对于加快发展至关紧要。

人民,是创造历史的动力;人民,是推动发展的主力。最大多数人的利益和全社会全民族的积极性创造性,对党和国家事业的发展始终是最具有决定性的因素。

要坚定地相信群众、紧紧地依靠群众,在各项工作中充分发挥人民群众的历史主动精神。把尊重劳动、尊重知识、尊重人才、尊重创造作为党和国家的一项重大方针在全社会认真贯彻。营造尊重、鼓励创业的社会环境,形成人才脱颖而出、人尽其才的良好机制,开创人才辈出并能充分发挥各种人才积极性和创造性的新局面。放手让一切劳动、知识、技术、管理和资本的活力竞相迸发,让一切创造社会财富的源泉充分涌流。

(十五)发展是机遇,是挑战,是考验。加快发展,我们就要提高学习能力、应对能力、竞争能力、决策能力、创新能力,加强建设者的建设,促进发展者的发展。

小康大业,关键在人。全党同志特别是领导干部要切实提高科学判断形势、驾驭市场经济、应对复杂局面、依法执政和总揽全局的能力。全体人民要不断提高自己的思想道德素质和科学文化素质,不断提高自己的劳动技能和创造才能。当今时代,新知识层出不穷,知识更新周期不断缩短,要增强学习的紧迫感,坚持学习、加强学习、改善学习,学以致用、用以促学、学用相长,努力形成学习型社会,使21世纪的中国处处成为人人皆学之邦。

(十六)1840年鸦片战争以来,中国人民的根本利益就是强国富民,中华民族的历史要求就是实现伟大复兴。中国共产党自诞生之日起,就肩负着强国富民、复兴中华民族的庄严使命。

"落后就要挨打"——毛泽东同志强调发展的紧迫,语重心长;"发展是硬道理"——邓小平同志道出发展的重要,掷地有声;"必须紧紧抓住发展这个执政兴国的第一要务"——江泽民同志阐述发展的意义,透彻精辟。

一代又一代的中国共产党人,团结和带领中国人民谱写了革命、建设、改革的恢弘史诗,为中国的发展开启了崭新的纪元,开拓了宽广的道路,奠定了坚实的基础,展现了壮丽的前景。

今天,以胡锦涛同志为总书记的党中央顺应民心,凝聚党心,领导全党同志和全国人民,继往开来,与时俱进,向着中华民族伟大复兴的宏伟目标奋勇前进。

发展的中国,创造着人民的幸福;中国的发展,孕育着更加美好的未来。中国人民的幸福生活和美好未来,必将在"聚精会神搞建设,一心一意谋发展"的奋斗中成为灿烂现实。

(2003年8月21日)

论诚信

——写在《公民道德建设实施纲要》印发两周年、
第一个"公民道德宣传日"到来之际

（一）诚信，是公民道德的一个基本规范，牵动着亿万人民群众的心。"以诚实守信为重点"，这是党的十六大在阐述加强思想道德建设问题时提出的一个重要论断。这个新论断，既是对公民道德建设的新认识，又是对贯彻《公民道德建设实施纲要》的新要求，具有很强的指导性和针对性。

（二）实践表明，现代社会是诚信需求日益增长的社会，市场经济是信用经济、法制经济。全面建设惠及十几亿人口的更高水平的小康社会，改革将更加深入，开放将更加扩大，经济将更加发展，民主将更加健全，科教将更加进步，文化将更加繁荣，社会将更加和谐，人民生活将更加殷实，这些都迫切要求在全社会营造诚信的环境，完善诚信的制度。新世纪新阶段，加强诚信建设愈益成为一项关乎我国经济和社会发展的重要任务。

（三）什么是诚信？诚，即真诚、诚实；信，即守承诺、讲信用。诚信的基本含义是守诺、践约、无欺。通俗地表述，就是说老实话、办老实事、做老实人。人生活在社会中，总要与他人和社会发生关系。处理这种关系必须遵从一定的规则，有章必循，有诺必践；否则，个人就失去立身之本，社会就失去运行之规。

（四）诚实守信是中华民族的传统美德。哲人的"人而无信，不知其可也"，诗人的"三杯吐然诺，五岳倒为轻"，民间的"一言既出，驷马难追"，都极言诚信的重要。几千年来，"一诺千金"的佳话不绝于史，广为流传。

（五）时代的进步推动着观念的更新。随着社会主义现代化的发展，社会生活巨大而深刻的变化赋予诚信这一传统美德日益丰富的时代内容，也促使人们对诚信的理解从伦理道德的范畴提升到制度建设的层面。诚信不仅是一种品行，更是一种责任；不仅是一种道义，更是一种准则；不仅是一种声誉，更是一种资源。就个人而言，诚信是高尚的人格力量；就企业而言，诚信是宝贵的无形资产；就社会而言，诚信是正常的生产生活秩序；就国家而言，诚信是良好的国际形象。诚信是道德范畴和制度范畴的统一，讲诚信有利于社会效益和经济效益的统一，加强诚信建设体现了法制建设与道德建设、依法治国与以德治国的紧密结合。

广泛深入的群众性精神文明创建活动，持续多年的"百城万店无假货"活动，整顿和规范市场经济秩序，打击制假售假、走私盗版等专项治理，以及许多地方陆续出台的相关法规，都对诚信建设产生了良好影响，发挥了重要的促进作用。广大人民群众在满腔热忱、满怀信心地投身诚信建设的实践。一些地方、企业和个人，也从一度失信的教训中醒悟过来，认识到失信酿祸，守信孕福，纷纷提出"诚信立市""诚信立企""诚信立业"，努力以诚信规范自己的行为，改变信誉不佳的形象。温州、汕头等一些地方的可喜变化，就很有代表性和说服力。

（六）毋庸讳言，我们的社会在诚信建设方面还存在种种问题，信用缺失引发的矛盾经常发生。从市场反映出的情况来看，无照经营，商标侵权，制假售假，合同欺诈，虚假招标，骗税逃税，伪造假账，恶意拖欠，变相传销……这种种行为像"病毒"一样侵蚀着社会的肌体，像"沙尘暴"一样吞噬着信用的"绿洲"。不讲诚信、欺骗欺诈已成为人人痛恨的一大公害，成为制约社会主义市场经济健康发展的一大障碍。

（七）从全面贯彻"三个代表"重要思想的高度，我们可以更加深刻地认识到加强诚信建设的极端重要性。诚信是发展先进生产力的助推器，符合先进生产力的发展要求，不讲诚信是对生产力的破坏；诚信是传统文化的精华，又是先进文化的重要内容，不讲诚信是对传统文化的亵渎，更与先进文化的前进方向背道而驰；诚信体现了最广大人民的根本利益，不讲诚信严重损害人民利益。

加强诚信建设，正是贯彻"三个代表"重要思想的具体实践。

加强诚信建设，应当成为全方位、全局性的民心工程、社会工程、国家工程。

（八）从计划经济体制走向社会主义市场经济体制，是一场重大的历史变革。这个变革过程,给我们带来了蓬勃生机,也带来了一些问题。我们的社会迸发出前所未有的活力,生产力迅速发展,分配方式日益多样,人民逐步富裕,生活丰富多彩。祖国大地海阔天广,千帆竞发。人们有了更多的选择机会和实现个人价值的广阔舞台。另一方面,市场也有其自身的弱点和消极方面。商品交换的法则容易侵蚀到人们的精神领域,引发见利忘义、道德失范。对纷繁复杂的社会现象,我们应作出正确判断。看不到改革开放和市场经济对社会进步的巨大促进作用,看不到我们社会生活的主流,是不对的;看不到包括倡导诚信在内的公民道德建设的必要性和紧迫性,对失信行为放任自流,无所作为,也是不对的。

(九)有一种观点认为,市场经济只讲赚钱,不问手段,"赚钱是好汉,没钱玩不转",讲不讲诚信无关紧要。这是对市场经济的一种误解。

诚然,有市场就会发生欺诈现象,这是古今中外任何市场都无法避免的。但从本质上看,欺诈现象并不是市场本身的必然属性。从最基本的意义上说,市场经济是交换经济。人们在市场上进行的交易也是信用的交易,信用是维系交换行为的无形纽带,失去这根纽带,交换就无法正常健康地进行。我们要健全"统一、开放、竞争、有序"的现代市场体系。这里的"有序",核心内容就是讲诚信。诚信是市场秩序的支柱,是市场繁荣的基石;失信必然损害市场,丧失市场。无论哪一种市场经济,实际上都离不开诚信,都应大力倡导诚信。市场经济当然要讲利益,但这不能成为不讲诚信的理由。"君子爱财,取之有道"。这里所讲的"道",一个重要内含就是诚信。

市场经济又是法制经济。英国古典经济学家亚当·斯密说,没有公正就没有市场经济。如果追求金钱名利超出对智慧和道德的追求,整个社会便会产生道德情操的堕落,结果是公正性原则被践踏,市场经济趋于混乱。也有经济学家指出,有效的基于个体自由竞争基础上的市场机制,必须有一定的道德秩序予以支持。从现代社会来看,市场不仅表现为实际的特定的买卖场所,更有一套法律规则和道德伦理体系,这些构成了市场经济的前提。现代信用制度实际上就是建立在诚信基础之上的契约关系。有诺必践,违约必究,经济活动才能正常运转。信用度越高,经济运行就越顺畅;信用度越低,经济运行成本就越高,诚信空气稀薄的社会环境甚至会窒息经济发展的活力。

我们要建设的社会主义市场经济体制是一项前无古人的伟大创举。这种经济体制不仅同社会主义基本经济制度、政治制度结合在一起,而且同社会主义精神文明结合在一起。社会主义市场经济对诚信提出了更高的要求。"诚信为本，操守为重"是社会主义市场经济的题中应有之义，离开诚信的道德和法制的力量，社会主义市场经济体制的完善就无从谈起。去年，我国成为全世界吸收外资最多的国家，我国适应经济全球化进一步发展和加入世贸组织的新形势，在"引进来"的同时积极地"走出去"，不断开拓国际市场，扩大对外贸易，一个重要原因就是中国人说话算数，遵守国际规则，在世界上享有良好信誉。诚实守信，过去、现在和将来都是经济发展的重要条件。在经济全球化时代，伴随着信息化的发展和网络经济的兴起，诚信已成为扩大交往、走向世界的通行证；由诚信而带来的利益和由不诚信而导致的损害，将因经济全球化而成倍放大。

（十）有一种观点认为，诚信是一种理想化的美德，现实生活中做不到，讲诚信者往往吃亏。这种认识带有很大的片面性。

不可否认，在现实生活中的确存在不诚信者占便宜、老实人吃亏的现象，但这毕竟不是我们社会生活的普遍现象。改革开放二十多年来取得的巨大成就，是与广大人民群众的艰苦奋斗、诚实劳动紧密联系在一起的。在党的富民政策指引下，千百万群众扎实苦干，合法经营，照章纳税，奔向小康。这是基本方面，是社会主流。

"言而无信，行之不远。"大量事实证明，制假售假、坑蒙拐骗，可逞一时之快，得一时之利，但必以东窗事发、身败名裂而告终。假的终究是假的，谎言就是谎言，没有拆不穿的假象，没有识不破的骗局。从古至今，没有一项事业能够建立在无诚不信的沙滩之上。诚实劳动尽管艰辛，却坦坦荡荡，踏踏实实。只有诚实劳动才能最终通向成功。而"吃亏论"本身，在某种意义上是在为老实人鸣不平，也是对诚信的呼唤。还有一些人，即使因诚信而一时吃了亏，仍不改初衷，堂堂正正做人，老老实实做事，这是对推进全社会诚信建设的宝贵贡献，正在越来越受到社会的赞赏和人们的尊敬。随着社会的发展，制度的完善，依靠诚信而获得成功的现象会越来越普遍，不讲诚信而付出的代价会越来越沉重，这是总的趋势，不可阻挡。

（十一）还有一种观点认为，我是想讲诚信的，但别人不讲，我也只好不讲了。这种态度是不可取的。

诚信是全体公民都应该遵循的基本道德规范。诚信可以是对社会、对他人的期望，但首先应该是对自己的要求。自己的诚信不能以他人的诚信为前提。对一个有责任感的公民来说，正确的做法应当是身体力行，影响周围，而不能人云亦云，随波逐流。有一位北京市民说："树立诚信意识要从每个人做起，只有自己做到了诚信，才能要求别人也这样做。社会由个体组成，每个人都以诚信要求自己，社会就会成为一个诚信社会。"这句话很朴实，但说出了一个深刻的道理。社会学和心理学的研究表明，自己的诚信与赢得他人的诚信成正比，自己越诚信，就越会赢得他人的诚信回报。人们都希望生活在一个诚信无欺的环境中，诚信环境的形成取决于每个人对诚信所持的态度。诚信建设是每个人的事，也是全社会的事。这就需要大家积极参与，添砖加瓦，从我做起，从现在做起，从具体的事情做起。提高全社会的诚信水平，人人有责，人人有利，个个出力，个个受惠。如果你骗我一下，我骗你一下，骗来骗去，只能落个"两败俱伤"。如果等全社会所有的人都讲诚信之后自己再讲诚信，那是等不到的，那等于为自己的不讲诚信寻找借口，无异于推卸自己作为社会的主人在诚信建设中应当承担的责任。

（十二）诚信的养成不是自然而然的过程，只有通过坚持不懈、持之以恒的教育和自我教育才能化作自觉的行动。良好的教育犹如春风化雨，一个社会，无论什么时候、什么情况下，都要高度重视对公民的教育引导，不断提高人们的精神境界和道德修养。

"言必信，诺必诚""小信诚，大信立"。诚信教育必须从大处着眼，从小处入手，从娃娃抓起，从日常生活抓起。要在全社会树立诚信光荣、失信可耻的社会风气和强有力的舆论氛围。共产党员必须发挥先锋模范作用，在诚信建设方面同样如此。实事求是、诚实守信，与立党为公、执政为民息息相关，每一个共产党员都要做重操守、讲诚信的人，做言行一致、说到做到的人，以自己的表率作用，带动群众投身于诚信建设之中。

诚实守信，重在实践，贵在积累。勿以善小而不为，勿以恶小而为之，去小恶而从善，积小善成大德，这是提高公民诚信水平的必由之路。

（十三）诚信建设靠教育，更靠法制。当前社会的信用缺失，既与诚信教育不够有关，更与法规的滞后、政策的不完善和制度的不健全相连。在我们的社会生活中，如果缺乏真实的交易信息、企业法人信息及其他相关信息的记录和披露制度，那必将为失信行为留下可乘之机；如果司法公正得不到有效保证，"起诉不受理，受理不开庭，开庭不审判，审判不执行"，那就不可能为诚信提供法律保障；如果对失信、造假、欺骗等行为惩罚不力，处罚的代价远低于造假、欺骗所得的利益，那就必然导致失信行为屡禁不止；如果违法比守法能获得更大利益，贪赃枉法比严格执法能获得更多好处，就很难让广大公民信守法律。有道是，舞弊者得利，效仿者纷至；舞弊者受罚，接踵者敛迹。

党的十六大提出要"健全现代市场经济的社会信用体系"。加快制度建设，建立健全完善的信用制度体系、利益导向体系和监督管理体系，是当前解决诚信问题的治本之策。应当努力形成这样一种局面：如果一个企业依法经营，它就感觉不到政府的存在；如果它违法经营了，政府就无所不在。要认真纠正"打击假冒伪劣很有成绩，制假售假行为却屡禁不止"的现象，既抓惩处，又抓预防，关口前移，拒假冒伪劣于市场之外。如何建设信用体系，需要集思广益、大胆探索，创造新鲜经验。

令人欣喜的是，许多地方已开始建立企业与个人信用制度，把企业、个人的诚信表现与他们的切身利益直接联系起来。诸如，记录企业和个人的信用状况，建立信用"户口"，开列失信者"黑名单"，将市场主体行为的各种信息公之于社会，通过建立激励约束机制，鼓励守信企业保持荣誉、鞭策失信企业痛改前非等。这些都是在制度建设方面的有益探索。

（十四）在诚信问题上，一手抓制度建设，一手抓教育引导，这是依法治国与以德治国相结合的具体体现。完善而合理的制度可以有效遏制各种无诚无信的欺诈作弊行为，有利于诚信美德的巩固和弘扬；大力推进社会主义思想道德体系的建设，广泛开展群众性精神文明创建活动，又能给制度的建立和完善以强有力的推动。在诚信教育倡导的"谁诚信谁光荣"的基础上，制度建设的推进将为"谁诚信谁得利"提供保证。坚持两手抓、两手都要硬，通过正确的教育导向、舆论导向、制度导向、利益导向的推动，全社会的诚信水平必将不断跃上新台阶，达到新高度，取得新成效。

（十五）共铸诚信，群众需要榜样，社会需要引导。领导干部、领导机关和职能部门的表率作用，事关全局，事关长远。在所有的社会信誉中，领导机关的信誉至关重要。各级领导干部，肩负着人民的重托，一言一行与社会诚信紧密相连，一定要提高素质、转变作风、改进工作，以实际行动取信于民。各级领导干部和政府工作人员都应当自觉承担起自己的责任，讲真话，做实事，言行相符，言出厉行，全心全意为人民服务，努力在推进全社会的诚信建设中发挥带头作用。

（十六）诚信建设是一个长期、复杂、曲折、渐进的过程。一些市场经济发育相当成熟的发达国家在诚信方面仍问题不少，丑闻不断。我们是社会主义国家，不仅应当创造出比其他社会制度更加发达的物质文明，而且应当孕育出更加先进的精神文明。历史总是在解决自己面临的问题中向前迈进的。我国建立社会主义市场经济体制的时间还不长，在诚信建设方面还存在这样那样的问题，但我们有信心有能力以更快速度、更高质量推进全社会的诚信建设。

有党中央、国务院的高度重视和坚强领导，有广大人民群众的积极参与，有经济建设和制度建设的有力推动，一个具有崭新精神风貌和强大道德力量的中国，必将伴随着中华民族的伟大复兴屹立于世界东方。

（2003年9月18日）

全面建设小康社会实践的升华
——论发展观、政绩观、人才观、群众观

（一）带着胜利的喜悦和夺取新的更大胜利的豪情，中国人民跨进了新的一年。刚刚过去的一年，是全党全国人民在全面建设小康社会的伟大征程上阔步前进的一年。我国遇到的困难比预料的大，取得的成绩比预料的好。发展开辟新思路，改革取得新突破，开放打开新局面，各项工作推出新举措。经济较快增长和社会全面进步举世瞩目。

在这一进程中，以胡锦涛同志为总书记的党中央，高举邓小平理论伟大旗帜，全面贯彻"三个代表"重要思想，认真分析世界经济政治发展趋势，着眼全面建设小康社会的伟大实践，多次强调并深刻论述了一系列重要的思想和观点，把全党的认识升华到一个新的高度。这些观点包括：

一、全面、协调、可持续的发展观；

二、办实事、务实效、求实绩的政绩观；

三、人才资源是第一资源、人人皆可成才、人才存在于人民群众之中的人才观；

四、权为民所用、情为民所系、利为民所谋的群众观。

上述发展观、政绩观、人才观、群众观，是我们党对建设中国特色社会主义基本理论、基本路线、基本纲领、基本经验的丰富，是我们党对共产党执政规律、社会主义建设规律、人类社会发展规律认识的深化，显示了我们党解放思想、实事求是、与时俱进的理论勇气，体现了我们党高屋建瓴、统揽全局、开拓未来的执政能力。这"四观"具有深刻的思想内涵和很强的现实针对性，同时又相互联系，相互渗透，源于全面建设小康社会的伟大实践，必将有力指导全面建设小康社会的伟大实践。

（二）发展是硬道理，是党执政兴国的第一要务。这是改革开放20多年来特别是十三届四中全会以来我们得出的一条基本经验。2003年，我国的国内生产总值达到11万亿元，人均GDP突破1000美元。这一新的历史性成就，是全党全国人民聚精会神搞建设、一心一意谋发展的丰硕成果。

不同的发展阶段面临不同的发展课题。随着改革开放和现代化建设的不断深入，发展的深层次矛盾和问题日益凸显：突如其来的非典疫情，反映出我国的经济社会发展不够全面；城乡二元经济结构，使"三农"问题更加突出；区域发展的不平衡，使地区差距有扩大趋势；经济的快速增长，对资源、环境的压力日益加大。这些问题使我们更加深刻地认识到，实现全面建设小康社会奋斗目标，不断把中国特色社会主义事业推向前进，必须树立和落实科学的发展观，统筹城乡发展、统筹区域发展、统筹经济社会发展、统筹人与自然和谐发展、统筹国内发展和对外开放。

（三）发展的实践丰富着发展的理论，发展的理论指导着发展的实践。全面、协调、可持续的科学发展观的确立，使发展的内涵更加清晰，发展的途径更加明确，发展的眼光更加深远。

发展必须坚持以经济建设为中心，解放和发展生产力。建设惠及十几亿人口的更高水平的小康社会，必须加快经济发展。不发展不行，发展慢了也不行。经济增长是发展的基础，没有经济的数量增长，没有物质财富的积累，就谈不上发展。但增长并不简单地等同于发展，如果单纯追求扩大数量，单纯追求速度，而不重视质量效益，忽视政治文明、精神文明建设，忽视社会各项事业的全面进步和人的全面发展，这样的发展是片面的，难以实现全面的小康。

发展是一个系统工程，必须协调推进。党和国家把"三农"作为发展的重中之重，大力实施西部大开发战略，振兴东北等老工业基地，积极推进"走出去"战略，立足点就是促进城乡、区域、对内对外的协调发展。没有农民的小康，就没有全国的小康；没有西部以及落后地区的现代化，就没有全国的现代化。

发展不仅应尊重经济规律，还应尊重社会规律和自然规律。我国是一个人口众多，资源相对不足的大国，随着向工业文明的迈进，人口、生态、环境、资源等矛盾日益突出，成为制约发展的瓶颈。把控制人口、保护生态和环境、节约资源放到更加重要的位置，使人口增长与社会生产力相适应，使经济建设与生态、环境、资源相协调，我们才能实现发展的良性循环。绝不能"一地致富，八方遭殃"，绝不能"吃祖宗饭，砸子孙碗"。发展，就应该在自然界涵养能力和更新能力允许的范围内，实现经济社会的持续健康发展和人与自然相和谐，推动整个社会走上生产发展、生活富裕、生态良好的文明发展之路。

科学的发展观是对党和国家事业发展全局高瞻远瞩的把握，是社会主义现代化建设的必然要求。

（四）政绩观与发展观紧密相关。科学的发展观引导着正确的政绩观，正确的政绩观实践着科学的发展观。在发展观上出现盲区，往往会在政绩观上陷入误区；缺乏正确的政绩观，往往会在实践中偏离科学的发展观。

"为官一任，造福一方。"对领导干部来说，为一方经济社会发展，为一方百姓造福，应该有政绩，也必须追求政绩。在现代化建设中，广大共产党人奋发有为，身先士卒，兢兢业业，开拓进取，创造出辉煌的业绩，得到党的信任和群众的拥护。但不应否认，少数干部不正确的政绩观，也给党和人民的事业造成了损失，甚至是重大损失。

（五）树立正确的政绩观，核心是解决这样几个问题：什么是政绩？怎样树政绩？为谁树政绩？

共产党人的政绩，说到底是实现最广大人民的根本利益。当代共产党人的政绩，就是做得人心、暖人心、稳人心的好事实事，就是解决群众最关心、最迫切需要解决的问题，就是全面建设小康社会，促进人的全面发展。

树政绩的根本途径是将人民群众的眼前利益和长远利益结合起来，尊重客观规律，提高领导水平，脚踏实地工作，俯首为民办事。那种盲目攀比，追求高指标，铺摊子，上项目，留下一堆胡子工程的做法；那种"一个艄公一道河"，"新官上任三把火"，热衷标新立异，贪大求奢，好高骛远，今天一个大规划，明天一个大思路，朝令夕改，使人无所适从的做法；那种只求本届有政绩，不给下届留财富，花光用光，急功近利，追求短期效益的做法，不是造福，而是添乱；不是政绩，而是包袱。

树政绩的根本目的是为人民谋利益。有的干部说话办事不怕群众不满意，就怕领导不注意；不怕群众不高兴，就怕领导不开心。这是搞花架子、形式主义的形象工程、面子工程等屡禁不止的根源。还有一些干部，只抓那些容易出成果的"显绩"，不啃"硬骨头"；只做保险事，不探新路子；只关注局部利益，不顾及全局得失。他们树"政绩"的目的，是给自己留名，给自己立碑，为自己邀官。这样的干部，不仅不能办事，也是靠不住的；这样的政绩,不仅对国家、对社会、对百姓毫无益处,最终也会毁了自己。

"金杯银杯不如老百姓的口碑,金奖银奖不如老百姓的夸奖。"人民拥护不拥护、赞成不赞成、高兴不高兴、答应不答应,这是衡量政绩的最终标准,也是我们衡量干部的最终标准。

(六)国以才立,政以才治,业以才兴。发展靠人才支撑,政绩靠人才创造。人才观与发展观、政绩观内在统一。综合国力竞争说到底是人才竞争,谁拥有了人才优势,谁就拥有了竞争优势。只有造就数以亿计的高素质劳动者、数以千万计的专门人才和一大批拔尖创新人才,建设规模宏大、结构合理、素质较高的人才队伍,充分发挥各类人才的积极性、主动性和创造性,我们才能大力提升国家核心竞争力和综合国力,为全面建设小康社会、实现中华民族的伟大复兴提供重要保证。

(七)人才是关系党和国家事业发展的关键问题。科学的人才观,是当代共产党人继承和开拓党的伟大事业的战略决策。中国共产党的先进本质和历史使命决定了党历来十分重视人才。正是因为党代表了历史前进的方向,党才能吸引千千万万的优秀儿女;也正是因为千千万万的优秀儿女凝聚在党的旗帜下,党才有披荆斩棘的力量,从胜利走向胜利。小康大业,人才为本。为了实现全面建设小康社会的宏伟目标,我们一定要树立适应新形势新任务要求的科学人才观,克服在人才问题上的各种不合时宜的观念。

人才资源是第一资源。人才是先进生产力和先进文化的重要创造者和传播者,人才开发是经济社会发展中起着基础性、战略性和决定性作用的重要推动力量,人才强国战略是科教兴国战略和可持续发展战略的"制高点"。我们的人才总量不足,人才占人口和人力资源的比例远远低于发达国家,人才的专业、年龄结构和产业、区域分布不够合理,这是人才队伍的现状。发展是第一要务,科学技术是第一生产力,人才资源是第一资源。充分开发人才资源,把人才资源作为最重要的战略资源去认识、去开发、去管理,我们才能使我国由人口大国转化为人才资源强国,把人口压力转化为人才优势。

人人都可以成才。中国特色社会主义伟大事业,不仅需要千千万万的人才,也为千千万万人才的成长创造了新的天地。改革的深化,经济的发展,社会的进步,为每个人提供了日益广阔的活动空间,人们闲暇时间的增多,择业自由的实现,为人的全面发展,自主成才提供了现实的可能。谁勤于学习、勇于投身时代创业的伟大实践,谁就拥有发挥聪明才智的机遇,谁就能成为对国家、对人民、对民族的有用之才。

人才存在于人民群众之中。衡量人才的标准是知识、能力和业绩，而不能唯学历、唯职称、唯资历、唯身份。所有具有一定的知识或技能，能够进行创造性劳动，为推进社会主义物质文明、政治文明、精神文明建设，在建设中国特色社会主义伟大事业中作出积极贡献的劳动者，都是党和国家需要的人才。

科学的人才观和人才强国战略的确立，具有开创性和决定性的意义，标志着我们党对人才工作重要性的认识达到一个新高度，标志着我国人才工作进入一个全面展开、整体推进的新阶段。

（八）加快发展，创造政绩，人才强国，都是为了人民群众，也要依靠人民群众。

"群众利益无小事""凡是涉及群众的切身利益和实际困难的事，再小也要竭尽全力去办""权为民所用、情为民所系、利为民所谋"，这些朴实无华的话语，蕴含着丰富而深刻的哲理，不仅在人民群众中广泛流传，而且为广大干部自觉实践，成为2003年中国社会生活的一大亮点。在抗击非典斗争中，哪里有艰险，哪里就有共产党员的身影；在改革发展稳定的各项工作中，哪里有困难，哪里就有共产党员的奉献。平时看得出来，关键时刻站得出来。从中央到地方，各级领导干部坚持从群众最关心、最迫切需要解决的实际问题入手，诚心诚意办实事，尽心竭力解难事，坚持不懈做好事，赢得了广大人民群众的衷心拥护，人民群众的力量更加紧密地凝聚在全面建设小康社会的伟大事业中。

（九）权为谁用？情为谁系？利为谁谋？这是判断一个执政党进步还是落后的根本标志，是衡量一个共产党员党性强弱的根本标尺。

共产党人的权只能为民所用。党的权力来自人民，一切权力属于人民，各级领导干部手中的权力是人民赋予的。做到权为民所用，就必须正确看待和运用手中的权力，始终以党和人民的事业为重，为人民掌好权、用好权，用人民赋予的权力服务于人民、造福于人民，绝不以权谋私。

共产党人的情只能为民所系。党肩负人民的期望，人民哺育了我们党。做到情为民所系，就必须坚持与人民群众心连心，始终把人民群众的安危冷暖挂在心上，倾听群众呼声，关心群众疾苦，切实帮助群众解决实际困难，绝不脱离群众。

共产党人的利只能为民所谋。党代表人民的利益，党没有任何私利。做到利为民所谋，就必须时刻把群众利益放在首位，始终把实现好、维护好、发展好最广大人民的根本利益作为全部工作的出发点和落脚点，坚持一切为了群众、一切依靠群众，立志为人民做实事、做好事，绝不与民争利。

权为民所用、情为民所系、利为民所谋，道出了人民群众的心声，体现了我们党同人民群众之间的血肉联系，反映了共产党人的根本宗旨，阐明了我们党一贯坚持的人民群众是历史主人的唯物主义历史观、群众观。

（十）发展观、政绩观、人才观、群众观，鲜明深刻，光彩夺目，相映生辉，是深邃思考的结晶，是实践经验的总结，是使我们的工作体现时代性、把握规律性、富于创造性的强大武器，必将推动我国经济社会发展进入一个更加科学、更加理性、更加具有全局性和长远性的崭新阶段。

（十一）发展观、政绩观、人才观、群众观，紧紧围绕着一个宏伟目标，这就是全面建设小康社会。只有做到全面、协调、可持续的发展，才能使经济更加发展、民主更加健全、科教更加进步、文化更加繁荣、社会更加和谐、人民生活更加殷实。只有为国家和人民创造实实在在的政绩，才能为全面建设小康社会提供坚实基础。只有开创人才辈出、人尽其才的新局面，才能为全面建设小康社会提供有力的人才保证。只有激发全体人民群众的积极性和创造性，才能为全面建设小康社会提供强大的力量源泉。

（十二）发展观、政绩观、人才观、群众观，充分展现着一个鲜明的指向，这就是提高党的领导水平和执政能力。加强党的执政能力建设，是推进党的建设新的伟大工程的重点，是应对复杂多变的国际形势，应对艰巨繁重的改革发展任务，应对各种可以预料和难以预料的风险和挑战的必然要求。这"四观"是加强党的执政能力建设、提高党的领导水平和执政水平的重要内容，是提高全党科学判断形势、驾驭市场经济、应对复杂局面、依法执政和总揽全局这五个方面能力的实现途径。

（十三）发展观、政绩观、人才观、群众观，始终贯穿着一个基本理念，这就是以人为本。发展观以人的全面发展为最高目标，政绩观使政绩为促进人的全面发展而创造，人才观成就每个人创业有机会、干事有舞台、发展有空间，群众观为了实现好、维护好、发展好最广大人民的根本利益，共同创造幸福生活和美好未来。

应该看到，我们党倡导的"以人为本"，既吸收了古今中外思想文化的优秀成果，又同封建社会的"民本"思想、资本主义社会的"人本主义"有本质的不同。毛泽东同志曾经说过，"剥削阶级的'爱民'同爱牛差不多，我们不同，我们自己就是人民的一部分，我们党是人民的代表"。在我国，人民是社会的主人，党是人民的公仆。"俯首甘为孺子牛"是共产党人的情操。我们党所奋斗所争取的一切，都是为了实现人民的利益，促进人的全面发展。中国共产党人以自己的奋斗、流血、牺牲，使人的全面发展，由理论上的可能性变为现实上的可能性；中国共产党人将继续以自己的奋斗，使这种可能性变为光辉的现实。

（十四）上述发展观、政绩观、人才观、群众观，贯穿和体现了"三个代表"重要思想。我们党要代表中国先进生产力的发展要求，代表中国先进文化的前进方向，代表中国最广大人民的根本利益，就要不断实现经济社会全面进步和人的全面发展，努力使发展成为全面、协调、可持续的发展；就要身体力行，务实效、求实绩、为民谋利；就要积聚起门类齐全、梯次合理、素质优良、新老衔接、充分满足经济社会发展需要的宏大人才队伍；就要坚持立党为公、执政为民这个"三个代表"重要思想的本质，实现人民的愿望、满足人民的需要、维护人民的利益。

（十五）树立和落实科学发展观、正确政绩观、科学人才观、正确群众观，关键是靠启动注重自觉改造主观世界这个"总开关"，真正做到寓改造主观世界于改造客观世界之中，用改造主观世界的成效来推进客观世界的改造。

树立和落实科学发展观、正确政绩观、科学人才观、正确群众观，必须牢固树立正确的世界观、人生观、价值观和权力观、地位观、利益观，务必保持谦虚谨慎、不骄不躁的作风，务必保持艰苦奋斗的作风，切实做到为民、务实、清廉。

树立和落实科学发展观、正确政绩观、科学人才观、正确群众观，使发展泽被当代、荫及子孙，使政绩辉煌实在、造福百姓，使人才充分涌流、活力迸发，使群众获得实惠、全面发展。这是时代的热切呼唤，是人民的殷切期盼，是每一个共产党人肩负的重任，也是对我们党的现实考验。

（十六）全面建设小康社会的目标，是中国特色社会主义经济、政治、文化全面发展的目标，是与加快推进现代化相统一的目标。

高举邓小平理论和"三个代表"重要思想的伟大旗帜,牢固树立和落实科学的发展观、正确的政绩观、科学的人才观、正确的群众观,全面建设小康社会的宏伟目标一定能够在经济社会的全面进步和人的全面发展中得到实现,中国特色社会主义的壮丽事业一定能够在党和人民的不懈奋斗中取得胜利,中华民族的伟大复兴一定能够伴随着时代的铿锵脚步成为灿烂的现实。

(2004年1月12日)

创造更加灿烂的先进文化

（一）改革开放以来，特别是党的十三届四中全会以来，我国文化建设取得巨大成就。人们在实际生活中可以深切地感受到，文化基础设施建设在加强，文化产品市场在繁荣，文化消费支出比例在提高，群众文化生活丰富多彩，中外文化交流日益活跃。

"三个代表"重要思想的提出，将人们对文化的认识提升到一个新的境界，有力地推动着我国先进文化建设的步伐。

"要富口袋，先富脑袋"，成为广大农民致富奔小康的深切体会；"科教兴省""文化强市""城市为体、文化为魂"，成为许多地方的发展思路；"充电""考本""学习型""知识型"，成为社会时尚；"三下乡""村村通""手拉手""心连心""西部开发助学工程""百县千乡文化工程"，进一步深入展开。

这些情况表明，文化与经济、政治相互交融，在社会进步中的地位和作用越来越突出。全面建设小康社会的伟大实践呼唤着先进文化的蓬勃发展，先进文化的蓬勃发展推动着全面建设小康社会的历史进程。创造更加灿烂的先进文化，是全面建设小康社会的一项重大战略任务。

（二）什么是文化？文化有广义和狭义之分。广义的文化可以理解为人类创造的一切物质财富和精神财富的总和，狭义的文化可以理解为包括语言、文学、艺术及一切意识形态在内的精神财富。人们往往把广义的文化称为"大文化"，把狭义的文化称为"小文化"，介于两者之间的称为"中文化"。"中文化"，可以理解为人类的思想道德建设和科学文化，主要是指人们改造主观世界的能力和成果，与其对应的是经济和政治。

人类社会的发展史表明，有人才有文化，有文化才成其为人。人类从猿到人的进化，记录着文化产生的经历；社会从古到今的演变，镌刻着文化进步的印记。人类社会的发展不仅是生命迁衍和岁月推移的历史,更是文化进步和文明传承的历史。

（三）一部人类文化史,记载了文化发展进步的历程,也反映了文化推动社会发展进步的历程。"半部《论语》治天下",先秦诸子的学说,至今仍有借鉴意义;一部《神曲》,开文艺复兴之先河,敲响欧洲中世纪的丧钟;一篇《共产党宣言》,深刻揭示人类社会发展规律,开辟了人类思想史的新纪元;一首《义勇军进行曲》,昭示民族命运处在最危险的关头,鼓舞着中华儿女投入救亡图存的伟大斗争。每一个时代的先进文化,总是拓展着人们的视野,激励着人们的斗志,锤炼着人们的品格,激发着人们的创造,在推动历史进步中展示了巨大力量。

（四）中华民族在五千年的历史中,创造了灿烂的文化。四大发明的伟大创造加速了人类社会的发展进程,博大精深的中华文化为人类文明画廊增光添彩,老子、孔子、屈原、蔡伦、毕昇、祖冲之、李白、关汉卿、李时珍、曹雪芹、鲁迅等文化巨人为世界文化作出了杰出贡献。

横平竖直的方块汉字,承载着中华文明的历史积淀,宫商角徵羽的千古佳音,诉说着华夏儿女的剑胆琴心。诗词歌赋、科技教育、典章制度、文化遗存……这些意味深长的文化符码,筑起了中华民族雄奇天下的精神长城。中华民族生生不息,中华文化源远流长。

（五）人类文化的发展是一个不断求索、不断创新的历史过程。马克思主义的诞生,是人类文化史上最壮丽的日出,它所带来的思想文化的深刻革命,引发了人类社会的巨大变革。

（六）马克思主义在中国的传播,给我们这个东方文明古国注入了勃勃生机。把马克思主义同中国革命、建设和改革的具体实践相结合,中国共产党人依靠集体的智慧创造了毛泽东思想、邓小平理论和"三个代表"重要思想,使中国人民站起来、富起来、强起来。在这一历史进程中,形成了我们党关于文化的一系列科学认识。

第一,文化是人类在认识世界和改造世界实践中创造的精神成果。文化是经济、政治的反映,又给经济、政治以反作用。经济基础决定文化发展,文化发展为经济发展提供支撑并开辟新的领域;文化建设以政治为导向,政治建设以文化为依托,两者相互协调、相互促进,共同推进经济的发展。

第二，文化繁荣发展的源泉、动力和检验标准是人民群众创造历史的实践活动。人民是历史的创造者，也是文化创造和文化受用的主体。

第三，文化是民族生存和发展的本质性力量。文化哺育和传承民族精神，滋养民族的生命力，激发民族的创造力，铸造民族的凝聚力。文化反映着民族的思想道德水平和科学文化素质，为经济社会发展提供精神动力和智力支持。

第四，文化的多样性是人类生活丰富性的重要体现。不同国家、不同民族、不同地域的人们在不同历史时期所创造的文化，各具特色，交相辉映，使世界绚丽多彩。不同的文化，应当彼此尊重，在竞争比较中取长补短，在求同存异中共同发展。建设中国特色社会主义文化，要求我们继承和借鉴人类创造的一切优秀文化成果。

第五，文化产品就其大多数而言具有意识形态和商品的双重属性。在发展社会主义市场经济的条件下，文化产品的生产和流通与市场运行一般规律的联系愈益紧密。商品属性是普遍性，意识形态属性是特殊性。不能用特殊性否定普遍性，也不能因普遍性忽视特殊性。要坚持把社会效益放在首位，力求经济效益和社会效益相统一。

第六，文化生产力是社会生产力的重要组成部分。文化产品生产中的智力投入和物质投入，具备社会生产力诸要素的基本特征。文化产业已成为一个方兴未艾的新兴产业，它所创造的价值，在国内生产总值构成中的比重越来越大，在国民经济中占有越来越重要的位置。

第七，文化是实现人的自由而全面发展的重要条件。社会的发展与人的发展互为前提，互相促进，共同进步。人越是全面发展，创造的物质文化财富就越多，人民的生活就越能得到改善；物质文化条件越充分，就越能促进人的全面发展。社会生产力和文化的发展是逐步提高、永无止境的过程，人的全面发展也是逐步提高、永无止境的过程。

第八，文化是创造性的精神劳动。在继承的基础上不断创新，是文化发展的生机所系。一个没有创新能力的民族，难以屹立于世界先进民族之林；一种缺乏创新意识的文化，不可能保持其先进品格。文化创新，要坚持解放思想、实事求是、与时俱进，尊重劳动、尊重知识、尊重人才、尊重创造，形成遵循规律、鼓励探索的良好社会氛围。

第九，文化有先进与落后之分。先进文化是人类文明进步的结晶。顺应历史潮流、体现时代精神、反映人民群众根本利益的文化，才是先进文化。

先进文化总是同落后文化相比较而存在、相斗争而发展的。

第十，先进文化是先进政党在思想上精神上的一面旗帜。坚持什么样的文化方向，推动什么样的文化建设，反映了一个政党的思想境界和精神追求。文化建设，重在建设。中国共产党致力建设的先进文化，就是面向现代化、面向世界、面向未来的，民族的科学的大众的社会主义文化。

（七）党的十六大，对新世纪新阶段我国文化建设和文化体制改革作出了全面部署，提出了发展先进文化的历史任务，指明了先进文化的前进方向。十六大对文化建设的深刻论述，体现了我们党的理论成熟和历史自觉。

党的十六届三中全会，提出了坚持以人为本，全面、协调、可持续的科学发展观，这更加凸显了文化建设在三个文明协调发展中的基础性和战略性地位，使我们对文化建设的认识达到新的高度。发展先进文化，是树立和落实科学发展观的必然要求。

（八）文化的发展总是与时代条件紧密相连。当今时代，国际国内形势发生了和正在发生着越来越深刻而复杂的变化，各种思想文化有吸纳又有排斥，有融合又有斗争，有渗透又有抵御，呈现出前所未有的相互交织、相互激荡之势。先进文化的发展既面临良好机遇，又面临严峻挑战。

应当看到，我国人民群众的生活水平已总体上实现由温饱到小康的转变，但文化发展与人民群众日益增长的精神文化需求不相适应；我国已进入全面建设小康社会的发展阶段，但文化发展与全面建设小康社会的要求不相适应；我国已实现由计划经济体制向社会主义市场经济体制的转变，但现行文化体制与社会主义市场经济体制不相适应；以加入世界贸易组织为标志，我国对外开放进入了新阶段，但文化发展与我国对外开放的新形势不相适应；世界高新技术飞速发展带来文化创新和传播领域的重大革命，但我国文化发展现状与世界高新技术发展与应用的形势不相适应。

这些情况说明，建设先进文化的任务极其繁重、极其艰巨。站在历史与现实、东方与西方的文化交汇点上，我们要着眼于世界文化发展的前沿，发扬民族文化优良传统，汲取世界各民族长处，坚持不懈推动文化创新，大力发展先进文化，支持健康有益文化，努力改造落后文化，坚决抵制腐朽文化，不断增强中国特色社会主义文化的吸引力和感召力，更好地满足人民群众日益增长的文化需求。

（九）科学理论是先进文化的灵魂。马克思列宁主义、毛泽东思想、邓小平理论和"三个代表"重要思想既是先进文化的集中体现，又是建设先进文化的行动指南。建设先进文化必须坚持以"三个代表"重要思想为统领，贯彻为人民服务、为社会主义服务的方向和百花齐放、百家争鸣的方针，唱响主旋律、打好主动仗，以科学的理论武装人，以正确的舆论引导人，以高尚的精神塑造人，以优秀的作品鼓舞人，不断丰富人们的精神世界，不断增强人们的精神力量。那种否定马克思主义在文化建设中的指导地位、消解主流意识形态的倾向，那种淡漠"二为"方向、远离群众生活的倾向，只会使文化建设偏离正确的方向，不能给人以精神的鼓舞和向上的力量。

（十）大力弘扬和培育民族精神是建设先进文化的重要任务。民族精神，是一个民族在漫长的历史发展过程中锻造出来的民族品格、道德观念和价值准则的总和，是民族文化最本质、最集中的体现。它是一个民族延续的血脉、发展的动力、崛起的支撑、挺立的基石。一个民族如果没有高尚的民族品格、坚定的民族志向和远大的民族理想，就不可能凝聚力量、成就伟业，更不可能自立于世界民族之林。

从古希腊斯巴达人争取自由的英勇反抗，到现代苏联的斯大林格勒保卫战，从伏尔加大草原土尔扈特人的东归，到中国工农红军举世无双的万里长征，从各民族世世代代抵御外来入侵的悲壮史诗，到今天以和平与发展为主题的时代潮流……每一个民族可歌可泣的历史进程都凝结了自己独有的民族精神和文化品格，每一个民族的民族精神和文化品格都充实着世界文化的宝库。

中华民族在五千年历史发展中形成了以爱国主义为核心的团结统一、爱好和平、勤劳勇敢、自强不息的伟大民族精神。我们党领导人民在长期的实践中，不断结合时代和社会的发展要求，丰富着民族精神的内存。这是我们最可珍贵的精神财富。

民族文化是民族的根，民族精神是民族的魂。根深才能叶茂，有魂才有力量。我们在全面建设小康社会的进程中，一定要把民族精神进一步弘扬起来，使全体人民始终保持昂扬向上的精神状态。

（十一）建立和完善社会主义思想道德体系是建设先进文化的中心环节。改革开放以来，特别是党的十三届四中全会以来，与我国经济建设取得的伟大成就相辉映，我们在思想道德建设上同样取得了世所瞩目的成就。与社会主义市场经济相适应的新的思想道德观念逐渐形成，社会主义精神文明的主旋律在神州大地回旋激荡。

生活如大浪淘沙，在涌动的前行中总会有污浊和逆流。一切向钱看，一切为自己，不讲诚信，不讲公德，不讲文明的现象还大量出现。先进文化的争奇斗妍与落后文化的沉渣泛起，生机勃勃的文化创造与荒诞无聊的文化垃圾，健康高雅的精神追求与低级庸俗的文化趣味，在社会上同时存在着。人民群众既受到鼓舞又感到不满，既充满信心又不无忧虑。

美德不是与生俱来的。建设先进文化，就要扶正祛邪，激浊扬清，引导人们树立正确的世界观、人生观和价值观，就要大力弘扬爱国主义精神，大力倡导"爱国守法、明礼诚信、团结友善、勤俭自强、敬业奉献"的基本道德规范，以为人民服务为核心、以集体主义为原则、以诚实守信为重点，加强社会公德、职业道德和家庭美德教育；就要把依法治国与以德治国紧密结合起来，逐步建立与社会主义市场经济相适应、与社会主义法律规范相协调、与中华民族传统美德相承接的社会主义思想道德体系。

《中共中央国务院关于进一步加强和改进未成年人思想道德建设的若干意见》的制定和发表，深得党心民心，顺应时代要求，令人振奋鼓舞。加强和改进未成年人思想道德建设，是关系国家前途、民族未来的希望工程，是关系上亿家庭切身利益的民心工程，是关系社会主义精神文明建设成效的基础工程。让我们共同行动起来，为未成年人的健康成长，人人尽一份责，个个出一份力，为祖国培育造就一代又一代"四有"新人。

（十二）优先发展科学教育是建设先进文化的重要战略。当今世界，科学和教育的力量越来越深刻地影响着人类的生活，激烈的国际竞争也越来越多地表现为科学实力与教育质量的竞争。必须高度重视教育在发展科学和培养人才方面的基础功能，努力发挥其在现代化建设中的先导性全局性作用；必须大张旗鼓地普及科学知识、传播科学思想、推广科学方法、弘扬科学精神，用科学的思想方法指导人们系统地学习科学知识，更有成效地进行科学思维，运用科学的知识和技能解决社会生活中的各种实际问题。教育水平提高了，科学精神弘扬了，各种封建迷信和伪科学也就失去藏身之所、立足之地。

（十三）大力发展文化事业和文化产业是建设先进文化的重要途径。一手抓公益性文化事业，一手抓经营性文化产业，这是当今文化发展的普遍规律,构成了社会主义市场经济条件下文化发展的两个轮子。

发展公益性文化事业,保护与实现人民群众的基本文化利益,是社会主义制度优越性的重要体现。要加大投入,完善政策,扶持和鼓励公益性文化事业以多种方式面向群众、面向市场,增强活力、改善服务。

发展经营性文化产业,是市场经济条件下繁荣社会主义文化,满足人民群众精神文化需求的必然要求。经营性文化产业在国民经济和社会生活中的地位正在迅速上升,已成为许多国家的重要支柱产业和新的经济增长点。我们在这方面尚处于落后状态,必须知难而进,奋起直追,抓紧发展,做大做强,尽快适应加入世界贸易组织后文化领域的进一步开放与竞争,尽快形成我国文化产业走向世界和参与国际竞争的主体力量。

朝着解放和发展文化生产力这个目标,促进由政府为主导的公益性文化事业全面繁荣,推动由市场为主导的经营性文化产业跨越式发展,双轮驱动,比翼齐飞,我们才能在当代世界文化格局中占得应有的地位。

(十四)深化文化体制改革是解放和发展文化生产力,增强文化发展活力,推动文化创新的必由之路。应当清醒地看到,面对西方文化资本、文化产品和价值观念的冲击,我们如果不加快改革和发展,就有既打不出去也守不住的危险。一切妨碍文化发展的思想观念都要坚决冲破,一切束缚文化发展的做法和规定都要坚决改变,一切影响文化发展的体制弊端都要坚决革除。要着眼发展、着力创新,在革除制约文化发展体制性障碍上探索新的路子,在建立促进文化发展机制上采取新的举措,在增强事业发展活力上取得新的突破,逐步建立起科学合理、灵活高效,有利于调动文化工作者积极性,推动文化创新,多出精品、多出人才的文化管理体制和运行机制。

要坚持一手抓繁荣、一手抓管理的方针,健全文化市场体系,完善文化市场管理机制,为繁荣社会主义文化创造良好的社会环境。

(十五)建设一支忠于祖国、热爱人民、敬业奉献、勇于创造的高素质文化队伍,是先进文化建设后继有人、兴旺发达的根本保证。文以人兴,事在人为。一切有责任感的文化工作者,都应当勇敢地担当起时代和人民赋予的发展先进文化的历史重任,坚持祖国高于一切、人民利益至上、社会责任第一,坚持贴近实际、贴近生活、贴近群众,坚持知难而进、精益求精、团结协作。没有历史积累的文化是"化而不文",没有现实活力的文化是"文而不化"。既要珍惜宝贵遗产,发扬优良传统,又要紧跟时代步伐,不断开拓创新，使文化创造活动充满生机。成就越大，名气越高，越要谦虚谨慎，德艺双馨，永不自满，展示良好形象，永攀文化高峰，在人民的历史创造中进行文化的创造，在时代的发展进步中造就文化的进步，把最好的精神食粮献给人民。

（十六）先进文化，是时代精神的结晶、民族奋进的号角、先进政党的旗帜。

背倚五千年厚重历史，过往先贤为我们创造了辉煌的过去，面对全面建设小康社会的宏伟蓝图，我们应该也能够续写文化新篇。邓小平理论和"三个代表"重要思想给我们以科学的指导，五千年的文化积淀给我们以坚实的依托，日新月异的新时代给我们以难得的机遇，改革开放和现代化建设的火热实践给我们以丰富的素材和充分的自信，我们必将迎来社会主义文化建设的新高潮，创造出更加灿烂的先进文化。

(2004 年 4 月 16 日)

再干一个二十年

——论我国改革发展的关键时期

（一）一个国家的发展道路是漫长的，但紧要处往往只有几步。

我们国家的改革发展正处在一个关键时期，这是党中央作出的科学判断。改革开放开创了我国社会主义现代化建设的新时期。到2003年，人均国内生产总值突破1000美元，按国际公认标准，我国已走出了低收入国家的行列。这是中华民族发展史上一座伟大的丰碑，为更加有力地推进社会主义现代化创造了新的起点。

（二）改革开放之初，邓小平同志提出了著名的"三步走"战略：从1980年起，用10年时间实现国民生产总值翻一番，解决温饱；再用10年时间实现国民生产总值再翻一番，达到小康；再经过50年的奋斗，使我国赶上中等发达国家水平。

经过党的十四大、十五大，"三步走"战略进一步丰富，形成了"两个100年"的目标：到建党100年时，国民经济更加发展，各项制度更加完善；到建国100年时，基本实现现代化，建成富强民主文明的社会主义国家。党的十六大提出，对我国来说，本世纪头20年，是一个必须紧紧抓住并且可以大有作为的重要战略机遇期。我们要全面建设经济更加发展、民主更加健全、科教更加进步、文化更加繁荣、社会更加和谐、人民生活更加殷实的更高水平的小康社会。到全面小康社会建成之时，人均GDP达到3000美元。关键时期，就是人均GDP从1000美元到3000美元的特定时期，就是必须紧紧抓住并且可以大有作为的重要战略机遇期，就是全面建设小康社会的新的发展阶段。

"三步走""两个100年""重要战略机遇期"，这是我国社会主义现代化建设时空的历史坐标，是凝聚和激励全国各族人民奋勇前进的嘹亮号角，是实现中华民族伟大复兴的壮美蓝图。

（三）关键时期的人们，从不同角度思考着"关键时期"。

经济学家认为，人均 GDP 达到 1000 美元是一个重要标志，意味着经济发展跃上一个新的台阶，迎来一个重要关口。在这一时期，以吃穿用为主体的基本生活消费阶段已成历史，以住房、教育、文化、旅游等为主要内容的享受生活消费阶段正在开始；服务业进入快速发展的轨道，经济结构加速调整；数以亿计的农民离开土地，寻找新的发展空间；经济市场化程度进一步提高，深化改革触及深层次的矛盾和问题，体制创新进入攻坚阶段；经济全球化和科学技术的突飞猛进使世界经济联系空前紧密，综合国力竞争空前激烈，我国开放型经济不断发展，对外依存度不断提高；在连续 20 多年高速增长的基础上，再保持长时期的较快增长，在世界上少有先例。

社会学家认为，在这一时期，我国工业化、城镇化快速推进，引起城乡关系调整，社会流动性增强，世界上最大的二元经济体正在转型；人民群众的物质文化需求和社会利益关系更趋多样化，统筹兼顾各方面利益难度加大；人民群众的民主法制意识不断增强，政治参与的积极性不断提高，对发展社会主义民主政治和落实依法治国基本方略提出了新的要求；人们受各种思想观念影响的渠道明显增多、程度明显加深，思想活动的独立性、选择性、差异性明显增强，思想意识呈现多样、多元、多变的特征；人们对美好生活的渴望和追求推动着经济社会进步，而物欲的贪婪也腐蚀着一些人的灵魂，与社会主义市场经济相适应的法律体系和道德体系亟待完善。

历史学家认为，这一时期对我国的发展至关重要。抓住机遇，就能实现跨越式发展，成为时代的弄潮儿；丧失机遇，就会不进则退，成为时代的落伍者。在人类历史的长河中，中华民族曾长期处于世界的领先地位，但到了 18 世纪，当西方主要国家先后进入工业社会时，清王朝统治下的中国仍沉醉在"康乾盛世"的落日余晖中，埋下了 1840 年之后上百年被人欺侮、任人宰割的祸根。新中国成立，中国人民站了起来；党的十一届三中全会以来，我们抓住历史机遇，实行改革开放，集中精力进行经济建设，中国人民富了起来、强了起来，迎来了民族复兴的曙光。国际问题专家认为，当一个国家人均 GDP 跨入 1000 美元的门槛后，可能出现两种前途、两个结果：有的跃起腾飞，有的盘桓不前。只有应对得当，才能加快发展。东亚一些国家和地区在这一时期较好地处理了各方面的关系，实现了持续多年的快速增长；而拉美一些国家在紧要处举措失当，陷入动荡和停滞，掉进了"拉美陷阱"。

（四）尽管人们思考的角度各有不同，分析的方法各有特色，得出的认识各有侧重，但在一些基本问题上，可以达到这样的共识：

第一，这是保持快速发展难度加大的时期。随着发展水平的不断提高，劳动力成本低等比较优势开始减少，技术和结构升级的压力日益增加，经济转型和结构优化的任务更为紧迫。

第二，这是深化改革阻力增大的时期。改革越是向前推进，触及的矛盾就越深，涉及的利益就越复杂，碰到的阻力也就越大。而这一切都绕不开、躲不过。我们面对的是一场改革的攻坚战。

第三，这是扩大开放风险更大的时期。在对外开放范围更大、领域更广、层次更高的新形势下搞建设、谋发展，既要"引进来"又要"走出去"，既要积极敞开国门又要维护自身安全，既要吸收借鉴一切先进的东西又要抵制抛弃一切腐朽的东西。国内竞争国际化，国际竞争国内化，我们面对的是一场全球范围的大竞争。

第四，这是资源环境制约趋紧的时期。资源消耗大幅增加，环境压力持续增大。既要加快发展、改善生活，又要节约资源、保护环境。这是一个无可回避的尖锐难题。

第五，这是维护稳定任务艰巨的时期。社会生活深刻变革，社会矛盾相互交织，社会问题大量出现。这要求我们比以往任何时候都要更加重视维护社会稳定。

第六，这是考验民族总体素质的时期。温饱问题的解决，总体小康的实现，可以激励我们致富思源、富而思进，攀登新的高峰；也可能会使一部分人在摆脱了生存压力后满足现状，不思进取。新的跨越取决于民族素质新的提升。

大机遇、大变革，千载难逢；大挑战、大跨越，千山万水。关键时期，是现代化建设承上启下、推动社会全面进步的时期，是既有巨大发展潜力和动力又有各种困难和风险的时期，是既有难得机遇又有严峻挑战的时期。一言以蔽之，关键时期：一个"黄金发展期"，一个"矛盾凸显期"。

（五）"神居胸臆，而志气统其关键。"存在决定意识，物质决定精神，是从归根结底的意义上说的，是从整个社会发展的历史过程说的。但在客观物质条件已经具备的前提下，对于成就一项事业来说，精神的力量往往具有决定性意义。"狭路相逢勇者胜""境由心造，事在人为"。度过关键时期，必须有坚定的信心、昂扬的志气。既不能只见困难和挑战而悲观泄气，也不能只见成绩和机遇而盲目乐观。

（六）应当认识到，矛盾总是客观存在的，旧的矛盾解决了，新的矛盾还会产生；事物内部的矛盾运动是事物发展变化的动力，人类社会就是在不断解决矛盾中前进的。关键时期好比跑步的"极点时刻"，它的到来标志着发展到了一定水平，也预示着更高水平的发展。

以信息科学和生命科学为代表的现代科技日新月异，为生产力和社会的发展开辟了新的广阔前景，为我们以信息化带动工业化，发挥后发优势，争取实现社会生产力的跨越式发展提供了现实可能；经济全球化深入发展，国际生产要素重组和产业转移速度加快，为我们提供了有利的国际条件；多年改革开放形成的综合国力，为我们提供了雄厚的物质基础；社会主义市场经济体制的不断完善，为我们提供了良好的体制保障。

事物总有两面性。全面看，有两面；两面看，就全面。机遇和挑战、利和弊都是相对的，在一定条件下可以相互转化。"物无不变，变无不通"，就看应对是否得当，工作是否得力。关键时期的一些矛盾和问题，换个角度看，也是潜力和优势所在。城乡差距大是发展的"拦路虎"，但坚持统筹城乡发展，加快城镇化和工业化，中国这个世界上最大的二元经济体在转型过程中必将释放出巨大的需求，成为拉动经济持续较快增长的"火车头"。人口众多，既是就业、资源和环境的"大压力"，也可成为长期保持旺盛国内需求和劳动力成本优势的"大源泉"；通过不断提高人的素质，还可以是人才资源的"大宝库"。加入世界贸易组织后，我们面临的经济风险显著增加，但坚持以我为主，趋利避害，就能在经济全球化的舞台上演出威武雄壮的活剧。

（七）还应当认识到，关键时期大有希望、大有作为，但这并不意味着前面就是浪静波平、顺风顺水的航程。

我们面对的困难比其他国家多得多。我国是人口大国，一个很小的问题，乘以13亿，就会变成一个大问题；一个很大的总量，除以13亿，就会变成一个小数目。按人均计算，我国又是资源小国，耕地和大多数矿产资源不到世界平均水平的1/2，淡水不到1/4，森林不到1/7。

我们承担的任务比其他国家重得多。我国还没有完成从传统农业社会向现代工业社会的转变。许多国家的城市化和工业化是同步的，而我国的城市化远远滞后于工业化。在社会主义条件下发展市场经济，是前无古人的伟大创举，但建立完善的社会主义市场经济体制还需不懈努力。

世界在不断发展变化。我们在发展，人家也在发展。慢步走，差距会越拉越大；快步走，才有希望赶上去。这就是竞争的激烈性，这就是挑战的严峻性。

（八）沧海横流，人间正道。历史的辩证法教会了中国共产党人：应该变的，必须改变，不变则衰；不该变的，决不能变，变则自我瓦解。

回顾改革发展的历程，我们所以能从容应对一系列关系我国主权和安全的国际突发事件，战胜"九八洪灾""亚洲金融危机""非典型肺炎"等政治、经济领域和自然界出现的各种困难和风险，经受住一次又一次严峻考验，"任凭风浪起，稳坐钓鱼船"，靠的是党的基本理论、基本路线、基本纲领、基本经验。

展望关键时期的改革发展，我们将面对更多的急流险滩，应对更多的风险挑战。要让"中国号"巨轮劈波斩浪，高歌向前，更要靠党的基本理论、基本路线、基本纲领、基本经验。

邓小平理论和"三个代表"重要思想是当代中国的马克思主义，是全面建设小康社会的根本指针，是我们的主心骨；党的"一个中心、两个基本点"的基本路线要管一百年，动摇不得。

（九）发展的关键时期，第一位的是发展。实现更快更好的发展，必须牢固树立和认真落实科学发展观。

发展的实践呼唤着发展的理论，发展的实践也孕育着发展的理论。以人为本，全面、协调、可持续的发展观，是我们党以邓小平理论和"三个代表"重要思想为指导，从新世纪新阶段党和国家事业发展全局出发，着眼于丰富发展内涵、创新发展观念、开拓发展思路、破解发展难题而提出的重大战略思想。这是我们党对人类社会发展规律、社会主义建设规律和共产党执政规律认识的升华，为我们度过关键时期、全面建设小康社会提供了强大的思想武器。

树立和落实科学发展观，必须坚持以经济建设为中心，统筹城乡发展，以城带乡、以工促农、城乡互动；统筹区域发展，东部率先、中部崛起、西部开发、东北振兴；统筹经济社会发展，使经济发展与社会发展比翼齐飞；统筹人与自然和谐发展，建设资源节约型社会，实现可持续发展，推动整个社会走上生产发展、生活富裕、生态良好的文明发展道路；统筹国内发展和对外开放，用好两个市场、两种资源。

以科学发展观指导发展，在经济发展的基础上推动社会全面进步和人的全面发展，实现社会主义物质文明、政治文明和精神文明共同进步，我们就必定能够掌握发展的主动权，步入发展的新境界，收获发展的新果实。

（十）稳定压倒一切。"利莫大于治，害莫大于乱"。关键时期，必须倍加顾全大局，倍加珍视团结，倍加维护稳定。

社会发展是一个有机的整体。随着社会的进步和社会主义市场经济的发展，个体与整体、局部与全局的联系更加紧密，经济社会关系更加复杂，影响稳定的因素更加多样，任何一个局部出问题都有可能影响整体、影响全局。在现代化建设的棋盘上，改革、发展、稳定好比三着紧密关联的战略性棋子，关键时期要特别注意下好稳定这着棋。

稳定是人心所向，是人民群众根本利益所系。稳定，最大的受益者是人民群众；不稳定，最终的受害者也是人民群众。为了群众维护稳定，依靠群众维护稳定，人民群众是维护稳定的根本力量。最大多数人的利益最紧要。维护稳定，正确处理经济社会发展中一系列重大关系，尤其要把实现好、维护好、发展好人民群众的利益放在更加突出的位置。这就需要牢记"群众利益无小事"，坚持权为民所用、情为民所系、利为民所谋，牵挂群众安危，倾听群众呼声，关心群众疾苦，为人民群众诚心诚意办实事、尽心竭力解难事、坚持不懈做好事。

（十一）创造性的事业靠创新推动。在一定意义上说，改革发展的本质在于创新，改革发展的过程就是创新的过程。将社会主义和市场经济对接起来，是人类历史上的伟大创造；在一个十几亿人口的大国全面建设小康社会，也是人类历史上的伟大创造。

关键时期与知识经济携手而来，与信息革命并肩前行，新矛盾、新问题不断涌现，这是各种矛盾的密集期，也必然是前所未有的创新密集期，需要在全社会培育创新意识，倡导创新精神，完善创新机制，营造创新氛围，用新的思维、新的方法、新的手段解决新的课题。

创新的基础是学习，创新的主体是人才。要加强学习、善于学习，学以增智，学以致用，形成全民学习、终身学习的学习型社会。要尊重劳动、尊重知识、尊重人才、尊重创造，树立科学人才观，全面贯彻人才强国战略，化人口大国为人才强国，化人口压力为人才优势。在学习中武装，在实践中创新，在创新中发展，应当在关键时期成为社会风尚。

（十二）关键时期，不仅是发展先进生产力的重要战略机遇期，也是发展先进文化的重要战略机遇期。

当今世界，文化与经济和政治相互交融，在综合国力竞争中的地位和作用越来越突出。文化的力量，深深熔铸在民族的生命力、创造力和凝聚力之中。牢牢把握先进文化的前进方向，大力弘扬和培育民族精神，不断丰富人们的精神世界，增强人们的精神力量，这是我们全面建设小康社会的战略任务，也是凝聚民族力量、度过关键时期的强大动力。

关键时期不是一两年，而是二十年。"童年的情形，就是将来的命运"。今天的青少年，明天的建设者。中国特色社会主义事业要靠今天的未成年人去继承，中华民族的美好未来要靠今天的未成年人去创造。加强和改进未成年人思想道德建设，是民心工程、希望工程、基础工程，是从现在起就要抓紧抓好抓实的战略工程。

（十三）"其作始也简，其将毕也必巨"。事物的发展往往就是这样复杂，"万事开头难"是一种现象；开始简单，发展起来、将要完成的时候必定艰巨，也带有规律性。关键时期是铸造辉煌的阶段，更是备尝艰辛的过程，尤其需要艰苦奋斗、求真务实。

我们党靠艰苦奋斗起家，度过关键时期也要靠艰苦奋斗。艰苦奋斗是我们的政治本色。忧劳兴国，逸豫亡身。奋斗就会有艰辛，艰辛孕育新的发展。关键时期，我们没有任何理由陶醉于已有的成绩而稍有懈怠，没有任何理由固步自封而止步不前，没有任何理由满足现状而不思进取。

我们党靠求真务实壮大，度过关键时期也要靠求真务实。求真务实是我们党思想路线的核心内容。求真务实，就是求我国社会主义初级阶段基本国情之真，务坚持长期艰苦奋斗之实；求社会主义建设规律和人类社会发展规律之真，务抓好发展这个党执政兴国的第一要务之实；求人民群众的历史地位和作用之真，务发展最广大人民根本利益之实；求共产党执政规律之真，务全面加强和改进党的建设之实。

艰苦奋斗、求真务实是一种品格，一种能力，一种境界。艰苦奋斗、求真务实，就要坚持树立办实事、务实效、求实绩的政绩观；就要坚持"两个务必"，安不忘危，处盛虑衰，始终保持浩然正气、昂扬锐气、蓬勃朝气；就要坚持为民、务实、清廉，把工作的着力点真正放到研究解决改革发展稳定中的重大问题上，放到研究解决群众生产生活中的紧迫问题上，放到研究解决党的建设中的突出问题上。

（十四）关键时期抓关键，关键在党。改革发展的关键时期，也是党的建设的关键时期。

我们党刚刚度过83岁生日，执政已有55年，领导改革开放也已26年。关键时期，是对我们党执政能力的一场新的考试，是对全党智慧和力量的一次很实际很具体的检验。党肩负着人民的重托，人民寄希望于我们党。

走进新的考场，面对新的试卷，以胡锦涛同志为总书记的党中央号召全党，要充分认识加强党的执政能力建设的重大意义，坚持以提高党的执政能力为重点，全面推进党的建设新的伟大工程。这深刻表明了我们党把握历史、驾驭全局、开辟未来的深邃眼光和战略素质。加强党的执政能力建设，是推进党领导的伟大事业和党的建设新的伟大工程的联结点。以提高执政能力为重点加强和改进党的建设，以党的建设推进关键时期的改革发展，这是一个紧密联系、相互促进的历史进程。

（十五）上一个千年，人类最伟大的思想家马克思曾经说过，最先朝气蓬勃投入新生活的人们，他们的命运是令人羡慕的。

小康社会，多少梦想，多少憧憬，多少英雄豪杰为之奋斗，多少仁人志士为之献身。如今，全面建设小康社会的进程已经开启。历史选择了我们，我们正在创造新的历史。把命运掌握在自己手里，共同创造幸福生活和美好未来，这是历史的幸运，更是历史的责任。站在关键时期的起点上，我们每个人都应当认真想一想：在社会主义道路上实现中华民族和平发展的新的进军中，是否找到了自己的位置，做出了应有的努力，尽到了该尽的责任？

（十六）抚今追昔，20多年前，谁能想到我们的生活能有今天这样的幸福美好，我们的祖国能有今天这样的繁荣富强。我们已经走出了一条光明大道，沿着这条大道继续奋进，我们的生活一定会更加幸福美好，我们的祖国一定会更加繁荣富强。

携起手，肩并肩，同心干，再干一个20年！

（2004年7月12日）

论三贴近
——贴近实际、贴近生活、贴近群众

（一）一些朴素的语言往往蕴含着深刻的道理，一些看似平常的事要做好往往很难。"三贴近"即贴近实际、贴近生活、贴近群众就是这样。

宣传思想工作要在"三贴近"上取得新进展，这是十六大以来，以胡锦涛同志为总书记的党中央提出的一项重要要求。遵循这一要求，宣传思想战线把"三贴近"作为改进和加强自身工作的一条重要指导原则。

党的十六届四中全会从加强党的执政能力建设、提高建设社会主义先进文化能力的高度，进一步指明了"三贴近"的重大意义。

"三贴近"，将党的宣传思想工作的优良传统与时代责任融为一体，既体现了全面建设小康社会对宣传思想工作的根本性要求，体现了我们党对宣传思想工作的规律性认识，又成为在坚持和发展党的宣传思想工作原则、基本经验的基础上开创工作新局面的突破口。

（二）"三贴近"简洁明快，又具有丰富内涵。贴近实际，就是坚持立足于社会主义初级阶段这个最大的实际，把回答和解决实践提出的重大课题作为中心任务，使宣传思想工作更好地体现时代性、把握规律性、富于创造性。

贴近生活，就是深入到火热的现实生活中去，关注生活中的重大问题，使宣传思想工作充满生活色彩，富于生活气息，反映生活本质。

贴近群众，就是深深扎根于群众之中，把握群众脉搏，了解群众愿望，说群众想说的话、想听的话，使宣传思想工作可亲可信、深入人心。

"三贴近"是一个相互联系的有机整体。实际，是社会生活的实际，人民群众的生活实际；生活，是丰富多彩的实际生活，人民群众的实际生活；群众，是社会实践中的群众，实际生活中的群众。实际是根基，生活是源泉，群众是出发点和落脚点。

（三）"三贴近"在实践中发挥着作用，在群众中产生了影响，成为十六大以来宣传思想工作的鲜明特点。

翻阅报纸，打开电视，步入书市，观看文艺演出，人们越来越真切地感受到"三贴近"的浓郁气息。理论工作关注着改革建设的实践和人们的思想实际，在推动解放思想的进程中统一着人们的思想，用发展着的理论指导着发展的实践。新闻工作紧密联系人民群众的现实生活和切身利益，宣传党的重大决策、方针政策，激发着人民群众创造幸福生活的智慧和力量。抗击非典时期的《护士日记》撼人心魄，纪念邓小平同志百年诞辰和庆祝新中国成立55周年的《经典中国》催人奋进。"神舟"五号一飞冲天，雅典奥运日日夜夜，载人航天精神和奥运精神通过媒体的传播激荡人心。郑培民、钟南山、许振超、任长霞、周国知、马祖光、李素芝、牛玉儒等先进人物可亲可学；《张思德》等思想性艺术性俱佳的影视作品唤起激情。未成年人思想道德教育、大学生思想政治工作的"大家谈"，体现平等与交流、传递关心与互动。少儿电视频道的开播，受到亿万青少年的欢迎；新闻频道的开播，更好地满足人民群众渴望了解国内外大事的要求。净化网络、扫黄打非、抵制低俗之风，得到群众的拥护和响应……

"小二黑回来了，白天鹅下乡了""老百姓的镜头多了，基层的声音响了""理论文章能读懂了，用得上了"……这是老百姓的感受。

"群众不仅是我们的衣食父母，更是我们的精神父母""心离群众有多近，作品离群众就有多近""联系起来、互动起来，工作越干越有味、越有劲"……这是宣传思想工作者实践"三贴近"的体会。

（四）"三贴近"的要求推动着"三贴近"的实践，"三贴近"的实践深化着对"三贴近"的认识。

第一，"三贴近"贯穿着马克思主义的世界观和方法论。"三贴近"体现了实践第一的观点、人民群众是历史创造者的观点、以人为本的观点。党的宣传思想工作在实践中产生，又推动实践的发展；反映社会生活，又服务社会生活；是人民群众的创造，又满足人民群众的需求。落实"三贴近"，就是在深入实际、深入生活的过程中反映实际、反映生活，在了解群众、引导群众的过程中服务群众、教育群众。

第二，"三贴近"凝结着党的宣传思想工作的优良传统。早在民主革命时期，毛泽东同志就大力倡导民族的科学的大众的文化，批评脱离生活、脱离实际的现象，要求一切宣传思想工作者都要当好群众的学生，使自己成为群众的忠实代言人。进入改革开放新时期，邓小平同志提出人民需要艺术，艺术更需要人民，强调要始终不渝地面向广大群众，精益求精，力戒粗制滥造，认真严肃地考虑自己作品的社会效果，力求把最好的精神食粮献给人民。在不断推进中国特色社会主义的伟大实践中，江泽民同志提出以科学的理论武装人，以正确的舆论引导人，以高尚的精神塑造人，以优秀的作品鼓舞人，在人民的历史创造中进行艺术的创造，在人民的进步中造就艺术的进步。这些论述，既是对宣传思想工作的科学指导，又是宣传思想工作实践的生动写照。"三贴近"，就这样和党的宣传思想工作的历史进步紧紧地联系在一起。

发展是最好的继承。以胡锦涛同志为总书记的党中央鲜明提出并系统阐述了"三贴近"的指导方针，这是对党的宣传思想工作理论的丰富和发展。

第三，"三贴近"反映着新世纪新阶段新形势新任务对党的宣传思想工作的新要求。全面建设小康社会是一个新的发展阶段，一个伟大的历史进程。这是一个大变革、大发展、大跨越的战略机遇期，也是一个新情况、新问题、新矛盾层出不穷的时期，是一个新创造、新经验、新成果不断涌现的时期。各种思想文化相互激荡，人们的思想日趋活跃，对精神文化的需求迅速增长，呈现多元、多样、多变的特征。宣传思想工作只有坚持"三贴近"，才能抓住机遇，迎接挑战，进一步巩固马克思主义在意识形态领域的主导地位，唱响主旋律、打好主动仗，在多元中求主导，在多样中成主体，在多选择中争主流；才能不断增强针对性、实效性和吸引力、感染力，顺应时代要求，满足群众需要，提供有力保证，推动社会进步。

第四，"三贴近"体现着求真务实的科学精神。求真务实是马克思主义一以贯之的科学精神，是党的思想路线的核心内容。倡导"三贴近"，就是在宣传思想工作中大力弘扬求真务实精神、大兴求真务实之风。做到了"三贴近"，才能使宣传思想战线各方面的工作，体现求真务实的基本要求，找到求真务实的现实途径，才能反映实际的真谛、生活的真理、群众的真情，把立足现实和着眼长远结合起来，解决思想问题和解决实际问题结合起来，落到实处，深入人心，取得成效。

第五，"三贴近"培育着宣传思想战线的优秀人才。实践是大课堂，生活是教科书，群众是最好的老师。在"三贴近"的过程中，坚定着我们的信念，磨炼着我们的意志，增强着我们的能力，提升着我们的境界。坚持"三贴近"，才能造就一支与时代同行，与人民同心，让党满意，让人民高兴的高素质的宣传思想工作队伍。

第六,"三贴近"催生着无愧于时代的优秀作品。实际、生活、群众始终是优秀作品的活力与魅力所依、价值和意义所在。人类文化发展史表明,凡称得上名著、名曲、名画的,无一例外都深刻地表现了当时的社会生活和人民群众的真实情感。正因为白居易拜烧饭老妪为第一读者,才有了香山诗词历尽千年至今留香;正因为范仲淹心忧天下,才有了"先天下之忧而忧,后天下之乐而乐"的不朽篇章;正因为鲁迅深切关注生活在水深火热之中的人民大众,才有似匕首、如投枪的铿锵文字。历史是这样,在人民群众掌握了自己命运的今天更是这样。

(五)归根结底,坚持"三贴近"是用"三个代表"重要思想统领宣传思想工作的必然要求,是宣传思想工作贯彻科学发展观的具体体现。

(六)"三个代表"重要思想的本质是立党为公、执政为民,实现好、维护好、发展好最广大人民的根本利益。"三贴近"的根本指向是人民群众。坚持"三贴近",就是要牢牢把握先进文化的前进方向,坚持为人民服务、为社会主义服务,百花齐放、百家争鸣,不断提高建设社会主义先进文化的能力,努力铸造中华文化的新辉煌。

(七)科学发展观的核心是以人为本。以人为本就是以人民群众为本。以科学发展观指导党的宣传思想工作,就必须坚持"三贴近",做到尊重人、理解人、关心人、帮助人,在满足群众中激励群众,在服务群众中引导群众,在帮助群众中教育群众,丰富人的精神世界,促进人的全面发展。

(八)唯物辩证法认为,一个正确的认识,往往要在廓清一些思想迷雾中才能更加清晰;一个正确的方针,往往要在防止绝对化和片面性的过程中才能更好贯彻。坚持"三贴近",也对我们提出了这样的要求。

(九)应当看到,客观实际纷繁复杂,有表象有本质;现实生活丰富多样,有清流有浊流。贴近,绝不意味着机械地照搬,简单地复制,也不意味着被动地跟随。坚持"三贴近",是要贴近实际的本质、生活的主流、人民的愿望。居高临下、我打你通、照本宣科、隔靴搔痒、形式呆板、手段单一,这不是"三贴近",而是违背"三贴近";偏离实际的本质、脱离生活的主流、远离人民的愿望,把低级趣味当通俗易懂,把迎合媚俗当喜闻乐见,把哗众取宠当生动活泼,以至玩所谓的"宾馆文学""身体写作",热衷于炒作,沉溺于戏说，这也不是"三贴近"，而是曲解"三贴近"。"三贴近"，是为了更好地营造健康向上的社会氛围，表现时代前进的要求和历史发展的趋势，给人们以坚定的信念、创造的热情和奋进的力量。

（十）应当看到，在社会主义市场经济条件下，精神文化产品具有商品和意识形态的双重属性，既要讲经济效益又要讲社会效益。"三贴近"，是将二者有机结合的纽带，是实现双赢的途径。忽视市场、无视票房，把领导当观众、把评奖当目的，这不是"三贴近"；放弃责任、见利忘义，把精神文化产品的生产完全商业化，这也不是"三贴近"。善于从市场的涨落中看到群众的选择，善于从市场的起伏中把握群众的喜好，坚持把社会效益放在第一位，实现经济效益和社会效益的有机统一，这才是真正的"三贴近"。

（十一）应当看到，对于宣传思想工作来说，人民群众是服务对象，是依靠力量，也是最终评判者。宣传思想工作者不是生而知之的宣讲者、不是游离社会的冥想者、不是孤芳自赏的顿悟者，而是人民群众的一部分，来自人民群众，生活在群众中，汲取生活和群众的营养，肩负推动社会进步的使命。

中国特色社会主义道路越走越宽广，人民群众在创造新生活中迸发着生机勃勃的力量。不要抱怨群众疏远了理论，而是我们对理论的宣传疏远了群众；不要抱怨群众的要求太高，而是我们的一些新闻报道改进不够；不要抱怨群众冷漠了文艺，而是我们的一些作品没有很好地反映群众生活；不要抱怨思想政治工作的传统优势不管用，而是一些地方一些同志没有在新的历史条件下更好地发挥优势。一切宣传思想工作者都应当深深懂得，教育人民必须自己先受教育；给人民以营养必须自己先吸收营养。在这个意义上完全可以说，坚持"三贴近"，是宣传思想工作者成长进步、建功立业的必由之路。

（十二）坚持"三贴近"，要求我们从时代的高度来审视宣传思想工作，用发展的眼光来研究宣传思想工作，用改革的精神来推动宣传思想工作。要以"三贴近"的要求来部署我们的工作，推进我们的工作，使"三贴近"成为宣传思想工作的指导原则，成为宣传思想工作者的自觉追求。

（十三）贴近者，贴心也。"三贴近"联系并反映着世界观、人生观和价值观。"为什么我的眼里常含着眼泪，因为我对这片土地爱得深沉。"怀揣满腔情，捧出一颗心，心贴心、手拉手，拜良师、成益友，宣传思想工作才能让人感动，促人行动。

理论工作要立足国情、立足当代，紧紧围绕改革开放和社会主义现代化建设的实际，紧密结合干部群众的思想实际，把道理讲清，让群众听懂；新闻工作要把体现党的主张和反映人民心声统一起来，多用群众的语言，多联系群众身边的事例，多采用群众喜闻乐见的形式，把党的方针政策化为群众的自觉行动；文艺工作要坚持弘扬主旋律与提倡多样化的统一，坚持思想性、艺术性、观赏性的统一，使人民群众得到教育和启发，得到娱乐和美的享受；思想政治工作要把先进性要求与广泛性要求结合起来，把解决实际问题与解决思想问题结合起来，教育人、引导人、鼓舞人，春风化雨，润物无声。

（十四）"三贴近"关键在"三深入"。要深入实际、深入生活、深入群众，感受实践的脉动，吮吸生活的醇香，倾听群众的心声。谁深入，谁受益。涉浅水者得鱼虾，涉深水者得蛟龙。深入，既要身到，更要心到，脚板与心灵双双而至。像钉子钉进木头一样扎根生活，你的作品才能钻进读者心中。

（十五）要贴近就要创新，有创新才有贴近。新形势要求创新，新任务呼唤创新，新实践推动创新。贴近的程度取决于创新的力度。把"三贴近"作为改进和加强宣传思想工作的突破口，就要创新思想观念，通过思想认识的新飞跃来实现工作思路的新突破；就要创新工作方法，不断拓展宣传思想工作的渠道和空间；就要创新体制机制，通过深化改革，为宣传思想工作坚持"三贴近"提供制度保证，更好地调动广大宣传思想工作者的积极性、主动性和创造性，更好地激发宣传思想战线的勃勃生机和旺盛活力。

（十六）诗人说，太阳每天都是新的。我们说，新的不仅是太阳，更是在太阳下生活的人们和人们的生活。当代中国，实际在变革，生活在变迁，人民群众在与时俱进。坚持"三贴近"，是一个永无止境的过程，一个不断进取的过程，一个奋发有为的过程。

贴近些、再贴近些。

（2004年12月17日）

在全面建设小康社会中充分发挥先锋模范作用
——论保持共产党员先进性

（一）当前，以实践"三个代表"重要思想为主要内容的保持共产党员先进性教育活动，正在全党范围有步骤地展开。这是党中央在深入研究新形势新任务和党员队伍状况基础上作出的重大决策。

一年半内，6800万党员将走进广阔而生动的教育课堂，坚定理想信念，经受党性锤炼，涤除思想尘埃，昂扬奋发，焕然一新，迎接党的85周岁生日。这是全党政治生活中的一件大事，必将载入党的光辉史册。

（二）凡是与发展潮流吻合，走在时代前列的，就是先进。先进的事物总是以引领时代的独到品质，获得强大的生命力，推动人类社会的进步。崇尚先进，追赶潮流，始终贯穿于人类发展的历史长河。

对于马克思主义政党来说，先进性就是站在时代的前列，走在群众的前面。中国共产党一开始就以中国工人阶级先锋队、中国人民和中华民族先锋队的面貌登上历史舞台，充分显示出马克思主义政党的先进性。

先进性是马克思主义政党的根本特征，也是马克思主义政党的生命所系、力量所在。我们党之所以能够在各种政治力量的长期斗争和反复较量中脱颖而出，从小到大，由弱到强，成为执掌全国政权并长期执政的党，是由于我们党能够始终与时代发展同步伐，与人民群众共命运，勇于坚持真理，不断修正错误，始终代表了中国先进生产力的发展要求，代表了中国先进文化的前进方向，代表了中国最广大人民的根本利益。

（三）"一个政党过去先进，不等于现在先进；现在先进，不等于永远先进。""党的执政地位不是与生俱来的，也不是一劳永逸的。"中国共产党人在总结国际国内正反两方面经验教训的基础上，得出了这样的清醒认识和深刻结论。

潮起潮伏，福兮祸兮。国际上，东欧剧变、苏联解体，世界社会主义出现严重曲折。敌对势力对社会主义中国西化、分化的战略图谋仍然没有改变。在国内，我们已经进入了全面建设小康社会、加快推进社会主义现代化的新的发展阶段，改革发展稳定的任务很重。这都给中国共产党人提出了新的课题和新的要求。

党员队伍的主流是好的，是有战斗力的，但也要看到，从理想信念到党的观念，从宗旨意识到组织纪律，从思想作风到执政能力等，不少党员还存在着差距和问题。这些差距和问题归结起来，一个是同新形势新任务的要求不相适应，一个是同"三个代表"重要思想和全面建设小康社会的要求不相符合。

党的先进性建设是马克思主义政党自身建设的根本任务。我们党的三代领导核心——毛泽东、邓小平、江泽民同志一贯重视党的先进性建设。以胡锦涛同志为总书记的党中央决定开展保持共产党员先进性教育活动，就是要努力解决"不适应"和"不符合"的突出问题，进一步提高党员素质，进一步固本强基，使党在应对国内外各种风险和考验的历史进程中始终成为全国人民的主心骨，在建设中国特色社会主义的历史进程中始终成为坚强的领导核心。

（四）"一个党员一盏灯，一个党员一面旗。"党员先进性与党的先进性息息相关。党的先进性从整体上规定了党员的先进性，必然要求党员具有先进性；党员先进性从个体方面反映着党的先进性，是党的先进性的重要载体。

党员是党的肌体的细胞，细胞健康，肌体才能充满活力；党员是党的行为主体，党的先进性最终要体现在党员身上。任何党员的不良行为都会影响党的形象，影响党的创造力、凝聚力和战斗力。

先进性具有鲜明的实践品格。先进性是具体的不是抽象的，是实在的不是空泛的。人民群众看我们党是否先进，不只是看理论、纲领和路线，更重要的是看共产党员的行动，从党员身上感受党的先进性。党的先进性要通过党员的先锋模范作用来体现。

（五）时代的坐标提供着先进性的方位，先进性的要求反映着时代进步的方向。先进性不是一成不变的，不同时代有不同的要求。

在硝烟弥漫的战争年代，共产党员冲锋在前、退却在后，抛头颅、洒热血、英勇战斗、不怕牺牲；

在热火朝天的建设年代，共产党员吃苦在前、享受在后，舍小家、顾大

家,自力更生、艰苦奋斗;

在激情奔涌的改革开放新时代,共产党员奉献在前、名利在后,争先进、创一流、与时俱进、开拓创新;

党员的先进性凝聚着代代相传的优良传统,蕴涵着时代要求的鲜明特征。

(六)全面建设小康社会是当代中国共产党人的历史任务。一个党员是否保持先进性,要放在全面建设小康社会这一历史进程中来考察,看他所持的态度,看他发挥的作用,看他能否带领群众共同创造幸福生活和美好未来。

党的十六大确立的全面建设小康社会的奋斗目标,是中国特色社会主义经济、政治、文化、社会全面发展的目标,符合我国国情和现代化建设的实际,反映了全党全国人民的共同意志。全面建设小康社会的伟大实践,为每一位共产党员提供了广阔的舞台。

时代的召唤,人民的目光,聚集在每一位共产党员的身上。在新的历史条件下,共产党员保持先进性,就是要自觉学习实践邓小平理论和"三个代表"重要思想,坚定共产主义理想和中国特色社会主义信念,胸怀全局、心系群众,奋发进取、开拓创新,立足岗位、无私奉献,充分发挥先锋模范作用,团结带领广大群众前进,不断为改革开放和社会主义现代化建设作出贡献。

深刻理解、准确把握新时期保持共产党员先进性的基本要求,就是胡锦涛同志阐述的"六个坚持":坚持理想信念,坚定不移地为建设中国特色社会主义而奋斗;坚持勤奋学习,扎扎实实地提高实践"三个代表"重要思想的本领;坚持党的根本宗旨,始终不渝地做到立党为公、执政为民;坚持勤奋工作,兢兢业业地创造一流的工作业绩;坚持遵守党的纪律,身体力行地维护党的团结统一;坚持"两个务必",永葆共产党人的政治本色。这"六个坚持"指明了保持共产党员先进性的前进方向。

(七)"三个代表"重要思想,核心在坚持党的先进性。做"三个代表"重要思想的坚定实践者,是保持共产党员先进性的根本要求。

"三个代表"重要思想是新世纪新阶段全党全国人民继往开来、与时俱进,实现全面建设小康社会宏伟目标的根本指针。共产党员实践"三个代表"重要思想,就要做到真学、真懂、真信、真用。

真学,就是埋下头来学、下苦功夫学。真懂,就是主要观点懂、精神实质懂。真信，就是思想深处信、灵魂深处信。最重要的是，在真学、真懂、真信的基础上做到真用。真用，就是联系实际用、针对问题用，努力运用"三个代表"重要思想的立场、观点、方法来观察形势、分析问题、指导工作，坚持改造客观世界和改造主观世界的统一，切实把"三个代表"重要思想落实在工作岗位上，体现在实际行动中，不断促进先进生产力和先进文化的发展，实现好维护好发展好最广大人民的根本利益。

（八）牢固树立和全面落实科学发展观，是保持共产党员先进性的内在要求。

以人为本、全面协调可持续发展的科学发展观，是我们党在邓小平理论和"三个代表"重要思想的指导下，对长期发展实践的经验总结和理论升华，是全面建设小康社会和推进现代化建设始终要坚持的战略思想和指导方针。每一名共产党员无论在什么岗位，无论做什么工作，都要自觉树立和落实科学发展观。符合科学发展观的，就全力以赴地去做；不符合科学发展观的，就毫不迟疑地去改。切实把共产党员先进性在建设社会主义物质文明、政治文明、精神文明与构建社会主义和谐社会的实践中充分发挥出来。

（九）始终保持与人民群众的血肉联系，忠实履行全心全意为人民服务的宗旨，是保持共产党员先进性的核心内容。

共产党员是群众的一员、社会的一员，更是服务群众、服务社会的先进分子。共产党员有着一般人的共性，更有着"特殊材料制成"的特性。"平常时期能看得出来，关键时刻能冲得出来，危难关头能豁得出来。"

人民群众的智慧和实践是党的先进性的源泉。党的根基在人民、血脉在人民、力量在人民。求木之长必固其根本，欲流之远必浚其泉源。党的最大优势是密切联系群众，党执政后的最大危险是脱离群众。现在，在有些党员干部中存在着这样一些现象：交通发达了，离群众却远了；生活条件好了，对群众感情却淡了；通信方便了，与群众打成一片的传统却丢了。这些现象表明，不是群众不亲近党，而是有的党员远离了群众；不是群众不拥护党，而是有的党员伤了群众的心；不是群众不热爱党，而是有的党员没有展现出党员的先进性。

群众在我们心里的分量有多重，我们在群众心里的分量就有多重；我们对群众的感情有多深，群众对我们的感情就有多深。是党员就要终生为党分忧，是党员就要终生为民解难。每个共产党员必须心里时刻装着群众，牢记

"群众利益无小事"的道理,把群众的安危冷暖挂在心上,为群众诚心诚意办实事,尽心竭力解难事,坚持不懈做好事,特别要关心困难群众的工作和生活。

(十)胸怀远大理想,脚踏实地工作,是保持共产党员先进性的本质内容。

共产党人坚信人类社会必然走向共产主义。但也清醒认识到,共产主义只有在社会主义社会充分发展和高度发达的基础上才能实现,这是一个非常漫长的历史过程。我国现在仍处于并将长期处于社会主义初级阶段。每一名共产党员既要树立共产主义的远大理想,坚定信念,更要脚踏实地地为实现党在现阶段的基本纲领而不懈努力,扎扎实实地做好每一项工作。没有远大理想,不是合格的共产党员;离开现实工作而空谈远大理想,也不是合格的共产党员。

奋斗就会有艰辛,艰辛孕育新发展。树立为党和人民长期艰苦奋斗的思想,坚持求真务实,说实话,干实事,求实效。群众最反感的是只说空话、不办实事,只图"虚名"、不练"实功"。每一名共产党员都应当把先进性落实为具体行动、体现为发展成果,为党旗增辉添彩,为人民建功立业。

(十一)立足本职岗位,创造一流业绩,是保持共产党员先进性的重要标志。

无论在重要的岗位,还是做平凡的工作,都同实现党在现阶段的奋斗目标和党的整个事业紧密相连。党员的先进性体现在每一个岗位上,每一项工作中。爱岗敬业,尽心尽责,努力在各自岗位上作出不平凡的贡献,努力创造无愧于时代、无愧于历史、无愧于人民的一流工作业绩,才能让党员先进性在不同的岗位熠熠生辉。

工作岗位各不同,具体标准有特色。工人党员,就要出色完成生产任务,开展技术创新,支持企业改革;农民党员,就要执行党的农村政策,带头勤劳致富,带领群众建设小康;知识分子党员,就要积极贡献聪明才智,多出科研成果,促进经济社会发展;机关党员,就要坚持面向基层、服务群众,夙夜在公、廉洁自律……

改革开放以来,党员队伍职业构成发生了重大变化。有的创业有成,当了"老板";有的离开农村,进城务工;有的自主择业,被非公企业聘用;有的因单位改制,成了下岗职工。然而,不管身份有多大差异,工作有多大变化、胸怀全局、自强不息，永远是共产党员的不懈追求。

自学成才、练就一手绝活的桥吊工人许振超说："干一行，就要爱一行，精一行。"下岗不失志、再创新业绩的刘坤洲说："工作可以下岗，党员的责任不能下岗。"振兴民族工业、进军世界市场的张瑞敏说："创世界自主品牌是我的梦想，为了圆这个梦，我会坚忍不拔地战斗下去。"带领群众共同致富的吴仁宝说："生命不息，服务不止，老百姓过上幸福生活，就是我最大的快乐。"……

岗位需要技能，干事需要本领，创新需要学习。我们正处在改革创新的时代，共产党员应当加强学习、善于学习，不断提高素质，不断增强本领，做学习的标兵、成才的榜样、创新的楷模。

（十二）党员领导干部是党的事业的骨干和中坚，先进性的标准应该比一般党员更高，先进性的要求应该比一般党员更严格，参加先进性教育更应当发挥表率作用。

坚持立党为公、执政为民，权为民所用、情为民所系、利为民所谋，为民、务实、清廉，真正为人民执好政、掌好权，是对党员领导干部保持先进性的特殊要求。焦裕禄、孔繁森、郑培民、牛玉儒等，用他们的实际行动践行共产党人的诺言，为党员领导干部树立了榜样。

每一个党员领导干部都应好好想一想：参加革命是为什么？现在当干部应该做什么？将来身后应该留点什么？要牢固树立正确的世界观、人生观、价值观，坚持正确的权力观、地位观、利益观。牢记"两个务必"，常修为政之德、常思贪欲之害、常怀律己之心。坚持和健全民主集中制，增强党的团结和活力。坚决反对腐败，自觉抵制拜金主义、享乐主义、极端个人主义。严格用党的纪律规范自己的言行，坚持同违反党纪国法的行为作斗争。不搞形式主义、官僚主义，不搞劳民伤财的"形象工程""政绩工程"。不允许有令不行、有禁不止，搞"上有政策、下有对策"。始终坚持党的事业第一，坚持人民的利益第一，为国家、为民族奋不顾身地工作。

（十三）先进之路无止境，追求先进无止境。一个党员一段时间先进并不难，难的是一辈子保持先进。

在全党开展保持共产党员先进性教育活动，是推进党的建设新的伟大工程的一项基础工程。这样一场关系党的事业的兴旺发达，也关系每个党员成长进步的教育活动，对每个共产党员来说，是学习、是提高、是考验、是锻炼。那种认为"先进性教育活动是少数人的事、是领导干部的事"是不正确的。全体共产党员都应当以认真的态度和饱满的热情，以认清党的历史使命的自觉性和肩负党员历史责任的主动性，积极参加这场深刻而难得的教育活动。

（十四）邓小平同志曾满怀深情地期望：几千万党员都合格，那将是一支多么伟大的力量。

中国共产党人的先进性与时俱进，中国特色社会主义道路越走越宽。承载着13亿中国人民的社会主义巨轮，正航行在全面建设小康社会的历史征程上。有邓小平理论和"三个代表"重要思想的指引，有以胡锦涛同志为总书记的党中央的坚强领导，有屹立时代潮头的6000多万共产党人击楫中流，有全国各族人民同心同德，艰苦奋斗，紧紧把握战略机遇，勇敢迎接新的挑战，我们就一定能够把全面建设小康社会的壮丽蓝图变为现实，进而实现中华民族的伟大复兴。

（2005年2月25日）

重大的战略任务　壮阔的历史征程
——论构建社会主义和谐社会

（一）构建社会主义和谐社会，是党的十六大和十六届三中、四中全会提出的重大任务，是全党同志和全国人民的共同愿望，是中国特色社会主义事业新的伟大实践。

历史将记住这一刻：2月19日，胡锦涛同志在中共中央举办的省部级主要领导干部专题研讨班上，围绕构建社会主义和谐社会问题发表重要讲话。讲话深刻阐明了构建社会主义和谐社会的重大意义、科学内涵、基本特征、重要原则和主要任务，清晰勾画出社会主义和谐社会的壮美前景，为我们正确认识、全面把握和积极构建社会主义和谐社会指明了方向。

这篇重要讲话，标志着我们党对建设中国特色社会主义的认识达到了一个新的高度；以这篇重要讲话为标志，我国全面展开了构建社会主义和谐社会的历史征程。

（二）新世纪新阶段，人心思变革、思稳定，人们盼发展、盼和谐。老百姓说，和谐社会意味着幼有所护，老有所养，家庭和睦，生活和美，社会安定。社区工作者说，和谐社会意味着良好的社会风尚，温馨的人际情感，优美的自然环境，户户安居乐业，家家亲情融融。理论工作者说，我们要构建的社会主义和谐社会，始于初级阶段，又高于初级阶段，是结构合理、行为规范、运筹得当的社会，是改革配套、发展协调、稳定持续的社会。

（三）古往今来，无论东方还是西方，人们一直把实现社会的平等、安定、和谐作为美好追求。

在中国传统文化中，"和"字最早见之于金文，有关"和谐"的思想源远流长。《左传》写道："八年之中，九合诸侯，如乐之和，无所不谐。"诸子百家争论不休，但对"和谐"却都心向往之。从孔子的"和为贵""和而不同"，到墨子的"兼相爱""爱无差等"，再到孟子的"老吾老以及人之老，幼吾幼以及人之幼",都表达了社会和谐的主张。热爱和平、祈盼和顺、崇尚和美、追求和谐,是中华民族的优良传统和高尚品德。

在西方思想史上,从古希腊哲学家毕达哥拉斯的"整个天是一个和谐"、柏拉图的"理想国",到空想社会主义者傅立叶的"全世界和谐"、欧文"新和谐公社",都反映了人们对和谐美好社会的憧憬。

(四)实现社会和谐,建设美好社会,始终是人类孜孜以求的一个社会理想,也是包括中国共产党在内的马克思主义政党不懈追求的一个社会理想。

马克思、恩格斯在继承前人思想成果的基础上,创立了科学社会主义理论,勾画了美好社会的蓝图,指明了实现美好社会理想的正确途径。

80多年来,以马克思主义为指导的中国共产党所进行的一切奋斗,归根到底都是为了实现民族解放、国家富强和人民幸福,为了建设一个民主、自由、公正的社会。在革命、建设和改革的长期实践中,以毛泽东、邓小平和江泽民同志为主要代表的中国共产党人,把马克思列宁主义基本原理同中国具体实际相结合,不断探索和发展了具有中国特色的社会主义社会建设理论。

发展是最好的继承。党的十六大以来,以胡锦涛同志为总书记的党中央明确提出、系统阐述了构建社会主义和谐社会的战略思想,强调要形成全体人民各尽其能、各得其所而又和谐相处的社会。这体现了我们党作为马克思主义执政党与时俱进、求真务实的作风和品格,表明了当代中国共产党人正视现实、面向未来的勇气和智慧,为党和国家工作的指导思想注入了新的内涵,进一步巩固和发展了全党全国人民继续团结奋斗的共同思想基础。

(五)音律和谐,令人身心愉悦;社会和谐,成就千秋伟业。构建社会主义和谐社会是我们抓住和用好重要战略机遇期、实现全面建设小康社会宏伟目标的必然要求。

我国既面临着"黄金发展期",又面临着"矛盾凸显期"。国际经验表明,在人均国内生产总值突破1000美元之后,经济社会发展进入了一个关键阶段,既有因为举措得当而快速发展的成功经验,也有因为应对不当而陷入发展陷阱的失败教训。在当前和今后相当长的时间内,我国深化改革、扩大开放、加快发展、保持稳定的任务更为艰巨,经济社会发展面临的矛盾可能更复杂、更突出。

和平与发展仍是当今时代的主题，但国际形势继续处于深刻复杂的变化之中。世界政治格局处于向多极化过渡的重要时期，经济全球化趋势不断深入发展，科技进步突飞猛进，区域经济一体化进程加速。我国既面临着发达国家在经济、科技等方面占优势的压力，又面临着敌对势力实施西化、分化政治图谋的压力。

机遇与挑战并存，动力和压力共生。在这样的历史条件下，我们党明确提出构建社会主义和谐社会，适应了我国改革发展进入关键时期的客观要求，体现了广大人民群众的根本利益和共同愿望。

（六）我们所要建设的社会主义和谐社会，应该是民主法治、公平正义、诚信友爱、充满活力、安定有序、人与自然和谐相处的社会。

民主法治，就是社会主义民主得到充分发扬，依法治国基本方略得到切实落实，各方面积极因素得到广泛调动；

公平正义，就是社会各方面的利益关系得到妥善协调，人民内部矛盾和其他社会矛盾得到正确处理，社会公平和正义得到切实维护和实现；

诚信友爱，就是全社会互帮互助、诚实守信，全体人民平等友爱、融洽相处；

充满活力，就是能够使一切有利于社会进步的创造愿望得到尊重，创造活动得到支持，创造才能得到发挥，创造成果得到肯定；

安定有序，就是社会组织机制健全，社会管理完善，社会秩序良好，人民群众安居乐业，社会保持安定团结；

人与自然和谐相处，就是生产发展，生活富裕，生态良好。

这六条基本特征相互联系、相互作用，既包括社会关系的和谐，也包括人与自然关系的和谐，体现了民主与法治的统一、公平与效率的统一、活力与秩序的统一、科学与人文的统一、人与自然的统一。

这六条基本特征表明，构建社会主义和谐社会，既是治国理想，又是治国实践；既是目标与过程的统一，又是理想与现实的结合。

（七）构建社会主义和谐社会，同全面建设小康社会是有机统一的。

构建社会主义和谐社会同全面建设小康社会，都属于建设中国特色社会主义这个大范畴，两者起点一致、目标一致、实践过程一致，它们是相互包含、相辅相成的。

构建社会主义和谐社会，既是全面建设小康社会的重要内容，也是全面建设小康社会的重要条件。全面建设小康社会的目标，明确地包含了"社会更加和谐"的要求。而构建社会主义和谐社会比全面建设小康社会的要求更高、时间更长、任务更重。我们在完成了全面建设小康社会的宏伟目标之后，还要为构建社会主义和谐社会继续长期奋斗。

（八）构建社会主义和谐社会，同建设社会主义物质文明、政治文明、精神文明也是有机统一的。

这四个方面既有不可分割的紧密联系，又有各自的特殊领域和规律。建设社会主义物质文明、政治文明、精神文明可以为构建社会主义和谐社会提供坚实的物质基础、政治保障和精神支撑，而和谐社会建设可以为"三大文明"建设提供有利的社会条件。

重要的是，提出构建社会主义和谐社会，使得我们党关于中国特色社会主义事业的总体布局、总体战略日益丰富、日臻完善。随着我国经济社会的不断发展，中国特色社会主义事业的总体布局更加明确地由社会主义经济建设、政治建设、文化建设三位一体发展为社会主义经济建设、政治建设、文化建设、社会建设四位一体。这在建设中国特色社会主义、实现中华民族伟大复兴的道路上具有里程碑的意义。

（九）有目标就要有奋斗，要奋斗就须有遵循。"三个代表"重要思想是全面建设小康社会的根本指针，也是构建和谐社会的根本指针。

"三个代表"重要思想，反映了当代世界和中国的发展变化对党和国家工作的新要求，是加强和改进党的建设、推进我国社会主义制度自我完善和发展的强大理论武器。贯彻落实"三个代表"重要思想，把社会主义制度的优越性和党的先进性落实到代表中国先进生产力的发展要求、代表中国先进文化的前进方向、代表中国最广大人民的根本利益上来，有利于为构建社会主义和谐社会奠定坚实的思想基础、物质基础和制度基础。

在构建和谐社会的进程中，只有把"三个代表"重要思想落实到社会主义现代化建设的各个领域、落实到党领导发展的大政方针和各项工作部署之中，才能促进全社会创造活力的持续迸发，促进各种利益关系的妥善协调，促进社会公平和正义的有效实现，进而不断实现好、维护好、发展好最广大人民的根本利益。

（十）以人为本、全面协调可持续的科学发展观，是统领我国经济社会发展全局的重要战略思想，也是指导构建社会主义和谐社会的重要战略思想。

科学发展观从发展理念、发展思路等方面促进社会发展、社会建设、社会治理，是从发展的角度求和谐；构建社会主义和谐社会从社会关系、社会状态方面反映和检验贯彻科学发展观的成效，是从和谐的角度促发展。

贫穷不是社会主义，贫穷更建不成社会主义和谐社会；失衡不符合社会主义本质，失衡更建不成社会主义和谐社会。以科学发展观为指导构建社会主义和谐社会，一定要坚持发展是硬道理，紧紧抓住发展这个第一要务，坚持以经济建设为中心，聚精会神搞建设，一心一意谋发展，推动我国经济社会发展不断迈上新台阶；一定要在发展中注意统筹城乡发展、统筹区域发展、统筹经济社会发展、统筹人与自然和谐发展、统筹国内发展与对外开放，推进经济社会全面协调可持续发展。

（十一）蓝天，碧水，青山，绿地……是现代人时刻向往的梦中家园；石油，煤炭，森林，淡水……是现代经济发展须臾不可离开的重要资源。在中国这样的发展中大国，坚持走新型工业化道路，是贯彻落实科学发展观，实现经济持续快速协调健康发展，构建社会主义和谐社会的必由之路。

新型工业化道路实质上就是一条超越传统工业化道路，追求和平发展、和谐发展的道路，它新就新在一个"和"字上。对外是和平发展，而不是靠武力扩张去掠夺别国资源；对内是和谐发展，而不是靠拼消耗去搞掠夺式经营。要切实改变高投入、高消耗、高污染、低效率的增长方式，努力走出一条科技含量高、经济效益好、资源消耗低、环境污染少、人力资源优势得到充分发挥的新型工业化路子，促进人与自然的和谐，推动整个社会走上生产发展、生活富裕、生态良好的文明发展道路。

"加快发展，更要可持续发展"，"发展循环经济，建设资源节约型、环境友好型社会"，"提倡绿色消费，增强环境意识"，这些体现新型工业化道路要求的积极探索，正在成为构建社会主义和谐社会的生动实践。只要我们持之以恒，扎实推进，年年有进步，几年一大步，就一定能够不断推动人口、资源、环境相协调，开辟构建社会主义和谐社会的新天地。

（十二）和谐呼唤改革，改革促进和谐。构建社会主义和谐社会，不是放慢改革步伐，也不是改变改革方向，而是必须坚持社会主义市场经济的改革方向不动摇，进一步推动制度创新，不断深化改革，不断增强经济社会发展的内在动力。

构建社会主义和谐社会，要求我们以更大的决心、更强的毅力，锐意改革、勇于攻坚，力争在一些重点领域和关键环节取得新的突破，不断克服影响经济社会发展的各种体制弊端。要加强社会管理体制的建设和创新，完善社会管理体系和政策法规，建立起与社会主义经济、政治、文化体制相适应的社会体制，从而形成与社会主义经济、政治、文化秩序相协调的社会秩序。要紧紧抓住积极扩大就业、努力完善社会保障体系、逐步理顺分配关系、加快社会事业发展这"四个着力点"，并把它们作为和谐社会建设的突破口和切入点，力争取得实实在在的进展。

（十三）和谐需要稳定，稳定保证和谐。没有稳定的环境，什么都搞不成。这是我国现代化建设的一条极其重要的经验，也是构建社会主义和谐社会必须坚持的一条重要原则。

当今世界很不平静，会有这样那样的摩擦；国内改革发展不会一帆风顺，会有这样那样的困难。什么时候都要高度重视并切实做好维护社会稳定的工作。要倍加顾全大局，倍加珍视团结，倍加维护稳定。要坚决按政策办事，坚决依法办事，坚决维护群众的合法权益。要建立健全社会矛盾纠纷调处机制，把不稳定因素解决在基层，解决在内部，解决在萌芽状态。

经济发展、改革深化、社会稳定，我们国家的大好局面就能不断巩固和发展，构建社会主义和谐社会就有坚实的基础和可靠的保障。

（十四）和谐出自公平，和谐有赖正义。维护与实现社会公平和正义，是构建社会主义和谐社会的主要环节。

不公平则心不平，心不平则气不顺，气不顺则难和谐。这就要求我们在促进发展的同时，必须把维护社会公平放到更加突出的位置。要依法逐步建立以权利公平、机会公平、规则公平、分配公平为主要内容的社会公平保障体系，逐步做到保证社会成员都能够接受教育，都能够进行劳动创造，都能够平等地参与市场竞争、参与社会生活，都能够依靠法律和制度来维护自己的合法权益，使全体人民共享改革发展的成果。

社会主义和谐社会不是没有差别、没有矛盾的社会。社会公平和正义是相对的、具体的，实现社会公平和正义是一个长期奋斗的过程。在构建社会主义和谐社会的进程中，一定要正确处理人民内部矛盾和其他社会矛盾，协调好、兼顾好各方面的利益关系。要坚持把最广大人民的根本利益作为制定和贯彻党的路线方针政策的基本着眼点，正确反映和兼顾不同地区、不同部门、不同方面群众的利益。要注意教育和引导群众正确认识改革发展中利益关系和利益格局的变化，正确认识与对待个人利益和集体利益、局部利益和整体利益、眼前利益和长远利益的关系。

（十五）和谐孕育生机，和谐需要活力。只有尊重劳动、尊重知识、尊重人才、尊重创造，才能最广泛最充分地调动全社会一切积极因素，焕发蓬勃生机，激发创造活力，促进社会和谐，促进人的全面发展。

和谐包含多样性、创造性，和谐不能纯而又纯、不是死水一潭。"四个尊重"方针强调的主要是活力问题，归根结底是发展问题。构建社会主义和谐社会，要坚定不移地全面贯彻"四个尊重"的方针，努力形成劳动光荣、知识崇高、人才宝贵、创造伟大的时代新风，大力营造鼓励人们干事业、支持人们干成事业的社会氛围，放手让一切劳动、知识、技术、管理和资本的活力竞相迸发，让一切创造社会财富的源泉充分涌流，使一切有益于人民和社会的劳动都得到承认、尊重和保护，使一切有利于社会进步的创造愿望得到尊重、创造活动得到支持、创造才能得到发挥、创造成果得到肯定。

权利公平、机会公平、规则公平、分配公平，这"四个公平"是我们党对社会主义和谐社会建设提出的新要求。尊重劳动、尊重知识、尊重人才、尊重创造，这"四个尊重"是我们构建社会主义和谐社会的一项重大方针。"四个公平"的指向是公平，"四个尊重"的核心是效率。促进"四个公平"，贯彻"四个尊重"，统一于正确处理公平与效率这一关系的实践过程之中。这两个方面抓好了，必将有力地促进社会主义和谐社会建设。

（十六）和谐环境，人人共享；构建和谐，人人有责。和谐，关键在全党不断提高构建社会主义和谐社会的能力，科学执政、民主执政、依法执政，坚持依法治国和以德治国相结合，把立党为公、执政为民的理念体现在构建和谐社会的各个领域、各个方面。

和谐，有赖于党员发挥先锋模范作用。每个共产党员都应牢固树立全心全意为人民服务的思想，心系群众、服务群众，在构建和谐社会的进程中保持和体现党员先进性。

和谐，取决于全体公民的自觉行动。每个公民都应自觉遵守国家宪法和法律，积极践行"爱国守法、明礼诚信、团结友善、勤俭自强、敬业奉献"的基本道德规范，促进人与人之间的和谐。

值得重视的是，在我们的现实生活中还存在着种种不和谐的因素。环境污染影响和谐，愚昧落后妨碍和谐，违法乱纪销蚀和谐，贪污腐败破坏和谐。构建社会主义和谐社会的过程，就是不断消除不和谐因素、不断增加和谐因素的过程。我们要大力弘扬正气，坚决抵制歪风，敢于和善于同各种破坏和谐的现象作斗争，在全党全社会形成推进和谐社会建设的强大合力。

（十七）社会和谐，和谐社会。人类为此付出了多少艰辛和探索，历史为此经历了多少曲折和风险。一曲曲壮歌欢歌，谱写着从不和谐到和谐的音符；一次次前仆后继，铺就着从不可能到可能的路基。

构建社会主义和谐社会，是一个波澜壮阔的历史进程，也是一项艰巨复杂的系统工程。历史是人创造的。人是历史的人。历史的人做历史的事。我们肩负着世世代代的理想和企盼，承继着人类进步的光荣和辉煌，社会主义和谐社会的大厦将由我们共同建造。

面对这样的重大责任，我们当自强当奋起，我们应当对得起历史和未来。

（2005年6月1日）

论责任

——写在《公民道德建设实施纲要》印发四周年、第三个"公民道德宣传日"到来之际

（一）总有这样一些人让我们感动。

党的好干部牛玉儒以勤政为民、忘我工作诠释"生命一分钟，敬业六十秒"，桥吊工人许振超在普通岗位上创出世界一流的"振超效率"，乡邮员王顺友二十年如一日大凉山中用脚步丈量工作的苦乐，公安卫士任长霞以炽热情怀书写执法为民的人生壮歌，导弹司令杨业功用赤胆忠心浇铸共和国的和平之盾，医学专家钟南山在抗击非典这场没有硝烟的战争中敢医敢言，科学家马祖光在实验室里以生命之火点燃科学之光，艺术家常香玉用德艺双馨八十人生唱响"戏比天大"……从中，人们无不感受到一种品格，一种境界，这就是对国家、对人民、对事业的责任。

也有这样一些事令我们痛心。

一起起惨痛矿难带来人民生命财产的重大损失，一种种假劣食品导致许多无辜百姓受到伤害，一次次严重污染造成难以挽回的生态灾难……从这些安全事故和重大案件中，人们看到了共同的祸根，这就是责任的缺失。

责任，就这样沉甸甸地摆在我们面前。

（二）什么是责任？责任是分内应做的事情。也就是承担应当承担的任务，完成应当完成的使命，做好应当做好的工作。

责任有丰富的内涵，可以从不同层次、不同形式来区分，可以从不同领域、不同角度去认识。

责任无处不在，存在于生命的每一个岗位。父母养儿育女，儿女孝敬父母，老师教书育人，学生尊师好学，医生救死扶伤，军人保家卫国。人在社会中生存，就必然要对自己、对家庭、对集体、对祖国承担并履行一定的责任。

责任有不同的范畴，如家庭责任、职业责任、社会责任、领导责任，等等。这些不同范畴的责任，有普遍性的要求，也有特殊性的要求。责任只有轻重之分，而无有无之别。

责任是一种客观需要，也是一种主观追求；是自律，也是他律。一切追求文明和进步的人们，应该基于自己的良知、信念、觉悟，自觉自愿地履行责任，为国家、为社会、为他人作出自己的奉献。无论是道德责任，还是法定责任，都不以个人意志为转移。不履行道德责任，会受到道德的谴责和良心的拷问；不履行法定责任，会受到法律的追究和制度的惩处。

责任和权利是对应的统一的。没有无责任的权利，也没有无权利的责任。一个人的权利，往往是他人的责任；一个人的责任，往往是他人的权利。享受一定的权利，必须尽到相应的责任；尽到一定的责任，才能享有相应的权利。

责任是道德建设的基本元素。官德、师德、医德、商德、艺德，社会公德、职业道德、家庭美德，都以责任为基础，为前提。有责任感的人，受人尊敬，招人喜爱，让人放心。

责任是成就事业的可靠途径。责任出勇气，出智慧，出力量。有了责任心，再危险的工作也能减少风险；没有责任心，再安全的岗位也会出现险情。责任心强，再大的困难也可以克服；责任心差，很小的问题也可能酿成大祸。

责任是实现人的全面发展的必由之路。有理想、有道德、有文化、有纪律，都以责任相联结，都通过履行责任来体现，来升华。每个人只有在全面履行责任中，才能使自己的潜在能力得到充分的挖掘和发挥。每个人只有在推动社会的进步中，才能实现个性的丰富和完美。

（三）中华民族是勇于承担责任的民族，勇于承担责任是中华民族的优良传统。大禹治水"三过家门而不入"，诸葛任事"鞠躬尽瘁，死而后已"；范仲淹挥写"先天下之忧而忧，后天下之乐而乐"，文天祥高歌"人生自古谁无死，留取丹心照汗青"，林则徐铭志"苟利国家生死以，岂因祸福避趋之"。挺身而出，尽忠职守，利居众后，责在人先，是志士仁人薪火相传的思想标杆，是华夏子孙生生不息的精神动力。

"天下兴亡，匹夫有责"，这鲜明地体现在60年前那场伟大的中国人民抗日战争中。在面临亡国灭种威胁的危难关头，四万万中华儿女同仇敌忾，共赴国难。大江南北，长城内外，到处都是"妻子送郎上战场，母亲叫儿打东洋"；五洲四海，异国他乡，到处都有华侨华人"御外侮、挽危亡，愿为后盾"。中国人民以自己的血肉之躯筑起了新的长城，赢得了近代以来反抗外敌入侵的第一次完全胜利，也对全世界打败法西斯侵略、拯救人类文明承担起巨大的责任，作出了不可磨灭的贡献。

（四）对工作极端负责，对人民极端热忱。中国共产党把中华民族的责任意识提升到一个新的境界。对工作极端负责，来自于对人民极端热忱；对人民极端热忱，体现为对工作极端负责。以"全心全意为人民服务"为根本宗旨，对人民负责，为人民服务，深刻地表达了中国共产党人责任观的出发点和归宿，极大地拓展了责任的精神疆域。这一全新的责任观，成就了中国共产党，成就了中国共产党领导的人民的伟大事业。

站在新世纪新阶段的起点上，面对全面建设小康社会的宏伟目标，我们党以邓小平理论和"三个代表"重要思想为指导，提出了以人为本、全面协调可持续的科学发展观。科学发展观是统领我国经济社会发展全局的重要指导思想，也突出地展现出当代中国共产党人的责任观。这就是对眼前负责，对长远负责，对当代负责，对未来负责，归根到底，对人民负责。

全面落实科学发展观，推动经济社会发展转入科学发展的轨道。这是当代中国共产党人的神圣责任。

（五）和谐社会，人人共享；建设和谐，人人有责。我们所要建设的社会主义和谐社会，应该是民主法治、公平正义、诚信友爱、充满活力、安定有序、人与自然和谐相处的社会。

责任是和谐社会的"生态链"，每个人都是这个"生态链"上的重要一环。只有大家都重视依法行使民主权利、增强遵纪守法的观念，才有整个社会的民主法治；只有大家都把公平正义作为自己追求的价值取向和秉持的基本准则，才有整个社会的公平正义；只有大家都诚实守信、融洽相处，才有整个社会的诚信友爱；只有大家都激发创造活力、焕发蓬勃生机，才有整个社会的充满活力；只有大家都珍惜团结稳定，通过正常渠道表达合理诉求、通过合法手段维护自身权益，才有整个社会的安定有序；只有大家都从自己做起、从细节做起，节约每一度电、每一滴水、每一张纸、每一粒粮，为建设资源节约型社会和环境友好型社会尽责出力，才有人与自然的和谐相处。

构建和谐社会的过程，从一定意义上说，也是建设责任社会的过程。"各自责则天清地宁，各相责则天翻地覆。"每一位公民都各司其职，各负其责，才能形成全体人民各尽其能、各得其所而又和谐相处的社会。对个人是这样，对所有的地方、部门、企事业单位也是这样。

（六）责任内涵在不断发展，责任建设当与时俱进。改革开放和现代化建设的伟大实践，赋予责任日益丰富的时代内容，也极大地推动了我国的责任建设。负责任的大国，负责任的政府，负责任的公民，更加鲜明地呈现在世界面前。

负责任的公民，就是认真践行我国《公民道德建设实施纲要》提出的基本道德规范：爱国守法，明礼诚信，团结友善，勤俭自强，敬业奉献。

负责任的政府，就是始终坚持把人民的利益放在第一位，权为民所用、情为民所系、利为民所谋，用人民群众拥护不拥护、赞成不赞成、高兴不高兴、答应不答应来开展一切工作，检验一切工作。

负责任的大国，就是高举和平、发展、合作的旗帜，坚持走和平发展的道路，始终奉行独立自主的和平外交政策，在平等互利的基础上加强和扩大同世界各国的交流和合作，永远做维护世界和平、促进共同发展的坚定力量。

负责任的大国是一个国家责任建设在国际舞台上的形象。负责任的政府是实现人民利益的责任主体，也是维护国家利益的核心力量。负责任的公民是建设负责任大国和负责任政府的基础。公民的责任感和履责能力，关系一个民族的凝聚力和战斗力，体现一个社会的文明程度，影响一个国家的对外形象。

负责任的公民、负责任的政府、负责任的大国，就这样环环相扣，内强个人品质，外塑国家形象，体现政府信誉，展示民族尊严，构成了当前我国责任建设的主体。

（七）人们最熟悉的，往往也是最陌生的；最应该做到的，往往又是最难以做好的。责任也是这样。

（八）有的人认为，讲责任太沉重，担责任太劳累，不轻松，不潇洒。这种认识是不全面的。

"天地生人，有一人当有一人之业；人生在世，生一日当尽一日之勤"。作为社会的人，不可能脱离责任而生存。你不扛枪我不扛枪，谁来保卫国家；你不劳动我不劳动，谁来创造财富；你不担责我不担责，哪有美好生活。有收获必有付出，有享received必有奉献，这是社会生活的法则。

讲责任，体现着生活的价值，映照着人生的意义。"你要欣赏自己的价值，就得给世界增加价值。""尽力履行你的职责，那你就会立刻知道你的价值。"逃避责任、坐享其成、虚度光阴,这样的人生没有价值。勇敢地担负起自己的责任,人生才会充实,生活才有意义。这样的人生才是真正的"潇洒走一回"。

快乐和尽职如影相随。责尽心安,苦中孕乐,这是一种深刻而朴实的人生体验。尽到自己应尽的责任,快乐便会在辛苦付出中不请自到,并使看似不起眼的工作变得高尚和光荣。

(九)也有人认为,责任是一种束缚,限制个人自由,阻碍个性发展。这种把责任和自由割裂开来、对立起来的认识,是不正确的。

责任与自由不可分割。自由以责任为"边界",责任以自由为"外延"。履行责任与享受自由成正比。享有自由,就意味着负有责任;履行责任,才会享受更充分的自由。天底下没有为所欲为、无拘无束的自由。责任限制的是一种主观上的任性,彰显的恰恰是自由。主观上的任性,行动上的随心所欲,只会导致不自由。

自由是对必然的认识和对客观世界的改造。每一个社会成员都享有充分自由的权利,同时也必须切实履行自己的社会责任。那种我行我素,想怎么说就怎么说,想怎么做就怎么做的自由,是一种荒唐有害的"绝对自由";那种不问是非曲直,和社会基本规范格格不入的自由,是脱离现实的"抽象自由";那种自我封闭,钻进象牙塔里孤芳自赏的自由,是遁隐式的"消极自由",这些都不是真正的自由,也都是不负责任的表现。

(十)还有一些似是而非的认识:"别人不负责,我想负责也负不起来"——无法负责任;"大家都不负责,我一个人负责也白搭"——讲责任无用;"别人对我不负责,我对别人负责是犯傻"——讲责任吃亏。凡此种种,是对责任观的肢解和歪曲。

社会分工之间的联系不论怎样紧密,有分工就必有分工负责。我们只有将自己承担的责任先负起来,才能影响和带动周围的人负责,形成一个负责任的氛围,而不能用自己的不负责去淡化负责的氛围。

正如集体是由个体构成的一样,离开每个成员的责任感,这个集体就难以形成一个负责任的集体;每个成员都负起责任来,这个集体的责任才能落到实处,推动集体事业的发展,实现集体的利益。

一般来说,人们容易看到自己的长处和别人的短处,不容易看到别人的长处和自己的短处。"人贵有自知之明"的另一面,说的是人难有自知之明,看待自己对别人负责和别人对自己负责的关系上也是这样。多看自己的责任,责任就不是额外负担,而是内在要求。更何况负责任得来的是事业的发展和自身素质的提高,何来"吃亏"可言?

(十一)责任重于泰山。责任,是人作为社会的人应有的价值观,责任建设是加强公民道德建设的关键环节,是增强国家"软实力"的重要内容。大力推进我们社会的责任建设,大力提升全体公民的责任意识,让尽责任托起我们的事业,让负责任温暖我们的生活,这是我们现代化建设之伟力,是我们民族振兴之幸事。

(十二)责任建设,教育为先。

责任教育要讲"大道理"。着眼于理想和信念,引导人们树立正确的世界观、人生观和价值观,把个人的前途命运融入中国特色社会主义的伟大事业中;着眼于服务和奉献,引导人们服务他人、奉献社会,在这一过程中实现个人的正当利益;着眼于爱国主义和集体主义,引导人们把国家、集体、个人的利益有机结合起来,坚持国家利益、集体利益高于个人利益;着眼于职业道德和职业精神,引导人们把职业目标同远大理想结合起来,在自己的岗位上忠实地履行对社会、对国家、对人民的责任,使认真、严谨、负责成为中华民族的鲜明标记。

责任教育也要讲"小道理"。责任与每一个人的工作、生活都不可分离,与每一个单位的生存、发展都密切相关。一个有责任感的人,从容而不浮躁,充实而不空虚,真诚而不虚荣。一个有责任感的企业,既要讲效率和利益,也要讲义务和公益,承担起生产安全、职工健康、环境保护等社会责任。敬业才能成就事业,尽责才能赢得尊严。

责任教育还要从娃娃抓起。今天的孩子,明天的栋梁。一个人在小时候的经历和形成的基本素质往往会影响其一生。责任心也需要从小熏陶和涵养。

责任是高尚的,需要崇尚;责任是美好的,需要赞美。让我们在全社会共同营造这样一种风气和氛围:负责任光荣,不负责任可耻。

(十三)位高者责重;名赫者责大。全社会的责任建设,尤其需要领导干部带好头、名人明星作表率。

责任意识是领导干部和共产党员必须具备的基本素质,责任意识也是执政意识,提高执政能力必须增强责任意识。党的各级领导干部和全体共产党员，都要求真务实，狠抓落实，以强烈的事业心和高度的责任感对待自己的工作，在岗位上、在责任中体现共产党员的先进性。要勇于任事，敢于担当，不能在其位不谋其政，在岗位不在状态；要各负其责，守土有责，不能敷衍塞责、逃避责任；要责权统一，尽职尽责，不能遇到权力往里揽，遇到责任往外推；要在岗一日，尽责一天，不能在位时不尽责，离任后乱指责。这样做了，才称得上是贯彻了立党为公、执政为民。

各行各业的名人明星是社会的公众人物，在责任建设中也承担着更多的责任。知名度越高，越要自重；影响力越大，越要自律。不能只求荣誉，不顾声誉。要通过自己的言行举止，在责任建设中发挥积极、健康的作用。这样做了，才称得上是名实相符，对得起自己的名望，赢得人们的尊重。

（十四）责任建设，制度为本。

讲责任心，也要讲责任制；有履责要求，也要有责任追究。落实责任制，一在履责，二在问责。没有问责，责任制形同虚设。问责，要贯穿到履责的全过程。事前问责是提醒，事中问责是督促，事后问责是诫勉。对认真负责的，要给予奖励和表彰；失职渎职的，要予以追究和惩罚。只有把责任心和责任制统一起来，把履责和问责结合起来，才能在全社会确立一种良性的责任导向，增强责任心、培育责任感、提高责任意识。

（十五）责重山岳，能者方可当之。具备了一定的素质和能力，才能胜任一定的岗位和职责；担负的责任越大，就越需要提高履责能力。这就要求社会的每一个成员都自觉地充实自己，不断地提高自己，求知于书本，问计于群众，创新于实践，使我们的社会成为全民学习、终身学习的学习型社会，使我们的国家成为人人皆学、个个尽责的文明之邦。

（十六）一个时代有一个时代的使命，一代人有一代人的责任。历史的接力棒已经传到我们手中。

全面建设小康社会，实现中华民族伟大复兴。这是一个光辉的奋斗目标，也是一个艰辛的历史进程。实现这个目标，推进这一进程，就是全体公民在自己的岗位上忠实履行责任的奋斗过程。

让我们听从责任的召唤。

(2005年9月19日)

民族振兴的强大支撑

——论自主创新

（一）面向未来，我们站在一个新的历史起点上。

在这个起点上，我们为改革开放20多年来的经济持续高速增长感到自豪。同时也清醒地看到，支撑这种高速增长的条件，有不少已经或正在发生着很大的变化。无论是从我国面临的能源资源约束增强和维护经济安全的形势看，还是从国际科技竞争加剧和知识产权保护强化的趋势看，我国已经到了必须更多依靠增强自主创新能力和提高劳动者素质推动经济发展的历史阶段。

"立足科学发展，着力自主创新，完善体制机制，促进社会和谐"——党的十六届五中全会把着力自主创新提到了实现科学发展、推动民族振兴的战略地位。

走中国特色的自主创新之路，建设创新型国家，这是我们党综合分析国际形势和国内发展阶段提出的重大指导方针，是推动我国经济社会发展转入科学发展轨道的正确选择。

（二）创新是社会进步的动力，贯穿社会发展的过程。

人类的创新活动，分为认识和实践两个层面。通俗地说，别人没想到的你想到了，别人没发现的你发现了，别人没做成的你做成了，这就是创新。创新，涉及社会生活各个领域，包括理论创新、科技创新、文化创新、制度创新以及其他各方面的创新。

这里所说的自主创新，主要指科学技术领域的创造性活动，大体有三方面内容：一是原始创新，以获取科学发现和技术发明为目的；二是集成创新，将多种相关技术有机融合，形成新产品、新产业；三是引进消化吸收再创新。自主创新的成果，一般体现为新的科学发现以及拥有自主知识产权的技术、产品、品牌等。

科学技术是第一生产力，自主创新是第一竞争力。生产力是社会发展的最终决定力量，科学技术是推动生产力发展的决定性因素，自主创新是提高科技水平的关键。着力自主创新，从本质上讲，就是通过创新极大地提升生产力水平，提高利用科技手段解决当前和未来我国经济社会发展重大问题的能力，提高我国的综合国力、国际竞争力和抗风险能力。着力自主创新，从全局来看，不仅仅限于科技层面，而且作用于经济社会发展的各个方面，有利于充分发挥科学技术对发展我国先进生产力和先进文化、发展我国最广大人民根本利益的重要作用。

（三）新中国成立后特别是改革开放以来，中国人民依靠自己的智慧和力量，取得了一批重大的自主创新成果。

"两弹一星"横空出世，构筑起捍卫国家安全的防线；神舟飞船遨游苍穹，迈开了和平利用太空的步伐；超级杂交稻的成功培育，使中国的粮食生产有了一个大的跨越；中文激光照排技术的发明推广，使古老的中文印刷"告别铅与火，迎来光与电"；在激烈的国际竞争中，依靠自有技术和自主品牌，以华为、海尔为代表的一批中国企业昂首挺胸"走出去"。

事实表明，勤劳智慧的中国人民有志气、有信心、有能力屹立于世界先进民族之林，有志气、有信心、有能力在攀登现代科技高峰的道路上不断创造非凡的业绩。

（四）科技演绎奇迹，创新推动发展。已经取得的巨大成就凝结着自主创新的贡献，但总起来说我们的自主创新能力还不强，是短腿、是瓶颈。面对"十一五"乃至今后更长时期复杂艰巨的任务，提高自主创新能力，着力自主创新，尤为必要，尤为紧迫。

着力自主创新，是保持经济长期平稳较快发展的重要支撑。我国20多年来的高速增长主要靠劳动力、资本、资源能源等要素驱动，长此以往，发展的成本将增加，发展的优势将减少，发展的活力将下降。要在过去基础上继续保持长时期的较快增长，就应当让自主创新成为经济增长最重要的发动机。

着力自主创新，是调整经济结构、转变增长方式的重要支撑。我国工业总量虽然很大，但许多产业缺乏核心技术，不少企业技术"空心化"，关键部件依靠进口，处于全球产业链低端。要从根本上改变这种"多而不优、大而不强"的状况，提高产业技术水平和规模经济效益，就应当让自主创新成为优化结构和转变增长方式的中心环节。

着力自主创新,是建设资源节约型、环境友好型社会的重要支撑。我国人口众多,人均资源少,发展面临极大的资源环境压力。牺牲子孙后代的利益换取一时的经济增长,这样的发展难以为继;牺牲稀缺而宝贵的资源环境参与国际分工和竞争,这样的代价过于高昂。要实现经济社会的可持续发展,就应当让自主创新成为提高能源资源利用效率、提升经济生态效益、有效保护环境的基本途径。

着力自主创新,是提高我国国际竞争力和抗风险能力的重要支撑。在中国经济日益融入世界的形势下,简单模仿没有前途,贴牌生产难有丰厚回报,走别人的路只能永远跟在别人后面。要避免受制于人,不做低端产品的加工装配车间,就应当让自主创新成为促进产业技术升级、改善外贸出口结构、提高国际竞争力和抗风险能力的核心战略。

从粗放经营到集约经营,从高消耗、高污染到节约资源、清洁生产,从"中国制造"到"中国创造",实现又快又好的发展,取决于自主创新。自主创新,决定着我们能否有效解决发展中的深层次矛盾和问题,决定着我们能否走上科学发展的道路。

(五)着力自主创新,我们需要自信,需要清醒,需要只争朝夕。

有一种观点认为,我们现在还没到强调自主创新的发展阶段,自主创新的条件还不具备。这种看法过于悲观。

固然,我国经济社会发展的基础还很薄弱,自主创新受到多方制约。但应当看到,工业化、现代化的进程也是不断自主创新的过程。即使还处于追赶阶段,落后国家也有可能创新,而且创新是实现赶超的最佳途径。还应当看到,经过多年的改革发展,我们已经具备了自主创新的诸多有利因素。我国现有的科技人才已达3200万,具有研发能力的科技人才就有105万。研发投入总额已跃居世界第六位,并有比较完整的学科布局,生物、纳米、航天等重要领域的研发能力跻身世界先进行列。13亿人口的巨大市场,对创新的需求无可比拟,在这种需求的拉动下,越来越多的企业开始形成市场导向的自主创新机制。我们还有社会主义集中力量办大事的制度优势。这一切都为我们着力自主创新提供了巨大的潜力和广阔的空间。

许多时候,不是我们缺乏创新的潜力,而是缺乏创新的胆识;许多事情,不是我们做不了,而是缺乏创新的魄力。客观审视我国的自主创新能力,我们就能够发现一种积蓄中的能量，就有理由期待一种酝酿中的突破。

（六）也有一种观点认为，自主创新，就意味着什么都应当从头来、自己干，"百分之百的知识产权"。这种看法过于狭隘。

固然，原始创新需要从源头抓起，靠自己来干。但这只是自主创新的一个方面。站在人类优秀文明的基石上，瞄准世界科技发展的最前沿，揽四方菁华，纳八面来风，积极整合现有技术，推进集成创新；积极引进国外技术，充分消化吸收再创新，这些都是自主创新的重要方面。

国力所限，我们的研发投入占GDP的比重与发达国家相比还有较大差距，基础研究投入仅占研发总投入的5.7%，基础研究的总体水平还比较低。就我们目前自主创新的基础来说，也不可能事事从头来，样样自己干。

关起门来搞建设不行，关起门来自主创新更不行。任何国家都不可能封闭起来搞发展，画地为牢求创新。战后日本30年间一跃成为世界第二经济大国，韩国仅用40年成为世界第五大科技创新强国，都与它们大力加强引进基础上的消化吸收再创新密切相关。

在经济全球化大背景下，全面提高对外开放水平，对我国的自主创新既是考验，更是机遇。抓住现代信息技术广泛应用和国际大科学工程深入开展的时机，更好地学习先进科技成就；抓住发达国家及其跨国公司转让高新技术中一些非关键部分的时机，将先进适用技术引进来；抓住越来越多的中国企业走向世界的时机，加强同国外的技术合作；抓住大量外资涌入的时机，优化利用外资的结构，选择引进先进技术，这些都有利于我们的自主创新。

（七）还有一种观点认为，经济全球化，科学无国界，什么都可以从国外引进，自主创新没有必要。这种看法过于片面。

固然，引进是获取技术最便捷、最省力的方式，跟踪模仿也是科技进步的重要途径。但原始创新是自主创新的基础和源泉，绝大多数核心技术和自主知识产权都源于原始创新。没有原始创新，就难以突破发达国家的知识产权壁垒，从根本上解决我国自身发展和国家安全所面临的重大战略问题。

依赖引进和模仿，会弱化自主创新的动力，久而久之，就会失去创新活力。缺乏核心竞争力的企业，只能处于产业链的低端，永远成不了气候。如果核心部件都是舶来品，一台彩电的利润还不如修理工开一次机盖的费用，一台个人电脑也只能赚"一捆大葱的钱"。事实说明，自主创新是企业的灵魂。再大的企业，一旦丧失自主创新能力，必然被市场抛弃；再小的企业，一旦掌握核心技术，也可能成为市场宠儿。

如果说，当经济尚不发达、企业尚不足以成为世界领先企业的对手时，我们还可以靠市场换取需要的技术；那么，当我们发展到一定程度，能与世界领先企业形成竞争时，人家是不会转让核心技术和关键技术的。从追踪到赶超，从跟跑到领跑，需要全力一跃，这一跃就是自主创新。

（八）自主创新意义深远，内涵丰富。在这个问题上，我们可以得出这样一些认识：

第一，自主创新是国家独立自主的基础，是支撑国家强盛的筋骨，是国家竞争力的核心，事关国家的国际地位、民族尊严、发展后劲。有了自主创新，才能把命运掌握在自己的手里。

第二，自主创新是应对科学技术突飞猛进和知识经济迅速兴起的必然要求，是用发展的办法解决发展中问题的必然选择。自主创新，是科学技术进步的源泉；着力自主创新，是科学技术发展的战略基点，是实现生产力发展质的飞跃的强大支点。

第三，自主创新是深化改革、扩大开放的内在要求和有效途径。全面提高对外开放水平，"引进来""走出去"，在更大范围、更广领域、更高层次上参与国际经济技术合作与竞争，自主创新是制胜的法宝。

第四，自主创新要立足国情、立足实际，有所为有所不为。全面出击，遍地开花，既不可能，也没必要。要从实际出发，有选择引进、有重点吸收、有目标赶超，积极发展战略高技术，实现重点领域的跨越发展。

第五，自主创新是继承与发展的统一，借鉴与创造的统一。既要以我为主，又要兼容并包，既要自力更生，又要博采众长。

第六，自主创新的本质特征在于它的独创性，分享这种成果是有条件的。科学无国界，但技术总是服务于国家利益。一般技术可以引进，核心技术很难引进。现代化的设备可以买来，现代化的中国买不来。

第七，自主创新的主体是全民。自主创新与建设学习型社会、创新型国家紧密相连。自主创新既有质的飞跃，也有量的变化；既有内容的更新，也有形式的改变。重大科学发现和技术发明是自主创新，各种小发明小创造也是自主创新。

第八，自主创新要有自立的勇气，创新的精神。无论是认识创新还是实践创新，无论是大的突破还是小的改进，都需要我们在全社会大力弘扬以改革创新为核心的时代精神。

（九）一次科技革命引领一次产业革命，一次产业革命就是一次绝好的发展机遇。

当今时代，以信息技术、生命科学为代表的现代科学技术日新月异，新一轮世界科技革命蓬勃兴起。这是一次难得的机遇，也是一场严峻的考验。谋求长远发展的主动权，提高自主创新能力刻不容缓。

提高自主创新能力，涉及方方面面。最重要的是，坚定不移地贯彻落实科学发展观，深入实施科教兴国和人才强国战略，努力构建国家创新体系，不断强化创新意识，完善创新机制，培育创新人才。

（十）以人为本、全面协调可持续的科学发展观，是邓小平理论、"三个代表"重要思想有关发展思想的继承和发展，是推动经济社会发展、加快推进社会主义现代化必须长期坚持的重要指导思想，也是着力自主创新的重要指导思想。

科学发展观为自主创新指明前进方向，实现科学发展是自主创新的出发点和归宿；自主创新为实现科学发展提供物质技术基础，是贯彻落实科学发展观的必然要求。在科学发展观指导下，着力自主创新，我们才能充分发挥科学技术第一生产力的作用，满足国民经济和社会发展的现实需求，推动经济社会全面协调可持续发展。

（十一）自主创新，人才为本。自主创新能力的高低，取决于人的素质高低，取决于人才积极性、主动性、创造性的发挥。努力形成人才辈出的局面，让自主创新的源泉充分涌流，这是百年大计，也是当务之急。

我们要深入实施科教兴国战略，坚持把教育摆在优先发展的地位，大力发展教育事业和科技事业，不断提高广大人民群众的科学文化素质，把我国丰富的人力资源转化为人力资本，把人口大国转变为人才强国。我们要深入实施人才强国战略，用事业凝聚人才，用实践造就人才，用机制激励人才，用法制保障人才，营造优秀人才特别是青年科技人才充分施展才华的良好环境。

（十二）提高自主创新能力，需要从国家层面整合创新要素，构建国家创新体系，提供持续创新的组织保障。

我们要紧紧围绕建立以企业为主体、市场为导向、产学研相结合的技术创新体系，形成科技创新与经济社会发展紧密结合的机制，充分发挥政府的主导作用，发挥市场配置科技资源的基础性作用，发挥国家科研机构的骨干和引领作用，发挥大学的基础和生力军作用，特别是发挥企业技术创新的主体作用，以实现最佳组合，产生最大效益。

企业直接面向市场，创新需求敏感，创新冲动强烈。只有让企业成为技术创新的主力，提升千千万万个企业的自主创新能力，国家的整体创新实力才能得到增强。在深圳，90%以上的研发机构设在企业，90%以上的科研经费出自企业，90%以上的专利申请来自企业，这种做法和经验值得推广。

（十三）完善的体制催生创新动力，健全的机制激发创新活力。着力自主创新，要求创新体制机制。

我们要积极实施激励自主创新的税收、金融、财政投入、政府采购、技术引进等政策，为自主创新提供良好政策环境。要加快发展创业风险投资，加强技术咨询、技术转让等中介服务，改善技术创新的市场环境，使更多的科研成果走出高墙大院，进入企业、进入市场。要建立完备的知识产权保护体系，加大保护力度，让投机取巧者无利可图，让抄袭仿冒者代价惨重，为创新成果提供法律保障。要形成公平有效的人才评价体系和激励机制，不问出身问学识，不重学历重能力，不论资格论水平，不看年龄看成果，把物质鼓励和精神激励结合起来，给创新者应有的尊重和回报，让创新人才脱颖而出、施展才干。

（十四）有梦想才有追求，敢冒险才有突破。翱翔蓝天之梦，托起了航空技术和飞机制造业；畅游碧海之思，驱动了航海技术和舰船制造业……失去梦想、安于现状，人类社会就会止步不前。崇尚创新、追求创新，应该成为全民族的价值取向。

我们要大力营造生动、活跃、民主的创新氛围，在全社会形成尊重劳动、尊重知识、尊重人才、尊重创造的良好风尚。要注意破除那种只防出错、不求出新，只求保险、不担风险，只循陈规、不探新路的思维定式，注意克服那种唯书唯上、崇洋崇古、照搬照套的行为惯性。要解放思想、求真务实，推崇探索、宽容失败，鼓励冒尖、包容个性，提倡竞争、倡导合作，让一切有利于社会进步的创造愿望得到尊重，创造活动得到鼓励，创造才能得到发挥，创造成果得到肯定。

（十五）创新是一个民族进步的灵魂，是国家兴旺发达的不竭动力。一个国家、一个民族要真正赢得发展、造福人类，必须注重自主创新。从中医中药、丝绸陶瓷、十进位制到"四大发明"，千百年来，中华民族生生不息、创新不已，用智慧和汗水锻造出众多影响世界历史进程的创新成果，为人类的文明进步作出了重大贡献。

　　世界在变，创新不变，自主创新永无止境。我们正处在改革发展的关键时期。着力自主创新，以界他国而自立于世界，以界他时而自立于当代，更好地推进全面建设小康社会、实现中华民族伟大复兴的光辉事业，更好地促进人类和平与发展的崇高事业，这是我们的神圣使命。

　　中国特色的自主创新之路已经开辟，让我们坚定不移地走下去。

（2005 年 12 月 7 日）

没有那么一股子气，不行
——论发展创新文化与建设创新型国家

（一）与"十一五"规划的实施同步，建设创新型国家拉开帷幕；与全面建设小康社会同期，到2020年我国将进入创新型国家行列。

"创新是企业进步的生命线。""创新是科技腾飞的翅膀。""创新是中部崛起、西部开发、东北振兴的动力。""创新是东部率先实现现代化的根和魂。"……党中央确定的建设创新型国家的战略，正在形成共识、成为合力。

用15年时间建成创新型国家，由此推动科学技术的跨越式发展，带动生产方式和生活方式的变革，进而把增强自主创新能力贯穿到现代化建设各个方面，为全面建设小康社会提供强有力支撑。这是事关社会主义现代化建设全局的重大决策，是一项极其繁重而艰巨的历史任务，也是一项极其广泛而深刻的社会变革。

（二）这场变革，呼唤思想的解放和观念的更新，呼唤在全社会导引一种敢于创新的精神风尚、营造一个勇于创新的文化氛围。正如胡锦涛同志所强调的，为实现进入创新型国家行列的奋斗目标，必须"发展创新文化，努力培育全社会的创新精神"。

国民之魂，文以化之；国家之神，文以铸之。

大力发展创新文化，努力培育创新精神，为建设创新型国家提供文化动力，就这样成为我们时代的迫切要求。

（三）创新是一个民族文化活力的标志。一个民族的文化是否具有创新能力，决定了它所造就社会的兴衰和国家的强弱。

一部人类发展史证明了这一点。文艺复兴的思想创新，打破了中世纪的黑暗；启蒙运动的文化创新，揭开了思想解放的序幕。这些思想文化观念的创新，成为推动这些国家走向兴盛的先导。工业化的历程告诉我们：越是创新活跃的地方，就越容易形成产业革命的广阔舞台；一旦创新活力丧失，就面临着竞争出局的危险。18世纪以来，世界的科学中心和工业重心从英国转到德国、再到美国，表面上是地理位置的更替，实质上是创新能力强弱的转换，其中无不包含深厚的文化根由。

我们经历的改革开放实践也证明了这一点。27年弹指挥间，中华大地沧桑巨变。回头看看，没有创新，思想的藩篱难以冲破，体制的坚冰不会融化，深圳还是渔村，浦东依然沉寂。正是理论创新、制度创新、科技创新、文化创新以及其他各方面的创新，熔铸了敢于探索、勤于创造、勇于竞争、甘于冒险的创新文化，造就了以改革创新为核心的时代精神，不仅给中华大地带来了激荡人心的历史巨变，而且深刻地改变了中国社会的精神面貌，更新着人们的思维方式、工作方式、生活方式。

（四）沿着历史发展的脉络，追寻社会进步的脚印，我们可以看到：一种文化的发展过程，其本质就是应答历史挑战的过程。凡是对新挑战作出创新应答，创新文化活跃的国家，就能兴旺发达、以至后来居上；凡是创新文化乏力、囿于固有经验和传统思维的国家，就难以持续繁荣和长远发展；

先进生产力的出现不以人的意志为转移，它总要寻找落脚点，而且往往在最具创新意识的文化环境里实现突破。谁在创新文化上占据优势，谁就在发展中赢得主动；

一个国家的创新文化，同创新事业相互促进、相互激荡。创新文化孕育创新事业，创新事业激励创新文化；

文化的力量是民族生存和发展的强大力量。文化是创新的母体，是经济社会发展的先声。观念的创新、科技的创新、体制的创新，无不回归于文化的创新。这是逻辑的必然，也是历史的必然。

（五）进一步说，创新是一个民族进步的灵魂，是一个国家兴旺发达的不竭动力。创新文化是先进文化的重要组成部分，创新精神是我们时代精神的核心。只有大力发展创新文化，才能不断丰富和拓展先进文化。

（六）当今世界，人类社会步入一个各种创新不断涌现的知识经济时代，世界新科技革命发展的势头更加迅猛，一场前所未有的历史变革正在展开。文化的力量从未如此重要，创新的话题从未如此迫切。

在这个时代，自主创新能力已经成为国家竞争力的核心，知识产权成为财富的最大源泉，创新人才成为一个国家经济社会发展的战略资源，构建创新型国家成为许多国家的自觉选择。

在这个时代，国家间的竞争，已从单纯的经济层面上升到文化层面；创新文化成为一个国家最核心的软实力，一个国家创新能力的高低、创新精神的强弱，日益成为民族兴旺、国家富强的关键因素。

正是在这个意义上，日本强调"独创力关系到国家兴亡"，韩国人认为"资源有限，创意无限"，英国国会指出"人民的想象力是国家的最大资源"，美国、德国急切打造国家创新体系。

人们比任何时候都坚信——

创新不仅依赖于社会的物质保障，更需要广大公众较高的创新文化素质；

创新文化不仅是构建创新型国家不可或缺的关键资源，更是国家竞争力的重要组成部分；

营造有利于创新的文化环境不仅是激励创新的重要前提，更是一个民族决胜未来的必由之路。

（七）中国汇入了创新的时代洪流。在新的历史起点上，一个13亿人口的发展中大国，矢志迈向创新型国家的行列。依靠自主创新，带动生产力质的飞跃，推动我国经济增长从资源依赖型转向创新驱动型，推动经济社会发展切实转入科学发展轨道，需要大力营造勇于创新、尊重创新和激励创新的文化氛围，让创新文化成为驱动发展巨轮的动力，让创新精神化为全体人民的共同行动。

反观我们的现状，创新文化的发展与建设创新型国家的要求还不相适应。我们的文化环境对创新事业的承载能力亟待提高，一些阻碍创新文化形成的观念、制度弊端亟待克服。

重灌输轻培养、重应试轻素质、重趋同轻个性、重服从轻创造的教育体制，影响着青少年创新素质和创新品格的养成。

科学精神尚未在许多科技工作者的头脑中生根，怀疑、批判的意识不强，进取、超越的信心不足，科技创新能力还在一个较低的水平上徘徊。

企业的自主创新意识淡漠，不少企业的价值取向仍是短期挣"快钱"，关键技术自给率低，75%的企业尚未形成研发能力，竞争能力的形成过于依赖引进而非自身创造。

我们不得不面对这样的窘况：卖8亿件衬衫才能换一架A380空客；

100%的光纤制造装备、80%以上的集成电路芯片、70%的轿车制造设备都要依赖进口。

要在15年里建成创新型国家，在全社会形成孕育创新意识、激发创新活动、催生创新成果的风尚，没有创新文化提供智力和精神的支撑，没有创新精神推动社会的深刻变革，是难以想象的。

中华文化历来包含鼓励创新的丰富内涵。我们是火药、造纸、指南针、活字印刷术发明者的后代，是长城、大运河建造者的子孙。不断创新的古代文化，曾使我们民族走在世界的前列。生而落后不是耻辱，甘居落后才是悲哀。超不过先辈愧为子孙。高度的历史责任感，强烈的忧患意识，宽广的世界眼光，要求我们紧紧抓住机遇，以前所未有的力度，发展创新文化，推进创新事业。

（八）如何培育属于我们时代的创新文化？创新文化有不同的论述，但基本形成这样的共识：它包含关于创新的一般观念和相关制度设置两个层次。

观念文化表现为人们对创新活动的认识态度，制度文化则指对创新活动发生作用的制度安排。观念是创新文化的核心，制度是创新文化的保障。它们共同支配着创新主体的行为，决定着创新的模式、效率和氛围。

胡锦涛同志在全国科学技术大会的讲话中强调指出，"要在全社会培育创新意识，倡导创新精神，完善创新机制，大力提倡敢为人先、敢冒风险的精神，大力倡导敢于创新、勇于竞争和宽容失败的精神，努力营造鼓励科技人员创新、支持科技人员实现创新的有利条件。"这为我们培育创新思想观念、营造创新制度环境指明了方向。

（九）发展创新文化，首先要从观念更新、观念突围入手。创新的过程总是伴随"革故"，新与旧的挑战交织其间。创新会改变甚至否定一些习以为常的东西，会触及甚至颠覆一些已经成型的利益格局。创新越是向前推进，触及的矛盾就越深，碰到的阻力往往也越大。

现实告诉我们，许多阻碍创新发展的无形而顽固的力量，更多地来自于观念。

（十）创新是一种创造性活动，不能因循守旧，墨守成规，必须勇于探索，敢为人先。

"天行健,君子以自强不息",中华民族积极创新的精神光辉烛照至今。但我们的文化传统中也有不利于创新的消极因素。"枪打出头鸟","木秀于林,风必摧之",这样的文化心理,泯灭了多少创新的火花;敢于冒尖者被视为"冒失",打破常规者被看作"异类",富有个性者被当成"不成熟",这样的认识观念,阻碍了多少探索的步伐,造成了多少不求有功但求无过、自己不作为又见不得别人作为的庸碌状态。

创新意味着对现有理论和实践的超越。只有解放思想,实事求是,与时俱进,尊重人的自由探索,尊重人的首创精神,才能提出新见解、开拓新领域、创造新事物。

(十一)创新是一种求异思维和实践,不能唯书唯上,迷信权威,必须敢于怀疑,勇于批判。

辩证法在本质上是批判的。怀疑和批判是一切创新活动的基本起点。唯书唯上,人云亦云,创新意识便会湮没在"框框"之中;论资排辈,迷信权威,创新人才就将止步于"杠杠"之外。

创新文化提倡的是创新面前人人平等。不以权威压制人,不以名望排挤人,不以资历轻视人,尊重劳动,尊重知识,尊重人才,尊重创造,才能让全民族的创新意识竞相迸射、创造活力充分涌流。

(十二)创新精神的实质是科学精神,不能急功近利,急于求成,必须尊重规律,求真务实。

创新对规律的发现首先来自对规律的尊重。从形式上看,创新表现为标新立异,但精神实质恰恰是求真务实。创新活动不会一帆风顺,也很难毕其功于一役。以功利的心情对待创新,以浮躁的心情从事创新,只会毁掉创新事业。

在创新问题上,树立科学发展观和正确政绩观至关重要。它需要创新者有"板凳甘坐十年冷"的坚持与付出,需要全社会有"梅花香自苦寒来"的理解与耐心;需要只争朝夕、敢于创造,又容不得丝毫的浮躁和浮夸。成功永远属于那些崇尚科学、勇担风险、敢于创造、甘于付出的人们。

(十三)创新依赖创新主体的艰辛劳动,不能求全责备,苛待人才,必须尊重个性,宽容失败。

创新与风险共存。创造——失败——再创造——直至成功,这是科学探索的规律,也是创新活动的规律。创新活动不可能有百分之百的成功率,科学探索也从来就没有绝对的失败者。只能成功、不容失败,必然导致不求作为、无所作为。宽容失败,善待失败,才能使失败变为成功之母,培育出勇担风险、勇攀高峰的价值观。

金无足赤,人无完人。从来没有完美无缺的创新者。棱角分明、个性张扬,创新的冲动往往由此而来;锋芒毕露、无拘无束,创新的激情常常孕育其中。给创新人才和创新成果一个宽松的环境,一个包容的氛围,支持人们拿出勇气,解放个性,冲破阻碍,积极探索,才能带来思想观念的激荡,才能推动创新事业的步伐。

(十四)创新的种子要发芽生长,需要适宜的气候和环境。发展创新文化、培育创新精神,需要观念的支撑,更呼唤制度的保障。

上个世纪初,内燃机和电力等许多技术创新并不是美国人发明的,却在美国以最快的速度实现了产业化,带动了经济的迅速发展。一个重要原因在于它建立了一套体制机制,以保证创新成果的利用和推广。

这样的例子并不鲜见,国外有瑞典、芬兰,国内有以深圳为代表的经济特区和以北京中关村为代表的高新技术开发区。他们的经验给我们提供了这样的借鉴:发展创新文化重在体制和机制的创新。

为创新活动创造良好的法制环境、政策环境、市场环境和舆论环境,把对创新规律的理解和对创新活动的态度贯穿于体制机制当中,通过制度的杠杆协调创新主体与社会之间的收益平衡关系,才能更好地吸引社会资源要素不断投入到创新活动之中,提高创新的质量和效益,才能更大地激发人们的创新热情,保护创新的积极性主动性,才能更有力地保障创新文化价值观的形成和确立。

有了这些,创新者"闯"的魄力会更大,"抢"的意识会更强,"争"的劲头会更猛,"拼"的勇气会更足。

(十五)在打开改革开放新局面的时候,邓小平同志说:"没有一点闯的精神,没有一点'冒'的精神,没有一股子气呀、劲呀,就走不出一条好路,走不出一条新路,就干不出新的事业。"

今天,我们要通过十五年的努力,使我们进入创新型国家行列,没有那么一股子气更不行。

这一股子气,是不甘落后的志气,是奋起直追的勇气,是后来居上的豪气；这一股子气，是勇于探索的气势，是敢为人先的气概，是尊重个性的气量；这一股子气，是鼓励创新的气氛，是崇尚创新的气魄，是竞相创新的气象。

这一股子气，是江浙人"走遍千山万水、吃尽千辛万苦、说尽千言万语、想尽千方百计"的探索，是航天人"特别能吃苦、特别能战斗、特别能攻关、特别能奉献"的精神，是深圳"敢想敢干、敢闯敢试、敢为人先"的精神，是奇瑞"支持冒险、鼓励冒尖"的观念，是华为"超越自我、勇担责任"的期许。

在我们的社会涵养这一股子气，在我们的民族孕育这一股子气，在我们的时代激荡这一股子气，我们的国家就生气勃勃，大有希望。

(2006年4月5日)

我们准备好了吗？
——迎奥运、讲文明、树新风

（一）2004年8月，告别了雅典，奥林匹克的五环旗转向北京展开；2008年8月，取自希腊奥林匹亚的圣火将在现代中国的首都点燃。世界奥林匹克运动选择了一个生机勃勃的发展中国家，发展的中国要把握一个不可多得的历史性机遇。

"同一个世界，同一个梦想"，承载着和平、和谐、和睦的人类共同理想，北京举办的第二十九届奥运会备受瞩目。

（二）中国人盼望已久的神圣时刻正一天天接近，我们准备好了吗？

没有人怀疑一座座现代化体育场馆能够按期竣工，没有人怀疑北京为五洲宾朋排演了精彩的大戏，没有人怀疑中国运动健儿将展现顽强拼搏的风采。可是，我们自己却需要再探讨：奥林匹克运动的本质和精髓究竟是什么？中国为什么要申办奥运会，而奥运会将给中国带来怎样的影响？13亿中国人又将以一种怎样的姿态展现自我、拥抱世界？

（三）发源于古希腊的奥林匹克运动是人类的一项伟大创举，是全世界的优秀文化遗产。经过2000多年的冲刷，成为不同国家、不同信仰、不同肤色、不同种族共享的文明成果和共有的人文财富。

发端于1896年的现代奥林匹克运动会是奥林匹克运动的一个重要载体，经过100多年的发展，国际奥委会成为拥有203个成员的大家庭，奥运会也成为世界上规模最大、最具影响力的体育盛会。

奥林匹克是一种竞技精神，它倡导"更快、更高、更强"，挑战自我，超越自我。

奥林匹克是一种价值观念，它彰显公正、公平、自由、平等，崇尚规则，遵循秩序。

奥林匹克是一种人生哲学，它将身体、心理和精神方面的各种品质均衡地结合起来，使之得到提高。

奥林匹克是一种社会责任，它通过个体锻炼和大众参与，使人们拥有健康的体魄和乐观高尚的精神世界。

（四）现代奥林匹克运动的发展，折射出不同文明互相了解、交流、融合、进步的过程，没有取代，只有互补。当今世界，没有哪项活动能像奥运会这样让参与者抛除歧见，为了共同的目标汇聚在同一条跑道上。

（五）中国承诺举办一届什么样的奥运会？回答是：有特色、高水平。

这种特色是鲜明的中国风格：展示中华民族5000年悠久历史和灿烂文化，体现浓郁的东方韵味，让2008年奥运会成为世界感知中国的窗口。

这种特色是丰富的人文风采：尊重和集中展示世界各国各民族精彩纷呈的多元文化，使奥运会成为弘扬中华优良传统，增强公民文明素质和提高公共道德水平的平台。

这种特色是崭新的时代风貌：表达中国人民自强不息、奋发有为的精神风貌，与世界人民共同追求和平、友谊、进步的强烈愿望。

这种特色是广泛的大众参与：展现占世界人口五分之一的中国人民积极参与奥林匹克运动的热情，世界将会看到一届社会公众参与程度最广泛的奥运盛会。

北京将以传统与现代交相辉映的城市面貌，给初次来到北京的奥林匹克盛会留下深刻美好的印象。

北京将用绿色奥运、科技奥运、人文奥运的理念，树立和谐健康的文明新风，为人类社会增添一份宝贵的精神文化财富。

（六）承办奥运，意味着中华文明为奥林匹克运动注入新的活力。竞争与秩序构成了奥林匹克运动走过百年、蔚为大观的文明基础。中国传统文化更强调谦让与和谐，中国古老的体育文化更注重修身养性与自我提高。东方哲学智慧对奥林匹克运动面临的问题与挑战给予了富有启迪意义的回应。

迎接奥运，意味着奥林匹克精神更加全面地进入中国人的生活，中国的人文环境更加开放地吸纳世界优秀文明的成果。2008年北京奥运会是一次东西方文明的伟大握手和雄伟交汇，源远流长的中华文明与历史悠久的奥林匹克在同一个坐标系中衡量，从理念的简单认同升华到民族优秀传统与奥林匹克精神的主动契合。

（七）辉煌中国，百年机缘。处在新的重要战略机遇期，2008年北京奥运会具有重大的历史意义和现实意义。

1964年东京奥运会和1988年汉城奥运会，不仅促进日本和韩国经济迅速发展，加快了从发展中国家向新兴工业国家的转变，而且提升了国民素质和社会文明程度。

今天，奥运会又一次来到世界的东方，毫无疑问，会成为中国社会发展的推助器。当"鸟巢""水立方"等奥运场馆拔地而起的时候，当交通、通讯、旅游、文化等产业迅速发展的时候，日新月异的北京将令世界惊叹。而此刻，这里的"人"怎么样，既为国际社会关注，也是自身物质文明达到一定水平后的必然诘问。

中国正在从总体达到小康水平向全面建设小康社会迈进。在这个进程中，国民素质的提高尤为紧要。文明在发展的关键时期具有巨大的力量。让北京奥运会成为一个历史性的转折点，由此提升我们社会的文明素质，树立文化中国的当代形象，展示和平发展的中国姿态，这是13亿中国人必须做出的应答。

（八）面对世界的瞩目，我们只应有自信，不应有自满。

奥运会的成功举办，不仅以主办国的经济实力为依托，更与主办国的国民素质和社会文明程度息息相关。而在我们的社会生活中，还存在着一些与奥运文明格格不入的现象。

随地吐痰、乱扔垃圾、高声喧哗、漠视交规等陋习大量存在，遵守公共秩序、爱护公共环境远未成为自律要求；"差不多""过得去""凑凑合合""马马虎虎"等不良作风随处可见，办事认真、严谨负责远未成为工作和生活的基本态度；见利忘义、弄虚作假的现象仍很突出，侵犯奥林匹克知识产权的行为屡禁不止。"奏别国国歌时观众能不能起立""没有赢得金牌的选手能不能赢得同胞的掌声"，这样的担心并非凭空而来。

人们的道德修养和文明素质往往见诸细节琐事。奥运健儿争金夺银，展示的是一个民族奋发有为的气势；每个国民的文明举止，同样折射着一个民族理性成熟的气度。

鲁迅说过："多有不自满的人的种族，永远前进，永远有希望。多有只知责人不知反省的人的种族，祸哉祸哉。"摒弃不文明行为，提升道德水准，已成为当今社会日益强烈的呼声和共鸣，也应当是迎奥运、讲文明、树新风的鲜明主题。利用举办奥运会，修补和填充业已出现缺口的文明风尚，机不可失。

（九）胡锦涛同志指出，社会风气是社会文明程度的重要标志、是社会价值导向的集中体现。他倡导的以"八荣八耻"为主要内容的社会主义荣辱观，是引领社会风尚的一面旗帜，为我们迎奥运、讲文明、树新风指明了方向。而奥运会的承办，也给予我们一个实践社会主义荣辱观的生动载体。这是我们学习和吸纳奥运文明和世界优秀文化的大好时机，也是我们革除既有陋习、改造不良风气、更新文明观念的大好契机。

圣火将近，我们迎接的，不仅是一场中国体育健儿有幸主场作战的体育大赛，不仅是一项为古老都市改变容颜的建设工程，甚至也不仅是一件处处商机的经贸盛事，更是一次民族精神的展示，一次国民素质的锤炼，一次社会风气的洗礼。

（十）胜负是赛场竞技的焦点和结果，体育的魅力正在于千变万化、曲折复杂的竞争过程。文明参加比赛，理智对待输赢，体育的胜负观透视出一个民族心理承受力和胸怀。

"对奥林匹克运动会来说，参与比取胜更重要。"现代奥林匹克运动的创始人顾拜旦说过："生活中重要的不是凯旋，而是奋斗，其精髓不是为了获胜，而是使人类变得更勇敢、更健壮、更谨慎、更落落大方。"磨砺竞技实力的过程，也是体育精神和比赛态度的锻造。千千万万观众把掌声和激励送给锲而不舍的竞技者，这是奥运会古已有之的传统，也是东道主的气度和风范。反之，赛场起哄、倒彩不断、"京骂"不绝，"输不起"的心态导致缺乏理智和涵养的言行，不仅破坏公平竞争的赛场文明，与奥林匹克运动精神和体育道德相悖，也损害着一个国家和民族的形象。

中国曾经是世界体坛竞逐中的弱者，北京经历过申办奥运的挫折，胜不骄，败不馁，我们应当在这方面做得更好。

（十一）礼仪是个人思想道德水平、文化修养、交际能力的外在表现，不仅是一个社会文明程度、道德风尚和生活习惯的具体反映，也影响着一个国家和民族在国际舞台上的形象。中国是礼仪之邦，举办奥运会正是我们向世界展示友善、热情、好客风尚之机。同时我们必须正视在文明礼仪上与举办奥运会的多种差距，无论是生活礼仪、社会礼仪、涉外礼仪，还是赛场礼仪、职业礼仪,我们还都有不熟悉、也有做得不够的方面。在迎接奥运会的过程中,我们要加强学习,认真提高,重塑礼仪之邦的时代形象。

(十二)诚信是高尚的人格力量,是正常的社会秩序,是良好的国际形象。奥运会期间,几十亿人的目光将聚焦中国,数万名外国朋友将亲身感受中国。商业、旅游、文化、卫生、交通、通讯等窗口服务行业的职业道德、服务质量,都将直接影响世界对中国的评价。

如果说公平竞争是促进社会发展的重要方式,诚信则是公平竞争的重要保障。离开诚信,就谈不上奥林匹克精神,加强诚信建设,才能办好北京奥运会。无论经济建设还是文化体育事业,借助奥林匹克运动的理念,逐步培育公平竞争意识,广泛形成诚信基础上的公平竞争习惯,实现社会文明的进步,我们已经做了大量的工作,还有更大量的工作要做。

(十三)务实是国际社会评价奥运会成功与否的一个重要标准。奥运会是一项宏大复杂的系统工程,涉及城市的基础设施建设,也影响着公众的工作生活质量。务必坚持实用、节俭、高效,坚决反对铺张、浪费、攀比,力戒形式主义,不做表面文章,不搞形象工程。应当惜民力、计成本、求实效,使筹备和举办奥运会的过程成为建设节约型社会的实践。

能否"节俭办奥运"尤为广大人民群众所关切。在奥运会的历史上,有经验,也有教训。我们应该学习成功经验,把筹办奥运会作为促进城市建设和经济发展的动力,而不要留下遗憾和包袱。要使北京奥运会成为务实、节俭、高效的示范工程,并把这种优良作风贯穿到我们一切公务活动和社会生活中来。

(十四)奉献是志愿精神的集中体现,志愿者是奥运会上具有传统特色的亮点,展现了不同身份、不同群体之间的和谐、平等、关爱和互助。志愿者无私无偿的服务将是举办一次成功的人文奥运的有力保障。北京奥运会,前有数以万计的志愿者真诚奉献,后有13亿人的关注支持。中国得到世界的选择,也得到一次作出奉献的机遇。人们期待,志愿者的微笑服务和观众的热情激励一起,让八方来客难忘北京。

当远方的朋友满载奥运会的收获和对北京的美好印象,将奥运理念与中华文明的全新认识向世界传播的时候,那将是对东道主奉献精神的最大回报。当我们的社会普遍形成新型人际关系和社会文明风气的时候,人们不会忘记北京奥运会的志愿者为此作出的贡献。

（十五）参与是奥林匹克精神的一大精髓。筹备和举办奥运会，所有中华儿女都是创造历史的主角。北京奥运会的主人不只是北京市民，也不只是青岛、香港、上海、天津、沈阳、秦皇岛等分赛场举办地的市民，而是全国各族人民。

世界对中国的认识往往是具体的。也许就是一个运动员的体育精神，一名普通观众的赛场表现，一位出租车司机的言谈举止，一则网民的观感留言，见微知著地体现着中国人的文明素质，由此表明一个民族的精神风貌，呈现一个国家的文明程度。讲文明、树新风，人人有责；增团结、促和谐，点滴做起。每一个中国人都是奥运精神的载体，都是奥运文明的使者，都应当树立主人翁意识，共同创造、共同分享一座新北京、一个新奥运。

热爱体育，全民健身，是奥林匹克运动"重在参与"的生动诠释。从旧中国刘长春只身赴赛空手而回，到北京成为奥运会东道主，映射出中华民族自强不息的奋斗历程。发展体育运动，增强人民体质，新中国体育的篇章早已翻过"东亚病夫"的屈辱岁月，几代中国运动员用自己的汗水谱写了奥运金牌过百枚的拼搏之歌，全民健身活动的开展使体育成为13亿人文明健康生活方式的重要内容。伴随着"振兴中华""走向世界"的呐喊，体育成就及其蕴含的丰富精神成为凝聚和激励民族走向复兴的强劲动力。一个热爱体育、追求奥林匹克精神的民族，必然是一个朝气蓬勃、积极向上的民族。

（十六）文明源自培养，风尚需要引导。奥林匹克运动不仅带来了精彩的体育比赛，也带来了丰富的教育资源和良好的教育契机。国际奥委会名誉主席萨马兰奇曾说："离开了教育，奥林匹克主义就不可能达到其崇高的目标。"奥运会历史上很多主办国都充分重视奥林匹克运动的教育功能，利用奥运会这个大课堂提高社会文明程度和国民素质。中国不会例外。

迎奥运、讲文明、树新风是群众性精神文明创建活动，也是一个全民自我教育的过程。抓住影响人们道德形成和发展的重要环节，综合运用教育、法律、行政、舆论等各种手段，坚持不懈地在全体公民中进行思想道德教育，把公民道德建设融于科学有效的社会管理之中，使人们懂得什么是光荣的，什么是耻辱的，什么是必须提倡的，什么是坚决反对的。从自己做起，从现在做起，我们就能够树立起一代社会新风，让世人看到一个举办过奥运会的国度，国民素质和社会风尚更加文明。

（十七）世界瞩望着中国。一个国家团结奋进的姿态，一个民族宽广开放的气度，一个社会健康文明的风尚，将使历经百年的现代奥林匹克精神得到新的升华。

距奥运会开幕还有800多天，我们准备好了吗？

亲切微笑的北京，一座古老而现代的都市；生气蓬勃的中国，一个文明进取的国度。举办一届有特色、高水平的奥运会，我们正在做着以往从来没有做过的大事，我们一定能够做好这件大事。

世界给我17天，我还世界5000年！

(2006年5月22日)

长征，迎着民族复兴的曙光

（一）长征胜利70年了。

1934年10月的赣南，一支濒临绝境的队伍从于都河边出发，迈开双脚，历经艰险，在重兵追堵中一走两万五千里，走到陕北，走向民族救亡前线，走出中国革命新局面。

无论当时还是今天，这个历程都被许多人当作一个"谜"。

是什么让这支队伍一次次从近乎毁灭的打击中转危为安？是什么照耀两万五千里的漫漫征程，将一段千难万险的艰辛路途，化为地球上最绚烂的红飘带？

为着这个谜，70年来探询者不绝。20世纪30年代，无数青年学生、知识分子奔向黄土高坡，宝塔山下聚集起中华民族的优秀儿女；1936年，年轻的美国记者斯诺怀揣80多个问号走进陕北，让世界知道了《红星照耀中国》；48年后，他的同行索尔兹伯里重走长征路，再次寻访那个"前所未闻的故事"；21世纪的今天，一批批中国青年沿着红色之旅叩问往昔风雨。

长征是什么？它究竟蕴藏着什么样的伟力与真谛？作为后人，我们又该如何与70年前的那次伟大征程对话？

（二）长征，是中国共产党和中国革命事业从挫折走向胜利的伟大转折点，是二十世纪中国共产党人创造的壮丽史诗。

长征的起步，并非高歌猛进而是被迫突围。它是在抗日救亡成为全民族最紧迫的任务、中国面临民族危亡的情况下发生的；它是在国民党当局对苏区进行大规模"围剿"，党内出现严重"左"倾教条主义错误，中国共产党及其领导的红军面临生死存亡严重危机的情况下发生的。

当时的舆论认为，"国共胜负已成定局，红军已是死路一条"。国民党也认定红军"流徙千里，四面受制，下山猛虎，不难就擒"。长征就是这样一个"把活路堵死、向死路求生"的生死抉择，而红军就是在去向渺茫的"绝路"上获得了新生。

这是民族精神史上的不朽丰碑，是坚强意志、革命勇气的传奇。悬殊的敌我力量、恶劣的自然环境、严峻的党内斗争，历史将三重考验一股脑抛给这支年轻的队伍。天上每日几十架敌机侦察轰炸，地上几十万大军围追堵截；峡谷激流、雪山沼泽，鸟飞不下、兽铤亡群；教条主义桎梏，分裂主义挑衅。两万五千里，步步是险境、处处关生死，红军在难以想象的艰险中克关夺隘，绝处求生。

这是世界战争史上的伟大壮举，是以弱胜强、挑战极限的奇迹。《红星照耀中国》一书中，作者罗列了一些自己都难以置信的数字：中央红军在367天的长征中，进行了300余次战斗，平均每天就有一次遭遇战。两万五千里路程上，只休息了44天，日均行军74里……各路红军跋山涉水、爬冰卧雪、草根果腹、皮带充饥，血战湘江、四渡赤水、飞夺泸定桥、转战乌蒙山、强渡嘉陵江、激战独树镇……十多万红军指战员血洒征途，前赴后继，汇成一股势不可当的铁流。

目睹两万五千里长征的艰苦卓绝和惊天逆转，甚至连敌人都不得不感佩。1936年10月，红军长征三大主力会师陕北，蒋介石喟然长叹："六载含辛，未竟全功。"

毛泽东同志豪迈地说，自从盘古开天地，三皇五帝到于今，历史上曾有过我们这样的长征吗？没有，从来没有。

（三）长征是历史纪录上的第一次，长征的胜利并非偶然。

回望长征，我们可以更加清晰地看到，长征不仅是一次人类精神和意志的伟大远征，也是一段中国共产党领导优秀儿女寻求民族复兴的伟大征程。它与我们愈挫愈奋的民族精神一脉相承，与中华民族追求独立自主的世纪梦想紧相伴随。

当数万红军踏上征途，近代中国正处于生死存亡的历史关口。中华民族既有亡国灭种的深忧，更有山河破碎的剧痛。此前，多少仁人志士苦苦探寻救国之路，龚自珍泣血呼号，谭嗣同慷慨喋血，孙中山不懈求索，终究壮志难酬。面对民族独立和强国富民两大历史任务，需要一种力量带领中国人民，担负救亡图存的使命，开启民族振兴的纪元。

对民族命运和国家前途的深切忧患和责任担当，使中国共产党人激发出惊天动地的力量，长征路上挺起了民族的脊梁。将一次危机四伏的被动撤退，变为一个开创革命新局面的起点；将一场由"左"倾错误导致的战略转移，变成一次向抗日前线的英勇进军；将一段险象环生的艰难跋涉，变成一曲气壮山河的英雄史诗。

纵观世界各国发展历程可以看到，一个民族在走向现代化的过程中，总需要一种精神力量，而长征正是我们民族寻求振兴的精神支点。

（四）黑格尔说："历史题材中有属于未来的东西，找到了，作家就永恒。"在长征这一历史题材中，属于今天和未来的，就是长征精神。

提起长征，人们就会想到革命理想高于天的坚强信念。手挽手，肩并肩，迎着狂风暴雨，踩着沼泽泥泞，高唱国际歌向着人迹罕至的草地深处进发。尽管红军战士不知道战略转移何时才能结束，不知道长征的落脚点在哪里，但他们深信"只要跟党走，跟着抗日救国的理想走，就会有前途"，"不论我们自己能否到达胜利的彼岸，我们的旗帜一定能到达"。

提起长征，人们就会想到百折不挠、英勇无畏的革命英雄主义。红军所经历的艰难困苦是世所罕见的，战斗极为频繁，物质极其匮乏，甚至连基本的生存条件都不具备。但英勇的红军征服一切困难而不被任何困难所征服，压倒一切敌人而不被任何敌人所压倒。这是艰苦军旅中的一幕：天上有敌机，身后是追兵，红军战士的背包上贴着白纸，写上生字，边行军边学文化。面对血与火的考验，笑对艰险，视死如归，气吞山河，勇往直前，红军不怕远征难，万水千山只等闲。

提起长征，人们就会想到大局至上、团结一致的集体主义。长征路上，年龄大的帮年龄小的扛枪，身体强的扶身体弱的前进，官兵平等，同甘共苦，一块干粮，辗转多人。红三军团一个连九名炊事员相继倒下，却没有一个战士因饥饿而逝。生死关头，大家争相把生的希望让给战友，把死的危险留给自己。无论是参加长征的各路红军，还是留守南方的红军和游击队、白区地下党组织，都以自己的战斗和牺牲为长征的胜利作出了贡献。

提起长征，人们就会想到冲破教条、实事求是的思想勇气。遵义城里，一个20个人参加的会议，之所以成为中国革命生死攸关的转折点，就在于这是中国共产党独立自主解决自己重大问题的开始。危急关头，拨正船头，挽救了党，挽救了红军，挽救了中国革命，从此将中国的命运掌握在自己手中。

提起长征，人们就会想到军民一家、血肉相连的鱼水深情。红军的一切都是为了群众，红军把翻身解放的希望带给了穷苦大众，而红军在长征途中遇到的许多难以想到的困难，也是依靠群众的帮助才解决的，人民把红军看成自己的队伍，《十送红军》唱出了人民的一片真情。毛泽东说，如果国民党"也学红军的长途转移，那是一定会被消灭的"，"因为他们没有人民的援助"。

"苦不苦，想想红军两万五""这只是万里长征走完第一步""雄关漫道真如铁，而今迈步从头越"——70年来，每逢重大历史转折，人们总喜欢以"长征"作比，每遇艰难曲折考验，人们总禁不住回望当年。

长征，就这样成为积淀在亿万中国人心中的集体记忆，成为彪炳史册的精神象征。

（五）江泽民同志在纪念红军长征胜利六十周年大会上指出，长征精神，是把国家和民族的根本利益看得高于一切，坚定革命的理想和信念，坚信正义事业必定胜利的精神；是为了救国救民，不怕任何艰难险阻，不惜付出一切牺牲的精神；是坚持独立自主、实事求是，一切从实际出发的精神；是顾全大局、严守纪律、紧密团结的精神；是紧紧依靠人民群众，同人民群众生死相依、患难与共、艰苦奋斗的精神。

这种精神，让那段惊心动魄的远征，饱含着理想主义激情、英雄主义气概、集体主义精神、乐观主义情怀，它是我们理解长征这个前所未有传奇的最佳途径，也是我们追寻长征意义的重要收获。

（六）长征一完结，新局面就开始。

长征的旗帜，把屡遭挫折的中国革命引向了胜利发展的新路，以其特有的伟力极大地影响和推动了中国革命的历史进程。中国革命后来取得的一切胜利，无不凝结着长征的不朽功勋。

长征的熔炉，将赓续延绵的民族精神予以承继和光大，它将中华民族千百年来历经磨难而不倒、饱经风霜而弥坚的精神，提升到一个前所未有的高度。

沿着历史的足迹和精神的脉络，我们可以从两个层面，进一步看到长征对于中国的深远影响——

在中国历史发展坐标上，长征的胜利，实现了我们党北上抗日的战略方针，宣传了党的主张，播撒了革命火种，锻炼了革命力量，造就了无坚不摧的队伍，形成了以毛泽东为核心的中央领导集体。一个成熟的政党走向波澜壮阔的时代潮头，四万万同胞在深重的危机中，看到了民族解放的曙光。

从红军1934年被迫撤离中央苏区，到1949年中华人民共和国成立，长征把中国这段扭转乾坤的历史紧紧联系在一起，成为中华民族复兴史上的伟大转折。进而让一个历经艰难的古老民族终于完成了救亡图存的历史使命，踏上了追赶现代化的征程；也使一个历经劫难的东方大国屹立于世界民族之林，影响了世界的格局。

在中华民族精神史册上，长征更导引出一幅幅荡气回肠的壮丽画卷。中华民族的历程从某种意义上说就是一部长征史。而两万五千里征程展示的意志和力量，生动体现了以爱国主义为核心的民族精神，成为中华民族的精神路标。

长征之后，历史翻开了一页又一页。新民主主义革命时期的延安精神、红岩精神、西柏坡精神，社会主义革命和建设时期的大庆精神、"两弹一星"精神，改革开放和现代化建设时期的九八抗洪精神、抗击非典精神、载人航天精神、青藏铁路精神，这些无不是长征精神的继承和拓展，其中所蕴藏的那些撼人心魄的感动和震动，总能从70年前的那次远征中找到渊源。

（七）长征是一部中国革命的百科全书。人们从这里领悟着人的潜力、人的毅力、人的创造、人的意志、人的信念、人的理想的无限可能性，从这里找寻着认识、理解和解决中国革命、建设和改革问题的钥匙。

对于用血肉铺就两万五千里征程的政党和军队来说，长征已经永远地融入了他们的生命。长征精神集中体现了党和红军的优良传统和作风，是中国共产党人世界观、人生观和价值观的全面展示。

苍山如海、残阳如血、五岭逶迤、乌蒙磅礴。长征造就了领袖毛泽东，也造就了诗人毛泽东。喷薄的诗情源自伟大的历程，喷薄的诗情又为伟大的历程作证，直至化作这伟大的一部分。一生经历无数考验的周恩来，长征是他一生最深的惦念，弥留之际他想听的，仍是《长征组歌》。1958年11月，遵义会址前留下一个久久伫立的身影，那是当年20名与会者之一的邓小平。20年后，一场气势磅礴的思想解放运动，催生了我党历史上又一次伟大转折，饱经风霜的共和国踏上改革开放的新长征。

不懂得长征，就无法了解中国共产党；不了解中国革命史，就无法懂得我们脚下的土地。

（八）长征精神是中国共产党的创造，也是全人类共享的精神财富。

"阅读长征的故事，将使人们再一次领悟到，人类的精神一旦唤起，其威力是无穷无尽的。"

"长征是一部意志、勇气和力量的人类伟大史诗""是人类有文字记载以来最令人振奋的大无畏事件""它将成为人类坚定无畏的丰碑，永远流传于世"。

还有人这样说：与长征相比，犹太人从埃及出走，希腊人从波斯向黑海撤退，汉尼拔翻越阿尔卑斯山，拿破仑进军莫斯科，这些人类历史上荡气回肠的远征都黯然失色。

当世界在这个传奇面前惊叹、沉思时，长征，也就突破了时空和国度的界限，成为人类精神星空的一颗恒星。

（九）真正属于历史的同样属于未来。

在新中国诞生前夕，毛泽东说："夺取全国胜利，这只是万里长征走完了第一步。"在新的历史时期之初，党中央把建设一个现代化社会主义强国的历史任务，形象地称作"新长征"。

我们今天依然奋进在新长征的征途上。全面建设小康社会，加快推进社会主义现代化，使社会主义中国发展和富强起来，为人类进步作出更大贡献，这是现阶段的历史任务。比起70年前的那段远征，"路程更长、工作更伟大、更艰苦"。

今日之中国，正发生着更加广泛而深刻的大变革、大变动、大变化。我们面临的发展机遇和面对的严峻挑战，都是前所未有的。

今日之中国共产党，已由70年前数万党员发展到现在的7000多万党员。如何继续保持马克思主义政党旺盛的生命力和战斗力，是一个新的时代课题。"执政党的建设和管理，比没有执政的政党要艰难得多。"

今日之中华民族，担当着实现社会主义现代化和中华民族伟大复兴的历史使命。坚持以人为本，实现科学发展，构建社会主义和谐社会，建设社会主义新农村，建设创新型国家，职责光荣而任务繁重，道路广阔而风险犹在，前景壮丽而充满艰辛。不仅需要洞察时势、把握未来的战略智慧，更需要伟大事业与伟大精神的风雷激荡。

（十）在对红军长征胜利进行回顾和思考时，胡锦涛同志强调指出，要把学习中国革命史与推进马克思主义的中国化紧密结合起来，把学习中国革命史与加强理想信念教育紧密结合起来，把学习中国革命史与弘扬民族精神和时代精神紧密结合起来，把学习中国革命史与加强党的先进性建设紧密结合起来，让长征精神在新的历史条件下代代相传、永放光芒。

这一重要论述，深刻揭示了长征精神的历史意义和现实意义。

它告诉我们，长征的奇迹发生在二十世纪，但长征精神决不仅仅属于二十世纪。只有铭记历史，才能深刻了解过去，全面把握现在，正确创造未来。

它告诉我们，包括长征在内的中国革命史，是我们党领导全国各族人民为争取民族独立、人民解放长期英勇奋斗的真实记录，是坚持马克思主义基本原理同中国革命具体实践相结合、推进理论创新的生动教材，是中国共产党人光荣革命传统和中华民族伟大民族精神的集中反映。

它告诉我们，一个国家，一个民族，一个政党，只有不断从历史的馈赠中汲取力量，永远保持一种精神和信念，才能成就伟业，再造辉煌。长征和新长征，是一代又一代共产党人的接力赛。今天我们纪念长征，就是为了十分珍惜和充分运用这个精神宝库，重温一种伟大精神，获得一种现实力量。

（十一）我们以此纪念长征：坚持解放思想、实事求是、与时俱进、开拓创新，不断推进马克思主义的中国化。

长征开启了中国共产党人将马克思主义中国化，从实际出发、独立自主地解决中国革命问题的先河。长征的胜利，是解放思想、实事求是的胜利。

时代在前进，世界在变化，当今实际生活变动的剧烈和深刻，达到了前人难以想象的程度。实践没有止境，解放思想没有止境，理论创新也没有止境。弘扬长征精神，就要高举邓小平理论和"三个代表"重要思想伟大旗帜，以科学态度对待马克思主义，以实事求是的精神探索客观真理，以与时俱进的勇气推动理论创新，以发展着的马克思主义指导新的实践。在思想上不断有新解放，理论上不断有新发展，实践上不断有新创造，使马克思主义在新长征的征途上放射出更加耀眼的光芒，使马克思主义中国化的重大理论成果成为引领中国社会不断发展进步的强大思想先导。

（十二）我们以此纪念长征：牢固树立理想信念，脚踏实地为中国特色社会主义事业奋斗。

长征，是对理想信念的考验；长征的胜利，是理想信念的胜利。坚定理想信念，今天依然是对每个共产党员第一位的要求，也是一生的要求。

没有光大，再伟大的精神血脉也难以传承；没有传承，再丰厚的精神财富也难有价值。在新的时代背景下，共产党人的理想信念受到了多方面的更为严峻的考验。学习和弘扬红军战士对崇高理想矢志不渝、对党和人民无比忠诚、对革命事业锲而不舍的坚定信念，做到在任何时候任何情况下都坚持理想信念不动摇、革命意志不涣散、奋斗精神不懈怠，树立社会主义荣辱观，增强民族自尊心和自豪感，满怀信心地投身中国特色社会主义伟大事业，这是我们对长征精神最现实的纪念。

（十三）我们以此纪念长征：弘扬以爱国主义为核心的民族精神，弘扬以改革创新为核心的时代精神。

长征精神是民族精神和时代精神的统一。不断赋予民族精神新的内涵，不断增强改革创新的自觉性和主动性，这是我们今天纪念长征的时代要求。弘扬长征精神，就要始终高举爱国主义的伟大旗帜，以团结统一、爱好和平、勤劳勇敢、自强不息的民族精神凝聚全社会的智慧和力量；就要发扬传统，艰苦奋斗，改革创新，激发全民族的创造活力，保持昂扬向上的精神状态，用我们的实际行动续写前辈震古烁今的长征故事，用时代的创造延展中华民族复兴的光辉篇章。

（十四）我们以此纪念长征：不断加强党的建设，永葆党的先进性。

长征的胜利，也是党的先进性的胜利。今天，我们党面临着形势的深刻变化，国际竞争日趋激烈、改革开放日益深化。只有不断保持和发展自身的先进性，始终走在时代前列，才能巩固党的执政地位、提高党的执政能力、完成党的执政使命。弘扬长征精神，就要认真学习研究党在长征路上和革命战争年代保持先进性的历史经验，坚持用时代发展的要求审视和认识自己，以改革的精神加强和完善自己。要坚持立党为公，执政为民，保持与人民群众的血肉联系，把党的先进性体现到不断实现好、维护好、发展好最广大人民的根本利益中，以自己的先锋模范行为团结带领广大人民群众一道前进，以党的先进性引领中国现代化建设的航船。

（十五）每个民族都有自己的精神传奇。当事件成为历史，精神便在后人解读中得以留存，在后人的继承中获得永生。

今天，于都河的潺潺流水和大渡河的翻滚波涛中，历史的遗迹依稀可辨。在纪念红军长征胜利七十周年的日子里，从城市和乡村，从中国的很多方向，一支支队伍沿着红军的足迹上路。70年前的历史，便以这样的形式不断走进我们的生活。历史不再是教科书上的知识积累，更是一种绵延不绝的精神力量。

伴随着精神的追寻，事业也在延续。如果把目光放得更远，将今日之中国，放在五千年文明古国发展进步的大视野里，放在中华民族寻求复兴的大背景下，放在国际竞争日益激烈的大格局中，我们可以更加清晰地看到身处的位置——

那段开始于70年前的伟大远征并未结束。

（2006年9月20日）

走好全国一盘棋
——论促进区域协调发展

（一）促进区域协调发展，这是我国在新世纪新阶段坚持以科学发展观统领经济社会发展全局的重大战略。

党的十六届六中全会把"落实区域发展总体战略、推动各地区共同发展"作为构建社会主义和谐社会的重大举措。此前，党的十六届五中全会在总结我国社会主义现代化建设经验的基础上，进一步提出了我国区域发展总体战略。我国国民经济和社会发展第十一个五年规划纲要，专辟一篇对促进区域协调发展作出了全面规划。

一个理智的声音——促进区域协调，在神州大地回荡；一个自觉的行动——统筹区域发展，在东西南北中逐步展开。

把促进区域协调发展摆在更加重要的位置，这将是我国经济社会发展的一次历史性跨越。

（二）西岳峥嵘何壮哉，黄河如丝天际来。我国南北西东被跌宕起伏的历史文化、巍峨浩荡的山川河流，划分成各具特色的自然与行政区域，形成参差不齐的经济和社会发展水平。

地区发展不平衡，是中国的一个基本国情。新中国成立以来，党和政府高度重视区域协调发展，采取了一系列政策措施加以推进。进入新世纪，我国区域经济发展又面临一些新情况、新问题。

审视中国的经济社会发展，一些状况让人感到忧虑：东、中、西部发展差距仍然过大，欠发达地区发展面临诸多困难，在城市化、工业化、基础设施建设、教育和卫生事业等方面的地区差距也很明显。由于促进区域协调发展的体制机制还不健全，一些区域过度开发、行政区间经济恶性竞争，加剧了区域经济发展的失衡，也导致了环境生态的恶化，造成了一些新的社会矛盾。

区域协调发展不仅是局部问题，而且是全局问题；不仅是一个紧迫的经济问题，而且是一个重大的政治问题。完善区域发展总体战略、促进区域协调发展，正是以胡锦涛同志为总书记的党中央立足中国国情、应对时代课题的战略安排，是心系国运、情牵民生的智慧结晶。

（三）站在历史和全局的高度，看全国经济社会发展这盘棋，我们应当有这样的认识：

促进区域协调发展，是贯彻落实科学发展观的重要组成部分。以人为本，全面协调可持续的科学发展观，是对马克思列宁主义、毛泽东思想、邓小平理论和"三个代表"重要思想关于发展思想的继承和发展，是我们推进经济建设、政治建设、文化建设、社会建设必须长期坚持的根本指导方针。落实科学发展观的一个基本要求，就是要统筹区域发展。只有有效遏制城乡区域间基本公共服务、人均收入和生活水平差距扩大的趋势，进而逐步缩小地区发展差距，才能在全国范围内实现经济社会各构成要素的良性互动，使各个区域的发展相适应，各个发展的环节相协调，实现国民经济又好又快发展。

促进区域协调发展，是构建社会主义和谐社会的必然要求。社会和谐在很大程度上取决于社会生产力的发展水平，取决于发展的协调性。区域间发展失衡，势必减缓构建和谐社会的进程，甚至影响中华民族赖以生存的精神、物质与环境基础。只有落实好区域发展总体战略，才能有力地解决我国发展不平衡的问题，推进东、中、西部良性互动，保证发展成果由人民共享，促进形成全体人民各尽其能、各得其所而又和谐相处的局面。

促进区域协调发展，是发挥各区域优势、增强全国发展合力的现实需要。沿海发达地区运用自身较好的经济基础、优越的地理位置和国家支持的政策，经济社会发展已经积累了相当的实力。加快中西部地区发展的时机也已到来。只有抓住这个有利时机，进一步促进生产力的合理布局，使东、中、西部地区形成各具特色、优势互补的经济，才能整体提高我国生产力社会化水平和经济效益，整体提高中国可持续发展能力和国际竞争力。

促进区域协调发展，是维护各民族团结、实现国家长治久安的基本保证。实现全面建设小康社会的目标，不仅要看人均收入，还要看是否基本消除了贫困现象。只有民族地区发展了，欠发达地区跟上来了，才能实现各族人民的平等、团结、互助、和谐，把全体人民的智慧和力量凝聚到中华民族复兴的伟大事业中来。

促进区域协调发展，是社会主义制度优越性的生动体现。逐步缩小地区之间的发展差距，实现全国经济社会协调发展，最终达到全体人民共同富裕，是社会主义的本质要求。贫穷不是社会主义，两极分化也不是社会主义。只有区域协调发展，逐步实现全体人民的共同富裕，中国特色社会主义事业才有深厚的群众基础，才能展现勃勃生机。

（四）我国社会正处在前所未有的深刻变革中。作为一个发展中大国，中国幅员辽阔，区域情况之复杂、地区自然禀赋差别之明显，在世界上是少有的。党中央提出促进区域协调发展，是对历史经验的深刻总结，是对基本国情的清醒认识，也是对我国发展阶段性特征的准确把握。

进入改革开放和现代化建设新时期，邓小平同志提出"两个大局"的思想："沿海地区要加快对外开放，使这个拥有两亿人口的广大地带较快地先发展起来，从而带动内地更好地发展，这是一个事关大局的问题。内地要顾全这个大局。反过来，发展到一定的时候，又要求沿海拿出更多力量来帮助内地发展，这也是个大局。那时沿海也要服从这个大局。"

世纪之交，我们党贯彻"两个大局"的战略思想，做出实施西部大开发、加快中西部地区发展的重大决策。十六大以来，我们党又做出了东北地区等老工业基地振兴战略、促进中部地区崛起的重大决策。我国区域发展总体战略格局初步形成。

实践证明，"两个大局"的战略，高瞻远瞩，深谋远虑。没有"第一个大局"，就没有中国经济今日的辉煌，没有可以在世界先进生产力舞台一展雄姿的中国。没有"第二个大局"，西部不开发，东北不振兴，中部不崛起，就没有经济持续发展、民族团结和谐的中国。

在我们这样一个地域辽阔、人口众多、生产力发展水平不平衡的国家，要在一个时期实现同步富裕、同等富裕是不现实的。平衡是相对的，不平衡是绝对的。这是事物发展的客观规律。在发展战略布局上，必须有全盘构想。

现在，我们正站在新的历史起点，促进区域协调发展，条件具备，正逢其时。

（五）继续推进西部大开发，振兴东北地区等老工业基地，促进中部地区崛起，鼓励东部地区率先发展，形成分工合理、特色明显、优势互补的区域产业结构，推动各地区共同发展。我们党从全国最广大人民的根本利益出发，担当起新的历史责任，丰富并形成了区域发展的总体战略。

总体要求是：坚持统筹兼顾、合理规划、发挥优势、落实政策，切实加强薄弱环节，通过健全市场机制、合作机制、互助机制、扶持机制，逐步形成主体功能定位清晰，东中西良性互动，公共服务和人民生活水平差距趋向缩小的区域协调发展格局。

在布局上，根据资源环境承载能力、现有开发密度和发展潜力，统筹考虑未来我国人口分布、经济布局、国土利用和城镇化格局，将国土空间划分为优化开发、重点开发、限制开发和禁止开发四类主体功能区。明确不同区域的功能定位，划定相应的评价指标和政策措施，逐步形成各具特色的区域发展格局。

在政策上，实行分类管理的区域政策，按照主体功能定位调整完善区域政策和绩效评价，规范空间开发秩序，形成合理的空间开发结构；国家继续在经济政策、资金投入和产业发展等方面，加大对中西部等欠发达地区和困难地区的扶持。建立健全资源开发有偿使用制度和补偿机制，对资源衰退和枯竭的困难地区经济转型实行扶持措施。

在机制上，鼓励东部地区支持和帮助中西部地区发展，扩大发达地区对欠发达地区和民族地区的对口援助，形成以政府为主导、市场为纽带、企业为主体、项目为载体的互惠互利机制。按照基本公共服务均等化原则，加大国家对欠发达地区的支持力度。继续发挥经济特区、上海浦东新区作用，推进天津滨海新区等条件较好地区开发开放，带动区域经济发展。

在步骤上，支持经济发达地区加快产业结构优化升级和产业转移，扶持中西部地区优势产业项目，加快这些地区的资源优势向经济优势转变。坚持大中小城市和小城镇协调发展，提高城镇综合承载能力，按照循序渐进、节约土地、集约发展、合理布局的原则，积极稳妥地推进城镇化，逐步改变城乡二元结构。

一幅总体战略蓝图清晰地呈现在我们面前。

（六）与这个清晰的蓝图相对应，我们对区域协调发展的内涵也要有清晰的认识。

区域经济及其协调发展是区域协调发展的基础。在我国，区域经济有多种类型，专家学者也有不同的表述。

从动力机制上区分，主要是三类：一类是与"经济区域"相对应，以核心区与腹地间、各市场主体间的客观经济联系为主要内聚力的，如长江三角洲地区、京津冀城市群、长江上游经济区；一类是与"行政区域"相对应，以强大的行政力量为主要内聚力的，如省域经济、县域经济；还有一类是有特定目标和范围的区域经济，如贫困地区、边疆地区，以及各级各类开发区等。

从区域层次上说，也主要有三类：在我国，最高一级的区域是地带级的，如东、中、西部；次一级的是跨省区或综合性的，如长三角、珠三角、京津冀城市群、海峡西岸经济区，以武汉、重庆、西安、成都等城市为中心的经济增长区等；再次一级是省、市、县范围内的，如长株潭城市群、郑汴洛城市群、辽东半岛城市群、山东半岛城市群等。

我们讲区域协调发展，讲的是全国一盘棋。这里有一条化繁为简的"铁律"：低级层次的区域发展，要服从高级层次区域目标；各区域发展，要服从国家总体发展目标。不能把本省、本地、本县的行政区域，当成可以孤立发展的经济区域，搞自我封闭的规划与布局。

（七）区域层次看似清晰，协调发展却非易事。这里的关键是加强和改善宏观调控。维护宏观调控的严肃性和权威性，是协调区域发展的基本手段。协调区域发展的过程，也是加强和改善宏观调控的过程。如果一味追求自身利益、片面追求各区域的 GDP 增长，势必影响国家宏观经济的持续健康发展。

从总体来看，区域协调发展还涉及方方面面，是一个庞大复杂的社会系统工程，需要协调一些基本关系，化解一些基本矛盾。

（八）公平与效率。这是区域协调发展追求的目标。公平的指向是追求基本公共服务的均等化，使全体人民共享改革发展成果。效率的指向是在发展生产力中实现资源利用的最优化。加快社会发展，促进社会和谐，必须更加注重社会公平。这是我们党贯彻科学发展观的新认识，也是区域协调发展必须遵循的原则。

促进区域协调发展，不是单纯要求缩小区域之间、各层次行政区之间经济总量的差距，而是着力完善公共财政制度，使所有人享有基本公共服务的均等化，享有大体相当的生活水平。

"基本公共服务均等化"，包括义务教育、公共医疗卫生、公益文化、基本就业、社会保障等基础性社会公共服务的均衡提供和平等享用。这是现阶段更加注重社会公平、实现公平与效率相统一的重要标志，是解开公平与效率这把矛盾之锁的钥匙。

当然，对公平和效率也要全面认识，正确把握。公平不是简单地"拉平"，不是"经济发展无差距"，不是忽视自身发展条件"齐步走"，更不能助长"等""靠""要"思想。效率也不能误读为"速度"和"规模"。经济社会的发展，不能单纯理解为追求GDP速度的"率先"增长。那种把地方和小团体利益置于首位，违规上项目，暗中铺摊子；那种"上有政策，下有对策"的做法，必将损害公平，最终也会伤及效率。

（九）合作与竞争。这是协调区域发展的主要方式。没有竞争就没有活力，没有发展；没有合作也就没有合力，没有良性互动。

竞争应当是发展质量的竞争，是服从服务于全国一盘棋、充分发挥自身能动性的竞争。从狭隘的地方利益、部门利益出发，台上握手台下分手，要求别人"友好合作"、自己却拨拉着小算盘，这不是竞争，是无谓的内耗。不顾全局的机场之争、港口之争、"中心"之争、项目之争，也不是竞争，是巨大的浪费。

合作应当是互惠互利的合作。不是简单撮合，而是要着眼全局、突出特色、优势互补、错位发展，谋求整体利益的最大化，实现互利共赢。

在社会主义市场经济条件下，如果说企业之间更多的是强调竞争，那么，地方政府之间更多的应强调合作。打破行政藩篱，让资金、技术、人才、信息等一切要素自由流动，为企业和各类经济主体营造良好的发展氛围。

（十）开放与保护。这是区域协调发展的路径选择。对内对外扩大开放，是区域协调发展的必由之路。扩大开放，改善投资和发展的环境，就要搬掉地区封锁和地方保护主义的绊脚石，打破行政区划的局限，加快建立统一开放的国内市场。

应当看到，地方保护主义在不少地方严重存在。有的地方只希望别人门户洞开，自己却重门深锁：在行政区界内设卡设限，禁止外地商品进入，本地资源流出；在招商引资中恶性竞争，搞零地价、倒贴资金、资本，降低环保及卫生标准招商引资；在产业发展中，不顾结构雷同，竞相高价重复引进生产线……

实际上，地方保护主义不可能保护地方利益。它违背经济规律，窒息企业生命力、竞争力和创造力，损害投资和发展环境，阻碍全国统一市场的形成。被"保护"的企业，往往失去革新技术、改进管理、开拓市场的压力和动力，做不大也做不强。

（十一）政府与市场。这是区域协调发展的推动力。促进区域协调发展，政府是主导动力，市场是基本动力。

政府主导不是不要市场经济，恰恰相反，它必须以市场经济为基础，遵循市场竞争规则，着力解决市场解决不了的问题，为区域协调发展创造条件。各级地方政府在区域经济协调中担负重要职责，它是国家行政序列中的一个环节，又是国有地方经济的投资人和保护人；既是中央政府的政策执行者，又在管辖区域内行使行政权。地方政府在区域经济协调中要力避角色混乱，力避越位、缺位、错位，力避过多包揽经济资源，弱化社会责任。

区域协调发展的能力背后，实质上是一场政府自身职能的根本变革。政府要通过推进行政管理体制改革，树立正确的政绩观，切实履行经济调节、市场监管、社会管理和公共服务的职能。

（十二）集聚与扩散。这是区域协调发展的主要形式。集聚是手段，能够迅速有效聚拢资源、形成若干区域增长极。扩散也是手段，能把区域增长极要素向外延展，产生裂变，充分发挥辐射效应。

经济全球化，往往表现为不同国家经济中心城市之间的竞争。这类城市，区位条件优越，基础设施完善，经济发展水平较高，产业能级强大，服务功能完备，磁铁般吸附着周边城市及地区"向我靠拢"。在协调区域发展中，要高度重视中心城市的带动作用，使区域内广阔资源合理配置，捏指成拳。

在这个问题上，要注意防止两个倾向。一种是中心城市怕当中心，怕影响GDP增长和财政收入，担心自身优势在合作中消减，不愿周边地区分享发展一杯羹，重"留住"轻"流出"。一种是非中心城市争当中心，不顾自身条件，竞相以"经济中心城市"为发展目标。我国曾先后有100多个城市提出过要建设成为"现代化国际大都市"，这显然是不切实际的。

协调发展是区域内外集聚与扩散的出发点和落脚点。集聚，需要周边地区敢于"舍"；扩散，要求中心城市敢于"放"。一"舍"一"放"，以"点"带"面"，以"面"促"点"，最终换来区域协调发展，整体实力提高。

（十三）补偿与约束。这是区域协调发展的调节器。资源是有限的，分布是不平衡的，发展是有差别的。促进区域协调发展，需要建立有效的补偿与约束机制。

依据国家对区域的主体功能定位，在区域协调发展中，必然会导致有的地区增长快些，有的增长慢些，有的地区为了总体发展作出一定的牺牲。因此，要加大和改善财政转移支付，增加对欠发达地区特别是限制开发区域、禁止开发区域用于基本公共服务和生态环境补偿的财政转移支付。

要逐步理顺要素价格，完善税收制度，建立健全资源有偿使用和资源开发补偿机制，促进资源优化配置。要鼓励和支持企业特别是上下游企业在区域内开展更大范围的分工合作，形成区域互补共生、互惠互利的合作关系，促进以资源有效配置和整体利益最大化为基础的区域专业分工格局，增强区域协调发展的内在动力。

（十四）区域协调发展，目的在发展，难点在协调。发展必须是科学发展，协调更难的是综合协调。协调的水平决定发展的质量，协调的效率影响发展的效益。协调，不仅是一种眼光、一种胸怀，也是一份责任、一份义务。

协调的核心是要建立、健全一套规则。应当有必要的法律规范，有刚性的制约，有严格的监管，有及时的追惩，还应当有有效的协调机制和制度保证。通过协调理顺关系，明确责任，激发活力，形成合力，实现共赢。

（十五）区域协调发展，这是我国经济社会发展的大思路，是开创科学发展新局面的大战略。

在这个大思路大战略的推动下，我国区域协调发展的格局已经出现了积极的变化。地区间生产要素流动加快，区位产业优势逐步形成。东部地区在依靠技术进步和扭转过度依赖投资增长格局方面迈出新步伐，中西部地区发展明显加快，东北地区发展先进装备制造业取得新进展。我们要把促进区域协调发展摆在更加重要的位置，乘势而上、因势利导。

"不谋万世者，不足谋一时；不谋全局者，不足谋一域"。对于我们这样一个大党、这样一个大国，要维护全党全国工作大局，办成一些大事，谋求整个经济社会的协调发展，保持社会团结和谐，必须有统一意志、统一行动，必须牢固树立全国一盘棋的思想。

在推动区域经济发展过程中，地方政府负有不可替代的重要责任，这种责任不仅表现在要想方设法推动地方和区域经济的发展，更表现在各地领导干部都负有维护全党全国工作大局的政治责任，必须自觉维护中央权威和中央大政方针的统一性与严肃性，坚持区域经济、地方经济目标服从于国民经济目标，坚持小道理服从大道理、局部服从全局。各地区要既充分认识自身优势、明确自身定位，又统筹兼顾区域整体利益、加强区域内的协调沟通，增强区域协调发展的动力和活力。只有这样，才能得之全盘、谋之长远。

促进区域协调发展，各地区、各部门要各安其位，各负其责，全国一盘棋。"马走日，相走田，炮打一溜烟"。能否走好每着棋，检验着各级党委政府的执政意识、执政能力和执政水平，检验着各级领导干部的政治意识、大局意识和责任意识。

（十六）当今世界经济有两大潮流。一是经济全球化，二是区域一体化。促进区域协调发展，形成东中西相互促进、优势互补的新格局，这是顺应时代潮流和发展趋势的历史进程，也是需要一代又一代中国人长期奋斗的伟大事业。惟其长期，我们更需坚韧。惟其艰难，我们更需奋斗。

茫茫九脉流中国，纵横当有凌云笔。

（2007年4月5日）

越是文明进步，越要崇尚节约
——论加快建设节约型社会

（一）在我国改革、发展、建设的历史上，发展与资源的矛盾，从未像今天这样突出。

水资源告急——人均水资源占有量仅为世界平均水平的1/4。全国660座城市中，400多座缺水。龟裂的土地，焦灼的城市，似乎都印证着这样的预测：到2030年，我国将成为世界上严重缺水的国家。

能源告急——我国石油、天然气人均剩余可采储量只有世界平均水平的7.7%和7.1%；储量比较丰富的煤炭也只有世界平均水平的58.6%。加油站里跳动的油表，铁路线上呼啸的煤车，似乎都在警告我们："油荒""煤荒"在步步紧逼。

土地资源告急——人均耕地面积不到世界平均水平的1/2。20多年前，人均耕地面积还接近2亩，如今已不足1.5亩。1/3县市的人均耕地面积在国际公认的警戒线之下。隆隆的推土机声，冷冷的水泥森林，似乎都在提醒我们：中华民族赖以生存的家园正在被蚕食。

（二）资源亮起红灯，照出的是中国发展进程中的一大矛盾——经济社会快速发展与人口增长、资源环境约束的矛盾。这个矛盾随着工业化、城镇化的推进，还会愈益突出。

更令人忧虑的是，一方面人均能源资源低于世界平均水平，另一方面能源资源的消耗高于世界平均水平。这"一低一高"，进一步加剧了资源不足的矛盾。

历史往往是相似的。中国遭遇的这个现代化难题，在其他国家现代化进程中也曾出现过。

人类曾经敬畏自然，每一次电闪雷鸣都让人们顶礼膜拜。是近代工业革命吹响了人类全面征服自然的号角。从此，发达国家陶醉于炼钢的吨位和铁路的里程，却把自然界当成取之不尽的材料库和硕大无比的垃圾桶，走过了一条先开发后保护、先污染后治理、重眼前轻未来的发展道路。资源消耗超过承载能力，污染排放超过环境容量，付出了巨大的资源环境代价。当占世界人口15%的发达国家完成工业化、现代化时，他们已消耗了世界上50%的矿产资源。

今天的中国，正处于全面建设小康社会、加快推进社会主义现代化的关键时期，这也是一个资源环境消耗强度最大的时期。中国该怎样破解这个世界性难题？

在深刻总结国内外发展经验的基础上，我们党明确提出按照科学发展观的要求，走新型工业化道路，实现增长方式的根本转变，建设资源节约型、环境友好型社会。

这是我们党对社会主义现代化建设规律认识的崭新飞跃，是迈向现代化的中国对发展路径的坚定抉择，是一个发展中大国对人类共同责任的主动担当。

（三）节约是大事，关系国家发展和民族复兴；节约又是"小事"，节省一滴水、一度电，举手之劳，细小入微。节约和节约型社会究竟是什么？

"节"，就是节制、限制，切实保护和合理利用资源，与浪费相对立，让物得所用；"约"，就是约束、集约，提高资源利用效率，与粗放相对立，让物尽其值。节约，正是"节"和"约"的统一。

节约型社会，就是在社会生产、建设、流通、消费的各个领域，在经济和社会发展的各个方面，切实保护和合理利用各种资源，提高资源利用效率，以尽可能少的资源消耗获得最大的经济效益和社会效益。

从"新三年，旧三年，缝缝补补又三年"的生活习惯，到"一个铜板掰两瓣"的理财方式，节约，曾经是一种体谅物力艰辛、应对物质匮乏的生活观。

从新中国初期的五次增产节约运动，到改革开放初期的"投入小，见效大"，节约，也曾是一种渴望提高效益、追求兴业强国的生产观。

历史的背影远去，时光推移到今天。当节约成为一种发展观时，建设节约型社会在中国经济社会的坐标上又意味着什么？

（四）节约是新的增长方式，体现了可持续发展的科学理念。20世纪的最后20年，中国经济快速发展，实现了GDP翻两番的目标，这是了不起的成就。但"高投入、高消耗、高排放、难循环、低效率"的增长模式，也让我们付出了沉重的资源环境代价。如果把节约资源作为转变经济增长方式的主攻方向，着力提高资源利用效率，那么，提高的将是经济增长的质量和效益，实现的将是又好又快。

节约也是增长。GDP增加，这样的"加法"是增长；节能降耗，这样的"减法"同样是增长。如果"十一五"期间实现了单位GDP能耗下降20%的目标，按经济增长7.5%匡算，2010年当年可节约6.2亿吨标准煤，这些节约量又可创造6.3万亿元GDP。同时，节约还可减少治理污染的成本，获得的将是双倍的财富。

贯彻科学发展观的一个重要方面，就是要处理好经济建设、人口增长、资源利用、环境保护的关系。建设节约型社会，不仅能缓解资源约束矛盾、促进资源永续利用，而且能减少污染、保护环境，最终实现可持续发展。反之，不顾自然、不计代价、不问未来，甚至竭泽而渔、竭林而耕、竭矿而采，就会与科学发展相背离，使资源支撑不住，环境容纳不下，社会承受不起，发展难以为继。

"强本而节用，则天不能贫；本荒而用侈，则天不能使之富。"从大量消耗能源资源到节能降耗，不仅是经济增长方式的转变，也是发展模式、发展道路的深刻变革。它让发展在获得速度的同时，更体现为一种责任——必须对全社会负责，不因一己所欲而损害大家的共同利益；必须对子孙后代负责，不因片面追求高速增长而使长远的发展失去依托。

（五）节约是基本国策，蕴涵着中华民族的传统美德。从《尚书》教诲"克勤于邦，克俭于家"，到明人叮嘱"一粥一饭，当思来之不易"；从《左传》感叹"俭，德之共也。侈，恶之大也"，到诸葛亮崇尚"静以修身，俭以养德"；从墨子断定"节俭则昌，淫佚则亡"，到李商隐咏叹"历览前贤国与家，成由勤俭败由奢"，千百年来，节俭一直被我们民族看作是持家之宝、兴业之基、治国之道。

从"贪污和浪费是极大的犯罪"，到"勤俭建国、勤俭持家应经常提倡"，再到"不能吃祖宗饭、断子孙路"，节约是我们党发展壮大的传家宝。一代又一代共产党人，发扬勤劳俭朴的精神，带领中国人民挥写了革命、建设、改革的壮丽史诗。

今天，以胡锦涛同志为总书记的党中央顺应世情，把握国情，把节约资源提到了基本国策的高度。这是党中央、国务院在新形势下作出的具有战略意义的重大决策。它意味着"节约资源"是国家资源开发和利用的总体方针，是一切相关政策所应遵循的基本政策,是全国上下共同努力的奋斗目标。

(六)节约是国家战略,展现了当代中国的世界眼光。

我国的现代化建设,是在能源资源严重紧缺、人均占有量大大低于世界平均水平的条件下进行的。世界上一些国家在工业化进程中都出现过人均年消耗4吨标准煤的发展阶段。我国有13亿人口,没有任何可能以每年消耗50多亿吨标准煤的代价来推进现代化。基本国情决定着我们国家的发展战略。

世界历史上,一些大国的崛起常常伴随着对世界资源的占有甚至掠夺。我国是社会主义国家,正在着力促进和谐世界的建设,不可能也决不会把问题和矛盾转嫁给别国,唯一的出路是建设节约型社会。

中国,曾以占世界不到10%的耕地解决了占世界近22%人口的吃饭问题,创造了奇迹。今天,又提出加快建设节约型社会,用有限的资源能源实现科学发展,推进现代化进程。这展现了一个负责任大国的胸襟,必将为建设一个持久和平、共同繁荣的和谐世界作出新的贡献。

(七)节约是社会文明,彰显着科学进步的现代意识。

一切有限的能源资源都是地球的共同财富。珍爱这些财富应成为全人类共同遵从的公德,成为普遍的社会品质和社会价值。节约实质上就是一种文明的价值观念。

对自然的掠夺和破坏,同时是对人类自身的否定和戕害;今天对能源资源的浪费,就是对明天发展可能性的剥夺,就是对明天人类生存条件的剥夺。节约,既是物质文明,又是精神文明,它蕴涵一种新的哲学思维,倡导一种适度、节用、合理的生存方式和发展状态。

在物质日益丰裕的今天,节约已经不是一种无奈选择,不是一种被动应付,而是对文明的体认,对进步的向往。社会越是文明进步,人们越是崇尚节约。现代文明,本身就包含着珍惜资源、珍爱环境的生活态度,包含着以艰苦奋斗为荣、以骄奢淫逸为耻的精神境界。节约是一个现代社会的显著标识。

走向现代化就是走向文明进步,节约意识应当贯穿在中国现代化建设的全过程,成为全民族的良好风尚。现在我国资源消耗正处于上坡阶段,即使将来资源紧张缓解了,生活更加富裕了,也应当以节约为荣。那些认为生活好了、钱包鼓了就可以肆意浪费的观点,那些认为"反正我用得起"就可以长流水、长明灯的行为,那些认为车排量小了、纸双面用就没面子的想法,都是现代文明素养缺失的表现。

"俭则智荣,奢则愚耻。"厉行节约,就是听从现代文明的召唤;放任浪费,就是背离社会发展的潮流。

(八)建设资源节约型、环境友好型社会,不是权宜之计,而是百年大计。

值得注意的是,在我们的社会生活中,也还有一些似是而非的观念和模糊不清的认识,阻碍着建设节约型社会的步伐。

(九)有一种观点认为,虽然资源有限,但科技进步那么快,将来必会有替代资源,强调节约没太大必要。还有的认为,眼下利用资源快速致富最重要,经济增长了、生活改善了,其他的什么都好办。

不可否认,科技创新会在一定程度上缓解资源的紧缺。我们建设节约型社会,必须加快技术创新,推广新技术、新工艺,不断提高能源资源利用率。但是,技术的进步不是万能的,很难解决所有的问题,也不能把所有的希望都寄托在将来。我们只有一个地球。即使通过技术创新找到了新的资源能源,但与人类不断增长的需求相比也依然是有限的。

"驭一时,谋万世。"建设节约型社会,要兼顾当前和长远。不能现在用得痛快,却影响民族的长远发展和后代的福祉;不能片面追求眼前的增长速度,却影响经济的可持续发展。支撑发展的资源链条一旦断裂,什么都不好办,什么都办不了。

(十)有一种观点认为,缺水的地方才需要节水,水多的地方就可以敞开用;我们国家缺油需要节油,但煤多就不必那么在乎。

每个国家、每个地区都有自己独特的资源禀赋。对于本地区紧缺的资源,人们大多会精打细算。但对于那些相对丰富的资源,就容易大手大脚。能源资源富集地究竟该如何贯彻节约的理念?

"不谋全局者,不足谋一域。"建设节约型社会,不能只看局部,而要全国一盘棋。要认识到能源资源是全国的、是大家的,不是哪一个地方的。在经济全球化的今天,一个国家、一个地区、一个企业,甚至一个个体的生产生活行为,都会对环境、对社会产生影响,也会受到影响,任何地区都不可能封闭自守。资源问题相互制约,环境问题相互作用,一家搞坏大家受害。

(十一)也有这样一种顾虑:节约是不是就不鼓励消费了,是不是就得"节衣缩食"过日子?

节约不是限制消费。建设节约型社会和扩大消费并不矛盾,更不是以牺牲消费为前提。节约型社会要通过提高资源利用效率来实现,我们追求的目标是以最少的资源获得最大的经济和社会效益。节能降耗是会压缩一些资源支出,但不会限制正常的资源消费,而通过技术进步提高资源利用效率,还可以更充分地满足和保障人民对资源的合理消费。

节约要杜绝浪费,而不是减少消费。消费不等于浪费,对个人来说,即便是高档消费,只要是合理需求又力所能及,也属于正常消费。当前扩大内需,发展经济,不仅允许消费,还积极鼓励正常消费,大力提倡绿色消费。节约资源是为了创造更多的社会财富,更好地满足人民群众的消费需求。倡导这种节约观,既促进经济发展,又符合节约本意。

(十二)还有这样一种担心:节约是不是就不开发资源了,今后还要不要发展重工业?

节约不是不开发资源。经济的发展离不开资源的支撑,我国的现代化离不开重工业的发展。虽然当前资源紧缺,但我们还是要开发资源、推动经济的全面发展。建设节约型社会,关键是在开发利用资源的过程中转变经济增长方式,依靠技术进步,走集约型道路,实现可持续发展。

开发资源不破坏资源,不能吃祖宗饭、断子孙路,要向规模化、集约化发展。依托资源不依赖资源,不能"吃资源饭",要通过产业多元、产业升级,让经济发展更健康。利用资源不浪费资源,不能粗放型经营,要善于增加资源产业附加值,每用一部分资源,都要想方设法将其"吃干榨净"。

(十三)一个时代有一个时代的主题,一代人有一代人的使命。建设节约型社会是我们这一代人的重任,必须增强忧患意识和危机意识,增强历史责任感和使命感。

我们常用"地大物博"来描述祖国的广袤与富饶。从大的方面看这是事实,但相对于13亿人口来说,我国资源形势相当紧张。能源短缺是经济社会的发展"软肋",淡水和耕地紧缺是中华民族的心腹之患。但这种状况还没有引起全社会应有的警觉。在我们的居民生活之中,铺张浪费的消费方式还大量存在;在企业生产领域,粗放型的增长方式仍在延续;在政府管理部门,成本高昂的行政方式还没有明显改变。

环境的恶化更是给我们敲响了警钟。一些地区环境污染和生态恶化已经到了相当严重的程度。1/5的城市空气污染严重,1/3的国土面积受到酸雨影响，90%以上的天然草原退化。发达国家上百年工业化过程中分阶段出现的环境问题，在我国已经集中出现。

"天地人和，物我为一。"人，本身也是自然界的一部分。保护自然，也就是保护我们自己。只有处理好经济发展和资源环境约束的关系，坚持节约发展、清洁发展、安全发展，才能真正实现人与自然的和谐。

"十一五"规划纲要明确提出，到2010年我国万元GDP能耗降低20%、主要污染物排放减少10%，并将其列为重要的约束性指标。这充分体现我国节能减排的坚定决心。但2006年，在国民经济发展的各项指标中，惟一没有完成的是节能减排指标；今年一季度，一些高耗能、高污染行业又出现过快增长。建设节约型社会形势严峻、任务紧迫。

资源，我们再也浪费不起一点一滴；

节约，我们再也不能耽误一时一刻。

（十四）建设节约型社会是一场深刻变革，是一项系统工程，需要"九牛爬坡，各个出力"。

深化改革是动力。通过改革，建立节约资源的体制机制，制定实施有利于节约能源资源的价格、财税、投资政策。使节约者在市场竞争中获得更多的利益和机会，自觉节约；使浪费者付出更大的成本和代价，不敢浪费。

法律制度是根本。通过对法律的修订，贯彻科学发展观，落实节约资源的基本国策，实施国家节能战略。建立科学的政府绩效评估体系，将节能降耗也作为党政干部政绩考核的内容，激励他们在追求增长的同时也追求节约。

科技创新是关键。无论是研制、引进节能技术，还是对现有产业结构进行改造，都需要科技创新。以创新的技术，促进产业升级换代的步伐；以创新的理念，推动经济结构的转变。

循环经济是方向。循环经济以减量化、再利用、资源化为原则，能最大限度地减少资源消耗和废物排放。要把这种经济发展模式贯穿于产业发展、城乡建设、区域开发各个领域，让废物也能变"金子"。

人人浪费，积羽也会沉舟；个个节约，滴水亦能成河。节约的成果惠及每个社会成员，节约理应成为每个人的自觉行动。出门先关灯、下班关电脑；淘米水浇花、洗衣水冲厕。节约，就在举手投足间，就在日常生活里。

（十五）建设节约型社会，政府是"第一责任人"，既有倡导推进之义务，更有率先垂范之职责。

节约型社会不会由市场自然形成，需要政府主导、法律强制和社会共同参与。转变增长方式是一个痛苦的过程，没有强大的经济驱动力，谁也不会为之所动。这个驱动力，要靠政府以政策为杠杆撬动。

在资源的低价政策下，谁消耗了资源谁就多分享了经济利益；在环境监管不到位的情况下，哪家企业认真治理污染，就会降低自己的竞争力。市场经济条件下建设节约型社会，政府的首要职责就是运用经济、法律和必要的行政手段来激励节约节能，逐步提高高耗能、高污染、高浪费行为的成本，增强行业和企业节能降耗的内驱力。

政府带头建设节约型社会，关键要贯彻节约的执政理念。坚持规划先行，提高规划的科学性、前瞻性，少一些建设性浪费；坚持实事求是、量入为出，少一些"形象工程"；坚持转变职能，提高行政效率，少一些由于机制不合理、制度不完善而增加的"决策成本""执行成本"和"服务成本"。那种盲目投资，不切实际上大项目，追求"大手笔"；那种贪大求洋，热衷宽马路、大广场、豪华办公楼；那种寅吃卯粮、乱采滥挖资源的做法，都会造成极大的浪费，都是极端有害的。

浪费是腐败，节约是政绩。在建设节约型社会中发挥表率作用，政府机构应当把自身的节约纳入考核，千方百计节约行政开支，建设高效廉洁的节约型政府，以节约型政府推动节约型社会建设。

（十六）"原以为你无限宽广，不在乎失去一片荫凉。原以为你有无穷宝藏，不在乎掠走一点安详。原以为你母爱无疆，谁知你渐渐失去力量"——在地球母亲的怀抱，人类曾不停地索取：向大地索取石油、向山峦索取矿产、向河流索取清水、向森林索取绿色……我们告别蛮荒和落后，过上了现代化的生活。这时才发现，山河憔悴、大地呜咽。我们的需求在不断得到满足，却也付出代价、透支未来。建设节约型社会，珍爱地球家园，是善待我们脚下的土地，也是善待我们人类的未来。节约，不仅是我们建设现代化中国的主动选择，也是我们面向世界、面向未来的必然选择。

越是文明进步，越要崇尚节约。未来在我们手中，让我们行动起来。

（2007年5月28日）

民族区域自治，中国特色社会主义的重要保证
——写在内蒙古自治区成立六十周年之际

（一）"蓝蓝的天上白云飘，白云下面马儿跑……"内蒙古自治区成立60周年之际，人们把关切的目光，投向祖国北疆的广袤原野。

1947年，在新中国成立前夕，在人民解放战争的隆隆炮声中，我国第一个省级自治区内蒙古自治区的诞生，不仅开启了内蒙古发展的新纪元，而且开辟了中国特色民族发展的新道路。

60年来，内蒙古大草原用翻天覆地的历史巨变，诠释着民族区域自治制度的巨大优越性和旺盛生命力——年人均可支配收入从不足百元增加到城镇居民10358元、农牧民3342元；曾经封闭落后的贫困之地，变成人均GDP列于全国前10名、经济增长连续5年位居全国第一的富裕文明之乡。

紧跟内蒙古区域自治的脚步，新疆维吾尔自治区、广西壮族自治区、宁夏回族自治区、西藏自治区相继成立。今天，各级民族自治地方已有155个。民族区域自治制度，与人民代表大会制度、中国共产党领导的多党合作和政治协商制度一起，构成我国三大政治制度。

从落后走向进步，从封闭走向开放，从贫穷走向富裕。占中国总面积64%多的民族自治地方的沧桑巨变，勾画出这样的历史轨迹——

60年前，我们开创性地选择了民族区域自治，充分保障少数民族当家作主的权利，推动了民族地区的繁荣发展。60年后，我们拥有了一个经济发展、社会稳定、民族团结的中国。

（二）我们党找到民族区域自治制度这条道路，是一个艰辛探索、长期实践、反复比较的过程，是一个把马克思主义基本原理同中国民族问题具体实际相结合的过程。

在新中国诞生前夜，将要揭开历史新篇章的中国共产党人面对的是一个比赶走侵略者、结束旧制度更加严峻的考验：怎样领导全国人民，实现中华

民族的伟大复兴?

对于中国这个多民族国家而言,要实现国家的富强、人民的幸福与民族的振兴,必须解决好民族问题。

早在第二次国内革命战争时期,我们党就曾提出民族区域自治的主张,并做了初步的探索和实践。而后,长征这一举世瞩目的历史大事件,推动了中国革命与中国民族问题的结合。长征途中,红军建立了甘孜博巴政府、豫海县回民自治政府。1945年10月,党明确把民族区域自治作为解决内蒙古问题的基本方针。在筹建新中国、制定《共同纲领》的重大历史关头,我们党最终确定实行民族区域自治,赋予少数民族当家作主的权利,让他们自己管理本自治地方的内部事务。

"长夜难明赤县天,百年魔怪舞翩跹,人民五亿不团圆。一唱雄鸡天下白,万方乐奏有于阗,诗人兴会更无前。"

这首脍炙人口的《浣溪沙》,写于新中国第一个国庆之际。民族大家庭其乐融融的空前盛况,激发了毛泽东的诗人情怀,也为我们永远地留下了那个令人感慨的历史场景。

历史场景的背后,是历经百年离散的中华民族苍凉悲壮的奋斗,是备受欺凌的少数民族不平等的过去。而这一页,随着新中国的成立被彻底翻了过去。作为保证我国各民族平等、团结、互助和共同繁荣发展的制度,民族区域自治集中体现了中国共产党的"民族平等"建国方略。这一马克思主义中国化的伟大创造,揭开了我们多民族国家团结奋进的崭新一页,谱写了社会主义民族关系的新乐章。

(三)民族和民族问题的存在是一个长期的历史现象。放在历史的大坐标上看,新中国开启的民族区域自治制度,是尊重历史、合乎国情、顺应民心的正确选择。

从历史传统看:"大一统"始终是中华各民族的价值追求和最高目标。入主中原的各族政权,都以统一中国为荣,以统一中国为己任。统一是中国历史的主流,分裂从来不得人心。"修其教不易其俗,齐其政不易其宜",始终是历代王朝处理民族问题的基本方略。历代中央政府都对少数民族地区采取不同于内地的特殊政策进行治理。这是实行民族区域自治的历史渊源。

从民族关系看:中华民族多元一体,各民族之间始终存在着密切而广泛的经济文化联系,各族人民共同开拓了祖国辽阔的疆域,共同凝聚成伟大的中华民族，共同推动了社会的发展和历史的进步。中华文明史既是一部各民族形成和发展的历史，也是一部多民族相互交融、相互学习、共同进步的历史。

从文化渊源看：对祖国的热爱和对中华民族身份的认同，是实行民族区域自治的文化基础。在共同创造中华民族发展史的进程中，各民族对祖国山川土地、传统文化高度依恋，对国家荣辱兴衰和前途命运强烈关注，对祖国母亲饱含深情。特别是1840年以来，在救亡图存的抗争中，各民族同仇敌忾，一致对外。共同的家园、共同的命运、共同的抗争，促进了中华民族的大觉醒和中华民族的大团结，增强了中华民族的生命力和凝聚力。

从现实条件看：我国各民族呈现大杂居、小聚居的特点，你中有我、我中有你、密不可分，汉族人口众多，少数民族地大物博，汉族和少数民族地区存在着很强的互补性。同时，每个少数民族都有自己独特的文化，经济和社会发展水平也各不相同。我们既要致力于维护国家的统一，共同建设强大的祖国，也要从民族的、地区的实际出发，注意照顾差异和特点。

我们称民族区域自治为"伟大的创举"，正是因为，它标志着我们党在充分考虑历史渊源和现实依据、政治条件和经济条件的基础上，成功地走出了一条符合中国国情、具有中国特色的解决民族问题的正确道路。

在一个有着56个民族的13亿人口大国，实行民族区域自治，充分保障少数民族当家作主的权利，这是中国共产党对世界和平发展的贡献，是中华民族对解决民族问题的人类智慧的贡献。

（四）邓小平同志指出，制度是决定因素。历史证明，我们党在解决民族问题上，起"决定因素"的就是民族区域自治制度。

60年探索与实践，我国民族区域自治制度的内涵日益清晰——

国家的集中统一是前提。我国的民族区域自治，是在国家集中统一领导下的自治，各民族自治地方都是国家不可分离的部分，各民族自治地方的自治机关都必须服从中央的领导。

一定的聚居区域是基础。一个民族自治地方，可以是以一个或者几个少数民族聚居区为基础建立；一个民族，也可以在不同的聚居区建立相应的自治地方；在一个民族自治地方内，其他有一定聚居区域的少数民族也可以建立行政地位较低的自治地方。

自治机关行使自治权是核心。自治区、自治州、自治县的人民代表大会和人民政府，依照宪法和民族区域自治法，除享有一般地方国家机关所享有的职权外，还享有若干自治权。设立自治机关、行使自治权，是民族区域自治最重要的特征、最显著的标志。

培养使用少数民族干部是关键。行使民族自治地方的自治权，首先要加强少数民族干部队伍建设。没有本民族的干部，民族区域自治就无从体现。

保障少数民族当家作主的权利是实质。建立自治机关，行使自治权利，实质就是尊重和保障少数民族的平等权利，使之自主管理本地方本民族的内部事务，真正实现当家作主。

60年丰富和发展，民族区域自治制度的"中国特色"日益鲜明——

它是民族因素与区域因素的结合。既不是单纯的民族自治，也不是单纯的地方自治，而是两者的有机统一。

它是经济因素与政治因素的结合。既充分考虑促进少数民族和民族地区发展等经济因素，又考虑维护国家统一、促进民族团结等政治因素。

它是历史因素和现实因素的结合。既充分尊重我国多民族国家发展的历史传统，又正确反映了我国现实国情的客观要求。

它是制度因素和法律因素的结合。作为国家的一项基本政治制度，体现了社会主义的本质和要求，并且得到了宪法和法律的确认和保障。

民族区域自治制度的内涵和特征，体现了国家尊重和保障少数民族自主管理本民族内部事务的精神，反映了民族平等、民族团结和各民族共同繁荣的原则，凝结了中国共产党和中国人民的实践经验与政治智慧。

（五）周恩来总理曾经指着地图对乌兰夫同志说，内蒙古的形状就像一匹奔腾的骏马。今天，民族区域自治不仅为内蒙古这匹骏马铺就了豪迈驰骋的大道，更为中华各民族铺就了共同团结奋斗、共同繁荣发展的康庄大道。

回首60年，我们看到了一串坚定的足迹：1947年，内蒙古自治区诞生；1949年，《共同纲领》确立民族区域自治为一项基本国策；1952年，《民族区域自治实施纲要》发布；1954年，中华人民共和国第一部宪法，明确了民族区域自治的法律地位；1984年，颁布实施《民族区域自治法》；2001年，修订《民族区域自治法》；2005年，国务院颁布《实施〈民族区域自治法〉若干规定》。

回首60年，我们看到了一串醒目的数字：截至目前，我国共建立了155个民族自治地方，包括5个自治区、30个自治州、120个自治县（旗）。在55个少数民族中，有44个建立了自治地方，实行区域自治的少数民族人口占少数民族总人口的71%，民族自治地方面积占全国总面积的64%多。同时，建立了1173个民族乡，作为民族区域自治的重要补充形式。

从茫茫草原到边关南陲，60年来，民族区域自治制度极大地激发了少数民族的自尊心、自信心和自豪感，赢得了少数民族同胞的衷心拥护。实践证明，民族区域自治具有巨大的优越性——

它有利于把国家的集中、统一与民族的自主、平等结合起来，是维护国家统一安定的重要基础；有利于把党和国家总的路线、方针、政策与民族自治地方的具体实际、特殊情况紧密结合起来，是保障少数民族合法权益的重要形式；有利于把上级国家机关的领导、帮助与民族自治地方的自力更生、艰苦奋斗结合起来，是加快少数民族和民族地区发展的重要保障；有利于把国家的富强、民主、文明、和谐与民族的繁荣、发展、进步、和睦结合起来，是实现各民族共同繁荣的重要前提；有利于把各族人民热爱祖国的感情与热爱自己民族的感情结合起来，是凝聚各族人民力量的重要途径。

实行民族区域自治，使得各民族在统一的社会主义祖国大家庭里，既和睦相处、和衷共济、和谐发展，又各得其所、各尽其能、各展所长。

（六）几十年来，无论我们在前进过程中遇到多少困难和风险，都始终保持了多民族国家的团结和统一，都始终保持了发展稳定的大局。一个很重要的原因，是民族区域自治制度保证了民族平等和民族和谐，促进了56个民族同舟共济、同甘共苦、同心同德。

针对民族地区经济社会发展相对滞后的实际情况，新中国成立以来，国家根据各少数民族的特点和需要，实行一系列优惠政策，不断加大对少数民族地区的扶持力度，帮助少数民族地区加速发展。

从新中国成立之后进行民主改革引导各民族共同走上社会主义道路，到开放黑河、绥芬河、满洲里、二连浩特等13个边境城市推进民族地区的社会变革；从实施首要任务是发展民族地区经济的西部大开发战略，推动85%以上是少数民族聚居区的西部经济社会大发展，到完成举世瞩目的青藏铁路重点工程，筑就青藏各族人民盼望已久的希望之路，不同时期的扶持政策，为少数民族地区经济社会发展带来了生机和活力。

中央坚定不移地维护民族区域自治，民族自治地方也始终把国家利益放在首位。京包铁路见证了在国家遭遇经济困难的时候，内蒙古人民为国分忧，与内地患难相扶的动人往事。三年困难时期，在自身也缺粮的时候，内蒙古人民节衣缩食，硬是省下十多亿公斤粮食送上铁路线奉献国家。

"三千孤儿"的故事更是感人至深。1960年，内蒙古党委、政府的领导和各族人民得知上海等地有一批吃不饱的孤儿后，提出由内蒙古来抚养这些孩子。自治区11个盟（市）37个旗（县），共接收来自上海、浙江、江苏、安徽等地的孤儿3000多名。草原母亲张开温暖的双臂，含辛茹苦地把他们养大成人。这个超越地域、超越血缘的亲情故事，作为共和国民族关系史上的佳话，至今还广为传诵。

不仅仅是内蒙古，困难时期，新疆、广西、宁夏、西藏等自治区，也都自觉自愿地为祖国分忧。各民族同呼吸、共命运、心连心，升华了中华民族大家庭割不断的亲情。

（七）一个人要进步，必须善于总结；一个党、一个国家、一个民族要发展，也必须善于总结。

胡锦涛同志指出："民族区域自治，作为党解决我国民族问题的一条基本经验不容置疑，作为我国的一项基本政治制度不容动摇，作为我国社会主义的一大政治优势不容削弱。"

这是我们党深刻总结民族工作实践得出的经验，是发展社会主义民主、建设社会主义政治文明的重要内容，是党团结带领各族人民建设中国特色社会主义、实现中华民族伟大复兴的重要保证。

我国是一个多民族国家，少数民族人口众多、分布广泛的国情，决定了民族工作始终是关系党和人民事业发展全局的一项重大工作，决定了民族问题始终是我们建设中国特色社会主义必须处理好的一个重大问题。

从确立民族区域自治为重要的建国方略，到把民族区域自治写进党的基本纲领，并以基本法的形式加以规范，几代中国共产党人的伟大创造，充分保证了民族区域自治制度在发展中国特色社会主义民主政治、建设中国特色社会主义政治文明中的重要地位和作用。

60年风雨考验，60年探索实践。今天，民族区域自治制度已经成为中国特色社会主义不可缺少的组成部分，是社会主义政治文明在民族问题上的集中体现。因为这个制度，我们巩固了平等、团结、互助、和谐的社会主义民族关系，体现了中华民族多元一体的基本格局，保证了中华民族大家庭的根本利益。

（八）"中国的人口占到全世界的1/4，中国所发生的一切即使对中国以外的任何人没有影响，本身也具有深远的重要性。"一位国外哲人的话，发人深省。

当今世界是一个民族的世界，3000多个民族分布在200多个国家和地区。民族问题始终是一个世界性的重大问题，不仅关系到国家内部的安定，还经常成为国际局势的焦点。为了解决民族问题，世界各国采取了多种多样的政策，形成了各不相同的模式。

在世界民族政策的大观园中，中国的民族区域自治独树一帜，引人注目。上世纪80年代末、90年代初以来，在第三次世界民族主义浪潮的冲击下，有的国家走向四分五裂，有的爆发惨烈的民族仇杀，有的出现大规模的种族冲突。在这一片纷纷扰扰之中，我国经受住了严峻的考验，始终保持了国家统一、民族团结、社会稳定的大好局面。中国民族区域自治的成就，引起了国际社会越来越多的关注。一些国外学者认为，这是对多民族国家民族政策模式的发展创新，是独特的"中国经验"。民族区域自治根植于中国的土壤，但其精神和价值超越了国界。

纵观历史，横看世界，我们可以自信地说，当代中国的民族工作、民族理论研究得好，民族政策制定得好，民族关系处理得好。之所以有这三个好，归根结底，是因为我们党在民族工作中形成了三大优良传统：高度重视，实事求是，博大胸怀。这是我们党民族工作的活的灵魂，也是保证民族区域自治切实发挥优势的关键所在。

（九）实践无止境，发展无止境。坚持和完善民族区域自治是一个长期的过程，是一个不断总结探索、与时俱进的过程。

新世纪新阶段，我国发展已经站在了新的历史起点上。我们面临的机遇前所未有，面对的挑战也前所未有。

中国特色社会主义，是当代中国发展进步的旗帜，是全国各族人民共同团结奋斗、共同繁荣发展的旗帜。夺取全面建设小康社会的新胜利，开拓中国特色社会主义更为广阔的发展前景，必须毫不动摇地坚持和完善民族区域自治。我国的民族区域自治，也只有放在建设中国特色社会主义的大格局中，放在中华民族伟大复兴的大背景下，才能坚持得下去、完善得起来。这是历史赋予我们的庄严使命。

胡锦涛同志指出，"民族地区存在的困难和问题，归根到底要靠发展来解决"，强调"我们必须从全局和战略的高度，充分认识加快民族地区发展的极端重要性",并提出了"共同团结奋斗,共同繁荣发展"的新世纪新阶段民族工作主题。

这为民族区域自治制度的坚持和完善提出了新目标。大力加快少数民族和民族地区经济社会发展,最重要的是要深入贯彻落实科学发展观,坚持以人为本,促进民族自治地方又好又快发展,着力解决各族群众最关心、最直接、最现实的利益问题,保证各族人民共享改革发展成果,进一步巩固和发展平等、团结、互助、和谐的社会主义民族关系,加强法制建设和少数民族干部队伍建设,为民族地区改革、发展、稳定提供保障。

(十) 60年甲子轮回。民族区域自治制度站在了新的起点上。

经历了制度与体制的创新,承载着团结与发展的成就,正在庆祝自己60年诞辰的内蒙古自治区,向世界呈现着自己的历史与现实。

这是一段耐人寻味的见证,更是一种令人感奋的象征。它将光荣与自豪赠予我们曾经走过的历史,也将寓意深刻的启示带给中华大地——

坚定不移地坚持和完善民族区域自治制度,把各族人民的意志凝聚起来、聪明才智发挥出来,我们就一定能够形成推动现代化建设和中国特色社会主义的磅礴伟力,实现中华民族的伟大复兴。

五十六个民族,团结的力量势不可挡!

(2007年8月7日)

凝聚在伟大旗帜下

——论用中国特色社会主义理论体系武装全党、教育人民

（一）30年，不过是人类历史的一瞬间。然而，在这过去的30年中，中华民族的时代进取却彪炳千秋。

30年前，邓小平同志说，我们要赶上时代。改革开放，一场新的伟大革命在中国大地展开。

30年后，中国人民的面貌、社会主义中国的面貌、中国共产党的面貌发生了历史性变化。一个面向现代化、面向世界、面向未来的社会主义中国巍然屹立在世界东方，中华民族大踏步赶上时代潮流，我们党昂首阔步走在时代前列。

30年来，我们取得一切成绩和进步的根本原因，归结起来就是：开辟了中国特色社会主义道路，形成了中国特色社会主义理论体系。

从新的历史起点出发，中国共产党团结带领全国各族人民高举中国特色社会主义伟大旗帜，开拓中国特色社会主义道路更为广阔的发展前景，最根本的思想保证和最深厚的精神动力，就在于用中国特色社会主义理论体系武装全党、教育人民。

（二）一部改革开放的历史，就是党在新时期理论和实践创新的历史，就是用马克思主义中国化最新成果推动中国社会改革发展的历史，就是中国特色社会主义理论体系创立形成发展的历史。

党的十一届三中全会实现了我国历史发展的伟大转折，吹响了改革开放的时代号角。

党的十二大明确提出把马克思主义普遍真理同我国具体实际结合起来，走自己的路，建设有中国特色的社会主义。

党的十三大对社会主义初级阶段理论进行了系统阐述，明确提出建设有中国特色社会主义理论，确立了"一个中心、两个基本点"的基本路线。

党的十四大从九个方面概括了建设有中国特色社会主义理论的主要内容，提出建立社会主义市场经济体制的改革目标。

党的十五大明确提出邓小平理论这一科学概念，确立邓小平理论为党的指导思想并写入党章。

党的十六大科学阐述了"三个代表"重要思想，并将这一重大理论成果作为党的指导思想写入党章。

党的十七大高举中国特色社会主义伟大旗帜，把改革开放以来党的理论创新成果统一概括为中国特色社会主义理论体系，明确提出在当代中国坚持中国特色社会主义理论体系，就是真正坚持马克思主义。

30年的实践充分表明，党的事业每一步发展都呼唤着理论创新，党的理论每一次创新都推动着党的事业进入一个新的天地。走在时代前列的中国共产党，一刻也没有停止理论的创新，一刻也没有放松理论的武装。

（三）中国特色社会主义理论体系，就是包括邓小平理论、"三个代表"重要思想以及科学发展观等重大战略思想在内的科学理论体系。

这个理论体系，始终围绕什么是社会主义、怎样建设社会主义，建设什么样的党、怎样建设党，实现什么样的发展、怎样发展等重大理论和实际问题展开，贯穿着我们党解放思想、实事求是、与时俱进的思想路线。

这个理论体系，深刻把握我国基本国情及其经济社会发展的阶段性特征，反映了我国社会进步的新要求和人民群众的新期待，有着鲜明的实践特色；扎根中国土壤，把马克思主义真理的力量深深熔铸在民族的生命力、创造力、凝聚力之中，有着鲜明的民族特色；紧跟时代潮流，把握时代脉搏，反映时代要求，有着鲜明的时代特色。

这个理论体系，反映了我们党对共产党执政规律、社会主义建设规律、人类社会发展规律的重大认识，反映了党对新的历史条件下推进改革开放和社会主义现代化建设、发展中国特色社会主义的重大认识。

这个理论体系，坚持和发展了马克思列宁主义、毛泽东思想，凝结了几代中国共产党人带领人民不懈探索实践的智慧和心血，是马克思主义中国化的最新成果，是党最可宝贵的政治和精神财富，是全国各族人民团结奋斗的共同思想基础。

（四）回望近代中国的历程，我们更能深切感受到中国特色社会主义理论体系的来之不易，更能深切感受到中国特色社会主义理论体系对于引领国家富强、民族振兴、人民幸福的弥足珍贵。

近代中国，山河破碎，民生凋敝。面对民族独立、人民解放和国家繁荣富强、人民共同富裕两大历史任务，无数中华儿女前赴后继，上下求索。各种主义和主张都出场了，也都破灭了；各种道路和方式都探索了，也都碰壁了；各种组织和政党都登台了，也都退出了。多少次旗竖旗倒，多少次人聚人散，多少英雄饮恨苍天，多少豪杰壮志难酬。只有马克思主义，如壮丽日出，照亮了中华民族独立的道路，指明了民族振兴的前程。

然而，中国的事情终究要靠中国人自己才能办好。中国不同于其他任何国家，具有几千年的历史文化传统，特殊的经济、政治、文化、社会条件。无论是当年在半殖民地半封建的旧中国进行革命，还是新中国成立后在经济文化落后的基础上建设社会主义，还是党的十一届三中全会后实行改革开放的新政策，都是马克思主义发展史上从未遇到过的新课题，都不可能从马克思主义经典作家论述中找到现成的答案。只有根据马克思主义基本原理，不断推进马克思主义中国化，才能解决中国的问题，改变中国的命运。

从我国实际出发，走自己的路，我们党在把马克思主义基本原理同中国实际相结合的过程中，实现了两次历史性飞跃。第一次飞跃找到了中国特色的革命道路，创立了毛泽东思想；第二次飞跃找到了建设和发展中国特色社会主义的道路，形成了中国特色社会主义理论体系。两次伟大革命孕育了两次历史性飞跃，形成了两个重大理论成果。

中国特色社会主义理论体系和毛泽东思想既一脉相承，又与时俱进。中国特色社会主义，延续了并从根本上发展了近代以来无数仁人志士的期盼和追求，凝结着千千万万革命先烈的奋斗和牺牲，承载着一代又一代中国共产党人的理想和探索。这是指引中国人民在中国特色社会主义道路上实现民族复兴的伟大理论，来之不易，我们要倍加珍惜。

（五）中国特色社会主义理论体系，是在新的时代条件下把马克思主义基本原理与当代中国具体实践相结合的结晶。它让社会主义和马克思主义在中华大地上焕发出新的生机，让中华民族大踏步赶上世界潮流，让一个古老的国家向世界展现出崭新的面貌，迎来伟大复兴的光明前景。

在中国特色社会主义理论体系领引下，我们不断推进改革开放的历史进程。从农村到城市，从经济领域到其他各个领域，从沿海到沿江沿边，从东部到中西部……这场历史上从未有过的大改革大开放，极大地调动了亿万人民的积极性，使我国成功实现了从高度集中的计划经济体制到充满活力的社会主义市场经济体制、从封闭半封闭到全方位开放的伟大历史转变。

在中国特色社会主义理论体系领引下，我们打开了社会主义现代化建设的新局面，推动我国以世界上少有的速度持续快速地发展。国民经济从一度濒于崩溃的边缘发展到总量跃至世界第四、进出口总额位居世界第三，人民生活从温饱不足发展到总体小康，农村贫困人口从两亿五千多万减少到两千多万，政治建设、文化建设、社会建设也取得举世瞩目的成就。

在中国特色社会主义理论体系领引下，我们党解放思想、实事求是、与时俱进，不断开拓了马克思主义中国化新境界，实现了中国共产党指导思想和执政理念的创新、中国社会主义现代化发展道路的创新、中华民族道德观念和价值观念的创新、中国与世界交往方式的创新、人类与自然相处方式的创新。

（六）当代中国依然处在广泛而深刻的变革之中，我国的发展出现了一些过去没有的阶段性特征，进入了发展的关键期、改革的攻坚期、矛盾的凸显期。在融入世界潮流之后，中国在世界的大变革大调整中面临更为激烈的竞争和更为严峻的挑战。党的自身建设任务也比过去任何时候更加艰巨繁重。

立足社会主义初级阶段这个最大的实际，把握我国发展面临的新课题新矛盾，坚持科学发展、推动社会和谐，使我国从工业大国转变为工业强国，从发展中大国成长为现代化强国，从文化资源大国迈步为文化发展强国，机遇前所未有，挑战也前所未有。这样的历史方位，这样的历史使命，更加彰显了用中国特色社会主义理论体系武装全党、教育人民的重要性、必要性和紧迫性。

（七）用中国特色社会主义理论体系武装全党、教育人民，是高举中国特色社会主义旗帜，坚持中国特色社会主义道路的内在要求。

中国特色社会主义是党在新时期的理论主题和实践主题。实践的自觉来自理论的清醒。只有用中国特色社会主义理论体系武装全党、教育人民，才能引导人们加深对"一面旗帜、一条道路、一个理论体系"的理解，深刻认识在当代中国，只有中国特色社会主义而不是别的什么旗帜能够最大限度地团结和凝聚不同社会阶层、不同利益群体的智慧和力量，只有中国特色社会主义道路而不是什么别的道路能够指引中华民族实现伟大复兴，只有中国特色社会主义理论体系而不是什么别的主义能够引领中国发展进步，不断增强对中国特色社会主义的政治认同、理论认同、感情认同，自觉做到高举中国特色社会主义伟大旗帜不动摇，坚持中国特色社会主义道路不动摇，坚持中国特色社会主义理论体系不动摇。

（八）用中国特色社会主义理论体系武装全党、教育人民，是夺取全面建设小康社会新胜利的强大动力。

党的十七大对实现全面建设小康社会奋斗目标提出了新的更高要求，反映了国内外形势的新变化和各族人民过上更好生活的新期待。在全面建设小康社会的关键时期，只有用中国特色社会主义理论体系武装全党、教育人民，才能使全党同志和全体人民坚定共同理想，凝聚社会共识，激发创造活力，按照中国特色社会主义总体布局，全面推进社会主义市场经济、社会主义民主政治、社会主义先进文化、社会主义和谐社会建设。

（九）用中国特色社会主义理论体系武装全党、教育人民，要求我们深入贯彻科学发展观。

科学发展观是中国特色社会主义理论体系的重要组成部分，是同马克思列宁主义、毛泽东思想、邓小平理论和"三个代表"重要思想既一脉相承又与时俱进的科学理论，是我国经济社会发展的重要指导方针，是发展中国特色社会主义必须坚持和贯彻的重大战略思想。科学发展观第一要义是发展，核心是以人为本，基本要求是全面协调可持续，根本方法是统筹兼顾。党的十七大关于中国特色社会主义事业的战略部署是从不同角度对这四句话的发挥和展开。只有深刻领会科学发展观的科学内涵、精神实质、根本要求，才能切实增强贯彻落实科学发展观的自觉性和坚定性，着力转变不适应不符合科学发展观的思想观念，解决影响和制约科学发展的突出问题，构建充满活力、富有效率、更加开放、有利于科学发展的机制体制，把全社会发展的积极性引导到科学发展上来，把科学发展观贯彻落实到经济社会发展的各个方面。

（十）用中国特色社会主义理论体系武装全党、教育人民，是以改革创新精神加强党的建设、提高党的执政能力和保持党的先进性的战略举措。

党的领导核心地位，是我们党在带领全国各族人民团结奋斗和引领中国发展进步的历史过程中确立的，是通过坚持不懈地保持和发展党的先进性赢得的。党领导的改革开放既给党注入巨大活力，也使党面临许多前所未有的新课题新考验。只有用中国特色社会主义理论体系武装全党、教育人民，才能不断提高全党同志的马克思主义理论水平，不断提高全党用中国特色社会主义理论解决党的建设新课题、迎接新考验的能力，保证我们党不为任何风险所惧，不被任何干扰所惑，更好地引领中国特色社会主义伟大事业的航船沿着正确航向乘胜前进。

（十一）理论的生命力，很大程度上取决于它能否成为一个时代的思想旗帜，能否成为社会成员的价值取向，能否成为人民群众的行为方式。用中国特色社会主义理论体系武装全党、教育人民，是理论与实践相结合的过程，是知与行相统一的过程，是运用科学理论成果解决实际问题的过程。

这就需要我们密切联系当今世界的深刻变化和当代中国的深刻变革，密切联系改革开放和社会主义现代化建设的实践，密切联系各地区各部门的工作实际和干部群众的思想实际，以学习的收获推动工作的创造。

这就需要我们认真研究和解决改革开放和现代化建设中的重大问题，总结新经验，形成新认识，探索新办法，努力在继续解放思想上迈出新步伐，在坚持改革开放上实现新突破，在推动科学发展上取得新进展，在促进社会和谐上见到新成效。

这就需要我们把学习贯彻科学发展观作为理论武装的重要内容，摆在突出位置，更加坚定自觉地用科学发展观指导新的实践。党的十七大决定，在全党开展深入学习实践科学发展观活动。这是着力用中国特色社会主义理论体系武装全党、教育人民的重大举措，必将对党的思想理论建设产生深远影响，对开创中国特色社会主义新局面产生重大作用。

（十二）学习的目的在于应用，应用的关键在于转化。

用中国特色社会主义理论体系武装全党，首先是武装各级领导干部。领导干部理想信念坚定，全党同志理想信念坚定，全国人民就有了主心骨。各级领导干部要通过扎扎实实的学习，以自己实践中国特色社会主义理论体系的行动促进理论武装和教育的深入，真正把理论武装的成效切实转化为高举中国特色社会主义伟大旗帜的坚定意志，转化为对共产主义远大理想和中国特色社会主义共同理想的坚定信念，转化为运用科学理论分析和解决问题的实际能力，转化为推动科学发展、促进社会和谐的过硬本领，转化为与人民群众同呼吸、共命运、心连心的真挚情感，转化为增强党性修养、提高思想觉悟的自觉行动。

（十三）科学理论的活力，在创新中迸发；科学理论的威力，在实践中实现。与真理同行、与时代同步、与群众同心，是用中国特色社会主义理论体系武装全党、教育人民的根本要求。

科学理论不仅是讲坛上的讲章，更是广大人民的信仰和实践。人民群众不仅是科学理论的聆听者，更是科学理论的创造者。用中国特色社会主义理论体系武装全党、教育人民，应当贴近实际、贴近生活、贴近群众，用事实说话、用典型说话、用数字说话，用群众亲身经历的事情、群众喜闻乐见的形式、群众生动鲜活的语言，回答干部群众关心的问题，推进科学理论的大众化，让中国特色社会主义理论体系日益深入人心，化为亿万人民群众发展中国特色社会主义的生动实践。

（十四）中国特色社会主义是一个伟大的历史进程。

我们党正在带领全国各族人民进行改革开放和社会主义现代化建设。这是新中国成立以后我国社会主义建设伟大事业的继承和发展，是近代以来中国人民争取民族独立、实现国家富强伟大事业的继承和发展，是马克思主义中国化进程的继承和发展。

科学理论是领引时代前进的旗帜。坚持不懈地用中国特色社会主义理论体系武装全党、教育人民，当代中国马克思主义必将放射出更加灿烂的真理光芒，中国特色社会主义道路必将越走越宽广，中华民族复兴的百年梦想必将化为光辉的现实。

（2008年4月8日）

灾难中挺立伟大的中国
——写在中国人民抗击四川汶川大地震之际

(一)2008年5月12日14时28分。北纬31度,东经103.4度。山崩地陷,江河呜咽。

这一刻,即成国殇。

8.0级强烈地震,短短80秒,数百万生命被推到生死边缘。这是新中国成立以来破坏性最强、波及范围最大的一次地震。这场21世纪发生的毁坏性灾害震惊了世界,全球的目光投向中国……

"任何困难都难不倒英雄的中国人民!"

20天前,汶川震动中国;20天来,中国感动世界。

气壮山河的生命大救援,迸发出世所罕见的中国速度、中国力量、中国精神,将这段日日夜夜标注成共和国历史进程中的一个新起点。

"万众一心,众志成城,迎难而上,百折不挠"。在以人为本的时代旗帜下,正在迎来改革开放30周年的中国,渴望实现奥运百年梦想的中国,在这场突如其来的"大考"面前,以一种特殊的方式呈现自己。

汶川作证:我们这个民族,经得起颠簸!

(二) 20个昼夜,汶川作证,中国速度赢得赞誉。

人民生命高于一切!在第一时间,党中央、国务院果断决策,紧急号令。震后不到1小时,胡锦涛总书记的重要指示随电波传遍全国;震后不到两小时,温家宝总理飞赴灾区。中共中央政治局常委会连夜召开,全面部署抗震救灾工作。抗震救灾总指挥部迅速成立,指挥机构高效运转。主题只有一个:"第一位是救人!""一线希望,百倍努力!"

人民生命高于一切!在第一时间,解放军、武警、公安快速反应。震后13分钟,全军启动应急机制。在第一时间,受灾地区省委、省政府部署救灾,各级干部奔赴现场指挥。在第一时间,国家减灾委、中国地震局、民政部等启动应急预案，派遣救援队伍，调拨救灾物资。在第一时间，中国红十字会、中华慈善总会等发出紧急呼吁，号召全社会伸出援手。

时间就是生命。在这场生死竞速中，"第一时间"成为最有力的号令，最引人关注的新闻，最能够体现动员能力和应急能力的指标。20个日日夜夜，一个个急促的时间刻度，清晰地记录下一个政党一个政府对生命的尊重、对人民的责任。

（三）20个昼夜，汶川作证，中国力量令人惊叹。

灾情重，蜀道难，救援急。全军和武警部队11万精锐20余个专业兵种雷霆挺进，短短几天全部到位。逢山开路、遇水架桥，一支支工程部队短短几天打通生命线，电网、通信全面修复。近400支专业救援队，4.5万医务人员源源赶赴一线，覆盖到每一个受灾村庄。灾区各级党组织站起来，冲上去，共产党员这个名字再一次叫响。

空中、铁路、公路、水路立体运输，国家战略储备紧急筹措，各种救援力量迅速集结，数百万吨食品、药品、帐篷、机械驰援灾区。截至6月1日，中央财政拨款已达182.98亿元，社会捐助超过400亿元。

"一切为了灾区，全力支援灾区"。全国一盘棋，有力、有序、有效。这场举国参与的生命大营救，是对社会主义中国强大组织动员能力、强大物质保障条件的集中检阅。20个日日夜夜，世界看到：灾难有多大，中国有多强。

（四）20个昼夜，汶川作证，中国精神感天动地。

日继之夜，生继之死，生死关头呈现温暖深沉的人性光辉。父母张开双臂为孩子撑起生命的天空，老师用血肉之躯为学生扛起死亡的闸门……灾难来临的瞬间，多少人将生的希望让给别人；生与死的边缘，多少人将死的选择留给自己。当母亲给怀里的孩子留下临终短信"亲爱的宝贝，如果你能活着，一定要记住我爱你"，当年幼的孩子在废墟下吟唱"幸福和快乐是结局"，当痛失亲人的县长从废墟中爬起冲向救灾一线……我们读懂了什么叫人间大爱，什么叫尊严勇气，什么叫凝聚挺立。

强忍悲痛，守望相助，中华大地奔涌空前规模的爱心热流。成都数百"的哥"冒着余震赶往都江堰抢救伤员；南京拾荒老人把零钱换成百元钞票塞进募捐箱；许许多多城市，献血长龙将血站"挤爆"；一笔笔"特殊党费"，表达着7300万党员的忠诚；全国宣传文化系统《爱的奉献》募捐现场，短短4小时募集15亿元；各式衣着各方口音，近20万志愿者奔向灾区；大江南北长城内外，全国各族人民伸出援手……"我们都是汶川人！"成为震撼神州的强音，国际舆论纷纷赞叹中国民众"井喷式"热忱。

血脉相通，骨肉相连，全球华人结成空前亲密的生命整体。香港特区搜救队、台湾红十字会搜救队赶赴灾区，港澳台同胞、海外华侨华人遥寄哀思、慷慨解囊。重洋隔不断手足情，关山挡不住中华心。同呼吸，共命运，心连心，在世界各个角落，义赈义演、捐款捐物……"我们都是中华民族一分子"的共同心声，又一次道出这个民族历尽磨难而弥坚的生命宣言。

中华民族在大难面前的表现令世界动容。美国媒体载文指出：在这场举国上下的民族行动中，世界看到中国人民百折不挠，再铸民族之魂。俄新社则赞誉："一个能够出动十万救援人员的国家，一个企业和私人捐款达到数十亿的国家，一个因争相献血、自愿抢救伤员而造成交通堵塞的国家，永远不会被打垮。"

（五）20个昼夜，汶川作证，中国的透明度世界瞩目。

这次抗震救灾，从第一刻起，就在前所未有的公开透明中进行。

地震发生不到半小时，震情得到了公开报道。几小时内，国家和地方数次召开新闻发布会披露最新震情统计数据，地震伤亡人数在互联网上实时更新。相关地方政府迅速通过手机短信发出上百万条安民信息。国务院新闻办公室、受灾地区政府的发布会天天举行。及时准确公开透明的信息传播，安定了人心，稳定了局面，凝聚了力量。

在这场信息传播中，新闻工作者刷新着中国传媒对重大事件的报道模式。电视、广播、报纸、刊物、网络、手机，所有的传媒一起开动，全程进行"实况直播"。大幅照片，前沿报道，在线访谈，生死文字，全面真实地传达了最近的现场、最近的感动。新闻工作者成为又一支抗震救灾先遣队，开放、客观的报道，在传递真相的同时，展现着一个文明社会的公信与责任。

（六）大地震带来了大灾难，但这过去的日夜也让我们看到，突如其来的自然灾难，未必不是一个国家成长的特殊历练，未必不是一个民族生命力的强烈激发。困难是阻挡弱者的高山，也是冶炼勇者的熔炉，更是砥砺强者的砺石。挫折让中国更加团结，磨难让中国走向进步。

回望20个昼夜，许多意味深长的"第一次"令人感怀。

5月19日至21日，全国哀悼日。五千年中国文明史，第一次，普通百姓可享国哀。新中国近60年，第一次，国旗为自然灾害中罹难同胞而降。

"国之兴也,视民如伤"。一个以人为本的政府,履行最庄严的承诺;一个把人的生命摆到最高位置的社会,刻下迈向现代文明的标记。当国旗缓缓垂下,人的尊严冉冉升起,一个国家的品格抬升到新的高度。

汶川大地震,作为受灾国的新中国第一次向国际救援队敞开大门。

爱,没有了疆界;生命,超越了种族。废墟之上一幕幕感人场景,展示了跨越国界的人性和亲情,是人类命运相连、同舟共济的见证,也是中国人民战胜自然灾害的精神支撑。

中国感谢世界。中国人民将铭记这危难时刻的温暖援助,铭记国际社会的深情话语"整个世界都是你们坚强的后盾",并把它化作自强不息的动力,为世界和平与发展贡献力量。

(七)"中国原来是这样!"20天来,人们都在感叹。

衡量一个现代国家文明程度的重要标志,就是看它在大灾大难面前的国家意志、社会价值和公民精神。那些灾难面前一个个"第一时间",一个个"中国纪录",不仅是政府危机处理能力的展示,更是进步的中国对人民生命的尊重,是发展的中国人文精神的提升,是开放的中国走向世界的见证,是一个历经磨难的民族文明力量的升华。

抗震救灾让中华民族空前凝聚,也让世界重新认识中国。普通网友留言:"汶川,挺住!中国,加油!"海外华人寄语:"我为有这样的祖国而骄傲!"外国媒体评价:这场地震让世界看到一个有爱心的中国,一个有竞争力的中国,一个真实可敬的中国。

(八)回首20个昼夜,抗震救灾这场伟大战役催生的一切,必将成为珍贵的国民记忆,写进共和国文明进步的历史。

——我们看到了一个以人为本的执政党。

生命权是最大的人权。抗震救灾20个昼夜,写下中国人权辉煌纪录。及时通畅的信息披露,举国动员的生死营救,生命至上的国家信念,以人为本的制度创新……始终支撑着大地震中的大爱大智大勇,阐释着中国共产党人生命至上、人民为先的政治伦理,彰显着一个执政党的成熟与坚定。

——我们看到了一个自信开放的大国形象。

公开透明、全程监督、阳光赈灾,充分保障了人民的知情权、表达权、参与权、监督权,推动了中国社会的文明进步。中国离不开世界。开放,体现社会主义中国对国际人道主义的认同,表达13亿人口的发展中大国融入国际大家庭的信心。

——我们看到了民族精神的丰富升华。

"天下兴亡，匹夫有责"，中国传统文化迸发出凝聚力；"团结、奉献、互助、友爱"，现代志愿精神拓展着新内涵；"众志成城、和衷共济"，因千万个平民英雄的真情故事而鲜活；"坚守岗位、干好本职"，为爱国主义增添着理性的厚度。以爱国主义为核心的民族精神注入了崭新的时代元素。

——我们看到了公民意识的蓬勃生长。

公民意识的培育是民主政治的必由之路。抗震救灾筑就公民精神的里程碑：民间爱心涌动，志愿大军汇集，社会资源与政府资源良性互动。灾难中无数普通人用朴素的行动，诠释着主体意识和责任担当。美国一家周刊这样评价，"这里的人民不仅懂得如何哀悼，而且懂得如何给予，中国的'公民精神'并未缺失"。

——我们看到了社会主义核心价值的集中展现。

集中力量办大事、一方有难八方支援、军民鱼水情、民族一家亲……抗震救灾让我们重新品读这样一些字眼，再次看到社会主义国家和人民的价值取向，深切体会到社会主义制度的优越性。在利益诉求日趋多元的今天，社会主义价值理念找到了生长壮大的空间。

（九）抚定思绪，回望汶川。

面对数万同胞的骤然逝去，汶川依然是亿万国人血脉同搏、泪水涌动之所在。但20多个昼夜的坚守拼搏，13亿人民的同风共雨，更蕴藉着中华民族向死而生的期待，书写着共和国浴火重生的希望。

美国媒体感慨，"在八级地震的废墟上站起来的中国，是那么令人惊讶的现代、灵活、开放"。

毫无疑问，灾难之中，国家政治文明的演进，民族内在精神的重塑，公民责任意识的增强，必将让"以人为本"的理念深植于国家的肌体。它会升华为一种文化力量，也会激发出一种制度动力，成为推动中国社会进步的底气所在，成为中华民族迈向未来的"软实力"所在。

（十）汶川大地震，还让人们从更广阔的视野认识中国。

这是一次发生在信息时代的大灾难，也是一场展开于改革开放30年后的大救援。它让全体中国人又一次深刻领悟到"发展是硬道理""不改革死路一条"。

汶川大地震，唤起人们对当年唐山大地震的痛苦记忆。两次灾难相隔32年，其间，正好经历了30年的改革开放。表面看来，这一次，是突如其来的危机，改变了中国社会的信息传播方式、应急管理方式、灾难救助方式。仔细思之，这一切改变，莫不有着鲜明的时代背景，莫不系着深刻的社会变革。可以说，这次抗震救灾中呈现的新理念、新实践、新突破，正是对于30年改革开放的一次特殊检阅。

没有30年一心一意谋发展成就的综合国力，就没有这次抗震救灾中强大的技术保障和丰厚的物质支持；没有30年全面推进的体制改革和制度创新，就没有今天协调联动的应急救援体系和现代高效的国家管理能力。

而信息的公开透明、公民精神的成长壮大，更是深深刻下30年民主法治建设、政治文明进步的烙印。

一位网友留言："这一次，我们悲恸而不苦痛，哀伤而不绝望，关切而不惊慌，焦急而不失信心。因为，国家的进步已经成为佑民的天。"

灾难面前，我们比任何时候都更清楚地看到，30年的改革开放，不仅增强了中国抗击灾难的物质基础，更深刻改变了社会主义中国的整体形象和中国人民的精神面貌，显示了中国特色社会主义的伟大力量。

西班牙报纸写道："在任何一场灾难中，都未曾见过中国这样的举国动员能力、勇往直前的决心和强大的团结互助精神。毋庸置疑，这个民族表现的精神与力量将使它在前进的道路上坚不可摧。"

（十一）再过67天，我们将迎来第二十九届北京奥运会。

奥运盛会，百年梦想。然而，悲欣交集的2008考验着我们。挫折面前，中华民族表现出的坚强自信，让世界感叹：中国人以高分通过了意外的"考试"。历经百年的现代奥林匹克精神，也因此得以升华——

当火炬手高擎圣火举起手臂为灾区人民加油，当火炬传递沿途无数群众在募捐箱前表达爱心，"更快、更高、更强"的奥林匹克精神，与超越苦难、自强不息的中国品格找到了结合点。

当胡锦涛主席紧握俄罗斯救援队员的手，当温家宝总理拥抱美国志愿者，当中国灾区居民为日本救援队送去方便面，当联合国秘书长潘基文站在汶川废墟上感叹：中国人民是充满力量、勇敢无畏、坚韧不拔、富有自助和合作精神的伟大人民，"和平、友谊、进步"的奥林匹克精神，以一种凝重的方式闪现光辉。

新加坡报纸评论："四川大地震给中国人带来巨大悲痛，但抗震救灾的快捷、有序、开放和深沉的人道精神，却给世界留下深刻印象。北京奥运会所期待的展示现代中国形象的目标，已经在抗震救灾中得到一定程度的实现。"

冰雪阻断归途，我们没有放弃；圣火遭遇阻挠，我们团结反击；今天当地震撕裂大地，我们以同样的声音告诉世界：坎坷和磨难，只会激发我们更加出色地办好奥运会，只会推动我们更加积极地融入地球村，一同兑现诺言，一同承担责任，一同分享荣光。

（十二）余震还在继续，大地仍在痉挛。

这是一场艰苦卓绝的持久战。

抗震救灾已经取得重大阶段性胜利。但随着工作重心的逐步转移，形势依然严峻，任务十分艰巨。受灾群众的安置牵动人心，堰塞湖的安全令人担忧，疾控防疫尤为紧迫，恢复重建异常繁重……打胜抗震救灾这场硬仗，需要真情更需要实劲。

中国没有停步。中央国家机关行政经费支出减少5%，用于抗震救灾。各个部门继续同心协力，给予灾区急需。全国人民一如既往，奉献爱心与力量。支援灾区，每个人每个岗位都是主角；重建家园，灾区人民艰苦奋斗自立自强。

万众一心，共克时艰，一手抓抗震救灾工作，一手抓经济社会发展，中国人民一定能够赢得抗震救灾的全面胜利。

（十三）汶川5月，满目伤情。但垄间的小麦已在收割，6月的新绿就在眼前。

5月19日，全国哀悼日第一天，地震重灾区北川中学师生齐唱国歌重新开学。

6月1日，国际儿童节，灾区的孩子说最想要的礼物是"快乐"。

这是顽强生命的礼赞，也是不屈中国的象征。

恩格斯说过，"没有哪一次巨大的历史灾难，不是以历史的进步为补偿的"。也许我们无法回避灾难，但我们可以选择如何面对灾难，是生者的勇气将人类无数次劫难，砌入文明演进的长河。

从治河而兴的黄河文明，到浴血重生的近代中国；从32年前的唐山大地震，到1998年抗洪抢险；从2003年抗击非典，到今年年初迎战冰雪，正是一次次灾难忧患的严峻考验，砥砺着中华民族的伟大精神，推动着中国社会在挫折中奋进，在逆境中前行。

"一方有难，八方支援；自力更生，艰苦奋斗"。大巴山深处，在灾区考察工作的胡锦涛总书记在简易防震棚小黑板上给孩子们写下16个大字。

从灾难中汲取信心，从灾难中汲取力量，对于历经磨难的中华民族，汶川大地震是一个悲壮的过去，更是一个伟大的开始。

希望与中国同在！

（2008年6月2日）

凝聚起民族复兴的力量

——论伟大的抗震救灾精神

（一）若干年后，当人们回望 2008 年初夏的中国，会看到什么？

他们会看到，大地的裂痕尚未弥合，汶川、北川、青川……伤痛依然沉重，残垣断壁前，撕裂的伤口让五千年中华为之神伤。

然而，生活已经重新开始。

他们看到，废墟上的危房正在拆除，一排排活动板房拔地而起，琅琅书声重又回荡；

他们看到，震后的巴蜀大地，黄澄澄的麦子已经归仓，绿油油的禾苗正在生长；

他们看到，痛失家园的人们艰难地从悲痛中走出，13 亿中国人擦干泪水，期待那个百年梦圆的时刻……

大灾大恸，大爱大义，大智大勇；"汶川不哭！""四川挺住！""中国加油！"

一场猝不及防的灾难，是一次国家力量的检验，更是一次民族精神的重振！

（二）这是一种什么样的精神？

6 月 30 日，汶川大地震 49 天之后，胡锦涛总书记指出——"在同特大地震灾害的艰苦搏斗中，我们的民族和人民展示出了十分崇高的精神。这就是万众一心、众志成城，不畏艰险、百折不挠，以人为本、尊重科学的伟大抗震救灾精神。"

这是对抗震救灾实践的精辟总结，也是对抗震救灾精神的深刻揭示。

历史将见证：13 亿中国人挺起的铮铮脊梁，铸成一座民族复兴的精神丰碑。

（三）2008 年 5 月 12 日 14 时 28 分，北纬 31 度，东经 103.4 度。

一瞬间，大地痉挛，山崩地裂，中国进入"汶川时间"。

面对新中国成立以来破坏性最强、波及范围最广、救灾难度最大的地震灾害，整个国家迅速进入紧急状态。

这是13亿中国人必将共同铭记的一段日子。突如其来的巨大灾难，将中华民族紧紧凝聚在一起。规模空前的生死大营救，历经艰险的千里大驰援，处处涌动的爱心大奉献，共克时艰的社会主义大协作，汇聚成全民族风雨同舟、生死与共的强大合力。

8级地震的生死考验，几十天救援的举国动员，展现了一个国家历经劫难而不屈的坚强意志，拓展了我们民族自强不息的精神疆界——

"万众一心、众志成城"，人们看到了中国人民团结奋进的强大力量。在特大灾难面前，全党全国各族人民坚持一方有难、八方支援，举国上下患难与共，前方后方同心协力，海内海外和衷共济，各地区各部门各方面以灾情为最高命令、以救灾为神圣使命，紧急行动，守望相助，倾力支持，无私奉献，凝聚起抗震救灾的强大合力，显示了中国人民和中华民族的伟大力量。

"不畏艰险、百折不挠"，人们看到了中国人民泰山压顶不弯腰的英勇气概。面对极其惨烈的灾难，面对极其严重的困难，广大军民临危不惧、奋不顾身、舍生忘死，哪里灾情危急就向哪里冲去，哪里有生死考验就向哪里挺进，哪里有受灾群众就向哪里集结，展现了中国人民压倒一切困难而不为任何困难所压倒的超人勇气，体现了中国人民战胜一切艰难险阻的大无畏精神。"以人为本、尊重科学"，人们看到了对人民的高度关爱、对科学的高度尊重。广大军民把人的生命放在高于一切的位置，坚持只要有一点生还可能就要作出百倍努力，最大限度地抢救了人民生命；坚持依靠科学、运用科学，把科技的力量与顽强的斗争紧密结合起来，既充分发挥人的能动精神，又充分发挥科技的重要作用，攻克道道难题，化解种种风险，使科技成为战胜地震灾害的强有力支撑。

惨烈的天灾，在给中华民族带来巨大悲伤的同时，再次让伟大的民族精神集中迸发、凝聚升华。它震醒了中国人思想深处的高尚情怀和共同信念——过去很长一段时间里，人们一度以为它被"现代化的激烈竞争、市场化的锱铢必较"遮盖掩埋。

那一瞬间，世界触摸到了五千年中华文明的核心，发现了这个国家一次次濒临绝境而不倒的秘密，感受到了一个民族走向复兴最可依托的力量。

它让人们想起鲁迅说过的话："惟有民魂是值得宝贵的，惟有他发扬起来，中国才有真进步。"

（四）民族精神是一个民族赖以生存和发展的精神支撑。在五千多年历史长河中，中华民族形成了以爱国主义为核心的团结统一、爱好和平、勤劳勇敢、自强不息的民族精神。

一个民族的精神力量，可以在长期的历史过程中不断显露，但在紧急关头、重大事件中，更容易瞬间爆发。一个民族的精神世界，可以在平时的生产、生活中逐步成长，但更能在生与死、血与火的熔炉中显现本色。一个民族的精神取向，可以从英雄人物、典型代表那里找到答案，但更应在广大人民的普遍行为和社会实践中得到张扬。

大地震震出了亿万国人的爱国情怀和民族认同。山摇地动，废墟上挺起不屈的脊梁；生死较量，危难中铸就坚强的意志。"5·12"以来的日日夜夜，无数普通人用自己的行动诠释了天塌地陷时的人间大爱，定格了山河破碎后的美丽瞬间。抗震救灾伟大实践就像一部特殊的"精神探测仪"，测出我们民族蕴藏的大真大善大美。

外国媒体评价：世界在关切中国，中国在感动世界。感动世界的不是地震本身，而是中国人在灾难面前显现的民族精神，是赈灾过程中写下的一个个大写的"人"字。正是这个"人"字，体现出中华民族的价值取向。

抗震救灾精神，是爱国主义、集体主义、社会主义精神的集中体现和新的发展，是我们党和军队光荣传统和优良作风的集中体现和新的发展，是中华民族民族精神在当代中国的集中体现和新的发展。

（五）多少年后，回望2008年初夏，人们会更加深切地体会到，抗震救灾的伟大精神，是以爱国主义为核心的民族精神的升华。

爱国主义深植于优秀文化传统之中，成为中华民族生生不息的力量源泉。古往今来，千锤百炼，爱国情怀在中华民族最广大成员中找到生根发芽的沃土。

抗震救灾的伟大实践让民族精神又一次提升。生死瞬间，老师们以血肉之躯护卫学生；余震再袭，被迫撤离的消防战士跪地哭喊"求求你们让我再去救一个！"一夜之间，成千上万的志愿者奔向灾区；低垂的国旗下，悲痛中的人民爆发出"汶川加油，中国加油"的呐喊……

不同地域、不同职业、不同信仰的人们以各自的方式表达同一个声音。灾难面前，中华民族用力量传递力量，用温暖印证温暖，古老中国结成坚强紧密的生命共同体。这种精神与社会主义"集中力量办大事"的优势相结合，迸发出更加强劲的力量，增添着爱国主义的厚度。

这种深切认同，再一次证明爱国主义是中华民族共同的思想基础，是凝聚民族精神、推动民族复兴的伟大旗帜。

（六）多少年后，回望2008年初夏，人们会更加深切地体会到，抗震救灾的伟大精神，是以改革创新为核心的时代精神的彰显。

改革创新是新时期最鲜明的特点。抗震救灾的伟大实践，处处可见时代造就的开放意识、世界眼光、法制观念……其中最为突出的，当数以人为本、尊重科学。

"人民生命高于一切""第一位是救人""一线希望，百倍努力"……从气壮山河的生死营救，到举国动员的灾后重建，始终贯穿着以人为本的主线，始终体现着中国共产党和中国政府对生命的尊重和关怀，抢救人的生命、维护人民利益成为执政党的最大政治。

截至7月3日，中央财政拨款497.48亿元，过渡安置房建成逾40万套，灾区群众的权益得到有力保障，抗震救灾体现的人文关怀，正是立党为公、执政为民的生动写照。

汶川大地震，让人领受了自然的威力，也看到了科技的发展、文明的进步。当通信中断，"风云""资源""北斗""遥感"等15颗卫星，成了抗震救灾的"千里眼"；当道路阻隔，中国自行研制的运输机、直升机、通用飞机等，成了抗震救灾的"千里马"……

尊重科学，运用科学。在科学精神的烛照下，才有了"与时间死神赛跑"的勇气，才有了"将损失降到最低"的底气，才有了被困群众的转危为安、堰塞湖的化险为夷、灾后重建的科学谋划。严峻考验中，尊重科学成为民族进步的标识。中国共产党带领中国人民以富有时代特点的创造，为民族精神注入新的内涵。

（七）大地震使山川移位、河流改道，却无法撼动中华民族的英雄气概。这其中，有年轻一代催人泪下也催人奋进的乐章。

"不管让他们做什么，回答始终都是一个字：'好！'"一位灾区的团委书记如此评价。"我们是能担当的一代，是值得信赖的一代。"一位从灾区归来的青年志愿者这样表示。

以"80后"为主体的中国年轻一代在这次抗震救灾中给了社会一个惊喜。5000米高空跳伞的，是他们；徒步急行军挺进的，是他们；呈现无私奉献志愿精神的，是他们。让人感佩的，还有大难当头无私无畏的少年英雄。

这是在改革开放新时期生长起来的一代人，人们曾经认为他们一帆风顺，扛不住风浪。然而在抗震救灾中，他们英勇地站到共和国的前线，用实际行动证明了自己。

少年强则国强。当中国站在民族复兴的又一个关口，百年前梁启超先生的激情呼喊，不期然间听到一代人热烈而整齐的应答。在抗震救灾的洗礼中，中国年轻的一代，血管里奔涌着爱国情怀和责任担当，成为我们伟大民族精神的青春载体。

（八）历史和现实告诉我们，民族精神是一个国家综合国力的重要组成部分。一个国家要发展，一个民族要自立于世界民族之林，不仅要有强大的物质基础，更要有强大的精神力量。

没有精神支撑的民族行之不远。历史上有的国家因灾难而倾覆，有的文明因灾难而消亡。中华民族在五千年长河中也曾经历太多的苦难，但文明血脉一直未绝，民族历史一直绵延，正是在与每一次灾难的碰撞中，我们的民族不断激发出新的精神资源。

百年来争取民族独立、自由、解放的血火锻造，30年改革开放时代大潮的荡涤洗礼，丰富着民族精神的时代内涵。迈入新世纪新阶段，从抗击非典到迎战冰雪，每一次考验，都是一次民族精神的体现。

"万众一心、众志成城，不畏艰险、百折不挠，以人为本、尊重科学"。伟大的抗震救灾精神，是我们民族精神与时代精神在社会主义中国的交融激荡，激励着中华民族以新的姿态大踏步走向未来。

（九）现代化的历史进程，总会与艰难曲折相伴随，这不是历史的宿命，而是历史对国家民族的大考。

正如外国媒体所说：中国以高分通过了汶川大地震这场意外的大考，在灾难中重塑了中华民族的精神。

五千多年来，伟大的民族精神是中华民族生生不息、发展壮大的强大精神支撑，是我国各民族世世代代自强不息、团结奋斗的牢固精神纽带，也是我们不断开辟新征程、开创新未来的不竭精神动力。

在新的历史阶段，夺取全面建设小康社会的新胜利，实现中华民族的伟大复兴，前进道路并不平坦。面对曲折与艰辛，抗震救灾精神是我们自强不息、应对挑战、迎接考验，发展中国特色社会主义的强大精神动力。

从灾难中汲取信心,从灾难中汲取力量,坚持一手抓抗震救灾工作,一手抓经济社会发展,把抗震救灾精神转化为自力更生、艰苦奋斗、重建家园的坚定意志;转化为办好奥运、建设祖国的实际行动;转化为推动科学发展、促进社会和谐的强大力量。这是我们对抗震救灾伟大精神最好的弘扬。

(十)2008年仲夏的中国,汶川地震的余波尚未平复,北京奥运的脚步清晰可闻。

88岁的萨马兰奇在发给中国媒体的电子邮件中这样写道:"中国人民在地震发生后,所展现的与灾难顽强斗争的伟大精神,本质上和奥林匹克精神是一脉相通的。你们的坚强意志和挑战极限的精神,是对奥林匹克内涵的最好诠释。"

一个多月之后,中国大地上第一场奥林匹克盛会将如期开幕;三个多月之后,中国宇航员将走出神舟七号飞船,开始第一次太空行走。

一个迈上复兴之路的国家,一个历经劫难的民族,在严峻考验中顽强前行。四川德阳汉旺广场上那座著名的时钟,永远定格在灾难来临的那一刻,但时间没有停留,我们的脚步没有停留。

2008年,不仅将中国人民战胜自然灾难的不屈奋斗写入史册,也将中华民族精神力量的空前提升,标注成珍贵的民族记忆,熔铸为民族复兴的里程碑。

(2008年7月4日)

北京拥抱世界

——写在北京奥运会倒计时一个月

（一）2008年8月8日，这是中华民族热切期盼、世界各国共同瞩目的光荣时刻。

就在中国人民全力以赴筹办北京奥运会之时，5月12日，一场特大地震突如其来，这一天距离奥运会开幕只有88天。

江河失色，同胞罹难，家园毁损。翘首盛会的人们和热情瞩望的各国朋友都不禁担忧：北京奥运会还能不能如期举行？中国还能不能实现办一届"有特色、高水平"奥运会的承诺？

（二）大灾如大考。中国人民众志成城，迅速投入气壮山河的抗震救灾斗争。

人们看到了万众一心、众志成城，不畏艰险、百折不挠，以人为本、尊重科学的伟大抗震救灾精神；看到了奥运火炬在中华大地传递着不屈的勇气和真挚的爱心；看到了北京奥运会的各项筹备工作在紧张有序地推进……

"中国出色通过了一次意外考试"，世界听到了中国的铿锵回答：地震震不垮13亿人民办好北京奥运会的坚强决心，震不垮中华民族实现百年梦想的殷殷期盼。

（三）百年奋斗，梦圆之际，站在历史长河的又一道门槛前，我们感慨万千。

一百年前，神州积弱，民生凋敝，国人初识奥林匹克，曾将这个单词翻译为"我能比呀"。有识之士壮怀激烈："东亚病夫"何时才能在世界民族之林拥有堂堂正正的一席？

一百年后，北京成为奥运会东道主。"同一个世界，同一个梦想"，中华民族在复兴之旅中向全人类发出了邀请。

俯仰百年，北京奥运会是一次漫长的征程，更是一次伟大的出发，追赶世界，融入世界，中华民族顽强续写着古老文明的荣光；北京奥运会是一个宏伟的目标，更是一个崭新的起点，无愧历史，无愧人类，当今中国承担起一份沉甸甸的责任。

北京，正在铺开自己的答卷。13亿人张开热情的臂膀——欢迎，全世界！

（四）奥林匹克是一扇窗口，中国与世界相互了解。

历经百年的《奥林匹克宪章》虽不断修改、充实，但相互理解、友谊、团结和公平竞赛的奥林匹克精神始终如一。

1984年，洛杉矶，中国运动员重返夏季奥运赛场，对奥林匹克还多感新奇。此后我们逐渐明白，发现不等于了解，认识不等于认同。从洛杉矶到雅典，中国参加了6届夏季奥运会，成为影响世界体坛格局的重要力量。中国健儿赢得了世界的尊重，他们顽强拼搏、为国争光，成为世界了解中国的一个窗口。

从两度申办到7年筹备，中国不断探求奥林匹克精神的真谛，在与不同文化的交流激荡中丰富自身的文明。中国对奥林匹克运动的理解从未有今天这样深刻，推动奥林匹克运动健康发展的意识从未有今天这样强烈，办一届有特色、高水平奥运会的愿望从未有今天这样迫切。

中华文明有着与生俱来的天下情怀，中国希望为世界和平作出自己的贡献，向全世界呈现中华文明的博大与宽厚，以中国的方式为奥林匹克精神注入新的元素。从"天行健，君子以自强不息；地势坤，君子以厚德载物"到"更快更高更强"，在对人类优秀文明的传承与解读中，中华文明与奥林匹克精神实现着对接、互补和升华。

（五）奥林匹克是一种途径，中国与世界相互认同。

作为人类文明的代表产物之一，现代奥运会通过自身不断发展、完善、修正，成为当今世界无与伦比的文化现象与文明载体。建立在鲜明人文精神基础上的奥林匹克价值观，得到了全世界广泛的认同；以友谊、卓越、尊重为核心的奥林匹克理念，构筑起人类梦想的舞台。

如今，中国迎来了自己的奥运主场，世界的目光从数百名中国运动员身上延伸到他们背后的13亿人民，人们的关注也从中国选手能拿多少奖牌，移向奥林匹克精神怎样在中华大地生根开花，中国的传统文化又将怎样接纳奥林匹克这个文明载体。

火炬传递正是这样一个沟通方式。承载了中国传统文化"渊源共生，和谐共融"理念的祥云火炬，将跃动不息的奥运圣火带至五大洲，在世界许多地方和中华大地传递，圣火照亮"和谐之旅"，播撒友谊与和平，点燃了世界人民对奥运会的期盼与激情。

经历风雨，见证坚强。跨越千山万水的祥云火炬，一路播撒奥林匹克梦想的同时，也在不断汲取新的力量。这力量，来自火炬手金晶那样的勇敢与镇静；这力量，来自无数海外中华儿女的追随与护持；这力量，来自不同肤色、不同种族人们的祝福与鼓励；这力量，来自"四川加油，中国加油"的激情呐喊。无论大洋彼岸，还是世界之巅，从西方到东方，从老人到孩子，手与手传递，心与心交融。奥林匹克续添的力量，源自人类共同的理想，又将人类的共同理想推向前进。

（六）奥林匹克是一个承诺，中国与世界共同完成。

体育运动为人的全面发展服务，促进维护人的尊严，推动社会和平发展，这是自奥林匹克运动诞生起，就始终坚持的核心理念。正如已故美国著名黑人运动员杰西·欧文斯所说："在体育运动中，人们学到的不仅仅是比赛，还有尊重他人、生活伦理、如何度过自己的一生以及如何对待自己的同类。"

在奥林匹克精神的感召下，全世界济济一堂，人们看到的不是对抗与冲突，而是和解与友谊；不是单一文化的孤鸣，而是百花齐放的交响；不是封闭自锁的藩篱，而是开放交融的平台。在这种氛围中，人们得以拓展各自眼界，以世界公民的博大胸怀，认识和理解本民族以外的事物，学习和尊重其他文化，使奥林匹克运动提倡的国际交流真正得以实现。

北京接过五环旗，意味着接过奥林匹克的使命。以坦诚之心微笑面对世界，这是基于对奥林匹克价值观的认同，更是对所有参与者共同实践奥林匹克理想的信心。"同一个世界，同一个梦想"，需要全人类携起手来。

诚然，当一个曾在近代史上饱尝屈辱伤痛的民族站起身来，走向世界，面对的不会尽是掌声与笑脸，也会有疑虑、误解和排斥。然而，这些都不会阻碍中国与世界沟通的真诚愿望。一个国家、一个民族只有坚定不移地走向世界，坚定不移地走自己的路，以博大的胸怀、平常的心态，在对话中增进了解，在沟通中扩大交流，才能赢得国际社会的尊重，更好地发展自己。

（七）大幕将启，回首奥运之旅，人们看到中国改革开放、走向世界的进程。

1978年年底，改革开放吹响了中国发展图强的号角。1979年，中国奥委会重返国际奥林匹克大家庭。奥运的脚步踏着改革开放的节奏一路前行。这，并非巧合。

改革开放30年,中国已不再是世界舞台上跟跄学步的迟到者。在全球化的语境中,中国的形象不仅体现在"中国制造",也不仅体现在体育健儿曾经取得的100多块奥运金牌。在融入经济全球化的浪潮之后,今天的中国人比以往任何时候都更关注国家的形象和社会的进步,具备更加开阔的视野和胸怀。30年改革开放的进程带来了综合国力的迅速增长和国民素质的全面提高,赢得了全球关注的目光和快速发展的外部环境,获得了世界的厚望和信任。

21世纪的国际事务中,中国将扮演何种角色,国际社会如何看待这个角色,这既是他人的发问,也是今日中国的自问。

成功举办北京奥运会,正是中国对世界作出的积极而响亮的回答。

(八)大幕将启,回首奥运之旅,人们看到中国加快发展、走向现代化的进程。

通过筹办北京奥运会,国家面貌日新月异,人民在战胜种种困难的过程中,经受了特殊的洗礼。"绿色奥运""科技奥运""人文奥运",北京奥运的三大理念带来的改变不仅是天蓝水清、惠风和畅,还有新的发展思路和动力。

中国是第三个举办奥运会的亚洲国家,抓住举办奥运会的契机,加快现代化进程的例子就在近邻。在这个过程中,需要的是平和、健康、理性地面对世界,面对自身的成就与问题。

"有特色、高水平"是北京奥运会的目标,也是中国在历史发展新阶段中对一次重要机遇的解读。有特色与高水平互相促进,在向世界奉献一届不同凡响的奥运会之时,更将举办一届奥运会所带来的影响深深融入国家发展的脉络之中。

在这个意义上,作为经济、社会和文化发展的重要机遇,北京奥运会不仅属于中国,更属于全世界;不仅属于今天,更属于未来。

(九)大幕将启,回首奥运之旅,人们看到中国追求更高文明素质、为世界和平贡献力量的进程。

北京奥运会是展示当代中国人民精神风貌的窗口。成功举办奥运会不仅取决于赛事的扎实筹备,更取决于主办城市是否具有一流的市民素质、一流的人文环境、一流的服务水平和良好的社会风尚。

人文奥运以其丰富的精神内涵,对城市现代化的各方面产生着积极的影响,包括以经济起飞、科技发展、体制完善为主要内容的社会层面的现代化,也包括以素质提高、观念塑造和生活方式转变为主要内容的人的全面发展和自身的现代化。

社会变革中的精神文明建设，在很大程度上有赖于社会的整体文化建构，有赖于人的自身现代化的发展。在世界多极化、经济全球化、信息网络化的条件下，传统与现代、中国与世界的不断交流碰撞，构成了独具特色的社会主义精神文明建设的文化基础。人文奥运作为一种发展理念，推动着社会的和谐，提升着人们的道德观念和文明素养。

奥林匹克提供了一个范本，那就是：以和平、友谊、发展为前提，在提高自身水准的同时，贡献于世界。

中国把握了这个机遇。

（十）奥林匹克运动有两句名言："更快更高更强""参与比取胜更重要"。两者相辅相成，没有"更快更高更强"的追求，"重在参与"只能流于形式；没有"重在参与"的热情，"更快更高更强"只是无基之塔。13亿东道主的"重在参与"，就是一次实践"更快更高更强"的过程。

作为体育比赛的结果，胜利属于"更快更高更强"者。然而，体育的功能和价值却主要体现于比赛的过程。

奥林匹克运动承认获奖者的辉煌，也赞颂参与者的努力。那些付出全力的参与者与获奖者一样，同样充分体现了自身的价值。百年奥林匹克的历程中，登上领奖台的选手不计其数，但长久留在人们脑海中的绝不只是奖牌的成色。一代又一代知名和不知名的选手以坚韧不拔的意志写下奥运史上一页又一页感人的篇章。这正是奥林匹克精神历久弥新的缘由。

让我们把热烈的掌声送给北京奥运会的所有参与者，让世界各国运动员都能感受到我们对奥林匹克精神的深刻理解。

（十一）公正原则使奥林匹克精神具有极大魅力。奥林匹克精神蕴含了公正、平等、正义的内容，奥林匹克章程体现了公正、平等、正义的规范。

公正原则不但是奥林匹克精神的基石，也是社会和经济活动的基石。当运动员将公平竞争的理念嵌入脑海，当观众将公平竞争的原则视为体育赛事的命脉，公正、平等、正义的奥林匹克精神，就在赛场上得到践行和弘扬。而当人们在社会生活中将公平竞争的理念植入自己心中，它的光彩，就会映照整个社会的良性运行和协调发展。

让我们秉持诚实，信守诺言，营造公平，维护正义，与全世界共享奥林匹克精神的荣光。

（十二）在参与中感受奥林匹克精神，在奉献中收获友谊和快乐。北京奥运会将有10万名赛会志愿者、40万名城市志愿者、百万名社会志愿者出现在赛场内外、街头巷尾，他们不会像跑道上的刘翔那样聚起耀眼的闪光灯，但他们的每一次微笑、每一次援手，都在展现一个古老民族的时代风貌。

奉献是志愿精神的核心。13亿东道主托起的一场全球盛典，震撼人心之处不仅在于恢宏气势，更源自点滴奉献汇成的欢乐海洋。在筹办奥运会的日子里，没有无数人默默无闻的奉献，不会有一座新北京。在"迎奥运、讲文明、树新风"的热潮中，捡起一片垃圾，摁灭一个烟头，搀扶老人孩童，这些看似微不足道的小事正成为你我身边的风景。

让我们"当好东道主，热情迎嘉宾"，在奉献与分享之间搭起桥梁。

（十三）当人们赞叹"鸟巢""水立方"带来的视觉震撼时，这些充满现代气息、凝聚中国智慧的奥运场馆赢得了世界性的声誉。在奥运场馆的建设过程中，奋斗与超越催生了一个个奇迹。

奋斗与超越也构成了奥林匹克运动的主轴。奋斗、超越，超越、奋斗，相互依存，循环往复，不断抬升目标刻度。在奋斗的过程中，没有同对手的挑战、同自我的挑战，就很难找到前进的动力；而失去不断奋斗的累进，也就永远不会迎来量变到质变的转变。奥运会是一个舞台，既能够激发胜利的信心，也能够鼓起赶超的勇气，在向同一个目标的奋斗中建立友谊。人生是一个更大的舞台，惟有在不断奋斗与超越中，才能实现社会的目标价值，实现人类的共同愿景。

让我们从奥林匹克精神中汲取力量，努力奋斗，超越自我，打开新的天地。

（十四）奥运脚步越来越近，百年梦想触手可及。让国际社会满意，让各国运动员满意，让人民群众满意，北京正在为成功举办一届"有特色、高水平"奥运会最后冲刺。

"致力于建设一个和平美好的世界"，这是奥林匹克的目标。

五环神圣，圣火熊熊，和平发展，共同进步。在21世纪的坐标系中，在历史与未来的交汇之处，中国坚持自己的选择，与世界同行！

（2008年7月8日）

奏响"和平、友谊、进步"的北京乐章

——写在北京奥运会倒计时 20 天

（一）奥运会是世界大家庭热爱的体育盛典，也是人类追求共同理想的精神聚会。

"和平、友谊、进步"是奥林匹克运动宗旨的集中体现，赋予了现代奥林匹克运动强大的生命力。

百年奥运，跌宕起伏。不断奋进的拼搏精神，激励着一代又一代运动健儿向新的高度冲刺；日益拓展的奥运共识，召唤着越来越多的民众踊跃参与。

和平，是奥林匹克运动的永恒追求；友谊，是奥林匹克运动的欢乐之源；进步，是奥林匹克运动的生机所在。奥林匹克运动的理想，穿透时空，跨越疆界，源源不断地向体育健儿、向关心体育事业的人们、向全体地球公民，发出殷切的心灵呼唤和强烈的精神感召。

走过百年，奥林匹克运动的目标从未改变；历经艰辛，奥林匹克运动的理想更加深入人心。

四年一度的奥运会，犹如巍然巨舟，载负着人类完成崇高的寻梦之旅；代代相传的奥运精神，犹如熊熊圣火，把"和平、友谊、进步"的火种撒向全球。

带着13亿中国人民的庄严承诺，北京接过了五环旗，把她送向更加辉煌的新里程。北京奥运会将为全世界展现"和平、友谊、进步"的壮丽画卷，将为全人类奏响"更快、更高、更强"的激情乐章。

（二）从奥林匹亚到万里长城，奥林匹克运动托起千年和平之梦。

和平是奥林匹克运动古老而美丽的祈盼，和平是奥林匹克运动向往的伟大理想。

两千多年前，古希腊人创办奥林匹亚竞技会，以体育为舞台，播下了和平的种子。

一百多年前，现代奥运会在创建之初就继承了追求和平的光荣传统。"奥林匹克之父"顾拜旦希望通过奥运会在全世界弘扬和平理念。"将全世界的年轻人召唤到运动场上竞争，而不是到战场上拼杀"的名言，成为奥运会恒久遵循的圭臬。

七年前，北京申办奥运会成功，提出了"同一个世界，同一个梦想"的响亮口号。国际奥委会主席罗格如此评价："奥运会用体育来促进和平、增进了解，具有独特的吸引力。北京奥组委提出的2008年奥运会主题口号抓住了这一奥林匹克精神的实质，国际奥委会对此感到欣喜。"

（三）在和平的旗帜下，奥林匹克与"休战"同行。

"停止战争"是古希腊人的呐喊，它体现了人类对和平的永恒渴求；"停止战争"也是时代的召唤，它激励着奥林匹克运动始终站在反战的前列。

回首奥林匹克运动走过的艰难历程，"血腥、暴力阻挡不住对和平理想的追求"。尽管现代奥运会曾三次因战争而未能举行，但奥林匹克运动从未放弃"停止战争"的呼吁；尽管奥运会未能制止战争和杀戮，但奥林匹克运动为众多国家、地区和民族之间矛盾的缓解作出了贡献。

向全球发出停战呼吁已成为奥运会的惯例。1993年，第48届联合国大会通过决议，呼吁各成员国在每届奥运会开幕和闭幕前后各一周以及奥运会期间，放下武器，停止战争，让每四年一次的奥运会成为世界和平的节日。"奥林匹克休战"从此正式进入联合国程序。

去年10月，第62届联大一致通过了由中国提出、186个会员国联署的《奥林匹克休战决议》，号召联合国成员国单独或集体地采取积极行动，在奥运会举行期间实现休战，并根据联合国宪章精神，和平地解决所有国际争端。这是北京奥运会对奥林匹克运动"和平"宗旨的积极践行。

休战虽然是暂时的，奥运会也不可能在瞬间改变世界，但就是这难得的、短暂的全球安宁，会促使人们更加珍惜幸福时光，激发出愈加强烈的和平愿望。

（四）从奥林匹亚到万里长城，奥林匹克运动用友谊的纽带把世界相连，为不同的文化创造交流舞台。

每一届奥运会都是人类的一次盛大节日，每一届奥运会都是全球的一次友谊聚会。

为友谊而来，为友谊相聚，奥运的欢歌传递着真诚美好的祝福，激荡着每一位健儿的心胸。从1992年巴塞罗那奥运会"永远的朋友"，到1998年长野冬奥会"让世界凝聚成一朵花";从2004年雅典奥运会"欢迎回家",到2008年北京奥运会"同一个世界,同一个梦想"……奥运会播下欢乐的种子,收获友谊的果实;奥运会是短暂的,友谊地久天长。

奥运会期间,来自全球各地的人们汇聚一堂,尽情展示着各自的体育技能,展示着不同文化的绚丽风采。

不同民族的文化创造力是全人类的共同财富,是世界进步的活力之源。奥林匹克精神强调对文化差异的包容理解,倡导相互借鉴、求同存异,尊重世界多样性,共促人类文明繁荣进步。

奥运会这个大舞台展示了不同文明的灿烂辉煌,魅力四射,激情无限。在这里,包容和理解孕育友谊的种子,培育更宽广的世界情怀;在这里,人们书写出最令人感动的友谊篇章。

从奥运火炬传递开始,北京奥运会就启动了"和谐之旅"。和谐是北京奥运会的主色调。开放的北京,已经搭建起规模空前的文化交流平台,将向亿万观众展示世界文化的多彩多姿和中华文化的深厚底蕴。

(五)友谊的桥梁越来越宽阔,"无歧视原则"始终如一。

奥林匹克运动提倡创造一个没有歧视的世界大家庭。在这个大家庭中,无论种族、信仰、性别、意识形态和政治观念有何不同,都应当平等相处。

在奥运会的发展史上,反对种族歧视有着光辉的一章。人们忘不了,纳粹高压下的柏林人民给予黑人运动员杰西·欧文斯的热烈掌声;人们忘不了,拳王阿里用颤抖的双手点燃亚特兰大奥运会主火炬时全世界曾经的感动……奥林匹克运动始终高扬着反种族歧视的大旗。

奥林匹克运动的"无歧视原则"极大地推动了女性的平等参与。从1900年女子项目首次进入奥运会,女运动员的身影越来越多地活跃在赛场上。1994年修改的《奥林匹克宪章》,要求严格执行男女平等原则,对女性参与给予了制度上的保障。

奥林匹克运动恪守的"无歧视原则"已经成为全人类一份宝贵的精神财富。近年来,国际奥委会还致力于通过体育运动争取民权、扩大妇女权益、保护弱势群体利益等全球性问题的解决。这是奥林匹克运动"友谊"宗旨的与时俱进。

(六)从奥林匹亚到万里长城,奥林匹克运动用自身不断前行的步履,诠释着"进步"的含义,彰显着节节升腾的人文精神。

百年奥运,展现了人的体格与健康的进步;百年奥运,凸显着人文精神的发扬光大。从体育到教育、到文化、到环保,奥林匹克运动不断向人文领域延伸、扩展。

坚持奥林匹克运动的"进步"宗旨,国际奥委会主动对大众体育、体育科学、文化教育等多个领域进行积极开拓,使奥林匹克运动浸润到教育、文化等诸多人文领域。如今,奥林匹克人文精神的大树已经根深叶茂。

国际奥委会前主席萨马兰奇说过:"体育与文化、教育相结合,是奥林匹克的精髓。"教育与文化是奥林匹克人文精神的两只翅膀,更是奥林匹克运动的群众基础。

奥林匹克精神不仅注重人的体格身心健康发展,更注重道德品质健康发展;奥林匹克精神的培育对象不仅是运动员,更包括亿万普普通通的民众。

时代不断赋予奥林匹克人文精神新的内涵。在国际奥委会的努力下,环保与奥运会携手同行。体育、文化教育和环境成为现代奥林匹克运动的三大要素。无论是在规则上还是在理念上,奥林匹克运动都深刻地影响着现代社会生活,促进着人的全面发展和社会的和谐进步。

北京奥运会是奥林匹克人文精神的一次大普及。"迎奥运讲文明树新风""全民健身与奥运同行""奥运进社区""奥运进校园""我参与我奉献我快乐"……在奥林匹克运动"进步"宗旨的促进下,城市功能在改善,服务水平在升级,环境保护在推进,公民素质在提高,奥林匹克人文精神激励着中国的进步,中国的进步为奥林匹克人文精神增添新的光彩。

(七)北京,中国,谱写"和平、友谊、进步"的新篇章。

进入21世纪,诞生于西方的奥运会终于来到了东方的中国。历史悠久的奥林匹克文明与源远流长的中华文明实现了一次伟大的交汇。

一位美国学者这样说:"奥运会是纯粹西方文化的产物,在西方文化中根深蒂固,但在2008年将在世界上人口最多、最不西方化、象征远东文化中心的中国举办,具有破天荒的历史意义。"

北京奥运会是展示中国文化神韵的一个窗口。全人类将借助于北京奥运会,共同感受中国五千年灿烂文化的非凡魅力。

北京奥运会给了世界一个倾听中国故事的机会。这个故事中既有艰难与曲折,也有成功与喜悦,更包含着中国走和平发展道路的坚定决心。

国际奥委会主席罗格认为:"北京奥运会给了人们一把了解中国近年来

快速发展的钥匙。"北京奥运会的理念、实践、目的和成果,必将在奥林匹克运动的发展历程中留下一笔宝贵财富。

(八)13亿中国人参与,是奥林匹克精神普及的里程碑。

奥运会第一次走进世界人口最多的国家,走进代表东方文明的中国。在地域范围、人口数量和文化融合方面,奥林匹克运动的精神和理念都实现了一次广泛的传播和普及。

北京奥运会是中国的大事,也是世界的大事,是中华民族的百年期盼,也体现着对世界人民的庄严承诺。无论是从ABC开始学习英语的出租车司机,还是刻苦演练的奥运礼仪小姐;无论是讲文明讲礼貌的小学生,还是在奥运第一线辛勤工作的志愿者,热切期盼奥运会的中国人都懂得这个道理。

北京奥运会举行之年,正是中国改革开放30周年。改革开放给中国人带来了从未有过的自信,中国人正是带着这样的自信申办和筹备奥运会。一个迅速发展的中国正以更加从容、坦然、开放的心态走向世界。

奥运选择中国,北京拥抱世界。百年追梦,七年筹备,占世界人口五分之一的中国人的参与,这是奥林匹克运动"和平、友谊、进步"的光辉一页,是奥林匹克运动发展史上的伟大壮举。

(九)第29届奥运会是北京的节日,更是世界的节日。

在北京奥运会筹办过程中,世界大家庭的绝大多数成员向中国、向北京伸出了热情支持之手,送上了殷殷关怀之情。他们坚守了奥林匹克精神,用实际行动告诉人们:北京奥运会不只是中国的,更是世界的。

在2500多个日夜的紧张筹备中,北京奥运会的所有重大工作都受到了国际奥委会的悉心指导,受到了众多国家、人民的友好帮助,其中一些国家还派出人员,在许多领域与中国开展了卓有成效的合作。

全球上万名运动员厉兵秣马、整装待发,世界3万多记者涌向北京、密集采访,两万多外国人积极申请加入志愿者大军,国际奥委会大家庭的205个成员全部报名参加,这表明了全世界人民的共同意愿。

(十)追求和平,增进友谊,推动进步,这是百年奥运的光荣与梦想。

当今世界仍不安宁,和平与发展仍受困扰,局部冲突此起彼伏,新的挑战层出不穷。人类比任何时候都更加需要沟通理解、交流合作、和谐相处,奥林匹克运动所倡导的"和平、友谊、进步"的宗旨具有前所未有的重要意义。

20天后,来自各个国家和地区的代表将齐聚北京,在五环旗下共同见证奥林匹克大家庭的完美团圆;20天后,全世界人民将满怀激情,与中国人民一起奏响奥林匹克理想的北京乐章。

从赫拉神庙到万里长城,从奥林匹亚山到珠穆朗玛峰,第29届奥运会一定会将和平的祝福、友谊的佳话和进步的颂歌,献给全世界,献给全人类。

(2008年7月19日)

绿色、科技、人文：奥林匹克之梦的北京版本
——写在北京奥运会倒计时10天

（一）再过10天，一场伟大的奥林匹克盛典将如约而至。

再过10天，一个古老民族的百年梦想将尽情飞扬。

"绿色奥运、科技奥运、人文奥运"——北京奥运会筹办7年，将13亿人民向世界作出的承诺，变成一份提交给奥林匹克运动的特殊答卷。

在这份答卷上，有中国在"奥运机遇"中创造的物质成就，更有奥运会在中国社会文明进程中铺展的美好图景。

7年来，中国对奥林匹克运动的积极实践，对文明进步的不懈追求，浓缩于绿色奥运、科技奥运、人文奥运三大理念之中，既书写了社会发展的宏图雄篇，更化为人们身边的点滴之变，诠释出东方文明古国对奥林匹克精神的独特理解。

（二）奥林匹克是时代高擎的火炬，始终昭示着人类精神追求的方向。奥林匹克是人类共同的信念，熔铸着人们对生活、对世界、对未来的思考。

绿色奥运、科技奥运、人文奥运的理念，与奥林匹克运动"和平、友谊、进步"的宗旨一脉相承，回应了当今时代发展的呼声。

（三）回首百年，绿色奥运的理念萌生于奥林匹克运动对自身可持续发展的探索，更成为人类社会对既往发展模式的自觉矫正。

当社会生产力发展高歌猛进，"征服"自然的力量空前强大之时，人类赖以生存的资源和环境基础却正被撼动，河流不再清澈，空气日渐浑浊，气候变暖的热浪席卷全球……

人类社会的发展困惑不可避免地映射于奥林匹克运动。奥运会从最初的十几个国家参与到成为全球第一盛事，随着场馆建设耗资日增，环境代价难以估量。整个奥林匹克大家庭都在思考，需要以怎样的方式才能达到人与人、人与自然、人与社会的和谐相处，推动奥林匹克运动走上一条可

持续发展之路。

绿色奥运是一种战略选择,也是一种生存智慧。1999年,国际奥委会发布《奥林匹克运动21世纪议程》,提出奥林匹克运动要全力推动全球可持续发展和环境保护事业。环境与体育、文化并列,成为奥林匹克面向未来的三大支柱。绿色奥运的理念,深深植入奥林匹克运动的发展蓝图。

绿色奥运勾画出北京筹办奥运的脉络。通过举办奥运会,促进环保基础设施的建设与生态环境的改善,广泛开展环境意识的普及教育,倡导健康环保的生活方式,以可持续发展的姿态,为中国留下一份"绿色样本"。7年来,北京孜孜以求。

(四)回首百年,科学技术以其惊人的渗透力进入奥运赛场,为"更快、更高、更强"提供不竭动力。一部奥林匹克发展史,科技的身影相伴始终,密不可分。

从优质精良的运动装备,到科学高效的训练方法;从精确到毫秒的计时装置,到环保节能的竞赛场馆;从五彩缤纷的开闭幕式,到覆盖全球的赛事直播……科学技术让奥林匹克竞赛更加紧张激烈、扣人心弦,在你争我夺的赶超中汲取不断创新的力量。

科技奥运支撑起北京筹办奥运的框架。在智能交通、洁净能源、场馆建设、信息通讯、奥运安全、运动科技等诸多领域,北京奥运会的7年筹办展示着中国的自主创新之旅。奥林匹克盛会让科学技术散发亲和时尚的光彩,在潜移默化间提升科技的魅力,催生着亿万国人的创新意识。它吸引更多民众学习科技知识,接受科学精神,投身创新行列。北京2008,点亮中国智慧,引来世界喝彩。

(五)回首百年,奥运会虽历经波折与坎坷,但正是人文精神的支撑,始终引领奥林匹克运动不断完善自身,适应世界潮流的发展演变。

奥林匹克宪章指出:"体育运动为人的和谐发展服务,以促进一个维护人的尊严的和平社会的发展。"人文奥运理念的提出,不仅关注个体的人,更关注整体的人,关注人与人之间的关系。闪耀人文精神的奥林匹克运动,与走过五千年历史的东方文明古国相遇,为奥林匹克精神添加了更为丰富的内容。

人文奥运构筑起北京筹办奥运的基石。北京奥运会将奥林匹克的人文底蕴深深楔入中国,又通过奥运会的舞台,将中华文明的精髓献给世界。人文奥运着力于推动不同文明之间的交流，促进各种文化相互了解与尊重，展示悠久的东方文明为奥林匹克运动作出的新贡献，成为北京奥运会为奥林匹克精神写下的新注脚。

（六）在三大理念中，人文奥运是灵魂，绿色奥运与科技奥运是两翼。三大理念指向"以人为本"的核心，形成一个开放、包容的体系，推动奥林匹克运动循着和谐发展的轨迹前行——人与自然和谐、人与社会和谐、人类世界和谐。

三大理念的构想发端于北京第二次申办奥运会之时，彰显了中国价值观与奥林匹克精神的交融交汇。申奥成功一年之际，2002年7月13日，三大理念被郑重写入《北京奥运行动规划》。从申办到筹办，从承诺到行动，三大理念既顺应了当今时代进步的潮流，又踏上了中国科学发展的节拍，这一切闪耀在筹办奥运会的无数细节中，得到了国际社会的赞扬。正如《国际奥委会评估报告》所言："北京奥运将给中国和世界留下独一无二的宝贵遗产。"

（七）绿色奥运、科技奥运、人文奥运理念的提出，是奥林匹克运动与时代进步相结合的必然选择。

奥运会四年一届的周期和主办城市的变换，使奥林匹克运动在发展过程中，不断汲取各种文明养分，丰富完善自身的价值体系。现代奥运之旅走到北京，已有22个城市有幸成为东道主。每个东道主都为奥林匹克运动增添了自己的色彩，贡献了独特的理念。

1948年，二战后的首届奥运会在伦敦举办。不少摆脱了殖民统治的国家虽然还没有训练有素的选手，但出于对和平与团结的向往，纷纷应邀前来。饱受战争之苦的人们终于能够汇聚在五环旗下交流竞技，奥林匹克的舞台奏响了和平团结的时代强音。

从汉城奥运会的"和谐进步"到巴塞罗那奥运会的"永远的朋友"，从悉尼奥运会的"分享奥林匹克精神"到雅典奥运会的"欢迎回家"，这些各具特色的鲜明口号，表达了东道主对奥林匹克精神的理解，反映了不同的时代特征。

奥运会百年之旅，正是世界走向全球化的过程。如今，人类已进入"地球村"时代，勃兴于全球的奥林匹克运动，同样面临着"成长的烦恼"。只有与时俱进，变革创新，奥林匹克运动才能聚集人类文明的精华，浩荡而行。

北京奥运会用三大理念为奥林匹克运动注入源自东方的活力，成为奥林匹克之舟的新航标，也为尚在种种发展模式中折冲斡旋、时有困扰的人类文明进程扬起一面风帆。

（八）绿色奥运、科技奥运、人文奥运理念的提出，是中华文化与各国文化交流融合的结晶。

一个东方文明古国在新世纪的发展历程中，正展开全球化的视野，融汇人类文明进步的成果。走过百年的奥林匹克运动，始终以开放的胸怀接纳各个地区、各个民族多姿多彩的文化，日益显示出强大的生命力。

北京成为奥运会东道主，使中国与世界的沟通对话有了一个极佳的载体。三大理念展现出奥林匹克运动自身发展的趋势，蕴含着应对现代文明发展挑战的探索，更注入了东方文明博大精深的文化内涵。

用奥林匹克的语言求同存异，在中华大地推进构建和谐社会，在国际舞台倡导建设和谐世界。对三大理念的弘扬与实践，使奥林匹克运动与中国文化找到了相通的脉络，两者的结合不仅呈现了世界性、开放性和平等性，也充分体现出人类文化的多样性。

从这个意义上说，绿色奥运、科技奥运、人文奥运既是奥林匹克运动对中国的馈赠，也是中国对奥林匹克运动的回报。

（九）绿色奥运、科技奥运、人文奥运理念的提出，是中国改革开放30年实践发展的理性选择，也得益于中国现代化建设的伟大成就。

1979年，中国重返国际奥委会大家庭之时，正是中国改革开放大幕初启之际。中国的奥林匹克之路叠加于改革开放的历程，投射出一个民族复兴进取的伟大身影。城乡面貌的巨变，生活水平的改善，综合国力的增强，国际地位的提高……中国经济社会的发展成就，无不与环境、科技、人文的进步息息相关。绿色奥运、科技奥运、人文奥运，不仅是对世界发展潮流的契合，更是一个发展中大国总结历史经验、经过深思熟虑写下的心得。

在这30年中，人们越来越深刻地认识到尊重自然、自主创新、以人为本的重要。"金山银山不如绿水青山""金碗银碗不如科学饭碗"……每一次观念的变化，都是改革开放实践的生动写照。没有30年的物质积累，没有30年的思想解放，举办奥运会不过是个梦想，弘扬和践行三大理念更无从谈起。

中国在前进道路上所作的思考与抉择，正通过北京奥运会这座舞台，通过绿色奥运、科技奥运、人文奥运的理念展现给世人。

（十）在三大理念的引领下，筹办奥运 7 年来，奥运成果惠及大众，中国人民的生活发生着深刻的变化。

7 年前，北京大气质量达到二级以上的天数为 50%，如今这一数字变为 70%，人们看到了更多蓝天；7 年前，北京的林木绿化率为 41.9%，如今这一数字提高了近 10%，超额完成申奥时的承诺。在做"加法"的同时，北京也在做"减法"。首钢搬迁、河道清淤、节能减排，这些措施让北京重现碧水蓝天。

7 年前，北京地铁总长 54 公里，如今轨道交通已达 200 公里，公共交通的发展使百姓出行更为便利。7 年前，"绿色汽车"还是人们头脑中的概念，如今 500 辆新能源汽车已经服务于奥运场馆。

7 年前，人们对志愿者这个名词还很陌生，如今百万志愿者的微笑已成为北京的一张名片。2008 年初夏的抗震救灾斗争中，无数志愿者奋不顾身、无私奉献，正是对人文奥运理念的现实回应。

（十一）绿色奥运不仅是一片绿地，也是一种生活方式和生存状态。当绿色的种子深入民众之心，生态文明的森林便会蓬勃生长。科技奥运不仅让人们惊叹"鸟巢"和"水立方"的雄奇，更增强了全民自主创新意识。人文奥运不仅是一次文化盛宴，更激发了人们对自身全面发展的追求，对世界和平、友谊、进步的向往。

三大理念带来了北京的成长、中国的进步，在实践中提升中国人的生态意识、科学精神与人文素养。三大理念从无形到有形，使奥林匹克宗旨和精神更全面地进入中国人的生活，塑造着一个民族昂扬向上的气质，展现着一个国家团结奋进的形象。

国际奥委会主席罗格这样评价，北京奥运将成为认识中国和北京的里程碑。

（十二）7 年时间不短，北京已作好准备，满怀信心为世界奉献一届"有特色、高水平"的奥运会；7 年时间不长，处在全面建设小康社会关键时期的中国，正将筹办奥运的三大理念化为国家发展的内在动力。

北京奥运会之后，绿色奥运、科技奥运、人文奥运的口号也许会淡出人们的记忆，但绿色、科技、人文将成为关乎民生的长远课题。以筹办奥运为契机，在全社会涵养友好和谐的环境意识，弘扬崇尚科学的文明风尚，倡导以人为本的人文精神——北京奥运会不仅会留下丰富的物质遗产，更将树立一代新风，推进13亿人民全面提高文明素质，为构建和谐社会、建设节约型社会和创新型国家持之以恒地作出努力。

若干年后，回望北京奥运，人们将看到：在中国现代化进程中，北京奥运会提出的三大理念为社会发展树立了高质量的人文环境标杆，也培育着公民的理性思维、开放心态、创新精神和包容胸怀，为社会进步提供全面、协调、可持续发展的精神动力。这就是为什么，7年前那些选择北京的国际奥委会委员们如此坚信："把奥运会带到一个占世界人口五分之一的国家将是一件伟大的事。"

三大理念的回响不会随着北京奥运会的结束画上休止符，中国正站在历史的新起点上。

（十三）一个多世纪以来，奥运会从一个侧面记录了人类文明拾级而上的进程。再过10天，从奥林匹克的发源地希腊到拥有五千年悠悠历史的中国，穿越万水千山的奥林匹克之光将映照中华大地。绿色奥运、科技奥运、人文奥运的理念，描绘出奥林匹克之梦的北京版本。

7年前的莫斯科，手握选票的国际奥委会委员们听到北京这样承诺："无论你们今天做出什么样的选择，都将载入史册，但是只有一种决定可以创造历史。你们这个决定将使得世界和中国通过体育友好地相融在一起，从而造福全人类。"

7年后的北京，这段新的历史正在世人面前铺展开来。梦想孕育奇迹，世界期待盛典，奥林匹克携手中国，翻开新的灿烂一页。

（2008年7月29日）

穿越灾难　迎接光荣
——写在四川汶川大地震抗震救灾百日之际

（一）今天，2008年8月20日，北京奥运会开幕第十三天，汶川大地震百日祭。

8月8日，在奥运会开幕式上，当东道主最后入场，一大一小两个身影，定格为感动世界的瞬间，湿润了亿万观众的眼睛——

与2米26的旗手姚明一起引领中国代表团的，是1米18的汶川小英雄林浩。就是这个9岁的小学二年级学生，灾难一刻从废墟中奋力救出两个同学。此刻的他，头上还留着疤痕，一手执五星红旗，一手执五环旗，神情坦然而快乐。

万里之外，蜀中大地，地震灾区，损毁的道路正在修复，灾后重建加快推进，上千万搬进过渡安置房的灾区群众，在电视机前，与全球观众共享奥运开幕直播。

这一刻，汶川在说：灾区人民已经勇敢迈出新生活的步伐，走出悲痛的汶川感谢世界。

这一刻，世界看到：享受奥运激情的北京并没有忘记汶川，穿越灾难的中国迎接光荣。

五千年中华大地上，伟大的抗震救灾精神与奥林匹克精神同行。

（二）抗震与奥运同行，呈现一个完整的中国。

8月4日，奥运火炬在四川灾区传递，火炬手中很容易找到"可乐男孩""敬礼娃娃"和许多抗震救灾英雄的身影。

8月6日，奥运开幕前两天，国务院抗震救灾总指挥部第二十四次会议召开，深入讨论汶川地震灾后恢复重建总体规划。

8月12日，抗震救灾3个月之际，《国家汶川地震灾后恢复重建总体规划》向国内外公开征求意见。

这一天，来自四川泸州的小将邹凯和队友一起勇夺男子体操团体金牌。"我特别想把这枚金牌和父老乡亲一起分享。在那些危难时刻，他们表现了不屈不挠、众志成城的精神，这一切让我觉得，身为一名四川人，时时刻刻充满力量！"随后，"充满力量"的邹凯在自由体操和单杠决赛中再夺两枚金牌……

这就是今天的中国节拍。一边担当全球最大"派对"的领舞者，给几十亿人带来激情与快乐；一边为灾区源源输送力量，将抗震救灾伟大战役推向前进。

2008年，汶川大地震与北京奥运会接踵而来，让13亿中国人经历了大悲大喜大考验。震后100天，我们可以自豪地说，中国没有因为汶川大地震影响北京奥运会的成功举办，也没有因为北京奥运会让抗震救灾工作有一刻松懈。

奥运会上，那些大地震中焕发出的国民精神新面貌、社会开放新元素告诉人们，灾难带来的，是生活更坚定的一次重启；浴火重生的现代中国，更加团结更加自信。

（三）抗震救灾百日之际，奥运火热进行之时。

当体育健儿奋力拼搏、摘金夺银，当东道主因为一届"有特色、高水平"的奥运会赢得世界赞誉，在与重大自然灾害抗争的另一个竞技场上，中国同样拿下了一块宝贵的金牌，创造出一批令人惊叹的"世界纪录"。

——这是新中国成立以来烈度最强、破坏最大、灾情最重、救援最难的大地震。然而从地震发生瞬间到"黄金救援72小时"结束，再到震后10天废墟下生命之火趋于熄灭，对生命的拯救从未停息，83988名同胞从废墟中获救，360多万伤病员得到及时救治。

——蜀道难，抢通灾难中的蜀道更难。各路大军以血肉之躯劈开拦路石、荡平堰塞湖、阻隔泥石流，90多天里，254个不通公路的乡镇"孤岛"抢通251个，820多万群众紧急转移安置。

——灾区病床告急！医疗设备告急！医护力量告急！一场"非战状态下最大规模伤员转运战"打响了。13天里，10048位重伤员安然转送全国20个省区市的375家医院。

——4600多万人受灾，超过北欧五国人口总和，每8个四川人中就有一个失去安身之所。仅仅过了3个月，450余万户、1000多万受灾群众基本实现住房过渡安置。

——大量房屋倒塌，数万人被埋废墟，然而震后3个月，大灾之后无大疫，灾区没有发生一起与地震相关的传染病暴发疫情和突发公共卫生事件。

走进今日震区，灾区群众有饭吃、有衣穿、有干净水喝、有板房住、有病能及时医治，生产生活秩序基本恢复；重灾区学校复课率已达93%，325万余中小学生9月1日将全部走进课堂……

百日抗击，动魄惊心，抗震救灾取得重大阶段性胜利。灾后重建中，"汶川奇迹"在延续。

（四）在人类抗击特大自然灾害的历史上，如此大的安置规模，如此快的重建速度，未有见闻。

大地震不仅让山河易位，摧毁了灾区的地理秩序，更打乱了社会的生活秩序，重创了人们的心理秩序。当"汶川时间"进入灾后重建，较之抢救生命的气壮山河，重振家园之路更加艰苦卓绝，无时不在考验着我们的智慧与理性。

废墟之上，百废待兴，不仅要着眼于当下灾区急需恢复的基础设施和灾民急盼回归的日常生活，还要以长远的眼光、人性的视角、科学的举措，谋划灾区未来的持续发展。而今，百日攻坚，灾区大地写下的答卷令人感喟，也让世界探寻——

是什么，让我们在灾难发生后的"每时每刻"，以细致的政策安排、高效的运作模式，最大限度地保护人民群众的利益，让千万受灾群众心有所依、居有定所？

是什么，让我们在百日之内完成了抢救生命、安置群众、恢复生产重建家园的"三级跳"，创造了若干"史无前例"：政府投入规模史无前例，民间捐助资金史无前例，社会动员力度史无前例，援助灾区人数史无前例，安置受灾群众数量史无前例……

一百个日日夜夜，一段不屈不挠的历程，一曲愈挫愈奋的壮歌，一个现代中国精神和意志的传奇。

（五）百日搏击，灾难见证国家信念。

生命、民生、群众利益……100天来，"人"成为每一次行动的原点和终点，成为每一项决策的始发站和目的地。

生命高于一切。100个日日夜夜，从感天动地的生死营救到规模空前的伤员转移，从众志成城的举国动员到深谋远虑的灾后重建，以人为本、生命至上贯穿每一个时间刻度，彰显着中国共产党笃信坚守的政治伦理。

一切为了人民。100个日日夜夜，从堰塞湖排险的"谨小慎微"到灾区延期高考的"兴师动众"，从受灾群众的临时补贴到税收减免的政策出台，执政为民、民生优先串联每一个时间节点，阐释着社会主义中国矢志不渝的价值追求。

一切依靠人民。100个日日夜夜，从各级政府及时准确的信息发布到新闻媒体的全程"直播"，从赈灾款物的跟踪督查到面向国内外征集良策，抗震救灾每向前推进一步，决策者听民意、察民情、聚民智，人民群众的知情权、表达权、参与权、监督权得到充分尊重。

一场突如其来的灾难，考验着一个政党的执政能力，检阅着一个国家的危机处理能力。100天生死时速，100天顽强搏斗，有力有序有效，我们以"百日图强"通过了这场"大考"——

应急抢险的紧张时刻，党中央就作出加快恢复重建的部署；震后刚10天，国务院就成立灾后重建规划组。信息及时公开、赈灾阳光透明、科学规划先行、法治释放力量，书写了中国救灾史上多项纪录，联合国减灾战略秘书处称其"提供了一个典范"。

（六）百日攻坚，世界重新认识中国。

"一方有难，八方支援；自力更生，艰苦奋斗"，胡锦涛总书记在地震灾区写下的十六个大字，是大地震中创造奇迹的力量之源，更是大地震后延续奇迹的奥秘所在。

抢救生命，10余万救援大军迅速集结。转移伤员，100辆救援专列急调入川。灾后重建，中国科学院、中国社会科学院、中国建筑勘察设计院，所有"中"字头规划设计单位都派出专家……中国在抗震救灾中彰显了强大的组织动员力量。

"一省一市帮一重灾县"，党中央、国务院适时启动对口支援机制。山东—北川，广东—汶川，浙江—青川，江苏—绵竹，北京—什邡，上海—都江堰，河北—平武，辽宁—安县，河南—江油，福建—彭州，山西—茂县，湖南—理县，吉林—黑水，安徽—松潘，江西—小金，湖北—汉源，重庆—崇州，黑龙江—剑阁，广东（以深圳为主）—甘肃受灾严重地区，天津—陕西受灾严重地区……过去它们相隔遥远，今天他们密不可分。

"需要什么，就给什么！""人歇机不歇，惜时不惜力！"四川6个重灾区3400余个板房安置点上，来自全国各地的10万援建大军挥汗如雨、追星逐月。"对口支援"这一重大决策,把承载着无数爱心的涓涓细流汇聚成奔涌的江河大川,滋润着饱受创伤的土地;用13亿坚强的臂膀拨开阴霾,为灾区撑起一片艳阳天。灾区群众落泪:"有家真好!"外国媒体感叹:"中国式帮扶力量惊人!"

一位西方哲人说过:"仁爱是社会大厦的花环。"灾后重建中的"中国式帮扶",已经超越了哲学家眼中"仁爱"的范畴。社会主义制度的优越性,在灾后重建中又一次闪烁出人性的光芒。它用举国上下的戮力同心,引发人们对制度文明的新思考,更以13亿中国人的风雨同舟,呈现一个国家强大的凝聚力和"软实力"。

外国媒体就此评价,中国制度体系"很多方面的优越性中,最显著的莫过于现存制度的动员能力。在短时间内,中国政府能够动员如此巨大的力量投入赈灾,这是其他任何制度所不能比拟的"。

(七)百日回望,中国精神贯穿始终。

走进今日灾区,田垄上、河滩头、公路旁,到处可见自搭自建的过渡安置房,180多万农户不等不靠,重建家园。青川受灾群众远赴上海、浙江、广东就业。绵竹提出三年恢复、五年提升、八年全面小康,产业布局更合理,城市功能更完善。北川尽力整理保存现有文物资料,力争重建一个羌味十足的新城。彭州借助对口支援瞄准产业升级,近200家外省企业前来考察洽谈……

把灾难变机遇,重塑经济社会发展的内生机制,培植自我再生的造血功能。废墟上站起的灾区,短短数月气象一新。在这个过程中,以人为本、尊重科学的主线始终如一。

我们应当感到骄傲,重建家园的急切梦想并未影响灾区重建的科学理性。为保护环境,四川人民研制出地震垃圾制成的再生标准砖;为节约耕地,许多村民利用原有的屋基、晒坝建过渡房;临时板房也有周密规划——公共管理如何完善,配套服务如何跟进,社区文化如何开展,就业创业如何实现,都有方案有路径,科学发展观融入灾后重建的每个环节。

我们应当感到欣慰,恢复生产的热切愿望并未削弱以人为本的时代精神。"要优先解决灾区群众基本生活条件","先期援建康复医院,残疾人、老年人、儿童福利机构设施","灾区重建要尊重灾区人民的意愿"……这样的表述和行动中,"人"的位置,被放在了第一高度。尊重灾区人民的意愿、发挥灾区人民主人翁精神,成为灾区走向新生的不竭动力。

"万众一心、众志成城,不畏艰险、百折不挠,以人为本、尊重科学"。100天里,灾区人民与救援大军一道,将伟大抗震救灾精神深深镌刻在神州大地。

(八)2008年的中国人,在抗震救灾中筹备奥运盛会,在举办盛会中推进灾区重建。两件大事历练中国,两个赛场相互激荡,共同诠释着"同一个世界,同一个梦想"。

灾难过后,全世界都在关注中国。国际社会表达真诚同情和慰问,提供了各种形式的支持和援助。余震不断的灾区大地,我们看到了日本、俄罗斯、韩国、新加坡等国际救援队的身影;重建家园的过程中,灾区规划受到了国外专家的高度关注;8月初,俄罗斯、匈牙利、保加利亚精心安排中国灾区孩子前往疗养;奥运会前夕,国际奥委会和联合国以"给予就是获得"为主题,共同发起为中国灾区的捐赠活动……这一切,都传递着国际大家庭的温暖情谊,何尝不是"团结友谊和平"奥林匹克精神的闪光?

百余年来,奥林匹克运动之所以在全世界范围得到广泛认同,正因为它以体育的形式寓意着人类的追求和奋斗。百日攻坚,灾难中的中国之所以能够坚强挺立,离不开世界人民的深情厚谊,离不开奥林匹克精神的独特表达。

3个月前,外国媒体评价,"北京奥运会所期待的展示现代中国形象的目标,已经在抗震救灾中得到一定程度的实现"。3个月后,中国告诉世界,抗震救灾精神与奥林匹克精神都是人类精神的耀眼光辉,都将成为迈步复兴征程的中华民族最可宝贵的精神财富。

(九)百日之际,我们把最深切的哀思献给大地震中罹难同胞,愿逝者安息,更愿生者的奋斗抚慰那些逝去的生命。

再有4天,满载激情与梦想的第二十九届奥运会将圆满闭幕,13亿中国人将与世界人民一起完成奥林匹克的北京乐章。但抗震救灾的奋斗和挑战尚未结束,人类社会精神与勇气的旅程仍在继续。

8月8日,奥运会开幕式上,国际奥委会主席罗格向中国人民在抗震救灾中表现出来的"伟大勇气和团结精神"由衷致敬。

穿越灾难,迎来荣光。这勇气和精神仍将激励13亿中国人民攻坚克难,续写一个古老民族奋发图强的激情文字,托起五千年中国走向现代化的百年梦想。

(2008年8月20日)

北京,新征程的又一个起点

——写在第二十九届夏季奥林匹克运动会闭幕之际

(一)奥运会闭幕了。

"鸟巢"合上16天的精彩,就像合上一本厚重的书。

在这本书里,古老的中国携手世界,用最大的热情和最大的努力,搭建了人类光荣与梦想的舞台——

恢宏壮观的开闭幕式,跌宕起伏的赛事进程,盛况空前的广泛参与,群雄并起的激烈争夺,38项世界纪录接连刷新,85项奥运会纪录不断突破,获奖国家和地区数达到87个……

对于体育而言,北京奥运会,这个带有诸多鲜明标记的盛典,无疑将铭刻在奥林匹克运动史上。

对于历史来说,这场中华民族等待了一百年的盛会,不只是一个梦想的实现,更是一段新征程的开启。

(二)从永定门到奥林匹克公园,沿着北京那条一眼望不到头的中轴线,我们丈量这梦想的轨迹,抚摸着一个民族的兴衰。

700多年前,马可·波罗见证过这里炫目的辉煌,它勾起多少中世纪欧洲人对东方天堂的向往。

200多年前,马嘎尔尼领教过乾隆"万国来朝""输诚纳贡"的傲慢,北京与世界擦肩而过。

100多年前,八国联军击碎了"天朝"最后一丝虚荣,"高贵的好先生,我们是好人,请勿射杀我们",是子民们惊恐的哀号。

只有熟悉这段历史的人,才能体会,13亿中国人为什么对举办一场"我能比呀"(上世纪初Olympic音译)的盛会如此渴望;才会理解,中国人对北京奥运的支持,为什么几乎不需要动员。

外国友人感叹:"奥运会是对中华民族百年苦难的一种补偿。"但中国人民并不是要通过奥运抚平自己的"历史悲情"。

中国所做出的一切，除了"圆梦"，还因为这个终于走向世界的古国，希望以自己的热情和奉献，承担一份应尽的责任，让世界知道今天的中国，不仅是告别屈辱的经济大国，更是全球化的重要参与者；不仅是以奥运为舞台展现新中国的繁荣发展，更会以奥运为契机，推进中国社会的文明与进步。

"我们认识到，北京奥运会的精神遗产更为持久、更为宝贵"，"我们更加珍惜北京奥运会留给我们的精神遗产，并努力使之发扬光大"。北京奥运会开幕前，胡锦涛主席在接受外国记者采访时的讲话，传递着坚定开放的"中国意志"。

百枚奖牌的傲人佳绩，固然让中国代表团书写着历史性突破，彻底告别"东亚病夫"的痛楚。不同凡响的奥运会的高度评价，也确实让我们欣慰于兑现了向世界的庄严承诺，增强了爱国主义的信心。但当沸腾的"鸟巢"渐渐平静，当奥运的光荣成为记忆，我们该如何盘点自己的所得，不负坚守百年的努力？又该怎样将源于奥运的激情，沉淀为奋进的底气，化为继续前行的动力？

百年梦圆的中华大地上，历史期待我们的回答。

（三）16天，世界让一个古老的民族带着梦想走得更远。

当激情的世界进入"北京时间"，当奥运会让"中国站在世界舞台的中央"，谁都能看出来，这是一次"三赢"的奥运：

奥运受益——13亿人的奥林匹克教育，4亿多青少年的观念启蒙，奥运会在中国这个世界上人口最多的国家举办，使奥林匹克的理念得到最广泛的传播，也使源于地中海之滨的奥林匹克，汇入东方色彩的泉流。

中国受益——奥运会拉近了中国与世界的距离，这是世界了解中国的机会，也促进了中国的多方面发展。7年筹办，绿色、科技、人文三大理念诠释了独特的"中国模式"；16天见证，一个真实生动的中国，改写了多少介于疑虑和担忧之间的"中国想象"。

世界受益——100多位外国政要、1万多名运动员、几十万世界各地的游客来到北京，全球40多亿电视观众收看奥运会。北京奥运前所未有地让多种文化交流沟通，中国为世界和平与发展开启了"北京机会"。

这三个"受益"，从三个不同的方位，铸就了北京奥运会最为重要的精神遗产，胡锦涛主席深刻精炼地概括为——

"一是弘扬团结、友谊、和平的奥林匹克精神。二是实践绿色奥运、科技奥运、人文奥运理念。三是促进世界各国文化的相互交流、相互借鉴。"

这三大遗产，熔铸了迈向现代化的中国对奥林匹克精神的理解、对科学发展理念的追求、对构建和谐世界的向往。

这三大遗产，凝聚了中国30年面向世界的变革之后，关于世界未来和发展路径的思考，它是历史悠久的中国在思想文化上的一次回响，也是改革开放的中国深思熟虑的成长誓言。

国际奥委会主席罗格先生说："我相信，历史学家将把2008年奥运会看成是中国发生重大变革的一座重要的里程碑。"

感谢奥运会，它让我们在一个更加广阔的视野里，回望一个国家的成长；也让我们在一个更加清晰的坐标下，开始一段新的征程。

（四）1919—1949，1949—1978，1978—2008。30年一个刻度，我们从体育这个国家文明的维度，回首一个古老民族追赶世界潮流的步伐。

人们不会忘记，76年前，中国短跑名将刘长春扛着一面国旗，出现在奥运会的跑道上，"向世界宣告中国奥林匹克运动的存在"。

人们不会忘记，1984年洛杉矶奥运会，第一次全面参加夏季奥运会的中国体育代表团进场时，观众全场起立发出震耳欲聋的欢呼。

人们不会忘记，蒙特卡洛申奥失利，申奥代表团回到北京首都机场，1500人的欢迎队伍高举横幅："永远的北京，不远的奥运！"

100年的追随，29年的重返，11年申办，7年筹办，中国与现代奥运的不解情缘，始终与中华民族实现现代化的顽强努力密切相关，始终与中国走向世界的执著步履紧紧伴随。

"没有开放政策，就没有奥运会。"这是澳大利亚总理陆克文的感慨。英国广播公司总裁说出了同样的感受——"中国比以往任何时候都更加开放，而开放的中国将会让世界更加亲近她。"

北京奥运会，吸引了2万多名境外记者采访报道。这个庞大团体的人数，打破了又一项"奥运会纪录"。全球媒体用各种语言，将奥运、将中国，传递到世界的各个角落。

2008年中国举办奥运会，适逢中国改革开放30年。这不只是一个时间上的巧合，其内在逻辑是中国从贫弱逐渐走向富强的历程。30年来积累的经济实力、全球视野以及与世界接轨的意愿和决心，这是中国能够成功举办奥运会的重要条件。

耐人寻味的是，对于北京奥运会，65%的中国人表示最关注的是"中国人的风采，世界对中国的评价"。走向世界的中国人，已经学会用开放的国际眼光看待自身。在他们看来，这场全球盛会并非以中国人自我评价为中心，它最终要通过世界的认同，确定在百年奥运史上的历史地位。

让我们珍惜这奥运的馈赠——一个更加开放的中国，不仅将展现更多自信和从容，也将获得更多支持和机遇。在激情拥抱世界之后，扩大开放是中国的必然选择。

（五）几个世纪以来，中国从未以这样的角色出现在世界的视野。

一辈子没出过远门的98岁老奶奶，坐上孙子的脚踏三轮车，从湖南跋涉1000多公里来到北京，只为圆一个奥运的梦想。江苏一位农民老大爷骑车走遍全国"讲述"绿色奥运，用特殊方式为奥运作贡献。山东菏泽老年大学音乐班30名学员自导自演的《北京欢迎您》，被50万网友称为"中国最便宜、最有精神、最强的MTV"……

在这一刻，历史的悲情，化为老一代人视野中远去的背影。"我参与，我奉献，我快乐"，这快乐，融化了岁月曾经的艰涩与沧桑。

小伙子们后脑勺上染着"奥运五环"，书包带上别满奥运纪念章，穿梭在各个赛场门外，传递着"不亦乐乎"的奥运心情。100多万志愿者活跃在赛场内外，被称作"鸟巢一代"的"80后外交官"，展现了美好的"中国表情"。他们用微笑夺得一块珍贵的"金牌"——联合国秘书长潘基文授予北京志愿者协会"联合国卓越志愿服务组织奖"。《纽约时报》感叹："北京给了世界一份青春。"

让我们珍惜这奥运的馈赠——一个国家的最高价值取向，莫过于人民的幸福。正是以人为本的时代精神，培育了快乐的中国、生动的中国、微笑的中国。奥运虽然过去，但人的故事还在继续，在世界舞台上，我们将呈现一个充满活力的青春中国。

（六）北京奥运，人们看到这个曾饱受屈辱而荣誉感极强的民族，第一次如此从容淡定地看待赛场上的成败得失。

51块金牌、100块奖牌创造的历史性跨越，确实值得欢呼。但更让我们欣喜的，是观众的目光越过赛场激烈的对抗和奖牌榜上的排名，投向高举亡妻照片含泪欢呼的举重冠军，投向为拯救儿子第五次披挂上阵的妈妈选手，投向金牌梦碎的神枪手温婉如歌的爱情故事，投向俄罗斯和格鲁吉亚运动员的深情拥吻……

今日中国人，不再视竞争如敌对，视落后如失败，视空手而归如羞辱，因为他们相信，一个强大国家的内涵无需用金牌奠基，一个洋溢着人性光辉的民族更具魅力；因为他们知道，经历了离合悲欢、贫富差距、民族矛盾、战火硝烟，人类的友爱才格外撼人心魄，体验过"不同的世界，不同的梦想"，"同一个世界，同一个梦想"才显得弥足珍贵。

日益开阔的视野，让我们对奥运会的认识发生了变化，也让国人的精神面貌发生了变化。这才有了比赛场上为所有运动员加油的热烈掌声，有了对杜丽的呵护、对郎平的支持、对博尔特生日的全场祝福，有了跨越国界的博大胸襟。

让我们珍惜这奥运的馈赠——愿理性、谦和更深地融入中国五千年历史的文明基因。奥运之后，我们将继续书写一个充满包容精神的中国。

（七）奥运会的成功并不等同于百年强国梦的实现。"后奥运时代"的中国将如何前行？答案不仅关乎13亿人的未来，也关乎世界的未来。

对中国来说，走向奥运舞台的7年，是梦想与现实、激昂与平和交替呈现的7年，对中华民族成长道路上的心理冲击和历练，是过去未曾有过的。

2008年北京奥运会，是中国现代化进程中的重要一站。在这样一个历史时刻，我们需要更加清醒地看待成绩，更加理性地面对未来。

"愉悦的中国""通畅的中国""绿色的中国""现代化的中国""与世界融合的中国"，我们听到如此多的赞誉。奥运改变了中国，也改变了世界审视中国的眼光。

但我们不能在赞美中自得，更不能将自信变为自负。回首百年，现代奥运会以巨大的综合效益推动社会发展，被称为"当今时代最伟大的社会力量之一"。不少举办过奥运会的国家，都曾在兑现承诺的过程中，加快了自己的现代化进程。

而今，中国同样需要思考——北京奥运会的成功，如何为国家的发展注入动力？绿色、科技、人文的理念，如何进一步融入中华大地？

"北京，要永远干净下去"，"中国对外媒开放的大门不会在奥运会后关闭"，"奥运给中国带来的良好变化还将长期持续下去"……世界听到了这样的诺言。

它意味着，"鸟巢"这放飞奥运梦想的所在，将成为孕育新希望的摇篮。绿色、科技、人文的理念还将在生活中延续，不断提升中国人的生态意识、科学精神与人文素养，对中国经济社会发展产生深远影响。

它意味着，北京奥运会培育的国民心态、铸就的发展理念、呈现的中国精神，将为中国的现代化树立更高的人文标杆，不断涵养公民的理性思维、现代观念、创新意识，为经济社会进步提供全面、协调、可持续发展的精神动力。

（八）在一个国家和民族的发展道路上，总有一些影响深远的重大事件会成为这个民族的集体记忆。这些事件的过程和结果、国民的态度和倾向，将决定着国家和民族未来发展的走向。

毫无疑问，北京申办、筹备和举办奥运，这一历史性事件，将在现代化中国的发展道路上，在中华民族走向复兴的历程中，矗立起一座新界标。

越过这座界标，奥运后的中国，仍会继续前行。虽然发展的挑战依然考验着中国，困难和坎坷还会突如其来，但以奥运为契机，我们看到更加宽阔的世界，体认更加艰巨的责任，怀有更为执着的梦想。

今天的中国，珍惜历史留下的财富，也憧憬未知带来的魅力；今天的中国，担负着科学发展的大国责任，也有着对世界和平与发展的深切期许；今天的中国，早已摒弃封闭与狭隘，代之以与世界分享所得、共同进步的开阔心胸。

收获着北京奥运会的精神馈赠，历经改革开放30年的中国，站在了新的高度。

（九）从1908年到2008年，从《天津青年》的"奥运三问"到北京主办奥运会，历史的回声穿越了整整一个世纪，中国奋斗了一百年。

北京奥运会开幕前，我们这个时代卓越的经济学家、98岁的罗纳德·科斯教授在一个论坛上说：中国对世界的意义重大，为中国而奋斗，就是为世界而奋斗。

我们可以将此作为打量自己的视角。作为世界上最大的发展中国家，我们用一届成功的奥运会，赢得了世界的尊重；在未来的路途上，"中国因素"依然重要，我们的奋斗远未结束。

8月23日，北京奥运会花样游泳决赛在"水立方"举行，外国队员入场时打出的"谢谢你，中国"条幅感动了全场。

世界感谢中国，为一届"有特色、高水平"的奥运会；中国更感谢世界，让中国有这样一个机会，实现百年梦想，并为新的梦想启航。

让我们瞩望北京，踏上新征程的又一个起点。

（2008年8月26日）

30 年不变的时代呼声

——写在改革开放 30 周年之际（上）

（一）不平凡的 2008 年就要过去了。

当岁月即将翻开新的一页，全球经济还未从金融风暴的阵痛中醒来。

"一切都崩溃了，价值已再难持守，世界上到处弥散着混乱。"人们开始对自由资本主义重新审视，将探寻的目光转向地球的东方，分析"社会主义市场经济"的活力，评论"中国模式"，打量"中国特色社会主义"。

这时，距离 1978 年 12 月中国共产党十一届三中全会召开，改革开放事业走过了 30 年。

中国的复苏与崛起，曾被称为"我们这个时代最激动人心的事件"，如今不同于西方的发展模式，又"激发了世界关于制度的丰富想象"。然而中国的改革并非一路凯歌。30 年来，我们曾驱散阴霾，信心百倍；我们也曾经受考验，艰辛探索。尽管我们遭遇了众多急流险滩，但改革开放的航向始终如一。

在纪念改革开放 30 年的特殊时刻，改革开放正进入攻坚克难的关键时期。如果我们善于从历史的遭遇中汲取智慧，于持续 30 年的变局中探寻那些隐藏在表象下面的变革力量，在更大的视野里认识总结这一决定当代中国命运的关键抉择，学习并继承开拓者的勇气，那么我们对当下的一些问题就不会感到突兀和茫然，在通往现代化的道路上，也会有更大的信心和力量。

哲人说，历史中有属于未来的东西，找到了，思想就永恒。30 年风雷激荡的伟大变革，30 载波澜壮阔的民族壮歌，从这段历史里，我们将触摸到怎样的永恒？

（二）该用什么样的语言描述这 30 年？

有人说，这是一个飞速发展、翻天覆地的时代；有人说，这是一个充满激情与梦想的时代；也有人说，这是一个变革与重构交织、海水与火焰交融的时代。

1978年年底，美国时代周刊将邓小平评为年度人物。它用48页的系列文章介绍邓小平和打开大门的中国，其开篇之作标题是《中国的梦想家》。

当时对"中国梦"持怀疑态度的人，不在少数。有人质疑："能让一个人口众多的民族在极短时间内来个180度大转弯，就如同让航空母舰在硬币上转圈，难以置信。"30年后，中国的发展冲破了许多预言家的设想，"航空母舰"在硬币上来了好几个"华丽的转身"。

这30年，一个占世界人口1/5的发展中大国，国内生产总值年均增长近10%，创造了世界发展史上的奇迹。经济从一度濒于崩溃的边缘发展到总量跃居世界第四，人民生活从温饱不足发展到总体小康；

这30年，社会主义中国在广泛而深刻的变革中，探寻出一条生气勃勃的现代化道路，为世界提供了一个新型社会形态社会制度的发展模式；

这30年，中国共产党坚定不移地引领当代中国这场新的伟大革命，并将几代中国人矢志追求的现代化梦想和民族复兴进程不断向前推进。

尽管每一段历史都有它不可复制的独特性，可是，1978—2008年的中国，却是极富传奇色彩的一个历史段落。在中国共产党的领导下，社会主义中国摆脱高度集中的计划经济体制，以不可逆转的姿态向市场经济转型。30年改革开放，中国人民的面貌、社会主义中国的面貌、中国共产党的面貌发生了历史性变化。

（三）中国在30年改革开放历程中创造的奇迹，足以让历史学家着迷。解析这一奇迹的根源，不仅是专家研究的学术范畴，更是我们走向未来的现实需要。

十年"文革"结束之后，中国普遍存在一种焦虑情绪。女作家谌容在小说《减去十岁》里写到，根据上级指示，全国人民一律在档案中减去从"1966—1976"这十年，全部年轻十岁，所有人都找回了失去的时间。虚构的情节真实地反映了当时中国社会的集体心理。而"时间焦虑"的背后，是中国与世界潮流的"时差"，是人们对改变国家命运和个人命运的急切心态。

"我们要赶上时代，这是改革要达到的目的。"在果断实行全面改革方面，邓小平同志说过几句振聋发聩的话，一句是："一个党，一个国家，一个民族，如果一切从本本出发，思想僵化，迷信盛行，那它就不能前进，它的生机就停止了，就要亡党亡国。"一句是："再不实行改革，我们的现代化事业和社会主义事业就会被葬送。"还有一句是："不坚持社会主义，不改革开放，不发展经济，不改善人民生活，只能是死路一条。"

可以说，改革开放既是摆脱我们党和国家当时所处的严重困境，摆脱高度集中的计划经济体制的长期束缚，摆脱闭关自守的封闭半封闭状态，实现从困境中奋起的唯一选择，又是赶上新科技革命的浪潮，在坚持独立自主的前提下，融入时代发展潮流的必然选择。

（四）探寻中国共产党带领人民进行的这场新的革命，我们可以看到，改革开放之所以成为30年不变的时代呼声，有三个基本动力：一是解放和发展社会生产力的动力；二是建设和发展中国特色社会主义的动力；三是保持和发展党的先进性的动力。

第一个动力，事关人的全面发展。第二个动力，事关社会主义的前途。第三个动力，事关执政党的命运。三个动力为了一个目标：实现中国的国家现代化，实现中国社会的富强民主文明和谐，实现中华民族的伟大复兴。

因为有了这三个动力，改革开放才符合党心民心，顺应时代潮流，契合历史规律。因为有了这三个动力，改革开放的每一次重大突破，才带来社会生产力的跨越式发展，社会主义制度新的探索和完善，中国特色社会主义理论的不断创新，党的先进性和执政能力的有力提升。因为有了这三个动力，中国共产党和中国人民才以一往无前的进取精神和创新实践，谱写了中华民族自强不息、顽强奋进的壮丽史诗。

在经济体制深刻变革、社会结构深刻变动、利益格局深刻调整、思想观念深刻变化的过程中，30年的改革开放既充满希望，也包含曲折；既遭遇过激流，也掀起过波澜。但因为这三大动力，我们始终以改革开放的态度面对一切，30年一以贯之，"改革开放"成为广泛的社会共识和国家信念。

从这三个动力出发，分析我们社会的跨越，破解我们国家的进步，总结我们党的探索，就不难理解过去我们为何经历如此考验如此曲折，依然选择改革开放道路；就不难理解现在我们为何面对诸多困难诸多问题，还是必须坚持改革开放不动摇。

（五）30年来，人民群众始终是改革开放的主体力量。改革开放要解放和发展生产力，而人是生产力中最活跃的因素。

2008年年初，在中国民主革命伟大先行者孙中山先生的故乡广东省中山市，一场继续解放思想的大讨论吸引了众多市民。有人认为：一个城市，光拼 GDP 缺少内涵。中山不仅要拼经济，还要拼文化，拼体育，拼环境，拼素质。有人建议：中山应该利用北接广州、南连珠海、毗邻澳门的区位优势，实施人才国际化战略。

1978 年年初，中山也曾进行过一次大讨论。小榄公社社员黄新文一家，在参加生产队集体劳动之余，发展以养猪为主的家庭副业，一年纯收入超过 5000 元。黄新文家庭副业的收入这么多，超过了集体劳动所得，这算不算资本主义？他走的这条路子到底对不对？一时间议论纷纷。

时隔 30 年，发生在中山的两次大讨论，从一个侧面印证了中国的发展和国民的进步。没有 30 年的物质积累和生活改善，人们就不会有这样的底气和追求；没有 30 年市场经济大潮的洗礼，人们就不会有这样的眼光和胆识；没有 30 年对外开放的历练，人们就不会有这样的视野和胸怀。

普通人的命运是社会进步的风向标。30 年巨变，固然可以从多方面用多视角来观察，但其中最突出的一点，莫过于亿万中国人从僵化中觉醒、从沉闷中甦生，中国社会真正充满希望地活跃起来。

"看完蔚为壮观的北京奥运会闭幕式后，我胸中仍激荡着中国鼓手带来的震动，这个国家的活力不可匹敌"，这是外国媒体的一篇报道。而联合国《2007 年亚洲及太平洋区域经济和社会概览》中指出，自 2000 年以来对全球增长贡献最大的，就是"中国的活力"。

这种"活力"，体现在世界经济发展史上极为罕见的年均增速上，更体现在 30 年来每个中国人点点滴滴的生活中。改革开放 30 年，不仅是国家生命力迸发的 30 年，也是个人生存空间得以扩展、个体权利观念得以舒张、个人创造能力极大激发的 30 年。回望 30 年，留在记忆里的，不只是节节攀升的数字，恢宏壮观的篇章，更有一个个写满希望梦想、饱含时代温度的人生故事。

发展是硬道理，发展也是最大的民意。中国的改革，一开始就与人民"捆"在一起，一开始就认清了自己的主体力量，一开始就围绕人的解放和全面发展展开。30 年竞相迸射的"中国活力"，从根本上说，来自对人民意愿的由衷尊重。

回首改革开放 30 年，最深刻的变化在于人，最根本的实惠归于人，最强大的动力赖于人。农村经济活跃起来，短短几年就初步解决了中国人的温饱问题，双休日走进普通劳动者生活，权利成为社会基本话题，乡村直选，户籍制度破茧，全国范围内人口大流动……在这个"人民共和国"的国度里，作为个体的人变得越来越具体。

历史的发展从来不是一条直线。30年改革开放成就瞩目，但也存在不少困难和问题：贫富差距、城乡差距、劳动就业、社会保障……希望在于，从当初"让一部分人先富起来"到如今"既要做大蛋糕，又要分好蛋糕"，更加注重公平正义、加快促进社会和谐，我们对于人的认识日渐丰富，对于如何以改革推进人的全面发展体会愈益深刻，"以人为本"成为我们社会的核心价值和国家理念。

正因为此，对于13亿中国人而言，"要不要改革"的提问，才会得到不容置疑的回答；"坚持改革开放"，才会成为30年不变的呼声。

（六）改革开放是中国现代化历程的一次伟大转折，是社会主义的一次伟大创举。

"什么叫社会主义？它比资本主义好在哪里？每个人平均六百几十斤粮食，好多人饭都不够吃，28年只搞了2300万吨钢，能叫社会主义优越性吗？""什么叫优越性？不劳动、不读书叫优越性吗？人民生活水平不是改善而是后退叫优越性吗？"改革开放前夕，总设计师打出沉重的问号。

当时，西德一个年产5000万吨褐煤的露天煤矿只用2000工人，而中国生产相同数量的煤需要16万工人，相差80倍；法国戴高乐机场一小时起降60架飞机，而北京首都国际机场一小时起降2架，还搞得手忙脚乱；日本东京的大型商店商品多达50万种，而北京的王府井百货大楼仅有2.2万种……

我们选择了社会主义，是因为相信社会主义能够给人民带来幸福，给国家带来富强。如果总是物质贫乏、精神封闭、科技落后，社会主义又好在哪里？只有解放思想，冲破旧体制，打开国门，在与世界的激荡交流中，推动我国社会主义制度自我完善和发展，才能赋予社会主义新的生机活力，体现社会主义优越性。

以1978年为起点，中国开始与世界全面交流。改革开放让社会主义中国有了更大的视野，它让我们更清晰地看到了外面的世界，有了在人类文明大格局中寻找民族复兴之路的动力；它让我们更坚定地借鉴一切优秀文明成果，有了走自己的路、开辟中国特色社会主义道路的信心。

从"计划经济为主、市场经济为辅"到"有计划的商品经济"，从非公有制经济是"有益补充"到"重要组成部分"……社会主义市场经济体制的改革目标得以最终确立，并不断完善和发展。

从什么是社会主义、怎样建设社会主义，到建设什么样的党、怎样建设党，再到实现什么样的发展、怎样发展。中国找到了属于自己的路，社会主义找到了"中国特色"。

这是一场伟大的历史变革。这场变革几乎凝聚了我们对于时代、对于国内外历史经验、对于社会主义和当代资本主义的最新认识，包容了几代共产党人对于社会主义的理想和追求。可以说，这是一条用人类先进思想成果，根据中国国情和国际环境而选择的强国之路。

30年前，外国媒体在介绍刚刚打开国门的中国时还不无疑惑："让全球1/4的人口迅速摆脱孤立、与世界接轨，有过这样的先例吗？"30年后，他们自己作出回答："当奥运会主火炬点燃时，全世界见证了一个确凿无误的事实：中国回来了——在荣誉的光环下。"

一个国家，在两千多年的封建社会，虽经多次动荡、外来冲击，"却好像什么也没有发生"；在短短60年特别是改革开放30年里，一个觉醒却让她走出很长一段路程。如此鲜明的历史反差，究竟奥秘何在？

2007年中国共产党第十七次代表大会上，胡锦涛总书记总结："改革开放以来我们取得一切成绩和进步的根本原因，归结起来就是：开辟了中国特色社会主义道路，形成了中国特色社会主义理论体系。"

（七）改革是一场自我革命。以人民利益为最高宗旨的中国共产党人，为了民族的富强民主文明和谐，用始终如一的改革自觉，不断以改革回答改革进程中的难题。

30年前改革开放航程初启，正值戊戌变法80周年。这个中国近代史上的著名改革持续103天后以失败告终，改革者付出流血乃至生命的代价。展开历史卷轴，从商鞅变法、王安石变法到洋务运动、百日维新，中华民族虽不乏"载入史册"的改革之举，结局却鲜有善终。

20世纪70年代末中华大地开启的这场前所未有的新的革命，因为始终有执政党的坚持和引领，而拥有最坚实的政治保证，30年一气呵成，30年依然强劲。

从干部退休制度的试行，到3万多名非中共人士走上县级以上领导岗位；从村民自治在广西罗城的小山村破土，到各大城市电视直播厅局级干部公选；从依法治国成为治国方略，到"国家尊重和保障人权"正式入宪；从"科学行政、民主行政、依法行政"的提出，到"权为民所用、情为民所系、利为民所谋"的践行……30年改革开放，中国共产党的执政方式发生着巨大而深刻的变化，30年政治文明进步的每一个脚印，都伴随着执政党的自我完善。

历史学家费正清说，事实上，中国可能选择的道路，各种事件必须流经的渠道，比我们能够想象到的更窄。

回望30年，价格闯关，经济"软着陆"，"苏东剧变"，"八九风波"，亚洲金融危机，世界金融海啸……在一系列重要的历史关口，中国共产党人以对历史负责、对人民负责的大智慧大勇气，全力推进改革开放的航船破浪前行。而今，面对关于中国改革开放和发展前景的种种预测，中国共产党人更加坚定地表明，"继续解放思想、坚持改革开放、推动科学发展、促进社会和谐"，以自己的奋斗铸就国家和民族的未来。

今日中国，改革再不是个人的孤立冒险，而成为有计划有组织的国家战略。正如著名中国问题专家、德国前驻华大使康拉德·赛茨所说，中国总是一次又一次驳斥那些悲观主义者，其原因就在于，中国有一个坚强有力的领导层，迎战问题的力量总是要比所面临的问题还强大。

（八）站在改革开放30年的历史节点，中国现代化的百年梦想从未如此接近。

1928年，有"20世纪雨果"之称的法国文学家保尔·瓦莱里在一篇文章中写道：由于我们对中国人的认识困惑不解，不知道应将他们列在世界文明体系的什么位置上。于是只好把他们列为另一个领域，编入另一个历史顺序中。

80年后，2008年8月8日，在贯穿北京南北的中轴线上，在南望故宫的国家体育场里，中国画卷徐徐拉开，第二十九届奥运会史诗般开幕。那一刻，世界看到了一个开放的中国，记住了一个文明的中国，认识了一个现代的中国。

让我们将20世纪70年代末以来的这段不同寻常的历史，放在中国发展的历史长卷和近代世界的"天下大势"中加以审视——

纵向看，这30年可以说是百年中国最少干扰、最快发展、最多实惠的时期。2008年堪称现代中国的一个节点。节点的一头连着过去100年，连着跌宕起伏的民族复兴之旅；节点的另一头，则是未来2年、12年、41年，那是中国人民的新期盼：再过2年，完成"十一五"规划；再过12年，迎来全面小康；再过41年，基本实现现代化。

横向看，30 年改革开放成就的中国道路，丰富着当今世界的发展模式，让 21 世纪困于诸多发展难题的人类社会，在"拉美模式""休克疗法"若干探索之外，看到另一种可能——一种将现代化规律与本国国情相结合的可能、一种将世界文明潮流与自身发展进步相结合的可能。

小平同志曾经指出："我们的改革不仅在中国，而且在国际范围内也是一种试验，我们相信会成功。如果成功了，可以对世界上的社会主义事业和不发达国家的发展提供某些经验。"

如今，他的预言正在变为现实。

（九）历史是现在与过去之间永无止境的问答交流。人们只有借助过去才能理解现在，也只有借助现在才能瞭望未来。

三十而立。如果我们将 30 年的改革开放作为一个整体、一个结果、一个"历史单元"，我们就能够比较容易比较集中地看到成就，看到我们在多大程度上推动了历史进程。如果我们将 30 年的改革开放作为一个过程，我们就能比较充分地看到其间所经历的曲折，看到我们还存在很多问题，还面临着很多挑战。

改革开放，前无古人，没有现成的道路可走。回顾过去，展望未来，我们所能做的是从历史充满变数的发展中，寻找我们必须遵循的规律，从时代充满挑战的拷问中，坚定我们始终不渝的选择——

"改革开放符合党心民心、顺应时代潮流，方向和道路是完全正确的，成效和功绩不容否定，停顿和倒退没有出路。"

改革未有穷期，中国还在路上。

（2008 年 12 月 16 日）

历史的契机等待我们把握

——写在改革开放 30 周年之际（下）

（一）2009 年正向我们走来。

这可能是我国进入新世纪以来经济发展最为困难的一年，也是蕴含重大机遇的一年。

这一判断，是基于愈演愈烈的国际金融危机，使中国的发展面临严峻挑战，同时也在一定程度上表明，中国改革开放的巨轮在激流勇进 30 年之后，正全面驶入攻坚克难的"深水区"。

"深水区""攻坚战""矛盾凸显期""改革在闯关"……这些年来，改革开放的航船一直在强烈的忧患意识和清醒的危机意识中，在困难和矛盾的挑战中破浪前行。如果说 30 年改革开放，以举世瞩目的成就、前所未有的跨越，给国家以富强，给社会以进步，给人民以信心，那么我们也不讳言，这场新的伟大革命并非一路坦途，改革越向前推进，触及的矛盾就越深，碰到的难题就越大。

改革不可能一蹴而就。在纪念改革开放 30 周年之际，我们重温光荣与辉煌，也留下追问和思考：如何将改革开放的伟大事业继续推向前进？

（二）这是一段我们曾经以不同年龄积极参与的历史，也是一段我们曾经以不同角色生活在其中的历史。30 年发生在我们身边的一切，或许能帮助我们判断所处的历史方位。

我们从哪里来？我们到哪里去？

我们从短缺经济来，到充裕经济去。当年，有多少种商品，几乎就有多少种票证，小小方寸承载着一个时代的冷暖。而今，票证与物质匮乏一起成为记忆，中国已步入琳琅满目的买方市场。

我们从温饱不足来，到全面小康去。"民亦劳止，汔可小康"，这样的千年梦想正越来越清晰。30 年间，2.35 亿人脱贫，中国人民跨过总体小康的门槛，开始了宽裕、体面、有尊严的生活。

我们从计划经济来，到市场经济去。1979年，邓小平同志一句话震惊四座："社会主义为什么不可以搞市场经济？"而今，发展社会主义市场经济已成为亿万中国人的共识。

我们从封闭经济来，到开放经济去。从"杀出一条血路"到"我家大门常打开"，开放的广度和深度不断拓展。我们在摒弃闭关自守的同时也抛弃了落后，在转向开放兼容的同时也走向了富强。

我们从"斗争"年代来，到和谐社会去。告别僵化沉闷，迎来生机勃勃；告别单调划一，迎来多元多样；告别"非友即敌"，迎来"和而不同"。中国社会，从未像今天这样充满朝气和活力。

……

（三）毫无疑问，始于20世纪70年代末的改革开放，构成了我国30年经济发展和社会进步的基本背景。30年，只是历史长河中的一瞬，却如此深刻地改变了中国的历史轨迹。

我们的成就巨大，然而差距也还不小。

今日之中国，经济实力显著增强，同时生产力水平总体上还不高；社会主义市场经济体制初步建立，同时影响发展的体制机制障碍依然存在；人民生活总体上达到小康水平，同时收入差距拉大趋势还未根本扭转；社会主义民主政治不断发展，同时民主法制建设与扩大人民民主的要求还不完全适应。

就在即将过去的2008年，我们经受住汶川大地震的生死考验，书写了北京奥运会的壮丽篇章，让世界为之感动、为之震叹。但也是在这不同寻常的一年，我们遭遇问题奶粉事件折射的社会诚信危机，面临瓮安事件暴露的公共管理问题，面对出口企业之困、社会就业之难带来的经济挑战……

作为一场广泛而深刻的社会变革，30年间，我们的经济体制在变革，社会结构在变化，利益格局在调整，思想观念在更新，与此同时，也逐渐积累了一些深层次矛盾和问题。

对这些问题，应当怎么看？

（四）15年前，小平同志就曾深刻地指出："发展起来了的问题不比不发展起来的时候少。"

当前的不少矛盾和问题，在改革开放前是未曾显现的，是随着经济社会发展逐步凸现出来的。对这些矛盾和问题，需要具体分析。

有些问题，是改革发展到一定阶段出现的新问题。收入差距扩大，是告别普遍贫穷、奔向共同富裕道路上的"烦恼"。通过改革收入分配制度、做大发展"蛋糕"，我们就能逐步缩小差距，实现共同富裕。一个十几亿人口大国的改革发展，是一个历史过程，不可能毕其功于一役。

有些问题，是由于改革不到位造成的，也只有深化改革才能解决。在一段时间内，与经济领域的改革比，社会领域改革相对滞后。重要的是，这样的局面已出现"拐点"：从深化医药卫生体制改革，到推行城乡义务教育"全免费"；从普及农村低保，到建立廉租房制度，政府已将社会事业作为发展的着力点，努力使全体人民学有所教、劳有所得、病有所医、老有所养、住有所居。

有些问题，是经验不丰富、设计不周密、操作不规范造成的。改革开放前无古人、世无先例，"本本"上没有答案，前进的道路上难免有失误。"摸着石头过河"，说的正是"试错逻辑"：对的就坚持，不对的赶快改。

还有些问题，如诚信缺失、贪污腐败，与市场经济没有必然联系。市场经济是信用经济，商品交换是建立在信用基础上的等价交换。市场经济是法制经济，讲求遵守规则，排斥贪污腐败。腐败，往往是体制转轨时期的权力寻租；遏制腐败，要靠深化改革，靠政府职能转变。

总起来看，我们出现的一些问题是发展中的问题，许多问题是改革不到位、措施不完善的结果。发展中的问题要靠不断发展来解决，改革中的问题要靠深化改革来解决。

（五）历史发展的一般规律表明，一个国家在从传统社会向现代社会转变的过程中，往往都要经历一个社会矛盾和社会风险的高发期。著名学者塞缪尔·亨廷顿说过，"现代化孕育着稳定，而现代化过程则滋生着动乱"。

30年波澜壮阔的改革开放，中国的社会变革广泛而深刻。我们只用30年时间，就走过了人家上百年走过的路程，既会面临与其他社会转型类似的共性问题，也会产生属于自己的独特挑战，各种矛盾和问题往往比较集中地凸现出来。五千年的大国古国，30年的转折变革，从传统社会向现代社会、从农业社会向工业社会、从封闭型社会向开放型社会，飞速跨越的历程，必然是一个机遇不断涌现、问题层出不穷，传统的痼疾、时代的痛楚叠加交织的过程。

一个社会存在矛盾是必然的也是正常的，适当的"冲突"常常是社会有活力的表征。真正的危机并不是有矛盾和冲突，而是缺乏有效解决矛盾和冲突的机制。历史经验表明，危机中往往蕴藏着契机，在社会转型期所面临的矛盾和问题，一旦被正视，就会成为寻找出路的压力、催生变革的动力。这种正视，包含两个方面的含义：一是正确认识存在的矛盾和问题，二是准确找到解决矛盾和问题的路径。

我们应当看到，中国的改革开放，与中国现代化过程紧密相连，与当代中国深刻的社会转型紧密相连。困难和挑战，是中国这样的发展中国家在上升通道中必须跨越的障碍，我们有能力分享其所创造的辉煌与成就，也有勇气直面与之相伴的挑战与考验，停滞和倒退没有出路。

我们应当看到，改革是一个持续的历史过程，又会显现出阶段性特征。在深刻的社会转型中，从最初的普惠性到今天的利益诉求多元，正是30年不断推进改革的结果。在利益不断分化的今天，人们的利益增进不可能是均等的。我们的改革开放，应当从主要是利益调整转向利益调整和利益增进并重，从"利益倾斜"转向"利益兼顾"，让绝大多数人都能共享改革发展成果。这样，社会才能和谐，改革开放才能顺利推进。

我们应当看到，中国的改革开放具有"渐进式"的特点。从易到难，由浅入深，目前面临的主要是一些涉及面宽、触及利益层次深、配套性强、风险比较大的改革。在攻坚阶段，我们必须更加注重"整体推进"，努力在那些群众反映强烈的突出问题上，在事关全局的重点领域和关键环节上取得突破。

我们还应当看到，困惑与难题的存在，对于破解困难的呼吁、建议甚至质疑，并不是改革的拦路石，而恰恰是进一步深化改革的动力和深层助推。只有通过坚定不移的突破与攻坚，实现新的层次上的社会满足，才能打消疑虑、破除困惑，在破解各种难题中，进一步形成共识、形成合力，刻下一个国家和民族顽强向前的足印。

（六）历史的长河有时迂回曲折，有时一泻千里，这其中有历史的契机，也有人的主观努力。只要我们坚持用全面、发展的眼光来看待改革，我们就会为改革的成就而自豪，从而对改革充满信心；也会清醒地认识改革中存在的问题，从而更好地谋划和推进改革，更好地推动历史的进程。

立足社会主义初级阶段的基本国情，深入分析我国发展阶段性特征，十六大以来，我们党坚持以邓小平理论和"三个代表"重要思想为指导，总结我国发展实践，准确把握世界发展趋势，借鉴国外发展经验，适应新的发展要求，提出了科学发展观。强调转变片面追求GDP的发展模式，促进经济社会全面协调可持续发展；强调社会公平正义，提倡共建共享；强调以人为本，构建和谐社会。

站在历史和时代的高度，围绕中国特色社会主义这一主题，科学发展观深刻回答了我国社会主义经济建设、政治建设、文化建设、社会建设和党的建设的一系列重大问题，不仅成为发展中国特色社会主义必须坚持和贯彻的重大战略思想，丰富了中国特色社会主义理论体系，也成为我国经济社会发展的重要指导方针，成为解决改革发展中矛盾和问题的强大思想武器。

在科学发展观的引领下，这些年来，我们不断完善经济社会发展蓝图，科学设计改革开放路径。在坚持社会主义市场经济改革方向不动摇的同时，我们提高改革决策的科学性，努力使改革兼顾到各方面的利益，照顾到各方面的关切；我们增强改革措施的协调性，统筹好经济体制改革和其他方面的体制改革，统筹好改革涉及的各项工作。人们看到，科学发展观提出以来，得到全党全社会广泛认同，在实践中起到了重要指导作用。改革开放中出现的问题，正在通过科学发展逐步改善，正在通过深化改革逐步解决。

回望30年改革开放，我们遇到了来自经济领域、政治领域和自然界的多少风险与挑战，正是因为坚定不移地推进改革开放，才使我们有底气有实力斩关夺隘，一路向前。今天，困难与挑战仍在，信心与勇气依旧。不为任何风险所惧，不为任何干扰所惑，我们的改革开放必将打开一片新的天地。

（七）在历史的坐标上，改革开放是千年变局中百年变革的延续。当西方用坚船利炮粉碎"天朝大国"的尊严时，有人惊呼"三千年大变局"开始了。其后百年间，无数志士仁人前赴后继，只为求得民族独立和人民解放、实现国家繁荣富强和人民共同富裕这两大历史性课题。改革开放承接历史的血脉，延伸着前辈的光荣与梦想。

在世界的维度上，改革开放是经济全球化中国家命运的转折。近代以来，世界范围内发生了三轮经济全球化，与此相联系，中国的命运也出现了三次大转折。从18世纪中期到19世纪末，第一轮经济全球化展开，中国被打入谷底，成为资本殖民主义的最大受害者。20世纪上半叶，两次世界大战使第二轮经济全球化断裂，中国抓住时机，获得了民族独立和人民解放。从20世纪70年代中期到80年代中期起，世界步入以和平与发展为主题的时代，新科技革命和第三轮经济全球化浪潮浩浩荡荡，中国乘势转身，走上了改革开放的强国之路。

这是五千年中国在现代化历程中的一次大变革,是近一个世纪以来继辛亥革命和建立新中国之后,中华民族为实现伟大复兴而进行的又一次伟大革命。在改革开放开辟的中国特色社会主义道路上,实现全面建设小康社会的目标还需要继续奋斗十几年,基本实现现代化还需要继续奋斗几十年,巩固和发展社会主义制度则需要几代人、十几代人甚至几十代人坚持不懈地努力奋斗。

机遇稍纵即逝,未来任重道远。如果我们能以国内已有的矛盾和问题形成的倒逼机制,抓紧解决广大群众最关心、最直接、最现实的利益问题,不失时机地深化改革;如果我们能以金融危机对扩大内需、调整结构形成的倒逼机制,以经济发展方式之变促进社会发展之变,提高对外开放的水平,中国的改革开放将在战胜困难和挑战中,迎来崭新的未来。

(八)1987年,《人民日报》在头版刊登的记者述评《中国改革的历史方位》,曾这样写道——

"国际上一些著名经济学家甚至在谈论本世纪末可能发生一场特大的世界性经济动荡。尽管经济学界的看法不尽一致,但这类预测仍值得重视。一旦大的动荡发生,就可能带来大的危机,也可能带来大的机会。如果赶在大动荡前长硬起飞的翅膀,就可能乘风而起;如果耽误了这已经不多的时机,就只能在各方转嫁危机的重压下更加贫弱。"

21年过去,在一场席卷全球、百年不遇的金融海啸中,中国的未来给世界以信心。从30年前被称为相对落后的"后发展国家",到今天被誉为"最具活力的新兴经济体",回头再看,没有30年改革开放造就的强大经济实力和综合国力,没有30年改革开放形成的社会主义市场经济体制,没有30年改革开放开辟的中国特色社会主义道路,中国不会走得如此自信、如此坚实。

在中国文化中,30是个特殊的年轮。30年前,面对困境,中国拉开了改革开放的大幕,我们党带领人民以万众一心的奋斗书写了中华民族的壮丽史诗。30年后的今天,时代需要我们继续吹响改革开放的号角,紧密团结在以胡锦涛同志为总书记的党中央周围,以更大的毅力和勇气,为中国的未来和民族的复兴奠定更为坚实的基础。

历史的契机又一次等待我们把握。

(2008年12月17日)

世界人权史上的光辉篇章
——写在"西藏百万农奴解放纪念日"之际

（一）在西藏漫长的历史进程中，1959年的春天无疑是一个崭新的起点。

那个春天，一场规模空前的废奴运动席卷了这片古老的土地，民主改革的浪潮唤醒了百万农奴。几乎一夜之间，他们从"会说话的牲畜"，变成了有家、有业、有尊严的自由公民。拉萨街头的乞丐，八廓街的铁匠，三江流域的朗生、差巴，羌塘草原的贫苦牧民翻身解放，成了自己的主人。

这场波澜壮阔的民主改革，带来百万农奴的解放，结束了人类社会最后一个农奴制形态最完备、受压迫人口最多的区域黑暗社会的统治，使人类社会再没有面积过百万平方公里、人口数量过百万的封建农奴制的区域社会。

这场波澜壮阔的民主改革，宣告政教合一制度的消亡，结束了人类社会最后一个延续时间最长、奉人神为圭臬的区域黑暗社会的统治，使世界东方再没有面积过百万平方公里、人口数量过百万的政教合一的区域社会。

这场波澜壮阔的民主改革，标志着"世界屋脊"人权事业的确立，结束了人类社会最后一个不知人权为何物、与世界文明进步格格不入的区域黑暗社会的统治，使新中国再没有面积过百万平方公里、人口数量过百万而毫无人权的区域社会。

（二）半个世纪过去，西藏的民主改革并没有淡出人们的视野。其原因，一方面是因为中国共产党领导的这场民主改革，是与美国解放黑奴、欧洲废奴运动和南非废除种族制度比肩而立的伟大历史事件，一切尊重历史、认同人权的人们都会纪念它、颂扬它。另一方面也是因为，世界上一些人总愿意对所谓"西藏问题"大谈特谈，他们对西藏的历史置若罔闻，对西藏的进步视而不见，希望把雪域文化封闭成"文明化石"，供人赏玩，甚至以"人权"为由质疑那场改变百万农奴命运的民主改革。

没有对比对照，就没有历史定论；没有交流交锋，也难有普遍共识。在中国人民迎来第一个"西藏百万农奴解放纪念日"之际，就让我们把目光重新投向50年前的那段历史，再一次确认民主改革在西藏发展史乃至人类文明史上，究竟处于怎样的地位，进一步判断280万西藏人民是否有权利享受"解放"带来的自由与幸福。

（三）马克思在《论犹太人问题》中说过，"任何一种解放都是把人的世界和人的关系还给人自己"。

公正评价西藏的民主改革，讨论50年前西藏农奴的解放，就要首先讨论在1959年3月28日民主改革前，在西藏120万平方公里土地上，是否存在一个"人的世界"？"人的关系"又是如何？

"即使雪山变成酥油，也是被领主占有；就是河水变成牛奶，我们也喝不上一口。生命虽由父母所生，身体却为官家占有。"这首旧西藏民歌描绘出政教合一的封建农奴制对农奴的自由和尊严的侵害，对农奴生产资料和劳动成果的剥夺以及生活在这种制度下农奴的悲惨境遇。

十四世达赖作为藏传佛教格鲁派首领和西藏地方政府首脑，集政教大权于一身。占西藏总人口不足5%的农奴主占有着西藏绝大部分生产资料，垄断着西藏的物质精神财富，而占人口95%以上的农奴和奴隶没有生产资料和人身自由。西藏档案馆的史料清楚地记录着，旧西藏通行了几百年的《十三法典》和《十六法典》，把人分为三等九级，明确规定人在法律上的不平等。

这就是民主改革之前西藏的真实世界。在这个世界，统治者以法律之名确定了百万农奴没有"人"的尊严，没有"人"的自由，没有"人"的权利，甚至连"人"的名字都没有，其命价只相当于一根草绳。广大农奴被农奴主视为"生来卑贱者"，连起码的生存权都无法保障，民主权利更是无从谈起。

20世纪初到过拉萨的俄国人崔比科夫在《佛教香客在圣地西藏》一书中写道："在拉萨，每天都可以看到因贪图别人的财产而受到惩罚的人，他们被割掉了手指和鼻子，更多的是弄瞎了眼睛的、从事乞讨的盲人。其次，西藏还习惯于让罪犯终生脖套圆形小木枷，脚戴镣铐，流放到边远地区和送给贵族或各宗长官为奴。最重的处罚自然是死刑，办法是将人沉入河中淹死（在拉萨如此）或从悬崖上抛下去（在日喀则如此）。"1955年，来自同一个国度的新闻记者奥夫钦尼科夫这样描述："在拉萨街头，你会与没有鼻孔、少了耳朵、缺了胳膊的人擦肩而过。而在中国其他地方并无这样的刑罚，这是西藏所独有的。"

这就是民主改革之前西藏的真实世界。在这个世界,即使是当时"文明进步"的西方人也无法讨论"人的关系",因为这里的人民从来没有被当作"人"对待,也从来不敢奢望"人"的一切。

1904年到过拉萨的英国随军记者埃德蒙·坎德勒在其著作《拉萨真面目》中如此感叹:人民还停留在中世纪的年代,不仅仅是在他们的政体、宗教方面,在他们的严厉惩罚、经受烈火与沸油的折磨方面是如此,而且在他们日常生活的所有方面也都不例外。"我敢说,在世界历史上顽固和黑暗如此突然地暴露在科学面前是没有先例的"。

毫无疑问,旧西藏是世界上侵犯人权最为严重的地区之一。政教合一的社会形态、森严的等级制度和人身奴役,残酷的政治压迫和刑罚,沉重的赋税和压榨,惊人的高利贷盘剥……构成了旧西藏制度的全部。雪域文明的独特魅力与侵犯人权的残忍行为形成鲜明的对比。加拿大藏学家谭·戈伦夫在《现代西藏的诞生》一书中,冷静而客观地提醒世人,对1959年以前的西藏"无论想象力有多么丰富,西藏绝大多数人的生活绝不是'令人羡慕的'"。

从西藏自身的发展演进来看,西藏农奴的解放是历史的必然。农奴制下的西藏社会矛盾重重、危机四伏,广大农奴为摆脱绝境不断发动请愿、逃亡、抗租抗差和武装反抗。旧西藏已经走到尽头。曾任旧西藏地方政府噶伦的阿沛·阿旺晋美指出:"大家均认为照老样子下去,用不了多久,农奴死光了,贵族也活不成,整个社会就得毁灭。"

从世界废奴运动潮流来看,西藏农奴的解放同样是历史的必然。自14世纪以来,废奴运动在世界各地狂飙突进。在许多国家废除农奴制大踏步走向现代文明的一百多年之后,在全世界所有角落都以"奴隶制"为野蛮黑暗的代名词之时,人类最后一块主要的农奴制堡垒依然在世界屋脊上盘踞。倘若允许这样的社会存在,不仅是对一个区域的人民人身权利的挑战,也是对一切追求自由平等人们的挑战,更是对人类文明的共同价值的挑战。

废除农奴制,把属于"人的世界"和"人的关系"还给人自身,还给百万农奴,这是西藏各族人民渴望得到、也应该得到的"解放"。任何一个对自己的国民、对人类普遍信念负责的政府,都必须作出这样的变革——废除政教合一的农奴制,把一个民族的发展带入现代文明的轨道。

(四)1959年的西藏民主改革所带来的"解放",是几百年来人类废奴运动的继续，也是 20 世纪人类废奴运动史上的一个高潮。

农奴制是封建社会最残酷的奴役形式，其典型形态产生于中世纪的欧洲。在这种制度下，封建领主从政治、法律、习俗上对农奴进行人身控制，劳动者的人性、人格、人权、人道受到摧残，人的高贵价值沦为领主权和神权的祭品。

无论从经济的发展，政治的民主，还是人权的保障角度来审视，农奴制都是野蛮落后的社会制度。这样一种制度是文明的耻辱，注定要被历史抛弃。这就是为什么几个世纪以来，世界范围内的禁奴运动波涛汹涌，废除奴隶制成为人类历史上最激动人心的伟大运动。

从 1807 年英国把在大英帝国境内贩奴定为非法，到 1833 年英国宣布所有英国殖民地的奴隶制非法，再到法国 1794 年、1848 年两次废除奴隶制……西方国家的前辈们，为铲除奴隶制坚持不懈地奋斗着。美国总统林肯于 1862 年发表《解放黑奴宣言》，400 多万美国黑人从此走上了争取自由与平等权利的道路。整个 19 世纪的 100 年里，废奴运动此起彼伏，在不断的斗争甚至流血和炮火中，一个个国家告别了奴隶制。这样的历程虽然充满血泪、艰辛无比，但所有尊重人权的人都会看到，这是一条通往正义的进步之路。

这条进步之路，同样也将半个世纪前的中国西藏带上了新的历程。1959 年 3 月 10 日，以十四世达赖为首的西藏上层集团为保住政教合一的农奴制永不改变，发动了旨在分裂祖国的武装叛乱。从 3 月 28 日开始，中央政府领导西藏各族人民一边平叛一边进行民主改革，废除了极端腐朽、黑暗的封建农奴制，完成了西藏历史上划时代的深刻变革，开创了西藏历史的新纪元。

通过民主改革，西藏废除了封建农奴制的压迫和剥削，解放了百万农奴和奴隶；实行了土地改革，废除了封建农奴主的土地所有制，使农奴和奴隶成为土地的主人；废除了政教合一制度，实行了政教分离和宗教信仰自由；建立了人民民主政权，保障了人民行使当家作主的权利，让占西藏人口 95% 以上的农奴和奴隶获得了生存权和发展权。

无论从哪个角度来看，西藏的民主改革，都可以和美国废除奴隶制同样堪称世界人权进步的重要里程碑，而其在废奴的彻底性方面又超过了其他国家。与欧美各国的废奴运动相比，也唯有中国西藏采取的是民主改革的途径，通过和平的方式实现了百万农奴的自由和解放，这无疑是一个伟大的历史创举。

今天，当人们从更为宽阔的视野看待西藏民主改革，会更深刻地体会到，人类社会形态的演进，不论其具体进程如何，都是客观规律的体现。民主改革是西藏社会进步的必然，是中国人权事业全面发展的必然，也是世界文明进步总趋势在一个区域社会的必然。

这样的必然，加深了人们对农奴制的认识，促使人们将人类文明的内涵上升到一个新的阶段——只有摧毁那些桎梏人生存和发展的制度，把人的解放上升为社会的解放，才能使个人获得自我解放的社会保障。

这是几百年来废奴运动的结论，也是整个文明社会的共识：农奴制摧残人性，背离人道，剥夺人权，它是人类社会黑暗的一页，也是永远不能再翻回的一页。

（五）作为一场顺应时代潮流的社会变革，西藏民主改革从一开始就得到了世界的广泛认同。

1959年，73岁的美国作家安娜·路易斯·斯特朗来到西藏，她在《西藏农奴站起来》一书中写道："饥饿将很快结束……人们的穿衣和住房也会得到发展，即使没有铁路，趋势也是如此……西藏人终于获得了自由！"

西藏的民主改革，更以其50年的深刻影响在"世界屋脊"镌刻下举世瞩目的进步。2008年实地考察过西藏人权的乌克兰议会人权最高代表尼娜·卡尔帕乔娃女士说："毫无疑问，中国的革命给西藏人民带来了全面的人权。"

给农奴以自由，还社会以公平，给西藏以希望。民主改革以来，西藏实现了跨越式发展，为西藏人民获得空前未有的广泛的人权提供了有力保障——

西藏总人口由1959年的122.8万人增加到2008年的287.08万人，其中藏族和其他少数民族人口占95%以上，人均预期寿命由35.5岁增加到67岁。

传统民族文化得到保护和弘扬，藏文成为中国少数民族文字中第一个具有国际标准的文字。宗教信仰自由受到充分尊重，宗教活动多种多样，宗教节日频繁举行。

旧西藏，没有一所现代意义上的学校，适龄儿童入学率不足2%，文盲率高达95%。2008年西藏已全部实现义务教育，基本扫除文盲。

西藏人民平等参与、管理国家事务和自主管理本地区和本民族事务。目前，在自治区各级人大代表中，藏族和其他少数民族所占的比例都在80%以上，公务员队伍的78%以上为藏族……

古希腊哲学家西塞罗说,"不为全体人类所共有的权利绝不是什么权利"。一个社会是先进还是落后,一个制度是文明还是愚昧,要看其是否造福于大多数人,是否最大程度地维护了大多数人的权益。半个世纪的西藏当代史证明,没有民主改革,就没有占西藏人口95%的广大劳动人民的翻身解放,就没有西藏人权事业的巨大进步,也就没有西藏人民的全面发展。

百年来,世界废奴运动的核心,就是解放、确认并保护人神圣不可侵犯的权利,推动人的全面发展。也正因为此,废奴运动才为社会的发展带来了充足的动力。欧洲是在废除农奴制的历程中,推动了资产阶级革命,获得了现在的文明和进步。美国也是在废除了奴隶制度之后,得到了真正的统一和发展,有了今天的繁荣和强大。同样,西藏以"50年跨越千年"的巨变,百万农奴用自己"回到人间"的经历,见证着民主改革带来的解放,是如何改变了西藏的历史和未来,在世界屋脊上划出一个野蛮与文明、落后与进步的分水岭,推动着一个文明和谐、充满活力的新中国的成长。

这是我们评价西藏民主改革的重要标准。我们赞扬美国为了解放黑奴,打了仗,流了血,我们肯定欧洲为了废奴奋斗了几百年,正是因为这种制度践踏了人类自由和人权的核心价值。如果我们用的是同一个衡量标准、同一个价值判断,那么,对于西藏的民主改革,就理应得出同样的结论——中国解放百万农奴,不仅是对自己国家的伟大贡献,也是对世界人权事业的伟大贡献,是对人类社会文明进步的伟大贡献。

(六)阻碍社会发展、扼杀大多数人自由尊严的农奴制是野蛮落后的代名词,呼唤进步文明的废奴运动成为"历史性变革",这是举世公认的定论。

"启蒙的灯塔""新的纪元""伟大的解放"……欧美国家的社会精英不约而同地用最美丽的词汇描述本国的废奴运动,将发起废奴运动的领袖尊为"民族的骄傲""历史的功臣",世代传颂。

然而,对于发生在50年前的西藏民主改革,对于同样是废除残酷黑暗农奴制的那场革命,却总有一些声音令人遗憾、使人费解、让人震惊。

半个世纪以来,西方社会的一些人至今没有摆脱关于西藏的东方主义幻觉。那些对自己的社会和现代世界绝望的人们,那些万分迷恋雪域高原独特文化的人们,希望在西藏的想象中找到灵魂的安慰。他们把旧西藏政教合一的封建农奴制社会想象为"完全浪漫""享有充分自由"、世外桃源式的"香格里拉",甚至认为,旧西藏"清净美妙""无需解放"。他们留恋并不存在的幻觉，却未曾想过，这种幻觉，不但扭曲了西藏的历史和现实，也伤害了广大西藏人民的神圣权利，伤害了所有正在张开双臂拥抱世界的中国人。

也有这样一些人，因为各种利益和目的，不断在国际上提出所谓"西藏问题"。他们漠视西藏百万农奴的翻身解放，无视西藏经济社会的长足发展，对西藏以废奴制为主要内容的民主改革妄加评判。在长达半个世纪的历史进程中，达赖集团和西方一些国际势力的鼓噪从未停息。

这确实是极具讽刺意味的一幕。将政教合一的封建农奴制度的总代表十四世达赖奉为"人权卫士""和平使者""精神领袖"，听其造谣，任其表演；将废除封建农奴制、解放百万农奴的中国政府指责为"侵犯人权"，无端攻讦，无理挞伐。这是十分荒谬的，也是发人深思的。

曾经高高在上的达赖集团，在某些势力的支持下，不断"关切"西藏的"自由"和"人权"，把农奴主对农奴的残酷压榨美化成西藏的文化特色，进而提出"真正自治"的主张，开出"中间道路"的药方，其目的不言自明——无非是想维护政教合一的封建农奴制及其特权"永远不变"，打着"人权"的旗号分裂中国。

只是，一个基本的现实是，今天的欧洲，不可能再回到500多年前的中世纪欧洲；今天的美国，不可能回到南北战争前的美国；同样，今天的西藏，也不可能再回到政教合一的封建农奴制的旧西藏。

就像一位海外藏族学者所说，西藏必须从西方人的想象和"香格里拉"的神话中解放出来，否则不会有真正的进步；西藏必须从达赖喇嘛谋取"藏独"的野心和一些国家"遏制中国"的梦想中挣脱出来，否则不会有更好的未来。

（七）3月28日，中国人民将迎来第一个"西藏百万农奴解放纪念日"。

像世界上很多告别农奴制的国家一样，包括280万西藏同胞在内的13亿中国人民拥有了一个可以铭记历史变革、庆祝社会进步的节日。

2005年，美国决定在弗吉尼亚州建立第一座奴隶制历史博物馆；2006年5月10日，法国总统希拉克在巴黎卢森堡公园主持仪式，庆祝法国废除奴隶制，并将每年5月10日确定为纪念日；2007年8月23日，英国"奴隶之港"利物浦纪念废奴200周年；2008年7月29日，美国国会首次为曾实施奴隶制正式道歉；联合国也将每年的12月1日确定为"国际废奴日"……这些都说明，尽管人类已经翻过奴隶制历史一页，但这段历史依然是人类不堪回首的共同记忆。

今天,当美国人满怀敬仰纪念林肯总统的诞辰日,当法国人制定节日纪念废奴运动,当英国人在"奴隶之港"举行隆重的纪念仪式,不应该忘记,在世界屋脊的中国西藏,昔日的农奴和他们的后代也有了这样的纪念日,他们对50年前开始的那场民主改革怀着同样的感激心情。

刻骨铭心的历史记忆,终究会凝聚为一个民族的坚定信念,熔铸为一个国家的核心价值,从而帮助人们更好地正视现在、走向未来。没有对历史的深刻体会,没有对西藏民主改革历史方位的准确把握,就无法充分认识这场伟大革命对西藏、对中国乃至对世界的巨大意义,无法对西藏发展规律作出科学的判断,也无法理解西藏人民50年不变的坚定选择。

"权利永远不能超出社会的经济结构以及由经济结构所制约的社会的文化的发展"。西藏的民主改革让西藏人民的人权事业有了一个伟大的开始。正如追求人的全面发展是个永无止境的过程,西藏的人权事业,同样也要在历史的基础上,在现实的推进中,在整个中国人权事业的共同进步中,不断地丰富完善,不断地向前发展。

(八)维克多·雨果曾说:"开展纪念日活动,如同点燃一支火炬。"纪念日的意义,在于它能像火炬一样照亮过去和未来。

在这个特殊的日子里,中国人民比任何时候都坚信《世界人权宣言》的理想:"人人生而自由,在尊严和权利上一律平等。"这是时代的潮流所向,也是文明的价值所系。

我们纪念百万农奴的解放,祝福雪域高原的未来。

(2009年3月26日)

"一切始于世博会"
——写在上海世博会倒计时一周年之际

（一）在危机中蹒跚前行的世界，在磨难中团结奋发的中国，期待着新的变革，期待着更加开放的思想、源源不绝的创意和激情洋溢的信心。

上海，2010年5月1日。承载着欢乐和期望，世博会这个游历世界各地150余年、无数次点燃人类文明智慧火花的奇幻之梦，将在这里拉开大幕。

这将是一次探讨新世纪人类城市生活的伟大盛会，是一曲以"创新"和"融合"为主旋律的交响乐章，更将是人类多元文化的一次精彩对话。

（二）大幕未启，一项纪录已经刷新。截至2009年4月28日，234个国家和国际组织确认参加上海世博会。

这是有史以来第一次在发展中国家举行的综合类世博会，也是历史上国际参展方最多的一届世博会。中国的国际影响力和上海世博会的吸引力，构成了强烈的世博磁场。

2008年8月26日，北京奥运会刚刚辉煌落幕，国家主席胡锦涛出席中韩世博会合作交流论坛，相邀国际社会："我们期待着世界各国各地区以上海世博会为平台，充分展示城市文明成果、交流城市建设经验、传播城市发展理念、探讨城乡互动发展，探索新的更好的人类居住、生活、工作模式。"

荷兰人带着"快乐街区"来了，英国人带着"梦幻水晶"来了，德国人带着"汉堡之家"来了，就连在国际金融危机冲击下经济接近冰点的冰岛，也走来了，希望在东海之滨找到温暖的阳光……

难能可贵的是，确认参加的187个国家中，有12个国家尚未与中国建立外交关系，24个国家并非国际展览局成员。非洲53个国家中，已有50个确认参展，其中近1/5从未参加或多年"绝足"世博会。新西兰、澳大利亚、韩国等许多国家，将参展上海世博会列为海外最大的社会公益事业项目，国家馆的预算投入创下历史之最……

世界各国和国际组织的积极反应，源自对世博会理念——"理解、沟通、欢聚、合作"的深刻认同，源自对思想交流、平等对话、观念创新的强烈渴求，源自对城市未来发展道路的深切关注，也体现了对改革开放中国的信任和期待。

嘀嗒的倒计时中，有着158年历史的世界博览会，走近一个新的起点。那句响彻世博会历史的名言将再次回荡：一切始于世博会……

（三）"一切始于世博会"——这句豪迈的名言，道出了一个多世纪以来世博会对科技创新的不懈追求。世博会是工业文明的产物，也是推动工业化和现代化的强大动力。

从文艺复兴到工业革命，科学理性日益成为近代以来人类社会的主流价值观念。自第一次世界博览会1851年在英国伦敦举办，倡导文明交流，分享创新成果，促进科技进步，创造幸福生活，是世博会始终遵循的宗旨。

也许你从来不曾走进任何一届世博会，但你的生活不可能绕开世博会所展现的发明与发现。人类近现代工业文明催生的众多"婴儿"，如蒸汽机、电话机、电影、煤气灶、电视机、计算机、机器人、航天器，大都经历过世博会的"洗礼"。度假村、俱乐部、主题公园、百货商店、自动售货机……这些现代生活方式和公共设施，无不经由世博会获得启示、萌生创意。

汽车文化、通信革命、信息浪潮……先后从世博会源源不绝地涌出，推动着人类社会不断前行。"世博会见证着时代的进步，记录下世界的前进历程。它激发了人类的活力、进取心和智慧，促进人类聪明才智的发展。"美国前总统威廉·麦金莱这样说。

今天的中国，正行走在新型工业化和建设创新型国家的道路上。上海世博会必将在我们这个古老的国度催生创新的激情，推进中国现代化的前进历程。而世博会引发的思想火焰，或将点化我们这个机遇和挑战并存的时代，进而照亮世界。

（四）"一切始于世博会"——这句响亮的格言，蕴含着一个多世纪以来世博会对人类文明进步的深刻理解。世博会是科技成果的收藏者和展示者，更是文明演进的承载者和推动者。

社会的进步，是一个上升的螺旋。回首150多年的世博史，"进步、创新和交流"的主旨从来不曾动摇，而人们对于它的理解，一步步进入更高的境界。

当严酷的竞争敲碎了和平,当过度的欲望伤害了环境,当对自然的"征服"遭遇到惩罚,人类开始了对传统发展方式的反思——人类需要怎样的"创新"?世界需要怎样的"进步"?

曾经在早期世博会激情展示为"进步"的某些生产方式,因伤害环境而迅速沦为"落后";曾经被一些国家推崇为"美好"的生活方式,因虚耗能源而被质疑否定。从"科学、文明和人性"到"通过理解走向和平",从"无污染的进步"到"大自然智慧的再发现",世博会不断变化的主题,直面人类社会发展的矛盾与困境。重审几代人顶礼膜拜的经济增长与技术进步,世博会关于"进步"的理念被植入"可持续发展"的"芯片"。

从此,世博会不时担当起人类文明的"思想者",站在技术巨人的肩上,关注和平、环境和人类的未来,关注人与人、人与自然、自然与社会的和谐发展。

"城市,让生活更美好",世博会选择在上海探讨这样一个主题,贴切而适时。这个几度兴衰的远东大都会,正迎来其城市发展史上最具活力的黄金发展期,现代城市亮丽的风景和严峻的挑战,都可在此找到鲜活的样本。当人类历史上城市人口首次超过农村人口时,从上海世博会出发,人们即将展开的这一轮探寻,将为人类社会的文明进化提供宝贵的镜鉴。

(五)"一切始于世博会"——这句不变的誓言,凝结着一个多世纪以来世博会对人类相聚交流的热切祈愿。世博会不仅是技术创新的"嘉年华",更是人类信心和力量的纽带、思想和观念交流的舞台。

在我们生活的这颗星球上,不同国家、地区、种族之间的隔膜依然存在。能让全世界无论贫富贵贱,不分种族信仰,激情相聚、平等交流的,奥运会之外,还有世博会。面对生存和发展的挑战,人类需要分享智慧,需要凝聚信心。从19世纪末开始,人们努力促使世博会从技术竞争转向思想激荡,聚焦地球的未来,共塑人类的梦想——文化上相互交流,政治上相互理解,经济上互通有无,同心协力,同舟共济。

人们不会忘记,《蓝色多瑙河》欢快的旋律在1873年维也纳世博会上响起,一扫普奥战争结束后笼罩在城市上空的阴霾,开启了和平安宁的畅想。人们不会忘记,1929年全球经济"大萧条",没有阻挡住4年后美国芝加哥世博会的召开,相反,人们迎来了历史上具有里程碑意义的一届世博会。它以"一个世纪的进步"为主题,表达了人类走出危机、走向复苏的勇气和信心。

历史何其相似。80年过去,又一场金融危机的阴云笼罩世界。80年后的中国，一项项振兴经济的举措，牵扯着全球的视线。在这重启繁荣的节点，国际社会对上海世博会寄予厚望，它能否成为又一次世界各国交流合作、取长补短、战胜危机的盛会？

2002年12月3日，中国在申办竞争中脱颖而出，获得2010年世博会主办权时，国际展览局秘书长洛塞泰斯曾这样感叹——"今天，世界诞生了一个伟大的希望"。

东西方携手共进，用智慧和信心寻找新的灵感、新的转变、新的开始，这是中国的希望，也是世界的希望。

（六）从世博会诞生的那一天起，中国人就开始了对它的憧憬与追求。

1851年，上海商人徐荣村偶知英国伦敦举办首届世博会，寄出12包精选的"荣记湖丝"并一举获奖，中国参与世博会的历史由此破题。1910年，上海人陆士谔在幻想小说《新中国》里，神奇地预言了上海世博会："万国博览会"在上海浦东举行，为方便市民参观，上海滩建成了浦东大铁桥和越江隧道，还造了地铁，租界的治外法权已经收回，汉语成了世界通用的流行语言……

从陆士谔到更早的梁启超，100年前，中国知识分子不约而同预言上海将办世博会，其细节之精准、想象之瑰丽令人叹服。然而，在积贫积弱的中国，这个断续的世博梦，只能消失于闭关锁国的大清王朝的阴影里。

丝绸、茶叶、梳篦、苏绣、茅台酒、景泰蓝，中国传统食品和手工艺品不时在早期的世博会上登台亮相，载誉而归。可是，在波澜壮阔的科技革命和工业革命面前，这些农耕文明的经典之作犹如明日黄花，难掩凋敝和落寞。

（七）让中国重拾"世博梦"的，是改革开放。

"世博会是战略的，管50年"——在改革开放的中国，在深谋远虑的决策者心中，世博会承载起一个民族开放、创新、腾飞的宏大命题。

1982年，中国重回世博大家庭。2002年，中国郑重申办世博会。几代中国志士仁人薪火相传，终圆世博东道主之梦。那座红彤彤的"中国之冠"中国国家馆，如同又一枚郑重的"中国印"，鲜明地嵌入世博会新纪元的扉页。

（八）中国需要一届世博会。取得2008年北京奥运会和2010年上海世博会两大重要国际盛事的主办权，是21世纪中国主动把握的重大历史机遇。

当中国明确选择"如何发展"和"为谁发展"的途径与目标，"城市，让生活更美好"这个 2010 年上海世博会主题,与城市化浪潮席卷下的中国峻切时代命题、与寻求科学发展的中国最新实践结合得丝丝入扣。上海世博会上,中国将与 200 多个国家和国际组织一起,带着对城市化进程的实践与探索,交流、商讨、思考、分享……

从封闭到开放,从羸弱到强大,从更多的"参与"到成为"东道主"——这是推进"国际化"的捷径,也是国家实力与责任的生动体现。

(九)世博会也需要中国。当经济危机在全球蔓延之际,世博会在中国举办,意味深长。

前不久结束的 20 国领导人峰会上,胡锦涛主席强调:"我们坚信,一个充满活力、更加开放的中国,不仅有利于保持中国经济平稳较快发展势头,而且有利于国际社会共同应对国际金融危机、促进世界和平与发展。"

中国不再是沉睡的东方"巨人",也不再满足于展示丝绸、唐三彩与大熊猫。当世博会来到占世界 1/5 人口的发展中大国,世博文化将添加浓墨重彩的中国元素,其中既有自强不息、厚德载物、师法自然、和而不同等传统理念,更有以人为本、全面协调可持续发展的时代精神。

以中国元素表达世博追求,以民族自信反映社会进步,在世界性与民族性的统一中,塑造全球化时代的世博经典。曾经是西方强国展示工业文明的世博会,在迎纳中国的同时,也将迎纳思考发展、应对挑战的东方智慧。

(十)2010 年 5 月 1 日到 10 月 31 日。184 天的世博时光,中国将向世界讲述怎样的"世博故事"?上海世博会的承诺和目标是什么?

从申博成功那一天起,"办好上海世博会"就成为中国人民的共同意愿。这个意愿写入中国共产党的十七大报告,列入国家"十一五"规划纲要。

7 年期盼,7 年筹备。眼下,世博园内,中国馆封顶,演艺中心封顶,主题馆封顶,世博中心封顶,园区试运行。中国政府对上海世博会的承诺——"成功、精彩、难忘",将通过创意、平安、快乐的行动去实现。用创意活力打造精彩,用平安和谐铸就成功,用快乐温馨实现难忘。

目前,上海世博会已经创下世博会历史上的众多"之最":第一次以城市为主题;第一次在一个常住人口超过 1700 万的城市举办;园区规划用地范围最大;国际参展者最多。上海世博会还计划吸引海内外 7000 万人次的观众,以获得最为广泛的国际参与度。

这一项项新的纪录,是主办者的心血结晶。但这还不是我们的最终目标。

中国更希望的是，通过举办世博会，增强"东道主意识"，传播现代化中国的文化理念和文明进程，体现一个五千年文明古国对人类发展未来的思索。

（十一）我们需要的"东道主意识"，是树立"理解、沟通、欢聚、合作"的世博理念，展示沟通与融合、创新与进步、成就与体验、传承与未来、和谐与发展的世博追求。

创新是世博会不变的灵魂。"城市最佳实践区"将把"城市"作为展示主体引入世博会，"网上世博会"将实现世博的"永不落幕"，这是组织行为的创新；零排放、太阳能、江源动力——科技创新点亮了世博会的场馆设施，老厂房、老建筑被保留改造，使历史与未来紧紧相握，这是价值理念的创新……

创新没有止境。作为东道主的中国、上海还需继续思考，世博会还将展现怎样的奇思妙想，给当代人类社会带来新的启示、新的开始？

（十二）我们需要的"东道主意识"，是要在全体国民中催生"世博热"，而非上海的"独角戏"。

"精彩世博、文明先行"，上海1900万人民从申博成功开始，就迅速进入角色。他们希望把一个文明、健康、和谐的上海展示于世人面前，以最美的城市、最好的生活、最深的情谊，笑迎八方宾朋。

长三角地区的"东道主意识"也已激活。共享机遇，共襄盛举，长三角城市与上海世博会组织者签署了全面合作的框架协议，并为15个城市度身打造世博会"友谊日"活动，邀请海内外参观者走入长三角；南京、苏州、无锡和杭州、宁波、绍兴6座城市，也成为论坛的会场。

"东道主意识"还需要在更大范围内普及。举全国之力，兑现国家承诺，让全国共享世博机遇与成果，是上海世博会成功的根本保障。向全球展示文明成果的，绝不仅仅是浦江两岸5.28平方公里的世博园，整座城市，整个国家，是更大的展示场地。

（十三）我们需要的"东道主意识"，更是一种从容大气的国民心态和开放积极的文明素质。

于东道主而言，"请进来"不易，"服务好"更难。为远方的客人充分提供交流平台，确保各参展方精彩亮相，才能实现弥足珍贵的技术交流、文明对话。从更长远处看，我们需要以世博会为契机，以13亿中国人的热情关注和积极参与，推进人们情感交融、互相帮助、彼此体谅，热爱家庭、热爱社会、热爱国家、热爱民族。

"世界在你眼前，我们在你身边"，这是上海世博会志愿者的口号。一个长达184天的盛会，会成为检验政府能力和市民素养的试金石，会成为展示社会风尚和国民心态的大舞台。通过筹办和举办世博会，让城市多一些微笑，人与人之间更多互信和理解，为世博会留下弥足珍贵的精神遗产，这是上海世博会的期望，也是每个东道主的责任。

（十四）倒计时的指针飞速地一圈圈划过。让我们认真地聆听从世博历史深处发出的智者叮咛，盘点现代文明的得失与利弊，眺望充满挑战的未来。

回望历史，1876年的费城世博会和1889年的巴黎世博会，分别是纪念美国建国与法国大革命百年的经典盛会。爱迪生众多天才的发明和雄伟的埃菲尔铁塔，是那个时代最激动人心的进步象征。2010年，上海世博会开幕之时，中国距离结束封建帝制的辛亥革命，也已将近百年。坚持以人为本，深化改革开放，实践科学发展，构建和谐社会，中国的发展顺应历史潮流，与世博会的主旋律彼此呼应。

环顾世界，在人类漫长的发展史上，世界各国的命运从未像今天这样紧密相连，休戚与共。以上海世博会为契机，中国作为一个负责任的发展中大国，愿以包容开放的胸怀和锐意创新的精神，与国际社会一道勇敢应对困难和挑战，迎接更加光明的未来。

一切始于世博会。让世界携手同行，续写人类文明进步的辉煌乐章。

(2009年4月30日)

那些不屈的力量让我们前行

——写在四川汶川特大地震一周年

（一）日历再次掀到了这一页：5月12日。

去年今日，四川汶川发生里氏8.0级强烈地震。这场新中国成立以来破坏性最强、波及范围最广、救灾难度最大的地震，让八万多鲜活的生命骤然消逝，千万个温暖的家庭永失至爱。深创剧痛，撕扯着13亿同胞的心灵。

"用一束朝阳，点燃祝福的烛光；用一缕白云，写满回忆的诗行；用一朵鲜花，盛开不尽的思念；用一声鸟啼，敲出祭奠的钟响……"

365个日日夜夜过去，汶川依然是中华民族伤痛之所在，灾区依然是亿万国人情思之所系。从气壮山河的生死大救援，到艰苦卓绝的百万灾民紧急安置，再到举国参与灾后恢复重建，这一年，灾区不曾停步，中国奋力前行。

"万众一心、众志成城，不畏艰险、百折不挠，以人为本、尊重科学"，伟大的抗震救灾精神，依然在中国大地光大延绵。

（二）整整一年了。

那猝然而至的地动山摇，举国动员的生死营救，生命至上的国家信念，万众一心的民族精神，定格为无数震撼心灵的画面，仿佛就在昨天。

相对于"一线希望，百倍努力"的生死驰援，相比于三分钟震后巨大的情感震撼和众志成城，这一年来，日复一日的重建家园之路无疑更加复杂更加繁巨。当我们擦干泪水走向未来，所面临的是更多挑战和困难。

大地震留给我们一连串冰冷的数字：400多万伤病员需要救治，50万平方公里的土地受灾，数以百万计的民房受损，波及4600万百姓。

国际舆论惊叹：汶川大地震造成的受灾面积，相当于西班牙的整个国土，受灾人口"比北欧五国人口总和还多"，直接经济损失达8000多亿元。赈灾难度之大，需救济人数之多，重建工作之浩大复杂，在世界范围内屈指可数。

从城市到山乡，房屋大量倒塌损坏，基础设施大面积损毁，工农业生产遭受重创，生态环境破坏严重——我们能否及时"复原"？

四川、甘肃、陕西，重灾区处于中西部欠发达地区，本来薄弱的经济基础，能否支撑灾后重建？

巨大的伤亡与破坏，也危及着灾区人民的精神家园与文化传统。文化重建与精神重建，这个对国人来说陌生而沉重的任务，我们能否扛得起来？

当天灾震碎无数家庭，哀恸穿透心灵，生者如何在痛楚中重获希望？日子怎样进行，血脉如何延续，不屈的生命之花如何继续绽放？

翻开中国灾难史，大灾之后往往继之大乱；纵览世界救灾史，乱象频生的，往往集中于灾后这一年。疫病蔓延、治安混乱、资源浪费、重建缓慢……这一切会不会在中国重演？

大地震一年后，中国将交出怎样的答卷？

（三）仿佛是一种回答，更是一种象征。

一年前，都江堰—汶川公路沉埋于垮塌的山腹。"挺进汶川"，曾是救援部队最渴望的目标也是最难打的硬仗。那条在余震中时断时续的"生命线"，成为全国人民心头之痛。

一年后，汶川传来喜讯：全长82公里的"都汶生命线"定于5月12日正式通车，都江堰至映秀镇全长近26公里的高速公路，也将双向通行。

大地震没有击垮中国人民。如同一家英国媒体所言，震灾造成了伤痕，"但我们也看到了忍耐、尊严、勇气和爱"。在这永载史册的沉重苦难中，大勇与大爱，让中华民族挺直不屈的脊梁。

汶川大地震之后，没有发生饥荒，没有出现流民，没有暴发疫情，更没有引发社会动荡。悲痛中的中国，创造了人类救灾史上的奇迹。

震后不到三个月，数百万户住房损毁家庭的过渡安置，基本完成；

寒风蚀骨之际，中华大地掀起"暖冬行动"，四面八方踊跃捐助的棉被棉衣，带着全国人民的体温，温暖着每一幢板房；

春天来了，越来越多的受灾百姓离开板房，搬进新居；越来越多的遗属重组家庭，用坚强的微笑迎接新生活；越来越多的孩子离开"帐篷学校"，走进全国各地援建的新校舍；越来越多的普通人在最平凡的处境里，诠释生命的意义，寻找生活的出路……

3个月，半年，一年，几乎每天都有新开工的项目，每天都有新推进的道路。

一年来，川甘陕三省灾后恢复重建项目完成投资 3600 亿元，农村住房维修加固完工 99.5%，98% 受灾工业企业恢复生产；

一年来，18 省市援建四川的资金已达 394.75 亿元。39 个重灾县所需重建的 3340 所学校七成已开工建设，今年底 95% 以上的学生将搬进永久性校舍学习；

一年来，巴蜀大地经济仍然保持较强走势。地震百余日，经济急剧下滑的势头就被遏制，经济走势图呈 V 型探底回升。四川人仿佛用这个象征胜利的"V"字，宣告"最困难的时期已经过去"；

一年来，多达 78 亿元的四川重建投资，用于恢复公共文化设施，保护抢救非物质文化遗产。损毁于大地震的世界文化遗产二王庙重新站起，千年都江堰经保护安然无恙，川北群山之巅"云朵中的民族"笑容依然动人……

物质重建，文化重兴，社会重构，短短的一年，灾区沿着这三个维度，一砖一瓦重绘破碎的山川、倾覆的家园。

如果说突如其来的灾难最能考验一个国家的意志，那么漫长艰辛的重建则最能测试一个民族的坚忍。那些废墟上升腾的希望，灾难中萌生的力量，让人在毁灭中见证复生，在痛苦中感受坚强。

岷江之畔，滔滔江水奔腾而过，巴蜀之地，精神永存，魂魄犹在，文脉不绝。

（四）是什么支撑一个民族在灾难中不断创造感动世界的奇迹？是什么让"世界猛然发现了一个在危难时刻闪耀着人性光辉的伟大中国"？

美国历史学家胡克说过，判断一个社会能否解决它所面临问题的依据是："它的领导层的质量和它的人民的品质"。汶川大地震以最惨烈的形式，将前所未有的困难和挑战带给了中国，但也正是在应对这些困难和挑战中，人们看到了"领导层的质量"和"人民的品质，"看到了上下同心造就的万众一心，看到了由此迸发的中国精神、中国力量。

胡锦涛总书记在抢险救援的危急关头和灾后重建的关键时刻亲临一线，所有中央政治局常委都曾走进灾区，走进最需要他们的人民中间。"党和政府一定会帮助灾区人民渡过难关"，一句朴实的承诺抚慰了悲痛中的灾区群众，感动了中国，打动了世界。法国前总理拉法兰感叹：胡锦涛主席和温家宝总理在抗震救灾中表现出的专注和积极态度，值得所有外国朋友尊重和赞扬。

抗震救灾一年来，党中央第一时间发布全国总动员令，第一时间启动国家一级应急预案，第一时间部署公开透明的信息发布，第一时间从各大军区调集十万大军，第一时间调动全国各种资源汇聚成救援合力。震后27天，国务院颁布汶川地震灾后恢复重建条例；震后四个月，在公开征求国内外社会各界意见的基础上，灾后重建总体规划正式发布——处变不惊、沉着应对，总揽全局、运筹帷幄，外媒评价"中国已具有较高水平的现代化国家管理能力"。

无论是在救援现场，还是在急救帐篷，无论是在临时过渡房，还是在震区孩子寄读的异地他乡，无论是汇集共产党员真情的"特殊党费"，还是凝聚全国人民爱心的无私捐助，这一年，中国人民以自己的方式，诠释着感天动地的"人民品质"。在波澜壮阔的抗震救灾斗争中，13亿中国人表现出前所未有的自信和从容，表现出前所未有的爱心和热情，表现出前所未有的勇敢和智慧。

"地动山摇摇不散中华魂魄，山崩地裂裂不开万众一心。"这灾区大地最醒目的标语，成为"中国力量"的最好注脚。坚定的领导层，坚强的人民，让这块灾难频仍的土地，蕴藉着中华民族向死而生的期待，书写着共和国浴火重生的希望。

（五）这一年，我们守望相助，甘苦备尝，全民携手重建破碎的家园。

震后19天，胡锦涛总书记在大巴山深处防震棚的黑板上写下"一方有难，八方支援；自力更生，艰苦奋斗"16个大字。在号召灾区自力更生、奋起自救的同时，中央果断作出恢复重建的重大决策，启动对口支援机制。震后37天，国务院制定《汶川地震灾后恢复重建对口支援方案》，统一部署对口支援任务。

"一省帮一重灾县，举全国之力，加快恢复重建"，这一科学决策是灾后重建中最大的创新。承载着无数爱心的涓涓细流，汇聚成奔涌的江河大川，造就了社会主义制度优越性的"汶川样本"。

山东—北川，广东—汶川，北京—什邡，上海—都江堰……来自东部和中部地区的19个省市与四川18个重灾县及陕甘重灾地区结成对子。"把北川当作山东的一个县来建""都江堰就是上海的第20个区"，"对口援建是检验东部各省综合实力和政治觉悟的窗口"——原来相距遥远的两地，从此手足相连。

江苏人把"苏南模式"带进绵竹重灾区,以市场化手段援建开发区项目;浙江人将"走遍千山万水,吃尽千辛万苦,说尽千言万语,历尽千难万险"的创业精神,注入青川那一方水土……资金、人才、产业迅速从东部向灾区集结转移,东部先进的改革经验与管理模式,也迅速在重建中推广传递,生根开花。

亚洲开发银行的代表们赞叹:大灾之后,由中央统一安排,发达地区支援灾区的做法,世所罕见。"政府强大的动员能力,是救灾速度和效率的保证"。

对口援建,让西部重镇从地震的阴影里迅速走出,新的思路、新的观念带来了新的起点、新的出发,加快了建设西部经济发展高地的步伐。对口援建,让"先富起来"的东部地区,找到了缩小东西部差距的支点,与灾区协力同心,谱写了"区域协调发展"的篇章。

用理想凝聚力量,用信念铸就坚强,用真情凝结关爱。汶川大地震以一种猝不及防的特殊方式,验证了社会主义制度的优越性,验证了改革开放30年中国的"物质实力"和"制度活力",也验证了我们党的决策能力和执政能力。

(六)这一年,我们用13亿人的同风共雨,将民族精神的内涵拓展到新的疆界。

"在八级地震的废墟上站起来的中国,是那么令人惊讶的现代、灵活、开放",大地震之后,世界如此感慨。灾难中呈现的伟大中国,废墟上站起的大写的"人",诠释了一个古老民族的伟大精神。

这一年,伟大的抗震救灾精神转化为艰苦奋斗、重建家园的坚定意志,转化为推动经济社会又好又快发展的强大力量,并以无数感人的细节和执着的坚守,给予我们新的震撼。

山崩地裂,灾区人民替整个民族承受了巨大灾难。共和国版图上的每一个地区,每一个公民,都有责任有义务为灾区人民排忧解难。"做灾区人民最坚强的后盾",强烈的公民意识与国家意识,在960万平方公里土地上升华。

当习惯冬日暖气的山东大汉,在寒冬阴湿的板房里纷纷病倒,北川人感动得喊出"鲁川同心";当上海人不辞辛劳,为各乡镇重建项目夜以继日地奔忙,都江堰人说:"你们感动了一座受伤的城市。"

真情在这片走向复苏的热土上流淌，感动在奉献者与受助者之间双向传递。灾区人民不屈不挠、顽强拼搏的精神，同样让全国人民真切地感受到，"山河可以移位、道路可以阻断、房屋可以摧毁，但抗震救灾、重建家园的信念永远不会倒塌"。与灾区人民甘苦与共，让每个人深深懂得什么是"祖国情结"，体会了社会主义大家庭血浓于水的彼此关爱。

一场大灾难凝聚起中华民族的意志和情感。曾有人担心，这种精神会在琐碎的生活中逐渐磨灭，那些心手相连的情谊和震撼心灵的感动会让位于世俗的计较，回复于日常的淡漠。然而一年为证，这情感并没有因为时间的推移消失。相反，它经历了从"非常"到"平常"的考验，完成了从"瞬间爆发"到"静水深流"的转换。在灾后重建的艰辛历程中，亿万中国人日日夜夜的坚守，全国人民点点滴滴的努力，见证着抗震救灾精神的永生。

我们看到，在地震初期的生命大营救中释放出巨大能量的爱国热情，理性地投入灾后重建之中。14.5万志愿者赶赴灾区，越来越多的心理学者、医务人员和教师，深入灾区的一顶顶帐篷、一座座板房——共和国公民意识的蓬勃生长，为我们伟大的民族精神注入了时代元素。这种公民意识的逐渐成熟，是一个国家走向文明和现代化的重要标志。

我们看到，在废墟上锻造的灾区人民自强不息的生命意志，顽强地贯穿于重建家园的历程之中。"有手有脚有条命，天大的困难能战胜"，从灾难的记忆中挣扎出来，灾区临时校舍里的琅琅书声，活动板房上空的袅袅炊烟，大地田垄间的滴滴汗水，构成了巴蜀大地最坚毅的表情。不等不靠不要，坚定坚强坚韧，这种生活的信心和生命的尊严，凝聚起缔造明天的深厚力量。

我们看到，大地震中感天动地的共产党人身影，依然行进在灾后重建的艰辛路途上。最危险最繁重的任务，最坚忍最顽强的意志，最无私最动人的奉献，碎石瓦砾之中，英勇的共产党人始终奋战在恢复生产、重建家园的最前沿。一个支部就是一个堡垒，一名党员就是一面旗帜，一个干部就是一个标杆。无数共产党人用朴实的行动，践行着党对人民的忠诚，验证着理想与信念的伟大力量。

灾后重建，经年不懈。是亿万中国人的执着与努力，让社会主义核心价值日益突显，让民族精神生生不息，不断充实着中国社会进步的底气，不断铸就中华民族迈向未来的软实力。

（七）这一年，我们用共和国的坚韧奋斗，将以人为本的实践推向新的历史高度。

大地震吞噬了美好的家园、和谐的社区、明亮的教室、活泼的孩子，也震毁了灾区群众休戚与共的生活体系，曾经的身份关系，曾经的社会生活，曾经的温暖情爱。

重建，不是纯粹物质意义上的复制，不是依靠简单的物质救助与政策支援来解决暂时的问题，而是在以人为本的时代旗帜下，将目光放在灾区人民自我发现与自我重建的需要上，尊重他们的生活逻辑，提高他们的"可行性能力"。

以科学发展观为指导，把抗震救灾同扶贫开发结合起来，增强灾区自我发展的能力；把国家支持、社会帮扶同生产自救结合起来，坚持自力更生、艰苦奋斗；把推进物质重建同构建精神家园结合起来，坚持"两手抓"；把发展经济同保护环境结合起来，建设生态文明……让生命自主把握命运和前途，让人民的主体地位得到现实的尊重，这是灾后重建的文化意义，也是执政党"以人为本"理念的深刻表达。

从共和国首度为平民的群体遇难设立国家哀悼日，到保留地震遗址为灾区人民留下永恒的记忆；从将资金安排的自主权下放受灾地区，到采取各种政策措施力促百万劳动力稳定就业；从关爱生者、为灾区干部群众提供心理服务，到尊重逝者、统计核实地震中遇难和失踪人员名单……

灾后重建这一年，党和政府格外关注灾区人民的主体意识，在帮助人们走过危机的同时，努力开辟更为广阔的空间，提供更多人生发展机会，促进文化传统的接续，推进社会的和谐，重振人们生活的信心与希望。

"努力用自己的双手开辟新生活"，以人为本的理念唤起了灾区人民自强自救的激情。这种激情化为现实的创造力，使灾后重建成为新进步、新提升的开端。

（八）在神秘的三星堆青铜时代遗址，出土过许多"纵目"巨人。他们眼观六路，注视着古往今来。

蜀地多难，蜀道多艰，一次次的灾难磨砺，却成就了举世无双的巴蜀文明，成就了川人百折不挠的品格。

"一个民族在灾难中失去的，总会由进步来补偿。"但巨大的灾难如何才能推动历史的进步，深切的伤痛如何才能凝聚为前行的力量？

一周年，按照民族的习俗，该为逝去的亲人点上白烛，深情告慰：长者安居，幼者安学；全国相助，同胞相亲；绝路已通，家园新生……

一周年，全国人民将再一次向大地震遇难者致哀，共和国的信心与力量会在13亿人的泪光中再次凝聚、焕发；

一周年，当灾难渐渐远去，伤痛渐渐平复，我们要让灾难变成财富，让人性的光辉永存，民族的精神永在，社会的进步永续。

多难兴邦，不仅在于灾难在一瞬间唤醒了良知，更在于良知和责任的苏醒带来了制度的建设和完善。而制度的创新，会使得公众的热情和力量在未来的征程上有序而持久地释放。

多难兴邦，不仅在于灾难在一瞬间震出了精神认同，更在于让伟大的抗震救灾精神，升华为推动历史进步、实现中华民族伟大复兴的强大动力，深深熔铸在民族的生命力、凝聚力和创造力之中。

一切刚刚开始，重建之路依然漫长。在过去的365个日日夜夜，我们担起了灾后重建的繁重艰巨，也创造了北京奥运会的光荣梦想；我们经历了金融危机的风暴考验，也实现了经济社会的和谐发展。大地震摧不垮我们的信心，社会主义的制度优势，13亿人的精神认同，以人为本的国家信念，正凝聚为一种不屈的力量，深植于我们民族的肌体，推动共和国在挑战与逆境中淬火成长。

"一个聪明的民族，从灾难和错误中学到的东西会比平时多得多。"五千年薪火相传的中华民族，将以此证明自己的智慧和理性，用社会的进步和文明的演进，告慰那些曾经闪亮又骤然消逝的灵魂，让逝者在爱与希望中永生，让生者在爱与希望中前行。

（九）5月12日。又一个初夏。

世界将目光再次投向中国，投向地震灾区的广袤大地。人们从四面八方赶来，他们中的许多人曾用眼睛和心灵见证了毁灭。今天，他们重赴灾区，见证复生。

灾难的痕迹已经变得有些模糊，顽强的野草渐渐覆盖大自然的伤口。汶川、北川、映秀、绵竹……这些曾经让亿万国人血脉同搏的名字，在"重建""机遇""发展"中重现生机。

5月12日，在地震中救出29个人的志愿者陈岩，将以震区里的婚礼，告慰地震中遇难的亲人，向世人传递这样的信息："逝者安息、生者图强，我们应该坚强,我们应该对未来充满希望,我们应该追求幸福。"

灾难磨砺精神,苦痛铸就坚韧。民族复兴漫漫征程上的中国人民,以这一年的特殊精神积淀和顽强奋斗,在艰苦考验中慨然前行。坚强,希望,幸福,这些普通人生活与命运的呐喊渴望,交织成中华大地最动人的乐章。

我们的耳畔,再次响起胡锦涛总书记的坚定话语:"任何困难都难不倒英勇的中国人民!"

(2009年5月12日)

改变历史的"北京时间"
——写在新中国成立60年之际（上）

（一）时间在这一刻重新开始。1949年10月1日。

中华人民共和国的成立，将近代以来中华民族所有屈辱和苦痛，封存在历史深处。一个新的纪元，随着五星红旗的升起，随着"中国人民从此站起来了"的宣告，开启了。

从那时到现在，岁月的脚步已经走过60个年头。在中国流传了近五千年的"天干地支"计时系统中，60年代表一个轮回。然而，当新中国的历史即将迈入下一个甲子，俯仰中华大地沧桑巨变，这个行进在中国特色社会主义道路上的古老民族，分明已经打破封建王朝"其兴也勃，其亡也忽"的兴衰周期律。时间的指针，不可逆转地指向现代化，指向世界，指向未来。

历史的细节，时常内有乾坤。2009年春天的伦敦，很多人注意到，二十国集团领导人金融峰会新闻中心的时间显示墙上，只悬挂着3个时钟，依次为"华盛顿时间""伦敦时间"和"北京时间"。

"北京时间"，"中国道路"。全世界都在适应这个重新走向舞台中央的大国，希望从它的足迹里，解读这条迥异于西方的现代化路径。正如新加坡内阁资政李光耀所说的，"中国在世界中地位更替的作用如此之大，恐怕须三四十年才能找到新的平衡。仅仅将它看成一个加入进来的大国是不行的，它是人类历史上最大的一个"。

从贫穷走向富庶，从封闭走向开放，从落后走向进步……60年，中国人民在中国共产党的带领下，走过了其他国家几百年的现代化发展历程，演绎了民族史册上自强不息的传奇。它将一百多年的苦难和落后、几代人的迷茫和彷徨，甩到了身后，也将对一个新生国家的封锁和围堵、对一种新兴制度的质疑和敌视，甩到了身后。

60年，在人类历史的长河中不过是短暂的瞬间，却如此深刻地改变了中国人民、中华民族的命运，改变了全球发展的格局和世界历史的走向。

（二）考量一个国家的发展，可以从两个角度透视：历史、地理。历史的基本要素是时间，地理的基本要素是空间。

这句话看似平常，仔细琢磨却并不简单。面对走过60年历程的新中国，我们该从何处去寻找历史的时间流变，又向何处确定地理的空间方位？

五千年的文明古国、两千年的封建王朝、百余年的屈辱历史、六十年的沧桑巨变……过去和现在，如何集合那万千点滴，在百转千回中汇成一个民族顽强生长的脉络？

古老文明的荣耀、"中央帝国"的迷梦、山河破碎的痛楚、"巨龙腾飞"的辉煌……中国与世界，如何统揽这千年巨变，在跌宕起伏间呈现一个国家波澜壮阔的转身？

这正是考察中国问题的复杂性。新中国60年，不过是一个历史悠久的文明古国的时间片段，却承载起中国现代化历程中开天辟地的"历史单元"，标注了几近亡国灭种的中华民族重新屹立于世界民族之林的"空间坐标"。从内部说，这60年关乎一个延续几千年的古老文明的生死；从外部看，这60年涉及一个占世界人口1/5的东方大国的兴衰。这两大课题，恰与中华民族近代以来救亡图存、强国富民的两大历史使命相呼应，与中国共产党人60年不变的治国理想相契合——

在前不久闭幕的中国共产党第十七届四中全会上，胡锦涛总书记再次强调中华民族伟大复兴是我们党的伟大事业，再次强调要建设富强民主文明和谐的社会主义现代化国家。回首新中国60年历程，一个主题格外突出：中国共产党始终以中华民族伟大复兴为己任；一个路径相当鲜明：中国人民坚定地把现代化视作走向复兴的路径。

现代化是一个过程，中国曾经被抛在这个过程之外。这是1949年之前一个多世纪里中华民族所遭受的苦难和屈辱的缘由，也是在此之后一个甲子里神州大地所发生的变迁与进步的动力。尽管直至今日，人们对现代化的具体内涵还有不同认识，但三百余年世界近代史演进所锤炼的共识是，从农业社会向工业社会转变，从传统社会向现代社会转变，是不同民族、不同国家、不同地区的共同目标，是社会历史进程中不可逆转的世界潮流。如何应对现代化，怎样实现现代化，已经成为决定一个国家兴衰的最终因素、成为决定一个民族命运的关键抉择。

就让我们沿着现代化这条主线，梳理时间和空间的坐标，由此来看新中国改天换地的贡献，看60年沧桑巨变的意义。

（三）英国革命、法国革命、美国独立战争、日本明治维新……发端于欧洲的世界近代史，都是以西方国家的现代化节点作为时间标志。在这个时间体系里，中国是一个落后者。

"中国的历史从本质上看是没有历史的，它只是君主覆灭的一再重复而已。任何进步都不可能从中产生。"黑格尔对"中华帝国"近乎残酷的评价，在某种程度上却表达了一种客观的真实。鲁迅先生慨叹，仿佛时间的流逝，独与我们中国无关。

循环往复的时间背后，盘桓着止步不前的社会进程。尽管也孕育着资本主义的萌芽，但当西方资产阶级革命风起云涌，人类向现代化目标大步迈进之时，东方的老大帝国依旧沉浸在封建帝制的落日余晖里。鸦片战争的隆隆炮响，将沉睡几百年的中国，逼到现代化的大门口。在列强环伺瓜分豆析的民族生存危机之中，在落后了西欧工业革命一个世纪之后，中国被迫开始了现代化的"象征性"启动。

从1840到1949，这百余年的抗争中，洋务运动、维新变法、"太平天国"、辛亥革命……无数仁人志士的各种抗争与探索，都是希望寻找中国现代化的捷径，获得走向现代世界的"入场券"。然而，不触动封建根基的自强运动和改良主义，旧式的农民战争，资产阶级民主革命，以及照搬西方资本主义的其他种种方案，虽然慷慨激烈，却都没能完成救亡图存的民族使命和反帝反封建的历史任务。一个使马可·波罗惊叹不已的东方大国，一头拿破仑也不敢惊醒的睡狮，坠入危若累卵任人宰割的境地。

这是我们认识"新中国"最为清晰的时空坐标。为什么1949年会成为中华民族的历史新纪元？因为，以马克思主义先进理论武装起来的中国共产党，用28年的时间，完成了自近代以来无数仁人志士为之献身的救亡图存的历史使命，彻底改变了1840年以来中国社会的性质和中华民族的命运，扫清了走向现代化的制度障碍；用60年的时间，推进了两百年来中国人民梦寐以求的现代化航程，让年轻的人民共和国伫立于世界文明的潮头。

以1949年为节点，这个新纪元把一个四分五裂、满目疮痍的旧中国，变成了一个团结统一、前途光明的新中国，进而把一个积贫积弱、一穷二白的半殖民地半封建国家，变成一个初步繁荣昌盛、充满生机活力的社会主义国家。

（四）时间开始了！

"一切愿意新生的／到这里来吧／最美好最纯洁的希望／在等待着你"——面对年轻的共和国，诗人这样书写新生的感受。新生的希望，美好的希望，凝聚着中国人民对中国共产党的期望，表达着人民群众对人民政权的信心。

"多少事，从来急；天地转，光阴迫。一万年太久，只争朝夕。"世界上没有哪一个民族，像中华民族这样，既创造了五千年的悠久文化，也承受着百余年山河破碎、丧权辱国的巨大痛楚。也没有哪一个民族，有着如此强烈的复兴意志。这种只争朝夕的复兴理想，成为中国现代化道路上最强大的凝聚力。

复兴，复兴。背负着这样的理想，年轻的人民共和国面对比世界上任何国家现代化更为严峻的挑战。

一个西方世界眼中轻轻一推就会倒下的"泥足巨人"，一个刚刚从百余年受压迫、受奴役、受欺凌的黑暗中走出的国家，一个拥有世界1/4人口的贫穷落后的农业大国——这是1949年新中国面临的国内境况。

开国大典的礼炮声还没有远去，西方资本主义国家就成立了对社会主义国家实行"封锁、禁运"的组织"巴黎统筹委员会"。封锁者宣称，"共产党政府解决不了自己的经济问题，中国将永远是天下大乱"——这是新中国诞生时严酷的国际环境。

国民生产总值不到美国的7%，重工业几乎为零，轻工业只是少数的纺织业；80%的人是文盲。960万平方公里土地上，许多地方仍处于封建农奴制阶段或奴隶制阶段，不少地方还是"刀耕火种"。毛泽东感叹："我们除了能造桌子椅子，能造茶壶茶碗，连一辆汽车、一辆拖拉机都不能造"——这是共和国起步时面临的贫寒"家底"。

作为一个后发追赶型现代化国家，中国发展的困境典型地反映出人类现代化的困境。发展中国家面临的现代化运动出现以后所拉开的巨大"历史鸿沟"，更深刻地包含着两个重要的逻辑——

一是先发国家的现代化运动不会像圣火一样自然地向其他国家和地区传递，相反，早期现代化国家的进步还往往以牺牲其他国家和地区的利益为代价。二是后发型国家通往现代化的路途，已经没有了早期先发国家的各种资源和条件，只有通过时间的加速度实现跨越性发展，才能追赶上现代化的时代潮流。

新中国必须用改天换地的双手，拨快走向现代化的"北京时间"。

（五）赶超，跨越。新中国这个现代化的后来者，既要在短期内完成西方国家几百年才完成的现代化任务，又要避免落入"现代化陷阱"；既要考虑同世界现代化接轨，又要考虑中国的社会基础和现实可行性；既要有统一的总体目标，又要与现代化的动态过程相适应。

60年之间，特别是改革开放30年来，新中国交出的现代化答卷，令所有了解历史的人惊叹——1949年，我们连铁钉、火柴、煤油都是"洋玩意儿"，现在，我们每五天创造的经济总量，就相当于1952年一年的经济总量。"两弹一星"发射、太空漫步、"嫦娥"飞天，我们已经跻身于世界上少数几个掌握这些高端技术的国家行列，成为"亚洲的新领头羊""世界经济的新引擎"。

在这块曾被称为"停滞的帝国"的土地上，奔驰的时间划出一道人类发展的炫目曲线——上个世纪五六十年代，日本的国民生产总值年增长率达到10.9%；六七十年代，韩国国民生产总值年增长率达到8%以上，新加坡1968—1973年年均增长率为10.1%。而改革开放以来的中国，却以几乎同样的速度飞翔了整整30年。

当速度变快时，时间仿佛停止了流动。爱因斯坦的相对论，也许能够解释这样的观感："西方国家在午餐后小憩的瞬间，中国就变成了世界第三大经济体"，并"顺便让一半中国人摆脱了贫困"。

60年间，中国实现了从半殖民地半封建社会到民族独立、人民当家作主新社会的历史性转变，从新民主主义革命到社会主义革命和建设的历史性转变，从高度集中的计划经济体制到充满活力的社会主义市场经济体制、从封闭半封闭到全方位开放的历史性转变。

中国，在"北京时间"跳跃的数字中迈开奋进的脚步。世界，从"北京时间"铿锵的报时声中，感受青春中国的辉煌奇迹。

（六）奇迹是什么？

当今天的人们探询中国现代化动力，寻找"中国奇迹"发展秘笈时，往往会陷入矛盾和纠结之中。

有人分析，"中国选择了市场经济是决定性因素"，但选择市场体制的发展中国家并不少见，为什么中国能取得与众不同的成就？有人解释，是"中国人民比其他国家的人们更吃苦耐劳",但历史上中国人民从来勤劳,为什么只有在这新中国的60年造就了奇迹?有人认为,是"变革推动了发展",但从拉美到苏联,选择变革的国家不为少数,结局却是政治动荡甚至国家解体,为什么独有中国能在平稳中推动现代化巨轮破浪前行?

各种观点,对诠释中国的成功都有一定的适用性,却都不是决定乾坤的根本因素。布莱克在《现代化的动力》一书中曾如此论证:"现代化的核心问题,是一个社会将固守于传统系统的政治领导转变为热心于彻底现代化的政治领导的过程。"对于新中国而言,"政治领导的决定性作用",才是"中国奇迹"的核心因素。

发展政治学有关研究已经表明,一个强大的政党对于后发现代化国家的稳定和发展至关重要。这是新中国得天独厚的条件——我们有以人民利益为宗旨,以民族复兴为己任,有着广泛社会基础、组织纪律严整、思想高度统一、社会动员能力强大的中国共产党。中国共产党的坚强领导,以及它所确立的社会主义制度体系,决定了中国"社会主义现代化"的性质和方向,是现代化建设得以顺利实施的政治前提和制度基础。

回首鸦片战争后百余年历史,中国的现代化探索之所以充满迷茫和挫败,其根源就在于,它们都没有一个强有力的政治领导,都未能实现民族独立和国家主权完整,建立集中统一、现代化导向的中央政权;都未能通过有效的社会制度变革,建立起一个支撑社会现代化变迁的制度框架。

新中国的成立,新民主主义革命的胜利和社会主义基本制度的建立,为当代中国一切发展和进步奠定了根本政治前提和制度基础,不仅结束了"四万万中国人一盘散沙"的局面,让中国成为一个现代意义上的民族国家,也第一次让中国作为一个整体来追求现代化,以强有力的国家机器保障现代化进程,这才开启了古老中国现代化的新纪元。

而改革开放之所以开辟了现代化建设的新局面,也正源于中国共产党人能把亿万人民的迫切愿望以及对社会主义现代化规律的创新认识,凝聚为国家意志。从社会主义市场经济这一前无古人的伟大创造,到科学发展观这一指导现代化实践的先进理论,30年来,执政党永不停滞的开拓创新,启动了改革开放的新时代,带动了经济、政治、文化、社会各个领域相应的变革,最后各种因素形成合力,共同塑造了我国现代化波澜壮阔的画卷。这是"中国奇迹"的第一推动力。

奇迹是什么?歌德说,奇迹是信仰最宠爱的孩子。

（七）只有中国共产党才能救中国，只有中国共产党才能把中国带入一个繁荣富强的现代化国家。对于中国而言，这既是人民的选择，也是现代化进程规律的选择。

新中国所创造的现代化"奇迹"，静态地讲，有一个因素至关重要——中国共产党领导。动态地看，有一条道路贯穿始终——中国特色社会主义道路。

60年来，中国共产党将马克思主义与中国实际相结合，不断推进马克思主义的中国化、时代化，开辟中国特色社会主义道路，形成中国特色社会主义理论体系。这是旧中国巨变的根源，新中国腾飞的动力。

正是这条由"信仰"铸就的道路，让中国共产党团结带领各族人民开启了改变历史的"北京时间"，并在60年的岁月、特别是改革开放30年的进程中，不断与马克思主义基本原理"对表"，与中国国情和社会实践"对表"，与时代要求和世界潮流"对表"，最终形成了中国特色社会主义理论体系，开辟了中国特色社会主义道路，为世界提供了一个新型社会制度的发展模式。

这是一条世界上独一无二的现代化道路。自18世纪欧洲工业革命以来，现代化浪潮让人类文明步入新的时空隧道。其后的二三百年间，世界历史的大舞台上演绎的恢弘长剧中，现代化先发国家长期处于主导地位，并试图为世界历史定位。在这种格局下，现代化似乎是一元化的单向演进，后发国家只能做追随者。欧洲中心论、欧美模式是现代化的唯一归宿吗？这是人类文明必须面对的重大命题。

马克思说过，极为相似的事情，但在不同的历史环境中出现就引起完全不同的结果。在人类现代化的这幕长剧中，中国改变了的"剧情"，改变了现代化的"单向趋同"，它拓宽了民族国家走向现代化的途径，丰富了人类对于社会发展规律和道路的认识，促进了全球化时代人类文明的多样性发展。

在中国共产党的领导下，中国开辟出的这条现代化道路向世界证明，中国不仅是现代化的追赶者，也可以成为现代化的引领者——

我们不但善于破坏一个旧世界，而且善于建设一个新世界。

（八）1601年，明朝万历年间，一台庞大的机械钟表出现在京城。这是罗马天主教教士利玛窦送给中国皇帝的礼物。皇都北京，回荡起现代工业清脆的声音。

但在一个习惯用暮鼓晨钟计时的王朝,那是一个与世界无关的"北京时间"。远离世界的中央帝国,即使偶有现代化的声响扰乱清梦,却依然在沉睡中浑然不觉。中国远离着世界,世界却在现代化进程中突变。

短短60年,新中国将一个几百年来被世界漠视的时区,标注为举世瞩目的"北京时间"。今日世界,"北京时间"已经不可或缺,"中国因素"日益举足轻重。它让人们想起十多年前,几十名前美国政要联合署名致国会的一封信:"中国注定要在21世纪中成为一个伟大的经济和政治强国。"他们预测,中国不仅强大,而且伟大。

而一个伟大的中国,源于60年前那个开天辟地的时间。

(2009年9月27日)

走向复兴的"中国道路"

——写在新中国成立60年之际(下)

（一）2009年，新世纪的第十年，也是重要的转折之年。

这一年，经济危机中的世界，正从坍塌的市场中艰难求索复苏之路。而我们年轻的共和国，穿越了60年山河巨变的岁月，再一次挺立于新的历史起点。

60年过去，我们和我们所处的世界，经历了太多的冲突与坎坷，在发展与变革中行进，同样面临秩序的重建，同样期待破除横亘在脚下的一切障碍，从发展的困顿中突围，孜孜以求人类美好的彼岸。

所不同的是，60年前发生在中国的那场改天换地的社会革命，很大程度上是一个世纪里世界巨变的结果。今天，960万平方公里土地上升腾着的变革热情，则更多来自年轻共和国内心无法抑制的发展渴望。

像一个迎着朝阳奔跑的青年，我们的共和国以60年不变的执着和坚韧，沿着走向复兴的"中国道路"，开始又一次现代化征程的跋涉。

有人说，一个国家，只有正确认识自己的历史，才能在现实奔腾的浪潮中把握方向；一个民族，只有正确理解自己的道路，才能在不断的社会变革中走向进步。

我们从遥远的历史中走来，历史已经告诉我们未来的答案。

（二）振兴中华，赶上世界潮流，使中华民族屹立于世界民族之林，是长期以来中国人民的夙愿。

毫无疑问，1949年新中国成立，中华民族开启了自身发展的历史纪元。但这个崭新的纪元，所面临的困难和考验，所经历的挑战和艰辛，丝毫不比此前一个世纪少。

当1949年10月1日，新中国的时间开始时，中国共产党面临的除了满目疮痍的社会，还有一个并不清晰的未来——从未有过国家管理经验的政党，如何将一个落后的国家引领上通往现代化的道路，实现民族的伟大复兴？

世界用狐疑的眼光看着在战争废墟上插上五星红旗的新中国，看社会主义的小草，如何从这块贫瘠坚硬的大陆上挺立。

远大的目标立足于贫弱的基础，光明的前景发端于艰辛的探索，历史的豪情蕴藏着现实的挑战，新中国就这样义无反顾地走上社会主义道路。尽管这种落差与冲撞，伴随着60年风雨历程，但新中国终究以60年峥嵘岁月，在中华大地绘就了一幅波澜壮阔的历史画卷。

从贫穷落后到初步繁荣，从温饱不足到总体小康，从"站起来了"到"举足轻重"，60年间，社会主义中国在广泛而深刻的变革中，探寻出一条生气勃勃的现代化道路，创造了人类社会发展史上的奇迹。

政治学家约瑟夫·奈认为，"中国的经济增长不仅让发展中国家获益巨大……更重要的是将来，中国倡导的政治价值观、社会发展模式和对外政策，会进一步在世界公众中产生共鸣和影响力"。

约瑟夫·奈看到了"中国奇迹"的经济硕果，更看到了奇迹背后的"政治价值观"，因此触及了"中国奇迹"的本质——是中国特色社会主义这条通往中华民族伟大复兴的道路，将新中国送到了一个世界大国的位置。60年，新中国用举世瞩目的跨越，证明了社会主义制度的优越性。

历史比任何滔滔雄辩更能呈现真理，更能留下启示。今天的人们在讨论"中国奇迹"时，目光更多地聚焦在这30年中国发展的狂飙突进，而奇迹的发生，又何尝不是从60年前我们踏上那条道路开始？

（三）为什么我们会选择社会主义？

现代化不仅仅是生产方式的转变或科学技术的进步，它是一个民族文明结构的重塑，是经济、社会、政治、文化的全方位转型，其间必然蕴含着它们在各自的历史文化视野中，对现代化的不同价值取向和模式选择。

回首中国百年现代化历程，一条历史结论分外鲜明：只有社会主义才能救中国。正基于此，邓小平指出，"中国搞现代化，只能靠社会主义，不能靠资本主义"。这不仅是一种客观的、历史的、必然的抉择，也是一种主体的、理性的、智慧的抉择。

如果说一个国家现代化的核心问题是"政治领导"，那么"社会制度"则是现代化变革的决定性因素。对于后发现代化国家来说，由于追赶发展的压力异常沉重，而技术、知识、人力资本等现代化的动力因素又难以在短期内取得突破性进展，制度因素的重要性尤为突出。从根本上讲，1840年以来中国现代化进程的一个重要任务，就是建立同现代化相适宜的社会制度框架，而制度变革的成效往往直接决定着现代化建设的成败。

新中国成立以后，毛泽东反复强调，我们的总任务是"建设一个伟大的社会主义国家"。从一开始，我们选择的就是一条"社会主义现代化"道路，在其后半个多世纪的艰难曲折中，共和国的人民属性，现代化的社会主义属性，始终被一代代人坚守。60年光辉历程表明，它是开辟新中国现代化道路最重要的制度支撑，是共和国缔造者留给未来最宝贵的政治财富。

"只有社会主义才有凝聚力"。60年来，作为一种代表最广大人民利益的政治制度，作为一种社会信仰和精神信念，社会主义制度有效地集结了最为广大的社会力量，迅速地大规模地推动着中国经济、政治、文化和社会的现代化，成为新中国现代化列车高歌猛进的动力源。

正是社会主义制度，将这个曾经四分五裂的国家凝聚成一个整体，催生了万众一心、同风共雨的强大合力。这才有了亿万中国人民危难艰险之中救国的奉献和牺牲，一穷二白之上建国的探索和激情，遭遇困境之后强国的勇气和智慧，在中华大地创造奇迹，在岁月深处写下光荣。

（四）经济总量世界第三、人均GDP超过3000美元的中国，不再是那个积贫积弱的国度。"中产阶层人数如此之多，以至于北京在奥运期间不得不停驶一半的车辆，才能保证道路畅通。"路透社专栏作家在一篇文章中写道。

这个场景，是清末洋务运动的倡导者所不曾想象，是抛洒了热血的戊戌六君子的朦胧追求，是1911年那些试图以共和政体挽救中国于水火的先行者所未曾企及。今日中国超越前人梦想的富庶和强大，源于一种全新社会制度的开创和确立，来自几代人坚持不懈的探索与实践。

什么是社会主义，怎样建设社会主义？什么是现代化，怎样建设现代化？马克思为我们提供了对资本主义令人信服的批判，但并没有提供替代资本主义的具体方案。用他诙谐的话说，他给我们的不是"未来的菜谱"。作为一种不同于资本主义的发展道路，社会主义的未来，其生命力和优越性，必须用实践来检验。

1949—2009年，我们有过"大跃进"超英赶美的急躁，也有"调整、充实、巩固、提高"的反思；有过"文化大革命"砸烂一切的悲剧，更有解放思想、拨乱反正的转折；有过姓社姓资的、改革保守的争论，更有排除干扰、与时俱进的创新。坚持马克思主义基本原理不动摇，坚持社会主义基本制度不动摇，我们实现了世界文明成果与社会主义的有机结合。

1949—2009年，我们有过激情燃烧的岁月，也有困惑迷茫的年代；有过孤军奋战的封闭自守，也有走向世界的自信从容。既没有采取私有制、全盘西化的激进变革方式，又勇于破除阻碍社会主义发展的观念和体制；既坚持了科学社会主义的基本原则，又根据我国实际和时代特征赋予鲜明的中国特色，我们找到了一条通往现代化的复兴之路。

放眼20世纪的全球，特别是后发国家，"找寻"与"探索"现代化路径成为一个共同的主题。以西方发达国家为代表的现代化模式，不断输入后发追赶型国家，但少有成功，甚至导致了更大范围的"拉美陷阱"。新中国60年间的"找寻"，虽然走过弯路，有过错误，但我们最终在挫折中吸取教训，在探索中总结经验，毅然决然地吹响了改革开放的时代号角。

如果说社会主义新中国的建立，确立了支撑现代化建设的强有力制度体系，为当代中国一切发展进步奠定了根本政治前提和制度基础，那么改革开放这一决定当代中国命运的关键抉择，则全面推动了我国社会主义制度的自我完善和发展，极大地解放和发展了生产力，开辟了中国特色社会主义道路，迎来了中华民族伟大复兴光明前景。只有社会主义才能救中国；只有改革开放才能发展中国，发展社会主义，发展马克思主义。这是当代中国两次伟大革命的历史结论。

历史的长河静观时往往风平浪静，只有蓦然回首，才能体会它的波澜壮阔。从以阶级斗争为纲到以经济建设为中心，从高度集中的计划经济体制到充满活力的社会主义市场经济体制，从封闭半封闭到全方位开放，从物质文明到精神文明、政治文明、生态文明，从"四个现代化"的宏伟蓝图到以人为本、全面协调可持续发展……这些看似简单的词语之变，蕴藏着多少振聋发聩的观念突破，包含着多少惊心动魄的历史转折，凝聚着多少前无古人的伟大创新。它以一个政党巨大的政治勇气和理论勇气，改变了社会主义中国的发展轨迹，改变了十几亿中国人民的命运。

毛泽东思想、邓小平理论、"三个代表"重要思想、科学发展观等重大战略思想，60年来，我们党不断推进马克思主义中国化、时代化，不断把思想认识从那些不合时宜的观念、体制的束缚中解放出来，从对马克思主义的错误的和教条式的理解中解放出来,从主观主义和形而上学的桎梏中解放出来,开辟了马克思主义新境界。

(五)一百多年前,当马克思、恩格斯在莱茵河畔构建科学社会主义理论体系时,无法预知社会主义在一个多世纪后的发展场景,甚至从未用过"现代化"这个概念。

但马克思早有预言:东方落后国家由于自身社会结构和所处的特殊历史环境,可以走一条不同于西方社会的"跨越发展之路",即以先发国家为示范,吸取其文明成果,实现对资本主义"卡夫丁峡谷"的跨越,从而加速历史进程。

回首新中国 60 年,特别是改革开放不同寻常的 30 年,可以清晰地看到,我们取得的一切成绩和进步的根本原因,就是因为我们开辟了中国特色社会主义道路,找到了这条"跨越发展之路"。社会主义现代化,这个从未出现在经典理论中的概念,化为中华大地风雷激荡的伟大实践。在东欧剧变、苏联解体,社会主义事业在世界范围遭受严重挫折之际,新中国在一个十几亿人口的发展中社会主义大国取得的摆脱贫困、加快现代化进程、巩固和发展社会主义的宝贵经验,闪耀着马克思主义的真理光芒。

把坚持马克思主义基本原理同推进马克思主义中国化结合起来,把社会主义基本制度同发展市场经济结合起来,中国特色社会主义道路,不仅全面突破了传统社会主义模式,也破除了现代化的"西方想象",深化了对人类社会发展规律的认识,创造了具有社会主义属性的另一种现代化形态。

或许国际参照系,更能说明这条道路让新中国走了多远。第二次世界大战后,新独立的发展中国家纷纷走上现代化道路,在当时相对有利的条件下,利用"后发优势"穷追猛赶了几十年。然而,除了少数国家取得一定成就外,大多数发展中国家和地区的现代化都步履沉重。而中国这个十几亿人口的超大、超复杂经济体,却在 30 多年时间里实现了持续快速发展,创造了人类史上绝无仅有的奇迹。从 1981 年到 2004 年,中国贫困人口减少了 5.17 亿,世界银行赞叹:中国"在如此短的时间里使得如此多的人摆脱了贫困,对于全人类来说这是史无前例的"。

古老的中国,在中国特色社会主义道路上,迎来了民族复兴的曙光。这是魏源所向往的"风气日开,智慧日出"的"开放中国",是梁启超所呼唤的"常思将来,常敢破格"的"少年中国",是李大钊所期盼的"为世界进文明，为人类造幸福"的"青春中国"，是方志敏所渴求的"欢歌代替了悲叹，笑脸代替了哭脸，富裕代替了贫穷，健康代替了疾苦"的"可爱的中国"。

（六）中国的故事依然在继续，但它已经变得日益复杂。

当中国经济以前所未有的速度奔驰向前，"中国威胁论"却随之而来；当世界终于发现"中国的发展是20世纪最激动人心的事件"，中国正步入改革深水区，来自体制深层次的矛盾，成为制约现代化发展的挑战。

一个国家在从传统社会向现代社会转变的过程中，往往都要经历一个社会矛盾和社会风险的高发期。现代化的艰辛曲折，是世界各国现代化进程中的一个普遍现象。

更何况，作为一个后发现代化国家，时间压缩，空间叠加，我们必须面对更为严峻的考验——比世界上56个高收入国家的全部人口之和还多出3亿多，在如此规模的人口大国进行现代化，相当于把过去一两百年来的世界范围的现代化历程在中国重演一次。而我们既不具备发达国家早期发展所具有的相对宽松的国内资源条件和环境容量，也不可能像他们那样通过开拓殖民地掠夺现代化所需要的资源。

中国的现代化正处在一个关键时刻——如何通过发展方式的转变，谋求现代化的全面协调可持续？如何处理好改革发展稳定的关系，保持现代化进程的连续性？如何在提高效率的同时，更多地满足人民对公平正义日益高涨的需求？如何筑牢社会主义核心价值体系，在经济起飞的同时，提升国家的软实力？

一个国家，只有当它的人民获得了与现代化发展相适应的现代性，才可以真正称之为现代化的国家。"以人为本"科学发展观的提出，标志着中国特色社会主义理论与实践新的飞跃，构成了我们60年现代化探索的智慧结晶。而要将它付诸实践，把整个国家纳入科学发展的轨道，还要付出异常艰辛的努力。

"我们在推进改革开放和社会主义现代化建设中所肩负任务的艰巨性和繁重性世所罕见，我们在改革发展稳定中所面临矛盾和问题的规模和复杂性世所罕见，我们在前进中所面对的困难和风险也世所罕见。"立足社会主义初级阶段的基本国情，胡锦涛总书记这三个"世所罕见"的深刻判断，彰显中国共产党人的忧患意识和历史责任，也警示我们，中华民族的复兴之路绝非坦途。

历史会公正地记录每一代人走过的足迹，历史也忠实地把发展的课题留给后来者。新中国60年探索和实践，让中华民族百余年艰苦卓绝的复兴历史迎来了伟大的转折，不动摇、不懈怠、不折腾，坚定不移地推进改革开放，坚定不移地走中国特色社会主义道路，这块古老的土地还将书写人类发展的崭新篇章。

（七）2009年金秋，世界将目光再次聚焦中国。

新中国60年，对世界的吸引力之一，是这60年现代化的成败，关系到一个新型社会形态社会制度的兴衰。在西方人眼里，这个没有按照西方常规路径发展起来的国家，是个巨大的"未知数"。

连英国女王也按捺不住好奇，曾含蓄地询问中国贵宾："中国的发展备受全球瞩目和钦佩。但是，我们很想知道，中国人民究竟想建立一个什么样的国家，而他们又将在21世纪的国际事务中，扮演什么角色？"

社会主义中国60年的伟大实践，回应了"社会主义是20世纪的产物，也必将终结于20世纪"的"预言"，回应了"中国崩溃论""中国威胁论"的臆断，回应了一切围绕于它的想象和疑问。它所开辟的中国特色社会主义道路，谱写了社会主义最为激荡人心的雄浑乐章，不仅让一个新型社会制度在中华大地展现蓬勃生机，也让一个五千年古国大踏步赶上时代进步的潮流。

"到我们党成立100年时，要建成惠及十几亿人口的更高水平的小康社会；到新中国成立100年时，要基本实现现代化，建成富强民主文明和谐的社会主义现代化国家。"

沿着几代人开辟的光辉道路，迎着民族复兴的壮丽前景——

"更加美好的未来必将属于历尽沧桑而自信自立自强的中国人民！"

（2009年9月29日）

中华民族的生命所在、力量所在、希望所在
——论全国各族人民大团结

（一）2009年，新中国完成一个甲子的转换。年轻的共和国，和这片土地上的各族人民，一起见证了60年的沧桑巨变。

当年，黎族领袖王国兴穿越敌军封锁线，潜渡琼州海峡，辗转香港等地，经过一个多月的跋涉到达北平，在天安门城楼见证了开国大典。

当年，十世班禅大师致电毛泽东主席，代表全藏人民"致崇高无上之敬意，并矢拥护爱戴之忱"，由衷相信"今后人民之康乐可期，国家之复兴有望，西藏解放，指日可待"。

毫无疑问，新中国的诞生，是中华民族史上的伟大事件，是20世纪人类史上的伟大事件。备受欺凌奴役的中华民族结束了自己的悲惨命运，中国的民族关系迎来了平等、团结、互助、和谐的新时代。

从隔阂走向团结，从动乱走向安定，从黑暗走向光明，从落后走向进步，从贫穷走向富裕，从封闭走向开放。60年前，我们确立了以民族平等、民族团结、民族区域自治和各民族共同繁荣为核心的民族政策；60年后，我们拥有了一个经济发展、文化繁荣、社会稳定、民族团结的大家园。

外国学者把这"令人吃惊的统一"看作是"中国的神话"。因为在他们的视野里，奥匈帝国、奥斯曼帝国……在向现代国家转型的历史过程中，这些传统的多民族国家，大都没能避免分崩离析的命运。

苏东剧变引发"第三次世界民族主义浪潮"，各种形式的国家裂变、民族冲突，波及全球。或四分五裂，或族际冲突，或兵戎相见。一片纷扰中，有着56个民族的中国，却始终保持着国家统一，和睦相处、和衷共济、和谐发展。

是什么让历史的"惯例"，在这里失效？

（二）拨开时空的层层帷幕，可以发现，中国各民族的团结统一具有多重牢固的纽带。

自成一体的地理单元。中国的周边地带分别是高山、浩海、大漠和戈壁，这种相对封闭的地理环境在阻隔了与区域外交通的同时，又有利于区域内各民族的密切交往。各民族在历经迁徙、贸易、婚嫁，以及碰撞、冲突甚至兵戎相见之后，形成了大杂居、小聚居、交错杂居的分布格局。同顶一片天，同耕一块田，同饮一河水，共生互补。

大一统的政治理念和格局。早在先秦时期，中国先民的"天下"观念和"大一统"理念就逐渐形成。秦汉开创多民族统一国家的基本格局以来，中国成为各族人民共同的心灵归宿。历代中原王朝的统治者，不管是汉族还是少数民族，都以统一中国为己任，都把自己建立的王朝视为中华正统。大一统国家的长期存在，形成了强大的凝聚力和向心力。

多元一体的中华文化。中原文化通过各种途径向周边辐射传递，各少数民族的文化和域外文化源源不断传入中原。兼收并蓄，博采众长，造就了中华文化的博大精深，赋予其统一性和多样性的鲜明特征。不以血缘论夷夏，成为中国民族关系史上的重要现象。文化的相互传播和认同，成为各民族亲近与交融的强大精神纽带。

相互依赖的经济关系。由于自然条件的多样性，各民族之间很早就形成了互补互济的经济联系。大一统国家的形成，进一步为国内统一市场的形成和发展创造了有利条件。绢马互市、茶马互市……无论是统一还是分裂，经济的天然联系都不曾中断。这种不以人的主观意志为转移的经济联系，为政治认同和文化认同奠定了坚实基础。

救亡图存的共同使命。1840年鸦片战争之后的100多年间，亡国灭种的严峻形势，使中国各民族爱国一家、团结奋斗的意识空前觉醒，同仇敌忾、共御外侮，投身争取民族独立和解放的革命洪流，各民族连接成生死相依、不可分割的命运共同体。

疆域位居世界第三，人口位居世界第一，这样一个古老的大国之所以历史悠久而文明延绵不断，民族众多而国家长期统一，中华民族近现代之所以历经磨难、冲击、挑战没有分崩离析，反而多难兴邦实现空前的团结统一，其根源正在于此。

（三）"民族脱离了国家这个实体，就会像软体动物从硬壳中被扯出一样，立刻变得歪歪斜斜、软软绵绵。"这是史学家的形象比喻。

一个多民族国家，如果缺乏牢固的"身份意识"，没有强烈的"国家认同"，必然四分五裂、一盘散沙。对于中国各民族来说，如果没有一个现代的国家体系，将陷入"有一体之名，而无一体之实"的境地；如果没有一个现代的制度支撑，就无法改变落后挨打、蚕食瓜分的命运；如果没有一个坚强的领导，也就无法形成认同、结成一体，凝聚起亿万人民的力量。

在中华民族的发展史上，新中国的成立是一个里程碑。"我们各少数民族人民几百年来流血奋斗所争取的目标，今天终究实现了……眼看着我们各个少数民族和整个中国人民的光明幸福前途，我们有说不出的愉快和兴奋！"1949年9月30日，新中国诞生前一天，中国人民政治协商会议上33名少数民族代表的滚烫言辞，表达了各民族对这个国家的认同和期待。历经艰难而形成的伟大命运共同体，因为一个国家的诞生，搭建起"认同的屋顶"。也正是从那一天起，世界注目的"中国神话"，开始了新的一篇。

从刀耕火种到机械化耕作，从人背马驮到天路横越，从无学可上到55个少数民族都有本民族的大学生……60年来，高举民族团结的伟大旗帜，民族地区发生了天翻地覆的历史巨变，各民族正在共享现代化建设成果。现代化工农牧业经济体系基本建立，基础设施面貌焕然一新，人民生活实现总体小康。民族地区经济总量由1952年的57.9亿元增加到2008年的30626.2亿元，按可比价格计算增长了92.5倍；城镇居民人均可支配收入、农牧民人均纯收入由原来的不足百元分别增加到13170元和3389元。

马克思指出，"要使各民族真正团结起来，他们就必须有共同的利益"。国家认同，并不是认同一个虚幻的国家概念，只有建立在实在利益、切身感受和共同未来之上，认同才真诚、持久，才有打破阻隔、穿越风雨的力量。在中国少数民族和民族地区的沧桑巨变背后，正是一个国家走向富裕、走向文明的现代化进程，它使各族人民的"国家认同"不断深化，让各民族对中华民族的归属感、对中华文化的认同感、对伟大祖国的自豪感极大增强。

（四）当今世界既是一个国家的世界，也是一个民族的世界。3000多个民族分布在200多个国家和地区，绝大部分国家都是多民族国家。一般而言，有民族存在就有民族问题存在。民族问题始终是一个世界性的热点和焦点问题。为此，世界各国采取了多种多样的政策，形成了各不相同的解决民族问题的模式。

于是，我们看到了一些国家存在的崇尚多元主义的"沙拉碗"现象，我们也能看到有的国家奉行的用主流价值对其他民族加以融化和改造的"大熔炉"现象……外来冲击中被动打开国门接受西方文明的古老国度,却采用了自己特有的模式。这样的模式,是中国式的"和而不同":你中有我,我中有你,既保留自己的个性,又有着和谐的关系、共同的家园。这样的模式,是中国式的"齐心协力":在中国共产党的领导下,对于中华民族,对于中国特色社会主义,对于伟大的中华人民共和国,高度认同。

从"中华人民共和国各民族团结起来"的伟大号召,到推动民族区域自治走上法制化轨道;从把民族自身的发展引入民族问题的内涵,到各民族"共同团结奋斗、共同繁荣发展""促进民族团结、实现共同进步"……在中国历史上,中国共产党第一次真正高举起民族团结的大旗,提出了各民族在平等的基础上团结起来反帝反封建、共求解放幸福的革命纲领,并在引导各民族共同走上社会主义道路之后,团结带领各族人民致力于建设现代化祖国。60年来,新中国秉承的团结起来、共建国家的精神内核,始终如一。

在民族团结的价值取向下,中国共产党把马克思主义理论和中国具体实践相结合,确立了以民族平等、民族团结、民族区域自治和各民族共同繁荣为核心的民族政策。中国特色的民族政策,维护了国家的统一,筑牢了认同的屋顶。

中国民族政策"令人赞赏,值得世界上许多别的国家借鉴",长期在中国考察研究的澳大利亚学者尼古拉斯·泰普如此赞叹。凭借着在民族问题上明确的价值取向与一以贯之的精神内核,这个年轻的共和国,才能发扬光大源远流长的民族团结优良传统,才能从容因应动荡起伏的世界民族主义浪潮,带领世界五分之一左右的人口,走上一条持续的快速发展之路。一些外国专家和政要认为,这是对多民族国家民族政策的发展创新,为世界处理民族问题提供了"中国模式""中国经验"。

胡锦涛同志指出,民族团结进步事业是建设中国特色社会主义伟大事业的重要组成部分。60年来,我们深化了对社会主义初级阶段民族问题发展规律的认识——必须坚持中国特色社会主义道路不动摇,必须坚持党和国家的民族政策不动摇,必须坚持共同团结奋斗、共同繁荣发展的民族工作主题不动摇,必须坚持维护祖国统一不动摇。这四个"不动摇",指明了中国解决民族问题的正确道路。

(五)当今世界,没有哪一个大国,只有一个单一的民族;也没有哪一个大国,能够在世界变"平"的时代,免受全球化的经济活动、人口迁徙和文化碰撞的冲击。

在我们这个各民族共同缔造、共同建设、共同当家作主的统一多民族国家里，一亿多少数民族同胞分布在全国各地，民族自治地方面积占国土总面积的64%左右，西部和边疆绝大部分地区都是少数民族聚居区，有30多个民族与境外历史上同一民族相邻而居。这一基本国情，决定了民族团结始终是关系国家前途命运的重大问题，决定了加强和维护民族团结始终是关系党和人民事业发展全局的重大工作，始终是发展中国特色社会主义、实现中华民族伟大复兴的重大任务。

当代中国正在发生广泛而深刻的变革。一方面，我国正处于并将长期处于社会主义初级阶段，民族特点、民族差异和各民族在经济文化发展上的差距将长期存在，解决中国的民族问题依然任重而道远。另一方面，我国正处在经济转型、社会转轨的关键时期，在工业化、信息化、城镇化、市场化、国际化深入发展的背景下，民族问题的普遍性、长期性、复杂性、国际性和重要性更加突显，引发民族矛盾的因素更加多样。民族关系已日益成为全社会范围的关系，民族问题日益与现代化过程中的各种问题交织在一起。

当今世界正在发生广泛而深刻的变化。民族问题依然是制约、困扰世界和平与发展的热点和难点。特别是，暴力恐怖势力、民族分裂势力、宗教极端势力在我国周边一些地区依然相当活跃，境内外敌对和分裂势力的勾连呼应依然不断加剧，维护国家统一、民族团结面临的挑战依然严峻。

面对复杂局面，所有了解历史和现实的人都深知，对我们这样一个统一的多民族国家来说，团结就是力量，团结就是生命，团结就是胜利。讲任务，是56个民族共同的任务；讲成绩，是56个民族共同的成绩；讲困难，是56个民族共同的困难；讲前途，是56个民族共同的前途。56个兄弟民族情同手足，休戚与共，一损俱损，一荣俱荣。

（六）渴望生活在一个统一的国家之中，始终是中华民族最重要的文化基因。千百年来，对国家统一的不懈追求始终是中华民族高于一切的政治理想和道德情怀。

从现实利益看，民族分裂带来动荡甚至战乱，不符合每个民族、每个人的利益。从未来发展看，国家统一，才能凝聚人民的意志，支撑国家和民族的未来。反对国家分裂、维护国家统一和领土完整，是每个主权国家的基本原则。针对北爱尔兰问题，英国制定法律捍卫主权不可侵犯原则；防止魁北克分裂，加拿大出台《权限界定法》；许多国家在《刑法》中，都设立了反分裂的条款……

孙中山先生曾指出："中国是一个统一的国家，这一点已牢牢地印在我国的历史意识之中，正是这种意识，才使我们能作为一个国家而被保存下来。"正是这种意识，使得"西藏独立""东突厥斯坦"、伪"满洲国"等分裂行径旋起即灭；也正是这种意识，让中国人民形成了这样的共识：那些分裂主义分子，不仅背叛了祖国，也出卖了自己的民族，是国家和民族的罪人。

历史和现实都表明：国家统一、民族团结，则政通人和、百业兴旺；国家分裂、民族纷争，则丧权辱国、人民遭殃。在西藏"3·14"事件和乌鲁木齐"7·5"事件中，面对一些分裂国家、制造事端的行径，包括藏族和维吾尔族同胞在内的各族人民一致反对、强烈谴责，正说明民族团结和国家统一，是中华民族的共同利益，是各族群众的共同意志，是广大人民的共同选择。

维吾尔族有句谚语：水珠投进海洋生命就会无限。回首过去，是民族团结，支撑着中华民族创造了古代的辉煌，走出近代的泥泞，重获现代的新生；展望未来，只有坚持民族团结，才能形成中华民族的强大凝聚力，充分发挥中华民族的整体优势和创造活力；只有56个民族聚成一条心，13亿同胞拧成一股绳，才能焕发出中华民族的磅礴力量，推动"中国号"巨轮劈波斩浪，一路向前。

（七）60年前，云南普洱境内，矗立起一座"民族团结誓词碑"。

"我们二十六种民族的代表，全普洱区各族同胞，慎重地于此举行了剽牛，喝咒水，从此我们一心一德，团结到底，在中国共产党领导下，誓为建设平等自由幸福的大家庭而奋斗！此誓。"几种民族文字，书写同一个誓言。

抚今思昔，从南北朝岭南冼氏夫人平叛，到明朝广西瓦氏夫人年近花甲率兵抗倭，从清朝蒙古族土尔扈特部落万里东归，到锡伯族等万里西戍新疆，从内蒙古草原母亲收养上海等地的"三千孤儿"，到汶川地震中各地志愿者赶赴阿坝藏族羌族自治州为拯救同胞奔走……在历史的长河中，各族儿女谱写的热爱祖国、民族团结的佳话，史不绝书，世代相传，融汇为照亮时代的宝贵传统。

60年过去，各民族和伟大祖国一道，翻越万水千山，共同向民族复兴迈进。云南普洱碑文的字迹，虽经岁月风雨依然历久弥新，回答着世界的关切，昭示着永恒的真理：

"我国各民族团结进步是中华民族的生命所在、力量所在、希望所在"。

(2009年11月30日)

迎战国际金融危机的"中国答卷"

（一）历史常常以惊心动魄留下深刻印记，也常常以峰回路转写下绚丽篇章。

2009年，国际金融危机巨浪滔天，世界经济跌宕起伏，中国经济险象环生。

2009年，中国经受了新世纪以来最严峻的考验，在全球率先实现经济回升向好，成为世界经济触底反弹的新引擎。

突如其来的国际金融危机冲击，是对全党全国各族人民信心和勇气的重大考验，是对我们驾驭社会主义市场经济能力的重大考验，是对我们党执政能力的重大考验。

风雨中走过，风暴中挺立。大考之年，中国交出了一份出色的答卷。

（二）这是一份令人难以置信的答卷。

2009年年初，曾有外国媒体如此预言，"中国已经开始经济衰落，也许将比美国经济还要恶化"，"中国难以继续奇迹"，它"只是个身陷囹圄的大国"。

7个月之后，这家杂志刊登题为"中国能否拯救世界"的封面文章，封面上一只熊猫正拿着气筒给瘪了的地球打气。那时，中国上半年7.1%的增速，"几乎成为照耀全球经济信心的灯塔"。

2009年年末，还是这家杂志将"中国工人"评为年度人物。原因是：尽管一年前许多人认为"保八"是一个梦想，但是中国做到了。中国千千万万勤劳坚韧的普通工人，使得中国在世界主要经济体中继续保持最快的发展速度，并带领世界走向经济复苏。

从否定到肯定，从当初的疑虑到后来的赞誉，一年时光，很多人颠覆了对中国的认识。但在看法不断校正、结论不断修改中，一个更大的疑问是——"为什么是中国"？

为什么是中国？危机袭来，世界经济一片肃杀。从发达国家到发展中国家，各国政府或奋力自救，或联手反击，但大都收效有限，许多经济体步履沉重。中国如何能在世界经济衰退的漩涡中"风景这边独好"？

为什么是中国？外贸依存度60%以上，中国本应成为金融危机席卷下的重灾区。在外部需求骤然减少、出口增幅急速下滑的严峻形势下，中国又如何能越过激流险滩，成为"2009年显著增长的唯一主要经济体"？

在2009年年末的中国答卷上，写着这样的数字——这一年，中国对世界经济增长的贡献将超过50%。这是二战以来全球首次出现的经济新格局。在新的世界经济版图中，这份答卷标注着沉甸甸的"中国分量"。

是什么让中国经济将"不可能的奇迹"继续下去？是什么让中国人民在危机袭来之际奋发前行？是什么让社会主义中国成为"打破经济学教科书常规的国家"，书写了难以置信的"中国答卷"？

（三）在外人眼里，"中国经济的复苏故事堪称神奇"，而在中国人看来，这"神奇的故事"始于党中央未雨绸缪的远见卓识。

早在2007年8月，胡锦涛总书记在中央政治局集体学习时就提出，在经济全球化、我国对外开放不断扩大的形势下，必须增强国家经济安全监测和预警、危机反应和应对能力，增强金融业抗风险能力。当年年底的中央经济工作会议上，总书记再次强调，要密切关注国际局势的发展变化，做到未雨绸缪，对各种可能发生的情况要及早制定预案，妥善应对，趋利避害。2008年2月，在党的十七届二中全会上总书记又提出，要正确把握世界经济走势特别是次贷危机蔓延等情况及其对我国的影响，努力保持经济平稳较快发展的好势头……

这种见微知著的敏锐洞察，审时度势的深刻认识，为我国应对国际金融危机的冲击赢得了时间，争取了主动。

当金融危机席卷全球，2008年11月党中央作出三个重要判断——

第一，我国发展的重要战略机遇期依然存在。第二，我国经济发展的基本面和长期向好的趋势没有改变。第三，危机给我国提出了前所未有的挑战，也带来了前所未有的机遇。

大关口，大智慧。回头再看，在不进则退的险峻形势下，党中央的三个重要判断，无疑是一年来中国决胜千里的信心之源。这个判断，在中国发展的关键时刻，打消了疑惧，稳定了人心，鼓舞了士气，明确了方向。

局面豁然开朗。

因为这个判断，我们有了见事早、行动快、驾驭全局的"中国部署"——党中央、国务院打破常规，在2008年中央经济工作会议召开前一个月，及时出台扩大内需、促进经济增长的十大政策措施。宏观经济政策作出重大调整，财政政策由"稳健"转为"积极"、货币政策由"从紧"转为"适度宽松"。保增长、保民生、保稳定，成为中国经济应对冲击的重中之重。

因为这个判断，我们有了出拳重、措施实、力度空前的"中国行动"——加大投资，刺激消费，给经济"输血"，帮企业闯关。从两年新增投资4万亿，到全年新增信贷近10万亿；从减税降费、贴现降息，到家电下乡、汽车下乡；从实行更加积极的就业政策，到加大财政对社会保障体系的投入……一系列"组合拳"，力度之大，配套之全，前所未有。

因为这个判断，我们有了底气足、视野宽、统筹兼顾的"中国主张"——"从逆境中发现和培育有利因素，变压力为动力，化挑战为机遇"，"信心比黄金和货币更重要"，"最重要的是要把我国自己的事情办好"，"把握好宏观调控的重点、节奏、力度，灵活而准确地解决问题"，"把保增长与扩内需、调结构结合起来"，"更加自觉、更加坚定地推动科学发展"……应对之策忙而不乱，既解近忧又谋长远。

还可以从另一个视角，把握"中国故事"的脉络。2009年1月，胡锦涛总书记在元旦讲话中强调"必胜信心"；3月的全国两会上，在江苏、广东代表团解析"机遇"，鼓劲打气；4月二十国集团金融峰会上，提出"携手合作同舟共济"；月底在山东，勉励大家"拧成一股绳"；6月在黑龙江重申"增强信心"；7月云南调研提出"危中求进，化危为机"；8月新疆考察强调"改革发展，团结稳定"；9月在第六十四届联大倡导"共同分享发展机遇，共同应对各种挑战"；10月考察山东，提出"打好转方式、调结构这场硬仗"；12月考察广东，强调"始终把自主创新作为企业生命"……

这一年，所有中央领导同志都风尘仆仆，深入实际，身临一线，调研指导。中央领导同志一年的足迹，凸显了三个主题词：信心，变革，合作。它清晰地传递着应对冲击的"中国思路"，呈现了坚定的意志、开阔的视野和大国的责任。国际舆论评价："中国领导人展现出驾驭复杂局面的大智慧。"

（四）一个国家应对风险挑战的水平高低，体现其"国家能力"的强弱。

国家能力是国家将自己的意志、目标转化为现实的能力。它不仅是一个国家综合国力的组成部分，也是衡量一个政党执政能力的重要标准。对危急情况的应对水平，往往更能直观地呈现"国家能力"的高下。

2008年9月15日，美国雷曼兄弟公司轰然倒下，金融危机自华尔街决堤而出，席卷全球：美国季度GDP创下27年来的最大降幅，道琼斯指数暴跌近半；日本、欧元区经济陷入严重衰退；反映国际贸易的领先指数——波罗的海综合运费指数高台跳水，短短6个月便从11689点下探至663点……世界经济面临着二战结束以来的首次负增长。在此后充满煎熬的一年内，面对经济急剧下滑的颓势，很多国家危讯不断，中国经济也遭遇改革开放以来罕有的巨大困难。

然而仅仅一年之后，中国经济就在全球率先回升向好，交出了一份全球瞩目的中国答卷。

这是一份"关于速度"的答卷。10.6%、10.1%、9%、6.8%、6.1%、7.9%、8.9%，将2008年以来近七个季度的GDP增幅连成一条曲线，是一个漂亮的"V"形反转。这意味着中国经济昂首回升，"保八"已无悬念。

这是一份"关于质量"的答卷。2009年的中国生动诠释了"好"与"快"的发展辩证法。在稳定外需的同时扩大内需，中国经济的增长路径，开始转向依靠"三驾马车"并头齐驱。以发展方式之变应对外部环境之变，十大重点产业调整和振兴规划、八项区域发展规划、十一个重大科技专项陆续启动，抑制六大行业产能过剩，"4万亿"源源流向结构调整、自主创新、节能减排和生态工程。增长更有质量，发展更有后劲。

这是一份"关于温度"的答卷。"越是在经济困难时候，越要高度关注民生"。中国没有简单地搬用"凯恩斯式刺激"，也没有"撒胡椒面"，而是将一揽子计划重点锁定民生领域。2009年全年城镇新增就业有望超过1100万人，城镇居民基本医疗保险制度全面实施，新型农村合作医疗等制度改革稳健推进。GDP增长的每一个百分点，都紧系着最广大民众的福祉。

这是一份"关于责任"的答卷。作为一个有13亿人口的大国，把自己的事办好，本身就是对世界最大的贡献。与此同时，中国主动承担相应的国际责任和义务，积极参与应对金融危机的国际合作，推进国际金融体系改革，加强宏观经济政策协调，同国际社会一道推动世界经济复苏。

危机爆发之初，国际投资大亨索罗斯预言："各国能否有效对付本轮金融危机，关键在于各自的政策效力。"

在这份应对冲击的"中国答卷"上，我们看到执政党对形势的判断有了丰富的现实依托，看到"保增长、扩内需、调结构、促改革、惠民生"一系列国家目标得以实现，看到"以人为本"科学发展的国家理念得到践行，看到一个负责任大国对世界的贡献。这是社会主义中国"国家能力"的最好注脚。

（五）强大的"国家能力"，让中华民族在迎战国际金融危机中，团结更加紧密，信心更加坚定，应对更加主动。"国家能力"的背后，是执政党的决策能力、制度的保障能力、理论的指导能力。

有了执政党的决策，才能第一时间形成国家意志，确定导向鲜明的国家目标。有了制度的支撑，才能最大限度地组织和动员社会力量，保证国家意志付诸实践。有了理论的引领，才能把握规律，立足长远谋划未来。

没有党中央在严峻形势下的准确判断，没有随之产生的一系列"国家决策"，我们就不会有应对冲击的主动性；没有社会主义集中力量办大事的制度优势，没有全国一盘棋的社会机制，我们就不会有应对冲击的战斗力；没有科学发展观这一指导发展的世界观和方法论，没有统筹国际国内两个大局的视野，我们就不会有应对冲击的创造性。

或许外界的目光，能让我们更清晰地看到社会主义中国的"国家能力"——

诺贝尔经济学奖得主彭斯判断，中国应对危机的力度最大、速度最快，应对危机的时间选择正确，延迟几个月就可能错失良机。

美国经济学家斯蒂芬·罗奇评价，在经济困难时期，中国的指挥和控制体系比其他市场经济体系更有效。

联合国一位经济学家指出，中国出台的刺激措施是世界各国应对国际金融危机的一个战略转折点。

（六）当金融危机使新自由主义经济模式走入死胡同，资本主义的制度缺陷暴露无遗，被推到"十字路口"的中国，却以中国特色社会主义制度的优越性，印证了迎战危机的"国家能力"。

这一制度优势，使我们能集中力量办大事，铸就迎难而上的"中国力量"。从南方到北方，从沿海到腹地，从城市到乡村，从政府到企业，全国一盘棋，决策顺畅，执行高效。从中央到地方发挥强大的组织动员能力，运用财政、金融、税收等政策杠杆，动员社会各方面力量。整个中华民族同心同德，共御艰辛的严冬，迎接发展的春天。

这一制度优势，使我们能用多种手段推动发展，保证有序有力的"中国效率"。一方面加强和改善宏观调控，提高科学性、预见性，灵活把握"政府之手"的高效；一方面坚持推进改革，从制度上更好地发挥"市场之手"的神妙，激发民间的创造力。既强调充分发挥市场在资源配置中的基础性作用，又注重加强和完善国家对经济的宏观调控，有效弥补市场经济的自身不足，确保国民经济充满活力、富有效率、健康运行。

一个国家应对风险挑战能力的高低，从根本上取决于是否有适合本国国情、反映时代进步要求的发展道路和制度基础。正是社会主义的制度优势，使中国越是处于危急关头，越能凝聚各方力量、形成整体合力。

（七）纵观历史，每次大的经济危机都曾重创世界经济，同时又催生新的发展机遇。在危机中抓住机遇的国家，通常率先复苏并占据新一轮发展的制高点。

坚持中国特色社会主义理论体系，在科学发展观的指导下，我们从传统模式之"危"中，看到科学发展之"机"，奠定了化危为机"国家能力"的理论基础。

危机面前，我们坚持以人为本、全面协调可持续发展的理念，标本兼治、远近结合，把应对国际金融危机冲击作为转变发展方式的重要契机，把统筹兼顾作为谋划和推动工作的根本方法，兼顾长期与短期，协调内需与外需，统一民生与国计，既成功化解了国际金融危机冲击的"眼前之急"，又通过增强发展的全面性、协调性、可持续性谋得"长远之功"。

危机面前，我们以扩大内需为基本立足点，以结构调整为主攻方向，以深化改革为强大动力，以科技创新为重要支撑，以改善民生为根本目的，大规模增加政府支出，大范围实施产业调整振兴规划，大强度推进重点领域和关键环节改革，大力度鼓励技术进步和自主创新，大幅度提高社会保障水平，做到了保增长与扩内需、调结构、促改革、惠民生有机结合。

在迎战国际金融危机中，各地奋力突围，抢抓机遇。广东加快产业结构转型升级，积极实施珠三角改革发展规划纲要；上海快速发展现代服务业和先进制造业，建设国际金融中心和国际航运中心；天津着力构筑高端产业、自主创新、生态宜居高地，锻造经济发展新优势……东部、中部、西部地区和东北老工业基地，许多省区市强劲增长、力撑大局，中国经济新的强大引擎已在轰鸣。

在迎战国际金融危机中，各地高度重视培育资源消耗低、辐射带动力强、发展前景广阔的战略产业，高度重视打造核心竞争力更强的市场主体。国内高技术产业"抗压力"增强、增长势头迅猛，文化产业发挥"反周期调节"的特点，通过深化体制改革逆势上扬，撑起一片新天地，中国经济持续发展的动力和活力进一步增强。

科学发展这一总揽全局、把握未来的清晰思路，奠定了中国在新一轮发展中实现新跨越的基础。国际金融危机倒逼出科技突破和产业变革，迎来了中国迈向创新型国家的重大历史机遇。

（八）几百年来，中国从未抵达这样的位置。

当国际舆论感慨"中国方舟拯救了世界经济"，当外国政要确信"中国缺席的谈判没有任何意义"，当世人惊叹"2009年的年度大事就是中国突然跻身世界外交和经济舞台最前沿"，我们看到，金融危机重塑了世界经济版图。经济实力、综合国力和国际影响力的上升，造就了中国举足轻重的地位。中国的声音被世界认真倾听，社会主义中国的"国家力量"举世瞩目。

这样的场景令人感慨万千。有学者提出，中国近代的衰落，并非完全源于经济与科技的落后，直到18世纪末中国的GDP仍占全球的1/3。老大帝国实力不衰，余威仍在，却终至山河破碎、备受凌辱，最重要的原因，是"国家能力"的持续下降。当政者对人民凝聚力的丧失、国家对社会组织动员能力的衰退，让偌大的中国一盘散沙，这才会在列强环伺中一触即溃。

中华人民共和国的成立，为当代中国一切发展进步奠定了根本政治前提和制度基础。新中国60年，改革开放30年，社会主义中国在中国共产党领导下开辟中国特色社会主义道路，奠定了日益雄厚的物质基础，锻造出坚不可摧的"国家能力"。

这种能力，曾在抗击"5·12"特大地震中震撼世界；这种能力，曾在举办北京奥运会中大放异彩，如今又在应战国际金融危机冲击中展现威力。它充分体现了中国共产党治国理政的能力和水平，证明了我们党在世界形势深刻变化的历史进程中始终走在时代前列，在应对国内外各种风险和考验的历史进程中始终是全国人民的主心骨，在发展中国特色社会主义的历史进程中始终是坚强的领导核心。

（九）走过激流，中国巨轮依然破浪前行。

这是年轻共和国的下一个航程，又一个甲子的开启；也是新世纪的第二个十年,又一次崭新的开局。

一年前,《人民日报》元旦社论这样写道:"前进的道路,总是越过一岭又一峰,闯过一关又一坎。"一年后,《人民日报》元旦社论提出"坚定必胜信心、增强忧患意识,共同迎接奋发有为的 2010 年"。

我们将继续书写答卷。

我们会再次获得成功。

(2010 年 1 月 5 日)

决定现代化命运的重大抉择
——论加快经济发展方式转变

（一）2010年，本世纪进入第二个十年。

中国的现代化，又到了一个攸关未来的路口。

"在经历了近百年的外族羞辱、入侵、战争以及难以名状的事件后，中国人正准备拥抱久盼的梦想，那就是国家的现代化"。当世界以慨叹的目光，打量这个追赶者60余年砥砺奋发的身影，"1949—2049"这一中国现代化的时间表，也进入了攻坚克难的"后半程"。靠什么保证现代化的持续性？靠什么续写"前半程"的辉煌与光荣？中国必须作出抉择。

"实现未来经济发展目标，关键要在加快转变经济发展方式、完善社会主义市场经济体制方面取得重大进展"。党的十七大，新的远见开始凝聚。

"转变经济发展方式已刻不容缓"，一场国际金融危机使传统发展方式"软肋"尽显。2009年年底中央经济工作会议，新的任务迫在眉睫。

加快经济发展方式转变，"关系改革开放和社会主义现代化建设全局"是"深入贯彻落实科学发展观的重要目标和战略举措"。2010年年初胡锦涛总书记在省部级主要领导干部专题研讨班发表重要讲话，新的认识飞跃升华。

加快经济发展方式转变，这个时代的命题、发展的课题、现实的难题，在过去一年以前所未有的峻切，期待我们的破解之道。这一年，我们不仅有发展速度的V形反转，更有发展方式的切实突破。国际舆论敏感地指出："这个以接近10%的速度飞翔了30年的国家，在关注GDP增速的同时，开始更加关注GDP的构成和质量。"

多一些历史眼光的人还发现，如同当年从计划经济体制向社会主义市场经济体制转轨的步伐，无比艰难却无比坚定；今天，这个发展中大国转变经济发展方式的步履，同样艰难也同样坚决。

若干年后人们会看到，来自经济领域的这场深刻变革，是决定中国现代化命运的又一次重要抉择。

（二）这一抉择，始于科学发展的时代要求，源于不变不行的现实忧患。

"金融危机引发的'传染病'使众多西方发达国家纷纷倒下，中国也面临'失去免疫力'的危险。假如没有大规模政府投资拉动，2009年中国经济增长的低点可能会降至1%左右。"

为什么会这样？

与发达国家金融体系陷入泥沼，危机从金融领域蔓延到实体经济领域不同，中国的金融业健康稳定，对实体经济的"造血"功能毫发未损，为什么我们也在这场冠名"金融"的危机中受到严重冲击？

问题出在经济发展方式上。

长期以来，我国经济增长高度依赖国际市场，外贸依存度从改革开放之初的9.7%上升到目前的60%，远高于世界平均水平。如此之高的外贸依存度，带来与国际市场"同此凉热"的高风险度。一旦危机席卷全球、外部需求急剧下滑，拉动中国经济的三驾马车就必然因为出口的自由落体式滑落而失去平衡。

长期以来，我国企业自主创新能力不足，缺乏核心技术、缺乏自主知识产权，更多依靠廉价劳动力的比较优势、依靠资源能源的大量投入来赚取国际产业链低端的微薄利润。"世界工厂"的光环，掩不住90%的出口商品是贴牌产品的尴尬。在巨浪滔天的金融海啸里，这些没有自己"头脑"和"心脏"的贴牌企业更容易"沉没"。

重国际市场、轻国内需求，重低成本优势、轻自主创新能力，重物质投入、轻资源环境，重财富增长、轻社会福利水平提高，这就是我们长期形成的传统发展方式。这样的发展方式不够注重结构的优化、效益的增加、过程的可持续和成果的共享，难以实现质与量的统一、快与好的统一、物与人的统一、人与自然的统一。这样的发展方式与国际金融危机"双碰头"，自然会产生强烈的共振效应。"虽然金融风暴没有正面冲击中国，但'发展方式病'的存在，还是使这个庞然大物趔趄了一下"。

"国际金融危机形成的倒逼机制，客观上为我国加快经济发展方式转变提供了难得机遇"，党中央果敢科学的判断，坚定了人们以变革促转型、从危机看生机的决心。穿越漫天怒吼的金融风暴，加快转变发展方式的时代命题，开始酝酿初现形态的"质变"，预示着中国现代化历程上的重要转折。

（三）自18世纪下半叶，蒸汽机吐着白气推开现代化大门以来，人类文明发生了深刻的嬗变。在现代化进程的大舞台上，新老大国次第亮相，演绎了各具特色的发展篇章,这当中有一条堪称规律的结论:一个国家要保持充满活力、持续向上的发展态势,关键是让经济发展方式始终与时俱进,找到符合时代潮流、契合自身发展阶段的现代化路径。

近300年的世界现代化史,就是一部发展方式的更新史。正是依靠工业革命,转向工业立国,才使英国这个孤悬一隅的小岛,孕育了超凡的能量,成为跨越两个世纪世界发展的领头羊。正是重视科技发明、信奉"专利制度就是将利益的燃料添加到天才之火上",才使美国这个原本照搬欧洲技术的学生,成为一个具有自主创新能力的国家,抓住机遇跃居世界第一经济强国,并以不断创新的方式增强综合国力、巩固超级大国的地位。

与之形成鲜明对照的是,上世纪七八十年代,拉美经济高速起飞,但由于未能在收入分配等经济社会协调发展方面及时转型,其人均收入长期阻隔在6000美元的"玻璃穹幕"中,掉进了"拉美陷阱"。同一时期,日本和韩国的工业化高速推进,却忽视了工业经济向知识经济的转型,企业发展仍以政府为主导,致使一个个"超大企业"缺乏创新活力,技术多停留在模仿层面,陷入了"日韩困境"。

没有一劳永逸的现代化,也就没有一成不变的发展方式。在发展方式这个问题上,不变则罔,不进则退,这条两百多年来锤炼的历史经验,已经成为世界各国推进现代化的国家理念。

国际金融危机波澜未平,一场争夺未来发展制高点的"竞赛"就已悄然涌动:美国将研发投入提高到GDP的3%,创下历史最高水平;英国着眼发展低碳经济、数字经济,"构建英国未来";欧盟宣布投资1050亿欧元发展绿色经济;俄罗斯提出开发纳米和核能技术……人们清楚地知道,这样的结构调整、技术创新和产业升级是世界经济进入新一轮增长周期的前奏,它们将在很大程度上影响"后危机时代"的国家力量对比,重构全球的经济政治版图。

此时此刻,中国加快经济发展方式转变,不仅符合世界经济发展方式变革的一般规律,更关系到我们在未来发展中能否拥有新的引擎,在未来竞争中能否获得新的优势,在现代化路途上能否取得新的成就。

(四)新中国成立前的200年,中国是世界现代化进程的落伍者。现代化之于中国,有梦却无路。是新中国的诞生,使中国人的梦想有了清晰的"时间表":用100年时间基本实现现代化。

60年过去了。从中国人用的火柴、煤油都姓"洋",到不少人离开"中国制造"就将失去舒适的生活,中国实现了从农业社会向工业化中期阶段的历史跨越。欧美发达国家用了将近300年,才使10亿左右人口进入工业社会;中国仅用了60年,就将13亿人带入工业社会,演绎了人类发展史上的传奇。

今天,进入现代化的"下半场",构成中国经济快速发展模式的诸多要素条件、内外环境、增长动力与机制都发生了重要变化。如果保持原有发展方式不转变,未来40年我们将走上一条怎样的道路?

这是一条外向发展难以持续的"风险之路"。"危险往往在危机结束之后",国际金融危机渐行渐远,培育新的经济增长点却有待时日,全球经济可能进入相对低速增长期;发达国家居民储蓄率将有所上升、消费率继续下降,国际市场需求短期内甚至会相对收缩。那种过度依赖外向型经济、"大进大出"的传统发展方式,不仅会加大风险,而且在未来难以持续。只有将经济发展更多建立在扩大内需的基础上,才能在国际风云变幻中始终立于不败之地。

这是一条资源环境难以支撑的"负重之路"。中国的人均资源能源拥有量低于世界平均水平,但消耗量却远远高于世界平均水平。这种"暴饮暴食"型的发展方式,不仅我们自己的国情不允许,全球的资源容量也难以承载。另一方面,我们正以历史上最脆弱的生态环境,负担历史上最大规模的经济活动。如果沿袭原有的发展方式,"碳排放"将成为无法飘散的忧虑,不仅会成为制约经济发展的瓶颈,也不利于中国对环保这一人类共同责任的主动担当。

这是一条国际竞争力难以提升的"低端之路"。国际产业分工有条"U"形曲线,一端是高利润的研发、设计、标准制定等,另一端是高利润的品牌、销售和服务,中间是低利润的加工生产。如果不能形成以技术进步为基础的新竞争优势,中国将长期停留在"U"形曲线的中间段,徘徊在国际产业链的中低端。随着土地、能源、人工等要素成本的上升,随着老龄化社会的到来,我们所依赖的低成本"比较优势"也将不复存在。

这是一条人的福利难以增长的"物本之路"。按照经济学的"激励相容"理论,最好的制度安排是使人们追求个人利益的行为,正好与社会实现价值最大化的目标相吻合。当今时代,百姓热切盼望共享改革发展成果、解决收入分配问题;盼望公平化、绿色化、国民福利最大化的经济发展方式。转变以单纯物质增长为核心内容的传统经济发展方式,让人民从发展中分享红利、满足人的全面发展需求，是继续发展的重要动力。

中科院最近发布的一份报告认为，中国在通往现代化的道路上，将遇到资源环境压力、发展不均衡等挑战，如果按照发达国家现代化的现有"历史经验"走下去，中国在本世纪末晋级发达国家的概率仅为4%。

环顾全球，曾经成功启动现代化进程的国家不少，但真正能够推动现代化进程持续不断进行下去并最终获得成功的国家并不多。不少国家在迈入现代化进程后，最初的发展势头相当不错，但后来却出现停滞，甚至发生逆转，关键原因就是没有及时对发展方式作出调整。

飞速发展30多年之后，中国走到了这样的关口。党中央提出加快转变经济发展方式，正是基于对历史经验和现实挑战的深刻洞察——

"加快经济发展方式转变是适应全球需求结构重大变化、增强我国经济抵御国际市场风险能力的必然要求，是提高可持续发展能力的必然要求，是在后国际金融危机时期国际竞争中抢占制高点、争创新优势的必然要求，是实现国民收入分配合理化、促进社会和谐稳定的必然要求，是适应实现全面建设小康社会奋斗目标新要求、满足人民群众过上更好生活新期待的必然要求。"

（五）命运不关乎机会，而关乎对机会的把握和选择。20世纪以来，中国曾有两次决定现代化命运的重要转型。

60年前新中国的成立，完成了由半殖民地半封建社会到新民主主义社会的历史性转变，彻底扫清了中国走向现代化的制度障碍，为当代中国一切发展进步奠定了根本政治前提和制度基础。社会制度转型，这是决定中国现代化命运的第一次重大抉择。

30年前，我们以"摸着石头过河"的勇气、"杀出一条血路"的决心，拉开了改革开放的恢弘巨幕，开始了从计划经济体制到市场经济体制的转变，使我们这个曾占据人类文明中心地位的古老民族，在落后世界现代化进程一个多世纪后，赶上了现代化的最新浪潮。经济体制转轨，这是决定中国现代化命运的第二次重大抉择。

今天，从新世纪新阶段我国经济社会发展面临的新形势、新任务、新特点出发，在科学发展观指导下，我们又提出了加快转变经济发展方式的时代命题，并以国家整体发展方式的转型，推动中国经济社会科学发展的历史性变革。发展方式转变，这是决定中国现代化命运的又一次重大抉择。

社会制度转型，经济体制转轨，发展方式转变。三次变革，处于不同历史时期，源于不同历史环境，反映了我们党引领中国发展进步能力的不断提高、对社会主义现代化建设规律认识的不断深化。如果说第一次"政治制度"抉择，打下了中国现代化的制度基础，创造了新中国60年国强民富的辉煌成就；第二次"经济体制"抉择，激活了中国现代化的动力源泉，带来了改革开放30年的飞速发展；那么这次"发展方式"抉择，将确定中国现代化的正确路径，奠定未来中国全面协调可持续的发展格局。

发展经济学理论认为，经济发展方式并非仅仅涉及经济增长，它同时涉及环境保护、可持续发展、消费行为、文化、人与人的关系等各个方面。转变经济发展方式，看起来是经济领域的一场变革，实质上"关系改革开放和社会主义现代化建设全局"。在我们党总体战略布局中，"加快推进经济结构调整，加快推进产业结构调整，加快推进自主创新，加快推进农业发展方式转变，加快推进生态文明建设，加快推进经济社会协调发展，加快发展文化产业，加快推进对外经济发展方式转变"，这8个"加快"关涉经济、社会、文化各方面，深刻体现了经济发展方式转变的全局性战略意义。

（六）机遇稍纵即逝。

转变发展方式是现代化进入一定阶段后各国普遍面临的挑战。成功应对这个挑战，就能保持现代化的连续性，否则，发展代价会越来越大、空间会越来越小、道路会越来越艰难。

自上个世纪80年代起，党中央就提出要从粗放经营为主逐步转上集约经营为主的轨道。进入新世纪，党中央进一步提出了科学发展观和促进国民经济又好又快发展的战略思想，党的十七大更明确提出了"转变经济发展方式"的战略任务。

同时我们应当看到，多年来推进转变经济发展方式虽有一定成效，但经济发展总体上仍呈粗放状态。"GDP崇拜"在一些地方仍驱之不散，重速度轻效益、重国际市场轻国内需求、重财富增长轻民生投入的现象还在一些领域存在。特别是当前，转变的步伐更明显落后于国际国内经济发展形势，与抓紧解决经济运行中突出矛盾的要求不相适应，与有效应对国际经济风险挑战的要求不相适应，与实现科学发展的要求不相适应。

转变经济发展方式"久推难转""转而不快"，充分反映了转变的艰巨性。在片面追求增长速度的体制机制下，那些经济总量大、增长速度快的地区，自然会受到某种激励，尽管这些地区发展效益、质量并不显著，甚至环境污染严重；

在价格形成机制不能真正反映资源稀缺程度和环境代价的背景下，企业总是能够轻易获得廉价生产要素并赚取高额利润，自然不会去想办法转变经济发展方式；

在以发展速度和规模论成败的干部考核评价体系下，一些地方表面上把转变经济发展方式摆得再高，也有可能还是紧盯速度，"好"让位于"快"。

没有体制的突破，就难以实现经济发展方式的根本性转变。每一个具体的转变，都要面对深刻的利益调整，也可能会带来新的矛盾问题，甚至暂时看不到明显的成效。加快转变，既是一场攻坚战，也是一场持久战，关键在于扎扎实实地贯彻科学发展观，出路在于坚定不移地推进改革开放。以改革推动经济发展方式的根本转变，经历化蛹成蝶的阵痛之后，我们将获得更加广阔的发展舞台。

（七）人类历史上堪称历史时代的时期，是那些具有贯通的主题、出现巨大历史变化的时期。1949年以后的中国无疑是这样的时期，这60年，新中国全面铺陈了现代化这一时代主题，并以中国共产党人与时俱进的改革创新，亿万中国人万众一心的激情演绎，将这个主题书写成举世瞩目的国家传奇。

2010年初，一家外国媒体刊登的一篇文章这样评述："置身中国，我现在比任何时候更加确信，当历史学家回顾21世纪头十年的时候，他们会认为最重要的事件不是经济大衰退，而是中国的绿色大跃进。"托马斯·弗里德曼，这个善于捕捉时代变化的观察家，在中国现代化路程上看到了什么？

每一次重大的危机，往往带来调整的机遇；每一次抓住机遇的变革，都会酝造影响深远的变局。

不为任何风险所惧，不为任何干扰所惑，我们一定能在深化改革中实现经济发展方式转变的历史新跨越。

紧紧抓住机遇，承担起历史的使命，我们将在现代化的历程中创造更加辉煌的中国时代。

（2010年3月1日）

人类文明发展的新驿站

——写在上海世博会倒计时一个月之际

（1）这是一场期待已久的文明盛宴，这是一场精彩纷呈的欢乐聚会。一个月后，被誉为"激发人类活力、进取心和智慧"的世界博览会将在中国上海拉开帷幕。

世博园区内，万国建筑隔江相望，与沉静壮美的黄浦江水一道，汇成一曲东西方和谐演奏的交响诗。从绮春至深秋，这片5.28平方公里的土地，将汇聚242个国家与国际组织，各参展方对人类未来的瑰丽想象和深刻思考，将展现在来自全球的7000万观众面前。

这是人类社会首次在发展中国家、在拥有五千年文明史的东方古国，齐心协力铸造一座面向未来的理想之城。

所有中方负责的馆场均已建成布展，所有工作人员和志愿者均已整装到位。中国作好了准备，上海作好了准备。

一个由东道主中国与国际展览局、国际参展方共同筹备了八年之久的盛大聚会，将给世界、给中国、给走进园区的每一个参观者，带来怎样的影响和变化？

（2）世博会诞生以来，一直是人类共同探索美好未来的互动场所，它讲述并预言着世界的改变。从农业文明到工业文明，从乡村文明到城市文明，从高碳文明到低碳文明……人类的不懈追求都在世博会上留下醒目的足迹，成为许多国家经济转型、社会进步的标志性事件。

1851年5月1日，第一届伦敦世博会召开。32岁的英国女王维多利亚惊叹："多么大，多么荣耀，多么让人感动。每一个人都会热爱这一切……把地球上所有国家的工业联合了起来……"而闭幕之际，一位33岁的流亡德国学者注意到的，却是美国人的成功——卡尔·马克思致信友人恩格斯："英国人承认美国人在工业展览会中得奖，在一切方面胜过他们……"

他们对时代变迁的敏察，都极为准确。伦敦世博会昭示着现代工业文明的发源地英国成为全球当之无愧的工业霸主，同样也昭示着群雄逐鹿时代的来临：北美及欧洲诸国相继跨入工业时代，同样急于从英国的虎口中分一杯羹，在全球范围寻求市场与资源。

1893年，在哥伦布发现新大陆400年、美国南北战争终结之后不久，世博会第一次走进忙于工业化和城市化的美国，走进芝加哥南部的一片沼泽，而这片沼泽最终幻化为给全世界带来巨大冲击的"梦幻之城"。整洁的街区、公园、广场、林荫大道等，成为东西方城市争相效仿的模式。混乱无序的城市面目，从此呈现出清晰、规矩和唯美的景象。"城市美化"成了一场备受欢呼、波及全球的运动。

在亚洲，许多国家借力办博，寻找转型良机。1970年的大阪世博会推动了日本大阪和关西地区产业结构大调整，让关西经济区迅速崛起；1993年的大田世博会则推动了韩国从出口加工型经济转型到自主创新型经济……

第二次世界大战以前，世博会热衷展示的是人与物的关系，是科学、工业、建筑等方面精彩纷呈的发明创造；二战后的世博会开始反思人与人的关系，希望和平利用核能等工业和科技发明；最近三四十年，世博会更希望探究的是人与自然、人与环境的关系。

一部世博史，几乎就是一部浓缩版的科学技术发展史和工业文明进化史，也是一部人类文明不断走向成熟的历史。

（3）上海世博会是人类从高碳文明向低碳文明自觉转型期的一次历史性盛会。

在刚刚过去的冬季，192个国家的谈判代表、上百位国家元首和政府首脑、1.5万人曾聚集丹麦首都哥本哈根，参与全球气候峰会并希望签订一份气候公约，以减少人类碳排放。与会者虽有剧烈的争吵，却始终有一个不容置疑的共识：高碳文明已经难以为继。

今天，当大气中的二氧化碳浓度大大超过人类的安全上限，当地球的资源和能源相对于人类的过度消耗而捉襟见肘，当国际金融危机从狂飙突进到暗流涌动——那些曾经争执不休的种族纷争、宗教争端以及意识形态分歧，可能都不如我们正面临的人类共同危机更迫在眉睫。

早期的世博会托举了工业文明的辉煌，但碍于历史的局限，人类对工业化大生产的顶礼膜拜所促成的高碳经济，却也为地球今天的环境灾难埋下巨大的伏笔。

上海世博会将向人类奉献什么？

面对国际金融危机、气候变化、能源和粮食安全、核扩散、城市化浪潮等一系列全球性挑战，上海世博会以"城市，让生活更美好"为主题，充分展示人类从高碳文明向低碳文明螺旋式上升的艰难探索，城市化浪潮与低碳化努力相互依存的复杂博弈，人类在新的对话平台上求同存异、取长补短，这将是一次标志性和划时代的思考与呈现。

从1851年伦敦世博会到2010年上海世博会，一个半世纪的比照，意味深长。这不是从高碳到低碳、从终点又回到起点的游戏，而是世博会作为人类文明发展重要驿站的明证。

一个月之后，7000万参观者——超过人类总人口的百分之一，将相继奔赴这一盛会，他们将为上海世博会提出的地球困境解决方案，投上有分量的一票。

（4）"一切始于世博会"。一个半世纪以来，人类对未来世界的诸多探索从世博会走向了现实。在上海世博会，梦想的种子抽出的绿芽，同样寄托着人类未来的希望。

世博园区巧借中国古代园林设计理念，利用自然风组建风道，减少空调的使用；世博园最大的单体工程——世博轴在世界上首次采用超大规模的"阳光谷"结构，集太阳能、地源热泵、江水源热泵、雨水收集利用等新技术为一体；上海参展实物"沪上·生态家"，集中了浅层地热、热湿独立空调等生态节能环保技术，将比同类建筑节能75%……

入驻园区的各国建筑，也将低碳、绿色与环保理念尽情发挥。传统中式建筑斗拱式样的中国国家馆，能耗可降低25%以上；挪威馆由15棵形态各异的"树"支撑，让人呼吸到来自挪威森林的清新空气；"柳条编织的篮子"装进西班牙人对于"绿色建筑"的奇思妙想，最大限度地利用了太阳能；2.5万块"冰"构筑起芬兰馆的外墙，雪白的"冰块"由木塑复合环保材料制成，可回收再利用；状若蚕宝宝的日本馆，用含太阳能发电装置的超轻"膜结构"包裹，被誉为"像生命一样会呼吸的环保建筑"……

更有价值的，是上海世博会试图让7000万全球参观者，让13亿中国人，甚至让60多亿地球人，在耳濡目染的新技术、新理念引领下，自觉追求低碳文明。

如果说，1933年芝加哥世博会上大放异彩的新兴汽车工业，代表着以高碳为特征的电气化时代的启幕，那么，70多年后的上海世博会正是全世界寻找未来发展模式的有益探索。人类正试图在现代文明的"高低杠"上，完成一个漂亮的腾越。

（5）世界对举办于后国际金融危机时期的上海世博会寄予厚望：传承世博会百年创新精神，在困境中守望相助，共克时艰。

自 2008 年全球金融危机爆发以来，各国都采取积极政策阻止危机蔓延，部分地区经济有所回暖。但是，深层危机及体制性弊病并未革除，很多国家仍处于这场危机的后半期。

社会问题层出不穷，自然灾害此起彼伏。从 2009 岁末哥本哈根，到 2010 年初冬季达沃斯，世界在争吵中辞旧迎新。处于全球利益共同体中的任何一个国家、地区都不可能独善其身。

1933 年的芝加哥世博会，适逢 20 世纪 30 年代世界经济大萧条，是世博会，让人们从共同的经济困境中看到科学技术的巨大潜力。也正因如此，自 2008 年国际金融危机爆发以来，世界从未停止过一个美好的想象：上海世博会或许会是拉动全球经济的一个契机。

人类社会要想获得可持续的发展动力，需要新的科技革命和产业革命。会呼吸的房子、能开上阳台的小汽车、演奏小提琴的机器人、剩饭剩菜能发电……令人目不暇接的新产品、新技术，上海世博会秉承创新传统，将为世界打开未来城市的一孔天窗。

没有一个国家，在金融危机面前止步上海世博会。投资超过 10 亿元人民币的沙特国家馆"月亮船"，将创造沙特参展世博会以来投入人力、物力、财力最大的一次；为保证参展规模和质量不下降，韩国政府将韩国馆的 296 亿韩元预算增加至 400 亿韩元，增幅超过三成；俄罗斯打破近年来只租赁世博会场地的惯例，决定在上海世博会自建本国展馆，总预算超过 15 亿卢布；曾以联合馆形式参展 2005 年日本爱知世博会的北欧国家，决定分别以国家馆的形式参展上海世博会……

危机当前，中国负责任大国的形象，强劲的经济走势，充满机遇的大市场，吸引着全球的注意力。邀请四海宾朋，寻求经济全球化时代种种危机与挑战的应对之道，是上海世博会的历史使命，也是中国的责任。

（6）在依赖技术进行沟通的网络时代，世界的真诚互动仍然弥足珍贵，人类社会需要平等的沟通、交流，世界期待上海世博会成为文明成果共享的舞台。

2010 年上海世博会规模空前。当东道主中国拿出 1 亿美元援助更多的发展中国家参展，当非洲国家第一次整齐亮相，当多年徘徊在世博门槛外的国家重新回归世博大家庭,当那些造型独特、具有丰富文化内涵的各参展国国家馆荟萃黄浦江两岸,上海世博会创造了网络时代全球特大型综合博览会的奇迹。

参展方的广泛与多元,预示着上海世博会将成为跨地区、跨文化交流的福地。正如上海世博会主题演绎顾问翁史烈院士所言:"一届成功的世界博览会,最大的效应应该是倡导和推动多元文化的融合共生。"

在世界大变革、大发展时期主办世博会,东道主中国深刻认识到"集全球智慧"的现实意义。惟有全力促进交流、推动合作,才能坚定信念、凝聚信心。

8年来,中国人民以巨大的热情投入世博会建设,以"中国速度、上海精度",高标准、高质量、高效率地推进每一项筹备工作。同时,也以极大的热忱诚邀各国积极参与世博会,为每一个参展国家和地区提供全方位的服务。

以和而不同、求同存异的东方智慧化解偏执、误解和对立,共同应对一系列全球性挑战。在上海世博会这个闪耀全球智慧、聚焦国际视野、启迪人们心灵的梦想家园,人们期待携手并肩,互利共赢。

(7) 世博会是一个民族百年难遇的教育机遇。上海世博会以科学和艺术交融的轻松方式,达成国民教育的独特功能。对每一个走进世博会的参观者而言,从这里走出去,对人生,对世界,对未来的看法,可能焕然一新。

1893年夏,在芝加哥世博会上,双耳失聪的13岁盲女孩海伦·凯勒的指尖,轻轻掠过一艘船模,一块南非钻石,一部电话机、留声机,以及许许多多她从未接触过的物品。9年后,她在自传《我的生活》中,记录了那次震撼心灵的经历:"博览会上度过的这3个星期,使我的知识有了长足的进步,从童话故事和玩具,迈到了对现实世界中真实而平凡事物的热爱。"

世博会是一个大课堂,无数人曾经从中重塑人生观、世界观。教育、启蒙与反思,对中国人而言,可能是上海世博会更为深远的意义。

世博会教育和启蒙了几代中国人,它曾是中国眺望西方的望远镜,中国人从中感受现代文明无坚不摧的力量,目测与世界的遥远距离。

1851年伦敦世博会,面对琳琅满目的蒸汽机、农业机械、纺织机械,代表中国的那12包精致的湖丝,如同一个曾经自信满满的手工业者,懵懂面对工业时代那些庞然大物。工业文明对小农经济社会的冲击,势如排山倒海。

25年后,中国政府第一次派代表参加第七届费城世博会。中国工商业代表李圭，在《环游地球新录》中惊叹于"泰西物产之丰，国力之强"。被深深刺激的近代中国改革者，肩负危机意识，变坐而论道为起而救国。

而今，辗转一个半世纪后交付于中国手中的世博会，是光荣的使命，也是生动的课堂。在这个课堂上，城市学着如何成长，国家学着如何强壮。无论反省意识、包容精神还是法治观念，一切都围绕着人的幸福生活展开。人的感受是世博会最深的关切，人类的美好未来是世博会一切创新的原动力。

对于正致力于加快经济发展方式转变的中国，对于渴望幸福而有尊严生活的民众，对于期待创新与突破的企业，对于正在应试教育的题海中沉浮的中国孩子而言，上海世博会是一个极其珍贵的教育机遇。实地翻阅这本"大书"，他们的视野将跨越千山万水，经历一次思想的洗礼。

"普通民众拥有改变未来的力量"——对联合国环境规划署执行主任阿西姆·施泰纳的这句话，我们深以为然。

（8）这是世博会历史上第一次以人类城市生活为主题。"城市，让生活更美好"的理念，既是基于中国对城市化发展的自我反思，更是中国对人类作出的新贡献。

上世纪中叶，新中国的成立对世界作出的最大贡献之一，是解决了占全球1/4人口的温饱。21世纪，世界进入"城市时代"，全球城市化进程急剧加快，一半的人类生活在城市，到2050年，城市人口将达60亿。

中国是全球城市化道路上后来居上的巨人。目前，中国人口中约40%生活在城市，2050年可望超过70%，达10亿人。

在城镇化建设的进程中，中国这个世界上最大的发展中国家，初尝经济小康的喜悦，同时又遭遇发展中的众多矛盾。城市面临着诸多挑战，不仅是空间的拥挤、资源的短缺，还有环境的污染、文化的碰撞。中国人提出本届世博会的城市主题，是对"城市病"的诚恳自省，也是着眼未来的前瞻性思考。

在以人为本的科学发展观的引领下，"城市，让生活更美好"的世博主题，为中国城市建设打开新的一页——坚决摆脱高污染、高能耗，致力低碳经济发展方式；在经济发展、技术进步、民生改善、社会和谐的基础上，探索具有中国特色的城市社会治理模式，塑造自由、包容的城市文化和城市精神。

举办上海世博会，交流让数十亿城市人口生活得更美好的经验——这将是中国对人类社会发展的崭新贡献。

（9）第一次成为世博会东道主的中国，期待向世界展示一个负责任大国的新形象，世界也期待了解一个真实的中国。

新中国成立之后，对世博会，中国从遥远的打量，到近距离对话，直至今天成为热情的东道主。世博会见证了中国的发展进步。

面对世博会，中国不再是"集十八省大观，天工可夺"的自我满足，不再是"炫奇""赛奇"的旧识，而是怀着对现实生活的满腔热情，对人类未来发展的铁肩道义，对各种文化形态的虚怀若谷，对一切先进技术与发展理念的从善如流。

一位埃及外交官说，上海世博会将是中国人民展示其城市生活能力和潜力的一次盛会，"世界将像铭记2008北京奥运会一样铭记上海世博会。全世界都在等待中国如何通过世博会又一次大放异彩"。

如果说，北京奥运会的火炬映照了一个充满活力和激情的中国，上海世博会将更多地告诉世界一个智慧、理性的中国，更深入地与世界对话，与世界交流。

走进中国馆，你将能看到五千年来薪火相传、生生不息的中华文明。中国馆如同一枚红彤彤的中国印，让参观者触摸到中华民族最深层的文化脉动。从历久弥新"活"起来的清明上河图，到石桥、斗拱、园林等诗情画意的中华建筑精华；从世博舞台上同场切磋的少林、武当功夫，到从山野中走来的民族歌舞；从"民为贵、和为贵"的先贤遗响，到"取之有度、用之有节"的东方智慧——古老华夏的和谐文化，直接而又生动地展现在世界眼前。

走进世博园，你将能看到新中国成立60年来朝气蓬勃、积极向上的精神风貌。志愿者周到细致的服务、自信大方的微笑里，可以看见新中国青年雷锋的身影。曾经以"上海制造"为共和国建设立下过汗马功劳的老厂房、老码头穿上"新衣"，化身为世博园中的新展馆，述说一个城市辉煌的转身。凝结中非传统友谊的非洲联合馆，承扬着一个第三世界大国一以贯之的责任意识……新中国的综合国力、现代发展理念和文明进步水平，在园区得到充分的展现。

走进上海，走进中国，你更可以耳濡目染改革开放30多年来和平发展、改革创新的时代精神。从率先代表发展中国家主办世博会，到为国际社会所普遍赞誉的"城市，让生活更美好"主题；从热情好客的"世博人家"，到充满现代气息的都市新貌——人们会发现，东道主呈现的那抹"中国红"，如此醒目、如此真诚……

上海世博会，将向世界尽情挥洒中国元素、中国气派、中国特色。

（10）从最初构思申博，到全力筹办世博，历经10年不懈努力，一场伟大盛会的巨幕即将开启。

举全国之力，集世界智慧。中国国家主席胡锦涛多次强调："举办世博会，不仅是上海的大事，也是全国的大事；办好世博会，不仅是上海的责任，也是全国的责任。"正是中国特色社会主义制度"集中力量办大事"的优势，正是13亿中国人的参与和支持，让中国有能力有信心兑现对世界的承诺，把上海世博会办成一届成功、精彩、难忘的世博会。

13亿东道主，正热切地期待。

（2010年4月2日）

中国现代化建设的"新支点"

——写在西部大开发十周年

（一）2010年，是中国实施西部大开发战略十周年。2010年，也是全世界在更加复杂的形势下应对国际金融危机冲击的一年。

此前，中国经济成功"保八"，在全球率先走出危机冲击的阴影。其间，西部地区表现抢眼，在中国经济增长前十位中独占五席。

仅仅十年，在那美丽遥远却曾经贫穷落后的西部，发生了什么？

（二）开发西部，是近代以来许多志士仁人的梦想。90年前，民主革命先行者孙中山就曾满怀豪情在《建国方略》里勾画了开发西部的蓝图；80年前，南京国民政府也曾雄心勃勃推出"西部计划"，尝试建设西北，但都未能实施。

新中国成立后，中央政府从"一五"时期就开始布局西部，现代工业的火种开始在西部播撒。到上世纪末，西部已形成门类齐全、颇具实力的工业体系，水、陆、空交通有了长足进步。

但是，由于基础薄弱，在东部借改革开放东风迅速发展之时，西部与东部的差距却越来越大。1979年到1999年，西部地区生产总值年均增长率比东部地区低1.4个百分点。西部12个省区市面积占全国的71.5%，人口占27.5%，GDP却仅占17.3%。1999年，全国60%的农村贫困人口分布在西部；全国592个贫困县，307个位于西部地区。

在即将步入新世纪之际，中国发展也面临关键时期：全面建设小康社会，西部的现代化不可或缺，西部人民与东部人民的共同富裕不可或缺。

（三）早在上世纪80年代，邓小平同志就提出了"两个大局"的战略构想。根据这一构想，沿海地区大力推进改革开放，经济实力迅速上升，实现了率先发展。同时，国家组织开展东西部对口支援，加大扶贫开发力度，增加了西部地区基本建设投资，为实现第二个大局创造了条件。

世纪之交，以江泽民同志为核心的党的第三代中央领导集体总揽全局，着眼于实现现代化建设的第三步目标，作出了实施西部大开发的重大战略决策。一场被称为人类历史上"规模最大、难度最大"的战略大开发，在占据中国版图三分之二的西部大地拉开帷幕。

2002年，党的十六大进一步完善区域发展构想。2003年，以胡锦涛同志为总书记的党中央提出科学发展观重大战略思想，明确"统筹区域协调发展"的国家目标。从东部率先，到西部开发，再到东北振兴、中部崛起，至此，中国现代化格局中的关键性棋子一步步落子到位，实现了区域战略的多层次、全覆盖，中国进入"区域协调发展时代"。

十年之后，有外国学者这样评价："西部大开发是中国经济发展模式中的一个有机组成部分。""十年后的今天，可以看到这一战略总体上是成功的，这在世界各国的经济发展史上是少见的。"

（四）沿着现实的脉络，我们能看到这一"成功的战略"是如何深刻地改变着西部的面貌。

资金来了——十年间，西部地区全社会固定资产投资年均增长22.9%。仅西部公路水路交通建设投资总量，就是新中国成立后50年间完成投资总和的5.4倍。截至2008年年底，中央政府累计向西部注入7300多亿元建设资金。

人才来了——国家有关部门组织各领域专家深入西部基层，支持西部专业技术人才队伍建设。从十年前的"孔雀东南飞"，到今天的"就地开花""筑巢引凤"，西部的人才基础大为改善。

东部企业来了——遍地机会催生遍地英雄。近20万家东部企业踊跃西进创业，投资总额达3万亿元。各种生产要素汇成一江春水，流入西部这一"洼地"，激荡出雄壮的"西部强音"。

这十年，是西部历史上经济增长最快的十年。西部地区生产总值年均增长12%，人均地区生产总值年均增长11.4%。逐步走出"资源富区，经济穷区"的怪圈，西部的发展正进入强劲发展的"动车时代"。

这十年，是西部实施重点工程最密集的十年。102项重点工程取得突破性进展。青藏铁路穿越世界上最大的"生命禁区"，成为"堪与万里长城媲美的伟大工程"；四通八达的新公路、星罗棋布的新机场，让西部各地从"神经末梢"变为"路网枢纽"。

这十年，是西部生态环境保护建设力度最大的十年。退耕还林、退耕还草，截至2008年年底，累计营造林4.03亿亩，西部地区森林覆盖率从10.32%上升到17.05%。青海三江源自然保护区生态恶化土地治理面积222万亩。水土流失减少，风沙危害减轻，西部地区的环境在改变，国家生态安全屏障得到巩固。

这十年，是西部人民得到最多实惠的十年。十年间，西部地区城镇居民人均可支配收入增长168%，农村居民人均纯收入增长133%。农村贫困人口从1998年年底的5731万人，减少到2008年年底的2649万人。从新农合普及"两基"攻坚计划如期完成，从科技支撑重大项目启动到广播电视村村通工程推进，西部的公共服务在扩大，社会管理在完善。

这十年，是西部干部群众改革创新意识不断增强的十年。无论是统筹城乡综合配套改革，还是集体林权制度改革，无论是循环经济试点，还是国家生态安全试验区试点，无论是阿尔泰官员财产申报制度尝试，还是陕西神木的全民医改，曾经封闭落后的西部大地释放出昂扬进取的活力，西部人争当改革创新的先锋。

十年崛起新西部。其实，崛起的不仅仅有强劲的"西部实力"，还有奋发的"西部精神"，政府和市场合力开发贫困地区的"西部经验"。

（五）"10年干了50年甚至100年的事"，"中国正在向'西'看——目光所及不是欧美发达国家，而是中国的西部地区"。国际舆论注意到了这股大潮，在种种赞叹之后，人们在问：为什么？

苍凉的雪域、草原、戈壁，多彩的宗教、文化、文明，丰富的能源、资源、矿产……有人说，西部是中国这个巨人的"跛足"；也有人说，西部是中国的靠山和"后院"，西部宁则国家兴，西部乱则国家衰。西部究竟是什么？

西部曾是中华文明的重要发源地、中国的经济中心。秦汉时期，"关中之地，于天下三分之一，而人众不过什三，然量其富，什居其六"；即使到唐朝前期，依然是"天下称富庶者无如陇右"。璀璨的先秦文化、强盛的汉唐气象离不开西部热土的滋养。

唐代中叶之后，西部发展开始滞后，逐渐沦为中国经济的"配角"，并习惯于发展不平衡所带来的剧烈反差。西部的意义，似乎更多地体现为它是"野营万里无城郭，雨雪纷纷连大漠"的边塞要地。

盘点历史，西部的繁荣与萧条，从来都超越了西部本身，具有全局意义。因而西部开发，应有西部视角，更应有国家视角。

（六）不同的国家视角下，西部有着不同的意味与解读，因此有不同的命运和前途。

站在秦汉看西部，它是抵御外患的万里边关；站在隋唐看西部，它是丝绸之路的重要驿站；站在屯垦戍边的角度看西部，它是历朝历代版图盈缩的关键地带；站在备战备荒的角度看西部，它是新中国保家卫国的强大后方。

发端于10年前的西部大开发，则将视角从关注国家的政治、经济安全，转为关注西部与其他地区经济社会发展的差距。它把西部3亿多人的幸福与中国13亿人的命运联系在一起，把西部与中国的现代化大格局联系在一块。这是邓小平这一代领导人确立"两个大局"的战略基点，是进入新世纪新阶段之后新一代领导人将西部大开发导入"民生时代"的决策依据，也是造就西部十年大发展大变革的内在逻辑。在国家视角变化的背后，是我们党对现代化理解的不断深化，对发展观认识的不断升华。

这是一种艰难却始终执着的追求。穿越1840年以来的百年屈辱，走上现代化国家建设之路，60年新中国建设中，几代领导人决策间，西部在中国现代化版图中的位置不断调整：从"平衡工业发展"的布局考虑，到"建设战略后方"的现实需要，从先行后发"两个大局"的战略部署，到"事关各族群众福祉，事关我国改革开放和社会主义现代化建设全局，事关国家长治久安，事关中华民族伟大复兴"的全局高度。西部在中国现代化棋盘上日益加重的分量，反映的是与时俱进的深刻认识："没有西部的小康，就没有全国的小康。没有西部的现代化，就没有全国的现代化。"

这是一段艰难却充满勇气的探索。30年改革开放进程中，西部大开发的10年步伐，拓展了中国经济发展的新空间，重塑了中国区域协调发展的新格局。从"山川秀美"的再造，到"GDP指标的淡化"，从重点基础工程的密集上马，到民生项目的及时配套，西部大开发走出了一条不同于东部沿海地区的"开发之路"，贯穿其中的，是新一代领导人对以人为本、全面协调可持续的科学发展观的不懈追求与践行。

正是这一切，使得这十年与以往开发西部的行动相比，绝不是一次历史的简单重演，而是在新的发展观引领下，在社会主义市场经济条件下区域经济开发的成功实践。

观念决定视角，视角决定未来。官员、专家学者的共识是：中国开发西部所经历的一切，是观察中国现代化路径的一个最佳载体。

（七）"中国的西部像一块巨大的磁铁，吸引着全世界的眼球。"此时此刻，重新审视西部大开发，那些实实在在的物质成就，固然让我们振奋，但最可能成为"西部财富"乃至"中国财富"的，则是这十年的发展，丰富并升华着我们对西部价值的思考。

西部大开发战略实施的十年，是中国加入世贸组织、在国际金融危机中"保八"成功的十年，也是探索转变经济发展方式的十年；是经历了非典来袭、汶川地震爆发的十年，也是科学发展观确立并成为我国经济社会发展重要指导方针的十年；是"三大差距"扩大、利益诉求增加、公民意识增强的十年，也是把以人为本作为执政理念、大力推进各项民生事业的十年；是多层次、多规格、全覆盖的区域规划实施的十年，也是中国在外交舞台上话语权扩大、与周边国际经济区域密切合作的十年。

在这样复杂变幻的环境中，西部在21世纪头十年的崛起，堪称中国现代化进程中一件意义深远的大事。它以十年不同寻常的变革让我们坚信，中国现代化的难点在西部，中国现代化的"新支点"也在西部——

西部富则中国富。西部具有明显的后发优势和较大的回旋余地，一旦唤醒"沉睡的需求"，就能成为国民经济新的增长极，促进经济结构调整和发展方式转变。西部巨大的潜在市场，能为全国提供更广阔的投资空间和消费场所，形成国民经济持续发展的重要支撑。中国的发展就像一辆多引擎汽车，在通往现代化的漫长道路上，单靠"东部引擎"动力或许不足，也不可能长久快速推进，只有点燃西部等其他引擎，才能持续快速前行。

西部绿则中国绿。我国水土流失面积的80%在西部，每年新增荒漠化面积的90%以上在西部，长江、黄河等大江大河的源头也在西部。西部大开发在生态环境建设上取得的长足进展，无疑将惠及国家的生态安全和全国的可持续发展。

西部稳则中国稳。我国55个少数民族中的50个、少数民族人口的75%集中分布在西部，陆地边境线的85%位于西部。西部大开发不断提高着各族人民的生活水平，有利于巩固民族团结、边疆安全的好局面，为全国的发展提供稳定、和谐的社会环境。

西部强则中国强。随着一个个贯通国内外的大枢纽和大通道的建立，曾经封闭的西部已与世界紧紧相连。西部和周边国家能源资源互补性强，有良好的合作基础和发展前景；西部拥有各类口岸100多个，已形成边境地区综合口岸体系，同周边国家和其他国家的合作前景广阔……在更加激烈的全球竞争中，"西部板块"所蕴藏的巨大能量一旦爆发，将奠定未来中国的新优势。

十年一剑不寻常。如果说10年前，人们多少将西部看作是"包袱"，是"短板"，那么今天的西部显然已是"财富"，是"潜能"。西部大开发，受益的，绝不仅仅是西部，而是区域共赢、举国得利。

（八）西部大开发又站在了下一个十年的新起点。

国家推动西部大开发的决心不动摇，扶持西部大开发的政策不改变，支持西部大开发的力度不减弱。以"更大的决心、更强的力度、更有效的举措"，坚定不移地把西部大开发推向深入。西部大开发十周年之际，以胡锦涛同志为总书记的党中央强调的"三不"和"三更"，释放出强烈的信号——未来十年，依然是西部加快发展的"黄金期"、承前启后的"关键期"。

"中国的现代化发展模式自东部始。当世界都在思考中国经济大超越的奥秘，思考什么是'中国道路'时，中国正在以可持续发展的大思路，总结西部的十年开发历程，思考它的下一个十年，丰富'中国道路'的内涵。"海外一些研究者敏锐地观察到这个历史趋势。

从"开发"转向"开放"，从"打基础"步入"快富民"，从"工程项目大干快上"步入"基本公共服务均等化"，从"政策输血"到"形成造血机制"，西部大开发的路径选择，也面临着"转型"。

摆在西部面前的，是难得的机遇，也是众多的难题。在发展水平上，西部与步伐更快的东部，差距还在扩大；在成果共享上，西部的民生指标，远远落后于东部；在发展路径上，环境与发展的现实困境仍然难以走出；在发展机制上，西部如何摆脱"外部依赖"，打造自己的内生机制，依然是严峻的考验。不同的国际环境，不同的自然条件，不同的发展阶段，要求西部在下一个十年不断求索，不断创新。

（九）在历史版图中回望，从长安到南京，从开封到北京，不断东移的中国政治经济中心，将西部逐步抛向边缘，定格为贫瘠的"西部印象"。

但在今日中国的发展格局中，西部正从中国经济的"配角"，崛起为改革开放的"前锋"——它是中国区域发展中后劲十足的"西部方阵"，更是亚洲区域经济合作中活力充沛的"中国板块"。

从美国"西进运动",到意大利"南部行动"、苏联开发西伯利亚,环顾世界,对欠发达地区的开发,可以拓展大国的经济发展空间,有效增强综合国力。世界上的许多国家,正是在大开发的浪潮中完成了自己的现代化历程。

站在更高的起点上,和谐发展、可持续发展,中国需要走出一条符合国情的区域协调发展之路,催生下一个十年乃至更长时间中国现代化的"新支点"。这些"新支点",将改变"东强西弱","南快北慢"的格局,造就中国现代化跑车"四轮驱动"的新时代。

推进西部大开发,造福西部人民,为全国发展开辟更为广阔的空间,为民族复兴提供更为强劲的动力——10年前,我们充满激情;10年后,我们充满信心。

(2010年7月5日)

续写"成功、精彩、难忘"的新篇章
——写在中国上海世博会闭幕之后

（一）黄浦江两岸5.28平方公里的上海世博园，刚刚写下人类文明史上一段难忘记忆。

从未有如此众多的国家同时携手展示独特的文化与和平发展理念，从未有如此众多的人群携手同赴一场人类文明盛会。上海世博会，一部由世界各国人民共同书写的百科全书，在被全球7300多万"读者"细细翻阅了184天之后，合上了最后一页。

国际展览局秘书长洛塞泰斯感叹："上海世博会是世博会历史上的一座里程碑，它的标准如此之高，此后我们甚至要用几十年去达到它。"

东道主中国，没有愧对8年前蒙特卡洛的选择。短短184天，上海世博所创造的一切，将成为人类走向未来的共同财富。

（二）在手指轻点就能遍览五湖四海的信息时代，一个曾被悲观地认为过时的展示方式——世界博览会，在中国焕发活力。7300多万人次的观众走进园区，上海世博会实现了超出人们预期的"成功、精彩、难忘"。

"5月份以来，全世界的人们都在谈论着一件非常卓越的历史盛事……"联合国秘书长潘基文的描述，让我们回顾上海世博会的独特魅力。

这是有史以来第一次在发展中国家举办的世博会。众多发展中国家亮相世博，人类文明交流达到一个崭新的高度。

这是有史以来第一次以城市为主题的世博会。在全球人口已有一半走进城市的今天，"城市，让生活更美好"的理想，激发着人们联手应对城市化挑战的勇气与信心。

这是有史以来人类低碳文明的第一次大规模集中展示。当全球共同面临发展转型的挑战与机遇，上海世博会高扬的低碳理念具有发人深思的引领作用。

这是有史以来参与程度最广、文化呈现最为多元的一次世博会。246个国家和国际组织参展，1.5亿多人次进园参观或网上观博，来自世界各地的人们，前所未有地聚集在世博会的旗帜下。

当中国的战国铜车马奔向希腊的雅典娜，当丹麦小美人鱼倾听非洲的木鼓，当中国紫禁城的青花瓷与德国德累斯顿的玛瑙杯在城市足迹馆彼此打量……上海世博会书写了中国人民同各国人民交流互鉴的新篇章，书写了人类各种文明交流互鉴的新篇章。

"世博会是中国的机遇，也是世界的机遇"。沟通心灵、增进友谊、加强合作、共谋发展，在世博搭建的平台上，世界展开对未来更深层的思考。追求进步、崇尚创新、开放共荣、倡导和谐，从世博开启的新高度，中国寻找科学发展的新机遇。

（三）上海成为世博会转型的一个支点，它让人们重新审思世博会的价值。

从最初伦敦世博会的技术崇拜，到1958年布鲁塞尔世博会的人文关怀；从上世纪70年代波斯坎世博会对自然的关注，直至本世纪初汉诺威世博会可持续发展理念的首次提出，世博会在159年历史进程中，不断寻求新的坐标和定位。

上海世博会关于城市的提问，继续丰富着人类的发展理念。它的成功，证明了世博会能够提供一个场所——将各国民众与全球机构凝聚到一起，为人类共同应对挑战作出积极贡献；它的成功，意味着世博会完成了从新世纪开始的转型——担当人类发展理念的引导者，共筑美好的精神家园；它的成功，标志着世博会开始了信息时代的精彩转身——借助网络，打破时空界限，为文化、价值理念的传播提供了更大可能。

世博的转型，对应着文明的历程，映照出我们所生活的世界对于未来的不断探索。

（四）人类从来不曾停止对城市生活的美好想象。

两千多年前，东方的孔夫子奔走于都城之间，追求天下为公、和谐仁爱的"大同社会"；而古希腊的柏拉图也在雅典构想着一个"幸福之城"……人类从漫游到定居，从小的聚落到形成城市，更美的城市、更好的生活，始终是全世界每一座城市、每一个市民的由衷期盼。

"我们走出阴暗的黑夜，跨出油灯摇曳的茅草房，坐上破旧不堪的火车，奔向梦幻中灯光闪烁的大都市。"这首镌刻在上海世博会波兰馆墙上的小诗，让观众怦然心动。在全球城市化浪潮中，发展中国家大批民众不断从乡村奔向城市、追求美好人生——这是人类发展新阶段面临的独特机遇和挑战。

然而，人们奔向都市，迎来的并非都是美梦。当我们星球50%以上的人定居城市，人口膨胀、交通拥挤、环境污染、资源紧缺、城市贫困、文化冲突，正在成为全球性的问题。

上海世博会集中了世界各国针对城市病开出的各种"药方"。印度的乡村网络计划，中国深圳敢试敢闯的"梦想实践场"，瑞典工业城市马尔默的成功转型，巴西阿雷格里港让贫困儿童通过免费教育拥有梦想……这些不懈的努力，让我们取长补短，充满希望。

危机，有时是机遇的代名词。面临共同挑战，人类往往表现得空前团结。在上海世博会高峰论坛发布的《上海宣言》，开创了由联合国、国际展览局和世博会组委会三方共同起草宣言的先河——246个国家和国际组织共同承诺，"激励人类为城市创新与和谐发展而不懈追求与奋斗"。

"你们带来的是一个国家的自豪，带回去的是整个世界的精彩"。总结上海世博会宝贵的思想成果，世界矢志于建设经济集约高效、社会公平和睦、文化多元包容、生态环境良好的和谐城市。上海，我们昨天在这里进行的一切努力，明天将在地球上的每一个城市，凝聚成开创幸福的力量。

（五）世博第一次在发展中国家举办，东道主中国用怎样的智慧，书写打动世界的故事、留下开创未来的财富？

8年前，时任国务院副总理、上海世博会组委会主任委员吴仪，在申博的最后陈述中意味深长地说："我的13亿同胞，正翘首等待着各位的选择。他们对世博会的热情和渴望，可能远远超出您的想象。"

8年后，13亿中国人迸发的激情和创造力，感染了世界。

"传承、借鉴、创新"。上海世博会的组织者将中华传统智慧与各国先进经验相结合，将社会主义制度的优越性与市场经济活力相结合，举全国之力，集世界智慧，变革创新，用海纳百川、追求卓越、实事求是、以人为本的精神，创造了上海世博会的世界高度、中国速度、上海精度、世博温度。

海纳百川，才能达到世界高度。8年办博，从规划设计到管理运营，从完善城市政府管理到法治同步建设，上海世博的组织者始终保持开放心态，博采众长。平等沟通下碰撞出来的智慧火花，照亮中国，照亮世界。

追求卓越,才能实现中国速度。8年间,在黄浦江两岸,迅速崛起一座与城市各个环节无缝对接的新城;机构设置、人才配备、法律保障、园区管理模式等"软件"迅速完善,与国际惯例一一接轨;用最短的时间凝聚起200万志愿者,用最快的速度编织成一道道世博安全防线。支撑这一速度的,不是一座城市,而是全国每一个省份,是中国改革开放30多年来积累的宝贵经验。

实事求是,才能刻下上海精度。上海世博园从规划设计到管理运营,每个环节都体现了一丝不苟、严谨求实的"上海精度"。正视问题、解决问题,实事求是的传统成为上海世博会最鲜明的作风。虚心倾听群众意见,博采各参展方的服务创意,世博的组织运营每一天都在改进。

以人为本,才能保持世博温度。数千万文明参观者的热情,200万志愿者的爱心,使上海世博会保持着"世博温度"。很少有哪次活动像上海世博会这样,志愿者全面嵌入整个组织运行体系。他们用微笑感动世界,用服务为世博园增添精彩。

世界赞叹,"这是一次中国人民可以引以为荣的盛会"。

(六)对于过去来说,上海世博会这个创造了诸多新纪录的盛典,无疑将铭刻在世界博览史上。对于未来而言,这场中华民族等待了一百年的盛会,更意味着一段新征程的开启。

从布谷声声的初夏,到层林尽染的深秋,精彩纷呈的盛会过后,世博精神、世博效应尚待我们认真发掘。"一切始于世博会",这句不变的誓言,凝结着一个多世纪以来人类相聚交流的热切祈愿,也凝录下上海世博会圆满闭幕后东道主所处的方位与使命。

我们需要思考,从世博会出发,如何更好地融入世界,展现一个"开放中国"。中国重返联合国,标志着在政治上融入世界;中国加入WTO,标志着在经济上融入世界;而举办世博会,则标志着中国在文化上与世界相融——日本世博会专家 屋太一的观点,正通过中国2010年上海世博会的成功举办,被越来越多的人认可。在现代化的进程中,开放的中国还需以更加宽阔的胸怀海纳百川。

我们需要思考,从世博出发,如何更好地践行低碳文明,为人类贡献一个"绿色中国"。贯穿园区的太阳能发电系统,数以千计的新能源汽车,上海世博园本身就是一个低碳的典范。世界各国用最新低碳材料和节能技术建造的展馆，蔚成风尚的世博"绿色出行"……上海世博会将低碳理念渗透到每个细节，也将中国对现在与未来的思考呈现于世界。在今后的岁月里，发展的转型依然要借重观念的更新，一个更加注重科学发展的中国有信心为人类作出更大贡献。

我们需要思考，从世博出发，如何更好地讲述自己，让世界看到一个"真实中国"。无论是用现代技术激活古代城市智慧的中国馆，还是世博园对新型清洁能源利用技术的应用与展望；无论是对城市最佳实践区的精彩设计，还是网上世博会的出色创意，中国在世博会上挥洒着浓墨重彩的中华智慧，向世界讲述了一个丰富生动的中国。在风云变幻的国际舞台上，中国需要更具创新意识、更具世界眼光地参与全球交流对话。

我们需要思考，从世博出发，如何更有效地激发社会力量，打造一个"活力中国"。"世界在你眼前，我们在你身边"，继北京奥运会之后，上海世博会将中国年轻的志愿者再次推向世界的焦点。这些在中国改革开放年代出生，在商品化、数字化环境中成长的一代新人，成为世博园最美丽的风景。他们的奉献与承担、坚持与忍耐、好学与进步，汇聚成自信而快乐的中国表情，成为解读今日中国的生动名片。在大有可为的变革时代，中国需要以更切实的制度设计、更丰厚的社会土壤，培育社会公众的参与激情，积蓄古老中国的发展活力。

我们需要思考，从世博会出发，如何更努力地提升国民素质，涵养一个"现代中国"。上海世博会成为世界观察中国国民素质的一面放大镜。从世博预展期间的短暂混乱，到开展后的井然有序；从少数人投机取巧寻找规则漏洞走捷径，到平等与规则意识深入人心……184天的世博展期，放大了我们亟待改正的文明缺陷，也洞见了国人从善如流的巨大潜力。世界看到了中国人井喷般的观博热情，也看到了中国仍居于发展中国家、正努力向现代社会转型的基本国情。在中华民族复兴的征程上，我们需要创造更多的契机，推动社会的文明进步和国民素养的提升。

我们需要思考，从世博会出发，如何更积极地推进文化建设的步伐，构建一个"文化中国"。排队七八个小时甚至超过10小时，不为任何物质欲望，只为更好地了解世界，体验不同文化的魅力和高新技术的精彩。这种令人动容的观博激情，诠释了物质生活步入小康之后中国人强烈的文化渴求。在推动人的全面发展的历史进程中，我们需要大力发展文化事业和文化产业，更好地满足人民群众的文化需求、提升国家软实力。

（七）人类创造的一切文明成果，只有上升到精神和理性的高度，才能成为我们共同的财富并永久传承。

毫无疑问，上海世博会将是中国发展进程中的一个新起点——世博会后，我们期待着更美好的改变：经济转型、文化发展、社会和谐、文明进步……

然而，改变并非已经水到渠成。那些被广泛认同的发展理念和城市管理经验，那些在世博园中积累起来的经典范例，那些展示中张扬的思想、行动中显现的精神，如何才能复制到更多城市、更多的地方，成为中国社会发展的推动力？

世博会是中国的机遇。惟有抓住机遇，用好机遇，世博会历经159年积淀下来的人类发展智慧，中国用8年探索凝结而成的办博经验，才能更好地转化为推进社会主义现代化事业的精神力量。

"一切从世博会开始"，续写"成功、精彩、难忘"的新篇章，世博会孕育的精神才能不断光大，世博会讲述的故事方能经久流传。

(2010年11月5日)

让变革为我们赢得历史的机遇
——写在两个五年规划交替之际

（一）2010年，这是一个需要想象力的年份。中国与世界，在这一年穿行在巨大的挑战中。

国际金融危机像一场强震，撼动了全球经济板块结构和政治生态气候。新世纪头几年那段二战以来世界经济少有的阳春岁月，什么时候才能重返？原有的国际经济增长格局，是否真的已难以持续？

作为世界经济增长的主要推动力量之一，中国这个制造大国、贸易大国、消费大国，同样经历着"成长的烦恼"。外部环境的变化，内部调整的压力，交织在一起。中国的发展，面对严峻的挑战和复杂的局面。

从力图"跨越危机携手成长"G20峰会硝烟暗起的首尔两日，到高扬"激情盛会和谐亚洲"第十六届亚运会烟花漫天的羊城之夜，当2010年的脚步迈入最后的时段，历史不经意完成了一次耐人寻味的叙述。在这个独特的时空纵深中，人们一起体验从危机中缓慢复苏的世界的焦灼与震荡，一起感受新兴经济力量难以抑制的激情与活力。"挑战"与"机遇"，这两个形影相随的主题词，让即将结束的这一年仍有悬念。

"十一五""十二五"交替的特殊时段，我们有了一个认清历史方位的难得机缘。

（二）有时候，在一种状况里浸润已久，会失去对环境的敏感。

回溯既往，兴衰更替的起承转合清晰可辨；但当历史正在进行时，我们或许会因身居其中而"不识庐山真面目"。

从十一届三中全会中国抓住机遇作出改革开放的"关键抉择"，到党的十六大提出本世纪头20年中国处于重要战略机遇期的重要判断，"机遇"一词，亿万中国人已是耳熟能详。长期相对有利的国际国内环境，容易让人视"抓住机遇，迎接挑战"为老生常谈；国际国内形势新的深刻复杂变化，又让一些人对形势的判断心生困惑。

从国际看，国际金融危机给世界经济造成了深度冲击，世界经济增长速度减缓，各种形式的保护主义抬头，气候变化和能源资源安全、公共卫生安全等全球性问题更加突出，国际和地区热点问题此起彼伏。

从国内看，不平衡、不协调、不可持续问题依然突出，保障和改善民生工作压力较大，社会矛盾特别是"两难"问题不断凸显。股市之跌宕，楼市之起伏，人民币升值的压力，通货膨胀的隐患以及贸易摩擦的激烈，既有长期积累的深层次矛盾，也有不断出现的新课题，中国的发展面临诸多"可以预见与难以预见的风险"。

机遇，对2010年的中国意味着什么？行进在现代化历程中的中国，发展的重要战略机遇还在吗？

（三）从哲学角度看，"机遇"指的是事物的发展过程中并非必定出现，但一经出现就可能改变事物现存状态的事件和条件，一般包含外部与内部两个层面。

在以近10%的年均增速发展了30多年后，今天的中国已经是世界第二大经济体。过去的5年里，中国为世界经济增长作出了显著的贡献。伴随着经济实力的提升，中国对国际经济的影响力不断增加。就在这个冬天，中国在国际货币基金组织中的投票权，上升至第三位。

无论是"怀疑中国"的戒备，还是"牵制中国"的意图，无论是气候谈判的初衷，还是货币战争的目的，都从不同角度映射中国国际地位的明显变化。从更大的范围看，和平、发展、合作仍是这个时代的潮流，世界多极化和经济全球化深入发展，使得国际力量对比继续朝着有利于世界和平与发展的方向演进，中国加快发展的外部环境依然具备。

在世界的眼里，中国有着"巨大的令人艳羡的潜力"。伴随着工业化、信息化、城镇化、市场化、国际化的不断深入，中国的发展具备了强大的内在动力。国内市场潜力巨大，劳动力资源丰富，国民储蓄率较高，科技创新能力不断增强，转变经济发展方式和调整经济结构步伐加快，各方面体制机制不断完善，社会政治大局稳定，这些都为保持我国经济社会发展良好势头创造了有利条件、提供了广阔空间。

综合国际国内形势，党的十七届五中全会指出，"我国仍处于可以大有作为的重要战略机遇期，发展面临难得的历史机遇"。

胡锦涛总书记强调,"这是一个涉及科学判断和正确把握国际国内形势的重大认识问题,也是一个事关胜利实现我国改革发展目标的重大战略问题。这个战略判断关系党和国家事业全局,有充分客观依据和重大战略意义"。

(四)为什么对"机遇"的判断如此重要?

机遇之所以重要,是因为机遇本身具有两个显著的特点。不确定性,机遇能否出现,在什么时间什么地点出现,以什么方式出现,都是不完全确定的;非常驻性,机遇并不总是存在和不变的。俗话常言,"机不可失,时不再来"。

机遇之所以重要,还因为机遇一般指有利的、好的甚至最佳的条件,这种条件能对事物发展产生巨大影响,引起重大变化。哲学家培根总结:"善于在做一件事的开端识别时机,这是一种极难得的智慧。"

机遇之所以重要,更因为对形势的判断正确与否,很大程度上决定着我们能否抓住形势变化给我们带来的机会,科学制定适应时代要求和民众愿望的行动纲领。无论从我国发展历程看,还是从世界其他国家发展历程看,能不能认清机遇、抓住机遇、用好机遇,是一个国家能不能赢得主动、赢得优势、赢得未来的关键所在。

马克思曾说,一切都取决于它所处的历史环境。在一个国家的发展历程中,每一个阶段都要面对不同的情势,承担不同的使命。所谓机遇,不过是"历史环境"造就的历史机会;所谓挑战,也往往是"历史环境"催生的现实问题。今日中国,该如何从曲折跌宕的历史进程中认清时代的给予?又该怎样拿出百倍的勇气和智慧,应对现实的挑战?

(五)历史上,我们曾多次有幸获得发展的机遇,但却由于没有及时抓住机遇,而被时代甩在身后。

15世纪末,法国学者布罗代尔所说的"世界经济"形成期,当哥伦布、麦哲伦在广阔海洋上烙下印记、地图的印制赶不上地理的发现时,终明一朝却恪守"片帆不得入海"的旧例;19世纪,科技发展催生全球化浪潮,当英国议会改革、美国废除黑奴制改革、俄国农奴制改革、日本明治维新等一次次推动"大国崛起"时,中国大地上无论是洋务运动还是戊戌变法,都以失败告终;20世纪第二次世界大战后,不少国家和地区抓住新技术革命的机遇后来居上、加速发展时,我们却由于工作指导方针的错误,在"文革"十年动乱中错失了发展的宝贵机遇。

"中国现代化之所以一误再误,首要原因不在于外来挑战本身力量的强大，而在于中国作出的反应太软弱。"这是罗兹曼在《中国的现代化》一书中作出的判断。这个"反应"，是对环境变化的敏锐感觉，是对时势演进的准确判断，更是审时度势的主动变革。

纵观历史兴衰，我们会发现，机遇不仅是"时机"，更要能"遇合"，把握和运用机遇的能力决定着机遇的价值。能否抓住机遇，关键在于能否以"变革"乘势而上，将各种有利条件和因素兑现为国家发展的动力。

（六）机遇从不会给因循守旧的人带来奇迹，扭转乾坤的新局面、豁然生动的新气象，正孕育在锐意变革的勇气之中。

30年前，我们党审时度势，深刻洞察机遇，果断作出改革开放和集中力量进行社会主义现代化建设的战略决策，使中国在落后世界现代化进程一个多世纪后，赶上了现代化的最新浪潮。进入新世纪新阶段，我们党提出科学发展观等重大战略思想，推动经济社会的重大变革，党和国家工作取得新的重大成就。

没有改革开放这一决定当代中国命运的"关键抉择"，没有勇于变革勇于创新永不僵化永不停滞的进取精神，就不可能抓住机遇、用好机遇，也就不会有30多年持续不断的快速发展，更谈不上中国人民、社会主义中国、中国共产党面貌的历史性变化。在迎头"赶上世界"的30多年中，社会主义中国对机遇的理解有了自己的心得——

机遇与挑战如同一枚硬币的两面。对于中国而言，能否以变革抓住历史机遇，不仅关系到国家发展的强弱快慢，而且关系到社会主义事业的兴衰成败。抓住机遇可以加快我国的发展，社会主义可以立于不败之地；丧失机遇，不仅会进一步拉大我国与其他国家的差距，社会主义也有被断送的危险。只有以奋发有为的"变革"，抓住机遇，用好机遇，落后的国家民族才有可能实现跨越式发展，成为时代的弄潮儿。

（七）刚刚过去的"十一五"可以从一个时段，解读这一结论。

"取得的成绩来之不易，积累的经验弥足珍贵，创造的精神财富影响深远"。回首不同寻常的5年，我们可以从机遇与挑战的激烈变奏中，领会十七届五中全会对"十一五"成就概括中蕴藏的深意。

"十一五"这5年，处在重要战略机遇期的中国，犹如面对一场艰难的大考。从一开局经济外汇储备过多、外贸顺差过多和投资增长过快的"三过"考验，到近百年世界经济史上罕见的国际金融危机的冲击；从汶川、玉树地震和舟曲山洪泥石流到南方雨雪冰冻、干旱、洪涝等重大自然灾害，矛盾与冲突，危机与灾难，风险和考验，剧烈颠簸着"中国号"经济巨轮。但也正是在各种挑战面前，我们继续解放思想，坚持改革开放，推动科学发展，促进社会和谐，化挑战为机遇，变压力为动力，用变革求发展。

我们以金融危机带来的倒逼机制，加快转变经济发展方式，寻找经济发展的内生动力。变革，让过去的5年成为飞翔的5年。国内生产总值从不到20万亿元增长到接近40万亿元，世界排名从第四上升至第二，中国经济在世界格局中的地位发生了巨大的变化。

我们以更加明确的"民生"指向，导引社会领域的创新举措，赢得了社会建设的各项突破。变革，让过去的5年成为温暖的5年。城镇居民人均可支配收入增长10.2%，农村居民人均纯收入增长8.3%，就业规模持续增长，交通、教育、文化、卫生等方面条件得到更大改善。

我们以制度的完善和观念的更新，推动从经济结构到现代化全局的科学调整，奠定了未来中国的发展路径。变革，让过去的5年成为全面转型的5年。"十一五"规划是党中央提出科学发展观和构建和谐社会重大战略思想后编制的第一个五年规划。正是以人为本、全面协调可持续的"中国理念"，创造了稳定快速增长的"中国奇迹"，诠释了"发展为了人民，发展依靠人民，发展成果由人民共享"的深刻内涵。

5年励精图治，中国在应对层出不穷的新情况、此起彼伏的新问题中，开启了科学发展的新时代，抵达了治国理政的新高度，增强了社会主义的新优势。

（八）今天的中国，正处于两个五年规划的交替点："十一五"规划胜利完成，"十二五"规划即将展开；正处于重要战略机遇期的关节点：本世纪头20年的中国发展关键期，已经"赛程过半"；正处于我国现代化进程的接续点："三步走"战略前两步已经迈过，正向第三步目标阔步前进。

在这样的历史方位下，"机遇"以全新的内涵进入我们的视野——

这一时期，中国将进入中上等收入国家行列，经济社会加快发展转型的各项基础条件已经具备。选择科学的发展方式，建立完善的体制机制，就能更上层楼；否则，有可能停滞不前，甚至掉进"中等收入陷阱"。

这一时期，世界主要经济体正在重塑国家实力，一场新的全方位综合国力竞争正在全球展开。在这场竞争中，每个国家的发展都如逆水行舟，不进则退。如果不能抓住机遇、把握主动，我国就可能拉大同世界先进水平的差距，也难以在这场竞争中掌握主动。

什么是机遇？机遇不是那种靠天赐就能得来的运气福气，而是在一定的历史过程中，靠不断的作为和努力，累积起来的有利环境和发展要素之和。

什么是战略机遇期？战略机遇期不是那种靠坐等就会出现的黄金时代，而是在最有利于发展的时期，用持续的奋斗和变革，赢来的有利于发展的时间空间因素的叠加。

（九）"以更大决心和勇气全面推进各领域改革"，"为全面建成小康社会打下具有决定性意义的基础"。"十二五"时期的中国将用实际行动，再次印证"机遇"与"变革"的关系。

这是全面建设小康社会的关键时期，也是深化改革开放、加快转变经济发展方式的攻坚时期。以变革抓住机遇、用变革迎接挑战，是时代赋予我们这一代人的使命。

挑战来自全球经济的深度变革和调整。后金融危机时代，经济复苏将是缓慢、曲折和复杂的过程。全球需求结构出现明显变化，围绕市场、资源、人才、技术、标准的竞争更加激烈。推动变革，我们必须走出一条"和平发展之路"。

挑战来自发展方式转变的艰巨。在外部需求较长时期内难以完全恢复的情况下，需要有效扩大国内需求特别是消费需求；面对产能过剩压力，需要提升制造业的技术、知识和人力资本含量；在资源环境矛盾加剧的条件下，需要降低能源资源消耗；低成本比较优势开始减弱，需要加快培育新的竞争优势。推动变革，我们必须走出一条"科学发展之路"。

挑战来自体制机制的障碍。我国社会主义市场经济体制还不完善，还存在不少制约市场发挥基础性作用的体制、机制问题。在利益格局更加复杂的条件下，亟须突破深层次体制障碍，加快推进关键领域改革，形成有利于经济社会转型的体制环境。推动变革，我们必须走出一条"改革创新之路"。

挑战来自社会转型的压力。"十二五"期间是中国人均 GDP 从 3000 美元向 6000 美元过渡的时期，也是经济社会的快速分化期，经济容易失调、社会容易失序、心理容易失衡、人文精神容易淡漠。中国需要更加注重改革的顶层设计，统筹兼顾各方面的发展。推动变革，我们必须走出一条"和谐发展之路"。

战略机遇期，改革攻坚期。加快转变经济发展方式是我国经济社会领域的一场深刻变革，只有将这场变革贯穿于经济社会发展全过程和各领域，坚持在发展中促转变、在转变中谋发展，我们才能抓住和用好现有的机遇，并为未来的持续发展创造新的机遇。

以科学发展为主题，以加快转变经济发展方式为主线，坚持把经济结构战略性调整作为主攻方向，坚持把科技进步和创新作为重要支撑，坚持把保障和改善民生作为根本出发点和落脚点，坚持把建设资源节约型、环境友好型社会作为重要着力点，坚持把改革开放作为强大动力——"十二五"期间的总体思路，勾画了承载13亿人口的现代化巨轮以变革推动发展转型的战略抉择。

大力推进经济体制改革，积极稳妥推进政治体制改革，加快推进文化体制、社会体制改革，不断完善社会主义市场经济，使上层建筑更加适应经济基础发展变化，我们将在坚持不懈的变革中，抓住发展机遇、保持向上态势，让中国特色社会主义道路越走越宽广。

（十）如果郑和的宝船没有止步东非，而是绕过好望角让中国率先拥抱整个世界；如果马嘎尔尼的火器操练没被视为奇巧淫技，而是激起清廷官员的忧患与危机；如果洋务运动没有局限于"器物"，而是引入观念与制度的变革……历史是否会走上另一条道路，世界是否会演绎另一盘棋局？

但是，历史没有假设。那些错失机遇的往事，只能作为一个民族的教训，沉淀到岁月深处，警醒我们时时牢记。

"能不能始终牢牢抓住机遇、积极用好机遇，是对我们党执政能力的重大考验，也是对我们民族自强能力的重大考验，关系中国特色社会主义事业成败，关系中华民族前途命运，关系党和国家长治久安"。胡锦涛总书记的重要论断，展现了我们党在机遇问题上的清醒与坚定。

成败兴亡，命运攸关。当我们的国家经过11个国家发展规划的寒暑磨砺，当我们的人民经历现代化之路的风雨洗礼，机遇与忧患的激烈交织之中，时代提出了新的要求。

以变革推开机遇的大门，把命运掌握在自己的手里，在这个大有可为的时代，中国必须更加奋发有为。

（2010年12月10日）

历史期待下一个"中国故事"
——写在"十二五"规划开局之际

（一）当2011年的阳光照进数年不遇的寒冬，新世纪激流勇进的十年已成过去。变革中的辉煌，艰难中的成就，将我们党带领13亿人民共同创造的那段历史，熔铸成坚实的路基。带着对改革发展的坚定信心，中国，驶入"十二五"开局之年。

2006—2010，"极不平凡"的辉煌5年，出色的答卷留下这样的鉴定："取得的成绩来之不易，积累的经验弥足珍贵，创造的精神财富影响深远"——党的十七届五中全会对新中国第十一个五年规划作出的总结，凝聚着对过去五年发展的深刻认识。

2011—2015，"极其复杂"的未知5年，艰辛的路程肩负这样的使命："全面建设小康社会的关键时期"，"深化改革开放、加快转变经济发展方式的攻坚时期"，"大有作为的重要战略机遇期"——五中全会对新中国第十二个五年规划作出的判断，彰显了这一时间刻度的特殊意义。

马克思说，后来的每一代人都得到前一代人已经取得的生产力并当作原料来为自己新的生产服务，就形成人们历史中的联系，就形成人类的历史。

从"极不平凡"走来，向"重大机遇"驶去，站在前后五年的交汇点，"十一五"留下的"中国故事"如何经久流传？它所形成的"中国经验"如何成为"十二五"的财富？中国的现代化进程，需要秉承怎样的精神内核？

（二）时间有重量吗？

2006—2010，虽然在新中国发展史上，只是11个5年建设单元中的一段正常刻度，却因为惊心动魄、跌宕起伏，让这段时间有了沉甸甸的重量。

这是一段充满惊涛骇浪的航程。从开局之年"投资增长过快、货币信贷投放过多、外贸顺差过大"的"三过"考验，到半程之后百年罕见的国际金融危机冲击，中国与世界，一起在巨大的经济强震中求生自救。"雷曼兄弟破产之后的世界,已不是以前的世界了",失声的生产线,失业的工人,失缺的外部需求,失灵的运行机制……亨廷顿预言的"现代化风险",也同时摆在这个正在急剧转型的东方大国面前。

这是一幅汇集大悲大喜的画面。"汶川不哭""玉树不哭""舟曲不哭",南方冰冻,西南干渴,北方洪涝,罕见的自然灾害接踵而来;逝去的生命,残破的家园,13亿人热泪中挺起不屈的脊梁。如期而至的北京奥运会与上海世博会,百年梦圆,当姚明牵手来自汶川的小英雄走入北京奥运会开幕式,当失去7个亲人的舟曲学子杨耀词成为上海世博会的一名志愿者,悲喜交织的5年,成就了一个民族刻骨铭心的集体记忆。

艰苦卓绝,多难兴邦——这就是过去5年的"中国情节"。"中国故事"正是在急难险重的考验下、在疾风暴雨的跋涉中展开。

(三)我们办成了一系列大事。

在这不同寻常的5年,我们奠定了社会主义现代化格局的历史性基础。

"人民民主是社会主义的生命"。5年里,从修改人大代表选举法实行"同票同权",到推进政协履行职能制度化、规范化、程序化,社会主义政治制度不断完善;从提出保障人民知情权、参与权、表达权、监督权,到颁布政府信息公开条例,社会主义民主制度日益健全;从推进大部制改革,到出台党政领导干部问责暂行规定,服务型政府和责任型政府初步形成……政治建设的不断推进,为中国现代化建设提供了重要保障。

"加快转变经济发展方式,是事关社会主义现代化全局的重大抉择"。"十一五"开局之年,党中央就明确提出这种转变是一项重要而紧迫的战略任务。我们扩大内需、拉动消费,积极推进重点产业调整和振兴规划,大力培育发展战略性新兴产业……5年里,国内生产总值从不到20万亿元增长到接近40万亿元,世界排名从第四上升至第二;全国万元GDP能耗累计下降15.61%。"一升一降"为经济持续发展进一步打牢基础。

"文化是综合国力竞争的重要因素,是经济社会发展的重要支撑"。5年里,深化文化体制改革的重大政策相继出台,一系列文化惠民工程深入实施,进一步改善了基层群众文化生活;一大批经营性文化单位转企改制,进一步增强了市场竞争力。"十一五"期间,我国文化产业快速发展,年均增速超过15%,成为经济发展的新亮点。社会主义文化迎来了大发展大繁荣,开创了中国特色社会主义文化建设新局面。

"社会建设与人民幸福安康息息相关,必须更加注重社会建设"。5年里,劳有所得、病有所医、老有所养、住有所居,百姓的殷切期盼成为党和政府的工作重心。从开局之年取消绵延几千年的农业税,到收官之年力度空前的保障房建设和棚户区改造;从基本医疗保障制度的城乡基本覆盖,到农村免费义务教育全面实现……一系列重大措施相继实施,让"十一五"成为当之无愧的"民生五年"。

"生态文明建设关系人民群众切身利益和中华民族生存发展。""十一五"规划首次对单位GDP能耗设定约束性目标,党的十七大首次把"建设生态文明"写在中国发展的旗帜上。推进集体林权制度改革,实施重大环境保护建设项目,推广低碳技术,发展循环经济……5年里,节能减排、生态环境保护取得突出成就,以资源环境承载力为基础、以自然规律为准则、以可持续发展为目标的资源节约型、环境友好型社会正在逐步形成。

破解"成长的烦恼",驶入科学发展轨道,一个坚持以人为本、统筹兼顾的社会主义中国,经济社会发展协调性明显增强,中国特色社会主义事业全面推进。

(四)我们办好了一系列喜事。

在这激情澎湃的5年,中华民族不断迎来为之感奋的历史时刻。

我们成功举办北京奥运会、上海世博会、广州亚运会。在全球金融危机的排空巨浪中,13亿国人以无与伦比的热忱,书写了人类文明史上的新华章,不仅证明"中国人民有信心有能力为人类文明进步作出自己的贡献",更为危机重重的世界,注入来自东方的勇气与力量。如果说加入WTO标志着中国融入世界经济体系,那么奥运会与世博会的成功举办,则标志着中华文明与世界文明的深度对话。在世界的舞台上,今日中国节拍精彩,舞步飞旋。

我们隆重庆祝中华人民共和国成立60周年,隆重纪念改革开放30周年,载人航天、探月工程、超级计算机等尖端科学技术领域实现重大跨越。这是中国综合实力和当代中国人精神风貌的集中展示,也是提升全体国民国家认同感的精神洗礼。60年家国天下,激发了中国人民强烈的爱国主义豪情;30年改革开放,升华为亿万人民坚定的社会主义信念。在欢庆与自豪中,我们感受一个民族共同体的真实存在,感受个人与国家不可分割的真挚情感,感受中华民族共创未来的雄心壮志。

走出传统的兴衰周期律,大踏步融入时代潮流,一个面向现代化、面向世界、面向未来的社会主义中国，巍然屹立在世界东方。

（五）我们办妥了一系列难事。

在这栉风沐雨的5年，我们多次经受突如其来的严峻考验。

特大地震灾情震惊世界，低温雨雪冰冻历史罕见；多个省区旱情肆虐，山洪泥石流突然逞凶。灾难面前，中央领导第一时间出现在救灾现场，紧急部署，沉着应对；党员干部身先士卒、冲锋在前；全国人民一方有难、八方支援。以人为本的国家信念、风雨同舟的民族精神、果敢高效的执政能力、共克时艰的社会风尚，世界看到了一个坚强伟大的中国。

从出口受阻到工人失业，从企业倒闭到经济下滑，5年中，中国经历了新世纪以来最困难、最严峻的局面。国际经济波诡云谲，金融危机来势汹汹，惊涛骇浪之中，见事早、行动快、驾驭全局的"中国部署"，出拳重、措施实、力度空前的"中国行动"，底气足、视野宽、统筹兼顾的"中国主张"，倒逼出科技突破和产业变革，迎来了迈向创新型国家的重大历史机遇。"V"形发展曲线，彰显年轻共和国领导科学发展的国家能力，体现中国共产党驾驭复杂局面的执政水平。

拉萨"3·14"事件、乌鲁木齐"7·5"事件，5年中，违背国家民族利益的分裂活动几度上演。分裂势力内外勾连，维护国家统一、民族团结的挑战严峻。不和谐的音符，影响不了和谐的主调。这5年，我们以发展解决民族问题，确定了西藏新疆跨越式发展和长治久安的根本大计。"共同团结奋斗、共同繁荣发展"，经济、社会的进步，文化、情感的融合，夯实了国家认同的坚实基础，凝聚起民族复兴的强大动力。

穿越风霜雨雪，一个从容自信、生机勃发的社会主义中国，砥砺着把握未来的能力和勇气。

（六）"办成了一系列大事，办好了一系列喜事，办妥了一系列难事"，在对过去5年的朴实描述背后，是"国家面貌发生了新的历史性变化"。

这是国家强盛的5年，是经济飞翔的5年，是温暖人心的5年，更是脱颖而出的5年。当中国经济这辆"总量40万亿左右的重型汽车"，在风雨泥泞中迅速启动；当许多经济体步履蹒跚，中国却能"打破经济学教科书常规"，成为"显著增长的唯一主要经济体"；当破坏程度远超阪神地震的汶川地震，灾后重建的速度和效率让日本专业人士连呼"惊人"时，看似普通的一个历史单元，也因此注入了不同寻常的"特殊因子"。

"我们这个时代还有比这更伟大的故事吗?"未来学家约翰·奈斯比特如此发问。

(七)5年讲述的"中国故事",已被世界放在了聚光灯下。找寻这一"故事"的根源,正是我们走向未来的现实需要。

如同外国观察家所言,"十一五"是"中国提出全面建设小康社会宏伟目标后的第一个五年规划",是"实施贯彻科学发展观和构建社会主义和谐社会重大部署后的第一个五年规划",中国共产党的执政能力与执政走向将得到全面考验。

资源环境约束强化,投资消费严重失衡,收入分配差距较大,自主创新能力不强……长期以来"行之有效"的发展方式面临挑战。经济转变,社会转型,体制转轨,短期问题和长期问题交织,结构性问题和体制性问题并存,国内问题和国际问题互联,过去5年的"中国故事"正是在这重重"两难"中演进。

从十六届三中全会首次在党的正式文件中提出科学发展观,到四中全会首次提出构建和谐社会,科学发展观的内涵与外延不断丰富;从"十一五"规划明确提出全面贯彻落实科学发展观,到2007年将科学发展观的重大战略思想写入党章,科学发展的理念日渐深入人心;从最初坚持"两手抓、两手都要硬",到全面推进经济建设、政治建设、文化建设、社会建设以及生态文明建设,科学发展的战略构想日臻完善。

"在当代中国,坚持发展是硬道理的本质要求就是坚持科学发展"。循着这样的思想轨迹,人们会看到中国现代化事业落子布局的驱动力从何而来,社会主义中国更加团结的凝聚力从何而来,社会主义现代化航船破浪前行的战斗力从何而来。

"没有一个有效的政府,不论是经济的还是社会的可持续发展都是不可能实现的。"5年大考,不仅考验着中国共产党治国理政的能力,也彰显着我们党带领全国人民推进现代化事业的"领导力"。

(八)发展经济学和现代政治学认为,政府领导力的强弱关乎国家发展的命脉和社会民生的福祉。在复杂多变的国际环境中,国家间政治经济等竞争日益激烈,领导力作为一种软实力的作用日益凸显。它是确定国家航向的方向盘、建设有效政府的生命线、社会各项事业发展的助推器。

过去的5年,在超乎预想的惊心动魄、猝不及防的风险考验中,人们看到了以胡锦涛同志为总书记的党中央坚定自信的领导力。

这种领导力，表现为对国家未来的掌控力。它将科学发展的方向、和谐社会的进程，落实到以人为本的发展目标、统筹兼顾的发展路径中。中国正是在这5年初步奠定社会主义现代化新格局，在各项行之有效的改革和声势浩大的转变中，走上一条经济、政治、文化、社会、生态全面进步的道路，谱写了中国特色社会主义事业新篇章。

这种领导力，体现为对经济发展的调控力。无论是加快转变经济发展方式的重大抉择，还是完善区域经济发展的战略布局，中国经济正是在这5年，不断推进政府宏观调控与市场配置资源的有机结合。政府勇于对经济运行作出新的制度安排，善于发挥在维护经济稳定中的调控作用，优化资源和要素的配置，发展社会主义先进生产力。

这种领导力，反映为对社会利益的平衡力。经济发展成果如何公平分享，改革成本怎样合理分担，社会资源如何合理配置，中国社会正是在这5年，以前所未有的扎实措施，改革和完善各项制度，努力推进权利的平等、分配的合理、机会的均等，解决人民群众最关心最直接最现实的利益问题。

这种领导力，凸显为对公共危机的应对力。这5年，我们党带领人民从容应对自然灾害的考验、经济危机的冲击、分裂势力的挑战，增强了对于突发自然灾害、公共事件的反应能力和处理能力，呈现了善于驾驭复杂局面的执政党形象。

这种领导力，升华为对社会成员的凝聚力。这5年，我们党以建设社会主义现代化和实现中华民族伟大复兴的共同理想，最大程度地将各类社会资源整合起来，形成万众一心、众志成城的合力，在大考中夯实社会主义核心价值体系，在大难中锤炼民族精神和时代精神。

这种领导力，展现为对国际事务的运筹力。这5年，面对复杂深刻变化的国际形势，我们党始终高举和平、发展、合作旗帜。从大国外交到周边外交，从发展中国家关系到多边事务，我们坚持统筹国内国际两个大局，不断提高应对国际局势和处理国际事务的能力，推动构建更加公正合理的国际政治经济新秩序。

"中国领导人正在以灵活而成熟的领导力，赢得民众的信任，世界的尊重。"走过艰苦卓绝的5年，世界如此评价。

（九）这真是耐人寻味的细节。

61年前，新中国诞生时，国际舆论一片质疑，"共产党解决不了自己的经济问题，中国将永远是天下大乱"。20多年前，东欧社会主义国家发生强烈政治地震，有媒体不屑地推断，"中国很快也会陷入图圄"。两年前，经济危机风暴刚从华尔街呼啸抵达中国，一家外国媒体就曾预言，"中国开始经济衰落，也许将比美国经济还要恶化"。然而如今，越来越多的人认定："中国如何进一步拥抱全球市场将决定全球经济的命运。"

是什么让那些从不看好中国的人们，重新打量并尊重今日的中国？

"通过实践，我们进一步提高了贯彻落实科学发展观能力，增强了驾驭经济社会发展大局和解决复杂问题能力，加深了对社会主义市场经济规律的认识，加深了对我国社会主义制度政治优势的认识。"不久前中央经济工作会议上，胡锦涛总书记作出深刻总结。

（十）这"两个能力"的增强、"两个认识"的加深，是比任何物质成就更为珍贵的精神收获，是中国特色社会主义道路上的思想路标。

借鉴人类文明的优秀成果，把社会主义制度与市场经济体制的优势结合起来，走独特的"中国道路"，这是改革开放对中国历史进程的独特贡献，也是社会主义中国对人类发展道路的独特贡献。但这两者究竟应当如何结合，遵循什么规律，达到什么效果，30多年来，一直是中国特色社会主义面临的重大课题。

这5年，我们之所以能率先走出国际金融危机的泥淖，成为世界经济触底反弹的新引擎，就在于我们能发挥强大的组织动员能力，运用财政、金融、税收等政策杠杆，实行强有力的"国家干预"。由此我们深刻认识到——

市场是配置资源的有效形式，有利于发挥微观主体的内在动力和活力，从而创造更多社会财富。但市场从来就不是万能的，特别是在经济发展面临重大挑战的情况下，必须发挥政府应有的宏观调控作用，克服市场缺陷。关键是要坚持社会主义市场经济改革方向，进一步完善体制机制，从制度上更好发挥市场在资源配置中的基础性作用；又要发挥政府维护市场有序运转职能，不断加强和改善宏观调控，增强基本公共服务能力，实现社会资源优化配置。

这5年，面对百年不遇的自然灾害，面对国际金融危机的强烈海啸，我们之所以能够抗击灾难、应对冲击，就在于我们以强大的组织动员能力，保证了应急机制的速度效率，凝聚了亿万人民的力量信念。由此我们深刻认识到——

对我们这样一个有着 13 亿人口的发展中大国,发展经济和改善民生遇到的困难和矛盾世所罕见。只有充分发挥社会主义制度的政治优势,既坚决维护中央权威和政令统一,又充分发挥各方面积极性,才能形成共克时艰的强大合力。社会主义制度的政治优势正在于,作为一种社会制度,它能高效集结最为广大的社会力量;作为一种精神信念,它能有效唤起亿万人民的爱国激情。

对社会主义市场经济规律的认识,对社会主义制度政治优势的认识,这是引领中国成功走过"十一五"激流险滩的精神动力,更是"十二五"乃至更长时间我们续写精彩"中国故事"的思想财富。

(十一)时间是考量一切事物的标准。

对中国的发展来说,"五年规划"是量度中国步伐的路碑,也是记录中国梦想的载体。

从 1953 年新中国开始实行第一个"五年计划",到 2010 年"十一五"规划顺利完成。一个又一个五年,见证了中国现代化的风雨历程,诠释了不同时期的历史标识,"中国故事"正是在这一过程中不断写就。

任何发展,在成就积累的同时,也必然积累一些深层次问题。踏上"十二五"征程的中国,蕴藏着无限的生机与活力,也面临着更加艰巨的任务和考验。

2011 年的曙光已经降临。在伟大的开局之年,带着"十一五"留下的精神财富,抓住机遇、勇于变革,应对挑战、奋发有为,我们将创造属于"十二五"的历史荣耀,并以新的光荣迎接中国共产党成立 90 周年,纪念辛亥革命 100 周年。

历史期待下一个"中国故事"。

(2011 年 1 月 5 日)

在这里我们写下"中国信心"

——汶川特大地震三周年志

（一）一场吞噬近9万人鲜活生命的8级地震过后，把十多万平方公里的破碎山河重整为安居乐业的家园，需要多久？

在如此广阔的土地上，为遭受重创的经济重新注入活力，将震区社会发展水平提升一二十年，需要多久？

抚平千万颗心灵的创痛，从毁灭走向新生、从悲壮走向豪迈，又需要多久？

3年。

这是一段浓缩的时间。从瞬间"归零"到经济重振、社会重整、文化重生，仅仅1000多个日夜，谁能有这样的信心，把一场惨烈的天灾变成新跨越的起点？

这是一个震撼世界的数字。1995年日本阪神大地震，重建用了近10年。2005年美国新奥尔良遭受风灾，6年过去，还有大量灾民流离失所。面对恢复重建的世界难题，谁有这样的气概，将被灾难倒拨的发展时钟逆转？

中国，汶川。

培根说过："超越自然的奇迹，总是在对厄运的征服中出现。"汶川，早已不只是川西崇山峻岭间一个小小的县城，也不仅指川、陕、甘那片3年前震颤不已的土地。它是一种象征，一种印证中华民族精神信念的象征；一把钥匙，一把解读社会主义中国的钥匙。

（二）当绵竹市失去双腿的舞蹈教师廖智跳起"鼓舞"，当虹口乡党支部书记马远见开始为游客的停车位不够发愁，当金花镇农妇刘小蓉费心琢磨自家餐厅推出的新菜式，我们看到了什么？

普通人的命运，是时间的尺度。3年来，廖智、马远见、刘小蓉与几千万灾区干部群众、与13亿中国人民一起，走过风雨，走向新生。

这不同寻常的3年，是社会重生的3年。汶川、北川、绵竹、青川……农房重建完成，城镇住房重建完成，"最漂亮的是民房，最坚固的是学校，最现代的是医院，最满意的是群众"。山川的伤痕尚未抹平，生活却已昂然前进。"决定性胜利"带来"历史性剧变"，一个生机勃发的新灾区，为巴蜀大地、陕陇高原的人民注入信心。

这不同寻常的3年，是发展跨越的3年。变压力为动力，视重建为机遇，灾区寻求新的经济增长点和新的发展模式，铸造发展振兴的强大引擎，城乡面貌、基础设施、产业发展、社会建设出现了历史性跨越。打造西部综合交通枢纽，建设西部物流中心、商贸中心和金融中心。"突破性进步"伴随"长远性发展"，一个充满力量的新灾区，为原地起跳、奋力摸高的发展注入信心。

这不同寻常的3年，是精神凝聚的3年。看得见的跨越背后，是看不见的变化。乡间里巷的灿烂笑脸，写满对未来的美好希望。整洁雅致的城乡社区，新的生活方式、新的文明理念，丰富着巴蜀文化的内涵。东西部的文化交融、观念碰撞，体制机制上的创新探索，迸发出新的思想火花。告别"盆地意识"，今日四川从历史上的"四塞之国"跃至西部开发的前沿。"激情性燃烧"变成"持久性释放"，一个坚定从容的新灾区，为穿越灾难、拥抱光荣的未来注入信心。

如果说3年前那场深重的灾难让世界记住了汶川，那么3年间一连串难以置信的变化让世界再次为之震撼——

震后十天，完成1500多万人的应急安置；震后一百天，完成1200多万人的过渡性安置；震后一年内，355万户震损住房修复加固全面完成；震后一年半，150万户农房重建全部完成；震后两年，25万户城市居民住房基本完成；如今，震区"经济总量大幅提升，发展速度超过震前；工业化程度提高，产业结构优于震前；居民收入明显增加，人均水平高于震前"……

新中国成立以来尤其是改革开放以来，"奇迹""震撼"已经成为世人观察和评价中国的关键词，但这一次的"中国震撼"，比深圳、上海、北京等地日新月异的变化，在人们心中激起更为强劲的冲击波——

水磨镇被联合国人居署视为"全球灾后重建最佳范例"，美丽的羌藏村寨被赞为"世界灾后重建的灯塔"。加拿大原总督感慨，"四川树立了世界灾后重建的典范，你们宝贵的经验可以在世界推广"。近日走近汶川的60多个外国记者面对这些经验带来的巨变，"震惊"之余坦言："只有亲自来到灾区，才能读懂'奇迹'的含义。"

（三）时间为我们呈现结果，却往往省略了过程。奇迹从来就不是一时的激情喷发和瞬间的灵光闪现，而是一个持续而漫长的努力中从量变到质变的积攒。看到这个过程，才能真正走近"汶川奇迹"的核心。

如果说，救援抢险是一个国家应急能力的集中体现，那么，漫长的灾后重建，则是对国家全方位能力的不断考验。这3年中，社会主义中国如何砥砺自身，促成灾区的全面复苏？

如果说，支撑抗震救灾的是强大的动员能力，那么，漫长的灾后重建，需要的是更广泛的制度保障。这3年中，是什么样的制度持续释放沉潜的力量，让灾区岿然前行？

如果说，面对灾难需要的是迅速反应，那么，漫长的灾后重建，则需要战略布局与战略协调的综合能力。这3年中，怎样的发展模式在灾区造就了难以置信的巨变？

如果说，灾难激活了一个民族最强烈的情感，那么，漫长的灾后重建，更需要这种情感从"非常"到"日常"的转化。这3年中，抗震救灾精神如何成为激励我们前行的思想航标？

三年重建，一个民族同生共死、守望相助的深情凝聚于此，一个国家举国携手、风雨同舟的力量倾注于此，一个政党以人为本、科学发展的理念展现于此，一种制度协同整合、握指成拳的优势印证于此。那些在汶川重新生长起来的东西，将成为整个人类共同的财富。

（四）2008—2011，汶川。以人为本的国家理念在此得到深刻阐述，它告诉我们，只有激发人的自主性，才能激发人的创造力。

大规模的调查显示，96%的灾区群众最担忧的是重建住房，94%的群众最期待的是安置新家，数以万计借读他乡的孩子最盼望的是重返故乡。"三年目标任务两年基本完成"，为的是群众少一年焦虑中的等待，早一年幸福安宁。中国没有美国那样的雄厚财力，没有日本那么丰富的抗灾经验，但在重建安民、重建利民的问题上，我们的努力有过之而无不及。倾听人民呼声，尊重人民意愿，维护人民利益，千头万绪的灾后重建指向"人"这个核心，唤起灾区人民坚强奋进的内生力量。

把"人的自主性"放在第一位，不仅发挥制度的整合作用，更强调群众的"主体力量"。信息公开、平等协商，变"政府包办"为"群众自治"，救灾物资分配由群众作主，住房重建充分尊重群众意愿，经济恢复与群众利益和发展愿景相结合。这3年，"参与式重建"推动千万民众对灾后社会的再适应，人们对未来的信心和重建的积极性空前高涨。

把"人的自主性"放在第一位，不仅关切群众的眼前利益，更重视可持续发展的能力。优先重建城乡住房，优先供给公共服务，优先恢复基础设施，优先发展重大产业。"建房子还要给路子，补资金也要提素质"，在物质援助的同时加强技能培训，在"输血"的同时努力提高"造血"功能。重建超越了简单的复制，危机变为跨越式发展的契机。

把"人的自主性"放在第一位，灾区人民不仅是地震灾害的承受者，更是重建奇迹的创造者。"坝坝会""板房夜话"，协商式民主改变自上而下的决策程序，群众意见得以充分表达。"一事一议""一执行一监督"，议事型民主让矛盾和纠纷大大减少。村庄重建规划、民居设计图纸供居民讨论选择，引导型民主推动政府向服务型转变。开放、民主、参与、监督的现代观念和公民意识，在灾后重建中萌发、积累、传播。

青川县东河口地震遗址公园，矗立着一座"大爱崛起碑"，一个大写的"人"字，寓意着灾后恢复重建最核心的价值理念——以人为本。这一价值最生动的体现，莫过于3年间灾区大地站立起来的大写的人。正是人民群众迸发出强烈的自主性、持久的能动性和非凡的创造性，书写了世界抗灾史上的壮丽篇章。

最深刻的变化在于人，最实在的成果施于人，最持久的动力源于人。"人权"，这个国际政治中高度意识形态化的字眼，在汶川震区还原了它的本意。它点点滴滴渗透于民众的日常生活，经得起任何一部白皮书的挑剔。

（五）2008—2011，汶川。社会主义中国的制度优势在此得到生动印证，它告诉我们，善用政府和市场两种手段配置资源，就能最大限度地推进社会发展。

震后仅一个月，国务院即出台《汶川地震灾后恢复重建对口支援方案》，全国近2/3的省份行动起来，对口支援重灾县市。3年来，中央财政在恢复重建的投入达到2200亿元，税费优惠、金融支持、用地保障、法制保障……党和国家的一系列"顶层设计"，为恢复重建提供了最强有力的制度支撑。

寿光的蔬菜，在北川抽出嫩芽；江苏的草莓，在绵竹结出果实；汶川的教师，在羊城深造；都江堰的保姆，在上海找到工作。温州精神、辽宁经验，东部先进的发展理念与管理模式,在重建中推广传递,生根开花。3年过去,"对口援建"正向"对口合作"演进:青川经济社会发展,编入浙江省的"十二五"规划;广东每年异地培训上千名汶川籍农民工、山东学校医疗机构对口帮扶北川,都将持续多年……

三年重建,五湖四海的人才资源、技术资源和智力资源在这里聚集,全国各地的灾害防治和建设经验在这里交汇。汶川,成为中国体制创新、机制创新、科技创新、观念更新的最大实验场。如此巨大的制度力量,如此炽烈的民族情感,世人惊叹:这是多么牢固的一个共同体。

当都江堰运用市场手段解决数以十亿计的资金缺口,完成农房重建;当什邡市建立重大事项联席会议制度,保证资金效益和项目廉洁;当四川金融机构3年贷款增加量超过新中国成立以来该省贷款总和;当3年过后四川人民拿出这样的答卷:1.7万亿元重建资金,80%是灾区自筹;几百万套过渡住房,近一半由灾区群众自搭自建,人们充满敬意地得出结论——

汶川奇迹,是政府动员与市场力量的雄浑交响,是自力更生与八方支援的壮丽凯歌。

美国红十字会驻中国地区代表雷伊斯感慨:"你们确实有一个能帮助人民的强大中央政府。这十分重要。"他只说出了一个方面。让政府力量与市场手段相互补充彼此呼应,将强大的组织动员能力服务于以民生福祉为根本的"国家目的",把无私援助从个人的自由选择上升为不可动摇的制度意志,这才是中国特色社会主义的本质特征。

(六)2008—2011,汶川。科学发展的时代规律在此得到深刻揭示,它告诉我们,没有"全面协调可持续",就没有灾区大地脱胎换骨的超越与新生。

震后两年,最高时速220公里的成灌快铁顺利发车,四川跑步进入"快铁时代";震后三年,"家家有房住、户户有就业、人人有保障、设施有提高、经济有发展、生态有改善"的重建目标基本实现。回首3年历程,如果没有十六大以来科学发展观在神州大地贯彻落实所形成的全民共识,如果没有我们时代所秉持的"生命至上、民生为先"的治国理念,就没有今日灾区举世瞩目的"发展转型""社会发育"与"民生跨越"。凤凰涅槃,灾区的新生是一部波澜壮阔的重建史、一往无前的奋斗史、豪迈雄壮的发展史。

把建设社会主义新农村作为重点内容,在统筹城乡的清晰思路中,发展实现历史性跨越。震区总结和推广成都先行先试的经验，首次把农村建设纳入规划范畴，结合重建推动城乡一体化进程。新型工业化、新型城镇化和农业现代化"三化"联动，农村居民"放下锄头进车间，屋后还有一片田"，收入渠道大大拓展。城乡一体的社保制度、教育机制、公共设施，让广大农民逐步享受到和城里人一样的公共服务。

把加快经济发展方式转变作为重要方向，在实施西部大开发的宏伟战略中，发展呈现历史性嬗变。东汽跻身世界一流行列，戴尔全球运营基地落户成都，北川新县城有了农产品电子交易平台……淘汰落后产能、承接产业转移，重塑发展的空间布局与产业结构，灾后的四川崛起为中国西部经济社会发展的新高地。

把"民生为先"作为恢复重建的重要标准，在让灾区人民"大踏步走向新生活"的执政信念中，发展凸现历史性进步。从保障灾民基本生活，到提供更多就业机会；从关怀"三孤"人员，到做好再生育服务、为失去孩子的家庭燃起希望；从崭新的城镇丰饶的乡村，到新辟的道路崛起的园区，巴山蜀水浓墨重彩书写民生情怀。穿行震区，面对白墙青瓦的川西民居、石墙灰顶的羌寨石阁、粉墙金瓦的藏式小楼，你会理解为什么会有"苦干两三年，跨越二十年"的"汶川巨变"。

（七）2008—2011，汶川。伟大的抗震救灾精神在此得到广泛验证，它告诉我们，3年时间，我们不仅重建了一个山河壮美的物质家园，更重建了一个意义深远的精神故乡。

"汶川不哭，中国加油""我们都是汶川人"，当年响彻中国的呐喊，在3年重建中依然诠释着一方有难、八方支援的民族情怀。"有手有脚有条命，天大困难能战胜""泰山压顶不弯腰"，曾经激荡灾区的强音，在3年重建中依然传递着灾区人民自强不息的坚韧精神。

山东援建干部崔学选病危之际仍牵挂着灾区的"三个家"；北川擂鼓镇茨沟村年轻的村委会主任尹显波最后才修自家的房子，感动的村民自发为他添砖加瓦；玉树遇险、舟曲遭灾，第一支赶赴灾区的外省公安特警队伍来自成都，第一支跨省异地救援的民兵队伍来自青川……

"万众一心、众志成城，不畏艰险、百折不挠，以人为本、尊重科学"，3年来，千百万干部群众的奋斗，亿万中国人民的坚守，无数建设者的奉献，崇高的理想、坚定的信念和深沉的感恩，汇入社会主义中国一脉相承的精神谱系。

过去的时代，这些精神让地底的石油喷薄、让卫星遨游太空，战胜过自然领域的水旱天灾，也战胜过社会发展的风险挑战。今天，伟大的精神再次迸发出重整山河、重塑心灵的强大力量。恢复重建激发的社会责任与使命，共同理想唤起的精神体认与凝聚，灾区巨变催生的民族自豪与自信，升华为我们这个时代弥足珍贵的精神财富。

这种宝贵的精神财富，铸就了党领导人民自强不息、顽强拼搏、不怕牺牲、敢于胜利的又一座历史丰碑，必将长久地留存于我们民族的血脉。

（八）"在我眼里，灾区每一幢新建筑，都是一面飘扬的国旗！"一位去过四川的网友这样说。

此时，走过90年风雨征程，中国共产党引领社会主义中国抵达新的历史起点。飘扬的五星红旗凝聚了怎样的信念？不屈的中华民族走过了怎样的历程？也许这才是"汶川奇迹"的根源。从嘉兴南湖的一艘红船出发，这个为着民族独立、国家富强、人民幸福而不懈奋斗的政党，在历经北伐战争的洗礼、土地革命的磨砺、抗战岁月的硝烟、解放战争的炮火、社会主义改造和建设的激荡风云、改革开放的历史考验之后，所建立的功勋，所铸就的旗帜，所探索的道路，是"汶川奇迹"乃至"中国故事"最令人信服的历史逻辑与现实答案。

人的自主性，制度的灵活性，发展的协调性，精神的创造性。3年重建不过是再次呈现了一个政党对人民的信念、一个民族对未来的想象，再次检验了社会主义中国的国家能力，再次增强了我们走"中国道路"的坚定信心。

这种信心，源于党中央的坚强领导。胡锦涛总书记在抢险救援的危急关头和灾后重建的关键时刻亲临一线；所有中央政治局常委都曾走进灾区，与最需要他们的人民在一起。恢复重建3年历程中，党和政府表现出高超的驾驭全局与应对危机能力，资源整合和利益协调能力，依法执政和高效行政能力，自我调适和开放转型能力。汶川作证，党中央的坚强领导，往前溯，承续90年波澜壮阔的光辉历程、60年执政兴国的伟大实践、30年改革开放的辉煌业绩；往后看，决定着"十二五"开局的宏伟蓝图、全面建设小康的奋斗目标、中华民族复兴的漫漫征程。

这种信心，源于"中国道路"的正确选择。安置群众百日攻坚，灾后重建千日奋战，发展振兴万米长跑。无论是政府强大的组织动员能力，还是国家责任的持续释放；无论是民生为大的基本理念，还是包容性增长的基本模式；无论是精神信仰的强大力量，还是有统有分的统筹协调，灾区提供的样本不仅是在为自己寻找答案，也在为中国的未来积攒经验。汶川作证，恢复重建的3年，是"中国探索"的实验场，"中国力量"的汇集地，"中国道路"的浓缩版。

这种信心，源于党员干部的精神追求。发展的"主心骨"，致富的"火车头"，生活的"贴心人"……同样经历家园破碎的苦楚，同样承受痛失亲人的悲伤，但领救济、发帐篷、住板房，他们朝后让；挑重担、克难关、解纠纷，他们往前冲。"我们是有组织、有信仰、有觉悟的人。"在地震中失去11位亲人的北川县委副书记瞿永安的话，道出了千万震区党员干部的心声。汶川作证，觉悟、组织、信仰，是这个有着90年历史、7800万党员的政党最坚实的基础，是凝聚力、动员力和战斗力的源泉。到汶川震区考察的外国友人感慨："有一条'经'我们很难取走——你们有这么多勇于献身的中共党员。"

2008—2011，汶川。惨烈的地震，在中国的"心腹之地"划开了一道深深的伤口。但龙门山断裂带上，透过地震掀开的一个小角，世界得以纵览一个民族3年、60年、90年、5000年的精神脉络，窥见"中国共产党为什么能"的奥秘，解开社会主义制度在中国欣欣向荣的政治密码。

（九）灾害挡不住四季轮回，生命蓬勃。

当大地再次开满鲜花，新北川中学的教室里，一群学生打听如何向日本灾区捐款。在灾区，几千个失去孩子的家庭迎来新的生命。"地震宝贝"张震安满地跑了，"敬礼男孩"郎铮读学前班了，"芭蕾女孩"李月迈动永不停跳的舞步……

永不停跳的舞步，一个古老民族向死而生的脚步。

"你只有去中国才能看见未来。"2008年，《纽约时报》一位专栏作家以这样的句子，总结中国走过的这大喜大悲之年。

时间是考量一切事物的标准。3年，奔腾不息的岷江，把灾难与痛苦沉积在历史河床的深处，也把气壮山河的声响激荡在岁月的天空。面对未来，我们比任何时候都坚信——

"任何困难都难不倒英雄的中国人民！"

（2011年5月11日）

选择,凝聚在信仰的旗帜下

——写在中国共产党成立 90 周年(上)

(一)德国,摩泽尔河畔特里尔古镇,一座灰白色三层楼房里,常会出现一些黑头发黑眼睛的游览者。他们虔诚地拜谒,深情地凝望,上万条中文留言中最多的字眼是,"伟人长逝,思想永存"。

一个多世纪前年轻的马克思未曾想到,他与他的思想会成为一面旗帜,导引一个东方大国近百年波澜壮阔的挺进,红色狂飙席卷 960 万平方公里土地,世界五分之一人口的命运就此改变。

在这面信仰的旗帜下,中国共产党,这个曾被讥为"山沟里的马克思主义"的政党,创造了"地球上最大的政治奇迹",它感染、鼓舞、召唤一代又一代人舍命相随,将信念的力量嵌入古老中国的历史命脉,推动这个曾经山河破碎、几近亡国灭种的国度走向独立、走向富强、走向复兴。

在这面信仰的旗帜下,社会主义中国,这个曾遭遏制、封锁、包围、孤立的新型社会制度,刷新了当代国际政治的版图,以其势不可当的崛起开辟出一条举世瞩目的"中国道路",被马克思眼中那些与无产阶级"势不两立"的人们,不无敬意地称为"一个崭新时代的黎明"。

90 年前,13 个选择了信仰的革命者,那些平均年龄 28 岁的青年很难想到,1921 年 7 月那个燥热的季节,上海法租界石库门里的秘密集会,那颗从遥远西方"盗来"的火种,会燃烧成光耀中华的绚丽日出,它荡涤风雨如磐的暗夜,最终改变了 20 世纪中国的走向,改写了人类社会发展的历史。

马克思曾经极而言之,只有一门科学,那就是历史学。历史是现实的向导,当社会主义中国以崭新的姿态屹立于世界的东方,我们需要在历史中寻找力量。

就让我们重返 1921,从那个起点开始,翻阅 90 载风雷激荡的红色篇章,捧读中国共产党人以青春、热血与生命的深情书写。

（二）这些场景或许早已为人熟知，但每每重温依然让人震撼。

他看着前来告别的家人神色从容，在绞刑台高呼"共产党万岁"英勇就义。他曾是生活优裕的大学教授，每月数百元大洋可养活四五十口人，但他却以生命之钟撞响旧中国的黎明。他说"只要我们有觉悟的精神，世间的黑暗终有灭绝的一天"，"试看将来的环球，必是赤旗的世界！"

他将身上的衣服脱下赠给难友，在最后一次慷慨激昂的演讲后，与战友们高唱国际歌走向刑场。他曾是锦衣玉食的富家少爷，有着"鸦飞不过的田产"，家里平均每人"有五十个农民做奴隶"，但他却在"秉志改革"的探寻中为救国救民英勇献身。他说"我们共产党是代表工农人民大众的"，"为了我们子子孙孙争得幸福的生活，就是献出了自己的生命也在所不惜"。

他神态自若地走向刑场，沿途高唱俄文国际歌、红军歌。到达罗汉岭，选一草坡坐下，对刽子手微笑点头："此地甚好！"饮弹洒血。他曾是才华横溢的柔弱书生，翻译则蔚然成文，治印则卓然成家，本可为渊博学者、文化巨匠，但他却振臂一呼刺向黑暗。他说"一切新的、斗争的、勇敢的都在前进"，"亲爱的同志，你们去算账罢，你们在斗争中勇猛精进着"。

他在狱中最艰苦的环境下，犹殷殷讴歌《可爱的中国》。他说"敌人只能砍下我们的头颅，绝不能动摇我们的信仰！因为我们信仰的主义，乃是宇宙的真理！为着共产主义牺牲，为着苏维埃流血，那是我们十分情愿的啊！"

他在敌人的严刑拷打下坚贞不屈，在养育他生命的江西莲花县，在挚爱的亲人面前，被敌人割掉舌头的他，用脚趾蘸着淌到地上的鲜血，写出"革命成功万岁"……

李大钊，38岁。彭湃，33岁。瞿秋白，36岁。方志敏，38岁。刘仁堪，34岁。这是他们从容赴死的年龄。视死如归，义无反顾，只因坚信"人生最高之理想，在于求达于真理"。因为这一信念，毛泽东10多个亲人献出了生命，2100万革命者慷慨捐躯。他们是理想的殉道者，社会的探索者，主义的践行者，是伟大的爱国者，无畏的革命者，无私的牺牲者。

只有从他们开始，从这些共产党人开始，从信仰信念开始，我们才能认清百年中国跌宕前行的浩荡潮流中，那无数难以解释的疑问、荡气回肠的奋斗、惊心动魄的力量。

（三）对许多人而言，这确实是种难以置信的力量。

一盘散沙，四分五裂，一穷二白，满目疮痍。中国近代史的舞台，多少政治力量登台亮相，却终究没能让一个古老大国走出苦难，是什么样的政治信念有如此强大的凝聚力，让一个新兴的无产阶级政党唤起工农千百万，完成救亡图存的历史使命？

有过低谷、有过曲折，走过弯路、绕过远路。90年风雨沧桑，多少风险考验，却终究坚忍不拔奋力向前。当世界社会主义运动处于低潮，是什么样的政治素养有如此蓬勃的生命力，让一个长期执政的大党，始终成为引领中国社会进步的核心力量？

血雨腥风的革命年代，硝烟弥漫的战争时期，激情燃烧的建设岁月，波澜壮阔的改革开放。90年始终如一，是什么样的政治品格有如此持久的向心力，让鲜红的党旗始终能凝聚起各种力量，把中华民族变成一个坚强的共同体？

从只有50多人的小党发展成拥有8000万党员、世界最大的执政党，从积贫积弱的落后国家发展成世界第二大经济体，又是什么样的政治能力有如此巨大的创造力，让一个政党的成长与一个国家的重生融为一体，在动荡的百年历史中写下不朽的传奇？

政治学家亨廷顿认为，"第三世界的现代化是一个充满动荡和激烈冲突的过程。一个具有现代化取向的政治组织是推进现代化进程又保持其过程稳定的关键力量"。中国革命的胜利、建设的成就、现代化的奇迹，密码就蕴藏于这个"政治组织"之中。

90年后，追寻这段历史轨迹的人坚信，最终的答案源自最初的理想，是信仰的旗帜造就了理想的传奇。

（四）什么是信仰？

从哲学的概念理解，信仰是人对人生观、价值观和世界观的持有。对信仰的不同选择，体现了一个人生命的宽度和厚度。

就政党的本质来说，信仰是一个政党的精神旗帜，是区别于其他政党的根本。对于信仰的不同选择，决定了一个政党的政治理念和政治品格。

或许马克思的这段话，最能阐发共产党人的信仰——

如果我们选择了最能为人类福利而劳动的事业，那么，我们就不会被任何重负所压倒，因为这是为全人类所作出的牺牲；那时，我们感到的将不是一点点自私而可怜的欢乐，我们的幸福将属于千百万人。

这是怎样的选择，能如此将一个人自然的生命融入为整个人类的奋斗之中？当个体的追寻汇聚成共同的坚守，又会迸发出怎样的力量？

（五）从1840到1921，尽管长夜如晦，屈辱如山，但中国人民的抗争一直未曾停息。一次次流血牺牲，一次次惨烈失败，救亡图存的悲壮，伴随着中国从19世纪进入20世纪。

这是一个很难改写的事实。1840年后，中国的进步被强制性纳入另一个话语体系。当代中国人所思考的基本命题，科学、民主、法治乃至国家，都是从那时起才逐渐形成概念。在帝国主义瓜分豆剖的隆隆炮声中，这个被殖民者讥笑为"劣等民族"的古老民族，这个被西方称为"既污秽又丑恶""存在是一种时代错误"的国家，最急迫的课题，是何以能走出亡国灭种的悲惨境地。

洋务运动、维新变法、辛亥革命……无数仁人志士不懈奋斗，虽然慷慨激烈，却都没能完成救亡图存的民族使命和反帝反封建的历史任务。

莽莽神州，已倒之狂澜待挽；茫茫华夏，中流之砥柱伊谁？

这是我们理解先驱们的选择最为真切的背景，也是共产党走进中国近现代史最为清晰的坐标。为什么信仰的火炬会点燃一代人的大觉醒，为什么1921年会发生开天辟地的大事变？因为，四分五裂的神州大地，呼唤解民倒悬的一线曙光；救亡图存的悲壮呐喊，催生一种新生政治力量。

十月革命的一声炮响，为中国送来了马克思主义。四海寻觅的探索者从这滚滚而来的世界革命潮流中看到了希望，找到了人类解放的前途。它与各种思想主义完全不同，立志于为大多数人民利益而奋斗，最广大的无产阶级、穷苦人民，也能翻身做主人。马克思主义惊醒了"五千余年的沉梦"，让无边的黑暗有了光亮，中国前进的道路豁然开朗。

20世纪的上半叶，在向着"世界新文明之曙光"奔去的人群中，有出身豪门的少爷小姐，有山野乡村的农家子弟，有满怀激情的青年学生，有离经叛道的知识分子，有一无所有的产业工人。不同的人生轨迹，共同的理想信念，让他们凝聚在同一面旗帜下，勇往奋进以赴之，瘅精瘁力以成之，断头流血以从之。

这样的选择看似简单，却殊为不易——生命只有一次，还有什么比生死抉择更大的考验？但他们深知只有信仰能体现人生价值可靠的落实，只有信仰能赋予短暂人生永恒的意义。正是这样的选择，让他们义无反顾地踏上了为国家民族奋斗的征程。

这样的选择看似偶然，却十分必然——"决非为一衣一食之自为计，而在四万万同胞之均有衣有食也。亦非自安自足以自乐，而在四万万同胞之均能享安乐也"。正是为大多数人谋利益的高尚情怀，让共产党人选择了为人民奋斗的高尚事业。

90年过后，今天的人们只有理解他们纯粹的理想，才能理解他们不朽的牺牲。这种理想，让共产党人牢记责任、牢记使命，在中华大地书写出气壮山河的诗篇；这种理想，让共产党人超越时代，超越生命，在人民心中耸立起永不磨灭的丰碑。

为有牺牲多壮志，敢教日月换新天。

（六）"马克思主义对于能理解它的人来说意味着得到了'全能的智慧'，对于信奉它的人来讲，则等于找到了'根本性的指针'。"外国学者的这番感喟，算是触及了信仰的本质。

因为理解，所以能从人类历史上划时代的伟大思想中获得"全能的智慧"。自诞生之日起，中国共产党就以坚定的立场秉持这一科学理论的武器，推动中国历史走向千年未有之变局，并在伟大的实践中不断发展马克思主义。

因为信奉，所以能在90年岁月里坚守"根本性的指针"。自诞生之日起，中国共产党就以高度的自觉肩负起民族独立与国家富强的使命，并将为大多数人谋幸福的信仰，化作顽强的精神信念。

环顾全球，世界上很少有哪个政党像中国共产党这样，在理论上鲜明提出、在实践中明确要求以人民利益为出发点和落脚点。从"共产党是为民族、为人民谋利益的政党，它本身决无私利可图"到"一切以人民利益作为每一个党员的最高准绳"，从"实现、维护和发展人民群众的利益，始终是我们最大最重要的政治"到"权为民所用，情为民所系，利为民所谋"。回顾90年奋进历程，始终铭刻于鲜红党旗的"人民利益"，体现了一个马克思主义政党的政治信念，是我们党最为根本的政治优势。

环顾全球，世界上很少有哪个政党像中国共产党这样，把公而忘私、奉献牺牲作为对党员的基本道德要求，更少有哪个政党对党员进行持续不断的党性教育。从江竹筠到董存瑞，从张思德到雷锋，从焦裕禄到杨善洲，从邓稼先到袁隆平……在国家独立、人民解放的浴血斗争中，在民族振兴、国家富强的艰辛探索中，始终有共产党员为了信念不畏牺牲，危急关头挺身而出，艰苦岁月默默奉献,为国为民披肝沥胆。回顾90年奋进历程,始终为人民而奋斗的奉献精神,体现了一个马克思主义政党的政治品格,是我们党最可宝贵的思想财富。

62年前,司徒雷登总结国民党失败原因时这样分析:"共产党之所以成功,在很大程度上是由于其成员对它的事业抱有无私的献身精神。"

2011年,走进地震灾区的外国友人面对令人震撼的"汶川奇迹"这样感慨:"有一条'经'我们很难取走——你们有这么多勇于献身的中共党员。"

一切历史最终都是思想史。中国共产党人的这种信仰以及由信仰衍生的伟大精神,既不只是出自痛恨资本主义的道德义愤,也不只是源于向往共产主义的善良愿望,而是基于对人类社会发展规律的科学认识。让每一个人都能得到发展,社会才能真正走向繁荣,这是震古烁今的人间正道,是颠扑不破的永恒真理。它告诉我们:选择为人民而奋斗,它的生命必将永恒,它的事业必将长存。

(七)一个政党信仰的生命力,体现在走向大地的实践中。正如邓小平指出的"对马克思主义的信仰,是中国革命胜利的一种精神动力"。

曾经有人预言:中国永远摆脱不了一个不堪负担的压力,即庞大的人口,中共也无能为力。曾经有人评断:中国共产党军事上可以打100分,政治上可以打80分,经济上却只能是零分。曾经有人宣称:中国要改革开放,让一个人口众多的民族在极短时间内来个180度大转弯,就如同让航空母舰在硬币上转圈。

然而,在中国共产党的带领下,新中国用无可争议的事实击碎了这些"预言"。今天,那些提出"给中国共产党打一个高分"的人,那些惊诧"地球上最大的政治奇迹"的人,那些赞叹"人类历史上最大规模经济革命的主角"的人,不得不正视信仰的巨大力量。

作为人类全部实践的动机与目的,对个人言,信仰构成个人行为的支柱;对民族言,信仰构成凝聚民心的精神;对国家言,信仰构成国家意志的核心。一个人不能没有信仰,没有信仰的人等于没有灵魂;一个民族不能没有信仰,没有信仰的民族如同一盘散沙;一个国家不能没有信仰,没有信仰的国家不会自主强大。

回望百年中国史,几代共产党人的革命和探索,其意义不仅在于完成了救亡图存、国家富强的历史使命,更在于它用"信仰"的旗帜将中华民族空前地组织起来,为后来中国一切发展奠定了社会基础。美国著名学者费正清由此赞叹:历史上没有其他集团能够将亿万中国人民团结成一个政治单位;世界人口五分之一的团结,是现代人类最伟大的成就之一。

这确实是最伟大的成就。从封建专制到人民民主,从一盘散沙到团结和谐,从四分五裂到统一强大,从封闭愚昧到自信开放,从温饱不足到总体小康,从备受欺凌到重返世界舞台中央……中国共产党"全心全意为人民服务"的宗旨,前所未有地将中华民族团结成一个整体。人民共和国的旗帜下,中国从五千年王朝之"天下",成为亿万人民之"国家"。在传统的文化认同之外,这个新型的人民共和国有了强烈的社会认同、鲜明的制度认同,这才有了亿万中国人民危难艰险之中救国的奉献和牺牲,一穷二白之上建国的探索和激情,遭遇困境之后强国的勇气和智慧,由此造就了激荡人心的历史进步、波澜壮阔的现代转型、震古烁今的发展传奇。

凭借这种信仰,90年沧桑巨变,中国经历了最广泛最深刻的社会变革,实现了从悲惨境遇走向光明前途的历史转变,一切正如毛泽东所指出的:"这是一个绝大的变化,这是自有世界历史和中国历史以来无可比拟的大变化。"

(八)1921—2011。90年风雷激荡的伟大历程证明,中国共产党的历史是在信念的旗帜下英勇无畏的奋斗史,是领导全党同志和全国各族人民不断为实现民族独立、人民解放和国家富强、人民幸福而不懈奋斗的历史。这90年,中国共产党紧紧依靠和紧密团结全国各族人民,建立了人民当家作主的新中国,确立了社会主义基本制度,开创了中国特色社会主义道路。三件大事,从根本上改变了中国人民的前途命运,决定了中国历史的发展方向,在世界上产生了深刻而广泛的影响。

1921—2011。90年跌宕起伏的伟大历程证明,中国共产党的历史是在信念的旗帜下一往无前的探索史,是把马克思主义基本原理同中国实际和时代特征相结合、不断探索适合中国国情发展道路的历史。这90年,从领导新民主主义革命和社会主义革命,为当代中国一切发展进步奠定根本政治前提和制度基础,到确定改革开放这一决定当代中国命运的关键抉择,引领中国人民开辟了中国特色社会主义的广阔道路,迎来了中华民族伟大复兴的光明前景。两次革命,变革之广泛,影响之巨大,在中华民族的历史上绝无仅有,最终使一个经济文化落后的国家走向富强民主文明和谐。

1921—2011。90年风雨兼程的伟大历程证明,中国共产党的历史是在信念的旗帜下百折不挠的精神史，是在走向复兴的征程中感召团结中国人民生死与共、始终相随的历史。这 90 年，我们经历了大革命失败后的血雨腥风，遭遇过第五次反"围剿"失利的被动局面，一批批共产党人"揩干身上的血迹，掩埋好同伴的尸体"，舍生忘死、前赴后继。我们度过国民经济最为困难的 3 年，走过"大跃进"的急躁与"十年内乱"的浩劫，却能以巨大的政治勇气，开启改革开放的大幕。我们亲历政治风波的考验，直面苏东解体的冲击，面对"红旗还能打多久"的追问，仍然坚定地走出一条中国特色社会主义道路。

任何政党的兴衰存亡，归根结底取决于它在推动历史前进中的作用，取决于人民群众对这种作用的认可程度。"最后一口粮，做的是军粮；最后一块布，做的是军装；最后一个儿子啊，送到了部队上。"这首当年的歌谣，连同如林的担架、如流的推车，一起见证了亿万人民是如何一心跟着共产党，铸就了民族的新生、国家的新生。

什么是民心？这就是民心。什么是人民的选择？这就是人民的选择。

"我们党之所以能够成为领导中国革命、建设、改革事业的核心力量，之所以能够承担起中国人民和中华民族的历史重托，之所以能够在剧烈变动的国际国内环境中始终立于不败之地，根本原因是我们党始终代表中国先进生产力的发展要求、代表中国先进文化的前进方向、代表中国最广大人民的根本利益，始终高度重视并不断保持和发展自己作为马克思主义政党的先进性。"胡锦涛总书记的重要论断，是我们党对历史经验的深刻总结。

历史为证，中国共产党人是用马克思主义武装起来的觉悟者，是解放思想、实事求是、与时俱进的创新者，是"为人民而奋斗"信念的践行者。

（九）90 年过去，一切都是新的。

石库门—天安门，空间距离 1000 多公里。在不远的空间里，历经多少艰难曲折，但终于洞开了一个古老民族走向世界的大门，开辟了一个国家走向复兴的道路。

烟雨小船—巍巍巨轮，时间跨度 90 个春秋。在不长的时间里，穿越多少急流险滩，但终于铸就一艘驶向现代化的社会主义巨轮，在汇入世界文明潮流的追赶与超越中昂首前行。

2011，这个特殊的年份里，一支支追寻的队伍行走在中华大地。红色中国的源点，中国共产党第一次代表大会旧址，昔日法租界的石库门，被不同年龄、不同经历的人们一次次踏访。90年前那条由外国人命名的"望志路",早已更名为中国人的"兴业路"。

从"望志"到"兴业",一个政党90年的奋斗与探索。在信仰的旗帜下,那个伟大的声音如同历史的旁白——

"我们的事业并不显赫一时,但将永远存在。"

(2011年6月27日)

选择,奋斗在复兴的征程上

——写在中国共产党成立 90 周年(下)

(一)时间的意义,远不能用长度来衡量。

在中国五千年的历史长河中,90 年约等于两个"文景之治"、四个"贞观之治",或相当于一个三国争雄的时间跨度。而在近代以来的世界风云激荡中,90 年浓缩了若干大国荣辱浮沉的兴衰、新兴国家举世瞩目的崛起。

1921—2011。从开天辟地的伟大瞬间,到走向复兴的伟大道路,在百年中国奔腾不息的长河里,我们看到了什么?

如果只看结果,不看过程,近一个世纪来中国所经历的一切,更像是一个难以置信的"意外"。

一个四分五裂、战乱频仍的国家,何以在 28 年里从饥饿、混乱和死亡的边缘,走向独立、自由、民主、统一和富强?一个从一穷二白的基础上起步、长期面对封锁的国家,何以"在 30 年间取得了旧中国几百年、几千年所没有取得过的进步"?一个曾经将计划经济作为基本特征之一的社会主义国家,何以在实行市场经济体制之后,取得比许多资本主义国家更突出的成就?

如果只见其表,不究其里,中国共产党 90 年来走过的道路,更像是一个不可思议的"传奇"。

这个初创时只有 50 多名党员的马克思主义政党,何以能在无产阶级只占人口的少数、帝国主义和封建势力异常强大的国家取得执政地位?这个缺少社会主义建设经验、屡遭挫折、犯过错误的政党,何以在 60 多年的执政生涯中,始终获得人民的支持和信任?这个有着 8000 多万党员的大党,何以能经受起长期执政考验、改革开放考验、市场经济考验和外部环境考验?

将这两幅画满问号的图景叠合,中华民族近百年错综复杂、起伏跌宕的历史脉络便会格外清晰——

现代中国谜一般的复兴,始终与中国共产党由小到大、由弱到强、从幼稚到成熟、从九死一生到坚如磐石的历程紧密相连，始终与中国共产党人最核心的价值选择紧密相连。

（二）该如何看中国共产党这90年？

毫无疑问，伴随着中国的崛起，今天的中国共产党已经成为世界关注的一个焦点，对它的钦佩、赞誉、惊叹固然不胜枚举，对它的怀疑、担忧、攻击也时有耳闻。即便在中国国内，社会巨大的变革以及伴随发展产生的各种问题，也会使一些人滋生不满。但是有一点，却是任何人都不能否认的客观事实，那就是中国共产党领导的中国在这90年间发生了天翻地覆的巨大变化；有一点也可以绝对肯定，那就是面对20世纪初山河破碎民不聊生的中国，没有任何一个人能够想到，90年后，它会变成今天这个样子。

文化的差异、体制的差异、意识形态的差异、认识程度的差异，让人们对这90年中发生的一切，可以有也确实有千差万别的解读。但无论站在怎样的立场和视角，都会认同这样的判断——

现代中国重返世界舞台中央的历程，是一部辉煌的史诗。这部史诗涵盖了一个民族刻骨铭心的磨难与觉醒，一个政党矢志不移的奋斗与探索，一个国家波澜壮阔的崛起与进步。在这90年里，中国社会所发生的变革、中国人民命运所发生的变化，其广度和深度，其政治影响和社会意义，在人类历史上十分罕见。

作为一个被称为"卓有成效地创造了一种发展模式"的政党，一个被认定"提供了另一个政治制度选项"的政党，一个被赞誉"对世界经济发展和人类文明进步作出贡献"的政党，我们该怎样看待这90年彪炳史册的伟业，怎样看待这90年不同寻常的选择？

从理论上看，造就这一史诗的思想基础是马克思主义，是信仰的旗帜指引着我们党始终成为领导中国社会发展进步的核心力量。90年岁月，正是依靠科学理论的引领，我们党才能不断开创马克思主义新境界，开创中国特色社会主义新局面，开创人类文明发展新道路。

从实践上看，书写这一史诗的现实主体是中国人民，是人民的力量推动着中国社会永不停歇的进步。90年岁月，正是紧紧依靠人民，我们党才能引领中国社会，不可逆转地结束了近代以来中国内忧外患交织、几近亡国灭种的悲惨境遇，不可阻挡地开启了中华民族不断发展壮大、走向伟大复兴的历史征程。

对于中国共产党而言，这是我们总结这90年艰辛探索的历史结论：选择了什么样的信仰，就选择了什么样的道路。没有始终如一的坚定选择，没有来自人民、植根于人民、服务于人民的坚定信念，就不可能于无光的暗夜中开辟出一条崭新的道路，就不可能创造与过去5000年全然不同的历史，就不可能把中国人民的自由幸福推向一个前所未有的高度。

对于更多人而言，这是解读共产党90年激流勇进的历史视角：离开"人民"这一核心价值去理解中国共产党的成功，便无法洞察包含在"历史意外"之中的逻辑，无法把握蕴藏在"中国传奇"背后的力量，无法读懂"中国共产党为什么能"的奥秘。

（三）"兴，百姓苦；亡，百姓苦。"中国五千年的历史，绝大多数都写着人民的苦难。所谓太平盛世，也不过是王朝更替的短暂间歇。

英国元帅蒙哥马利1960年访问中国后这样说："毛泽东的哲学非常简单，就是人民起决定作用。"

循着这个逻辑，我们可以看到，面对长夜漫漫的旧中国，中国共产党为什么会以解民倒悬的使命感，坚定不移地选择马克思主义。走进工农大众，感受他们的疾苦，探寻他们的意愿，倾听他们的呼声，最终得出这样的结论：只有发动一场彻底的反帝反封建的人民革命，中国的未来才有希望。

循着这个逻辑，我们可以看到，面对满目萧疏的中华大地，中国共产党为什么会以只争朝夕的紧迫感重整山河。为了一个繁荣昌盛的新中国，为了四万万五千万同胞的幸福，为了"以一个具有高度文化的民族出现于世界"，我们党带领人民满怀激情地掀起社会主义建设的高潮。

循着这个逻辑，我们可以看到，面对十年内乱造成的严重局势，中国共产党为什么能以巨大的政治勇气和理论勇气，毅然作出把党和国家工作中心转移到经济建设上来、实行改革开放的历史性决策，使党和国家从危难中奋起，极大地推进了社会主义现代化的航程，为当代中国一切发展进步奠定了基础。

从推翻"三座大山"，建立人民当家作主的新中国，到确立社会主义基本制度，建立独立的比较完整的工业体系和国民经济体系，再到实行改革开放，开创中国特色社会主义道路，每一个历史时期，每一个发展阶段，我们党都将决策的出发点立足于人民；每一个危急时刻，每一个转折关头，中国人民都将自己的力量凝聚于党。

这就是为什么1949年在政协第一次全体会议上，面对西方"中国将永远是天下大乱"的预言，毛泽东会有如此豪迈的自信："诸位代表先生们，我们有一个共同的感觉，这就是我们的工作将写在人类的历史上。"

（四）这确是一段人类社会上绝无仅有的历史。

在中国，从来不缺少智识卓越的精英，不缺少宏图大略的豪雄。梁启超以他"如山石崩裂，似岩浆喷涌"的雄文，征服了一代青年，却认定中国经济落后，大多数人民无知识，"绝对不能建设劳动阶级的国家"。袁世凯以他的权谋窃取了辛亥革命的果实，留下了悖逆时代潮流的千古骂名。伟大的先行者孙中山虽发出振聋发聩的"三民主义"呐喊，却终因历史的局限而大业未竟、壮志难酬。只有共产党人，不仅坚定地选择站在人民一边，更以90年始终如一的伟大实践，将人民这块"造屋者抛弃的石头"变成自己所构建的"房屋之柱石"。人民共和国的大厦，因这柱石而巍然挺立；社会主义的伟大事业，因这柱石而基业长青；中华民族的复兴梦想，因这柱石而呈现曙光。

从1840到1949、从1949到2049，中华民族贯穿两个百年的历史命题，前为救亡，后为复兴。"中国向何处去"的时代问题，则贯穿这前一百年，开启这后一百年。这是决定中华民族与中国人民前途命运的重大问题，也是考验一个政党理论勇气和实践能力的重大问题。中国共产党这90年对中国人民最大的贡献，就是圆满地回答了"向何处去"的问题，彻底改变了占世界五分之一人口的命运。

今天，这条道路的正确性已毋庸置疑。这个曾经连铁钉和火柴都要进口的国家，仅仅用了10多年，就初步搭建起自己的现代工业体系；仅仅用了30多年，就走过了其他国家百余年走过的现代化历程，将一个贫穷落后的中国，送到了世界第二大经济体的位置。就在最近15年，中国从绝对贫困中解脱出来的人口，便超过全欧洲在整个20世纪的相应数字。

实践是检验真理的标准，即便是最极端的挑剔者，最苛刻的批判者，也不得不承认社会主义中国推动了"人类历史上影响最大的革命"。然而，在辉煌和成就面前，我们更需对90年历程有清醒的认识、深入的思考——

我们党的根基在人民、血脉在人民、力量在人民，"人民"是中国共产党最核心的价值，这是90年发展历程的深刻总结，是我们区别其他一切政党的根本特征。在不断推进的历史征程上，在从革命到执政的重大转变中，在地位、环境、任务不断变化的巨大考验下，我们党"人民至上"的理念应当如何保持、如何发展、如何弘扬？作为一个马克思主义政党，该以怎样的政治品格、政治勇气、政治智慧，才能始终不负人民重托，始终立于不败之地，始终引领中国进步？

只有善于从历史中寻找永恒的人，才能获得走向未来的智慧。

（五）在谈到历史与逻辑的一致时，恩格斯指出"历史从哪里开始，思想的进程也应当从哪里开始"。

90年前，中国共产党年轻的创立者们在各种思潮中选择了马克思主义，但如何在一个落后的东方大国进行无产阶级革命，取得革命胜利后如何建设社会主义，建成国家后如何走向现代化，马克思著作里没有既定答案，人类发展中没有现成经验。历史的进程并非从"思想"开始，如果没有超越"本本"的理论勇气，没有结合国情的主动探索、没有解放思想的理论创新，就不可能有近代以来中国社会的发展进步。

"一个党、一个国家、一个民族，如果一切从本本出发，思想僵化，迷信盛行，那它就不能前进，它的生机就停止了，就要亡党亡国"。在中国共产党人眼里，马克思主义不仅是哲学，更是可以运用于实践的武器。只有正确运用于实践并在实践中不断发展，它才具有强大的生命力。

从毛泽东思想到邓小平理论，从"三个代表"重要思想到科学发展观等重大战略思想，一部中国共产党的历史，就是马克思主义中国化的历史，就是用中国化的马克思主义不断推进革命、建设和改革事业发展的历史。解放思想，这是中国共产党领导革命建设、治国理政的重要经验，也是我们正反两方面的经验教训中总结出的精神财富。

"理论在一个国家实现的程度，总是决定于理论满足这个国家的需要的程度。"90年来，共产党人不仅找到了理论，更找到了方法。当社会主义加上"中国特色"的定语，普遍规律融入现实选择，在世界社会主义运动的低潮写下宝贵的"中国模式"；当社会主义与市场经济成为一个有机体，政府和市场两种手段配置资源，在世界经济的低谷写下傲人的"中国答卷"；当社会主义遭遇全球化的挑战与冲击，独立自主与改革开放结合，为21世纪的世界提供撼人的"中国猜想"，我们能够看到中国共产党"解放思想"的政治品格。

这是90年发展历程的重要启示：坚持解放思想，才能让我们党在历史的进程中不断实现人民利益。

（六）马克思说过，如果斗争是在极顺利的成功机会的条件下才着手进行，那么创造世界历史未免就太容易了。

回首 90 年历程，中国共产党创造的业绩之所以震古烁今，正是因为这个伟大历程并非一帆风顺，而常有危难之际的绝处逢生，挫折之后的毅然奋起，磨难面前的百折不挠。实事求是的政治勇气，不仅锻造了一个政党的自我修复能力，更成为它始终活跃在历史舞台的决定性因素。

以这样的视角观照 90 年历程，"实事求是"四个字的背后，蕴藏着太多历史风云和时代纠葛。从这 90 年的历史中，当然要看到我们党所创造的辉煌成就、所建立的不朽功勋、所取得的成功经验，也要看到在探索的道路上，我们党所经历的挫折、所付出的代价、所造成的失误，更要看到我们党纠正错误的勇气、坚持真理的决心、走出挫折的力量。

民主革命时期的两次失败，新中国成立后的两大失误，党和国家几度面临生死存亡。但每当这样的生死关头，无论是遵义会议还是十一届三中全会，党总能直面错误，承担责任，拨乱反正，力挽狂澜。对大革命失败的反思，催生了"枪杆子里面出政权"的战略思想；对"大跃进"错误的总结，凝结成社会主义建设规律的宝贵经验；对"文化大革命"的彻底否定，打开了改革开放和社会主义现代化建设的新局面。

对于中国共产党而言，"实事求是"从来就不是一个抽象空洞的哲学命题，而是解决现实问题的强大武器。在 90 年历程中，中国共产党就是用实事求是这把钥匙，打开了中国历史发展的一个又一个关键节点，开启了马克思主义中国化的一个又一个新境界。

面对 90 年发展进步的历史，有学者指出，中国共产党有一种"内在抗体"，总是能够战胜各种"致命病毒"。实事求是，正是中国共产党不断发展壮大的内生力量。

这是 90 年发展历程的重要启示：坚持实事求是，才能让我们党在历史的进程中不断维护人民利益。

（七）回顾《共产党宣言》发表以来的历史，马克思主义政党的发展历程，有许多成功经验，也有不少深刻教训，一些历史悠久的政党黯然退出执政舞台。中国共产党究竟有什么样的政治智慧，使它能经得住岁月的淘漉、历史的考验？

从浴血奋斗闯出一条"农村包围城市，武装夺取政权"的革命之路，到自力更生铺就一条社会主义建设之路，再到矢志创新开启一条改革开放之路，中国共产党这份90年答卷上，有一个极其重要的关键词"与时俱进"。正确判断时代特征，准确把握发展趋势，科学制定目标任务，始终坚持与时俱进，这是关系到马克思主义政党前途命运的重大问题，也是衡量马克思主义政党先进性的重要根据。

什么是马克思主义、怎样对待马克思主义，什么是社会主义、怎样建设社会主义，建设什么样的党、怎样建设党，实现什么样的发展、怎样发展，回望90年漫漫征程，一代代共产党人科学判断不同时代、不同历史阶段的世情、国情、党情，积极回应实践提出的新课题，不断探索共产党执政规律、社会主义建设规律和人类社会发展规律，开创了中国特色社会主义道路，形成了中国特色社会主义理论体系，确立了中国特色社会主义制度，为党和人民在新的历史条件下经受风险考验、战胜艰难险阻、创造更加美好幸福的生活，提供了根本保证。党以其与时俱进的努力不断革故鼎新，坚持用时代发展的要求审视自己，以改革创新精神加强完善自己，不断提高党的建设科学化水平，成为中国特色社会主义事业不可替代的领导核心。

"勇于变革、勇于创新，永不僵化、永不停滞"，这样的告诫时刻萦绕在共产党人的耳畔。德国学者托马斯·迈尔认为，正是中国共产党内部的创新因素，进一步提高了中国共产党的执政能力、政治能力。

这是90年发展历程的重要启示：坚持与时俱进，才能让我们党在历史的进程中不断发展人民利益。

（八）解放思想的政治品格、实事求是的政治勇气、与时俱进的政治智慧，90年风雨砥砺，我们可以看到这些政党特质是如何决定了中国共产党的命运，只有解放思想实现人民利益，实事求是维护人民利益，与时俱进发展人民利益，我们党才能在90年举世瞩目的奋进中创造奇迹、写下辉煌。

纵览90年征程，如果要从历史中得出一个结论，那么最根本一条就是"实现人民利益"。正如胡锦涛总书记在庆祝中国共产党成立85周年大会上深刻总结的：我们党进行的一切探索，归根到底都是为了人民利益。进行新民主主义革命，进行社会主义革命和建设，进行改革开放，都是为了顺应人民意愿、实现人民利益。现在，我们提出坚持以人为本、实现科学发展、构建社会主义和谐社会、建设社会主义新农村、建设创新型国家。所有这些，同样是为了顺应人民意愿、实现人民利益。

正是因为适应时代发展新要求、顺应人民群众新期待，今日之中国将"民生"视为最大的政治，将"共享"视为最基本的发展思路，将"以人为本"作为最核心的治国理念。从人道到人权、从福利到权利，发展人民利益被赋予新的时代内涵；从物质到精神、从生存到发展，保障人民权益拓展出广阔外延。在改革发展进入攻坚阶段的关键时期，我们党认真贯彻落实科学发展观，全力解决群众最关心、最直接、最现实的利益问题。尽管在剧烈的社会变革中矛盾还会存在、挑战依然严峻，但共享经济成果、发展政治权利、繁荣文化事业、加快社会建设的"十二五"蓝图，让人民看到了党和政府攻坚克难的决心信心，看到了社会主义中国更加美好的前景。

"政治既是力量的结合，也是人心的团结；人心为体，力量为用"。得民心者得天下，只有深刻认识人民创造历史的伟力，真诚代表中国最广大人民的根本利益，始终保持党同人民群众的血肉联系，一切为了人民，一切依靠人民，我们党才能始终得到人民群众的信任和拥护，始终保持马克思主义政党的先进性，始终成为引领中国社会发展进步的核心力量。

这是历史的结论，是一个马克思主义政党须臾不可忘却的信仰。

（九）中国的崛起发生在我们的有生之年，这是我们这一代共产党人的幸运。

近年来，一些外国学者在重新研读马克思后指出，在旧的共产国际、苏联解体之后，我们需要一个新的社会制度理想。而中国，提供了这个可能。

90年奋斗，几代共产党人的艰辛探索开辟了一条中国特色社会主义道路，提供了一个新型社会制度的发展模式，为人类社会贡献了一种崭新的选择。在走向未来的漫漫征程上，面对风云变幻的国际形势，面对繁重艰巨的发展任务，捍卫这一"制度理想"还需我们付出百倍的勇气。

我们固然要看到，欧美发达国家用了将近300年，才使10亿左右人口进入工业社会；中国仅用了60年，就将13亿人带入工业社会，创造了人类发展史上的传奇。

我们更要看到，在人类现代化的进程中，还没有哪一个国家，要把如此庞大的人口带入现代化。即使把目前世界上全部发达国家的人口加总，也没超过中国13亿人口的总数。

这是人类历史上前所未有的挑战，也是社会主义中国前所未有的机遇。到我们党成立一百年时全面建成小康社会，到新中国成立一百年时基本实现现代化，向着这个目标，我们还有很长的路要走。作为一个世界上最大发展中国家的执政党，作为一个五千年文明古国现代化的领导者，作为一段90年辉煌历史的创造者，我们必须时刻谨记为人民而奋斗的崇高理想，只有自强不息才能把握命运，只有与时俱进才能跟上时代，只有改革开放才能强国富民，只有艰苦奋斗才能成就伟业。

（十）90年过去，一切都成为历史。

与五千年的深厚历史相比，90年只是一段短暂的光阴。然而沿着人民当家作主的方向，沿着中国特色社会主义道路，中华民族伟大复兴的前途已不再只是梦想。

"它是站在海岸遥望海中已经看得见桅杆尖头了的一只航船，它是立于高山之巅远看东方已见光芒四射喷薄欲出的一轮朝日，它是躁动于母腹中的快要成熟了的一个婴儿"。

我们曾经离它如此之远。我们从未离它如此之近。

（2011年6月29日）

开启民族复兴的百年征程

——写在辛亥革命一百周年

（一）近年来，诸多重大历史节点周年纪念接踵而至：2008 年，改革开放 30 周年；2009 年，新中国成立 60 周年；2011 年，中国共产党成立 90 周年、辛亥革命 100 周年……

这些影响深远的历史大事件，由近及远，一波接着一波，画就百年中国远山近岑最壮阔的几笔。而这波澜起伏百年历史的起点，始于辛亥年秋日武昌城的清脆枪响。

历史悠长的中国，从没有哪一个百年，像这一个百年般惊心动魄、脱胎换骨、翻天覆地。武昌城头的枪声，一举开启了中国前所未有的社会变革、开启了中国走向现代化的漫漫征程。从那一刻起的百年间，新文化运动、五四运动、抗日战争、解放战争、新中国成立、改革开放，流经一个世纪的历史深河浩浩荡荡，几代人殚精竭虑，曾被甩在全球现代化进程之外的中华民族，大踏步迎来民族复兴的曙光。

尽管辛亥革命反帝反封建的历史任务未见彻底，尽管中国人民的悲惨命运未被改变，但一切正如胡锦涛总书记所指出的："孙中山先生领导的辛亥革命，推翻了清王朝，结束了在中国延续几千年的君主专制制度，开创了完全意义上的近代民族民主革命，为中国的进步打开了闸门。"

（二）人类社会任何一场伟大变革都不会孤立于其历史阶段，辛亥革命从发生到结束不足百日，承载的是中国煌煌 3000 年的历史脉动。

辛亥革命爆发两个月后，太平洋彼岸的美国《亚特兰大宪报》就曾预言，如果这场革命成功，以共和代替帝制，"中国的进步，无可限量"。百年后，孙中山先生革命事业继承者中国共产党带领 13 亿中国人民，以世界舞台的"中国奇迹"印证了这一不可限量的伟大进步。

今天，当皇帝的龙袍化作舞台上的戏服，鸦片的青烟消散在历史的风中，行进在辛亥一代开启的现代中国征程上,我们更需深思——

隔着新民主主义和社会主义革命两段辉煌历史,该如何打量辛亥革命这"中国历史上的伟大创举"?在中国百年现代化征途中,这场打响亚洲民主第一枪的伟大革命扮演了怎样的角色?这一不同于以往王朝更迭的社会巨变之下,蕴藏着怎样的时代逻辑、提供了怎样的历史得失,又凝聚着怎样的思想遗产?

(三)历史总是擅长用偶然展开它壮阔的剧情。

一百年前的此刻,不少人难以置信,不可一世的至高皇权,竟然轰塌于武昌新军工兵营里仓促引发的枪炮,正如千百年来养尊处优的中华帝国无论如何都不曾想到,它的现代启蒙竟是在内忧外患、亡国灭种的境遇下被动开始。

任何偶然的背后,都有隐藏着历史演进的必然逻辑。循着这样的逻辑,我们可以清晰地发现这"难以置信"和"不曾想到"之间密不可分的关联。

"中国是带着首都被敌人攻占的耻辱进入到20世纪的",邓小平曾经这样说起民族痛史。1900年,列强军队在中国的皇宫里举行阅兵,北京居民门口遍悬占领军国旗。1902年初春,西逃的慈禧太后和光绪皇帝回到京城时,正阳门城楼已在战乱中彻底焚毁。为避免清王朝统治者过分伤心,京城的能工巧匠搭起一个虚幻的城楼布景。

这个虚幻的布景,正是晚清政府和封建制度的真实写照。

自1840年鸦片战争以来,在东亚大陆繁衍生息几千年的中华民族,开始面临西方入侵这一"千年未有之大变局",这直接导致了两大历史后果,一是在坚船利炮的威胁和凌辱下,中国的民族危机一天比一天深重;二是在"睁眼看世界"的震惊与觉醒中,传统中国开始发生"新文明裂变",中国与世界的联系越来越紧密,中国历史进程越来越深刻地受到现代文明的影响。

"衰象古国古,长蛇强邻强",一个千年古国如何在近代工业文明标定的发展框架内自立、自强?外部的威胁,内部的危机,使得中国的社会历史再也不能延续"改朝换代"的二十四史逻辑,而是前所未有地面临民族独立和人民解放、国家富强和人民富裕这两大历史任务。

"耕者有其田"的太平天国运动,"自强求富"的洋务运动,师法俄日的戊戌变法,晚清最后十年的新政,在辛亥革命前的近百年里,中国在磕磕绊绊之中已经艰难地启动了这一新的历史进程。然而,努力的结果,却是甲午战争的折戟沉沙,英法联军和八国联军的攻陷北京,日俄战争的"局外中立",日益猖獗的"瓜分狂潮"。

误国家者在一"私"字,困天下者在一"例"字。"知有朝廷而不知有国民"的君王,注定无法彻底自革其命。在"万世一系,永永尊戴"的私念下,清王朝的所谓政治转型,跳不出维护皇权统治和挽救君主制度的框框。

"公理之未明,即以革命明之。旧俗之俱在,即以革命去之"。选择革命,推翻清王朝和封建帝制,人类社会发展的必然逻辑把孙中山先生为代表的革命党人推上了历史舞台。改变中国命运的政治革命潮流,正是在这样的背景下奔涌而来。

(四)"天下大势,浩浩汤汤,顺之者昌,逆之者亡",从鸦片战争到辛亥革命半个多世纪的沧桑兴替,只是给这历史的铁律,增添了又一个佐证而已。

在"遍地腥云,满街狼犬"的艰难时世,辛亥年那个普通的秋日,距中国第一个自称"皇帝"的嬴政登基已经2130余年,距圆明园被英法联军付之一炬已经51年,距被迫改革的清王朝实行新政近十年,距林觉民留下《与妻书》、与众多革命党人在广州黄花岗"为天下人谋永福"而慷慨赴死不到半年。

我们因此不能不将这场震惊世界的革命,放到更大的历史视野中考量。只有将辛亥革命置于中国社会近三千年的发展演进中,才能理解它的意义;只有将辛亥革命置于20世纪以来这一百年中华民族复兴伟业的征程中,才能读懂它的追求;只有将辛亥革命置于未来一百年的现代化求索中,才能更加明晰它的价值。

"近百年的中华民族根本只有一个问题,那就是:中国人能近代化吗?能赶上西洋人吗?能利用科学和机械吗?能废除我们家族和家乡观念而组织一个近代的民族国家吗?能的话,我们民族的前途是光明的;不能的话,我们这个民族是没有前途的。"

历史学家蒋廷黻1938年在《中国近代史》中的这一世纪之问,一语道破此前此后二百年间中华民族的使命与追求。什么样的道路能实现民族独立、人民解放?什么样的道路能带来国家富强、人民富裕?什么样的道路能实现中华民族的复兴,引领中国跻身世界先进行列?

辛亥革命,正是灾难深重的中华民族从黑暗驶向光明的曲折航程中,承前启后的关键"渡口"。这场伟大革命，为老大帝国如何"变"才能救亡图存，探索了方向和道路；为中华民族怎样"变"才能跟上世界，积累了经验与教训，开启了改造中国社会、改变中国人民命运的百年现代化进程。

（五）列宁视辛亥革命为"亚洲的觉醒"。在鲁迅的笔下，中国的觉醒者们是这样一种战斗姿态："肩住了黑暗的闸门，放他们到宽阔光明的地方去。"辛亥革命中，中华民族最早的一批觉醒者们，以其生命、青春与热血，肩住了黎明前最黑暗的时刻。

"难酬蹈海亦英雄"的陈天华，"为共和革命而牺牲者之第一人"陆皓东，"以如花之年，勇于赴战"的方声洞……黄花岗之役，"碧血横飞，浩气四塞，草木为之含悲，风云因而变色"；武昌举义，英雄们临刑时"神色益壮"，当众演说，甘为"四万万同胞受死"，革命军牺牲的战士大多是20岁出头；武装起义屡败屡战，"内地同志舍命，海外同志舍财"，华侨成为"革命之母"，在"恢复中华"的旗帜之下，形成了全球华人"革命救亡"的强大磁场……

伟大的民族英雄、伟大的爱国主义者、中国民主革命的伟大先驱孙中山先生如此慨叹辛亥革命："革命先烈的行为没有别的长处，就是不要身家性命，一心一意为国来奋斗。"在亡国灭种的忧愤中，辛亥英烈率先发出"振兴中华"的悲壮呐喊，以其"亟拯斯民于水火，切扶大厦之将倾"的高尚品德，"愈挫愈奋，再接再厉"的坚强意志，追求真理、不断进取的赤子之心，放眼世界、迎头赶上的雄心壮志，以及"天下为公"的博大胸怀，为后来者树立了爱国主义的精神丰碑，为民族复兴大业注入巨大精神力量。

这是民族民主革命至为关键的一环，精神的觉醒，思想的启蒙，主人翁意识的张扬。革命，革命！"皇帝可以倒去""民主可以建立"，这是被称为"世界风暴新源泉"的辛亥革命的现代特质。醒来，醒来！现代化需要民众自主意识的觉醒。辛亥一代人以矢志不渝的献身精神昭示世人：国为天下之国，故此中华之兴亡，匹夫有其责；人为自由之人，故此中国之强弱，人皆有担当。

（六）辛亥革命激起人们无限的期待，它将中华民族的思想从封建专制的桎梏中解放出来，开启了民主共和的新里程。

龙椅被撤走了，称帝、复辟的倒行逆施为世人所唾弃；"洋人的朝廷"被推翻了，殖民者再难找到控制全局的统治工具；社会结构重新建立，民族资本主义开始发展，无产阶级队伍迅速壮大。革命者以民主立国、共和建国、宪政治国的政治理想，对中国社会进行着前所未有的改造。

在过去几千年的中国历史中，封建专制是中国政治无计可逃的唯一选项，"天朝上国"是中国统治者们最为笃定的自我认知。戴皇冠的人或姓李或姓朱，而皇冠永远高悬于华夏众生之上；坐金銮殿的天子或汉或满，而皇权始终是"超级坚固的东方堡垒"。黑格尔曾经指出：中国的历史从本质上看是没有历史的，它只是君主覆灭的一再重复而已，任何进步都不可能从中产生。

辛亥革命一声枪响，把戴了几千年的皇冠打落在地，敲响了封建制度的丧钟。从立宪转向革命的张謇敏锐地觉察出这场革命与中国历史上一切"革命"的本质区别："起而革命者，代不乏人；然不过一朝之姓之变革而已，不足为异。孙中山之革命，则为国体之改革，与一朝一姓之变更迥然不同。"

对于这个"迥然不同"，毛泽东以极其通俗的语言，道破了它所带来的历史后果——"谁要再想做皇帝，就做不成了。"袁世凯的"洪宪帝国"迷梦在83天里迅速幻灭，张勋的复辟闹剧折腾了12天即告破产，历史的决断，人民的选择，让一个时代强音振聋发聩："敢有帝制自为者，天下共击之！"

（七）作为二十世纪历史性的三大变化之一，辛亥革命与中国共产党领导的新民主主义革命和社会主义革命，与改革开放新的伟大革命一起，永远彪炳于中国社会进步的史册。

由当时中国尚无成熟的社会条件和新旧社会势力力量对比所决定，辛亥革命是一场未尽彻底的变革。但"判断历史的功绩，不是根据历史活动家没有提供现代所要求的东西，而是根据他们比他们的前辈提供了新的东西"。

辛亥革命让"朕即国家"的时代成为历史，标志着中国由一个自然经济占主导地位、闭关锁国、王权体系十分牢固的传统社会，转向以民主共和制度为主体的现代社会轨道。它从制度层面为中国现代化的进程探索了一条通路，斩断了中国社会任何后退的可能。

辛亥革命启开了封建主义之蒙，带来了中国人精神世界的深刻变化，使思想解放的大潮奔腾东流。民主精神的苏醒，平等意识的生长，令中国人的脑袋与双膝不再为磕头而准备着，而是为思考为前进而准备着。思想自由、言论自由、出版自由，一时之间，"自由尽是新风尚"。

辛亥革命为中国先进分子探索救国救民道路打开了新的视野，为新民主主义革命的到来准备了经济基础与阶级基础，为社会主义思想的传播和中国共产党的诞生创造了社会条件，一个顺应时代潮流、能够领导中国政治变革的新的政治力量应运而生了。

（八）革命者期待着民族的新生，然而这个民族最广大的人民却在未曾改变的国运中备尝苦难。

辛亥革命后，军阀割据，兵连祸结，百姓饱受欺凌，颠沛流离。这是辛亥一代的未竟使命：如何彻底改变旧中国半殖民地半封建的社会性质？如何彻底改变中国人民的悲惨境遇？如何完成实现民族独立、人民解放的历史任务？

中国共产党人是孙中山先生开创的革命事业最坚定的支持者、最亲密的合作者、最忠实的继承者，他们从辛亥革命的经验教训中寻找引领中国发展进步的启示，在对辛亥革命精神的继承中实现超越和升华。

为什么民主共和在中国社会落地生根如此之难？为什么孙中山奋斗一生，临终仍感慨"革命尚未成功，同志务须努力"？因为制度革命可以一举摧毁旧的结构，人的建设和发展却是水滴石穿的漫长过程。

"不良之政府虽倒，而良政治之建设则未尝有也"，革命之后，宋教仁曾发此浩叹。划时代的革命为何并未带来"一个新时代的黎明"？因为它未能深入发动和依靠蕴藏在最广大民众中的革命力量，使人民真正成为国家、社会和自己命运的主人。只有庶民的革命，让亿万民众构成国家的基本土壤，才能改变中华民族的命运走向。

认识到这一点，接受辛亥革命洗礼的中国先进分子，继续探寻救国救民之路，创建了为大多数人谋幸福的中国共产党，在先进的理论指导下，接过了历史的接力棒。陈独秀、李大钊高扬民主与科学的旗帜，将辛亥革命的思想启蒙推向更深层次。年轻的毛泽东投身农民运动，致力于"唤起工农千百万"，进而开辟出"农村包围城市"的革命道路。中国共产党人经过20多年艰苦卓绝的斗争，夺取了新民主主义革命的胜利，完成了近代以来中国人民和无数仁人志士梦寐以求的民族独立、人民解放的历史任务。

为什么在新生的民国，封建王朝的权杖依然在冥冥之中统治着社会？曾经期望的平等、自由、博爱，民族、民权、民生的现代国家为什么仍然遥不可及？因为崇高的理想固然令人向往，却必须找到符合国情、符合人民利益的正确道路。

学者费正清曾有此断言：辛亥革命建立的新政体是覆盖在旧中国上的

薄薄的一层皮。它距离中国民间社会极其遥远。外国学者这样分析它的失败：共和政体是外国的、空洞的仿制品，于中国的历史传统、社会土壤中毫无根基。

认识到这一点，中国共产党选择能有效集结最广大社会力量、保障最广大人民利益的社会主义制度，建立起人民当家作主的中华人民共和国，为现代化建设奠定了根本政治前提，开辟了中华民族发展进步的历史新纪元。在社会主义建设艰辛探索的基础上，30多年改革开放，中国实现了从高度集中的计划经济体制到充满活力的社会主义市场经济体制、从封闭半封闭到全方位开放的伟大转折，拓宽了民族国家走向现代化的途径，找到了实现中华民族复兴的正确道路——中国特色社会主义道路。

（九）从"黄鹤楼头兮忽树革命旗"算起，一百年过去，古老中国有如浴火重生。

对中国来说，二十世纪是决定我们民族生死存亡的一百年。其始终贯穿的鲜明主题是：为实现中华民族的伟大复兴而奋斗。通往这一目标的现实路径，是让曾被甩在全球现代化进程之外的中华民族，融入人类发展进步的浩荡潮流。如果说孙中山先生领导辛亥革命是把古老中国带往现代化之途的第一个转身，那么中国共产党领导的新民主主义革命、社会主义革命和改革开放，就是将这艘巨轮推达前所未有境界的最壮阔的历史行进。

从辛亥的枪声，到五四的怒吼，从上海石库门和南湖游船上的"开天辟地"，到新中国成立的"改天换地"，再到改革开放的"翻天覆地"，中国共产党人完成了孙中山先生的未竟事业，书写了人类发展史上惊天地、泣鬼神的壮丽史诗，从根本上改变了中国人民和中华民族的前途命运，不可逆转地结束了近代以后中国内忧外患、积贫积弱的悲惨命运，不可逆转地开启了中华民族不断发展壮大、走向伟大复兴的历史进程，使具有5000年文明史的中国面貌焕然一新。

这是孙中山先生等革命先驱所日夜向往：工厂遍地、机器轰鸣、高楼大厦矗立于城乡，火车轮船往返于原野江海，全国各地皆一派大生产景象。当年，澳大利亚人威廉·端纳面对孙中山拿出的画满铁路线的中国地图摇头慨叹："这个如同游戏拼图一样的东西根本没有实现的可能。"然而，百年后的今天，大江南北，海峡两岸，这一切已经成为现实；中山先生在《建国方略》中关于三峡大坝、青藏铁路、南水北调等的宏伟设想，已经化为今日中国现代化图景中的标志性工程。

这是孙中山先生等革命先驱所未曾想象：世界第二大经济体、第一大出口国，经济发展持续多年高增长，城市化率超过47%，世界各国研究经济发展的"中国周期"，国际社会关注现代化的"中国模式"，西方观察家慨叹，"中国的崛起是20世纪最重大的事件"。从封建专制到人民民主，从一盘散沙到团结和谐，从封闭愚昧到文明开放，从温饱不足到总体小康，从备受欺凌到重返世界舞台……一个四分五裂的半殖民地半封建社会，向自立于世界民族之林的现代化国家转变，奏响了中华大地最激昂的雄浑乐章。

这是孙中山先生等革命先驱所孜孜以求：一个国家，只有坚持以人为本，倡行民主法治，维护公平正义，实现共同富裕，推动人的自由全面发展，才能真正称之为现代化的国家。从三民主义，到"德先生""赛先生"；从"拼将热血筑长城"，到"中国人民从此站起来了"；从"发展才是硬道理"，到"以人为本的科学发展观"，浩荡前行的百年中国逐渐凝聚起这样的共识：现代化是一个不断深化、永无止境的历史进程，在当代中国，只有坚持发展为了人民、发展依靠人民、发展成果由人民共享，全面推进经济建设、政治建设、文化建设、社会建设以及生态文明建设，才能不断为实现中华民族伟大复兴打下坚实基础。尽管未来的征程依然漫长，但共产党人以更大决心全面推进变革，已经成为今日中国再创辉煌、全面进步的必然抉择。

抚今追昔，我们可以告慰孙中山先生的是，令他忧虑重重的旧中国积贫积弱的状况已经一去不复返了，令他念兹在兹的中国人民的生活已经发生了翻天覆地的变化，令他魂牵梦萦的中国现代化理想正在逐步实现，中华民族伟大复兴的光辉前景已经展现在我们面前。

（十）2011年10月1日，天安门广场。孙中山，毛泽东，两位世纪伟人遥相对望。

历史的长河中，一个世纪并不遥远。

1911—2011，刚刚过去的这一百年，以辛亥革命为起点，中国人民在中国共产党的带领下，实现了民族独立和人民解放，迎来了国家的繁荣富强和人民的共同富裕，走过了其他国家几百年的现代化发展历程，演绎了民族复兴史上自强不息的传奇。百年风雨历程，如同历史教科书，充分证明只有社会主义才能救中国，只有改革开放才能发展中国，只有中国共产党才是领导中国人民不断开创事业发展新局面的核心力量。

2011—2111，即将到来的这一百年，发展的蓝图已经展开——到中国共产党建党 100 周年时建成惠及十几亿人口的更高水平的小康社会，到新中国成立 100 周年时基本实现现代化，把我们伟大的祖国建成富强民主文明和谐的社会主义现代化国家，在中国特色社会主义道路上实现中华民族伟大复兴。

处于又一个社会大变革、大转折中的中国，曾经有"独一无二的过去"，也将拥有"独一无二的未来"。百年精神传承，必将崛起一个繁荣发展、和平统一、民主自由、共同富裕、高度文明的现代中国。这个中国，将为民族赢得更多福祉；这个中国，将为人类作出更大贡献。

中华正在复兴，同志仍需努力！

(2011 年 10 月 8 日)

文化强国的"中国道路"
——论推动社会主义文化大发展大繁荣

（一）2011年10月1日，美国纽约时代广场。大幅户外显示屏上，水墨动画形象的中国先哲孔子，与熙来攘往的人群融为一体。中国与世界、传统与现代，在这里交汇。

这个特殊的场景，正可看成孔子背后五千年中华文化在新世纪所处的方位。在世界的横轴上，一个古老的民族在全球化时代确立自身的坐标。在历史的纵轴上，一种伟大的文化历经盛衰荣辱的磨难，在复兴之路上正扬帆起航。

一切象征总有现实逻辑，蕴藏着历史的本质。在孔子走向世界这部崭新乐章里，大背景是新中国60多年社会变革的思想激荡、30多年改革开放的精神求索，主旋律是新世纪以来社会主义中国走向文化振兴的激昂变奏。

"当今时代，文化在综合国力竞争中的地位日益重要。谁占据了文化发展的制高点，谁就能够更好地在激烈的国际竞争中掌握主动权。人类文明进步的历史充分表明，没有先进文化的积极引领，没有人民精神世界的极大丰富，没有全民族创造精神的充分发挥，一个国家、一个民族不可能屹立于世界先进民族之林。"

站在这样的历史高度，才能更全面地理解，伴随着经济的崛起，新世纪以来社会主义中国波澜壮阔的文化挺进；才能更清晰地把握，党的十六大以来一系列前所未有的文化变革，所造就的文化发展新局面；才能更深刻地体认，一个政党如何为古老的文化注入全新的力量，走出一条文化重塑与振兴的"中国道路"。

（二）任何一种文化选择，都离不开时代土壤。

进入新世纪，尽管中国的经济体制改革创造了令世界其他地区黯然失色的发展奇迹，尽管我们的精神文明建设、各项文化事业取得了令人振奋的长足进步，但文化领域面临的挑战前所未有。

这是一个尴尬的事实：当经济领域的中石化、中移动向世界五百强挺进时，我们的文化企业却拿不出一个名扬世界的品牌代表；当美国利用中国的花木兰故事拍成电影成功占领中国市场时，中国的创意产业几乎为零。全国500多家出版社的收入总和，不及德国贝塔斯曼集团一家的年收入。

这是一个悬殊的对比：全世界每100本图书，85本由发达国家流向不发达国家；全世界每100小时音像制品，74个小时由发达国家流向不发达国家；美国生产的电影占全球影片数量的10%，却占用了全世界一半的观影时间。

挑战不止于此。

当人们赞叹中国经济惊人的成就时，也日益强烈地感到公共文化服务的短缺。城乡之间、东西部之间、不同收入群体之间的文化消费极不平衡，"精神饥渴"在物质满足的反衬下变得愈加强烈。

中国文化发展必须面对这样的考题——一面是加入WTO以后势必放开的国内文化市场，一面是我国文化单位与国外文化企业的悬殊实力；一面是群众的精神文化需求强烈，一面是国有文化单位活力不足；一面是中国在经济、外交上重返世界舞台中央，一面是西方世界戴着"有色眼镜"妖魔化中国。

一个只能出口电视机而不是思想观念的国家，成不了世界大国。撒切尔夫人对社会主义中国的断言，刺耳刺激却发人深思。中国的崛起曾被称作"21世纪最激动人心的大事"，但这种崛起，不能只是物质财富的剧增、经济格局的重塑，而应伴随社会主义价值体系的传播，推助中华文化的弘扬，否则中国特色社会主义的话语权如何彰显、主动权如何体现？

（三）早在19世纪，马克思便预言：在各国经济走向世界经济的过程中，文化生产也将走向世界性。"资产阶级由于开拓了世界市场，使一切国家的生产和消费都成为世界性的了……物质的生产如此，精神的生产也是如此。"

我们身处的正是马克思所说的世界经济时代，是经过近200年风云变幻、比马克思预言的秩序更繁琐、竞争更激烈、风险更复杂、机遇更隐晦的国际市场：

——制定规则的人已经占领制高点，而且仍然想重复经济全球化时代惯用的手段，将我们的文化生产压制到全球链条的最低端。

——丰厚的文化资源和巨大的市场是我们的优势，但雄厚的资本与成熟的商业运作却是西方的强项。

——在文化的自由市场，与文化产品逆差同时而来的，还有意识形态的渗透、价值观念的侵入。

兵临城下。文化交流中的逆差，国际竞争中的劣势，影响的绝不只是市场份额的大小、产业较量的成败，更关乎意识形态主动权的得失、国家文化软实力的强弱。面对大发展大变革大调整的世界格局，面对各种思想文化更加频繁的交流交融交锋，如果我们不能形成自己的文化优势，就无法在激烈的国际竞争中高扬社会主义文化理想，维护国家文化安全，捍卫国家文化主权。

实际上，我们并不缺乏讲述"中国故事"的各种题材。五千年文明的薪火相传，铸就了源远流长的文化传统，留下了饱蕴思想精髓和价值追求的灿烂遗产。社会主义中国半个多世纪的激流勇进，创造了世界发展史上前所未有的进步，书写了人类文明的崭新篇章。这为我们的文化发展提供了得天独厚的基础。但今天的我们怎样才能在改革创新中，将这些宝贵的财富转化为文化较量中的主动位势，转化为软实力竞争中的现实优势？

关系不顺、效率不高、管理不力、布局不优、机制不活，在挑战与竞争中暴露的中国文化发展困境，表面看，是落后的管理方式不适应时代的发展要求；实质看，是传统的体制机制窒息了文化的内在活力。

自上世纪70年代末，以市场为导向的经济体制改革，极大地释放了人民群众的积极性，空前解放了社会生产力，造就了社会主义中国日新月异的繁荣景象。今天，在文化这个具有意识形态深刻属性的敏感领域，能否充分发挥市场在文化资源配置中的基础性作用，决定了我们的文化体制能否适应社会主义市场经济体制的要求。

2002年11月，党的十六大作出重要战略部署："根据社会主义精神文明建设的特点和规律，适应社会主义市场经济发展的要求，推进文化体制改革。"5年之后，党的十七大从中国特色社会主义经济、政治、文化、社会建设"四位一体"总体布局的高度，提出深化文化体制改革，兴起社会主义文化建设新高潮，推动社会主义文化大发展大繁荣。

这是我们党在科学判断国际国内形势、全面把握当今世界文化发展趋势、深刻分析我国基本国情和战略任务的基础上，所作出的重大决策。它标志着我们党在文化认识上的崭新飞跃，反映了我们党在文化建设上宏远的战略眼光。

突破束缚文化生产力发展的制度性障碍，开创文化发展繁荣的新局面，一场波澜壮阔、影响深远的改革由此开启。

（四）毫无疑问，把文化区分为文化事业和文化产业，一手抓公益性文化事业、一手抓经营性文化产业，是党的十六大以来文化建设认识上的一个重大突破，文化发展实践上的一个重大创新。

这个具有里程碑意义的理论创新，决定了文化体制改革的生死成败。它首次以文化的双重属性，确定了发展的双重任务，厘定了"公益性"与"经营性"的楚河汉界，确立了"事业"与"产业"的比翼齐飞，推动了"政府"与"市场"的双轮驱动。

长期以来，各级政府主要靠行政指令来实现对文化企事业单位的管理，而不是群众需求和市场导向，带有浓厚的计划色彩。在文化领域，本属公益的，公益属性模糊；本属市场的，市场属性不明。结果是，公益性文化事业长期投入不足，缺乏为人民服务的动力和活力；经营性文化产业长期依赖政府，缺乏闯荡市场的实力和能力。

理论的创新，让局面豁然开朗。

按照"文化事业"与"文化产业"的"二分法"思路，改革路径分外清晰——中心目标是理顺政府与文化企事业单位的关系，政府的归政府，市场的归市场。不是要将所有文化都推向市场大潮，留归政府的，就要确保其"公益性"，由政府全力扶持文化事业，增加投入、转换机制、增强活力、改善服务，以实现人民群众基本文化权益。不能再让所有文化都赖在政府怀里，推向市场的，就要明确其"经营性"，让市场优胜劣汰文化产业，自主经营、自负盈亏、自我发展、自我约束，以满足人民群众多样化、多层次、多方面的文化需求。

分类改革，创新机制，调整结构，转变职能。几个数字可以看出改革的决心和勇气：8年间，全国共核销事业编制18万多名，注销事业单位4300多个。吃惯"皇粮"的事业单位，终于在市场的洗礼中搏击风浪；习惯"一手抓"的文化管理部门，开始从"办文化"转向"管文化"。

（五）2003—2011。

从破冰之旅到乘风破浪，3000多个披荆斩棘的日日夜夜，中国文化发展标定了新的历史方位。

这是一番让人感慨的景象。文化体制改革明确了公益性文化事业的责任，政府近8年的文化基础设施投入，是过去几十年的总和，覆盖城乡的基本公共文化服务体系已经建成；五大文化惠民重点工程——广播电视村村通、乡镇和社区综合文化站、文化信息资源共享、农村电影放映、农家书屋建设等，极大地缓解了基层群众看书看报难、看戏看电影难、文化活动少的状况；文化产品的供给前所未有的大，广大群众的文化选择前所未有的多，目前我国是世界第三大电影生产国、第一大电视剧生产国，年出书品种、总量稳居世界第一位……专家评价，中国文化进入了"黄金发展期"。

这是一串令人欣慰的数字。文化体制改革激发了经营性文化产业的巨大潜力，文化产业被列入国家产业振兴计划，成为国民经济支柱性产业。20多个省市区提出"文化大省"战略，北京、广东、江苏、山东等省市的文化产业增加值超过千亿元，一批总资产和总收入"双百亿"的文化企业成为领军力量。即使在国际金融危机肆虐的2008年，我国的文化产业仍然逆市上扬，增速超过国内生产总值8个百分点……学者分析：中国文化出现了"发展里程碑"。

这是一种令人振奋的趋势。文化体制改革锻造了"走出去"的底气实力，中华文化国际影响力不断扩大，对外文化交流范围和渠道不断拓宽，近150个国家与我们展开政府间的文化合作，350多所孔子学院走出国门。主流媒体的国际传播能力不断提升，西强我弱的传播格局有所扭转，截至2010年底，人民日报社主管的网络和各类报刊的国外受众比2002年增长50%以上，新华社海外用户遍及170多个国家和地区……舆论感叹：中国文化呈现了"复兴曙光"。

"黄金发展期"，"发展里程碑"，"复兴曙光"，文化体制改革的深入推进，使得文化生产力空前释放，文化建设活力显著增强，公益性文化事业在保障人民基本文化权益方面的作用日益突出，经营性文化产业占国民经济的比重明显增大，国际竞争力逐步增强，文化市场日益繁荣，精品力作不断涌现。

哪里有改革，哪里就有新发展；哪里有改革，哪里就有新局面。8年奋斗与探索，充分证明中央关于文化体制改革的决策部署是完全正确的，顺应了时代发展的新要求，顺应了人民群众的新期待，顺应了文化建设的内在规律和发展趋势，这才有了社会主义文化发展繁荣的春天。

（六）文化体制改革收获的不仅是一大批活力四射的文化企业，更重要的是深化了党和政府对文化的认识，为实现文化大发展大繁荣提供了思想基础，为建设文化强国作出了可贵探索。

从理论层面看，文化体制改革深化了中国特色社会主义文化的理论体系，丰富了马克思主义文化理论，提升了人们对于文化建设规律的认识。

从实践层面讲，文化体制改革解放和发展了文化生产力，创造和培育了良好的文化发展体制和机制，理顺了政府、市场与文化企事业单位的关系，满足了人民群众不断增长的精神文化需求，大幅度提高了人民基本文化权益保障水平。

这些探索与成就，关系到我国文化建设中必须解决的重大课题——在国际国内形势深刻变化的挑战中，在我国经济社会发展进入新的历史阶段的背景下，我们应以什么样的视角认识文化，以什么样的态度对待文化，以什么样的思路推动文化繁荣发展，以什么样的道路建设社会主义文化强国？

长期以来，人们有一种根深蒂固的看法，认为文化事关意识形态安全，担心文化进入市场后，会改变社会主义文化性质，弱化党对文化的领导，引起思想的混乱。

然而，让文化走向市场，就是把创造的权利、评价的权利、选择的权利交给广大人民。在社会主义市场经济条件下，人民群众通过市场进行文化消费、满足文化需求。文化走向市场，就是让实践的检验、群众的检验作为文化发展的标准。这不正是社会主义文化最本质的要求吗？

让文化走向市场，就是要在市场的大潮中培育出我们自己的合格市场主体，在发展产业和繁荣市场方面发挥主导作用。占领文化市场就是占领意识形态阵地；市场份额越大，服务的群众就越多，正确导向就越能落到实处。这不正是社会主义文化发展的方向吗？

让文化走向市场，就是要在国际竞争的大格局中，以市场倒逼民族文化企业的成长与壮大。在西强我弱的文化语境中，赢得市场，社会主义价值体系才能赢得话语权、赢得主动权。这不正是社会主义文化必须面对的挑战吗？

事实证明，在市场条件下，那些关注现实、艺术精湛、思想深刻、制作精良的文化产品，赢得了最广大群众的喜爱。人民群众多样化、多层次、多方面的文化需求，得到了前所未有的满足；普通百姓自主创造文化的积极性，获得了前所未有的激发。中国文化的国际影响力和竞争力不断提升，国家的形象、党的声音传播得更加深远。

从更宽广的历史视野看，文化体制改革是经济体制改革在新世纪的深化和升华，是我们国家整个改革开放大业中至关重要的一环，关乎全面建设小康社会奋斗目标的实现，关乎中国特色社会主义事业总体布局，关乎中华民族的伟大复兴。

（七）一个民族，只有文化体现出比物质和资本更强大的力量，才能造就更大的文明进步；一个国家，只有经济发展体现出文化的品格，才能进入更高的发展阶段。

8年探索，3000多个日日夜夜，困难与挑战成就中国文化砥砺向前的茁壮身影，收获了弥足珍贵的经验，形成了一系列规律性认识。

如何理解文化的地位和作用？文化既是推动社会发展的重要手段，又是社会文明进步的重要目标；既是凝聚人心的精神纽带，又是民生幸福的关键内容；既直接贡献于经济增长，又对提升经济发展质量发挥着重要作用。

马克思曾经指出，社会生活中存在着两种生产力——物质方面的生产力和精神方面的生产力。十六大以来，我们党以文化体制改革"解放和发展文化生产力"的清晰思路，将文化产品从单一的意识形态属性中解放出来。兼具意识形态属性与商品经济属性，兼具社会效益与经济效益，关涉精神纽带与民生福祉，对文化的认识由此上升到新高度。

如何把握文化的规律与方向？必须正确认识和处理人民群众基本文化需求与多样化、多层次、多方面文化需求的关系，"两种属性"与"两个效益"的关系，弘扬主旋律与提倡多样化的关系，改革创新与加快发展的关系，文化与经济的关系，发挥政府作用与调动全社会力量参与的关系，民族文化与外来文化的关系，促进繁荣与加强管理的关系，文化与科技的关系，调动文化工作者积极性与造就新型人才的关系。

这"十大关系"，提出了中国特色社会主义文化发展中最重要的理论和现实课题。文化事业与文化产业，要"两手抓两手硬"；"两种属性""两个效益"，要始终把社会效益放到首位；弘扬主旋律与提倡多样化，要坚持社会主义先进文化前进方向……这些结论，凝聚着对改革发展实践的精辟总结，反映了我们对文化发展方向、发展动力、发展目的、发展思路、发展格局的深刻认识，是文化领域深入贯彻落实科学发展观的自觉行动，文化建设由此进入了新境界。

文化要大发展，思想要大解放。没有不断更新的思想观念、不断创新的体制机制、不断升华的理论总结，就没有十六大以来文化大发展大繁荣的崭新局面。8年锐意创新的改革发展，极大地提高了全民族思想道德素质和科学文化素质，促进了人的全面发展，显著增强了国家文化软实力，为坚持和发展中国特色社会主义提供了强大精神力量，展现了一条迈向文化强国的"中国道路"。

（八）回望数千年中华文化的历史脉络，一个拥有深刻文化自觉的领导核心，是社会主义中国走向文化复兴的关键。新世纪的文化建设之路，昭示着中国共产党在文化认识论上的成熟与提升。

文化是一个国家的精神旗帜。在五千年独一无二的历史长河中，我们收获了灿烂辉煌的悠久文明，也留下了不同于任何民族的历史课题——古老文化如何中兴？

先秦诸子、汉唐气象、宋明风韵……五千年文脉涵养出泱泱中华。然而，走入近代，中国的大门被西方的坚船利炮敲开之日，也是古老的中华文化迎来全球化挑战之时。此后百余年间，在中华民族沉沦、奋争与崛起的伟大历程中，中华文化同样经历着艰难的蜕变与新生。

从乾嘉时代的"训诂考据"走向道咸年间"通经致用"的近代新学，从救亡图存运动的失败到新文化运动的兴起，从"民主"与"科学"精神的启蒙到马克思主义的广泛传播，从传统社会观念的式微到教育、卫生、科技等领域的现代化转型，在中华民族寻求复兴的漫漫征程上，文化领域风雷激荡。"中华文化如何振兴"这个问题，伴随国运的沉浮，回荡在一代代中华儿女的心头。

毛泽东在回顾中国近代的百年史时说，从鸦片战争到五四运动的七十多年中，中国人没有什么思想武器可以抗御帝国主义。只有共产党以马克思主义为指导，在根本解决了中国社会政治问题的基础上，以先进理论为指导，唤起四万万五千万同胞的伟大觉醒，最终突破"三千年之未有变局"，亿万人民复兴之梦日渐清晰，中华文化的振兴终于有了现实可能。

改革开放新时期，从邓小平提出社会主义物质文明和精神文明"两手抓、两手都要硬"，到江泽民强调中国特色社会主义文化是"综合国力的重要标志"，再到胡锦涛从战略高度深刻认识文化的重要地位和作用，牢牢把握文化发展主动权，我们党紧密结合时代条件，从实现党的中心任务出发，高举发展先进文化的旗帜，阐明与时俱进的文化纲领和奋斗目标，体现了深刻的文化自觉。

历史和现实表明，一个民族的觉醒，首先是文化上的觉醒；一个政党的力量，很大程度上取决于文化的自觉。可以说，是否具有高度的文化自觉，不仅关系到文化自身的振兴和繁荣，而且决定着一个民族、一个政党的前途命运。

"以高度的文化自觉和文化自信，着眼于提高民族素质和塑造高尚人格，以更大力度推进文化改革发展，在中国特色社会主义伟大实践中进行文化创造，让人民共享文化发展成果"，庆祝中国共产党成立九十周年大会勾画的中国特色社会主义文化建设蓝图，是当代中国增强文化自觉、重树文化自信、实现文化自强的铿锵誓言，它让我们重温中央推进文化体制改革的坚定决心——

"一切妨碍文化发展的思想观念都要坚决冲破，一切束缚文化发展的做法和规定都要坚决改变，一切影响文化发展的体制弊端都要坚决革除。"

（九）十八世纪，欧洲文明发现了遥远东方"异质"的中国。当时的书籍，留下了西方对孔子的想象：有着东方面孔的基督教神甫。在很长时期内，东方文化只是异国情调的装饰物，尘封在西方的历史记忆中。

几个世纪过去，纽约时代广场上"至圣先师"为原型的孔子动画，与北京奥运会绚烂的"大脚印"、上海世博会鲜红的"东方之冠"以及无数普普通通的中国人一起，构成了中国在新世纪的文化图景，为世界重新书写中华文化的印象。

恩格斯说过：文化上的每一个进步，都是迈向自由的一步。

弘扬五千年薪火相传的中华文明，振兴13亿人血脉相连的中国文化，这是人类历史上前所未有的伟大实践，是一个文明古国迈向文化强国的伟大进军。

正在北京召开的党的十七届六中全会，第一次以文化改革发展为主题，制定建设社会主义文化强国的行动纲领。新的征程再次开启，当文化越来越成为民族凝聚力和创造力的重要源泉，越来越成为综合国力竞争的重要因素，越来越成为经济社会发展的重要支撑，越来越成为我国人民的热切愿望，沿着中国特色社会主义文化发展道路，我们坚信——

"中国人民有能力为人类文明进步作出更大贡献。"

（2011年10月15日）

向我们时代的行动者致敬
——写在"深入开展学雷锋活动"之际

（一）也许你曾在列车上见过他，老式绿皮车厢里，一个年轻士兵像乘务员一样跑上跑下，扫地擦桌子扶老人上下车，让你在感受温暖的同时，也渴望把温暖传递给别人；

也许你是在报刊上走近他，他留下的日记里，一滴水的认知、螺丝钉的体会，向钉子学习的感悟，这些质朴的思考，也曾触动你探寻人生的意义；

也许你是在银幕上认识他，不断变幻的光影中，他对理想信念的坚持与践行，他对生活对人民的深情与挚爱，让你收获感动，也收获精神的成长；

也许你是在网络上找到他，数字化的海量资料中，一个形象渐渐生动，一种精神慢慢浮现，被还原了的他虽已不那么"高大完美"，却让你在变动的时代重新审视自己与世界的关系。

雷锋，一个普通战士的名字，几代中国人的共同记忆。自 1963 年毛泽东主席题词"向雷锋同志学习"，已经过了近 50 个年头。是什么原因，使得这个仅仅走过 22 年的生命，能够穿越 50 年中国社会生活的巨大变迁，形塑着亿万中国人的心灵世界？是什么力量，让这个年轻士兵的传奇，历经一个国家波澜壮阔的岁月转换，写下新中国半个世纪的精神年轮？又是什么理由，会让我们今天的时代，依然需要他精神的光耀与弘扬，再次呼唤他平凡而伟大的名字？

（二）"我写下这两个字：雷锋，我是在写呵，我们阶级的，整个新一代的，姓名。"正如诗人贺敬之所言，"雷锋"二字，并不仅指向一个人，而是整个时代精神的姓名。

在雷锋的年代，面对翻天覆地的变革，全社会都需要重新找到精神坐标，确立共产主义理想、社会主义信念的现实定位。成立仅 10 余年的新中国，面临内外交困的"艰难时期"，三年饥荒、中苏论战、外界封锁……尤需众志成城、共渡难关的信念，一心为公、无私奉献的精神。正因此，承载着新社会价值观的雷锋，才能激起最广泛的共鸣，为年轻共和国提供心灵的动力。

"如果你是一滴水，你是否滋润了一寸土地？如果你是一线阳光，你是否照亮了一分黑暗？如果你是一颗粮食，你是否哺育了有用的生命？如果你是一颗最小的螺丝钉，你是否永远坚守在你生活的岗位上？"

《雷锋日记》中这些脍炙人口的词句，代表了一个崭新时代的道德向往，呈现出撼动人心的精神力量。作为新生社会主义国家精神建设的成果，雷锋这个普通战士身上，熔铸了一个新型社会制度对思想道德的热切期望：集体主义的革命精神、社会主义的核心价值、共产主义的坚定信念。

每一个时代都有自己的精神坐标。今天的我们，也许很难理解"革命理想高于天"的宏大抱负，却不能不敬重"激情燃烧岁月"的真挚追求。更何况，不管是热火朝天的社会主义建设时期，还是风云激荡的改革开放年代，如果把雷锋精神诞生以来的这半个世纪看作一个整体，我们会发现，具体的时代环境变了，但我们为之奋斗的共同理想和目标矢志不渝，我们肩负的崇高使命和责任一以贯之，我们面对的基本国情、主要矛盾未有改变，对于社会主义中国而言，这始终是一个艰辛的探索时代、伟大的变革时代。

在这样的时代，我们依然需要艰苦创业、积极进取、自强不息、奋力拼搏的奉献精神，依然需要顾全大局、忠于职守、克己奉公、以国家和集体利益为重的主人翁态度，依然需要相互尊重、助人为乐、诚实守信、和谐融洽的良好社会风尚。而这一切，何尝不是雷锋精神所蕴藏的丰富内涵？

（三）翻开共和国的日历，细细体味那些影响过时代和社会的一个个姓名，我们会发现：雷锋精神与其说是系于雷锋一人，不如说是共和国一代代建设者薪火相传的精神谱系。

如果说夏明翰、方志敏、刘胡兰这些战争烽火中挺立的英雄，为新中国绘就信仰的底色，如果说时传祥、向秀丽、王进喜这些建设年代里涌现的典型，为新中国构筑起精神的高地，那么，雷锋正是这一底色上闪耀的夺目亮色、这片高地上飘扬的鲜艳旗帜。而在雷锋之后，不同时代的"雷锋"，不断丰富着这幅精神画卷——

有人落水，他跳进湖中；隧道塌方，他舍己救人。义务赡养孤寡老人，拒绝亲人给的走私手表，即便被称作"临时工"也兢兢业业，这是"八十年代新雷锋"朱伯儒；

"辛苦我一人，方便千万家"，面对6000多户居民水电维修、房屋养护需求，一干20多年，笑着婉拒酬谢、耐心接受挑剔，这是上世纪90年代上海里弄中的"新时代雷锋"徐虎；

16年里捐出12万元，相当于全部收入的1/3；20年间献血6万毫升，是他身体血液的10多倍；开微博宣传雷锋精神，"粉丝"达到620多万，这是我们身边可感可触的"当代雷锋"郭明义……

有人曾断言"雷锋精神过时了"。从雷锋的时代至今，新中国经历了从高度集中的计划经济体制到充满活力的社会主义市场经济体制，从农业社会到工业社会，从封闭半封闭到全方位开放的伟大历史转折。时代场景发生的巨大变化，深刻地影响一个民族的道德取向和精神建构，但在不同历史时期，那些与雷锋具有同样精神内核的人们，依然把社会的价值呼唤、时代的道德理想，以全新的形式赋予"雷锋"，让雷锋精神从来就不是一种凝固僵化的道德教条，而是一个与时俱进的精神标杆。

从雷锋精神时代化的进程中，我们可以清晰地看到，50年来，雷锋从未离开，他一直就在时代前进的行列之中；50年来，雷锋精神从未停顿，它就在社会变革的意识深处。每当社会出现不良风气时，人们就用"雷锋叔叔不在了"表达强烈的忧患；每当社会风气健康文明时，人们会用"雷锋叔叔又回来了"表示由衷的赞叹。如同一个磁场，雷锋精神把那些体现民族特质、顺应时代潮流的思想观念、行为方式、价值取向和精神风貌纳入其中，在不断丰富、不断完善甚至吐故纳新中发扬光大。正是在一代又一代"雷锋"传棒接力的道路上，中华民族的精神力量抵达了一个又一个时代高点。

一个只有22年短暂生命的普通共产党员，能够赢得亿万人民如此崇高和长久的敬意；一个普通的战士所表现的高贵品质，能够激励几代人的健康成长；一个群众性的活动，能够在几十年历史进程中延续不断，影响我们时代的社会风尚，本身就证明，雷锋精神对于我们这个民族和社会具有不可替代的意义，已经成为社会主义核心价值的重要象征。

（四）这是一种怎样的象征？

50年来，他曾被塑造成完美的无产阶级战士，也曾被还原为骑摩托车、戴瑞士表、穿皮夹克的时尚青年。这样一个年轻战士，没有什么力挽狂澜的伟业，没有什么惊天动地的壮举，不曾堵过枪眼，不曾拦过惊马……但他真诚、善良、友爱，以帮助别人为快乐，以奉献社会为幸福。他用短暂的一生，回答了植根于人生本质的永恒追问："怎样做人、为谁活着。"

马克思说过：人是人类历史的前提和产物，既是历史的剧作者，又是历史的剧中人。雷锋所提出的人生命题，是他所处时代的"特殊剧情"，更是人类生存与发展必须面对的"普遍剧情"。雷锋精神的价值，不仅在于他给出了"为人民服务""助人为乐""当好螺丝钉"等人生答案，更在于他以"一辈子做好事"的行动与思考，提出的人生课题：

人生在世，如何处理人与社会、人与人之间的关系？人的短暂生命旅程，如何创造出无限的价值？个体的生命意义，如何在时代发展的伟大历程中彰显？这是雷锋精神背后永恒的"雷锋命题"，也是今天我们重新走向雷锋时必须面对的"人生哲学"。

作为一个坚定的共产党员，他为我们计算出"自我与他人"的公约数。抢着驾驶车体高大、操作困难的推土机，忘了病痛在路过的工地上推起运砖小车……雷锋说，"一滴水只有放进大海里才能永远不干"，一个人如果能让个体价值与社会价值融为一体，就会有最宝贵的归属感，也才能释放最强大的力量。

作为一个年轻的生命，他为我们澄清了"有限与无限"的辩证法。这是雷锋最深入人心的名言："人的生命是有限的，可是，为人民服务是无限的，我要把有限的生命，投入到无限的为人民服务之中去。"生命有限，但生命的宽度、广度与深度，却可突破一己，雷锋用短暂的生命完成了从有限到永恒的旅程。

作为一个普通的士兵，他为我们标定了"平凡与伟大"的坐标系。可能只是帮助一个带孩子的乘客找到座位，可能只是给战友的父亲寄去20元钱，平凡之中蕴藏伟大，细微之处方显精神。雷锋的一生揭示了人的自由全面发展的价值路径：伟大出于平凡，人皆可为圣贤。

自我与他人，有限与无限，平凡与伟大。无论时空如何变化，这些决定人类向前发展的基本要素没有变，这些人类所必须面对的人生命题没有变，对这些命题给出完美答案的追求没有变。这就是为什么，半个世纪以来总有人一次次被雷锋打动，他的精神因此能超越时空、穿越时代；这就是为什么，21世纪的我们面对这个小个子战士的灿烂笑容，依然要经历精神的洗礼与心灵的拷问。

（五）每个时代都有自己的道德困惑。工业革命的滚滚车轮碾碎欧洲传统的信仰和价值，让狄更斯感叹"这是最好的时代，这是最坏的时代"；20世纪初，美国经济进入"镀金时代"，也面临贪污腐败盛行乃至整个社会的道德崩坏、精神危机。

而我们同样身处一个大转型的时代。这个时代既有徐本禹清澈的眼神，也有郭美美空虚的手袋；既有"最美妈妈"用双臂托举的精神之花，也有彭宇诉讼引发的道德迷思。

当交换成为很多人的存在哲学，一切似乎都可以打上价签、上架销售，一切似乎都应该掂量轻重、计较短长，"理性经济人"几乎成为唯一的物种。有人断言，雷锋早从社会上消失，换算成明码标价的各种服务。

当冷漠成为很多人的人生面具，意义和价值在怀疑中消解，行动与实践在质问中延宕。扶起跌倒老人会不会反被诬陷撞人？爱心捐助会不会反被贪污挪用？在钢筋水泥的现代社会中，有人感叹雷锋若在也寸步难行。

值得深思的是，即便在这种普遍的道德焦虑中，对雷锋的呼唤也从未停止。

2003年"二十世纪中国十大文化偶像"评选，雷锋位列第八；2010年"新中国100位感动中国人物"评选，雷锋高票当选；《学雷锋》网络游戏风行一时，时尚明星荧幕再现雷锋音容事迹……

一边是对雷锋的疏离、怀疑甚至解构，另一边却是对雷锋的认同、呼唤乃至回归。这样的矛盾，正凸显我们时代的道德困惑：在汹涌的商品浪潮中，社会如何找到一种核心的价值？在多元的社会思潮里，个人如何构造一种心灵的支撑？在物欲的诱惑侵蚀下，时代如何唤回一种实践的德行？

（六）"人类生存于各种社会关系之中，正是通过为他人的服务，才真正体现自身的价值。社会越向现代化发展，对人的这种要求就越强烈。"

跻身世界第二大经济体并继续快速发展的当代中国，社会生活发生着前所未有的变革。从理念单一到价值多元，从"单位人"到"社会人"，从"熟人社会"到"陌生人社会"，在变动的时代，如何坚决遏制拜金主义、享乐主义、极端个人主义的侵蚀，如何重新定位人与人、人与社会的关系，如何创造人生价值、体现生命意义，是摆在每一个中国人面前更为严峻的时代课题。

从改革开放之初，"人生之路为何越走越窄"的"潘晓之问"引发全国范围的集体反思，到上世纪90年代"人文精神大讨论"传递知识分子的精神焦虑，再到今天的"小悦悦事件"唤起全体国民的痛切思考，在建构物质世界的激昂乐章中，我们也一直在寻找精神之歌的主旋律。

正是在这样的探寻中，雷锋精神再次显示它的意义和价值。道德从本质上来说是主体人格提升的内在要求。雷锋精神产生于社会主义建设的火热实践中，符合时代进步的潮流；雷锋精神与我们党全心全意为人民服务的根本宗旨相一致，体现了共产党员的特殊品格；雷锋精神继承了中华民族几千年的优良传统，体现了伟大的民族精神。人们需要以这种"精神原型"为内核，为全速前进的中国，构建一个精神家园；为深刻转型的社会，寻找一种心灵动力。正因此，十七届六中全会提出"深入开展学雷锋活动"，有着强烈的时代意义，也有着深厚的民意基础。这是树立和践行社会主义荣辱观的重要方法，是构建社会主义核心价值体系的必要一环，更是建设社会主义文化强国的有效支撑。

（七）对于今天的社会来说，"雷锋"代表了什么？"雷锋精神"意味着什么？"雷锋命题"需要怎样的答案？

热爱党、热爱祖国、热爱社会主义的崇高理想和坚定信念；服务人民、助人为乐的奉献精神；干一行爱一行、专一行精一行的敬业精神；锐意进取、自强不息的创新精神；艰苦奋斗、勤俭节约的创业精神。

这正是今天"雷锋精神"的价值内核，也是在传承与发展中凝聚的时代共识。在一个文明的现代社会，一个公民需要以精神信仰作为人生灯塔，需要助人为乐、勤俭节约的社会公德，需要敬业创新的职业道德。从这个意义上说，"雷锋精神"就是公民精神，雷锋为全社会提供了鲜活的公民道德样本。

我们需要秉持公民精神，正如雷锋一样，他不会袖手旁观社会的发展，而是积极参与这一进程；他会在人们需要的时候挺身而出，而不是权衡再三退避三舍；他会把奉献视为自己的权利和义务，而不是事不关己高高挂起；他会对他人保持诚信、友爱甚至谦卑，而不是见利忘义损人利己。

一个社会需要以共同价值来凝聚，雷锋精神所蕴含的公民意识，正是社会主义核心价值观的重要内容。这种精神，包含着一个国家公民所具有的责任意识、参与意识、人文关爱和家国情怀。正因此，胡锦涛总书记曾深刻指出："雷锋精神对于我们这个民族和社会过去具有、现在仍然具有重大价值和时代意义。"

（八）1962年8月10日，雷锋写下人生最后一篇日记："今后，我要更加热爱人民和尊敬人民，永远做群众的小学生，做人民的勤务员。"

50年来，一代又一代中国人用行动，续写这本厚重的"雷锋日记"，汇聚成荡气回肠的"中国精神"，那个在部队营房前不幸倒下的身影从未走出一个民族的精神视线——

他就在六盘山下武警某部一连官兵们几十年如一日"学雷锋"的奉献中，他就在北京东四七条小学孩子们19年不避寒暑义务服务的坚持里，他就在长江边大学生们接力救人搭成的人链中，他就在白方礼老人艰难蹬行的"支教三轮"上，他就在陈贤妹面对无助孩子"救人最重要"的一闪念，他就在"最帅警察"挺身接住坠桥青年的一瞬间。

一个时代不能没有自己的道德勇气，感谢我们时代的行动者，他们为雷锋阐释的"自我与他人"增添了时代的温度。这个时代，有放弃"体面工作"帮助麻风病康复者的大学生司占杰，有离开大城市自筹资金开办乡村图书馆的年轻白领李英强，汶川地震后10多万志愿者驰援灾区，北京奥运会、上海世博会上百万青年人热情服务……价值、奉献，这些标志着人类精神高度的词汇，依然吸引着高贵的心灵向着这一方向前行。

一个时代不能没有自己的道德价值，感谢我们时代的行动者，他们把雷锋描绘的"有限与无限"光大出生命的力量。当上不起学的孩子在希望工程的救助中看到知识改变命运的曙光，当西部偏远山村的小学教室内响起支教者的爱心合唱，当青岛募捐册上成千上万的"微尘"奏响道德乐章……公民精神在实践中凸现了价值，雷锋精神在践行中丰富和升华。

一个时代不能没有自己的道德坐标，感谢我们时代的行动者，他们将雷锋注解的"平凡与伟大"演绎出崭新的内涵。草原医生王万青40多年风雪行医写下敬业的诗篇，退休干部杨善洲22年染绿荒丘印证信念的厚度，大山深处邮递员王顺友用孤独的长征丈量责任的距离……这些普通人身上敬业奉献的精神，既是公民道德的基本要求，也是精神追求的至高境界。

让抱怨者努力去改变，让迷茫者尽力去探寻，让批判者勉力去建设。正是我们时代的行动者，赓续了雷锋的精神，塑造了社会价值的内核，赋予了时代前行的信心。以雷锋之名，做中华民族传统美德的传承者，做社会主义道德规范的实践者，做良好社会风尚的创造者，这是每个人应有的理想和追求。

让信仰天空更辽阔，让精神画卷更绚烂，让心灵追求更高远。作为道德建设的重要责任人，党员领导干部更应率先垂范，身体力行，更加自觉地追随雷锋的脚步，在利益分化、价值多元的时代，争当价值标杆、发挥示范作用。以雷锋之名，践行社会主义核心价值，展现先进分子道德觉悟，张扬共产党人理想信念，这是党员干部必须承担的责任与使命。

（九）也许，你挤在上下班地铁的人潮中，不愿与他人视线相接；也许，你算计着住房的贷款、孩子的学费，无暇顾及更多的感受；也许，你关上窗锁上门驻守高楼，难以看到左邻右舍的笑脸……

即便这样，雷锋的召唤也会在我们内心深处回响。他鼓励我们追求更饱满的意义，引领我们走进更丰盈的人生，并把砝码添加在我们价值天平上属于精神的那一端，提示我们回答好生命的考题。

不需要多么宏大的意旨，你所站立的那个地方，正是你的中国。你所抵达的那个地方，正是你的家园。这是你可以做的——

走进打工子弟学校教孩子们唱一首简单的歌，敲开公益组织的大门填一张志愿者表格，或者只是给满身泥水挤上公共汽车的农民工一个温暖笑脸，甚至只是微博寻人、网上捐物的一次顺手转发。举手之间，你靠近了那个伟大的灵魂。

"如果你要告诉我们什么思想，你是否在日夜宣扬那最美丽的理想？你既然活着，你又是否为未来人类的生活付出你的劳动，使世界一天天变得更美丽？我想问你，为未来带来了什么？"

向我们时代的行动者致敬——而他可能就是你。

(2012年2月28日)

文化"为人民"的历史跨越

——从延安文艺座谈会到十七届六中全会

（一）"延安的城门成天开着，成天有从各个方向走过来的青年，背着行李，燃烧着希望，走进这城门。"

上个世纪三四十年代，丁玲、艾青、艾思奇、贺绿汀、冼星海……一批批风华正茂的文化青年向着光明，冲破重重封锁辗转西行。几年内到达延安的知识分子竟达四万余人，相当于1937年初中共党员的总和。对于这个黄土高原上的小城，当时的《解放日报》这样评述："不但在政治上而且在文化上作中流砥柱，成为全国文化的活跃的心脏。"

就在这个不起眼的小城里，1942年5月23日，一场历时20多天的座谈会，一篇两万多字的讲话，揭开了中国文化发展的新纪元。

"我们的文学艺术都是为人民大众的"，滚滚延河水记录下一个政党气势磅礴的思想乐章。70年过去，社会主义中国波澜壮阔的文化历程，依然可以从那里找到起点。

"一切进步的文化创作生产都源于人民、为了人民、属于人民。"2011年10月，十七届六中全会的庄严宣示，如同延安文艺座谈会的时代回响。以六中全会为标志，我国文化改革发展进入了新的历史阶段。

为探索中国特色社会主义文化发展道路奠定坚实的理论基础，延安文艺座谈会成为一座影响深远的伟大里程碑。那篇源自延安土窑洞的铿锵讲话，历经70年岁月依然闪耀着永恒的思想光芒和跨越时空的不朽力量。

（二）宝塔山下，中华民族生死存亡的关键时刻，怀抱理想的进步青年在巨大的热情中，追寻文艺救国之路。

虽然文艺的百花园生机盎然，但也存有思想困惑。理论与实践脱节、对现实生活"不熟、不懂"、更注重表现自我……这让一个年轻的政党思索：在报国激情如大海奔涌的时代，文艺应有怎样的形态？在拯救民族危亡的历史关头，文艺应秉持怎样的原则？在领导中华民族于决死中迎来新生之际，应树立怎样的文化领导权？

需要有一种文艺主张与文艺思想，来凝聚和激发广大文艺工作者的力量；需要有一个根本方针和基本方向，为延安乃至未来中国的文艺事业和文化发展指明道路。正是在这样的情况下，延安文艺座谈会召开。第一次系统阐述党的文艺观，第一次明确表明文艺工作的基本方针，第一次科学回答文艺创作与批评中的重大问题……毛泽东所作《在延安文艺座谈会上的讲话》，成为自有无产阶级文化运动以来最重要的中国化马克思主义文化理论著作。

延安文化的史诗，由此落墨。"到农村、到工厂、到部队中去，成为群众的一分子。"正如作家萧军所言，"大家都照着《讲话》的方向、道路和目标去做，果然收到了很好的效果，取得了很大的成就。"从《小二黑结婚》到《王贵与李香香》，从《兄妹开荒》到《暴风骤雨》，从"战地社""战歌社"到新秧歌运动，一大批感人肺腑、影响深远的优秀文艺作品，唤起了一个民族团结进取、抗击敌寇的革命激情。在"为人民抒写、为人民放歌"的创作潮流下，曾经暗沉寂寞的浅吟低唱，让位于激昂奋进的雄浑乐章，自1919年五四新文化运动之后发展起来的中国新文艺，在延安实现了历史性飞跃。人们惊讶地从中看到了"一个新的时代、新的天地、新的创世纪"。

中国文化的新篇，由此开启。将文化战线与军事战线并提，这是以毛泽东为代表的中国共产党人在此前中国社会革命和思想文化运动基础上的新发明。他们清楚地看到，要赢得"庶民的胜利"，社会革命必须而且应当同文化革命紧密地结合起来，在这场革命中，人民群众是革命的主体，也是文化的主体。中国共产党深刻的文化自觉由此确立。"风在吼，马在叫，黄河在咆哮"，在中国共产党人带领中华民族寻求独立与解放的时代洪流中，"手里拿笔的军队"与"手里拿枪的军队"携手战斗，开启了社会主义文化的崭新纪元。以延安文艺座谈会为起点，在近现代中国的风云激荡中，中国文化开始了不同于数千年固有轨道的发展历程。

掌握文化的主导权，体现文化的人民性。从延安文艺座谈会到十七届六中全会，从民族危亡背景下的文化思考到改革发展时代的文化繁荣，我们党始终将文化发展摆在重要位置，精心领导，并伴随时代发展不断提出新的战略思想，作出新的决策部署。以延安文艺座谈会为起点，70年风雷激荡的历程中，共产党人探索出一条"以人民为中心"的文化发展道路。

（三）回忆起歌剧《白毛女》，执笔者之一、诗人贺敬之归功于延安文艺座谈会："这部歌剧是为人民写，写人民，请人民评判。这是《讲话》教导我们的精神。"

的确，如果说最初贺敬之、丁玲等进步知识分子的延安向往，只是心中朦胧的追求，那么，在延安文艺座谈会之后，他们进一步明确了创作活动的使命和方向。无论是《白毛女》还是《太阳照在桑干河上》，正是与人民结合、为人民放歌，点燃了文艺工作者心底的激情。

"我们的问题基本上是一个为群众的问题和一个如何为群众的问题"，文艺必须是"为人民大众的，首先是为工农兵的"，文艺工作者"必须和新的群众相结合，不能有任何迟疑"……延安文艺座谈会上，毛泽东振聋发聩提出的，不仅是文艺工作的基本原则，也是文化发展的基本问题。

一部中国现当代文化史，就是中国共产党领导文化发展的历史，也是共产党人对文化的认识不断深化的历史。而延安文艺座谈会的核心词——人民，正是中国共产党领导下中国文化发展的主线；"为人民大众服务"，也成为我们党制定文化战略、领导文化发展的核心。

70年不懈探索，"为人民"贯穿始终。从"为什么人的问题，是一个根本的问题，原则的问题"，到强调"我们的文艺属于人民"；从"社会主义现代化应该有繁荣的经济，也应该有繁荣的文化"，到"让人民共享文化发展成果"；从二为方向、双百方针，到"三贴近"原则、"走转改"精神，在浩荡前行的历史长河中，"为人民"的旗帜始终高扬在这条中国特色社会主义文化发展道路上。

70年不懈追求，"为人民"书写史诗。70年文化发展的艰辛探索，30多年改革开放造就的文化成就，近10年文化体制改革激发的文化繁荣，从文艺创作到文化服务，从文化遗产保护到对外文化交流，文化的发展与新中国经济社会的巨变同步，人民的文化权利不断发展，公众的文化生活不断丰富，"为人民"从理论向实践的落实，成为现代化的"中国道路"不可分割的一部分。

70年来，在《讲话》精神的指引下，我国文艺发展和文化建设发生了深刻的历史性变化，取得了巨大成就。尽管这篇彪炳史册的经典文献，因为历史条件的局限和时代任务的转换，其中一些观点和论述已经不适用于今天，但其所揭示的"文艺与人民""文艺与时代""文艺与生活"的深刻思想，却对我国文化事业的繁荣和发展产生了深远影响，写下社会主义文化华章的光辉序言。

（四）恩格斯曾说过，文化植根于"一个民族或一个时代的一定的经济发展阶段"。毛泽东也反复强调，文艺事业必须随着实践的发展而发展。

从革命党到执政党，从硝烟弥漫的民主革命斗争，到热火朝天的社会主义建设，再到波澜壮阔的改革开放时期，时代发生了巨大变化。正如《讲话》所深刻指出的："为什么人服务的问题解决了，接着的问题就是如何去服务。"在新的历史条件下，如何让文化更好地服务于人民大众？

国际经验表明，人均国内生产总值达到3000美元时，居民消费进入物质消费和精神文化消费并重时期。由生存型、温饱型到小康型、享受型，我国人民的精神文化需求呈现"井喷"之势，消费能力增强，鉴赏水平提高，多层次、多形式、多样性的特点明显。服务对象的变化，需要我们深思：文化的发展如何与公众需求对接？

当经济改革打破体制坚冰，文化的发展也如水流活。无论是拍摄一部电影还是出版一本图书，投资回报成为必要考量。市场作为配置资源的重要手段，日益参与到文化产品的生产中来，文化与市场的接轨已成为必然趋势。生产方式的变化，需要我们深思：文化的发展如何与经济社会同步？

美国大片能全球同时首映，社交网络能汇集巨大人群，今天的我们身处一个变平了的世界。无论是出版、影视还是演出，中国都面对着巨大的"文化逆差"。约瑟夫·奈曾言："柏林墙倒塌之前，已被西方的电视和电影凿得千疮百孔。"文化的比拼，不仅是经济的角逐，更有价值的较量。时代环境的变化，需要我们深思：文化的发展如何参与国际竞争？

中国的发展面临重要的战略机遇，"中国号"巨轮正向着更广阔的未来驶去，中国特色社会主义伟大事业催人奋进，中华民族伟大复兴任重道远。在这崛起的征途上，文化作为一个国家、一个民族、一个时代的精神旗帜，必然要发挥更重要的作用。历史方位的变化，需要我们深思：文化的发展如何定位未来坐标？

面对新形势、新任务，站在全新的角度认识文化，才能适应时代的变化、实现文化的发展，进而满足人民的需求。

（五）"人民是推动社会主义文化大发展大繁荣最深厚的力量源泉"，"以满足人民精神文化需求为出发点和落脚点"，"坚持文化发展为了人民、文化发展依靠人民、文化发展成果由人民共享"。

2011年秋天的十七届六中全会高扬"为人民"旗帜，作出了《关于深化文化体制改革、推动社会主义文化大发展大繁荣若干重大问题的决定》，描绘出新时代文化发展的恢弘蓝图。

这是文化认识的升华。如何认识文化，决定了如何对待文化。文化的力量比以往任何时候更强大，文化的影响比以往任何时候更广泛。转变发展方式、实现科学发展，增进民生幸福、促进社会和谐，文化都是重要内容和衡量指标。认清文化的地位、作用，把握文化的特点、规律，创新文化的体制、机制，是庄严的历史责任，是全新的时代命题，"关系实现全面建设小康社会奋斗目标，关系坚持和发展中国特色社会主义，关系实现中华民族伟大复兴"。

这是文化方略的确立。2010年，胡锦涛明确指出：一定要从战略高度深刻认识文化的重要地位和作用，牢牢把握文化发展主动权。从深入推进社会主义核心价值体系建设，到不断丰富适应人民需求的文化产品；从文化事业全面繁荣，到文化产业成为国民经济支柱性产业，十七届六中全会全面吹响"建设社会主义文化强国"的集结号。

这是发展路径的划定。通过文化体制改革，激活文化生产力，从根本上破解文化需求和供给之间的矛盾；通过推进社会主义核心价值体系建设，坚持先进文化的前进方向，巩固全党全国各族人民团结奋斗的共同思想道德基础；通过实施精品战略和对外开放战略，不断提升文化品质和中华文化影响力，开拓文化强国的中国之路。

十七届六中全会的召开，鲜明回答了文化改革发展"走什么路""朝着什么样的目标迈进"这些具有方向性、战略性的重大问题，系统提出了社会主义文化"如何服务大众"的政党主张。文化价值观的弘扬，文化执政力的提升，文化发展观的飞跃，丰富和发展了中国特色社会主义文化发展道路。在中国文化的发展史上，这是继延安文艺座谈会之后，标定下的又一座里程碑。

（六）"为人民"是一个宏大的目标，历史经验告诉我们，如果不在"为人民"和"人民"之间建立可靠的联系，"为人民"就极可能变成一个浮泛口号。作为马克思主义政党，如何确保社会和文化发展"人民性"的最终实现，始终伴随着中国共产党人对社会主义本质的不停追问，伴随着不同历史阶段中国共产党带领中国人民进行革命和建设的上下求索。

面对这个课题，我们有过迷茫，也有过困惑。《决定》的伟大意义就在于，它站在全新的时代高度，深刻总结文化建设的经验和教训，彰显了巨大的理论勇气：只有最大程度地解放和发展文化生产力，才能有效实现"为人民服务"的文化目标；只有最大程度地满足人民群众日益增长的文化需求，才能切实反映社会主义文化的本质要求。

面对这个课题，我们有过片面的理解，也有过认识的误区。《决定》的伟大意义就在于，它解放思想冲破观念禁锢、实事求是面对现实国情、与时俱进推动改革创新，体现了深邃的政治智慧：一手抓公益性文化事业，保障人民群众的基本文化权益；一手抓经营性文化产业，满足人民群众多样化文化需求，从体制上保障文化"为人民大众服务"，进而在"以人民为中心"的卷轴上徐徐展开社会主义文化强国的瑰丽图景，中国文化对世界文明的独特贡献也将因此熠熠生辉。

这是共产党人对文化"如何服务大众"的时代思考。随着市场经济体制逐步完善，文化赖以生存的体制环境发生了深刻变化。不同于民主革命时期，在社会主义市场经济条件下，人民群众通过市场进行文化消费，完成文化选择，满足文化需求。完全按照"计划"进行文化生产，如何满足群众的多样化需求？仅仅依靠"指令"推出文化产品，如何体现人民的主体地位？让文化走向市场，也就是把文化创造的权利、选择的权利、评价的权利交给人民。

"院线制"改革以市场供需倒逼电影业变革，推动中国成为世界第三大电影生产国；人民网等文化单位鸣锣上市，在资本市场中寻求更多发展资源；新闻出版、文艺院团转企改制，一批"出版航母""演艺巨轮"扬帆起航……实践证明，在新的时代条件下，只有通过改革创新，建立起有利于发挥市场在文化资源配置中的积极作用的体制机制，才能充分解放和发展文化生产力，推动文化单位和文化工作者遵循艺术规律，焕发创造活力，更好地贴近群众、贴近市场，最大限度地满足人民日益增长的精神文化需求，促进人的全面发展。

以政府和市场两只手，托举文化事业和文化产业共同壮大，达到文化"为人民"的根本目的，这是改革开放以来中国共产党在新的历史阶段关于文化发展理论的伟大创新，是在新的历史条件下切实解决好"为什么人"问题的伟大贡献。

两种属性、两个效益，双轮驱动、比翼齐飞，两手抓、两手强；正确处理文化事业与文化产业的关系，正确处理社会效益与经济效益的关系，正确处理"魂"与"体"的关系。《决定》关于深化文化体制改革的战略部署，不仅继承和弘扬了文艺为人民服务这一《讲话》核心思想的本质要求，与《讲话》精神一脉相承，更赋予其丰富的时代内涵，实现了文化"为人民"的历史性跨越。

从《讲话》到《决定》，从革命文艺的雄壮乐曲到文化强国的伟大实践，从文化唤醒民众、文化发动民众到文化服务民众，"以人民为中心"，中国共产党找到了一条中国特色社会主义文化发展道路。

（七）站在2011年金秋，回望1942年春天。

从当年贫乏的文化生活到今天丰富多彩的文化样式，从山沟沟里的文化到走向世界的文化，从实现文化启蒙到保障文化权益，经过70年风雨洗礼，在文化体制改革的浩荡春风中，社会主义文化迎来了大发展大繁荣的新时代。

这是人民文化权益彰显、公共文化勃兴的时代。提供公共文化服务，成为各级政府的基本职能，政府近8年的文化基础设施投入，是过去几十年的总和，覆盖城乡的基本公共文化服务体系已经建成。文化共享服务点遍及城乡，广播电视贯通全部行政村，博物馆免费开放，文化站随处可见……保基本、保均等、保便利、保公益，文化权利已经与经济、政治等各项权利一样，成为公民权益的必然组成部分。

这是文化产品极大丰富、文化生活日益多彩的时代。每年新推出剧目上千种，新出品电影500多部。年产上万集电视剧，成为第一大电视剧生产国；5年出版338亿册图书，成为第一大图书出版国。5.13亿人走进网络生活，娱乐、购物跨入数字时代；去年6900万人走出国门，旅游业收入超过2万亿……文化与科技融合，文化与旅游结合，形式不断发展，业态不断丰富。中国人同读几本书、同唱几首歌、同看几台戏的时代一去不复返。浩如烟海的文化产品、丰富多样的文化供给，让亿万人民有了多姿多彩的文化选择。

这是文化交流空前活跃、文化生产力空前释放的时代。伴随文化体制改革的步伐，文化建设活力显著增强，公益性文化事业在保障人民基本文化权益方面的作用日益突出，经营性文化产业占国民经济的比重明显增大，国际竞争力逐步增强。近150个国家与中国展开政府间的文化合作，图书期刊等几乎进入所有国家和地区。文化交流项目年均人次和数量，超过改革开放前30年总和。文化逆差不断缩小、文化实力大幅提升……文化既成为国家民族软实力，又成为经济发展硬支撑。

文化发展的目的在于人民，文化发展的动力来自人民，文化发展的评判交给人民，文化发展的成果人民共享。中国共产党人与时俱进的改革创新，将社会主义文化带入一个崭新的历史阶段。

在中国几千年文化发展中，诸子争鸣、魏晋风度、盛唐气象、宋明理学……各种力量竞相登台，文化大师灿若星河，虽有过"长太息以掩涕兮，哀民生之多艰"的浩叹，有过"穷年忧黎元，叹息肠内热"的诗篇，也有过"为天地立心，为生民立命"的抱负，但人民始终没有成为文化舞台的主角与主体。延安文艺座谈会前所未有地提出的文艺"为了人民""怎样为人民"两大问题，在70年后的今天有了酣畅淋漓的伟大书写。以人为本、人民至上，这一中国特色社会主义文化发展道路的根本方向和最终目的，在现实中得到最激荡人心的体现和张扬。

（八）文化是民族的血脉，人民的精神家园。印度诗人泰戈尔曾这样说："古希腊的明灯在初点燃的土地上熄灭。罗马的威力被埋葬在广大帝国的废墟下。但是建立在社会与人的精神理想基础上的文明仍然活在中国和印度。……正像活的种子一样，天上降下滋润的雨水，它就会抽芽、成长，伸展它造福的树枝，开花、结果。"

70年前，延安文艺座谈会滋润的雨水，让民族的科学的大众的"中华民族的新文化"抽芽、成长，汇聚成唤醒工农战胜强敌的时代洪流。

70年后，十七届六中全会浇灌的甘霖，必将让中国特色社会主义文化伸展出造福的树枝，开花、结果，凝聚成13亿人民走向民族复兴的伟大力量。

(2012年5月22日)

改变中国命运的历史抉择

——写在社会主义市场经济体制确立 20 周年之际

（一）社会主义市场经济体制诞生 20 年了。

20 年可以成就什么？一个婴儿，将长成健美的青年。一片土地，可以收割几十季满仓的喜悦。一项发明，可能创造巨大的财富和更适意的生活。而作为人类历史上最复杂的制度变迁进程之一，社会主义市场经济体制这 20 年里给中国带来的一切，远远超出了寻常的想象。

1992 年，从年初小平同志一路南下，发表又一次思想解放的宣言，到初夏江泽民同志在中央党校发表关于社会主义市场经济的重要讲话，再到秋天党的十四大确定建立社会主义市场经济体制，"摸着石头过河"的中国经济改革终于摆脱了计划经济的羁绊。20 年，建立和完善社会主义市场经济，这场在 960 万平方公里土地上展开的新的革命，奠定了当代中国新的基本经济制度框架，实现了对社会主义的认识新的飞跃。20 年，它重塑了 13 亿人的生产生活方式和相互关系，改变了中华民族的命运，影响着整个世界的走向。

（二）市场经济，一个令中国人百感交集的名词。

一个世纪前，当中国资产阶级民主革命推翻封建帝制时，日益走向垄断的资本主义正遭遇世界范围的空前危机。市场扩张的资源掠夺，竞争导致的贫富分化，追求利润最大化的价值取向，周而复始的经济危机……近一个世纪中，市场经济在中国人心目中的印象大都是负面的，它甚至一度被形容为资本主义社会的万恶之源。

直到 20 世纪 70 年代末打开国门，震撼于世界巨变的中国人，才第一次静下心来，从实际出发而不是从本本出发重新打量市场经济。

经济发展离不开资源配置。借助利益激励、供求变化、价格波动、自由竞争等机制杠杆，市场把有限的人、财、物以最优化的方式分配到社会生产的各个领域，实现效率提高和财富增进。依靠市场经济，"资产阶级在它不到 100 年的阶级统治中所创造的生产力，比过去一切时代创造的全部生产力还要多、还要大"。完善市场经济，不少资本主义国家在一段时间里缓和了社会矛盾，促进了经济发展，在全球经济竞争中占得上风。

历史的辩证，正体现在人们对规律认识的不断深化之中。当时间走到 21 世纪的门槛前，曾经把市场经济看成"资本主义特有的东西"的中国人，现在要向市场经济招手了。

（三）从零公里处起步，中国的市场经济之路，就不是阳光普照的坦途。

这是十分耐人寻味的事实——20 年前，当中国共产党第一次将"市场经济"写上社会主义旗帜，它所遭遇的不只是国内深受传统观念和主观偏见束缚的人们的忧惧，更有在市场经济道路上走过几百年的西方政治精英的质疑。

这是不得不重视的"忠告"——1991 年，英国前首相撒切尔夫人访华时曾这样说："社会主义和市场经济不可能兼容，社会主义不可能搞市场经济，要搞市场经济就必须实行资本主义，实行私有化。"有人预测，"中国这么做，不是社会主义制度扼杀市场活力，就是市场经济演变社会主义制度"。更有人断言，"搞了市场经济的中国特色社会主义，实质上就是中国特色的资本主义"。

20 年过去，当年的预言依然张贴在历史的里程碑上，反衬着一条崭新道路的艰辛与辉煌。"社会主义＋市场经济"，一个全新的社会主义发展公式嵌入当代史，激活了中国经济，激发起亿万民众的积极性创造性。

这 20 年，中国经济总量跃居世界第二，人均 GDP 迈进中等收入国家行列；"学有所教，劳有所得，病有所医，老有所养，住有所居"正从百姓的愿景一步步化作现实。

这 20 年，中国昂首加入世贸组织，跃居全球最大出口国。伴随着非歧视、透明度、国民待遇、公平竞争等世贸原则渗入体制机制，我们成功融入世界经济主流，"中国声音"在国际舞台更加响亮。

这 20 年，全国绝大多数商品和服务价格放开，市场体系茁壮发育，走向统一开放，资本、技术、劳动力、土地等要素的市场化进程加快；国企改革攻坚克难，行政管理体制改革渐次突围，财税、金融、外贸、农村、投资、社会保障、资源价格、垄断行业等领域的改革步步推进，综合配套改革试点范围不断扩大。

这20年,我们从短缺走向充裕,从卖方市场变为买方市场,从单纯追求经济增长转向追求以人为本、全面协调可持续的科学发展。社会主义市场经济带来的不仅仅是物质上的丰富和实惠,更带来了思想解放、观念更新、人员自由流动、发展机会增多,以及平等、竞争、效率、规则、法治等市场意识的苏醒……

社会主义与市场经济,不只是像邓小平所断言的那样"不存在根本矛盾",更在相互的化学反应中极大地解放和发展了生产力。20年过去,社会主义不仅没有被市场经济"和平演变",反而在市场繁荣、经济飞跃中焕发出前所未有的生机和活力。尽管对这条道路的质疑尚未烟消云散,但是,铁的事实反复印证着一个坚定的判断——"中国不走这条路,就没有别的路可走。只有这条路才是通往富裕和繁荣之路"。

(四)只有回首过去,我们才知道自己已经走出多远。

与空想社会主义者不同,马克思和恩格斯没有为资本主义灭亡后的未来社会提供详细的蓝图。他们只是粗略地设想,未来的社会将实行计划经济,商品货币关系将逐渐消失。

苏联一度欣欣向荣的社会主义经济,在新中国开创者们的脑海中打下了太深的烙印。"以苏为师",把计划经济看作社会主义的基本特征,把市场经济与资本主义等同起来,否定市场经济在社会主义制度下存在和发展的可能性,成为新中国成立后相当长一段时间里不容置疑的理论原则。

今天回头来看,反思苏联模式的弊端,探索符合本国国情的社会主义经济模式,从1956年毛泽东同志的《论十大关系》中就已初现端倪。然而,"一大二公"观念的重压之下,"三自一包"的小草无法抬头;"体制下放"的向下分权,不时遭遇"一平二调"的台风横扫;反复出现的"调整、巩固、充实、提高"有如昙花一现,"放—乱—收—死"的魔咒始终挥之不去……思想观念的僵化、认识水平的局限,让种种尝试都只能是计划经济框架下的修修补补。对社会主义经济模式的探索,终未跳出苏东国家经济改革模式的"上限"。

经济体制的弊端与政治运动的冲击,不仅窒息了市场经济的发育,甚至令计划经济本身也难以为继。多年的计划经济虽然打下了共和国工业化的基础,但二三十年过去,中国经济仍然是短缺的经济、贫困的经济、僵化的经济。

一个被人们反复引用的事例是，沈阳有两家厂，一家变压器厂，归机械部管；一家冶炼厂，归冶金部管，变压器厂需要的铜由机械部从云南等地大批运来，而冶炼厂生产的铜由冶金部分配到全国各地。一墙之隔的两家企业不能横向联系，浪费了大量人力物力。那时的《人民日报》曾刊发一幅漫画：某家企业为了买打字机，坐火车到北京来请示，相关部门领导办公桌上的文件堆起厚厚一摞。

危机，打开了思想解放的大门。变革，指向经济活动的最关键环节——资源配置方式。党的十一届三中全会拉开了改革开放的大幕，破除思想迷信，坚持实事求是，整个中国的精神状态为之一新。随着经济体制改革的不断深入，随着商品生产和交换的日益兴旺，从十二届三中全会到党的十三大，商品经济的概念日渐深入人心，中国在摸索中向市场经济一步步靠拢。

发生在 1992 年的决定性转折，给改革开放后持续 14 年的计划和市场的争论画上一个句号。党的十四大郑重宣告："我国经济体制改革的目标是建立社会主义市场经济体制。"从此——

1993 年，十四届三中全会通过《中共中央关于建立社会主义市场经济体制若干问题的决定》，勾画出社会主义市场经济的基本框架；

1997 年，党的十五大将"公有制为主体、多种所有制经济共同发展"明确为社会主义初级阶段的基本经济制度，实现了所有制理论的重大创新；

2003 年，十六届三中全会作出《中共中央关于完善社会主义市场经济体制若干问题的决定》，标志着中国进入以完善市场经济体制为核心内容的制度创新时期……

如果说改革开放是决定当代中国命运的关键抉择，它为社会主义市场经济的确立，打开了现实的大门；那么建立社会主义市场经济体制，则确立了改革开放最为重要的核心内容，奏响了改革大业最激荡人心的恢弘乐章。它不仅奠定了改革开放的基本路径和走向，更造就了中国大地上波澜壮阔的时代巨变。

这是决定中国命运的历史抉择。顺着这条轨迹，今天中国的经济体制改革，已经走过单兵突进的初始阶段。在科学发展观的统领下，经济制度创新与政治制度、文化制度以及社会管理制度的创新相互交织、相互支撑。中国改革开放的航船，正驶向更深、更远、更壮阔的海面。

（五）建立社会主义市场经济体制，是马克思主义理论的一大创新。

究竟是背弃马克思主义，还是发展马克思主义？在社会主义制度下发展市场经济，从孕育之日起就面临着这样尖锐的拷问。

马克思、恩格斯的确曾经预言，在社会主义社会中，生产资料的资本主义私有制将被社会主义公有制所代替，全社会有计划的生产将取代社会生产的无政府状态。列宁也的确曾经强调，只要还存在着市场经济，只要还保持着货币权力和资本力量，世界上任何法律都无法消灭不平等和剥削。但是，"在将来某个特定环境中，应该做些什么，应该马上做些什么，这当然完全取决于人们将不得不在其中活动的那个既定的历史环境"，作为秉持科学态度的理论家，马克思从来不曾将理想彼岸的目标，强加给还在现实此岸的人们。作为实事求是的革命者，晚年的列宁"对社会主义的整个看法根本改变了"，他提出的"新经济政策"，就主张大力发展商品经济，利用资本主义建设社会主义。

邓小平的伟大，在于他兼具了真正的马克思主义者那种实事求是的态度和解放思想的勇气。

——我国的社会主义社会还处于并将长期处于初级阶段。社会主义初级阶段理论，反对以理想取代现实，从历史唯物主义的立场为市场经济的引入奠定了基础。

——发展社会主义社会的生产力，增强社会主义国家的综合国力，提高人民的生活水平。"三个有利于"的判断标准，是对抽象意识形态争论的釜底抽薪。

——计划多一点还是市场多一点，不是社会主义与资本主义的本质区别。南方谈话，撕掉了长期以来贴在市场经济身上的资本主义标签，建设社会主义市场经济体制这道经典著作上找不到答案的"世界性和世纪性难题"由此破题。

社会主义也可以搞市场经济，这是新时期发展马克思主义的伟大创新，是中国共产党对于"什么是社会主义，怎样建设社会主义"的创造性回答。它驱散了缠扰众人心头的迷雾，解开了事关社会主义现代化建设全局的一个大问号，使社会主义经济理论更为丰满，更加鲜活，更具时代性。

（六）建立社会主义市场经济体制，是中国特色社会主义道路的一大亮点。

在追求现代化的过程中，中国照搬过本本，迷信过教条，走过不少弯路。高昂的学费让我们警醒：只有将马克思主义普遍原理同中国具体实际结合起来，走自己的路，建设中国特色社会主义，才能强国富民，走向中华民族伟大复兴。

走自己的路，谈何容易。每一步创新，都面临着保守僵化的教条和超越阶段的激进的双重挑战；每一次突破，都曾遭遇继承和发展、现实与长远、渐进与闯关的两难选择；每一项决策，都可能要触动既得利益的奶酪，迷失于"做蛋糕"和"分蛋糕"的众口难调。

多种所有制经济共同发展，会不会动摇公有制的主体地位？非公经济的发展，会不会蚕食社会主义的公平？市场失灵和政府滥权，哪一种风险更大？效率与公平，孰轻孰重？怎样才能实现双赢而不是双失？社会主义市场经济体制的建立和完善，正是在与诸如此类棘手问题的遭遇战中向前推进。唯其卓绝艰难，更彰显意义重大；越是错综复杂，越需要智慧高超。

以建设社会主义市场经济为核心内容的经济体制改革，掀开了当代中国经济转轨、社会转型、发展方式转变的大幕。20年来，始于经济领域的破冰，在政治、文化、社会等诸多领域激起巨大回响，为全方位的改革发展提供了借鉴和动力；转变政府职能，维护公平正义，构建法制市场经济，为社会主义民主政治建设提供了巨大的需求牵引力；充分发挥市场在文化资源配置中的重要作用，成为建设社会主义先进文化的重要手段和途径；深化社会管理体制改革，协调各方利益关系，让经济发展惠及更多民众，和谐社会建设是市场经济推进到一定阶段之后的必然选择……

如果说，20年前的巨大转折，是从僵化的理论中振兴了社会主义，那么20年来的辉煌实践，则以艰难的探索刷新了人们对于经济发展模式的认识，为不同国家的现代化进程开辟出一条全新的路径。

（七）建立社会主义市场经济体制，是对世界社会主义发展的一大贡献。

1516年，托马斯·莫尔的《乌托邦》装点了无数社会主义信仰者的梦乡。1848年，《共产党宣言》吹响了"全世界无产者，联合起来"的号角。从空想社会主义到科学社会主义，一代代人孜孜以求，对社会主义的探索和认识千差万别。

苏东剧变，世界社会主义运动遭受重挫；苏联解体，发展中国家普遍陷入反思。西方不少学者认为社会主义走到了尽头。然而，苏联模式的失败并不代表社会主义的失败，社会主义理想并未泯灭，社会主义实践也不曾停止。

被外电评为"新版中华体制"的社会主义市场经济，打破社会主义的传统经济模式，进行经济体制革新，社会主义立足坚实的大地，在中国真正活跃和兴旺起来。

中国特色社会主义的辉煌成就，让社会主义的生命力再次得以体现。国际金融危机的阴霾之下，西方世界开始了"为资本主义会诊"的反思，"从资本家手中拯救资本主义"的声音再次响起，"北京共识"重新激活了人们对于不同发展模式、不同社会制度的想象。全球1/5人口正在履践的这场变革，深化了人们对社会主义的理解，社会主义有了全新的视野。

这不仅是科学社会主义在当代的最新成果，也是中国共产党对世界社会主义发展抒写的重要启示：任何制度都应在不同社会土壤、不同历史条件下经受实践检验。勇于将世界文明潮流与自身发展进步结合起来，善于将现代化规律与本国国情结合起来，社会主义完全可以焕发蓬勃生机。

向市场经济要效益，向社会主义要公平。不断完善的这一新经济体制，推动中国的改革开放和现代化建设迈上新高点，展现了人类社会又一道壮丽景观。

（八）"中国20年来所发生的一切，是任何计划都计划不出来的。"有人用这样的修辞，来评价社会主义市场经济在中国大地上创造的奇迹。

这些"计划不出来的"的成就，不是从天上掉下来的，也绝非"市场经济一搞就灵"的简单逻辑所能解释。在它们的背后，凝聚着立足国情、兼容并蓄的改革发展理念，蕴藏着诸多已经总结和需要进一步总结的深层次规律和经验——

理解两个"不等式"。中国人从"计划经济不等于社会主义""市场经济不等于资本主义"的论断中收获的，是思想探索的无尽勇气。勇于变革、勇于创新，永不僵化、永不停滞，成为20年来人们不断克服思想障碍的动力源泉。

把握两个"着眼点"。着眼于解放生产力、发展生产力，以"三个有利于"检验改革成效，是中国20年市场经济改革最重要的立足点。

坚持"两个毫不动摇"。毫不动摇地巩固和发展公有制经济，毫不动摇地鼓励、支持和引导非公有制经济发展，多种所有制经济共同发力，释放出市场主体的无穷能量。

坚持"两手抓"。用好市场配置资源这只"看不见的手"和政府宏观调控这只"看得见的手",社会主义市场经济显示出相对于自由市场经济的巨大优越性。

发挥两个积极性。以财税体制改革和行政体制改革为重点,调整中央地方关系,不断提高中央的宏观调控能力,不断增强地方发展的积极性。

用好"两个市场"。走出去,引进来,充分利用国际国内两种资源,一个更加强大的中国,孕育在对国际国内两个大局的统筹之中。

构筑两个保障体系。构筑与社会主义市场经济相适应的道德规范和法律体系,构筑世界上最大的社会保障网络,提升国民安全感和幸福感,维护和实现公平正义。

防止两种倾向。坚决排除"左"和右的干扰,不为任何风险所惧,不为任何干扰所惑,不走封闭僵化的老路,不走改弦易帜的邪路。

20年来,正是在将社会主义市场经济体制同社会主义基本制度结合,不断处理好这些两两相对的复杂关系的过程中,市场经济在社会主义中国走出了一条独具特色的道路。20年探索孕育的独特经验和驾驭能力,让我们在面对世所罕见的繁重艰巨的改革发展任务、面对纷繁复杂的矛盾问题、面对可以预料和难以预料的风险挑战时,有了前所未有的从容和底气。

(九)建立社会主义市场经济,是时代留给我们的宝贵财富。完善社会主义市场经济,是历史赋予我们的光荣使命。

20年市场经济改革,把中国经济送上了持续增长的快车道,把在现代化道路上艰苦跋涉的中国人推上了一个高峰。然而,居安思危,我们一刻都不曾忘记发展中那些"不平衡、不协调、不可持续"的风险隐患;喜中有忧,"发展起来以后的问题不比不发展时少"。

经济总量上去了,发展的质量却亟待提高,阻碍经济发展方式转变的体制弊端必须加快清除;非公经济蓬勃发展,但制约其发展壮大的制度性障碍并未完全克服,打破行政垄断、促进公平竞争的呼声日益高涨;行政管理体制改革不断深化,但经济调节越位、市场监管缺位、社会管理错位、公共服务不到位的问题依然存在,政府部门亟须加快自身改革;保障制度建设的滞后催生社会焦虑,收入差距扩大的趋势成为社会隐患,分配关系的调整是建设和谐社会的当务之急;要素市场发育不足,价格信号扭曲,阻碍了资源配置的优化,要素领域的市场化改革需要进一步推进……

建设和完善社会主义市场经济是一项极其复杂的系统工程,越往前走,触及的矛盾越深,涉及的利益越复杂,遇到的难题也越大。"坚持社会主义市场经济的改革方向,提高改革决策的科学性,增强改革措施的协调性,找准深化改革开放的突破口,明确深化改革开放的重点,不失时机地推进重要领域和关键环节改革",胡锦涛同志在庆祝中国共产党成立九十周年大会上的讲话,清晰宣示了我们党对于解决这些难题的战略抉择。

牢牢把握科学发展这个主题,深化以加快发展方式转变为主线的经济体制改革,推进以基本公共服务均等化为主线的社会体制改革,坚持以政府职能转变为主线的行政体制改革,离"到2020年建立比较完善的社会主义市场经济体制"的目标只剩下8年时间,只有坚定不移地继续深化改革,才能妥善化解"成长的烦恼",穿越改革深水区的暗礁和巨浪。

(十)1992—2012,市场经济的种子撒进社会主义的土壤,其成长之茁壮、活力之旺盛、成果之丰硕,超过了所有人们当初的想象。而它在未来道路上可能遇到的各种矛盾、问题和风险,同样非20年前所能具体预见。

20年"摸着石头"一路走来,如果说改革之初,我们面对的是九曲回环的"河",未来我们要跨越的将是波澜壮阔的"海"。让我们牢记历史的殷殷嘱托:"从现在起到下世纪中叶,将是很要紧的时期,我们要埋头苦干。我们肩膀上的担子重,责任大啊!"

(2012年7月10日)

转变，中国道路的历史性跨越

——从十六大到十八大（上）

（一）党的十八大就要召开了。

"中共十八大不仅是中国十年来最重要的政治事件，也是世界的大事"，"中国与每个人的生活息息相关"。作出如此判断的，不是国内新闻机构，而是国际知名媒体。从辽阔的非洲大陆，到中国最大的贸易伙伴欧盟和美国，从联合国大会的发言，到总统竞选的电视辩论，世界从来不曾像今天这样瞩目中国，关注未来中国的走向。

怎么能不关注呢？过去十年，社会主义中国以"不可思议的速度"成长为世界第二大经济体，经济总量占世界经济的比重由4.4%提高到10.4%，从欧盟和美国的进口额双双增长4倍以上，仅近12个月以来，出口到中国市场的外国车就达120万辆。深陷经济危机泥淖的西方慨叹："幸好还有中国人。"在世界的天平上，中国已是一个分量越来越重的砝码。

十年之前，"中国崩溃论"风行西方："中国的经济正在衰退，并开始崩溃"，"中国现行的政治和经济制度最多只能维持5年。"十年之后，西方历史学家却已开始讨论这样的问题：我们正在经历500年西方统治的最后阶段。穿越华尔街的风暴，跨过欧债危机卷起的遍地沉疴，中国再次以自己抢眼的表现告诉那些始终将其视作"异数"的传道者们：另一条道路是可能的。

（二）这是一条在危机和忧患中开辟与发展出来的道路，也是一条在质疑和挑战中不断突围与突破的道路。

自30多年前，改革开放将这条道路送入世界的视野，人们就从未停止过对它的打量。国际传媒巨头默多克曾经慨叹："一份报纸希望在全球畅销最快捷的办法，就是把中国放在头版。"当"关注中国"越来越成为一个国际共识，"解读中国"，则像庞大的中国本身一样复杂多元。

这种复杂，不仅因为它开创了民族国家走向现代化的另一条路径，改变了以欧美为主导的单向演进的现代化历程，为世界提供了一种新型社会制度的发展模式，也因为在这个占据世界 1/5 人口的大国，这种"创造""改变"与"提供"的背后，所必然带来的深刻的变革、剧烈的转型、前所未有的挑战。

就像一条沉默多年的江河，忽然间结束了停滞岁月，奔涌出活力四射的磅礴气象，也翻腾起泥沙俱下的残渣积垢；呈现了波澜壮阔的前景，也潜伏着暗流涌动的危机。对它的认知，站在不同的视角，秉持不同的观照，截取不同的断面，自然会有不同的感受、不同的评价、不同的结论。

即使对过去的十年，又何尝不是如此？

进入新世纪以来，聚焦中国的发展跨越，有人提出了"北京共识""中国模式"，有人却断言中国发展不外乎是"市场列宁主义""国家重商主义"；有人认为中国处于千年以来最为辉煌的位置，有人则认为这不过是转瞬即逝的"柯立芝繁荣"……

不同角度的分析自有其价值，但中国的发展总是"出人意料"，颠覆着一些人的预言，修正着教科书上的论断，革新着固有的观念。60 多年前，笃信中国共产党"经济上只能是零分"的西方，今天谈论最多的是中国的经济成就；30 多年前那些"看空"中国改革的人，今天却把走出危机的希望寄托于这个最有活力的经济体；"只有社会主义才能救中国"的表述，今天又衍生出"只有中国才能救社会主义"的说法。

任何快速发展，在取得巨大成就的同时，也必然积累一些深层次问题。相比于望远镜式的眺望、显微镜式的挑剔、放大镜式的打量，究竟从何处入手，才能不被表象所惑，不为定见所缚，使我们对过去十年的判断把握，经得起逻辑的推敲和实践的检验？

（三）马克思说过，评价任何一段历史，都无法脱离当时的历史阶段。从党的十六大到十八大，从 2002 到 2012，在历史的大视野中，中国面临怎样的图景？

当这一个 10 年开始的时候，于 1978 年驶入起飞跑道的中国，仍然不减经济的增势，在为小康社会打下坚实基础的同时，站在了一个关键路口。

从发展方位看，这是一个"战略关键期"。这十年，中国正处于本世纪头 20 年重要战略机遇期的重要时段，是 2020 年实现全面小康的关键十年。走好这十年，对于社会主义现代化事业举足轻重。

从发展阶段看，这是一个"转型碰撞期"。进入新世纪，发展快车道上的中国迎来了全新的挑战。工业化进入中后期，城镇化进入加速期，经济社会转型进入攻坚期，人民群众政治参与进入活跃期，思想文化进入碰撞期，国际地位进入上升期。这些阶段性特征，给一个人口多、底子薄的发展中大国，带来巨大挑战。

从发展环境看，这是一个"特殊敏感期"。随着中国的崛起，大国实力的起伏消长，深刻地重塑着国际政治经济格局。"世界历史500年未见的转型"，引发了守成国家疑惧重重的复杂心态。对"另一种制度"的强烈担忧，让社会主义中国遭遇了冷战以来最为露骨的防范，既有"木秀于林"的骄傲，更有"风必摧之"的烦恼。

从发展动力看，这是一个"寻找驱动期"。原有的人口红利、开放红利、国企改革红利渐渐消减，制度红利还未完全释放。传统的增长模式不可持续，粗放的发展方式难以为继，正在现代化进程中艰难爬坡的"中国号"列车，不进则退。

从发展风险看，这是一个"危险高发期"。经历了20多年的高速增长，如何避免"东亚困境"？跨入人均GDP4000美元门槛，能否规避"中等收入陷阱"？经历着传统价值解构的社会转型，怎样重塑时代的核心价值？遭遇了飞速发展的信息时代，如何巩固执政的信任基础？

这是过去十年我们党所要面对的多重考验。进入21世纪，中国社会发生了前所未有的深刻变化：完成了从贫困到温饱再到总体小康的历史性跨越；初步建立了社会主义市场经济体制；加入了世界贸易组织，全面融入经济全球化进程；确立了全面建设小康社会的奋斗目标。与此同时，经济结构面临深层次矛盾；经济发展受到资源环境的严重制约；经济与社会发展不均衡；贫富差距扩大，利益纠纷和社会矛盾集中多发……中国的发展也呈现日益突出的矛盾和问题。

时代场景的转换，意味着历史使命的更替。如果说上一个十年，面对苏联解体、东欧剧变，在世界社会主义运动陷入空前低谷之际，在一些长期执政的大党老党因不适应形势变化纷纷下台之时，中国共产党及其引领的中国道路以崭新的面貌进入了新世纪，有力地肩起了社会主义的大旗；那么这一个十年，面对风云变幻的国际形势、繁重复杂的国内改革发展稳定任务，社会主义中国能否从挑战中艰难突围，决定了这条道路是否更有生命力、更有说服力。

（四）法国年鉴学派领袖布罗代尔曾把历史比作海洋，把历史的短时段与长时段分别比作大海的表面与深处，并将二者描述为现象与本质的关系。依此逻辑，如果我们想透过这十年发展的"表象"，探寻中国道路的"实质"，就必须回答这样的问题：在国际国内的既定格局中，我们经历了怎样的转变？

中国已经迈入小康社会门槛，但这一小康却是低水平、不全面、不平衡的，发展起来以后的问题不比不发展时少。一方面，经济增长翻了近两番，另一方面，我们每创造1万元GDP所消耗的能源，却是世界平均水平的两倍以上。物质生活与从前不可同日而语，但反映收入差距的基尼系数也超过0.4的国际警戒线，贫富不均等社会问题日益凸显。当此之际，经济社会发展把握得好，中国就能为全面小康奠定决定性基础，把百年现代化进程推向一个新的高度；把握得不好，就有可能走不出"历史三峡"，跨不过"中等收入陷阱"，出现停滞甚至倒退。

中国已经跨入世界舞台中央，但在通往大国强国之路上，内部环境与外部局势的风险与矛盾，正日益叠加、互相激荡。国际贸易、消费方式、通讯工具的变革，市场放宽与资本流动，两极世界的终结以及新兴国家的经济政治崛起，让世界变得更为复杂。正如基辛格所指出的，中国第四代领导人"实际上是首位将中国当作全球化体系一部分来管理的领导人"。当中国工人登上美国《时代》周刊封面，当广东乌坎事件吸引来大批境外记者，当国际油价的涨跌影响着北京"的哥"的心情，新世纪以来的中国，已经在更深层次、更广范围与世界相连。在全球化时代"治理中国"，中国航船如何破浪前行？

（五）中国奇迹结束了吗？这个30多年来被西方人问得嘴角起泡的疑问，在这10年中，伴随着中国面临的各种挑战，被不停地提起。

正是在这样的背景下，10年间中国充满勇气的转变，引发了"什么样的奇迹都能创造"的浩叹，经济学家米尔顿·弗里德曼甚至说："能解读中国经济改革的人应该荣获诺贝尔奖。"英国《经济学家》周刊则指出这样一个事实：英国用了58年、美国用了47年、日本用了34年的时间使人均实际收入增加一倍，而中国仅用10年就实现了。

危机，是考量道路模式的最好尺子。国际金融危机的阴霾久聚不散，当西方世界开始"为资本主义会诊"的反思，当"从资本家手中拯救资本主义"的声音再次响起，作为世界上唯一净资产为正值的大国，手握20万亿元主权资产，中国以高效的政府之手和灵活的市场之手力挽危局，以强大的组织动员机制举全民之力共度时艰，为世界经济的复苏注入希望和信心。金融危机中的中国答卷，成为"中国道路"近十年来卓越成就的鲜明注脚。

这是一个让世界惊叹的十年。中国保持了10%以上的年均实际增长速度，经济总量一路超过英国、法国、德国和日本，成为推动世界经济发展的新引擎。从第六大经济体成长为第二大经济体，外汇储备世界第一，美国第一大债权国、世界第一大出口国，第一大钢铁生产国、全球最大汽车产销国……中国的快速发展不仅超过自我预期，也让世界有点不太适应。

这也是一个让国人感奋的十年。人均GDP从1000美元攀升至5000美元，一个千年农业大国的城镇人口第一次超过了农村人口，数以亿计的网民活跃于井喷般增长的虚拟空间。取消农业税、普及义务教育，覆盖十几亿人的基本社保体系初步建立，一项项重视民生、倾听民意、保障民权的决策部署和政策措施，写入党和国家的法律文件。"权为民所用，情为民所系，利为民所谋"的政党宣言成为执政理念，"学有所教、劳有所得、病有所医、老有所养、住有所居"的民生理想化为执政目标。

中国共产党为什么能？中国为什么能？走过十年，这样的问题引起人们更多的思考。新加坡《联合早报》这样提醒：在经济增长的故事以外，中国还有一个也许较不抢眼、较不具新闻轰动效应的故事——一个文明重建的故事。

（六）从一定程度看，这确实可以称作是一个"文明重建"的故事。这个故事给出了对"实现什么样的发展、怎样发展"的重要回答，叙述了一种新型制度文明发展完善的历程。

回顾刚刚过去的十年，我们走过了很不平坦的道路。经历了北京奥运、上海世博的辉煌与荣耀，收获了世界第二大经济体的惊喜，但同样遭遇了非典疫情的来势汹汹，感受了国际金融危机的波诡云谲，铭记了汶川、玉树、舟曲的悲泣悲壮，承受了发生在新疆西藏的分裂闹剧。

这十年，无情灾害一次次不期而至，突发事件一次次惊心动魄。社会主义中国依靠什么让"中国道路"进入一个崭新的境界？

马克思曾经指出："哲学是时代精神的精华。"理论在一个国家的实现程度，决定于理论满足这个国家需要的程度。总结不同寻常的十年，胡锦涛同志指出："我们之所以能取得这样的历史性成就和进步，最重要的就是坚持以马克思列宁主义、毛泽东思想、邓小平理论、'三个代表'重要思想为指导，勇于推进实践基础上的理论创新，形成和贯彻了科学发展观，为全面建设小康社会、加快推进社会主义现代化提供了有力的理论指导。"

由此，不仅可以理解新中国成立60多年来的宝贵探索，改革开放30多年来的艰辛实践，也能够更好地梳理从十六大到十八大这十年，我们在中国特色社会主义道路上所进行的一系列变革创新。

从"发展绝不只是指经济增长"到"坚持以人为本、树立全面协调可持续的发展观"，从"构建社会主义和谐社会"到"加快经济发展方式转变"，从"建设社会主义新农村"到"加强和创新社会管理"，从"三位一体"到经济、政治、文化、社会及生态文明建设"五位一体"，从和谐发展、和平发展到统筹国内国际两个大局，十年来，随着科学发展观重大战略思想的提出，新的发展理念日渐深入人心，中国的现代化事业呈现出新的气象。

在分析现代化规律时，著名学者汤因比曾提出"挑战—回应"模式，认为现代化既是国家之间竞争的最大挑战，也是国家兴盛的最大机遇，关键是如何应对挑战、从困境中奋起。

科学发展观的提出，意味着中国抛弃了被动应对，选择了主动应战。有了科学发展观这个马克思主义中国化时代化最新理论成果，社会主义中国未来发展的路径和前景更加明晰。

也就是在这个时候，世界上关于"中国道路"的讨论，进入了一个高潮。这看起来是巧合，但也不无内在的逻辑：理论上的不断创新，实践上的与时俱进，让这一深刻改变13亿人生活的制度文明充满魅力。

（七）外国专家曾有这样的评论：如果此前改革开放的成就让中国登上百尺竿头，那么这十年间的奇迹则让中国"更进一步"。

并非只有局内人能够领会这难能可贵的"更进一步"。俄罗斯科学院专家别尔格尔就看出：过去十年，中国经济开始寻求新的火车头，新的发展驱动力，这是最重要的变化。在国家和市场之间保持动态的平衡，中国未来的持续发展得到保障。

回首十年不难看出，"更进一步"的实质，是"中国道路"的自我超越。科学发展观既是对旧有观念的更新，也是对发展惯性的矫正；既是对利益格局的调整，更是对执政思路的升华。不妨用发展方式转变、经济体制转轨、社会管理转型这"三大跨越"，来描述中国道路这十年不同寻常的进程。

正是在新的发展理念指引下，我们深入思考发展的要义，加快转变经济发展方式。发展要求用"又好又快"取代"又快又好"；发展目标由"总量"到"人均"。这个十年，不仅向发展要数量，更向发展要质量；不仅向市场经济要效益，更向社会主义要公平，在不断变革中，发掘中国道路攻坚克难的不竭动力。

正是在新的发展理念指引下，我们深入思考体制的优势，"社会主义"和"市场经济"前所未有的结合向纵深推进。坚持"两个毫不动摇"推动多种所有制经济共同发展，坚持市场配置资源和政府宏观调控"两手抓"，发挥中央和地方"两个积极性"，用好国际国内两种资源两个市场……统筹兼顾的思想贯穿于经济体制改革的实践，在不断优化中，锻造社会主义市场经济体制的独特优势。

正是在新的发展理念指引下，我们深入思考社会主义本质，把社会和谐作为中国特色社会主义的本质属性、作为党执政兴国的奋斗目标，更加注重社会建设，鼎力疾呼管理创新，着力保障和改善民生，解决人民群众最关心、最直接、最现实的问题，"最大限度激发社会活力、最大限度增加和谐因素、最大限度减少不和谐因素"，在不断创新中，开创中国社会更加活跃、更加有序、更加和谐的良好局面。

这三大跨越，包含着对社会主义中国的发展规律、政治优势、制度活力的重新审思。这十年，中国特色社会主义事业格局奠定，社会主义市场经济体系不断完善，中国特色社会主义法律体系已经形成。"国家尊重和保障人权"写入宪法，社会主义民主不断向前推进，对外开放呈现"引进来"与"走出去"并重的新格局，进一步增强了人们对中国特色社会主义道路的信心。

这三大跨越，将科学发展的创新理念熔铸于中国社会的伟大实践，造就了中国道路顺势有为、逆势上扬的傲人业绩。这十年，国内问题与国际问题互联，经济问题与政治问题交织，重大自然灾害与国际金融危机相伴，社会主义中国遭遇了"最困难""最严峻"局面。然而，穿越10年惊涛骇浪，中国航船破浪前行，倒逼出思路转变、科技突破和产业变革，迎来了迈向创新型国家的重大历史机遇。席卷世界的金融危机中，"V"形发展曲线彰显中国政府领导科学发展的国家能力，体现中国共产党驾驭复杂局面的执政水平。

（八）转变转型转轨，突围突破突进。对于中国而言，历史跨越刚刚开始，科学发展仍在路上。

观念的改变,不可能奏其效于一时;矛盾的解决,不可能毕其功于一役。这是为什么中央反复强调"深入贯彻落实科学发展观仍然是一项长期艰巨的任务""实现科学发展是一场攻坚战、持久战",一再重申"坚持不懈把改革创新精神贯彻到治国理政各个环节,不失时机地推进重要领域和关键环节改革"。

正如有论者所言,作为人类历史上第一个规模超大且有悠久历史传统的国家,同时进行从计划经济向市场经济的经济转轨、从农业社会向工业社会的社会转型,无论在理论意义上还是实践意义上,都是世界级难题。西方国家上百年间实现现代化与克服现代化弊端这两大先后呈现的历史性课题,在这30年间都共时性地提到中国人面前,而与历史上其他崛起国家相比,改革开放的中国至少创造了两个成就:以和平的方式实现经济的起飞,在转型中整体保持社会的稳定。这不仅是中国的福祉,也是对世界的贡献。

从世界历史看,现代化的过程孕育着动荡,任何一个国家在经济起飞阶段都会遭遇更多矛盾。即便是2012,展现在人们面前的,仍然是一个矛盾重重的世界。大选之年暴露的西方政治信任危机,金融海啸冲击下焦头烂额的经济衰退,利比亚持续不断的动荡,埃及不得不失去的"春天"……正如普京所言,对所有人来说,这都是一个艰难的时代。当我们为社会的矛盾和问题感到焦灼时,不能忘了同样的挑战,也在伦敦的街头巷区、开罗的解放广场出现;当我们为更好的未来承受转型之痛时,不要忘了深陷危机的西方国家,至今还没看到隧道尽头的亮光。回望过去,中国不乏成功的故事,西方模式以两三百年解决了10亿人的发展问题,而中国道路在30年间改变了13亿人的命运,这难道不应该给予我们道路和制度的信心?

马克思曾经指出,离开了"现实历史"的抽象没有任何价值。如何评价我们走过的历程?仅仅与过去的自己相比,会将社会的进步看成一路高歌,容易妄自尊大;只与世界上最发达的国家相比,会把面临的问题视为灭顶之灾,容易妄自菲薄。只有将两者综合看,才能既看到成就、获得前行的动力,也看到问题、明确努力的方向。

不久前,澳大利亚学者休·怀特评述:我们应该承认,中国正发生着许多美好的事情。由于中国取得的经济增长,数亿中国人过上了他们父辈做梦都想不到的更好、更富足的生活。更好的住房,更棒的学校,更优的医疗——"这些物质条件具有真实的道德价值,不承认这些成就是不诚实的"。

4亿人脱贫、13亿人走向现代化、对世界经济增长的年平均贡献率超过

20%……这确实是中国道路最为"真实的道德价值"。

（九）上世纪90年代，站在杨浦大桥桥头，望着改革开放大潮激荡下的新上海，小平同志慨叹："喜看今日路，胜读百年书。"

确实，历史的发展，远比任何宏大的书写更发人深思。十年短短一瞬，我们和我们脚下的这块土地，所经历与所收获的，都将汇成"中国道路"不同寻常的历史跨越，标注上一段征程的辉煌，等待下一个征程的出发。

（2012年11月6日）

转变,现代化历程的关键性突破

——从十六大到十八大(下)

(一) 2012 年就要过去了。

当玛雅人的世界末日预言即将落空,西方在"震荡的十年"为自己合上 21 世纪前十年书页,中国用一个"不平凡"的十年,增强了一种新型发展道路的信心。

一家外国媒体这样评述:"置身中国,我现在比任何时候更加确信,当历史学家回顾 21 世纪头十年的时候,他们会认为最重要的事件不是经济大衰退,而是中国的绿色大跃进。"

毫无疑问,中国发展的历史性转型让世界印象深刻。在一个人口比欧盟、美国、日本、俄罗斯加起来还要多的国家,面对世所罕见的艰巨繁重任务,面对世所罕见的复杂矛盾问题,面对世所罕见的困难和风险,进行一场影响深远的工业革命、技术革命、社会革命,导引一场持久深刻的经济转轨、社会转型、发展方式转变,国家始终保持稳定,大部分人生活水平显著提高,各种风险考验从容应对——纵观世界现代化历史,可谓前所未有。

"中国果断迈向小康社会主义的时机现在已经成熟。中国的转型之路,标志着中国引领世界时代的真正开始。"

英国学者克里斯·布拉莫尔的这个评语,或许有些夸大,但对一个奋力追赶现代化浪潮的民族而言,这样的转变,的确是一段意义非凡的"开始"。这个"开始",超越了对发展速度的孜孜以求,意味着对发展伦理的新的诠释。

"人"是现代化最为核心的部分。如果说改革开放 30 多年来中国的发展,为世界拓展出一条全然不同的"中国道路",那么,近十年发展伦理的进一步完善、发展目的的进一步明确,则向世界展示了一种难能可贵的"中国价值"。回首十年,正是以人为本的科学发展理念,让那些预言"历史终结"的人看到了中国共产党的"适应变化和自我修正能力",中国的现代化历程进入了一个新境界。

（二）许多西方史学家在研究中华人民共和国史时，普遍有中国善于从困境中崛起的感悟。

从某种意义看，2003年的非典疫情是一次现代化问题集中爆发的"炎症"。突如其来的疫情严重威胁人民群众的生命安全，暴露了经济社会发展不平衡、区域发展不协调的深层症结，倒逼出一个国家发展理念、发展方式、发展格局的历史性转型。回头再看，这种转型与其说是对发展方式的调整完善，不如说是对发展主体的重新定位。

改革开放以来，"赶上世界"的强国梦想，让亿万中国人总有只争朝夕的紧迫感。时间就是金钱，效率就是生命，这个一度盛行于神州大地的响亮口号，生动地诠释了一个民族奋起直追的焦灼。正是在这种加速度的赶超中，中国的现代化进程催生了举世瞩目的中国奇迹，也伴随着日益突出的各种问题。"发展起来以后的问题一点不比不发展时少"，这样的判断，包含着对更高水平发展的理解，也凝聚着对更高层次问题的思考。

人没了，发展还有什么用？一场公共卫生领域的危机，让我们深刻审视发展的本质。2003年夏，全国防治非典工作会议上，胡锦涛同志提出，"发展绝不只是指经济增长"，"我们要更好地坚持全面发展、协调发展、可持续发展的发展观"。这一年金秋，党的十六届三中全会将坚持以人为本、树立全面协调可持续的发展观确立为改革和建设的重要指导方针和原则。

20多年来奔驰在快速道上的中国列车，开始了新的出发。在发展的关键期、改革的攻坚期、矛盾的凸显期，以人为本的科学发展观以其对社会问题的敏锐洞察、对发展规律的深刻认识，回应了这样的时代课题——

一个占世界1/5人口的发展中国家，如何在现代化历程中深刻彰显"人"的基本价值，切实增进亿万人民的福祉？

一个处于全球社会主义运动低潮期的马克思主义政党，如何在国家的发展中体现社会主义的本质要求，践行"人民利益至上"的宗旨信念？

一种与西方社会制度不同的发展模式，如何在独特的现代化道路上，维护经济增长的道德性，保障社会发展的公平性？

（三）历史的关键细节，往往具有象征意味。2002年12月5日，党的十六大闭幕不久，刚刚担任中共中央总书记的胡锦涛来到西柏坡，在一组被称为"赶考"的雕塑前久久凝望。在西柏坡，胡锦涛同志殷殷告诫："权为民所用，情为民所系，利为民所谋"。

这是"以人为本"发展观的价值原点。这一个十年，从"立党为公、执政为民"，到"群众利益无小事"，从"发展为了人民、发展依靠人民、发展成果由人民共享"，到"把人民拥护不拥护、赞成不赞成、高兴不高兴、答应不答应作为制定各项方针政策的出发点和落脚点"，从"真诚倾听群众呼声，真实反映群众愿望，真情关心群众疾苦"，到"务必解决群众最关心、最直接、最现实的利益问题"。我们党一再强调的执政理念，体现出共产党人的民本情怀。

十年，从人出发、以人为本、在人落脚，中国的现代化征程上，促进人的全面发展，交汇为激昂的时代主旋律——

这是充满人性关怀的十年。越是经济发展困难的时候，党和政府越是强调保障和改善民生。面对金融危机的冲击，中央财政教育支出2012年比2005年增加近10倍，保障房建设资金从2007年到2011年实现了20多倍的增长。越是困难群体，越是得到更为体贴的关怀。连续7年调整企业退休人员基本养老金，1000多万进城务工农民随迁子女在城市接受义务教育……十年来，民生成为首选项，写下温暖的篇章。

这是人民权益彰显的十年。无论是国家赔偿法的修订，还是收容遣送制度的废止；无论是服务型政府的建设，还是信息公开范围的扩大；无论是基层群众自治机制的探索，还是人大代表选举"城乡平权"等民主形式的完善，公众的权利边界得到拓展，知情权、参与权、表达权、监督权得到保障。十年来，权利成为流行语，诠释发展的深度。

这是发展迈向纵深的十年。免费开放美术馆、图书馆、文化馆，全力实现广电村村通，基本公共文化服务体系覆盖城乡，人民文化权益得到充分保障。把城镇基本公共服务延伸到流动人口，对特殊人群实行特殊关爱；实行社会稳定风险评估，构建大调解工作体系……社会建设纳入中国特色社会主义总体布局。十年来，和谐成为主题词，标注着发展的高度。

不仅要物质的丰富，更要精神的充实；不仅要福利的改善，更要权利的拓展。如果说新中国60多年来波澜壮阔的发展，改变了世界格局中的政治版图；改革开放30多年风雷激荡的实践，更新了现代化进程中的路径选择；那么十六大以来的十年行进，则标定了以人为本的价值坐标。

（四）英国《金融时报》评论员马丁·沃尔夫曾套用莎士比亚的话说：中

国已达到了伟大境界，如今面对着随之而来的责任。

实际上，对于最大发展中国家的执政者，这样的责任，首先是带领世界1/5的人口走向现代化，不断顺应这片土地上13亿人民的期待。

30多年改革开放，造就了一个前所未有的活跃社会。城镇化率由不足20%到超过50%，农民工数量占到整个农村人口的1/3。在这个急剧变化的发展中大国，无数被时代改变命运的普通人，希望权益得到保障、生活更加幸福。日益增大的经济规模带来"分配焦虑"，走向全面小康的路途增加"利益敏感"，无数与社会共同转型的普通人，渴望权力更加透明、权利得到尊重。从传统社会到现代社会、从计划经济到市场经济，无数与国家一起成长的普通人，期待凝聚共同理想、提升时代精神。

如何满足这些不断增强、迅速成长的期待？

"坚持以人为本，就是要以实现人的全面发展为目标，从人民群众的根本利益出发谋发展、促发展，不断满足人民群众日益增长的物质文化需要，切实保障人民群众的经济、政治和文化权益，让发展的成果惠及全体人民。"科学发展观明确指出现代中国的发展思路，"以人为本"这个核心内容，是一个发展中大国对"中国责任"的深刻回答。

在一个即便是回家过年也能构成"世界上最大规模迁徙"的国度，任何细微的政策调整都会涉及庞大人群。但就在这十年，我们建成世界上规模最大的社会保障网，城乡基本养老保险制度全面建立，全民医保基本实现；农村脱贫人数与整个法国的人口相当，新增1.1亿就业人口，规模相当于一个人口大国……

用严苛的目光挑剔，肯定还有不均衡、不合理甚至不公平，但如果以十年为单位、以13亿为基数、以现代化为坐标，我们便会多一份感慨和信心。让世界1/5的人口，在短短十年里迅速提高生活质量，逐步彰显人的价值，这是中国面对责任这道考题交上的一份厚重答卷。外电这样评价：改善民生成为中国经济政策的主轴，让人民幸福成为政府工作的主题。

（五）"让人民幸福"，这确实是十六大以来十年探索的精髓，也是中国特色社会主义道路的本质要求。

在马克思主义经典理论中，人向来是全部哲学的核心。共产主义的宏伟构想，正是为了"每个人的全面而自由的发展"。在马克思看来，社会主义就是让人复归到真正人的本质，是"人和自然界之间、人和人之间的矛盾的真正解决"。在史无前例地解决了十几亿人口温饱问题和初步达到小康之后，社会主义中国需要开启对自身的重新审视。一部分人先富起来了，但贫富差距在拉大；物质需求渐渐满足，但更高层次期待出现井喷；经济增长速度很快，但对资源环境的透支难以为继；生活境遇有了巨大改变，但对公平正义的呼唤日益强烈。面对这样的挑战，如何更好体现社会主义本质？

"实现社会公平正义是中国特色社会主义的内在要求，处理好效率和公平的关系是中国特色社会主义的重大课题。"

胡锦涛同志的重要论断，表明了一个马克思主义政党对发展伦理的深刻把握。"正义的增长"不仅是人类社会的重要命题，更是社会主义的题中之义。社会主义的性质只有在保证全体人民共建共享的基础上，才能得到充分体现。

"以实现人的全面发展为目标"，"尊重人民主体地位"，"保证人民各项权益"，"发展的成果惠及全体人民"……在以人为本的旗帜下，这十年的突破在于，我们以各种制度建设将公平正义的理念熔铸于经济社会发展进程中。改革收入分配制度，调整国民收入分配格局，加大改善民生力度，保障各项公民权利，构筑以权利公平、机会公平、规则公平为主要内容的社会保障体系，为人的全面发展、社会的全面进步拓展了新的疆界。

或许还原一两个场景，能更清晰地看到这种发展与进步。这一个十年，7亿农民结束了2600年种田交税历史，两亿多农民工在远离乡村的城市找到了生活的新希望；全国范围内建起农村最低生活保障制度，对农村义务教育阶段的贫困学生实行"两免一补"，农业补贴资金规模从1亿元增加到1600多亿元，公共财政的阳光普照广袤农村；全国98%以上的村委会实行直选，6亿农民直接参与基层群众自治。努力冲破城乡二元结构的多年困局，一个更有活力的社会主义新农村，展现在希望的田野上。

这是十年中国最值得铭记的改变。自成立之初，我们党就把"人民利益"写在自己的旗帜上，"为人民服务"更是共产党人为之奋斗的宗旨信念。新世纪十年，我们对如何保证人民利益，有了更全面的理解；对怎样为人民服务，有了与时俱进的探索。在这一个十年的壮阔实践中，"人民利益"，不仅有物质丰富的目标，更有公平正义的要求；"为人民服务"，不仅指向让群众共享成果，更包含让人民共治国家。这是我们党90多年来人民性本质的一以贯之，是为人民服务信念的历史跨越。

（六）从某种程度上讲，把人放在什么样的位置，体现了一个国家的现代化质量。这个问题，实际上也是世界各国现代化过程中必须回答的共同问题。

阿根廷早在1962年人均GDP就已超过1000美元，但此后社会发展严重滞后，贫困化程度很高，收入分配失衡，跌进"拉美陷阱"长达50年之久。上世纪初，美国道德失衡、社会失序，马克·吐温斥之为"镀金时代"。环境污染、分配不公甚至官员腐败，几乎成为现代化进程的必然组成部分。

从这个角度说，以人为本理念的深化，也是对现代风险的积极回应。身处改革发展关键时期的中国，民主化、信息化、全球化浪潮相互叠加，只有"发展为了人民"，充分尊重人民的主体地位，才能做到"发展依靠人民"，充分调动人民的创造伟力，避免剧烈转型中的发展失衡、分配不公与腐败危险。

在这个不平凡的十年，法治政府、服务政府、阳光政府……每一个目标背后，都有沉甸甸的收获。政务信息公开化、干部选任透明化、网络问政制度化，执政理念的革新带来执政方式的变革。大幅度取消和调整行政审批事项，重大决策事项必须征求和汲取民意，政府职能的转变促成社会管理的创新。每个人都能感受到这个十年里，民主进程在政府与社会的互动中不断前行。

从民生到民权，正是在这十年里，亿万中国人熟悉了"维权"，习惯了"监督"，认同了"公开"；从民享到民建，正是在这十年里，亿万中国人积极"围观"，热忱"参与"，坚定"互动"。北京奥运上海世博，抗击非典抗震救灾，草根慈善网络议政……中国人民迸发了与伟大祖国风雨同舟的公民意识，呈现了推动社会进步的"正能量"，引领着一个民族迈向"富强民主文明和谐"的坚实脚步。

今日回望，也许我们仍觉不足，却不能不感叹历史的进步——听证会虽在细节上还屡受诟病，但不要忘了，这种参政形式只是近十年才广泛运用；信息公开虽然还会面对各种质疑，但同样要看到，公开透明的进程已经不可逆转。"人权"入宪，"知情权、参与权、表达权、监督权"写进十七大报告，物权法保护私人合法财产，对公民重要权利的保护措施由法律进行确认、以政党意志加以推行……

这是十年中国最弥足珍贵的收获。维护人的尊严，保障人的权利，体现人的价值，释放人的活力。一项项大刀阔斧的改革举措，反映了我们党日益清醒的执政自觉：即便推进改革会带来更大压力，即便培育群众的权利意识可能会面临更大挑战，即便在这个过程中，争议的声音可能变多、质疑的音量可能变大，但坚持将以人为本的科学发展观贯彻到治国理政的各个环节，是通往人的现代化、社会现代化的必由之路。

（七）"中国遇到的挑战，从规模来看，从复杂程度来看，都是人类历史上从未经历过的。"外国学者这样感叹。

放眼各国，这样的挑战，也曾在各个国家的不同阶段先后出现。中国问题的"世所罕见"在于：我们经历的是从农业社会到工业社会、从传统社会到现代社会的双重转型。当中国用几十年时间走过发达国家两三百年才走完的路，也把各种本应在不同发展阶段出现的问题，集中在了同一时空。

更大的挑战，来自这种世所罕见的双转型，与全球化、信息化、民主化浪潮的相互叠加。5.38亿的网民规模，3.88亿的手机网民，中国民众参与公共生活的热情日益高涨。不再有其他国家面对转型阵痛的从容过渡期，我们面对的是国内问题与国际问题彼此互联，经济问题与政治问题两者交织，虚拟空间与现实生活相互激荡，提出问题的速度频率越来越快，解决问题的时间窗口越来越小。

放眼全球，无论是西方世界还是东方文明，无论是近代历史还是现代社会，每一次大的转型，既是对人的解放，也是对执政者的挑战。能否顺利实现转型，关键在于执政者与民众是否能在动态调整中，找到"政治信任"的结合点。这种信任，如果仅仅理解为"有经济绩效便有公众支持"，难免会因经济受阻而削弱。把人放在发展的最高位置，以发展方式的自我革新，力避"信任困局"，正是社会主义中国在这十年的重大突破。

把人放在发展的最高位置，把以人为本、执政为民作为检验党一切执政活动的最高标准，既是对"转型困境"的突破，更是对发展伦理的升华。十年来，面对经济体制的深刻变革，体现社会主义特质的各项制度安排不断推进；面对社会结构的深刻变动，多层次的治理结构、广泛性的参与平台日渐完善；面对利益格局的深刻调整，利益的表达、协调和平衡机制日益形成；面对思想观念的深刻变化，多元中立主导、多样中求共识的价值导向深入人心。在市场经济体制极大激发中国社会的经济活力之后，以合理的顶层设计与完善的微观治理来保证公平和正义，从而获取更广泛也更深厚的政治信任，这是改革进入深水区后我们对社会主义本质更深刻的体认，也是中国可以对世界文明作出的更大贡献。

令人感慨的是，不久前，全球最大的独立公关公司爱德曼公布的"2012年度全球信任度调查"中，中国政府再次排名全球第一。这是十年转型"中国价值"最为丰厚的回报，是十年探索"中国道路"最有分量的收获。面向未来，持续的转型还将带来更大的挑战，现代化的路程不会平坦，这份调查映现的民意民心，当使我们长久思之：如何做才能不愧对人民的信任和重托？

（八）诺贝尔经济学奖得主科斯这样评论，中国的变化对于全人类而言，具有最高的重要性，"中国的奋斗就是全人类的奋斗"。

十年，中国共产党团结带领 13 亿中国人民不懈奋斗，以无数个体为单位的生命旅程，汇聚成一个国家的鸿篇巨制，开辟了中国特色社会主义道路的新境界。

这是一条通往民族复兴的道路，一条 13 亿人民共同铸就的道路。

在明天召开的党的十八大上，人们将听到关于这条道路的更多阐释。

(2012 年 11 月 7 日)

筑就民族复兴的"中国梦"

（一）北京。国家博物馆。

一走近《复兴之路》展览，就能看到环绕四壁的浮雕，始于四大发明，终于奥运五环。像是一个隐喻：历经沉沦与抗争、奋斗与崛起，现代中国的辉煌成就，与中华民族的灿烂历史交相辉映，仿佛是文明长卷的首尾相接。

2012年11月29日，正是在国博这一极具象征意义的地方，在中华民族的"文庙宗祠"，习近平同志向世界宣示"中国梦"——"实现中华民族伟大复兴，就是中华民族近代以来最伟大的梦想。"2013年3月17日，新一任党和国家领导人换届完成，习近平同志再次畅谈"中国梦"——"实现中华民族伟大复兴的中国梦，就是要实现国家富强、民族振兴、人民幸福。"

的确，大步向前的中国，是一个充满活力的"梦工厂"。

民族独立梦、两弹一星梦、奥运世博梦、航天潜海梦……新中国成立60多年、改革开放30多年，我们的一个个梦想成为现实。今天的中国，民族复兴的梦想仍在继续，住房梦、创业梦、宜居梦、小康梦……在个人梦想和国家梦想的互动交融中，世界东方升腾起激荡人心的中国梦，奏响一个伟大民族走向复兴的交响乐章。

（二）"一心中国梦，万古下泉诗"。环顾世界，很少有哪个民族，像中华民族这样，历经苦难与辉煌；也很少有哪个国家，像中国这样，在持续奋斗中，始终坚持着同一个梦想。这个梦想的背后，蕴藏着绵延已久的"家国天下"情怀，折射着内心深处的"命运共同体"意识，也凝聚着"振兴中华"的探索与奋斗。

英国学者安格斯·麦迪森在《世界经济千年史》中估算，中国从公元1000年开始，国内生产总值一直占到世界的五分之一以上。然而，这样的"老大帝国"，却是以一种屈辱的姿态进入近代史的。

有学者这样描述，"19世纪强加给中国的一系列条约、协定和治外法权条款，使人们清清楚楚地看到：不仅中国作为一个国家地位低下，而且中国人作为一个民族同样地位低下。"在一个半殖民地半封建社会，落后、挨打、屈辱、抗争，让民族复兴成为近代中国无法绕开的主题，更激发起无数中华儿女为之不懈奋斗的理想抱负：梁启超提出了"少年中国"，孙中山喊出了"振兴中华"，李大钊呼吁为"中华民族更生再造"而奋斗……为了民族复兴，几代人魂牵梦萦，亿万人心结难解。

"实现中华民族的伟大复兴，在整个二十世纪一直是中国无数志士仁人顽强追求的目标，一直是时代潮流中的突出主题。中国的革命也好，建设也好，改革也好，归根到底是为了实现这个目标。这可以说是贯穿二十世纪中国历史的基本线索。"金冲及在《二十世纪中国史纲》中的评述，至为精当。

（三）上世纪初，爱国学子只能空自发出"奥运三问"，进步青年只能在小说中畅想中国举办万国博览会，革命先行者也只能在建国方略中规划"进藏铁路"。今天的中国，奥运梦、世博梦、青藏铁路梦都已成真，更圆了前人难以想象的飞天梦、潜海梦、航母梦。当中国经济跃升至世界第二，当中国崛起被国际媒体称为"近年来最重要的全球变革"，深藏于中国人心中的民族复兴之梦，终于不再是空中楼阁，而犹如地平线上跳动着的朝阳，喷薄而出。

有人说，一个国家处于上升期的标志之一，是这个国家开始打造她的"造梦"能力，她的国民开始自信地谈论自己的梦想。对梦想的追逐，刻印下社会发展的脚步，也标注着历史前行的轨迹。

60多年来，无论是白山黑水之间唱响《我为祖国献石油》的工人，还是绿皮车上枕着蛇皮袋打盹的进城农民，中国梦不仅是国家梦、民族梦，更是亿万人民梦想的叠加。农业税成为历史，义务教育全免费，日渐公开透明的民主政治，覆盖13亿人的社保体系……今天的中国，流动社会让人有更多上升机会，权利社会让人有更多保障依靠，开放社会让人有更多成功路径，信息社会让人有更多表达渠道，宏大的国家梦想在每个人的努力奋斗中、在时代的点滴进步中，慢慢生根。

"中国梦归根到底是人民的梦，必须紧紧依靠人民来实现，必须不断为人民造福"。正是在这样的背景下，新一届中央领导集体一上任，就把实现复兴大业定为施政方向、把成就中国梦想当作未来愿景。民族复兴的中国梦，成为亿万人民共同的追求。

（四）纵观历史，大国崛起的过程，无不伴随着全体国民共同的期待与奋斗，由此锻造出国家民族独特的气质与精神。几百年前，一群欧洲大陆的失意者坐着"五月花号"来到新大陆，开启了美国梦；去年伦敦奥运会开幕式上，烟囱高耸、铁水奔流的场景，讲述了工业革命时代的英国梦。这样的梦想，绝非一人一地一时的空想，而是回荡在全体国民心中的共同旋律，也正因此才具有超越时空的能量，成为一个国家不断前行的动力。

如今，中国梦正焕发出鼓舞人心的力量，激荡起亿万人民的共鸣。人民日报评论员新春走基层，在湖南一个偏僻山乡的农家门前，看到这样一副春联："雪梅映红中国梦，紫燕衔绿万家春。"一位旅美华侨写下自己的心声："他邦夜夜家国梦，天涯朝朝总相思。"众人争说中国梦，同心共筑中国梦，正因为它触动海内外中华儿女内心深处的集体意识，成为唤起亿万人民认同的最大公约数，激发了中华民族"团结如一人"的归属感和进取心。

这正是提出中国梦最为重大的现实意义。美国《新闻周刊》认为，中国梦会产生深远影响，将"重振中国光辉史"。更有外国观察家敏锐指出，这是"一个能在人们心中激起共鸣的目标"，体现了中国共产党"对中华民族的强烈历史责任感"。

（五）伟大的梦想，需要有伟大的精神作支撑。中国梦包含着中华民族的复兴心结，更包含着中华民族特有的理想信念。其背后，是数千年的积淀、近百年的回响、亿万人的渴望。

上下五千年、纵横一万里。中华民族之所以能够成为世界上唯一从未中断过历史进程，并且创造出辉煌灿烂文明的民族，绝非偶然。经过几千年的沧桑岁月，把我国56个民族、13亿多人紧紧凝聚在一起的，是我们共同经历的非凡奋斗，是我们共同创造的美好家园，是我们共同培育的民族精神，是我们共同坚守的理想信念。

鲁迅曾说，惟有民魂是值得宝贵的，惟有它发扬起来，中国人才有真进步。这样的民魂，就是一个国家和民族的精气神，它关乎国家成败、民族兴衰。没有振奋的精神、没有高尚的品格、没有坚定的志向，一个民族不可能自立于世界民族之林。实现中国梦，要求我们不仅在物质上强大起来，也要在精神上强大起来。

我们看到，从"外争国权，内惩国贼"到"一寸山河一寸血，十万青年十万军",从"振兴中华"到"我们都是汶川人",一个个时代的口号,张扬着把个人命运与民族命运紧紧相连的爱国精神,这是推动一代又一代中国人向着中国梦前行的强大力量。

我们看到,从小岗村鲜红的手印到三天一层楼的"深圳速度",从股市带来的全民投资热潮到贡献了六成国内生产总值的中小企业,30多年来,改革创新精神激荡神州,造就了历史的巨变,成就了今天的中国。在通往中国梦的征程中,改革创新始终是激励我们在时代发展中与时俱进的精神动力。

正因此,习近平同志强调,实现中国梦必须弘扬中国精神。这是以爱国主义为核心的民族精神和以改革创新为核心的时代精神,这是凝心聚力的兴国之魂、强国之魄。

(六)北京申奥成功后有一张经典照片,两辆相向而行的车上,手拿国旗的年轻人击掌相庆。这样的场景,曾引发多少人的共鸣与感慨。有句歌词唱得好,"家是最小国,国是千万家",对13亿中国人而言,家国一体的中国梦,寄托着最深厚的情感。

国泰则民安,民富则国强。国和家的命运攸关,是中华民族漫长演进史中最为深刻的总结,国家兴衰始终都在塑造个体命运中扮演了核心角色。正如有论者所言,在灾难与辉煌的双重变奏之中,一个个中国人的梦想从来离不开民族整体的际遇。个体的命运往往随着历史而流转颠簸,无论大江大海还是一枝一叶。

新中国"站起来",改革开放"富起来",新世纪"强起来",正是国家民族的强盛,让人民的幸福有了坚实依托;中国梦的茁壮,使个人梦想有了广阔空间。吃饱穿暖、下海经商、有车有房……个人梦想的日益丰富说明,国家好,民族好,大家才会好。在实现民族复兴的征程中,唯有将个人之梦寄托于国家之梦、民族之梦,梦想才有成真的可能。

每个人的自由发展是一切人自由发展的条件,个体梦想的实现,正是国家梦想实现的重要前提。在这个意义上,每一个人的奋斗努力,都是中国梦的组成部分。毛泽东同志曾说,"世界是我们的,做事要大家来"。面对各种利益关系调整所带来的矛盾,面对思想观念多元多样的状态,特别需要全体中华儿女以共同之理想,凝聚共同之力量,以共同之奋斗,追求共同之目标,共同享有人生出彩的机会,共同享有梦想成真的机会,共同享有同祖国和时代一起成长与进步的机会。有梦想,有机会,有奋斗,一切美好的东西都能够创造出来。

正因此，习近平同志强调，实现中国梦必须凝聚中国力量。这是中国各族人民大团结的力量，是13亿人心往一处想、力往一处使汇聚起来的力量。

（七）北京的长安街，取盛唐之意，东是建国门、西是复兴门，谓之长治久安。只有创造了灿烂文明的民族，才会如此渴望再创辉煌；也只有历尽苦难沧桑的国家，才更珍惜来之不易的道路。

我们这个民族，有数千年辉煌文明、有数百年深重苦难，也有百余年不息奋斗，追寻梦想的道路尤其艰难曲折。百余年来的救亡图存、道路探索，多少仁人志士留下"有心杀贼，无力回天"的悲愤，付出"春云碧血，秋雨黄花"的牺牲，发出"拼将十万头颅血，须把乾坤力挽回"的呐喊。是中国共产党团结带领中国人民完成了新民主主义革命和社会主义革命，走上了社会主义道路，不可逆转地改变了国家和民族的前途命运，迎来了中华民族伟大复兴的光明前景。

中国真正进入全球化的坐标体系，也就在这短短30多年。但就是在这30多年里，我们写下了让世界惊叹的"中国故事"。从硝烟弥漫的革命年代，到激情燃烧的建设岁月，再到波澜壮阔的改革时期，在不断探索和奋斗中，我们形成和发展了中国特色社会主义道路。找到这条道路，我们深切体会何谓"来之不易"、何谓"倍加珍惜"、何谓"始终不渝"。沿着这条道路，我们科学把握了改革开放30多年的伟大实践、新中国60多年的持续探索、近代中国170多年的历史经验、中华民族5000多年的文明传承，最终确立了实现民族复兴中国梦想的根本遵循。

这条通往梦想的道路，有着绵延的文化传统、深层的现实基因。从根本上说，13亿人的中国梦，必须对人类文明有责任有贡献，以和平文明筑梦，靠自力更生圆梦，不能走西方现代化的老路。在能源消耗上，美国人均年消费石油22桶多，中国只能在人均年消费石油两桶多的情况下，以不断降低能耗求得发展；在人口流动上，欧洲19世纪向海外移民6000多万，靠建立殖民地开疆拓土，而中国则要在自己的国土上解决农村人口转移问题；在增强综合国力上，中国不搞军备竞赛、也不对外输出革命，而是坚持科学发展、自主发展、开放发展、和平发展、合作发展、共同发展。也正是从这个意义上，英国《金融时报》认为，"中国的梦想，不仅关乎中国的命运，也关系世界的命运"。

这就是中国式的梦想之路。实现中国梦，给世界带来的是机遇而不是威胁；实现中国梦，不仅造福中国人民，而且造福世界人民。

正因此，习近平同志强调，实现中国梦必须走中国道路。坚定对中国特色社会主义的道路自信、理论自信、制度自信，我们就能够沿着这条道路实现中华民族伟大复兴。

（八）一个国家的梦想，可以归结为一种理想信念，但仅有向往还远远不够。无论是战后一些国家飞速发展，还是"金砖五国"重构世界版图，奇迹也好、腾飞也罢，都是一步一个脚印干出来的，把握有利的发展机遇、构建更好的体制机制、勇敢地革除自身弊病、自信地迎接风险挑战，这是一个长期的积累过程，也是一个持续的奋斗过程。美好蓝图能够激发斗志，豪情壮志可以鼓舞人心，但要让梦想照进现实，关键在于实干。

今天，从"全面崩溃"到"虚假繁荣"，仍有一些人在"唱衰"中国。这样的说法虽耸人听闻，却也警示我们追梦之路绝非坦途。新兴大国崛起的烦恼，经济社会双重转型的困惑，人民渴盼公平正义的焦虑……有人曾说，今天的中国不能是打网球，可以等球落地后再挥拍，所有的问题都需要主动截击，否则就会输掉比赛。正所谓"为山九仞，功亏一篑"，离目标越近，阻力就越大，也越艰辛。最有自信的时候，也最容易自满；最有希望的时候，也最可能失望。要让梦想成真，最重要的是牢牢把握机遇，以实干托起中国梦。

改革开放之初，美国《时代》周刊将邓小平评为年度人物，其开篇标题是《中国的梦想家》。30多年后世界之所以还对"梦想家"怀有敬意，正是因为我们靠实干把一个处在经济崩溃边缘的国家推上了健康发展的轨道，靠实干改变了占世界四分之一人口的命运，靠实干让国家富强、民族振兴、人民幸福的梦想日益接近。邓小平同志曾经说过，不干，半点马克思主义也没有。同样的道理，不干，一切理想、梦想最后都只能是一枕黄粱。

空谈误国，实干兴邦。回顾历史，面对列强的凌辱，中国梦没有破灭；面对新中国成立之初的一穷二白，中国梦没有破灭；面对奋斗征程中的挫折坎坷，中国梦没有破灭。中华民族之所以在百折千回中迎来复兴的曙光，靠的就是一代又一代人的艰辛奋斗。到建党100周年时，全面建成小康社会；到新中国成立100周年时，建成富强民主文明和谐的社会主义现代化国家。在此基础上，实现中国民族的伟大复兴。这是我们党确立的新的"三步走"

战略目标。时至今日，中国正处在实现梦想的关键节点，立足社会主义初级阶段的基本国情，应对发展起来以后的问题挑战，跨越前进道路上的重重障碍，需要13亿"实干家"坚持不懈地埋头苦干。只有每个人都拿出实干的精神和劲头，干好"自己的那一份"，中国梦才够美丽、够坚实。

（九）1933年，近代中国一份有影响的综合性刊物《东方杂志》发起了全国性"征梦"活动，征求两个问题的答案：你梦想中的未来中国是怎样？个人生活中有什么梦想？然而，那样一个时代，国家失去尊严，民族饱受屈辱，个人何敢言梦？活动最后征得的"梦想"答案只有160多份。

令人感慨的是，这两年，我们的一家电视台也举办过一次"征梦"活动，海量的参与人数，丰富的个人梦想，热烈的讨论与回应，与70多年前真是天壤之别。两场"征梦"，两个场景，换了人间。

走过"雄关漫道真如铁"的昨天，跨越"人间正道是沧桑"的今天，向着"长风破浪会有时"的明天，中国梦获得了前所未有的广阔空间。功崇惟志，业广惟勤。13亿人共同奋斗，一个富强、民主、文明、和谐、美丽的中国，就在我们每一个人的脚下。

（2013年4月1日）

生态文明的中国觉醒

（一）有两张地球的老照片，曾经深深刺痛中国人的心。

一张是夜景。从北美大陆到东亚西欧，万家灯火，流光溢彩。相形之下，中国大陆的灯光寥若晨星，一派农耕社会"江枫渔火对愁眠"的清冷。

一张是白天。中国像一只羽毛稀少的雄鸡，伫立在植被茂密的西伯利亚和东南亚之间，吟唱着黄土地渴望绿色的古老歌谣。

30年过去，快速生长的城市灯火，照亮了神州大地。森林覆盖率从改革开放初期的不足13%，增长到如今的20%多。发展起来的中国，一天比一天亮起来、靓起来。

然而一片浓云，很快遮蔽了这愉悦的场景。从太空俯瞰地球，中国的身姿变得影影绰绰。2013年著名的"雾霾一月"里，北京上空有25天被灰霾笼罩，数百万平方公里的国土如雾里看花若隐若现，6亿人在严重污染的空气中呼吸和生活。

"中国经济在过去30年飞速发展，增速始终接近或超过两位数。但这只是硬币的一面"。"就像中国作为经济大国崛起的速度和规模在历史上无与伦比一样，中国污染问题也突破了既有的先例"……整个世界心情复杂地关注着这个国家正在发生的一切。

经济学上有一条著名的曲线，叫作库兹涅茨曲线。这条倒"U"形曲线讲述的，是发达国家现代化进程中无一例外遭遇过的一段困境：经济越发展，环境污染越严重。今天的中国，正攀爬在这条曲线陡峭的上升区间。

挑战是全方位的。《鄱阳无渔》《濒死洞庭》《民勤生与死》《艰难的蒙煤外运》《咸潮考验珠三角》《太湖蓝藻再暴发》《锡林郭勒牧区寻路》《大兴安岭的艰难时光》《春天等来的难道只是沙尘暴》……媒体的一个个大字标题，将世界第二大经济体正在经受的考验，刻画得淋漓尽致。

难道经济增长，注定要以牺牲几代人的生活质量作为代价？莫非13亿中国人，注定无法穿越眼前这厚厚的"生态墙"？

（二）形势的确不容乐观。

这是我们的环境压力——水土流失面积占国土面积37%、沙化土地占18%，90%的草原不同程度退化，受污染的耕地高达上千万公顷，1.9亿人的饮用水有害物质含量超标。

这是我们的资源瓶颈——石油对外依存度升至57%，2/3的城市缺水，年均缺水量多达536亿吨，耕地逼近18亿亩红线。

这是我们的消耗排放——到2011年，中国已连续3年成为世界机动车产销第一大国，机动车保有量超过两亿辆，比1980年增加30倍，尾气排放总量增加14倍。煤炭消费34.25亿吨，占能源消费总量近七成，而且仍在以年均10%的速度增长。

"中国的环境压力比任何国家都大，环境资源问题比任何国家都突出，解决起来比任何国家都困难。"这样的结论，不是来自某个危言耸听的环保组织，而是来自国务院授权开展的中国环境宏观战略研究。虽然付出了巨大的努力，中国的环境质量仍只是"局部有所好转，总体尚未遏制，形势仍然严峻，压力继续加大"。不断加剧的污染，正成为河山不能承受之重。

上世纪的后40年里，日本对外转移了60%以上的高污染产业，美国转移出去的高污染产业占40%左右。发达国家可以用这样的方式向世界转嫁危机，而今天的中国，已不再有类似的可能。

本世纪最初10年是160年来最热的10年，全球温室气体含量今年5月达到数百万年来的最高点。尽管人均能耗远高于我们的欧美国家没有资格对我们说三道四，但温室气体排放总量跃居世界首位的中国，内心深处的环境压力始终挥之不去。发展的权利不容剥夺，但发展的目的，不是让这个世界变得越来越烫。

"美丽中国"的呼声，正是在这样的背景下，一天比一天高涨起来。"走向生态文明新时代，建设美丽中国，是实现中华民族伟大复兴的中国梦的重要内容。"刚刚闭幕的生态文明贵阳国际论坛上，习近平总书记在贺信中掷地有声的坚定话语，传递了中华民族向污染宣战的坚强决心。

（三）在互联网上搜索"美丽中国"一词，有两个结果非常醒目。一个引向纪录片《美丽中国》，它刻画了承载几千年中华文明的自然和人文景观；一个引向党的十八大报告，它展现中国大力推进生态文明建设的决心。

生态文明源于对发展的反思，也是对发展的提升、对工业文明的超越。

正是从文明进步的新高度重新审视中国的发展，我们党把生态文明建设纳入中国特色社会主义"五位一体"布局。十八大报告中"努力建设美丽中国，实现中华民族永续发展"的生态文明目标，以鲜明的形象、丰富的内涵，诉说着13亿中国人的向往，吸引着世界的目光。

"保护生态环境就是保护生产力，改善生态环境就是发展生产力"，"牢固树立生态红线的观念。不能越雷池一步，否则就应该受到惩罚"，"对那些不顾生态环境盲目决策、造成严重后果的人，必须追究其责任，而且应该终身追究"。以习近平同志为总书记的党中央铿锵有力的宣示，表达了坚持以人为本、科学发展的鲜明态度。

不采取有力措施，资源支撑不住，环境容纳不下，社会承受不起，发展难以持续，民族复兴失去根基，美丽中国更无从谈起。

今年1月，国务院常务会议提出，加快形成能源消费强度和消费总量双控制的新机制，画出了"2015年能源消费总量不超过40亿吨标准煤"的红线；

2月，环保部宣布将在重点控制区实施大气污染物特别排放限值，力争7年内实现PM2.5排放总量显著下降；

3月，全国人大会议公布的预算案中，中国环境保护预算比去年增加18.8%。这一增幅大大超过了财政支出的整体增幅；

在江苏，省环保厅首次启动"约谈"机制，就太湖流域水质约谈苏南四地政府相关负责人，如半年内未完成整改，将直接由省纪委和省监察厅处理地方政府责任人；在湖北武汉，湖泊保护今年全面实现"包产到户"，166个湖泊都有了"一官一民"两位"湖长"，一旦湖泊出现问题，立即追责；在广西河池，龙江河镉污染事件中，3名官员因环境监管失职罪被判刑，10名企业责任人因污染环境犯罪被刑处……

把生态文明建设放在突出地位，融入经济建设、政治建设、文化建设、社会建设各方面和全过程，建设美丽中国，其最终目标是中华民族的永续发展。它意味着将以更大的决心和勇气，重新协调人与自然、人与人、人与社会的关系，使我们的资源环境既能满足当代人的需求，又不对后代人的需求构成危害。

环境的警钟日日惊心，生态的保护时不我待。

（四）然而，经济与生态"双赢"的道路，远非想象的那样平坦。

很多人艳羡加州的阳光、塞舌尔的海滩、芬兰的原始森林，其实在我们身边营造同样的美景，也不算太难：

实践证明，关掉燃煤电厂，停掉石化工厂，汽车限号运行，工地停止施工，不要半年时间，城市就会天变蓝，风变清，环境变好。

再到中东部的一些农村地区去看一看，随着大量劳动力进城打工，环境休养生息，植被迅速恢复，野猪、野狼上演"王者归来"，一派山清水秀的田园气象。

问题是，如果由此需要付出的代价是单双号限行、缺电少气、就业变难、经济下滑，我们是否能够忍受，又能忍受多久？

下面这两幅场景，或许可以给出问题的答案：

怒江沿岸，大峡谷间，环保主义者大声疾呼，反对水电梯级开发对生态造成的巨大损害。但令他们失望的是，当地大多数居民竟然都"愚昧"地赞成兴修大坝。

在一个经济落后的海岛，参观者体验过热带雨林的原始风情之后，拍着当地干部的肩膀说："这样的美景，一定不要搞旅游开发，要好好保护啊！"干部一脸苦笑地反问："如果我们都爬到树上去扮猴子，你们是不是觉得更爽？"

靠"回到从前"来解决今天出现的问题，并非正路。早在上世纪70年代，国际上就有这样的观点，在所有的环境污染问题中，没有比"贫穷污染"更为严重。这一观点划清了发达国家与发展中国家两类不同的环境问题。

无论是非洲人口激增带来的生态灾难，还是中国农村曾经绵延千年的毁林开荒，其危害都不亚于工业污染。就中国而言，作为世界上最大的发展中国家，直到现在还有1.28亿贫困人口，让他们脱贫致富，必须靠发展；就人类整体而言，发展，也只有发展，才是走出生态困境的治本之策。

然而硬币总有它的两面。

必须承认，在发展问题上，我们的干部有使不完的劲头，我们的行政有相当高的效率，但在环保实施力度和资源使用效率上，我们的表现就要远逊一筹了。

据国际能源署统计，中国单位GDP能耗尽管近年来所有下降，但仍为日本的7倍左右，相当于世界均值的两倍。2011年，我国GDP占全球的10.48%，却消耗了世界60%的水泥、49%的钢铁和20.3%的能源。在一些地方，为了"优化经济发展环境"，"绿卡""挂牌""进厂审签""预约执法"等土政策风行，环保执法部门对企业的正常监督执法受到阻挠。近年来曝出的血铅超标、违法排污等事件，很多就是企业扛着"挂牌保护"金字招牌种下的恶果。

不充分的发展与发展带来的副作用，就这样在同一片土地上同时存在。这是中国的困境，也是几乎所有发展中国家共有的尴尬。

就像每个月挣100块钱的人如果要靠10块一斤的有机大米养活，其结果必然是饥饿，环保成本的高昂，催生了发达国家与发展中国家的冲突与矛盾，也成为许多地区在生态环境方面寅吃卯粮甚至饮鸩止渴的现实背景。

精心调适发展与环保的关系，尽最大可能维持两者间精细的平衡，不仅是经济问题、技术问题，更是社会问题、政治问题。这是对人类智慧和伦理的双重挑战。这样的挑战，在相当长的历史时期之内，都不会消失。随着经济版图变迁和社会转型，在局部地方甚至还可能进一步激化。

（五）今天的中国，就处在生态环境矛盾的激化期。

就在十八大报告强调"加强生态文明宣传教育，增强全民节约意识、环保意识、生态意识"的时候，中国已经进入公民环保意识觉醒的时代。

从1997年开始，环境污染纠纷直线上升，每年递增25%，到2002年已超过50万起，环境维权成为社会热点。2005年以来，从圆明园防渗膜工程、番禺垃圾焚烧发电厂，到厦门、大连、宁波、成都、昆明PX等重化工项目，再到最近的广东江门核燃料风波，环境公共利益冲突日趋尖锐，对抗方式也更加激进。

与人民群众日益增长的生态环保意识形成鲜明对照的，是一些领导干部落后的发展理念。

事实上，从4000年前的夏朝，到3000年前的周朝、2000年前的秦朝，官府都有春天不准伐木、夏天禁止捕鱼，不准捕杀幼兽和获取鸟蛋的禁令。在粮食危机随时可能引爆的古代，对王朝稳定的最大威胁是饥荒，官员的主要职责，是守住底线。到了当代，这样的观念被"GDP至上"的政绩指挥棒所取代。这种理念延续了"超英赶美"的传统，又有着近几十年"发展主义"思想作依托，一时之间很难扭转。

在很长时间里，地方干部竞争的"政治锦标赛"模式，其中心内容是"经济锦标赛"，经济业绩成为考核任用干部最简便易行的标尺。迅速改变一地之面貌、实现民生之发展，变成地方干部最主要的追求。只争朝夕的现代化，让很多人有一种停不下来的冲动。与此同时，受制于对现代化规律的认识局限，环境问题往往被有意无意地忽略。

这样的背景之下，环保部门的尴尬也就在所难免了。

法律授予环保部门的是检查权、罚款权和建议权。但是在基层，这些职能有时会被各类土政策阻挡，有时会被地方保护主义的长官意志扼杀。权力一旦可以绕过法律，决策也就可以抛开程序。很多大型项目上马时，不透明的环境评价过程，不充分的公共决策参与，其实质往往是为了让项目顺利过关。可一旦遭遇公众的抵制，这些工程无论环境影响如何，通常都会迅速下马，形成"一闹就停"的示范效应，让一些并不理性的邻避运动得到不应有的鼓励，也让一些本属必要的项目中途夭折。

权与法的冲突，理性与欲望的龃龉，长远利益与眼前利益的较量，剪不断，理还乱，成为环境改善的羁绊。对此，环境专家一针见血地指出：很多环境问题从表面上看是环境保护与经济发展的博弈，实质上是"局部与全局的博弈、政绩与民生的博弈、大资本与政府监管部门的博弈"。

（六）审视人类社会发展的历程，没有一个国家成为工业大国而不曾遗留环境破坏问题、付出艰难治理的代价。

泰晤士河曾经看不到一条鱼，甚至跌落河中的人也被要求常规防疫接种，英国政府经过20多年的艰苦整治，才将它变成洁净的城市水道；日本治理最大的淡水湖琵琶湖，历时近30年方见成效。美国洛杉矶从上世纪40年代开始受光化学烟雾困扰，治理60多年，到20世纪初才基本打赢这场"蓝天保卫战"。即便如此，洛杉矶地区的臭氧水平依然常年超标，大约有100万成年人和30万儿童患哮喘病，造成的经济损失达26亿美元。

发达国家的工业化之路，多则二三百年，少则100多年，其环境问题是分阶段出现的。我国的工业化，真正上路是在新中国成立之后，快速发展阶段则是近30多年，环境问题呈现压缩型、复合型特点。旧的问题还没有解决，新的问题又不断出现，新旧问题叠加，污染机理更加复杂。加之观念、政策、制度、管理、技术的滞后，解决起来自然更加困难重重。

一方面，我们面临的生态环境现状，就像一个人长期透支身体，积劳成疾，多病缠身。病来如山倒，病去如抽丝。环境治理、生态恢复有其客观规律，只能遵循，无法超越，解决起来得有耐心；

从另一个角度看，也不能因为发达国家通常在人均GDP1万美元时才出现环境拐点，而我们现在才6100美元，就坐等发展阶段的升级。以韩国为代表的新兴工业化国家，人均5000美元时环境就开始好转了。它们的做法，值得我们深思。

形势的发展，已经不允许我们像发达国家那样按部就班地解决环境问题，摆在我们面前的选择只有一个，那就是：统筹协调、标本兼治，探索一条代价小、效益好、排放低、可持续的发展新路，从传统工业文明向生态文明转型。

转型，首先是转变发展方式。调整产业结构、继续提升第三产业比重，推动技术创新、降低节能环保技术成本，逐渐淘汰高投入、高消耗、高污染的产能，实现资源节约、环境友好的发展，打造中国经济升级版。

转型，关键是优化法治环境。赋予环保部门有力的强制执行权，克服环境法律法规偏软、可操作性不强、处罚力度不够的弊端；加强执法监督，健全内部监督制约、完善层级监督、落实社会监督，坚决杜绝行政权力对环境执法的干扰，构筑生态文明的法治基础。

转型，重点是协调利益关系。观念问题的实质是利益问题。就像考核标准不变、领导干部的行为方式就难以改变一样，如果缺少外来约束，企业难免将环保成本转移给消费者，而公众也可能只想着呼吸新鲜空气却不愿意付出代价。实现利益结构的调整，破解人人都说环保重要、可一旦触及自身利益就不干了的"吉登斯悖论"，必须依靠不断的制度变革和机制创新。

转型，核心在唤起全社会参与。归根结底，环境问题是由社会结构、社会过程和社会成员的行为模式共同导致的社会问题。几十年来，"环保靠政府"的理念已经深入人心，对于克服环保领域的市场失灵发挥了至关重要的作用。然而单纯的行政措施，不仅边际效益递减，而且容易产生权力寻租的弊端。只有政府、企业、个人、社会一起发力，综合施治，美丽中国才可能由愿景化为现实。

（七）经济增长、社会公正、环境保护是世界可持续发展的核心，实现经济繁荣、建设生态文明、促进社会和谐，是美丽中国的基本内涵。

英国卫报记者华衷讲过一个故事：小时候大人告诉他，如果十亿中国人一起跳起来，地球将偏离轨道，人类会因此毁灭。忧心忡忡的他从此每晚睡前都要祈祷："不要让十亿中国人一起跳起来。"后来他来到中国，发现十几亿中国人真的"跳起来"了——他们以只争朝夕的焦灼，奋起直追人类现代化的潮流。

华衷的担忧，也是中国人自己的担忧：如果人们的价值取向不能从物质的富足功利向社会的健康文明转化，如果生产方式不能从资源掠夺型向保育再生型转轨，如果消费行为不能从高能耗、高消费向低能耗、适度消费转变，美丽中国终将是纸上谈兵。

事实上，转型已在更自觉地加速推进。

本届政府成立短短4个月间，就有两次国务院常务会议围绕大气治理和节能环保产业展开。让城乡居民喝上更干净的水、呼吸更清洁的空气、吃上更安全的食品、享受更良好的环境，很多省市区确定了生态文明建设的路线图、时间表，不少地区提出了"生态强省""生态立市"的战略目标。以往的GDP竞赛，正在逐步转向公共服务竞赛、改善民生竞赛、节能减排竞赛、社会管理竞赛。

把"生态"重新引入经济学，稳增长、转方式、调结构，实现尊重经济规律、有质量、有效益、可持续的发展，成为中国经济第一位的追求。从刚刚公布的今年上半年主要经济数据看，新增就业持续增加，结构调整出现积极变化，服务业和高科技产业发展加快，能源消耗强度下降增幅加大，经济转型的攻坚战初见成效。

中央气象台历史上第一次专门针对雾霾发出预警；人民日报等媒体以报道与公益广告提升全社会环保理念；实行有史以来最严厉的车用油品新标准，逐步将燃煤电厂撤出城市中心地带，试行以天然气和新能源取代汽油作为城市公共交通燃料；众多企业、民间组织积极参与的"中国低碳联盟"一个月前正式宣布成立；从9月起环保部门将主动公布重点监控企业的排放数据等信息；电价改革、资源税改革以及征收碳税等政策列入议事日程。

在日常生活层面，限塑令颁布4年多来，全国每年减少塑料购物袋240亿个，相当于节约石油480万吨，约占大庆油田年产量的1/8；近3年时间里，5.2亿只节能灯、5000多万台节能空调、460多万辆节能汽车进入寻常百姓家⋯⋯

不必讳言，今天的中国，我们还未能完全摆脱很多发达国家经历过的"先污染后治理"老路。但转型已经开启，发展不容回头。"同呼吸，共奋斗"，为子孙后代留下天蓝、地绿、水清的生产生活环境，是13亿中国人的共同追求。美丽中国，正孕育在每个人的努力之中。

（2013年7月22日）

守护人民政党的生命线

——论深入开展党的群众路线教育实践活动

（一）路线问题，是决定命运的关键抉择。

2013年的这个10月，APEC峰会时隔19年重回印尼，"活力亚洲"如何当得起"全球引擎"的期待，21个成员的选择，决定成败。美国民主、共和两党对医改的分歧仍然难以弥合，联邦政府非核心部门被迫关门，债务上限危机阴云压顶。禁止化学武器组织的专家小组到达叙利亚，反对派与政府军的僵持还在延续……世界的前途，笼罩在"不确定性"的云层下。正在太阳系边缘飞行的"旅行者2号"的留言意味深长："再见，人类。你们自己看着办吧。"

在中国，国庆长假刚刚结束，遏止公款消费是它引人注目的亮点。国庆前夜，中央党的群众路线教育实践活动领导小组会议紧张进行，而中央政治局常委全程参加活动联系点专题民主生活会，会上领导干部间的批评与自我批评，令人耳目一新。

瞻望前景，即将召开的十八届三中全会备受瞩目。在劈波斩浪35年之后，改革开放的中国巨轮，发展如何升级，改革如何深化，开放怎样扩大？13亿人翘首以待。仿佛是一个隐喻，10月1日上午的天安门广场，五星红旗在风雨中升起，机遇和挑战一起在前方等着这个国家。

举什么旗，走什么路，党的十八大再次给出了坚定的回答。然而把"五位一体"的布局分解成具体的任务，将"两个百年"的蓝图变为美好的现实，迈向巅峰的每一步背后，都潜伏着风险乃至危机。面对这么大的一盘棋、这么大的一份责任、这么大的一个中国，我们需要找到得力的抓手，才能完成这艰险的攀爬。

"党坚强有力，党同人民保持血肉联系，国家就繁荣稳定，人民就幸福安康。"十八大报告道出了走向复兴的关键。打铁还需自身硬，全党必须警醒起来，切实解决自身存在的突出问题，向历史、向人民交出一份合格的答卷。习近平总书记的就职宣示，将党的建设、党与人民群众的关系问题，置于复兴大业悠悠万事的中心。

党的群众路线教育实践活动就这样在全党范围开展起来。

（二）改革开放，将中国推送到一个前所未有的高度。百尺竿头的更上层楼，举步艰难。

如果说35年前的破冰，是向人性、向常识、向利益的回归，思想解放的刀锋所向，处处都能打开一片新天地，那么今天的纵深推进，则要冲破思想观念的障碍、突破利益固化的藩篱。发展起来以后的中国面临的矛盾和问题，似乎比之前更尖锐也更复杂。

宏观层面，体制转轨遭遇既有格局的强大惯性，发展转型面临创新能力和人才培育的刚性瓶颈，政府职能转变不仅需要壮士断腕的勇气，也不能没有临渊履冰的精细和严谨。民主的发育，要有法治护航；法治的尊严，离开民主又极易专断。忽视公平共享的"GDP主义"，显然已难以为继；过高的期待过急的操作，又可能制造出牵绊发展的"福利主义"温床……太多的两难，让人顾虑重重、举棋不定。

微观层面，地方债居高不下，房价起伏不定，"看得见的手"进退两难，"看不见的手"难以施展。老龄化浪潮迅速吞噬人口红利，催生"未富先老"的困境。一边是就业难，一边是用工荒；一边是城镇建设热火朝天，一边是城门高耸楼宇空置；一边是素质教育高歌猛进，一边是校外开小灶填鸭式补课；一边是医生加班加点叹收入太低，一边是患者抱怨看病难看病贵还要送红包……太多的纠结，累积不高兴不和谐不稳定的情绪。

继价格并轨、国企改革、政企分开之后，中国的改革发展，再次进入阵痛期。毫无疑问，近几十年来，伴随中国成为世界第二大经济体，亿万人民生活和命运发生了巨大改变，有国外媒体由此判断，"中国共产党是迄今最成功的人民政党"。但也毋庸讳言，多元格局的形成，令"万众一心"的改革已成奢求，而腐败之风所及，公众对政府部门和公职人员的信任大为损耗，过去质朴无邪的老百姓有些成了杯弓蛇影的"老不信"。

作为一个新兴大国的执政者，面对风云变幻的国际形势和人民群众日益多元多样的利益需求，面对全面深化改革开放的时代重任，要在这场"具有许多新的历史特点的伟大斗争"中继续取得胜利，在实现中国梦的征程上奋力前行，只有以对自身的高要求不断刷新形象，通过真挚诚恳平等的互动，抚慰群众的情绪，满足群众的诉求，巩固群众的信任，争取群众的支持，凝聚群众的智慧，来闯过眼前的深水险滩。除此之外，别无选择。

这便是当前群众路线教育实践活动的现实背景。

（三）遍观当今世界数以千计的政党，若论凝聚力和战斗力，无出中国共产党其右者。

长征路上，衣衫褴褛，缺枪少弹，九死一生，一声"救亡图存"，应者绵延两万五千里，最终涓滴汇海而成大潮流，众志成城而为新中国。为缓解粮食压力、减少工资支出，上世纪60年代初全国精简职工近2000万，压缩城镇人口2600万、吃商品粮人数2800万，没有补偿，甚至不用动员，当事者竟几无怨言。毛泽东由衷赞叹：我们的中国人民、我们的广大干部，好呀！两千万人呼之则来，挥之则去，不是共产党当权，哪个党能办到？

为什么能办到？

斯诺去陕北寻找答案。"我看到毛泽东住在简陋的窑洞里，穿的是打了补丁的衣服，吃的是小米饭和辣椒土豆丝；周恩来睡在土炕上；彭德怀穿的背心是用缴获敌人的降落伞做的；林伯渠的耳朵上用线绳系着断了一只腿的眼镜；林彪请我吃的是'面条宴'；红军大学学员把敌人的传单翻过来当作课堂笔记本使用……他们坚忍卓绝，任劳任怨，是无法打败的。"

就是在那里，朱德写下真挚的悼文："母亲是一个平凡的人，她只是中国千百万劳动人民中的一员，但是，正是这千百万人创造了和创造着中国的历史。我用什么方法来报答母亲的深恩呢？我将继续尽忠于我们的民族和人民，尽忠于我们的民族和人民的希望——中国共产党，使和母亲同样生活着的人能够过快乐的生活。这是我能做到的，一定能做到的。"

1973年，得知甘肃定西连续22个月没下过透雨，数十万人缺水，数百万人缺粮，病中的周恩来在报告上连续写下9个"不够"和3个感叹号："口粮不够，救济款不够，种子留得不够，饲料饲草不够……必须立即解决。否则外流更多，死人死畜，大大影响劳动力！！！"

1958年，在重庆綦江，轻车简从的邓小平临行前从车窗伸出头来，叮嘱年轻的区长："小王，不要忘记农民，人民要吃饭，人民要吃饭，人民要吃饭。"

"一切为了群众，一切依靠群众"，群众路线是我们党的价值取向和政治路线。面对群众，党没有自己的特殊利益更不应有任何特权，为人民谋幸福从来都是党的立身之本和力量源泉。正如学者所分析，其他政党之所以没有完成"近代中国国家建构的历史任务"，原因正在于"都与民众不生关系，都成了水上无根的浮萍"，而共产党从一开始就是"联系人民群众的党"，因而才能穿越革命、建设和改革的艰难行程，走向复兴、走向辉煌。

"从群众中来，到群众中去"，坚守为人民服务的宗旨，循着群众路线的脉络，我们党所展现出的"那种精神，那种力量，那种欲望，那种热情……是人类历史本身的丰富而灿烂的精华"，是西方人眼中磁石般的"东方魔力"，是暗夜中照亮征程的"兴国之光"，也是我们今天攻坚克难、接续梦想的动力之源。

（四）从革命党到执政党，条件变了，环境变了，党的群众路线必将面临严峻考验。对一个长期执政的大党而言，尤其如此。

战争环境下，党的生存直接取决于群众对党的态度。执政之后，政治地位的改变，对整个国家机器的掌握和支配，使党有了前所未有的丰厚资源。在某种程度上，群众生活能否改善、生产能否顺利发展，都反过来依赖于党的路线政策，依赖于党的各级机关的工作态度，依赖于党员干部的工作作风。这种依存关系的转变，往往成为官僚主义滋生的土壤。

当党政干部执掌了大量公共权力而又缺少相应的制约，"官僚主义"的坏风气便可能冒头甚至蔓延。党注意作风建设时，领导干部会自觉联系群众，帮助群众解决困难；而当党风不正时，"突出官权、泯灭民权，以官为主、以民为仆，以官为本，唯官是从，官民严重对立"的官本位思想就会像病菌一样四处流布，党的生活变得随意化、庸俗化，党内自由主义与好人主义盛行，一些党员甚至挡不住诱惑、守不住底线，掌握大权的领导干部与群众的距离越来越远。

形式主义是官僚主义的孪生兄弟。它们共同的特点，是颠倒了对上负责与对下负责的关系，对上唯唯诺诺，时时盯着领导高兴不高兴、满意不满意，甚至不惜通过弄虚作假、竭泽而渔、寅吃卯粮来换取所谓"政绩"；对基层群众的感受却不敏感、不关注乃至不在乎。对上"看天气"，对下"耍霸气"，办公室里"找灵气"，却唯独不到群众中"接地气"。要让他们为了群众利益去坚持原则得罪人、动自己的奶酪，更是连门都没有。

权力对于执政者的侵蚀是致命的。在长期执政条件下，"公权"与"私利"的界限很容易变得模糊，"打江山"是人民的江山，"坐江山"却可能有"家天下"的错觉。面对从手中汩汩流过的财富和资源,主观的自觉与客观的监督只要有丝毫松动,要抵御享乐主义和奢靡之风的诱惑,就变得难上加难。

不是没有前车之鉴。最令人震撼的蜕变,发生在曾令帝国主义闻风丧胆的社会主义苏联。十月革命后的粮食危机时期,有权调拨千百万吨粮食的人民委员瞿鲁巴却因吃不饱饭,昏倒在会场。列宁不得不倡议设立"疗养食堂",强迫党的高级干部在那里"为人民吃饭"。到赫鲁晓夫时期,这些疗养食堂已变身为遍布各加盟共和国的"小白桦"商店,为近百万特权阶层专供各种稀缺和进口产品。"专门的医院、专门的疗养院、漂亮的餐厅和赛似皇宫盛宴的特制佳肴,还有舒服的交通工具",叶利钦回忆,作为政治局候补委员,他配有3个厨师、3个服务员、1名清洁女工,还有1名花匠,"如果你爬到了党的权力金字塔的尖顶,则可以享受一切——你进入了共产主义!那时就会觉得什么世界革命、什么最高劳动生产率,还有全国人民的和睦,就都不需要啦。"

到今天,有着74年历史的苏联,已经解体22年。20多年来,对于苏共亡党亡国的反思,在社会主义中国从未停止。精神懈怠、能力不足、脱离群众、消极腐败的危险,执政考验、改革开放考验、市场经济考验、外部环境考验,防住了经得起,我们就能涉险过关,实现长治久安。防不住经不起,形式主义、官僚主义、享乐主义、奢靡之风盛行,所带来的不仅是"载舟覆舟"的千古警思,更有亡党亡国的灭顶之灾。

正是站在这样的高度,习近平总书记郑重强调:工作作风上的问题绝对不是小事,如果不坚决纠正不良风气,任其发展下去,就会像一座无形的墙把我们党和人民群众隔开,我们党就会失去根基、失去血脉、失去力量,就有可能发生毛泽东同志所形象比喻的"霸王别姬"。

(五)理想信念的动摇,是脱离群众的根源。横亘在党和群众之间的障碍,比任何经典著作的描述更为复杂。

"打江山""闹革命"的老一辈,许多来自备受压迫的社会底层,还有不少则是大户人家的"叛逆"。他们对百姓的感情十分真挚,对群众的疾苦了如指掌,与平民大众"天生就是一家人"。

周恩来到河北农村做调研,一屁股就坐在农家的门槛上。这一坐,坐来的是农民张二廷掏心窝的话。那之后,愿听真话的周恩来信守承诺,年年都派人到伯延村,代他看望那位敢说真话的农民朋友。彭德怀回乡搞调查,晚上座谈，干部说粮食产量多高多高，他拎起手电就往稻田里跑，掐穗搓粒，要的就是个眼见为实。

如今，老一代的风范已成记忆。不少在相对优越的和平时期成长起来的新一代领导干部，对党与群众唇齿相依、生死与共的血肉联系缺乏切身感受，一些人片面强调"精英治国""专家治国"，忘记了群众这个根本。更有众多"出了家门进校门、出了校门进机关门"的"三门干部"，缺乏基层工作经验，对基层情况不甚了了。一些领导干部，或者把百姓视为管理学上的对象，对群众感情不深、关切不够；或者缺少处理基层复杂问题的能力，"不想下基层去"的畏惧与"想下基层下不去"的尴尬并存；更有甚者，将"密切联系群众"变成了密切联系钱权，将自己的利益凌驾于群众利益之上，把"鱼水关系"变成了"油水关系"甚至"水火关系"，干群之间的距离被愈拉愈远。

"脱离群众"，有主观努力的不足，也有环境变化带来的实际困难。

伴随着社会主义市场经济深入发展，我国社会结构发生了深刻变化，人与人之间的关系出现竞争、流动、分化的趋势。打破单位、地域、城乡、所有制的界限，"流动中国"扩大了人们的交往，增添了社会活力，也让人民内部矛盾的范围更加广泛。

同样是流动人口子女就学，农村孩子希望进城分享名师名校优质教育，城里家长担心稀释教育资源加剧升学竞争。同样是小商小贩沿街叫卖，有人认为便利了生活，有人认为搅扰了秩序，有人觉得有碍市容应该惩处，有人觉得弱势群体需要保护。同样是治理城市交通拥堵，骑车者为自行车争路权，开车者为车位鼓与呼，家境宽裕者反对限行摇号，低收入者认为征收拥堵费是以钱划线歧视穷人……

这些态度截然不同、意见南辕北辙的人，都是群众的一分子，都是党和政府的服务对象。面对如此多样、多元、多变的利益格局，群众工作的困难与日俱增，挑战前所未有。近年来，规模可观的上访人群，时有耳闻的群体事件，一方面说明，群众对自身权利的焦虑和利益敏感不断上升，我们党统筹协调群众工作的难度在加大；另一方面也表明，一些党员干部在群众工作中"失语"，在群众方法上"失效"，在群众路线中"失位"，联系群众的能力在下降。二者相互叠加，使得党群干群关系面临空前严峻的时代考验。

（六）我们常说，发展是解决当代中国一切问题的总钥匙。这个发展，是广义的发展，其中也包括群众工作的创新、执政能力的提升。

今天的中国共产党,在党员数量上依然保持快速增长的势头。截至2012年年底,党员总数突破8500万,年增幅超过3%。按照这一增长速度,中共党员数量几年后就将突破1亿,超过世界上绝大多数国家的人口。

与过去相比,我们的党员队伍力量大大提升了,我们拥有的经济实力和财力大大提高了,我们掌握的各方面资源大大增加了,我们可以运用的科技手段大大丰富了。但全党同志务必谨记,世界上没有任何力量可以代替人民的力量,不代表人民利益,不秉持群众观点,再雄厚的实力、再庞大的队伍,也只能是无基之台、无本之木、无源之流。全党同志务必谨记,在执政64年之后,我们所拥有的更多财富、更多资源、更多渠道,只能说明我们在把握群众所思上,在解决群众所忧上,在满足群众所盼上,应有更大决心、更多智慧、更多方法。

史可为鉴。1990年,苏联《西伯利亚报》曾以"苏共代表谁"为题,在部分群众中进行调查。统计结果显示,认为苏共代表劳动人民的只占7%,代表全体党员的只占11%,而认为代表官僚等的却占85%。一个被人民群众认为并不代表他们利益的党,不管它的历史多么辉煌,其最终垮台也势在必然。

有外国观察家指出,在中国共产党的所有概念中,"群众路线"是最复杂和最带普遍性的概念,"包含着中共全部的秘密",是"最为重要的软实力"。确实,中国共产党最大的政治优势是紧密联系群众。群众路线是我们这个政党保持先进性、纯洁性、巩固执政地位、推进社会主义事业的生命线。如何呵护好这一党的生命线,保证党的干部不愿、不能、不敢脱离人民群众,以维护党和国家的长治久安,是新时期执政党建设需要继续探索和解决的重大课题。群众路线教育实践活动,在这张我们党交出的时代答卷上,这一代共产党人都应严肃自问:我们该有怎样的书写?

(七)"照镜子、正衣冠、洗洗澡、治治病",自上而下的群众路线教育实践活动在全党开展至今,已经催生一些变化、取得明显成效。

但从活动开展以来所反映出的问题看,一些党员领导干部依然认为"四风"问题与己无关,对待群众正如邓小平当年批评过的,"困难时依靠,顺利时就不依靠;需要时依靠,不需要时就不依靠;口头上依靠,思想上并不依靠",因而学习教育流于形式、浅尝辄止,把学习当成额外的负担;听取意见怕丢面子怕损权威,缺少闻过则喜、闻过即改的胸怀和魄力;查摆问题

"怕"字当头,"批评上级怕打击报复,批评同级怕引火烧身,批评下级怕丢选票,批评自己怕自毁形象";整改落实瞻前顾后、左顾右盼,唯恐限权控权的措施一旦制度化,会让自己受制约不自在。

这些表现再次提醒我们,群众路线所体现的党群关系需要进一步具体化、明晰化、规范化。正因此,中央强调这次群众路线教育实践活动一定要和制度建设结合起来,通过活动建立常态化、长效化的制度,从根本上解决党内存在的"四风"问题,解决党群关系存在的问题,而且"制度一经形成,就要严格遵守,执行制度没有例外"。

实际上,改进作风、清扫"四风",不仅仅是一次"思想上的革命",更是一次"制度上的探索"。"天下大事,必作于细",作风建设的小切口,打开的是一个大的工作面。

一方面,作风问题切实关系人心向背,从突出问题改起,从群众反映强烈的问题改起,才能积累起更多政治信任;另一方面,无论是重拾批评与自我批评这个法宝,还是提出"开门办活动""开好民主生活会",都是我们党的民主建设的原则体现。正如政治学者的观察,群众路线是"一种逆向公众参与模式",强调的是决策者必须主动深入人民大众,传递的是执政党自我净化、自我完善、自我革新、自我提高的决心。

转变工作作风,密切联系群众,也是各个领域改革的推动力。在经济领域,作风建设挤压公款消费的泡沫,倡导健康文明的消费行为,形成可持续、有效率的消费规则,为发展凝聚起更强大的正能量。在政治领域,改作风有利于提高行政效能,通过权力的规范运行、机制的调整优化、制度的创新完善,堵住政治运行中的漏洞。在文化、社会领域,改作风无疑能在全社会倡导一种质朴、清新的社会风尚,筑牢经济社会发展的价值基础。从这个意义上说,以改进作风为目标的群众路线教育实践活动,的确可谓"蝴蝶的翅膀",掀动起一场影响深远的深刻变革。而这场变革的中心,关涉一对至关重要的关系——权利与权力。

还记得抗战胜利前后,美国军事考察组结束延安之行,曾经向宋美龄盛赞中共治下的延安新风。宋美龄听后不屑地说,那是中共还没有真正尝到权力的滋味儿。这不屑的质疑,如同一面镜子,警醒着走向全国执政的共产党人。半个多世纪以来,"为人民服务"的金色大字镌刻在新华门的影壁上,更镌刻在数千万党员的心里,西柏坡"两个务必"的告诫如大吕黄钟,余音不绝。

我们党做什么事都要看人民"拥护不拥护、赞成不赞成、高兴不高兴、答应不答应","始终代表中国最广大人民的根本利益","发展为了人民,发展依靠人民,发展成果由人民共享","人民对美好生活的向往,就是我们的奋斗目标"……一代又一代中国共产党人时刻不忘人民嘱托,始终坚持从严治党,努力践行90多年前的那个"最初的诺言"。

"任何时候任何情况下,与人民同呼吸共命运的立场不能变,全心全意为人民服务的宗旨不能忘,群众是真正英雄的历史唯物主义观点不能丢","把党性修养正一正、把党员义务理一理、把党纪国法紧一紧","抓作风建设一丝都不能放松、一刻都不能停顿"……不断深入的教育实践活动,凝聚着执政为民的政治信念,熔铸了人民民主的政治伦理,体现了一个马克思主义政党居安思危的历史自觉。

(八)1956年,党的八大召开之际,一位诗人写下这样的感触:

"不要忘山乡水村的那些母亲,不要忘一同睡过破炕席的兄弟,也不要忘缝缝补补的姐妹情谊,他们的烦恼和困难要多多深思。这是我们的本色也是我们的来历,把它像石碑一样刻在心里!"

过去的90多年里,我们党在拥有50多名党员时,能将无数人吸引到共同的旗帜之下;在拥有120万名党员时,迎来了抗日战争的胜利;在拥有近450万党员时,建立了一个崭新的社会主义中国;在拥有3500万党员的时候,以改革开放催动追赶世界的脚步;在拥有8000万党员的时候,领导中国成为了世界第二大经济体。今天,我们已经拥有了8500多万党员,正带领13亿人民,向着实现民族伟大复兴的中国梦浩荡前行。

新中国50周年大庆时,天安门城楼上,一位老一辈革命家看着连绵不绝的国庆游行队伍,曾意味深长地说道:"人民就是江山,江山就是人民。"

过去、现在与未来,所有的一切,都源于这样的承诺——

"与人民心心相印,与人民同甘共苦,与人民团结奋斗。"

(2013年10月14日)

标注现代化的新高度
——论准确把握全面深化改革总目标

（一）繁花满树，逶迤而来的春光，并未驱散这个世界接踵而至的挑战。从纷纷扰扰的东亚地缘政治博弈，到跌宕起伏的克里米亚局势，再到牵动人心的马航航班失联，全球化正在将人类文明这艘大船带向一片未知海域。新的秩序在萌动，新的力量在生长，新的矛盾在产生，新的挑战在积聚。在这样一个时代，每个国家都需思考：如何为我们的世界增添更多确定性？

今年年初，预测世界经济前景时，就有专家断言"最大的问题或许是，中国未来会发生什么"，并认定"全世界都将受益于中国的改革举措"。不久前，中国国家主席习近平开启的访欧之旅，再度为国际社会广泛瞩目，相对于"习外交"耳目一新的丰富内涵，改革的旋律在"欧洲坐标"中反复闪现。一个新兴大国活力四溢的气度、豪情万丈的雄心，为忧心忡忡的世界注入信心：为什么不能用更进取的行为，改写人类不确定的命运？

毫无疑问，世界上最难的是改变，因为改变意味着放弃陈规、丢掉积习、甚至牺牲自我，因此它考验勇气、磨砺信念，也衡量担当。对于视改革为时代精神的中国而言，在慨然行进35年后，之所以选择用全面深化改革来突破新的历史隘口，正是希望为破浪前行的中国航船，寻找一片更为开阔的水域，为风云变幻的世界版图，构筑一块更为坚实的地基。

"全面深化改革的总目标是完善和发展中国特色社会主义制度，推进国家治理体系和治理能力现代化。"从去年11月党的十八届三中全会至今，习近平总书记在不同场合，反复强调这场意义深远的变革所企望达到的"总目标"，从制度、改革、现代化三个维度，给出了撬动中国发展的"总支点"。把社会主义现代化的内涵提升到治理现代化的高度，将制度的完善与发展熔铸为改革的总目标，这样的跨越，不仅是一个充满战略意义的改革擘画，更是当代中国最重要的顶层设计，甚至是人类制度文明一段富有勇气的征程。

从时间表倒数最紧迫的事项改起，从老百姓最期盼的领域改起，从制约经济社会发展最突出的问题改起，从社会各界能够达成共识的环节改起，伴随着总目标的确立，全面深化改革的大幕迅速拉开。中国的改革开放，进入一个全新境界。

（二）为什么要提出这样的总目标？

"我们要赶上时代，这是我们改革要达到的目的。"回望改革开放历程，赶上时代的迫切要求，决定了中国改革的现代化指向。从"把全党工作的着重点转移到社会主义现代化建设上来"，到"建设富强民主文明和谐的社会主义现代化国家"，在当代中国的辞典里，"现代化"与"改革"始终紧密相连。改革开放的本质，正是在党的领导下，推动社会主义中国跟上现代化的时代潮流。而对现代化的理解，我们经历了一个由浅入深的过程。

新中国成立以来的几十年里，我们讲过很多现代化。农业现代化、工业现代化、科技现代化、国防现代化，在人们心目中，似乎只要把这些现代化拼接起来，一个现代化国家就自然而然地诞生了。

可是，靠什么推进现代化？怎样实现现代化？一旦落到实践层面，很多问题就冒了出来。单枪匹马的改革"新星"纵有三头六臂，也难以化解众多积重难返的矛盾；那些灵机一动的"点子"即使能救活一个产品一家工厂，也终不可与成熟的创新机制同日而语；而离开了严密规范的制度设计和执行，"一放就灵""一包就灵"的神话，很快就会褪色失灵。不断深入的改革实践中，我们党深刻认识到，"领导制度、组织制度问题更带有根本性、全局性、稳定性和长期性"，社会制度是现代化变革的关键性因素，只有在各方面形成一整套更加成熟更加定型的制度，现代化才能平稳持续地向前推进。

如果说，渐进式的路径选择，"摸着石头过河"的探索方式，决定了我们之前的改革往往是自发、零散和独立进行的，那么改革走到今天，各项改革举措的关联性、耦合性越来越强，进一步加强顶层设计，构建起一整套更加系统完备、科学规范、运行有效的制度体系，已成当务之急。

如果说，当年的改革更多是由严峻的形势所倒逼，其核心任务是克服那些制约发展的体制机制弊端，那么今天的改革，更需要从治理结构、治理机制、治理理念、治理效率等更深的层面上全方位优化，解决好事关党和国家长治久安的制度现代化问题。

如果说，过去我们对制度建设和制度执行能力的要求时常是不平衡的，或是在执行环节重视不够，或是忽视了对制度科学性规范性的要求，那么到今天,将治理体系和治理能力有机结合、共同完善,已是势在必行。

"立治有体,施治有序",一个国家的现代化程度越高,对制度化程度的要求也就越高。制度现代化作为继"四个现代化"后我们党提出的又一个现代化战略目标,是改革进程本身向前拓展提出的客观要求,体现了我们党对改革认识的深化和系统化。推进国家治理体系和治理能力现代化,这是坚持和发展中国特色社会主义的必然要求,也是实现社会主义现代化的必由之路。

(三)对于一个在现代化道路上奋力追赶的国家来说,这无疑是一条"光荣的荆棘路"。

马克思、恩格斯曾经指出:"一切划时代的体系的真正的内容,都是由于产生这些体系的那个时期的需要而形成起来的。"悠久的文化传统、巨大的人口规模和社会主义的制度体系,决定了中国必须成为创新人类文明发展模式的重要参与者。这是我们准确把握全面深化改革总目标的重要视角。从改革的进程中去观照,用广阔的历史眼光来审视,放在我国社会变革的历史过程中去衡量,我们才能洞悉其深刻内涵、把握其重要意义。

纵观社会主义诞生以来的历史过程,怎样治理社会主义这样的全新社会,是一项前无古人的实践和探索。无论是巴黎公社的街垒,还是共产国际的战歌,都未能让马克思、恩格斯经历全面治理一个社会主义国家的实践。从拉兹里夫湖畔奋笔疾书《国家与革命》,到打响攻占冬宫的第一枪,列宁领导了世界上第一个社会主义国家的创立,却尚未深入探索就溘然长逝了。有英勇抗击纳粹的壮举,有党内大清洗的悲剧,也有腐败愈演愈烈的积弊,苏联在其70多年治理历程中曾写下辉煌一页,但由于没能形成有效的国家治理体系和治理能力,各种社会矛盾和问题日积月累、积重难返,最终难以逆转国亡政息的命运,留下社会主义国家治理史上令人扼腕的沉重一笔。

从中国社会变革的历史进程看,实现这样的总目标更具复杂性和紧迫性。自汉唐治世到康乾盛景,中国的国家治理水平曾代表一个时代的顶峰。然而自商鞅废井田、立郡县之后,"百代皆行秦政制","普天之下,莫非王土;率土之滨,莫非王臣"的社会观念始终没有改变,君主专制制度始终没有改变。当欧美国家争相改制图强之时,中国却如同一头沉睡的雄狮,固守于宗法祖制,与治理现代化的浪潮失之交臂。武昌城头辛亥革命的枪声,击碎了绵延2000年的封建王朝,为中国的进步打开了闸门,但君主立宪制、复辟帝制、议会制、多党制、总统制,种种国家治理体系的方案都在现实中败下阵来。直到新中国的成立，才结束了一百多年来被侵略被奴役的屈辱历史，实现了民族独立、人民解放的百年梦想，并在之后的社会主义建设特别是改革开放的历程中，取得了重要的理论和实践成果，终于找到了一种适合中国国情的国家治理路径。

"物有甘苦，尝之者识；道有夷险，履之者知"。回望我们党领导革命、建设、改革的光辉历程，建立起社会主义基本制度，并在此基础上进行改革，到今天，我国社会主义实践已经走过前半程；后半程，我们的主要历史任务便是完善和发展中国特色社会主义制度，为党和国家事业发展、为人民幸福安康、为社会和谐稳定、为国家长治久安，提供一整套更完备、更稳定、更管用的制度体系。

早在1992年，邓小平同志就曾指出："恐怕再有30年的时间，我们才会在各方面形成一整套更加成熟、更加定型的制度。在这个制度下的方针、政策，也将更加定型化。"而今，站在新的历史方位，落实这一战略构想恰逢其时。推动中国特色社会主义制度更加成熟更加定型，标注现代化的新高度，成为我们这一代人责无旁贷的历史使命。

（四）"法者天下之公器也，变者天下之公理也。"制度的设计必须适应时代的变化，治理的脚步需要跟上发展的节拍。获得这样的认识并不算难，难的是何谓"适应"、怎样"跟上"？

改革的历史，就是一部波澜壮阔的制度演进史、治理完善史。短短1/3个世纪里，面对经济全球化浪潮，我们确立社会主义市场经济体制，坚持和完善基本经济制度。面对长期执政下的挑战，我们构建中国特色社会主义法律体系，推进党的领导体制逐步规范化、制度化。适应人民群众不断增强的权利意识，我们推进基层群众自治，完善信息公开机制，为公民有序政治参与开辟新渠道。面对社会转型的矛盾凸显、利益分化，我们创新社会治理体制，健全社会保障体系，深化文化体制改革，建设生态文明……这些大刀阔斧的改革，为科学执政、民主执政、依法执政夯实基础，对完善社会主义中国的国家治理产生了积极而深远的影响。

而今，我们又提出了更高目标——完善和发展中国特色社会主义制度，推进国家治理体系和治理能力现代化。这是一个总揽全局的发展目标，也是一项极为宏大的系统工程。它意味着体制机制和治理方式必须向着现代化艰难转身，要求我们必须把握好治理体系与治理能力、制度自信与深化改革、价值体系与治理体系这几对重要的关系。

（五）准确把握全面深化改革总目标，必须认识到国家治理体系和治理能力是一个国家的制度和制度执行能力的集中体现，两者相辅相成，单靠哪一个治理国家都不行。

一方面，制度是起根本性、全局性、长远性作用的。从本质上说，现代化的进程也是治理体系的现代化进程。制度是决定社会发展与文明进步的关键性因素，只有不断推进制度的变革，推进治理体系的完善，才能打破旧的社会局面，给社会生活以新方向，给现代化进程以新突破。

另一方面，没有有效的治理能力，再好的制度也难以发挥作用。不是国家治理体系越完善，国家治理能力自然而然就越强。综观世界，各国各有其治理体系，而治理能力却有或大或小的差距，甚至同一个国家在同一种治理体系下不同历史时期的治理能力也有很大差距。有严密的制度，还要有严格的执行；有严肃的纪律，还要有严格的遵守；有严谨的设计，还要有严格的落实。不能落细、落小、落实，制度只会束之高阁、形同虚设，其作用终将荡然无存。

与治理现代化的要求比，我们的治理体系建设离制度化、规范化、程序化的标准还存在较大差距，一些制度远未成熟和定型。而在提高治理能力方面，我们的制度执行力、治理能力已经成为影响我国社会主义制度优势充分发挥、党和国家事业顺利发展的重要因素，因此需要下更大的力气。通过全面深化改革，尽快把各级干部、各方面管理者的思想政治素质、科学文化素质、工作本领都提高起来，我们才能补齐治理短板，让国家治理体系更加有效运转。

（六）准确把握全面深化改革总目标，必须弄清楚坚持制度自信与全面深化改革是国家现代化的根本命题，两者相互激荡，构成了实现总目标的方向和方式。

我们推进国家治理体系和治理能力现代化，是要往什么方向走？这是中国现代化进程中的一个根本性问题。回答好这个问题，首先必须明确全面深化改革的总目标，是两句话组成的有机整体，"完善和发展中国特色社会主义制度"，这是前一句，规定了根本方向；"推进国家治理体系和治理能力现代化"，这是后一句，规定了具体方式。对总目标的理解，不能顾此失彼、断章取义，两句话都讲，才是完整的、全面的。

毋庸讳言，中国是在落后的境遇中走上现代化道路的。这样一种追赶者的身份，尤其容易让人低估蕴藏在中国特色社会主义制度中的优势、韧性、活力和潜能，认为制度现代化，就是向欧美发达国家的制度模式看齐。

然而人类历史上，没有一个民族、没有一个国家可以通过依赖外部力量、跟在他人后面亦步亦趋实现强大和振兴。正因为没有拄着别人的拐棍，坚持独立自主选择自己的道路，我们才能始终站稳脚跟，走出了不同于西方国家的成功发展道路，形成了不同于西方国家的成功制度体系，我们倡导的政治价值观念、社会发展模式、对外政策理念赢得越来越多的理解支持。不管怎么改、改什么，都不能改变走这条道路的方向，我们应该有这样的制度自信。

也许有人会问，既然是成功的制度体系，为什么还要改革？

纵观人类历史，制度的演进和形成从来都要经历一个较长的历史时期。英国从1640年发生资产阶级革命到1688年"光荣革命"形成君主立宪制，用了几十年时间；美国从1775年开始独立战争到1865年南北战争结束，新体制的稳定用了将近90年时间；法国从1789年资产阶级革命到1870年第二帝国消亡、第三共和国成立，用了80多年；日本也是从1868年开始明治维新，直到第二次世界大战结束后才形成了现在的体制。

社会主义这一全新社会的治理，更是"筚路蓝缕，以启山林"的过程，需要用一代又一代人的奋斗来完善。相比我国经济社会发展和人民群众的要求，相比当今世界日趋激烈的国际竞争，相比实现国家长治久安，我们在国家治理体系和治理能力上还有许多亟待改进的地方。"我们全面深化改革，是要使中国特色社会主义制度更好；我们说坚定制度自信，不是要固步自封，而是要不断革除体制机制弊端，让我们的制度成熟而持久。"习近平总书记的这一重要论断，深刻揭示了全面深化改革与制度自信之间的辩证关系。没有坚定的制度自信就不可能有全面深化改革的勇气，同样，离开不断改革，制度自信也不可能彻底、不可能久远。

（七）准确把握全面深化改革总目标，必须处理好价值体系与制度体系这对国家现代化中的重要关系，两者相得益彰，才能印证文化价值观念与政治制度模式的统一。

国无德不兴，人无德不立。任何一种社会制度的背后，都有其核心价值观，全面深化改革既是制度完善、治理推进的过程，也是价值彰显、精神构建的过程。社会主义核心价值体系这一兴国之魂，决定着中国特色社会主义发展方向，也是推进国家治理现代化的最重要力量。

一个国家的价值体系和制度体系应该是高度一致的。制度安排是价值取向的体现。没有自己的精神独立性，制度的独立性也就失去了根基。现代化的国家治理，需要核心价值体系的导航定向，需要坚如磐石的精神和信仰。

从这个角度看，我们培育和践行社会主义核心价值观，有效整合社会意识，是社会系统得以正常运转、社会秩序得以有效维护的重要途径，也是国家治理体系和治理能力的重要体现。"富强、民主、文明、和谐"，沿着这样的国家目标推进改革；"自由、平等、公正、法治"，通过这样的社会理想凝聚共识；"爱国、敬业、诚信、友善"，遵循这样的公民准则检视行为，才能为国家治理树立正确的价值引领、营造良好的思想氛围、提供不竭的精神动力。

（八）"历史的道路不是涅瓦大街上的人行道"，踏上改革新征程的中国，对现代化的认识实现了一个新的飞跃，然而世间万事，知易行难。行之所难，难就难在思想的统一，难就难在利益的掣肘，难就难在观念的束缚。

一分部署，九分落实。全面深化改革总目标，解决了推进各领域改革最终为了什么、要取得什么样整体效果的问题，但如何让统领全局的改革目标，落实为全国一盘棋的改革行动，将大气磅礴的改革蓝图，转化成全方位治理中的改革实践，考验着我们的执政水平，锤炼着我们的治理能力。

全面深化改革，推进治理现代化，就要坚持系统思维，防止片面理解。只讲"市场的决定性作用"，不讲"更好发挥政府作用"；只讲发展混合所有制经济，不讲推动国企改革；只讲"单独两孩"，不讲坚持计划生育的基本国策；只讲如何分好"蛋糕"，不讲如何做大"蛋糕"……这种盲人摸象、以偏概全的认识，势必导致对改革目标的曲解。推进治理现代化是一项环环相扣的系统工程，只有兼顾局部与整体、原则性与灵活性，各领域改革才能协调配套、齐头并进。

全面深化改革，推进治理现代化，就要敢于触动"奶酪"，突破利益藩篱。"几何公理要是触犯了人们的利益，那也一定会遭到反驳的"，从反腐倡廉到简政放权，从化解过剩产能到清除市场壁垒，深化改革难免触动一些人的奶酪，碰到各种复杂关系的羁绊，不可能皆大欢喜。畏首畏尾，不敢出招，怕得罪人，必然议而难决、决而难行；固守局部利益的"一亩三分地"，必然相互掣肘，出现合意则取、不合意则舍的倾向。有勇气、有胆识、有担当，敢于突破既得利益，才能让改革落地，使整体利益产生乘数效应。

全面深化改革，推进治理现代化，就要大胆解放思想，打破思维定势。

正所谓"昨日是而今日非矣,今日非而后日又是矣",面对新形势新任务,如果完全顺着既有的思维定势来行事,可能就觉得不需要改革或不积极去推动改革。冲破思想观念束缚,就是要破除妨碍改革发展的那些思维定势,顺应潮流,与时俱进。改革越是深入,就越要做好承受改革压力和改革代价的思想准备,凡是对党和人民事业有利的,对最广大人民有利的,对实现党和国家兴旺发达、长治久安有利的,该改的就要坚定不移改,这才是对历史负责、对人民负责、对国家和民族负责。

(九)许多时候,鲜明的时代感,是在与历史的对照中油然而生。

回顾习近平总书记刚刚结束的访欧之旅,一个细节意味深长:德国总理默克尔赠给中国贵宾的一幅古老地图,在无数国人心中激起波澜。

那幅绘于乾隆年间的中国地图,刻画的是中国封建史上最后一个辉煌的年代。然而,繁华盛景背后的旧制度却已是风烛残年、百孔千疮。在当时已经踏上现代化之路的欧洲人眼里,这个神权专制的帝国"翻来覆去只是一座雄伟的废墟","他们恒久不变的体制并不能证明他们的优越"。

旧制度的轨道上,生产力的新车轮注定行之不远,要迈开现代化的步伐,最根本的是在制度层面变革创新。这是中国人百余年来从落后与奋争中得来的经验,也是当代中国最突出的时代主题。

今天,身处"千年未有之变局"的中国,面临着前所未有的历史机遇。在以30多年的奋斗走过别人上百年历程之后,在取得举世瞩目的物质现代化成就之后,中国的改革正在开启一条制度现代化之路,并决意用几代人、十几代人,甚至几十代人的不懈奋斗来推进完成。

"现在我们干的是中国几千年来从未干过的事。这场改革不仅影响中国,而且会影响世界。"巨人之声,音犹在耳,新一轮改革大潮已经起势。站立在960万平方公里的广袤土地上,吸吮着中华民族漫长奋斗积累的文化养分,拥有13亿中国人民聚合的磅礴之力,沿着中国特色社会主义道路走下去,中国充满活力的制度文明与治理转型,必将成为21世纪人类影响最为深远的变革。

(2014年4月14日)

让和平永驻人间
——写在第一次世界大战爆发百年之际

（一）1914年7月28日，第一次世界大战爆发。

英德两国正式开战的那个晚上，英国外交大臣格雷对着伦敦夜空感喟："整个欧洲的灯火正在熄灭。在我们的有生之年将不会再看到它们被重新点燃。"这句话成为那段黑暗岁月最苍凉的注脚。

萨拉热窝的一声枪响，引发了一场遍及欧亚非三大洲的战火。残酷血战历时四年零三个月，先后将三十多个国家投入其中，卷入战争的人口在十五亿以上，吞噬了几千万人生命。第一次世界大战改变了欧洲，改变了世界，也改变了人类对战争与和平的认知。

100年来，人类探索一战爆发原因的思索没有停步，伴随着时代的演进，历史这团混乱的纱线被不同人以不同方式拆解和分析着。进入7月，一战百年的纪念活动在世界各地举行，政治家们和历史学家们掀起了对二十世纪"悲剧性开局"的新一轮反思。

一战爆发百年之际，正是中国这个东方大国昂首走向世界舞台中央之时。国际上伴随着中国的崛起出现复杂声音，有人拿出裁剪好的欧洲一战"截图"来套今日亚洲，暗喻中国是地区不稳定的根源；有些人直截了当地将今天的中国比作当年的德国，用"新兴大国必然与守成大国发生冲突"的历史观来定义中国发展的路径；日本领导人更是借此攻击中国，以掩盖其突破和平宪法、重新武装的真实目的……

一战带来的教训，究竟该如何汲取？新兴市场国家走上发展快车道，究竟是和平的正能量还是负能量？当今世界，究竟是更稳定、更安全，还是更动荡、更危险？中华民族"史无前例的伟大复兴"，究竟会给人类梦寐以求的持久和平带来什么？

未来世界的走向，深藏在这些问题之中。

（二）"让欧洲走向爆炸，花费了50年。引爆它，却仅需五天时间"。

迄今为止，一战爆发的原因仍像乱麻一般，难以理清。经济竞争、殖民地争夺、联盟对立、民族主义情绪高涨，以及双方战争准备的不断升级等因素常被提及。所有这些因素，都是时代的产物。

时代决定了偶然中的必然。

弗兰茨·斐迪南大公夫妇乘坐的马车假如没有拐向暗藏刺客的街区，他们或许可以幸免于难，但列强走向战争的脚步不会因为这样的偶然停住。

1917年，列宁在《帝国主义是资本主义的最高阶段》的序言中写下了一段百年后仍值得深思的话："我希望我这本小册子能有助于理解帝国主义的经济实质这个基本经济问题，不研究这个问题，就根本不会懂得如何去认识现在的战争和现在的政治。"

1900年，当欧洲的学者们开始为"帝国主义"这个新概念著书立说的时候，战争的恶魔已经叩响了欧洲的大门。帝国之间争夺权势的惯性冲动使欧洲变成了"只需一个小火花就能引爆的火药桶"。战争的恶魔兴高采烈地踩着越来越密集的备战鼓点跨进了欧洲的门槛……

"我永远都不会忘记1918年的那个夏日。战场上横尸遍野，硝烟弥散……"雷马克在《西线无战事》中这样写道。成千上万年轻士兵抱着投身于"为了结束战争的战争"的信念，走向战场。那些在战火中倒下的人，直到生命最后一刻也不会明白，这场帝国主义共同发动的战争怎么可能带来和平？

（三）1917年春，法国邮轮"亚多士"号遭德国潜艇鱼雷攻击而沉没，船上的543名华工丧生。中国首次为第一次世界大战付出了生命的代价。

1917年8月，中国正式向德奥宣战。整个一战期间，中国与其他尚是殖民地的广大发展中国家一样，承受了战争带来的巨大苦难，有近15万名中国劳工应征，担负起协约国艰苦的战地后勤任务。

当时的中国政府曾梦想借参战改变中国在世界的地位，摆脱被列强分割的命运。但是，对于半殖民地半封建国家，一个积贫积弱被侵略者置于屠刀之下的国家，这样的梦想也只能是梦想而已。战争结束后，日本窃取了德国在山东的非法利益，中国蒙受了巨大的民族屈辱。

西方列强在巴黎和会上对山东问题的处置，使中国知识分子对西方国家失去了信任。而19世纪在欧洲兴起的社会主义浪潮，一战期间却在俄国成为现实。这一系列重大事件对中国产生了巨大的影响，带来了一股澎湃的思潮。

由此开始，一战对中国近现代史、社会思潮和政治经济文化等许多方面形成了至深且广的影响，为旧民主主义革命转变为新民主主义革命提供了思想政治基础。毛泽东在《新民主主义论》中指出，第一次帝国主义世界大战和第一次胜利的社会主义十月革命，改变了整个世界历史的方向，划分了整个世界历史的时代。

这确实是一个划时代的改变。伴随着十月革命的炮响，马克思主义开始在中国传播。在纪念一战百年时，大英图书馆中文馆馆长吴芳思这样写道：庆祝应该专属于1919年5月4日，因为这一天真正地回应了那些欧洲盟国在凡尔赛悍然作出的决定，由此，中国开始了一场真正的革命性的改变。

对符合中国实际的发展道路的探索也因一战而变。帝国主义野蛮争夺和血腥战争的惨烈后果，显露了"欧洲模式"的局限性。由西方文明造就的资本主义制度开始失去原有的光彩。李大钊在大战即将结束时说："此次战争，使欧洲文明之权威大生疑念。欧人自己亦对于其文明之真价不得不加以反省。"毛泽东在1917年8月也指出，东方思想固然不切于实际生活，西方思想亦未必尽是，几多之部分，亦应与东方思想同时改造。

第一次世界大战让中国先进知识分子对西方文明价值产生的这种怀疑，是他们由信仰民主主义到信仰社会主义的不容忽视的重要因素。正是这种怀疑，推动了中国的仁人志士去探索挽救中国命运的新途径。1921年，中国共产党诞生，民族复兴的"中国梦"与中国的独立自由解放历史性地联系在了一起。也正是这种怀疑，使中国共产党人为民族解放、国家独立的斗争，从一开始就具有了对殖民地广大受压迫民众命运的强烈观照，就与争取更公平、更合理的世界秩序结合在了一起。

历史是现实的根源，任何一个国家的今天都来自昨天。正如习近平主席所强调的，"消除战争，实现和平，是近代以后中国人民最迫切、最深厚的愿望"，"中国人民怕的就是动荡，求的就是稳定，盼的就是天下太平"。和平发展，从来都是中华民族伟大复兴的中国梦最基本的元素、最鲜明的底色。

（四）维克多·雨果说过："永远不要忘记周年纪念日，开展纪念日活动，如同点燃一支火炬。"我们需要思考的是，如何让历史的火炬，照亮我们的未来？

关于一战反思热潮的兴起,最直接的原因是战争的影响惨痛而深远。第一次世界大战是百年前帝国主义主导的国际格局深刻转型的标志性事件。战胜国与战败国均遭到重创,欧洲文明涂炭。德意志、奥匈、沙俄和奥斯曼土耳其四大帝国土崩瓦解,导致全球力量重心的根本性转移,欧洲的相对衰落和美国的"强势崛起",开启了20世纪的国际政治经济新版图。

国际社会需要以史为鉴。然而,一些学者与政客炮制出"一战重演论",把中日关系与一战前的英德关系相提并论,把当前的东亚局势与一战前的欧洲局势联系起来,暗示中国崛起将打破地区与国际秩序,把世界带入另一场大战的深渊。这种牵强附会的类比看似无意,实则有心,利用国际舆论对和平的期盼,将对战争的担忧与矛盾的焦点引向了中国。"一战重演论"正成为"中国威胁论"的又一个翻版。

百年一战,百年沧桑。当前世界战略格局、力量对比和国际秩序较之百年前已全然不同,但一战暴露出的霸权争夺、零和博弈等旧观念仍未退出历史舞台,强调所谓"均势"和"绝对安全观"等西方论调依然以真理自诩。这也是为什么值此一战百年纪念时刻,世界对和平与发展的呼声如此强烈。

均势,是一个建立在西方历史经验基础之上的国际关系学概念。其逻辑是,均势被打破,战争随之而来。在打破均势的诸因素中,新兴大国对守成大国的挑战,被西方国际关系教科书屡屡提及。自一战以来,"大国冲突""大国悲剧""大国对抗"这些概念已经深植于西方对世界的看法之中。一战百年,西方舆论出现借一战比照中国的说法,就源于这样的历史观。

然而,今天的世界,正处于一个由单极向多极过渡的新时期,欧洲的历史经验再也不可能成为唯一解释现实问题的"黄金定律"。尽管如此,自19世纪逐步建立并被视为全球通行的"西方标准",不可能痛痛快快地"退位"。特别是美国,甚至不再满足于均势,开始追求作为唯一超级大国的"绝对安全"。在他们的眼里,目前美国所享有的相对优势绝对不允许任何势力加以改变,美国的统治地位绝对不允许任何一个国家撼动,为了保持这种"绝对安全",甚至不惜使用一切手段,遏制可能挑战其地位的力量。

这就可以理解,为什么随着中国国家实力的不断增强,会招来如此多的质疑、敌视和围堵。面对"另一条道路"朝气蓬勃的发展,近20年来,西方或是故意夸张"即将到来的美中冲突";或是刻意强调历史上"几乎没有哪个国家的崛起没有引发战争";或是反复渲染"国强必霸论"。这些舆论攻势甚嚣尘上之时,正是中国快速发展,并通过北京奥运会、汶川抗震救灾显示出制度优势的时候。观点中所暗含的意识形态偏见，成为多种多样"中国威胁论"的思想基础。

（五）毋庸置疑，中国坚持自己的道路并取得卓越成效，动摇着西方的制度自信。中国的出现，从根本上颠覆了他们的历史逻辑。悲观由此而生。他们怕的不只是一个不断强大的中国，更怕的是不知道该如何应对以中国为代表的新兴国家的群体性崛起。

有外国学者一针见血地指出：国际关系史上所谓的"大国悲剧"大多发生在欧洲，西方国际关系理论只是地方性理论。但美国和西方却把这地方知识视为普世的真理，并且在实践中十分相信。

从本质上看，这源于西方对一个不得不分享其主导权的多元世界的悲观，源于西方对其历史模式不再放之四海而皆准的悲观。当旧的殖民体系土崩瓦解，冷战时期的集团对抗不复存在，任何国家或国家集团都无法单独主宰世界事务。一大批新兴市场国家和发展中国家走上了发展的快车道，十几亿、几十亿人口正在加速走向现代化，多个发展中心在世界各地区逐渐形成，成为国际关系中的重要力量和国际体系的正能量。这是百年历程最为激荡人心的变化，也是一些西方守成大国不愿面对的变化。

这种变化，是时代的潮流，不可阻挡。要跟上时代前进步伐，就不能身体已进入21世纪，脑袋还停留在过去。在今天的世界，"均势理论"只能导致国与国之间军事准备的不断升级，"绝对安全"本质是一极独大的霸权思想。安全应该是普遍的，不能一个国家安全而其他国家不安全，一部分国家安全而另一部分国家不安全，更不能牺牲别国安全以谋求自身所谓"绝对安全"。否则，就会像哈萨克斯坦谚语说的那样，"吹灭别人的灯，会烧掉自己的胡子"。

还记得去年三月，习近平主席在莫斯科国际关系学院演讲时，提出了"命运共同体"的概念，"人类生活在同一个地球村里，生活在历史和现实交汇的同一个时空里，越来越成为你中有我、我中有你的命运共同体"。其后，他又多次强调，"我们生活在同一个地球村，应该牢固树立命运共同体意识，顺应时代潮流，把握正确方向，坚持同舟共济"。

这是基于对当今国际格局深刻洞察的战略思考，是社会主义中国对人类文明走向给出的解决方案，是一个强大起来的中国对世界和平的殷殷期望。

（六）误用历史是一种罪过，而滥用历史更甚。用一战的历史经验"套解"

今天的中国，掩盖了真正应当从这场大战中汲取的教训，它有可能带来两个危险。

第一，它有可能让人们忽视日本右倾思潮的复活。

不久前，反战代表作《安妮日记》在日本图书馆中被撕毁。以色列驻日大使康露思一针见血地指出："这虽然是某些特定的个人和团体所为，却反映了日本社会整体的态度和氛围。"

右倾思潮与战争有直接关联。它是极端民族主义的土壤，是帝国主义情结的酵母。一战时的日本就如同一个浸泡在右倾思潮中的发酵体。没有这一发酵过程，不可能有后来的侵略战争。二战结束后，日本右倾思想的"发酵池"没有被清洗干净。在两强的冷战对峙中，日本轻而易举地找到了遮掩历史疮疤的借口，却失去了在反思中重新认识自我的机会。近代以来，日本军国主义已经成为亚洲无法实现和平发展的最大祸根，这是我们在纪念一战百年时必须清醒看到的。

今天的日本，又走到了一个十字路口。安倍试图重新武装日本的举措，与那些举着纪念希特勒标语牌走上欧洲街头的极右分子之间，似乎有着一种默契。一旦跨过"修宪""建军""重整军备"这几道门槛，日本军国主义的战车会不会隆隆发动？

警钟必须敲响。保持对日本军国主义复活的高度警惕，认清日本试图掩盖重新武装的真实目的，坚定不移地遏制军国主义的复活，亚洲和平与世界和平才会有保障。

第二，用一战的德国比照今天的中国，还会带来另一种危险——战争预言的自我实现。

一战的教训告诉我们，认为战争不可避免的观念力量极为强大，它会一步一步地把对立方引向战争的深渊。

修昔底德说过，雅典与斯巴达之间的战争无可避免，是因为"雅典日益壮大的力量，还有这种力量在斯巴达造成的恐惧"，这就是迄今仍然在决定着西方对中国发展认识的"修昔底德陷阱"。其危险在于，它看上去似乎是在提醒人们对战争作好准备，实际上却是在增加战争的必然性。"有关同中国的冲突不可避免的观念可能会产生自我实现的后果。"美国学者约瑟夫·奈在分析为什么一战不会重演的原因时，这样提醒世人。

正确反思一战、吸取教训的关键之一，恰恰在于西方大国应抛弃二元对立观，避免在世界制造冲突、隔阂与对抗，导致两败俱伤，只有走和平发展的道路，才能避免重蹈历史的覆辙。

（七）截取历史的横断面来做比较是容易的，但它忽视的是世界大势的改变、国家发展的进程。

100年过去了，今天的中国与百年前相比，实力完全不同，全球角色完全不同。这些都是靠什么得来的？一没靠掠夺，二没靠战争。靠的是自力更生、艰苦奋斗，靠的是改革开放、和平发展。中国强大了，人民富裕了，但积累的每一分钱都没有一丁点儿对外殖民掠夺的污点。中国已经加入了世界贸易组织，成为联合国、世界银行、国际货币基金组织等许多国际组织中的重要成员，分享了经济全球化的红利，也积极履行着维护国际秩序的责任。从倡导建立长期稳定健康发展的新型大国关系，到推动构建睦邻、安邻、富邻的周边外交，中国极力倡导的，是在平等合作中建立起人类命运共同体。

一战也不是亚洲目前局势的一面镜子。今天的亚洲，没有一战前的列强争霸，多头并进的区域合作在不断深化，无论是投资、贸易、人员流动和文化交流都处于历史最好时期。中国改革开放的30多年，正是亚洲新兴市场国家进步的30多年，这不是巧合。中国给亚洲带来的不只是经济效益，更有和平红利，已经成为亚洲和平发展的重要引擎。

亚洲的和平之路怎么走？习近平主席明确指出：我们应该积极倡导共同安全、综合安全、合作安全、可持续安全的亚洲安全观，努力走出一条共建、共享、共赢的亚洲安全之路。

历史指向未来。五千年博大悠远的中华文明，涵养了讲信修睦、善待他人的传统思想，造就了海纳百川、兼容并包的处世哲学，催生了天人合一、世界大同的文化理想，留下了强不执弱、富不侮贫、协和万邦的精神传承。中国不认同"国强必霸"，中国人的血脉中没有称王称霸、穷兵黩武的基因。中国从和平发展中获取了动力，尝到了甜头，看到了未来，没有任何理由不继续坚持走这条道路。

（八）100年过去了，帝国主义、殖民统治的历史已经翻页，世界进入了一个全球化的新时代。

100年过去了，和平的期盼已经成为人类的共识，战争的灾难却仍然困扰着今天的世界。

冷战之后，阿富汗战争、伊拉克战争接踵而来，在叙利亚、马里、乌克兰，剑拔弩张、兵戎相见、民族冲突、教派血斗，战争恶魔的脚步声不停地响起……构建能够有效制止战争的国际秩序任重道远，探索持久和平、共同繁荣的道路依然漫长。

在刚刚结束的拉美之行中，习近平主席引用巴西作家保罗·科埃略的话说："世界掌握在那些有勇气凭借自己的才能去实现自己梦想的人手中。"

为了和平、发展、合作、共赢的人类共同理想，为了中华民族伟大复兴的中国梦，中国愿与各国携手共建新的政治经济和安全秩序，让和平不再是"战争的中场休息"。

我们有信心、有勇气、有智慧开创大国崛起的历史新篇，以"和而不同"的中国梦为世界开辟和平发展的光辉道路。

（2014年7月28日）

让历史照亮人类的明天

——写在中国人民抗日战争暨世界反法西斯战争胜利纪念日

（一）这是一个值得铭记的日子。

1945年9月2日，泊于东京湾的密苏里号战列舰。在包括中国在内的9个受降国代表注视下，日本在投降书上签字。随军记者朱启平目睹了这一幕。签字完毕，一看表，时间正是9点18分。

从"九一八"那个悲惨的时候，到9月2日的胜利时刻，战败者乘船远去的"落日"余晖中，英勇悲壮的中国人民抗日战争结束，第二次世界大战落下帷幕。9月3日，四万万中国人民举国同庆，庆祝属于自己的胜利。

有人说，短暂的20世纪也是"战争的世纪"。在这个充满苦难的百年中，第一次世界大战席卷欧、亚、非三大洲30多个国家和地区，4年烽火，吞噬了上千万人的生命。时隔21年，伤口还未愈合，更大规模的第二次世界大战爆发。战争波及60多个国家和地区，世界人口4/5被卷入，1.9亿人因战火而伤亡。

"空气在颤抖，仿佛天空在燃烧"，这句源自前南斯拉夫电影《瓦尔特保卫萨拉热窝》的台词，成了描述二战气息的经典语言。那场给人类带来浩劫的战争已永远地成为了历史，但灼热的历史依旧在燃烧，战争的阴霾从未在这个星球上彻底散去。

近70年来，世界一直处于漫长的"战后时期"：战争的土壤没有被彻底清除，挑战公理正义的右翼势力正在复活；改善全球治理的努力虽在加大，多边协商机制依然脆弱。人类社会的和平与发展一直与捍卫用几千万人生命换来的胜利成果息息相关。

雨果曾说，历史是过去传到将来的回声，是将来反映过去的倒影。站在新世纪的第二个10年回望，为什么一战的惨痛教训未能避免二战的发生？怎样杜绝20世纪人类浩劫的重演？生活在这个星球上的人们，如何进入理解和互信的良性循环，找到和平与发展的光明之路？

（二）想获得和平必须了解战争，历史学家这样总结。

西方有个流行的比喻：第一次世界大战是上半场，第二次世界大战是下半场，中间二十多年是"幕间休息"。

1919年巴黎和会上签订的《凡尔赛和约》，成为一战后国际体系的重要基础。整个会议被英、法、美三国把持，它们与日本等国瓜分了同盟国集团此前的势力范围。而包括中国在内的殖民地、半殖民地国家的利益，则沦为牺牲品。

以分赃为目的的"和会"与"和约"，注定无法彻底清除引发战争的根源、实现真正持久的和平，却为德、日法西斯后来发动二战埋下祸根。没有国际关系的民主化，没有民主化的国际制度，弱国、小国和穷国的利益得不到应有的尊重，强权政治的横行只会进一步刺激侵略的贪欲。

历史证明，在炮火难以撼动的旧国际体系下，一场更为可怕的战争已经播下种子。法国元帅福煦在《凡尔赛和约》签字后说："这不是和平，而是20年的休战。"列宁更是一针见血地指出："靠《凡尔赛和约》来维持的整个国际体系、国际秩序是建立在火山口上的。"一战结束后20年，武装人员比1913年差不多翻了一番；国与国之间的对抗和种族仇恨仍旧根深蒂固。

二战爆发前，从来不坐飞机的英国首相张伯伦，专门坐飞机去德国与希特勒签订协定，然后在世人面前举起记录《慕尼黑协定》的那几张白纸，高声宣布说他与法国总理达拉第"为世界赢得了一代人的和平"。结果不到一年时间，第二次世界大战爆发。战争以空前残酷的方式，给人们带来无比沉重的启示。

（三）法西斯主义给世界带来巨大灾难，给人类文明造成空前浩劫。诗人保罗·策兰在名作《死亡赋格》中描述犹太人被迫一边奏舞曲一边掘墓的场景，成为烙在人类历史上再也无法抹去的创痕；纳粹德国用种种残酷手段，造成了欧洲几千万人死亡，集中营里的暴行让哲学家阿多诺感叹"奥斯维辛之后，写诗是野蛮的"。

而在东方大地上，日本侵略者肆意屠杀中国军民，强行掳掠劳工，蹂躏和摧残妇女，进行细菌战和化学战，制造了南京大屠杀等一系列灭绝人性的惨案，犯下了令人发指的罪行。据不完全统计，战争期间，中国军民伤亡3500多万人。按1937年的比值折算，中国直接经济损失1000多亿美元，间接经济损失5000多亿美元。

这是一场正义与邪恶、光明与黑暗、自由与专制的人类命运大决战。从法国的诺曼底海滩到太平洋上的中途岛，从苏联的库尔斯克到美国的珍珠港，从埃及的阿拉曼到中国的台儿庄，在人类历史上没有任何一个时刻，世界人民能如此紧密地团结在反法西斯的大旗下，中国的抗日战争胜利与世界人民反法西斯战争胜利，彻底改变了世界的走向，成为人类历史上的关键一步。

这关键的一步，是人类文明价值的彰显。反映二战的纪录片《夜与雾》，以令人震撼的镜头体现对战争的反思：人类不应该两次踏进同一条河流。经过两次战火的洗礼，更多人意识到，狭隘和极端只会将人类拖入灾难。从二战开始，自由、民主、平等、公正、和平等基本价值，对人类文明进步产生了持久而深刻的影响。

这关键的一步，是世界进步力量的兴起。自1840年被坚船利炮叩开大门，中国几乎无约不损、无战不败，更至山河破碎、神州陆沉。抗日战争的胜利，才让拿破仑所说的"东方睡狮"睁开了双眼，开启民族复兴的序篇，最终完成"中国人民从此站起来了"的历史转折。古老中国的命运，折射的是战争胜利对旧时代列强争霸国际体系的强烈冲击，展现的是亚非拉各国谋求民族解放、独立发展的广阔道路，彰显的是中国等发展中国家塑造人类共同未来的巨大能量。

人类历史潜流深沉，关键的转折却往往只有几步。中国人民抗日战争和世界反法西斯战争的胜利，是正义的胜利、和平的胜利、人民的胜利，是中华民族永远值得纪念的胜利，也是世界各国人民永远值得纪念的胜利。

（四）八年抗战八年泪，一寸山河一寸血。

"九一八，九一八，从那个悲惨的时候，脱离了我的家乡，抛弃那无尽的宝藏，流浪，流浪。"一首《松花江上》，满是山河沦陷的痛楚，更饱含亿万中国人民对日本侵略者的仇恨。

正如毛泽东在二战尚未全面爆发前的判断："伟大的中国抗战，不但是中国的事、东方的事，也是世界的事。"作为第二次世界大战的东方主战场，中国抗战持续时间最长，牵制和抗击了日本陆军三分之二以上的总兵力，中国战场歼敌占日军二战期间伤亡人数的70%，在战略上有力地支援了欧洲和太平洋及亚洲其他地区的反法西斯战争。

1945年，美国总统罗斯福在国情咨文中表示，美国"忘不了中国人民在7年多的长时间里怎样顶住了日本人的野蛮进攻和在亚洲大陆广大地区牵制住大量的敌军";苏联著名将领崔可夫元帅在其回忆录中感慨:"在我们最艰苦的战争年代,日本没有进攻苏联,却把中国淹没在血泊中。"

没有谁能否认,如果没有中国的浴血奋战,第二次世界大战的历史将是另一种写法。在生死存亡的最后关头,不甘屈辱的中华儿女共赴国难,中国的命运与亚洲的命运,与世界和平的希望紧紧联系在了一起。

而这一次战争,也改变了中国的命运。以纪录片《四万万人民》展现中国抗战的荷兰导演伊文思曾说:"我拍了一个在战争中瓦解,又在战火中形成的国家,我看到了勇敢!"

抗战爆发后,北京密云县一位名叫邓玉芬的母亲,把丈夫和5个孩子送上前线,他们全部战死沙场。华北平原上的一个庄户人家写下这样一副对联,"万众一心保障国家独立,百折不挠争取民族解放",横批是"抗战到底"。这是中华儿女同日本侵略者血战到底的怒吼,是中华民族抗战必胜的宣言。

地不分南北,人不分老幼,母亲送儿打日寇,妻子送郎上战场,男女老少齐动员。从气贯长虹的平型关大捷到浩气凛然的台儿庄会战,千千万万爱国将士浴血奋战、视死如归,各界民众万众一心、同仇敌忾,以血肉之躯筑起钢铁长城,中华民族的觉醒和团结达到了前所未有的高度。这是近代以来中国反抗外敌入侵第一次取得完全胜利的民族解放战争,是中华民族走向振兴的重大转折点。

"伟大的中国人民抗日战争,开辟了世界反法西斯战争的东方主战场,为挽救民族危亡、实现民族独立和人民解放,为争取世界和平的伟大事业,作出了彪炳史册的贡献。"在卢沟桥畔为独立自由勋章雕塑揭幕时,习近平总书记如此评价抗日战争的重要意义。

2014年2月27日,十二届全国人大常委会通过决定,将9月3日确定为中国人民抗日战争胜利纪念日,将12月13日设立为南京大屠杀死难者国家公祭日,以此铭记中国人民反抗日本帝国主义侵略的艰苦卓绝的斗争,缅怀在抗日战争中英勇献身的英烈和所有为中国人民抗日战争胜利作出贡献的人们,表明中国人民坚决维护国家主权、领土完整和世界和平的坚定立场。让这段不屈抗争的历史,成为我们民族的集体记忆,成为中华民族伟大复兴的力量之源。

(五)英勇悲壮的抗日战争,凝聚了中华民族威武不屈的民族精神,也展现了中国人民崇尚和平的宽阔胸怀。

一年前,一部题为《对照记:犹在镜中》的纪录片,让尘封了半个多世纪的犹太摄影师沈石蒂在上海的传奇故事呈现在世人面前。二战期间,上海接纳了近3万名欧洲犹太难民,中国人民的仁爱与善意给予他们活下去的希望。

战后,国民政府曾用中国军舰,把200多万滞留在华的日本俘侨送回日本。中国人民还收留了2800多名被遗弃在中国的日本孩子,在自己缺衣少食的艰难岁月里,给了他们最温暖的佑护。1978年,48岁的战后遗孤铃木则子回到日本后说:"遗留孤儿和遗留妇女不应该忘记拥有两个祖国的骄傲。"

能够理智地将日本军国主义的罪恶与日本人民分开,正确看待一个曾经给中国人民带来深重灾难的国家,对许许多多经受过战争戕害的普通中国人来说,并不是一件容易的事情。但正因为不容易,才更加清晰地展现出中国人民的精神力量,更加真实地呈现了中国人民对战争与和平的思考。

1944年9月,美国敦巴顿橡树园里,各国代表规划战后世界。一位美国代表认为,"为了世界其余部分流过鲜血的四个大国",有权奠定未来国际组织的基础。中国成为联合国安理会五个常任理事国之一,联合国的制度安排体现了中国对世界反法西斯战争的贡献。

二战后,中国加入了130多个政府间国际组织、300多个国际多边条约,是安理会五个常任理事国中派出维和人员最多的国家。从倡导和平共处五项原则,到倡导建设持久和平、共同繁荣的和谐世界,从主张根据事情本身的是非曲直决定自己的立场和政策,到主张以和平方式解决国际争端,从提出互信、互利、平等、协作的新安全观,到提出理性、协调、并进的核安全观……正如习近平主席所言,60多年来,中国始终坚持和平发展的理念,努力"更好发挥负责任大国作用",这是一个度尽劫波的国家对世界的承诺和贡献。

(六)"不尊重历史的人,注定要重犯历史的错误。"二战后近70年来,整个世界都在努力避免一次新的世界大战。但一些国家却总是想给战争的记忆贴上封条,突破战后的各种国际规则和制度,在隐瞒、遗忘与歪曲中,重新走上历史的老路。

今天的和平,不是在一片空地上构建的大厦,而是在战后秩序这个基本框架中建设起来的。离开这一框架，突破这一框架，得来的不会是和平而只能是战争危险。确保二战以来国际秩序的成果，是亚洲和平和世界和平的基础，一丝一毫都马虎不得，一砖一瓦都动摇不得。以《开罗宣言》《波茨坦公告》等国际法律文件为基础，才谈得上遏制并清除法西斯主义思潮的生存土壤。

然而，近年来，日本国内右翼势力屡屡制造事端，引来国际社会强烈不满。所谓"钓鱼岛国有化"，挑战的是战后国际秩序的法律基础；篡改教科书、参拜靖国神社，美化的是给亚洲各国人民带来深重苦难的侵略历史；妄图修改和平宪法、强行解禁集体自卫权，威胁的是来之不易的和平局面。

二战结束已近70年，这些闹剧仍不断在日本上演，充分表明，日本建立的所谓和平体制并没有对军国主义的复活形成有效的遏制。现在，安倍政府又要借修改宪法来实现重新武装，日本不仅要做政治大国，还要做军事大国，怎能让爱好和平的亚洲和世界人民放心？

《开罗宣言》和《波茨坦公告》是构建二战后国际秩序的法律基础。根据这两个文件，钓鱼岛及其附属岛屿作为"日本所窃取于中国之领土"，必须归还中国。因此，"钓鱼岛及其附属岛屿"不仅是岛屿的归属问题，更关系到世界反法西斯战争胜利的成果还要不要捍卫，二战后的国际秩序还要不要坚持，联合国宪章的宗旨和原则还要不要遵守？这是维护世界和平的重大原则问题。中国在这些问题上与日本较量，坚持要求归还被日本窃取的中国领土，为的就是要确保战后秩序，不给法西斯主义和军国主义任何可乘之机。

国际社会对日本的危险倾向已经有所警觉。美国《时代》周刊指出，日本正扩张自己的军事影响，梦想建立一种"新的世界格局"；《华尔街日报》则将安倍称为"亚洲最危险的人物"；英国前驻日大使休·科塔齐更是撰文警告"玩火者很可能引火烧身"。越来越多的人清醒地看到，对日本右翼势力的纵容和绥靖只会放虎归山、贻害无穷。

新加坡前总理李光耀在其回忆录中谈道：1945年日本战败后，昨天还很残暴的日本军人整齐列队，将新加坡的街道打扫得干干净净。如此"敏捷"的转身，使他"心里泛起一阵寒意"。和平，在日本就好像双脚踏在一块浮冰之上，虽然一夜间换了站姿，但对于脚下一直在融化的基础，这么多年却始终视而不见。二战后，日本能否走和平道路，能否取信于亚洲人民，最重要的一个"量度"，就是日本能否自觉接受战后国际法规和国际秩序，遵守战后和平宪法。日本政府应充分意识到，只有清醒地面对历史，深刻反省战争的罪行，并且采取实际行动清除军国主义思潮，才能重新赢得世界人民的尊敬。

69年前日本天皇裕仁宣布无条件投降，但在伴着电波杂音播出的《终战诏书》中，并未出现"投降"的字眼。直到今天，日本政府和媒体仍将"8·15"称为"终战日"，而非"战败日"和悔罪的日子。究其实质，军国主义是政治的，更是思想的、文化的以及社会心理的。战后的日本没有完成清理的任务，这是亚洲的真正危险所在。

（七）德国学者雅斯贝尔斯曾说，"把历史变为我们自己的，我们遂从历史进入永恒"。

回望历史，20世纪是人类发展史上最值得纪念的一个百年。从农业社会到工业社会，又飞速跨进信息社会；几千年来从未有过的"进化"，在这个短短的百年里完成了，无论是物质还是精神领域，人类文明都达到了空前的辉煌顶点。

然而，也就是在这个世纪，两次世界大战接踵而至，人类陷入前所未有的分裂与杀戮之中，文明的灯火一度被战争风暴吹得七零八落。音乐家梅纽因沉痛地说："如果一定要我用一句话为20世纪作个总结，我会说，它为人类兴起了所能想象的最大希望，但是同时也摧毁了所有的幻想与理想。"

两次世界大战的惨痛经历，让人类开始思考如何才能找到持久和平之道。国际社会开始尝试通过和平的手段实现和平，通过用国际秩序与规则的约束来限制战争的冲动，通过合作共赢的制度设计来制约战争。

近70年间，尽管局部地区的战争不断，但多元世界正逐步形成，时代的不同使得选择和平发展成为可能。与此同时，全球治理体系尚不完善，国家政治之间的激烈博弈、冷战思维、极端民族主义与极端宗教思想造成的冲突、摩擦仍持续不断，在一些地区仍有升级的可能。怎样才能为我们生活的世界，找到一种新理念，不断为和平注入正能量？

正如习近平主席指出的，当今世界正在发生深刻复杂的变化，和平、发展、合作、共赢的时代潮流更加强劲，国际社会日益成为你中有我、我中有你的命运共同体。面对世界经济的复杂形势和全球性问题，任何国家都不可能独善其身、一枝独秀，这就要求各国同舟共济、和衷共济。

十八大以来，中国新一届领导人在多个国际场合阐述了"命运共同体"理念。强调这一理念，反映了中国政府对新的历史条件下国与国关系的新认识，也表达了中国政府和人民同世界并肩前行、携手共进的坚强信念。中国梦与非洲梦、亚洲梦、美洲梦息息相通，中国是全球化的获益者，更是推动者。

邓小平在三十年前就说过，如果说中国是一个和平力量、制约战争的力量的话，现在这个力量还小。等到中国发展起来了，制约战争的和平力量将会大大增强。

"山积而高，泽积而长"。随着更多发展中国家走上国际政治舞台，人们相信，国际社会将确立一个更加广泛地体现共同利益的原则，引导人类走向公正合理、平等互利的国际政治经济新秩序。

（八）20世纪，1.87亿人在140次战争中丧生，超过以前所有在战争中死亡的人数总和。同样也是在20世纪，人类在科学技术和物质上的伟大进步，也远远超越以往数千年的成就。

历史不应是记忆的负担，而应是理智的启迪。今天的人类越来越坚定地认为：光明每前进一分，黑暗便后退一分。清除军国主义泛滥的根源，人类能够拥有改变战争与和平"交替循环"的智慧和力量。

第二次世界大战的爆发地——波兰维斯特普拉特半岛上有一条巨幅标语：永远不要战争。而哲学家康德在其《论永久和平》中说，永久和平最终将以两种方式中的一种降临：或者由于人类的洞察力，或者因为在巨大的冲突和灾难面前，除了永久和平人类别无他选。

我们正处于这样的历史关头，需要以一代人富有远见的洞察，为整个人类赢得未来。

"未来是不确定的，但未来是我们塑造的。"

谨以此文献给在中国人民抗日战争中英勇献身的英烈，以及所有为中国人民抗日战争胜利作出贡献的人们；献给为世界反法西斯战争浴血奋战的志士，以及所有为人类和平与解放事业奋斗的人们。

他们的英名不朽，和平的光芒永在。

（2014年9月3日）

标注共产党人的精神坐标
——论党的群众路线教育实践活动

（一）历史的峰回路转中，总有一些东西贯穿岁月、一脉相承。

80年前的十月，一支队伍从江西瑞金出发。经过两万五千里艰苦卓绝的漫长跋涉，两年之后，中国革命的火种在十月的大西北重新汇聚、星火燎原。长征，人类历史上从未有过的壮举，将一支军队、一个政党、一个民族的精神凝聚成不可战胜的力量。一个全新的中国，从此奠定坚不可摧的根基。

80年后的十月，又一支队伍迎着复兴的曙光，行进在具有许多新的历史特点的伟大长征中，交出了一份精神和意志的答卷。一年多时间里，在"为民、务实、清廉"的旗帜下，8600万党员"穿百姓鞋、走百姓路"，开始了心灵深处一轮新的征程。这场名为"党的群众路线教育实践活动"的全党行动，在返本归真中拨亮信仰的灯火，在正风肃纪中重塑党员的形象，让每位参与者都经历了一场庄严的精神洗礼。

80年，世事沧桑，今非昔比，但这相隔80年的两次远征，追寻的是民族复兴的相同目标，秉持的是人民至上的相同信念，遵循的是一切为了群众、一切依靠群众的相同路线。如果说长征路上的枪林弹雨，铸就了中国革命的坚强领导核心，那么今天的群众路线教育实践活动，就是执政60多年之后，共产党人面对新的危险和考验，为中国道路"新的远征"主动进行的思想上的砥砺、组织上的锻造、作风上的净化。

"党的作风就是党的形象，关系人心向背，关系党的生死存亡"，全党必须警醒起来，打掉横亘在党和人民群众之间的无形的墙。习近平总书记铿锵有力的话语，揭示了这次活动的深远意义。一年多来，以八项规定为切口，以作风建设为重点，以涤荡"四风"为靶标，以解决问题为抓手，党的群众路线教育实践活动，锤炼了执政党党纪党风，催生了全社会新风新貌，为全面深化改革凝聚起强大的精神力量，标注出新时代共产党人的精神坐标。

（二）"长征是宣言书，长征是宣传队，长征是播种机。"群众路线教育实践活动带来的观念变革、现实变化，同样意义深远。

有人说，"在中国，饭桌是观察社会风气的窗口"。一年多来，公款大吃大喝不敢了，推杯换盏的干部不见了，三令五申管不住一张嘴的现象销声匿迹了。"光盘行动"从公务用餐延伸到大众食堂，国庆招待会上简朴的国宴菜单在网上广为流传，21元的"总书记套餐"一时间风靡全国。

在被视为政治晴雨表的北京街道上，以往节庆时各种"跑部钱进"的送礼车辆已经偃旗息鼓。江苏阳澄湖，连涨11年的大闸蟹今年首次出现降价。贵州茅台，"官酒"加速向"民酒"转身。奢侈品市场上，名烟、名茶、名表、名包销售额跌势汹涌。隐身于风景名胜间的各种高档会所，也逐渐向平民路线看齐。

当总书记下基层也挽起裤腿、自己打伞，什么人还好意思前呼后拥、排场十足？当政治局常委出行都"不清场不封路"，哪个干部还有胆量随随便便警车开道、耀武扬威？日本媒体评价，中共"废除虚礼，体现了清新风气"；英国新闻网站感慨，"中国的新领导人没用多长时间就带来了新气象"。

有人统计，近两年来，中央相继出台了19项制度规定，涵盖公务接待、办公用房、会议费差旅费培训费、因公临时出国（境）、外宾接待、公车改革、领导干部秘书管理、央企负责人薪酬管理等方方面面。对于形式主义、官僚主义、享乐主义和奢靡之风，这些制度的实施无异于釜底抽薪，但这样的连锁反应在经济生态链上激起的回响却是正面的。一位卖红地毯的经销商告诉记者：虽然作风新规让他少赚了钱，但如果好作风真能坚持下去，"我还是要竖起大拇指！"

民心向背，在这样的回响中清晰可闻。国际舆论评价，习近平致力于改变政治文化，中国民众对此很欢迎。而共产党"整风"的目的，是让干部与中国人民更接近。根据皮尤研究中心2013年的民意调查报告，85%的中国民众对国家发展方向表示满意，82%的民众对未来五年感到乐观。

（三）"在思想和灵魂深处爆发革命！"教育实践活动开展之初，中部省份一位干部的感慨，道出了活动的重要性，也折射其艰巨性。最深刻的革命、最激烈的冲突、最艰难的转折，往往是心灵深处的"天人交战"。相较于推动国家的发展、社会的进步，那些触动灵魂的改变，本质上都有牵动利益的较量，因此并不会来得更轻松。

活动伊始，有人觉得作风建设远水不解近渴，有人担心思想政治教育在新形势下已经失灵，有人害怕"辛辛苦苦搞形式，轰轰烈烈走过场"，更有不少人抱着等待、观望的心态，认为活动就是一阵风、刮过去就算完了，以后"该怎样还怎样"……

"一阵风"的忧虑、"抓小事"的异议、"走着瞧"的心态，源自8600万党员思想更活跃、利益更多元的现实，源自社会转型期思潮竞逐、风气浸染、沉疴顽瘴积重难返的现状，源自过往一些活动"前紧后松""法不责众"的历史体验。

如今，时间给出了答案。

这是一次回归传统的"思想整风"。理想信念是共产党人精神上的"钙"。教育实践活动，补的是钙、强的是骨。"升官发财"的梦幻破灭了，"想发财别做官"的告诫振聋发聩；"领导就得骑马坐轿"的特权意识式微了，"为人民服务"的宗旨不断增强；"有权不用、过期作废"的谬论破产了，"公款姓公、公权为民"的逻辑深入人心。当习近平总书记系列重要讲话展现的坚定信仰、为民情怀、务实作风成为共识，当焦裕禄"绿我涓滴，会它千顷澄碧"的抱负引来共鸣，当"为了谁、依靠谁、我是谁"的反省触及灵魂，活动的锋芒直指世界观、人生观、价值观的"总开关"，带来了共产党人宗旨信念的升华。

这是一次直面现实的"问题清扫"。"舌尖上的浪费""车轮上的铺张""舞台上的奢华""会所中的歪风"……群众反映强烈的作风之弊、行为之垢，在正风肃纪的铁扫帚下无所遁形。移除文山会海、叫停政绩工程、严管铺张浪费，破除形式主义的"客里空"，打掉官僚主义的特权感，抑制享乐主义的庸懒散，刹住铺张挥霍的奢靡风。到今年8月底，全国已累计查处违反八项规定精神的问题56332起，74338人受到处理，20610人受到党纪政纪处分。

这是一次政治生态的"集中净化"。从铁腕规范党内生活，到铁面问责严格执纪，从亮短揭丑的民主生活会，到重拳破除各种潜规则，存在已久的圈子文化、特权意识受到强力荡涤，守底线、讲原则、重法治开始成为新常态。"党员就要有党员的样子"，以整风精神拧紧螺丝、上紧发条，按规矩办事用权的意识逐步增强，讲真话、做诤友的真诚同志关系正在回归，增强了党内生活的政治性、原则性、战斗性。

这是一次规范权力的"制度构建"。信任不能代替监督，觉悟不能代替制度，教育实践活动向实处使劲、往细处用力、从严处较真。管住月饼、贺年卡，严格制定差旅费标准，规范学习培训，制度"笼子"越扎越密、越扎越牢。没有含含糊糊、没有模棱两可、没有特殊例外，用制度绷紧了作风建设这根弦。反四风，反到深处是改革，各项制度规定与全面深化改革互促并进，推进了治理理念、目标和手段方式的革命，提高了国家治理体系和治理能力的现代化水平。

这是一次面向未来的"政治点名"。"良好的精神状态，是做好一切工作的重要前提"。十八大以来，全面深化改革大潮迭起，没有逢山开路、遇水搭桥的进取精神，没有恪尽职守、夙夜在公的敬业奉献，怎能打好改革这块铁、走好发展这步棋？践行八项规定，严打"老虎苍蝇"，开展教育实践活动，动真碰硬的扎实举措，表明了中央"党要管党、从严治党"的坚定决心，彰显了自我净化、自我完善、自我革新、自我提高的政治勇气，是复兴之路上的一次大练兵、大点名。

"没想到中央出台的措施这么给力，没想到中央推进改革的决心这么大，没想到一些'老大难'问题解决得这么快，没想到一年半来的变化这么明显"。从充满疑虑到信心坚定，从不以为然到心悦诚服。一年多来，问题在解决、改变在发生，好比四两拨动千斤，掀起一场影响持久的深刻变革。

是什么，让"积重难返"变成"善作善成"？又是什么，再次让世界感叹"中国共产党为什么能"？

（四）胜利，往往不是因为战胜别人，而是由于超越自我。

党的十八大之后，世界把关注的眼光投向中国。2013年春，美国《时代》周刊将习近平评为"最具影响力人物"。人们感到中国甚至是世界，都将进入一个"新的时代"。但问题是，这个时代会用什么方式拉开自己的帷幕？

办好中国的事，关键在党。执政党有什么样的精神状态，一个国家就展示什么样的状态；执政党有什么样的作风，一个社会就呈现什么样的风气。"如果管党不力、治党不严，人民群众反映强烈的党内突出问题得不到解决，那我们党迟早会失去执政资格，不可避免被历史淘汰。这决不是危言耸听。"与民更始、革故鼎新之际，正是展示一个党的执政风格、执政水平之机，也是体现一个时代的价值追求、精神取向之时。

"全党必须牢记，只有植根人民、造福人民，党才能始终立于不败之地；只有居安思危、勇于进取，党才能始终走在时代前列。"党的十八大明确将开展群众路线教育实践活动作为保持党的先进性和纯洁性的重要手段。2013

年6月18日教育实践活动动员大会上,习近平总书记更是把这次活动提升到"实现党的十八大确定的奋斗目标和中国梦"的高度,强调"要对作风之弊、行为之垢来一次大排查、大检修、大扫除","把为民务实清廉的价值追求深深植根于全党同志的思想和行动中"。

专家学者这样阐释这场活动的深远意义——"它是以党的领导推动政治经济转型的重大努力"。而教育实践活动调研组在湖北菜市场遇到的一位老人,对此有自己更为言浅意深的理解——"就是要让干部花公家的钱心疼一点,干活儿实在一点,对老百姓好一点"。

三个"一点",要求何其有限,分量却何其沉重!如果连这"一点"期望都不能满足,我们何以面对父老乡亲?如果连"四风"问题都解决不了,连8600万党员都治理不好,谈何全面深化改革、率领13亿人实现民族复兴?

(五)在外人眼里,"中共一年来的做法堪称精神复兴"。而在共产党人看来,这"精神复兴"始于党中央言出必行的决心和抓铁有痕的行动。

2012年12月4日,中央政治局会议审议通过八项规定。习近平总书记明确表示,"规定就是规定,不加'试行'两字,就是要表明一个坚决的态度,表明这个规定是刚性的"。

这样的刚性,在教育实践活动中处处可见。

"不要试点,我们先干。我们就是试点。"活动首先从中央政治局开始。政治局委员每人至少学习三天,对照检查、交流谈心、开展批评和自我批评、研究提出加强作风建设的措施及制度规定,每个环节一步不落。"要求别人做到的自己首先要做到,要求别人不做的自己坚决不做。"从强调要"领导带头"、把自己摆进来,到要求"坚持开门搞活动"、把群众请进来;从"牢固树立问题意识"、把问题带进来,到"层层落实责任,层层传导压力"、把压力加进来……正是有了中央领导同志全程亲力亲为、挂帅出征,才有了整个活动的力度持续、节奏有序、效果明显。

"抓而不紧,抓而不实,抓而不常,等于白抓。"活动开始前半年,习近平多次听取专题报告,先后作出17次重要批示。活动开始后一年多时间里,习近平两赴河北,两下兰考,指导和参与常委联系点的教育实践活动,在活动的每一个关键点,作出方向性指示——

提出"照镜子,正衣冠,洗洗脸,治治病",要求"把党性修养正一正、把党员义务理一理、把党纪国法紧一紧",强调"不虚、不空、不偏",倡导发扬钉钉子精神，告诫思想不能疲、劲头不能松、措施不能软，要求徙木立信、抓就真抓、一抓到底，阐明"三严三实"修身之本、为政之道、成事之要，号召在抓常、抓细、抓长上下功夫，提示防止活动前紧后松、矛盾积压、简单粗糙、短期效应……

总书记率先垂范，常委们马不停蹄。李克强去广西、翁牛特旗，张德江去江苏、上杭县，俞正声去甘肃、武定县，刘云山去浙江、礼泉县，王岐山去黑龙江、蒙阴县，张高丽去四川、农安县，指导活动、参加讨论、听取汇报。大江南北、长城内外，联系点的教育实践活动成了示范、成了样板，显示了中央管党治党的政治担当、以身作则的务实作风和共产党人最讲认真的可贵精神。

这种自上而下、以上率下，让教育实践教育活动走出"运动型"的误区，让作风建设突破"抓了好，不抓坏"的循环，产生了根本性的震撼。对理想信仰的高度重视、对现实问题的敏锐洞察、对思想状态的准确把握、对性质宗旨的深刻认识，让群众路线教育实践活动成为一次深及灵魂的革命，划定了共产党人在新时代的精神坐标。

（六）在这样的精神坐标中，种种新的变化让人无限感慨。

教育实践活动纠中有建、抑中有扬、破中有立，带来了新举措、新风尚、新气象。很多我们觉得难以改变的事情，很多我们认为难以解决的痼疾，很多我们抱有期望却困难重重的改革，都在新风劲吹中改变着、解决着、推进着。制度更加严格、行动更加务实、作风更加廉洁、干部更敢担当，一种政治生活新常态，正在逐步形成。

落实一个"严"字，处处严格按章办事——截至9月底，全国各级机关取消和下放行政审批事项13.7万项，查处"吃拿卡要""庸懒散拖"问题5万余起、6万多人；调整多占办公用房2227.6万平方米，清理超标超配公车11.4万辆……越来越多的人真切感受到：制度约束越织越密，执纪监督越来越严，作风建设越抓越紧。

狠抓一个"实"字，严防虚浮懈怠之气——不管是整治"三公"经费开支过大，还是畅通服务群众"最后一公里"，无论是查处奢华浪费建设，还是惩治惠民政策缩水走样，一年多来，中央的各项措施释放鲜明信号：有权必有责、有位当有为。一个"实"字，成为检验干部是否称职的试金石。

突出一个"廉"字，始终保持政治本色——收受礼品不许了，滥发奖金不让了，大吃大喝不行了，公费旅游不敢了，各项廉洁从政的规章制度，规范了权力、约束了行为，努力从根本上铲除腐败滋生的土壤，夯实了廉洁政治的思想基础和组织基础。

崇尚一个"清"字，坚决做到风清气正——铁腕规范党内生活，重拳破除各种潜规则。听取意见较真、查摆问题务实、开展批评动真碰硬、整改落实落地有声，初步形成了弘扬正气的大气候，让政治生态清朗起来，让潜规则失去土壤、失去通道、失去市场。

倡导一个"敢"字，时时体现责任担当——"为人民服务，担当起该担当的责任"，越来越多的干部面对大是大非敢于亮剑，面对矛盾敢于迎难而上，面对危机敢于挺身而出，面对失误敢于承担责任，面对歪风邪气敢于坚决斗争。畏首畏尾、敷衍塞责之风逐渐成为"过去时"，鼓励担当、崇尚担当的良好政治生态正在形成。

牢记一个"党"字，补好理想信念的精神之钙——在对照检查中深挖"四风"的思想根源，在为群众办实事的过程中检验宗旨意识，在严格的党内生活中增强党性观念，教育实践活动追根溯源、培元固本，努力让广大党员撑起信仰的主心骨，让各级党组织成为凝心聚力的坚强堡垒。

严、实、廉、清、敢、党，六个字成为党员干部精神世界的鲜明坐标，成为8600万党员共同的价值准则、行为规范，擦拭着共产党员的心灵之镜、磨砺着共产党员的精神之铁。

有这样一个真实的故事：村里缺水，全村人凑钱建水塔还缺8万元，村支书拿着写好的报告，上门找县水利局长向组织求援。不成想，局长拿起报告就砸在支书脸上，"你们乡里书记都死了？村里的支书怎么能直接来这儿！"支书捡起报告，边哭边走，回村召开村民会："我们以后不靠共产党了。"形式主义、官僚主义、享乐主义和奢靡之风，拉开了党和群众的距离，也在党员干部中埋下了毒瘤祸根，败坏了党风政风，污染了政治生态，涣散了我们这个曾经团结一心的人民政党的战斗力凝聚力。

教育实践活动开始前，调研组在大别山区走访，一个农户说，这里从没见来过什么干部，"干部跑官、跑发财、跑好处去了，谁还来跑我们。"而活动临近结束时，一个细节让督导组印象深刻：甘肃定西的一个山村里，督导组遇到了一个干部，白天帮着村民解决问题，晚上坐到炕上写调研材料。老百姓看到变化，感慨地说："好作风回来了！共产党又是真家伙了。"

如果说民族国家是历史记忆的共同体，那么一个政党则无疑是信仰信念的共同体。把无数党员连接在一起的，除了组织架构、行为规范，更是相同的思想、相同的理念、相同的行动。一次教育实践活动，正是在这个角度上，改变了党员的心理结构，塑造了党内的集体认同——那是百姓期待的"真信仰"、是群众敬佩的"真公仆"，由此重建党群、干群之间的良性互动，重塑决定一个政党生死存亡的血肉联系。

司徒雷登曾经感叹："共产党之所以成功，在很大程度上是由于其成员对它的事业抱有无私的献身精神。"无论是只有50多人，还是有超过8600万党员，一代代共产党人形成的精神传统，是党和人民的事业兴旺发达的不竭动力。丢了这些传统，就丢掉了民心，丢掉了根基；坚守这些传统，我们就能无难不克、无坚不摧。

（七）然而，精神的弘扬需要代代相承，正如信仰不可能自发确立，党性不可能天生而成。

"剥笋见芯""扎针见血""真刀真枪""红脸出汗"……肇始于延安时期的民主生活会，在教育实践活动中焕发出新的力量。许多年轻干部感叹，自己最缺的就是严格的党内政治生活锻炼，这次真是醒了脑、提了神、补了课、充了电。

党内生活是锤炼党性、坚定信仰、提高觉悟的大熔炉，加不加火、加到什么温度，决定炼出来的是纯钢，还是炉渣。为什么在一些地方，干部依法受到惩处，首先不是反思自己的问题，而是自怨"没有靠山"？为什么在一些单位，不学无术、逢迎邀功者大行其道，正派能干的干部却难被重用，甚至被"逆淘汰"？为什么有的地方，形形色色的关系网越织越密，方方面面的潜规则越用越灵，制度成了"稻草人"和"橡皮泥"？

种种问题，虽然各有成因，但都存在一个不容忽视的因素：党员干部缺乏严格的党性锻炼。一段时间以来，党内生活不经常、不认真、不严肃的问题比较普遍，平淡化、随意化、庸俗化倾向严重。一些干部只记得行政职务，忘记了党员身份；一些人在名利面前斤斤计较，患得患失；在"批评与自我批评"面前明哲保身，当"好好先生"；在处理同志关系时搞团团伙伙、人身依附，甚至独断专行，追求绝对权力。党内生活松一寸，党员干部队伍就散一尺。一些地方组织涣散、纪律松弛、生态恶化；一些人政治上变质、经济上贪婪、道德上堕落、生活上腐化，莫不由此而生。

"严肃党内生活，是解决党内存在问题的重要途径"，习近平总书记多次强调"要增强党内生活的政治性、原则性、战斗性,使各种方式的党内生活都有实质性内容,都能有针对性地解决问题"。群众路线教育实践活动正是为了从作风改进入手,营造良好的政治生态和从政环境,锻造领导伟大事业的坚强核心。

精神关、观念关、心理关、身份关、行动关,教育实践活动中,有人用这样的"过五关",来描述严格党内生活带来的心理变化。党员干部深刻认识到,过去那种党性不讲、规矩不守、纪律不严的日子一去不复返了,必须遵循"三严三实"的要求,学会适应党内生活新常态。

在河北廊坊的专题民主生活会上,10名上访户代表在后排列席。当市委班子发言进行到第五位时,省委副书记问上访户有什么感受。一位上访户站起来说,领导在前排就座,是否红了脸、出了汗,我不知道,但是我看到他的脖子根都红了;将来整改效果怎么样,我不知道,但是他们的认识已经很到位了。"这样的批评与自我批评的力度,作为一个老百姓,我很满意"。

苏联解体后,人们经常追问:苏共早年在有20万党员时能够夺取政权,在有200万党员时能够打败法西斯侵略者,而在有近2000万党员时却丢失了政权、丢失了自己,这是为什么?其中很重要的一个原因,是党内生活不正常、政治纪律不严格,这样的"大党",人数再多也不管用。

中国共产党今天拥有8600万党员,是我们最可宝贵的资源,但如何才能让这支队伍坚如磐石、百炼成钢?开展教育实践活动,正是要让这支队伍既有真理的力量,更有人格的力量,既有崇高的理想,更有严明的纪律,在关键时刻信得过、靠得住、顶得上。

(八)"北京有自己的价值选择",外国观察家这样评价群众路线教育实践活动。对于我们党来说,群众路线不仅是一种政治路线,也是一种政治哲学;不仅是一种政治道德,也是一种政治标准;不仅是一种政治义务,也是一种政治伦理。

还记得几年前,一位小学生"想做贪官"的理想,曾让多少人痛心疾首。"因为贪官有很多东西",看似童言无忌,实则是腐败现象对价值观的扭曲。党风正则民风淳。世界上没有一个国家像中国这样,党风政风对社会风气的影响如此之巨。一旦党风不正、世风日下,就会是非颠倒、荣辱错位。

"只要我们党的作风完全正派了,全国人民就会跟我们学。"群众路线教育实践活动期间,干部戒奢以俭,民间也兴起了"光盘行动",一些过去畸形繁荣的行业开始转型；公款节礼被禁，带动节日消费回归理性、社会交往回归情感。我们的社会迎来了正气上扬、浊气下降的转机，那些被腐败现象、不良风气颠倒的是非观、价值观，开始得到纠正。清风劲吹的新气象、振奋人心的新变化，往深里看，正是社会主义核心价值观弘扬和践行的历史契机。

人心是最大的政治。国家统计局2013年11月在21个省区市开展的民意调查显示，87.3%的群众认为不正之风和腐败问题与以往相比有好转。反"四风"、反腐败的时代洪流，是荡涤更是唤醒，是除弊更是拯救。站在新起点上，现在人们最担心的是不良作风反弹，最盼望的是把改进作风的好态势坚持下去。唯有绵绵用力、久久为功，将教育实践活动成果固化下来，使之规范化常态化制度化，建构起"以廉为荣、以贪为耻"的文化风尚，廉洁政治、清正风气才会成为社会常态。

北宋政治家司马光曾言："教化，国家之急务也，而俗吏慢之；风俗，天下之大事也，而庸君忽之。夫惟明智君子，深识长虑，然后知其为益之大而收功之远也。"正风肃纪行进到今天，不仅事关政治生态的净化，更是一场必须赢的价值观较量，是我们的社会能否励精图治、我们的时代能否昂扬向上的重要保障。

（九）所有的结束，都是又一段旅程的开始。

"凡是影响党的创造力、凝聚力、战斗力的问题都要全力克服，凡是损害党的先进性和纯洁性的病症都要彻底医治，凡是滋生在党的健康肌体上的毒瘤都要坚决祛除，使中国共产党始终同人民心连心、同呼吸、共命运。"中华人民共和国成立65周年国庆招待会上，习近平总书记掷地有声的宣示，是一个政党对国家、对人民的郑重承诺。

雄关漫道真如铁，而今迈步从头越。

带领亿万人民在实现中国梦的道路上凯歌行进，这是共产党人的光荣，更是这一代人的责任。面对挑战，我们会有奋斗的艰辛，也会有成功的喜悦，但贯穿其中的，是一个政党不变的誓言——"永不动摇信仰，永不脱离群众"。

贯彻群众路线没有休止符，作风建设永远在路上。

（2014年10月8日）

让法治为现代中国护航

——论全面推进依法治国

（一）12月4日，13亿中国人将迎来第一个"国家宪法日"。

1982年的这一天，经过为期4个月的全民大讨论，八二宪法在第五届全国人民代表大会第五次会议上表决通过。很多那一年出生的孩子，都取名叫"宪法"。

32年过去，社会主义中国的法治建设，到党的十八届四中全会抵达一个新的高度。作为厉行法治的一个象征，国家宪法日的确立，再次彰显执政党全面推进依法治国的坚定决心。

进行治国理政顶层设计的中央全会，是解读中国的关键钥匙。

中国向何处去？"坚定不移走中国特色社会主义道路"，两年前，中共十八大自信地标定前进的方向。

动力从哪里来？"在新的历史起点上全面深化改革"，一年前，十八届三中全会坚定地踏下变革的油门。

全面深化改革，开启了生产力、创造力和社会活力迸发的闸门，如何让这喷薄的洪流奔涌在既定的河道？"建设中国特色社会主义法治体系，建设社会主义法治国家"，十八届四中全会制定出全面推进依法治国的总蓝图，成为中共党史上第一次专门研究法治建设的中央全会。

这是一座法治里程碑，以此为节点，思路更明确、理念更清晰，法治中国建设将进入一个新阶段；这是一场国家治理的革命，必将带来我们党执政方式的变化、执政水平的提升；这是一个发展新起点，法治将搭建起更牢固的框架、更规范的轨道，让改革发展在各个领域蹄疾而步稳地前行。

"社会主义法治国家"，中国近代以来百余年上下求索作出的最终选择，标注出中华民族伟大复兴的最新高度。社会主义，确立了人民民主专政的国家性质；法治，替代了延绵千年的人治传统。两相结合，让富强、民主、文明、和谐成为可能，让国家治理体系和治理能力的现代化成为可能。

从 2013 到 2014，从三中全会到四中全会，全面深化改革和全面推进依法治国，作为一个总体战略部署在时间轴上顺序展开，未来中国的发展路径清晰可见。

（二）"治理一个国家、一个社会，关键是要立规矩、讲规矩、守规矩。"

新中国的法治建设进程中，有几个节点无法绕开，它们是这条探索之路上的坐标，见证着成功的经验，也记录下惨痛的教训。

一是 1949 年，体现全国人民意志和利益的《中国人民政治协商会议共同纲领》，起到了临时宪法的作用，成为法治之路的原点。二是 1954 年，第一部宪法颁行，标志着社会主义法治从过渡期走向成型期，奠定依宪治国的基础。三是 1966 年开始"文化大革命"，砸烂公检法、无法无天带来十年倒退。四是 1978 年，改革开放重启中国法治进程，法治建设进入快车道。五是 1997 年，党的十五大将"依法治国"确立为基本方略，进入全面加强法治建设新时期。

将法治建设的这些节点连接成历史发展的曲线，就会发现，它与中国发展变化的进程，竟然如此吻合。什么时候重视法治、法治昌明，什么时候就国泰民安；什么时候忽视法治、法治废弛，什么时候就国乱民怨。国家建设发展长期实践中总结出的规律，决定了我们在法治之路上只能前进，不能倒退。

人民共和国的宪法难以保护自己的国家主席免于冤屈，这曾是新中国法治进程中最令人痛心的一幕。痛定思痛，依法治国成为十一届三中全会以来我们党领导人民治理国家的基本方略，依法执政成为党治国理政的基本方式。

今天的中国，发展的曲线已经上升到一个新的区间。一个利益多元、观点多样、充满活力的社会已然形成。从现在的情况看，只要国际国内不发生大的波折，经过努力，全面建成小康社会目标应该可以如期实现。但是，人无远虑，必有近忧。在纷繁复杂的社会中，如何保持稳定的社会秩序？在各方竞逐的市场领域，如何维护公平公正的市场规则？在意见碰撞的观念世界，又如何保证基本的理性标准和文明底线？实现中国梦的征途上，"五大建设"需要齐头并进，"新四化"需要舒展新卷，靠什么穿越历史三峡的激流险滩、实现党和国家的长治久安？

小智治事，中智治人，大智立法。在我们这样一个地域辽阔、民族众多、国情复杂的大国执政，要保证国家统一、法制统一、政令统一、市场统一，必须秉持法律这一准绳，用好法治这个手段。只有法治，才能为党和国家事业发展提供根本性、全局性、长期性的制度保障。

几千年封建专制历史，有法律而无法治，重权力而轻权利。早在春秋战国时期，我们就有了自成体系的成文法典，汉唐时期的法典就已比较完备，但正如黄宗羲所言："其所谓法者，一家之法，而非天下之法也。"漫漫人治史，使古人常把"盛世"的想象寄托在"明君贤臣"身上，最终逃不过"人存政举、人亡政息"的治乱循环。正是从这个意义上，习近平总书记强调：全面推进依法治国，是深刻总结我国社会主义法治建设成功经验和深刻教训作出的重大抉择，是全面建成小康社会和全面深化改革开放的重要保障，是着眼于实现中华民族伟大复兴中国梦、实现党和国家长治久安的长远考虑。

综观世界近现代史，凡是顺利实现现代化的国家，没有一个不是较好解决了法治和人治问题的。相反，一些国家虽然也一度实现快速发展，但并没有顺利迈进现代化的门槛，而是陷入这样或那样的陷阱。南斯拉夫曾经是社会主义国家中发展得比较好的，但铁托没了，那个制度和国家也就都没了。正是基于这样的思考，我们党以高度的历史主动性全面推进依法治国、坚定不移厉行法治，为民族复兴筹、为子孙万代计、为长远发展谋。

（三）前行的道路上，回头看看，才能发现走出了多远。

"公民在法律上一律平等"。1978年12月6日，《人民日报》刊登的一篇文章，以今天看来属于常识的观点，掀开了法学界思想解放的一角。一封发自陕西农村的来信，充满了对文章作者的忧心："我很钦佩你，但是很担心你被打成右派。"

1983年审议海上交通安全法草案，当时有参与讨论的领导坚决反对"港监对船舶作出的行政处罚，当事人如果不服，可以向法院提起诉讼"的规定："我们是代表国家执法的，头顶上戴的是国徽，告我们，就是告中华人民共和国。"

1995年，行政诉讼法施行不久，四川夹江县技监部门因商标侵权查封了一家小企业，却被当事人以"涉嫌越权"告上法庭。各方质疑法院：你们法院怎么让"造假的"把"打假的"给告了？

2013年，备受关注的薄熙来案庭审微博直播。网络断线怎么办？出现错别字怎么办？济南中院相关负责人回想起来，至今仍然"后怕"。但是，6

天186条微博23万字11张图片，成为司法公开重要节点。

几个事例，折射的是30多年来中国法治建设突破观念重围曲折前行的不平凡历程。改革开放之初，我国事实上的法律，只有宪法、婚姻法等寥寥几部。1979年，中外合资经营企业法出台；1986年，民法通则通过；2007年，物权法施行……一部部法律从无到有，把改革开放的成果镌刻在光辉的法典之上。2003年，城市流浪乞讨人员收容遣送办法废止；2011年，新拆迁条例开始施行；2013年，修改后的信访条例施行……一个个标志性事件见证着中国法治建设的进程。

如果说17年前党的十五大提出"依法治国"基本方略，是经过近20年思想交锋、现实倒逼的结果，那么，17年后的今天，我们党部署全面推进依法治国，则是一次自觉、主动的选择。如果说党的十五大报告提出"形成有中国特色社会主义法律体系"，解决的主要还是有法可依的问题，那么今天，"建设中国特色社会主义法治体系，建设社会主义法治国家"的总目标，则不仅注重立法的层面，更覆盖到科学立法、严格执法、公正司法、全民守法全过程，囊括了完备的法律规范体系、高效的法治实施体系、严密的法治监督体系、有力的法治保障体系和完善的党内法规体系。"法治体系"与"法律体系"一字之差，标注了法治建设取得的新进展、依法治国达到的新高度。

这样的新进展、新高度，点燃了亿万人民的法治热情。微博上，网友开设的"四中全会"话题在会议首日就引来超过7000万次点击；媒体中，各种解读分析充满热切期望。公众关注法治如何让生活更美好，学者分析会议释放出怎样的"法治红利"；而国外观察者也敏锐地感知到，这是"依法治国施政理念的2.0版，涵盖了执政党进一步加强法治建设的逻辑思路"。

"法治"二字激荡起阵阵春潮，正源于党心民意的深远共鸣。"全面推进依法治国是关系我们党执政兴国、关系人民幸福安康、关系党和国家长治久安的重大战略问题，是完善和发展中国特色社会主义制度、推进国家治理体系和治理能力现代化的重要方面。"习近平总书记对依法治国重要性的阐述，代表了一个政党清醒的判断、深刻的认知。

（四）法学界有一种观点认为，法律是人类最大的发明。别的发明使人类学会了如何驾驭自然，而法律使人类学会如何驾驭自己。

对于中国共产党而言，深刻思考法治与权力、法治与治理、法治与社会的关系，更好地把握执政规律，又何尝不是一次现代化进程中的自我驾驭、自我超越、自我提升?

一个现代国家,首先是一个法治国家;国家要走向现代化,首先要走向法治化。几百年前,英国上演"大国崛起",知识产权、市场规则的法律体系功不可没;当代西方国家的发达与文明,则建立在厉行法治的基础之上,人们工作生活的方方面面,都有多如牛毛的法条"管"着。正如孙中山痛切的体认,无法治便无以立国、强国,无法治便无从卫国、富民。经过60多年探索、30多年实践,以十八届四中全会为里程碑,行进在复兴之路上的中国,进入全新的"法治时间"。

作为治理体系和治理理念的法治,不仅要求有法可依,而且要有良法可依;不仅是对中国改革开放以来成果的捍卫,也是开启新一轮改革开放的制度基石;不仅要定分止争,而且是对民族精神的提炼与升华。洋洋上万字的四中全会《决定》并非就法治论法治,而是围绕中国特色社会主义事业总体布局,提出形成五大法治体系的重点任务,依法治国、依法执政、依法行政共同推进,法治国家、法治政府、法治社会一体建设的基本原则,科学立法、严格执法、公正司法、全民守法的基本要求,表明了我们党对社会主义法治建设有了更加完整系统的规划,也说明我们对治国理政的规律有了更加准确的把握。恰如境外媒体的分析,"依法治国"成为当今中国的主流,显示出清晰可辨的治理思路。

立治有体,施治有序,法治中国目标澎湃人心,中国已经不再是黑格尔所称的"世界历史的局外"。在全面推进依法治国的精神主旨下,更加清晰地界定党的领导与依法治国的关系、深化改革与依法治国的关系、法治信仰与依法治国的关系,这是共产党人对现代中国发展规律的深刻把握。

(五)党的领导与依法治国的关系,是法治建设的核心问题。"社会主义法治必须坚持党的领导,党的领导必须依靠社会主义法治",认识到二者的一致性,才能理顺法与权的关系,让治国理政有依据、法治建设有遵循。

"办好中国的事情,关键在党"。全面推进依法治国,党的领导同样起着决定性作用。中国这样一个有着独特历史文化传统的国家,正面临激烈的现代化转型,要处理好法治建设中出现的大量矛盾问题,党总揽全局、协调各方的作用不可或缺。实践中,依法治国是我们党提出来的,把依法治国上升为基本方略也是我们党提出来的,而且党一直带领人民在实践中推进依法治国,只有在党的领导下依法治国、厉行法治,人民当家作主才能充分实现，国家和社会生活法治化才能有序推进。可以说，坚持党的领导，是中国特色社会主义政治发展道路的根本要求，也是我国法治与西方"宪政"的根本区别。

我们党居于国家政治生活的核心地位，法是我们治理活动的基本框架，如何调整二者关系？这个问题的答案，并非水到渠成。翻开世界社会主义运动史，殷鉴不远。苏联几十年的法制建设中，建树了大量成就。但在斯大林时代，最高领导处于法律之上，为一系列失误埋下祸根；而戈尔巴乔夫时代，又因为取消苏共领导地位，动摇了国家的政治基础，导致国家解体。立法执法的扭曲、法治文化的落后，成为葬送一个百年老党、超级大国的重要原因。法治和人治的问题，是社会主义运动中一直未能解决好的难题，也是人类政治文明史上的一个基本问题。

党的领导的本质，是党领导人民当家作主。民主与法治，犹如一枚硬币的两面。我们讲的法治，其实就是民主的法律化、制度化、程序化。但是在民主发育不足的情况下，可能出现领导者个人意志高于一切的局面。1978年，邓小平就指出，当时"往往把领导人说的话当做'法'，不赞成领导人说的话就叫做'违法'，领导人的话改变了，'法'也就跟着改变"。

正是在这样的认识下，我们党主动探索和规范党与法的关系。宪法规定："任何组织或者个人都不得有超越宪法和法律的特权。"这里所说的"任何组织"，当然应该包括执政党。《中国共产党章程》也明确规定："党必须在宪法和法律的范围内活动。"从提出依法治国到部署全面推进依法治国，都是我们党在治国理政上的自我完善、自我提高，体现了执政理念的升级、执政方式的更新。

四中全会从理论和实践两个层面，进一步给出明确答案。在理论上，明确了党的领导与依法治国的一致性，坚持依法治国首先要坚持依宪治国，坚持依法执政首先要坚持依宪执政。在实践上，强调坚持党的领导，不是一句空的口号，必须体现在党领导立法、保证执法、支持司法、带头守法上。"法律之于政治，犹如文法之于语文，理论之于思想"。每一个党员干部，都应深刻认识到，我们党是先锋队，必须带头遵守国家法规和党内法规制度，维护宪法法律权威就是维护党和人民共同意志的权威，维护宪法法律尊严就是捍卫党和人民共同意志的尊严，保证宪法法律实施就是保证党和人民共同意志的实现。

（六）深化改革与依法治国的关系，是法治建设中的一个关键问题。"凡属重大改革都要于法有据""确保在法治轨道上推进改革"，发挥好法治的保障、规范与推动作用，才能让改革航船开得更稳、走得更远。

改革开放之初，陈云曾提出"笼中之鸟"的比喻，当时是为界定搞活经济与政府管理的关系。鸟得让它飞，捏在手里会死掉，但也不能没有笼子，否则鸟就飞跑了。如今，这则精妙的比喻也可以用来形容改革与法治。改革不能固步自封，必须勇于探索，但也不能信马由缰，突破法治的红线。

改革是一系列变化的集合，往往会带来不稳定。而法的基本价值之一，便是其安定性。对于中国来说，这种安定性不仅仅表现为不得朝令夕改，更体现为在一个高速前行的变动社会中，法及其维护的基本秩序，起着定海神针的关键作用。

经过30多年的实践，中国改革的路径也在发生鲜明变化。一切从实际出发，"摸着石头过河"仍是基本方法论，法治时代，改革"于法有据"也成为必然要求。社会主义市场经济本质上是法治经济，社会主义和谐社会必定是法治社会，社会主义现代化国家必然是法治国家。改革的"破"与法治的"立"，改革的"进"与法治的"守"，二者之间存在一定的张力，处理不好会相互掣肘，处理好了才会相辅相成。

改革离不开法治的引领和保障，否则就可能引起混乱；法治必须紧跟改革的进程和步伐，否则就可能被虚置。党的十八届三中全会提出300多项重要改革举措，四中全会又提出依法治国的180多项重要改革举措，正需要用法治的思维和方式推进改革。把改革主张转换成法治规范，用法治方式化解改革风险、减少改革成本、巩固改革成果，才能确保改革有秩序、不走样，行稳致远。

30多年改革开放历程证明，法治是指引中国改革这艘航船风雨中不变航向的灯塔，是阻拦奔腾的市场经济之川不溢出河道的堤坝，是守护30多年改革成果不被蚕食的卫士。唯有坚持在法治轨道上统筹社会力量、平衡社会利益、调节社会关系、规范社会行为，依靠法治解决各种社会矛盾和问题，才能确保中国社会在深刻变革中既生机勃勃又井然有序。

（七）法治信仰与依法治国的关系，是法治建设中的基本命题。"法律的权威源自人民的内心拥护和真诚信仰"，管用而有效的法律，既不是铭刻在大理石上，也不是铭刻在铜表上，而是铭刻在公民的内心里。十八届四中全会以"全民守法"为重要着力点，正是力求从塑造法治信仰出发，破解"国皆有法，而无使法必行之法"的困局。

《商君书·定分》记载了一则著名的"秦孝公难题"。商鞅变法之初，秦孝公提问："法令以当时立之者，明旦欲使天下之吏民，皆明知而用之，如一而无私，奈何？"意思是，立法之后，如何使官与民知法、懂法、守法？

这是一道法治中国需要面对的历史性难题。"公民的法律信仰，是法律体系保持持久生命力的一个重要前提。"缺了法治信仰，没有法治精神，再刚性的法条也难免沦为摆设。

1992年，电影《秋菊打官司》轰动一时。那个为了"讨个说法"而挺着怀孕的大肚子一次次上告的农妇，几乎成了中国法治进程中的一个符号，象征着在这个有着数千年人治传统的国家中，民众法治意识、权利意识一次深刻觉醒。然而，法治化的过程，并不全是赞美诗，很多时候可能很痛苦。一时一事依法不难，难的是处处事事依法，难的是用法治思维去想问题、作决策，难的是用法治方式去解决问题、处理矛盾。

在一些城市的图书馆与书店中，经常能看到这样一幕：有人专注地盘坐在法律专架下，寻章摘句地抄写着一些法律条文，他们手中的劳动法、物权法等小册子，已经在反复阅读中卷了角。这样的场景，折射公众对法治的复杂心态：既相信来自法律的公义，又害怕因为对具体法律知识缺乏了解而上当受骗。对于中国人，法治是一种新的伦理道德和社会秩序，也是一套相对陌生与复杂的程序规则，要以之重新规定行为模式、人际关系和生活方式，这既是伟大的变革，更是艰巨的挑战。

"人心是最大的政治"，信仰是法治的支撑。党的十八大把法治作为社会主义核心价值观的一大要素，就是要让它成为一种全民信仰，化为社会文明进步的强大动力。只有每个人都成为法治的忠实崇尚者、自觉遵守者、坚定捍卫者，只有让尊法、信法、守法、用法、护法成为全体人民的共同追求，法治才能成为一种"国家信仰"，法治中国才有最坚强的支撑。

（八）我们全面推进依法治国，要沿着什么道路往什么方向走？

几年前，有一部电影叫《马背上的法庭》。影片中，法官老冯用马驮着硕大的国徽，成了云南西北部山区的"流动法庭"。中国是一个地理环境、发展水平千差万别的"超大型国家"，这决定了法治建设必须从中国的实际出发。

马克思曾说："法律应当以社会为基础，法律应该是社会共同的、由一定的物质生产方式所产生的利益和需要的表现。"孟德斯鸠也说过："为某一国人民而制定的法律，应该是非常适合于该国的人民的，所以如果一个国家的法律竟能适合于另外一个国家的话，那只是非常凑巧的事。"一个国家的法治之路，只能植根于这个国家的土壤，简单的拿来主义只会水土不服。

著名评剧表演艺术家新凤霞，曾经塑造过一个深入人心的艺术形象：刘巧儿。故事的原型，来源于陕甘宁边区一起因自由恋爱而引发的官司。当时的边区高等法院庭长马锡五，将群众路线的工作方针运用于审判，就地公开审理并邀请知情群众参加，判决合情合理，当事人无不表示服判，毛泽东也称"马锡五来了事情就好办啦"。这种"审判与调解相结合"的方式说明，中国的法治建设需要走出一条自己的道路。

法学家萨维尼说，法是民族精神的体现。扎根于本民族传统的中国法治，从一开始就洋溢着本土特色。在长期治国理政的实践中，我们已经探索出了一条独具特色的法治建设道路。这条法治道路，是中国特色社会主义道路的重要组成部分。四中全会提出"五个坚持"——坚持中国共产党的领导，坚持人民主体地位，坚持法律面前人人平等，坚持依法治国和以德治国相结合，坚持从中国实际出发，是我们在长期实践中总结出来的基本经验，决定着我们能不能搞好法治建设、走向法治中国。

有外国学者写道："尽管与经济发达的西方国家不是一个版本的自由民主，但中国却是实实在在地从人治向法治转变，并且，法律在中国经济发展中发挥了至关重要的作用。"沿着中国特色社会主义法治道路前行，既不罔顾国情、超越阶段，也不因循守旧、墨守成规，更不全面移植、照搬照抄，才能解决当前中国法治建设中的重大问题，让中国特色社会主义制度展现蓬勃生机与旺盛活力。

（九）1913年6月9日，清末修律重臣沈家本溘然长逝。鸦片战争后，中国社会发生"千年未有之大变局"，亟待制定新的法律以调整新的社会关系。然而，危世岂有良法？陷入礼法之辩、中西之惑与政治之争，这位"法学匡时为国重"的名臣，徒留事业未竟之憾。

32年前，1982年5月的一个夜晚，著名法学家许崇德接到彭真电话，请他去讨论宪法序言底稿。当晚，他以一首《玉泉山之夜》记录下当时的情景："灯下词初定，纸间策已筹。宪章临十稿，尚欲益精求。"

新世纪的2014年，251个日日夜夜的起草，习近平总书记对每一稿的审阅，三次中央政治局常委会会议、两次中央政治局会议的讨论，形成了十八届四中全会《决定》，铸造中国法治建设的里程碑。

清末修律是帝王修律，被动修律；改革开放之初是人民修律，主动修律；今天，则是站在更高层次，从治理层面谋定思路、从执政角度谋划未来。从"人治"到"法制"再到"法治"，从"以法治国"到"依法治国"再到"法治中国"，理论和实践上的路径，揭示了中国法治历经变迁的复杂历程，也展现了"治国凭圭臬，安邦靠准绳"的法治图景。

今天，建设法治中国的新时代已经开启。一个相信"奉法者强则国强，奉法者弱则国弱"的民族，选择法治作为实现国家治理现代化的重要途径。沿着自己开创的道路，13亿中国人民将书写世界法治史上的崭新篇章。

（2014年12月3日）

凝聚当代中国的价值公约数
——论培育和践行社会主义核心价值观

（一）有些问题，越细想越觉得回味悠长。

有人好动，有人好静。有人生性温和，有人脾气火爆。有人喜爱热闹，有人享受独处。有人烟酒不沾，有人无肉不欢……这个世界没有两片完全相同的树叶，人与人更是千差万别。是什么将这些个性不同的"原子"凝聚成有序的整体，拥而不挤？又是什么让你的思绪贯穿岁月，与不曾谋面的古人心意相通？

价值观的力量，比生存的需要更崇高，比血浓于水的亲情更博大，它为人生赋值、为社会定规、给国家赋形。有什么样的核心价值观，就有什么样的国家、社会和公民，就有什么样的取向、路径和行动。

也门纷飞的炮火中，中国外交官冒着危险奔波协调，中国海军舰艇编队穿梭在亚丁湾海域，将613名中国公民、279名外国公民安全撤离。"我们牵挂着每一个人"，那一刻中国的宣示，诠释了一个国家的价值底色。

户籍制度改革试水、司法制度改革破冰、公共文化服务体系建设加快、乡村教师支持计划推进……两年多来，国家出台一系列改革举措，为的是增进人们的安全感、归属感和获得感。让每个人共享改革发展成果，折射着一个社会的价值取向。

"感动中国"人物刻画当代中国的价值年轮。"一句嘱托，许下了一生"的于敏，化名"炎黄"行善27年的张纪清，守望39年照顾困难邻居的郑州陇海大院爱心群体……人与人之间心心相印，让"共同体意识"渐渐回归。从对待自己到对待他人，体现了每个公民的价值选择。

这些新闻之所以让人有所感、有所思，正是因为它们直指我们心中的价值命题：什么样的中国，才是我们引以为豪的伟大国家？什么样的社会，才是令人向往的理想家园？什么样的人生，才有内心的安宁和恒久的幸福？

"倡导富强、民主、文明、和谐，倡导自由、平等、公正、法治，倡导爱国、敬业、诚信、友善，积极培育和践行社会主义核心价值观。"党的十八大勾绘出国家的价值内核、社会的共同理想、亿万人民的精神家园，成为当代中国精神世界的"价值公约数"。近日，中央宣传部、中央文明办印发《培育和践行社会主义核心价值观行动方案》，以15项重点活动举措，架起核心价值内化于心、外化于行、教化于众的桥梁。

从倡导到践行，从理念到行动，十三亿中国人将在十二个词、二十四字划定的价值航标指引下，书写时代交给我们的考卷。

（二）历史从哪里开始，思想进程也应当从哪里开始。

这是一场激烈的竞争。"柏林墙倒塌之前，已被西方的电视和电影凿得千疮百孔"，提出"软实力"概念的学者曾如此描述价值观的较量。近年来，西亚、北非、中亚，一些国家动荡的背后，也正是意识形态的交锋。一个真正的大国，不是靠卖产品给世界就可以的，它更需要在思想理念、价值观念上，拥有影响这个世界的力量。面对复杂严峻的国际竞争，我们应该怎样锻造文化软实力，确立自己的"国家哲学"？

这是一个尴尬的现实。"发展的列车匆匆驶过精神的站台，现实的变化把心灵的地图抛在身外"，诗化的语言，道出令人痛心的"价值失落"。舌尖上的安全屡屡失守，腐败蔓延侵蚀社会信任，甚至连老人摔倒扶不扶都成了问题。辉煌成就与成堆问题共存、社会进步与社会弊病并生、社会和谐与精神失衡同在，我们需要确立怎样的价值航向，让亿万人民心往一处想、力往一处使？

这是一种纠结的处境。我们这个时代，既有郭明义的浓浓爱心，也有炫富女的空空灵魂；既有支教毕业生扎根基层的奉献精神，也有"宁在宝马里哭，不在自行车上笑"的价值错乱。生活的日渐富裕，并未自动引来幸福的敲门，却让一些人感到精神的空虚、思想的迷茫。面对消费主义、拜金主义、物质主义的冲击，我们该如何解开"口袋满当当、脑袋空荡荡"的困惑，在改造物质世界的激昂乐章中唱响精神之歌的主旋律？

每个时代都有每个时代的精神，每个时代都有每个时代的价值。在当代中国，我们的民族、我们的国家应该坚守什么样的核心价值观？

（三）从"引导人们树立正确的世界观、人生观、价值观"，到"物质贫乏不是社会主义，精神空虚也不是社会主义"，精神文明建设、核心价值锻造，一直是我们党执政的重要内容、社会主义建设的根本取向。

党的十八大以来，最大气磅礴的书写，源于精神；最令人振奋的变化，始自人心。作风建设与反腐倡廉双管齐下，深化改革与厉行法治两翼齐飞，不仅在现实中讲述了又一个"春天的故事"，更在精神上催动了又一次崭新的觉醒。

从舆论对强力反腐的一致点赞，到三个国家纪念日的全民参与，国家的价值导航更加明确；从对暴恐活动同仇敌忾的打击，到对呼格案全面深刻的思考，社会的共识引领更加有力；从坚持公立医院公益性定位，到名牌高校降分特招农村娃，深化改革的各项举措，给予梦想更大的空间，也让个人的信仰驱动更加强劲。新的社会气质正在涵养，新的时代精神正在呈现，中国的价值重整迎来了一个关键性拐点。

在中央政治局集体学习时强调"把培育和弘扬社会主义核心价值观作为凝魂聚气、强基固本的基础工程"，在北京大学提出青年要在勤学、修德、明辨、笃实上下功夫，在上海考察工作时强调"贵在坚持知行合一、坚持行胜于言"，在北京民族小学寄语孩子们记住要求、心有榜样、从小做起……习近平总书记把社会主义核心价值观的培育和践行，提升到了实现"两个一百年"奋斗目标和中华民族伟大复兴中国梦的高度，强调中国梦的一个重要内容是"中国人民和中华民族的价值体认和价值追求"。

人生需要信仰驱动，社会需要共识引领，国家需要价值导航。二十四字社会主义核心价值观，勾画的正是人生奋斗的梦想之舵、中华民族的精神之钙、当代中国的兴国之魂。

（四）富强、民主、文明、和谐是国家层面的价值目标，自由、平等、公正、法治是社会层面的价值取向，爱国、敬业、诚信、友善是公民层面的价值要求。这个概括，实际上回答了我们要建设什么样的国家、建设什么样的社会、培育什么样的公民的重大问题。

富强好比国之脊梁，挺起国家的腰杆，护卫民众的福祉。旧中国积贫积弱，备受列强欺凌，实现国家富强和人民富裕，成为近代以来中华儿女最强烈、最执着的愿望追求。

我们倡导的富强，是人民共同富裕和国家繁荣强盛的有机统一，是和平发展与共享共赢的崭新模式。"贫穷不是社会主义""两极分化也不是社会主义"，社会主义的优越性不仅体现在最终能够创造比资本主义更发达的生产力，更体现在让发展成果更多更公平地惠及全体人民。"中国现在不称霸，将来强盛起来也永远不称霸"。我们追求的富强，不崇尚弱肉强食的丛林法则，不认同"国强必霸"的陈旧逻辑，而是希望与世界各国和睦相处、和谐发展，共谋和平、共享和平。

民主如同国之经络，疏通国家的肌体，协调政治的机能。作为一种政治实践、价值理念，人民民主是社会主义的生命，没有民主就没有社会主义，就没有社会主义现代化。

我们倡导的民主，是真实的民主，没有门槛，不受财产、地位、民族、性别、宗教等因素限制，使每个人都享有平等的政治权利；是广泛的民主，绝不以牺牲多数人利益为代价来保护少数人的利益，同时又尊重和照顾少数人，充分反映和协调各方面的意愿和利益；是高效的民主，既真切全面地反映人民意愿，又致力于尽快形成统一意志、统一行动，以解决实际问题；是丰富的民主，不仅有选举民主，还有协商民主、基层民主，保证人民依法实行民主选举、民主决策、民主管理、民主监督。

文明就像国之大厦，凝结民族的追求，铸就国家的强盛。"观乎人文，以化成天下"，正是薪火相传的文明火种，孕育了泱泱中华五千年文明古国。"国家是文明社会的概括"，文明折射国家发展的境界、社会进步的状态。

我们倡导的文明，是以道路选择、理论指引、制度建构，追求全方位的发展与进步。坚持以人为本的核心理念，让物质文明、政治文明、精神文明、生态文明和制度文明有机统一；坚持开放包容的创新姿态，将古今中外一切优秀文明成果兼收并蓄。既不推崇"西方文明至上论"，也不搞"历史虚无主义"；既不妄自尊大，也不妄自菲薄。

和谐好比国之气血，为社会补给能量，给国家增强活力。天人合一、协和万邦、和而不同，和谐蕴含了中国人的生存智慧，体现着中国人的精神基因，也昭示着中国人的社会理想。

我们倡导的和谐，是人与人、人与社会、人与自然的有机统一。和谐的中国，是民主与法治相统一、公平与效率相统一、活力与秩序相统一、人与自然相统一的社会主义国家。和谐的中国，秉持世界持久和平的理想，心系人类共同繁荣的命运，担当永续发展的历史责任。

（五）如果说现代国家作为一种政治存在，更多以整体、宏观的形式体现其意志，那么社会便是以更为"民间"的方式结构着亿万民众、用众人"约定"的价值荫庇每一个人。

自由是社会活力之源，也是社会主义的价值理想。人的自由全面发展，是社会主义区别于其他社会形态的本质属性。

我们倡导的自由，不是少数人的、形式上的、虚伪的自由，而是绝大多数人的、实质上的、真实的自由；不是凌驾于社会利益之上的、绝对的个人自由，而是受到法律和规范制约、权利和义务对等的自由；不是超越发展阶段和现实承受能力的自由，而是与一定的经济社会发展条件相适应的自由。社会主义的自由，不只是追求物质生活的改善，更重要的是保证人民充分享有发展自我、实现自我的机会，使每个人都能人生出彩、梦想成真。

平等是社会和谐稳定的压舱石，它标注了调整社会关系的基本尺度。"王侯将相，宁有种乎"？在中国这样一个曾经有过几千年封建专制制度的社会，对平等的渴望和呼唤，是人心深处最为激越的力量。

我们倡导的平等，是兼顾效率与公平的平等，不是"不患寡而患不均"的绝对平均主义；是实实在在的平等，不是落在法律字面上的"形式上的平等"。是要让人人都能公平行使社会权利、履行社会义务、分享社会成果，政治上平等参与、经济上共同富裕、文化上共建共享，同祖国和时代一起成长进步。

公正是捍卫权利的天平，它是衡量社会发展的价值准绳。古往今来，人类追求的幸福生活，只能建立在公平正义的基础之上。社会主义正是在资本主义不公正的废墟上诞生的，公正作为社会主义社会的内在要求，集中体现着社会主义的制度优越性和道义感召力。

我们倡导的公正，不只是强调机会平等和程序正义的公正，而是兼顾结果正义，体现在社会生活各个领域、各个层次、各个方面的公正。社会主义社会的各项制度安排，是要将最广大人民的根本利益作为出发点和落脚点，在社会发展过程中尽最大努力实现人民的愿望、满足人民的需要、维护人民的根本利益。

法治是社会保障之盾，也是现代政治文明的核心。只有当法治成为治国理政的基本方式，自由、平等、公正才会有安全的避风港。

我们倡导的法治，不是片面强调司法独立、推行三权分立，更不是对资本主义法治理念的照抄照搬，而是立足中国的社会现实和文化传统，坚持党的领导、人民当家作主、依法治国的有机统一。社会主义法治，不是广场上的雕塑、橱窗里的花瓶，而是运用人民赋予的权力，体现人民意志、保护人民权益，让法治成为国家长治久安、社会安定有序、人民安居乐业的坚强柱石。

（六）公民作为社会和国家的细胞，一言一行，汇聚成大千世界的经纬；爱憎取舍，勾勒出大地山川的色调。

爱国是民族精神的核心，它建立起公民与祖国最牢固的情感纽带。"谁不属于自己的祖国，那么他也就不属于人类。"中华民族有着深厚的爱国主义传统。对祖国的忠诚和热爱，是每一个公民的起码道德，也是中华民族最深沉的文化基因。

我们倡导的爱国，就是把个人价值的实现同推动国家的繁荣发展对接，把人生意义的提升同增进最广大人民的福祉相连，不断加深对祖国悠久历史、灿烂文化的认同，不断增强做中国人的骨气和底气；就是让个人梦想与国家梦想紧密结合，把我们的国家建设好，把我们的民族发展好。

敬业是职业道德的灵魂，它为个人安身立命奠定基础，为社会发展进步注入活力。正是依靠敬业奉献，中华民族创造了灿烂的文明。敬业乐业的民族，必定是令人肃然起敬的民族；缺乏敬业精神的社会，难免被人诟病和轻蔑。

我们倡导的敬业，就是要增强事业心和责任感，追求崇高的职业理想，激发积极进取的奋斗热情，秉持认真负责的职业态度，锻造严谨细致的工作作风；就是要让敬业成为实现梦想的动力之源，以那么一股子干劲、拼劲、闯劲，续写中国奇迹，靠辛勤劳动、诚实劳动、创造性劳动，开创美好未来。

诚信是公民道德的基石，既是做人做事的道德底线，也是社会运行的基本条件。现代社会不仅是物质丰裕的社会，也应是诚信有序的社会；市场经济不仅是法治经济，更应是信用经济。"人而无信，不知其可也"。失去诚信，个人就会失去立身之本，社会就会偏离运行之轨。

我们倡导的诚信，就是要以诚待人、以信取人，说老实话、办老实事、做老实人。激发真诚的人格力量，以个人的遵信守诺，构建言行一致、诚信有序的社会；激活宝贵的无形资产，以良好的信用关系，营造"守信光荣、失信可耻"的风尚，增强社会的凝聚力和向心力。

友善，是公民德行的阳光，它为人际关系注入正能量，为社会和谐提供润滑剂。现代社会与传统社会的显著区别，就是人与人的交往突破了血缘地域的限制，构建起一个"陌生人社会"。在这样的社会里，"人人为我、我为人人"的亲善、互助、友爱变得尤为珍贵。

我们倡导的友善，是爱心的外化，是与人为善、与物为善。善待亲人以构建和谐家庭关系，善待他人以构建和谐人际关系，善待万物以形成和谐自然生态。"己所不欲，勿施于人""四海之内皆兄弟"，广聚爱心，乐善好施，让世界充满爱,是友善的理想境界。

富强、民主、文明、和谐,自由、平等、公正、法治,爱国、敬业、诚信、友善——三个倡导,把涉及国家、社会、公民的价值要求融为一体,成为我们时代价值的最大公约数。

(七)这个公约数,有着几千年中华文化血脉的滋养。"苟利国家生死以""留取丹心照汗青",浓厚的爱国情感,昭示忠诚坚贞的理想信念;"天行健,君子以自强不息""苟日新,日日新,又日新",坚韧的意志品质,写照自强不息的进取精神;"仰不愧天,俯不愧人,内不愧心",坦荡的情怀胸襟,彰显追求高尚的精神境界。不了解博大精深的中华传统文化,看不到跨越时空的精神传承,就无法把握社会主义核心价值观最深厚的文化基因。

这个公约数,有着上百年不懈追求的答案。突遇"三千年未有之大变局",百余年的上下求索必然伴随精神的重塑。黄花岗下,"碧血横飞,浩气四塞";五四运动,"德先生""赛先生"启蒙中国;抗日救亡,"四万万人齐蹈厉,同心同德一戎衣"……多少仁人志士,呼唤的是国家富强、民族独立,期待的是人民自由、社会团结。看不到这样的沉沦与奋进、屈辱与反抗,就无法理解社会主义核心价值观最深沉的精神追求。

这个公约数,有着90多年社会主义探索实践的结论。开天辟地,上海石库门点燃信仰的燎原火种;惊天动地,长征这一"人类历史上最伟大的进军"书写意志的豪迈史诗;艰苦奋斗,延安新风尚刻画共产党人的精神追求;解放思想,改革新征程书写当代中国的不朽传奇……看不到这样的追求和探索、苦难与辉煌,就无法理解萌芽于德国的共产主义思想种子,为何会在中国人的心灵中生根发芽,茁壮成长。

恰似百川归海,一个时代的精神中,有着昨天的思考、今天的探求和明天的希冀。人类文明史上,可能再没有哪个国家像近代的中国一样,经历如此巨大的心灵冲击与精神变革;也再没有哪个民族像中华民族一样,在不断的挫折和磨砺中,锻造属于自己的价值理念与精神图景。在迈向民族复兴的伟大征程上,一个答案日渐清晰:社会主义核心价值观,标定了我们国家与民族的未来航向。

(八)然而,价值观建设树立的是理想信念,界定的是良莠是非,关涉的是世道人心,有其自身的特殊规律,不可能一蹴而就。

历史地看,任何一种主流价值观念的确立,都是一个长期的过程。我们提出社会主义核心价值观的时间还不长，对社会主义核心价值观的所有描述，强调的都是"心向往之"的价值取向。实现"富强、民主、文明、和谐"的国家价值，还需要我们沿着经济、政治、文化、社会、生态五个向度孜孜以求、不懈奋斗；体现"自由、平等、公正、法治"的社会价值，需要我们针对社会基本原则、根本规则，推动与时俱进的制度设计和价值导引；践行"爱国、敬业、诚信、友善"的个人价值，需要我们不断校正人生坐标、付诸实际行动。在协调推进"四个全面"的过程中，核心价值观的培育与践行，需要贯穿始终。

与改革前30年的物质重建一样，在"顶层设计"划定之后，精神的重塑需要亿万群众的参与。这难以按"计划"推进，难以靠"指令"完成，也无法靠"市场"实现，必须依靠从上到下的倡导、从点到面的践行。

道不可坐论，德不能空谈。不在培育和践行之间建立可靠的联系，"三个倡导"很可能变成浮泛的口号。如果要发展不要环境、讲政绩不讲民生，公众会怎么理解富强文明？如果办事情都得找关系、打官司也要走后门，老百姓又从何感受平等公正？夯实"三个倡导"的社会基础，必须关切人们的利益诉求和价值愿望。只有把核心价值落实到经济发展和社会治理中，才能形成有利于弘扬核心价值观的政策导向、法治环境和体制机制，不断增强核心价值观的向心力和感召力。

个人层面的价值实践，是核心价值观落地生根的前提。当我们扼腕于社会转型期的"人心不古"、喟叹市场经济对精神世界的巨大冲击之时，别忘了每个人都是文明的使者。公务员为群众办好的每一件实事，是敬业的诠释；商家为消费者提供的每一件商品，是诚信的代言；看见需要帮助的人热心上去搭把手，是友善的暖流……每个人担负起一分道德责任，社会的道德水准就因此而托起一分。让《培育和践行社会主义核心价值观行动方案》体现在每一次选择、每一个行动中，在"落细、落小、落实"上下功夫，才能塑造出理想的国家、和谐的社会、完善的个体。

"人民有信仰，民族有希望，国家有力量。"此言掷地有声，发人深省。

（九）有三个问号，一直萦绕于国人的内心深处。

一是梁启超之问：郑和下西洋乃"有史来最光焰之时代"，为什么"郑和之后，竟无第二之郑和"？二是李约瑟之问：为什么近现代科技与工业文明，没有诞生在当时世界科技与经济最发达的中国？三是黄炎培之问：如何找到一条新路，跳出"其兴也勃焉，其亡也忽焉"的周期律？

三个问号，虽指向经济、文化、政治的不同维度，却有一个共同的内涵：在传统与现代、民族与世界的冲突与对撞、融合与再造中，中国人如何重建自己的精神世界？

中国的崛起——这个被称作"21世纪最激动人心的大事"，不仅是物质财富的积累、制度模式的创新，更是中华文化的弘扬、价值体系的重塑；不仅会书写举世瞩目的"中国故事"，更将铸造打动人心的"中国精神"。

经历了一个多世纪的现代化探索，创造了30多年经济腾飞的奇迹，站立在960万平方公里的广袤土地上，一个富强民主文明和谐的国家，一个自由平等公正法治的社会，亿万爱国敬业诚信友善的公民，一定能让古老的中华民族踏上豪迈壮阔的征途，迎来伟大复兴的前景。

（2015年4月20日）

让我们挽紧和平的臂膀

——纪念世界反法西斯战争胜利 70 周年

（一）有一种记忆，如同人类文明的火种，永远不能熄灭。

5月的莫斯科，无名烈士墓前的长明火炽烈地燃烧。激昂的战歌在红场上空回荡，战士们的欢呼声响彻云霄，纪念卫国战争胜利70周年阅兵式在这里举行。乐曲雄壮，战旗飘扬，俄罗斯受阅部队步伐铿锵，中国、印度、独联体国家等的方队一一通过红场，共同接受各国家、地区和国际组织领导人的检阅。

盛大的阅兵，将人们的思绪拉回烽火连天的岁月。从浴血搏杀的欧洲大陆，到逐岛争夺的太平洋战场；从同仇敌忾的亚洲战区，到大漠硝烟的非洲前线……感天动地的反法西斯战争，把全世界正义的力量团结在一起，在最黑暗的岁月中坚守和平的希望。

那一页历史不容忘却。第二次世界大战的战火燃遍四大洲两千多万平方公里土地，80多个国家和地区、约20亿人被卷入战火，军民共伤亡7000余万人，财产损失4万多亿美元。法西斯主义和军国主义的战争机器制造了惨绝人寰的兵燹之灾。战争的空前残酷，让历史学家将20世纪称作"极端的年代"，它"激起了人类最伟大的想象，同时也摧毁了所有美好的设想"。

那一页历史必须被铭记。"24时整，我们走进了大厅，1945年5月9日开始了。"苏联元帅朱可夫在自传《回忆与思考》中这样记叙。20多分钟之后，德军将领凯特尔在苏、美、英、法四国代表面前签署了投降书。而在远东战场，中国人民抗日战争的最后一场大规模战役——湘西会战刚刚全面打响，美军正在冲绳岛准备同日军展开太平洋战争中最惨烈的厮杀。3个多月之后，日本投降，二战以法西斯主义和军国主义的失败、全世界爱好和平人们的共同胜利画上句号。

"你的名字无人知晓，你的功勋永世长存"。阅兵式结束，习近平主席同其他领导人一起来到无名烈士墓，向为正义与和平献身的烈士们献花。重读碑文，抚今追昔，胜利日的阅兵如同历史翻页时的巨大回响，提醒全世界人民时刻挽紧和平的臂膀。

纪念，不仅仅是为了慎终追远，更是为了让和平常驻、正义长存。70年过去了，死神并未走远，战争之门也远没有真正关闭。历史正在重新解读这个深邃的命题：70年前的那场战争中，人类失去了太多，而又究竟收获了什么？我们应该坚持什么、反对什么，才能让悲剧不再重演？

（二）"明天，对于年轻人而言，是纷飞的诗歌，是湖边的漫步，是数周的完美恳谈。但是今天，是战斗的时刻……"用生命品尝过战争残酷的人们，更知道和平的滋味是如何甘甜。

时光倒回到70年前。凌晨听到德国投降的消息，莫斯科市民蜂拥来到大街上，许多人还穿着睡衣睡袍就跳起舞来。"胜利啦！我们胜利啦！"纵情的欢呼声响彻夜空。

人们有理由欢庆，因为胜利如此艰苦卓绝。"飞机狂轰滥炸，扔下的炸弹像秋天的落叶一样多！"——中国战地记者胡济邦忠实记录了苏联卫国战争的全过程。在斯大林格勒保卫战最惨烈的时候，"新到的红军士兵平均生命不足24小时，而红军军官则不多于3天！"战后多年，马马耶夫高地依然荒凉，因为青草都无法穿过厚厚的弹片层。从莫斯科到柏林的1500公里直线距离，平均每一米就掩埋着5.7名苏军将士的遗骨。库尔斯克大会战中，双方超过6000辆坦克鏖战数月，胜利的天平在最后一刻倾向坚强的苏联人民。

人们有理由铭记，因为牺牲如此壮怀激烈。抗战打响，中国军民以血肉之躯投入敌人火海，将日本"三月亡华"的狂言彻底击碎。在这场救亡图存的伟大斗争中，无数母亲送儿打日寇，妻子送郎上战场。北京密云县一位名叫邓玉芬的母亲，把丈夫和5个孩子送上前线，最后她6位至亲至爱的人全部战死沙场。台儿庄激战的最后时刻，守城的一个师消耗殆尽，只剩下一小块阵地。也就是在这一天，师长池峰城接到了集团军司令孙连仲的指示："士兵打完了，你就自己上前填进去。你填过了，我就来填进去"……生死存亡的最后关头，中国共产党人以自己的政治主张、坚定意志、模范行动，支撑起全民族救亡图存的希望。国共两党在民族大义旗帜下共同抗战，不甘屈辱的中华儿女共赴国难，用鲜血争取民族独立，用生命捍卫人类正义。

人们有理由骄傲，因为正义如此坚不可摧。同仇敌忾中，善良的人们义无反顾跨进同一条战壕。缅甸"仁安羌大捷",中国远征军英勇作战,拯救了500余名美籍传教士、新闻记者和7000余名英军,中国军人"在枪林弹雨中面无惧色,露齿而笑"的英姿,一直为驻缅英军司令史莱姆铭记。在反法西斯中国战场上空飞翔着的,不仅是大名鼎鼎的美国"飞虎队",也曾有被誉为"武汉上空的鹰"的苏联空军志愿队。中国战场上先后活跃着三四十个国际医疗小分队,加拿大医生白求恩在晋察冀敌后抗战中献出了自己的生命,法国医生贝熙业冒着生命危险开辟出一条"自行车航线",把宝贵的药品运往中国抗日根据地。从阿拉斯加到西伯利亚的"空中桥梁",从美国东海岸到欧洲的"补给生命线",从印度到中国西南的"驼峰航线",一条条交通动脉,凝聚着正义的力量。不同肤色、不同民族、不同国籍的民众凝聚成牢不可破的命运共同体,筑起力挽狂澜的钢铁长城。

今天我们回顾历史,是因为时间的河流里沉淀着人类用鲜血和生命换来的真理,回首是为了正确地认知,缅怀是为了更好地传承,共同守护历史真相与和平果实,才能让正义不可战胜。

(三)最早的抗争,最终的胜利。如果没有中国的持久抗战,二战的历史必将是另一种写法。

早在1931年9月18日,日军自导自演"事变",在欧洲战端尚未开启之时,就掀起侵略中国的序幕。在相当长的时间里,中国独力支撑着东方战场的局面。1937年7月7日,中国的全民族抗战,开辟了世界反法西斯的第一个大规模战场。正如毛泽东指出的,中华民族的奋起抵抗,使中国"紧密地与世界连成一体","我们的敌人是世界性的敌人,中国的抗战是世界性的抗战"。

旷日持久的中国抗战,不仅支持了英美继续贯彻其"先欧后亚"战略,而且是东亚和太平洋战场能够转入战略反攻的重要原因。美国总统罗斯福指出,不断加强的"中国的壮丽的防御战"是阻止希特勒征服世界的重要因素之一。斯大林感慨"中国人民及其解放军的斗争,大大地便利了击溃日本侵略力量的事业"。英国首相丘吉尔则承认,"中国一崩溃,至少会使日军15个师、也许会有20个师腾出手来……"

日本军国主义残暴的铁蹄践踏之下,中国不但没有崩溃,反而愈战愈勇,以3500多万人伤亡的巨大牺牲,牵制并消灭了日军大部分主力。太平洋战争爆发时,日本陆军总兵力的七成仍深陷于中国战场。中国的顽强抵御,推迟了德、意、日轴心国的军事联合，使日本在欧战爆发时未能在军事上配合德国；中国艰苦卓绝的努力，阻碍了日军的北进图谋，消除了苏联卫国战争的后顾之忧；中国排除万难的相持和远征，打乱了日军的南下布局，避免了法西斯势力的合流。

中国对世界反法西斯战争的巨大贡献，奠定了五大战胜国之一的历史地位。在这场战争中，"东西方一起抗击了有史以来最黑暗的邪恶力量"。70年后，英国牛津大学中国研究中心主任拉纳·米特在《中国，被遗忘的盟友》一书中郑重写下这句话，既是对战争的客观总结，又是对战后重寻未来和平之路的思考。

（四）二战结束了，但二战带来的影响远未终结。荷兰作家伊恩·布鲁玛把1945年称为"零年"，面对战争废墟，人们绝望的同时又满怀希望。

"太阳与星辰罗列天空，大地涌起雄壮歌声。人类同歌唱崇高希望，赞美新世界的诞生。联合国家团结向前，义旗招展。为胜利自由新世界携手并肩……"由美国诗人罗梅作词、苏联作曲家肖斯塔科维奇作曲的《联合国歌》，成为激励人们开辟新世界的赞歌。

正义必将战胜邪恶，真理必将战胜强权，霸权主义和强权政治是和平最大的敌人，这是反法西斯战争带给人们最深刻的启示。"重申基本人权，人格尊严与价值，以及男女与大小各国平等权利之信念""欲免后世再遭今代人类两度身历惨不堪言之战祸"……饱蘸反法西斯战争热血书写的《联合国宪章》，这样描绘战后的人类愿景。

毫无疑问，欧洲19世纪的全球霸权已经结束，而且永远地结束了。欧洲已不可能恢复它的殖民帝国，也不可能重新建立以前的军事和政治优势。而对亚非拉人民来说，战后是另一个新时代的开始。"民族独立与和平是从同一个斗争中产生出来的。"世界和平理事会理事宋庆龄的简洁概括，成为二战后亚非拉地区追求国家独立和民族解放的注脚。直到今天，有130多个国家先后取得民族独立和解放，30多亿人挣脱了殖民主义的枷锁，成长为捍卫世界和平的新生阵营，成为国际关系民主化的重要推手。

这就是为什么，1945年的胜利如此值得纪念。许多历史学家不约而同地将这个时间节点，视作现代国家秩序的发端、现代世界的诞生。而世界反法西斯战争留下的最大遗产，就是弘扬"力行容恕，彼此以善邻之道，和睦相处"的精神，构建以《联合国宪章》的宗旨原则为基础的国际秩序，这是人类文明的又一次巨大进步，为国际关系和国际体系建设翻开了新的历史篇章。

从威斯特伐利亚体系的诞生，到维也纳体系的运转，再到凡尔赛－华盛顿体系的瓦解，回首300多年来国际旧秩序的变迁，背后都是列强争霸的结果，直到二战带来人类和平与正义的崭新胜利。这一胜利，不仅以伟大的民族独立带动了亚非拉国家的异军突起，更在构建公平公正国际秩序的联合国宗旨下，推动世界通过对话协商、以和平方式解决国家间的分歧和争端，人类终于有了走上持久和平道路的可能。

（五）在联合国教科文组织总部大楼前的石碑上，用多种语言镌刻着这样一句话："战争起源于人之思想，故务需于人之思想中筑起保卫和平之屏障。"

反法西斯战争的胜利，不仅是军事的胜利，更是思想的胜利。战后，纽伦堡审判和东京审判等正义的裁决，把法西斯主义和军国主义彻底钉在了耻辱柱上。对于德、意、日战争性质的认定，对于战争罪行的认定，对于历史的正视和牢记，一样是维持战后和平的重要基础。

"可以宽恕，但不可以忘却"，约翰·拉贝的名言告诫人们，承担战争的精神责任、保持对历史的敬畏，是走向战后和解的唯一道路。德国前总统魏茨泽克用这样一段话，开始了那个为全世界爱好和平的人们永远铭记的著名演讲——"5月8日首先是一个记住人们苦难的日子。但也是我们反思历史的日子。我们越坦诚地面对这一天，我们就越能自由地面对责任……谁不反观历史，谁就会对现实盲目。谁不愿反思暴行，谁将来就可能会重蹈覆辙。"

从德国前总理勃兰特在华沙的深深一跪，到德国现任总理默克尔表示德国要对纳粹罪行"永久担责"，从持续赔偿大屠杀受害者到为受害群体建立纪念地，从立法严禁宣扬纳粹到教育下一代与纳粹意识形态作斗争……几十年来，德国在检讨罪责与自我剖析的道路上从未停止脚步。

德国人对战争罪行的深刻认识，反衬出日本右翼的危险倾向。1998年5月9日，一部美化日本头号甲级战犯东条英机的影片《尊严》在东京日本记者俱乐部试映。军国主义思潮暗流涌动，它迅速地勾起了人们对"阴魂不散""死灰复燃"等词汇的联想。

《尊严》在当时出台绝非偶然，它是自20世纪80年代中期以来日本社会思潮趋向右倾化的一个缩影，真实反映了日本的现实——没有从根本上铲除军国主义的土壤,就有萌生战争种子与和平敌人的危险。

战后70年,日本和平主义一度达到高潮,但同时,否认罪恶历史的思想芽苗一直在寻找破土而出的机会。右翼组织连续修改历史教科书,删除战争罪行,日本文部省开绿灯放行;首相及内阁成员参拜靖国神社,为甲级战犯招魂;右翼政治家急欲颠覆战后国际秩序;否认南京大屠杀、诋毁慰安妇、打击国内道歉的言行不断出现……

对日本右翼而言,他们反省二战,不是反省侵略战争的罪行和责任,而是反省为何日本没打赢。二战结束已然70年,右翼势力歪曲历史的闹剧仍不断在日本上演,充分表明,战后的日本没有完成彻底清理和反省的任务。

忘记历史就意味着背叛。今天,我们纪念世界反法西斯战争的胜利,正是要重申历史不可更改的定论,阻止那些和平道路上的倒行逆施。二战胜利成果,世界和平进程,人类公平正义,决不允许任何人践踏。

(六)维护和平的正路在哪里?

5月的莫斯科,从白发苍苍的老者到衣着时尚的年轻人,纷纷走上街头,纪念70年前的胜利。书写着"1945"的巨大海报,仿佛把时针重新拨回到胜利的时刻。就是在这里,就是在战争最困难的时候,苏联红军用侵略炮火下的阅兵告诉全世界,伟大的民族不会被敌人击倒。

俄罗斯总统普京表示,俄中之所以需要共同纪念胜利,"不仅在于深刻缅怀老战士和为胜利作出不朽贡献的人们,还在于培养青年一代反对法西斯主义和军国主义,以使在未来任何时候类似的悲剧都不会在两国历史和人类历史中重演。"

"把历史变为我们自己的,我们遂从历史进入永恒"。这么多年来,在法国小城阿罗芒什,经历诺曼底登陆的人们戎装相聚,重现"最长的一日"用鲜血凝成的和平;在美国独立日阅兵方阵中,走上反法西斯战场的士兵享受着人们最崇高的致敬;在伦敦,二战时服役的轰炸机飞过阵亡将士纪念碑,投下数以百万计的鲜花……为纪念反法西斯战争胜利举行阅兵和其他盛大活动,已经成为欧美很多国家的传统,在特殊的时间节点重温历史,展示的是捍卫正义的力量,表达的是各国人民祈望和平的心愿。

与其他战胜国一样,今年秋天,中国也将沿用这一国际惯例,首次举行抗战胜利日阅兵,纪念那段刻骨铭心的历史,庆祝属于正义的胜利。那些"捐躯赴国难,视死忽如归"的英雄,那个"神州尚有英雄在,堪笑法西意气浮"

的民族,那个"一寸山河一寸血、十万青年十万军"的东方主战场,不仅应在中国乃至世界历史中光辉永存,也需在中国人民和世界人民的记忆中忠魂永在。新中国历史上第一次为纪念抗战胜利举行阅兵,要表达的是共同庆祝世界反法西斯战争胜利的国家立场,共同维护国际公理和国际正义的坚定意志,共同捍卫二战胜利成果的坚强决心。

维克多·雨果曾说:"开展纪念日活动,如同点燃一支火炬。"今天的人类越来越坚定地认为:光明每前进一分,黑暗便后退一分。纪念日的意义,在于它能像火炬一样照亮过去和未来,宣示人类捍卫永久和平的执着理想:决不允许任何人翻案,决不允许法西斯主义和军国主义死灰复燃,决不允许历史悲剧重演。

"弱肉强食、丛林法则不是人类共存之道。穷兵黩武、强权独霸不是人类和平之策。赢者通吃、零和博弈不是人类发展之路。和平而不是战争,合作而不是对抗,共赢而不是零和,才是人类社会和平、进步、发展的永恒主题。"习近平主席的这番话,表达了世界各国人民向往和平、热爱和平、捍卫和平的共同心声。

(七)"所有人其实就是一个整体,别人的不幸就是你的不幸,不要以为丧钟为谁而鸣,它就是为你而鸣。"重读海明威描写二战著作中的这段话,足以引起深深的思考。

70年过去了,我们不能忘记当时的理想,"我们联合各国人民决心使后代免除战争的浩劫",《联合国宪章》中的第一句话,凝聚着人类对生存与毁灭的思索。曾经并肩战斗的国家,只要团结合作,总能找到永葆和平的方式。

70年过去了,世界也在朝着当时的理想改变。自世界第一台通用电子计算机面世,到今天全球超过20亿部智能手机和平板电脑联结成网,越来越小的地球村内,国家之间的合作比以往任何时候都频繁和紧密。

"和平犹如空气和阳光,受益而不觉,失之则难存。""国家无论大小、强弱、贫富,都应该做和平的维护者和促进者,不能这边搭台、那边拆台,而应该相互补台、好戏连台。"

习近平主席的呼吁,为世界和平发展提供了新的思路。战争是一种简单的暴力,和平则需要复杂的努力。反法西斯战争的胜利告诉我们,不同文化、不同历史、不同社会制度及意识形态的国家和地区完全可以携手合作,共同捍卫人类和平。二战能胜利,就是因为爱好和平的国家和人民超越社会制度差异，在共同威胁面前结成了生死与共的命运共同体，共同反击法西斯主义和军国主义；今天要维护和平，同样需要增强命运共同体意识，维护战后国际秩序，警惕战争死灰复燃。

人类只有一个地球，各国共处一个世界，当国际社会日益成为一个你中有我、我中有你的命运共同体，任何零和博弈的逻辑都已经黯然失色。人类只有在相互尊重、平等相待中找寻道路，在合作共赢、共同发展中实现利益，在兼容并蓄、交流互鉴中延续文明，在命运与共、唇齿相依中争取共同、综合、合作、可持续的安全。

1945年4月，得知盟军攻入德国，布痕瓦尔德集中营内的战俘和反战者拿出暗藏的武器，发动起义。控制集中营之后，他们在大铁门上贴上标语："永不重演"。

今天，全球性的经济增长正在造就一个全新的国际体系：世界上所有的国家都不再是客体和旁观者，而是自己掌握命运的博弈方了。从建立"反法西斯共同体"到倡导"人类命运共同体"，时代要求我们时时挽紧和平的臂膀，壮大和平的力量。如何让昨天"永不重演"，命运掌握在我们自己手中。

(2015年5月10日)

守望历史　为了和平

——写在中国人民抗日战争暨世界反法西斯战争胜利70周年之际

（一）这是一场跨越70年的检阅，这是一次面向未来的重温。

初秋的北京，天安门广场装饰一新，人民英雄纪念碑直指苍穹。明天，新中国第一次纪念中国人民抗日战争暨世界反法西斯战争胜利阅兵将从这里展开队列。当将士们由远而近的铿锵脚步震落时间的帷幕，历史的场景扑面而来。生与死、聚与散、笑与泪、沉沦与奋起、战争与和平、历史与现实，在这里交汇。

1931—1945，1937—1945，1939—1945。从九一八事变、七七事变、第二次世界大战全面爆发到中国人民抗日战争暨世界反法西斯战争胜利，这样的时间刻度里，沉积着多少国破家亡的悲怆，浓缩了多少视死如归的抗争，铭刻着多少气冲霄汉的战斗。

1945—2015。70年过去，时间的风雨洗刷着昨天的记忆，我们用鲜血铸就的和平格局是否坚实？未来的道路上又潜伏着哪些风险与挑战？

历史，是人类记忆的年轮，连接着昨天与今天，定义着过去和现在。在关键的时间节点回望历史，是拥抱未来的最好姿态。习近平主席强调，"只有人人都珍爱和平、维护和平，只有人人都记取战争的惨痛教训，和平才是有希望的"。庆祝抗战胜利的日子，我们守望历史，正是为了和平的尊严。

（二）从什么角度书写历史、以什么样的历史观解读历史，决定着我们会塑造一个怎样的世界、走向一个怎样的未来。

今天从来就是安放在昨天的基座之上，如若遗忘甚至曲解了历史，和平也不过是流沙上的大厦。70年过去，这正是一个重新审视历史的契机：我们应该从伟大的抗战中记取什么、寻回什么？

回首这一段艰难的历程，从"战斗到最后一刻"的南京保卫战，到"不惜用生命填进火海"的台儿庄血战，从"打完子弹就上刺刀冲锋"的平型关大捷，到"以血肉之躯消灭精良装备"的百团大战……中国人民以3500多万军民伤亡的惨重代价，为民族争取独立，为世界守卫和平。中国的抗战，永载中华民族史册，永载人类和平史册。

中国人民的抗日战争和世界反法西斯战争，绝不只是时间上的交叉重叠，而是息息相通的一个整体。这场战争中，在中国上空飞翔的，有苏联的志愿队、美国的飞虎队；在中国土地上作战的，有苏联、英国、澳大利亚、柬埔寨等20多个国家的反法西斯战士。在抵御日寇的艰难时刻，中国军队也跨出国门，在东南亚的热带雨林里与盟国军队并肩作战。曾担任印缅战区美军司令的苏尔登将军这样评价："击毙大部分日军皆因中国地面部队之功。"

今天，中国人民以一次盛大阅兵纪念胜利，传承铭记历史、缅怀先烈、珍爱和平、开创未来的心愿。这不仅是对自己历史记忆的尊重，更是对人类前途命运的关怀。"中国将坚定不移走和平发展道路，并且希望世界各国共同走和平发展道路，让和平的阳光永远普照人类生活的星球"，习近平主席的话语，表达着一个民族对历史的思考、对和平的珍惜。正确地书写历史、坚定地捍卫历史、深刻地把握历史，"永久和平"才不会是一句停留在书本上的空话。

（三）中国。湖南。芷江。

群山中的湘西小城，因70年前的中日洽降闻名于世。城外一座受降纪念坊，被称为"中国凯旋门"，造型简单却无比凝重。四柱三门，就是一个大大的汉字——"血"。

这不仅是鲜血之血，更是血性之血、血气之血。

一位父亲，送给参军的儿子一面"死"字旗，白布旗正中一个大大的"死"字，旁边写着："国难当头，日寇狰狞。国家兴亡，匹夫有分。本欲服役，奈过年龄。幸吾有子，自觉请缨。赐旗一面，时刻随身。伤时拭血，死后裹身。勇往直前，勿忘本分。"他叫王者成，他的儿子叫王建堂。

一位母亲，家乡沦陷了，她叮嘱孩子"记住，咱们是中国人，到死也不能忘了祖宗"。游击队成立，她竭尽所能筹军粮、做军鞋、照料伤员，先后把丈夫和5个孩子送上前线，他们全部为国献身。她叫邓玉芬，她牺牲的丈夫和儿子分别叫任宗武、任永全、任永水、任永合、任永安、任永恩。

一位妻子，丈夫是黄埔军校第六期工兵科毕业生。结婚两年抗战爆发，丈夫赶赴前线，之后杳无音讯。时间流逝，世事变迁，丈夫成为她一生的牵挂。77年后,她终于找到丈夫的下落,原来分别不久他便阵亡于南京保卫战雨花台阵地。她叫张淑英,她的丈夫叫钟崇鑫。

在那场血与火的淬炼中、在那个生与死的战场上,千千万万这样的普通人,国难当头挺起民族的脊梁,血肉之躯筑起新的长城。

"争民族独立,求自由解放。这神圣的重大责任,都担在我们双肩!"战火烽烟中,八路军战士唱着这样的军歌奔赴战场,以低劣装备开展敌后抗战。坚持抗战、反对投降,坚持团结、反对分裂,坚持进步、反对倒退,在抗日民族统一战线的大旗下,中国共产党支撑起救亡图存的希望,引领着夺取胜利的方向,成为抗日战争的中流砥柱。从淞沪会战、太原会战,到长沙会战、湘西会战,国民党领导的正面战场与共产党领导的人民抗日武装开辟的敌后战场既相互独立又相互配合,形成共同对敌的态势。大江大海、浪奔浪涌,英雄的中华儿女以"一寸山河一寸血"的悲壮情怀,留下"魂魄毅兮为鬼雄"的不朽篇章,写就"留取丹心照汗青"的英雄史诗,证明了中国人民的勇敢与坚韧,宣示着中华民族的血性与尊严。

"天下兴亡、匹夫有责的爱国情怀,视死如归、宁死不屈的民族气节,不畏强暴、血战到底的英雄气概,百折不挠、坚忍不拔的必胜信念",习近平主席在回顾中国人民抗日战争的壮阔进程时,如此定义伟大的抗战精神。一个民族在紧要关头爆发出的最强大精神力量,构成了我们历史中最深厚的精神底蕴,沉淀为中华民族最珍贵的精神内核。可以说,抗战的胜利,不仅是河山光复,更是人心光复、精神重塑;抗战的历史,不仅是战争史,更是精神史、心灵史。

(四)历史既能激发情感的力量,也能赋予理性的启迪。对于70多年前的这场战争,如果看不到民族精神的生长,就看不清意义和价值,无法让这段历史成为不竭的力量之源;如果看不到伟大胜利的根由,就看不清大势与走向,无法从这段历史中得到应有的启示。

这样一个对比让人深思:奥斯维辛集中营遗址等被列入世界文化遗产,但同样是在二战中发生的夺去30多万中国人生命的南京大屠杀并未得到足够的重视。惨痛的代价、巨大的贡献,70多年前东方大地上发生的一切,似乎只是轻描淡写的一笔。正如西方学者指出的:"几十年来,我们关于那场全球性战争的理解一直未能对中国的角色给出恰如其分的说法。"

从世界战局的走向去观察、从人类和平的进程去考量,谁也不能否认这样的事实：在这场正义与邪恶、光明与黑暗的较量中，中国始终是双方激烈交战的东方主战场，伟大的中国人民不但肩负起挽救国家危亡、争取民族解放的历史使命，而且承担了维护人类正义、保卫世界和平的伟大责任。这是我们今天理应树立的"全球抗战史观"。

中国的局部抗战，1931年就已开始，是世界反法西斯的战略先驱；中国始终屹立不倒，牵制和阻击了日本的主要兵力，是抗击法西斯侵略扩张的战略支柱；中国的持久抗战，遏制了日本的"北进"图谋和"南进"野心，在战胜法西斯的进程中与同盟国家形成了战略配合；中国倡导推动世界反法西斯同盟，积极支持亚洲国家抗战，是世界反法西斯战争的战略基地。正如一位英国记者所说，"日本只能在中国中止战斗时可得胜利，但中国民众绝不中止战斗"。

即便是在70年后，"中国的帮助"仍让很多亲历那场战争的人念念不忘。1942年4月，美军轰炸东京的飞行编队迫降中国，80名机组人员中，有64人在中国军民帮助下获救。参加救援的贺扬灵和美军飞行员杜立特的合影，至今还挂在美国国家航空与航天博物馆的二战展厅中。一位美国学者说，"这虽然是个细节，但却有沉甸甸的分量"。这个分量，正是中华民族向和平与正义承诺的力量。

我们隆重纪念抗战胜利70周年，是希望点亮历史的火炬。这不仅是一个古老民族的伟大胜利，更是人类文明的伟大胜利。

（五）历史是什么？法国作家雨果这样回答：是过去传到将来的回声，是将来对过去的反映。没有历史的时代是肤浅的，无视历史只会一次次走入同一片泥淖。信仰正义与和平的人们，之所以痛恨歪曲历史的言行，就是因为不想让世界的将来，再回到战争的血与火中去。

德国学者卡尔·雅斯贝尔斯把战争罪责划分为刑法罪责、政治罪责、道德罪责等诸多方面。在追究发动战争的法律责任外，还必须厘清战争给人类社会带来的政治和道德的责任，这必然包括反省战争原因、承担战争罪行。可惜的是，有些人总是避重就轻甚至抛在脑后。

在德国纽伦堡，审判二战战犯的遗址，几乎完好无损地保存下来，成为反省历史"看得见"的教材。而东京审判后关押战犯的巢鸭监狱，7名甲级战犯被执行绞刑的"死亡之所"，却在20世纪70年代被拆除，原地耸起的是当时亚洲最高的摩天大楼之一。

获得诺贝尔文学奖时，日本作家大江健三郎在演讲中，以"暧昧"定义日本的现代性。社会文化的暧昧，会令自身无所适从，如果连战争性质都暧昧了，只能造成认识分裂。日本首相安倍晋三发表的战后70周年谈话，再次陷入这样的暧昧。尽管包含了"侵略""殖民""反省""道歉"等关键词，却弥散于遮遮掩掩的语境中。真正的诚意，理应化作对和平秩序的尊重。然而，从参拜靖国神社，到解禁集体自卫权；从修改历史教科书，到否认战争罪行，所谓"积极和平主义"的背后，却时时闪现着挑战历史、冲撞公义的盲动和狂妄。

纪念奥斯维辛集中营解放70周年，德国总统高克表示"不承认奥斯维辛就枉为德国人"。南京大屠杀档案申遗时，日本政府却故作"不解"，右翼更是激烈"抗议"。70年来，日本右翼一直在系统删改南京大屠杀的内容，撤走博物馆中的照片，篡改或销毁原始资料，甚至避免在流行文化中提及相关字眼。对此，美国华裔作家张纯如在《南京大屠杀》中愤然写道：日本作为一个国家仍然试图再度掩埋南京的受害者——不是像1937年那样把他们埋在地下，而是将这些受害者埋葬在被遗忘的历史角落。

不仅是南京大屠杀，日本右翼试图埋葬的，是他们发动侵略战争的罪恶行径。他们希望通过"占领历史叙事"，为自己的所作所为寻找合理性。于是，日本国内正确认识历史的主张，被说成了"自虐史观"；还原南京大屠杀、追问慰安妇的努力，被视为对日本的攻击；"侵略"罪行被撤开，只剩下日本在战争中的"受害情结"。

"墨写的谎言掩盖不了血写的事实"，历史不会因为无视而消失，责任也不会因为回避而逃脱。与一次次争论具体问题比起来，日本一些人更需要的是从根本上端正自己的历史观念，消除历史悲剧重演的基础，真正走向一个全新的未来。

（六）"人类从历史中学到的唯一教训，就是人类没有从历史中学到任何教训。"这句略显偏激的话语警醒世人，如果不能从历史中吸取教训、收获经验，就难以书写正史、形成正见、走上正路。让历史警示未来、让历史告诉未来，历史才能真正成就未来。

当战争撕裂了人类的精神世界，正视这一道带血的伤口，是防止发炎溃烂的必然选择。战后很长时间里，侵华日军老兵武藤秋一从不在家人面前谈战争。当儿子提起"我认为你们参加的战争是侵略战争"，父亲的心里话却是"承认这点，就等于否定了我的全部人生"。一场父子对话整整持续了10多年，武藤终于慢慢理解了责任的意义，公开他自己的战地日记《一道背负》，还原那段侵略历史。

有良知的人，并不在少数。朝日新闻记者松井耶依，一生辗转亚洲各国，收集受日军侵害的慰安妇的证言和材料；动漫大师宫崎骏，敦促日本领导人"痛彻反省"侵略战争。直面责任不会让人生失败，反而可以让自己抬头面对未来。一个人如此，一个国家一个民族同样如此。

也只有从更宏观的角度理解历史、认识历史、把握历史，人类才有可能走上一条和平的正路。去年此时，一部叫《厚土深痕》的电影，讲述了东北人民无私抚养日本遗孤的故事，提出了如何化解仇恨、走向和平的问题。中国人民从来不缺少伟大的宽容和善良：被中国母亲养育的日本遗孤，至今感恩第二祖国；从葫芦岛遣返的100多万在华日侨，称这里为"再生之地"；关押战争罪人的抚顺战犯管理所，用人性温暖赢来了他们的真诚忏悔。中国遭受了巨大的苦难、付出了沉痛的牺牲，却以宽阔的胸襟，创造性地开启了亚洲和解的历史。

（七）"欲知大道，必先为史"。历史不仅仅是一连串事件和人物的记录，更是一整套历史观念和价值内涵。习近平主席强调，要"坚持正确历史观"，"让历史说话，用史实发言"，正是要提醒世人，以什么样的角度、什么样的眼界去考察历史，决定着我们能从史实中构建出怎样的"意义世界"。

循此回望历史，才能听到历史的声音，接收人类文明来之不易的"和平密码"。第二次世界大战的战火燃遍四大洲2000多万平方公里土地，80多个国家和地区、约20亿人被卷入战火。在这场正义与邪恶、光明与黑暗、自由与专制的人类命运大决战中，中国军民以血肉之躯投入敌人火海，将日本"三月亡华"的狂言彻底击碎。从法国的诺曼底海滩到太平洋上的中途岛，从苏联的库尔斯克到美国的珍珠港，从埃及的阿拉曼到中国的台儿庄，在人类历史上没有任何一个时刻，世界人民能如此紧密地团结在反法西斯的大旗下。认不清这样的史实、看不到这样的联合，就无法确立我们处身世界的坐标、辨明我们前行的方向。

循此回望历史，才能擎起历史的火炬，传承我们民族生生不息的"精神基因"。"是气所磅礴，凛烈万古存"。从杨靖宇、赵一曼、左权、彭雪枫，到佟麟阁、赵登禹、张自忠、戴安澜；从平型关、娘子关，到台儿庄、雪峰山；

从东北抗联"八女投江"、八路军"狼牙山五壮士",到四行仓库"八百壮士"、缅北中国远征军……不分党派、无论信仰,在英勇壮烈的东方主战场,抗战中的英雄已经写入了民族的英雄谱、标注出精神的天际线。中国人民抗日战争的伟大胜利,是近代以来中国抗击外敌入侵的第一次完全胜利,为中华民族走向伟大复兴确立了历史转折点。学者罗家伦在《告绥远将士书》中说,"只有我们血染过的山河,更值得我们和后世讴歌和爱护"。筑不牢信仰的高地、守不住精神的净土,就无法夯实时代的信仰基石、塑造我们自己的核心价值。

正如李大钊在《史观》中所说,"故历史观者,实为人生的准据,欲得一正确的人生观,必先得一正确的历史观"。今天,我们为什么要纪念抗战胜利70周年,保存最珍贵的民族记忆?就是要"牢记由鲜血和生命铸就的中国人民抗日战争的伟大历史,牢记中国人民为维护民族独立和自由、捍卫祖国主权和尊严建立的伟大功勋,牢记中国人民为世界反法西斯战争胜利作出的伟大贡献",让历史如镜、丰碑不朽、精神永恒。

(八)经历了那一场血与火的洗礼,坚持捍卫和平、维护正义,融入中华民族的精神血脉,成为中国人民薪火相传的价值基因。这种从历史中收获的智慧和力量,让今天的中国能提交出一份守望和平正义、思考人类未来的"中国方略"。

"对话而不对抗,结伴而不结盟"的政治理念、"大河有水小河满,小河有水大河满"的经济愿景、"文明因交流而多彩,文明因互鉴而丰富"的文明气象,中共十八大以来,中国的一系列鲜明主张,反映出平等互信、合作共赢、包容互鉴的文明观。

一个历经苦难、浴火重生的国家,以新的理念、新的价值、新的构想,为我们这个联系更加紧密的世界描绘出命运共同体的愿景。"中国梦与世界各国人民的美好梦想相通"的理念,转化为"一带一路"的战略实践;"欢迎大家搭乘中国发展的列车"的胸怀,成为促进亚投行成立的重要推动力;"更好发挥负责任大国作用"的承诺,在抗击埃博拉、派出联合国维和部队等国际行动中得到充分体现。

"近年来,中国更是从起初的'默默耕耘者'转变成联合国所宣布的全球和社会发展目标的最彻底捍卫者之一",俄罗斯媒体如此评价。中国履行自己的国家责任,助推和平发展的历史潮流。这是中国作为一个发展中大国的光荣使命,也是中国走向民族复兴的必要前提。

历史学家认为,人类具有共同性,我们需要发展一种世界范围的历史。70年前,面对人类有史以来最黑暗的邪恶势力,不同国家、不同种族、不同社会制度、不同意识形态能够超越差异,凝聚成捍卫和平的巨大力量;今天,面对恐怖主义、环境问题、地区冲突等全球治理难题,世界各国更应在携手合作中实现互利共赢和永续发展,打造一个人类命运共同体。

(九)1947年,制造出核弹的科学家们设立了一面"末日时钟",警告世界潜在的文明毁灭危险:午夜12时象征核战爆发。面对日益复杂的传统和非传统安全威胁,指针在今年初再次被拨快两分钟。现在是夜晚11点57分。

这面反复被拨快拨慢的虚拟之钟警示人们:郑重记取历史、坚定守望历史,正是为了完成缔造和平这一"绵延的创造"。

来自何处?所在何地?去往何方?人类面临的超越性追问,每个时代都会作出自己的回答。无论种族、无关信仰,全世界一切爱好和平的声音,都不会随时间消散,而是在历史深处永恒激荡。

这正是"和平"向人类的许诺。在历史的天空下,为人类寻找更美好的未来,我们应始终铭记——

"70多亿人共同生活在我们这个星球上,应该守望相助、同舟共济、共同发展。"

(2015年9月2日)

向着第一个百年目标迈进
——写在党的十八届五中全会召开之际

（一）金秋的北京，总会给人带来特别的期待。

10月26日至29日，正在这里召开的党的十八届五中全会，将研究关于制定国民经济和社会发展第十三个五年规划的建议。谋划未来五年中国的发展之路，这是举国乃至举世关注的议程。

在中国人的眼里，六十年一甲子，寓意轮回与更替。从第一个五年计划到第十二个五年规划，60多年里，中国经历了从高度集中的计划经济体制到充满活力的社会主义市场经济体制、从封闭半封闭到全方位开放的伟大历史转折，取得了举世瞩目的成功。新一个五年规划，我们又将开启一段怎样的新航程？

2016—2020的"十三五"规划，将是本届中央领导集体主持编制并完整实施的一个五年规划，将是中国跨越"中等收入陷阱"向更高发展阶段迈进的艰难跃升，将是迎来全面建成小康社会这"第一个百年目标"的最后冲刺，也是跋涉在民族复兴之路上的社会主义中国的关键一程。

风云际会的节点，举足轻重的大国，谋篇布局的规划，人们有理由期待，这个十月会释放更多信号，给中国和世界的未来注入强大的信心。

（二）在北京、在浙江杭州、在湖北武汉……人们发现，习近平总书记调研考察时，对各地的规划展览馆很感兴趣。"规划科学是最大的效益，规划失误是最大的浪费，规划折腾是最大的忌讳"，在发展之路上，规划的确至关重要。

一幅宏大的发展蓝图，在这样的思考中逐渐成形。2013年年底的中央经济工作会议上，习近平总书记强调，要着手启动"十三五"规划前期准备工作，开展有关重大问题研究。而关于未来中国前瞻性、战略性、全局性的思考，早已开始。

广东深圳，在邓小平铜像下思考改革的方位；北京中关村，在数字世界里推动创新的浪潮；陕西延安，在黄土高原的窑洞中探讨扶贫的路径；吉林长春，在老工业基地谋划转型升级的前景……党的十八大以来，习近平总书记调研的足迹，遍及20多个省份，覆盖了大半个中国。仅仅在2015年，围绕"十三五"规划，习近平总书记在短短两个月时间内，就曾与18个省份"一把手"座谈。

以微观调研把握宏观中国，用战略思路观照现实国情，中央领导集体在上与下的对接中，谋划中国的未来。密集的调研、频繁的互动，不仅让"十三五"规划有了坚实的基础，更凸显这一规划的重要意义。到2020年全面建成小康社会，是我们党确定的"两个一百年"奋斗目标的第一个百年目标。在"两个百年"的视野中，在实现"中国梦"的征程上，"十三五"规划的五年，恰是中华民族复兴史上特殊而关键的五年。

如果说"四个全面"是战略布局，"十三五"规划就是战役部署。连接过去、现在和未来，定位坐标、主轴和方向，这一规划必将写在中国大地、写入时代进程。

（三）这是一个耐人寻味的细节。

今年3月的全国两会上，习近平总书记参加团组讨论时谈到，"我正在集中思考'十三五'规划。"两会一结束，在会见欧洲议会议长舒尔茨时，总书记主动提及"十三五"规划，并表示"相信在新的规划中我们会找到中欧合作的契合点和新机遇"。

的确，"十三五"将影响的，绝不仅仅是中国。"过去两年，全球经济增长约30%来自中国"。《金融时报》首席经济评论员马丁·沃尔夫认为，过去是美国打喷嚏全球经济就感冒，现在还应该加上中国一打喷嚏，全球经济也感冒。"十三五"蓝图关乎世界经济的走向，"将左右世界经济能否复苏向前"，这就是为什么观察家们要将十八届五中全会称为"关键性会议"。

历史的长河潜流深沉，要经过时间的沉淀，才能发现水道令人惊叹的转换。在30多年改革开放历程中，中国经济从"被开除球籍"的危险边缘，到被称为"世界经济的新引擎"，其间蕴藏了多少思想的转变、观念的更新和发展的突破。站在两个五年规划交汇的时间节点回望，在走向世界的进程中，中国的分量日益显现。

上世纪70年代末，中国打开封闭的国门，从建立经济特区到开放沿海、沿江、沿边、内陆地区，分步骤、多层次地走向逐步开放新格局。新世纪初，中国加入世界贸易组织，由有限范围、地域、领域内的开放，转变为全方位、多层次、宽领域的开放，中国经济航船扬帆驶入更广阔的水域。

今天，稳居世界第二大经济体的中国，正在逐渐适应自己新的角色——世界经济版图的变革者、全球经济治理的参与者、国际经济秩序的建设者。着力打造更有活力的开放的经济体系，中国积极推动和参与世界经济治理机制变革，构建合作共赢的"命运共同体"。几天前，习近平主席在中英工商峰会上强调，"一带一路"不是"私家小路"。正是这条"大家携手前进的阳光大道"，涵盖了60多个国家和地区的44亿人口，经济总量约占全球的30%，成为中国构建"公平、开放、全面、创新"发展之路最好的注脚。

"大家一起发展才是真发展，可持续发展才是好发展。"作为中国经济转型升级的重要载体，"十三五"规划不仅要擘画未来中国经济地理版图，也将对完善世界经济地理版图产生重要影响。

（四）面向世界、面向未来的中国，即将走进又一个发展周期。

回首"十二五"，我们抓住了关键时期，打赢了攻坚之役，赢得了战略机遇。在全球经济的"亚健康"状态中，妥善应对"三期叠加"的挑战，高位跃升带来年均近8%的增长；在建立起覆盖13亿人的全世界最大社保网之后，不断提高兜底水平；"十二五"前4年，单位国内生产总值能耗累计下降13.4%，经济发展驶入"绿色化"快车道……改革开放和复兴之路的现实方位，被标示得格外清晰：我们比历史上任何时期都更接近实现中华民族伟大复兴的目标，比历史上任何时期都更有信心、更有能力实现这个目标。

然而，行百里者半九十。经济的升级转型总是比想象更困难，尤其是中国这样一个庞大的经济体，面临的挑战会更复杂。如果说1978年改革开放大幕初启时，中国以9.6亿人的超大规模拉动了经济起飞的巨轮，抓住机遇创造了中国奇迹；那么今天，面对13亿多人口的巨大基数，面对全球化信息化程度日益加深的世界格局，在更高层次上推进现代化进程，我们所要考虑的，绝不仅仅是机遇。

今天的中国，仍面临着长长的"问题清单"。"世界工厂"转型升级的同时保持经济平稳增长，建设"望得见山、看得见水、记得住乡愁"的"美丽中国"，在"学有所教、劳有所得、病有所医、老有所养、住有所居"上持续取得新进展……这些来自经济系统、自然系统和社会系统的挑战，无一不是艰巨的课题、难啃的硬骨头。连《纽约时报》也感叹:"治理未来十年的中国,可能是全球最为艰难的工作之一。"

舟循川则游速,人顺路则不迷。建立在对"十二五"发展经验的全面总结上,建立在对中国具体国情的准确体察上,习近平总书记以对发展的深入思考作出了深刻的回答——

"发展必须是遵循经济规律的科学发展,必须是遵循自然规律的可持续发展,必须是遵循社会规律的包容性发展。"

(五)遵循经济规律的科学发展,是"实实在在、没有水分"的发展,是注重"系统性、整体性和协同性"的发展,是"质量更高、效益更好、结构更优、优势充分释放"的发展。这意味着,在经济发展中要保持战略定力与战略眼光,做到蹄疾步稳、行稳致远。

不久前,中国2015年第三季度经济数据公布,6.9%的增速好于预期。虽然仍有人偏好各种版本的中国经济"崩溃论"和"硬着陆"预言,但越来越多人开始以更理性和长远的眼光,审视中国经济的"大势"。"中国领导人明白他们需要做什么。"不久前出版新书《与中国打交道》的美国前财政部长保尔森说:"这也正是我对中国的改革前景持谨慎乐观态度的原因所在。"

"十二五"期间,科学发展让经济在转型升级之路上,保持着增长"稳定感"。从打破壁垒、让市场在资源配置中起决定性作用,到自我革命、下好简政放权"先手棋";从主动淘汰落后产能、清理经济增长"负资产",到实施创新驱动发展战略、点燃经济动力"新引擎",我们以有力的宏观调控、合理的风险应对、积极的结构调整,在"十二五"前4年保持了年均8%的增长,农业实现"十一连增",工业发展向中高端迈进,服务业成为第一大产业,科技进步贡献率稳步提升。新常态下,换挡不失势、量增质更优,新的动力在聚集、新的活力在迸发,为"十三五"的发展打下良好基础、积累宝贵经验。

自我调整、主动调控背后,是对经济规律的深刻洞察:"一个国家经济增长,有快有慢是正常的,不能说只能加速、不能减速,这不符合经济规律";是对科学发展的高度重视:"转方式、调结构是我们发展历程必须迈过的坎";是对中国未来的强大自信:"分析中国经济,要看这艘大船方向是否正确,动力是否强劲,潜力是否充沛"。

(六)遵循自然规律的可持续发展,是"绿水青山就是金山银山"的发展,是"经济要上台阶,生态文明也要上台阶"的发展,是"生产发展、生活富裕、生态良好"的发展。这意味着,发展不仅要讲速度讲效益,更需要在增长与保护、局部与整体、当前和长远之间,找到最佳平衡点。

2015年初,被称"史上最严"的新环保法实施。环保理念的变革,由立法目的的表述可见一斑:过去是"促进社会主义现代化建设的发展",现在则是"推进生态文明建设,促进经济社会可持续发展"。对于"美丽中国""绿色化"的一系列探索,联合国副秘书长阿奇姆·施泰纳如此评价:"中国在生态文明这个领域中,不仅是给自己,而且也给世界一个机会,让我们更好地了解朝着绿色经济的转型。"

首次将生态文明纳入"五位一体"总布局,去除GDP考核"紧箍咒",全面打响"呼吸保卫战"……"十二五"期间,中国以前所未有、全球罕见的力度,治理污染、保护生态。生态文明建设有了顶层设计、总体部署和严格措施,为发展构筑起"绿色谱系",为转型积累下"绿色动力"。

在云南大理洱海边,"立此存照"督促当地抓好环保;在北京APEC会议上,坦言每天早上都要看看北京雾霾小了没有;在内蒙古大兴安岭林区,勉励工人"种树看林子也是为国家做贡献"……"像保护眼睛一样保护生态环境,像对待生命一样对待生态环境",习近平总书记对环境保护高度重视,正是因为把握了"生态兴则文明兴,生态衰则文明衰"的发展规律,认清了生态环境保护"功在当代、利在千秋"的历史责任。

(七)遵循社会规律的包容性发展,是"坚定不移走共同富裕的道路"的发展,是以"人民对美好生活的向往"为奋斗目标的发展,是"让人民群众有更多获得感"的发展。这意味着,不仅把发展视为经济问题,更将之视为政治问题、社会问题,让更多人共享发展的成果。

"未来5年,我们将使中国现有标准下7000多万贫困人口全部脱贫""确保贫困人口到2020年如期脱贫"。"十三五"规划尚未谋定之时,关于扶贫的"五年目标"已经出台。这不仅是全面小康的要求,更是我们发展宗旨、发展伦理的集中体现。

"做好经济社会发展工作,民生是'指南针'"。"十二五"期间,民生指标全线飘红。城乡居民人均可支配收入年均增长9.5%,跑过GDP增速;新增就业不降反增,2015年前三季度城镇新增就业1066万人,提前完成全年任务;2013年和2014年,连续两年完成减贫1000万人以上的任务……人民生活水平有新提高，生活质量有新改善，更多人的"幸福感"正由期盼慢慢成为现实。

"中国梦归根到底是人民的梦"，让更多人共同享有人生出彩的机会，共同享有梦想成真的机会，共同享有同祖国和时代一起成长与进步的机会；全面小康是不分地域、不分群体、不分层级、不分民族的小康，"一个民族都不能少""不能丢了农村这一头""决不能让一个苏区老区掉队"……民生的改善、个人的发展，与国家的大方向、大目标相向而行，成为包容性发展最生动的体现。

（八）遵循经济规律的科学发展，遵循自然规律的可持续发展，遵循社会规律的包容性发展，"三种规律""三大发展"，正是引领"经济新常态"的目标方向。

有外国媒体认为，中国这个远东国度，曾以无法想象的经济增长速度，帮助上亿人摆脱贫困，却也造成环境污染等问题。而如今，随着新常态的到来，庞大的"经济和社会试验"正在促成"一次新的醒悟"。

经过了一段时间的困惑、纠结和适应之后，在今天的中国，"经济新常态"的判断已经成为共识。看起来波动的数据，背后却隐藏着令人欣慰的亮色、逐渐增加的利好、正在积蓄的能量。经济增速领先世界主要经济体，对世界经济增长的贡献超过四分之一，蝉联世界第一制造大国位置，消费对经济增长的贡献率达到60%，服务业对增长的贡献率首次超过第二产业……这样的数据表明，新常态下，经济发展长期向好的基本面没有变，经济韧性好、潜力足、回旋空间大的基本特质没有变，经济持续增长的良好支撑基础和条件没有变，经济结构调整优化的前进态势没有变，中国经济发展前景仍然广阔。

"认识新常态，适应新常态，引领新常态，是当前和今后一个时期我国经济发展的大逻辑。"2014年中央经济工作会议精神，诠释了历史新起点上中国发展的新理念。形态更高级、分工更复杂、结构更合理，"新常态"的战略判断和战略思维，深刻揭示了中国经济发展的新特征、新趋势，指向中高速增长、质量效益提高、生态效应改善、可持续性增强、制度更加成熟定型，是消除疑虑、保持定力、坚定自信的强大基石。

在全球经济面临巨大变化的今天，中国在过去几十年里积累起来的经验，正在被赋予新的内涵。"十三五"时期，不管发展环境、条件、任务有何变化，可以确定的是，认识新常态、适应新常态、引领新常态，将是保持未来中国经济社会持续健康发展的根本遵循。

（九）思想是行动的先导，理念是实践的指南。以发展理念转变引领发展方式转变，以发展方式转变推动发展质量和效益提升，面向经济新常态，循着发展新思路，"十三五"规划的根本指向，已然清晰——

"实现好、维护好、发展好最广大人民根本利益是发展的根本目的，必须把增进人民福祉、促进人的全面发展作为发展的出发点和落脚点。"明确的发展目的，回答了"发展为了什么"的问题。

"必须坚持以经济建设为中心，从实际出发，创新和完善宏观调控方式，保持经济中高速增长，迈向中高端水平，推动实现更高质量、更有效率、更加公平、更可持续的发展。"合理的发展路径，回答了"实现什么样的发展"的问题。

"必须按照完善和发展中国特色社会主义制度、推进国家治理体系和治理能力现代化的全面深化改革总目标，加快完善各方面体制机制，进一步转变政府职能，为发展提供持续动力。"科学的发展思路，回答了"如何以改革促发展"的问题。

"必须完善社会主义市场经济法治体系，加快法治经济和法治社会建设，把经济社会发展纳入法治化轨道。"有序的发展环境，回答了"如何规范发展"的问题。

"必须深化全方位对外开放，妥善应对外部环境变化，推动互利共赢、共同发展。"广阔的发展视野，回答了"发展如何对接世界"的问题。

"必须贯彻全面从严治党要求，不断提高党的执政能力和执政水平，确保我国发展航船沿着正确航道破浪前进。"根本的发展保障，回答了"发展需要怎样的政治领导"的问题。

"十三五"画卷，将以中央政治局会议提出的"六个必须"为引领，铺展开来。"中国制造2025"推动工业制造业转型升级，打造"制造强国"；"互联网+"推动信息化与工业化深度融合，新技术新概念新业态方兴未艾；城镇化目标激发更丰富的劳动力资源、激活更广阔的市场空间；提高土地产出率、资源利用率、劳动生产率，走出一条中国特色新型农业现代化道路。"十三五"期间，"新四化"的同步铺展、互动提升，为全面建成小康社会提供多元动力、多级支撑，中国将迎来有温度的发展、有质量的发展、有保障的发展。

中国现代化的历程是一段波澜壮阔的历史,极大地丰富了人类的经历。把社会主义制度与市场经济体制的优势结合起来,把发展的速度和效率与公众的共享和普惠结合起来,这是"中国道路"对人类发展道路的独特贡献。"十三五"是中国迈向全面小康的历史征程,新发展模式会更成熟,新思维范式会更成型。这是现代化道路上的"中国选择",是中国给世界的"新的更大的贡献"。

(十)一张老照片,记录下1992年8月四川广安火车站的一幕:由于人多车少,准备外出务工的农民们只好从车窗挤上去。

而上周,在习近平主席访问英国期间,关于高铁项目的合作,成为各方关注的一大焦点。

从"绿皮火车"到"高铁外交",铁路可谓中国发展的"三重象征"——满足了民生需求,促进了经济增长,更隐喻着"中国号"快车的不断自我超越。

"凡是过去,皆为序章"。中国的发展前后相续,正是这一段又一段的铁轨,连接成我们前行的历史。站在两个五年规划的交汇点上,向着第一个百年目标迈进,向着中华民族伟大复兴进军,我们有决心、有能力、有信心。

世界期待着下一个中国故事,历史期待着我们这一代人的回答。

(2015年10月25日)

关系发展全局的深刻变革
——论贯彻和落实五大发展理念

（一）2015年，新的共识正在凝聚。

从金砖国家领导人会晤，到联合国发展峰会、气候变化巴黎大会；从二十国集团领导人峰会，到亚太经合组织会议、中非合作论坛约翰内斯堡峰会，整个世界都在寻找发展的新机遇、变革的新动力。

"中国有信心、有能力保持经济中高速增长，继续为各国发展创造机遇。"在土耳其，习近平主席宣示中国信心。"展望未来，亚洲再次站到了引领历史发展的前列，我们生于斯、长于斯，前途命运维系于斯。"在新加坡，习近平主席激荡亚洲力量。中非峰会"将促进南南合作，带动南北对话，推动国际治理体系向更加公正合理方向发展。"在南非，习近平主席建言世界格局。

G20峰会，明年的主场是中国杭州；APEC的领导人，去年相聚于北京雁栖湖。这些年，世界舞台上处处可见中国身影，这个励精图治的发展中大国，不断与世界分享自己爬坡过坎的实践与和平共赢的理念。

而中国前后相续的五年规划，也迎来了交接棒。在经济新常态现实要求之下，在战略机遇期内涵转变之时，在全面建成小康社会决胜阶段，确立新的发展理念、引领新的发展实践，是刻不容缓的时代命题。

"坚持创新发展、协调发展、绿色发展、开放发展、共享发展，是关系我国发展全局的一场深刻变革。"今年10月，党的十八届五中全会提出五大发展理念，凝聚着新中国几代建设者对经济社会发展规律的深入思考，为全面建成小康社会、向着第一个百年奋斗目标迈进，提供了理论指导和行动指南。12月18日，正在北京召开的中央经济工作会议，将把这"五大发展理念"融为未来一年的务实举措。

若干年后人们会看到，这一事关我国发展全局的深刻变革，开启的是未来中国的崭新航程，思考的是人类命运的走向。

(二) 历史的巧合，往往意味深长。

　　2015年，中国与世界都迎来一个承上启下的节点。这一年，中国"十二五"规划收官，这个世界上最大的发展中国家，开启了向着全面小康的最后冲刺。10月，"十三五"规划建议审议通过，未来5年中国发展航程划定。也是在这一年，联合国千年发展目标完成一个阶段性任务，打开了"2030年可持续发展"的大门。9月，多国元首汇聚联合国总部，规划未来15年地球的发展蓝图。

　　中国的五年愿景，世界的共同目标，在同一个时间节点上交汇，仿佛隐喻中国与世界深度互动的现在和未来。

　　作为发展速度最快的超大型经济体，中国的发展是世界发展最重要的组成部分之一。联合国新世纪初制定的千年发展目标中，无论是普及初等教育、促进两性平等，还是降低儿童死亡率、与艾滋病和疟疾等疾病作斗争，中国大多已经实现。按照联合国脱贫标准，中国为全球脱贫贡献率达到90%，全世界每10人脱贫，就有9个来自中国。有人估算，中国的经济发展使1/5的世界人口、1/4的发展中国家人口和近3/5的下中等收入国家人口从中直接受益。

　　在世界东方耸起的这个"发展极"，对世界发展的辐射作用越来越强。近年来，中国在世界经济最困难的时刻，承担了拉动增长的重任。2009年到2011年间，中国对世界经济增长的贡献率达到50%以上。目前，中国经济增速虽有所放缓，但对世界经济增长的贡献率仍在30%以上，仍是世界经济重要动力源。有学者认为，中国的增长贡献、贸易贡献、减贫贡献，可能是人类历史上这30多年来最重要的发展成绩。

　　未来，中国的发展也将描绘世界的方向。美国《世界邮报》曾如此断言：中国经济未来发展方向，对地球上的每一个人都有潜在影响。18、19世纪，英、法、德等国崛起，人口是千万级的；20世纪美、日等国崛起，人口是上亿级的；而21世纪中国的崛起，人口是10亿级的，比此前崛起的大国人口总和还要多。英国作家乔纳森·沃茨的《当十亿中国人跳起来》一书，在讲述中国不可思议的发展之路时，也表达了一种担心："跳起来"的中国究竟会"拯救人类"，还是会"让地球偏离轨道"？如此巨大的体量与规模，中国选择一种什么样的发展方式，对于世界而言都会产生举足轻重的影响。

　　如何在历史的脚本里，续写人类永续发展的新篇章？9月，在联合国发展峰会上，习近平主席倡议：我们应该共同走一条公平、开放、全面、创新的发展之路。一个月后，中国共产党的十八届五中全会宣示，要坚持创新、协调、绿色、开放、共享五大发展理念。这正是中国为未来构建的"发展话语"，为世界呈现的"中国方案"。

（三）马克思曾说："人的思维是否具有客观的真理性，这不是一个理论的问题，而是一个实践的问题。"作为未来中国发展的战略性、纲领性、引领性认识，五大发展理念源于对中国与世界的深切把握。

在经济学上，对于发展中程的风险，有很多不同的描述：人口红利消失的刘易斯拐点，人均GDP4000美元之后的中等收入陷阱，国际秩序变革中的修昔底德困境，甚至是与现代化转型伴生的"风险社会"。

这些风险挑战，原因何在？不管是收入分配差距拉大、人力资本积累缓慢，还是城市化进程受阻、产业升级艰难、金融体系脆弱，根本原因都在于，过往的发展方式已难以为继，而对这种发展方式的依赖还难以摆脱。

正如"十三五"规划建议中所说的，中国还"面临诸多矛盾叠加、风险隐患增多的严峻挑战"。经济下行压力增大、人口红利逐渐消失、环境约束日益增强、产业升级阻力重重、传统优势不断削弱……30多年的快速发展，把中国的"后发优势"发挥得淋漓尽致，然而站在更高起点上的中国，如果仍然对粗放发展方式过度依赖，"后发优势"就会转变为"后发劣势"，错过经济发展转型升级的最佳时间窗口。经济变速换挡、社会深刻转型的中国，探索的正是这样一个迈过陷阱的发展方式。

发展理念源于发展实践，反过来又给发展实践以深刻影响。在这样的历史关口，需要用新思路寻找新出路、以新理念引领新发展。五大发展理念，为中国号巨轮涉过险滩、渡过激流标注前行航向。坚持创新发展，才能避免动力衰退，低水平循环的"平庸之路"；坚持协调发展，才能避免畸轻畸重、顾此失彼的"失衡之路"；坚持绿色发展，才能避免资源枯竭、环境恶化的"透支之路"；坚持开放发展，才能避免画地为牢、自我设限的"封闭之路"；坚持共享发展，才能避免贫富分化、社会动荡的"风险之路"。

有学者说，经过30多年的发展，中国正在遭遇"成长的烦恼"。从"摸着石头过河"到"在鸡蛋上跳舞"，从起步之初的艰难探索到击水中流的豪迈挺进，中国经济社会发展已过万重山岳。未来的发展之路，应如何绘就？更深层次的改革，该如何推进？五大发展理念，深刻揭示了实现更高质量、更有效率、更加公平、更可持续发展的必由之路，正是为了应对风险挑战，更好地把握中国的现在、创造中国的未来。

（四）基辛格博士在其著作《世界秩序》中说："评判每一代人时，要看他们是否正视了人类社会最宏大和最重要的问题。"审视当下，我们正处在历史转折的关键路口。

从国际形势看，一方面，世界经济仍然处在深度调整期，复苏仍然缓慢、增长仍然脆弱，发展不平衡问题远未解决。另一方面，新一轮科技和产业革命蓄势待发，催生"互联网+""分享经济""智能制造"等新理念、新业态，孕育着时不我待的历史性机遇。

从国内发展看，今年前三季度，中国经济保持了近7%的增速，对世界经济增长的贡献率达到30%左右。面对世界经济的"亚健康"状态，中国经济发展长期向好的基本面没有变，经济韧性好、潜力足、回旋余地大的基本特征没有变，经济持续增长的良好支撑基础和条件没有变，经济结构调整优化的前进态势没有变。

"知其事而不度其时则败"。在这样的变与不变之下，适应和引领经济发展新常态，成为来而不可失的"时"；准确把握战略机遇期内涵的深刻变化，成为蹈而不可失的"机"。经济新常态和战略机遇期，构成了我们树立和践行五大发展理念的两大现实基点。

经济新常态，是"十三五"时期我国发展的大逻辑。速度变化、结构优化、动力转化，是新常态的基本特征；经济向形态更高级、分工更复杂、结构更合理的阶段演化，是新常态的基本趋势。但新常态改变了经济运行的轨迹，打破了固有的发展惯性，也亟待以新理念破除新障碍、用新观念催生新状态。在新常态下顺势而为、乘势壮大，才能确保2020年国内生产总值翻一番，实现有质量、有效益、没水分、可持续的增长，实现既看速度、也看增量、更看质量的发展。

战略机遇期，是"十三五"时期我国发展的大判断。世界经济正在寻找新的增长动力，中国也正处于转型升级的历史关口，这种内外联动的"历史性交汇"，让我国仍然处于大有可为的重要战略机遇期。但战略机遇期的内涵发生了"两个转变"——由加快速度的机遇变为加快转型的机遇，由扩张规模的机遇变为提高质量的机遇。机遇抓不住就是挑战，让稍纵即逝的机遇为我所用、倒逼变革，才能推动经济社会发展全面转型升级，让我国的发展占据国际竞争的制高点。

统领经济新常态的新要求，抓住战略机遇期的新内涵，这正是五大发展理念所立足的大势与大局。创新是引领发展的第一动力，创新发展着力提高发展质量和效益；协调是持续健康发展的内在要求，协调发展着力形成平衡发展结构；绿色是永续发展的必要条件和人民对美好生活追求的重要体现，绿色发展着力改善生态环境；开放是国家繁荣发展的必由之路，开放发展着力实现合作共赢；共享是中国特色社会主义的本质要求，共享发展着力增进人民福祉。

（五）"一切划时代的体系的真正的内容都是由于产生这些体系的那个时期的需要而形成起来的"。中国共产党人干革命、搞建设、抓改革，从来都是为了解决中国的现实问题。创新、协调、绿色、开放、共享的五大发展理念，之所以会成为一场"关系发展全局的深刻变革"，正在于它针对的是我国发展中的突出矛盾，回答的是中国当前最为紧迫的现实问题。

坚持创新发展，就是把创新摆在国家发展全局的核心位置，注重的是解决发展动力问题。"不创新就要落后，创新慢了也要落后。"当前，我国科技发展水平总体不高，科技对经济社会发展的支撑能力不足，科技对经济增长的贡献率远低于发达国家水平，这是我国这个经济大个头的"阿喀琉斯之踵"。如果不能走好创新发展之路，发展动力就不可能实现转换，我们在全球经济竞争中就会处于下风。把握未来中国的发展走向，必须把创新作为引领发展的第一动力，把人才作为支撑发展的第一资源，加快形成以创新为主要引领和支撑的经济体系和发展模式。

坚持协调发展，就是要强调"全面"，注重的是解决发展不平衡问题。"千钧将一羽，轻重在平衡。"我国发展不协调，是一个长期存在的问题，突出表现在区域、城乡、经济和社会、物质文明和精神文明、经济建设和国防建设等关系上。如果说在经济发展水平落后的情况下，一段时间的主要任务是要跑得快，但跑过一定路程后，就要注意调整关系，注重发展的整体效能，否则"木桶效应"就会愈加显现，一系列社会矛盾会不断加深。谋划中国经济社会的可持续发展，必须在优化结构、补齐短板上取得突破性进展，着力提高发展的协调性和平衡性。

坚持绿色发展，就是要保证"可持续"，注重的是解决人与自然和谐问题。良好生态环境，是最公平的公共产品，是最普惠的民生福祉。当前，我国资源约束趋紧、环境污染严重、生态系统退化的问题十分严峻，人民群众对清新空气、干净饮水、安全食品、优美环境的要求越来越强烈，生态环境恶化及其对人民健康的影响已经成为我们的心头之患，成为突出的民生问题。扭转环境恶化、提高环境质量，是事关全面小康、事关发展全局的一项刻不容缓的重要工作。

坚持开放发展，就是深度融入世界经济，注重的是解决发展内外联动问题。关起门来搞建设是不可能成功的。今天的中国已进入与世界深度互动阶段，与此同时，我国对外开放水平总体上还不够高，用好国际国内两个市场、两种资源的能力还不够强，应对国际经贸摩擦、争取国际经济话语权的能力还比较弱，运用国际经贸规则的本领也不够强。要想在下一步发展中扬长避短、乘势而上，必须认真研究如何提高对外开放的质量和发展的内外联动性，形成中国与世界深度融合的互利合作格局，由此推动全球经济治理体系改革完善，引导全球经济议程，走好开放发展之路。

坚持共享发展，就是着力增进人民福祉，注重的是解决社会公平正义问题。"治天下也，必先公，公则天下平矣。"迈向全面小康的过程，也是实现社会公平正义的过程。一方面，保证人人享有发展机遇、享有发展成果，全体人民推动发展的积极性、主动性、创造性才能充分调动起来。另一方面，我国经济发展的"蛋糕"不断做大，但分配不公的问题比较突出，共享发展的实际情况和制度设计都有不完善的地方。共享，是中国特色社会主义的本质要求，是社会主义发展的根本目的。按照人人参与、人人尽力、人人享有的要求，坚守底线、突出重点、完善制度、引导预期，注重机会公平，保障基本民生，才能确保全体人民共同迈入全面小康。

在实践中发现和解决问题，是我们认识世界、改造世界的重要方法。30多年来，中国发展的历程，就是一个在"挑战—应战"模式中不断螺旋上升的过程。五大发展理念正是以现实问题为牵引，体现当前与长远的统一、公平与效率的统一、市场与政府的统一、对内与对外的统一、人与自然的统一，让我们在现代化之路上跨越历史的三峡，实现惊人的一跃。

（六）即便是从世界经济史的角度看，中国30多年的发展，也可算"奇迹"。有人估算，发达国家历史上经济增长最快的时期，一个人终其一生实现的生活水平改善，英国只有56%，美国大约为1倍，日本为10倍；而中国在30多年的时间内，就让超过10亿人的生活水平增长了16倍。正如美国哥伦比亚大学经济学教授杰弗里·萨克斯所说，"在经济领域，中国是一个巨大的成功故事"。

当"中国故事"震撼世界，也引起了世界上最聪明的头脑对它的认真思索：在波澜壮阔的宏大叙事背后，究竟潜藏着怎样的成功密码？对于中国从上世纪70年代末起步的这段发展历程，曾有很多人试图为之命名，诸如"中国模式""北京共识"，等等。然而中国这30多年，又是一个很难被简单提炼的复杂实践，就像《纽约时报》所说的，"西方最好还是研究一下中国戏剧般崛起背后的理念"。

的确，自安徽小岗村村民在生死状上按下红手印，中国的改革开放就不仅是一个经济发展的故事，更是一场发展理念的深刻嬗变。从以经济建设为中心、发展是硬道理，到发展是党执政兴国的第一要务，到坚持科学发展、全面协调可持续发展，到坚持"五位一体"总体布局，每一次发展理念的创新和完善，都推动实现了发展的新跨越。不管是发展体制、发展动力，还是发展路径、发展价值，正是不断更新、与时俱进的发展理念，引领中国改革走过千山万水，在不同的发展阶段履险如夷。

发展理念管全局、管根本、管方向、管长远，直接关乎发展成效乃至成败。而在时间之轴上，发展理念更新留下的轨迹，构成了一部不断完善的"中国发展学"，其中堪称规律的结论则是："常制不可以待变化，一途不可以应无方"，唯有顺应时代潮流，才能找到自己的发展之路。这是"中国发展学"的精髓所在，也是理解五大发展理念的关键所在。

放在本届中央领导集体治国理政全局中去考察，在"五位一体"的总体布局中，五大发展理念是价值层面的思想引领；在"四个全面"战略布局中，五大发展理念是实践层面的行动指南。尤其是当前，中国的发展正处于从"量的积累"转向"质的飞跃"的风口，拥有了从"体量优势"转向"质量优势"的机遇，五大发展理念正是推动这一历史性转变的指导思想。从这样的角度才能理解，为什么五大发展理念是"关系我国发展全局的一场深刻变革"。

放在实现"两个一百年"奋斗目标的历程中去考察，在全面建成小康社会的决胜阶段，越是接近目标的冲刺时刻，越需要临渊履冰的谨慎、越需要放眼长远的胸襟。当此之时，五大发展理念顺应时代潮流、把握发展机遇、厚植发展优势，能够推动中国号巨轮行稳致远。长远观之，五大发展理念不仅为实现全面小康，也为实现第二个百年奋斗目标提供了根本遵循。从这样的高度才能认识，为什么五大发展理念是今后五年乃至更长时期我国发展纲领的灵魂。

放在共产党人探索发展规律的历史中去考察，无论是解决发展动力问题，还是解决发展不平衡问题；无论是解决人与自然和谐问题，还是解决社会公平正义问题，每一个发展理念，都对应着现实的"发展议程"，也都经历了几代人的长期探索，既有守正出新、矢志创新的时代气息，也有一以贯之、一脉相承的深厚积淀。作为"集大成者"，五大发展理念已在整体上标定中国发展的路径。从这样的视野才能把握，为什么五大发展理念深化了我们党对经济社会发展规律的认识。

在一个充满变革与未知的世界，"中国向何处去"的问题，引发了全球的关注与思考，五大发展理念则给出了清晰的回答。创新、协调、绿色、开放、共享，这五大发展理念不是凭空得来的，是我们在深刻总结国内外发展经验教训的基础上形成的，也是在深刻分析国内外发展大势的基础上形成的，是借鉴更是超越，有共性更有特性。它所描绘的未来中国蓝图，将在中国现代化的"后半程"，为中国发展方式的变革提供强劲动力。

（七）"这个世界会好吗"，11月，巴黎的恐怖袭击让人看到世界发展的不平衡陷阱，这样的追问萦绕人心。对于这个世界，过去的发展之路，似乎已经难以走通。

有经济学家指出，二战之后真正成功的经济体非常少，从低收入跨上中等收入这个台阶相对容易些，而从中等收入迈入高收入经济体，难度大增，一大批经济体在中等收入阶段停滞不前。发展的不平衡，给这个世界增加了更多不确定性。

更重要的是，当今的世界，正面临着各种复杂的系统性挑战。发端于美国的国际金融危机余波不断，影响远未结束，恐怖主义、网络安全、气候变化、军事冲突等重大挑战接踵而至、此起彼伏、相互作用，亟需一种整体性的解决方案。

与人类历史上的"大国崛起"不同，中国的发展为世界注入了一股正能量，是作为"文明型国家"的崛起。发展经济学早有判断，持续发展的后进大国，往往在发展模式上能实现具有范式变迁意义的创新。而学者们认定20世纪中国的崛起，是改变世界的一件大事，它让一种新型发展模式开始领航后发国家的发展潮流。的确，改革开放起步之时，中国人均收入还不到撒哈拉沙漠以南非洲国家的1/3，而在短短30多年里，中国完成了人类历史上最大规模的快速现代化。这背后，正是新的发展范式、科学的发展理念在引领和支撑。

越来越多发展中国家意识到，中国的发展理念，是一种更适用于后发国家的理念。"中国国家形象全球调查报告2014"显示，对于中国理念，有68%的发展中国家受访者表示认可，认为这是"融合了中国历史文化和现实国情需要的一种创新"。对于处于相同发展阶段的发展中、转型中国家来说，中国的发展理念要比发达国家既有的理论和经验，更具有参考价值和借鉴意义。未来的发展之中，中国经验将是世界经验中最重要和最具创造性的因素之一。对于陷入"现代化困境"的西方文明而言，中国也提供了对现代化的另一套设想与行动方案。

经济学家科斯说："中国的奋斗就是全人类的奋斗。"今天，五大发展理念的提出，助力的不仅是亿万中国人的梦想，也是占世界总人口85%的发展中国家的共同梦想。

（八）梁启超曾把中国历史分为"中国之中国""亚洲之中国"与"世界之中国"三个阶段。在那样一个饱受屈辱的时代，所谓"世界之中国"，仅仅意味着面临亡国灭种危险的老大帝国，被迫纳入西方开创的"世界体系"。

今天，用同样的视野审视中国的发展，中国与世界的互动也经历着这样三个阶段——"中国之中国""亚洲之中国""世界之中国"。然而，中国发展的意义已经不再是"让占全世界1/4人口的中国人对于人类全体的幸福负上1/4的责任"，更是"要向人类全体有所贡献"——这是理念的贡献、思想的贡献、发展道路的贡献。

30多年来，中国走出了一条发展的新路。这是一条既不同于前人、也不同于他人的道路，一条独一无二的现代化道路。沿着这条道路，我们比任何时候都更接近实现中华民族复兴的梦想，恢弘壮阔的征途在我们面前展开。

统一于"四个全面"战略布局和"五位一体"总体布局，统一于坚持和发展中国特色社会主义的实践，统一于实现"两个一百年"奋斗目标、实现中华民族伟大复兴中国梦的历史进程，五大发展理念必将融入中国道路、续写中国奇迹、贡献中国智慧。

（2015年12月18日）

站在中国与世界的命运交汇点

——写在中国特色大国外交全面推进之年

（一）时间勾勒新的年轮，刻下生命前行的足印。在即将过去的这一年，我们为世界留下了什么，历史又将记住我们什么？

这是一份令人感慨的出访行程表。在联合国总部三天两夜行程，六场多边峰会、八场双边会见、两场重要活动，转场时间最短仅三五分钟；9位、13位、5位、17位——中非合作论坛约翰内斯堡峰会期间，4个时段，通过双边会见、早餐会等形式，会见了40多位非洲国家领导人……一年来，中国国家主席习近平8次踏出国门，奔波42天，跨越赤道南北，到访14个国家，参加一系列重要国际会议和活动，涵盖亚、欧、北美、非四个大洲。"大道行思，取则行远"，行程表背后，是中国外交的新开拓、新局面、新气象。

这是一份令人欣喜的外交成绩单。9月3日，来自五大洲17个国家的军队方队或代表队与中国方队一起，接受习近平与65位外国来宾的检阅；9月28日，联合国大会一般性辩论上，习近平20分钟讲话，赢得15次掌声……一年来，从"白宫秋叙"夯实构建中美新型大国关系共识，到非洲大陆万人空巷迎接"老朋友"；从深度参与解决伊朗核问题、南苏丹问题、叙利亚问题，到与各国一道致力铲除恐怖主义土壤、推动气候变化巴黎大会达成协定，中国与世界进入了深度互动。"凡益之道，与时偕行"，成绩单背后，是国际舞台上的中国特色、中国风格、中国气派。

由落子布局而精耕细作，由多点突进而全面开花，中国外交在刚刚过去这一年继续开拓进取，取得累累硕果。十八大以来，以习近平同志为总书记的党中央站在新的历史起点上，统筹国内国际两个大局，统筹发展安全两件大事，以中国外交新理念，谱写了大国外交新华章。

当世界为困扰自身的种种问题寻求答案时，"中国不能缺席"已经成为多数国家的共识。美国前国务卿基辛格如此评价，全球化时代的中国治理者"试图指引方向，在国际社会建立起一个崭新、强大、和平的力量"。

2016年的阳光，即将照耀我们的世界。中国的奋斗与世界的未来，处在命运的交汇点上。当更多关注的目光投向东方，中国将如何改变世界，世界又将如何影响中国？

（二）2015年，两张照片牵动人心。一张是叙利亚小女孩把镜头认成枪，举手投降；另一张是叙利亚3岁小难民艾兰溺亡，尸体被冲上土耳其海滩。

和煦阳光并未照进这世界的每一个角落。从叙利亚危机引发的难民潮，到土耳其击落俄罗斯战机；从恐怖分子在巴黎的残暴扫射，到尼泊尔地震造成万人伤亡，人们不得不思考，如何行动才会让我们的世界变得更好。

希望，也总是与忧虑相伴前行。世界反法西斯战争胜利、联合国成立70周年的特殊时刻，对历史的共同铭记为人类社会思考自身前途命运创造了难得契机。2030年可持续发展目标与2020年后气候变化安排两项重大全球议程相继通过，各国在走出眼前利益羁绊、共同规划未来方面迈出了新的脚步。

在这充满不确定性的一年，中国为世界注入了强大正能量。在世界经济的"亚健康"状态中，中国经济保持较高增长，对全球增长贡献率达到30%，"主引擎""发动机"地位无可替代；我们成功举办中国人民抗日战争暨世界反法西斯战争胜利70周年纪念活动，向全世界发出和平与正义之声；在联合国成立70周年系列峰会上，中国宣布一系列切实举措，彰显与世界各国一起为实现未来15年世界发展议程努力的决心；举办博鳌亚洲论坛年会、世界互联网大会、上海合作组织成员国总理第十四次会议，接待多个国家领导人访华，打造"人类命运共同体"成为普遍共识。

在巴基斯坦议会，30多分钟的演讲被50多次热烈掌声不时打断；在印尼万隆，与众多来自亚非和其他地区的国家领导人重温"历史性步行"；在俄罗斯莫斯科，向无名烈士墓献花；在英国曼彻斯特，与首相卡梅伦在酒吧畅饮叙谈……2015年，伴随着习近平主席定格下的"中国瞬间"，中国在全球政治、经济、安全等各个方面推出一系列具有广泛和深远影响的措施和倡议，成为国际关系演变中不可或缺的重要推动者，为维护世界和平、促进全球发展发挥了建设性作用。国际问题专家古德曼感慨，中国最新的地区行动比任何人的预期都来得快，几十年来都没有出现一个大国这么有能力、这么自信了。

"当今世界是一个变革的世界，是一个新机遇新挑战层出不穷的世界，是一个国际体系和国际秩序深度调整的世界，是一个国际力量对比深刻变化并朝着有利于和平与发展方向变化的世界。"在这样一个世界上，中国"和平、发展、合作、共赢"的原则、构建"新型国际关系"的实践、打造"人类命运共同体"的主张，在利益和道义上都具有极大的感召力，成为中国外交的重要旗帜。

"中国必须有自己特色的大国外交""使我国对外工作有鲜明的中国特色、中国风格、中国气派"，2014年11月，习近平在中央外事工作会议上这样强调。视野更高远、心态更开阔、布局更宏大、姿态更积极、策略更灵活、措施更有力，这样的大国外交，于中国，就是服务于实现"两个一百年"奋斗目标、实现中华民族伟大复兴的中国梦，为我国发展和世界和平创造更加有利的条件。于世界，就是推动建立一个以合作共赢为核心的更加合理的国际秩序，使全球治理体制更加平衡地反映大多数国家意愿和利益。

主动谋划，努力进取；因时而动，奋发有为。内外激荡中，中国特色大国外交在2015年全面推进，开创当代中国外交新时代，推动构建国际秩序新格局，打开中国改革开放新局面。

（三）国际社会公认的一个事实是，当代中国外交，是全球最有成效的大国外交之一。60多年来，如果说社会主义建设时期的外交是"1.0版"，确立中国在国际体系中的基本角色；改革开放30多年的外交是"2.0版"，确定打开国门、融入世界的基本定位；那么，今天的中国外交，正在进入"3.0版"——中国作为一个负责任的参与者、建设者，在世界秩序和全球治理中，发出自己的声音。

"亲望亲好，邻望邻好""千金只为买乡邻""兄弟同心，其利断金"……2015年，马不停蹄的行程中，习近平主席一次次引用中国古语表达心意，以立体、多元、跨越时空的视角，经略周边、开拓周边，成为中国外交布局的突出重点。访问"巴铁"，八架枭龙战机护航，中巴迎来双边关系发展新契机；访问越南，瞻仰胡志明陵，寄语中越兄弟情义永葆青春；访问新加坡，为胡姬花命名，阵阵馨香见证中新友谊。亲诚惠容的周边外交理念，"常见面、多走动"的密集互动，有力回击了一些人以"门罗主义"的旧有逻辑推演中国走向的说法，加强了周边合作，维护了地区和平，促进了地区发展，把中国与周边国家更加紧密地团结在一起。

这几年来，在理念和实践两个层面的不懈探索，让今天的中国为"大国与其周边如何相处"这个国际关系领域的悠久命题，开创了新的范例。秉持"共商共建共享"的核心价值，推进"一带一路"建设、构建孟中印缅经济走廊、筹建亚洲基础设施投资银行、打造中国—东盟自贸区升级版……来自中国的这些倡议得到积极响应，地区经济融合呈现"多路推进，两翼齐飞"的进取阵形。马来西亚总理纳吉布今年早些时候曾说，"谈论'亚洲世纪'的到来已经有25年了，现在是时候让它成为现实。"而中国，正是让其成为现实的力量。

如何让不同历史文化传统、政治制度和发展道路的大国，鼓起绕开"修昔底德陷阱"的勇气，找到"不能被问题牵着鼻子走"的智慧，过往历史非但没有提供现成答案，相反一再出现反面案例。德国学者沃尔夫冈·希恩甚至在专著中预言，随着中国日益崛起，中美可能滑向一场"新冷战"。

然而，中国领导人就中美关系展开的思考与行动，中美合作在诸多领域所显现的全球性影响，与悲观者的论调形成了鲜明对比。"宽广的太平洋有足够空间容纳中美两个大国""中美拥有广泛而重要的共同利益，中美合则两利，斗则俱伤"，习近平关于中美关系的一系列论述，展现了开创大国关系新模式的政治担当。

从"跨越太平洋的握手"到"跨越太平洋的合作"，从庄园会晤、瀛台夜话到白宫秋叙，中美构建"不冲突、不对抗、相互尊重、合作共赢"的新型大国关系，逐步书写国际关系史崭新一页。就连布热津斯基这位老牌战略家也不禁发出感慨："一个当前的大国与一个崛起中的大国，被相互依存的共同利益联结在一起"，这是"人类历史上第一次"。

在俄罗斯，引用铭文"你的名字无人知晓，你的功勋永世长存"，回望中俄浴血奋战的共同历史；在美国，以马丁·路德·金名言"做对的事，任何时机都是好时机"，瞩望中美互信互利的崭新航程；在英国，以莎翁名句"凡是过去，皆为序章"，放眼中英再度携手的"黄金时代"……这一年，习近平主席推动中俄、中美、中欧关系取得新进展，为当今国际关系体系增加了迫切需要的稳定性。实现与各大国的良性互动、合作共赢，三年来的中国实践为整个国际关系体系正常运行作出贡献，也为自身进一步发展创造了重要条件，形成了一套以哲学为引领的全方位大国战略。

"中国谨慎地走入了大国角色"，有外媒如此评价。从周边出发，由大国辐射，从浅到深、由点到面，中国外交新格局的开拓，推动着国际秩序朝着更为公平合理的方向发展。

（四）历史学家麦克尼尔在《西方的兴起：人类共同体史》一书中，以"此起彼伏的大海"比喻人类的历史，这样的历史没有"中心"，世界秩序就是在各种力量的沟通和影响中产生。今天，世界秩序正处于一个十字路口，各种力量的激荡交汇之下，变革正在发生。

"就像一个长大了的人，还穿着小号衣服，处处难受。"有人这样评价以西方为中心的世界体系，时代的变迁，经济与政治变化，已将它推到重构的风口。

如何建设"美好的世界"？有人提出"霸权稳定论"，主张打造一个无所不能的超级大国来统领国际事务；有人提出"全球治理论"，主张各国弱化主权，制定共同的规则来管理世界；有人提出"普世价值论"，主张推广自认为"先进"的价值观和社会制度来一统天下。然而，这些理论带来的，却是近年来的经济低迷、地缘动荡、恐怖危机、文明摩擦，西方学者甚至惊呼人类正在走进"失序的世界"。

"世界上的事情越来越需要各国共同商量着办""国家不分大小、强弱、贫富都是国际社会的平等成员，一国的事情由本国人民作主，国际上的事情由各国商量着办"。今年10月，习近平在中共中央政治局第二十七次集体学习时再次强调，必须"推动全球治理体制更加公正更加合理"。"商量着办"，简单的四个字，顺应时代潮流、符合各国利益，蕴藏着中国因势而谋、推动国际秩序变革的深刻思考。

世界的事情，为何需要"商量着办"？因为经济全球化让人们利益相互交融，社会信息化让整个地球安危与共，我们所生活的世界相互联系、相互依存的程度空前加深，把世界各国利益和命运更加紧密地联系在一起，形成了你中有我、我中有你的共同体。一方面，"独行快，众行远""一棵树挡不住寒风"；另一方面，"吹灭别人的灯，会烧掉自己的胡子"。很多问题不再局限于一国内部，很多挑战也不再是一国之力所能应对，全球性挑战需要各国通力合作来应对。

世界的事情，为何需要"商量着办"？还因为全球治理体制变革正处在历史转折点上。国际力量对比发生深刻变化，新兴市场国家和一大批发展中国家快速发展，国际影响力不断增强，是近代以来国际力量对比中最具革命性的变化。数百年来列强通过战争、殖民、划分势力范围等方式争夺利益和霸权，正逐步向各国以制度规则协调关系和利益的方式演进。建立国际机制、遵守国际规则、追求国际正义，成为多数国家的共识。一家独大或者几个大牌说了算的路，走不通了。

国际秩序的调整，游戏规则的演进，涉入其中的国家注定难以"皆大欢喜"。但正如那句蕴含智慧的古老谚语所言，风向转变的时候，有人筑高墙，有人造风车，区别在于是否有眼光和胸襟。

有学者视2015年为"国际秩序变革年"，在这样的年份里，我们贡献"中国智慧"、提供"中国方案"，更有脚踏实地的责任与担当。不久前，联合国安理会一致通过了一份政治解决叙利亚问题的决议，这一决议基本遵循了中国提出的"四步走"框架思路。拓展金砖国家、上合组织的合作路径，完善中国—东盟、中阿合作论坛等多边平台，推动二十国集团、亚太经合组织发挥更大作用……中国以更加积极的作为，弘扬"商量着办"的处世之道，践行"命运共同体"的价值追求。

2015年，中国继续践行自己的承诺："维护国际公平正义，特别是要为广大发展中国家说话""把维护我国利益同维护广大发展中国家共同利益结合起来"。年初，中拉论坛首届部长级会议在华举行，全面启动中拉整体合作机制。4月，中国同广大亚非国家一道思考，如何让"万隆精神"焕发新的光彩。9月，中国和联合国共同举办南南合作圆桌会、全球妇女峰会，宣布设立国际发展知识中心、南南合作与发展学院。12月，习近平同非洲50国领导人及非盟委员会主席共聚一堂，全面规划中非未来各领域合作。会上，非洲国家领导人这样感慨："对于中方提出的倡议，我们无从补充，因为就连我们没有想到的领域，中方都已经帮助我们想到。"

从"中国方案"到"中国行动"，世界看中国的眼神正在明显变化。时事评论家扎卡利亚在《后美国时代》一书中评析："我们有史以来第一次见证这样真正的全球增长。在这样的国际秩序里，世界各国不再是被控制者抑或旁观者，他们将是参与者，按照自己的意志运转。这是一个真正意义上的全球秩序。"今天的世界，正在朝着这样的国际秩序迈进，而中国正是其中越来越重要的推动力量。

（五）有怎样的胸襟，就能看到一个怎样的世界。

"和平学之父"约翰·加尔通说过，中国以自己特有的视角来观察现实，阴阳平衡、尊重智慧、众生平等的理念被视为理所当然。以整体意识、全球思维、人类情怀打量这个世界，正是中国的大国外交提供的新"世界观"。

"己所不欲，勿施于人"的传统哲学，"四海之内皆兄弟"的大同理想，讲信修睦、善待他人的平和禀性，强不凌弱、富不侮贫的民族文化，在这种寻求和谐共存的世界观念中，不会出现当代西方关于"历史的终结"和"文明的冲突"的描述。当国际格局的变化为中国提供了难得机遇，凝聚古老历史文化的东方智慧，为全球治理注入新的内涵。

在过去的一年，中国主动发掘中华文化积极处世之道同当今时代的共鸣点，继续丰富着打造"人类命运共同体"的中国主张，弘扬"共商共建共享"的全球治理理念。这其中，"一带一路"倡议成为深具中国特色的代表性符号。

葡萄牙欧洲事务国务秘书布鲁诺·马萨斯日前在《金融时报》撰文，认为"一带一路"将开创欧洲振兴时代，标题就是《我们都是"欧亚人"》。2015年，正是"一带一路"构想完成规划并启动实施之年。在欧洲，英国探讨基础设施升级改造计划和"英格兰北部经济中心"与"一带一路"对接，德国协调建立"工业4.0"与"中国制造2025"对接机制……在亚洲，中韩推进"四项发展战略"对接，中蒙商定"丝绸之路"与"草原之路"对接，中越磋商"一带一路"和"两廊一圈"合作……一年来，中国已同20多国签署"一带一路"合作协议。

"一带一路"建设得到广泛认可、深入推进，体现出中国在全球经济治理中谋求制度性话语权的成果。有学者指出，当今世界最激烈的竞争，是制度性权力的竞争。全球治理重在国际规则的制定和国际制度的确立。在公正、平等的规则下互利共赢是各国所需要的。但目前，占世界总人口七成以上的发展中国家拥有的国际话语权与自身规模不相匹配，西方国家对于长期拥有的国际事务主导权"恋恋不舍"。唯有各国权利平等、机会平等、规则平等，才谈得上国际关系民主化、法治化。

推动亚洲基础设施投资银行、金砖国家新开发银行成立，开创发展中国家组建多边金融机构的先河；人民币被纳入国际货币基金组织特别提款权货币篮子，提升发展中国家货币的国际地位……过去的一年，中国利用国际话语权上升的机遇，主动参与规则制定，以积极作为促进国际体系向相对均衡方向发展。西方观察家指出，"世界舞台上出现了一个新现实，那就是中国现在可以制定规则了"。

这个来之不易的"新现实"，还可以从另外一个角度观察。今年2月，在中国主持的联合国安理会公开辩论会上，构建以合作共赢为核心的新型国际关系的倡议，得到国际社会热烈支持和积极响应。会议总时长达10个小时，10余个国家外长专程与会，80多个会员国和组织的代表踊跃发言，现场座无虚席，会议规模之大、级别之高都创下近年来安理会纪录。这个令人感慨的场景告诉我们，"既要让自己过得好，也要让别人过得好"的中国主张，世界的事"商量着办"的中国方案，已经赢得广泛共识。

有学者认为，国际舞台上的竞争，最终比拼的是思想、是价值。回顾世界大国崛起历程，都曾遇到三大难题：认识自己、成为自己、表达自己。对于中国，认识自己，就是要认清自己的多重身份——东方文明大国、新兴大国、发展中大国、社会主义大国；成为自己，就是要将道路自信、理论自信、制度自信这"三个自信"变成意识自觉与行动自觉；表达自己，就是向世界讲好中国故事、传播中国观念、阐明中国价值。

超越社会制度与意识形态的异同，最大限度地实现共同利益与共同追求，坚定地做"和平发展的实践者、共同发展的推动者、多边贸易体制的维护者、全球经济治理的参与者"，当代中国从自己古老的文化中汲取精华，为人类文明走向提交了一份"中国方略"。

（六）我们处身的这个世界，已经"越来越小"。过去，天花病毒用了3000多年才传遍世界各大洲，艾滋病病毒只花了30多年就肆虐全球；而现在，一个新的电脑病毒，不到3分钟时间就能感染世界各地的电脑。

在这样一个普遍联系的世界中，没有人可以置身事外。"我们观察和规划改革发展，必须统筹考虑和综合运用国际国内两个市场、国际国内两种资源、国际国内两类规则。"从这样的角度考量，内政是外交的基础，外交是内政的延续，必须将中国当作全球化体系一部分来治理。十八届五中全会提出未来中国五大发展理念，"开放发展"正是其中之一。

2015年是中国深化改革之年，也是扩大开放之年。与20多个国家签署产能合作协议，初步形成覆盖亚、非、拉、欧四大洲的国际产能合作布局；国家领导人出访的步伐，带动高铁、核电等项目迈出国门。锐意进取的中国外交，极大拓展了我国的外部发展空间，促进了与众多国家的合作，为国内经济发展转型提供了有力支持。

"外交红利"背后，内外相连、国民相通。2015年，中韩、中澳自贸协定生效，关税大幅下降，进口商品降价了；持人民币"走天下"，对无数中国人来说将不再是梦想；多国调整对华签证政策，赴英国、美国、智利等国更便捷；我国与英美拓宽人文合作，互派留学生数量进一步增加，出国留学的机会更多了……植根人民、胸怀人民、造福人民，中国外交才能不断获得前进的动力。

"知其事而不度其时则败"。我国仍处于发展的重要战略机遇期，冲刺全面小康的"十三五"，需要我们立足国内国际两个大局，把握战略机遇期内涵的深刻变化，谋求中国的全面发展。

从经济角度看，我们利用世界经济较快增长加快自身发展的条件发生深刻变化，利用国际市场扩张增加出口的条件发生深刻变化，利用经济全球化深入发展和原有比较优势的条件发生深刻变化，利用原有规则招商引资、促进发展的条件发生深刻变化，集中力量发展经济的条件发生深刻变化。这五个"深刻变化"，是今日中国处理国内事务不可或缺的视野。

从政治角度看，中国实现自己的梦想，离不开和平稳定的外部环境。当一些人在国际秩序问题上肆意冲撞，当一些人在朝着有损地区安全稳定的方向步步突破，当一些人在涉及中国核心利益的问题上不断发起挑衅，当中国需要的和平不再仅仅是"家门口的和平"，深谙防微杜渐、未雨绸缪智慧的中国人明白，为和平发展营造更加有利的国际环境，才能维护国家主权、安全、发展利益。

"成功的政治领导人必须在参与国际事务与可用资源之间找到平衡点，同时兼顾对外承诺和国内需求。"十八大以来中国外交奋发有为，其背后有对世界前途命运的自觉担当，也有对国家民族未来的主动把握。

（七）今年7月，冥王星向人类揭开神秘面纱。上演"星际穿越"的探测器，名为"新地平线"号。当我们能够飞跃48亿公里，触碰到太阳系尽头之时，地球上的人类社会，也呼唤着一条全新的地平线。

过去的一年，中国在探索中完善发展之路，世界在调整中孕育全新变革；未来的一年，中国将展开2020年全面建成小康社会的决胜征途，世界将推开2030年可持续发展的大门。

非洲有一句意义深邃的谚语："地球并非祖先给我们的礼物，而是后代交由我们保管的宝藏。"站在中国与世界的命运交汇点，为了我们共同的美好未来，中国愿与世界一道，凝聚新的力量、激发新的变革。

(2015年12月31日)

以信仰之光照亮奋斗之路

——写在中国共产党成立 95 周年之际（上）

（一）又一个 7 月来临，时间从未改变前行的脚步。

上海兴业路的一栋小楼，迎来更多朝圣者。95 年前，一群年轻人聚集在这里，革命的星火，燃烧出一片崭新的天地。这一过程如此艰辛也如此辉煌，正如纪念馆展览结束处悬挂着的题词——"作始也简，将毕也钜"。

陕西延安杨家岭的中央大礼堂，有人展开党旗，重温入党誓词。1945 年，党的七大在这里召开，建立一个新民主主义中国的脚步从这里启程。会场墙壁的旗座上，写着八个字——"坚持真理，修正错误"。

北京，天安门广场花团锦簇，大街小巷飘扬的党旗上，镰刀锤头格外醒目。从苦难中来，朝复兴而去，一个古老的民族向着百年梦想迈进。党的十八大之后，习近平总书记告诫全党——"勿忘人民，甘作奉献"。

95 年，3 句话。源于德国小镇特里尔的种子，在一代代中国共产党人的心灵中孕育成长。红色的激流汇入黄色的土层，掀起汹涌壮阔的狂澜，汇聚成光耀中华的绚丽日出，它让世界四分之一的人口选择了马克思主义，荡涤风雨如磐的暗夜，照亮民族复兴的征程，彻底改造了这个古老的国家，彻底改变了人民的命运，彻底改写了人类社会的政治版图。

从嘉兴南湖红船上寻找光明的摆渡人，到驾驭世界第二大经济体的领航者，中国共产党激励与召唤着亿万人民生死与共、始终相随，让这个曾经四分五裂、一穷二白的国度，于危难中振作，在绝望中重生，已然可见复兴的曙光。

有人说，了解中国，必须了解中国共产党；读懂中国共产党，才能读懂中国。95 年过去，就让我们重新打开时间的闸门，踏上那条举世瞩目的中国道路，翻阅风雷激荡的红色篇章。

（二）亿万万人家国，九十五年拼搏。为了民族独立、人民解放，国家富强、人民富裕，无数人汇聚在马克思主义的旗帜下。历史会记录下每一代人的奋斗与牺牲，也会给他们的选择一个肯定的回答。

"敌人只能砍下我们的头颅，决不能动摇我们的信仰！因为我们信仰的主义，乃是宇宙的真理！为着共产主义牺牲，为着苏维埃流血，那是我们十分情愿的啊！"1935年8月，方志敏在就义之前慷慨陈词。这位赣东北苏区的创建者，过着"清贫，洁白朴素的生活"，却"生存一天就要为中国呼喊一天"，只因他是"马克思主义笃诚的信仰者"，坚信"苏维埃可以救中国，革命必能得最后的胜利"。

"为了抉择真理，我们应当回去；为了国家民族，我们应当回去；为了为人民服务，我们应当回去；……为我们伟大祖国的建设和发展而奋斗！"1950年2月，华罗庚在归国途中，写下这封《致中国全体留美学生的公开信》。那一年，华罗庚、朱光亚、邓稼先、叶笃正等1000多名留美学生不畏艰辛奔向新中国，很多人加入了中国共产党。他们相信，"新民主主义已经很明显地指出中国社会建设该取的道路"，"我们的民族将再也不是一个被人侮辱的民族了"。

"我们是有组织、有信仰、有觉悟的人。"2008年5月，瞿永安的11位亲人在汶川地震中丧生。在满地瓦砾的家门口，这位北川县副县长泪流满面磕了三个头，随后起身投入抗灾一线。在那场特大地震之后，从80后女警察蒋敏、组织部长王理效，到参与援建的干部崔学选，定格下无数共产党员的奉献精神。在汶川震区考察救灾和重建的外国友人感慨："有一条'经'我们很难取走——你们有这么多勇于献身的中共党员。"

95年来，无数仁人志士，汇聚于信仰的旗帜之下。在他们身上，有着这个群体的心灵密码，有着共产党人共同的精神基因——

他们相信，"只有在斗争中无所畏惧，才能在追求真理的过程中把自己雕塑成器"。在这真理里，凝聚着智慧与知识的结晶，也蕴藏着国家与民族发展的路径。沿着这条真理之路，沉沦的中国才能走向复兴，亿万中国人才能过上更好的生活。他们视追寻这样的真理为理想，他们以实践这样的真理为信仰。

他们秉承，"人生应该如蜡烛一样，从顶燃到底，一直都是光明的"。他们把国家、民族乃至人类的命运，扛在自己的肩膀上。走在这条道义之路，他们将小我消融于"大我"，成为无私的爱国者、无畏的革命者、无悔的牺牲者。他们视承担这样的责任为使命，他们以坚守这样的价值为意义。

水打山崖，风过林海。95年来，信仰在奋斗中淬火，一代又一代共产党人前行的足迹，构成了一个国家为强大而探索的思想史，也构成了一个民族为复兴而奋斗的心灵史。真理之光与道义之光交相辉映，让这一段历程群星闪耀，照亮着中华民族的天空。

（三）并非每个共产党员，都是天生的马克思主义者。很多时候，信仰是选择的结果。回到他们思想的源头，才能理解共产党人95年来的选择，才能发现为什么马克思主义"占据着真理和道义的制高点"。

一百多年来，马克思主义一直是现代世界思想乐章中的一个重要主题。马克思是第一个把世界作为政治、经济、科学和哲学的整体来理解的人。这位"现代社会思想之父"，揭示了自然界、人类社会、人类思维发展的普遍规律。这是人类智慧一座令人仰止的高峰，正如曾获诺贝尔经济学奖的希克斯所言，"大多数希望弄清历史一般进程的人会使用马克思主义的范畴或者这些范畴的某种修正形式，因为几乎没有其他的范畴形式可用"。

对于有识之士，马克思提供了丰富的思想资源；对于有志之士，马克思更开掘出广阔的精神空间。坚持实现人民解放、维护人民利益的立场，以实现人的自由而全面的发展和全人类解放为己任，体现出马克思主义理论的价值基础。在马克思的历史批判、经济批判、政治批判中，"人的解放"是一以贯之的核心，也是他终生奋斗的使命。从为人类谋福利的道德信念，到对人的命运的客观探讨，再到人与世界关系的总体把握，直至追求"每个人的全面而自由的发展"，马克思主义开辟出一条个人和人类追求超越性价值的道路。

这位共产党人的精神导师，正是一个完美例证。他出身富裕家庭，23岁拿到博士学位，25岁娶了一位贵族小姐，还是《莱茵报》主编。但他却抛弃了这一切，选择了"最能为人类福利而劳动的职业"，为工作和革命颠沛流离40年，一贫如洗、儿女夭殇，直到1883年3月在办公桌前永远地睡去。德国哲学家康德曾说，人类最震撼的秉性，就在于为他人而工作，为后代而牺牲。马克思一生的际遇，正实现了对"人"的定义。

一部人类文明史，产生了科学主义与人文主义两大思潮，分别体现着人类对真与善、实然与应然、工具理性与价值理性的追求。马克思主义则努力在二者之间架起桥梁，把科学的真理性与价值的超越性，统一于共产主义理想之中。从这个意义上，习近平总书记指出，"无论时代如何变迁、科学如何进步,马克思主义依然显示出科学思想的伟力,依然占据着真理和道义的制高点"。

这正是马克思主义能在世界的东方,吸引如此众多信仰者的根本原因。

(四)对于古老的中华文明,马克思主义无疑是一个截然不同的思想体系。中国人最早知道"共产主义",是在江南制造局出版的《西国近事汇编》中。为什么这个国人并不熟悉的概念,能在此后的一百多年里,为中国的发展提供了源源不断的理论支持和精神支撑,奠定无数人信仰的基石?

一本中文初版《共产党宣言》,见证了马克思主义与中国深深的精神共鸣。1926年,这本封面错印成"共党产宣言"的书辗转成为山东广饶刘集村党支部的学习材料,曾因国民党搜查、日伪军"扫荡"而被埋进锅灶、藏在粮囤、塞进鸟窝。然而,那位"大胡子"却让刘集村成为"红色堡垒",190人走上革命道路,有据可考的烈士就有28人。这些"以前没有听说过"的道理,在中国人的精神世界中开辟出一片新的天地,让人看到还有一条革命的道路、还有一种解放的理想、还有一种自由的力量。

伟大的思想,总能诉说时代深藏的心曲,总是属于人类永恒的历史。"阶级斗争""无产者""社会主义"这些概念,深刻地切中了当时中国的脉搏;为人类解放而奋斗的理想,更与沉沦日久渴望复兴的精神诉求相通。这个从遥远西方引来的火种,一经播撒便在中国大地形成燎原之势。以95年前的7月为起点,一代代共产党人汇入信仰的洪流,不屈不挠的奋斗、义无反顾的牺牲、改天换地的豪情,推动百年中国的浩荡前行。

面对革命战争的枪林弹雨,他们浴血奋战、视死如归;面对建设年代的艰难局面,他们激情燃烧、无私奉献;面对"文化大革命"十年浩劫,他们信念执着、从不消沉;面对改革开放的千钧重担,他们不畏艰险、勇敢担当。无数英雄儿女凝聚在信仰的旗帜下,勇往直前以赴之、断头流血以从之;无数志士仁人凝聚在真理的旗帜下,实事求是以谋之,殚精竭虑以成之,他们挺起了民族的脊梁,谱写了可歌可泣的壮丽篇章。

从人均国民收入仅27美元,到经济总量超过10万亿美元,成为世界第二大经济体;从新中国成立之初4000多万人流离失所,到让6亿多人口摆脱贫困,对全球减贫贡献率逾70%;从一穷二白到成为世界第一大贸易国、全球最大外汇储备国;从铁钉、火柴都造不出来,到"两弹一星"横空出世,"嫦娥"奔月"蛟龙"入海……"共产党并不曾使用什么魔术,他们只不过知道人民所渴望的改变",并用他们的意志唤起了难以想象的力量,在1946年出版的《中国的惊雷》中,美国记者白修德和贾安娜得出的结论,直到今天仍在被一次次验证。

迄今为止,还没有一种理论能像马克思主义这样,鼓舞数十亿人为改变自身命运而奋斗,指引人类社会向着伟大社会理想不断探索。晚年张学良回忆当年和红军作战,曾经这样追问:谁能在缺衣少食、围追堵截中把这样的队伍带出来,而且依旧保持着高昂的士气和强悍的战斗力?67年前,司徒雷登总结国民党失败原因时,曾经这样分析:"共产党之所以成功,在很大程度上是由于其成员对它的事业抱有无私的献身精神。"2012年党的十八大报告,曾经这样指出:"对马克思主义的信仰,对社会主义和共产主义的信念,是共产党人的政治灵魂,是共产党人经受住任何考验的精神支柱。"

从只有50多人的小党发展成拥有8700多万党员、世界最大的执政党,从积贫积弱的落后国家迈向社会主义强国,正是马克思主义信仰,催生了一种新的社会实践、一套新的政治制度、一条新的发展道路,让一个政党的成长与一个国家的重生融为一体,在动荡的百年历史中写下不朽的传奇。

(五)习近平总书记指出:"一个政党,如一个人一样,最宝贵的是历尽沧桑,还怀有一颗赤子之心。"走过95年,时代场景几经转换,保持"赤子之心",何其之难。

相比于战争年代的烽烟四起、血雨腥风,我们现在少了生与死的考验、血与火的洗礼,多了深水区的"改革阵痛"、转型期的"两难烦恼"。相比于建设年代的激情澎湃、质朴单纯,我们现在少了封闭与孤立的困境,匮乏与贫穷的难题,多了不同利益的纠结交汇、不同观念的激荡交锋。甚至,相比于三十多年前,我们现在也还需面对更多声音的鼓噪喧嚣,面对更为复杂的全球语境。共产党人的"赶考"远未结束。

一些人视马克思主义为雾里看花,以共产主义为空中楼阁,丢弃了理想与方向,忘记了信念和担当。一些人崇尚"实用主义",热衷"及时行乐",把权力变成谋私的工具,把私欲看作人生的目标。一些人对群众感情淡漠,习惯高高在上,淡忘了鱼水关系,割裂了血肉联系。翻阅贪官忏悔录,总能看到在权力、财富、美色的诱惑之下,信仰的城池如何失守、精神的旗帜如何变色。

如果说,信仰曾经体现在"砸碎旧世界"的革命之时、闪耀在"创造新世界"的建设之时、迸发在"追赶全世界"的改革之时,那么,今天的共产党人,更需把信仰写在全面小康之路、伟大复兴之路上。

正因此,党的十八大以来,习近平总书记不断重申信仰、强调理想,视理想信念为共产党人的"钙",以人生观、世界观、价值观为共产党人的"总开关",把对马克思主义的信仰、对社会主义和共产主义的信念,比作共产党人的"政治灵魂""精神支柱",告诫全党在新的时代条件下,共产党人唯有对马克思主义真正做到"虔诚而执着、至信而深厚",才能"练就共产党人的钢筋铁骨,铸牢坚守信仰的铜墙铁壁"。

正因此,党的十八大以来,我们以不断线的思想教育反"四风"、改作风,严规矩、强纪律,打掉党和人民群众之间"无形的墙";惩治腐败不手软,打虎拍蝇无禁区,彰显"共产党与腐败水火不容"的决心;修订廉洁自律准则、党纪处分条例等党内重要法规,扎牢制度治党的铁笼子……全面从严治党凝心聚力、扶正祛邪,不仅让党心一振,更试出了人心向背。

正因此,党的十八大以来,以习近平同志为总书记的党中央,坚守"人民"这一核心价值,以新理念新思想新战略开创治国理政新境界。从"五位一体""四个全面"、新发展理念,到深化改革、转型创新、脱贫攻坚,既有发展路径的选择,也有发展价值的坚守,蕴含着对马克思主义真理性的思考,也彰显着对马克思主义道义性的追求,在创造震撼人心的"中国奇迹"同时,也努力书写温暖人心的"中国故事"。

1925年,在填写"少年中国学会"改组委员会征询意见调查表时,毛泽东写道:"本人信仰共产主义,主张无产阶级的社会革命。"一代人有一代人的使命。21世纪的今天,走过95年的中国共产党,只有坚持"为绝大多数人奋斗"的信仰,坚定"为人民服务"的宗旨,才能始终得到人民群众的信任和拥护,始终成为引领中国社会发展进步的核心力量。

(六)每一个国家民族,每一段历史时空,都有自己的精神指引。将近一个世纪过去了,那些令人心潮澎湃的信仰故事,那些光芒闪耀的信仰足印,要怎样化为我们继续前行的精神之源?

与中国的现代转型相伴随的,是一个民族精神世界的转型。当今中国,利益的正当性早已"去魅"。我们走出了"耻于言利"的时代,主张利益、保护利益,这是时代的进步。但毋庸讳言,我们的时代也出现了令人忧心的错位,在一些人那里,物质利益成为唯一"价值",精神追求被彻底放逐。

于是，责任能够淡漠、道德可以离席、灵魂容许出丑。放眼全球，这是一种颇具世界性的"现代病"，正如未来学家托夫勒在《第三次浪潮》中所说："从来没有那么多国家里的人民，感到精神上如此空虚与沉沦。"

方此之时，回望我们党近百年为信仰而奋斗的光辉历程，更有现实意义。一代代共产党人以对真理与道义的不懈追求，以对国家与民族的勇敢担当，在成为"两个先锋队"的同时，也为中国构筑起一个崇高的精神世界。这是马克思主义留给我们的精神财富，是几代共产党人积累的精神基因。那种超越个体与小我、献身整个人类的理想和情怀，至今依然令人敬仰。

让我们从这样的信仰中得到净化。唯有把握这样的信仰，才能理解，为什么95年来，如此多人被吸引到马克思主义的旗帜之下，不求显达于世、不求暂得于己，为了理想与信念不惜抛头颅、洒热血。他们中有人放弃了"鸦飞不过的田产"，有人背离了"自小熟悉的阶级"，本应顺风顺水者偏向荆棘而行，本可锦衣玉食者不惜向死而生。埋骨雨花台的烈士，74%受过高等教育；葬身渣滓洞的英灵，70%出身富裕家庭。这些信仰的献身者、理想的殉道者，谱写了时代的慷慨悲歌，铸造了民族的血脉精魂，让亿万人呼吸到了"英雄的气息"。

让我们从这样的信仰中获得方向。唯有把握这样的信仰，才能理解，为什么95年来，如此多人薪火相传，舍生忘死、公而忘私，将国家民族带到更好的境界。焦裕禄忍着剧烈疼痛坚持工作，把藤椅都顶破；沈浩扎根小岗村，积劳成疾猝逝在工作一线；杨善洲放弃退休后悠闲的生活，用双手把荒山变成林海……永恒的丰碑上记录着这些时代的先锋，不是因为他们的权力或者财富，而是因为他们刻下了一个大写的"人"。岂曰无碑，山河为碑；何用留名，人心即名。这是共产党人的道德觉悟，也是一个集体的精神传承。

让我们从这样的信仰中汲取力量。唯有把握这样的信仰，才能理解，为什么95年来，如此多人风从影随，紧紧团结在我们党的周围，休戚与共、生死相随，共同书写下"中国奇迹"。农民的手推车，推出了淮海战役的胜利；林县的乡亲们，在悬崖上开凿出红旗渠；无数劳动者全力打拼，开创国家的未来。这是精神的巨大感召力，建设人民共和国的理想，实现"中国梦"的召唤，让人看到更广阔的天地、更高远的世界，绘就了一个国家、一个民族、一个时代的精神图谱。

"石在，火种是不会绝的。"回到马克思主义，回到共产党人的信仰，我们会发现，在物质之外、利益之上，个人还有责任，理想还有价值，生命还有担当。

（七）回望历史，不只是采摘耀眼的花朵，更是去获取熔岩一般运行奔腾的地火。

有历史学家提出三种历史时间——"长时段""中时段"和"短时段"，分别对应着历史中的"结构""局势"和"事件"。"事件"只是"闪光的尘埃"，而"结构"才是历史上起决定性作用的因素。

95年风云激荡，坚守共产主义理想，坚持和发展马克思主义，共产党人为中国历史创造出一种全新的"结构"。这种"结构"，既是基本的制度体系，也是根本的思想体系，更是耀眼的信仰光芒。

95年来，这个成立时只有几十人的党，已经成为拥有8700多万党员的世界最大规模执政党；这个四分五裂、积贫积弱的国家，已经从低谷走向复兴，崛起于世界民族之林。

不忘初心，方得始终。今天，距离中华民族伟大复兴目标从未如此之近，这个国家和这片土地上的人民，比任何时候都更需要信仰的光芒和力量。潮平海阔，千帆竞发，我们的工作已经写入人类的历史，我们的工作还将继续改变人类的未来。

（2016年6月29日）

以真理之光引领复兴征程

——写在中国共产党成立 95 周年之际（下）

（一）1922 年春节，嘉兴南湖上，中共一大红船荡起的涟漪还未散去。一位刚从法国勤工俭学回来的年轻人告诉父亲："我要干共产！"父亲暴跳如雷："你们几个小娃娃，一千年也搞不成！"年轻人回答："军阀有枪，我们有真理，有人民。"

2016 年春天，一首《马克思是个 90 后》在微信朋友圈"刷屏"。作者在歌曲中描绘的"像叶孤舟行在山丘，那样的为真理争斗"的情怀，点亮许多人"为了信仰我们一往无前"的激情。

一个是共产党人李立三，一个是毕业于北京大学的 90 后女孩。曾经的"1890 后"、今天的"1990 后"，时隔近一个世纪，为什么都将马克思主义视为客观的真理、都把马克思作为时代的偶像？

95 年，一个以马克思主义为理论指导的政党，为什么能在一个经济文化十分落后的国家，矢志探索民族复兴的道路，不仅将中国送上前所未有的高度，而且"为世界经济发展和人类文明进步作出了重大贡献"？95 年，一个以共产主义为奋斗目标的政党，曾经历革命失败的惨痛，曾面对一穷二白的困局，也曾走过十年内乱的弯路，又是什么力量，使得它总能从危难中奋起、于困顿中重生，最终带领一个 5000 年古国重回世界舞台中央？

进入 21 世纪第二个十年，当西方在对国际金融危机的反思中，惊呼必须"重新发现马克思"；当坚持社会主义市场经济的中国，逆势上扬成为世界第二大经济体，面对这两大"世界历史性事件"，西方和东方都在思考：该如何看待中国共产党这个世界第一大党 95 年的非凡征程，该如何重新认识那些执着的共产党人，重新思考马克思主义者的理想和力量？

（二）一个半多世纪前，摩泽尔河畔年轻的马克思不会想到，他所献身的那些"批判性思想",会给世界带来真理的光芒,形成改变人类命运的伟大力量。

对于人类自身来说,最重大和艰巨的理论问题,莫过于人类社会的发展规律;对于现代人类来说,最重大和艰巨的理论问题,莫过于资本主义社会的运动规律。

马克思的贡献正在于此。1883年3月,在马克思的葬礼上,挚友恩格斯这样评价:"正像达尔文发现有机界的发展规律一样,马克思发现了人类历史的发展规律","马克思还发现了现代资本主义生产方式和它所产生的资产阶级社会的特殊的运动规律"。

新大陆的发现、运河的开拓、奔驰的火车与轮船,以及欧洲大工业时代的工厂:通红的炉火、轰鸣的机器、挥汗如雨的工人、剥削与压迫,以及"共产主义一定要实现"……那些伴随着电光石火的文字,让一代代读者目睹了"世界制度"的形成与动摇,更唤起从西方到东方整个世界"为真理而斗争"的革命激情。在古老的中国,信奉"人生最高之理想,在求达于真理"的李大钊,从十月革命中认识到马克思主义是"世界改造原动的学说",这位中国共产党的先驱,在生命最后一刻都坚信"共产主义在中国必然得到光辉的胜利"。

如今,马克思主义的意义,已被一个半多世纪以来的世界历史所证明。"两大发现"不仅使人类自觉到自身的发展规律,而且使人类自觉到"现实的历史"即资本主义的发展规律,从而为创建人类文明新形态提供了伟大的社会理想,揭示了现实的发展道路。这正是马克思主义的真理性之所在,也是马克思主义的理论力量之所在。

列宁曾说,"马克思的全部天才正是在于他回答了人类先进思想已经提出的种种问题"。马克思主义深刻揭示了自然界、人类社会、人类思维发展的普遍规律,为人类社会发展进步指明了方向;马克思主义坚持实现人民解放、维护人民利益的立场,以实现人的自由而全面的发展和全人类解放为己任,反映了人类对理想社会的美好憧憬;马克思主义揭示了事物的本质、内在联系及发展规律,是"伟大的认识工具",是人们观察世界、分析问题的有力思想武器;马克思主义具有鲜明的实践品格,不仅致力于科学地"解释世界",而且致力于积极地"改变世界"。

即使在马克思主义并未成为主流意识形态的资本主义国家,马克思也被评为"千年第一思想家"。美国学者海尔布隆纳慨叹,要探索人类社会发展前景，必须向马克思求教，人类社会至今仍然生活在马克思所阐明的发展规律之中。每当人类社会发生重大危机或重大转折的关键时刻，马克思就会"出场"。这也是为什么习近平总书记强调，马克思主义依然占据着真理和道义的制高点，因此也依然有着强大生命力。

作为一种"关于现实的人及其历史发展的科学"，马克思主义为我们提供了洞察世界、打开未来的一把钥匙，也提供了理解中国共产党、理解其道路追求的一把钥匙。因为"在亚历山大胜利的根源里，人们总能找到亚里士多德"，马克思主义科学思想的伟力，深刻体现在这个东方古国波澜壮阔的百年命运中。

（三）许多年来，一个问题让很多人疑惑：二十世纪的中国，所有世界上最重要的政治制度、文化思想都被拿来试验过，几乎没有一种能得到满意的结果，为什么唯有中国共产党取得了成功？

95年前，诞生伊始的中国共产党，不过是当时中国300多个政党中的一个，今天却已成为拥有8800多万党员的世界第一大执政党。在美国、英国、德国、日本等国，无数人把探寻的目光投向这个马克思主义政党，"中共学"成了海外中国研究中的"显学"，每个月都有大量论文和著作面世，试图回答"中国共产党为什么能"。在这些回答中，最为贴近的答案是：中国共产党找到了马克思主义这一真理。

马克思主义之于中国共产党的意义，近一个世纪以来已经有无数人概括和论述。"只有这个行动指南，只有这个立场与方法，才是革命的科学，才是引导我们认识革命对象与指导革命成功的唯一正确的方针"，这是78年前毛泽东同志总结革命得失作出的深刻判断。"马克思主义尽管诞生在一个半多世纪之前，但历史和现实都证明它是科学的理论"，这是习近平同志立足中国共产党95年奋斗得出的历史结论。

依靠科学理论的力量，95年来，共产党人凝聚在信仰的旗帜下，开创了独一无二的"中国道路"。完成新民主主义革命，完成社会主义革命，进行改革开放新的伟大革命……以马克思主义为指导，共产党人推动了中国历史上最广泛最深刻的社会变革，从根本上改变了中国人民和中华民族的前途命运，不可逆转地结束了近代以来中国内忧外患、积贫积弱的悲惨命运，不可逆转地开启了中华民族不断发展壮大、走向伟大复兴的历史进军，有着5000多年文明历史的中国面貌焕然一新，中华民族伟大复兴展现出前所未有的光明前景。

依靠科学理论的力量，95年来，共产党人奋斗在真理的道路上，完善了人类制度文明的新形态。一个"覆屋之下，漏舟之中，薪火之上"的国家，走上强盛的道路；一个"积弱积贫，九原板荡，百载陆沉"的民族，迎来复兴的曙光；亿万"为奴隶，为牛马，为羊犬"的人民，实现小康的梦想。社会主义中国，这个曾遭遏制、封锁、包围、孤立的崭新国度，以其势不可当的崛起创造出一种举世瞩目的制度模式，被马克思眼中那些与无产阶级"势不两立"的人，不无敬意地称为"一个崭新时代的黎明"，让中国共产党不仅成为"改写中国命运的政党"，更推动"人类发展的重心开始东移"。

近代中国"开眼看世界第一人"魏源曾说，"自古有不王道之富强，无不富强之王道"。何谓王道？就是人间正道。对于中国共产党来说，这个人间正道就是马克思主义所揭示的真理。

（四）马克思为人类社会开辟了通往真理的道路，但并未终结真理本身。

1991年，莫斯科克里姆林宫上空飘扬了60多年，印有镰刀、锤子和金边红星图案的苏联国旗缓缓降下，世界上第一个社会主义国家土崩瓦解。而伴随着柏林墙的倒塌，东欧一批社会主义国家也纷纷改旗易帜。

关于共产主义，马克思并没有一个具体的画像。他甚至认为，自己不适合制定"小餐馆的未来食谱"，正如《德意志意识形态》中所言：对我们来说，共产主义不是一种明确无误的状况。或者说，不是一个削足适履的理想。

从某种意义上讲，中国共产党95年历史上，所遭受的挫折与所赢得的光荣一样多。但即便是最严苛的指责者，也不得不承认"中共有超凡的自我纠错能力和创新能力"。中国共产党人的可贵之处正在于，他们不会把马克思主义当作机械的教条，而是坚持"解放思想，实事求是，与时俱进"。在他们眼里，多元矛盾并存而又互相转化的复杂世界，不能用一种教条式理论来把握；高速变化的发展和建设进程，不能用一种静态的思路来指导；十几亿人参与其中的创造活动，不能用一种不变的模式来裁决。再好的理论，也需要根据现实不断创新。

从新民主主义革命到社会主义革命、社会主义建设，从计划经济体制到社会主义市场经济体制，从封闭半封闭到全方位对外开放……中国共产党认定，马克思主义是随着时代、实践、科学发展而不断发展的开放的理论体系。95年艰辛奋斗，以马克思主义中国化为主题，以解决中国实际问题为主线，我们党不断推进实践基础上的理论创新，先后产生了两次历史性飞跃，产生了两大理论成果：毛泽东思想和中国特色社会主义理论体系。

从提出党应该"为无产阶级做革命运动的急先锋"，到写入"毛泽东思想"这一指导思想；从清除"左"的错误走向改革开放，到确立社会主义市场经济体制的改革目标……"党的根本大法"党章，曾16次修订。95年历经风雨，我们党始终敢于面对挫折、直面错误、总结教训，也从不畏惧自我否定、自我更新、自我超越。

有人说，"姓马"容易，"信马"不易，就是因为"马克思的整个世界观不是教义，而是方法"。从这个角度看，苏联解体、东欧剧变，不是马克思主义的失败，而是教条主义和僵化体制的失败；反过来看，中国共产党的成功，就在于让马克思主义"活的灵魂"在中国大地生根，成为生机蓬勃的中国化马克思主义。

马克思曾幽默地说："人要学会走路，也得学会摔跤，而且只有经过摔跤才能学会走路。"中国共产党95年的奋斗历程表明，一个真正的马克思主义政党，必须"随时准备坚持真理、随时准备修正错误"。

（五）时间是真理的忠实听众，一切嘈杂喧嚣都会湮没在时光的尘埃里，一切真知灼见都将沉淀在历史的河床上。

如果说中国选择马克思主义，走出了百年屈辱的命运，显示了真理的伟大力量；那么世界"重新发现马克思"，则表明中国共产党人所追寻的主义，"依然是当今世界的真理"。

上世纪末，因解构主义而享有盛名的法国哲学家德里达，郑重推出了《马克思的幽灵》一书。在这部轰动西方世界的著作中，德里达疾呼："不能没有马克思，没有马克思，没有对马克思的记忆，没有马克思的遗产，也就没有将来""人们必须接受马克思主义的遗产"。

今天，当便捷的交通、发达的贸易和无所不在的网络，让人类社会的每一秒，都像是马克思所说"世界历史"中的全球性时刻，人们忽然发现，这个时代竟与《共产党宣言》中的预见如此相似。2008年，金融危机如海啸般从华尔街向全世界蔓延，纽约百老汇大街的书店前人们排队购买《资本论》，海报上写着："马克思所说的都应验了。"

事实是，对金融危机林林总总的解释，都没有超出《资本论》所阐发的基本原理。无论资本主义学者祭起多少"全球化""信息化"或者"后工业社会""后现代"之类的新鲜词汇，《资本论》揭示的资本主义基本矛盾演化和冲突的必然结果都不会消失。《外交政策》杂志一篇带有马克思画像的封面文章写道："他在一百多年前准确预言了当今资本主义全球化的出现及其后果——这次金融海啸的发生。更重要的是，他还为此预留了解救的'药方'。"这篇文章，标题就是《完全摩登的马克思》。

被西方"重新发现"的马克思，为资本主义世界提供了走出困境的"良药"。一方面，越来越多的西方国家强化对经济的调控，以政府和市场的"双轮发展"取代纯粹的自由竞争；另一方面，更多国家完善社会保障立法，对最低工资、劳动时间、福利津贴等作出具体规定，无不是对马克思主义思想的实践和印证。

这也是为什么中国共产党人会对自己所怀抱的真理如此自信。无论是"走近马克思"，还是"回到马克思"，今天的人们正可以从资本主义借重的"马克思的头脑"，从中国共产党践行的"马克思的脚步"，来判断为什么"人类社会的发展是一个不以人的意志为转移的自然历史过程"，来思考为什么"共产主义是人类社会未来发展的总趋势"。

（六）在美国学者库恩看来，中国共产党的历史，"如同过山车一般跌宕起伏"，"堪称人类历史上最伟大的故事"。今天的我们，该如何续写这个"伟大的故事"？

马克思主义是科学，但它没有也不可能提供有关当代一切问题的现成答案。即便预示了全球化图景，马克思也不会想到，一架飞机的生产可以由几十个国家协作完成；即便揭示了社会运动规律，他也不会想到，如此多的人会被虚拟的网络连在一起；即便关注着现代科技进展，他也不会想到，人类的征程已经迈出了太阳系。

95年，中国共产党这个"行动的马克思主义者"，创造出马克思主义的"中国版本"，让这一理论始终充满活力。当代共产党人需要以更大的理论勇气，去思考如何用马克思主义的思想和方法，解决时代提出的课题。因为，马克思主义本质上永远是当代的，马克思主义的活力与魅力来自实践基础上的创造性发展。

2012年11月17日，党的十八大闭幕不久，中央政治局进行第一次集体学习，主题就是"坚持和发展中国特色社会主义"。此后，历史唯物主义、辩证唯物主义、政治经济学，都成为集体学习的内容。

这是当代共产党人对马克思主义的"时代运用"。如果不掌握社会基本矛盾分析法，不掌握人民群众创造历史的观点，不掌握事物矛盾运动的基本原理，不掌握辩证唯物论的根本方法，就不会理解"以人民为中心的发展思想"，就不会懂得"紧紧依靠人民推进改革"，就无法化解前进中遇到的挑战、发展中积累的矛盾，就无法驾驭复杂局面、处理复杂问题。十八大以来，在治国理政的宏大棋局中，以中华民族伟大复兴中国梦为奋斗目标、以"五位一体"为总体布局、以"四个全面"为战略布局、以新发展理念为科学引领……党中央治国理政的新理念新思想新战略，始终是在用发展中的马克思主义指导新的实践。

中国这样一个人口大国实现国富民强，这是中国共产党对世界的"传奇性贡献"，外国观察家曾如此评价。反过来说，把一个人口比现有发达国家人口总数还多的国家带入现代化，又是多大的挑战？在革命年代，我们相信，依靠真理的力量，"星星之火，可以燎原"；在全球化时代，我们依然相信，依靠真理的力量，可以"创造人类历史上唯一一个文明衰落后再度复兴的奇迹"。

（七）1852年，潜心写作《资本论》的马克思，在《纽约先驱论坛报》开设专栏，其中十几篇文章论及中国。他借助黑格尔"两极相连"规律预言：如果世界历史的一极是西方，那么另一极便是中国，西方世界乃至人类世界未来的命运，在很大程度上取决于中国的命运。

中国化的马克思主义，理应具有胸怀世界的眼界和抱负。已经走到世界舞台中心的中国，有责任以独特的政党理念、治理模式和世界意识，丰富人类文明的思想库。

中国共产党的探索，打破了政党活动的历史局限，让世界看到一种与时俱进的政党品格。有外国学者曾经感叹：人类历史上从来没有一个国家像中国，国家治理得如此成功，而其精英却在不停反思。只有真正理解了马克思主义的价值观和方法论，才能理解这种"反思"。67年执政兴国，为改革生产关系、解放和发展生产力，中国的政策调整幅度超过近代任何国家。中国共产党崇尚"自信、自觉、自省"的政治品质，以对自己的"不满"，不断推动上层建筑适应经济基础。

中国共产党的探索，相对于西方民主的异化和弊端，提供了一种兼具公平与效率的治理模式。这个6月，全世界都在关注英国公投"脱欧"。然而"脱欧派"胜出之后，剧情却出现反转，超过300万英国人表示"后悔"。这就是西方民主的尴尬。2014年，英国《经济学人》一篇文章，追问"西方民主出了什么问题"，分析"伴随着民主制度也常常出现政府负债严重、内政处理效率低下、过度干涉他国内政等问题。"中国以马克思主义原理构架的政治制度，以其对人民利益高度负责的担当，以其强大的动员能力、组织能力，让世界感受"中国温度"、产生"中国震撼"。

中国共产党的探索，顺应了当今世界的趋势，在新型义利观下，推动打造"人类命运共同体"。马克思提出，要构建作为人的道德、人的活动、人的享受和人的本质的"真正的共同体"，它是人的物质生活和精神生活的归宿。当代中国共产党人，反对一切以邻为壑、零和博弈的僵化思维，反对一切帝国主义、霸权主义的强权逻辑，站在人类共同命运的高度，推动马克思这一宏大构想，打开了对于未来的想象空间。

当中国大幅增进占世界五分之一人口的福祉，被国际社会誉为"人类历史上前所未有的伟大成就"；当中国对世界经济增长的贡献率达到近30%，"社会主义赢得与资本主义相比较的优势"；当提出"历史终结论"的福山感慨，"中国政治体制优点明显""人类思想宝库需为中国留下一席之地"，我们想起了邓小平的论断——

只要中国不垮，世界上就有五分之一的人口在坚持社会主义；只要中国社会主义不倒，社会主义在世界将始终站得住。

（八）英国伦敦北部的海格特墓地，埋葬着马克思、斯宾塞、法拉第、艾略特等近百位声名显赫的人物，但最引人注目的，是访客常年络绎不绝的马克思墓地。因为"在人类思想史上，还没有一种理论像马克思主义那样对人类文明进步产生了如此广泛而巨大的影响"。

95年前，在旧时代余晖中，中国共产党先驱李大钊说，"黄金时代，不在我们背后，乃在我们面前；不在过去，乃在将来"。

今天，在复兴的征程上，习近平总书记强调：坚持和发展中国特色社会主义是一篇大文章，我们这一代共产党人的任务就是继续把这篇大文章写下去。

马克思主义、中国共产党，伟大的理论与伟大的政党，在为人的自由而全面发展的奋斗中，必将写下新的伟大篇章。

(2016年6月30日)

铸就我们民族的精神航道

——写在长征胜利 80 周年之际

（一）红色的脉搏，在神州大地跳动。80 年过去，仍然如此强劲。

江西于都，中央红军长征出发纪念馆。墙上，80 双草鞋组成一幅中国地图。那一支脚踏草鞋的队伍，从这里开始跋山涉水、历经九死一生，将足印刻写在两万五千里的漫漫征途。

贵州遵义，遵义会议旧址。二楼的会议室里，桌下的火盆似乎还炭火熊熊。那一次生死攸关的会议，在这里挽救危亡局势、开启关键转折，让革命的种子星火燎原。

宁夏固原，将台堡红军长征会师纪念碑。三尊英姿勃发的红军头像，雄踞碑顶眺望远方。那一场气吞山河的行军，在这里开始新的进发、找到新的希望，把这个国家带向新的航程。

1934 年 10 月到 1936 年 10 月，血战湘江，四渡赤水，强渡大渡河，飞夺泸定桥，征服皑皑雪山，穿越茫茫草地……两轮寒暑，纵横十余省，中国工农红军第一、第二、第四方面军和第二十五军，完成了一次"无与伦比的史诗般远征"。地图上标识行军方向的纤纤一脉，蜿蜒西去北上，在广袤的中国大地上，激荡成改变历史的滚滚洪流，标注为一个民族的精神坐标。

这个伟大壮举，已经永远铭刻在中国革命和中华民族的史册。"红军长征胜利，充分展现了革命理想的伟大精神力量"，"我们要铭记红军丰功伟绩，弘扬伟大长征精神"。2016 年，习近平总书记在红军长征会师纪念碑前默然肃立，在"英雄史诗不朽丰碑"主题展览前驻足凝视，这是"长征永远在路上"的自警，这是"要走好我们这一代人的长征路"的决心。

"不忘初心，继续前进"。80 年，长征宛如一条精神的航道，从昨天走到今天，让历史走向未来。

（二）1934 年 10 月，中央红军启程时，一位战士问四团团长耿飚，咱们这是要到哪里去？耿飚说道："打敌人去！"

面对国民党调集的50万重兵，面对规模空前的"铁桶围剿"，面对党内严重左倾教条主义错误带来的生死存亡危机，中央红军不得不进行战略转移。当86000多人离开中央苏区时，没有谁能预知即将开始的远征，他们不过是怀揣一个简单的信念：改造中国。

万里长征路遥迢，青史长留照古今。红军用脚步丈量出胜利的征程，行经15个省份，转战地域超过半个中国；翻越20多座高山，其中5座位于世界屋脊之上且终年积雪；渡过30多条河流，包括世界上最汹涌险峻的峡谷大江；走过了世界上海拔最高的广袤湿地，几乎和法国的面积相等……面对"天上每日几十架飞机侦察轰炸，地下几十万大军围追堵截"，这支年轻的队伍平均每天急行军50公里以上，平均3天就遭遇一次激烈的战斗。扭转敌我力量悬殊的劣势、战胜恶劣自然环境的障壁、通过严峻党内斗争的考验，1936年10月，红二、四方面军同红一方面军胜利会师，中国的西北角迎来了光焰万丈的日出。

在这条征途上，年轻的共产党人以对国家的深刻忧患、对民族的责任担当，把自己的命运与中华民族的命运联系在一起，把军事上的战略转移与政治上的战略转变联系在一起，把长征前进的大方向与建立抗日的前进阵地联系在一起，创造了世界军事史的惊人奇迹，谱写下中国革命史的光辉篇章。从东南到西北，从红土地到黄土地，每一步都是创造历史的脚注。被国民党认定"流徙千里，四面受制"的红军，走出了一条"把活路堵死、向死路求生"的新路。

这是一条牺牲之路，一支队伍舍生忘死、抛洒热血。"如果要念一遍倒在湘江边的官兵的名字，我会从黄昏念到黎明。"湘江战役，红军浴血奋战7个昼夜，战士马革裹尸，湘江血可漂橹，当地居民"三年不食湘江鱼，十年不饮湘江水"。激战独树镇、强渡乌江、浴血娄山关、飞夺泸定桥、鏖战腊子口……万水千山之路，也是万死千伤之路。红一方面军从江西出发时的86000人，抵达陕北时只剩6000多人；平均每走1公里就有4名红军战士倒下，每14人只有1人到达陕北。"青山有幸埋忠骨"，这条血色之路上，至今仍有大量红军墓、红军碑，诉说80年前这支队伍"虽九死其犹未悔"的英勇与坚贞。

这是一条转折之路，一个政党走向成熟、涅槃蜕变。1935年1月，中共中央政治局在贵州遵义的一栋小楼里开了3天会，"撤换了'靠铅笔指挥的战略家'，推选毛泽东同志担任领导"。"过去我们就是由先生把着手学写字"，而遵义会议之后,"我们就懂得要自己想问题"。从确立把马克思主义基本原理同中国具体实践相结合的基本路线,到逐步形成以毛泽东同志为核心的党的第一代中央领导集体,一个创立刚刚15年的政党,在这条路上完成自己的"成人礼"。

这是一条锻造之路,一代新人朝气蓬勃、淬火成钢。长征队伍中,大约54%的人都在24岁以下,只有4%的人超过40岁。"长征塑造了一代新人,这代新人在不到20年的时间内,就推翻了两千年来停滞不前的伦理体系和政治制度。"正如毛泽东所说,经过长征锤炼的同志,"一个可以当十个,十个可以当百个"。1955年授衔的十大元帅、1300多位将军中,90%以上参加过长征。那些经受过生死考验的幸存者们,增长了胆识与才干,成长为革命的中坚。

红军不怕远征难,万水千山只等闲。多少人千难万险中跋涉,多少人枪林弹雨中战斗,多少人壮怀激烈中牺牲,多少人上下求索中坚定……旗帜指引理想,鲜血铸就丰碑,让长征成为萦绕于世界东方的"红飘带"。

(三)1999年,美国时代生活出版公司编辑的《人类1000年》一书,选出从公元1000年至公元2000年之间,影响人类历史进程的100件重要事件,长征毫无悬念地入选。

"长征一完结,新局面就开始。"长征的历史意义正在于,它开启了中国革命不断胜利的序章,开启了中国共产党创造奇迹的大幕,开启了中华民族走向复兴的征程,它以坚毅的品格、执著的追求,刻写下人类精神的高度。

以80年前的胜利为起点,沉沦的民族寻找到价值的坐标,以信仰充实生命、以意志创造奇迹,极大振奋了中华民族的精神世界。这次远征,完成了现代中国一次宝贵的心灵书写。

毛泽东曾说,"长征是宣言书,长征是宣传队,长征是播种机"。57岁的爱国人士周素园毅然加入长征队伍,"死也要死在红军里";四川马尔康一位名叫桑吉悦希的喇嘛,脱下袈裟参加红军;彝族果基家支首领小叶丹,与刘伯承歃血为盟结为兄弟……那群头顶红星的人,用坚定的信念和不屈的精神,传播着共产党人改天换地的革命理想,唤醒了中国的千百万民众。

精神的溪流在长征路上汇成洪流,从井冈山到延安,无数中国人追随这面红旗一路远去,坚信可以掌握自己的命运、改变世界的不公,坚信这条道路的尽头就是梦想中可爱的中国。在这"革命与反革命两种力量、光明与黑暗两种命运"的大搏斗中,红军不仅赢得了胜利,更以"历史上最盛大的武装巡回宣传",汇聚起一个民族的精神伟力。

以80年前的胜利为起点,古老的国度凝聚起红色狂飙,荡涤百年屈辱、千年沉疴,中华民族的伟大复兴曙光初现。这次远征,完成了现代中国一次关键的历史书写。

上世纪30年代,正是中华民族危急存亡之秋。日本加快侵华的步伐,国民党以"攘外必先安内"消极抵抗,中国社会危机四伏,中国人民饱受煎熬,在此大厦将倾、狂澜既倒的历史关头,长征中的中国共产党为抗日救国鼓与呼,提出集中一切力量反对日本帝国主义的坚定主张。长征的胜利,不仅推动中国革命转危为安,而且宣传了党的主张,播撒了革命火种,实现了我们党"北上抗日"的战略方针。红军主力转移到抗日的前进阵地,中国革命大本营形成于西北,此后,中国共产党在西安事变的和平解决、抗日民族统一战线形成中发挥了关键作用。全面抗战爆发后,作为红军继承者的八路军、新四军迅速奔赴抗日前线,成为坚持抗战的中坚力量。可以说,长征的胜利,为抗战的胜利、进而夺取新民主主义革命的胜利打下了坚实基础,成为中国革命的奠基礼。

美国人威廉·莫尔伍德形象地指出:"长征简直是将革命划分为'公元前'和'公元后'的一条分界线,其后发生的一切事情都要从这个举世无双的奇迹说起。"长征路上的红军将士,与留在南方八省的红军游击队、创建陕甘和陕北革命根据地的西北地区红军、转战于白山黑水之间的东北抗日联军、坚持在国民党统治区进行地下斗争的党组织,共同用火一样的热情、铁一般的意志,标定历史的界碑,铸起精神的丰碑。

(四)青山依旧,斜阳几度。80年前的烽烟已经散尽,最坚固的石头上留下的弹痕也渐渐抹平。然而,沿着长征途中的雄关漫道,迎着如海苍山和如血残阳,不断有人回到长征路上,接续这一传奇般的史诗。

开满芭茅花的湘江畔,一群重走长征路的大学生以酒酹江,祭奠80多年前那些英勇牺牲的先烈,很多人泪流满面。深圳一位白领独自重走长征路,在四川抚边乡,借宿的房主大妈把干粮硬塞进他的背包,大声说:"饱饱地找红军呐!"如果说长征是一段追寻,那么,从1934年到1936年仅仅是追寻的第一个起点。为什么这一远征能穿越时间,成为联通一代又一代人精神的航道?

"醒事宣言为长征,神来战史数四渡",在四川古蔺县太平镇的长征街上,有这样一副对联。从繁华的上海,到贵州习水土城镇、赤水复兴镇、仁怀茅台镇,都有"长征路""长征街";中国的运载火箭、核潜艇,也以"长征"命名;而治国理政、改革发展,更是被视为新的长征……如果说长征是一段征程,那么,从江西到陕西仅仅是征程的第一个脚印。为什么这一远征能跨越空间,让一个国家、一个民族感受到精神的力量?

白求恩在给友人信中这样告白:"要问我为什么去中国,请读埃德加·斯诺的《西行漫记》和史沫特莱的《中国红军在前进》,读后你们必将与我同感。"英国历史学博士李爱德和朋友马普安重走长征路,合著《两个人的长征》,一经出版即受到读者热捧。如果说长征是一个奇迹,那么,两万五千里仅仅是奇迹的第一次展现。为什么这一远征能超越人心,让不同国度的人听到精神的召唤?

那些真正具有历史意义的时刻,就像整个天空的电聚集于避雷针的尖端。闪电划过,惊雷炸响;疾风烈火,碧血丹心。长征是一个人类精神的高光时刻,人们从这里聆听来自高处的召唤,寻找人的意志、人的信念、人的理想、人的精神所蕴藏的磅礴伟力与无限可能。

(五)这些名字,我们或许不太熟悉,但重温他们的故事,却每每让人震撼:

郑金煜,17岁,红四团通讯员,过草地时饿得走不动路,被战友们绑在马背上前进。"在政治上我是块钢铁,但是我实在是不行了,我坚持不住了,我要死了,我看不到革命的胜利了。"说完临终遗言,他牺牲在了走出草地的前一天。

姜秀英,24岁,红四方面军藏族女战士。翻越雪山时,她的脚趾被冻坏了,为了跟上行军队伍,她从老乡家里借来斧头,砍掉溃烂的脚趾,简单处理后继续前进。

陈树湘,29岁,红34师师长,率领全师与十几倍于自己的敌人在湘江边激战四天五夜,最后因弹尽粮绝、腹部受伤而被俘。在押解途中,躺在担架上的他撕开伤口,把肠子掏出来拧断,慷慨就义。"断肠英雄"的事迹,至今流传。

更多的红军战士,他们的名字已经难以寻找,他们的事迹也难以还原,唯山河记取,唯天地见证。他们的精神,早已汇入了长存的浩气之中,与国家民族的脉搏一起,永恒跳动。

"没有理想,红军连一千里都走不了。"长征锻造了一支"历史上无与伦比的坚强队伍",因为对革命事业的忠贞不渝,对共产主义的信念坚如磐石,红军战胜了常人看来不可战胜的艰难险阻,创造了人间奇迹。多次与共产党"交手"的张学良感慨,共产党、红军信仰他们的主义,即便是普通士兵也是如此。曾跟随红军长征的英国传教士薄复礼,在《神灵之手》中这样描述,"这些被国民党称作土匪的人,实际上是坚信马克思主义并实践着其原理的人"。

长征精神是什么?是为掩护中央红军,红34师死守湘江阵地的壮烈与卓绝;是宿营地的篝火旁,用法语唱起《马赛曲》、用德语背诵《共产党宣言》的乐观与豪迈;是瞿秋白神态自若走向刑场,对着枪口坦然说"此地甚好"的从容与坚定;是陈毅转战粤赣边在大山中坚持游击战,笑称"取义成仁今日事,人间遍种自由花"的信仰与信念。长征精神,在宁肯自己挨饿也要保障后勤的"金色鱼钩"上闪耀,在怀着对胜利的无限渴望留下来的"半截皮带"上刻印,在临死前托付给战友的"七根火柴"上熊熊燃烧⋯⋯

长征精神是什么?是把全国人民和中华民族的根本利益看得高于一切,坚定革命的理想和信念,坚信正义事业必然胜利的精神;是为了救国救民,不怕任何艰难险阻,不惜付出一切牺牲的精神;是坚持独立自主、实事求是、一切从实际出发的精神;是顾全大局、严守纪律、紧密团结的精神;是紧紧依靠人民群众,同人民群众生死相依、患难与共、艰苦奋斗的精神。

这是中国革命史中至为关键的一环,信仰的锤炼,意志的锻造,激荡着永不言败的革命乐观主义豪情。出发,出发!向着理想豪迈进军。前进,前进!信仰支撑我们前行。胜利,胜利!未来终将属于我们。"革命理想高于天""不怕牺牲、排除万难去争取胜利""面对形形色色的敌人决一死战、克敌制胜"⋯⋯长征展现出信念的力量、意志的力量、精神的力量,体现了以爱国主义为核心的民族精神,构筑起中华民族的精神路标。

为有牺牲多壮志,敢教日月换新天。

(六)在四川省通江县沙溪镇的红云岩上,有一幅巨大的石刻标语——"赤化全川"。字高5.5米,远远之外也清晰可见。

沿着漫漫征途,红军将士留下了很多这样的石刻标语。仅川陕根据地,就保留下4000多条。在群山怀抱、万谷之巅,一个个壮怀激烈的口号,如同深藏在岩石之中的呐喊;而长征携带的精神基因,也如石刻一般,镌刻在一个民族的心灵。

长征尚未结束,鲁迅就向陕北发去贺电,"你们的勇敢的斗争,你们的伟大胜利,是中华民族解放史上最光荣的一页"。《大公报》记者范长江也感慨,那些被国民党污为"土匪"者,"应当是中国的光荣"。将这支队伍的跋涉放到中华民族的心路历程中,才更能理解长征之"光荣"。

"长梦千年何日醒,睡乡谁遣警钟鸣","四万万人齐下泪,天涯何处是神州",百年陆沉、神州凌夷,中国人精神之苦闷,与国运同调。"忍看山河碎?愿将赤血流!"长征精神,回应了太平天国的抗争、维新志士的喋血、辛亥革命的壮歌、五四青年的呼喊,回应了一代代仁人志士面对民族独立和强国富民两大历史任务的不懈奋斗。长征路上的红军将士,让人看到中国人有如此豪迈的气概、如此坚强的信念、如此壮烈的牺牲,让人看到人类的精神一旦唤起,其威力是无穷无尽的。美国学者布热津斯基曾赞叹,"对崭露头角的新中国来讲,长征的意义绝不只是一部无可匹敌的英雄主义史诗,它的意义要深刻得多。它是国家统一精神的提示"。

"长征不仅是一次人类精神和意志的伟大远征,也是一段中国共产党领导中华优秀儿女寻求中华民族复兴的伟大征程。"迄今为止,还没有一次远征,能像长征这样,鼓舞数十亿人为改变自身命运而奋斗,指引一个5000年历史的民族向着复兴不断前行。

从争取国家解放、民族独立的伟大抗争,到建设社会主义新中国的光辉岁月,从开启改革开放的壮丽征程,到冲刺全面建成小康社会的关键一程,对于中国而言,这始终是一段"在路上"的征程。黄土高原上的延安、白山黑水间的油田、荒漠戈壁中的航天基地、南海边崛起的新城、奥运五环闪耀的北京……在"长征"中播种,在"长征"中收获,80年来,长征这一精神的源流,滋养着一代代中国人的心灵,导引出一幅现代中国的精神画卷。

时间播下种子,有些会发芽,而有些不会。长征正是一颗充满生命力的种子,在这片大地上生根发芽、结出硕果。从新民主主义革命时期的延安精神、红岩精神、西柏坡精神,到社会主义革命和建设时期的大庆精神、红旗渠精神、"两弹一星"精神,再到改革开放时期的九八抗洪精神、抗击非典精神、载人航天精神、抗震救灾精神,我们总能看到长征的精神基因,总能从80年前的那次远征中,坚定我们信仰的主义、确认我们秉持的价值。

长征这一座精神的丰碑,矗立在每一个中国人心中。近些年,那些所谓的"重新发现"、所谓的"揭秘解密",不过是打着种种旗号的历史虚无主义,他们无视人类精神的力量,更无意发现人类心灵的秘密,让精神庸俗化、让历史碎片化。唯有把长征放入历史的、民族的、精神的大江大海中,才能发现，这一远征拥有怎样的分量、蕴含怎样的价值、孕育怎样的未来。

（七）相比空间上的征程，时间里的征程，更耐人寻味。以1921年和1949年为界，中点是长征中的1935年；以1978年和2049年为界，中点则是党的十八大之后的2013年。这是一次新征程的开启——

改革进入深水区，经济进入新常态，没有一个胜利"立等可取"。利益格局分化、社会转型加剧，如何治理13亿人的大国？信息化浪潮席卷全球，技术革命一日千里，如何实现弯道超车？国际秩序深刻变革，维护世界和平与发展，中国应该肩负怎样的责任与使命？

习近平总书记强调，"推进中国特色社会主义事业的新长征要持续接力、长期进行，我们每代人都要走好自己的长征路。"长征，是"把一只脚放在另一只脚前面"，坚定不移走出来的英雄史诗。当前，中华民族踏上的，是实现"两个一百年"奋斗目标、实现中华民族伟大复兴中国梦的新长征。如果说，80年前的那次远征，是精神的壮歌、信仰的迸发、价值的磨砺，那么，今天行进在新长征路上的共产党人，更需要精神的支撑、信仰的坚守、价值的导航，更需要以长征精神凝聚信念信仰、守护不变初心。

回望长征问初心，80年过去，我们是否还有长征中那样改写历史的豪情？杨成武将军认为："许多红军战士为了祖国和民族的前途英勇无畏地献出了自己的一切，直到生命的最后一刻，他们想到的都不是自己，而是所信仰的革命事业。"尽管不知道战略转移何时何地结束，但红军将士坚信"只要跟党走，跟着抗日救国的理想走，就会有前途"，"不论我们自己能否到达胜利的彼岸，我们的旗帜一定能达到"。信仰的引领，让一切艰险皆成淬炼，一切磨难皆成锻造。

让我们传承这不息的基因，激荡信仰的力量。新的长征路上，少了围追堵截、战火烽烟，少了枪林弹雨、生死考验。然而，这里仍然弥漫看不见的硝烟，仍然充满不可知的挑战。面对繁重的任务，能否挺起脊梁、敢于担当？面对利益的诱惑，能否站稳脚跟、不改初心？当少数党员干部信仰流失、价值错乱、行为失范，我们更需要鼓起信仰的风帆，为国家的崛起和民族的复兴，执着追求、坚定前行。

回望长征问初心，80年过去，我们是否还有长征中那样创造历史的能力？1935年5月，红四团在天降大雨的情况下，创造一昼夜山路行军120公里的纪录，一举夺下泸定桥。1999年，有人带上干粮在宽敞的公路上，试图复制这一行军，费尽全力也慢了整整一天。四渡赤水期间，一个13岁的红军小战士与大部队失去了联系，他翻山越岭，拼命追赶，历经三天三夜重回大部队行列。意志的力量，让他们克服生命的极限，创造人间的奇迹。

让我们传承这不屈的意志，续写全新的奇迹。新的长征路上，没有雪山沼泽，没有天险阻隔，但一样布满暗礁与荆棘。深水区的改革阵痛、转型期的两难烦恼，多少思想的桎梏需要打破、多少利益的羁绊需要挣脱。从"五位一体"总体布局到"四个全面"战略布局，从新发展理念到构建人类命运共同体，发展之路已然确定，民族复兴曙光在前，正需要我们鼓起精神、闯关夺隘。李大钊曾说，"有时走到艰难险阻的境界，这是全靠雄健的精神才能够冲过去的"。历史从不等待一切犹豫者、观望者、懈怠者、软弱者，只有与历史同步伐、与时代共命运的人，才能赢得光明的未来。

新中国成立前夕，毛泽东就曾告诫全党："夺取全国胜利，这只是万里长征走完了第一步。"共产党人的"赶考"远未结束，长征永远在路上。以理想为魂，以信念为魄，在长征中纪念长征，在奋进中继续奋进，才能挺立起精神的脊梁，跑好接力赛中我们这一棒。

（八）"黑夜沉沉，朦胧的黎明前时分，遥望辽阔而古老的亚细亚莽原上，一条觉醒的金光四射的巨龙在跃动、跃动……"

如果说长城是传统中国的核心意象，那么在现代中国，居于核心位置的无疑就是长征。理解了长征在中国革命史与心灵史中的结构性作用，就能理解为什么在80年后的今天，我们仍需记取长征、纪念长征。

10月17日，以"长征"命名的运载火箭搭载着航天员，开始了中国人的又一次太空探索；10月24日，党的十八届六中全会就要召开，全面从严治党继续发力，一个政党在新长征路上再次整装出发。

空间的征途，向星辰大海挺进；时间的征途，向民族复兴迈步。长征胜利80年，我们的脚步从未停息，始终在"向着一个无人能够预言的未来前进"。走过80年，我们党仍有创造历史的能力；走过80年，中华民族仍有昂扬奋发的精气神。

在这条继往开来的道路上，让我们面向未来，永不止步；不忘初心，继续前进。

（2016年10月19日）

筑牢从严治党的政治根基

——写在党的十八届六中全会召开之际

（一）最艰难的成功，不是超越别人，而是战胜自己；最可贵的坚持，不是历经磨难，而是保持初心。

从神舟飞船把中国航天员送到"天宫"，到中国高铁不断创造新的世界纪录；从"一带一路"打开合作共赢的筑梦空间，到G20杭州峰会留下的中国印记……刚刚过去的这些日子，人们为"行进中国"的脚步震撼之时，也把目光投向中国的执政党。

今年国庆期间，一位英国经济学家给出的两组数据令人印象深刻：1949年到1976年，27年间中国人均预期寿命增长31岁；1978年至2014年，作为衡量物质生活水准的消费水平，年均增长率是7.9%，比任何国家都高。"中国共产党领导下的中国所取得的社会成就，和人类历史上任何国家相比都是最伟大的"。观察家感叹，"只有理解了中国共产党，才能真正理解中国"。

这个走过95年历程的世界第一大执政党，也时刻面临着如何理解自身的命题。如果说，带领一个13亿多人口的大国实现现代化，是人类历史上不曾有过的壮丽征程；那么，让一个党员比德国等欧洲大国人口都多的大党时刻保持初心、不断焕发生机，无疑更是一个世界级的挑战。

打铁还需自身硬。党的十八大以来，涤荡"四风"，党风政风为之一新；铁腕反腐，党心民心为之一振；强调"四个意识"，加强党的团结统一，维护坚强领导核心；践行群众路线，倡导"三严三实"，推动"两学一做"，深化党内教育，锻造合格党员……中国共产党全面从严治党，严肃党内政治生活、净化党内政治生态，展示出非凡的政治智慧和政治勇气。

治国必先治党，治党务必从严。在建党95周年庆祝大会上，习近平总书记再次强调："管党治党，必须严字当头，把严的要求贯彻全过程，做到真管真严、敢管敢严、长管长严。"十八届三中、四中、五中全会分别聚焦全面深化改革、全面依法治国、全面建成小康社会之后，即将召开的十八届六中全会，正是要研究全面从严治党重大问题，制定新形势下党内政治生活准则、修订党内监督条例，严肃党内生活，筑牢全面从严治党的政治根基。

（二）"党要管党，首先要从党内政治生活管起；从严治党，首先要从党内政治生活严起。"为什么在管党治党中，党内政治生活被放在首要的位置？

1981年，人民日报刊发时任中央纪委常务书记黄克诚的《关于党风问题》一文，提到这样一个细节：抗战时期，毛主席用电台指挥工作，"嘀嗒、嘀嗒"就是毛主席和党中央的声音，全党全军同志都无条件地执行。

为什么仅凭"嘀嗒、嘀嗒"，就能运筹帷幄、决胜千里，让全党行动如一人？这是因为，延安时期，严肃的党内政治生活、有效的党内思想教育，扭转了长期存在的主观主义、宗派主义、官僚主义不正之风，全党"如同一个和睦的家庭一样，如同一块坚固的钢铁一样"，向党中央看齐，维护中央权威、贯彻中央指令，为着共同的目标而奋斗。

"烟雨楼台，革命萌生，此间曾著星星火；风云世界，逢春蛰起，到处皆闻殷殷雷。"从古田会议首次提出党内生活政治化、科学化，到延安整风建立党内政治生活的制度基础，再到改革开放之初制定《关于党内政治生活的若干准则》，95年来，一代又一代共产党人在党内政治生活这个大熔炉中，锤炼党性、砥砺品格，回答着这样的关键性问题：党员如何坚守誓词，成为"政治上的明白人"？我们党如何自我完善，成为一个"郑重的党"？

25年前，一场"平静的葬礼"将苏联埋葬。历史的经验和教训，让人深刻认识到党内政治生活的重要性：健康的政治生活、严密的组织纪律，助力苏联战胜德国法西斯、取得社会主义建设伟大成就；从官僚化、等级化，到放弃民主集中制、取消马克思主义指导地位，苏共亡国亡党也与党内政治生活失序失常有关。列宁曾说，"徒有其名的党员，就是白给，我们也不要"。决定党的战斗力的，不仅是党员数量，更重要的是质量。严肃党内政治生活，正是要让马克思主义政党既有真理的力量，又有人格的力量，既有崇高的理想，又有严明的纪律，在关键时刻信得过、靠得住、顶得上。

实事求是、理论联系实际、密切联系群众、批评和自我批评、民主集中制、严明党的纪律……这些长期探索形成的治党经验，是党内政治生活的基本规范。什么时候严肃对待这些规范，就能形成"又有集中又有民主，又有纪律又有自由，又有统一意志又有个人心情舒畅生动活泼"的政治局面。反观党内政治生活不正常的时期，往往也是政治错误集中爆发的时期。"左"

倾路线大行其道,"反右"扩大化、大跃进,乃至"文化大革命",给党的建设和国家发展造成重大损失,无一例外都是党内政治生活出了问题。

在许多人看来,建党95年、执政67年的中国共产党,依然是"亚洲乃至全世界最有活力的政党"。探求中国共产党的秘密,一个关键就在于,中国共产党能以经常性、严肃性的党内政治生活,实现党内团结,统一党内意志,并把这个意志上升为国家意志——即便只是简单的"嘀嗒、嘀嗒"声。

(三)"难道我们还欢迎任何政治的灰尘、政治的微生物来玷污我们的清洁的面貌和侵蚀我们的健全的肌体吗?"1945年4月,"抗战胜利后的中国向何处去"成为一个关键问题,毛泽东在《论联合政府》一文中这样发问。

"执政党应该是一个什么样的党,执政党的党员应该怎样才合格,党怎样才叫善于领导?"1980年2月,改革开放大幕初启,中国迈开追赶世界的步伐,邓小平在党的十一届五中全会上这样发问。

"你们都知道温水煮青蛙的故事吧?""杭州雷峰塔是怎么倒掉的?"2013年9月,中国正走向世界舞台中央,朝着民族复兴迈进,习近平在河北省委常委班子专题民主生活会上这样发问。

三个历史时期,三次深刻发问,贯穿其中的,是深切的忧患意识,是治党的责任担当。而不断发展的,则是对不同时代命题的深刻把握、对不同阶段任务的深邃思考。党的十八大以来,以习近平同志为总书记的党中央,既赓续我们党95年形成的优良传统,又适应新时期的新特点、新挑战,就严肃党内政治生活提出了一系列新论断新要求——

视之为党旺盛生机的"动力源泉",喻之为党优良作风的"生成土壤",强调这是我们党区别于其他非马克思主义政党的"鲜明标志"……习近平总书记进一步指出了党内政治生活的重要性,对党而言,这是"解决党内自身问题的重要途径";对党员而言,这能不断增强党性,筑牢立身、立业、立言、立德的基石。深刻认识严肃党内政治生活的重大作用,深刻认识党内政治生活不正常的严重后果,才能不断去"杂质",全力防"污染",保持党的先进性纯洁性。

"固本培元",加强思想政治建设;"激浊扬清",让歪风邪气无所遁形;"立规明矩",把纪律和规矩挺在前面;"以上率下",领导带头立标杆、作示范;"继承创新",赓续优良传统、不断改进创新……习近平总书记进一步提出了党内政治生活的方法论,围绕坚持党的政治路线、思想路线、组织路线、群众路线、坚持和完善民主集中制、严格党的组织生活等重点内容展开,保证我们党能不断自我净化、自我完善、自我革新、自我提高。

"讲政治是突出的特点和优势""做政治上的明白人",增强政治意识;"把工作放到大局中去思考、定位、摆布",增强大局意识;"党政军民学,东西南北中,党是领导一切的",增强核心意识;"经常、主动向党中央看齐,向党的理论和路线方针政策看齐",增强看齐意识……十八大以来,严肃的党内政治生活,让"四个意识"成为8800多万党员的"思想底色",使全党更紧密地凝聚在一起、团结在一起,使我们党始终成为中国特色社会主义事业的坚强领导核心。

(四)《论语》中说:"君子三年不为礼,礼必坏;三年不为乐,乐必崩。"如果党内政治生活的大熔炉长期不生火,变成了没有温度的冷灶台,就会失去其应有的功能。

新中国成立之初,我们党440多万党员,基本上都经受过革命战争的洗礼和对敌斗争的锻炼;改革开放之初,3600多万党员,绝大多数是1949年后入党的;到2015年年底,党员总数已达8875.8万,超过七成是改革开放后入党的党员。

党员结构的变化,折射出党内政治生活的"时代命题"。身份转变、思想解放,从单位人到社会人、从体制内到体制外,组织管理模式变了、社会交往模式变了,如何应对时代场景的历史变化?社会流动加速、利益多元多样,拜金主义、享乐主义、极端个人主义等冲击着党员的思想、侵蚀着党的肌体,如何应对广泛深刻的社会转型?

党内政治生活松一寸,党员干部队伍就散一尺。为什么少数干部"落马",腐化程度让人吃惊?为什么有的地方从政环境恶劣,甚至演变成"塌方式腐败"?为什么有的单位政治生态污浊,"潜规则"大行其道?种种问题,虽然各有成因,但都存在一个不容忽视的因素:党员干部缺乏严格的党性锻炼。仔细审视一些党员在信念、纪律、作风等方面出现的问题,无不与党内政治生活的松懈有关。

毋庸讳言,一段时间以来,党内政治生活不经常、不认真、不严肃的问题比较普遍。一是庸俗化。不讲党性讲关系、不讲原则讲圆滑、不讲正气讲"和气",把批评和自我批评变成"表扬和自我表扬"。二是随意化。一些党组织不按章办事,党内政治生活不及时、不坚持、不规范,党内情况不通报不反映,党内政治生活说起来重要、忙起来不要。三是平淡化。开会时看"出勤"而不讲效果,讨论时也发言而不管质量,习惯念报纸、读文件,照本宣科走过场,缺乏吸引力和凝聚力。

1980年,十一届五中全会通过《关于党内政治生活的若干准则》,党内政治生活重回正常化,让一个马克思主义政党焕发出蓬勃生机,推动中国实现30多年的经济腾飞。时隔36年,十八届六中全会将制定新形势下的党内政治生活准则,也正是要以充满政治性、原则性、战斗性、时代性的党内政治生活,锻造一个更加坚强有力的领导核心,引领中国在新的起点上整装再发。

(五)毛泽东在《共产党人》的发刊词中写道,"使党铁一样地巩固起来"。党内政治生活的大熔炉,如何越烧越旺?

思想政治建设是落实全面从严治党要求的"总开关",也是严肃党内政治生活的灵魂问题。周恩来曾提醒,"所谓支部生活,并不是仅仅开会听政治报告、交纳党费就算完事,最要紧的是讨论当地的政治问题、工作问题"。什么是政治问题?是补充理想信念这一精神上的"钙",是坚持党的基本路线这一党和国家的生命线,是践行密切联系群众这一根本工作路线,是增强党的意识、党员意识、宗旨意识,坚守真理、坚守正道、坚守原则、坚守规矩,上下一心、令行禁止,维护中央权威,向中央看齐。

纪律是我们党的生命线,也是严肃党内政治生活的根本保障。毛泽东在延安时说"延安作风打败西安作风",蒋介石败退台湾后感慨"共产党有纪律,国民党没纪律",在今天仍值得深思。对党员,纪律是高压线;对政党,纪律是生命线。"遵守党的纪律是无条件的""党内不允许有不受纪律约束的特殊党员""把守纪律讲规矩摆在更加重要的位置"……以猛药去疴、壮士断腕的决心从严治党,必须使各项纪律规矩真正成为"带电的高压线"。

民主集中制是中国共产党的最大制度优势、中国特色社会主义的最大制度特点,也是严肃党内政治生活的根本原则。2016年年初,习近平总书记作出批示,要求各级党委(党组)领导班子重温毛泽东同志的《党委会的工作方法》一文。时隔67年,这篇经典文献重新进入人们的视野,正是因为它通篇贯彻着民主集中制的方法论。着力解决"发扬民主不够、正确集中不够"等问题,"促使全党同志按照民主集中制办事"……把握好民主与集中的辩证法,才能真正发挥好我们党这一"最大的制度优势"。

批评和自我批评是我们党区别于其他任何政党的显著标志,也是严肃党内政治生活的有力武器。在某地党委一次批评和自我批评的专题民主生活会上,10个上访户代表列席;被问及感受时,一位上访户说,领导坐在前面,是不是红了脸、出了汗,我不知道,但是我看到他的脖子根都红了,这样的效果我很满意。强调"不是听你们讲莺歌燕舞的",警示不能让"利器"变成"钝器","大胆使用、经常使用这个武器,使之越用越灵、越用越有效"……习近平总书记要求重拾批评和自我批评的武器,扫除了政治灰尘和政治微生物,让党的肌体更健康。

严肃认真的党内政治生活,是我们党一以贯之的优良传统和政治优势。党内政治生活的根本目的,是为了增强党的团结统一,提高党的凝聚力、战斗力、创造力,这"是比什么都还重要的事情,是解决党的一切任务的中心关键与决定因素"。

(六)邓小平在《建设一个成熟的有战斗力的党》一文中指出,"建立一个什么样的党的问题,这不仅是我们这一代的问题,也是下一代、再下一代的问题"。而在这前后相续的征程上,不断完善党内政治生活,也需要把握住两个坐标:一个是"历史",另一个是"现实"。

多次引用"跳出历史周期律"的窑洞对谈,深情讲述焦裕禄、谷文昌的事迹,在西柏坡的"六条规定"前一一对照……十八大以来,习近平总书记在党的历史中体会信仰的力量、阐释传统的价值,寻找新的时代条件下严肃党内政治生活的正能量。弘扬"红色传统",构成了党内政治生活的历史坐标。

回望党内政治生活的红色传统,一些好经验,在一代代共产党人中传承。延安整风时期,南方局机关的一次党小组活动中,小组长请周恩来作总结。周恩来却拒绝了,"该小组长作总结。……在这里,大家都是同志。开党小组会,我们都要受组长领导。难道有什么特殊党员吗?"回望党内政治生活的红色传统,一些好做法,也是在不断探索中成熟的。经过长征路上的失败和反思,民主集中制才真正成为组织原则和根本制度;"反右"扩大化、大跃进以及"文化大革命"等错误,促成《关于党内政治生活的若干准则》的制定。无论是党员用严格的作风书写的答卷,还是党组织在艰辛探索中找到的方向,都是我们党能够永葆生机的秘诀所在。

"搞任人唯亲、排斥异己的有之,搞团团伙伙、拉帮结派的有之,搞匿名诬告、制造谣言的有之,搞收买人心、拉动选票的有之,搞封官许愿、弹冠相庆的有之，搞自行其是、阳奉阴违的有之，搞尾大不掉、妄议中央的也有之"，习近平总书记曾以"七个有之"概括党内政治生活存在的问题，让不少人惊出一身冷汗。点名批评西湖边的会所，严肃处理拉票贿选案，深入剖析巡视发现的问题……习近平总书记在对问题的深刻认知中，抓住严肃党内政治生活的痛点、盲点，对症下药、祛病强身。保持"问题意识"，构成了严肃党内政治生活的现实坐标。

俄罗斯著名学者尤里·塔夫罗夫斯基认为，中国共产党"最大的挑战是在实践中把中国革命斗争传统中党的纪律和追求快速盈利的市场经济固有特征结合起来"。当此之时，发展任务繁重，尤需以严肃的党内政治生活，增强决策的科学性，激发工作的动力源；利益多元多样，尤需以严肃的党内政治生活，增强党员的纪律性，促进行为的规范化。知乃行之始，行乃知之成。中国共产党执政成功与否，党内政治生活严肃与否，最终体现在解决问题的能力和水平上。

在现代政治学看来，制度化是组织和程序获取价值观和稳定性的一种进程。在历史与现实构成的坐标系中，我们党把对严肃党内政治生活的思考，锻造成可靠的规范性力量。今年"七一"前夕，中共中央政治局审议通过《中国共产党问责条例》，成为建党95周年的一个"献礼"。廉洁自律准则、纪律处分条例、巡视工作条例，还有这次六中全会将要审议的党内监督条例……十八大以来，严肃党内政治生活不仅是一次"思想上的革命"，更是一次"制度上的探索"。

"小智治事，中智治人，大智立法"。把传统的优势凝固成制度的底座，把现实的问题关进制度的笼子。从价值路径上的固本培元，到实践路径上的以上率下，再到制度路径上的立规明矩，以党内政治生活规范化，带动国家政治生活规范化，这是推进党内法规建设的必经之道，也成为推动国家法治进程的必由之路。

（七）费正清曾说过，中国共产党"滚雪球式的迅猛发展，是一个巨大的组织奇迹"。而美国学者福山在比较中美两国政党政治后得出结论，"中共具有强大政党能力"。

"就政治发展而言，重要的不是政党的数量，而是政党制度的力量和适应性。"政党能力是影响一个国家政治发展和政治文明的关键，也在很大程度上影响着国家治理现代化的实现。"办好中国的事情，关键在党。"当中国共产党掌舵"中国号"巨轮之时,政党能力的提升与国家治理能力的提升是同构的。

以此考量,才更能理解严肃党内政治生活的时代意义。在党中央治国理政的战略布局中,全面从严治党是"四个全面"之魂、战略中军帐之帅,体现了伟大事业与伟大工程的统一,体现了党的建设与治国理政的统一。"把严肃党内政治生活最终体现到调动广大党员干部积极性、推动事业发展上",习近平总书记的论断,揭示了严肃党内政治生活的现实靶向:党和人民事业发展到什么阶段,党的建设就要推进到什么阶段,让伟大事业与伟大工程协同推进、相得益彰。

以此考量,才更能理解严肃党内政治生活的世界意义。中国共产党的执政模式、治理模式,中国共产党自身的建设模式、管理模式,提供了一条与西方不同的道路。当美国总统大选中两党竞争形同闹剧,当一些国家的多党制让政治日益碎片化……更多人寻找着"中国为什么行""中国共产党为什么能"的答案。严肃的党内政治生活,不仅是中国共产党的成败所在、中国的兴衰所系,也会给世界以新的视角、新的方向。

"我们这一代共产党人一定要承前启后、继往开来,把我们的党建设好,团结全体中华儿女把我们国家建设好,把我们民族发展好,继续朝着中华民族伟大复兴的目标奋勇前进。"我们听到了一个政党的时代之音,看到了一个国家的奋进之姿,感受到了一个民族的深沉呼唤。

(八)中共七大召开之时,毛泽东致开幕词说,"中国之命运有两种:一种是有人已经写了书的;我们这个大会是代表另一种中国之命运,我们也要写一本书出来"。

在作为中国改革标志之地的深圳莲花山上,有座名为"自我完善"的塑像:半身大力士挥舞着锤头和凿子,劈开大石,雕塑自身。

继承前人的事业,进行今天的奋斗,开辟明天的道路。这是自我书写之路——"不清除废料,不吸收新鲜血液,党就没有朝气",吐故纳新道出全面从严治党的智慧。这也是自我完善之路——"党面临的'赶考'远未结束""不忘初心、继续前进",赶考奋进道出引领民族复兴的决心。

更伟大的成功还在孕育,更艰巨的任务仍在前方。

(2016年10月24日)

同书写不朽香江名句

——写在香港回归 20 周年之际

（一）6 月的维多利亚港，天高海阔。站在太平山顶俯瞰，林立高楼勾勒壮丽天际，一如时光的画笔细细雕刻香港的容颜。

20 年前的 7 月 1 日零时，香港会展中心。伴随着雄壮的中华人民共和国国歌，五星红旗和紫荆花红旗徐徐升起。穿越 156 年岁月沧桑的香港，在亿万华夏儿女饱含热泪的注视中，回到睽违已久的祖国怀抱。这一刻，也将无数中国人的个体记忆与民族历史融为一体。那首字字泣血的《七子之歌》，终于在百年怆痛终结之时渐渐微弱。

珠还南海。20 年来，香港奏响的，始终是奋进奋发的主调。这样的旋律，与香江两岸飘扬的国旗、区旗一起，诉说着南海明珠闪亮的风采。山海之间的这片天地，明艳的紫荆花开得更加繁盛。

光耀香江。20 年来，香港写下的，仍旧是缤纷绚丽的篇章。这样的诗行，由 700 多万香港同胞、13 亿中国人民共同执笔。海风吹拂的这片热土，在传承中成长，在蜕变中新生。

1997 到 2017，香港回归 20 年，是"一国两制"实践获得巨大成功的 20 年。时间改变了香江两岸的历史进程，让香港这个饱经沧桑的游子，重新融入中华民族的整体叙事。

"希望广大香港同胞与全国人民一道携手同心、开拓创新，把握国家发展机遇，推进'一国两制'在香港的实践，为保持香港长期繁荣稳定、创造香港更加美好的明天，为实现'两个一百年'奋斗目标和中华民族伟大复兴的中国梦而努力奋斗。"在参观香港回归祖国 20 周年成就展时，习近平主席如此瞩望。

20 年，新的香江故事，刚刚翻开序章。

（二）香港，葵涌—青衣港池，世界上最繁忙的码头之一。一艘远洋巨轮抵达，停泊入位、起卸堆摆，数小时内几千个集装箱已处理完毕。这里每天都要这样处理42000余个集装箱，寒暑交替，昼夜不息。

对当年的殖民统治者而言，香港的百余年是"借来的地方，借来的时间"。而过去20年，祖国怀抱里的香港，终于开始了"我们的地方，我们的时间"。当历史航向充满希望的未来，香港的这20年，无疑值得浓墨书写。

那些优势稳固提升。香港与纽约、伦敦并称"纽伦港"，成为世界金融体系的枢纽与支点。作为全球第四大金融中心、第八大贸易体、第五大集装箱吞吐港、第四大船舶注册地，香港本地生产总值已由1997年的1.4万亿港元增加至2016年的2.5万亿港元，年均实际增长3.2%，在主要发达经济体中位居前列。6月1日，瑞士洛桑国际管理发展学院发布《2017年世界竞争力年报》，香港连续第二年被评为全球最具竞争力的经济体。美国传统基金会连续23年将香港评为全球最自由经济体，在财政健康、贸易自由、金融自由等方面居全球首位。回归20年，香港的影响力竞争力不变。

那些疑虑烟消云散。回归前也曾人心浮动，回归后大量移民出去的人却又陆续归来。为当年错判"香港将死"的预言，海外媒体写出新的文字，以"活力之都"为今日香港正名。跑马地的赛马场，每周三晚依然人声鼎沸，香港市民继续着熟悉的生活。2017年度，特区政府用于社会福利的经常开支预算为662亿元，比4年前增加55%。每年向70岁以上长者发放医疗券，进一步加大幼稚园学费减免幅度，居民男女平均寿命双双位居全球前列……回归20年，香港的活力生机不变。

那些屈辱已然洗刷。回归前，殖民者认为，"港督的权力仅次于上帝"；回归后，香港进入"一国两制"、"港人治港"、高度自治的历史新纪元。香港人民与全国人民一道，共享作为中国人的尊严和荣耀，共创香港的光明未来。香港原有经济、社会制度不变，生活方式不变，法律基本不变，香港享有行政管理权、立法权、独立的司法权和终审权。世界银行发布的数据显示，香港在政治稳定、政府效能、社会法治、贪腐控制、公民表达等方面的指标，都远远高于回归前。特别是法治水平一项，全球排名从1996年的60多位大幅跃升至2015年的第十一位。回归20年，香港前行的步伐不变。

百年沧桑，廿载风雨，香港曾经历挑战与风险，仍充满机遇与希望。外国观察家也不能不承认，香港的法律地位变了，自由开放度没变。美国驻香港及澳门总领事唐伟康也认为，"一国两制"在香港运作良好。面对全球化、信息化、民主化的深度发展，面对国际贸易、市场规则、资本流动的深刻变革，面对世界格局悄然改换、国际秩序深刻调整，"每当变幻时"，香港都能在中央政府支持下从容应对，在不变的繁荣中穿越风雨，在艰辛的成长中加冠而立。

（三）"岛与半岛：举国欢腾的感叹号"。当年，诗人用这样的句子，描绘香港重回祖国怀抱的喜悦。然而，这1100多平方公里土地、这260多个岛屿，从来就不是"无脚鸟"。

自石器时代始，上下五千年，属番禺、归宝安、隶东莞，或设媚川都、或置官富场、或有屯门寨，史不绝书者，为香港历史正宗；而穿街走巷多为黄肤黑发，十之八九籍贯于内地，更有清明洒扫、端午竞舟、重阳登高、春节欢聚，风土民情者，为香港文化根脉。树高千尺，根深叶茂。大屿山宝莲禅寺的露天青铜佛，坐南朝北遥望祖国内地，昭示情感所归、民心所向。

19世纪40年代开始，英国先后强行割占香港岛、九龙，租借新界，施行殖民统治。然而，休戚与共，血脉相连，穿越自然的考验、历史的节点、世界的变换，爱国爱港的深情一直涌动激荡，从未断绝。1925年"五卅惨案"后，香港25万工人罢工16个月，"誓与帝国主义决一死战"。抗美援朝期间，霍英东突破"全面禁运"为新中国运来大量物资。1991年，华东地区水灾，有港人捐资150万港元，只在登记表上写下"无名氏"三字。2008年汶川地震，香港各界10天募捐善款近20亿港元……香港区旗上的紫荆花，五片花瓣中各有一颗星，正与国旗上的五星遥相呼应，寓意香港与内地密不可分。

去年，在香港大学的一场演讲中，演讲者问及大家启蒙歌曲，全场唱起《我的祖国》。现场视频，让人泪湿衣裳。是什么力量，让这首老歌横跨数代，激发如此共鸣？正因旋律背后，有山川河流稻香，有乡关家国故园。风雨如晦，时运与共，一脉相承的家国情怀，滋润着两地中华儿女的心田，形成共同的价值取向，不畏风高浪急，不惧山高水长。

百余年屈辱国史，香港是一道难以愈合的伤口。但历史割不断血脉，时间冲不淡情感，"未怕罡风吹散了热爱，万水千山总是情"。从昨天到今天，血浓于水、情重于山，香港与内地已是牢不可破的命运共同体，心手相牵，不可分离。

（四）深圳，罗湖。跨过罗湖桥，多少人南下寻梦，又有多少人北上淘金。桥下一湾浅浅河水，见证香港与内地彼此牵连。

即将全线贯通的港珠澳大桥，让珠江两岸深度握手，一个形成完整闭环的粤港澳大湾区呼之欲出，"这不是一颗南海明珠，而是一串珍珠项链"。

从30米长沟通两地之桥，到50多公里横跨湾区之桥，桥的意象，联通香港与内地，贯通过去与现在。从危危如一线孤悬，到巍巍似彩练凌波，折射出的是香港与内地"经济故事"的不同乐章。

在深圳前海,商事制度和法律制度的创新试验,引来香港人对内地的新一轮投资热潮。20年来,从广东、深圳与香港建立联席会议机制,到《内地与香港关于建立更紧密经贸关系的安排》的签署和实施;从"沪港通""深港通",到呼之欲出的"债券通",顶层设计更完善,毛细血管更畅通。

今天,香港是内地最大的外资来源地、最大的境外融资平台,是内地对外投资的首要目的地,也是全球最大的人民币离岸中心和跨境贸易人民币结算中心。随着国家"十三五"规划和"一带一路"建设的推进,香港作为国家连接全球的"超级联系人"作用,将更为凸显。过去,香港曾是内地与世界经济沟通的中介;回归20年,香港与内地已经进入了合作发展的新时期。

回首过去,国家改革开放之初,从第一家中外合资企业到第一家五星级酒店,港商创造的很多第一,见证港人赤诚的爱国之心和敢为天下先的精神。回归以来,香港与内地更是冷暖与共。犹记两次金融危机,1998年,击退索罗斯的闪击,"不惜一切代价维护香港的繁荣稳定,保护它的联系汇率制度";2008年,推出金融合作、经济合作、基础设施等7个方面14项措施,提振信心、纾解民困、振兴经济。未来,找到"国家所需、香港所长"的结合点,香港仍会对国家发展持续发挥不可替代的积极作用,国家也仍会为香港发展提供源源不竭的强大动力。

"浪奔,浪流,万里滔滔江水永不休。"祖国的发展需要香港,香港的发展更离不开祖国。祖国好,香港好;香港好,祖国更好。

(五)香港立法会大楼里,陈列着一件现代艺术品:白墙上立着许多人像剪影,表现不同职业、不同身份的人们。一个自由开放的香港社会,跃然而出。"一国两制""港人治港"、高度自治,20年来,"一国两制"已经由科学构想,变成香港的生动现实。

今天,一个管治地方区域的全新模式已然成形,"一国两制"的伟大构想和宪制安排,成为中国特色社会主义理论体系的重要组成部分,也是国家治理现代化的重要课题。从百余年殖民历史中转身,香港需要重新调校自己的坐标。这样的调整,或需心态辗转、时间磨合,但无论如何,都不能忘了必须秉持的根本原则。正如习近平主席所言,"'一国两制'在实践中已经取得举世公认的成功,具有强大生命力。无论遇到什么样的困难和挑战,我们对'一国两制'的信心和决心都绝不会动摇。"中央也反复强调,对"一国两制"要坚定信心、坚守底线、坚决维护，强调贯彻"一国两制"方针不会变、不动摇，确保"一国两制"实践不走样、不变形。

"不忘初心，方得始终"。20年的实践证明，"一国两制"不仅是解决历史遗留的香港问题的最佳方案，也是香港回归后保持长期繁荣稳定的最佳制度安排。全面准确理解和贯彻"一国两制"方针政策，把坚持一国原则和尊重两制差异结合起来，把维护中央权力和保障特别行政区高度自治权结合起来，把发挥祖国内地坚强后盾作用和提高香港自身竞争力有机结合起来，任何时候都不能偏废，这样的香港，才能于国家未来的发展潮流中，找准自己的角色，才能在今天的世界格局里，找到自己的位置。

1990年，历时4年8个月的基本法起草工作结束，作为草委之一的金庸先生，提笔写下"一字千金筹善法，三番四复问良规"的诗句。这部具有历史意义和国际意义的"创造性的杰作"，奠定了依法治港的法律基石。行政长官和立法会选举民主程度不断提高，政府决策的公众参与及监督不断深化……这些年来，香港的政制发展进程一直稳中有进。"有利于居民安居乐业，有利于社会繁荣稳定，有利于维护国家主权、安全、发展利益"，这样的政制发展，正是香港人的普遍心愿。

"从世界历史来看，有哪个政府制定过我们这么开明的政策？从资本主义历史来看，从西方国家看，有哪一个国家这么做过？""一个国家，两种制度"，开创了一条和平解决领土争端的新道路，为世界和平发展贡献了智慧。加拿大深受魁北克问题困扰，曾派官员赴港专门了解"一国两制"的运行。这一全新的政治构想与政治理念，可谓中国对人类治理方式和政治制度的独特贡献。正如撒切尔夫人的判断："从历史的观点看，'一国两制'是最富天才的创造。"

（六）上世纪80年代，香港的流行歌曲《我的中国心》，唱响大江南北、长城内外。"流在心里的血，澎湃着中华的声音""无论何时，无论何地，心中一样亲"，这样的歌词，让多少人热泪盈眶。回归以来，香港和内地经济文化交流更加频密，"中国心"的跳动，更加强劲有力。

"一国两制"事业没有现成的经验可依循，在前进的道路上不可避免会遇到各种新情况和新问题。比如，近年香港出现了非法"占中"活动，发生了"旺角暴乱"事件，闹过立法会宣誓风波。这些事件和问题最终都得到依法处理，恰恰说明"一国两制"有着制度韧性，生命力强大，历久而弥坚。

当前，香港的发展既有挑战和风险，又充满机遇和希望。面对内外经济环境的深刻调整和变化，香港需要不断提升竞争力；长期积累的一些深层次矛盾日益突出，需要社会各界群策群力共同化解；香港与内地交流合作不断深入，需要加强彼此间的沟通协调，妥善处理民众关切。在此关键阶段，我们要以更加坚定的立场，以法律武器和创新精神去解决遇到的各种问题，攻坚克难，砥砺前行，继续保持香港的繁荣稳定和发展。作为一项新生事物，"一国两制"需要在实践中不断探索、开拓前进。历史终究向阳生长，走出困境、赢得未来，需要多点任重道远的耐心和智慧。

今天的中国，依然是世界经济增长的引擎，是"地球上机会最多的地方"。于香港，内地这个庞大的经济体，有着巨大的牵引力。内地是香港最大的贸易伙伴、最大的出口市场，也是香港第二大外来直接投资来源地。更须看到，今日香港经济之前途，不只是市场那么简单。祖国内地以巨大的市场、丰富的机会、创新的理念，以及经济转型升级的强劲势能，可为香港之后盾、之支撑、之风帆。

窗口、桥梁、跳板……在国家现代化的不同阶段，香港曾扮演不同角色。回归20年后的今天，我们不仅要"从香港看香港"，也要"从国家看香港"，更要"从世界看香港"。经过20年的时间，中国已不仅是经济全球化的深度参与者，更是全球化的重要推动者。如何继续强化中国与世界交往的双向服务平台功能？如何在中国以至亚太区发挥经济城市的典范作用？如何利用"一国两制"的制度优势让香港真正"无可取代"？答案应该是，从大势中把握机遇，搭乘祖国改革发展的快车。

"中华民族是一个"，如何理解自己作为中华民族的一部分，决定了香港如何认识自己、如何走向世界。胸有家国情怀、深谙商业文化、面向世界文明的香港人，富有拼搏、勤劳、灵活、应变精神，一定能够在国家的未来中找准位置，也一定能够在新的世界版图中找准位置。

（七）历史学家黄仁宇在《中国大历史》一书中写道：台湾、香港、澳门与大陆的分合，是中国大历史未来发展的重大课题。从这个角度看，香港回归的20年，在中华民族走向复兴的大历史中，也是至关重要的一步。

深圳河两岸，多少对国家统一的冀望郁结于此。1842年8月，从"皋华丽号"船舱里那一纸条约开始，香港的沉浮、荣辱，就已成为中华民族难以磨灭的记号。"不知吾生尚能重见其复为中国疆土否？"清末香港土生土长的小说家何海鸣悲怆的喟叹，回响在几代人耳边。1997年的回归日，多少人泪飞顿作倾盆雨，以至香港滂沱大雨，也被视作上天欲一洗民族之辱。"金瓯已缺总须补，为国牺牲敢惜身"，在民族复兴的图景中，香港定然不容缺席。

太平山之下，多少对国家富强的渴望聚集于此。合和中心、红磡体育场，林立的高楼、璀璨的灯火，很长时间里代表着当年国人对现代化的想象。邓小平曾说，"我们在内地还要造几个'香港'"。在国家的改革开放中，香港曾发挥了积极的先锋作用、独特的桥梁作用、持续的推动作用、有益的借鉴作用。今天，中国已经站在了世界舞台的中央。让中华民族的光环更加夺目，一代代香港人日夜期盼的，也正是如此。

在中华民族伟大复兴的征程中，香港更有着特别意涵。"一国两制"的构想，最早为解决台湾问题而提出，而首先运用于解决香港问题并获得了成功。20年来，"一国"根基不变，"两制"并行不悖，有创造历史的豪迈，有制度共存的包容，也有不断磨合的耐心，向着同一个复兴之梦，由分流而汇流。往更高远处看，内地、香港如此，台湾也未尝不是如此。

不断丰富和发展"一国两制"在香港的实践，保持香港长期繁荣稳定，是中国梦的重要组成部分，也是完善和发展中国特色社会主义制度，推进国家治理体系和治理能力现代化的必然要求。"实现中华民族伟大复兴的中国梦，是时代的召唤，是民族的使命。身处在我们这个时代的中国人，不论在什么地方，都应该为此感到骄傲，都应该为此作出贡献，有一分热、发一分光。"民族复兴，这一中华民族近代以来最伟大的梦想，每一个中国人都责无旁贷。

（八）上世纪70年代开始，电视剧《狮子山下》，讲述香港市民的艰辛努力、逆境图强，同名主题曲传唱出历久弥新的"狮子山精神"："既是同舟，在狮子山下，且共济。抛弃区分求共对，放开彼此心中矛盾，理想一起去追。"

2013年，"家是香港"的主题曲中，插入了《狮子山下》的旋律，唱出新时代的《同舟之情》："同舟之情，携手走过崎岖，少不免会疑虑，亦挥笔写下去。"

香江之畔，潮起潮落；狮子山下，同舟共济。20年走过，风云竞逐的维港，明灭闪烁的灯火，脚步不停的人们，共同组成了香港生生不息的意象。愿南海明珠，精彩永不落幕；愿同舟之人，脚步始终坚定，共同书写香江不朽名句。

（2017年6月29日）

引领复兴的胜利之光

——写在中国人民解放军建军 90 周年之际

（一）江西南昌，八一起义纪念馆。走进陈列大厅，迎面一座雕像，名为"石破天惊"：强劲有力的大手，从崩裂的石块中伸出，紧扣汉阳造步枪的扳机。枪口上方，一片白云蓝天。

90 年岁月峥嵘，让我们回到那一夜的南昌，回到那石破天惊的一刻。

"用枪炮把这沉重的黑夜赶走！"90 年前的南昌城，枪声在寂静夜空中响起，两万多名颈扎红领带、臂绑白毛巾的起义部队，对城内反动武装发起进攻。"整个南昌好像沸腾了，枪声砰砰，炮声隆隆，火光闪闪。"

"南昌首义诞新军，喜庆工农始有兵。革命大旗撑在手，终归胜利属人民。"从这一刻开始，一个马克思主义政党有了自己的武装，一路走向辉煌；从这一刻开始，一支新型军队以信仰淬火百炼成钢，一路走向胜利；也是从这一刻开始，中华民族有了对抗黑暗的强大力量、实现梦想的坚强保障、走向复兴的胜利之光。

这样的成就，功在千秋。从武装斗争到建立政权，从守边戍疆到投身建设，军旗跟着党旗走。为中国人民的解放事业，为社会主义革命、建设和改革事业，这支队伍把功勋写在民族的史册。

这样的进程，气贯长虹。从神州陆沉、九原板荡而来，向中华崛起、民族复兴而去，声声枪响汇成浩荡铁流，障百川而东之。这支队伍护卫这个饱经沧桑的国家，昂首挺胸迈向未来。

倚剑长啸强军梦，铸就军魂向复兴。习近平主席指出："实现中华民族伟大复兴，是中华民族近代以来最伟大的梦想。可以说，这个梦想是强国梦，对军队来说，也是强军梦。"1927 到 2017，不变的是嘹亮的军歌，不变的是鲜红的旗帜。脚踏着祖国的大地，背负着民族的希望，向前、向前、向前，人民军队吹响前进的号角，响彻复兴的征程。

（二）1900年，北京紫禁城，残阳喋血。大炮架在正阳门上，不可一世的八国联军举行了耀武扬威的阅兵，中华民族在这样的屈辱中走进20世纪。

2015年，北京天安门，艳阳高照。纪念抗战胜利70周年阅兵式上，铁流滚滚，鹰击长空，激荡光荣与梦想。

"军事上的落后一旦形成，对国家安全的影响将是致命的。我经常看中国近代的一些史料，一看到落后挨打的悲惨场景就痛彻肺腑！"在一次重要会议上，习近平主席这样说。中国梦，强军梦。从鸦片战争、甲午惨败到辛丑之溃，从各路军阀逐鹿中原到国民党右派叛变革命，从日本全面侵华到朝鲜战争战火烧到鸭绿江边，山河破碎，谁主沉浮？生灵涂炭，谁堪砥柱？在中华民族由沉沦而复兴的征程中，强大的国防与军队至关重要。

毛泽东、周恩来、刘少奇、邓小平，十大元帅、十位大将……将星荟萃，气冲斗牛，尽一时俊杰。创队伍、争独立、求解放，大决战、大进军、大建设，老一辈革命家统帅百万雄师、带领亿万人民，实现了几代中国人梦寐以求的民族独立和人民解放，立常青基业，成不朽之功。

拨开历史的烟云，几份革命的檄文，至今读来，仍觉风雷激荡——

伴随南昌的枪声，《八一起义宣言》震撼神州："打倒帝国主义""打倒新旧军阀""实行耕者有其田"。七七事变后的抗日出征誓师大会，八路军振臂高呼："为了民族，为了国家，为了同胞，为了子孙，我们只有抗战到底！"1947年的《双十宣言》，发出正义之声："本军作战目的，迭经宣告中外，是为了中国人民和中华民族的解放。"

民族、国家、人民，为了这些至高无上的价值，这支军队勇往奋进以赴之、瘅精瘁力以成之、断头流血以从之。"没有一个人民的军队，便没有人民的一切。"一部复兴史，也正是一段交织着悲壮和光荣、牺牲与奉献的强军史。枪膛中有国家的命运，弹壳里是人民的希望，人民军队的诞生和发展，源于革命的必然，源于使命的召唤，源于国家富强、民族复兴的热切渴望。

90年，是铸魂的历程，一支队伍从小到大、由弱到强，挺起复兴的脊梁。"赢得战争胜利的是人而不是枪"。三湾改编，确立"党指挥枪""支部建在连上""官兵平等"的治军方略；古田会议，确立"思想建党、政治建军"的鲜明底色。从红军到八路军、新四军，再到人民解放军，变的是名称，不变的是军魂。兵败大陆退守台湾后，蒋介石曾检讨，相比于共产党军队，国民党军队是"六无"之军，首位便是"无主义"。在奋斗历程中，"党"这个关键基因，成为人民军队的最大特色、最大优势，让星火燎原，让脚步坚定。

90年,有冲锋的力量,一支队伍不畏艰难、一路凯歌,迎向复兴的曙光。历数次"围剿"仍红旗漫卷、行万里长征仍豪迈昂扬,折断了日寇的尖刀、战胜了国民党铁骑,跨过鸭绿江平息战火、蹲守猫耳洞戍卫边疆,在大漠深处布下练兵场、在浩瀚星空奏响《东方红》,面对洪流滚滚而无畏、面对山川崩裂而无惧,军旗猎猎,号角声声,90年峥嵘岁月见证军人浴血荣光。从历史走向未来,从胜利走向胜利,伟大事业成就伟大军队,"压倒一切敌人而不被任何敌人所压倒、征服一切困难而不被任何困难所征服"。

七一,八一,十一。三个日子的先后顺序,看似偶然,却昭示历史必然:没有党,就没有人民军队;没有人民军队,就没有新中国。这是一支人民的军队,紧紧和中国人民站在一起;这是一支党的军队,牢牢坚持党的绝对领导。这让中国人民解放军,成为一支有别于历史上、世界上任何军队的新型军队。

以党铸魂,以军强国。走在复兴之路上,镰刀锤头指引方向,八一金星照亮征程,五星红旗迎风飘扬。

(三)"胜利的时候,请你们不要忘记我们。"1930年8月,南昌起义后自江西远征广东东江的裘古怀,在就义前写下这样的遗言。是的,历史会记录下每一代人的奋斗与牺牲。90年来,那些有名的和无名的英雄们,构筑起人民军队的精神殿堂,照亮了民族精神的星空。

这是习近平主席讲述过的几个故事——

1934年,长征路上,红军血战湘江,红34师师长陈树湘不幸被俘。在押解途中,他撕开腹部伤口,绞断肠子,壮烈牺牲。

抗美援朝期间,一群刚放下步枪的年轻军人,几乎在登上战机的同时就飞向战场,以"空中拼刺刀"的勇猛战斗,创造了世界空战史的奇迹。

1984年,19岁的战士王建川在边境自卫反击作战中牺牲,他在战场上写了一首诗给妈妈:"战士的决心早已溶进枪膛里,为了祖国不惜血染战旗。"

赤子其心,钢铁其身,这样的战士组成这样的队伍:曾被日本侵略者视为"土匪武装",却陷日军于汪洋大海;曾被国民党认为"一年期可削平之",却把国民党军队赶出大陆;曾被美军当作"乌合之众",却把美军打回三八线。人民军队战胜一个个强敌,成为世所公认"无法复制的军队"。

习近平主席重温鲜血与生命写就的故事,思考的正是奇迹背后的精神密码,追寻的正是90年回肠荡气的精神传奇。

我们不会忘记,这感天动地的牺牲。抗美援朝中的长津湖之战,零下40摄氏度的极寒中,1081高地上的志愿军官兵坚守阵地,全连以俯卧战壕的战斗姿势牺牲,成为一尊尊巍然屹立的冰雕。共产党领导的军队,在抗战中伤亡60余万人。解放战争,26万子弟兵牺牲在五星红旗升起的前夜。新中国成立后,又有30多万官兵为国家和人民利益光荣献身。丹心赤诚,铁骨铮铮,人民军队用鲜血写就壮丽篇章。

我们不会忘记,这甘之如饴的奉献。"大千宇宙,浩瀚长空,全纳入赤子心胸;惊世两弹,冲霄一星,尽凝铸中华豪情。"当年,一批批身处海外的科学家、学子,满怀豪情回到刚诞生的新中国。山川气度、云水襟怀,坚守戈壁隐姓埋名,白手起家建起国防工业基础。冲天而起的蘑菇云,如同华夏儿女扬眉吐气的惊天雷;劈波斩浪的大舰船,正是中华民族不屈的钢铁脊梁。

我们不会忘记,这热血铸就的伟业。上世纪50年代,十八军开路于悬崖、架桥于冰河,在亘古荒原、高寒冻土上筑出进藏路,几乎每一公里就有一名战士倒下。横贯天山的独库公路、渤海之滨的胜利油田、拔地而起的深圳特区……共和国的大地,处处有人民军队铸就的丰碑。

我们不会忘记,这军民一心的大爱。"兵民是胜利之本",人民军队的血脉在人民,服务人民是我军始终不渝的宗旨。1998年抗洪救灾,2003年抗击非典,汶川抗震、雅安救灾,哪里最危险,哪里最需要,哪里就有人民子弟兵。危难关头,"解放军到了,人心就定了""解放军来了,我们就有救了"。有外媒评价:"世界上没有哪个国家的军队应对灾难的能力像中国军队这样出色。"一次次抢险救灾中,人民深情赞誉:这是一支最好的军队,这是一群最可爱的人。

铁石相击,必有火花;水气激荡,乃生长虹。这是在胜利和苦难中提纯的信仰,这是在奋斗与牺牲中砥砺的精神,比金石还要坚硬,比枪炮更有力量。董振堂、赵尚志、董存瑞、黄继光、雷锋、朱彦夫、杨业功、丁晓兵……90年来,人民军队写下一个民族的心灵史、精神史,无畏、无私、无悔,大仁、大勇、大智,横贯于九天河汉,彪炳于万里江山。

(四)1953年2月,毛泽东登上"长江"舰,挥毫题词:"我们一定要建立强大的海军!"之后,他又给"洛阳"等四舰写下了同样的题词。强大!强大!走进全军部队军史馆,这也是历任统帅题词中的关键词。

如今,中国航母已经驶向深蓝,"强军"二字,仍萦绕于中国军人心头。

历史上的中国,"从来没有像今天这样靠近世界舞台的中心";现实里的中国,"比历史上任何时期都更接近中华民族伟大复兴的目标"。而国家的命运、复兴的征程,也从来没有像今天这样与军队建设的成败、国家安全的强弱紧密联系在一起。

这是必须承担的使命。国际竞争的"丛林法则"并没有改变,铸剑为犁仍只是人们的一个美好愿望。我国周边安全环境复杂,大国地缘战略竞争激烈,恐怖主义、分裂主义、极端主义活动日趋猖獗。当此之世,强军兴军,才能保家卫国,才能为民族复兴筑牢坚强后盾。

这是必须面对的考验。从海湾战争到科索沃战争,从伊拉克战争到叙利亚战争,军事领域变化巨大、竞争激烈。美国实施第三次"抵消战略",俄罗斯积极打造"创新型军队",对信息、太空、极地的争夺战暗流涌动。当此之时,我们的军队要跟上潮流,必须向改革要战斗力。

"能战方能止战,准备打才可能不必打,越不能打越可能挨打,这就是战争与和平的辩证法。"建设一支强大的人民军队,不仅是中国现代化建设的战略任务,也是世界和平发展的重要力量。中国的发展壮大必将是世界和平力量的发展壮大。累计有3.5万名中国的"蓝盔"战士驻守世界各地,在联合国安理会5个常任理事国中,中国派出的维和军事人员最多。坚决维护国家主权、安全、发展利益,坚决维护地区与世界和平,美国《赫芬顿邮报》也认为,"一支守纪律、负责任和开放的中国军队绝非威胁"。

宜将剑戟多砥砺,不教神州起烽烟。提出新形势下"建设一支听党指挥、能打胜仗、作风优良的人民军队"的强军目标;号召全军"实现强军目标,建设世界一流军队";擘画政治建军、改革强军、依法治军、科技兴军、备战打仗、军民融合发展等战略举措;要求军人"有灵魂、有本事、有血性、有品德",军队"要像军队的样子"……党的十八大以来,以习近平同志为核心的党中央高度重视强军建设,"我们要实现中华民族伟大复兴,必须坚持富国和强军相统一,努力建设巩固国防和强大军队"。

2013年来,一支《强军战歌》唱响军营,"听吧,新征程号角吹响,强军目标召唤在前方。国要强,我们就要担当,战旗上写满铁血荣光"。唯强者进,唯强者胜,我们的队伍向太阳。

(五)2014年冬天,古田会议会址。习近平主席凝视着那盆似乎仍在熊熊燃烧的炭火,追寻我们当初从哪里出发、为什么出发。这一次全军政治工作会议,是有里程碑意义的第二个古田会议,人民军队在这里重整行装再出发。

以历史为纵轴,以世界为横轴,知所从来,思所将往,定位了新时期的强军征程。一方面,90年的优良传统,融入这支队伍的血脉精魂,如何在当前的环境中,再次激发强大力量?另一方面,经济社会深刻变革,国际格局深刻变化,如何因应时势,建设一支强大军队?前者,指向赓续传统,以政治建军;后者,指向开拓未来,以改革强军。

"我军之所以能够战胜各种艰难困苦、不断从胜利走向胜利,最根本的就是坚定不移听党话、跟党走。这是我军的军魂和命根子,永远不能变,永远不能丢。"在岭南演兵场,在阿尔山边防哨所,在酒泉卫星发射中心,在航空母舰飞行甲板,习近平主席反复强调的,是政治建军的重要性。这是一支有信仰、有灵魂的军队,为了人民而生,为了真理而战,凝聚在镰刀锤头的旗帜下,才有最坚强的意志、最坚定的决心、最坚韧的行进。新时期的强军之路上,军魂不变、宗旨不忘、本色不褪,才能筑牢立军之本、光大强军之道、培厚制胜之源。

"不改革是打不了仗、打不了胜仗的。""我们不仅要通过改革赶上潮流、赶上时代,还要力争走在时代前列。"在十八届三中全会上,在中央军委扩大会议上,在中央军委改革工作会议上……习近平主席念兹在兹的,是改革强军的进度表。陆军领导机构、火箭军、战略支援部队、联勤保障部队先后成立;调整组建五大战区,"军委管总、战区主战、军种主建"的新格局渐次展开;组织修订现役军官法,推进建立军官职业化制度;优化军兵种比例,充实作战部队……有外国媒体评价,这是新中国成立以来规模最大、最彻底、最重要的一次军事改革,"解放军将变得更有效、更具战斗力和更精悍"。

有破有立,大破大立,不仅"动棋子",而且"动棋盘""动棋规"。几年来,渐次落地的改革措施,从"脖子以上"的重构开始,向"脖子以下"的手术迈进。"跨越""红剑""砺剑""卫士",从苍茫大地到碧海蓝天,数百场旅团规模以上实兵演习轮番上演。军队的规模更精干、编成更科学、布局更优化,一切战斗力要素的活力竞相迸发,一切军队现代化建设的源泉充分涌流。在强军之路上,军容一振。

狠抓训风演风考风、推进当兵蹲连、严惩军队里的腐败,一些长期积累的难题得到了解决。"飞鲨"英雄张超,新时代"坦克兵王"郭峰,蓝天"金孔雀"余旭,维和烈士申亮亮、李磊、杨树朋……赓续优良传统,擦亮精神底色，这才是新一代革命军人的样子。牢记听党指挥这个强军之魂，抓住能打仗、打胜仗这个强军之要，夯实依法治军、从严治军这个强军之基。在强军之路上，军风一新。

装点此关山，今朝更好看。走中国特色强军之路，这样的命令如定阵战鼓——"绝对忠诚、绝对纯洁、绝对可靠"；建设世界一流军队，这样的声音如催征号角——"我们必须到中流击水！"

（六）这是一条前后相续的血脉：2008年汶川地震后，"黄继光生前所在部队"的旗帜，在灾区飘扬；送别他们时，12岁的程强高举"长大我当空降兵"的横幅；2017年，程强已经是模范空降兵连"黄继光班"副班长。

从黄继光到空降勇士，再到程强和他的战友们，漫漫复兴路，这一支雄师是民族的精神刀锋，有"拼将十万头颅血，须把乾坤力挽回"的热血壮志，有"伏波惟愿裹尸还，定远何须生入关"的使命担当，有"一身转战三千里，一剑曾当百万师"的英雄气概。这些为国家、为民族、为人民披坚执锐、视死如归的革命军人，标注中华民族的精神高程。他们以英雄主义的血性、集体主义的奉献，以永不言败的刚毅品格、为国为民的忠诚本色，激荡我们奋斗的热血，照亮我们前进的征途。

在复兴之路上，正需以军人英雄主义的血性，强健民族的心灵。当今时代，拜金主义、享乐主义的侵蚀，让一些人萎靡了思想、消沉了意志、干涸了心灵，"软乎乎的幸福主义"和"懒洋洋的乐观主义"到处弥漫，甚至让一切都浅薄化、娱乐化。然而，那些涌动的热血却让人看到，英雄主义从未走远。皑皑雪山、茫茫草原，记录下长征将士的顽强与坚韧；朝鲜战场"像原木在移动"的队伍，书写"谜一样的东方精神"；1998年抗洪，年仅20岁的李向群先后4次晕倒在大堤上；汶川地震，15名空降兵从4999米高度"盲降"，开辟出"空中生命走廊"……伟大队伍孕育伟大精神，扫除萎靡不振与精神衰败，塑造生机勃勃、强健刚毅的精神气质，唤起整个民族顽强奋斗、自强崛起的伟力和雄风。

在圆梦征程中，正需以军人集体主义的奉献，确立价值的坐标。当今时代，在一些人那里，利益的考量大过道义的召唤，责任被稀释，理想被解构，信仰被放逐，很多人染上空虚、自私的"现代病"。人与人的联系变得稀疏，流动社会呈现出原子化的趋势。然而，那些无私的奉献却让人看到，责任依然闪耀、奉献依然崇高。抗震救灾，就着浑水吃泡面却毫无难色；卫国戍边，用牙咬开冻成冰块的牛奶充饥；抗洪大堤上"最美睡姿"，火灾现场中"最美逆行"，长江浊流里"最美潜游"……革命军人身上的英雄气、人民情，在利益与个人之外，为时代打开另一个精神的维度，让人看到个体的命运和国家、民族乃至人类的命运相连时，人生的境界将会多么宽广，人生的价值将会多么充实。

告别金戈铁马，散尽战火硝烟，今天我们可能已不再需要舍身炸碉堡、忘死堵枪眼。但新的长征路上，还有许多"雪山""草地"需要跨越，还有许多"娄山关""腊子口"需要征服。"此生留得豪情在，再作长征岂畏难。"军人的红色基因里，凝结着崇高的价值追求，积蓄起强大的精神能量，激励一个民族受命忘难、临阵忘惧、公而忘私，在复兴之路上披荆斩棘，扬得胜之旗、结必胜之果。

（七）"培之，别了，我们在红旗下聚齐，又在红旗下分手。战士们虽然在红旗下倒下，但是革命的红旗却永远不倒，它随着战士的血迹飘扬四方！这，就是我们的胜利！请你伸出双手，来迎接我们的胜利吧！"这是王若飞烈士给妻子的诀别信。

红色的旗、红色的血、红色的心——中国共产党和党领导的人民军队，给中国带来的色彩，如此鲜艳、如此夺目。

又一个8月将至，北京的中国人民革命军事博物馆里，人民军队最早的一面军旗，依然鲜红如初。南海的西沙群岛，中建岛上一面红旗高高飘扬，几十个守岛官兵守卫不灭的精神图腾。90年前南昌城内的星火，在大江南北熊熊燃烧。坚定党的领导，坚守职责使命，坚持人民至上，人民军队初心不改、信念不灭、壮志不竭。

那面鲜红的军旗，那金色的五角星与"八一"字样，如同宣誓的印章，刻印在中国的大地、历史的天空，也必将刻印在我们向着胜利、向着复兴不断进发的征程。

（2017年7月28日）

领航,思想的力量开辟新时代

——学习党的十九大精神的思考(上)

(一)政党的责任。

这是刚刚在北京落幕的中国共产党与世界政党高层对话会上,世界各国政党领导人关注的主题。

这次对话会的会标上,五彩飘带环绕"中国共产党"的英文缩写CPC,共同构成地球的造型。恰如这个会标寓意的,世界最大政党、世界最大发展中国家执政党,与来自世界五大洲的政党一起,肩负起构建人类命运共同体、引领人民建设美好世界的重要责任。

如月之恒,如日之升。这片近40年来进行着全世界"最有勇气的制度实验、发展实践"的土地,以"令人难以置信"的成功,写下了中国共产党人的责任担当。过去5年,这个创造"地球上最大的政治奇迹"的政党,在中国大地取得举世瞩目的历史性成就。一个多月前,中共十九大再次标定一块里程碑,当代共产党人以巨大勇气、巨大智慧和巨大力量,推动中国特色社会主义进入新时代。作为5年变革最直接的思想动力,习近平新时代中国特色社会主义思想,这一中国共产党和人民实践经验和集体智慧的结晶,被写入党章并确立为党必须长期坚持的指导思想,成为一面高高飘扬的精神旗帜。

这是中共十九大的重大历史贡献,也是中国共产党人开辟的最新思想境界。当社会主义国家赞叹这一理论创新,"不仅照亮了新时代中国特色社会主义道路和发展方向",也将为"国际共产主义事业提供强劲动力";当西方世界感慨"中国共产党作出了最好的选择""这一思想必将引领中国共产党继续走在时代前沿",人们看到马克思的伟大学说藉由中国道路展现的"真理之光",让更多人向"一种严谨的学说,一种科学的制度,一种深邃的思想,一种美好的理想"脱帽致敬。

中国的崛起和中华民族的复兴,是人类社会进入21世纪以来最伟大的历史事件之一。从历史的山巅回望，若干年后，将会更清晰地看到，我们写入历史的那些成绩，莫不源于点亮时代的思想光芒。

（二）有日本学者研究中共的话语体系，发现两个意象出现频率颇高——"道路"与"航行"。两个词所折射的，是中国共产党人代代相承的接续奋斗。

在过去几十年里，中国在共产党人开创的"道路"上"航行"，取得了堪称伟大的成功。从68年前建立人民共和国，到39年前开启改革开放大幕，再到5年巨变迈进新时代，中国共产党总能形成对发展方位的准确判断，在时代的激流中开辟出属于自己的航道，走出一条中国特色社会主义道路。

正是在这一前后相继的过程中，共产党人对共产党执政规律、社会主义建设规律、人类社会发展规律的认识不断深入。探索进行什么样的革命、怎样进行革命，思考什么是社会主义、怎样建设社会主义，马克思主义"并没有结束真理，而是开辟了通向真理的道路"。过去5年，当代中国共产党人以划时代的实践创新和理论创新，创立了习近平新时代中国特色社会主义思想，系统回答了"新时代坚持和发展什么样的中国特色社会主义、怎样坚持和发展中国特色社会主义"，实现了理论上的又一次飞跃。这条举世瞩目的中国道路，由此抵达一个新的起点。

德国诗人海涅曾写到，"思想走在行动之前，就像闪电走在雷鸣之前一样。"虽然十九大才正式提出，但习近平新时代中国特色社会主义思想的科学内容、深刻内涵，早已写在广袤的中国大地上，成为熊熊燃烧的火炬，照耀着十八大以来党和人民创造性的探索实践。澳大利亚《金融评论报》评价，习近平以惊人的速度改变了中国，中国目前人均GDP超过8000美元，在习近平领导期间增长了近40%，亚洲的新秩序"不是正在显现，而是已经到来"。而对于这5年最生动的视角，还是来自这个民族富有历史感的自我审视：中华民族迎来了从站起来、富起来到强起来的伟大飞跃，迎来了实现伟大复兴的光明前景。

"去问开化的大地，去问解冻的河流。"1980年，面对除旧布新的中国，诗人艾青借用春天万物复萌，说明"解放了的思想"所造就的时代洪流。今天，我们再次在中国大地，感受到一种新思想的磅礴之力。回首"极不平凡的5年"，我们能够清晰地看到理解这一思想的几个维度——

没有习近平新时代中国特色社会主义思想，就不会有中国5年来的"历史性变革"和"历史性成就"。这一思想的实践意义，在于把中国的发展带到了新的历史方位,开启了中国特色社会主义新时代。

没有习近平新时代中国特色社会主义思想,就不会有中华民族"从站起来、富起来到强起来的伟大飞跃"。这一思想的历史意义,在于让我们前所未有地接近民族复兴的梦想,让我们前所未有地有信心有能力去实现这一梦想。

没有习近平新时代中国特色社会主义思想,就不会有"科学社会主义在二十一世纪的中国焕发出强大生机活力"。这一思想的理论意义,在于把握追寻理想社会的真谛,为人类通往真理之路树立起新航标。

没有习近平新时代中国特色社会主义思想,就不会有"我国日益走近世界舞台中央、不断为人类作出更大贡献"。这一思想的世界意义,在于打开了现代化的更多可能性,为解决人类问题贡献了中国智慧、中国方案。

10月24日,举世瞩目的十九大落幕。被译成多种外语的十九大报告,迅速成为国际社会解读习近平新时代中国特色社会主义思想的"强有力读本"。中国问题专家罗伯特·库恩评价,"作为中国共产党的核心,习近平把中国带到了新的历史起点上"。

站在新的历史起点,就让我们沿着这几个维度,追寻思想的火炬,如何照亮一个民族走向富强的历程;感受思想的光芒,如何产生改变中国、影响世界的力量。

(三)马克思说过,人们自己创造自己的历史,但是他们并不是随心所欲地创造,而是在直接碰到的、既定的、从过去承继下来的条件下创造。5年前,当"中国号"航船再度扬帆起航,继承的不仅是改革开放30多年高速发展的成果,还有累积下的"发展起来以后的问题",更有"诸多矛盾叠加、风险隐患增多的严峻挑战"。

犹记2012年,许多人的预期并不乐观。那一年,中国经济增速自新世纪以来首次低于8%。"刘易斯拐点""中等收入陷阱""塔西佗陷阱""修昔底德陷阱"……在罗列需要跨过的一系列栏杆后,外媒一迭声唱衰中国,即便是对社会主义中国充满信心的人也不得不提醒,"解决不好发展起来以后的新问题,中国就会前功尽弃"。在这样一个破旧立新、世代交替的"艰难时刻",所有人都在观望,中国共产党如何引领这个曾经几度辉煌的东方古国,在历史的又一个转折关头走向自己的梦想?

"河出潼关,因有太华抵抗而水力益增其奔猛;风回三峡,因有巫山为隔而风力益增其怒号"。中国发展历程中这5年，正如习近平的豪迈宣示："惟其艰难，才更显勇毅；惟其笃行，才弥足珍贵"。5年奋进，面对党的领导弱化、党的建设缺失、腐败问题严重，习近平铁腕反腐、从严治党，彻底扭转管党治党"宽松软"状况，亲自挂帅中央多个领导小组，加强对事关全局的重大工作的指导和协调，党中央成为坐镇中军帐的"帅"。面对经济下行压力和传统动能减弱，不踩大油门、不搞强刺激，而是以强大的魄力和定力推行改革，在波澜不惊中实现了发展理念和经济结构的全方位转变和历史性转折。在世界经济持续低迷中，中国经济一枝独秀，以超过30%的平均增长贡献率，成为世界经济引擎。

密集推出1500多项改革举措、贫困发生率降到4%以下，中国共产党脱胎换骨、人民军队浴火重生、人民群众获得感增强、意识形态主导权大大增强、大国外交全面推进……十九大报告十个方面的总结，寥寥数语后蕴藏多少运筹帷幄的胆识，涵盖多少波澜壮阔的变革，凝聚多少惊心动魄的转变。一个微信公众号征集这5年"万万没想到的那些事儿"，结果应者云集。不过1800多天时间，变化之巨、范围之广、力度之大、影响之深，让身处其中的人无不为之感奋。

是什么让中国逆流而上击水中流，取得了全方位、开创性的成就，发生了深层次、根本性的变革？"因为我们有了习总书记这个核心，有了习近平新时代中国特色社会主义思想这个灵魂"，十九大精神宣讲团行至广西，一位基层老党员的心声，道出了亿万中国人民的感受，也印证了邓小平的那句名言，"任何一个领导集体都要有一个核心，没有核心的领导是靠不住的。"逆风飞扬的中国交出的这份漂亮成绩单，也让媒体感慨，"习近平是具有长远战略思维的政治家""在他当选中共中央总书记后很短的时间内，就展现了非常宏大的战略视野和娴熟的政治运作才能，很快就跻身于能够主导国际事务的领导人行列"。一些外国观察家给出了这样的判断，"习近平正在唤醒中国"。

5年砥砺，被"唤醒"了的中国，解决了许多长期想解决而没有解决的难题，办成了许多过去想办而没有办成的大事，进入了中国特色社会主义新时代。中国的新时代，新时代的中国，回首5年，我们清晰地看到，这不仅是一个发展进程的概念，更是一个思想演进的概念。

以民族复兴中国梦重构"时间逻辑"，以"五位一体""四个全面"重构"战略逻辑"，以经济新常态重构"增长逻辑"，以新发展理念重构"发展逻辑"，以全面深化改革重构"治理逻辑"，以社会主义核心价值观重构"精神逻辑"，以美丽中国建设重构"生态逻辑"，以全面从严治党重构"政党逻辑"，以构建人类命运共同体重构"世界逻辑"……治党治国治军，内政外交国防，在领导全党全国推进伟大事业的实践中，习近平提出了一系列具有开创性意义的新理念新思想新战略，系统性地回答了当前中国和世界面对的问题，战略性地设计了国家未来和人类未来，创造性地推动了民族复兴事业，预见性地判断了社会主义初级阶段新情况，以高远的视野、深邃的思考，写下当代共产党人的时代答卷，为新时代中国特色社会主义思想的创立发挥了决定性作用、作出了决定性贡献。

这是一套严密完整的逻辑体系，也是一个体大思精的思想体系。5年来，亿万人民一次次从习近平的讲话中，感受到执政党的深谋远虑，感受到马克思主义的思想光芒。"没有思想的时代，就像没有舵的船"，习近平新时代中国特色社会主义思想，以其与时俱进、不忘初心、实事求是的理论品格，展真理之旗、掌时代之舵、扬复兴之帆，极大地增强了社会主义中国应对重大挑战、抵御重大风险、克服重大阻力、解决重大矛盾的能力。在习近平新时代中国特色社会主义思想指导下，中国共产党领导全国各族人民，统揽伟大斗争、伟大工程、伟大事业、伟大梦想，推动中国特色社会主义进入了新时代。

这也是一个被世界高度关注的新时代。十九大期间，美英联合制作的纪录片《中国：习近平时代》首播，主动解读习近平领导下的5年。主创人员坦言，整部纪录片的核心是，"所有这些变化的背后，都有一个最初始的力量源泉，就是习近平的治国理念和政策方针"。当一种思想在960多万平方公里土地上激发历史性的成就、在亿万人民生活中书写下历史性的变化、在全世界和平与发展进程中产生历史性的影响，这样的新思想，足以标定一个新的时代。

（四）在亿万人民的记忆中，这个新时代，起航于习近平以中华民族伟大复兴中国梦，打开了一个古老国家对于未来的想象。

这是一组必将载入史册的画面。2012年11月，第十八届中央政治局常委第一次集体出行，是去国家博物馆参观《复兴之路》展览，刚刚当选为总书记的习近平提出，"实现中华民族伟大复兴，就是中华民族近代以来最伟大的梦想"；2017年10月，第十九届中央政治局常委第一次集体出行，是去一大会址和南湖红船追寻中国共产党的"根脉",再次当选为总书记的习近平强调"为中国人民谋幸福,为中华民族谋复兴"的初心和使命。

从十八大提出,建设中国特色社会主义总任务是"实现社会主义现代化和中华民族伟大复兴";到十九大号召,"为实现中华民族伟大复兴的中国梦不懈奋斗",习近平在历史的大视野中,进一步明确中国共产党的历史使命,定位中国特色社会主义道路的前进方向,描绘亿万人民同心同行的奋斗目标。在新思想开启的新征程上,国家的现代化与民族的复兴成为前后相续的目标,几代共产党人开辟的中国道路,在这一进程中不断向前。

世界上没有哪个民族比中华民族对历史的兴替有更深切的感受,没有哪个民族在连续两千年领先于世界之后突然堕入"国土沦陷,水深火热"的苦难,因此也没有哪个民族如此渴望国家的富强、民族的复兴。回望过去,面对沉沦日久的神州,是中国共产党高举复兴大业的旗帜,从毛泽东誓言中华民族"有自立于世界民族之林的能力",到邓小平强调"我们集中力量搞四个现代化,着眼于振兴中华民族",共产党人初心不改、使命不变。5年来,习近平对民族复兴这一重大命题,作了迄今最集中最系统最深刻的阐述,使之成为凝聚海内外中华儿女的"最大公约数"、唤醒中华民族奋斗激情的精神旗帜。

首次将中华民族伟大复兴简练地喻作"中国梦";首次明确揭示民族复兴中国梦的科学内涵,即实现国家富强、民族振兴、人民幸福;系统阐释中国梦的实现路径、精神支撑、力量源泉;首次阐明伟大梦想与伟大斗争、伟大工程、伟大事业的关系;首次诠释中国梦与世界的关系,明确宣示"中国梦既是中国人民追求幸福的梦,也同各国人民追求幸福的梦想相通"……这些阐述,不仅为世界感知当代中国开启了一扇大门,更以体现中华民族整体利益的梦想,构思出堪与中国古代辉煌或欧洲启蒙时代媲美的复兴路径,反映了当代中国共产党人对民族复兴这"千年一叹"的深切思考。难怪已过鲐背之年的基辛格在聆听习近平演讲后如此感叹:"有光荣的梦想,才有伟大的成就。"

湖南山村,一位村民贴出对联:"雪梅映红中国梦,紫燕衔绿万家春";异国他乡,旅美华侨写下心声,"他邦夜夜家国梦,天涯朝朝总相思"。过去的5年,在民族复兴的大棋盘前,习近平以中国梦这一核心概念,重塑中国信仰、重筑中国理想、重聚中国力量,极大地焕发出亿万中华儿女奋发进取的激情,推动中国实现了从站起来、富起来到强起来的伟大飞跃。中华民族从5000年悠久文明走来，历经170多年艰辛的探索历程，终于走到了最为接近梦想的今天。

以时间节点为标志，十九大报告擘画了新蓝图。接下来，中国将历史性地摆脱绝对贫困并走向共同富裕，将提前完成基本实现现代化的目标，将建成社会主义现代化强国，将创造人类历史上第一个10亿以上人口共同迈入现代化的奇迹。而在这些宏伟的国家目标之下，"每一个中国人都将经历历史性的重大改变，获得更多梦想成真的机会"，多少志士仁人泣血浩歌的复兴大业指日可待。放眼未来，中华民族实现伟大复兴，将成为人类发展进步史上最具标志性的事件之一。

（五）这一标志性事件最为突出的影响，是让社会主义这一绵延500多年的进步思想，经过几轮高潮和低谷的交替，在世界的东方展现出强大生命力。

这是习近平新时代中国特色社会主义思想的重要贡献，也是当代中国共产党人的无上光荣。11月7日，十月革命100周年。俄罗斯《真理报》刊发的纪念文章《十月光芒指引未来》指出，虽然"十月革命的主要成就"早已不复存在，但中国的成就让人们依然相信"十月的光芒"。另一篇《观点报》纪念文章，在分析"共产主义的幽灵"为何重新在欧洲徘徊时，明确提出"在很大程度上要归功于中国所取得的难以置信的成果"，中国"已成为事实上的全球第一大经济体，从而理所当然地为全球众多趋势定调，思想领域亦不例外"。

中国成就成为世界支撑，中国理念在为世界定调。今天，很多90后年轻人开始走进马克思，感叹"马克思靠谱"；在欧洲，"马克思主义再一次成为了时髦"，有报纸头版整版刊出大红底色的马克思头像，政要们开始到《资本论》中寻找智慧；《习近平谈治国理政》则在短短数年内，以24个语种、27个版本、660多万册的发行量，热销世界160多个国家和地区，且"影响的大都是主流人群"。这一切，恰如一部火爆网络的专题片片名——《社会主义"有点潮"》。今天的世界，虽然社会制度有差异、意识形态各不同，但一个观点已成共识，那就是马克思主义并未过时，"中国让社会主义学说重新伟大"。

历史是最好的老师，实践是最硬的标准。尽管我们所处的时代同马克思所处的时代相比发生了巨大而深刻的变化，但从世界社会主义500年的大视野来看，改革开放以来，特别是近5年社会主义中国所发生的历史性变革、所取得的历史性成就、所产生的前所未有的世界影响、所赢得的越来越多的国际认同，雄辩地证明了"我们依然处在马克思主义所指明的历史时代"。这是我们对马克思主义保持坚定信心、对社会主义保持必胜信念的科学根据。习近平曾系统梳理社会主义500年的思想源头和演进，不断强调我们党要努力"为发展马克思主义作出中国的原创性贡献"。过去5年理论与实践的相互激荡，产生了习近平新时代中国特色社会主义思想，这一新思想作为中国特色社会主义理论体系的重要组成部分，开辟了马克思主义中国化的新境界，正是我们党对21世纪马克思主义发展的新贡献。而这种贡献最为突出之处，是对社会主义本质的深刻思考。

十九大期间，一位外国记者来到中国，偏见让他"主题先行"地想做一组报道，挖挖中国"贫富分化问题"，没想到稍一深入，就被中国扶贫的巨大成就吸引，最后他决定好好写写"中国的脱贫故事"。过去5年，中国的贫困人口减少5500多万，相当于欧洲一个大国的人口，这场人类历史上前所未有的反贫困斗争，被联合国誉为中国对世界最大的贡献之一，也提供了一个观察"习近平时代"的最好视角。中国这5年，是社会主义本质得到空前体现的5年，是制度优势与活力得到空前发挥的5年，是共产党的宗旨信念得到空前强化的5年，也是"以人民为中心"的执政理念得到充分实践的5年。看到了这一点，才能更清楚地认识到，习近平为什么要不断强调"加强党的领导"，为什么要反复宣示"一个都不能少"，为什么要始终坚持"共同富裕"，为什么要明确指出"马克思主义就是我们党和人民事业不断发展的参天大树之根本，就是我们党和人民不断奋进的万里长河之泉源"，为什么要以一套完整的思想体系和实践要求，将社会主义中国的道路自信、理论自信、制度自信、文化自信，书写在960多万平方公里的中国大地上。

毛泽东说，"每个国家，每个时期，都有新的理论家，提出新的理论"；邓小平说："马克思有他那个时代的语言，我们有我们时代的语言。"习近平以强大的思想力、原创力，以巨大的政治智慧、理论勇气，推动中国特色社会主义不断完善和发展，将马克思主义这一人类思想史上最伟大的革命成果往前推进了一大步。理论惟有"常新"，才能"常青"。这一划时代的理论创新，推动中国特色社会主义进入新时代，意味着科学社会主义在二十一世纪的中国焕发出强大生机活力，在世界上高高举起了中国特色社会主义伟大旗帜。

中国的奋斗，赢得了世界的尊重。十九大期间，165个国家452个主要政党发来855份贺电贺信，这些贺信不仅来自社会主义国家，也来自西方资本主义阵营。越来越多的人断言"全球新未来最好的希望来自中国"，越来越多的人认定"世界2030年时的面貌取决于中国"。有海外网站刊文称，在中国模式中，许多人看到了自己国家的光明未来。对全世界雄心勃勃的国家来说，这是一个具有吸引力的选项。

2017年，十月革命过去了100年；2018年，《共产党宣言》将迎来发表170年，中国改革开放也将迎来整整40年。历史没有终结，也不可能终结。习近平新时代中国特色社会主义思想雄辩地证明，社会主义并没有进入"历史的博物馆"，而是在持有马克思主义信仰的人手中放射出更加灿烂的真理光芒。

（六）习近平正在领导中国完成三大治理——执政党治理、国家治理和全球治理。美国学者主编的《习近平复兴中国》一书如此评价。

的确，今天的世界，正经历"400年来未有之大变局"；今天的中国，前所未有地走近世界舞台中央。面对挑战层出不穷、风险日益增多的世界，作为"站在世界地图前的中国领导人"，习近平从一开始就把思考"人类命运"视为中国共产党人的职责所在。一位法国东方问题专家在梳理中国"令人瞩目的成就"后慨叹，"中国共产党和中国人民一次次用实际行动证明，中国坚持走和平发展道路，积极地应对跨区域问题，慷慨地与全人类分享发展经验，审慎地为全球治理提供中国方案"，"是为人类进步事业而奋斗的政党"。

推动构建新型国际关系、倡导国际关系民主化、坚持正确义利观、秉持共商共建共享的全球治理观、构建人类命运共同体……当世界充满不确定性，人们对未来既寄予期待又感到困惑之际，习近平新时代中国特色社会主义思想，以宽广深邃的历史视野、锐意进取的创新精神、勇于担当的大国胸怀，提出对世界发展、对人类未来的中国方案。高度的道路自信、理论自信、制度自信、文化自信，让当代中国共产党人把"为人类作出新的更大的贡献"作为自己的使命，给世界上那些既希望加快发展又希望保持自身独立性的国家和民族提供走向现代化路径的全新选择，为解决人类问题贡献中国智慧和中国方案。

来自东方的思想力量，实实在在地在改变世界。过去5年，"一带一路"犹如两只翅膀，以中国为原点，沿着古老大陆和大洋铺展开来。从埃及新首都中央商务区，到中巴经济走廊风电项目，在这条和平、繁荣、开放、创新、文明之路上，伟大的思想推动伟大的实践，让昔日"流淌着牛奶与蜂蜜的地方"再次成为沿线人民的福祉。十九大报告中"明确中国特色大国外交要推动构建新型国际关系，推动构建人类命运共同体"的坚定表述，"中国共产党始终把为人类作出新的更大的贡献作为自己的使命"的铿锵誓言，让世界感叹"中国的新时代将影响世界"。

哈佛大学肯尼迪政府学院曾对世界主要国家领导人形象进行全球公众调查，在受访者对本国领导人认可度、30国受访者对10国领导人认可度、以及受访者对本国领导人正确处理国内及国际事务信心度方面，中国国家主席习近平都排名第一。有国外学者评价，在国际舞台上，"习近平以有所作为的积极态度让世界各国重新认识中国，中国的国际地位大大提高"。

今天的世界，不仅深深认识到"中国的发展在很大程度上影响着全球经济的命运"，也日益深刻地体会到，世界已经从与中国共享"经济发展红利"，走向了更高层次的共享"思想理念红利"。这只"睡醒的狮子"是真正的世界和平的建设者、全球发展的贡献者、国际秩序的维护者，它"长远的目光和对时代需求的精准把握，对世界发展大有裨益"。

（七）共产党人的目光，总是望向未来。

20世纪30年代，当国内革命遭受重创，仍然坚信革命是"东方已见光芒四射喷薄欲出的一轮朝日"；20世纪90年代，当苏联解体、东欧剧变、社会主义在世界陷入低潮时，仍然坚信"世界上赞成马克思主义的人会多起来的"；当中国昂首走进新时代，更加坚信我们会"让当代中国马克思主义放射出更加灿烂的真理光芒"。

1975年9月，《延安通讯》上刊登了一篇文章，介绍北京知青习近平带领陕北梁家河村村民办沼气的故事。标题意味深长，叫《取火记》。今天，思想的火种点燃了新征程的火炬，引领8900多万党员、13亿多人民，向着历史深处的一个个时间节点迈进。

在这伟大的征程中，思想的火焰将绽放更耀眼的光芒，照亮一个民族走向复兴的坚实步履，照亮我们更为美好、更值期待的明天。

（2017年12月5日）

使命，复兴的道路开启新征程
——学习党的十九大精神的思考（下）

（一）"在中国共产党领导下，中国人民将开启新征程。"

2017年11月10日，越南岘港，习近平向世界宣示，中国向着未来开始了一次新的出发。

"中国已是一个真正的引领者！""中国要做的事情一定能够做成。""迫不及待地想去中国看看。"……30分钟的演讲，17次热烈的掌声，中共十九大后，中国国家领导人首次在国外发表的这一演讲，引来国际社会广泛关注。阐释中国理念、把脉世界经济、擘画美好未来，世界第二大经济体通往现代化强国的"新时代"，让渴求变革的世界看到了新希望。

在人类文明的马拉松中，从"现代化"一词在18世纪中叶出现以来，这一历程已经走过近300年。今天，现代化仍是不同民族、不同国家、不同地区的共同愿望，这一任务还远未抵达终点。让和平的薪火代代相传，让发展的动力源源不断，让文明的光芒熠熠生辉，世界需要东方的智慧，世界期待中国的方案。

在中国发展的接力赛中，自1954年新中国的领导人第一次提出"四个现代化"起，从"两步走""三步走""新三步走"到"中国梦"，中国特色社会主义伟大实践不断拓展现代化路径。过去5年的历史性成就和变革，将中国的发展带入新的方位。这个创造了人类历史上最大发展奇迹的政党，走到了人类现代化的最前沿。

"中共十九大书写了中国'未来简史'。""中国正在成为全球市场之网中'新的服务器'。""全球新未来最好的希望来自中国。"……中共十九大后，世界如此判断。从站起来、富起来到强起来，进入新时代的中国向世界宣示，沿着中国自己的道路，我们有能力让中华民族巍然屹立于世界民族之林，有能力成为这一场人类文明竞赛中的领跑者，有能力为世界的明天作出新的更大的贡献。

（二）这是一条在挑战中不断淬火的道路，这也是一条在创新中不断向前的道路。

自近40年前改革开放大幕初启之时，人们就从未停止过对这条道路的打量。不同之处在于，如今，那些曾以悲观性视角遥望东方、以偏见式质疑唱衰中国的人，不得不以一种"新的姿态和笔触"审视中国。

十九大后，德国的《明镜》周刊以汉语拼音"醒来"为当期的封面标题，称"经过40年的发展，中国在政治、经济和科技等多个领域已越过'超级大国'的门槛"。几乎同时，新一期美国《时代》周刊以红与黄的中国国旗色为封面，标题有四个汉字——"中国赢了"。这本曾经称中国为"狂妄的被孤立者"、曾经断言中国"虚假繁荣"的杂志，近年来已经7次将习近平选为年度人物，并预言他"将成为中国第一位真正的全球领袖"。

"不要人夸颜色好，只留清气满乾坤"。十九大之后中外记者见面会上，习近平以这句诗表达中国共产党人不慕虚名、崇尚实干的品格。桃李不言，下自成蹊，来自外部的评价只是我们反观自己的一个视角，面向未来，身处历史之中的我们，亟须将这极不平凡的5年从实践经验上升为规律性认识。人类历史的长河中，5年何其短暂，中国如何"醒来"，又靠什么"赢了"？

从内部看，是思想的旗帜引领了中国变革，赢得了民心。去年3月，英国尤格夫调查公司对17个国家的民众调查显示，41%的中国民众认为世界会变得更好，远高于其他国家。而中央有关部门对5682名离退休老同志进行的"我看十八大以来的变化"调研中，最受称赞的是人心的变化，"党心凝聚了、军心稳定了、民心收拢了"。这样的信心和赞赏，源于5年全方位、开创性的成就，源于5年深层次、根本性的变革。当一些发达国家因失业率攀升引发民众不满时，中国5年累计新增就业6500万人，超过了一个欧洲大国的人口总量；当世界许多地区深陷贫穷漩涡，中国农村贫困人口比2012年减少5564万人。内政外交国防，治党治国治军，习近平新时代中国特色社会主义思想，在中国大地掀起的时代浪潮，全面筑牢中华民族"强起来"的政治保障、制度根基、物质基础、精神支撑，全方位增进人民群众的获得感幸福感安全感。

从外部看，是中国道路丰富了世界经验，赢得了认同。在各个国际会议上，中国的声音总是备受关注：越南岘港亚太经合组织工商领导人峰会上，习近平到场前5分钟，几乎所有嘉宾都已经站了起来；在联合国日内瓦总部，习近平47分钟演讲获得30多次掌声，讲到关键处几乎是一句一掌声。中非、中拉、中阿、中国—东盟……朋友圈越来越大，中国的发展道路和发展模式得到越来越多国家的认同。在"构建人类命运共同体"的理念下，中国自信地欢迎世界各国搭乘中国发展的快车，自信地倡议"一带一路"等让各国携手同行的方案，自信地与世界各国分享自己的发展经验与发展道路。人们对习近平说，中国像块磁铁，因中国的到来，这里高朋满座。

164年前，马克思从"两极相联"规律切入，分析中国革命和欧洲革命，预言中国可能对世界产生巨大影响。160年前，恩格斯分析中国人民面对野蛮的"文明贩子们"所进行的殊死抵抗，预言浴火重生的中国将带来"整个亚洲新纪元的曙光"。

时间这个伟大的书写者，再次证明来自两位伟人的预言。当《习近平谈治国理政》作为中国共产党理论创新的最新成果，成为当今世界最有影响力的领导人著作之一；当这本"深藏中国治理之道"的"思想读本"，走进尼泊尔总统府、美国高端智库、塞尔维亚国家图书馆，并让法国前总理拉法兰感叹"政治抱负、治国理念、宏大规划和真情实感"；当越来越多的人断言"对国际秩序而言，中国过去曾是'接收者'，现在志在成为'赋予者'或'贡献者'"，中国的发展不仅是令人羡慕的物质成就，也成为发人深思的理论课题。

被誉为"大道之源"的《周易》说：观乎天文以察时变，观乎人文以化成天下。意思是说，要想了解时代演变规律，就应该从观察天道运行和人间万事万物着手。要了解这个文明古国在新千年的发展脉络和趋势，最根本的方法，也是从理解中国道路的运行开始。

（三）"稳定是可持续发展的关键，中国的成就离不开坚持中国共产党的领导。""一个强有力的执政党是中国取得成功的根本保证。"……11月16日，在"中共十九大：中国发展和世界意义"国际智库研讨会上，中国共产党的领导，成为来自世界各地观察者的一个"思想焦点"。

从搭建起全面深化改革的四梁八柱，到抓住"关键少数"推动法治建设；从近20万驻村第一书记奋战在脱贫一线，到推动"一带一路"建设惠及世界，过去5年，中国共产党既是战略的规划师，更是具体的执行者，坚强的政治领导是中国砥砺前行的火车头。有观察家总结，中国共产党是中国发生的大多数变革的推动者。习近平新时代中国特色社会主义思想中，"八个明确""十四个坚持"，加强党的领导贯穿始终，这更让人清晰地感受到：中国共产党的领导，是中国道路最核心的内容。

有国外学者把西方的政党比为"政党有限公司"，为了各自代表的利益集团，互相攻讦、拆台、打压是常事。而在社会主义中国的治理体系中，党中央是坐镇中军帐的"帅"，车马炮各展其长，一盘棋大局分明。十八大以来，以习近平同志为核心的党中央，把对民族的责任、对人民的责任、对党的责任，落实到使党始终成为坚强领导核心上，从根本上扭转了一段时间以来党的领导虚化、弱化、空泛化现象，从根本上确立了"党政军民学，东西南北中，党是领导一切的"的原则，从根本上确保了进行伟大斗争、推进伟大事业、实现伟大梦想中，"起决定性作用的是党的建设新的伟大工程"。党的领导作用体现为"集中力量办大事"的制度，体现为总揽全局、同向发力的效率，体现为高度的组织、动员能力，体现为长远的规划、决策和执行能力。

这种"党领导下的体制优势"，可以有各种列举。除了被联合国誉为中国对世界最大贡献的扶贫事业，中国的科技发展，也可为例证。中国高铁核心技术3年跨越西方同行30年，高铁网络将覆盖中国80%以上的大城市，运营里程世界第一；中国超级计算机"神威·太湖之光"，登上全球500强榜首；中国金融科技弯道超车，去年移动支付规模是美国的50倍。当未来学家感叹"中国将成为全球创新中心"，越来越多的人试图以中国为标杆，来定义世界新的未来。

被称为"严谨得让人头疼"的未来学家里夫金，在解释为什么中国"可以引领下一次全球变革浪潮"时，除了说到中国领导层的战略眼光和重大决心，特别强调"中国还有一些独有的特色，使它具备引领这个趋势的能力"。因为"迎接变革所需要的大量基础设施建设、交通物流、新能源的推广、数字化的生态互联网建设等等，都不是依靠一个个公司单打独斗完成的，国家力量扮演着非常重要的作用"，西方国家对此"力不从心"，而中国则"以非常快的速度进行了发展"，"这些足以成为下一轮全球变革不可或缺的优势"。"天眼"探空，"蛟龙"探海，"嫦娥"探月……英国广播公司的一篇报道详细描述了"中国的科学革命"，一开始就惊叹"中国正在把科学'超大化'"。而"超大化"科学的背后，正是"国家体制"的超大型支撑。

"抓住了就是机遇，抓不住就是挑战"，在过去5年里，哪个国家能像中国这样，执政党的总书记亲自抓科技创新，告诫全党"如果科技创新搞不上去，发展动力就不可能实现转换，我们在全球经济竞争中就会处于下风"，拿出"国家力量"在全社会掀起创新浪潮？2016年，中国的科技经费投入保持世界第二，与位列首位的美国差距正逐步缩小。试想，没有国家在资金支持、人才培养、建设国家实验室、重大项目协同攻关等方面的统筹设计，没有国家对量子计算、超级电脑等短期看不到商业价值和盈利模式的基础科技的投入，怎么可能推动一些领域的科技创新取得突破性进步、实现跨越式发展？没有对基础设施建设、交通物流、新能源推广等的重金投入，没有鼓励"大众创业万众创新"的社会配套设施的系统性支持，以及背后的国家实力支撑，中国互联网公司又怎么可能勇猛精进地开拓出一个又一个的应用场景，创造出"让硅谷急于复制的中国商业模式"？正是在党的领导下用足了制度优势，中国才能运筹帷幄步步为营，成为全球新浪潮的引领者。

现在的中国，就像时速350公里的"复兴号"，一直坐在车上的乘客感受不到速度的惊人，倒是那些坐在普通客车上的乘客，更能体会到"复兴号"从身边呼啸而过带来的"中国浪潮"。这也是为什么近年来外国观察家们，更为关注这条中国道路上的"党的领导"和"制度优势"。2017年，中国全国财政医疗卫生预算安排达1.4万亿元，医保覆盖率已达全部人口的95%以上。对比一些国家医疗改革的步履维艰，一位美国学者感叹，中国的人口是美国的4倍，却让十几亿人享受同样的社会福利，我们应该思考，中国是怎么做到的？

"强大的党是中国国家治理的政治主体，为解决中国发展中面临的问题提供了好的平台。"新加坡国立大学东亚研究所所长郑永年这样总结。当中国对世界经济增长年均贡献率达到30%，超过美国、欧元区和日本贡献率的总和；当中国让7亿多人口摆脱贫困，对全球减贫贡献率超过70%，谁还有理由质疑这样的判断："中国特色社会主义最本质的特征是中国共产党领导，中国特色社会主义制度的最大优势是中国共产党领导。"

（四）"作为有近百年历史的政党，不断调整的中国共产党不容易"，在研究中国共产党自我修复的历程之后，英国剑桥大学一位教授如此感叹。

在中共的话语系统中，"不断调整"的意思，以"赶考"这个生动的意象来表达。这一毛泽东在共产党取得全国政权之时的说法，近年来为习近平反复引用。"这场考试还没有结束，还在继续。"从执政中国的赶考，到发展中国的赶考，再到民族复兴的赶考，习近平所说的赶考，不仅是党领导中国改革发展，也是党自身建设的改进。

5年前，刚刚就任中共中央总书记，习近平一句"打铁还需自身硬"

让无数人印象深刻。5年过去，这句话已经成为习近平的"代表性名言"。对于这个世界最大发展中国家的执政党，一些人喜欢套用"权力与腐败的公理"：权力导致腐败，绝对的权力导致绝对的腐败。他们认为，在一党执政的条件下，中共不仅会失去自我革新的意愿，也会丧失自我净化的能力。然而，习近平掷地有声的话语给出最有力的回答：我们中国共产党人还就不信这个邪！

视之为"最大威胁"，下决心"猛药去疴"，警示"霸王别姬"，誓言"上不封顶"，强调"没有休止符""永远在路上"……习近平的铿锵话语背后，是中国共产党向腐败宣战的决心。十八大之后习近平的各种讲话、文章中，数量最多、分量最重的，就是关于党的建设的内容。5年来，落马的高官一次又一次成为新闻头条，仅仅十九大之后1个多月，就有两个省部级"老虎"因涉嫌严重违纪接受组织审查。一位美国政治学教授在文章中写道，习近平上任以来展开的反腐行动是"自1970年代末中国改革开放以来最持久、最强硬的一次'实干'行动"。熟谙历史的人们更是感慨：纵向看，翻开二十四史，没有一个时代、没有一个时期反腐力度如此之大；横向看，遍览世界各国，没有哪个国家、没有哪个政党反腐的决心如此之强。

十九大之后，国家监察体制改革紧锣密鼓地推进，这让更多人注意到中国共产党反腐的"方法论"。西方媒体评价，习近平希望用更严格的纪律规定使其标志性的反腐行动制度化。第一步"不敢腐"，第二步"不能腐"，第三步"不想腐"，这背后的逻辑思路，正是由"打虎""拍蝇"的震慑，到制度笼子的约束，再到政治文化的改变。十八大以后，党的各项制度不断出台，党的纪律和规矩不断强化，党的思想教育不断进行，构成了反腐与倡廉的组合拳。外国学者研究后判断："习近平已着手重塑他所认为的党应有的样子，一个拥有理想与信念、高度自律的政党。"

过去5年，国际舆论深深记住了3个颇为形象的词汇："打虎""拍蝇""猎狐"。透过这3个词，人们看到全面从严治党成效卓著，看到中国共产党自我净化、自我完善、自我革新、自我提高的非凡勇气。习近平以巨大的政治勇气和政治智慧，向腐败这一"世界性难题"宣战，重拳反腐重塑了中国的"政治景观"，凝聚了发展的磅礴之力，证明了这个即将走过百年的大党能够解决好一党长期执政中的腐败问题，能够保持发展道路中居于核心位置的强大政治领导力，能够始终推动我们的国家走向现代化。

在现代化转型过程中，这样的情景并不罕见：有些国家借助于后发优势，在一定时期内实现经济快速增长，但最终停滞不前甚至灰飞烟灭，比如曾经盛极一时的苏联，比如亚非拉地区的"失败国家"。一个重要原因，就是这些国家的执政党执政能力欠缺，推进的现代化不是全面的现代化，或是权力未被制约，或是政府市场错位，或是发展顾此失彼，在构建现代国家中遭遇致命挫折。

被观察者视为"习近平改善国家治理一大支柱"的反腐，从一开始就致力于"把权力关在笼子里"，致力于厘清"政府与市场"的边界，在提高执政能力的同时，探索了一个马克思主义政党的自身建设问题，为马克思主义政党的不断完善提供了一整套认识论与方法论的指引。这一场中国共产党的自我革命，称之为对党的"重新锻造"也毫不为过。当今世界，新自由主义和社会民主主义思潮风行，作为意识形态特征明显的传统政党，不少西方国家的共产党日益边缘化，现实中的内外环境并不乐观，世界社会主义在总体上还处于低潮。但中国共产党以自身建设，提供了马克思主义政党发展的现代视野，证明了马克思主义政党在现在与将来，都有着强大的感召力、蓬勃的生命力。

（五）"我们渴望知道，能成为世界第二大经济体，中国到底有什么秘诀？我想学习中国的发展模式，找到适合我们国家发展的道路。"2016年9月，北京大学未名湖边的一间教室里，莫桑比克财政部顾问提出这样一个问题。

与他同窗的47名特殊"学生"，是来自亚非拉27个发展中国家的政府中高级官员及社会团体领袖。这所被命名为"南南合作与发展学院"的特别学院，是习近平2015年9月在联合国总部宣布设立的，首届毕业生的感言是"在中国，我们增强了发展信心"。

独特的道路、独特的理论、独特的制度、独特的文化，习近平新时代中国特色社会主义思想所丰富和发展的中国道路，超越了"西方中心论"，极大地激发了广大发展中国家"走自己道路"的信心。5年来，中国在现代化道路上所取得的巨大成就、所探索的成功经验、所标注的崭新未来，甚至让欢呼"历史终结"的人也开始"修正观点"，重新思考和认识世界。

这是中国道路影响力的一个注脚。2013年，执政坦桑尼亚的革命党被认为很可能丢掉2015年大选，观察中共反"四风"和践行群众路线的行动，革命党也决定由总书记率领书记处全体成员"走基层"，与农民同吃同住同劳动，问责不作为的政府官员。这个国家的执政党和政府高级官员人手一册

《习近平谈治国理政》，深信中共的经验"能为坦桑尼亚的发展提供解决方案"。两年时间，革命党党员人数从400万增加到600多万，最终在"实行多党制以来竞争最为激烈的一次"竞选中赢得了胜利。大选结果让西方国家大跌眼镜，革命党实现了浴火重生。

不仅是坦桑尼亚，那些治理效率持续下降的发达国家和影响力快速上升的新兴国家，都在习近平的思想中，寻找有别于西方传统发展和治理模式的道路。有国外经济学家感叹：当中国为了下一代而制订规划的时候，我们的一切计划都是为了下一次选举。法国前总理德维尔潘总结，"中国所具有的集中力量和长期奋斗的决心是西方国家所经常缺乏的"。当西方一些国家的政党还在搞"拳击赛"时，中国共产党却在进行"接力赛"。更多人看到，中国发展道路与西方有着根本差异，"那种认为世界上只有一种现代化，即西方现代化的观点，是一种谬论"。不断发展的中国特色社会主义之路，打破了发展中国家对西方现代化的"路径依赖"，告诫世界"一个国家实行什么样的主义，关键要看这个主义能否解决这个国家面临的历史性课题"。

一直以来，有能力"辐射"富裕和文明，是衡量一个国家为人类作出贡献的重要指标。面对大发展大变革大调整的世界，习近平给出的中国方案、贡献的中国智慧，让越来越多的人意识到，从增长贡献、贸易贡献，到减贫贡献、绿色贡献，再到发展经验贡献、治理经验贡献、全球治理贡献，中国已经超过西方发达国家，成为"全球公益性产品"的最大提供者。未来的中国，不仅会为世界经济社会发展提供"工业产品""思想产品"，更会为人类文明发展进步探索出更好的实践路径和制度方案。

有学者指出，我们正在进入的这个时代，最确切的表述应该是现代性竞争的时代。中国现代化所确立的榜样，让一度流行的"黑板经济学"失去市场，让各种偏见和教条现出原形，给了更多国家自主探索现代化道路的勇气和信心。著名历史学家汤因比曾指出，如果中国能够在社会和经济的战略选择方面开辟出一条新路，那么就会证明自己有能力给全世界提供中国与世界都需要的礼物。正如十九大报告指出的，"中国特色社会主义道路、理论、制度、文化不断发展，拓展了发展中国家走向现代化的途径，给世界上那些既希望加快发展又希望保持自身独立性的国家和民族提供了全新选择，为解决人类问题贡献了中国智慧和中国方案"。

而中国共产党领导的新中国的崛起，更是一种不同于西方的制度文明的崛起。这一崛起，是社会主义这一标志着人类对于理想社会追寻的运动在21

世纪的复兴,是马克思主义在经过近170年的大浪淘沙后在世界东方的延续。习近平曾说,我们这一代共产党人的任务,就是继续把坚持和发展中国特色社会主义这篇大文章写下去。推动中国巨变的当代共产党人更有资格、更有能力为发展马克思主义作出中国的原创性贡献,把500年几度起伏却最终大河奔涌的世界社会主义潮流,推向一个新境界。

(六)2015年9月,习近平在美国西雅图会见中美互联网论坛主要代表。总市值超过2.5万亿美元的美国十大科技公司首席执行官悉数到场。苹果公司首席执行官库克对此印象深刻,他对记者说:"当时你们感到房间在震动了吗?"

让人们震动的,不仅是一个大国的和平崛起,更是一条独特现代化道路的勃兴,一种社会制度的力量。

"剧是必须从序幕开始的,但序幕还不是高潮。中国的革命是伟大的,但革命以后的路程更长,工作更伟大,更艰苦。"1949年,共和国的缔造者眺望美好未来,以此砥砺全党和人民。

"我们走中国特色社会主义道路,具有无比广阔的时代舞台,具有无比深厚的历史底蕴,具有无比强大的前进定力。"2017年,新时代的开创者为中国道路找到了深厚的历史根源,也为中国未来凝聚起强大信心。

凡是过去,皆为序章。新时代的大门已经推开,更广阔的世界等待着我们的奋斗,更辉煌的未来等待着我们的书写,中国共产党人永远目光向前,恰如青年马克思曾经的预言:

"我们感到的将不是一点点自私而可怜的欢乐,我们的幸福将属于千万人,我们的事业并不显赫一时,但将永远存在。"

(2017年12月6日)

后　记

扳指算来，这已经是任仲平文章第四次结集出版。

2009年底，《人民日报任仲平60篇》问世，收录了自任仲平文章创立之后的所有作品。4年之后，应广大读者要求，人民日报出版社2013年底又推出了《人民日报任仲平80篇》。2016年1月，人民出版社则编辑出版了《任仲平十年精选》。

现在互联网上有个说法，叫作"好作品自带流量"。意思是说，只要内容好，就不用担心没人阅读。任仲平文章就属于这种"自带流量"的好作品，所以编辑这本书可以说几乎毫不费力，只要把新写的文章原原本本地搬上来即可。

人民日报社副总编辑卢新宁为本书专门撰写了前言。如她所言，"任仲平永远在路上"。到今年4月底，任仲平文章正好推出了100篇。相信这个党报大型政论著名品牌将在未来的日子为大家奉献更多精品力作。

本书编辑组
2018年5月